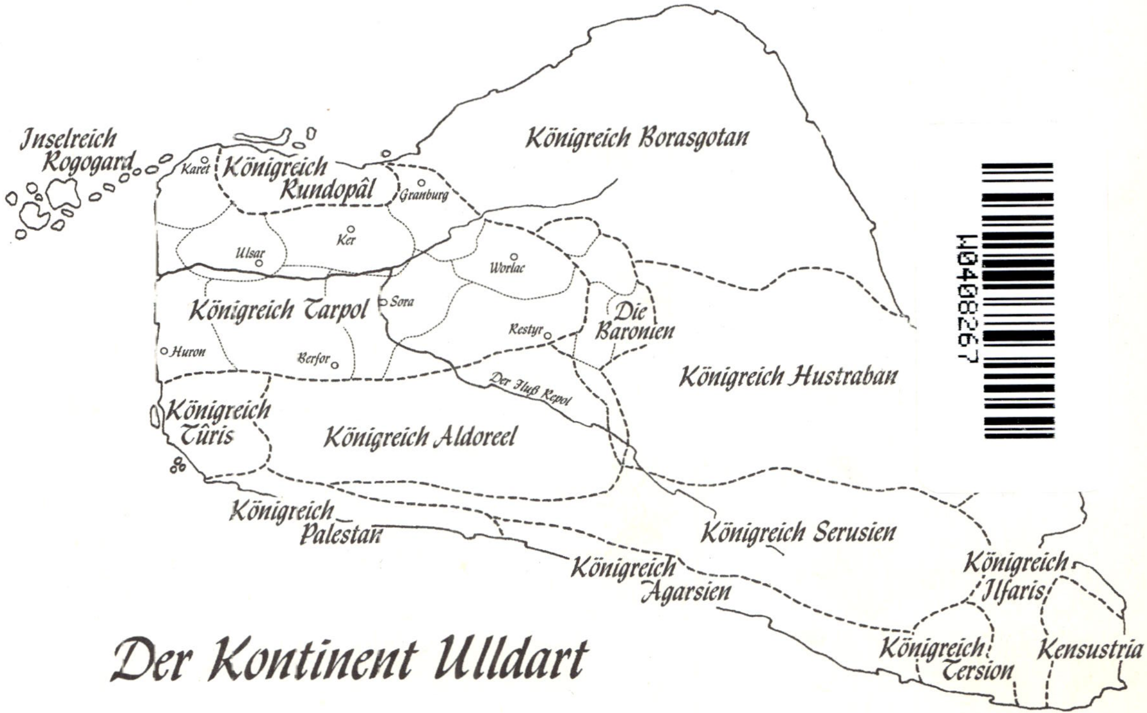

Der Kontinent Ulldart

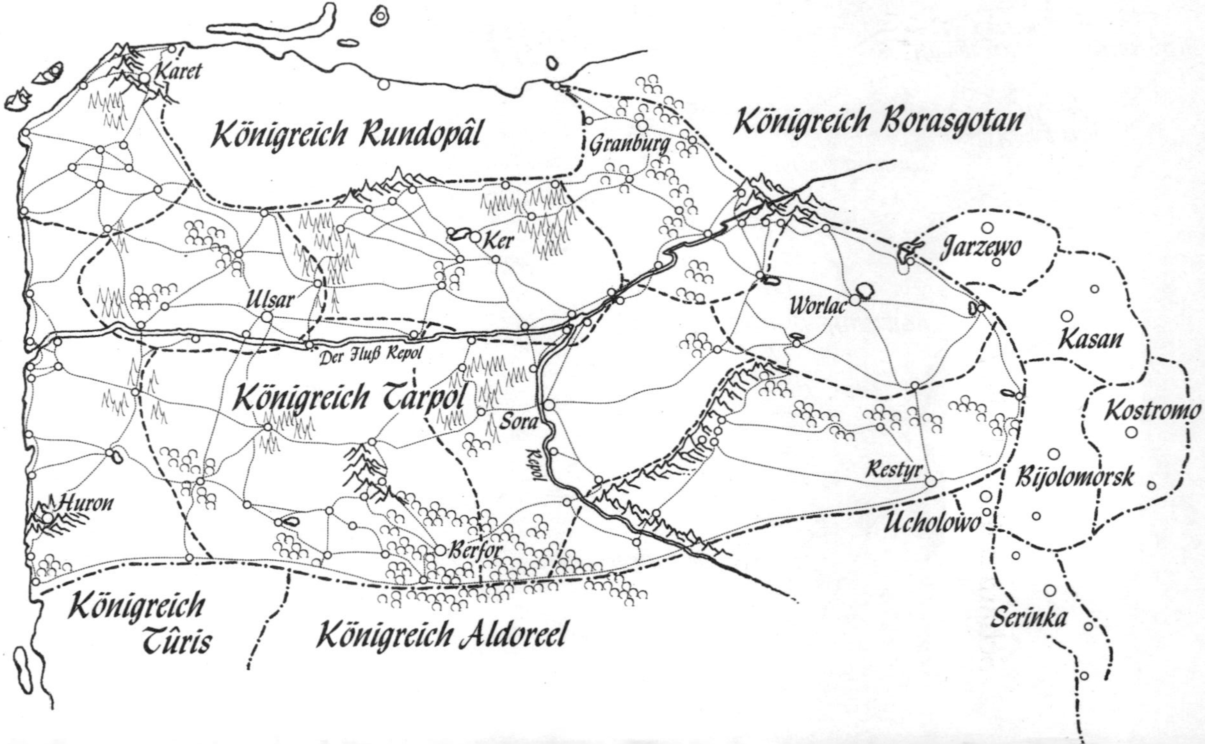
Königreich Rundopâl
Königreich Borasgotan
Karet
Granburg
Jarzewo
Ker
Worlac
Ulsar
Kasan
Der Fluß Repol
Königreich Tarpol
Sora
Kostromo
Repol
Restyr
Bijolomorsk
Huron
Ucholowo
Berfor
Königreich Tûris
Königreich Aldoreel
Serinka

Schatten über Ulldart

PIPER

PROLOG

Tscherkass, Königreich Tarpol, 436 n. S.

»Puttputtputt«, lockte Bruder Matuc die Hühner, die auf dem Innenhof des kleinen Anwesens königlich umherstolzierten und im Dreck scharrten, als ob dies etwas ganz Erhabenes wäre. Die Tiere erkannten den Geistlichen sofort als ihren tagtäglichen Wohltäter wieder und liefen gackernd auf den Mann in der dunkelgrünen Robe zu.

»Da habt ihr«, murmelte Matuc, während er mit gleichmäßigen, halbkreisförmigen Bewegungen der rechten Hand Korn aus seinem Umhängebeutel auf die gestampfte Erde streute. »Fresst schön, damit ihr große Eier legt und dick und fett werdet.«

Auf dem Hof war es ansonsten ruhig. Die Tagelöhner arbeiteten auf den Feldern, die übrigen Ordensbrüder waren beim Gebet oder verrichteten Schreibarbeiten. Nur Matuc hatte die außerordentlich anspruchsvolle Aufgabe, sich um das leibliche Wohlbefinden des Federviehs zu kümmern, eine Tätigkeit, die er aber gerne verrichtete.

Leise redete der Bruder auf die Hühner ein, die zeternd und Flügel schlagend um ihn herum rannten, jedes noch so kleine Korn wurde heftig umkämpft.

Die Nachmittage, so empfand es zumindest der Ulldraelmönch, wurden allmählich trotz der Sonnen kühl, ein untrügliches Zeichen für den nahenden Winter.

Die letzten Ähren waren schon vor Wochen abgeerntet, die Strohstoppeln längst verbrannt und die Felder umgepflügt. Der Geruch von brennendem Kartoffelkraut hing schwach in der Luft, ein paar Bienen summten träge durch die immer schwächer werdenden Lichtstrahlen. Die große Ulldraeleiche auf dem Innenhof, der mächtigste Baum von allen, färbte ihre Blätter.

Matuc, ein Mann mittleren Alters und mit den ersten grauen Strähnen zwischen den schwarzen Haaren, dankte Ulldrael dem Weisen für die Ruhe, die auf dem von den Mönchen geleiteten Gut herrschte, und schüttelte die letzten Körner aus dem Stoffbeutel.

Er verharrte einen Moment regungslos, blinzelte in die Sonnen und dachte mit Wehmut an die frostigen Temperaturen, die ihnen im Norden Tarpols bevorstanden.

»Ihr werdet mir in den kalten Tagen sehr fehlen«, sagte der Mönch leise in Richtung der beiden strahlenden Kugeln und schlenderte zurück zum Haupthaus, ein altes Backsteingebäude, das bereits, wie der Orden, viele Jahrhunderte überdauert hatte.

Als er das vielfache, gedämpfte Stimmengemurmel aus der Eingangshalle hörte, beschleunigte Matuc seine Schritte. Um diese Zeit sollte eigentlich niemand außerhalb der zugewiesenen Räume sein, ein derartiger Auflauf konnte fast nur Schlechtes bedeuten.

Mit Schwung öffnete der Bruder die schwere, angelehnte Eichentür und sah die Rücken der Novizen, die auf etwas vor ihnen auf dem Boden starrten.

»Aus dem Weg«, herrschte der Mönch sie an und bahnte sich den Weg frei. »Lasst mich durch, ihr unnützen Kerle!«

Auf den Lehmfliesen lag zu seiner Überraschung Bruder Caradc, die Augen weit geöffnet und Schaum vor dem Mund, dünnflüssiger Speichel lief in dicken Bahnen die Wangen herab. Der Atem ging stoßweise, die Brust hob und senkte sich schnell, unrhythmisch.

»Hat er wieder eine Vision?«, fragte Matuc und kniete neben dem Halbbewusstlosen nieder.

»Wir wissen es nicht, Bruder Matuc. Wir hörten ihn in der Halle schreien, und als wir nachsahen, lag er auf dem Boden«, antwortete einer der Aspiranten unsicher. »Wir wussten nicht, was wir tun sollten.«

Der Mönch formte die Umhängetasche zu einem Knäuel und legte sie behutsam unter den Kopf von Caradc. »So etwas habe ich bei ihm noch nie erlebt. Normalerweise bekommt er einen glasigen, abwesenden Blick, aber das hier erscheint mir sehr seltsam. Holt den Vorsteher her. Vielleicht will Ulldrael eine wichtige Botschaft senden.« Matuc wischte seinem Mitbruder den Speichel ab und streichelte beruhigend dessen Kopf. »Und beeilt euch. Sagt, dass es dringend sei.« Er warf den anderen, die immer noch wie eine Meute neugieriger Hunde um die beiden herumstanden, einen bösen Blick zu. »Ihr anderen, verschwindet wieder in eure Studierzimmer. Los!«

Gehorsam, wenn auch zögerlich, gingen die jungen Männer. Der Mönch war mit dem Visionär alleine.

Die glatten Wände der Halle warfen die lauten Atemgeräusche als Widerhall zurück, jeder mühsam errungene Luftzug seines Mitbruders erschien Matuc doppelt so laut.

»Was ist denn? Was hast du?«, wollte er wissen.

Der Liegende griff nach seiner Hand, öffnete den Mund, aber nur ein heiseres Krächzen und verzweifelte Laute drangen aus seiner Kehle.

Plötzlich änderte der Speichel seine Farbe in hellrosa, Caradc bekam einen Hustenkrampf, und seine Augen weiteten sich.

»Der Tadc … Vorsicht … töten«, stammelte er undeutlich, jeder Buchstabe wurde herausgepresst.

»Ruhig, Caradc.« Matuc tupfte ihm die Stirn ab. »Was will Ulldrael von uns?«

»Tadc … töten … Dunkle Zeit«, stieß der Visionär hervor, der Griff um Matucs Hand verstärkte sich und wurde mit einem Mal schmerzhaft. Dünne Blutfäden sickerten aus den Ohren und Nasenlöchern, Caradc schrie auf und begann zu zittern. Sein ganzer Körper zuckte hin und her, wie eine gefangene Schlange wand er sich auf dem Boden.

Matuc hatte Mühe, den Liegenden zu halten, hilflos und verwirrt musste er die Leiden seines Mitbruders ansehen. Welche Botschaft mochte Ulldrael wohl schicken, dass sie seinen treuen Diener dermaßen quälte?

Caradc erbrach Blut, tiefrot lief die Flüssigkeit über die Kleidung auf die Fliesen, füllte dort kleine Rillen und Unebenheiten der Oberfläche aus.

»Tadc … Gefahr … jemand … töten«, heulte der Visionär und sackte zusammen. Er packte Matuc im Genick und zog dessen Ohr an seinen Mund. »Die Dunkle Zeit … kehrt zurück«, flüsterte er.

Inzwischen lag der Kopf des Mannes in einer riesigen Lache aus Blut, zu der immer neues aus Mund, Ohren, Nase und Augen hinzufloss.

»Vorsteher, zu Hilfe!«, rief Matuc aufgeregt. Seine Kleidung sah aus, als ob er ein frischgeschlachtetes Schwein umarmt hätte. »Caradc stirbt!«

Die Zeit schlich dahin, noch immer war niemand zu sehen.

Der Visionär gab ein schmerzerfülltes Stöhnen von sich, das sich zu einem grausamen Schrei steigerte.

Matuc dachte, seine Ohren würden taub, irgendwo hörte er das Splittern von Glas, dann erstarb Caradcs Stimme.

Das Echo hallte für einige Momente durch das Haupthaus, dann trat eine unheilige Stille ein.

Der Visionär war tot.

Jetzt erst näherten sich schnelle Schritte, die Türen zu den Studierzimmern flogen auf. Der Vorsteher kam mit wehender Robe die Treppe herabgelaufen, hinter ihm folgten mit entsetzten Gesichtern die Mönche und Aspiranten.

Matuc starrte auf seine blutigen Hände. »Ulldrael hat ihn getötet«, wiederholte er flüsternd. »Die Macht des Gottes war zu groß für seinen Verstand und Körper.«

»Was ist passiert?« Vorsteher Tradja, ein erhabener Mann im Herbst seines Lebens, holte tief Luft und stellte seine Ledertasche mit Verbandszeug zu Boden. »Was hat er gesagt?«

Matuc erhob sich; kleine, rote Tropfen lösten sich von seiner Robe, fielen zu Boden und klatschten hörbar in die Blutlache.

»Ulldrael wollte uns vor der Rückkehr der Dunklen Zeit warnen.«

»Wie sollte die Bedrohung neu erstehen? Das Böse ist von Ulldart vertrieben.« Der Vorsteher strich sich über den Bart und blickte nachdenklich auf den Toten. »Was hat er noch gesagt?«

»Wenn der Tadc stirbt, droht uns allen Gefahr, sagte Caradc.« Matuc ließ die Hände sinken, das warme Blut an seinen Fingern begann klebrig zu werden. »Ich glaube, dass jemand versuchen wird, den Thronfolger umzubringen.«

Tradja nickte kaum merklich. »Das darf nie geschehen. Wir müssen sofort zum Kabcar und ihn warnen.« Er deutete auf die Gruppe der Aspiranten. »Spannt die Kutsche an, es muss so schnell wie möglich geschehen.«

»Aber es ist in ein paar Stunden finster, und der Weg zum Palast ...«, warf einer der jungen Männer ein, doch der Vorsteher winkte ab.

»Selbst wenn es Steinbrocken regnen würde, müssten wir hinaus. Der ganze Kontinent steht auf dem Spiel, sollte dem Tadc etwas zustoßen.« Eilig lief eine Gruppe hinaus und bereitete die Abfahrt vor. »Die anderen bringen Caradc in den Betsaal und bahren ihn dort auf.

Er wurde nach dem Willen des Gottes zum Märtyrer, der sich zum Wohle aller Menschen auf Ulldart geopfert hat. Ulldrael ist weise, gerecht und mächtig.« Der Vorsteher verließ die Halle und ging zu den Stallungen.

Matuc, immer noch verwirrt wegen der Ereignisse der letzten Minuten, gab wie gelähmt Anweisung, den Toten zu waschen und zu balsamieren.

»Die Blutlache bleibt«, ordnete er an, als sich ein Novize mit Eimer und Lappen näherte. »Sie wird uns immer an Caradc und sein Opfer erinnern.«

Nachdenklich und traurig blickte er auf den roten, feucht schimmernden Fleck. Niemals wieder durfte Ulldart unter die Knute eines Kriegsfürsten fallen. Der Freund hatte sie durch seine Warnung alle gerettet.

I.

»Sinured war der Befehlshaber der glorreichen barkidischen Armee, errang Dutzende von Siegen für das Reich und sonnte sich in seinem Ruhm, denn er hatte ein großes Ansehen bei dem einfachen Volk, das ihn als Held feierte.

Innerlich sehnte sich Sinured aber nach mehr Macht und strebte insgeheim den Platz des Königs an, der ihm von Rechts wegen nicht zustand. Um sein Ziel zu erreichen, war er zu jedem Opfer bereit, und da Ulldrael der Gerechte auf seine innigen Gebete nicht antwortete, schaute er nach anderen Verbündeten.

Und Sinured ging den Pakt mit dem Furchtbarsten ein.

›Wenn du mir hilfst, mächtiger Tzulan, werde ich dir ein Reich erobern und deinen Namen mit dem Blut meiner Gegner auf die Wände ihrer Festungen schreiben‹, schwor der Barkit. ›Keiner darf es länger wagen, sich mir in den Weg zu stellen. Ich werde meine Feinde dir zu Ehren opfern und mir einen Thron aus ihren Schädeln und Gebeinen errichten.‹

Tzulans Geist erhörte mit Freude die Bitten des mächtigen Kriegsherrn. ›Du wirst die alten Götter verbieten lassen, die Tempel und Kultstätten zerstören und nur mich als alleinige Gottheit preisen. Dafür verleihe ich dir Macht, wie sie bisher keiner der Sterblichen erhalten hat.‹

Und Tzulans Geist stattete seinen Diener mit den absonderlichsten und abscheulichsten Fähigkeiten aus, die ihn im Kampf unbesiegbar machten …«

Ulldartischer Geschichtsalmanach,
XXI. Band, Seite 1045

**Ulsar, Hauptstadt des Königreichs Tarpol,
Spätherbst 441 n. S.**

Wie immer ging der Trompeter bei Sonnenaufgang auf den Kasernenhof, setzte die Fanfare an die Lippen und schmetterte das morgendliche Wecksignal.

Laut und deutlich drangen die Töne durch die Räume und ließen die Kaserne mit ihren fünfhundert Soldaten zum Leben erwachen.

Die Sergeanten brüllten kurz darauf auch die letzten verschlafenen Mannschaftsdienstgrade aus den harten Betten.

Die Schornsteine der Küche spien dicke Rauchwolken in den zartrosafarbenen Himmel, der unbeliebte Brei aus Hafer, getrockneten Früchten, Milch und viel Wasser köchelte bereits seit einer halben Stunde in den riesigen Kesseln.

Das übliche geschäftige Treiben setzte ein. Überall rasselten Wehrgehänge, schwere Stiefel trampelten über den Hof, denn keiner der Soldaten wollte zu spät zum Antreten erscheinen.

Einzig in einem Zimmer der Kaserne blieb alles still.

Unter einem Berg aus Kissen, Decken und Federbetten drangen gleichmäßige Schnarcher hervor, ein Schmatzen ertönte hin und wieder, wenn der Lärm auf dem Hof vor dem Fenster zu laut wurde und der Schläfer sich gestört fühlte.

Auch das sanfte Klopfen an der Tür bewirkte nichts, und selbst als das leise Pochen zu einem trommelwirbelgleichen Hämmern wurde, bewegte sich der Kissenberg kaum merklich.

Stoiko stand vor der Tür seines Herrn, in der einen Hand das überladene Tablett mit Brot, Keksen, Käse, Wurst, Honig und vielem mehr, die andere schmerzte inzwischen vom unentwegten Anklopfen. Schließlich betrat er das Schlafzimmer, wobei er darauf achtete, dass die Tür sehr laut ins Schloss fiel.

Sachte wehten die schweren, dunklen Gardinen hin und her, die jeden Sonnenstrahl mühelos schluckten, aber der Kissenberg schnarchte weiter.

Der Diener, zugleich Vertrauter und Erzieher, stellte das Tablett vorsichtig auf den Nachttisch, riss die Vorhänge zur Seite, ließ Licht und kühle Morgenluft in den Raum.

Der unsichtbare Schläfer grummelte etwas und kroch tiefer unter die Decken.

»Guten Morgen, Herr«, sagte Stoiko honigsüß und lupfte einen Zipfel des Federbettes, »Ihr müsst aufstehen.«

»Ich bin der Tadc, niemand befiehlt mir«, kam es undeutlich aus dem weichen Berg. »Ich kann schlafen so lange ich will und wie ich will.«

»Sicher, Herr.« Der langjährige Diener und Vertraute des Thronfolgers seufzte leise, zu bekannt waren ihm die morgendlichen Rituale. »Aber Ihr habt um zehn Uhr ein Treffen mit den Obersteuerbeamten, dann müsst Ihr mit Eurer Leibgarde exerzieren. Nach dem Mittagessen stehen Fechtunterricht und Reitstunden an.«

Die Decken zitterten, der Unsichtbare darunter rutschte noch ein Stück tiefer in Richtung Fußende. »Ich will nicht. Geh weg. Sag ihnen, ich sei krank oder sonst was.«

»Das geht nicht, Herr.« Stoiko grinste und goss heiße Milch in den Silberbecher. »Außerdem will Euch Euer Vater sehen. Ihr wisst doch hoffentlich noch, dass er der Kabcar von Tarpol ist und sehr gereizt reagiert, wenn man seinen Aufforderungen nicht nachkommt?«

Der Diener strich sich die schulterlangen, braunen Haare aus dem Gesicht und klemmte aufsässige Strähnen hinter dem Ohr fest. Der Schalk glänzte wie immer in seinen Augen. »Herr, die Kekse sind noch warm, und die Milch schmeckt mit einem Löffel Honig besonders gut. Ich habe sie mit einer Prise Zimt verfeinert, mmh.« Er schnupperte geräuschvoll, wobei der mächtige Schnauzer ein bisschen vibrierte, und ahmte ein lautes Schlürfen nach.

Der Kissenberg explodierte förmlich. Der Tadc von Tarpol, ein Jüngling mit reichlich Übergewicht, blassblondem, dünnem Haar und einem breiten Pfannkuchengesicht, tauchte aus seinem Lager auf wie ein Wal aus dem Meer.

»Finger weg von meinem Frühstück, Stoiko!« Die unsympathisch hohe Stimme des Thronfolgers schnitt schmerzhaft in das Gehör des Dieners, der den Mund verzog. »Du hast bestimmt schon gegessen.«

»Vor drei Stunden, Herr«, sagte der Mann mit dem mächtigen Schnauzbart, zufrieden, dass seine List funktioniert hatte.

»Wie kannst du nur so früh aufstehen. Da ist die Welt draußen doch noch dunkel.« Gierig stopfte er sich zwei Kekse in den Mund und kippte einen Schluck Milch hinterher.

»Ich lasse Euch dann in Ruhe frühstücken«, Stoiko verneigte sich, »klingelt, wenn Ihr fertig seid und angezogen werden wollt.« Der Tadc winkte huldvoll und verbiss sich in einem Stück Dauerwurst.

»Irgendjemand sollte dem kleinen Prinzen den Hintern versohlen«, murmelte der Vertraute zwischen den Zähnen hindurch, als er draußen vor der Tür stand.

Seit der Geburt des Tadc vor fünfzehn Jahren, der mehr oder weniger gut auf den Namen Lodrik hörte, musste er sich mit dem Thronfolger auseinander setzen. Er hatte ihm die Windeln gewechselt, ihm Gehen und Sprechen beigebracht, aber niemand wusste so genau, warum der Junge aus der Art schlug.

Seine Vorfahren entstammten einer stolzen Reihe von Soldaten und Heerführern, was ihn offensichtlich überhaupt nicht interessierte.

Auf dem Pferd machte er eine so gute Figur wie ein Hund auf dem Eis, der Säbel war ihm zu schwer, und das Rechnen verstand er nur mit Mühe.

Vorsichtshalber hielt man ihn auch von Banketten, Bällen und Empfängen fern, und wenn er aus irgendeinem Grund anwesend war, dann wurde er weitab auf Logen oder Emporen untergebracht, um seinen Vater nicht zu blamieren.

Der Kabcar von Tarpol, ein alternder Haudegen und Kämpfer, war enttäuscht von seinem einzigen Sprössling und er machte aus diesem Umstand gewiss keinen Hehl. Das Volk nannte den dicken Jungen spöttisch »Tras Tadc« – Keksprinz.

Neulich wäre Lodrik sogar beinahe an einem seiner geliebten Lebkuchen erstickt, als er die Dekormandel unachtsamerweise ohne zu kauen mitgeschluckt hatte. Seitdem wurde auf Nüsse, Mandeln und ähnliche Verzierungen, die eine Gefahr für den prinzlichen Hals darstellen konnten, verzichtet.

Die letzte Hoffnung des Kabcars war die Unterbringung seines Sohnes in der Kaserne der Hauptstadt, um ihn entweder doch für das Militär zu begeistern oder ihm wenigstens so Disziplin beizubringen. Ein eher erfolgloses Unterfangen, wie Stoiko fürchtete.

Eine Viertelstunde später läutete die Klingel im Dienstbotenzimmer Sturm.

»Hörst du nicht? Der gnädige Herr ist fertig mit dem Essen«, sagte Drunja besorgt, die eigens zum Beköstigen des Thronfolgers eingestellt worden war, als sich Stoiko keinen Finger weit bewegte.

»Hoffentlich hat er das Tablett nicht für einen großen Kuchen gehalten und sich die Zähne ausgebissen«, hetzte Stallknecht Kalinin und rollte mit den Augen. »Wenn er noch mehr zunimmt, muss ich ihm einen Ackergaul kaufen, oder den Pferden bricht das Kreuz durch.«

»Halt dein Maul, oder ich lasse dich als Gaul satteln. Mal sehen, was du dann sagst.« Stoiko erhob sich langsam und fühlte sich bleischwer. »Ich denke, dass aus dem Jungen doch noch etwas werden kann, wenn nicht alle auf ihm herumhacken würden. Bereite ihm heute Mittag sein Lieblingsessen, Drunja. Nach dem Treffen mit den Obersteuerbeamten ist er immer gereizt, und das machen weder meine Nerven noch die des Reit- oder Fechtlehrers mit.« Die Köchin nickte und überprüfte die Vorratsregale.

»Was dem Jungen fehlt, ist eine ordentliche Tracht Prügel, wenn du mich fragst.« Kalinin schlug mit der flachen Hand auf den Tisch, dass ein paar Brotkrümel hoch in die Luft flogen. »Zack, zack, ein paar rechts, ein paar links, und er würde spuren.«

Stoiko ging zur Tür. »Das habe ich auch schon vorgeschlagen, aber der Kabcar hat es mir verboten. Und jetzt bedauert mich, ich muss ihm in die Kleider helfen.«

»Die gehen doch ohnehin nicht mehr zu«, feixte der Stallknecht und imitierte den watschelnden Gang des Thronfolgers. »Der Stoff ist eingelaufen, ruft den Schneider!«

Drunja prustete los, der Diener verschwand kopfschüttelnd.

Lodrik hatte bereits mit dem Ankleiden begonnen, als Stoiko das Zimmer betrat. Sein rechter Strumpf fehlte, das Hemd war schief zugeknöpft, und die Perücke rutschte auf dem Kopf hin und her.

»Wo warst du? Ich kann meinen anderen Strumpf nicht finden!«, jammerte der Tadc mit unglücklichem Gesicht, die blassblauen Schweinsäuglein blinzelten Mitleid erregend.

»Ach, Herr«, der Diener zog mit geübtem Griff das fehlende Stück unter dem unordentlichen Kleiderstapel hervor, »nehmt einfach den so lange.«

Bis der Rock, das Hemd, die Schuhe, das Gewand

und der Mantel korrekt auf den Leibesmassen Lodriks saßen, vergingen etliche Minuten.

Die Obersteuerbeamten empfingen die beiden Spätankömmlinge äußerst indigniert, als wären sie die Richter und hätten zwei abgehalfterte Landstreicher vor sich.

Ihre hohen, gepuderten Perücken rochen durchdringend nach Parfüm und Lavendel, um die Motten abzuwehren.

Stoiko entschuldigte wortreich die Verspätung und machte sich aus dem Staub, während sich der Thronfolger in sein mathematisches Schicksal ergab und die folgenden Stunden mit dem Versuch verbrachte, Zinsberechnungen anzustellen.

Nachdem Lodrik die Beamten zur Verzweiflung gebracht hatte, verwirrte er später mit Hilfe undeutlicher Befehle und unmöglicher Kommandos die fünfzig Mann seiner Leibgarde, die wie kopflose Hühner über den Exerzierplatz stolperten, weil sie versuchten, den Anordnungen ernsthaft nachzukommen.

Oberst Soltoi Mansk, der Kommandant der Hoheitlichen Leibwache und der Kaserne, stand am Fenster seiner Amtsstube und beobachtete die peinliche Szenerie mit wachsendem Entsetzen. Dem Jungen konnte er aber auch nicht in die Parade fahren, eine solche Demütigung des Tadc vor aller Augen hätte seine Degradierung bedeutet.

Als gleich drei Soldaten der Leibgarde zusammenstießen und einer dabei seine Hellebarde fallen ließ, über die ein Vierter stürzte, musste er handeln. Er pfiff auf die möglichen Konsequenzen.

»Sergeant, blase Er Alarm. Ich möchte eine Übung ansetzen, um die Schnelligkeit der Truppe zu überprüfen«, rief er dem grinsenden Fanfarenträger im Hof zu.

Der musikalische, vor unterdrückter Heiterkeit etwas zittrig geblasene Befehl unterbrach die zirkusreife Vorstellung auf dem Exerzierplatz. Die Leibgarde rannte als Schnellste von allen Einheiten auf ihren Posten.

Lodrik sah den vorbeihastenden Männern hinterher, ließ den Säbel sinken, zuckte mit den Achseln und ging in das Gebäude.

»Es wird Zeit, dass der Thronfolger von hier verschwindet.« Der Oberst besah sich die strahlenden Gesichter seiner Leute, die froh waren, den Fängen des Jünglings entkommen zu sein. »Bevor die Ersten an Desertion denken.«

»Mein Sohn ist ein Versager.« Unheilvoll schwebte der Satz im Teezimmer des Kabcar. Es roch nach Gewürzen und starkem Tabak, im Aschenbecher glühte die Pfeife des Regenten auf und erlosch.

Oberst Mansk rührte in seinem Getränk und zog es vor, auf den Boden der goldbemalten Tasse zu starren.

»Er ist zu nichts nütze, außer als keksfressende Spottfigur, über die sich nicht nur die Tarpoler amüsieren.« Grengor Bardri¢, Herrscher über Tarpol, Verwalter von neun Provinzen, Sieger in unzähligen Bauernerhebungen und Ausbilder von erfolgreichen Scharmützeleinheiten, ließ die Schultern sinken. »Die anderen Königshäuser lachen sich hinter vorgehaltener Hand schief, wenn er auf festlichen Banketts erscheint und sich die Backen voll stopft, anstatt Konversation zu betreiben.«

»Er hat bestimmt auch seine guten Seiten, Hoheit«, meinte der Oberst schwach und ohne den Blick zu heben.

»Nach allem, was ich gehört habe, hat er die vortrefflich verborgen«. Der Kabcar verschränkte die Arme hinter dem Rücken und sah aus dem Fenster.

Dunkle Regenwolken ballten sich am Horizont zusammen, ein kühler Wind pfiff durch die Ritzen der Fenster und brachte die Flammen der aufgestellten Leuchter zum Flackern. Das Land schien verschlafen, fast lethargisch auf den Wintereinbruch zu warten.

»Irgendwie muss ich den Bengel doch zu einem Mann erziehen. Wie, bei Ulldrael, soll er das Reich führen, wenn sein einziges Interesse beim Essen liegt? Ich fürchte, das tarpolische Reich wird mit mir sterben, Mansk.«

Der Offizier räusperte sich. »Nicht doch, Hoheit. Die Einheiten sind stark wie nie zuvor, die Provinzen einigermaßen ruhig, die Bevölkerung scheint zufrieden.« Der Oberst stellte die Tasse ab und sah den Herrscher an. »Gebt ihm noch etwas Zeit ...«

»Aber nicht in Eurer Kaserne, wie?!« Grengor riss sich vom Anblick der Wolken los und drehte sich auf den Absätzen herum. »Keiner erträgt ihn länger als einen Monat. Wo er ist, bringt er nur Ärger, die Beschwerden und Gerüchte häufen sich. Ich weiß ehrlich gesagt nicht, was ich noch mit ihm tun soll.«

Der Kabcar goss sich einen weiteren Tee ein und verfolgte den aufsteigenden Dampf mit den Augen. »Dazu kommt noch, dass irgendwelche Verrückte versuchen, ihn umzubringen, seit die Nachricht über die Vision dieses Mönchs aus den Mauern des Palastes gedrungen ist. Erst neulich erwischten die Wachen einen Tzulani, der sich mit einem Dolch einschleichen wollte. Vor drei Tagen gab ein Unbekannter einen vergifteten Kuchen für Lodrik ab, der einem Vorkoster das Leben nahm. Es ist zum Verzweifeln.«

Mansk hob die Tasse wieder an die Lippen und nahm einen Schluck von dem starken Schwarztee, in den er einen Löffel Kirschmarmelade versenkt hatte.

»Vielleicht fehlt ihm nur der Umgang mit der Verantwortung, Hoheit. Was tut er denn schon großartig hier? Er bekommt Hilfe bei allem, was er macht, selbst beim Ankleiden hilft Stoiko ihm. Wie soll er da jemals lernen? Es heißt, ein Mann wächst mit seinen Aufgaben.«

»Papperlapapp. Höchstens sein Bauch würde wachsen, weil er vor lauter Kummer noch mehr Kekse, Kuchen und Torten in sich hineinstopfte.« Grengor nahm eine Glaskaraffe aus dem kleinen Regal über dem Kamin und kippte sich einen Schnaps in den Tee. Nach kurzem Zögern schenkte er einen großzügigen Schluck nach. Dann schlürfte er andächtig. »Vielleicht käme es aber auf einen Versuch an.«

Außer dem Prasseln des Kaminfeuers war nun nichts zu hören, die dicken, dunkelblauen Teppiche an den Wänden dämpften alle störenden Geräusche ab – der Hauptgrund, weshalb der Kabcar den Raum so sehr liebte. Hier vergaß er für ein paar Stunden den Druck seiner Verantwortung, die Menschen und den Umstand, dass er der Herrscher Tarpols war. Ohne seinen stark mit Alkohol versetzten Tee konnte und wollte er nicht mehr arbeiten, geschweige denn Beschlüsse fassen.

Ein Jammer, dass seine Frau bei der Geburt Lodriks gestorben war, sie hatte die Geborgenheit des Zimmers immer sehr gemocht. Welche Ironie, dass sein nichtsnutziger Sohn ausgerechnet hier gezeugt worden war.

Leise klopfte es an die Tür, und sowohl Mansk als auch Grengor empfanden den Laut als Ungeheuerlichkeit.

»Was?!«, bellte der Kabcar, und ein Livrierter steckte vorsichtig den Kopf herein.

»Euer Sohn erwartet Euch im Audienzzimmer, Hoheit.«

»Sag ihm, ich komme gleich.« Der Bedienstete verschwand.

Grengor zog die dunkelgraue Uniform zurecht, entfernte ein paar Fussel von den Goldstickereien, nahm seinen Säbel, den er als Stock benutzte, und schritt zum Ausgang. »Ihr kommt mit mir, Oberst. Ich benötige unter Umständen Eure Hilfe.«

In einem Zug leerte Mansk die Tasse und sprang auf. »Wie Ihr befehlt, Hoheit.« Er eilte zur Tür und öffnete sie für den Kabcar. »Was habt Ihr vor? Sollte Euch vielleicht eine Idee gekommen sein?«

»Seid nicht so neugierig, Mann.« Grengor lächelte plötzlich und legte dem Offizier die Hand auf die Schulter. »Aber Ihr wart es, der mich auf die richtige Spur gebracht habt. Schlimmer als es ist, kann es ohnehin nicht mehr werden.«

»Es sei denn, dem Tadc würde ein Leid geschehen«, warf der Oberst ein, ließ Tarpols Herrscher den Vortritt und zog die Tür des Teezimmers zu.

»An manchen Tagen wäre für mich der Tausch, die Rückkehr der Dunklen Zeit gegen diesen Sohn, fast schon eine gewisse Erlösung, das könnt Ihr mir glauben, Mansk.«

Federnden Schrittes schlug Grengor den Weg zu den Audienzräumlichkeiten ein, während ein besorgter Oberst Mansk über die Worte des unvermittelt gut gelaunten Kabcar nachgrübelte.

Das Audienzzimmer, ein großer, heller Saal mit vielen goldenen Verzierungen, riesigen Bildern ehemaliger Herrscher und martialischen Säulen, war wie immer gefüllt mit Kanzlern, Beamten und Schreibern, und vor den Türen stand eine Schlange von Bittstellern.

Egal ob Kaufleute, Bürger, Bettler oder Bauer, jeden Tag kamen sie in Scharen zum Palast und wollten ihre Anliegen vorbringen, am besten dem Kabcar persönlich.

Als Oberst Mansk und Grengor die Leute passierten, sprachen einige Mutige den Herrscher an, verlangten weniger Steuern, beschwerten sich über ihren Großbauer oder »hätten eine gute Idee zur Aufbesserung der Staatskasse« – dubiose Lotterie-Ideen oder Pfandverschreibungen und dergleichen mehr.

Grengor Bardri¢ winkte ihnen allen majestätisch zu, schritt, den Säbel schwenkend, zügig aus und verschwand im Audienzzimmer, während Mansk mit ein paar Dienern die aufdringlichsten Schreihälse an die frische Luft beförderte.

Nach ein paar Minuten herrschte wieder Ruhe im Gang, der Offizier ordnete seine Kleidung und betrat den Raum.

Der Kabcar thronte erhöht auf dem riesigen, mit Schnitzereien verzierten Holzsessel, der mit Pelzen und weichen Stoffen ausgeschlagen war; um ihn herum wieselten Hofschranzen und Schreiber.

Der Ausrufer an der Tür stieß mit dem Meldestab drei Mal auf den Boden. »Oberst Mansk, Befehlshaber des Ersten Regiments, Kommandant der Hoheitlichen Leibwache und ...«

»Ja, ja. Das weiß ich, ich habe eben noch mit ihm Tee getrunken«, meinte Grengor unwirsch und bedeutete dem Offizier herzukommen. »Ihr stellt Euch hinter mich, damit ich den Rücken frei habe.« Ein Diener brachte dem Kabcar einen Becher, der verdächtig nach Grog roch. »Und jetzt schickt den Tadc herein. Ich sehne mich nach meinem Sohn.« Leises Gelächter quittierte die ironische Bemerkung des Herrschers.

Der Offizier biss sich auf die Unterlippe, um nicht laut loszulachen, als der Thronfolger das Audienzzimmer betrat. Eine zu offensichtliche Verletzung des Protokolls war nie gut, aber das Bild, das sich bot, war einfach zum Schreien.

Auf der Stirn des dicken Jünglings prangte eine stattliche Beule, den rechten Arm trug er in der Schlinge, die Hand war verbunden, und die Augen waren rot vom Weinen.

Einige der Beamten zückten blitzartig ihre Taschentücher, andere wandten sich mit bebenden Schultern ab. Ein heiteres Raunen ging durch den Raum, das sich verstärkte, als der Tadc, gestützt von seinem Vertrauten Stoiko, auf seinen Vater zu hinkte.

»Reitunterricht?«, fragte Grengor scheinbar belustigt, sein Sohn nickte stumm, um Fassung ringend.

»Ihr hättet ihn sehen sollen, wie er mit dem halbwilden Rappen umgesprungen ist, hoheitlicher Kabcar.« Stoiko verneigte sich und versuchte einmal mehr die Situation zu retten. »Wir haben ihm alle abgeraten, aber der Tadc war so mutig und hat ihn ohne Hilfe bestiegen. Das Biest hat sich gewehrt und ihn fünf Mal abgeworfen, doch letztendlich hat der Tadc ihn besänftigt.«

Die Riege aus Kanzlern und Beamten klatschte höflich, die Schreiber senkten die Köpfe und kritzelten, um ein weiteres Abenteuer des Thronfolgers aufzunotieren.

Lodrik schniefte und lächelte unsicher. »Ja, so war es.«

»Es freut mich, dass mein Herr Sohn über Nacht zu einem tapferen Mann geworden ist.« Der Kabcar prostete ihm zu. »Vielleicht besteht noch Hoffnung für Ihn. Eines Tages.« Er deutete auf die verbundene Hand. »Gebrochen?«

Stoiko verneinte. »Ein kleiner Schnitt mit dem Säbel, als er ein besonders waghalsiges Manöver versuchen wollte und die Klinge des Lehrers mit der bloßen Hand abfing. Er ist recht geschickt, Hoheitlicher Kabcar.«

Wieder Applaus des Hofes, wieder tunkten die Schreiber die Federn in ihre Tintenfässer und kritzelten.

»Er reift von Tag zu Tag mehr, findet Ihr nicht auch, Oberst?« Lächelnd wandte sich Grengor zu dem Offizier, der seine Handschuhe vor den Mund hielt, um das breite Grinsen zu verbergen.

»O ja, gewiss, Hoheitlicher Kabcar.« Mansk hüstelte. »Das Kommandieren beherrscht er beinahe perfekt. Meine Männer sind ganz …, wie soll ich sagen, … aus dem Häuschen.«

Lodrik strahlte und reckte sich ein bisschen, nur um mit einem Schmerzenslaut wieder zusammenzusinken.

Der Kabcar stellte den Grog ab und klatschte in die

Hände. »Nun lasst uns alleine. Mein Sohn und ich haben etwas Familiäres zu bereden. Die Audienz ist für heute beendet.«

Grengor nickte dem Ausrufer zu, der die Botschaft nach draußen verkündete. Die Hofgesellschaft zog sich schnell aus dem Saal zurück.

Nach einer Weile waren der Offizier, Stoiko, Lodrik und der Herrscher Tarpols allein.

»Jetzt die Wahrheit, Stoiko. Die Schreiber und das neugierige Volk sind weg.« Die Miene des Kabcar vereiste. Langsam lehnte er sich in seinen Thron zurück und schlürfte am Becher.

Mansk wurde unwohl, weil er mit einem Wutausbruch des Regenten rechnete. Passenderweise kündigte fernes Grollen ein Gewitter an.

»Und trag das nächste Mal bei deinen Berichten nicht so dick auf. Dass du lügst, weiß jeder, aber muss es derart übertrieben sein?«

Der Vertraute des Tadc verzog die Mundwinkel und verneigte sich. »Entschuldigt, Hoheit, aber ich dachte mir, dass es ein besseres Licht auf den Thronfolger werfen würde. Immerhin wird es ja auch für die Nachwelt festgehalten. Und wenn Lodrik dann erwachsen und ein kräftiger Mann geworden ist, der Euer Reich wunderbar regiert, wie würde es klingen, wenn es hieße: Der Tadc fiel mit fünfzehn Jahren vom zahmsten Pferd im königlichen Stall, weil er den Steigbügel mit dem Fuß nicht richtig zu fassen bekam?«

»Nicht sehr gut«, pflichtete Grengor ihm bei, »keineswegs gut. Ich danke dir für deine große Zuversicht, was meinen Sohn angeht. Und was ist mit seiner Hand passiert? Wirklich ein waghalsiges Manöver?«

»Ich wollte …«, sagte Lodrik, aber der Kabcar schnitt ihm das Wort ab.

»Halte Er den Mund. Mit Ihm rede ich später. Und du, sprich.«

»Der Fechtmeister ist ganz aufgelöst, Hoheit.« Stoiko verneigte sich erneut, dem Tadc liefen die Tränen über die Wangen. »Lodrik sollte einen Ausfallschritt machen und dabei einen Schlag gegen seinen Kopf führen. Dabei geriet er ins Ungleichgewicht, als sein rechter Reitsporn den linken Zeh durchbohrte. Vor lauter Schreck ließ er den Säbel fallen, und als er ihn aufheben wollte, griff er wohl aus Versehen in die Klinge, Hoheit.«

»Es ist nicht die Schuld des Fechtmeisters, Herr Vater, bitte bestrafe Er ihn nicht«, Lodrik hatte seine Stimme erhoben.

Grengor sah ihn kühl an. »Wenn ich alle die mit dem Tode bestrafen lassen würde, bei deren Unterricht Er sich verletzt hat, wäre ich der letzte Mensch in Tarpol.« Der Herrscher wurde gegen Ende des Satzes immer lauter. »Vermutlich gäbe es dann auch keine Pferde mehr, keine Hunde, Raubvögel oder andere Tiere. Er lässt die Reitsporen zum Fechten an? Er humpelt, weil der Sporn Ihm den Zeh durchbohrt hat?«

Grengor beugte sich vor, die Hände umklammerten die Sessellehnen. Weiß traten die Knöchel hervor, die Arme zitterten, und die Halsadern des Regenten standen dick hervor. Mansk machte vorsichtshalber einen Schritt zurück.

»Wie soll mein Herr Sohn denn ein Reich regieren? Wie, frage ich Ihn?« Lodrik starrte seinen Vater an, das Kinn bewegte sich, und immer mehr Tränen quollen aus den Augenwinkeln. »Schau Er sich einmal an, mit dem Mondgesicht, dem Wampen und der Geschicklichkeit eines Fingerlosen. Er kann nicht reiten, nicht kämpfen oder kommandieren.« Grengor hämmerte mit der Faust auf den Sessel. »Und das Schlimmste ist, dass von einem solchen unförmigen Klotz die Zukunft Ulldarts abhängt! Ich habe Angst um den Kontinent, wenn Er nur aus dem Zimmer geht!« Der hohe Raum verstärkte die Lautstärke der Schreierei Grengors, der letzte Satz hallte noch immer zwischen den Wänden und Säulen hin und her.

Der Tadc weinte und wimmerte nun ungehemmt, was den Regenten aber nur zu neuen Tiraden anstachelte.

Der Offizier sah das Mitleid in den Augen Stoikos, und auch er fühlte so etwas wie Verständnis für den Jungen. Die anfängliche Schadenfreude war verschwunden.

»Er ist eine Blamage für uns, für Tarpol und vielleicht sogar für ganz Ulldart. Was hat Ulldrael der Weise sich dabei gedacht, als er diese Prophezeiung schickte?« Der Kabcar beruhigte sich allmählich wieder, suchte eine gemütliche Sitzposition und nahm den Grogbecher wieder in die Hand.

»Aber ich werde Ihm beibringen lassen, wie ein zukünftiger Regent zu sein hat. Und Oberst Mansk hat mich auf die Idee gebracht.« Der Offizier warf dem Herrscher einen erstaunten Blick zu. »Ihr sagtet zu mir, dass ein Mann an seinen Aufgaben wüchse, oder?«

Mansk nickte langsam und überlegte insgeheim, welches Schicksal er dem jungen Tadc mit seinen Worten eingehandelt hatte. Auch Stoiko machte ein fragendes Gesicht.

Lodrik schnüffelte bloß und zog ein Taschentuch aus dem Uniformärmel. Laut dröhnte das Schneuzen durch den Saal. Alle Ahnen und verblichenen Regenten schauten beinahe vorwurfsvoll aus ihren Gemälden auf den dicken Jungen herab.

»Ich habe in der Tat eine Aufgabe für meinen Herrn Sohn, der Ihn auf das Regieren und Herrschen vorbereiten wird.«

»Ich will nicht«, kam es bockig vom Tadc, der sich noch mal schnäuzte und seinen Vater anfunkelte.

»Doch, Er wird. Zuerst wollte ich Ihn zum Wohle Tarpols im tiefsten Keller des Palastes unterbringen, aber ich habe eine bessere Idee.« Grengor stand auf. »Niemand wird einmal sagen sollen, die Linie der Bardri¢s hätte nach mir einen unfähigen Kabcar auf den Thron gesetzt.« Er schritt die Stufen hinab und stellte sich vor seinen übergewichtigen Sprössling. »Er reist morgen ab.«

Die Augen des Tadc weiteten sich. »Aber wohin? Ich will nicht weg. Der Winter kommt, und da ist das Reisen furchtbar anstrengend.«

»Höre Er auf zu jammern, oder ich schlage Ihm hier und jetzt eins mit dem Grogbecher aufs Dach, dass Seine Schindeln wackeln, Herr Sohn«, schrie der Kabcar unvermittelt und stieß mit dem Säbel auf den Marmorboden. Der Oberst und Stoiko bewegten sich keinen Finger breit, aber der Tadc zuckte zusammen, als ob der Blitz eingeschlagen hätte. »Er wird zusammen mit Stoiko, Seiner Leibwache und einem Berater in aller Frühe und Stille von hier verschwinden.«

Mansk verhielt sich mucksmäuschenstill, um nicht die Aufmerksamkeit des Regenten auf sich zu ziehen. Hatte er da etwas von einem Berater gesagt?

»Er wird in die Provinz Granburg reisen und dort den Gouverneur ablösen. Wasilji Jukolenko ist mir schon zu lange ein Dorn im Fleisch.«

Mansk fielen bei dieser Verfügung die Handschuhe zu Boden, der Diener zog beide Augenbrauen ungläubig nach oben, und Lodrik glotzte seinen Vater mit offenem Mund blöde an.

»Ja, aber wie … ich meine …«, stotterte der Tadc, doch die gebieterisch erhobene Hand Grengors ließ ihn verstummen.

»Ich bin noch nicht fertig mit meinen Ausführungen, Herr Sohn. Er wird nicht als Tadc dort eintreffen, vielmehr wird Er sich als Sohn eines Hara¢ ausgeben, der sich das Amt erkauft hat. Niemand kennt meinen Herrn Sohn so hoch im Nordosten und abseits des Lebens, also braucht Er auch keine Angst vor möglichen Attentätern zu haben.« Der Regent stellte den leeren Becher ab und fixierte die blinzelnden Schweinsäuglein seines Thronfolgers. »Wenn ich Ihn zurückbeordere, erwarte ich, dass aus Ihm ein Mann geworden ist, der alles das kann, was ein zukünftiger Kabcar beherrschen muss. Stoiko sorgt mir dafür, dass es so geschieht.«

Grengor setzte sich wieder, Lodrik starrte auf seine Füße. Weit weg von den köstlichen Keksen, von warmer Milch und warmen Betten waren schlechte Aussichten.

»Hoheit, mit Verlaub, die Idee ist großartig.« Der Diener lächelte wieder. »Aber meint Ihr nicht auch, dass es vielleicht ein bisschen zu viel Verantwortung für den Anfang ist?«

»Wenn ich morgen stürbe, säße er auf dem Thron. Das wäre in meinen Augen zu viel Verantwortung für den Anfang«, antwortete Grengor. »Besteht Er den Probelauf in Granburg, schafft Er es auch, Tarpol würdig zu regieren. Gelingt es Ihm nicht, ist der Keller des Palastes immer noch frei, und ich setzte einen anderen ein, den ich mir notfalls von der Straße hole. Hat mein Herr Sohn das verstanden?«

Der Tadc schluckte geräuschvoll und nickte hastig.

»Wen geben wir ihm als persönlichen Leibwächter und Waffenlehrer mit, Oberst Mansk?«

Am Tonfall erkannte der Offizier, dass er nun an der Reihe war. Aber er hatte überhaupt keine Lust auf die kalten Winter im Nordosten, die einem den Atem zu Eis gefrieren ließen. Er beschloss, sich geschickt und mit Fingerspitzengefühl aus der Affäre zu ziehen.

»Hoheit, ich bin untröstlich, aber ich habe Verpflichtungen in der Hauptstadt.« Der Kabcar drehte bei den Worten verwundert den Kopf in seine Richtung. »Ich weiß jedoch jemanden, der bestens dafür geeignet ist«, beeilte sich Mansk zu sagen. »Da gibt es einen erfahrenen Recken aus einer Scharmützeleinheit, der bisher jeden Gegner vom Pferderücken geholt oder mit dem Säbel ins Jenseits befördert hat. Er wäre genau der richtige Mann für diesen vertrauensvollen Posten.«

Stoiko schickte dem Offizier, der sich gerade um die Reise und den Aufenthalt von unbestimmter Dauer drückte, einen unverhohlenen Blick der Missgunst hinüber.

Grengor überlegte kurz. »Ihr verbürgt Euch für ihn?«

Mansk nickte. »Keiner könnte geeigneter sein, Hoheit.«

»Gut, ich verlasse mich auf Euch.« Der Kabcar erhob sich und ging zur Tür. »Sollte meinem Herrn Sohn etwas zustoßen, bedenkt das, bricht wahrscheinlich die Dunkle Zeit wieder an. Aber Euer Kopf wird, ganz egal was mit Ulldart geschieht, auf jeden Fall rollen. Ich hoffe für Euch, dass der Soldat etwas taugt.« Der Diener grinste den Offizier breit an und zwinkerte fröhlich. »Bis denn. Morgen möchte ich die Visage meines Herrn Sohnes nicht mehr in der Stadt sehen.« Ohne einen weiteren Gruß verschwand der Regent.

»Ihr seid ein Glückspilz«, sagte Stoiko zu dem Oberst, dessen Gesicht eine weißliche Färbung angenommen hatte. »Ihr sitzt hier im gemütlichen Zuhause, während der Tadc und ich uns in Granburg den Hintern abfrieren. Wer weiß, was dort oben alles passieren kann. Man hört viel über wilde Tiere.« Der Offizier wurde eine Spur weißer und griff gedankenverloren nach seinem Hals.

»Ist es wirklich so kalt in Granburg?«, fragte Lodrik und betastete seine verbundene Hand. »Dann will ich nicht. Außerdem tut mir bestimmt alles weh, wenn wir mit der Kutsche fahren.« Der Tadc berührte vorsichtig seinen Arm und verzog das Gesicht. »Wie weit ist es nach Granburg, Oberst?«

»Schätzungsweise vierhundert Warst.« Mansk überlegte, ob er nicht vielleicht doch selbst mitkommen sollte, dann könnte er sich wenigstens an Ort und Stelle umbringen, wenn der dicke, ungeschickte Junge vom Pferd fiel und sich den Hals brach. Andererseits schreckten ihn die Reise und die Gedanken an die Wintermonate ab. Er würde doch lieber Waljakov mitschicken.

»Was? So weit? Dann will ich nicht.« Lodrik zog eine Schnute und setzte in seinem runden Gesicht wenigstens so einen Akzent. »Wir könnten doch so tun, als ob wir abreisen und schleichen uns wieder her, Stoiko, oder?!«

Der Vertraute schüttelte den Kopf. »Ich will Euren Vater nicht verärgern. Er wird sicher Späher aussenden, um zu sehen, ob wir wirklich in Granburg ankommen. Er ist da ein sehr vorsichtiger Mann.«

»So ein Mist.« Der Thronfolger suchte mit seiner unverletzten Hand in seiner Bauchbinde und förderte einen verdrückten Keks hervor, den er sich mit einer schnellen Bewegung in den Mund schob.

Stoiko und der Oberst seufzten gleichzeitig, als sie dem hinauswatschelnden Lodrik nachschauten.

»Ich sehe meinen Kopf schon rollen«, murmelte der Offizier ahnungsvoll.

»Wer hatte denn die Idee, dass Aufgaben einen Mann ausmachen?«, warf der Diener des Tadc ein.

»Ich hatte es doch nicht so gemeint, wie es der Kabcar verstanden hat.« Mansk zog die Handschuhe über und wünschte sich, ein unbekannter Aspirant in einem Ulldraelkloster zu sein.

»Ihr bleibt hier, seht es so. Während ich erfriere. Auch kein schöner Tod, erzählt man sich.« Stoiko klapperte mit den Zähnen und schüttelte sich.

»Was tust du? Es ist nicht kalt hier drin.«

»Ich übe, Oberst. Ich übe.«

II.

»Tzulans Geist lockte Ulldrael mit einer List an einen Ort jenseits von Raum und Zeit, warf einen mächtigen Zauber über ihn und zwang ihn zu einem hundertjährigen Schlaf, damit er auf seinem Kontinent nicht eingreifen könne.

Und Sinured tötete den weisen König Hultras, den Herrscher von Barkis, hinterrücks und eigenhändig. Danach brachte er dessen Frau und die vier kleinen Kinder auf den höchsten Turm der Burg und warf sie von den Zinnen, damit kein legitimer Nachfolger existiere. Sinured bezichtigte einen der Ratgeber der furchtbaren Tat, schuf falsche Beweise und erzwang Geständnisse auf der Folter.

Als das Volk hörte, dass der König tot und keiner der Erben lebendig war, verlangte es, dass Sinured den Thron besteigen solle. Der Kriegsherr lehnte, listig wie er war, zunächst ab, entschied sich dann aber nach scheinbarem, großem Zögern doch dafür.

Und die Menschen jubelten dem neuen Herrscher von Barkis zu, von dem sie sich so viel versprachen ...«

ULLDARTISCHER GESCHICHTSALMANACH,
XXI. Band, Seite 1046

Provinz Granburg, Königreich Tarpol, Winter 441 n. S.

Die ersten dreihundert Warst legte die Reisegruppe auf dem Repol mit Hilfe von gemieteten Handelsschiffen sehr schnell zurück, dann jedoch mussten sie ihren Weg zu Land fortsetzen.

Der Winter, in Ulsar nur ein drohender Schatten, hatte weiter nordöstlich seine eisige Hand mit Macht ausgestreckt, und je weiter sie in Richtung Granburg kamen, desto kälter wurde es. Lodrik hatte das Gefühl, dass sie niemals in der Provinzhauptstadt angelangten.

Abgesehen von kleineren Ebenen waren kahle Laubwälder das Hauptbild, das sich dem Tadc aus seiner Kutsche heraus bot.

Trostlos und ohne Leben breiteten sie sich aus, Menschen entdeckte man unterwegs selten. Nur vereinzelte Rauchsäulen, die in den grauen Himmel stiegen, verrieten ein verstecktes Dorf, ein Gehöft oder einen einsamen Köhler. Es sah zu allem Überfluss nach Schnee aus.

Die Gruppe reiste in einem Gebiet, das vom tarpolischen Straßenbauprogramm offensichtlich nicht viel gehört hatte. Entweder die Bauern und Adligen ignorierten die Anweisungen des Kabcar, oder die Nachricht mit dem Befehl zur Erhaltung der Wege war noch nicht bis hierher vorgedrungen. Vermutlich lag der Bote mit gebrochenem Genick im Graben, weil sein Pferd ein Schlagloch übersehen hatte.

Eingepackt in dicke Pelze und mit mehreren Decken behängt, saß der Tadc in der schaukelnden Kutsche, die bei jeder Unebenheit bedrohlich ächzte und knarrte, und versuchte, die Langeweile zu bekämpfen. Die Kälte kroch beißend in die Kleidung, der Atem wurde zu schneeweißen Dampfwolken.

»Schau mal, Stoiko, ich bin ein Drache«, sagte der Junge und hauchte den Diener an.

Der Mann, ebenfalls in Unmengen von wärmender Kleidung eingemummelt, spielte den Erschrockenen. »Ulldrael hilf! Die Bestie stinkt gar sehr aus dem Hals. Ich sterbe.«

»Das ist nicht wahr.« Der Tadc war beleidigt. »Ich stinke nicht aus dem Hals.«

»Doch, das tut Ihr, Herr. Wir alle stinken, und das nicht nur aus dem Hals. Ich wünschte, ich läge in einer großen Wanne mit heißem Wasser und jungen Mädchen, die ich …«

Stoiko bemerkte das fragende Gesicht des Thronfolgers und hielt inne. Er hatte vergessen, dass das weibliche Geschlecht für seinen Schützling immer noch gänzlich uninteressant war.

Jeder fünfzehnjährige Bauernbursche hatte schon eine Nacht mit einem Mädchen verbracht. Manchmal fragte er sich, ob der Tadc jemals Gefallen an anderen Dingen finden würde, die nichts mit Essen zu tun hatten.

»Vergesst es, Herr.«

»Was willst du mit jungen Mädchen? Die albern doch nur und machen sich lustig über einen.« Lodrik sah ihn verständnislos an. »Ich fände ein kleines Boot schöner.«

»Gewiss, Herr«, der Diener seufzte, schloss die Augen und blieb in Gedanken bei einem Zuber und Mädchen. Vielen Mädchen.

»Stoiko. Ich habe Hunger.«

Der Diener sah, wie sich sein beginnender Traum verabschiedete, die Mädchen aufsprangen und wegrannten, der Zuber verschwand und er nackt im Schnee saß.

»Herr, nehmt die Tasche unter Eurem Sitz. Da sind noch Kekse drin«, sagte er leise und hoffte, dass die jungen Frauen zurückkämen.

»Nein, sind sie nicht.« Lodriks Stimme klang furchtbar quengelnd. »Ich habe sie vorhin schon aufgegessen, als du geschlafen hast.«

»Dann gibt es eben keine mehr.« Stoiko hatte keine Lust, sich mit dem Tadc auf eine Diskussion einzulassen. Die »eiserne Reserve« befand sich auf dem Wagendach bei den anderen Gepäckstücken, und er wollte nicht deswegen anhalten lassen. »Ihr müsst warten.«

»Ich habe aber jetzt Hunger und nicht später. Die Kekse, Stoiko, sofort!« Der Thronfolger schraubte seinen schönsten Tenorton in den Gehörgang des Dieners, der daraufhin entnervt die Augen öffnete.

»Ich habe vom Kabcar den Auftrag bekommen, Euch zu einem Mann zu machen. Männer essen keine Kekse. Jedenfalls nicht ständig. Außerdem jammern sie nicht unentwegt.« Stoiko sah den erstaunten Ausdruck des Tadc. »Euer Vater hat gesagt, ich soll eine schärfere Gangart mit Euch einlegen, Herr, und das werde ich auch tun.«

»Ich will …«, setzte Lodrik an.

»Und sagt jetzt bloß nicht: Ich will nicht!« Der Diener starrte die Schweinsäuglein seines Gegenübers nieder. »Es reicht. Wenn Ihr den Gouverneursposten besetzt, solltet Ihr einigermaßen glaubwürdig erscheinen als Sohn eines Hara¢, und der vertilgt bestimmt nicht andauernd Kekse. Reißt Euch ein wenig zusammen. Ulldrael der Gerechte weiß, dass ich der Letzte bin, der auf Euch herumhackt, aber nehmt Euch meinen Ratschlag zu Herzen.«

Lodrik schluckte laut, kämpfte die Tränen nieder und sah aus dem Fenster. »Ich versuche es, Stoiko«, murmelte er. »Bin ich wirklich so schlimm?«

»Ihr müsst noch viel lernen, Herr, das ist alles.« Stoiko war versöhnlicher gestimmt und klopfte dem Tadc aufmunternd auf die Schulter. »Wir kriegen das schon hin.« Der Diener gab sich im Stillen eine Mitschuld an der verweichlichten Art des Thronfolgers. Vielleicht hatte er ihn all die Jahre zu sehr verwöhnt. Er würde sich anstrengen, dass es besser würde.

Der Kutscher brüllte eine Verwünschung, es gab plötzlich einen gewaltigen Schlag, der die beiden Insassen durcheinander wirbelte, dann hing das Gefährt vorne rechts herab.

Die Stoffjalousien hatten sich durch den Ruck entrollt, wodurch im Innern Dunkelheit herrschte. Lodrik lag halb auf Stoiko, der sich ächzend von dem Gewicht des Thronfolgers zu befreien suchte.

»Herr, würdet Ihr bitte aufstehen? Ich bekomme keine Luft mehr.«

Langsam kam die Kutsche zum Stehen, der Fahrer fluchte Worte, die Lodrik noch nie in seinem Leben gehört hatte. Waljakov, der große, muskulöse Leibwächter, gab lautstarke Befehle an die Wachen.

»Ich sehe nichts.« Der Tadc versuchte sich aufzurichten, doch die dicken Pelze machten ihn noch unbeweglicher, als er ohnehin schon war. »Es geht nicht, Stoiko.«

Als Waljakov die Tür öffnete, purzelte Lodrik sehr unhoheitlich aus der Kutsche und fiel in den Matsch. Eingedenk der scharfen Worte seines Vertrauten, wuchtete er sich auf die Beine und gab sich Mühe, immer noch erhaben zu wirken, trotz des gelblich braunen Drecks, der an seinen Sachen klebte.

Stoiko kletterte ebenfalls etwas ungeschickt aus dem Fahrzeuginneren. »Was war denn das? Lag eine Kuh auf der Straße, oder haben wir etwa einen Riesen überfahren?«

Der Leibwächter deutete auf das zerstörte rechte Vorderrad. »Der Kutscher konnte dem Schlagloch nicht rechtzeitig ausweichen. Der Aufprall hat die Speichen komplett zerstört.« Acht Mann versuchten gerade die Kutsche anzuheben, damit ein weiterer einen Baumstamm zum Aufbocken unterlegen konnte. Die restlichen Wachen, die nichts mit der Reparatur der Kutsche zu tun hatten, blieben in den Sätteln und spähten aufmerksam in der Gegend umher. »Wir hatten großes Glück, dass es uns nicht die Achse zerschlagen hat.«

Verstohlen musterte Lodrik den Mann, den Oberst Mansk zu seinem persönlichen Schutz abgestellt hatte.

Waljakov, gut einen Kopf größer als der Diener, trug einen schlichten, eisernen Brustpanzer sowie Arm- und Beinschienen über der Winterkleidung. Der kahlrasierte Kopf wurde durch einen gefütterten Helm vor den frostigen Temperaturen geschützt.

Etwas Unheimliches, so fand der Tadc, hatten die eisgrauen Augen des muskulösen Mannes, die unentwegt auf der Suche nach einer möglichen Bedrohung zu sein schienen. Angreifer hatten von diesem Mann keine Gnade zu erwarten.

Waljakov trug, entgegen der Sitte des Landes, keinen Vollbart, sondern hatte am Unterkiefer entlang und um das Kinn silbrig weiße Haare stehen lassen. Eine Eigenart von ihm war es, den linken Unterarm so gut wie nie zu bewegen, sondern ihn in Gürtelhöhe in der Nähe des Säbelgriffs ruhig am Körper zu halten.

Und noch etwas war Lodrik aufgefallen. Der Leibwächter lief, ritt und bewegte sich so selbstverständlich mit der ganzen Rüstung und den schweren Wintersachen, als ob er eine leichte Stoffhose und ein Seidenhemd tragen würde. Stoiko, an sich ein recht stattlicher Mann, wirkte neben diesem Kerl wie ein Knabe.

»Wenn die Männer schnell arbeiten, sind wir in einer Stunde so weit, Herr. Glücklicherweise haben wir ein Ersatzrad dabei«, sagte Waljakov, verneigte sich und ging nach vorne, um dem Beifahrer zu helfen, die Pferde ruhig zu halten.

Stoiko hatte die Gedanken seines Schützlings erraten. »Man erzählt sich, er habe mehr als fünfzig Männer im Duell erschlagen und mehrere Dutzend erfolgreiche Scharmützel für Euren Vater angeführt.«

»Das glaube ich auf Anhieb.« Lodrik versuchte den Dreck vom Bärenfell abzuschütteln, doch die feuchte Erde hielt sich. »Er kann mir bestimmt mehr beibringen als mein alter Fechtlehrer.«

Der Diener wiegte den Kopf hin und her. »Er soll kein einfacher Mann sein und zu Wutausbrüchen neigen. Das solltet Ihr wissen, wenn Ihr bei ihm im Unterricht seid.«

»Da ich auch kein einfacher Mensch bin, verstehen wir uns bestimmt auf Anhieb«, sagte der Tadc zuversichtlich und ging ein paar Schritte auf und ab.

Stoiko teilte die Ansicht des Thronfolgers nicht unbedingt und sah vor seinem geistigen Auge die schlimmsten Auseinandersetzungen.

»Was ist mit seiner Hand, die er die ganze Zeit über unbeweglich hält?«, fragte Lodrik. »Sie sieht irgendwie seltsam aus.«

»Das war wohl Unachtsamkeit. Soviel ich weiß, hat er die Hand in Jugendjahren in der Ausbildung verloren. Man erzählt sich innerhalb der Garde, dass sie einem Wurfbeil zum Opfer gefallen sei.« Stoiko zog die eigene Hand in den Ärmel seiner Jacke und imitierte einen Stumpf. »Seine Familie ließ den besten Heiler kommen, den es gab, und der hat ihm dann aus einem Kriegshandschuh die mechanische Hand angefertigt. Angeblich benutzt er irgendwie die Muskelreste des Unterarms, um die Finger zu öffnen und zu schließen. Der Griff soll stahlhart sein. Und einen kräftigen Schlag an den Kopf haben einige seiner Gegner nicht überlebt.«

»Es ist schon ein bisschen unheimlich.« Der Tadc wackelte mit den Fingern. »Ob er wohl Schmerzen hat?«

Der Diener zuckte mit den Schultern und drehte sich um. »Auf alle Fälle zeigt er sie nicht.«

Das Gefährt war auf einer kleinen Anhöhe zum Stehen gekommen, die einen wunderbaren Ausblick geboten hätte, wäre der winterliche Tag freundlicher zu der Reisegruppe gewesen.

Wolkenschleier verdeckten die Fernsicht, und der leichte Nebel, der in den Kronen der kahlen, erstarrt wirkenden Bäume hing, machte die Gegend auch nicht unbedingt gastfreundlicher.

»Ich glaube, ich mag Granburg nicht.« Lodrik ließ den Blick über das trostlose Stück Land schweifen. »Warum schickt mich mein Vater rechtzeitig zum Wintereinbruch hierher? Warum nicht ans Meer oder dorthin, wo etwas los ist?«

Stoiko überhörte die Fragen des Thronfolgers, der nur zu gut wusste, weshalb er hier war, und schaute sich ebenfalls um. »Wartet auf den Frühling, Herr. Dann sieht es bestimmt schön aus.« Der Vertraute beschloss, einen Kunstgriff zu versuchen. »Und die Küche ist hervorragend, was man hört.«

»Wirklich?« Das Gesicht des Tadc hellte sich auf.

Der Vertraute nickte eifrig und hoffte nur, dass es einigermaßen stimmte.

»Seht, dort drüben«, unterbrach Waljakov die beiden und zeigte in Richtung Waldrand, aus dem eine Gestalt hervorgestolpert kam, hinfiel und sich schnell wieder aufrappelte.

Die Wachen machten gleichzeitig ihre Armbrüste schussbereit und verfolgten den Menschen, der torkelnd auf die Reisegruppe zulief, mit aufmerksamen Blicken. Undeutlich nahm Lodrik Hilferufe wahr.

»Was hat das zu bedeuten?«, murmelte der Junge.

Zwei große, schwarze Hunde brachen unvermittelt aus dem Unterholz hervor und machten sich ohne einen Laut an die Verfolgung des Flüchtenden.

Der Leibwächter kniff die Augen zusammen. »Das sind borasgotanische Kampfhunde. Die wildesten Biester, die es gibt. Ich habe einmal gesehen, wie zwei von ihnen einen ausgewachsenen Stier zerfetzt haben.« Er hob wie beiläufig den rechten Arm, die Soldaten legten die Armbrüste an. »Noch sind sie nicht in Reichweite, aber ich werde sie ohne zu zögern abschießen, sollten sie näher kommen.«

Die Gestalt war erneut gestürzt. Nur mit viel Mühe kämpfte sie sich wieder auf die Beine und taumelte weiter. In wenigen Momenten würden die Hunde über ihr sein.

»Kannst du nichts tun, Waljakov?« Lodrik hatte die Hände zu Fäuste geballt, gebannt von dem ungleichen und ungerechten Wettlauf.

»Diese Kampfhunde sind teuer und gehören mit Sicherheit einem Adligen, Herr.« Der Leibwächter ließ das Geschehen auf dem Feld nicht eine Sekunde aus den Augen. »Vermutlich ist es eine Bestrafung, und Ihr seid als Gouverneur noch nicht im Amt. Eine Einmischung wäre nicht sehr ratsam.«

Die schwachen Hilferufe klangen nun deutlicher zu den Männern herüber. Es war eine Frau, die dort unten um ihr Leben lief.

»Das ist mir egal, Waljakov. Tu etwas, ich befehle es dir!« Der junge Tadc hatte eine Zornesfalte auf der geröteten Stirn. Stoiko hatte so etwas bei dem Thronfolger noch nie gesehen.

Ein kurzer Befehl des Leibwächters und zehn Männer preschten die Anhöhe hinunter, um sich in Reichweite für die Fernwaffen zu bringen.

Doch bevor der erste Schuss abgegeben wurde, erreichten die mehr als kalbgroßen Hunde ihr Ziel, rissen es zu Boden und versenkten die messerartigen Zähne in das Fleisch der Frau.

Die erschütternden Schreie des Opfers gellten in den Ohren Lodriks, während sich die Hunde durch die Kleidung wühlten und große Brocken aus ihr herausrissen. Die gefrorene Erde färbte sich blutrot, die Frau verstummte.

Als die Tiere die Reiter bemerkten, hielten sie kurz inne, bissen noch einmal zu und rannten zurück zum Wald. Die Bolzen der Armbrüste schlugen wirkungslos hinter ihnen ein.

Der aufgeschlitzte, warme Leib dampfte in der kühlen Luft, kleine Dunstwolken stiegen auf.

Lodrik war entsetzt und fassungslos zugleich. Ein Mensch, eine Frau, war eben vor seinen Augen von riesigen Monstren in Stücke gerissen worden.

Er glaubte plötzlich, das Blut zu riechen, und die Kekse kamen ihm hoch. Würgend übergab er sich, und wenn ihn ein reichlich blasser Stoiko nicht gehalten hätte, wäre er die Anhöhe hinuntergerollt.

Auch die Soldaten schauten voller Abscheu zum Feld hinüber. Die zehn ausgeschickten Männer ritten zu der Frau, einer stieg ab und untersuchte sie. Nach wenigen Lidschlägen saß er auf, und der Trupp kehrte zurück.

»Nichts zu machen, Herr«, rief derjenige, der sie sich angesehen hatte. »Die Hunde haben ihr den halben Kopf und den Hals dazu abgerissen, ihre Gedärme und der Bauch waren zerfetzt.« Der Tadc übergab sich ein weiteres Mal geräuschvoll.

Waljakov nickte, das markante Gesicht war ausdruckslos.

»Da war noch etwas, Herr.« Die Wache reichte dem Leibwächter einen kleinen silbernen Ring. »Den trug sie am Finger. Ihr Kind wäre in ein paar Wochen zur Welt gekommen.«

Lodrik fiel bewusstlos zur Seite, da es dem Diener unmöglich war, das Gewicht des Tadc alleine zu halten.

»Würdet Ihr mir bitte zur Hand gehen, Waljakov. Er ist verdammt schwer«, stöhnte der Vertraute.

Als ob er einen Sack Federn aufnehmen würde, zog der Leibwächter Lodrik hoch und warf ihn sich ohne merkliche Anstrengung über die Schulter, um ihn in das Gefährt zu tragen.

»Ihr könnt einsteigen. Die Kutsche ist fertig«, sagte er teilnahmslos zu Stoiko, scheinbar unbeeindruckt von den Ereignissen, doch der Diener bemerkte den kalten, wütenden Glanz in den Augen des Soldaten. »Wir schaffen es noch vor Einbruch der Dunkelheit zum nächsten Gasthaus. Vielleicht erfahren wir, wer die Frau war.« Waljakov steckte sich den Ring mit der Linken in die Manteltasche.

»Ihr wollt sie doch nicht dort auf dem Feld liegen lassen?« Stoiko hatte den Brechreiz erfolgreich überwunden, nur die Blässe hielt sich in seinem Gesicht. Beinahe wäre auch er vorhin in Ohnmacht gefallen.

Der große Mann schüttelte den Kopf. »Nein. Ich erledige das und komme nach. Es wird nicht lange dauern.«

Der Diener sah, wie Waljakov sein Pferd bestieg und regungslos auf der Anhöhe wartete, während die Kutsche losfuhr. Rasch war der Soldat hinter einer Biegung verschwunden.

Stoiko betrachtete den Horizont hinter sich und sah bald darauf eine dünne Rauchfahne aufsteigen, Hufschlag näherte sich von hinten der Kutsche.

Der Leibwächter brachte sein Pferd auf gleiche Höhe mit Stoikos Fenster, und es roch plötzlich ein wenig nach Petroleum.

»Kein Fuchs oder Wolf wird sie fressen können.« Waljakov drückte seinem Tier die Sporen in die Flanke und setzte sich wieder an die Spitze der Gruppe.

Der Diener lehnte sich für einen Moment in den gepolsterten Sitz und betrachtete den besinnungslosen Tadc. Dann suchte er die kleine Flasche mit dem alkoholischen Inhalt. Nach dieser widerlichen Begrüßung brauchte er dringend einen großen Schluck.

»Auf Granburg! Willkommen, Stoiko, willkommen Gouverneur!«

Nach drei Warst war die Flasche leer, Stoiko eingeschlafen und Lodrik immer noch im Reich der Träume.

III.

»Sinured erkannte den Wunsch der Menschen nach einer neuen, glorreichen Zeit. In jedem Barkit saß der Wunsch nach Kampf und Krieg, denn es war ein stolzes, kampferprobtes und kampflustiges Volk.

Also ließ er die Kunde verbreiten, Tarpol rüste sich für einen Krieg. Schon bald meldeten sich viele der Männer freiwillig zum Heer, die Flotte wurde um ein Vielfaches erweitert, sodass das Königreich mehr Krieger als alle anderen Länder in seiner Umgebung hatte.

Sinured versetzte in einer finsteren Nacht vier Markierungssteine entlang der tarpolischen Grenze in Richtung Barkis und wartete auf die Patrouille aus Tarpol. Mit dem ersten Morgengrauen erschien eine Schar Bewaffneter, Sinured stellte sie zum Kampf, und die tarpolischen Soldaten, in der Meinung, sie befänden sich immer noch auf ihrem Gebiet, verteidigten sie wie die Löwen. Doch es half nichts.

Sinured stellte die Steine wieder an ihre alten Plätze zurück und schickte eine Nachricht an Tarpol, um dem König den Krieg zu erklären. Dessen Truppen hätten einen Einmarsch vorbereiten wollen und seien gestellt worden. Seine Getreuen beschworen die Wahrheit seiner Worte, die Spuren sprachen für sich.

Laut hallten die Kriegsrufe durch Barkis, die Männer waren bereit, Sinured zu folgen ...«

Ulldartischer Geschichtsalmanach,
XXI. Band, Seite 1047

Westtarpolische Küste,
Winter 441 n. S.

»Segel voraus!« Laut und begeistert kam die Meldung aus dem Ausguck, und die Männer, die gerade an Deck zu tun hatten, begannen bei der hoffnungsvollen Nachricht zu johlen. »Etwa drei Meilen gerade vor uns. Sieht aus wie'n schwerer palestanischer Kaufmann, und der Kahn liegt verdammt tief im Wasser, Jungs!«

Kapitän Torben Rudgass, der Befehlshaber an Bord der *Grazie,* hob sein Fernrohr vor das rechte Auge und grunzte zufrieden, als er das Schiff näher betrachtete.

Der Mann im Krähennest hatte sich nicht getäuscht. Nur träge hob und senkte sich der Bug in den Wellen, die gegen die Planken schlugen, als wäre das Holz eine starre Kaimauer.

Ein Händler mit Gewürzen, Seidenstoffen oder Getreide käme gerade recht, denn die Männer wurden allmählich gereizt. Seit acht Wochen segelten sie an der nordwestlichen Küste Tarpols, und kein dicker Fisch war ihnen bisher ins Netz gegangen.

»Was macht unser Passagier?« Torben, ein kräftiger Mann um die Dreißig mit kurzgeschorenen hellblonden Haaren und geflochtenem Bart, überlegte, ob er sich den Abstecher in Richtung des Palestaners erlauben sollte.

Wie alle Rogogarder verstand er sich und seine Mannschaft als Freibeuter. Die Bezeichnung ›Pirat‹ hörte man im Inselreich nur sehr ungern.

Zwar hatte der seltsame Mann unter Deck viel Gold bezahlt, damit sie ihn am nächsten rundopâlischen Hafen absetzten, aber die Münzen würden im Vergleich zu einer ordentlichen Prise wenig wert sein. Gesehen hatte ihn der Kapitän zu Beginn der Fahrt, als er vor vier Tagen in Gustroff mit zwei schweren Seesäcken an Bord ging und die Fahrt gezahlt hatte. Danach nur noch einmal, mitten in der Nacht.

Damals stand der mittelgroße, eher schmächtige Passagier im Umhang an Deck und betrachtete schweigend die Sterne. Als er mit ihm einen kleinen Plausch zur Befriedigung seiner Neugier halten wollte, verschwand der Kerl mit einem Nicken in seine Kabine, wo er auch sein Essen einnahm. Die Mannschaft machte sich bereits Sorgen wegen der Geheimnistuerei und befürchtete einen bösen Geist.

»Er schläft«, antwortete sein Maat Krenzen, der an der Seite des Kapitäns stand. »Er meinte, er wolle nicht gestört werden.«

»Glaubst du, dass ihn das Entern des Händlers stören wird?«, grinste Torben und beförderte einen dicken Strahl Spucke über Bord.

»Oh, wenn die Jungs entsprechend leise beim Zuschlagen sind, wird er nichts hören.«

Torben lachte, dass die Creolen an seinen Ohrläppchen leise klingelnd aneinander schlugen, und hob wieder das Fernrohr.

»Was hältst du von ihm? Ich tippe, er ist irgendso ein in Ungnade gefallender Adliger oder Hauptmann, der sich wegen Ehrverlust schmachvoll und klammheimlich aus seinem Land abgesetzt hat.«

»Vielleicht flüchtet er auch vor 'nem unehelichen Kind, Käpt'n«, Krenzen kratzte sich am Hintern und beobachtete die Piraten, die aufmerksam in ihre Richtung sahen und darauf warteten, dass ein Befehl kam. »Nein, du hast schon Recht. Einen Akzent hab ich allerdings noch nicht bei ihm gehört. Klingt ziemlich astrein, sein Ulldart. Zu rein. Als ob er's studiert hätte. Und vom Körperbau her steht er den meisten Soldaten, die ich gesehen habe, in einigem nach. Also wohl eher ein Adliger als ein Kämpfer.«

»Mir soll's egal sein, warum er bei uns mitfährt. Er hat bezahlt, er kommt in Rundopâl an Land.«

»Hat er nicht gemeint, so schnell wie möglich?«

»Wir machen doch so schnell wie möglich, oder?« Torben zeigte auf das Handelsschiff, die grüngrauen Augen blitzten gut gelaunt. »Wir entern den so schnell wie möglich, verschwinden so schnell wie möglich, um die Ware und unseren geheimnisvollen Freund so schnell wie möglich in Rundopâl loszuwerden.« Die Männer lachten.

»Was, bei allen Verdammten, hat der Pfeffersack denn geladen?«, murmelte der Schiffsführer leise, nachdem er den Tiefgang der möglichen Beute noch mal inspiziert hatte.

»Könnte das nicht auch eine Falle sein, Käpt'n?« Der Maat kratzte sich den Bart, in dem die Läuse wieder einen Freudentanz veranstalteten. »Kein Palestaner ist so dumm und kreuzt hier oben so dicht an Rogogard vorbei und hisst dann noch die gotterbärmliche palestanische Flagge.«

»Du hast Recht, Krenzen. Vermutlich haben sie den Laderaum voller Söldner und warten nur auf einen Angriff.« Torben hob den Kopf zum Ausguck. »Haben sie uns gesehen?«

»Aye! Sie setzen gerade Vollzeug, Käpt'n«, brüllte der Mann von oben herunter. »Macht sie aber auch nicht viel schneller.«

Einen Moment lang kämpfte der Befehlshaber der *Grazie* gegen das flaue, ungute Gefühl im Magen, doch dann siegte die Aussicht auf eine Prise.

»Dann wollen wir mal schauen, ob sie es auf uns abgesehen haben oder ob sie wirklich nur reichlich dämlich sind.« Der Kapitän befahl einen Kurs, der das rogogardische Schiff, von den Ausmaßen nur etwa die Hälfte des Palestaners, auf eine Parallelbahn mit dem Händler brachte.

Nach wenigen Meilen hatte man mit dem Flüchtenden, der den Namen *Fröhlicher Gruß* trug, gleichgezogen. In noch sicherem Abstand segelten die Schiffe nebeneinander her.

Auf dem Handelsschiff standen die Männer an der Reling und glotzten unsicher, während die rogogardischen Piraten Beschimpfungen und handfeste Obszönitäten hinüberriefen.

»Seid ein bisschen leiser, ihr Schreimöwen, sonst wird unser Passagier noch wach.« Torben spähte wieder durch das Fernrohr und versuchte, eine verdächtige Bewegung irgendwo an Deck auszumachen, die auf die Anwesenheit von Bewaffneten schließen ließ.

»Provoziert sie«, sagte er zu Krenzen. »Geht näher rann und schießt Brandpfeile hinüber. Wollen doch mal sehen, ob sie das nicht aus der Ruhe bringt.«

Als die *Grazie* ihren Kurs änderte, versuchte der Palestaner den Abstand zu halten, doch die Manövrierfähigkeit des rogogardischen Schiffes und die Geschwindigkeit verschafften den Piraten den nötigen Vorteil. Bald schossen ein Dutzend brennende Pfeile durch die Luft und bohrten sich in die Segel, ins Deck und die Takelage.

Zwar flogen ein paar gegnerische Geschosse zurück, doch sie richteten keinen nennenswerten Schaden an, während auf dem palestanischen Händler erste Rauchschwaden aufstiegen.

»Entweder sie haben gute Nerven und ein Wunder parat. Oder da säuft uns gerade die fetteste Beute ab, die wir je hätten machen können«, sagte der Maat und spielte nervös mit seinem Entermesser.

Die vierzig Rogogarder standen an der Bordwand zum Entern bereit, Wurfhaken waren ausgeteilt worden, die gezogenen Waffen blitzten.

Auf der anderen Seite signalisierte einer der palestanischen Matrosen hektisch mit Wimpeln, und Krenzen entzifferte die schnell gefuchtelte Nachricht nur mit etlicher Mühe.

»Sie machen das Angebot, dass sie uns freiwillig die Hälfte ihrer Ware abgeben würden, falls wir sie anschließend weiterfahren ließen. Klingt doch annehmbar, oder?!«

»Ich weiß nicht. Irgendetwas macht mich unsicher.« Torben hatte den Händler nicht eine Sekunde aus den Augen gelassen.

Die Matrosen rannten hin und her, um das Feuer zu löschen, das sich in der Takelage auszubreiten drohte. Andere kümmerten sich um Verwundete, die im Pfeilhagel angeschossen worden waren.

»Wenn ich nur wüsste, was nicht stimmt.« Aufmerksam ließ er den Blick über die gegnerische Bordwand streifen. Da bemerkte er plötzlich etwas, das einem dicken Eisenbolzen glich.

Hastig drehte er die Linse schärfer und konzentrierte sich auf seine Entdeckung.

Tatsächlich sah es aus, als schaue ein massiver, fingerdicker Bolzen, der von innen durch die Planke geschlagen worden war, wenige Zentimeter aus dem Holz.

»Für was würdest du einen Eisenbolzen benutzen?«, fragte er den Maat, der sich wieder nachdenklich den Bart kratzte.

»Zum Festmachen?«, schlug Krenzen vor und nahm die Sehhilfe, die ihm der Kapitän wortlos reichte, zur Hand, um sich das Stück genauer zu betrachten.

Die Piraten wurden unruhig. Nur wenige Taulängen entfernt schwamm ein Handelsschiff, das offensichtlich schwer geladen hatte, und sie mussten untätig herumstehen.

»Was ist jetzt? Sollen wir ewig auf das Gold warten?«, rief einer.

»Nicht, dass die Palestaner noch der Heldenmut packt und sie uns rammen wollen«, fügte ein anderer hinzu. Die Männer begannen zu murren.

»Haltet das Maul«, herrschte Torben sie an. »Dort

drüben ist eine Schweinerei im Gange, und so lange ich nicht weiß, um was es geht, warten wir.«

»Käpt'n, da ist noch einer.« Der Maat zeigte auf einen Punkt ungefähr acht Meter links von dem ersten Bolzen. »Ist dir aufgefallen, dass keiner der Matrosen Waffen trägt?«

Natürlich hatte er es beiläufig bemerkt, aber dem Umstand keine Beachtung geschenkt.

»Mir ist die Sache nicht geheuer.« Torben wandte sich zum Steuermann um. »Abdrehen, Vollzeug setzen und nichts wie weg von hier.«

Keiner seiner Männer bewegte sich. »Was sollen wir? Käpt'n, das ...«

»Schnauze halten und ab in die Wanten!«, brüllte Torben und hob drohend die Faust.

Den lauten Befehl hatte man auch an Deck der *Fröhlicher Gruß* gehört, und plötzlich erwachte das vermeintliche Händlerschiff zu gefährlichem, tödlichem Leben.

Die seitliche Bordwand klappte auf acht Metern Länge und zwei Metern Höhe herab. Die überraschten Piraten sahen die Läufe von zahlreichen Speer- und Pfeilschleudern, und ihre Hoffnung auf reiche Beute verwandelte sich in blankes Entsetzen. Wie gelähmt standen die Männer an Deck.

»O du große Walscheiße«, flüsterte Torben, dann schüttelte er in letzter Sekunde seine Erstarrung ab und warf sich hinter der Reling in Deckung.

Einen Lidschlag später surrte es über ihm, in das Geräusch von splitterndem Holz mischten sich die Schreie seiner Männer.

Der Kapitän behielt den Kopf unten und lauschte, wann das tödliche Schwirren endlich aufhörte, aber alle paar Sekunden erfüllte neuerliches, unheilvolles Rauschen die Luft.

Die Schreie, anfangs laut und durchdringend, hörten nach der vierten Salve auf.

Mit einem dumpfen Krachen durchschlug ein letzter Speer die Reling, hinter der Torben lag, und bohrte sich einen fingerbreit vom Kopf des Schiffsführers entfernt durch das Holz.

Dann herrschte Grabesstille, nur das Knarren der Schiffe, die sacht in den Wellen dümpelten, war zu hören.

»Jemand an Bord?«, kam es spöttisch von der *Fröhlicher Gruß*. »Ich würde gerne mit dem Kapitän des Kahns hier reden. Lebt er noch?«

Der Pirat überlegte eine Weile, ob er sich tot stellen sollte, aber die Aussicht zwischen Leichen, Raubfischen und Ungeheuern im Meer zu treiben, war auch nicht besonders angenehm.

»Aye«, rief Torben endlich, der mit Schaudern seinen Maat betrachtete. Ein Speer hatte Krenzen die Brust durchbohrt und an den Großmast genagelt. Einige seiner Männer waren gruppenweise durch die unterarmdicken Schleudergeschosse zusammengesteckt worden und erinnerten den Rogogarder unpassenderweise an Brathühner auf einem Spieß. »Was gibt's?«

»Ihr könnt herauskommen, wir schonen Euer Leben. Immerhin seid Ihr ja der Anführer. Aber wenn Ihr Euch zu viel Zeit lasst, überlege ich es mir noch mal anders.«

Torben erhob sich vorsichtig und streckte den Kopf über die Reling.

Die Bolzen, die er gesehen hatten, hielten dicke Eisenringe auf der Innenseite der Bordwand, an denen wiederum Ketten befestigt waren, die die zugbrückenähliche Klappkonstruktion in einem Neunzig-Grad-Winkel zum Schiffsrumpf arretierte. Unter Deck standen dicht an dicht die Speer- und Pfeilschleudern, die freies Schussfeld erhalten hatten, als die Wand abgesenkt worden war.

Auf Deck gingen nun vierzig Bewaffnete in Position, die Hälfte davon hielt zu allem Überfluss noch Armbrüste in der Hand.

Ein Mann in palestanischer Offiziersuniform, auffälliges Rot mit Schwarz und gelben Stickereien, zog seinen Federhut und grüßte höfisch.

»Ich bin Commodore Erno DeRagni, Befehlshaber dieses schönen Schiffes. Mit wem habe ich das Vergnügen?«

»Kapitän Torben Rudgass, Rogogardische Flotte«, antwortete der Pirat und beobachtete die Szene mit Misstrauen. Insgeheim rechnete er damit, gleich von einem Bolzen getroffen zu werden. »Was geschieht nun mit mir?«

»Rogogardische Flotte?« DeRagni brach in Hohn triefendes Gelächter aus. »Ein Spaßmacher, selbst im Angesicht der Niederlage, nicht wahr? Wir holen Euch an Bord und legen Euch in Ketten. Dann fahren wir den nächsten tarpolischen Hafen an und arrangieren mit dem dortigen Richter eine schnelle Verhandlung. Immerhin seid Ihr in tarpolischen Gewässern, und Eure Verurteilung soll doch mit rechten Dingen zugehen. Oh, der Prozess ist leider ein Privileg, das Euren Männer nicht gestattet wird.«

Der Offizier nickte seiner Entermannschaft zu, die die *Grazie* mit Hilfe von Bootshaken heranzog, breite Planken auslegte und das blutgetränkte Deck des rogogardischen Schiffes betrat.

Die Soldaten gingen schnell vor. Die Handgriffe saßen, jeder nur verwundete Pirat erhielt von den Palestanern den Gnadenstoß, die Toten wurden achtlos in die Ladeluke geworfen.

Torben wandte sich nicht ab, als er seine verletzten Männer der Reihe nach sterben sah. Ihre Tode empfand er schlimmer als den Gedanken an sein eigenes Ende, und die unbändige Wut über seine eigene Dummheit, der palestanischen Falle auf den Leim gegangen zu sein, fraß sich tief in ihn hinein.

»Ich habe noch einen Passagier dabei«, sagte der

Rogogarder resigniert, dem zwei Soldaten in der Zwischenzeit die Hände auf den Rücken gebunden hatten. »Er hat mit der Sache nichts zu tun. Lasst ihn in Ruhe.«

Commodore DeRagni, kaum älter als Torben, kam elegant über das Brett gesprungen und blickte sich an Deck des Piratenschiffs um. »Wer ist denn so verzweifelt, dass er freiwillig eine Überfahrt mit Halsabschneidern riskiert?« Mit dem rechten Fuß rollte er einen Liegenden auf den Rücken, der bei der Berührung leise aufstöhnte und sich am Knöchel des Offiziers festklammerte.

Mit einer schnellen Bewegung zog DeRagni das Rapier aus der Scheide und durchbohrte den Oberkörper des verletzten Piraten auf Herzhöhe. Torben machte einen drohenden Schritt vorwärts. Seine Bewacher rissen ihn zurück und hielten ihn mit eisernem Griff fest.

»Ach, sieh an? Geht Euch das Schicksal Eurer Männer zu Herzen, Kapitän?« DeRagni reinigte gespielt gelangweilt seine Waffe an der Kleidung des Toten. »Dann hätten sich die Leute vorher überlegen müssen, wen sie angreifen. Palestan lässt sich nicht ewig alles gefallen.«

»Ich gebe einen Dreck auf den Krämerstaat.« Torben spuckte aus. »Ich würde immer wieder Freibeuter werden und arrogante Händler jagen, bis sie alle aus dem Meer verschwunden sind.«

»Das dürft Ihr alles dem Richter erzählen«, meinte der Commodore, »aber ich vermerke Euer Geständnis mit Wohlwollen. Strafmildernd wird es sich allerdings nicht auswirken.« Die palestanischen Soldaten lachten.

Die Entermannschaft trug derweil die Proviant- und Wasserfässer aus den Laderäumen der *Grazie*, bugsierte sie an Bord der *Fröhlicher Gruß*, die Waffen, Bolzen und Pfeile wechselten ebenfalls die Besitzer. Torben erkannte unter der Beute auch die beiden schweren Seesäcke des Fremden.

Einer der Palestaner löste sich aus der betriebsamen

Hektik und erstattete DeRagni mit einem ratlos wirkenden Gesicht Bericht.

»Wir haben keinen Passagier entdecken können, Commodore. Weder im Laderaum noch in der Kombüse oder in den anderen Decks.«

»Habt ihr die Fässer untersucht, bevor ihr sie rübergebracht habt?«

Der Soldat überlegte einen Moment. »Ja, Commodore. Es fand sich aber auch nichts, abgesehen von Heringen, Gurken, Zwieback und Fett.«

Torben blickte nicht minder erstaunt als der Soldat, hatte er eigentlich mit der Entdeckung des Fremden gerechnet. »Das ist seltsam«, murmelte er leise. DeRagni dreht sich zu ihm um.

»Mir scheint, Euer Gast ist ein Meister im Versteckspiel. Nützen wird es ihm freilich nicht sehr viel, denn das Schiff wird jetzt und hier versenkt.«

Der Commodore erteilte den Rückzugsbefehl, Rudgass wurde grob über die Planke auf die *Fröhlicher Gruß* geschoben.

Aus dem Laderaum der *Grazie* ertönten dumpfe Axtschläge, dann zeigten das laute Krachen von Holz und mehrere Flüche, dass der Durchbruch gelungen war.

Lidschläge später erschienen die letzten Angehörigen des palestanischen Enterkommandos, nass von oben bis unten und mächtige Äxte in den Händen haltend, die im Laufschritt auf das umgebaute Händlerschiff zurückkehrten.

Die *Fröhlicher Gruß* stieß ab und setzte Segel, Schützen deckten die *Grazie* mit einem Schauer Brandpfeile ein, um alles über Deck, was das rogogardische Schiff irgendwie über Wasser halten könnte, zu vernichten.

Torben Rudgass sah die brennende *Grazie*, auf der er fünf Jahre als Kapitän verbracht hatte, Stück für Stück untergehen.

Polternd fiel die kokelnde Rahe aufs Deck und zerschlug ein großes Stück davon, feurige Segelfetzen schwebten tänzerisch auf die Wasseroberfläche nieder und erloschen mit einem lauten Zischen.

Das Schiff bekam Schlagseite, und als sich der Rumpf ächzend nach Steuerbord senkte, stürzten ein paar der toten Piraten aus der Ladeluke und klatschten ins Wasser.

»Kein schöner Anblick, nicht wahr?« DeRagni stand plötzlich neben dem Rogogarder und beobachtete das sterbende Schiff in seinem Todeskampf. »Ich habe schon zu viele palestanische Händlerschiffe in diesem Zustand gesehen, als dass ich Mitleid mit irgendeinem Seeräuber hätte. Mein Vater ließ wegen Männern wie Euch sein Leben, Rudgass.« Der Offizier ließ Vollzeug setzen und ging in Richtung Kapitänskajüte.

Torben konnte sich vom Anblick der feuerumhüllten *Grazie* nicht losreißen, es hatte etwas Faszinierendes und Grausames zugleich, dem Ende seines Schiffes zuzusehen.

Und trotz der Trauer und der Wut fragte er sich, was wohl aus seinem geheimnisvollen Passagier geworden war.

Nach acht Tagen unter Deck im feuchtesten Winkel des palestanischen Schiffes waren die Wut und der Hass tief im Inneren von Torben Rudgass verflogen.

Der Rogogarder fror ganz erbärmlich, das kalte Meereswasser umspülte unentwegt seine Füße und ließ die Haut aufquellen. Die scharfkantigen Eisenringe scheuerten schmerzhaft das Fleisch von den Gelenken und jede Bewegung verursachte ein Stechen, sodass der Pirat bereits die ersten Zeichen von Wundbrand spürte.

Die Ratten hielten sich noch zurück und fraßen lediglich seinen Zwieback, wenn er nicht aufpasste. Offenbar hatten sie noch keinen Gefallen an Menschenfleisch gefunden.

Plötzlich fiel Licht in den finsteren Verschlag, zwei Palestaner erschienen und lösten die Ketten von den Plankenhalterungen, damit sich Torben erheben konnte.

»Der Commodore will dich sehen«, sagte der Mann mit der Lampe, während der andere dem Rogogarder auf die Füße half.

»Wie weit ist es noch bis zur tarpolischen Küste?«, fragte Torben. »Ich will nicht länger in diesem nassen Loch verfaulen. Hängt mich lieber gleich auf.«

»Das entscheidet der Commodore.« Der Pirat erhielt einen Stoß in den Rücken, sodass er in Richtung der schmalen Holzleiter stolperte und sich an ihr den Kopf anschlug. »Wir steuern Ludvosnik an, eine der größeren Hafenstädte, die einen eigenen hoheitlichen Gerichtshof hat. Es wird noch eine Zeit lang dauern, bis du baumelst.«

Schwerfällig erklomm Torben die Sprossen und stand nach einer Weile an Deck des Palestaners. Die frische Brise und feinen Gischtspritzer wirkten belebend, tief atmete er ein und freute sich einen kurzen Augenblick über die scheinbare Befreiung aus dem dunklen, feuchten Holzgefängnis.

Auf dem Oberdeck herrschte geschäftiges Treiben, die *Fröhlicher Gruß* segelte mit Vollzeug und pflügte für ein so breites, schweres Händlerschiff mit beachtenswerter Geschwindigkeit durch die Wellen.

Die palestanischen Matrosen turnten in der Takelage umher, zurrten Seile fest und begannen gerade mit dem Setzen zusätzlicher Segel am Bug des Schiffes. Kein Zweifel, die *Fröhlicher Gruß* hatte es verdammt eilig.

Seine Bewacher zogen ihn an der Kette hinter sich her zur Kapitänskajüte, die Männer, an denen sie vorübergingen, warfen dem Piraten hasserfüllte Blicke zu.

Torben schätzte, dass sie ihm am liebsten jetzt und hier ans Leben gegangen wären, er kam sich unterwegs vor wie bei einem Spießrutenlauf.

Kurze Zeit darauf stand er in der geräumigen Kapitänskajüte, der Commodore saß nachdenklich hinter einem mächtigen Schreibtisch, auf dem in Ölpapier eingeschlagene Gegenstände lagen, und kaute auf einem Stück Süßholz.

Die palestanischen Wachen drückten den Rogogarder auf einen Stuhl vor dem Tisch und stellten sich an die Tür.

DeRagni sagte nichts und schien die Anwesenheit Torbens nicht bemerkt zu haben, sondern bearbeitete das Stückchen Holz weiter mit den Schneidezähnen, die Augen auf die Arbeitsplatte gerichtet. Der Pirat wartete ab.

Als ob er in Gedanken weit entfernt gewesen wäre, regte sich der Commodore plötzlich, nickte dem Rogogarder zu und platzierte einen Holzbecher, den er aus der Schublade des Tisches nahm, vor seinem Gefangenen. Dann förderte der Palestaner aus den Tiefen des Faches eine Karaffe mit goldgelber Flüssigkeit zu Tage und schenkte zuerst Torben, dann sich selbst ein.

»Was wisst Ihr über Euren ehemaligen Gast?« Der Commodore erhob sein Glas auffordernd und nippte daran.

Torben schnupperte zuerst an der Flüssigkeit, die nach starkem Alkohol roch. Als er einen Schluck nahm, rann es wie flüssiges Feuer die Kehle hinab und verbreitete im Magen eine nicht unangenehme Wärme, die sich bald im ganzen Körper verteilte.

»Das ist ein sehr guter Branntwein, Commodore«, sagte der Rogogarder, »vermutlich habt Ihr ihn vergiftet und Euch ein Gegengift eingeflößt, oder? Alle Palestaner sind hinterhältig. Das weiß jedes rogogardische Kind.«

»Ihr tut mir Unrecht, Rudgass.« DeRagni lächelte, zog sich mit der freien Hand die gelockte Perücke vom Kopf und warf sie gekonnt auf den vorgesehenen Halter. »Ich habe Euch versprochen, dass Ihr einen Prozess bekommt, warum sollte ich Euch dann vorher umbringen? Das würde keinen Sinn ergeben. Außerdem habt Ihr meine Frage noch nicht beantwortet.«

Torben ahnte, was ihm bevorstand und leerte den Becher in einem Zug. Der Commodore füllte nach.

»Ich kann Euch nichts über den Passagier sagen, außer, dass es ein Mann war, ein bisschen kleiner als ich und etwas schmächtiger gebaut. Wir haben ihn in Gustroff an Bord genommen und ihn für einen Adligen oder einen Offizier gehalten, der sich aus irgendeinem Grund von zu Hause abgesetzt hat.«

DeRagni lehnte sich vor, seine natürlichen, schwarzen Haare klebten am Schädel, die Pupillen waren stecknadelgroß und verrieten die angespannte Neugier des Palestaners. »Woher wollt Ihr das denn wissen? Hatte er eine Uniform an?«

»Nein, das nicht. Aber er sprach eine Art Ulldart, als ob er die Sprache studiert hätte. Keine Mundart, keine Besonderheit, kein Akzent. Wie aus dem Lehrbuch für Beamte.« Der Rogogarder zog die Augenbrauen zusammen. »Weshalb interessiert Euch ein Toter?«

Der Commodore deutete auf die eingewickelten Gegenstände. »Ich glaube, dass Euer Gast mehr als nur ein gewöhnlicher Passagier war, nach der Art seiner Ausrüstung zu schließen.« Er schlug eines der Öltücher zurück, und eine breite, aus verschiedenen Einzelstücken gearbeitete Gürtelschnalle glänzte im einfallenden Sonnenlicht.

»Fällt Euch etwas auf?« DeRagni schob die Schnalle über den Tisch. »Betrachtet sie genau. Nehmt sie in die Hand.«

Torben stellte den Becher ab und nahm den Gegenstand auf.

Schwer lag das gravierte Metallstück in seiner Handfläche, und der Pirat drehte und wendete es nach allen Richtungen, ohne etwas entdecken zu können.

»Wer auch immer das Stück angefertigt hat, war ein ziemlicher Meister seines Fachs.« Er legte die Gürtelschnalle zurück. »Mir wäre sie nur etwas zu schwer und zu groß.«

»Ich habe zuerst das Gleiche gedacht, Rudgass.« Der Palestaner klappte eine Strebe des Metallstücks hoch, und die Gürtelschnalle fiel auseinander.

DeRagni brauchte eine gewisse Zeit und mehrere Anläufe, bis er die Teile neu angeordnet und zusammengesetzt hatte, doch als er fertig war, hielt er ein gefährlich aussehendes Messer mit dünner Klinge und rasiermesserscharfer Schneide in den Fingern.

»Interessant, nicht wahr?«

Torben hatte das Tun des Commodore mit zunehmendem Interesse verfolgt und schaute verblüfft auf das Endergebnis. »Wie seid Ihr darauf gekommen?«

»Es war ein Zufall.« DeRagni öffnete ein weiteres Tuch, in dem ein kostbar aussehender Ring lag. »Als ich diesen Stein untersuchen wollte, bemerkte ich, dass sich die Fassung drehen lässt.« Er demonstrierte es dem Rogogarder, der Edelstein mit der Fassung klappte nach hinten und offenbarte dem erstaunten Piraten einen Hohlraum, der mit einem weißlichen, fast farblosen Pulver gefüllt war.

»Wohl kaum eine Arznei«, Torben kratzte sich am Kopf, die Ketten rasselten bei den Bewegungen, und das Reiben der Metallringe verursachte ein schmerzhaftes Ziehen, doch der Rogogarder war zu abgelenkt von den Erkenntnissen des palestanischen Offiziers.

»Oh, bestimmt heilt sie Schlafstörungen«, der Commodore schloss den Ring wieder und legte ihn zurück. »Als ich das entdeckte, habe ich alle Gegenstände untersucht, die in den beiden Seesäcken waren.«

Das nächste Tuch wurde zurückgeschlagen, und Torben sah weitere vier Ringe, diesmal mit kostbaren Rubinen als Schmuck.

»Eine hübsche Kombination, wäre viele Münzen wert«, rutschte es dem Rogogarder heraus. DeRagni grinste, während er die Ringe anzog und sie ins Licht hielt.

»Vermutlich sind die so bereits unbezahlbar, aber diese Juwelen bergen ein Geheimnis.« Der Palestaner ballte eine Faust, drückte sie mit den Ringen nach unten auf die Arbeitsplatte des Tisches und zog sie von rechts nach links.

Es gab ein schabendes Geräusch, die Rubine hinterließen tiefe Furchen im Holz. »Wenn ich jemandem damit ins Gesicht schlüge, würde ihn hinterher nicht einmal sein eigener Vater erkennen.« Der Commodore hielt Torben die Faust direkt vor die Nase. »Diese Steine sind so scharf geschliffen, dass sie einen Menschen nach einem guten Treffer an der richtigen Stelle verbluten lassen.«

Der Pirat zog den Kopf zurück, um sich aus der Reichweite der Schmuckstücke zu bringen.

»Ihr habt Recht, unser Passagier war ein gefährlicher Mann. So etwas hat kaum ein gewöhnlicher Mensch dabei, abgesehen davon, dass sich die wenigsten solche Anfertigungen leisten können. Es sieht aus, als ob er ein gekaufter Mörder gewesen wäre. Assassine, nennt man sie nicht so?«

DeRagni nickte. »Vermutlich hat die Palestanische Flotte einer hoch gestellten Persönlichkeit das Leben gerettet, in dem sie die *Grazie* aufgebracht hat. Aber ich bin noch nicht fertig mit meiner kleinen Vorstellung, denn abgesehen von den ganzen seltsamen Waffen, Giften und anderen Sachen, habe ich noch mehr gefunden.«

Er hob den zweiten Seesack auf den Tisch und räumte ihn aus: drei Perücken, falsche Bärte in allen Variationen, drei verschiedene tarpolische Trachten, Puder, Haarfärbemittel, Münzen unterschiedlicher Währungen und ein getragenes, dunkelbraunes Kleid mit passender Stola und Weste.

»Das ist alles sehr ungewöhnlich.« DeRagni entfernte den Stöpsel von einem kleinen Fläschchen, und sofort verteilte sich schwerer, süßer Parfümgeruch in der Kajüte. »Der Assassine hat wirklich an alles gedacht. Seid Ihr Euch immer noch sicher, einen Mann an Bord Eures Schiffes gehabt zu haben, Rudgass?«

Der Pirat zuckte ratlos mit den Schultern. »Ich glaube gar nichts mehr.«

Der Commodore fixierte ihn wieder mit dem angespannten, neugierigen Blick. »Soll ich Euch etwas verraten? Ich denke, dass Ihr sehr wohl wusstet, wen Ihr da mitgenommen habt.« Der Mann spielte mit den Haaren der dunklen Perücke. »Vermutlich hat Agarsien einen Mörder angeheuert, um mit dessen Hilfe die reichen Kaufleute der besten palestanischen Kontore im Norden Rundopâls zu beseitigen, und ihr rogogardischer Abschaum helft ihnen dabei. Oder hat Rogogard am Ende den Assassinen selbst gekauft?«

»So ein Unsinn.« Torben wollte aufstehen, aber seine Bewacher waren zur Stelle und drückten ihn in den Sitz. »Wir heuern keine Mörder an. Wir entern Schiffe und schlitzen euch dann die Kehlen lieber eigenhändig auf.«

»Ihr könnt sagen, was Ihr wollt. Ich werde Eurem Gedächtnis ein wenig auf die Sprünge helfen, und falls Euch doch noch etwas einfallen sollte, habt Ihr Gelegenheit, es mir mitzuteilen.« DeRagni schenkte sich nach und winkte den Matrosen zu. »Schafft den Piraten an Deck und verpasst ihm zwanzig Hiebe mit der neunschwänzigen Katze. Vielleicht kehrt sein Erinnerungsvermögen zurück, oder es verbessert sich wenigstens ein bisschen. Einen angenehmen Tag wünsche ich, Kapitän.«

»Du hundsfotziger, palestanischer Seeteufel!« Der

Rogogarder wehrte sich gegen die kräftigen Hände, die ihn in die Höhe zerrten und zum Ausgang schleiften, doch die Tage unter Deck hatten ihre Spuren hinterlassen.

Die beiden Matrosen schoben und drückten ihn zurück an die Luft, wo sie ihn über das Geländer auf die Holzplanken des Oberdecks warfen.

Der Sturz war eigentlich nicht sehr tief, und unter normalen Umständen hätte es Torben nichts ausgemacht, doch die Ketten verhinderten, dass er sich abfangen konnte.

So schlug er der Länge nach hin, die Eisenringe rissen die verkrusteten Wunden an den Gelenken wieder auf. Stöhnend versuchte der Pirat, sich zu erheben, doch die Fesseln hatten sich verheddert, sodass er wie ein verschnürtes Kalb auf den Planken lag.

Eine der beiden Wachen schleifte ihn zum Großmast, während die andere die Peitsche vom Haken nahm und sie in einen mit Salz gefüllten Eimer steckte.

Die übrige Besatzung der *Fröhlicher Gruß* hatte die Vorbereitungen bemerkt und versammelte sich allmählich, um das Spektakel mitanzusehen.

Torben warf einen Blick auf die Lederriemen, an deren Enden Glasstücke, Nägel und Eisenspäne eingeflochten waren. Von seiner Haut würde nach zwanzig Schlägen mit diesem Monstrum nicht mehr viel übrig bleiben, und er hoffte inständig, nach dem fünften oder sechsten Hieb ohnmächtig zu werden.

Die Vorkehrungen waren beendet, der Rogogarder stand mit dem Bauch voran am Großmast, die Hände um das glatte Holz gebunden. Die Matrosen und die Soldaten feuerten den Mann mit der Peitsche an, der zwei Schritte Anlauf nahm und mit viel Wucht aus der Drehung zuschlug.

Der Schmerz kündigte sich nicht vorher an, er schoss ohne Vorwarnung heiß und stechend durch den Rücken des Piraten, doch Torben schrie nicht. Die Männer johlten, während die Peitsche erneut traf, diesmal noch stärker. Es fühlte sich an, als ob ihm jemand glühenden Draht über die Haut zog.

Jetzt hagelten die Schläge in schneller Folge auf den Rücken, immer wütender drosch der Matrose zu, um den Rogogarder endlich zum Schreien zu bringen. Nach dem fünfzehnten Hieb legte er eine Pause ein, rieb die Lederriemen mit frischem Salz ein und lockerte den Schlagarm für die letzten fünf Hiebe.

Torben fühlte einen großen, ständigen Schmerz, sein Blick war verschwommen, und eine gnädige Ohnmacht stand kurz bevor. Die Haut hing in rot gefärbten Fetzen herab, Blut lief über die Hose und tropfte auf die Planken.

Die letzten Schläge nahm er nur noch als Nadelstiche wahr, erst als ihm der Eimer mit dem Salz übergekippt wurde, verließen ihn die Kräfte, und er sank lautlos zusammen.

Die Matrosen machten ihn los, trugen ihn zurück unter Deck und befestigten seine Ketten wieder an der Bordwand.

Der Pirat zuckte nicht ein Mal zusammen, als das Meerwasser, das durch undichte Stellen in sein feuchtes Verlies einsickerte, seinen offenen Rücken berührte.

IV.

»Sinured überrannte das unvorbereitete Tarpol, tötete den König und seine ganze Familie und setzte seinen ersten Sohn als Herrscher ein. Danach griff er Rundopâl an, den Verbündeten Tarpols, und besetzte auch dort das ganze Land. Wieder kam einer seiner Söhne auf den Thron.

Zahlreiche Menschen aus Rundopâl und Tarpol wurden verschleppt und nach Barkis gebracht, um als Sklaven zu arbeiten und die neue Hauptstadt des Despoten zu errichten.

Sinured verkündete, dass ihm Tzulans Geist in den Kämpfen beigestanden habe. Ulldrael sei ein zu schwacher Gott, als dass er etwas bewirken könne. Zum Beweis habe ihm der mächtige Kriegsgott versprochen, ihn zukünftig bei all seinen Zügen zu begleiten und zum Sieg zu führen. Die barkidischen Truppen, noch immer benommen von den vielen gewonnen Gefechten, jubelten und verlangten nach weiteren Schlachten.

Und Sinured führte sie nacheinander gegen Borasgotan, Hustraban und Serusien, die ihre Kräfte in gemeinsamen Armeen zu einen versuchten, doch die Macht Tzulans schien größer als die Ulldraels des Gerechten. Tausende von Menschen fielen in den Gefechten, andere wurden nach Barkis verschleppt.

Große Verzweiflung machte sich unter den übrigen Völkern auf Ulldart breit, denn keiner konnte Sinured die Stirn bieten ...«

Ulldartischer Geschichtsalmanach,
XXI. Band, Seite 1048

**Zwanzig Warst östlich von Umanjansk,
Provinz Granburg, Königreich Tarpol,
Winter 441 n. S.**

Der Gasthof tauchte kurz nach Einbruch der Dämmerung aus dem milchig trüben Zwielicht auf. Aus den Fenstern fiel ein matter Schimmer nach außen und lockte Reisende mit der Aussicht auf eine warme, gemütliche und vor allem helle Unterkunft.

Die Nebelschwaden waren am Ende der Etappe noch dichter über die Straße gewabert, sodass schließlich niemand mehr aus der Gruppe an ein schnelles Vorankommen glaubte. Zu der Kälte gesellte sich ein feiner, dünner Feuchtigkeitsfilm, der sich auf den Mänteln der Wachen und auf den Pferdedecken absetzte, wo er nach einiger Zeit Tropfen bildete, die zu Boden perlten.

Nach der unerfreulichen Episode in der Nähe des Birkenwäldchens hatten Stoiko und Lodrik tief und fest geschlafen, der eine wegen des ungewöhnlich vielen Alkohols, der andere, weil er vorerst keine Lust verspürte, neuerliche Bekanntschaft mit der Provinz Granburg zu machen.

Wann immer der Thronfolger erwacht war, hatte er sich einfach umgedreht und sich aufs Einschlafen konzentriert.

Im Halbschlummer sah er manchmal die Frau, die vor den Hunden floh, dann wurde er plötzlich selbst gejagt, während sein überdimensional großer Vater die borasgotanischen Hunde lachend anfeuerte. Erholsam war der Schlaf gewiss nicht, aber seinem Empfinden nach besser als die Aussicht.

Seit einer halben Stunde saßen sich Stoiko und Lodrik schweigend gegenüber. Beide waren in Gedanken versunken, während die Kutsche langsam ihren Weg über die holprige Straße fortsetzte.

Waljakov erschien am rechten Fenster, zügelte sein Pferd und steckte den Kopf herein.

»Der Gasthof liegt direkt vor uns, in wenigen Minuten müssten wir in der warmen Schankstube sitzen und etwas Warmes zu essen bekommen.«

»Das ist das einzig Erfreuliche, was ich in den letzten Tagen gehört habe.« Der Tadc rutschte auf dem Sitz hin und her, ganz ungeduldig bei der Vorstellung von einem gebratenen Hühnchen mit Gemüse und Kartoffeln, als Nachtisch vielleicht noch ein Stück Torte hinterher.

»Ich denke, dass es in Eurem Sinne ist, wenn ich einen meiner Leute losschicke, der uns vorsichtshalber anmeldet.« Der Leibwächter schaute fragend ins Innere der Kutsche.

»Ja, ja. Das ist eine gute Idee«, stimmte der Tadc zu. »Sie sollen einen Rehbraten für mich vorbereiten. Dazu eine Suppe, Brot, Käse, Kartoffeln …«

»Ich lasse ausrichten, dass sie das Beste auftischen sollen, Herr«, unterbrach Waljakov die Aufzählung des Thronfolgers. »Aber ich glaube nicht, dass wir in der Gegend mit viel zu rechnen haben, denn Wild habe ich bisher keines gesehen.«

»Ist ja auch kein Wunder, wenn borasgotanische Kampfhunde durch die Gegend laufen«, murmelte Stoiko. »Vermutlich haben die Biester alles zerfetzt, was sich bewegt. Wir können von Glück sagen, wenn der Koch des Gasthofes noch lebt.«

Lodrik zog die Nase hoch und angelte ein Taschentuch aus dem Mantelärmel, um sich kräftig zu schnäuzen. »Ich werde als Erstes eine Steuer auf Kampfhunde einführen«, sagte er. »Oder noch besser, ich werde sie verbieten.«

»Das klingt ja richtig klug, was Ihr da sagt, Herr«, kommentierte der Diener und mimte Überraschung. »Wie seid Ihr denn darauf gekommen?«

»Vor der Abfahrt habe ich mit den Obersteuerbeamten

gesprochen, und die meinten, dass Steuern immer gut sind, um Geld einzunehmen oder Dinge zu verhindern.«

»Da gibt es aber ein paar Schwierigkeiten. Wenn die Hunde einem Adligen gehören, wird es mit der Steuer sehr schwer fallen, eine Summe zu finden, die sie nicht bezahlen können, denn über Geld verfügen die Oberen meistens«, gab Waljakov zu bedenken. »Ein Verbot bringt allenfalls schlechtes Blut und wird die Stimmung bestimmt nicht zu Gunsten des neuen Gouverneurs heben. Jedenfalls nicht unter den Adligen. Außerdem dürfen nur mit der Zustimmung des Kabcar neue Steuern eingeführt werden.«

»Abwarten.« Der Tadc wagte wieder einen Blick aus seinem Fenster. »Ich sehe das Licht vom Gasthof. Immerhin scheint noch jemand da zu sein. Schickt endlich einen Soldaten vor, Waljakov. Ich erwarte einen gedeckten Tisch, wenn ich ankomme.«

Der muskulöse Leibwächter deutete eine Verbeugung an, ritt aus dem Sichtfeld Lodriks und gab mit lauter Stimme Befehle. Die Geschwindigkeit der Kutsche hatte sich erhöht, offenbar sah der Wagenlenker jetzt mehr.

»Wie heißt Waljakov eigentlich mit Vornamen?«, fragte Lodrik plötzlich. »Wir sind nun seit ein paar Wochen unterwegs, aber ich kann mich nicht erinnern, dass eine der Wachen oder du ihn mit seinem vollständigen Namen angesprochen hat.«

»Das ist eine seltsame Geschichte, Herr«, antwortete der Vertraute. »Er kam in die Dienste Eures Vaters, bestand die Aufnahmeprüfung und kämpfte seither in Scharmützeleinheiten. Ich habe mir die Lohnlisten durchgesehen, aber auch dort erscheint nirgends ein Hinweis auf den Vornamen.«

»Vielleicht ist Waljakov ja sein Vorname?«, mutmaßte der Tadc. »Ich werde ihn bei Gelegenheit danach fragen. Auf alle Fälle ist es ungewöhnlich.«

»Ich würde sagen, es passt zu diesem ungewöhnlichen Mann, Herr.« Stoiko machte keinen Hehl daraus, dass es ihm egal war, ob der Leibwächter einen Vornamen hatte oder nicht. »Er ist loyal und ein Garant für Eure Sicherheit. Mehr muss ich derzeit nicht wissen. Und wer weiß, unter Umständen vertraut er Euch das Geheimnis einmal an.«

»Interessieren würde es mich schon.« Lodrik rutschte hin und her. »Wie lange dauert denn das noch? Ich bin wirklich kurz vor dem Verhungern.«

Tatsächlich hielt das Gefährt eine knappe Viertelstunde später vor einem größeren Gehöft, an dessen Haupthaus über der Tür ein Holzschild mit einem aufgemalten Napf genagelt worden war, das mittlerweile reichlich verwittert wirkte.

Lodrik und Stoiko stiegen aus, der Wirt kam heraus und beeilte sich, die hohen Gäste zu begrüßen.

»Solch hochherrschaftlicher Besuch zu einer solchen Stunde ist ungewöhnlich, wenn auch nicht minder ehrenvoll für mich«, sagte der bärtige, leicht dickliche Mann, der ungefähr die Größe des Thronfolgers hatte und intensiv nach Schweiß roch. »Kommt herein und genießt meine Spezialitäten, die ich für Euch zubereitet habe.«

Eine kleine Prozession, bestehend aus dem Tadc, seinem Diener, Waljakov und einem halben Dutzend Soldaten, folgte dem Gutsbesitzer ins Innere des Gebäudes, das von rußenden Talgkerzen beleuchtet wurde.

Der Schankraum war erfüllt von den unterschiedlichsten Düften, sodass keiner der Männer einschätzen konnte, was ihnen am stärksten auf die Riechorgane schlug. Schweiß mengte sich zu Tabak, Küchengerüche schwebten umher, mischten sich mit dem Qualm des offenen Kamins, der wohl nicht richtig zog und den Raum ordentlich mit Rauch eindeckte.

Vier Tische standen wie zufällig verteilt in der Stube, zwei davon waren besetzt.

An dem einen saßen drei Holzfäller, unschwer an den muskulösen Oberarmen und den riesigen Äxten, die neben ihrem Tisch lagen, zu erkennen. Der andere wurde von einer Reisegruppe belegt, die ähnlich durchgefroren wirkte wie die Neuankömmlinge.

Alle hatten tiefe Schüsseln mit einer dunklen, dampfenden Flüssigkeit vor sich, die verdächtig nach Eintopf aussah.

Lodrik warf seinem Diener einen viel sagenden Blick zu. »Ich hoffe, dass das da nicht das Beste ist, was die Küche zu bieten hat.« Er deutete auf die Brühe, die sehr zähflüssig zu sein schien. »Du hast mir versprochen, dass das Essen hier etwas Besonderes ist.«

»Etwas Besonderes wird es zweifelsohne sein«, schätzte Stoiko den Geschmack des Gerichts. »Die Frage ist eher: Überleben wir es?«

Der Wirt kam aus der Küche zurück und führte die Gruppe an die freien Tische, während ein Knecht und eine Magd riesige Krüge mit Bier und zahlreiche Tonbecher anschleppten und den Gästen einschenkten.

»Ich habe nur für Euch den Eintopf eingedickt, Kartoffeln nachgeschüttet und zusätzliche Würstchen hineingegeben, edler Hara¢«, verkündete der dicke Mann stolz. »Ihr könnt in wenigen Minuten essen. Trinkt so lange schon von meinem selbst gebrauten Bier. Ich habe die Rezeptur von meinem Vater.«

Waljakov nippte am Becher des Tadc, zog die Wangen nach innen und schüttelte sich. »Das ist ja verflucht bitter! Aus was ist das Gebräu?«

»Es ist eine Mischung aus Kräutern, Wurzeln und Pilzsud, Herr«, erklärte der Wirt leicht enttäuscht. »Es schmeckt Euch nicht?«

»Bring uns Wasser. Das sollte dir Antwort genug sein«, meinte Waljakov, dem der Ekel deutlich anzusehen war. Die Holzfäller grinsten ungeniert und leerten ihre Humpen in einem Zug.

Lodrik war verstimmt. »Ich hätte es gerne versucht, Waljakov. So schlecht war es bestimmt nicht.«

Der Leibwächter schauderte. »Ihr hättet Euch auf der Stelle übergeben, glaubt mir. Ich weiß nicht, welche Sorten von Pilzen und Wurzeln sein Vater benutzt hat, aber er war gewiss senil oder seine Zunge ohne jede Empfindung.« Waljakov schob sich ein Stück Brot in den Mund, um den Geschmack aufzusaugen, dann spuckte er den Klumpen ins Feuer. »Wenn der Eintopf nur halb so schlimm ist, werde ich den Kerl erschlagen.«

»Wenn der Eintopf wirklich schlecht ist, hast du meine Erlaubnis«, sagte der Tadc huldvoll und schenkte sich von dem Wasser ein, das in der Zwischenzeit gebracht worden war.

Mit der Zeit vertrieb das Feuer die Kälte aus den Körpern der Neuankömmlinge, nach und nach legten sie Mäntel, Handschuhe und Kopfbedeckungen ab.

Waljakov sah mit der glänzend polierten Glatze noch eindrucksvoller aus. Sie verlieh ihm ein brutales Äußeres, das jeden potenziellen Angreifer abgeschreckt hätte.

Stoiko warf einen abschätzenden Blick durch den Raum.

Die Reisegruppe am Nachbartisch unterhielt sich leise und nahm keine Notiz von den Herrschaften, die die Hälfte der Sitzgelegenheiten besetzt hatten, die Holzfäller lachten hin und wieder dröhnend, schlugen die Becher zusammen, dass es laut schallte, und leerten Liter um Liter der bitteren Flüssigkeit.

Nach einer halben Stunde hievte der Wirt mit Hilfe seines Knechts einen großen Topf auf den Tisch des Tadc, die Magd verteilte die Holzteller und -löffel. Waljakov warf sie einen schüchternen Blick zu und errötete.

»Diesmal versuchst du den Eintopf«, sagte der Leibwächter und nickte Stoiko aufmunternd zu.

Sehr vorsichtig kippte sich der Diener mit einer

großen Kelle eine sehr kleine Portion auf den Teller und tauchte den Löffel ein.

»Das Holz wird nicht angegriffen, ein gutes Zeichen«, versuchte Stoiko zu scherzen und schlürfte einen Teil des Eintopfs.

Sein skeptisches Kauen veränderte sich, wurde schneller und seine Miene hellte sich auf. »Es ist gut, etwas rustikal vielleicht, aber gut. Man kann es essen, würde ich meinen.«

Der Wirt nickte begeistert. »Ich habe das Rezept von meinem Va …«, er sah zu Waljakov hinüber, »meiner Mutter, wollte ich sagen.«

»Ulldrael möge sie segnen«, brummte der Leibwächter und schob den Wirt zur Seite.

Alle am Tisch hatten sich die Schüsseln gefüllt und schaufelten den heißen Eintopf in sich hinein, der wirklich erstaunlich gut schmeckte, und selbst Lodrik war einfach nur dankbar für etwas Warmes im Bauch. Zwischendurch erschien einer der Soldaten und meldete dem Leibwächter, dass sich die Einheit im Stall niedergelassen habe und Essen fasste.

Waljakov ging mit dem Mann hinaus, um sich die Unterbringung persönlich anzusehen und Wachen für die Nacht einzuteilen.

Lodrik lehnte sich auf seinem Stuhl zurück und strich sich über den Bauch, der sich stattlich über den Gürtel wölbte und den Thronfolger erheblich drückte. Kein Zweifel, er hatte sich gehörig überfressen, und auch die anderen Männer am Tisch machten einen äußerst zufriedenen, satten Eindruck. Dem Tadc fielen allmählich die Augen zu.

»Stoiko, ich bin unsagbar müde. Ich will ein Bett und sofort schlafen.«

Der Diener nickte und winkte den Wirt herbei. »Ist das Zimmer für den Hara¢ bereit? Er ist schläfrig und würde sich gerne hinlegen. Ich hoffe, die Unterkunft in deinem Gasthof ist sauber, sonst müssten wir uns über dein Gehöft beschweren oder dein Haus zumindest in schlechter Erinnerung behalten.«

»Keine Angst, Herr.« Der Dicke verneigte sich. »Ich garantiere Euch eine einwandfreie Nachtruhe und einen störungsfreien Schlaf, soweit es in meiner Macht steht.«

Lodrik, Stoiko und die sechs Soldaten standen auf, um sich in Richtung der Treppe zu bewegen, die in die oberen Räume führte, als die Eingangstür aufgerissen wurde.

Kalte Luft und ein paar mutige Nebelschwaden drangen ins Innere, das Kaminfeuer flackerte höher, angefacht durch den Zug, den die offene Tür verursachte.

Die Reaktion der Soldaten war geschult. Drei von ihnen stellten sich vor Lodrik und versperrten einem möglichen Angreifer, aber auch dem Tadc die Sicht, die anderen deckten den Rücken des Thronfolgers und zogen kampfbereit ihre Schwerter.

Die Reisegruppe am anderen Tisch schaute nur überrascht und war offensichtlich zu träge, um zu handeln, während die Holzfäller alarmiert nach ihren Äxten tauchten und von ihren Plätzen aufsprangen, die Gesichter in Richtung Eingang gewandt.

Ein junger Mann in völlig durchnässtem Umhang trat in die Stube, seine Augen verrieten Sorge und große Angst. Die dunkelblonden, feuchten Haare lagen glatt am Kopf, die Haut im Gesicht und an den Händen war rot von den eisigen Temperaturen, durch die er offensichtlich länger unterwegs gewesen war.

Als er die Männer mit den Äxten und gezogenen Schwertern bemerkte, hielt er inne und wollte rückwärts wieder hinaus, doch die muskulösen Oberarme Waljakovs legten sich wie aus dem Nichts von hinten um seinen Oberkörper und drückten die Luft aus den Lungen.

»Was willst du, Junge?« Der Leibwächter schüttelte den bewegungsunfähigen Mann wie eine nasse Ratte, die Füße hingen mehrere Finger breit über dem Boden. »Weshalb stürmst du wie ein Dämon hier rein?«

»Ihr könnt ihn ruhig loslassen, Herr.« Der Wirt kam hinter seiner Deckung, ein mannsdicker Holzpfosten, hervor, warf dem jungen Mann einen bösen Blick zu und strich sich die Schürze glatt. »Er heißt Nurjef der Seiler und kommt aus dem Dorf Olnjak, ganz hier aus der Nähe. Er ist ein Hitzkopf, aber ansonsten harmlos.«

Waljakov hatte seine schraubstockähnliche Umklammerung nicht gelockert, eisern hielt er den Störenfried im Griff und drückte das Regenwasser aus der nassen Kleidung, das in kleinen Bächen zu Boden lief.

Nurjef begann zu japsen und lief immer bläulicher an. »Bitte, gebt mich frei. Ich bekomme keine Luft mehr«, keuchte der Seiler.

Der Leibwächter öffnete die Arme, und der Mann fiel auf die Knie, rang nach Atem und hustete. Mittlerweile waren weitere Wachen in der Schankstube erschienen und umringten den Mann, zwei zogen ihn in die Höhe und setzten ihn auf einen Stuhl.

»Nurjef, was hast du dir dabei gedacht, hier wie ein Wirbelwind hereinzuplatzen?« Der Besitzer des Hofes beugte sich zu dem Seiler hinunter und schlug die Hände zusammen. »Die Herrschaften hätten dich um ein Haar getötet.«

»Es ist doch ohnehin alles vergebens«, murmelte Nurjef und starrte ins Feuer, seine Atemzüge waren noch immer beschleunigt. Waljakov stand direkt hinter ihm und beobachtete jede seiner Bewegungen mit Misstrauen.

Lodrik drängelte sich durch die Soldaten und ging zum Stuhl des Seilers.

»Ich bin Hara¢ Vasja und in naher Zukunft Gouverneur dieser Provinz. Was hast du für einen Grund, auf diese Art und Weise einen Gasthof zu betreten? Ist es ein Notfall?«

Nurjef sah langsam auf, zog die Nase hoch und spuckte aus. »Ich gebe nicht viel auf Statthalter, egal ob sie neu oder alt sind.«

Der Leibwächter machte einen Schritt vorwärts und schlug mit der mechanischen Hand zu, dass das Blut aus dem Mund des Seilers spritzte und der Mann wie vom Blitz gefällt zu Boden fiel.

Die Holzfäller murrten und fassten ihre Äxte fester, die Wachen hoben drohend die Schwerter in ihre Richtung.

Stoiko sah die Gefahr einer handfesten Auseinandersetzung mit den Einheimischen und breitete beschwichtigend die Arme aus.

»Aber, aber, nicht doch. Wir wollen niemanden verletzen.« Er schenkte Nurjef einen kurzen Blick. »Jedenfalls nicht ernstlich.« Der Diener streckte dem Seiler die Hand hin, um ihm auf zu helfen, doch der Mann erhob sich, ohne die Geste zu beachten. Seine Augen sprühten Wut und Zorn, ein dicker Blutfaden sickerte aus dem Mund, die Unterlippe war aufgesprungen.

»Jetzt wisst ihr, warum ich nichts von Herrschaften halte.« Er tupfte sich das Blut mit dem Ärmel ab. »Ich suche meine Frau. Sie wollte heute Morgen in den Wald, um Pilze zu sammeln und Wurzeln auszugraben.« Lodrik verzog angewidert das Gesicht, was der Seiler mit einem verachtenden Lächeln bedachte. »Wir einfachen Leute haben in Granburg nichts anderes zu essen, Herr Gouverneur. Die Adligen, die unter dem Schutz des derzeitigen Statthalters ihren Angelegenheiten nachgehen, beanspruchen dreißig Teile der Ernte für sich und haben die Jagd für uns verboten.«

»Du musst das Benehmen von Waljakov entschuldigen, aber er ist den granburgischen Ton seinem Herrn gegenüber nicht gewohnt.« Stoiko lächelte gewinnend und reichte dem Seiler seinen Becher. »Wohin wollte deine Frau?«

»In den Wald, ungefähr drei Stunden Fußmarsch von hier. Ich mache mir große Sorgen und als ich die ganzen Leute mit gezogenen Waffen sah, bekam ich es einfach mit der Angst zu tun.« Nurjefs Blick hatte sich geändert, die tief sitzende Sorge war zurückgekehrt. »Die Wölfe sind bereits in den Wäldern unterwegs, und eine Schwangere wäre eine leichte Beute.«

»Sagtest du ›Schwangere‹?« Waljakov tauschte mit dem Diener einen schnellen Blick aus und nahm langsam den Ring aus der Tasche, den er der Toten abgenommen hatte. »Ich hoffe inständig, dass es nicht ihr Ring ist, den ich hier habe.«

»Ja, das ist ihr Ring. Ich habe ihn ihr im Frühjahr zu unserer Hochzeit geschenkt. Sie hat ihn aber noch nie abgenommen.« Mit bleichem Gesicht und zitternden Händen nahm der Seiler das schlichte Schmuckstück. »Was ist mit ihr?«

Waljakov öffnete den Mund, aber Stoiko kam ihm zuvor. »Seiler, es tut uns sehr Leid. Deine Frau und dein Kind sind tot.«

Nurjef umschloss den Ring mit der Faust und krümmte sich zusammen, Schluchzer drangen aus seiner Kehle. Lodrik fühlte sich erneut elend.

Einer der Holzfäller trat drohend an den Leibwächter heran. »Was habt ihr mit der Frau gemacht? Habt ihr sie getötet, oder wie seid ihr in den Besitz des Rings gekommen?«

»Hätte ich dann den Ring vorgezeigt? Überlege vorher, bevor du etwas sagst«, sagte Waljakov herablassend und sah den Mann nur kühl an. »Sie wurde von Kampfhunden getötet. Wir konnten nichts dagegen unternehmen, sie war zu weit von uns entfernt.«

Es war mit einem Mal ruhig in der Schankstube, lediglich das Prasseln des Feuers durchdrang die Stille, die sich über den Raum gelegt hatte.

Der Wirt senkte langsam den Kopf, den Mund zu einem dünnen Strich verzogen. Die Holzfäller fassten ihre Äxte so fest, dass die Knöchel weiß hervorstanden, und einer der Kutscher der Reisegruppe murmelte eine Verwünschung.

»Weiß jemand etwas über diese Kampfhunde?«, fragte Lodrik leise und ging zu dem Kutscher hinüber. »Du hast doch etwas gesagt?!«

»Diese Bestien gehören Hara¢ Tarek Kolskoi«, sagte der größere der Holzfäller und ließ die Axt sinken. Sein Freund tat es ihm nach. »Er veranstaltet Jagden zusammen mit dem Gouverneur und dem Brojak Wanko. Er lässt das Wild der Gegend zu Tode hetzen, und wenn einmal zufällig einer der Dorfbewohner im Wald ist, nimmt er auch darauf keine Rücksicht.« Er entblößte den Oberarm, der zahlreiche verheilte Bissspuren zeigte. »Ich habe einen Monat gebraucht, bis ich wieder Bäume fällen konnte. Der Hund hat mich nur deshalb am Leben gelassen, weil sein Herr nach ihm gerufen hatte. Ansonsten wäre ich so tot wie die Frau des Seilers.«

Nurjef sprang mit einem Schrei auf, öffnete die Tür so ungestüm, wie er hereingekommen war, und verschwand in der nebligen Dunkelheit.

»Komm zurück, du Narr. Du wirst irgendwo im Nebel gegen einen Baum laufen oder in ein Sumpfloch fallen.« Der Wirt schaute nach draußen, bis Waljakov die Tür schloss. »Ich hoffe, er macht keinen Ärger.« Der Hofbesitzer ging zurück hinter den Tresen. »Der Hara¢ versteht keinen Spaß, es sei denn er macht selbst einen.«

»Schöne Zustände sind das hier«, sagte Lodrik und schüttelte den Kopf. »Wenn ich Gouverneur bin, ändert sich das, das verspreche ich.«

Er nickte den Soldaten zu, die mit ihm und Stoiko zusammen die Treppe nach oben gingen.

Der Leibwächter bestellte sich beim Wirt einen heißen Gewürzwein und setzte sich schweigend an den Kamin.

Die Reisegruppe zog sich ebenfalls in die Zimmer zurück, auch die Holzfäller verschwanden aus der Schankstube.

Der Wirt brachte Waljakov das dampfende Getränk und nahm nach einer Weile des unsicheren Herumstehens neben ihm Platz.

»Glaubt Ihr, dass der junge Herr tatsächlich etwas ändern kann? Er erscheint mir, mit Verlaub, noch sehr jung, um sich gegen amtserfahrene Männer und Großbauern in den Ratssitzungen durchzusetzen«, meinte der dicke Mann, darauf bedacht, nicht anmaßend zu wirken und seinen Kopf in Gefahr zu bringen.

»Willst du mir irgendetwas sagen, Wirt?« Waljakov, der die ganze Zeit in die herunterbrennenden Flammen gestarrt hatte, schaute gelangweilt. »Du glaubst also nicht, dass der junge Hara¢ die Kraft hätte?«

»Nein, nein«, der Mann gestikulierte beschwichtigend mit den Händen, »so habe ich das nie gesagt. Es ist nur, dass die Menschen große Hoffnungen in ihn setzen werden, wenn er solche Versprechungen macht. Granburg ist nicht so wie die anderen tarpolischen Provinzen. Hier weht der Wind noch rauer als an einer stürmischen Küste. Ich wollte von Euch wissen, ob er das Zeug dazu hat.«

»Ich kenne ihn nicht lange, und wenn ich ehrlich sein soll«, der Leibwächter stand auf, leerte den Becher und drückte ihn dem Mann in die Hand, »verschwende nicht allzu viel Hoffnung, du könntest schrecklich enttäuscht werden.« Waljakov streckte sich und ging hinaus.

Der Wirt spielte mit dem leeren Gefäß, drehte und wendete es in seinen fleischigen Fingern. »Es wäre ja auch zu schön gewesen.«

V.

»Sinured verbot den Glauben an Ulldrael, ließ alle Tempel abreißen, Haine verbrennen, Priester und Mönche töten. Nichts sollte mehr an Ulldrael den Gerechten erinnern, und die Barkiten vergaßen sehr schnell.

Auch in den besetzten Gebieten ordnete er solche Maßnahmen an, und während die Flamme des wahren Glaubens immer mehr erlosch, brannten die Opferschalen zu Ehren Tzulans immer heller und höher in der Dunkelheit, die sich über Ulldart gelegt hatte. Die Himmel verfinsterten sich, es wurde nicht mehr richtig Abend und nicht richtig Morgen, einzig die Nacht war dunkel wie immer. Manche sagten sogar, dunkler als je zuvor.

Sinured peitschte seine willigen Truppen weiter an. Bald gehörten ihm Serusien, Palestan und Agarsien. Auf dem Schlachtfeld erschien er unverwundbar, Pfeile prallten wirkungslos von ihm ab, Schwerter und Keulen fing er mit der bloßen Hand, und seine Gegner, die sich ihm mutig in den Weg stellten, spaltete er mit wenigen Hieben in vier Teile.

Die Kühnsten aus den ulldartischen Reichen fielen dem Barkit zum Opfer, die Ritterschaft wurde kleiner, bis keiner mehr wagte, in einem Gefecht in seine Nähe zu kommen.

Und die Schrecken sollten kein Ende haben ...«

ULLDARTISCHER GESCHICHTSALMANACH,
XXI. Band, Seite 1049

Westtarpolische Küste, Winter 441 n. S.

Heftig rollte die *Fröhlicher Gruß* von rechts nach links; der kräftige Wellengang brachte das umgebaute Händlerschiff zum Schlingern und schleuderte alles, was nicht vertäut oder in irgendeiner Form festgemacht war, durch die Gegend.

Torben Rudgass rutschte in seinem Holzverschlag hin und her. Kraftlos und halb ohnmächtig hing er an den eisernen Ketten, die verhinderten, dass er mit dem Kopf in der Wasserpfütze endete und zufällig erstickte.

Nach der Folter hatte man ihn hier liegen lassen, die Wunden scheuerten sich an den Planken immer wieder auf, und die Ratten interessierten sich allmählich für den Mann, dessen Abwehrversuche nur noch sporadisch erfolgten.

Der Rogogarder hatte mit seinem Leben abgeschlossen, er rechnete nicht damit, den Aufenthalt unter Deck zu überleben. Richtig wach wurde er schon lange nicht mehr. Er tauchte immer nur kurz aus der fiebrigen Ohnmacht auf, der unruhige Schlaf brachte keine Erholung, zumal das Pfeifen der Ratten zu aufdringlich war. Das Essen, das ihm die Wachen hinstellten, kam lediglich den Tieren zugute, die den Zwieback und die Suppe schneller fraßen, als der Mann die Hand danach ausstrecken konnte.

Die Rollbewegungen des Schiffes wurden immer heftiger, Torben wurde so hart gegen die Bordwand geworfen, dass er mit einem Schmerzensschrei aus dem Halbschlaf erwachte.

Die *Fröhlicher Gruß* ächzte und stöhnte Besorgnis erregend, und der Pirat fragte sich, weshalb der Kapitän nicht einen sicheren Hafen angelaufen hatte, anstatt sie alle in Gefahr zu bringen.

Trotz der Schmerzen zog er sich an den Planken hoch und lauschte aufmerksam auf Geräusche. Nichts war zu hören, nicht einmal die Ratten fiepten.

»Die Ratten sind still«, murmelte der Pirat überrascht und blickte sich um.

Erst bei genauerem Hinsehen entdeckte er die pelzigen Körper, die regungslos im Wasser des Kielraums trieben. Auch um seine Schale mit Suppe lagen tote Ratten.

Torben hob eines der Tiere auf und begutachtete es genauer.

Sehr schnell entdeckte er den schaumigen Speichel im Rachen und rund um das Maul des Nagers. Aus den Nasenlöchern tropfte dünnflüssiger Schleim.

»Verdammt, der palestanische Hund wollte mich doch vergiften.« Torben warf die Ratte weg und stieß die Suppenschale um. »Das hast du dir so gedacht, DeRagni.«

Mit einem lauten Krach rammte die *Fröhlicher Gruß* etwas. Die Planken in Torbens Holzverlies rissen auf, und eiskaltes Meerwasser ergoss sich in einem dicken Schwall über den Piraten und in das Rauminnere.

Der Rogogarder wurde durch den Wasserdruck nach hinten geschleudert, die Kettenhalterungen hatten sich aus dem zerstörten Holz gelöst und den Gefangenen freigegeben. Zwar lagen immer noch die Ringe um Hand- und Fußgelenke, aber er konnte sich bewegen.

Die Freude wurde schnell durch das eindringende Wasser gedämpft, das in Windeseile höher und höher stieg.

Glücklicherweise hatten sich die Wachen nicht die Mühe gemacht, sein Gefängnis sorgsam abzusperren, und so gelang es Torben, den Raum zu verlassen und mit einiger Mühe die steile Leiter zu erklimmen, die nach oben an Deck führte.

Über sich erkannte er durch die Luke einen sturmbewölkten Himmel. Wahre Sturzbäche prasselten auf die *Fröhlicher Gruß* herab, und zerfetzte Segelstücke knatterten laut im peitschenden Wind.

Das Schiff krängte in dem Moment nach Steuerbord, als der Pirat aus der Luke kletterte, der geschwächte Mann verlor das Gleichgewicht und fiel in einen Stapel Seile.

Eigentlich hatte er gedacht, dass ein Aufschrei über Deck ginge, wenn der Gefangene versuchte, in die Freiheit zu flüchten, aber es blieb alles still.

Von der Mannschaft, die bei einem solchen Unwetter damit beschäftigt sein sollte, die Segel zu reffen, fehlte jede Spur. Unkontrolliert surrte das Steuerruder auf dem Oberdeck, die Positionslichter waren verloschen, und das Krähennest war unbesetzt. Die *Fröhlicher Gruß* war zu einem Geisterschiff geworden.

Mit zusammengebissenen Zähnen kam Torben aus dem Seilstapel heraus und kroch auf allen Vieren über die schwankenden Holzplanken in Richtung Kapitänskajüte, in der ein unruhiges Licht flackerte. Der Pirat wollte wissen, was hier vorging, ungeachtet der Schwierigkeiten, die im dadurch blühten.

Die Tür zur Kajüte klappte im Takt der Wellen auf und zu, und auch wenn das Schiff auf einem Felsen oder ähnlichem festlag, hob und senkte sich der Rumpf immer noch, das Krachen und Splittern der Holzverstrebungen wurde lauter. In wenigen Minuten würde die komplette linke Rumpfseite aufgerissen sein, und von da an war es nur eine Frage von Sandkörnern, wann die *Fröhlicher Gruß* auf den Grund sinken würde.

Torben stand auf und wankte hinein, die Ketten klirrten hinter ihm her.

DeRagni lag mit dem Gesicht nach oben auf dem Schreibtisch, aus seiner Brust ragte sein eigener Degen, der ihm mit Wucht durch den Leib gerammt worden war und ihn auf der Arbeitsplatte des Tisches fest hielt, sodass er trotz des Seeganges nicht herab rollte.

Die Augen des Palestaners waren weit aufgerissen, als habe er sich im Tod sehr erschrocken, das Entsetzen stand ihm ins Gesicht geschrieben. Die Sachen des geheimnisvollen Passagiers fehlten, die beiden Seesäcke waren verschwunden.

Der Pirat konnte sich keinen Reim darauf machen. Seine vagen Vermutungen gingen in Richtung Meuterei der Mannschaft, die vielleicht den wertvollen Schmuck haben wollte.

Ein neuerlicher Ruck zeigte dem Rogogarder, dass er nicht mehr allzu viel Zeit hatte, und so verließ er die Kajüte, um nach einer Möglichkeit zu suchen, die ihn von Bord des verfluchten Schiffes bringen konnte.

Das große Beiboot pendelte, so bemerkte er zurück an Deck, in seiner Halterung.

»Also doch keine Meuterei«, sagte sich Torben, der sich an einem herunterhängenden Seil fest halten musste, um nicht über die Reling gespült zu werden. »Aber wo sind die Männer abgeblieben?«

Mit dem Boot jetzt in See zu stechen wäre bei diesem Wellengang Selbstmord, außerdem konnte er in seinem Zustand die Winde nicht bedienen, um es zu Wasser zu lassen. Also brauchte er eine andere Lösung.

Der Mann beschloss, in der Kombüse nach einem leeren Fass zu suchen, das ihn beim Kentern des Schiffes vor dem Ertrinken bewahren sollte.

Der Weg dorthin schien ihm unendlich weit. Obwohl der Sturm sich allmählich legte, spülte das Meer immer noch eine Woge nach der anderen über Deck, die letzte hätte ihn beinahe über Bord geworfen.

In der Kombüse erwartete ihn die nächste Überraschung. Der Smutje lag ausgebreitet neben der Kochstelle, vor dem Mund hatte sich der gleiche Schaum gebildet, den Torben bei der toten Ratte gesehen hatte; dünner Schleim sickerte aus der Nase des Mannes.

»Das kommt davon, wenn man von der Ration des Gefangenen isst.« Der Pirat stieg über den Toten, taumelte zuerst gegen den Arbeitstisch und dann gegen den erloschenen Herd, bis er bei den Vorratsfässern angelangt war.

Noch immer fand er keine Erklärung für die Sache, die an Bord vorging, aber dafür war ihm die Zeit zu kostbar, um länger darüber nachzugrübeln.

Eines der Fässer erschien ihm recht. Schnell kippte er das Sauerkraut bis auf einen kleinen Rest auf den Boden, dann suchte er den Deckel des Behälters, steckte sich ein paar Küchenmesser ein und kehrte mit seinem Fund schweratmend an Deck zurück.

Seine Lunge brannte wie Feuer, die Muskeln an Armen und Beinen zitterten, und nur noch mit äußerster Anstrengung gelang es ihm, in das Fass zu klettern.

Er wollte gerade den Deckel aufsetzen, als er die dunkle Gestalt bemerkte, die sich an der Winde des Beibootes zu schaffen machte.

Sie trug die Kleidung eines palestanischen Seemannes, doch an der Seite hing ein für Mannschaftsmitglieder eher ungewöhnliches Kurzschwert.

Offensichtlich hatte der Palestaner Torben und sein Sauerkrautfass, das hinter dem Großmast und im Rücken des Unbekannten stand, nicht bemerkt, oder er war zu sehr in seine Arbeit vertieft. Auf alle Fälle kümmerte er sich nicht um den ausgebrochenen Piraten.

Der Rogogarder sah die beiden Seesäcke des Fremden im Beiboot liegen, und er war sich sicher, dass sie sich vor wenigen Minuten noch nicht dort befunden hatten.

Torben kam allmählich ein seltsamer Verdacht. Sollte sein geheimnisvolle Passagier doch nicht mit der *Grazie* untergegangen sein? Hatte der Fremde vielleicht die Mannschaft vergiftet und den Kapitän getötet?

Die *Fröhlicher Gruß* rutschte knarrend ein Stück tiefer, das Fass kippte um und rollte in Richtung Reling.

Gerade noch rechtzeitig hatte sich der Pirat in das Innere des Behälters zurückgezogen und den Deckel mit dem Griff nach innen aufgesetzt.

Die heftigen Drehungen verursachten ihm Übelkeit, doch er klammerte sich an den Henkel und zog ihn fest zu sich heran, um das Fass so dicht wie möglich zu schließen.

Der Behälter polterte gegen irgendetwas und kam zum Stehen. Torben nutzte die kurze Phase der Ruhe und zog die Ketten durch den Griff, um mehr Zugkraft aufbringen zu können.

Dann legte sich die *Fröhlicher Gruß* nach Steuerbord, rutschte von dem Felsen, auf den sie aufgelaufen war, und begann zu sinken.

Das Fass rollte los, hüpfte über die Reling und plumpste ins Wasser.

Der Pirat betete zu allen Göttern, dass sie ihn beschützen sollten. Der Behälter erwies sich als leidlich wasserdicht, nur wenige Tropfen Flüssigkeit sickerten am Deckel durch, während Torben einen wilden Ritt auf den Wellen absolvierte.

Nach einer scheinbaren Ewigkeit verließen in die Kräfte, aber auch der Sturm schien schwächer zu werden.

Mit Hilfe der Messer und ein paar Kettengliedern verkeilte er den Deckel, dann schloss er vor Müdigkeit und Erschöpfung die Augen und glitt in tiefe Dunkelheit.

Torben erwachte mit dem beißenden Geruch von Sauerkraut in der Nase, und vorsichtig schlug er die Augen auf.

Der Deckel des Fasses war weg, sodass der Pirat den hellen, feinen Sand sehen konnte, auf dem der Behälter gestrandet war. Das Meer plätscherte leise, kleinere Wellen liefen den Strand hinauf, an dem Muscheln, Seetang und Treibholz angespült lagen. Die Sonnen versteckten sich irgendwo hinter dem Nebelschleier, und es war empfindlich kalt.

Jetzt erst bemerkte der Rogogarder, dass er am ganzen Leib zitterte und erbärmlich fror. Mit steifen Gliedern kroch er aus dem Fass, über und über mit dem restlichen Sauerkraut behangen, das er eigentlich als Proviant für die Tage auf See vorgesehen hatte.

Es roch intensiv nach frischem Tang, und so wie der Strandabschnitt aussah, über den er sich gerade schleppte, musste der Sturm der letzten Nacht verheerend gewesen sein.

Schwerfällig rollte sich der Pirat nach ein paar Metern auf den Rücken und betrachtete die Sonnen, die als graue, helle Bälle durch den Dunst schimmerten.

»Überlebt hast du, jetzt musst du sehen, wie's weitergeht«, murmelte Torben zähneklappernd. Noch hatte er keine Ahnung, wo er sich befand.

Langsam wälzte er sich auf die linke Seite und sah direkt vor sich das Fundament einer Kaimauer, nur wenige Zentimeter von seinem Gesicht entfernt.

Da er spürte, dass seine Beine jeden weiteren Dienst verweigerten, verlegte er sich auf lautes Rufen, in der Hoffnung, ein Fischer oder Spaziergänger würde ihn hören.

Tatsächlich vernahm er nach einer Zeit Schritte, die im Sand knirschten und sich ohne Zweifel auf ihn zu bewegten.

»Siehst du, ich habe gleich gesagt, dass jemand überlebt hat«, sagte eine ältere Frau, die eine Spur Triumph in ihrem Tonfall hatte.

»Die Möglichkeit war aber sehr gering, das musst du zugeben, Laja«, hielt eine zweite Frau dagegen. »So wie das Schiffswrack dort drüben auf den Klippen aussieht, muss der Steuermann so blind wie der alte Dubjuschek gewesen sein.« Beide sprachen Ulldart, allerdings mit einem stark rollenden »r« in den Wörtern, sodass sich der Pirat sicher war, an der tarpolischen Küste gelandet zu sein.

»Dich möchte ich mal am Steuer eines solchen Kahns sehen, wo du noch nicht einmal mit einem Ruderboot geradeaus fahren kannst«, lachte die Ältere, die Schritte kamen immer näher. »Sieh mal. Er hat die Augen auf.«

»Und er trägt Ketten und ist von oben bis unten voller Sauerkraut«, fügte die andere trocken hinzu, die plötzlich in Torbens Gesichtsfeld auftauchte und sich zu ihm hinunter beugte. »Verstehst du mich?«

Torben nickte schwach. »Hilfe«, flüsterte er, das laute Rufen hatte seiner Stimme den Rest gegeben. Er sah inzwischen alles verschwommen und so undeutlich, dass er sogar ein Walross für einen Menschen gehalten hätte.

Jetzt erschien auch die zweite Frau, die sich auf einen Stock stützte und den Rogogarder mit zusammengekniffenen Augen musterte. Dann wurde ihre Miene eine Spur freundlicher.

»Keine Angst, Junge. Wir kriegen dich wieder auf die Beine.« Sie klopfte mit dem Stockende an die rechte Handgelenkfessel, Torben zuckte zusammen. »Die werden wir dir auch abnehmen, sobald wir dich in mein Haus verfrachtet haben.«

Weitere Schritte kamen über den Strand, eine leise Unterhaltung klang zu den dreien herüber, die sich mit der Herkunft des Mannes beschäftigte.

»Ihr könnt euch später noch Gedanken machen, wo er herkommt und was er ist. Er braucht jetzt erst mal Pflege. Kommt her und bringt ihn in mein Haus.«

Der Mann schloss müde die Augen, hilfreiche Hände hoben ihn auf eine Bahre und trugen ihn vom Strand weg.

Torben erlebte alles wie im Traum, der Weg durch das

Dorf, vorbei an staunenden Kindern und Erwachsenen, das Betreten das Hauses seiner Wohltäterin und endlich das Liegen in einem weichen Bett, in dem er sofort einschlief.

Ein stechender Schmerz im Rücken ließ ihn schreiend erwachen. Er lag auf dem Bauch, seine Kleider fehlten, und etwas brannte fürchterlich auf seinem Schulterblatt. Doch als er versuchte, sich aufzurichten, drückten ihn Hände sanft, aber bestimmt wieder zurück auf das Lager.

»Du wirst stillhalten, sonst bekomme ich den Sand niemals aus deinen Wunden gewaschen«, sagte die ältere Frau, die am Strand Laja genannt worden war. »Es sieht schlimm aus, aber es gibt keine Verletzung, die ich bisher nicht geheilt bekommen habe.« Wieder stach es, aber Torben war diesmal auf den Schmerz vorbereitet und knurrte nur leise. »Schon besser, Junge. Du hast es gleich überstanden, danach bekommst du eine schöne heiße Suppe, die dich wieder zu Kräften bringt.«

»Ich heiße Torben Rudgass, nicht Junge.« Der Pirat versuchte den Kopf zu drehen, konnte die Frau aber nicht sehen. »Ich habe mich noch gar nicht bedankt, dass man mir die Fesseln abgenommen hat.«

»Unser Schmied ist ein sehr geschickter Mann, der mit dem Hammer sehr gut umzugehen weiß. Er hat deine Ketten gesprengt, ohne auch nur die Haut zu ritzen.« Laja strich ihm über den Kopf. »Keine Angst, du bist hier in Sicherheit. Später wird der Richter herkommen und dich befragen wollen. Er ist natürlich neugierig, was für ein Schiff das war und was du dort gemacht hast.«

Torben überlegte fieberhaft. »Ich sollte als Sklave verkauft werden, es waren palestanische Händler, die …«

»Nein, nein. Mich interessiert es nicht«, unterbrach die Frau ihn.

Der Pirat hörte, wie sie aufstand, etwas vom Tisch nahm und zum Kopfende des Bettes kam. Er roch die Suppe, bevor er sie sah, und sie weckte einen enormen Hunger in dem Rogogarder.

Dann stand Laja vor ihm und hielt ihm die tiefe Schüssel hin.

Die Frau war um die Fünfzig, hatte langes, schwarzes Haar mit grauen Strähnen darin und ein freundliches, wettergegerbtes Gesicht. Die braunen Augen strahlten eine gewisse Sanftmut aus, verrieten aber gleichermaßen Energie und starken Willen. Sie trug eine abgetragene, dunkelbraune Tracht mit grünen und dunkelgelben Stickarbeiten, die linke Hand ruhte auf dem Stockgriff.

»Iss das.« Laja reichte Torben das Gefäß mit der dampfenden Flüssigkeit. »Du musst dich stärken, bevor der neugierige Kerl herkommt. Ich bin nebenan in der Küche, wenn du mich brauchst.«

»Danke. Für die Freundlichkeit und die Pflege stehe ich in deiner Schuld.« Der Pirat machte sich über die Suppe her, die mit extra viel Fleisch zubereitet worden war, und gönnte sich hinterher ein kleines Schläfchen, das aber nur kurz dauerte, weil sich der Richter mit viel Getöse in der Stube ausbreitete und Torben ohne Rücksicht auf dessen Zustand verhören wollte.

Der Pirat erzählte dem Mann die Geschichte, die er sich im Halbschlaf ausgedacht hatte. Er wäre ein Fischer gewesen, der von palestanischen Händlern als Sklave verkauft werden sollte. Das Schiff sei eine Sonderkonstruktion für Sklavenjagd auf See gewesen, mit dem die Händler andere Schiffe aufgebracht hatten. Im Sturm hatte er sich befreien und mit dem Fass absetzen können.

Der Richter nickte viel, lauschte gebannt und verstand das Ganze wohl eher als Märchenstunde, die ein bisschen Abwechslung in das ansonsten langweilige

Dorfleben brachte. Zum Schluss wünschte er ihm gute Besserung und sagte ihm alle Hilfe der tarpolischen Regierung zu, die er brauchte, um zurück in sein Heimatdorf zu kommen. Danach verabschiedete er sich und ging.

Laja stand in der Tür, beide Hände auf den Stock gestützt, und lächelte wissend.

»Du bist ein großartiger Geschichtenerzähler, Torben Rudgass. Der alte Narr mag dir vielleicht glauben, aber ich nicht.«

Der Pirat spürte ein leichtes Unbehagen, die Blicke der Frau schienen jeden Winkel seiner Gedanken zu durchdringen und ihn der Lügen, die er dem Mann aufgetischt hatte, zu überführen.

»Ich bin aber wirklich ein Fischer gewesen, der …«

»Du bist zur See gefahren, das stimmt. Aber du hast nicht die üblichen Schwielen eines Fischers. Außerdem trägt dein Körper alte Narben, die man sich nicht an Netzen, sondern an Schwertern oder Dolchen holt. Ich denke, du bist ein Pirat, der von den Palestanern gefangen genommen wurde.« Laja kam zu ihm ans Bett, wobei sie den rechten Fuß etwas nachzog. »Ich mag die Palestaner auch nicht, Torben, und deshalb bist du mir herzlich willkommen.«

Der Rogogarder kratzte sich verlegen am Kopf. »Und ich dachte, ich sei überzeugend.«

»Für den Alten, ja«, winkte sie ab und lachte. »Und weil er nicht der Hellste ist, haben wir ihn ja auch gewählt, aber jeder im Dorf, der nur einen Funken Grips im Kopf hat, wird sich die Wahrheit oder zumindest einen Teil davon denken können. Keine Angst, wir alle bevorzugen den Handel mit Rogogard, anstatt teure Ware aus Palestan zu kaufen. Deshalb habe ich gesagt, du bist hier sicher.«

»Aber was ist, wenn jemand dem Richter die Wahrheit sagt?« Torben verzog das Gesicht, als er eine unachtsame Bewegung machte und sich die Wunden auf seinem Rücken schmerzhaft zurückmeldeten.

»Keiner der Bewohner wird dich beim Richter anzeigen, dafür garantiere ich.« Laja sah dem Piraten in die Augen. »Du wirst lange brauchen, bis du wieder richtig auf den Beinen stehst.«

»Ich habe alle Zeit der Welt, denn ich habe kein Schiff und keine Mannschaft mehr.« Der Rogogarder schaute aus dem Fenster und betrachtete die Sonnen, die durch die verschneiten Bäume schienen. »Und ich wäre auch besser mit meinen Leuten zusammen gestorben, glaube ich.«

Laja drückte unvermittelt mit dem Stock auf den Verband, und Torben war so überrascht, dass er einen Schmerzensschrei ausstieß.

»Die Schmerzen zeigen dir, dass du überlebt hast. Es war der Wille der Götter und des Meeres, dass du weiter auf dem Lebenspfad läufst, wie es dir bestimmt ist. Wären die Götter anderer Meinung gewesen, würdest du auf dem Grund der See liegen. Also sei nicht wehleidig und undankbar, sondern fang von vorne an.«

Der Pirat schwieg und sah Laja mit funkelnden Augen an.

»Ich wollte nur, dass du dich daran erinnerst, Torben.« Die Frau verließ das Zimmer. Der Mann war allein und überdachte die Worte seiner Wohltäterin.

Nach kurzer Zeit kehrte sie zurück und brachte die nächste Schüssel mit Suppe, die einem Fischeintopf sehr ähnlich war. Als sie gehen wollte, hielt Torben sie am Handgelenk fest.

»Du hast Recht mit dem, was du vorhin gesagt hast. Es tut mir Leid, wenn ich wie ein selbstmitleidiges Kind geklungen habe.«

Laja lächelte wieder. »Du bist nicht nur ein zäher Mensch, du hast auch noch Verstand dazu. Das gefällt mir an einem Mann.«

»Habt ihr am Strand noch andere gefunden? Tote vielleicht?«, fragte der Pirat, während er sein Essen hineinschaufelte. Die Frau schüttelte den Kopf.

»Das war eigentlich sehr seltsam. Niemand außer dir wurde angespült, nur ein paar Sachen vom Schiff und die Trümmer eines Beibootes.«

Torben verschluckte sich. »Die Trümmer eines Beibootes, sagst du? Lagen vielleicht noch zwei große, lederne Seesäcke darin? Das ist sehr wichtig für mich.«

Laja musterte ihn aufmerksam. »Ich weiß es nicht. Die Männer und Frauen des Dorfes haben den Strand direkt nach dem Sturm gefleddert und alles, was einigermaßen wertvoll ausgesehen hat, mit nach Hause genommen. Ich wollte auch etwas haben, aber ich fand nur dich.« Sie kicherte. »Warum?«

Torben verfluchte seine Verletzungen und die Schwäche, die ihn daran hinderten, sich den Strand selbst anzusehen. »Laja, ich muss dir eine seltsame Geschichte erzählen.«

»Ich hoffe, es ist keine Lügengeschichte, wie du sie dem Richter angedreht hast«, meinte sie und hob scherzhaft den Stock, wurde aber mit einem Schlag ernst, als sie sah, wie wichtig Torben die Sache zu sein schien. »Es geht vermutlich um das Schiff, oder? Ich habe mir schon Gedanken darüber gemacht, weshalb der Kapitän oder der Steuermann nicht rechtzeitig einen sicheren Hafen angelaufen haben, anstatt vor der klippenreichen Küste zu kreuzen.« Sie setzte sich auf einen Schemel.

Der Pirat nickte. »Das ganze Unglück begann in Gustroff«, sagte er und schilderte den geheimnisvollen Fremden, dessen seltsame Ausrüstung und was er in jener Sturmnacht an Bord der *Fröhlicher Gruß* alles gesehen hatte.

Am Ende der Erzählung wirkte Lajas Gesicht sehr interessiert. »Glaubst du, er hat sich irgendwie an Bord des palestanischen Händlers geschlichen und die Mannschaft vergiftet?« Die Frau spielte nachdenklich am Knauf des Stocks.

»Ich bin auch zu der Vermutung gekommen, gerade weil DeRagni dieses seltsame weiße Pulver im Ring gefunden hatte. Was wäre, wenn der Fremde noch mehr von diesem Zeug gehabt und es heimlich in den Topf geschüttet hätte?« Torben war ganz aufgeregt.

»Möglich wäre das schon«, stimmte Laja zu. »Es gibt solche Mittel, aber es müsste schon ein sehr starkes Gift gewesen sein, das eine ganze Mannschaft schnell töten kann. Vermutlich hat er die Leute nur deshalb kurz vor dem Sturm umgebracht, weil er sich mit der See und dem Wetter nicht auskannte. Das erklärt auch, weshalb das Schiff in die Klippen gerast ist. Und DeRagni hat er getötet, weil er vermutlich nichts von dem Eintopf zu sich genommen hatte. Du sagtest, du hast in der Nacht eine Gestalt mit einem Kurzschwert an der Winde des Beibootes gesehen?«

Der Pirat nickte. »Jeder, der sich nur ein bisschen mit dem Meer auskennt, weiß, dass ein Beiboot der palestanischen Bauart im Sturm schneller kentert, als ein Stück Blei im Wasser sinkt. Er hätte sich besser auch ein Fass gesucht wie ich.«

»Was erneut dafür spricht, dass der Fremde wenig Kenntnis von der Seefahrt besaß, was ihn letztendlich das Leben gekostet hat«, ergänzte Laja mit zufriedenem Gesicht und stampfte mit dem Stock auf. »Er hat seine Strafe für den Mord an den Menschen erhalten, auch wenn es nur Palestaner waren.«

»Es hätte mich schon interessiert, wie der Assassine es geschafft hat, an Bord der *Fröhlicher Gruß* zu kommen und so lange unentdeckt zu bleiben«, murmelte Torben, der eine zunehmende Müdigkeit spürte. Ein ausgedehntes Gähnen ließ sich nicht länger unterdrücken.

»Ich glaube nicht, dass es dir der Assassine gesagt

hätte, wenn du ihm begegnet wärst.« Sie deckte ihn vorsichtig zu. »Du schläfst jetzt besser. Wir können später noch darüber reden. Gute Nacht, Torben.«

Laja stand vom Schemel auf und ging hinaus.

Der Rogogarder versank in kürzester Zeit in unruhige Träume, die sich immer wieder um den geheimnisvollen Passagier drehten, der so vielen Menschen einen heimtückischen, qualvollen Tod gebracht hatte.

VI.

»Und Sinured opferte Tzulans Geist Menschen in großen Mengen. Manche sagen, es waren so viele, dass sie tausend große Kornspeicher gefüllt hätten. Er machte keinen Unterschied, ob Mann oder Frau, ob Kind oder Greis, selbst Säuglinge wurden zu Ehren des Gebrannten Gottes auf abscheulichste Art und Weise getötet.

Und Tzulans Geist verlangte mehr und mehr. Sinured gab ihm reichlich und vergrößerte das Wohlwollen des Gebrannten Gottes. Seine Soldaten fingen die Menschen wie das Vieh und trieben sie auch wie Schlachtvieh zu den Altären und Opferstätten. Der Boden färbte sich rot, und an manchen Stellen entstand ein Sumpf von Blut, so gesättigt war das Erdreich.

Der Hunger des Gebrannten Gottes war letztendlich so gewaltig, dass Sinured ganze Städte zu Ehren Tzulans verbrannte. Die Tore wurden von außen mit mächtigen Baumstämmen und Felsen verbarrikadiert, ringsherum zogen Bogenschützen auf, die jeden Flüchtling, der versuchte, den Flammen in der Stadt über die Mauer zu entkommen, abschossen und zurück in das Innere warfen.«

Ulldartischer Geschichtsalmanach,
XXI. Band, Seite 1050

Provinzhauptstadt Granburg, Königreich Tarpol, Winter 441 n. S.

Nach dem Aufenthalt im Gasthof benötigte die Reisegruppe des Tadc noch weitere drei Tage, bis sie in Sichtweite der Provinzhauptstadt Granburg kam. Kurz vor der Abreise hatte es zu schneien begonnen, zuerst in ganz kleinen, zarten Flocken, dann wurden die Kristalle immer dicker, und der Schnee fiel so dicht, dass die Fernsicht erheblich eingeschränkt wurde. Ein Umstand, den der kahlköpfige Leibwächter aufs Äußerste verwünschte.

Ein weißes, eiskaltes Leintuch legte sich über die Landschaft, schluckte jedes Geräusch und zauberte eine unheimliche Stille über die Provinz, die Lodrik stets dann auffiel, wenn die Gruppe eine Pause einlegte.

Waljakov schien, wie immer während der gesamten Reise, an allen Ecken des Trosses gleichzeitig zu sein und gönnte seinem Schlachtross keine ruhige Minute. Die Stimmung, die durch die Vorkommnisse im Gasthof merklich gedrückt worden war, hob sich allmählich wieder, abgesehen von der Nörgelei Lodriks über das bescheidene und keineswegs vorzügliche Essen.

Der Tadc hegte nach wie vor die Absicht, etwas gegen den Adligen und dessen mörderische Kampfhunde zu unternehmen. Stoiko hatte sich aus dem Gepäck die Gesetzesbücher herausgeben lassen, die sich mit der Rechtsprechung und Urteilsfällung beschäftigten.

»Eigentlich solltet Ihr das machen, Herr. Es ist Eure Aufgabe als zukünftiger Gouverneur, Menschen zu richten, und ohne das Wissen über die Gesetze wird es Euch sehr schwer fallen.« Der Diener blätterte in den Seiten des dicken Werkes. »Und was ich bisher gelesen habe, sieht es für eine Bestrafung sehr schlecht aus. Das einzige wäre, den Adligen zu zwingen, dem Seiler eine

Entschädigung zu zahlen, vorausgesetzt die Frau ist nicht seine Leibeigene gewesen.«

»Ich kenne die Gesetzestexte des Königreiches, die auch in allen Provinzen gelten, Stoiko. Die Seiten noch mal zu lesen langweilt mich. Ich verlasse mich lieber auf meine Intuition. Oder was meinst du?«

Stoiko klappte den Wälzer zu, dass es staubte. »Ihr macht es Euch ein wenig zu leicht, Herr. Ihr seid in Granburg nicht der Tadc, dem alle gehorchen müssen, sondern der Sohn eines Hara¢, der jede seiner Entscheidungen als Gouverneur mit den entsprechenden Passagen im Kodex rechtfertigen muss.« Der Diener reichte Lodrik das Buch, das er sichtlich unwirsch entgegennahm.

»Ich mag es nicht, wenn andere Recht haben«, murmelte der Tadc und vertiefte sich in die Paragrafen, aber nur um festzustellen, dass sein Diener die Wahrheit gesprochen hatte. Der Adlige war, so Leid es dem Jungen tat, in diesem Fall nicht angreifbar.

Die Kutsche hielt an, die Gruppe hatte das Stadttor erreicht, an dem vier Wachen in dicken Mänteln alle Neuankömmlinge kontrollierten.

Als sie Eskorte und Gespann sahen, nahmen sie vorsichtshalber Haltung an, einer lief los, um den Kommandanten zu holen.

Waljakov saß ab und verschwand zusammen mit fünf der Leibgardisten im Wachturm, um die hoheitlichen Reisedokumente, ausgestellt vom Minister für Wasser- und Straßenwege persönlich, abzugleichen, die den problemlosen Eintritt in die Stadt erlaubten.

Nach etlichen Minuten Aufenthalt kehrte der Leibwächter zurück, kletterte in die Kutsche und erstattete Stoiko und dem Tadc Bericht.

»Wir sind nicht unbedingt willkommen hier, das hat mir der Kommandant des Wachpersonals ziemlich deutlich gemacht. Es hat sich herumgesprochen, dass der alte Gouverneur sein Amt abgeben muss, und es scheint, als wäre er zumindest bei den Soldaten beliebt.« Er suchte ein Stück Papier aus seiner Tasche. »Das ist der Plan, nach dem wir zum Gouverneurspalast finden. Ich hätte nicht gedacht, dass die Stadt so groß ist.«

»Also, los. Ich will in ein großes warmes Zimmer mit heißer Milch und einem warmen Bad«, sagte Lodrik ungeduldig. »Wir waren mehr als einen Monat unterwegs, und ich habe Lust auf Kekse.«

»Ich bin schon unterwegs, Herr.« Waljakov verneigte sich und kletterte ins verschneite Freie, kurz danach setzte sich der Tross wieder in Bewegung.

Lodrik schaute neugierig aus dem Fenster des Gefährts und versuchte, einen Eindruck von der Stadt zu erhalten, in der er als Gouverneur die nächste Zeit herrschen sollte.

Die wenigen Leute, die er auf den breiten Hauptstraßen sah, waren vermummt bis zum Haaransatz, zogen Schlitten mit Brennholz hinter sich her oder hatten dicke Bündel Reisig unterm Arm. Keiner würdigte die Kutsche eines Blicks und wenn doch, dann geschah es eher flüchtig und ohne großes Interesse.

Die großen Fachwerkhäuser wirkten grau und verlottert, scheinbar fehlte den meisten Bewohnern das Geld, um ihre Behausungen richtig in Ordnung zu halten. Hochbetrieb herrschte lediglich in den Gaststätten, an denen sie vorbeifuhren.

Hinter den bunten, beschlagenen Glasfenstern erkannte Lodrik schemenhaft breite Gestalten, die Krüge und Gläser schwenkten, ab und zu drangen lautstarke Gesänge durch das Glas nach außen, die für den zukünftigen Gouverneur mehr nach spontanem Gegröle als nach eingeübten Noten klangen.

Der Tadc schüttelte sich, als er an den Geruch des Wurzel-, Rinden- und Pilzbieres im Gasthof denken musste. Unbegreiflich, dass jemand so etwas freiwillig trinken konnte.

Als sie die *Goldene Kugel* passierten, wurde ein betrunkener Gast vom Wirt auf die verschneite Straße befördert und beinahe von der Leibwache des Tadc niedergetrampelt. Erst im letzten Moment wichen die Berittenen aus, der Mann erhob sich und torkelte orientierungslos zwischen den Pferdeleibern von rechts nach links.

Waljakov zügelte sein Tier und drängte den Betrunkenen an den Straßenrand, wo er ihn mit einem kraftvollen Tritt in den Rücken in die Nebengasse beförderte.

»Die Granburger versuchen offensichtlich, ihre Sorgen im Alkohol zu ertränken«, meinte Stoiko, der aus dem anderen Fenster schaute und den Vorgang beobachtete. »Keine sehr ansehnliche Provinzhauptstadt, wenn Ihr mich fragt, Herr.«

Lodrik hatte den Gouverneurspalast entdeckt, der im Gegensatz zu allen anderen Gebäuden durch die protzige Fassade und die Blattgoldarbeiten aus der Masse herausragte, und klatschte begeistert in die Hände.

»Sieh mal, dort werden wir wohnen, Stoiko. Ist das nicht schön?«

»Immerhin scheint einer zu wissen, wie man in dem Elend gut leben kann.« Der Diener zog die Handschuhe straff. »Ich bin gespannt, wie Gouverneur Wasilji Jukolenko aussieht. Er regiert schon mehr als sechs Jahre in dieser Provinz, das wird seine Spuren hinterlassen haben.«

Lodrik kratzte sich am Kinn, an dem ein paar Büschel einsamer Barthaare juckte. »Der Kabcar hat gesagt, dass er ihm ein Dorn im Fleisch wäre. Weshalb eigentlich, Stoiko?«

»Soviel ich weiß, kritisiert er den Herrscher bei den Adligen von Granburg, bemängelt seine Außenpolitik und seine Innenpolitik. Er ist ein reaktionärer Mensch, der dem Adel gerne wieder seine volle Machtposition zusprechen und Tarpol am liebsten in selbstständige Grafschaften umwandeln würde«, berichtete Stoiko. »Er hetzt die Mächtigen der Provinz gegen Euren Vater auf, natürlich ganz versteckt und ohne Zeugen. Der Kabcar hat nur zufällig von den Machenschaften gehört, konnte aber Jukolenko noch nichts nachweisen.« Der Diener suchte nach der Lederrolle, in der die Einsetzungsurkunde von Lodrik wasserdicht aufbewahrt lag, und balancierte sie auf der flachen Hand. »Diese Papiere bedeuten inoffiziell die Abstrafung des Gouverneurs für das Gerede und die kleinen Spielchen, die er seit Jahren betreibt. Die Adligen und Jukolenko werden sehr wohl wissen, was die Absetzung bedeutet.«

Die Kutsche fuhr in den kopfsteingepflasterten Innenhof des Palastes und kam zum Stehen.

Der Leibwächter öffnete den Wagenverschlag und half Lodrik aus dem Inneren des Gefährts.

Heimlich hatte der Tadc mit einem roten Teppich oder wenigstens einer Ehrengarde gerechnet, aber zu seinem Erstaunen zeigte sich niemand auf dem Hof. Am Eingang zum Palast standen lediglich zwei Livrierte, die die Neuankömmlinge sehr überrascht musterten, sich aber nicht bewegten.

Eiskalt pfiff der Wind den Boden entlang und wirbelte Schnee umher.

»Haben wir uns verfahren, Waljakov?« Lodrik schaute den massigen Leibwächter unsicher an. »Ich sehe zwar einen Palast, aber keinen Gouverneur, der mich begrüßt. Dabei hat sich inzwischen bestimmt herumgesprochen, dass ich sein Nachfolger bin, oder?«

Stoiko erschien an seiner Seite, zog den Schal vors Gesicht und musterte die Szenerie. Das große Gebäude schien wie ausgestorben, kein Licht brannte. »Eine Ruine könnte nicht einladender sein, Herr«, bemerkte der

Diener spitz. »Und wenn ich noch länger in der Kälte stehen muss, bricht mein Schnauzbart ab.«

Waljakov, dem die Temperaturen wenig auszumachen schienen, winkte einen der beiden Livrierten mit einer energischen Handbewegung zu sich heran.

»Wo ist Gouverneur Jukolenko? Mein Herr, der Hara¢ und zukünftige Statthalter, will sofort mit ihm reden.« Die Hände in die Hüften gestemmt, stand der Leibwächter drohend vor dem Bediensteten, der sichtlich beeindruckt von dem Soldaten war. »Sofort«, wiederholte er noch einmal und legte die mechanische Hand an den Säbelgriff.

»Der gnädige Herr ist in der Oper, zusammen mit seiner Familie und dem Hof. Anschließend findet das jährliche Bankett der Großbauern statt, auf dem der Gouverneur Ehrengast ist«, sagte der Livrierte hastig und versuchte ein Lächeln. »Wenn er aber gewusst hätte, dass Ihr heute erscheint, dann …«

Der Kahlköpfige ließ die grauen Augen böse aufblitzen, dass dem Mann der freundliche Gesichtsausdruck im Gesicht erstarb. »Wo ist dieses Bankett?«, fragte Waljakov, der den Wachen mit einer Geste das Absitzen signalisierte.

»Gleich hier in der Nähe, Herr, die Straße runter und dann die vierte rechts ab, im *Granburgs Bestes*, direkt neben der Oper. Sie müssten inzwischen beim Essen sein. Wenn Ihr wollt, lasse ich einen Laufburschen schicken, der den Gouverneur …«

»Nein«, hallte Lodriks hohe Stimme über das verschneite Pflaster. »Ich werde mir das Bankett selbst ansehen.« Der Tadc drehte sich auf dem Absatz und stieg in die Kutsche ein. »Na, los. Worauf wartest du, Stoiko?« Der Junge schaute aus dem Fenster und nickte Waljakov zu. »Du wirst uns mit zehn deiner besten Männer begleiten.«

Der Leibwächter deutete die übliche knappe Verbeugung an, wählte sicherheitshalber ein Dutzend Bewaffnete aus und stieg in den Sattel. Die restlichen Wachen brachten die Pferde in die Stallungen.

Polternd setzte sich die Kutsche in Bewegung und schaukelte die Straße hinunter in Richtung Bankett.

»Das war eine sehr gute Idee von Euch, Herr. Den Großbauern werden die Augen übergehen, ganz zu schweigen vom Gouverneur, wenn der Nachfolger plötzlich erscheint, seine Aufwartung macht und beim schönsten Essen die Abberufung Jukolenkos auf den Tisch wirft.« Stoiko rieb sich die Hände und freute sich. »Wirklich sehr gut, Herr.«

Lodrik stutzte. »Von der Seite habe ich es noch gar nicht betrachtet. Ich meine, es wäre ein ziemlicher Affront gegen den Mann. Ihn so bloßzustellen vor allen Leuten bedeutet eigentlich die Kriegserklärung, oder?«

»Ihr wolltet das gar nicht?« Jetzt war es an dem Vertrauten, ein verdutztes Gesicht zu machen.

»Nun, ja. Ich habe Hunger, hast du das schon vergessen? Und bevor ich in dem verlassenen Palast verhungere, gehe ich dorthin, wo es etwas zu essen gibt.« Lodrik grinste. »Aber deine Idee werden wir auch noch in die Tat umsetzen, keine Angst. Doch zuerst wird gegessen.«

»Sicher, Herr.« Der Diener schaute zur Decke und seufzte. »Zuerst wird gegessen. Lasst mich Euch noch schnell ein paar Ratschläge geben, bevor wir in die Höhle des Löwen gehen.«

Wasilji Jukolenko setzte den silbernen Pokal ab, wischte sich den dünnen Schnurrbart ab und schaute in die illustre Runde, die sich auf seine Kosten im *Granburgs Bestes* versammelt hatte.

Achtzehn Großbauern gaben sich die Ehre, heute Abend zu erscheinen, sieben Adlige stopften sich die kulinarischen Kostbarkeiten und Delikatessen in den Mund, als ob sie ihre Henkersmahlzeit vor sich hätten.

Je mehr Gold diese Menschen haben, desto geiziger werden sie, dachte der Gouverneur und streckte sich ein wenig. Seine graue Uniform mit den silbernen Ketten und grünen Stickereien saß tadellos am Körper, der mit den Jahren in Granburg etwas aus der Form geraten war. Das schüttere Haar wurde durch die übliche silberne Hochperücke verborgen.

Nachdenklich zwirbelte er am dünnen Schnurrbart, während er mit der anderen Hand nach dem Unterarm seiner Gattin Kaya griff und sich in deren Richtung beugte.

»Erinnere mich daran, dass ich später noch ein paar Worte mit Ormov wechsle. Er wird wissen, warum es Ijuscha abgelehnt hat, mein Gast zu sein. Es wird Zeit, dass ich diesem Kerl eine Lektion erteile. Das ist das dritte Mal, dass er durch Abwesenheit glänzt.«

Die Frau mit dem Schönheitsfleck auf der rechten Wange lächelte den Gästen zu und nickte ganz leicht.

»Wie du möchtest. Aber unterschätze ihn nicht. Vielleicht stellt er sich immer nur so begriffsstutzig, immerhin ist er nicht umsonst zum Großbauer geworden.«

Der Gouverneur richtete den Oberkörper wieder auf und wandte den Blick nicht von der Tafel.

»Von mir aus. Aber er ist der Einzige, der es wagt, weniger Abgaben als verlangt abzuliefern, mit der unsinnigen Begründung, seine Landpächter hätten sonst zu wenig zum Leben.« Jukolenko nahm einen Schluck von dem Wein. »Ich werde ein paar Männer losschicken, die handfesten Druck bei seinen Bauern ausüben. Ewig lasse ich mir nicht auf der Nase herumtanzen.« Er senkte die Stimme. »Schau dir die hier an, so müsste Ijuscha sein. Ich kontrolliere sie. Wenn ich pfeife, kommen sie wie die Hunde gekrochen, um mir einen Gefallen zu tun.«

Einer der Großbauern schaute zu Jukolenko, winkte ihm mit einer Rehkeule und lachte, dass ihm die Bissen aus dem vollen Mund fielen.

Der Gouverneur lächelte zurück und prostete ihm zu. »Sie sind ja so dankbar«, flüsterte er Kaya zu und drückte ihre Hand, bevor er sich erhob und lautstark räusperte, um die Aufmerksamkeit der Gäste zu wecken.

»Ihr Edlen, hört mir einen Augenblick zu, bevor Euch der Nachtisch die Ohren verstopft.« Die Männer an der großen Tafel lachten. »Wie jedes Jahr lade ich meine Freunde zum Essen, um die vergangene Zeit in einer zwanglosen Runde zu bereden und neue Vorhaben vorzustellen.«

»Das wissen wir auch sehr zu schätzen, Gouverneur«, unterbrach ihn Brojak Kaschenko und zeigte auf den überladenen Tisch. Die anderen lachten wieder und schwenkten die Krüge.

Jukolenko zwang sich zu einem Lächeln, obwohl er derartige Unterbrechungen hasste.

»Vielen Dank, Kaschenko. Wir alle haben viel zusammen erlebt und erreicht, unser Wohlstand ist gestiegen, die Bewohner sind so friedlich wie selten zuvor. Das alles zeigt, dass eine harte Hand besser regiert, als alle Versprechungen nach Reformen und Änderungen jemals bringen würden.« Die Adligen und Großbauern gaben ihre einstimmige Zustimmung, in dem sie mit ihren Bechern auf die Tafel schlugen.

»Wie Ihr alle gehört habt, ist mein Nachfolger hierher unterwegs, so lauten jedenfalls die Gerüchte, die man sich erzählt. Man erzählt sich auch, dass er Neues bringen möchte und dem Volk Aussichten auf Verbesserungen macht. Wenn er lange im Amt bleibt, könnte alles das, was wir uns in den letzten Jahren aufgebaut haben, zunichte gemacht werden. Kommt das einfache Volk auf den Feldern und auf der Straße erst mal auf den Geschmack der neuen Führung, wird es schwierig, alte Strukturen neu zu etablieren.« Jukolenko beschwor mit Absicht die schlimmsten Befürchtungen der Gäste herauf, er brauchte ihre Unterstützung und ihre Angst, die sie zu allem fähig machen würde. »Ich denke, ich spreche im Interesse aller, wenn ich sage, dass der neue Mann nicht lange in Granburg bleiben darf.«

Die Brojaken und Adligen entfachten mit ihren Behältern ein wahres Donnergrollen, das unheilvoll durch die Gassen und Straßen der Provinzhauptstadt rollte.

»Wenn Ihr unsere Hilfe braucht, dann sagt, wann und wo wir sein müssen, Gouverneur«, grölte Kaschenko übermütig, dessen Gesicht vom Alkohol gerötet war. »Wir wollen den Neuen auch nicht hier!«

Jetzt riefen die Gäste alle durcheinander, jeder wollte den anderen mit Unterstützungszusagen überbieten.

Jukolenko konnte ein breites, zufriedenes Grinsen nur mit Mühe zurückhalten. Sein Plan begann so tadellos, wie er es sich vorgestellt hatte.

»Entschuldigung, Gouverneur.« Ein Mann um die Vierzig mit freundlichen Gesichtszügen und einem breiten Schnauzbart war fast geräuschlos an seiner Seite aufgetaucht. Dicke, kostspielige Pelze, in denen noch einige widerständige Schneeflocken beharrlich gegen die Wärme des Raumes kämpften, hingen um den Körper des Fremden, in dessen Augen eine Spur Verschlagenheit glänzte. »Ich bin Stoiko Gijuschka, Diener und Vertrauter des Hara¢ Vasja. Mein Herr lässt fragen, ob denn vielleicht noch ein Platz an der reichlich gedeckten Tafel frei wäre.« Er nickte in Richtung der massiven Holztür, in der ein dicker Knabe und ein riesiger Mann standen. »Er ist weit gereist und entsprechend hungrig.«

Der Lärm im Raum erstarb langsam, alle schauten auf die Neuankömmlinge.

Der Gouverneur riss sich vom Anblick des beeindruckenden Muskelberges auf zwei Beinen los, stand auf und eilte zum Eingang.

»Aber selbstverständlich, lieber Hara¢ Vasja. Ich biete Euch meinen Stuhl an, da Ihr ohnehin bald anstatt meiner regieren werdet. Natürlich könnt Ihr mit meiner Zusammenarbeit rechnen, bis Ihr in alle Angelegenheiten eingeweiht seid.«

Jukolenko hielt an und verbeugte sich tief vor dem riesigen Mann, der irgendwie belustigt zu sein schien, was den Gouverneur verunsicherte.

»Ich danke Euch für das freundliche Angebot«, sagte der Junge mit hoher Sopranstimme huldvoll und neigte den Kopf. »Im übrigen redet Ihr zu dem Falschen.«

Jukolenko zuckte herum, errötete und verbeugte sich noch tiefer.

»Verzeiht mir, aber ich habe nicht damit gerechnet, dass mein Nachfolger so jung ist.« Der Gouverneur konnte die gespannte Stille im Raum nach diesem protokollarischen Fehltritt geradezu greifen.

Doch das peinliche Versehen schien den Jungen nicht weiter zu beschäftigen, er steuerte vielmehr direkt auf den freien Sessel am Kopfende der Tafel zu. Der bösartig aussehende Riese mit dem martialischen Säbel an der Seite folgte ihm auf dem Fuß, während sich der Diener bereits neben dem Möbelstück positioniert hatte. »Kommt. Ihr dürft mir Gesellschaft leisten.«

Mit einem sehr zufriedenen Ausdruck auf dem breiten Pfannkuchengesicht ließ sich der Hara¢ auf die Sitzfläche plumpsen, leerte den Teller Jukolenkos wie selbstverständlich auf den Boden und stapelte Fleisch, Gemüse und Brot darauf, bis auch der Rand restlos überfüllt war.

»Was feiert Ihr denn? Hat jemand Geburtstag, oder ist das heute ein granburgischer Festtag?«

Etwas fassungslos beobachtete der Gouverneur, wie der Junge das Essen verschlang.

»Nein, Herr. Es ist so, dass ich alle meine Freunde einmal im Jahr zu einem Bankett einlade. Eine nette Gewohnheit, die inzwischen zur Tradition wurde.«

»Gut. Ich werde sie beibehalten, auch wenn ich nicht

weiß, wer hier drin mein Freund ist.« Lodrik zwinkerte gut gelaunt in die Runde der schweigenden Männer und langte zu. »Ihr wart vorhin sehr fröhlich. Das scheint vorbei, seit ich den Raum betreten habe. Weshalb?« Der Junge knabberte an einem Stück Knochen und leckte sich die Finger.

»Brojak Kaschenko hat einen Witz erzählt«, versuchte Jukolenko zu erklären. Er wusste nicht, was er von dem dicken Knaben halten sollte. Auf den ersten Blick schien er nicht sehr intelligent zu sein, andererseits könnte sein Gehabe gespielt sein, um ihn zu prüfen. Die Fragen, die der Hara¢ stellte, entsprangen entweder abgrundtiefer Unbedarftheit oder Kalkül, und bevor der Gouverneur nicht sicher war, woher sie stammten, wollte er lieber vorsichtig sein.

»Ich mag Witze. Brojak Kaschenko, könntet Ihr den Witz für mich noch einmal zum Besten geben?« Lodrik schwenkte den Knochen hin und her und schaute erwartungsvoll in die Runde.

Ein Tischnachbar rempelte den Großbauern an, der mit offenem Mund und glasigen Augen in die Luft starrte.

»Ach, ja, der Witz. Einen Moment, Herr, ich habe ihn gleich wieder.« Die Stirn legte sich in Falten, dann schlug sich der Mann an den Kopf. »Ich glaube, ich habe ihn vergessen. Muss wohl am Alkohol liegen, Hara¢.«

»Macht ja nichts, er wird Euch eines Tages wieder einfallen, Brojak Kaschenko.« Der Tadc hielt mit dem Kauen inne und wandte sich der Gouverneursgattin zu. »Und wer seid Ihr, wenn ich fragen darf? Vermutlich Gouverneur Jukolenkos Eheweib.« Er nahm ihre Hand und drückte einen dicken Kuss mit den fettverschmierten Lippen darauf. »Es freut mich, Eure Bekanntschaft zu machen.«

Kaya ließ die Hand auf dem Tisch liegen, als wäre sie mit der Pest in Berührung gekommen. Die Mundwinkel der schönen Frau zuckten verräterisch, ihre Abscheu war offensichtlich.

Stoiko amüsierte sich königlich. Nicht nur, dass Jukolenko sich ganz fantastisch blamiert hatte, sein Schützling stellte die Nerven aller Anwesenden mit der üblichen Art, die der Kabcar auf Bällen so fürchtete, auf eine harte Probe. An dem Gesicht des Statthalters erkannte der Diener, dass der Mann wohl nicht recht schlau aus Lodrik wurde, und das war auch gut so.

Stoiko kam zum dem Entschluss, dass der Aufenthalt des Tadc im *Granburgs Bestes* nicht allzu lange währen durfte, sonst würde Jukolenko die Naivität des Jungen durchschaut haben.

Er kniff ein Auge zu, das verabredete Zeichen für die in der Kutsche schnell einstudierte Vorstellung.

»Brojak Kaschenko, leiht mir bitte für einen Moment Euer Ohr.« Lodrik ließ den Knochen fallen und wischte sich die Hände ab.

»Verfügt über mich, Hara¢.« Der angetrunkene, großspurige Großbauer erhob sich schwankend und verneigte sich unsicher.

»Ich bin neu in Granburg, und vermutlich liegt es daran, dass ich die regionalen Besonderheiten noch nicht kenne. Wir haben in der Nähe ein Dorf passiert, es hieß Olnjak. Wem gehört es?«

»Die Frage kann ich vielleicht besser beantworten«, warf Jukolenko ein, der unentwegt an seinem Schnurrbart gezwirbelt hatte. »Das Dorf und die Einwohner sind Brojak Wanko unterstellt, er sitzt gleich dort.« Kaschenko setzte sich, dafür stand ein recht protzig ausstaffierter Mann um die fünfzig Jahre auf, der einen stattlichen Vollbart trug.

»Wenn Euch einer der Dörfler belästigt hat oder Euch etwas verweigert wurde, so sagt es frei heraus. Ich lasse eine sofortige Bestrafung anordnen.« Der Großbauer machte ein grimmiges Gesicht.

Stoiko grinste, und auch Waljakov zeigte eine Spur Zufriedenheit. Also hatten die Kampfhunde nichts in der Nähe von Olnjak zu suchen gehabt, das wollten sie noch einmal von einem Adligen bestätigt haben. Wenn sich Lodrik jetzt noch an das erinnern konnte, was ihm der Diener auf der Fahrt hierher eingebläut hat, dann könnten sie den Besitzer der Tiere, der mit Sicherheit auch unter den Gästen saß, in eine Falle manövrieren.

»Nein, nein. Die Leute waren sehr nett. Aber angenommen, ich hätte einen Eurer Dorfbewohner verletzt oder getötet, was wäre dann?«

»Ich würde annehmen, Ihr hättet die entsprechenden Gründe dafür gehabt«, sagte Wanko.

»Und wenn es durch meine Unachtsamkeit entstanden wäre?« Lodrik hielt sich an die Anweisungen seines Dieners und spulte die Fragen der Reihe nach herunter.

Die Augen des Brojaken glänzten unwillkürlich auf, er spürte die Gelegenheit, schnelles Geld machen zu können. »Ich würde annehmen, Ihr wärt so gnädig, mir eine Entschädigung zu zahlen, wie es üblich ist. Und natürlich der Familie, wenn es eine geben sollte, die diesen großen Verlust zu verschmerzen hat.«

»Wie viel wäre das, angenommen es war eine schwangere Frau, die durch meine Kutsche überrollt wurde?« Der Junge machte ein sehr unglückliches Gesicht.

Wanko wechselte mit dem Gouverneur einen Blick. »Das wäre natürlich schlimm, Hara¢. Welch ein Unglück den Mann treffen würde, das wäre kaum in Münzen umzurechnen.« Der Adlige überlegte nur sehr kurz. »Zweihundert Waslec für mich, weil zwei Arbeitskräfte verloren gehen und die Steuer ausfällt, und fünfzig Waslec für den Mann, selbstverständlich nur in Gedanken.«

»Da habe ich aber großes Glück, dass mir das nicht passiert ist«, meinte Lodrik. Wanko schaute enttäuscht.

»Aber ein anderer hat nicht auf sein Eigentum Acht gegeben. Ist Hara¢ Kolskoi anwesend? Und Ihr bleibt bitte stehen, Brojak Wanko.«

Als sich der aufgerufene Adlige erhob, bekam der angehende Gouverneur unvermittelt einen verwirrten Gesichtsausdruck, dann winkte er Stoiko zu sich herunter.

»Ich habe vergessen, was wir dann machen wollten«, flüsterte er.

»Damit habe ich eigentlich schon viel früher gerechnet«, murmelte der Diener und frischte in aller Eile das Gedächtnis des Jungen auf, der sich daraufhin Kolskoi zuwandte.

Der Mann blickte mit stechend grünen Augen auf Lodrik. Er wirkte im Gegensatz zu dem gut genährten Großbauern recht schmal, die Hände waren sehnig, jeder einzelne Knochen war unter der Haut sichtbar. Die dürre Hakennase stach aus dem Gesicht mit dem kleinen Kinnbart hervor wie ein Adlerschnabel, eine dünne Narbe lief über die rechte Wange bis zum Mund. Er trug das schulterlange, schwarze Haar offen.

Lodrik räusperte sich. »Ihr seid im Besitz von borasgotanischen Kampfhunden, nicht wahr?«

»So ist es. Ich nehme sie mit zur Jagd, um das Wild aufzustöbern.«

»Diesmal haben sie jedoch eine schwangere, junge Frau aus Olnjak gestellt und vor unseren Augen zerrissen.« Der Junge versuchte, den Blick des Hara¢ zu erwidern, was ihm aber nur kurze Zeit gelang und so schaute er lieber auf den sichtlich nervösen Wanko. »Ihr werdet von Hara¢ Kolskoi Eure Entschädigung von zweihundert Waslec erhalten, die fünfzig anderen Waslec gehen an den Seiler Nurjef, der der Gatte der Frau war.«

»Aber Kolskoi ist mein Freund. Ich kann von ihm nicht verlangen, dass er mir das Geld gibt«, protestierte Wanko, obwohl Jukolenko im Rücken des Jungen beschwichtigend gestikulierte.

Stoiko beugte sich wieder herunter und soufflierte erneut. Jetzt kam es auf jedes Wort an.

»Ihr wolltet also von Eurem zukünftigen Gouverneur eine Entschädigung verlangen und von Hara¢ Kolskoi deshalb keine, weil er Euer Freund ist? Eine seltsame Gesetzgebung hat Granburg.« Lodrik hob die Stimme. »Dennoch sind die Frau und das ungeborene Kind tot, egal ob Kolskoi Euer Freund ist oder nicht, Brojak Wanko. Was sagt Ihr dazu, Gouverneur?«

»Ich denke, dass es eine Sache zwischen den beiden Adligen ist, Hara¢«, sagte Jukolenko, der die Goldgier Wankos verfluchte. »Ich werde mich nicht einmischen.«

Wieder tuschelten Lodrik und Stoiko, der Diener zog ein ledernes Dokumentenfutteral heraus und reichte es dem Jungen. »Wenn das so ist, übernehme ich ab sofort den Posten des Gouverneurs.« Lodrik brach das Siegel auf, zog das Pergament heraus und verlas das Einsetzungsschreiben des Kabcar. »Kraft des mir verliehenen Amtes bestehe ich auf die vorhin von Brojak Wanko erhobenen Schadensansprüche. Hara¢ Kolskoi wird einmal zweihundert Waslec an Brojak Wanko und an Stelle der fünfzig besser hundert Waslec an den Seiler Nurjef aus Olnjak zahlen. Es waren ja auch zwei Menschen, die gestorben sind, wie Ihr vorhin eigens betont habt, was die Entschädigung natürlicherweise verdoppelt.«

Der Junge schaute abwartend in die Runde, aber es regte sich kein Widerstand gegen das Machtwort des neuen Gouverneurs.

»Schön, dass wir uns einig geworden sind, hohe Herren.« Lodrik hob den Becher. »Auf Granburg und den neuen Statthalter.«

Jukolenko war der Erste, der seinen Pokal in die Luft hielt, nach und nach folgten die Adligen und Großbauern seinem Beispiel. »Auf Granburg und den neuen, weisen Statthalter«, sagte der Mann, während er Blicke mit Wanko und Kolskoi austauschte. »Möge er so lange wie möglich im Amt bleiben.« Die Hochrufe kamen sehr zögerlich und verhalten.

»So, ich bin satt«, gähnte Lodrik und stemmte sich etwas unbeholfen aus dem Sitz. »Ich werde in meinen Palast fahren und mir ein Zimmer suchen.«

»Nehmt den Gästetrakt, bis alles für Euch hergerichtet wurde, Exzellenz«, empfahl Jukolenko und öffnete dem Jungen die Tür.

»Vielen Dank. Nachdem ich umgezogen bin, werdet Ihr im Gästetrakt unterkommen, bis ich mich in den Arbeitstag eingewöhnt habe, Hara¢ Jukolenko. Ich wünsche Euch noch einen schönen Abend, werte Herren.« Lodrik nickte in die Runde und verschwand nach draußen, dicht hinter ihm Waljakov und Stoiko.

Der abgesetzte Gouverneur schlug die Tür mit einem lauten Krach zu, dass die Gläser auf dem Tisch erbebten.

Wanko sah betreten unter sich, Kolskoi schnitzte wütend mit dem Messer am Holz herum, und die anderen Gäste verhielten sich still.

»Wir müssen ihn los werden«, meinte Kolskoi nach einer Weile und rammte die Klinge mit einem kraftvollen Stoß tief in den Tisch. »Er hält uns zum Narren, und wir können froh sein, dass sich diese Vorstellung nicht in aller Öffentlichkeit abgespielt hat. Das eben war schon schlimm genug.« Er warf Wanko einen Blick zu. »Und Ihr seid ein kompletter Idiot!«

»Ich bin ganz Eurer Meinung, Hara¢. In beiden Fällen«, stimmte Jukolenko zu, der sich wieder auf seinen alten Platz neben seine Frau gesetzt hatte und die Fäuste ballte. »Aber ich glaube, dass der Vertraute das Problem ist und nicht der dicke, aufgeblasene Gernegroß. Dieser Diener hat ihm alles vorgesagt.«

»Dann sollten wir dafür sorgen, dass ihm etwas zustößt«, schlug Kolskoi vor. »Wie wäre es mit einer Jagd? Oder einem Ausflug an die Berghänge?« Die anderen lachten leise.

Jukolenko lehnte sich zurück und legte die Fingerspitzen der rechten Hand an die Stirn. »Noch nicht. Wir sollten abwarten und erst so viel wie möglich über den Fettsack und sein merkwürdiges Gefolge herausfinden. Wenn er der Liebling eines Beraters oder einer anderen einflussreichen Persönlichkeit am Hofe des Kabcar ist, könnte ein Unfall unangenehmere Folgen haben, als uns allen lieb wäre. Von ungefähr kann diese Einsetzung eines unerfahrenen Jungen als Gouverneur nicht kommen, da ist etwas faul.« Der Mann zwirbelte den Schnurrbart. »Auf alle Fälle werden wir ihm die Zeit zur Hölle machen, Freunde.« Die Adligen und Großbauern murrten ihre Zustimmung, die alte Zuversicht kehrte zurück.

»Er wird ohne seinen Vertrauten nicht lange durchhalten. Und, mal sehen, vielleicht wird dieser Diener ganz plötzlich krank, was viel besser wäre als ein unerklärlicher Sturz die Hänge hinunter. Unsere kalte Luft und eisigen Winter verträgt eben nicht jeder.«

Jukolenko lachte, die Männer und seine Frau stimmten mit ein.

»Eure Vorstellung war gut«, lobte Waljakov, der zum zweiten Mal seit der Abreise aus Ulsar in der Kutsche saß, auf dem Rückweg zum Palast. »Für einen Moment dachte ich, Kolskoi stürzt sich entweder auf Euch oder auf Wanko.«

Lodrik winkte ab. »Das waren alles Einfälle meines genialen Dieners. Ich wäre nie auf die Idee gekommen, die Adligen so aufs Glatteis zu führen, aber es hat mir sehr viel Spaß bereitet.«

»Das dürft Ihr nicht sagen, Herr«, wiegelte Stoiko ab, »Ihr wart wirklich sehr überzeugend. Natürlich wird Wanko die zweihundert Waslec später zurückgeben oder Kolskoi überhaupt erst gar nicht zukommen lassen, aber immerhin erhält der Seiler Geld, mit dem er etwas anfangen kann, auch wenn es die Frau bestimmt nicht ersetzt. Und wir haben einen Eindruck von den Herren der Provinz erhalten. Und ich muss sagen, der Eindruck ist nicht gerade der beste.«

»Ich fürchte fast, wir haben zu sehr, wie sagt man gleich, auf den Putz gehauen«, gab Lodrik zu bedenken. »Ich habe mir mit meinem Auftritt bestimmt nur Feinde gemacht, wo ich doch eine ruhige Zeit haben wollte.«

»Es ist auf alle Fälle besser, wenn Waljakov morgen mit Eurem Fechtunterricht beginnt, Herr.« Stoiko rieb sich nachdenklich am Kinn. »Und ich sollte meine alten Kenntnisse ebenfalls wieder auf Vordermann bringen. Ich werde das Gefühl nicht los, dass das besser wäre. Der Gouverneur hat die Adligen und Großbauern mehr oder weniger an einer Leine, an der er nur ziehen muss, wenn er sie benötigt, so schätze ich die Lage zumindest ein. Und Kolskoi gehört zu den gefährlicheren.«

»Ich werde Leute losschicken, die in den Spelunken ein paar Erkundigungen einholen, wie es in der Provinz und in der Stadt mit dem Beliebtheitsgrad Jukolenkos, der Großbauern und der Adligen aussieht«, meinte Waljakov. »Und was den Unterricht angeht, ich werde auch etwas für Eure Form einplanen, Herr, damit Euer Körper ein paar Pfunde loswird.«

Lodrik blinzelte. »Ich soll abnehmen? Mitten im Winter?«

»Waljakov hat Recht«, unterstützte Stoiko den Vorschlag des Leibwächters. »Ihr solltet an Gewicht verlieren, das macht Euch beim Fechten schneller.«

»Von mir aus«, grummelte der Tadc und verschränkte die Arme vor dem breiten Bauch. »Ich wusste, dass die Idee meines Vaters nicht gut war. Ich werde ja zu einem völlig neuen Menschen gemacht.«

»Und das ist, mit Verlaub gesagt, nur zu Eurem Vorteil«, warf der Diener ein. »Ihr werdet es als Herrscher einmal mit allen Königen Ulldarts aufnehmen können, wenn Ihr durch meine und Waljakovs Schule gegangen seid, Herr.«

»Ich will es aber nicht mit allen Königen des Kontinents aufnehmen, Stoiko, das bringt nur unnötigen Ärger«, widersprach Lodrik. »Ich hätte jetzt gerne einen Keks als Belohnung für meinen Auftritt in dem Gasthof.«

»Schlagt Euch die Kekse aus dem Kopf«, knurrte der Leibwächter halblaut, und fügte, nachdem er die überraschten Gesichter von Stoiko und Lodrik bemerkte, ein schnelles »Herr« hinzu. Glücklicherweise hielt die Kutsche in diesem Augenblick, und Waljakov verließ fluchtartig das Gefährt.

»Er ist schon ein seltsamer Mensch«, sagte der Tadc nach einer Weile des Schweigens. »Aber er scheint zuverlässig zu sein.«

Stoiko hatte die Augenbrauen zusammengezogen. »Ich denke, dass hinter diesem Mann mehr steckt, als wir alle ahnen.« Er folgte seinem Schützling, der aus dem Inneren geklettert war und zum Palast ging. »Wir werden sehen.«

VII.

»Und Sinured veränderte sich. Einst war er ein gut aussehender, kräftiger Mann mit langen, schwarzen Haaren.

Doch nun hinterließ Tzulans Geist sein Zeichen an ihm: Die Haut Sinureds färbte sich schwarz und glich der eines Verbrannten. Seine Haare wurden dagegen schlohweiß, seine Zähne zu langen, furchtbaren Reißzähnen, mit denen er seinen Gegnern die Adern zerriss. Die Gestalt, ohnehin schon groß und muskulös, wuchs um einiges, dass er alsbald eine neue Rüstung benötigte. Seine Kräfte wuchsen von Tag zu Tag, bis er über die Stärke von zehn ausgewachsenen Männern verfügte.

Sein Gebaren glich zusehends dem einer wilden Bestie, das Fleisch aß er nur noch roh, und einige sagten, er trinke das noch warme Blut seiner Gegner. Die Zeit spielte für ihn keine Rolle, denn er alterte nicht mehr.

Auf dem Schlachtfeld führte er eine eisenbeschlagene Deichsel als Keule, sein Schwert war so hoch wie zwei ausgewachsene Männer und schwer wie ein großes Weinfass, sein Schild glich von den Ausmaßen her einem Mühlstein und hatte dessen Gewicht.

So kam er aus zweierlei Gründen zu seinem Namen, denn einmal vollführte er ungeheuerliche Grausamkeiten, zum anderen sah er auch aus wie eine wilde Bestie. Das einfache Volk gab ihm den Beinamen ›Das Tier‹, und Sinureds Taten sprachen Bände.

Längst gehorchten die Soldaten nur noch, weil sie Furcht vor dem Wesen hatten, das einmal Sinured gewesen war. Dennoch stürmten und verwüsteten sie weiter, denn sie fanden schon lange Gefallen an dem Morden und Plündern. Bestien und unbeschreibliche Ungeheuer kamen aus den Sümpfen, angelockt von dem Blutgeruch der Opfer, und schlossen sich der Armee an.«

ULLDARTISCHER GESCHICHTSALMANACH,
XXI. Band, Seite 1051

Satucje, an der Westtarpolischen Küste, Winter 441 n. S.

Torben saß am Tisch, rührte den starken Tee in der Holzschale und beherrschte sich, um nicht ständig an den juckenden Wunden am Rücken zu kratzen. Es wertete das als Zeichen der schnellen Heilung, die ohne die Hilfe von Laja niemals möglich gewesen wäre.

Die Tage, die er in dem kleinen Dorf verbrachte, liefen alle sehr ähnlich ab. Während er auf dem Lager ungeduldig auf seine Genesung wartete, erzählte die betagte Frau zum Zeitvertreib des ungeduldigen Kranken Geschichten aus dem eigenen Leben, dem Dorf und Tarpol.

Der Pirat erfuhr auf diese Weise, dass ihr Mann als Fischer zur See gefahren war. Palestaner hatten ihm Zusammenarbeit mit Piraten und Schmuggelei unterstellt, ihn misshandelt und das Schiff einfach versenkt. Der Fischer schwamm zwar noch bis nach Hause, aber er starb an Entkräftung und Unterkühlung. Passiert war das Ganze vor mehr als dreißig Jahren, doch der Hass Lajas gegen die Kauffahrer würde sich niemals legen.

Ein Blick aus dem Fenster genügte Torben, um sich die klirrende Kälte vorzustellen. Der Winter hatte die Küste fest im Griff, eisige Winde peitschten die Wellen gegen die provisorische Hafenmauer, die unter der immensen Wucht aber glücklicherweise nicht zusammenbrach.

An ein Auslaufen brauchten die Männer des Dorfes nicht zu denken, das tosende Wasser würde die Boote innerhalb weniger Augenblicke zu Kleinholz verarbeitet haben.

Torben fühlte sich heute in der Lage, in Richtung Rogogard aufzubrechen, um seine Erlebnisse erzählen zu können und andere vor dem gleichen Schicksal zu bewahren. Denn er vermutete, die Palestaner verfügten über weitere der umgebauten Jagdschiffe vor Tarpols

Westküste. Das Kapern würde zu einer gefährlicheren Sache werden, als sie früher ohnehin schon gewesen war.

Aber von hier aus würde ihn keine der Nussschalen nach Rogogard bringen, er musste also in die nächst größere Stadt. Der Pirat hatte den Richter bereits um Hilfe gebeten, aber das damals gemachte Angebot stellte sich als ein leeres Versprechen heraus, und jetzt musste Torben sehen, wie er alleine nach Ludvosnik kam.

Ein paar von Lajas Freunden hatten dicke Kleidungsstücke und gefütterte Stiefel gespendet, damit der Rogogarder nicht erfrieren musste, wenn er sich auf den Weg machte. Einige der Dorfbewohner waren mit dem Untergang der *Fröhlicher Gruß* zu ein bisschen Wohlstand gekommen, und irgendwie machten alle Torben für das kleine Glück verantwortlich, was ihn wiederum zu einem gern gesehenen Menschen werden ließ.

Im Besitz der beiden Seesäcke zu sein bestritt allerdings jeder. Alles mögliche sei gefunden worden, nur keine ledernen Behältnisse, auf die die Beschreibung des Piraten gepasst hätte.

Der Rogogarder beschloss, dass es für alle das Beste war, anzunehmen, der Mörder der Besatzung sei mit seiner rätselhaften Ausrüstung untergegangen.

»Ich hoffe, dass ich dich eines Tages wiedersehe, Torben.« Laja kam mit einem Arm voll Holz herein und beförderte die Scheite in den bulligen, kleinen Ofen, der in der Mitte des Raumes stand.

»Die Ladung des ersten palestanischen Schiffes, das ich geentert habe, werde ich dem Dorf schenken«, antwortete der Pirat. »Das ist das Mindeste, womit ich mich für die Hilfe erkenntlich zeigen kann.«

»Oh, ich hätte eine bessere Idee«, sagte die Frau und wärmte sich die Hände. »Du kannst wieder ein palestanisches Schiff in unsere Klippen jagen, das würde den Menschen hier noch besser gefallen.« Sie reichte ihm einen gefüllten Rucksack. »Den Proviant wirst du sicher brauchen. Es ist zwar kein langer Weg nach Ludvosnik, aber zu der Jahreszeit kann sich die Strecke sehr ziehen.«

Torben warf sich den Mantel über und setzte die Fellkappe auf. »Ich danke dir. Ich komme zurück, darauf kannst du dich verlassen.« Er hing sich den Rucksack über die Schulter und nahm Laja in die Arme. Die betagte Frau wischte sich eine Träne aus dem Augenwinkel.

»Ich werde dich vermissen, du Pirat«, sagte sie und betrachtete ihn lange. »Pass auf dich auf, ich weiß nämlich nicht, ob du immer so viel Glück hast wie damals, als dich die Flut bei uns an Land spülte.«

»Ich gebe schon auf mich Acht, versprochen.« Torben schluckte schwer, ließ seine Lebensretterin los und ging zur Tür.

Als er die Tür öffnete, standen alle Dorfbewohner vor dem Haus Lajas Spalier, und während er die Reihen durchschritt, klopften sie ihm auf die Schultern und wünschten ihm alles Gute.

Der Rogogarder war tief gerührt, weil er hier eine Herzlichkeit spürte, wie er sie nur selten in seinem Leben erfahren hatte.

Am Dorfausgang drehte er sich noch einmal um und winkte, bis ihm der Arm wehtat, die Menschen schwenkten noch lange ihre Tücher und Mützen zum Abschied. Dann stapfte der Pirat die verschneite Straße entlang, in der Hoffnung, vielleicht auf einen Schlitten zu stoßen, der ihn mitnehmen würde.

Doch offensichtlich verspürten die wenigsten Tarpoler derzeit Lust, ihre Körper der Kälte auszusetzen, so musste Torben laufen.

Er hatte sich ausgerechnet, dass er auf der Küstenstraße rund drei Tage lang unterwegs sein würde, bis er sein Ziel erreichte. Unterkunft wollte er sich unterwegs suchen, vielleicht bei einem Fischer oder einer ontarianischen Handelsstation, falls es keinen Gasthof auf der Strecke geben sollte.

Laufen und vor allem ständiges Laufen auf unbeweglichem, solidem Boden war dem Rogogarder verhasst, lieber hätte er ein schwankendes Schiffsdeck unter den Füßen spüren mögen, als sich mühselig durch den lockeren Schnee zu kämpfen. Das war nicht sein Element.

Nach sechs Stunden Marsch musste er feststellen, dass er sich übernommen hatte. Die Sonnen versanken allmählich im Meer, und weit und breit entdeckte er weder eine Siedlung noch ein anderes Zeichen menschlicher Spuren. Wenn er bis abends nicht eine Bleibe gefunden hatte, könnte es seine letzte Nacht auf Ulldart gewesen sein.

Die Beine wurden immer schwerer, die Ausdauer schien nicht die Beste, und der Schweiß rann ihm unter der Kleidung in Strömen den Körper hinab.

Mit zusammengebissenen Zähnen setzte Torben einen Fuß vor den anderen und redete sich immer wieder ein, dass hinter der nächsten Biegung der schmalen Straße ein Dorf auf ihn wartete.

Nach einer weiteren Stunde zu Fuß wollte ihn gerade jede Zuversicht verlassen, als er einen verwitterten Wegweiser fand, dessen Aufschrift ihm eine Kutschstation nach zwei Warst versprach.

Mit großer Anstrengung brachte der Rogogarder auch die letzten Schritte hinter sich, um dann vor einem halbzerfallenen Gebäude zu stehen, in dem sich kein Funken Leben mehr regte.

»Besser als nichts«, murmelte Torben und betrat das Innere, um sich einen einigermaßen geschützten Platz für die Nacht zu suchen.

Schnell hatte der müde Pirat einen Raum gefunden, der ihm zusagte. Mit ein paar alten Balken machte er sich ein großes Feuer auf dem Steinboden, damit er die nächtliche Kälte überlebte. Der Rauch zog durch das kleine Loch in der Decke ab, und Torben bereitete sich auf den Schlaf vor. Er war von dem anstrengenden Marsch so zerschlagen, dass er sich nicht einmal etwas zu essen machte, sondern direkt neben dem Feuer einschlief, sobald er den Kopf nur ein wenig gesenkt hatte.

Ein Geräusch, das nach dem Schnurren einer Katze klang, weckte ihn. Zunächst ließ er die Augen geschlossen und lauschte. Das Feuer brannte noch immer, wie er an der Wärme im Gesicht und an dem Schein, der durch die Lider hindurchdrang, feststellte.

Das Geräusch war ziemlich laut und kam aus der Richtung ihm gegenüber, von der anderen Seite des Feuers.

Langsam schlug er die Augen auf und spähte verschlafen durch die Flammen, um nach der vermeintlichen Katze zu sehen, die sich auf der Suche nach Wärme in seine Unterkunft eingeschlichen hatte.

Der Umriss des Wesens, das dort hockte, war eindeutig zu groß und zu gewaltig für einen Mäusejäger. Das Feuer brannte unregelmäßig, erschwerte Torben die Sicht, aber je mehr er sich anstrengte, umso mehr erkannte er, dass es sich bei dem nächtlichen Besucher um alles andere, nur nicht um eine Katze handelte.

Der knochige Kopf war flach, die gelben Augen mit den rot leuchtenden Pupillen lagen tief im Schädel, und anstatt eines Mundes hatte das Wesen ein breites Maul, aus dem spitze, lange Zähne hervorstanden. Der muskulöse, menschengroße Körper steckte in zerlumpten Kleidern, der Pirat erkannte dichte Behaarung unter dem zerrissenen Stoff.

Torben schätzte, dass ein einziger Schlag der kräftigen, krallenbewehrten Hände einen Mann mühelos ins Jenseits befördern könnte.

Das Wesen hatte inzwischen aufgehört, die tiefen, schnurrenden Laute von sich zu geben und beobachtete den Rogogarder regungslos, die Pupillen strahlten in tiefem Rubinrot.

Torben rutschte rückwärts, bis er die Wand in seinem Rücken spürte. Seine Gedanken überschlugen sich.

Immer wieder hatte ihm seine Mutter damals die Geschichten von den Monstren erzählt, die in den Sümpfen Ulldarts lebten und Menschen fraßen, aber dass er unbedingt jetzt auf eines treffen musste, passte ihm überhaupt nicht. Eigentlich hatte er vorgehabt, wenn überhaupt, auf See zu sterben, und nicht im Magen einer solchen Kreatur zu enden, die aus Tzulans verfaulten Körperteilen entstanden war.

Als einzige Waffe hatte er das Brotmesser Lajas dabei, das Wesen ihm gegenüber trug zu allem Überfluss noch ein verrostetes Schwert an der Seite.

Torben hatte eine Idee. Langsam bewegte er sich in Richtung seines Rucksacks und kramte mit zitternden Händen seinen Proviant heraus, während die Kreatur den Piraten nicht eine Sekunde aus den Augen ließ, die Hand drohend am Schwertgriff.

Der Rogogarder wickelte die Hartwurst aus dem Leinenbeutel und warf sie dem Wesen hin.

Vorsichtig schnüffelte die Bestie an dem Gegenstand, bevor sie ihn aufhob und herzhaft zubiss. Nach wenigen Lidschlägen war die Wurst verschwunden.

Torben atmete auf, opferte dem Wesen den Laib Brot und das Trockenobst, das er bekommen hatte, und hoffte, dass der Hunger gestillt wurde. Während es alles gierig in sich hineinstopfte, beobachtete es den Mann unentwegt aus den Augenwinkeln.

»Essen gut?«, fragte Torben nach einer Weile und machte ein freundliches Gesicht, darauf bedacht, nicht durch eine unachtsame Geste einen Angriff herauszufordern. »Schmecken? Gut?«

»Habe schon besser gegessen«, knurrte das Wesen tief und rülpste. »Wer bist du?«

Der Mann war mehr als überrascht, als er die Worte in schlechtem Ulldart hörte. Am liebsten hätte er seinem

Gegenüber den Proviantrucksack ins Gesicht geworfen. »Du sprichst meine Sprache?«

»Deine und meine, aber nicht sehr gut. Zähne behindern.« Zum Beweis entfernte das Wesen ein Stück Hartwurst aus einer Zahnlücke und lutschte es vom Fingernagel. »Warum geben mir Essen und nicht versuchen mich zu töten?«

Der Rogogarder lehnte sich zurück und blinzelte. »Ich habe nichts, um dich zu töten.«

Der Gast lachte kehlig, und Torben konnte nicht anders als miteinzustimmen. »Du bist ehrlich, deshalb werde ich nicht töten. Und du hast Essen gegeben. Ich Pashtak.« Die Augen strahlten rot. »Ich geben dir auch Essen.«

Er reichte Torben ein stark riechendes Bündel, das fast den selben bestialischen Geruch verströmte wie das Wesen. »Du besser halten in Feuer bevor essen, ja?!«

»Danke. Ich bin Torben Rudgass, Kapitän der ...«, er schwieg plötzlich. »Ich bin Torben Rudgass.«

Pashtak nickte, warf ein paar Scheite aufs Feuer und rückte näher an die Flammen. »Wird kalt sein heute Nacht und schneien. Besser großes Feuer.«

»Sind da noch mehr draußen? Ich meine, wie du?«

»Nein. Ich bin der Einzige. Wir alle nicht gleich. Ich auf Wanderschaft, auf Suche nach nächstem Sumpf, um zu leben. Weißt du, wo nächster Sumpf? Oder wo gehen nach Tûris?«

Der Rogogarder schüttelte den Kopf. »Tut mir Leid, ich bin selbst nicht von hier.«

»Macht nichts. Werde finden«, meinte Pashtak zuversichtlich und legte sich neben das Feuer. »Schlaf gut.«

»Ich werde es versuchen.« Torben blieb mit dem Rücken an der Mauer, zog die Decken fester um sich und beschloss mit diesem Gast vor sich nicht einzuschlafen, auch wenn Pashtak einen friedlichen Eindruck machte. Die Geschichten über die Sumpfbestien waren in seinem Kopf zu lebendig.

Alle Schreckensbilder verhinderten allerdings nicht, dass der Pirat nach ein paar Stunden vor lauter Müdigkeit einschlief, der lange Marsch durch den Schnee hatte seinen Tribut gefordert.

Torben erwachte und stellte voller Erstaunen fest, dass er noch lebte.

Von Pashtak fehlte jede Spur, aber er hatte nachts wohl neues Holz nachgelegt, sodass der Raum warm und trocken war und der Pirat sich nicht mit der lästigen Arbeit des Feuermachens aufhalten musste.

Der Schnee fiel vor dem Fenster in feinen Flöckchen auf die weiße Erde. Torben entschied, bald aufzubrechen.

Nachdem er das halbvergammelte Stück Fleisch lange in den Flammen geröstet und anschließend hungrig verschlungen hatte, machte er sich auf den Weg.

Die Landschaft präsentierte sich dem Wanderer in eintönigem Grau, der Wind pfiff Torben eisig um die Nase, und nur selten hörte er Tierstimmen. Hin und wieder fühlte er sich verfolgt, doch er redete sich ein, dass es wohl an der unvermittelten Begegnung mit Pashtak lag.

Unterwegs grübelte er viel über die Zusammenkunft mit der Sumpfbestie. Sicherlich, die meisten von ihnen waren bösartig und töteten Menschen, aber Pashtak hatte ihn nachdenklich gemacht. Vom Königreich Aldoreel erzählt man sich in Rogogard, dass es sogar einen Friedensvertrag mit den Wesen abgeschlossen hatte. Er versuchte, sich an die alten Geschichten, die man sich über die Ungeheuer erzählte, zu erinnern.

Tzulan soll der Legende nach diese Kreaturen geformt und sie auf allen Kontinenten während des Kampfes der Ersten Götter gegen die Zweiten Götter verteilt haben. Und nachdem Taralea Tzulan in kleine Stücke zerrissen und verteilt hatte, wanderten die Ungeheuer dort hin, wo die Fetzen des Gebrannten Gottes auf die Welt stürzten und Sümpfe bildeten. Für Torben war es schwer zu glauben, dass man mit solchen Missgeburten Verträge abschloss. Seiner Meinung nach hatten die Tûriten das Problem besser gelöst, indem sie eine Kopfprämie auf die Bestien in ihrem Reich aussetzten. Aber warum wollte das Ungeheuer ausgerechnet dorthin, wo es am unsichersten lebte?

Das Marschieren fiel dem in Gedanken versunkenen Freibeuter heute wesentlich leichter. Er hatte herausgefunden, wie man einigermaßen schnell im lockeren Schnee vorwärts kam, und so schaffte er es gegen Abend, in die Nähe eines Fischerdorfes zu gelangen.

Nach einer Nacht in einem Ziegenstall betrat der Pirat am folgenden Tag hungrig die Stadt Ludvosnik, in der er eigentlich nach dem Willen von DeRagni hätte hingerichtet werden sollen.

Torbens erster Weg führte gewohnheitsmäßig in den Hafen, in dem zahlreiche große und kleine Schiffe schwammen.

Hauptsächlich lagen palestanische Händler am Kai vertäut, es fanden sich aber auch zwei mutige Agarsiener, die gerade ihre Fracht löschten, und etliche Fischerkähne. Kisten voller Krabben und Krebse stapelten sich auf dem Kopfsteinpflaster der Hafenmauer, Matrosen und Tagelöhner verluden den Fang auf Karren, die die Ware zum Markt brachten.

Tief atmete der Rogogarder die Luft ein und freute sich über das geschäftige, allzu vertraute Treiben. Bald wollte er selbst wieder an Bord eines Schiffes sein, das Rollen der See unter den Planken spüren und vor allem eines: Palestaner jagen.

Die besten Aussichten auf eine sichere Überfahrt nach Rogogard hatte Torben auf einem der agarsienischen Händler.

Ihre Schiffe unterschieden sich von den palestanischen vor allem durch den etwas längeren Rumpf und die Ruderreihen auf jeder Seite. Pro Ruderbank bewegten mindestens ein Seemann, ein Freier Ruderer oder Sklave den Riemen, wenn der Wind in den Segeln der beiden Masten fehlte oder der Kapitän Aussicht auf fette Beute hatte. Auch die Agarsiener scheuten vor der Kaperei nicht zurück, überließen diese gefährliche Art des »Handels« aber lieber den kräftigeren Rogogardern, die sich weitaus besser auf den Umgang mit Entermesser und Enterhaken verstanden.

Torben wunderte sich, dass gleich zwei Agarsiener so tief in die nördlichen Gefilde vorgestoßen waren, denn die vorherrschende Position hatten hier, dank der zahlreichen Kontore, die Palestaner mit ihren schwerfälligeren, dafür unwettertauglicheren Seglern inne.

Der Kapitän des agarsienischen Händlers *Selina* erklärte sich bereit, den Pirat mit an Bord zu nehmen und ihn an der ersten rogogardischen Insel abzusetzen. Torben sollte, nachdem er ausreichend im seemännischen Fach geprüft worden war, als zweiter Steuermann arbeiten.

Die *Selina* lief allerdings erst am folgenden Tag aus, und der großzügige Schiffsführer gewährte dem Rogogarder einen Vorschuss von zwanzig Waslec, die er in einer der Hafenkneipen ausgeben wollte. Den Spaß hatte er sich nach seinen Erlebnissen verdient.

Der starke Grog schmeckte Torben an diesem Abend außerordentlich gut, der Wirt der *Schaluppe* geizte glücklicherweise nicht mit dem Rum, und so torkelte ein sehr betrunkener Pirat am frühen Morgen durch die Gassen Ludvosniks.

Der alkoholisierte Orientierungssinn verweigerte jedoch bald den Dienst, und nachdem Torben zum vierten Mal wieder an der inzwischen geschlossenen *Schaluppe* angekommen war, setzte er sich erst einmal in den Schnee und übergab sich. Dann sank er nach hinten um und betrachtete kichernd den ausnahmsweise klaren Sternenhimmel.

»Bei allen Teufeln der Untiefen, ich bin so blau wie das Meer«, seufzte der Rogogarder glücklich und räkelte sich in den weißen Kristallen, um eine angenehme Schlafposition zu finden.

Nach wenigen Minuten wurde ihm kalt, der Frost schlich sich unter den Mantel und die dicke Kleidung, sodass der Pirat zähneklappernd auf die Beine kam. Die Wirkung des Alkohols verflog dank der Luft und Kälte allmählich.

Fluchend zog er den Stiefel aus dem Erbrochenen und versuchte zum fünften Mal, aus dem Gewirr der Sträßchen in Richtung Hafen zu finden, um an Bord der *Selina* auf den Morgen zu warten.

Schritte knirschten hinter ihm auf dem verschneiten Kopfsteinpflaster, die sich rasch näherten.

Torben drehte sich erleichtert um und hoffte, dass er nicht zu derangiert aussah, damit der Mensch nicht vor lauter Furcht die Wache zusammenschrie.

»Entschuldigt bitte, aber ich wüsste gerne, wie ich zu den Kais komme«, nuschelte der Pirat und zeigte ein alkoholseliges Lächeln. »Ich glaub, ich hab mich nämlich verlaufen.«

»Ich bringe Euch hin«, sagte der Mann, den Torben dank seines Rumkonsums und des Umhangs des Gegenübers nur verschwommen wahrnahm, freundlich. »Ich wollte auch dorthin.« Er hakte sich unter und leitete den Betrunkenen.

»Das ist seht nett von Euch«, lallte Torben und hickste. »Seid Ihr auch Seemann wie ich?«

»Ich bin Passagier und möchte nach Tûris. Und Ihr?« Zielstrebig steuerte der Mann durch die Gassen.

»Oh, ich will nach Rogogard«, antwortete der Pirat, der sich ein wenig mitgeschleift vorkam. »Auf welchem Schiff reist Ihr denn, hm?«

Der Mann zögerte einen Moment. »Auf der *Stern*.«

Torben runzelte die Stirn und blieb stehen. »Ich kenne

die *Stern* aber gar nicht. Und ich bin die ganze verdammte Kaimauer zwei Mal hoch und runter gelaufen.«

»Dann habt Ihr sie übersehen«, sagte der andere ungeduldig und zerrte den Rogogarder am Arm weiter. »Sie ist einer der kleinen Fischerkähne und heute Morgen eingefahren.«

Der Mann hatte sie tatsächlich an den Hafen gebracht und ging in Richtung der Kais.

Torben wurde langsamer, riss sich mit einer linkischen Bewegung aus dem Griff seines Führers los und blieb wieder schwankend stehen.

»Das kann auch nicht sein, weil die Boote erst heute Mittag zurückgekommen sind.« Er streckte dem Mann den Zeigefinger unter die Nase und reckte den Kopf beleidigt nach vorne. »Ihr wollt mich wohl für dumm verkaufen, was?!«

Als Antwort schlug sein Begleiter den Umhang zur Seite, zog sein Schwert und setzte die Spitze auf Torbens Brust.

»Spring«, befahl er und nickte zum Hafenbecken, das sich rechts des Piraten befand.

»Wenn ich Euch beleidigt habe, dann tut es mir Leid.« Torben versuchte die Klinge mit dem Daumen zur Seite zu schieben. »Aber mich gleich ins eiskalte Wasser zu werfen, ist übertrieben. Ich würde innerhalb weniger Augenblicke sterben.«

»Ganz recht.« Der Mann schlug dem Rogogarder die flache Seite des Schwertes mit Wucht auf den Oberarm, sodass Torben zur Seite taumelte und auf das Hafenbecken zu stolperte.

Einen Lidschlag lang rang er an der Mauerkante um sein Gleichgewicht und hätte es um ein Haar gehalten, als er einen Fußtritt in den Hintern bekam, der ihn nach vorne katapultierte.

Wie ein Stein fiel der Pirat nach unten und klatschte ins dunkle Wasser.

Die Kälte raubte ihm die Luft, und für einen Moment glaubte er, das Herz setze aus. Prustend kam er an die Oberfläche, während sich die Kleidung vollsog und ihn unnachgiebig auf den Grund des Hafenbeckens zog.

Am Pier erkannte er die teilnahmslose Gestalt, die ihn in diese lebensbedrohliche Lage gebracht hatte und scheinbar abwartete, wann er endlich untergegangen sei.

Torbens Kräfte erlahmten zusehends, das eisige Wasser raubte ihm wichtige Wärme, die Pelze und Wollwäsche wurden so schwer, dass er sich mit den Schwimmbewegungen nicht mehr lange halten konnte. Stufen oder ein Seil gab es an dieser Stelle der Hafenmauer nicht.

Der Mann über ihm fuhr plötzlich mit einem Fluch herum und verschwand von der Kante.

Der Rogogarder hörte ein wütendes Fauchen und das Klirren von Schwertern, dann versank er in den schwarzen Fluten.

Ein starker Arm riss ihn zurück und verhinderte, dass er in der Tiefe verschwand. Torben hustete und übergab sich mehrmals, während ihn etwas vollständig aus dem Wasser hievte.

Auf der Mauer wurde er sanft auf den Boden gelegt, ein rubinrot leuchtendes Augenpaar erschien dicht vor seinem Gesicht.

»Pass besser auf«, knurrte die Stimme Pashtaks, dann verschwand das Wesen.

Die Schiffe rund um den Pirat erwachten zum Leben, Rufe wurden laut, und Licht näherte sich.

»Den kenne ich. Der hat auf der *Selina* angeheuert«, sagte ein Mann, viele Hände hoben ihn hoch und trugen ihn an Bord des agarsienischen Händlers.

Die Matrosen zogen ihm die nassen Sachen aus und steckten ihn unter einen Berg Decken.

»Die Männer machen sich auf die Suche nach der Bestie«, versprach der Kapitän, der die Arbeiten überwachte. »Man hat gesehen, wie sie sich an dir zu schaffen gemacht hat. Um ein Haar hätte sie dich gefressen, glaub mir. Die Biester sind wirklich dreist. Der Winter treibt sie sogar bis in die Stadt.«

Torben hob die Hand, war aber zu schwach und immer noch zu alkoholisiert, um etwas sagen zu können.

»Du ruhst dich aus, damit du morgen deinen Dienst versehen kannst«, ordnete der Schiffsführer an und verließ das Quartier.

»Ich bring dir den Kopf von dem Vieh«, zwinkerte ihm der Maat zu, klopfte auf ein breites Entermesser und folgte den anderen Seeleuten.

Der Rogogarder war verzweifelt, denn ganz Ludvosnik würde den Falschen jagen.

»Hoffentlich erwischen sie dich nicht«, murmelte er und wünschte Pashtak in Gedanken alles Gute.

Am folgenden Morgen glitt die *Selina* mit vollen Segeln durchs Wasser, Torben stand an Deck und wechselte sich mit dem ersten Steuermann ab, um ein Gefühl für das Schiff zu bekommen. Der agarsienische Händler reagierte etwas schwerfälliger als die *Grazie*, war ansonsten doch von seinen Eigenschaften her vergleichbar.

Pashtak war allem Anschein nach in der Nacht seinen Verfolgern entkommen. Die Männer kehrten in den frühen Morgenstunden enttäuscht an Bord zurück, auch die Wache hatte keine Erfolge zu vermelden.

Der Rogogarder gab bei Fragen vor, sich durch den Sturz an nichts mehr erinnern zu können, um die Angelegenheit nicht noch mysteriöser zu machen, denn die Wahrheit hätte ihm keiner der Matrosen geglaubt.

Er wusste selbst nicht mal, warum der Mann von gestern beabsichtigt hatte, ihn umzubringen. Ein normaler Räuber hätte versucht, ihm wenigstens seine Börse wegzunehmen.

»Nussschale voraus«, meldete der Ausguck, »da hält ein Ruderboot auf uns zu.«

Der Kapitän kam auf das Oberdeck und schaute durch sein Fernrohr. »Da möchte jemand an Bord genommen werden. Segel reffen. Mal sehen, ob sich da ein Geschäft anbahnt.«

Das Boot, in dem vier Ruderer und ein fünfter Mann saßen, kam näher und erreichte die *Selina*.

Ein kräftiger Mann mit Schnurrbart und Pelzmütze erhob sich und ging zum Bug, die trachtenähnliche Kleidung wies ihn als einen einigermaßen wohlhabenden Rundopâler aus.

»Ich möchte nach Kurlanja. Könnt ihr mich mitnehmen? Ich bezahle gut«, rief er.

»Wir fahren nicht nach Kurlanja, aber ich kann Euch bei Hublinka absetzen, dort findet Ihr ein Schiff, mit dem Ihr Eure Fahrt fortsetzen könnt«, schlug der Kapitän vor. »Kommt an Bord, der Wind steht derzeit noch günstig, und die Arme meiner Ruderer sind noch ausgeruht.«

»Wie viel kostet mich das?«, fragte der Rundopâler abschätzend. »Mehr als fünfzig Waslec werde ich nicht zahlen!«

»Das ist für die Überfahrt in Ordnung. Und für weitere fünfzig Waslec bekommt Ihr etwas zu essen und eine Kabine«, antwortete der Kapitän grinsend. Torben und die Matrosen lachten. »Es sei denn, Ihr wollt an Deck schlafen und habt genügend Vorräte dabei.«

»Ihr seid ein Halsabschneider, Kapitän, aber ich komme trotzdem an Bord«, stimmte der andere missmutig in das Geschäft ein, aber an seinem Gesicht erkannte man, dass auch er ganz zufrieden mit dem Preis war.

Unbeholfen kletterte der Mann das Fallreep hinauf, während seine Sachen mit ein paar Stricken hochgezogen wurden.

Als Torben das Gepäck des Rundopâlers sah, stockte ihm der Atem. Dort waren die beiden ledernen Seesäcke, die er damals auf der *Grazie* und der *Fröhlicher Gruß* gesehen hatte.

»Was ist denn? Hast du einen Geist entdeckt?« Der erste Steuermann hatte das erschrockene Gesicht des Rogogarders bemerkt.

»Nein, nein. Es geht schon wieder. Mir war nur einen Moment lang schwindelig, muss wohl von den vielen Litern der Eisbrühe stammen, die ich im Hafenbecken geschluckt habe«, sagte Torben und ließ den Rundopâler keinen Moment aus den Augen.

Es gab gewiss mehrere Möglichkeiten, wie der Mann in den Besitz der Säcke gekommen sein könnte, aber die schlimmste von allen war, dass der Unbekannte den Untergang der *Fröhlicher Gruß* überlebt hatte und selbst auf die *Selina* gekommen war.

Verzweifelt versuchte sich der Pirat zu erinnern, welche Verkleidungen er in der Kabine DeRagnis in den Seesäcken gesehen hatte. War nicht sogar eine solche rundopâlische Tracht dabei gewesen?

Torben beschloss, sich den Inhalt der Säcke bei nächster Gelegenheit anzusehen.

In dem Moment kam der Rundopâler auf das Oberdeck, um den Kapitän zu begrüßen, und der Rogogarder machte sich hinter dem ersten Steuermann ganz klein.

»Es ist sehr nett von Euch, mich aufzunehmen.« Der Mann streckte die Hände aus und ergriff die Rechte des Schiffsführers. »Meinen herzlichen Dank dafür. Ich bin Jero Haikoff.«

»Ihr habt Waslec, ich nehme Euch mit, so einfach ist das, und da ich keine verderbliche Ware an Bord habe, macht ein kurzer Halt nichts aus«, meinte der Kapitän und winkte einen der Matrosen herbei, der dem Rundopâler die Kabine zeigen sollte.

»Ich wüsste nicht, was ich ohne Euch getan hätte. Das letzte Schiff ist mir vor der Nase weggefahren und zu dieser Jahreszeit ist es sehr schwer, auf die Schnelle Ersatz zu finden.« Er reichte dem Kapitän einen Beutel mit Gold. »Ich möchte während der Fahrt nicht gestört werden, ich muss dringende Dokumente durcharbeiten und Rechnungen überprüfen. Lasst die Mahlzeiten bitte in meine Kabine bringen.«

Der Schiffsführer nickte. »Ich wollte, alle Passagiere wären so pflegeleicht wie Ihr, Herr Kaufmann.«

»Wie kommt Ihr darauf, dass ich Kaufmann bin?« Jero zog interessiert die Augenbrauen in die Höhe.

Der Kapitän lächelte. »Ihr seid nicht angezogen wie ein Fischer, Ihr wollt Dokumente und Rechnungen durchsehen, und Ihr redet ein sehr reines, studiertes Ulldart.«

»Mein Kompliment, Ihr wärt besser Spion geworden.« Der rundopâlische Händler verzog anerkennend den Mund. »Ich möchte dann in meine Kabine. Und sagt dem Steuermann, dass er das Schiff ruhig lenken soll. Ich werde leicht seekrank.«

»Über meinen ersten Steuermann mache ich mir da keine Gedanken, und Herr Rudgass hat sein Handwerk auch gelernt«, beruhigte der Kapitän.

Jero, bereits auf der Treppe in Richtung Deck, blieb stehen und drehte sich herum. »Rudgass? Ist das nicht ein rogogardischer Name?«

Torben beschloss, die Flucht nach vorne anzutreten. »Ja, das stimmt. Ich bin von Rogogard. Weshalb fragt Ihr?«

Der rundopâlische Kaufmann musterte den Pirat kritisch. »Ich kannte einen Rudgass. Ich glaube an Bord der *Grazie*, kann das sein?«

Torben schien zu überlegen. »Das müsste mein Vetter gewesen sein, er war dort Kapitän. Die Leute sagen, wir würden uns sehr ähnlich sehen.«

»In der Tat. Es wird Euch freuen zu hören, dass es ihm gut geht. Ich bin erst vor kurzem mit ihm gereist. Ein tüchtiger Mann, nicht wahr?!«

»Wenn er nur halb so gut wie sein Vetter ist, dann kommt er in allen Gewässern zurecht«, lobte der Kapitän die Leistungen des Rogogarders.

»Dann bin ich ja beruhigt. Die Rogogarder sind bekannt für ihre seemännischen Leistungen gerade in den rauen Meeresgebieten Ulldarts«, stimmte Jero zu und stieg die Treppe hinab, um unter Deck zu verschwinden.

Torben war sich nun sicher, dass es der unheimliche Gast von damals war, aber nicht, ob ihn der Mann erkannt hatte. Ein Gedanke festigte sich zusehends im Kopf des Piraten, den er unbedingt so schnell wie möglich in die Tat umsetzen wollte, bevor er seine ungeheuerliche Entdeckung dem Kapitän der *Selina* mitteilen wollte.

Die Gelegenheit zum Durchsuchen der Kabine des Kaufmanns ergab sich, sehr zur Enttäuschung des ungeduldigen Torben, erst einen Tag, bevor der gut gekleidete Rundopâlers von Bord gehen wollte.

Als der Pirat Jero am Nachmittag am Bug des Schiffes stehen sah, nutzte er den Augenblick und schlich sich in die Kabine des Passagiers. Das Schloss der Tür öffnete er mit dem Zweitschlüssel, den er vom Kapitän unter einem Vorwand erschwindelt hatte.

Auf dem kleinen Schreibtisch neben der Talgkerze stapelten sich Papiere mit unendlichen Zahlenreihen, Kaufdokumente und ontarianische Schuldwechsel, mehrere Kleidungsstücke des Mannes hingen ordentlich an den Haken an der Wand aufgereiht. Die beiden Seesäcke lagen unter der Hängematte. Hastig zerrte Torben sie hervor und durchwühlte sie in aller Eile.

Schon beim ersten Gegenstand begannen die Hände des Rogogarders zu zittern. Er hielt das Kurzschwert, das er in jener stürmischen Nacht auf der *Fröhlicher Gruß* an der Seite des unbekannten Matrosen gesehen hatte, in den Händen.

»Ich wusste es«, murmelte er und suchte weiter.

Er fand Perücken, Kleidung, Schminke, falsche Schnurrbärte und mehrere kleine Gegenstände, die in Ölpapier eingeschlagen waren. Er sparte sich die Mühe, die Sachen auszuwickeln, er wusste auch so, was er sehen würde.

Prüfend fuhr er mit der Hand über das Innenfutter des zweiten Seesacks, das seinem geübten Auge zu dick vorkam, und tatsächlich entdeckte er eine versteckte Seitentasche, in der mehrere Papiere verborgen lagen.

Torben zog aus dem Lederumschlag eine Kohlezeichnung eines pausbäckigen Jungen heraus, dessen Gesicht rund und feist wirkte. Darunter stand »Hara¢ Vasja, Granburg«.

Rasch stopfte er alles wieder in die Seesäcke, versuchte, einigermaßen Ordnung zu schaffen, und verließ fluchtartig die Kabine des Assassinen.

Kaum auf dem schmalen, dunklen Gang, machten sich erste Zweifel breit.

Die Glaubwürdigkeit seiner Entdeckung und vor allem seiner Erzählung waren sehr gering, der Kapitän der *Selina* kannte weder ihn noch den Passagier richtig, und im Endeffekt hatte der Assassine mehr Gold, um den Schiffsführer auf seine Seite zu ziehen. Was sollte er also tun?

Sein Weg führte den aufgeregten Piraten an Deck, auf dem die Matrosen mit gefüllten Essschalen saßen, der Geruch von Eintopf hing in der Luft und erinnerte den Piraten an seinen eigenen Hunger.

Er beschloss, die Sache mit dem Assassinen auf später zu verschieben, vielleicht kam ihm bei Kartoffeln, Brühe und Gemüse die richtige Idee.

Als Torben mit Schwung die Kombüse betrat, prallte er beim Anblick des Rundopâlers erschrocken zurück.

»Du kommst zu spät«, begrüßte ihn der Smutje und rührte in einem fast leerem Kessel. »Ich kann die Reste zusammenkratzen.«

Der Kaufmann lächelte den Rogogarder an. »Es ist eine vorzügliche Suppe, ich habe zugesehen, wie der

Maat sie zubereitet hat. Es ist erstaunlich, was man aus den wenigen Zutaten und den richtigen Gewürzen machen kann.« Er nickte den beiden Männern zu und ging an Deck zurück.

»Wie lange war er hier drin?«, fragte Torben und schaute auf den Boden, ob er vielleicht nicht die Spur eines weißen Pulvers ausmachen konnte.

»Kurz bevor die Suppe fertig war. Warum?« Der Smutje schaute ihn verwundert an und hielt ihm die gefüllte Kelle hin.

»Nur so. Oh, ich nehme lieber ein Stück Zwieback, wenn es möglich ist. Ich fühle mich vom Magen her immer noch nicht besonders wohl«, log er.

Der Smutje zuckte mit den Achseln und reichte ihm vier Stücke aus dem großen Fass, legte noch einen gepökelten Hering dazu. »Wie du möchtest. Und jetzt verschwinde, ich muss aufräumen.« Der Ton klang etwas beleidigt, vielleicht weil Torben die Suppe verschmähte.

Der Rogogarder verließ die Kombüse und schaute misstrauisch auf den Zwieback. Die Matrosen waren inzwischen fertig mit der Mahlzeit und machten sich wieder an ihre Arbeit. Torben fragte sich, ob sie alle schon das Gift in sich trugen.

Der erste Steuermann winkte den Piraten zu sich. »Dort drüben ist die Küste.« Er deutete auf die graue Linie, die sich in einiger Entfernung aus vom Wasser abhob. »Halte drauf zu, bis du die Einzelheiten erkennen kannst, dann bringst du das Schiff auf Parallelkurs in Richtung Kalisstron, bis du den Hafen Hublinkas erkennst. Wenn es soweit ist, lass mich wecken.« Er schlug Torben auf die Schulter und verschwand.

Der Rogogarder hielt den Kurs, die Landmasse kam immer näher und war bald deutlicher zu sehen.

Kahle Klippen erhoben sich drohend aus dem Wasser, die laute Brandung klatschte gegen das Gestein, und meterhohe Gischtwolken stoben in die Luft. Einige Warst voraus wandelte sich das Bild, flacher Kieselstrand erlaubte dem Meer, seine Wellen sanft ausrollen zu lassen.

Jero erschien an Deck, ging zur Reling und betrachtete das Naturschauspiel.

Torben erkannte, dass er das Kurzschwert angelegt hatte, in der rechten Hand hielt er eine Sanduhr, die zu Zweidrittel abgelaufen war.

Nach einiger Zeit drehte sich der Rundopâler um, hob die Uhr vor die Augen und beobachtete mit einem leisen Lächeln, wie die letzten Körner von oben nach unten rieselten. Dann stellte er sie auf die Bordwand und wartete, die Arme vor der Brust verschränkt.

Als Ersten erwischte es einen Matrosen, der gerade die Wanten erklomm.

Krämpfe rasten plötzlich durch seinen Körper, er begann zu zucken und zu schreien, dann lösten sich die Finger, und er stürzte auf das Deck. Schnell scharten sich einige Männer um den Toten, andere riefen nach dem Kapitän.

Der Schiffsführer kam in dem Moment aus seiner Kabine, als der zweite Matrose mit Krämpfen und Schaum vor dem Mund neben dem Toten zusammenbrach. Auch von unten drangen erschrockene Rufe aus dem Ruderdeck.

»Was zum Teufel geht hier vor?« Der Kapitän kniete neben einem der Männer nieder und begutachtete ihn.

Torben klammerte sich an sein Steuerrad und starrte auf das Deck. Der Assassine hatte wieder eine Mannschaft vergiftet, und nur Ulldrael wusste, wie viele Menschen er auf diese Weise schon umgebracht hatte.

Immer mehr Besatzungsmitglieder brachen zusammen, darunter auch der Kapitän, zuckende Leiber lagen auf den Planken, die qualvollen Schreie wollten nicht enden.

Ruhig stand Jero an der Reling und sah den Seeleuten zufrieden beim Sterben zu.

Der Rogogarder hatte begriffen, dass er die Sache nur überleben konnte, wenn er auch »starb«. Ulldrael wusste, dass er gewiss kein Feigling war, aber auf einen offenen und aussichtslosen Kampf mit diesem gefährlichen Mann wollte er sich nicht einlassen.

Also brüllte er auf, hielt sich den Bauch und ließ sich in die Speichen des Steuerrades sinken, damit er das Geschehen an Deck unter halbgeöffneten Lidern heraus mitverfolgen konnte.

Der Assassine setzte sich langsam in Bewegung, durchschritt das Knäuel der Sterbenden und ging in seine Kabine, um kurz darauf mit den Seesäcken wieder zu erscheinen. Griff einer der Matrosen Hilfe suchend nach seinen Stiefeln, trat er dem Mann ins Gesicht oder stieg über ihn. Dann nahm er sich eine der Äxte, die neben dem Großmast standen, und verschwand wieder. Bald drangen gleichmäßige, dumpfe Schläge aus dem Kielraum.

Torben verstand das als gnädigen Wink Ulldraels, der ihm offensichtlich wohl gesonnen war, erhob sich und ging so leise wie möglich zum kleinen Beiboot.

Quietschend und kreischend setzte sich die Winde in Bewegung, Stück für Stück senkte sich der Rumpf der Wasseroberfläche entgegen, bis er nur noch wenige Handbreit entfernt war.

Plötzlich hielten die Axtschläge unter Deck inne.

Der Pirat kappte die Haltetaue des Flaschenzugs und sprang in das Boot. Er legte sich wie noch nie zuvor in die Riemen und versuchte, so schnell wie möglich eine sichere Entfernung zwischen sich und die *Selina* zu bringen.

An der Bordwand erschien unvermittelt Jero, eine gespannte Armbrust, die aus der Waffenkammer stammte, im Anschlag.

Torben warf sich flach auf den Boden des Bootes und kroch unter die Ruderbank, als sich der Bolzen fingerbreit neben seinem rechten Ohr ins Holz bohrte. Die

Metallspitze glitzerte feucht, die Flüssigkeit roch Ekel erregend.

Wunderbar, noch mehr Gift, dachte der Rogogarder und seufzte leise.

Wie der Blitz kroch der Pirat unter seiner Deckung hervor und begann erneut zu rudern, während der Assassine fluchend die Waffe nachlud.

Torben glaubte, seine Muskeln platzten, doch er hielt den mörderischen Takt bei.

Zum zweiten Mal hob Jero die Armbrust, wieder tauchte Torben unter die Bank.

Diesmal nagelte das Geschoss seinen Hemdsärmel in den Rumpf des Bootes, achtlos zerriss der Pirat die Kleidung und bot dabei alle Kräfte auf.

Die Handflächen brannten bereits schmerzhaft, der Schweiß rann in Kübeln den Rücken hinab, doch immer noch befand er sich in der Reichweite der Schusswaffe.

Wieder sirrte ein Bolzen heran, erst im letzten Moment ließ sich Torben zur Seite fallen und wich dem Geschoss aus.

Vor lauter Aufregung rutschte der Rogogarder vom rechten Rudergriff ab und kippte nach hinten von der Bank, sein Kopf schlug dabei hart auf die Planken. Benommen richtete er sich auf und blickte auf den Assassinen, der den Auslöser der Armbrust zog.

Torben sah den Bolzen rasend schnell näher kommen, und glaubte sogar das Zischen zu hören, als das Geschoss die Luft durchschnitt, doch er nahm alles doppelt wahr, nicht in der Lage zu reagieren. Jero schrie triumphierend auf.

Der Bolzen sackte mit einem Mal ab und fiel wenige Handbreit vor dem Beiboot ins Wasser.

Der Pirat starrte auf die Kreise auf der Meeresoberfläche, die der Einschlag verursachte hatte. Sein Kopf wurde wieder klar, und er verstand, dass er sich außerhalb der Reichweite der Waffe befand.

»Du kriegst mich auch diesmal nicht, Mörder«, schrie Torben und sprang auf. »Ich bin dir zum zweiten Mal entwischt!« Das Boot kam gefährlich ins Wanken.

»Zum dritten Mal«, korrigierte der Assassine und lud ungerührt nach. »Die Bestie hat dich in Ludvosnik aus dem Hafenbecken gefischt, sonst wärst du tot und ich brauchte mich nicht mit dir herumzuärgern.« Er sah abschätzend in den Himmel, befeuchtete einen Finger und prüfte den Wind.

»Ich werde dich entlarven«, brüllte Torben, setzte sich schnell hin und legte sich erneut in die Riemen. »Du wirst für den Tod meiner Männer büßen.«

Jero hob die Armbrust, zielte scheinbar in den Himmel und feuerte. »Da bin ich aber gespannt, Kapitän Rudgass«

Der Rogogarder paddelte hektisch nach rechts, einen Moment darauf krachte der Bolzen in das Heck. Torben ruderte weiter, um die Entfernung zu vergrößern.

Der Assassine warf die Waffe zornig ins Wasser. »Wenn ich dich noch einmal sehe, wirst du unser Zusammentreffen nicht überleben, ich gebe dir mein Wort! So viel Glück kannst du nicht haben.«

Mehr und mehr entfernte sich das Boot vom agarsienischen Händler, Torben schloss die Augen und konzentrierte sich auf einen regelmäßigen Rudertakt, damit er schnell Land erreichte.

Wenn er schon seine Männer und die der *Selina* nicht hatte retten können, so wollte er wenigstens den unbekannten Harac vor dem Anschlag des Assassinen bewahren.

Außerdem wusste der Freibeuter nun, wohin der Mann wollte, und nun konnte er sich in aller Ruhe auf das Treffen mit dem heimtückischen Mörder vorbereiten. Die Sache wollte er zu Ende bringen. Rogogard musste bis dahin auf seine Rückkehr warten.

VIII.

»Die Mönche in den noch nicht besetzten Gebieten beteten ohne Unterlass zu Ulldrael, bis die dringlichen, verzweifelten Worte an das Ohr des Betäubten drangen und ihn aus seinem Zauberschlaf weckten, den Tzulan über ihn geworfen hatte.

Als Ulldrael erwachte und sah, was alles geschehen war, erschien er allen Königen Ulldarts im Traum und rief sie zu einer Versammlung. Dort sprach er zu ihnen: ›Einst haben die Götter gesagt, sie würden sich nie mehr in die Belange der Menschen einmischen, aber nun ist es an der Zeit, dass ich meinem Volk beistehe. Sammelt eure letzten Truppen bei der Stadt Taromeel und rennt gegen Sinured und seine abscheuliche Armee an. Habt Vertrauen, meine Kinder, denn ich werde euch helfen.‹

Und so zogen Aldoreel und Ilfaris ihre Armeen zusammen, viele Freiwillige schlossen sich den Truppen auf dem Zug nach Taromeel an, um ihnen in der letzten und entscheidenden Schlacht beizustehen.

Stolz wehten die Banner aller Königreiche auf dem Hügel bei Taromeel, der bis heute noch Wunderhügel heißt, während auf der anderen Seite die finstere Streitmacht Sinureds übermächtig und Furcht einflößend aufmarschierte.

Eins zu zwanzig standen die Freiwilligen dem feindlichen Heer gegenüber, und all ihr Mut wollte sie verlassen, als ein Lichtstrahl die Finsternis, die seit mehr als fünfzig Jahren herrschte, durchbrach.«

Ulldartischer Geschichtsalmanach,
XXI. Band, Seite 1052

**Provinzhauptstadt Granburg, Königreich Tarpol,
Frühjahr 442 n. S.**

Lodrik saß im muffigen Kanzleizimmer und schielte über den Berg von Akten, der sich auf seinem Schreibtisch auftürmte.

»Das sind alles Papiere, die man zur Regierung einer Provinz benötigt?« Seine hohe Stimme klang etwas mutlos und unsicher. »Ich hätte nicht gedacht, dass es so viele sind.« Er blätterte lustlos in den Seiten. »Jukolenko hat jeden Tag eine andere Ausrede, um mir nicht helfen zu müssen, und alleine stehe ich bei den meisten Aufzeichnungen vor einem Rätsel. Rechnungen, Zahlen und Vermerke über Sachen, die ich stellenweise nicht mal entziffern kann.« Der jugendliche Gouverneur sackte im Sessel zusammen.

Stoiko stand auf der anderen Seite des Tisches und warf einen unglücklichen Blick auf das Durcheinander. »Ich sehe schon. Das ist ein großes Problem direkt am Anfang der Regierungszeit.« Der Vertraute kramte in seiner Dokumententasche und fischte ein großes Blatt heraus. »Die Erkundigungen, die Waljakovs Männer eingezogen haben, sind höchst interessant und entmutigend zugleich. Die Großbauern stehen dem ehemaligen Gouverneur sehr nahe. Entweder er hält sie sich mit Geld bei der Stange, oder er erpresst sie.«

Lodrik zog einen Schmollmund. »Geh unsere Sachen packen. Granburg verwalten zu können ist unter den Umständen wohl mehr als unmöglich. Und das Essen ist so miserabel, dass ich an Gewicht verloren habe.« Zur Demonstration zog er an der Weste, die wesentlich lockerer als früher um seinen Körper lag.

»Na, der Gewichtsverlust geht zum Großteil auf Waljakovs Fechtstunden zurück. Und Ihr seid in der Tat schneller geworden, Herr«, lobte Stoiko. »Die leicht schmalere Taille steht Euch eigentlich ganz gut.« Er wedelte mit dem Blatt. »Und ganz so aussichtslos ist es dann doch nicht, denn ich habe einen Namen gehört, der im Gegensatz zu den anderen Großbauern gerne von den Leuten ausgesprochen wird.« Er blickte auf die handschriftlichen Notizen. »Er heißt Ijuscha Miklanowo, und hat seine Besitzung rund vierzig Warst von hier. Ich habe ihn eingeladen. Da er sich für das Bankett Jukolenkos entschuldigen ließ und derzeit nicht in der Gegend ist, wird es ein bisschen dauern, bis ihn meine Nachricht erreicht hat und er herkommen kann.« Stoiko schaute Lodrik an. »Ich denke, dass wir in ihm einen Verbündeten finden könnten, Herr.«

»Das wäre sehr schön.« Lodrik stand auf, zog die Hose hoch und machte den Gürtel ein Stückchen enger. »Ich glaube, ich lasse die Gouverneursgeschäfte ruhen und unternehme einen kleinen Ausritt. Es schneit heute ausnahmsweise nicht, und ich will die Gelegenheit nutzen, um mir die nähere Umgebung anzusehen. Alleine.«

Der Vertraute öffnete den Mund zum Protest. »Es kennt Euch zwar noch keiner persönlich, trotzdem ist es meiner Meinung zu gefährlich. Ich sage Waljakov, dass er eine kleine Eskorte zusammenstellen soll.«

»Du kannst auch gleich der Küche Bescheid sagen, dass sie einen Proviantsack packen sollen. Ich ziehe mich um und gehe in die Stallungen, um dort zu warten.«

Der Junge verließ die Kanzlei, während Stoiko Waljakov über die Pläne des Gouverneurs in Kenntnis setzte.

Seit zehn Tagen lebte der Tadc nun als Hara¢ Vasja in der Provinzhauptstadt. Jukolenko war Lodrik gegenüber immer sehr freundlich und betont höflich, letztendlich kümmerte er sich aber nicht so um den Jungen, wie es einem Gouverneur eigentlich zugestanden hätte. Der Hara¢ musste vor drei Tagen sogar die übliche Audienz absagen, weil er keinen Überblick über die Bittschriften hatte, die sich in den Schubladen häuften. Übermorgen standen gerichtliche Streitfälle auf dem Tagesplan, die durch ein Machtwort des Statthalters geschlichtet werden sollten. Außerdem befanden sich die Kanzleien und Akten in Jukolenkos Trakt, sodass Lodrik jedes Mal kreuz und quer durch unendlich lange Gänge laufen und zahlreiche Treppen steigen musste, bis er in seinem eigentlichen Amtsbereich war.

Immerhin hatte er schon einige Akten durchgesehen und mit Stoikos Hilfe versucht, Ordnung in das Durcheinander zu bringen, das offensichtlich absichtlich hinterlassen wurde, dennoch stand der Junge kurz davor, Granburg sich selbst zu überlassen und in die Reichshauptstadt zurückzukehren.

Das einzige, was ihn davon abhielt, sofort aufzubrechen, war der Gedanke an ein ungemütliches Verließ in einer abgelegenen Burg seines Vaters, in dem er bis an sein Lebensende hocken würde.

Lodrik schlurfte durch den Gang in Richtung Schlafzimmer, wobei er alle paar Meter die Hose hochziehen musste, obwohl der Gürtel bereits ein Loch enger saß als gewöhnlich.

Die täglichen, schweißtreibenden Fechtstunden mit Waljakov genoss der Hara¢. Der Leibwächter hetzte ihn zwar über die Plonge wie es noch kein Lehrer vor ihm getan hatte, doch Lodrik spürte, dass seine Bewegungen an Ungeschicklichkeit verloren.

Die Manöver, die ihm der muskulöse Mann beibrachte, waren ungewöhnlich und jenseits von allem klassischen Buchwissen über den Umgang mit dem Säbel, das sich der Junge angelesen hatte. Trotzdem verspürte er eine gewisse, plötzliche Begeisterung für das Fechten.

In Gedanken bei Ausfallschritten und Hiebtechniken, zog sich Lodrik um, ohne auf die Hilfe Stoikos zurückzugreifen – Waljakov hatte auf der Reise und hier mit schöner Regelmäßigkeit gestichelt, und diese Bemerkungen war der Junge mehr als überdrüssig. Er stellte seine Garderobe seit dem vierten Tag selbst zusammen, achtete dabei aber immer darauf, dass die Kleider nicht zu kompliziert waren und so wenig Knöpfe wie möglich hatten.

Für den Ausritt wählte er einfache Wollkleidung, schnallte sich in der Rüstkammer einen leichten Lederpanzer darüber und legte den Säbel an. Um sich vor dem scharfen Wind zusätzlich zu schützen, nahm er einen warmen Pelzmantel vom Haken, die blonden Haare verschwanden unter einer dick gefütterten Pelzmütze, Handschuhe aus gegerbtem Leder von der Dicke eines kleinen Astes bewahrten die Finger vor Erfrierungen.

Der Stallmeister hatte die Pferde bereits satteln lassen, der Proviantsack hing fest verzurrt an der Seite von Lodriks Reittier.

Der jugendliche Gouverneur hatte plötzlich eine abenteuerliche Eingebung.

»Sag Waljakov, ich sei schon mal vorausgeritten.« Er stieg auf. »Ich will die Umgebung selbst ein bisschen erkunden, dann errege ich auch nicht so viel Aufsehen.«

»Exzellenz, das geht nicht!«, rief der Stallmeister entsetzt. »Waljakov wird mich umbringen. Er hat gesagt, ich solle Euch unter keinen Umständen aus den Stallungen lassen.«

»Keine Angst. Ich übernehme die Verantwortung.« Lodrik drückte dem Pferd die Fersen in die Flanke und trabte zum Tor hinaus. »Wir treffen uns auf dem Hügel vor der Stadt.«

»Kommt zurück, Exzellenz!« Der Mann lief ein paar Meter hinter dem Gouverneur her und blieb dann außer Atem stehen.

»Hol Waljakov und sag ihm, der Gouverneur wäre ohne meine Zustimmung unterwegs«, befahl er einem

Knecht und ließ die Schultern sinken. »Warum tut er mir das an?«

Lodrik trabte neugierig durch die Straßen Granburgs. Keiner der Wachen oder der Menschen, die ihm unterwegs begegneten, schenkten ihm besondere Beachtung.

Manche grüßten ihn mit einem flüchtigen Kopfnicken, da sie wegen des Pferdes und der besseren Kleidung in ihm einen Adligen oder reichen Bürger vermuteten, jedoch redete ihn niemand als Gouverneur an.

Unbehelligt, abgesehen von aufdringlichen Bettlern, die er mit ein paar hingeworfenen Waslec zufrieden stellte, kam er aus der Stadt und lenkte das Pferd auf den vereinbarten Hügel, um einen besseren Überblick zu erhalten.

Weit breitete sich Granburg unter ihm in der Ebene aus, eingeschlossen von viel verschneiter Landschaft. Die dicken, grauen Stadtmauern hoben sich gegen das helle Weiß des Schnees deutlich ab, schützten die dahinterliegenden Häuser vor Räubern und Sumpfbestien.

Tief atmete Lodrik die kalte, klare Luft ein und freute sich. Keine Diener, kein mürrischer Waljakov und auch kein allgegenwärtiger Stoiko, der ihn mit besserwisserischen Anweisungen schikanieren konnte.

Zwar genoss der Junge die Annehmlichkeiten des Palastes sehr, aber die Gelegenheit, für kurze Zeit ungestört ausreiten zu können, war vorhin einfach zu verlockend gewesen. Außerdem würde der Leibwächter jeden Augenblick mit der Eskorte aus dem Stadttor kommen. Die Wahrscheinlichkeit, dass ihm etwas zustoßen würde, war somit ohnehin gering.

Es roch für ihn ein bisschen nach Abenteuer, und mit dem schweren Säbel an der Seite fühlte er sich jeder Gefahr gewachsen.

Lodrik rückte zufrieden die Waffe zurecht, doch unglücklicherweise drückte die metallbeschlagene Scheide recht unsanft in die weiche Flanke des Pferdes, das daraufhin erschrocken auf die Hinterhand stieg und den Hügel auf der anderen Seite hinunterpreschte.

Querfeldein ging der wilde Ritt, über brache, weiße Felder, vorbei an kleinen Dörfern und durch verschneite Wälder. Lodrik klammerte sich verzweifelt in die Mähne und ließ sein Pferd entscheiden, wohin es gerade mit ihm auf dem Rücken wollte.

Nach einer langen Zeit wurde das Tier allmählich müde, verringerte seine Geschwindigkeit und blieb mitten auf einem Waldweg stehen.

»Das ist eine sehr gute Idee, du blödes Vieh.« Der Gouverneur rutschte vorsichtig aus dem Sattel, nahm die Zügel und klopfte dem schweißgebadeten Pferd auf den Hals. Sein Hintern schmerzte, die Muskeln in den Beinen und Oberarmen zitterten.

»Wir machen eine Pause. Aber zuerst suchen wir uns ein Dorf oder ein Gasthaus, wo wir dich wieder trocken bekommen, sonst holst du dir bei der Kälte den Tod. Obwohl ich ihn dir kurz gegönnt hätte, nach dem Theater, das du veranstaltet hast.« Er führte das erschöpfte Tier aus dem Wald und schaute sich um.

Weit und breit war kein Zeichen menschlicher Zivilisation zu entdecken. Das einzige Geräusch erzeugte der Wind, der in den Wipfeln der Bäume ein leises, rauschendes Lied sang.

»Da siehst du, was du gemacht hast. Das sieht nicht gut für uns aus«, murmelte Lodrik und stapfte den Weg entlang.

Das letzte Dorf, an das er sich erinnern konnte, lag mindestens eine Viertelstunde zurück, wenn nicht sogar noch länger, und sein Pferd brauchte dringend einen trockenen, warmen Stall und etwas zu fressen, wenn er den Heimweg auf ihm antreten wollte. Ganz zu schweigen von seinem Bedürfnis nach einem heißen Tee und Berge von Essen.

Die Sonnen sanken tiefer, zarte Dunstschleier stiegen auf. Der Hara¢ bekam ernste Zweifel an seiner Eingebung, alleine auf Erkundungsritt zu gehen.

Nach einer Viertelstunde entdeckte Lodrik aus einem nahen Wald eine dünne, weißliche Rauchsäule aufsteigen, die er zunächst für Nebel gehalten hatte.

»Aha, wir haben doch Glück«, sagte er zu seinem Reittier, »und wenn es nur ein Kohlenmeiler ist, der uns da erwartet.«

Müde bahnten sie sich einen Weg durch den lockeren Schnee und kam an den Rand der Fichtenansammlung.

Der Gouverneur roch nun auch das Feuer, das irgendwo vor ihnen brannte und eine warme Unterkunft versprach.

Das Pferd schnaubte nervös und blähte die Nüstern.

»Was denn? Wir haben es doch gleich geschafft.« Aufgeregt zerrte das Tier am Zügel und befreite sich mit einem mächtigen Ruck aus der Hand Lodriks.

Das Pferd galoppierte ein paar Schritte am Wald entlang, dann schien die Schneedecke unmittelbar neben dem Vierbeiner zu explodieren.

Ein riesiges Wesen, eine Mischung aus Bär und Wolf mit weißem, zottigem Pelz, brach aus seinem Versteck hervor, fiel das Pferd brüllend an und warf es zu Boden. Die mächtigen, zahnbewehrten Kiefer zerrissen die Kehle der wiehernden und um sich tretenden Beute.

Der jugendliche Gouverneur wartete nicht ab, bis das Ungeheuer ihn entdeckte, sondern drehte sich um und rannte voller Angst in den Wald, während er hinter sich das Splittern der Knochen seines Pferdes hörte.

Lodrik keuchte und schnaufte, warf den Säbel weg, streifte die Pelzmütze vom Kopf und löste die Spange des schweren Pelzmantels in der Hoffnung, durch die Gewichtsreduzierung an Schnelligkeit zuzulegen.

Äste und Zweige zerkratzten sein Gesicht, Dornenranken zerrissen die Kleidung und schrammten über die Haut, doch der Junge blieb nicht stehen, obwohl das Herz wie eine Tanztrommel in seiner Brust schlug.

Ein paar Mal stürzte er in den kühlen Schnee, doch die Angst vor dem riesigen Wesen verlieh ihm ungeheure Kräfte.

Mit einem Mal lichtete sich das dichte Unterholz. Lodrik stand völlig außer Atem vor einer kleinen, palisadenumzäunten Siedlung, die aus zehn baufälligen Hütten bestand.

Aus dem Wald drang Krachen und Knirschen, als ob sich etwas Großes hindurch bewegen würde.

»Ho!«, rief er und rannte zum Tor. »Ich brauche eure Hilfe!«

Hinter den Palisaden erschienen drei mit Speeren bewaffnete, vermummte Gestalten, die Lodrik aufmerksam beobachteten.

»Ich werde von einem Untier verfolgt. Bitte, lasst mich rein!«

Einer schüttelte stumm den Kopf und bedeutete dem Gouverneur wegzugehen, die anderen hoben die Speere.

»Versteht ihr nicht? Ich will rein! Ich bin der Gouverneur!« Lodrik stand fast unmittelbar vor dem Holztor. »Das Ungeheuer ist direkt hinter mir. Bitte, ich habe viel Gold!«

Wieder schüttelte der Mann den Kopf, seine Begleiter schwenkten drohend die Speere und gaben seltsam stöhnende Laute von sich.

Das Krachen im Unterholz wurde lauter, Lodrik machte einen Satz nach vorne und trommelte verzweifelt an das Holz.

Über ihm erschien ein vierter Mann, der keinen Schal vor dem Gesicht trug, und Lodrik erstarrte.

Der Großteil der rechten Gesichtshälfte bestand aus verrottendem Fleisch, das Auge war halb eingefallen und nur als erbsengroßes, schwarzes Etwas zu erkennen. Der Fäulnisprozess hatte einen Teil der Wange bereits zerstört, der Junge sah auf verfärbte Kieferknochen und Zahnstummel.

Keuchend wich Lodrik zurück und begriff, vor was er stand. Er hatte eines der so genannten Totendörfer gefunden, Orte, wo die Einwohner Tarpols solche Menschen hinbrachten, die an unheilbaren oder ansteckenden Krankheiten litten. Ausgestoßene, Krüppel oder Missgeburten wurden ebenso hierher verfrachtet, um zu sterben.

»Verschwinde, Junge«, sagte der Mann undeutlich. »Besser, du wirst von dem Kullak gefressen, als hier zu enden.«

Der Gouverneur starrte auf die Palisaden. Das Grauen fesselte ihn so sehr, dass er die Gefahr durch das Untier völlig vergessen hatte.

Ein Armbrustbolzen bohrte sich knapp unter dem entstellten Mann ins Holz.

»Weg, da«, hallte die tiefe Stimme Waljakovs über die Lichtung, »oder der nächste Schuss trifft dich!«

Lodrik drehte sich um und sah den Leibwächter zusammen mit mehreren Bewaffneten aus dem Wald reiten, die Männer auf den Palisaden verschwanden fluchtartig. Von drinnen hörte man das Dröhnen eines Rufhorns.

Waljakov brachte sein Pferd neben dem zitternden Lodrik zum Stehen und streckte die Hand aus. »Steigt auf, Herr. Wir müssen weg von hier, bevor sie ihren Mut wieder finden.«

»Es tut mir Leid, ich wollte nicht …«, stammelte der Junge, doch der Leibwächter zerrte ihn hinter sich auf den Pferderücken.

»Darüber können wir später reden, Herr. Ich möchte nach Granburg, bevor es dunkel wird und die Wölfe kommen.«

Sie ritten schweigend durch den Wald zurück in Richtung Provinzhauptstadt.

Lodrik sah später den Kadaver seines Pferdes neben dem des Kullak, zwei Soldaten der Leibwache lagen tot im Schnee.

Der Gouverneur klammerte sich an Waljakov und drückte das Gesicht tief in den Pelzmantel. Er wollte von dieser Provinz nichts mehr hören und sehen.

»Habt Ihr vergessen, dass das Schicksal des ganzen Kontinents von Euch abhängt?« Stoiko lief mit verschränkten Armen um das Bett des Gouverneurs, in dem der Junge seit seiner Rückkehr vor zwei Tagen steckte. Die Kälte und die Aufregung hatten ihre Spuren an Lodrik hinterlassen, seine Nase sonderte unentwegt Schleim ab, er hustete ständig und rasselte bei jedem Atemzug. »Was wäre wohl, wenn Euch der Kullak gefressen hätte?«

»Dann wäre mir Tarpol jetzt gleichgültig«, gab der Gouverneur schwach zurück.

Eine Stunde lang hielt ihm sein Vertrauter nun eine Moralpredigt, und er hatte inzwischen wirklich verstanden, dass er mit seinem ungeplanten Abstecher ein großes Wagnis eingegangen war.

»Das darf es aber nicht, Herr. Nicht jetzt und nicht später. Ich möchte, dass Ihr so etwas nie wieder tut.« Stoiko kniete sich neben das Bett. »Versprecht es mir. Denkt an Euer Leben, die vielen Menschen auf Ulldart und deren Schicksal.«

Lodrik seufzte. »Ich verspreche es, Stoiko. Und jetzt lass mich bitte schlafen. Ich fühle mich nicht besonders gut.«

Der Mann erhob sich, deutete eine Verbeugung an und verließ das Zimmer, während sich der Junge auf die linke Seite drehte und die Augen schloss.

Immer wieder kehrten die Bilder zurück. Er sah den Kullak, der sein Pferd auffraß, den entstellten Mann und die toten Wachen, die wegen ihm ihr Leben gelassen hatten, alles mischte sich zu einem großen Durcheinander und hinderte ihn am Einschlafen.

Waljakov hatte während des Rittes nichts gesagt, der Tross war schweigend in die Stadt zurückgekommen und ohne Umwege zum Palast geritten. Doch der enttäuschte Blick, den ihm der Leibwächter beim Absteigen zugeworfen hatte, sagte mehr als irgendeine Rede, die ihm Stoiko dafür anschließend hielt.

Gerade hatte Lodrik angefangen zu glauben, dass sich sein Leben ein bisschen zum Vorteil veränderte, dann musste dieser fürchterliche Nachmittag kommen.

Aber immerhin, diesmal war keine einzige Träne aus den Augenwinkeln gelaufen, meisterhaft hatte er die Beherrschung behalten.

Still betete er zu Ulldrael und bat um Nachsicht für sich und um die gnädige Aufnahme der Wachen in die Halle der Furchtlosen.

Lodrik versank doch noch in einem unruhigen Halbschlaf. Albträume jagten den Jungen, schickten ihn auf eine aussichtslose Flucht gegen den monströsen Kullak, der sich plötzlich in den Mann mit dem halbzerfallenen Gesicht aus dem Totendorf verwandelte. Eine verweste Klaue schob sich in das Gesichtsfeld des Gouverneurs und griff nach seinen Augen; die gelben, gebrochenen Fingernägel kamen näher, dann drangen sie in die Pupillen ein.

Schreiend erwachte Lodrik, die Arme schützend vor die Augen gelegt.

Einen Moment lang lauschte er in die Stille des Raumes, bevor er einen vorsichtigen Blick wagte, aber glücklicherweise sah er weder das Ungeheuer noch den Mann aus dem Totendorf.

Das Zimmer war dunkel. Nur die kleine Kerze, die auf dem Nachttisch brannte, sorgte für einen wohlig goldenen Schimmer.

Langsam ließ sich Lodrik in die Kissen des Bettes

zurücksinken und versuchte seine schnellen Atemzüge zu verlangsamen, während er die flackernden Schatten an der Wand betrachtete.

Leise wurde die Tür geöffnet, und ein dem Gouverneur unbekanntes Mädchen streckte neugierig den Kopf herein.

»Hast du eben geschrien?« Sie kam vorsichtig herein und setzte sich auf Lodriks Bettkante. »Du siehst aus, als ob du schlecht geträumt hättest.«

Der Junge war zu verblüfft, um etwas sagen zu können, und starrte sie einfach nur an.

Sie trug ein dunkelrotes, reichlich mit Goldfäden besticktes Samtkleid, das eng am Körper anlag und ihre weiblichen Formen hervorhob. Lange, schwarze Haare rahmten das hübsche Gesicht mit den braunen, leicht mandelförmigen Augen ein, eine kleine Narbe an der rechten Schläfe verlieh ihr etwas Draufgängerisches. Von der Statur her war sie zwar wesentlich schmaler als Lodrik, dafür überragte sie ihn um mindestens einen Kopf.

»Bist du stumm?«, sagte das Mädchen und schaute ihn besorgt an. »Oder soll ich lieber einen der Diener holen?«

Der nass geschwitzte Gouverneur blinzelte, während er sich aufsetzte.

»Nein, das ist nicht notwendig. Ich habe in der Tat schlecht geschlafen.« Er faltete die Hände und schaute sie an. »Um ehrlich zu sein, es war ein grauenvoller Albtraum. Ein Kullak wollte mich fressen.«

»Ich kenne niemanden, der da nicht geschrien hätte«, gab sie zu und lächelte sanft.

»O doch, ich kenne einen, der einen Kullak besiegt hat«, meinte Lodrik und rückte das Kissen in seinem Rücken zurecht. »Die Diener haben erzählt, wie sich die Wachen über Waljakov unterhalten haben. Er muss dem Ungeheuer den entscheidenden Treffer zugefügt haben.

Ohne Rücksicht auf sein eigenes Leben hat er angegriffen, nur um das meinige und das seiner Männer zu retten.«

»Das klingt nach einem entweder sehr mutigen oder sehr leichtsinnigen Mann«, schätzte sie und schaute sich im Raum um. »Dann bist du also der neue Gouverneur.«

»Ja«, Lodrik zögerte. »Warum?«

»Du hast uns schließlich eingeladen«. Der Statthalter machte ein ratloses Gesicht. »Eigentlich hast du meinen Vater eingeladen, Ijuscha Miklanowo. Erinnerst du dich jetzt?«

Lodriks Gedächtnis kehrte zurück. »Ach, ja. Der einzige Großbauer, den Jukolenko nicht besonders leiden kann. Ich wusste nicht, dass er eine Tochter hat. Mein Vertrauter hat nichts davon gesagt.«

»Und ich wusste nicht, dass der Gouverneur kein erwachsener Mann ist«, grinste das Mädchen. »Ich habe dich zuerst für den Sohn des Gouverneurs gehalten.« Sie musterte ihn neugierig. »Du bist ganz schön dick.«

Der Junge war einen Moment sprachlos. »Und du bist ganz schön unverschämt. Ich bin der Gouverneur, da kannst du doch nicht einfach solche Sachen zu mir sagen, auch wenn sie stimmen«, protestierte er. »Und du siehst aus ... wie ... eine lange Dachlatte!«

»Jetzt bist du unverschämt.« Sie spielte die Empörte und warf die Haare zurück, dann lachte sie. »Aber du hast auch Recht. Meine Mutter war sehr groß. Und sehr hübsch.« Ihre Augen funkelten, und sie sah abwartend zu Lodrik.

»Das kann sein. Ich kenne sie nicht«, sagte der Junge anstatt des erhofften Kompliments, und das Mädchen stand auf. Ihr Gesicht zeigte Missbilligung.

»Ich gehe lieber. Mein Vater wird mich schon suchen.«

»Wohin wolltest du eigentlich?«

»Ich habe den Palast noch nie von innen gesehen, und da Vater gerade mit einem Mann namens Stoiko Gijuschka redet, bin ich auf eigene Faust losgezogen.«

»So etwas kann ein schlimmes Ende nehmen.« Lodrik zog die Decke über den Kopf. »Glaub mir, ich weiß, wovon ich rede.«

Leise fiel die Tür ins Schloss, das Mädchen war verschwunden.

»Ich weiß noch nicht mal ihren Namen«, murmelte der Junge und schloss die Augen, »aber ihre Zunge ist mir zu scharf.«

Nach weiteren zwei Tagen fühlte sich Lodrik wieder genesen. Neugierig hatte er sich zwischendurch nach seiner Besucherin erkundigt.

Die Tochter des Großbauern hieß Norina, sagte zumindest Stoiko, war zwei Jahre älter als der Gouverneur und begleitete ihren Vater auf allen wichtigen Geschäftsreisen, um so viel wie möglich zu lernen.

Miklanowos Äußerungen nach sollte die Tochter als einziges Kind später den Hof und die Güter übernehmen, was nicht den gängigen Traditionen entsprach. Normalerweise musste die Tochter im Falle des Fehlens eines männlichen Erben einen anderen Großbauern oder dessen Sohn heiraten, aber dass eine Tochter selbst die Zügel in die Hand nahm, war noch nie vorgekommen. Vater und Tochter schienen in jeder Hinsicht ungewöhnlich zu sein.

Lodrik stand auf und stellte sich nackt bis auf einen Unterleibswickel vor den Spiegel. Immer noch verfügte er über gewaltige Körpermassen, aber der Bauch und der Hüftspeck schwanden allmählich. Die Worte des Mädchens hatten den schlummernden Ehrgeiz des Gouverneurs endgültig geweckt.

»Ihr werdet alle noch Augen machen«, versprach er seinem Spiegelbild, bevor er sich in die wärmenden

Wollsachen hüllte und den Klingelzug betätigte. Nach kurzer Zeit stand Stoiko im Zimmer.

»Ulldrael sei Dank, Ihr seid wieder auf den Beinen, Herr«, sagte der Vertraute und strahlte. »Ich wollte schon den ansässigen Cerêler herholen lassen.«

Lodrik winkte ab. »Es geht mir wirklich gut. Ich habe, glaube ich, lange genug im Bett gelegen. Was ist mit unseren Gästen?«

»Miklanowo und seine Tochter sind immer noch in der Stadt. Sie haben Quartier in einem der Gasthäuser bezogen, da wir ja den Gästetrakt bewohnen«, erklärte Stoiko und öffnete die Tür. »Während Ihr frühstückt, lasse ich die beiden herrufen, Herr.«

»Eine gute Idee, Stoiko.« Der Gouverneur schlurfte hinaus, die Gänge entlang und zog wie üblich alle paar Meter die Hose hoch. »Ich bin auf den Großbauern wirklich sehr gespannt. Was hältst du von ihm?«

»Ich würde meinen, er entspricht nicht unbedingt in allen Einzelheiten der tarpolischen Tradition eines Brojaken, aber er ist ein äußerst umgänglicher und sehr gebildeter Mensch. Seine Ansichten sind, wie soll ich sagen, etwas revolutionär in manchen Dingen.« Lodrik zog die Augenbrauen hoch. »Keine Angst, er wiegelt das Volk nicht gegen Euren Vater auf«, beruhigte der Vertraute sofort. »Aber Ihr werdet schon noch sehen, was ich meine.«

Eine Stunde später saßen Lodrik und Stoiko in der Kanzlei, Waljakov stand an der Tür und machte wie immer ein grimmiges Gesicht. Er hatte dem Unteroffizier der Wache eine gehörige Lektion in Sachen Palastsicherheit erteilt, nachdem er von dem Besuch Norinas in den Gemächern des Gouverneurs erfahren hatte. Wäre anstelle der Brojakentochter ein Attentäter in das Zimmer Lodriks gelangt, hätte das Schlimmste passieren können.

Es klopfte, und nach einer kurzen Verzögerung trat

ein rundlicher Mann mit stattlichem Vollbart in die Kanzlei, dicht hinter ihm folgte Norina.

»Es freut mich, den neuen Gouverneur von Granburg kennen zu lernen«, begrüßte der Großbauer Lodrik und verbeugte sich, auch Norina machte jetzt einen Knicks. »Die Einladung ist eine große Ehre für mich.«

Der Junge erhob sich und nickte freundlich. »Die Freude ist ganz meinerseits, Brojak Miklanowo. Ich habe schon ein bisschen was über Euch gehört.«

»Ich von Euch ebenfalls«, meinte der Mann und schaute kurz zu seiner Tochter.

»Nehmt doch Platz.« Lodrik zeigte auf die freien Stühle, die ihm gegenüber standen. »Ich muss einiges mit Euch bereden, was die Zukunft der Provinz Granburg angeht.«

»Da bin ich unter Umständen der falsche Mann. Jukolenko wäre bestimmt besser geeignet als ich«, warf Miklanowo ein und setzte sich, Norina wählte den Stuhl zu seiner Rechten.

»Jukolenko ist keine besonders gute Stütze, wie wir feststellen mussten«, sagte Stoiko und schenkte dampfenden Tee aus. »Es sieht so aus, als wolle man den frischen Wind in Granburg nicht wehen lassen, wenn Ihr versteht, was ich meine.«

»Und ich dachte, dass Ihr mir vielleicht bei der Einarbeitung in das Amt zur Hand gehen und vielleicht die ein oder andere Besonderheit der Leute hier erklären könntet«, fügte Lodrik hinzu. »So wie bisher soll es jedenfalls nicht weitergehen.«

Der Großbauer rührte Zucker in der Tasse. »Die Menschen wissen noch nicht genau, was sie von Euch halten sollen, aber die Entscheidung gegen Kolskoi hat die einfachen Leute hellhörig gemacht. Man ist gespannt, und um bei dem Vergleich mit dem Wind zu bleiben, ob die Brise abflaut oder zu einem ordentlichen Sturm wird.«

Stoiko schüttelte den Kopf. »Ein Sturm würde viele

Sachen vernichten, aber eine ordentliche Böe wird genügen, damit sich die Windrichtung ändert.«

»Was ich von Euch wissen will, ist, wollt Ihr mir helfen oder nicht?«, unterbrach Lodrik ungeduldig, der das seltsame Gerede über Unwetter satt hatte. »Ich brauche jemanden, der sich im Land auskennt und Neuerungen, soweit sie mir als Gouverneur möglich sind, aufgeschlossen gegenübersteht. Mehr will ich nicht.«

»Das ist keine leichte Aufgabe, die Ihr von mir verlangt«, antwortete Miklanowo nachdenklich. »Natürlich gibt es in Granburg viel zu tun, aber das wäre sehr zeitaufwändig für mich.«

»Vater, das wäre die Gelegenheit, auf die du so lange gewartet hast«, ereiferte sich Norina und ergriff die Hand des Großbauern. »Du kannst mithelfen, dass sich die Verhältnisse ein wenig zum Guten ändern.«

»Wir wissen selbst, dass Jukolenko und Kolskoi mit den anderen Adligen und Großbauern über sehr viel Macht verfügen, aber wir haben den Willen des Kabcar auf unserer Seite und mit Eurer Hilfe bald auch das Volk in Granburg. Dagegen können sich die anderen nicht durchsetzen«, meinte Stoiko. »Ohne Euch haben wir nur den Kabcar und der ist, mit Verlaub«, er blinzelte Lodrik kurz zu, »weit weg von der Reichshauptstadt nicht viel wert. Die Waffen der Soldaten sind zu wenig.«

»Wie stellt Ihr Euch die Hilfe vor?«, wollte Miklanowo wissen. Seine Frage zeigte das Interesse an der Sache.

»Ihr würdet im Palast als Ratgeber bleiben und mich in Sachen Granburg einarbeiten. Ihr kennt vermutlich genügend Leute, die uns unterstützen könnten und Eurem Wort mehr vertrauen als einem heranwachsenden Mann«, erläuterte Lodrik seine Idee. »Eure Tochter müsste so lange die Güter führen, was sie sowieso später tun soll, wie ich gehört habe.«

»Das schaffe ich leicht, Vater«, sagte Norina. »Außerdem haben wir genügend Verwalter, die die einzelnen Höfe leiten. Ich müsste lediglich die Buchhaltung machen, und das kann ich schon ziemlich lange.«

Miklanowo wiegte den Kopf hin und her. »Ganz wohl ist mir bei der Sache nicht, aber die Gelegenheit ist günstig. Deshalb stimme ich der Sache zu, Gouverneur.«

»Wunderbar«, rief Stoiko und schenkte nach, während er mit der freien Hand Waljakov ein Zeichen gab. Der Leibwächter stapfte hinaus.

»Darf ich Euch etwas fragen?« Der Großbauer nahm eine Pfeife aus der Tasche und begann, sie mit dunklem Tabak zu stopfen.

»Nur zu«, meinte Lodrik und suchte mit den Augen nach einem Tablett mit Plätzchen, aber Stoiko hatte alles Süße aus der Reichweite des Jungen gestellt.

»Wie seid Ihr an das Amt des Statthalters gekommen? Das ist eine Frage, die sich ganz Granburg stellt, denn eine so wichtige Position in die Hände eines, verzeiht mir den Ausdruck, unerfahrenen Jünglings zu legen ist nicht besonders oft geschehen.« Er schlenderte zum Kamin, um sich die Pfeife mit einem glühenden Span anzustecken.

Während Lodrik noch krampfhaft überlegte, hatte Stoiko bereits eine Antwort parat, die sich ziemlich an der Wahrheit orientierte.

»So ganz unerfahren ist er nicht, immerhin kennt er sich mit allen wichtigen Vorgängen innerhalb der Verwaltung aus. Die Praxis fehlt ihm allerdings noch, deshalb ist er auf Wunsch seines Vaters nach Granburg geschickt worden. Sein Vater ist eine einflussreiche Persönlichkeit am Hofe des Kabcar.«

»Das dachte ich mir gleich, sonst wäre so etwas nicht möglich gewesen. Aber sehr lieben kann Euch Euer Vater nicht, sonst hätte er Euch nicht nach Granburg entsandt«, sagte Miklanowo und blies dicke Rauchwolken aus dem Mund. »Jukolenko und seine Freunde werden entsprechende Nachforschungen anstellen, bevor sie etwas gegen Euch unternehmen, das über passiven Widerstand, wie er derzeit gegen Euch angewandt wird, hinausgeht.«

Waljakov kam zurück und flüsterte Stoiko etwas ins Ohr, dann bezog er wieder Position an der Tür. Der Großbauer warf einen Blick auf den Kämpfer. »Aber ich sehe, Ihr habt an Euren Schutz gedacht.«

»Habt Ihr schon eine Idee, was wir als Nächstes tun könnten?« Lodrik rührte sich viel Zucker in den Tee und häufte noch mehr Kirschmarmelade auf den Löffel.

»Ihr könntet ein Fest geben, um Eure Einsetzung als Gouverneur offiziell bekannt zu geben, und den Leuten Gelegenheit für eine Abwechslung geben«, schlug der Großbauer vor. »Dabei stellt Ihr Euch vor. Wir machen uns bis dahin ein paar Gedanken, was an Kleinigkeiten geändert werden kann. Am besten schauen wir uns die Erlasse und regionalen Gesetzeserweiterungen an, die Jukolenko veranlasst hat. Wenn wir davon ein paar revidieren, verstehen die Granburger, dass Ihr einen neuen Kurs einschlagen wollt.«

»Ein sehr guter Vorschlag«, stimmte Stoiko zu, der sich ähnliche Gedanken gemacht hatte. »Sagen wir, das Fest in einer Woche? Das sollte für alle Vorbereitungen genügen, denke ich.«

Miklanowo nickte.

»Ich reise dann sofort zurück.« Norina stand auf. »Ich will die Rechnungsbücher nicht so lange allein lassen.«

Lodrik war ein bisschen enttäuscht. Irgendwie hatte er Gefallen an dem hoch gewachsenen Mädchen gefunden, und er hätte sich gerne länger mit ihr unterhalten, aber offensichtlich hatte sie kein Interesse daran.

»Und wir machen uns direkt hier an die Arbeit«, sagte der Großbauer und küsste seine Tochter zum Abschied auf die Stirn. Der Junge machte ein langes Gesicht.

Waljakov räusperte sich laut. »Es tut mir Leid, aber zuerst ist Zeit für die Fechtstunde des Gouverneurs.«

»Richtig«, pflichtete Lodrik fast überschwänglich froh bei, glücklich darüber, sich vor den staubigen Büchern drücken zu können. »Ich muss mich mit dem Säbel noch besser auskennen, falls Jukolenko etwas planen sollte. Den einen Hieb beherrsche ich noch nicht ganz, außerdem ist meine Kondition noch verbesserungswürdig, hat Waljakov gesagt.« Der Leibwächter nickte zur Bestätigung. »Ich komme nachher vorbei, dann fangen wir an.«

»Wie Ihr wollt, Gouverneur.« Miklanowo warf einen schnellen Blick über die Regale. »Ich beginne derweil mit dem Ordnen des Durcheinanders.«

Lodrik ging mit Waljakov hinaus und musste einem ganzen Rudel Diener ausweichen, die Koffer und Kisten durch die Gänge schleppten, um sie im Hof abzustellen.

»Zieht Jukolenko aus?« Der Statthalter staunte über die Menge an Behältern, die sich auf dem Kopfsteinpflaster stapelten.

»Gezwungenermaßen, Herr«, griente der Leibwächter und zeigte die Zähne. Ein hinterhältiges Lächeln umspielte die Lippen. »Ich habe den Dienern nach Weisung Stoikos den Auftrag gegeben, die Sachen auszuräumen. Wenn Jukolenko und seine Frau vom Theater zurückkehren, werden sie Augen machen.« Lachend gingen der Mann und der Junge in den Fechtsaal.

»Ich möchte dünner werden, Waljakov. Und stärker«, sagte Lodrik, während er den Schutzanzug anlegte. »Kannst du mir dabei helfen?«

Der Leibwächter musterte den Gouverneur fragend.

»Es wird nicht leicht, aber ich kann Euch sehr wohl helfen. Ihr müsst aber alle meine Anweisungen und

Übungen, die ich Euch auftrage, befolgen, sonst wird Euer Vorhaben nicht gelingen. Seid Ihr bereit, literweise zu schwitzen, schmerzende Muskeln und Hunger zu haben? Wollt Ihr das wirklich?«

Lodrik nickte. »Ich werde mein Bestes versuchen.«

»Das zählt nicht, Herr. Entweder tut Ihr Euer Bestes, oder Ihr lasst es sein. Versuche sind halbherzige Dinge.« Waljakov warf ihm den Säbel zu. »Entweder oder, aber nicht vielleicht.«

»Ich habe mich entschieden, und ich will abnehmen.« Der Junge hieb mit dem Säbel in die Luft.

»Dann fangen wir gleich an. Nehmt Eure Waffe in beide Hände und streckt sie gerade nach vorne.« Waljakov machte es ihm vor.

»Und was bringt das?« Lodrik hielt die Waffe in rechten Winkel von sich weg.

»Wartet ein wenig und Ihr werdet sehen«, sagte der Leibwächter leise, »und macht dabei Kniebeugen, bis ich Halt sage.«

Nach wenigen Minuten begannen die Arme des Jungen zu zittern und die Muskeln zu schmerzen.

IX.

»Und der Lichtstrahl blendete die Ungeheuer, die auf Sinureds Seite standen, so sehr, dass sie voller Angst in die Sümpfe flüchteten und blind vor Schrecken etliche der Truppen zu Tode trampelten.

Das Geeinte Heer, wie es von den Menschen genannt wurde, schöpfte neue Kraft, als es sah, dass Ulldrael bei ihnen war, und stürmte gegen den sonst übermächtigen Kriegsherrn an. Sie fuhren in die gegnerischen Reihen wie die Sense des Schnitters in ein Kornfeld, und inmitten ihres Pulks kämpfte eine schimmernde Lichtgestalt, die die Insignien Ulldraels auf Helm und Schild trug.

Viele Tage dauerte der Kampf, aber ohne Unterbrechung schlugen und droschen die Streiter des Geeinten Heeres auf die Truppen Sinureds, die zu Tausenden fielen.

Aber auch das Geeinte Heer hatte furchtbare Verluste, denn Ulldrael konnte nicht an allen Seiten der Schlacht gleichzeitig sein, um allen beizustehen. Das Blut der Getöteten verwandelte das Kampffeld in einen stinkenden Morast, in dem die erbitterten Gegner knietief versanken, doch keine Seite zeigte Gnade.

Sinured verstand, dass Tzulans Geist zu diesem Zeitpunkt nichts gegen Ulldrael unternehmen konnte und es diesmal schlecht für ihn ausgehen würde. Und so nahm er seinen besten Kriegsherren und eine Hand voll Getreuer, um sich zur Küste durchzuschlagen, um mit Schiffen nach Tzulandrien zu flüchten.

Aber Admiral Tûris, ein erfahrener Seemann der Rogogardischen Flotte, hatte ein wachsames Auge auf das Schiff Sinureds geworfen und verfolgte die Bestie bis auf die Hohe See, wo er das Gefährt mit seinen Katapulten zerstörte.

Sinured das Tier sank, von zehn Spießen und zehn Pfeilen durchbohrt, tot auf den Grund des Meeres, und mit ihm sanken die Schlimmsten seiner Gesellen.«

ULLDARTISCHER GESCHICHTSALMANACH,
XXI. Band, Seite 1053

Provinzhauptstadt Granburg, Königreich Tarpol, Frühsommer 442 n. S.

»Den Schwertarm höher, verflucht, Herr!« Waljakov schlug mit Wucht auf die Deckung des Thronfolgers und Gouverneurs, sodass dessen stumpfer Übungssäbel nach hinten federte und den Jungen schmerzhaft am Kopf traf. »Das passiert nämlich, wenn der Abstand zu klein ist.«

Lodrik verzog kurz das Gesicht, täuschte einen hohen Angriff an, nur um die Schneide im letzten Moment schräg gegen den Oberkörper des Leibwächters zu führen.

Grinsend parierte der Mann und fing mit spielender Leichtigkeit auch noch den Tritt ab, der ihn im Schritt getroffen hätte. »Habe ich Euch diese hinterhältigen Tricks beigebracht?« Er rammte Lodrik die Schulter gegen die Brust.

Keuchend hüpfte der Gouverneur rückwärts, weil Waljakov seinen Fuß immer noch nicht losgelassen hatte, dann fegte der Mann auch noch das andere Bein von der Erde.

Schwer fiel der junge Gouverneur auf den Rücken, klirrend prallte sein Säbel neben ihm auf den Holzboden des Fechtsaals.

»Willst du mich umbringen?«, schnaufte er, den Oberkörper auf die Ellbogen gestützt.

»Ich möchte Euch bestens auf einen Kampf vorbereiten«, antwortete der Leibwächter und reichte seinem Schutzbefohlenen die Hand, um ihm beim Aufstehen zu helfen. »Wenn ein Waffengang zu Ende ist, wird einer stehen und der andere tot auf der Erde liegen. Wie der eine gewonnen hat, ist gleich. Was zählt, ist das Überleben.«

»Ernste Worte.« Lodrik klopfte demonstrativ den

Staub von der leichten Lederrüstung, die er bei den Übungsstunden trug. »Aber ich denke, dass du Recht hast.«

»Keine falsche Scham, wenn es um das eigene Leben geht, daran müsst Ihr immer denken, Herr«, betonte Waljakov, die grauen Augen ruhten auf Lodrik. »Nett, ehrlich und den Regeln der Kunst entsprechend könnt Ihr zum Zeitvertreib kämpfen. Bietet sich eine Gelegenheit, ergreift sie.«

Sie gingen hinüber zum kleinen Abstelltisch, wo je eine Karaffe mit Wasser und dunklem, schwerem Rotwein stand. Der Leibwächter goss die Pokale zuerst mit Zweidrittel Wasser voll und füllte den Rest mit dem Alkohol auf. »Auf Eure zukünftigen Erfolge.«

»Da trinke ich nur allzu gerne drauf. Am liebsten wäre es mir aber, wenn ich die ganzen Waffen nicht brauchen würde«, sagte Lodrik und spülte den trockenen Geschmack im Mund hinunter. »Habe ich schon abgenommen?«

Waljakov ließ den Blick aufmerksam über die Statur des Gouverneurs wandern. »Wieder ein bisschen mehr, würde ich sagen, aber es bleibt noch einiges zu tun.« Er setzte die Spitze des Säbels auf den runden Bauch, der sich unter dem Leder immer noch hervorwölbte. »Vor allem der hier muss weg. Er behindert beim Laufen und bedeutet nur unnötigen Ballast.«

»Es ist alles nicht so einfach«, jammerte Lodrik. »Ich schwitze wie ein Schwein, ich laufe mir die Seele aus dem Hals, ich stemme Gewichte, und ich gebe mir bei deinen Übungen die größte Mühe, aber irgendwie dauert es so lange.«

»Nicht aufgeben, Herr«, ermunterte ihn sein Waffenmentor. »Ihr hattet mehr als sechzehn Jahre, um Euch das Fett anzufressen. Da dürft Ihr nicht erwarten, dass es in wenigen Wochen verschwindet. Aber in einem Jahr …«

»Was?!«, kreischte der Gouverneur. »Bis dahin bin ich verhungert.«

»Ihr habt immer noch genügend Reserven, wenn ich mir das so ansehe«, sagte der Mann, »also keine Angst.«

Unvermittelt stieß er mit seinem Säbel nach dem Kopf Lodriks. Ein Reflex brachte den Jungen dazu, geistesgegenwärtig seine Waffe hochzureißen und den Stoß abzuwehren. Wein und Wasser ergossen sich über den Gouverneur.

»Ihr müsst den Körper dabei ruhig halten«, kommentierte Waljakov. »Das Herumwackeln ist schlecht für das Gleichgewicht. Und für die Kleidung.«

»Sehr komisch.« Lodrik wischte sich das Gemisch aus den Augen. »Mir reicht es für heute. Außerdem wird es Zeit für die Audienz. Ich bin gespannt, was heute auf mich wartet.«

»Nun, gut. Mal sehen, ob überhaupt etwas wartet.« Der Leibwächter deutete einer seiner berühmten Verbeugungen an, die immer so wirkten, als wolle er nur einen Schritt nach vorne machen, anstatt seinen Respekt zu bezeugen.

Lodrik tolerierte die Eigenheit. Nach wie vor wurde er einfach nicht richtig klug aus seinem beschützenden Schatten.

Manchmal hatte es etwas Unheimliches, wie der Kämpfer plötzlich in einer Tür stand oder hinter einer Mauer hervortrat. Seine Allgegenwärtigkeit wurde nach dem Besuch von Norina im Schlafzimmer des Gouverneurs sogar noch schlimmer.

»Ist das heiße Wasser bereit? Ich möchte noch schnell ein Bad nehmen.« Der Junge hängte seine Übungswaffe in den vorgesehenen Halter und schritt in Richtung Ausgang der Fechthalle.

»Ich habe entsprechende Anweisung geben lassen. Das Badezimmer müsste hergerichtet sein, Herr.«

Die beiden betraten den Hof, auf dem gerade ein uniformierter Bote in den Farben der Baronie Kostromo mit einer der Wachen verhandelte.

»Was hat das denn zu bedeuten?«, grummelte Waljakov und änderte seinen Weg. Neugierig folgte Lodrik.

Als die Wache den Hünen auf sich zu kommen sah, sprang sie beinahe in Habacht-Stellung.

»Der Bote hat eine Nachricht von Durchlaucht Aljascha Radka, Vasruca der Baronie Kostromo, die er nur dem Gouverneur übergeben möchte.«

»Her damit«, knurrte der Leibwächter den Mann auf dem Pferd an und streckte die Hand aus.

Offensichtlich fühlte sich der Bote im Sattel sehr sicher, denn die knappe Aufforderung schien ihn nicht zu beeindrucken. »Es tut mir Leid, aber ich habe meine Anweisungen.«

Wie ein Blitz schnellte die mechanische Hand nach vorne, umschloss die Schnalle des Sattelgurtes, aber die Anweisung Lodriks hielt den Leibwächter von weiteren Aktionen ab.

»Halt, Waljakov. Lass ihn.« Der junge Gouverneur lächelte gewinnend.

»Danke, Page«, sagte der Bote. »Und jetzt bring mich zum Statthalter.«

Die Wache verdrehte aus lauter Verzweiflung die Augen, weil sie nicht wusste, wohin mit der angestauten Heiterkeit. Die Lippen zuckten verräterisch.

Der Leibwächter dagegen streichelte mit der freien Hand beruhigend das Pferd, ohne auch nur eine Reaktion zu zeigen.

»Ich bin nicht der Page. Ich bin der Gouverneur«, stellte Lodrik richtig und baute sich ein wenig auf. »Hara¢ Vasja, wenn es recht ist. Mein Vorgänger wurde abgelöst.«

»Ach, was Ihr nicht sagt?« Der Bote lehnte sich in seinem Sattel nach vorne. »Dann bin ich Durchlaucht Radka. Und jetzt genug der Späße. Ich habe dem echten Gouverneur etwas auszurichten.«

»Dann steig einfach ab und sag es mir.« Der Junge wurde angesichts solcher Ignoranz ungehalten.

Als der Mann immer noch keine Anstalten machte, sich vom Pferderücken hinabzubewegen, nickte Lodrik seinem Leibwächter zu, der mit Leichtigkeit die Schnalle des Gurtes abriss und dem Sattel einen kräftigen Stoß gab.

Der überraschte Bote versuchte zwar noch, sich an der Mähne seines Tieres zu halten, schlug aber unsanft auf das Pflaster auf, der Sattel samt Decke begruben den Mann unter sich. Nach einer kurzen Schrecksekunde wühlte er sich frei und sprang auf die Füße, das Gesicht rot vor Zorn.

»Das wird ein Nachspiel haben, Page.« Er drehte sich zu Waljakov. »Und für dich auch.« Wutentbrannt stapfte er zum Palast, wo ihn die nächste Wache aufhielt.

»Den Sturz hätte er sich sparen können«, meinte Lodrik kopfschüttelnd. »Lass ihn ein bisschen schmoren, dann wird er dir irgendwann die Nachricht schon ausrichten. Ich möchte unbedingt in heißes Wasser und mich entspannen.«

Die beiden gingen an dem zeternden Boten vorbei, der die wüstesten Drohungen ausstieß, von denen sich die Eingangswachen allerdings keinesfalls beeindrucken ließen.

»Willst du sie mir vielleicht lieber drinnen sagen?«, versuchte es Lodrik noch einmal.

»Schaff mir den Gouverneur herbei, Page«, fauchte der Mann.

»Wie redest du mit dem Königlichen Gouverneur des Kabcar?«, wies ihn daraufhin die Wache scharf zurecht.

»Ist das ein Spiel? Sind hier vielleicht alle eingeweiht außer dem Gouverneur, oder wie darf ich das alles hier verstehen?«, tobte der Bote, sichtlich unbeeindruckt.

»Entweder du sagst es mir jetzt oder gar nicht mehr. Überlege es dir gut, wenn die Nachricht wirklich so wichtig ist. Es könnte unter Umständen deinen Kopf kosten, wenn mich die Botschaft nicht erreicht«, gab der Junge zu bedenken.

»Verschwinde und geh Kartoffeln schälen, Bäuchlein.«

Die Wachen schauten zuerst Waljakov, dann Lodrik fragend an. Da aber kein Befehl kam, gingen sie nicht gegen den unverschämten Mann vor, sondern begnügten sich damit, ihn mit einer gewissen Schadenfreude vom Betreten des Palastes abzuhalten.

»Ich hoffe nur, meine Boten sind freundlicher, wenn sie unterwegs sind«, überlegte der Gouverneur nach einer Weile.

»Bestimmt, Herr«, beruhigte der Leibwächter und begleitete den Jungen bis vor die Badezimmertür. »Ich warte hier auf Euch.«

Lodrik kniff die Augen zusammen, als sei ihm gerade ein Gedanke gekommen. »Was weißt du über Frauen?«

»Verzeiht, Herr?«

»Ich meine, wie unterhält man sich mit ihnen? Ich glaube, man macht sehr schnell einen Fehler, wenn man nicht aufpasst, kann das sein?«

Waljakov war mehr als irritiert. »Herr, ich bin der Falsche, um Euch in Frauenangelegenheiten zu beraten. Fragt am besten Stoiko.« Er öffnete die Tür und versuchte auf diese Weise geschickt, um die Fortführung des Gesprächs herumzukommen.

»Das werde ich wohl tun«, sagte der Junge gedankenverloren und verschwand im Inneren des Zimmers.

»Wie kommt er denn zu Frauen?«, wunderte sich der Kämpfer halblaut. Dann grinste er plötzlich breit. Sollte die hübsche Norina vielleicht Eindruck bei seinem Herrn hinterlassen haben? Stoiko würde sich sehr wundern, wenn er ihm das beim abendlichen Schachspiel erzählen würde.

»Magst du keine Frauen?« Unvermittelt erschien der Kopf seines Schützlings im Rahmen.

»Äh, doch.« Das Grinsen von eben entglitt ihm fürchterlich. »Ich habe nur keine Zeit, mich um sie zu kümmern.«

»Wegen mir?«

»Unter anderem«, wich Waljakov aus und hoffte, dass dieses unangenehme Verhör bald beendet wäre. »Ich bin nicht gerne in ständiger Gesellschaft von Frauen. Sie reden mir zu viel dummes Zeug. Weiberklatsch und Tratsch, Ihr wisst, was ich meine, Herr.«

»Aha.« Lodriks Kopf verschwand wieder.

Doch der Leibwächter atmete erst auf, als er das Wasser von drinnen plätschern hörte. Erleichtert wischte er sich die Feuchtigkeit von der Glatze. So geschwitzt hatte er höchstens im Verlauf eines Kampfes, stellte er verwundert fest. Stoiko musste unbedingt mit dem Thronfolger reden.

Eine Stunde später betrat ein frisch gewaschener und parfümierter Lodrik als Hara¢ Vasja das Audienzzimmer, um sich mit Streitigkeiten, Bittstellern und allem anderen, was die Granburger zu beklagen hatten, zu beschäftigen.

Allerdings verliefen die Audienzen eher ruhig, weil sich keiner in den Palast wagte, sich über etwas zu beschweren oder eine Angelegenheit klären zu lassen.

Zu Jukolenkos Amtszeiten war das kleine Zimmer eine Abstellkammer gewesen, die Lodrik erst entrümpeln lassen musste. Alleine daran erkannte der Thronfolger, was sein Vorgänger von den Pflichten eines Königlichen Beamten gehalten hatte.

Gewöhnlich sortierte der Gouverneur in der Zeit Akten, wälzte ein paar Verwaltungsbücher oder überlegte, welche Maßnahmen man aufheben könnte, um sich bei der Bevölkerung beliebt zu machen, ohne dabei gegen geltendes tarpolisches Recht zu verstoßen.

Nach einer Stunde reckte er sich müde und fragte

sich, welcher Schneider das Muster für die Beamtenuniformen entworfen hatte.

Die Arme konnte man kaum auf Schulterhöhe heben, der graue Stoff war unbeweglich und wirkte wie eine Korsage, die einen zu einer äußerst unbequemen Haltung zwang. Mehr als zwei Stunden hielt er selten in dem Rock aus, dann schnitt der steife Kragen in den Hals. Direkt weggelassen hatte er die stinkende Hochperücke, in der sich Heerscharen von Motten tummelten. Lieber trug er sein eigenes, dünnes blondes Haar im Nacken verknotet, als diese Flohbrutstätte auf dem Kopf zu haben.

Er beobachtete die vielen Staubkörner, die im milden Sonnenstrahl hin und her tanzten, und in Gedanken kehrte er an die erste Begegnung mit Norina zurück.

Zugegeben, das Mädchen hatte eine spitze Zunge, aber von ihrer offenen Art, die keineswegs so naiv wie die seine war, fühlte er sich angezogen. Ihre prächtigen, schwarzen Haare, die dunklen, geheimnisvollen Augen und diese unauffällige Narbe an der Schläfe, das war ihm am besten in Erinnerung geblieben, dicht gefolgt von ihrer schlanken Figur.

Seufzend blätterte er die Seiten eines Folianten um, dessen Name er gar nicht richtig wahrgenommen hatte.

Wie sollte er es nur anfangen? Sicher, er war der Gouverneur, nein, er war sogar der Tadc, aber ob sich alles mit einem hoheitlichen Befehl machen ließe? Gerade bei Norina war er sich auf eine unbestimmte Weise ziemlich sicher, dass ein Befehl überhaupt nichts bringen würde. Und damals, so fürchtete er, beim ersten Zusammentreffen, hatte er sich ziemlich blamiert.

Laute, erregte Stimmen rissen ihn aus seinen Gedanken. Dann öffnete sich die Tür des Zimmers und Stoiko trat ein.

»Ihr seht mich fassungslos vor freudigem Erstaunen, Herr«, begann der Vertraute, dessen Augen amüsiert glitzerten, »Ihr werdet es nicht für möglich halten, aber wir haben unsere ersten beiden Fälle draußen sitzen.«

»Wirklich?« Lodrik war Feuer und Flamme. Schnell richtete er die Uniform und setzte sich gerade hin, dann drapierte er noch schnell ein paar Gesetzesbücher auf dem erhöht stehenden Schreibpult. »Nur herein mit ihnen.«

Der erste der beiden Männer trug kostbare Gewänder aus bestem Tuch in Braun und Beige mit weißen Stickereien, die Stiefel glänzten frisch poliert, und vom Gesicht des reifen Mannes ging ein erprobtes, geschäftstüchtiges Lächeln aus. Unter seinem Arm trug er ein kleines Päckchen.

Neben ihm lief ein junger Mann in schlichtester Kleidung, die Haut sonnenverbrannt, die Arme sehnig und muskulös von der vermutlich harten Arbeit, die er verrichten musste.

Lodrik vermutete einen Händler und einen Feldarbeiter oder Kleinpächter.

»Exzellenz. Ich freue mich, dass Ihr Zeit gefunden habt, eine Entscheidung zu fällen.« Der gut gekleidete Mann trat vor und verbeugte sich. »Ich heiße Stenka Meschinskaja und bin Schweinehändler von Beruf. Ich habe ein Geschenk für die Mühen, die Ihr Euch mit Eurem Richtspruch macht, mitgebracht.« Er legte das Päckchen auf dem Pult ab und stellte sich wieder nach hinten. »Ich hoffe, es trifft Euren Geschmack.«

»Ich bin Radomil, ein einfacher Landpächter, Exzellenz. Mein Land liegt ein paar Warst von der Stadt entfernt. Und ich hoffe auf Eure gerechte Entscheidung.« Die Stimme klang entmutigt und ohne Hoffnung, als ob der Mann seine Sache bereits verloren glaubte.

»Wer schildert mir den Fall?«, fragte Lodrik gespannt und gab sich Mühe, gerade zu sitzen. Stoiko und Waljakov hielten sich im Hintergrund und beobachteten.

Wie selbstverständlich räusperte sich Meschinskaja.

»Ich bin, wie ich bereits erwähnte, Exzellenz, Schweinehändler und verdiene meinen Lebensunterhalt damit. Mein ganzes Vermögen steckt in den Tieren, die ich pflege und hüte wie meinen Augapfel.« Er warf Radomil einen gifterfüllten Blick zu. »Eine meiner besten Schweineweiden liegt neben dem verfluchten Feld dieses Menschen hier, und durch ein dummes, dummes Missgeschick sind elf meiner besten Tiere in sein Getreide und haben es zum großen Teil gefressen.«

»Dein Hirte hat geschlafen«, protestierte der Landpächter halblaut. »Deshalb sind die Schweine ins Feld und haben alles zerstört.«

»Ich schildere die Umstände, nicht du«, wies ihn der Händler scharf zurecht. »Auf alle Fälle sind die armen Tiere an dem jämmerlichen, giftigen Getreide unter größten Schmerzen gestorben. Das Fleisch war leider auch nicht mehr zu gebrauchen, sodass ich einen Ausfall von mehr als hundert Waslec zu beklagen habe, Exzellenz. Könnt Ihr Euch das vorstellen? Das könnte mein Ruin sein, wenn ich keinen Schadenersatz bekomme.«

Lodrik glaubte einen Moment lang, sich verhört zu haben, und legte die Stirn in Falten. »Und nun erzähle du.« Er deutete auf den Landpächter.

»Seine einfältigen Schweine sind in mein Feld, weil sein noch dämlicherer Hirte unter dem Birnenbaum in der Nähe lag und seinen Rausch ausschlief, Exzellenz.«

»Du wagst es …«, brauste Meschinskaja auf, doch eine Handbewegung des Gouverneurs brachte ihn zum Schweigen.

»Ich bin erst spät am Nachmittag in die Nähe gekommen und habe das Gequieke der Viecher gehört, und dann sah ich die Bescherung«, berichtete der Landpächter weiter, ermuntert von der Unterstützung des Statthalters. Er trat einen Schritt vor. »Das Korn ist zu mehr als der Hälfte gefressen, ich werde den Zins nicht zahlen können, und meine Familie hat nichts zu essen.« Der Mann sah verzweifelt aus.

»Wen interessiert denn deine schäbige Familie? Ich habe einen Ausfall von mindestens ... hundertdreißig Waslec!« Der Händler wandte sich mit gespielt flehender Mine an den Statthalter. »Exzellenz müssen mir helfen. Ich verlange eine Entschädigung von dem Tölpel.«

Lodrik war sich inzwischen sicher, doch alles richtig verstanden zu haben, auch wenn er es kaum glauben wollte.

»Ich habe bemerkt, dass in Granburg nicht alles so läuft, wie ich es gewohnt bin, aber das geht entschieden zu weit.« Er winkte Meschinskaja vor das Pult. »Deine Schweine haben sein Getreide gefressen und sind am unreifen Zeug eingegangen. Und deshalb willst du eine Entschädigung? Hat dein Hirte geschlafen, ja oder nein? Eine Lüge käme dich teuer zu stehen.«

»Nicht wirklich geschlafen. Höchstens gedöst, Exzellenz, aber was macht das schon?« Die Gleichgültigkeit des Geschäftsmannes war erschreckend.

Lodrik erhob sich, die wässrig blauen Augen blitzten mit einem Mal energisch auf, wie sie das öfter taten, seit er in Granburg war. »Ich höre ja wohl nicht richtig, mit welcher Unverschämtheit du hierher kommst! Du wirst dem Landpächter eine Entschädigung für sein Korn zahlen, Händler.«

Meschinskaja wurde plötzlich blass. Man sah ihm an, dass er im Moment nicht wusste, wie ihm geschah. Ähnlich erging es auch Radomil, allerdings aus für ihn erfreulicheren Gründen.

»Wie viel Korn ist an einer Ähre?«, wollte der Gouverneur wissen.

»Etwa zwölf Stück, Exzellenz«, antwortete der Landpächter verdutzt.

»Dann setze ich hiermit die Höhe der Entschädigung fest. Du, Stenka Meschinskaja, wirst ihm, Radomil, für jedes Korn, das deine Schweine gefressen haben, einen halben Waslec zahlen oder ihm fünf Fass Getreide schenken. Das ist mein Richterspruch im Namen des Kabcar.« Lodrik starrte den Händler feindselig an. »Widerspruch?«

»Exzellenz, ich weiß nicht, wieso Ihr für den entscheidet.« Meschinskaja verstand die granburgische Welt nicht mehr. »Gouverneur Jukolenko hat immer ohne jegliche Formalität in solchen Fällen …«

»Das war der falsche Einwand«, flüsterte Stoiko Waljakov schadenfroh zu.

»Ich bin aber nicht«, Lodrik schrie das letzte Wort beinahe, »Jukolenko! Ich bin Beamter des Kabcar, des Herrschers von Tarpol, und ich treffe keine Entscheidungen zu Gunsten Privilegierter, weil es mir so besser in den Kram passt. Noch ein Wort und ich bestrafe dich wegen versuchter Bestechung eines Königlichen Beamten! Und jetzt raus! Alle beide!«

Der Schweinehändler verbeugte sich widerwillig und griff vorsichtig nach seinem überbrachten Geschenk.

Schwer fiel die Hand des Statthalters auf den kleinen Kasten. »Das bleibt hier. Als Beweis.«

Rückwärtsgehend verließen die Granburger das Zimmer und rempelten beinahe eine elegant gekleidete Frau um, die in der Tür erschienen war.

Zwei Soldaten mit dem Wappen der Baronie Kostromo verhinderten den Zusammenstoß im letzten Augenblick, dann trat die Besucherin ein, ohne sich um den Protest von Stoiko zu kümmern.

Sie war um die dreißig Jahre alt, hatte langes, dunkelrotes Haar, ein äußerst hübsches, aber arrogantes Gesicht und ein paar hellgrüne Augen, die durchdringend und überheblich wirkten.

Das enge, dunkelgrüne Kleid betonte ihre verführerische Figur, Schmuck und Accessoires waren sorgfältig zum Stoff ausgesucht worden, um die Wirkung der Trägerin zu verstärken.

Auf ihren Schultern ruhte ein leichter, weißer Reisemantel, der vor der Brust von Goldketten zusammengehalten wurde. Unauffällig schimmerten kostbare Iurdumeinlagen auf. Vermutlich konnte alleine vom Iurdum, dem seltensten Metall in Ulldart, eine einfache Familie eine Dekade lang leben. Grüne Wildlederstiefel rundeten die eindrucksvolle Erscheinung der Frau ab, die sich noch immer zielstrebig auf Lodrik zubewegte.

Erst als Waljakov ihr groß und breit in den Weg trat, blieb sie stehen.

»Ich bin Aljascha Radka, Vasruca der Baronie Kostromo, und würde gerne den Gouverneur sprechen«, sagte sie mit einer samtweichen Stimme, in der aber der Befehlston unüberhörbar war.

»Er ist derzeit in der Audienz und steht für offizielle Empfänge nicht zur Verfügung, Vasruca.« Stoiko erschien an der Seite des Leibwächters. »Wartet bitte, bis die Audienzzeit vorüber ist. Der Gouverneur kümmert sich im Namen des Kabcar gerne persönlich um die Belange seiner Bürger und Schutzbefohlenen.« Er winkte einen Bediensteten herbei. »Man wird Euch in das Teezimmer führen. Exzellenz wird schon bald zu Euch kommen, Durchlaucht.«

»Ich beuge mich den Gepflogenheiten des granburgischen Statthalters«, sagte sie und neigte lächelnd den Kopf, »auch wenn ich mit einem freundlicheren Empfang gerechnet hätte, nachdem ich meinen Boten vorgeschickt hatte.«

»Euer Bote, Durchlaucht, hat sich nicht so verhalten, wie man es von einem guten Lakaien erwarten durfte«, widersprach Waljakov. »Also wundert Euch nicht, dass die Nachricht nicht von ihm überbracht wurde. Überlegt Euch eine angemessene Bestrafung für Euren Mann.«

»Ich werde es in Erwägung ziehen, auch wenn Euer Ton ebenfalls nicht dem eines guten Lakaien entspricht.

Ich hoffe, der Gouverneur denkt über Eure Bestrafung ebenfalls nach.« Die Vasruca rauschte hinaus.

»Ein starker Auftritt«, sagte Stoiko vor sich hin und wandte sich zu Lodrik. »Und wie wollt Ihr den bösen, bösen Waljakov nun bestrafen?«

»Ich könnte ihn eine Stunde mit meiner Cousine alleine lassen«, schlug der Junge vor.

»Sie ist Eure Cousine?« Der Leibwächter machte ein nicht gerade intelligentes Gesicht.

Lodrik erhob sich und stellte sich zu seinen beiden Vertrauten. »Kostromo entstand, wenn ich mich noch richtig an den Geschichtsunterricht erinnere, im Jahre Zweihundertzwölf nach Sinured, als ein Vasruc namens Sengac einen Aufstand der Minenarbeiter und Holzfäller anzettelte und sich von unserem allseits geschätzten Nachbarn Hustraban lossagte. Zwar schaffte es Sengac immer wieder, kleinere Auseinandersetzungen zu gewinnen, ging aber sicherheitshalber ein Militärbündnis mit Tarpol ein. Richtig?« Stoiko nickte zur Bestätigung. »Und seitdem sind die Beziehungen immer weiter ausgebaut worden. Irgendwann hatten die Bardri¢s mit geschickter Heiratspolitik einen Fuß in der Tür, sodass die derzeitige Vasruca die Nichte meines Vaters ist. Kostromo ist im Grunde nichts anderes als eine Kolonie Tarpols. Meine Tante, die eigentliche Vasruca, ist schon seit mehr als zehn Jahren tot. Sie war aber nie besonders gut gelitten im Palast meines Vaters.«

»Was macht dann die Großcousine hier in Granburg?« Waljakov schaute grimmig. »Und wieso hat sie Euch oder Stoiko nicht erkannt?«

»Wir haben uns glücklicherweise nie kennen gelernt. Dann wäre spätestens jetzt unsere kleine Komödie in Granburg zu Ende gewesen.« Lodrik ging zur Tür und warf einen Blick nach draußen. Das schmale Vorzimmer war leer. »Ich glaube, ich werde die Audienz früher als sonst beenden. Ich bin wirklich gespannt, was sie hier möchte.«

Der Leibwächter und Stoiko begleiteten den Jungen durch die Gänge zum Teezimmer, in dem die Vasruca auf das Erscheinen des königlichen Statthalters wartete.

Als sie Lodrik eintreten sah, stand sie vom Sofa auf und verbeugte sich tief, gewährte dem Gouverneur somit einen deutlichen Einblick in ihr viel versprechendes Dekolletee.

»Exzellenz.« Sie hob den Kopf und schickte ihm einen funkelnden, schelmischen Blick, als ob sie genau wüsste, worauf der Junge eben gestarrt hatte.

»Durchlaucht«, stotterte er und errötete. »Es ist mir eine Ehre, die Vasruca von Kostromo in meinem Palast begrüßen zu dürfen.«

Schnell setzte er sich in den Sessel, verhedderte sich dabei vor lauter Ungeschicklichkeit im Wehrgehänge und saß sehr schräg im Sitzmöbel.

Ein Diener schenkte dampfenden Tee ein.

Es senkte sich eine etwas peinliche Stille auf den Raum herab, nur das Klingeln, das Lodriks Löffel beim Rühren in der Tasse verursachte, war zu hören. Der Junge spürte die forschenden Augen der Frau auf sich ruhen.

Schließlich nahm er all seinen Mut zusammen. »Was verschafft mir das Vergnügen?« Seine Stimme klang zu betont unverbindlich.

»Ich dachte schon, Exzellenz will mich das niemals fragen«, sagte sie und legte ihre Hand beiläufig auf den Unterarm ihres Cousins. »Ich bin auf der Durchreise in Richtung Meer. Ich wollte ein paar Wochen im Sommer nutzen, um in einem meiner Landhäuser ein wenig Salzwasser zu riechen. Es ist gut für die Haut, müsst Ihr wissen«, plauderte sie. »Und da meine Pferde auf der langen Fahrt von Kostromo bis hierher inzwischen etwas müde geworden sind, dachte ich, der Gouverneur könnte mir für ein oder zwei Tage Asyl gewähren, bis sich die Tiere erholt haben.« Sie zog die Hand zurück und nahm ihre Teetasse auf, während sie Lodrik abwartend beobachtete.

»Äh, das dürfte kein Problem bereiten«, beeilte sich der Statthalter zu sagen. Innerlich war er sehr froh darüber, dass sie keinerlei verwandtschaftliche Ähnlichkeiten besaßen, sonst wäre es bestimmt zu ein paar unangenehmen Fragen gekommen, obwohl er fürchtete, dass die Sache noch nicht ausgestanden war. Im entscheidenden Moment hoffte er auf die Unterstützung von Stoiko und Waljakov, die wie die Marmorsäulen dastanden.

»Das ist sehr freundlich von Euch. Ihr seid noch nicht lange im Amt, wie ich unterwegs gehört habe?« Sie nahm einen kleinen, vornehmen Schluck. »Die Leute reden nur gut über Euch, wisst Ihr das? Zumindest setzen sie Hoffnungen in Euch.«

»Ja. Ich hoffe, dass es so bleibt.« Er setzte die Tasse an und verbrannte sich selbstverständlich die Lippen am heißen Porzellan. Er beherrschte sich, nicht laut loszuschreien und zu fluchen.

»Ihr seid außerdem, wenn ich mir die Bemerkung erlauben darf, noch sehr jung für einen Statthalter, Exzellenz.« Wieder dieses Lächeln, für das mit Sicherheit einige Männer in den Tod gegangen wären. »Mein Onkel, der Kabcar von Tarpol, muss große Stücke auf Euch halten, wenn er Euch mit dieser verantwortungsvollen Aufgabe betraut.«

»Sein Vater ist am Hof des Kabcar ein gern gesehener Gast und fähiger Beamter«, meldete sich Stoiko und erschien damit für Lodrik wie für einen Schiffbrüchigen das hilfreiche Brett im tobenden Sturm.

»Ach?!« Aljascha Radkas Neugier war mit einem Mal geweckt. »Wie heißt der Mann, der so einen begabten Jungen hat? Ich würde ihm nur zu gerne meine Aufwartung machen und von den guten Reden der Granburger berichten. Auch den Kabcar wird es mit Sicherheit sehr interessieren.«

»Oh, Ihr werdet meinen Va ...« Lodrik bemerkte die drohende Katastrophe, verschluckte sich geistesgegenwärtig am Tee, sprang auf und verschüttete etwas von dem heißen Getränk. Sofort eilten Diener herbei, um die Flecken aus der Uniform zu tupfen.

Ebenso schnell war aber auch Aljascha zur Hand, drückte ihr parfümiertes Taschentuch auf einen Fleck an der Brust und sah dem Jungen in die Augen.

»Habt Ihr Euch verbrannt, Exzellenz?« Betörend drang das Duftwasser in Lodriks Nase, die Stelle, wo ihre Hand lag, wurde angenehm warm. Auch andere, tiefere Bereiche seines Körpers erwärmten sich. Wieder spürte er, wie ihm die Röte ins Antlitz schoss.

»Ich ... danke ... es geht schon«, wehrte er ab, machte einen Schritt rückwärts und warf um ein Haar mit dem Säbel die Teekanne vom Tisch.

Schnell setzte er sich wieder, diesmal war das Wehrgehänge nicht im Weg. Wie ein Schwarm Fliegen umgaben ihn die Diener und tupften auf dem grauen Stoff herum, bis der Statthalter sie mit einer Handbewegung verscheuchte.

»Ihr werdet also den Kabcar sehen«, half Stoiko aus dem Hintergrund den Faden des unterbrochenen Gesprächs wieder aufzunehmen.

»Das hätte ich nach diesem Vorfall beinahe vergessen«, entschuldigte sich die Frau und nickte dem Vertrauten zu. »Ja, der Herrscher Tarpols will mich in einer dringenden Angelegenheit sehen. Es geht um eine Hochzeit.«

»Ihr wollt Euch des Segens des Kabcars versichern«, schätzte Lodrik und ließ sich sein Gefäß neu füllen. »Das wird ihn freuen, dass seine Nichte so an ihn denkt.«

»Wenn es so wäre«, seufzte sie und schenkte ihm einen Hilfe suchenden Augenaufschlag.

»Das verstehe ich nicht.« Der Gouverneur häufte den

Zucker auf seinen Löffel, ignorierte den mahnend vorwurfsvollen Blick seines Leibwächters und tauchte den kleinen Berg in die Tasse.

»Ihr kennt die Geschichte meiner Baronie, Exzellenz?«, fragte sie, und Lodrik nickte gönnerhaft. »Unangenehmerweise hat Hustraban seit kurzem wieder Ansprüche auf Kostromo angemeldet oder verlangt zumindest eine angemessene Entschädigung für den Ausfall des Iurdums, das in unseren Bergwerken abgebaut wird.«

»Alles dummes Theater. Wie hoch soll die sein?«

Sie schaute über den Tassenrand und machte ein unglückliches Gesicht. »Die Hälfte des Abbaus.«

»Das wird der Kabcar niemals akzeptieren«, kam es augenblicklich von Stoiko.

»Ganz recht«, stimmte sie, etwas überrascht von der Schnelligkeit des Einwurfs, zu. »Und um das Band der Freundschaft und der Zusammengehörigkeit von Tarpol und Kostromo zu festigen, sozusagen als ein Signal an Hustraban, soll ich mich mit einem der Oberen am Hofe in Ulsar vermählen.« Sie beugte sich vor. »Ist Euer Vater ledig? Vielleicht bin ich ja bald Eure Stiefmutter, Exzellenz?«

»Der Vater seiner Exzellenz ist nicht ledig und leider schon verstorben, Durchlaucht«, rettete Stoiko einmal mehr. »Ein tragischer Reitunfall, wie wir erst vor kurzem erfahren mussten.«

»Das tut mir sehr Leid, Exzellenz. Ich werde mich in den paar Tagen ein wenig um Euch kümmern, damit Ihr Euren Schmerz vergessen könnt.« Mitleidsvoll kehrte die Hand auf die Stelle des Unterarms zurück, wo sie vor nicht allzu langer Zeit schon mal so angenehm gelegen hatte. Lodriks Geist und Körper empfanden die Berührung inzwischen als aufregend.

»Ich werde den Gästetrakt herrichten lassen. Miklanowo, einer meiner besten Ratgeber, wird sicher nichts dagegen haben. Er wohnt dort ebenfalls.« Der Junge lächelte sie schüchtern an. »Wo Ihr doch der erste hohe Besuch seid, den ich hier empfangen darf. Ihr werdet doch hoffentlich ein gutes Wort beim Kabcar für mich einlegen, Durchlaucht?«

»Was könnte ich denn anderes tun, bei einem so netten, charmanten jungen Mann wie Ihr es seid, Exzellenz?« Sie legte die andere Hand auf seine und drückte sie herzlich. »Und nun entschuldigt. Ich bin wirklich sehr müde von der Reise.«

»Folgt mir, Durchlaucht. Ich bringe Euch in Eure Unterkunft.« Stoiko wandte sich zur Tür.

»Bevor ich es vergesse: Wie wollt Ihr denn nun Euren Lakai hier«, sie deutete auf Waljakov, »wegen seines unverschämten Tons vorhin mir gegenüber bestrafen?«

Der Leibwächter sah sie böse an, die Wangenmuskeln waren gefährlich in Bewegung. Mit größter Abgebrühtheit hielt das Grün ihrer Augen dem eiskalten, beinahe mordlüsternen Grau Waljakovs stand.

»Ich weiß es noch nicht«, gestand Lodrik. »Vermutlich werde ich ihm ein paar Stockhiebe verpassen lassen. Was meint Ihr?«

»Versucht es mit Maulschellen«, empfahl sie mit einem kühlen Lächeln. »Schließlich hat sein Mund mich beleidigt. Zwanzig Stück mit einem Eisenhandschuh wären angemessen, wie ich finde. Exzellenz.« Sie folgte Stoiko.

Lodrik befahl die anderen Diener hinaus.

»Maulschellen, Herr?« Waljakov näherte sich seinem Schützling. »Ich will nichts gegen Eure Verwandtschaft sagen, man kann sie sich leider nicht aussuchen, aber diese Frau ist mit Abstand das ...«

»Ich weiß«, winkte der Thronfolger ab. »Aber was sollte ich denn machen? Natürlich erhältst du keine Bestrafung, obwohl du es vielleicht sogar ein bisschen verdient hättest.«

»Ich höre ja wohl nicht recht, Herr«, brach es aus dem Leibwächter hervor. »Meine Aufgabe ist es …«

»Schon gut, schon gut. Ich nehme alles zurück.« Lodrik schaute auf die Teeflecken. »Meine ganze Uniform ist ruiniert. Das sieht sehr schäbig aus.« Er zog den Gürtel und den Säbel zurecht. »Meinst du, ich gefalle ihr ein bisschen?«

»Wem?«

»Na, Aljascha, meiner Cousine.«

Waljakov schüttelte seufzend den Kopf. »Herr, dieses Weibsbild mag so gut aussehen, dass Spiegel blind werden, aber sie ist raffiniert. Sie würde nur mit Euch spielen. Sie hat mehr Erfahrung in solchen Dingen als Ihr!«, warnte er ernst.

»Wir werden sehen.« Der Gouverneur steuerte auf die Tür zu. »Und nun lege ich eine andere Uniform an. Danach stellen wir eine Liste zusammen, was übermorgen gekocht werden soll und welche Leute kommen.«

»Habe ich etwas versäumt?« Der Leibwächter überlegte angestrengt. »Irgendein Feiertag?«

»Nein. Eher ein spontanes Fest zu Ehren meiner Cousine. Wenn man schon in der Abgeschiedenheit Granburgs ein Familienmitglied trifft, muss das gefeiert werden.«

»Aber sie weiß es doch gar nicht«, versuchte der Kämpfer zu widersprechen.

»Was soll's«, sagte Lodrik und zuckte mit den Schultern. »Immerhin ist sie die Vasruca von Kostromo, da ist ein kleiner Empfang nur üblich und gerechtfertigt.«

»Wie Ihr wünscht, Herr«, kapitulierte Waljakov.

»Ganz recht«, grinste der Statthalter, »wie ich wünsche.«

Es wurde in der Tat ein sehr kleiner Empfang mit Stoiko, Waljakov, Miklanowo und Aljascha als Gäste.

Am Tafelende saß Lodrik, dem die Versammlung sichtlich Spaß zu bereiten schien.

Vom einem Tischgespräch jedoch konnte keine Rede sein. Miklanowo unterhielt sich flüsternd mit Stoiko, eine atemberaubend schöne Aljascha lächelte unentwegt zum Gouverneur hinüber oder erzählte von der Hochzeit mit einem unbekannten Gemahl und wie gespannt sie sei, während Waljakov versuchte, sie mit Blicken zu töten. Wenn sie den finsteren Ausdruck im Gesicht des Leibwächters bemerkte hatte, dann überspielte sie die offensichtliche Beleidigung mit meisterlicher Perfektion.

Bald war das Essen mit granburgischen Köstlichkeiten und Spezialitäten zu Ende, ein kräftiger Verdauungstee wurde gereicht.

Die Versammlung begab sich in die Bibliothek, um den Sonnenuntergang zu bewundern. Im Hintergrund stimmten ein paar Musiker ihre Harfen, Geigen und Gitarren, und schon bald hallten angenehm entspannende Töne durch den Palast, untermalten den Farbenreichtum der sinkenden Himmelsgestirne mit begnadeter Brillanz.

Die Vasruca von Kostromo hakte sich bei Lodrik unter. »Ihr habt keine Gespielin, wie ich voll Erstaunen feststellen musste«, begann sie scherzhaft. »Ihr seid sehr tugendhaft und ein Beispiel für Eure Untergebenen. Habt Ihr überhaupt Laster, mit denen ich Euch beim Kabcar anschwärzen könnte, Exzellenz?« Sie drückte sich an den Jungen, der sich an ihrem Arm wie eine Fliege im Netz einer Spinne vorkam.

»Ich esse zu viel«, antwortete Lodrik, ohne groß nachzudenken. Sein Kopf fühlte sich an, als wäre er rot wie ein überreifer Apfel.

»Ich bitte Euch, Exzellenz! Ihr wirkt eher stattlich als dick.« Sie legte seine schweißnasse Hand auf ihren makellosen Bauch, dann auf die schlanke Hüfte. »Seht Ihr, ich müsste abnehmen.«

»O nein. Nein, Ihr seid wunderschön«, hauchte Lodrik, bei dem alle Dämme brachen, und die alte Tapsigkeit, die der Kabcar auf Bällen immer so fürchtete, kehrte zurück.

Die Frau beugte sich vor und brachte ihren Mund auf die Höhe seines rechten Ohres. »Exzellenz müsste mich einmal ohne die störende Kleidung sehen.« Angenehm wie ein warmer Lufthauch umgab ihn ihr Atem. »Ihr könntet mich heute Abend in meinem Zimmer besuchen, wenn Ihr möchtet.«

Sie drückte seine Hand, befreite sich von seinem Arm und schlenderte in aller Ruhe zum Fenster, hinter dem die Sonnen gerade in einem feuerroten Himmel untergingen.

»Kleine verwandtschaftliche Plaudereien, wie ich vermute?« Stoiko reichte Lodrik ein Taschentuch. »Ihr sabbert, Herr.«

Erschrocken griff der Gouverneur nach seinem Kinn, dann nach dem Stoff, aber sein Vertrauter steckte das Tuch nur lächelnd wieder ein. »Es sollte ein Scherz sein. Aber, so wie es aussieht, ist Eure Großcousine gerade dabei, Euch den Kopf zu verdrehen, kann das sein?«

»Was macht man mit Frauen, wenn man mit ihnen alleine ist?«, fragte der Statthalter, die Augen auf Aljaschas Rücken gerichtet.

»Man redet mit ihnen, trinkt etwas, trägt ein Gedicht vor oder ignoriert sie, je nachdem.« Belustigt beobachtete der Vertraute den Ausdruck auf Lodriks Gesicht. »Oder was habt Ihr gemeint, Herr?«

»Du weißt sehr wohl, was ich gemeint habe«, gab er beleidigt zurück. »Ich meine das, was jeder tut, mit Ausnahme von Waljakov, glaube ich, über das man in meiner Gegenwart aber noch nie gesprochen hat.«

»Ihr habt Euch bisher auch noch nicht dafür interessiert, wenn Ihr ehrlich seid«, grinste Stoiko. »Ich weiß nicht, ob es eine gute Idee ist, ausgerechnet mit Eurer Großcousine den allerersten Schritt auf den Pfad der

Liebesspiele zu wagen. Ich denke, sie wird sich einen Spaß mit Euch erlauben wollen. Obwohl, sie hätte genügend Erfahrung, um Euch in die richtige Bahn des gemeinsamen Liebesglücks zu lenken.« Er strich sich über den Schnauzer. »Wenn sie ihr Angebot ernst meint, wird es eine ziemlich unvergessliche Liebesnacht werden, um die sogar ich Euch beneiden würde. Sie wird Euch alles beibringen, denke ich, was ein Mann wissen muss, wenn es um Frauen geht. Es ist Eure Entscheidung, Herr.«

»Ich werde mich anstellen wie der letzte Idiot«, seufzte Lodrik.

Nur im letzten Moment unterdrückte der Vertraute ein bestätigendes Nicken, verbeugte sich stattdessen und kehrte zu Miklanowo zurück, der sich wie immer vornehm im Hintergrund hielt.

Nach einer Weile löste sich der Brojak von Stoiko und steuerte auf den sinnierenden Statthalter zu. »Ich würde Euch gerne ein paar Vorschläge machen, Exzellenz. Ihr solltet Euch mehr um die Granburger persönlich kümmern.«

»Ich bin eigentlich derzeit nicht in der Laune, mir etwas über die Ausbildung anzuhören«, gestand der Junge. »Dazu sind meine Gedanken zu sehr mit anderen, wichtigeren Dingen beschäftigt.«

Miklanowo verfolgte den stieren Blick des Gouverneurs. »Ich verstehe. Diese Art von Gedanken sind mir aus meiner Jugend nur allzu gut bekannt. Dafür habe ich größtes Verständnis, Exzellenz. Wir reden morgen darüber.« Er zog sich zurück.

Die Musik spielte einen langsamen Tratto, als sich Aljascha Lodrik wieder näherte. »Möchtet Ihr tanzen, Exzellenz? Ich liebe Tratto über alles.«

Lodrik spürte vor Schreck einen leichten Schwindel. Schlimmer hätte es wahrlich nicht mehr kommen können. War er schon in der Kunst der Konversation alles andere als bewandert, so versagte er bei dieser neuerlichen Prüfung mit tödlicher Sicherheit. Wenn es jemand gab, der niemals im Leben einen Takt gefunden geschweige denn gehalten hatte, dann war er es. Höfische Tänze beherrschte er nicht einen.

Aber es war bereits zu spät.

Seine Großcousine wiegte sich mit der Musik und übernahm das Führen, der Gouverneur stolperte ungeschickt hinterher und trat der Frau mehr als einmal auf die Füße.

Bücher und Regale schossen an ihm vorbei. Bei der einen Drehung huschte ein grinsender Stoiko durch sein Gesichtsfeld, bei der nächsten ein wie immer grimmig dreinblickender Waljakov oder ein schwitzender Musiker. Ein neuerliches, sich verstärkendes Übelkeitsgefühl machte sich in seinem Kopf breit, seine Schritte wurden noch unregelmäßiger.

Schließlich schaffte er es, dass das Paar so außer Takt geriet, dass selbst die Musiker durch eine geschickte Veränderung des Tempos nichts mehr machen konnten. In dem Moment hielt die Vasruca inne und strahlte, als ob es der beste Tanz ihres Lebens gewesen wäre.

»Ich bin kein sehr guter Tänzer«, stotterte Lodrik als Entschuldigung und wäre am liebsten im Boden versunken. Aber der Marmor tat ihm den Gefallen nicht, sondern spiegelte seinen hochroten Kopf wider.

»Exzellenz sind nur ein bisschen in der Öde Granburgs eingerostet, weiter nichts«, schwächte sie ab, schenkte ihm einen neckischen Augenaufschlag und einen glühenden Blick. »Ich werde mich jetzt zurückziehen. Es ist schon spät, Exzellenz.« Sie verbeugte sich zuerst vor dem Statthalter, dann vor der Runde und rauschte in ihrem dunkelgrünen Kleid davon.

»Ich bin auch müde. Muss wohl vom Tanzen kommen, das strengt doch mehr an als man glaubt«, sagte Lodrik nach einer Weile, gähnte übertrieben herzhaft und verließ die Bibliothek. Als Waljakov sich ebenfalls in Bewegung setzte, griff Stoiko nach seinem Ärmel.

»Warte noch ein bisschen, oder folge ihm so, dass er es nicht merkt.«

»Du meinst, er will wirklich …«

Stoiko neigte den Kopf. »Er will schon. Es bleibt natürlich nur die Frage, was ihn bei seiner Cousine alles erwartet.«

»Sie ist ein falsches Luder«, brachte es der Leibwächter in seiner unnachahmlich undiplomatischen Weise auf den Punkt.

»Natürlich ist sie das.« Der Vertraute schien darüber nicht sonderlich beunruhigt zu sein. »Aber er wird heute Nacht auf die ein oder andere Weise seine Erfahrung machen. Und auf eigene Erfahrungen ist er besonders angewiesen.«

»Ich werde leise sein«, versprach Waljakov und folgte seinem Schützling.

Der Großbauer strich sich über den stattlichen Bart und kam an Stoikos Seite. »Wisst Ihr etwas über die Hochzeit, von der sie immer wieder während des Essens gesprochen hat, wenn sie den Gouverneur nicht gerade mit ihren Augen verschlungen hat?«

Stoiko lachte. »Es ist lange her, dass ich am Hof des Kabcar war oder ausführliche Nachricht von dort erhalten hätte, was im Palast vorgeht. Ich kann es Euch nicht sagen.«

»Wie würdet Ihr denn eine enge Beziehung schaffen?«

»Ich würde sie dem höchsten Beamten zur Frau geben«, sagte der Vertraute und befahl der Musik mit einem Wink das Schweigen. Gehorsam setzten die Männer ihre Instrumente ab und packten sie weg.

»Ich würde sie, wenn ich der Kabcar wäre, meinen Sohn heiraten lassen«, meinte dagegen Miklanowo bedächtig. »Ein stärkeres Signal an Hustraban könnte es nicht geben, als die Baronie direkt mit der Krone zu verbinden und nicht nur über Familienbande zu sichern. Der arme Tadc. Er müsste dann einiges aushalten, wenn ich Durchlaucht nur nach diesem einen Abend beurteilen müsste. Ist er nicht so alt wie der Gouverneur?« Der Großbauer sah Stoiko fragend an.

Der Vertraute bedachte den kleinen Mann vor sich mit einem lauernden Blick. Sollte er vielleicht mehr ahnen? Aber die Augen des Granburgers waren frei von versteckten Hinweisen auf Unehrlichkeit.

»Ja, in der Tat. Das kommt ungefähr hin«, antwortete er nach einer Weile.

»Aber was kümmert uns der Hof.« Miklanowo prostete ihm mit der Teetasse zu. »Wir haben einen jungen Gouverneur zu unterstützen. Und nun, gute Nacht.«

»Gute Nacht«, verabschiedete sich auch der braunhaarige Vertraute und setzte sich wieder. Mit einer schnellen Bewegung ordnete er den Schnauzer, der sich seiner Meinung nach bei den Worten des Brojaken fast gesträubt hatte. Über das, was er eben gehört hatte, musste er, so abwegig es zuerst aus dem Munde des Großbauern geklungen hatte, noch nachdenken.

Zögernd und mit pochendem Herzen klopfte Lodrik an die Tür seiner Großcousine.

»Herein, Exzellenz«, rief sie von drinnen.

Tief atmete der Gouverneur durch und trat ein.

Lediglich eine Kerze brannte, unmittelbar auf dem Ankleidetisch der Vasruca.

Sie selbst saß vor dem Spiegel und entfernte mit geübten Griffen die Haarspangen aus ihrer Frisur. Wie roter Samt fielen ihre langen Haare auf die Schulter und glänzten im flackernden Licht der Leuchte.

»Ich habe Euch erwartet.« Sie schaute kurz zu ihm und drehte ihm den Rücken zu. »Ich weiß nicht, wo meine Zofe hin ist, und allein werde ich mich vermutlich in hundert Jahren noch nicht aus diesem Kleid befreit haben. Würdet Ihr mir bitte die Haken öffnen?«

Lodrik schloss die Tür und ging langsam auf sie zu. Mit zitternden Fingern pfrimelte er an den Ösen herum, er spürte den Schweiß unter seiner Uniform den Rücken hinablaufen. Es dauerte eine Weile, dann hatte er alle Halterungen aufbekommen.

»Vielen Dank.« Sie erhob sich, und das Kleid rutschte von ihren Schultern. Darunter entblößte sich ein weißes, enges Mieder und eine dicke Lage von Unterwäsche. Allein von diesem Anblick wurde Lodrik beinahe betrunken. So hatte er eine Frau noch nie gesehen.

In diesem Augenblick drehte sich Aljascha um.

Ihre Augen glühten, fordernd reckte sich ihm das Kinn entgegen. Ihre vollen Brüste, nur halb verdeckt durch das Mieder, hoben und senkten sich schnell. »Ihr seid meine Rettung. Ich wüsste nicht, wie ich ohne Euch aus meiner Kleidung kommen würde.« Sie deutete nach unten. »Exzellenz könnte mir vielleicht bei den Schuhen behilflich sein.«

Wie in Trance bückte sich der Junge, atmete ihr Parfüm ein und zog ihr die flachen Schuhe von den Füßen. Etwas unbeholfen stellte er sie zur Seite.

»Und nun die Unterröcke«, flüsterte sie und streichelte seinen Kopf. »Ihr wart noch nie mit einer Frau alleine, nicht wahr?« Die Antwort bestand aus einem heiseren Krächzen, das der Adligen alles sagte. Behutsam platzierte sie seine Hände auf den nächsten Ösen.

Nach und nach legte ihr der Gouverneur nach Anweisung seiner Cousine sämtliche Kleidungsstücke ab, bis sie nackt vor ihm stand.

Lodrik war angesichts so viel bloßer Verführung in Menschengestalt sprachlos.

Er wusste nicht richtig, wohin er zuerst schauen oder greifen sollte. Der Duft ihrer Haut kroch in seine Nase, ihre Brüste, ihre Weiblichkeit, alles wollte er erkunden, am besten gleichzeitig. Ein solches Verlangen war ihm bisher fremd, wenn auch nicht unangenehm. Die Hitze schoss ihm durch den ganzen Körper, seine Gedanken drehten sich.

»Gefällt Euch, was Ihr seht?« Sie lächelte, griff hinter sich nach dem Bett und streifte sich ein Nachthemd über. »Und wenn ich das nächste Mal wieder in Granburg bin, Exzellenz, und Ihr ein Mann seid, zeige ich Euch vielleicht noch viel mehr. Gute Nacht und schlaft gut.« Aljascha deutete auf die Tür. »Und macht keine Flecken in Euer Bett.« Sie legte den Kopf in den Nacken und lachte.

Lodrik schluckte und erwachte aus seiner Erregung. Was auch immer er sich heute vorgestellt hatte, er bekam nicht den kleinsten Hauch davon.

Zu allem Überfluss machte er in seiner Verwirrung noch eine höfliche Verbeugung, bevor er zum Ausgang stakste und fluchtartig den Raum verließ.

Draußen standen wie von Zauberhand postiert wieder die Wachen der Vasruca, die ihn herablassend angrinsten. Die Tür öffnete sich für einen Moment, und Lodrik hoffte, dass seine Cousine es sich vielleicht anders überlegt hätte.

»Ich hätte schon ein bisschen mehr von Euch erwartet, Exzellenz. In Eurem Alter.« Laut hallte der Satz durch den Gang, dann fiel das Holz wieder ins Schloss.

»Ein bisschen mehr was?«, fragte der Junge verdutzt.

Das unverhohlene Gelächter der Soldaten bewies ihm, dass es wohl kein Kompliment gewesen war, sondern die Erniedrigung eher perfekt machte.

»Hört auf zu lachen!«, schrie er.

Verzweifelt versuchten die Männer sich zu beherrschen. Der Gouverneur schaffte es, noch mit einigermaßen Würde um die nächste Ecke zu gelangen, dann lehnte er sich an eine Wand und kämpfte mit den Tränen. Seine Cousine hatte die ganze Zeit über ein übles

Spiel mit ihm getrieben, ihn gedemütigt und auch noch verspottet.

Überlaut hörte er wieder das dröhnende Lachen der Wachen, die vor dem Zimmer seiner Verwandtschaft standen.

Eine schwere Hand legte sich auf seine Schulter. »Herr, geht ins Bett. Morgen sieht die Welt wieder besser aus.« Waljakov war wie aus dem Nichts aufgetaucht. Es zeigte sich deutlich Mitleid auf seinen harten, kantigen Zügen.

»Lass mich in Ruhe!« Der Junge schüttelte die Hand ab und rannte den Gang zu seinen Gemächern hinunter.

Einmal nur von allen gefürchtet zu werden, sie alle zu beherrschen und jeder müsste sich vor ihm verbeugen, das würde ihm jetzt gut tun. Auf alle Fälle sollte seine Cousine dafür bezahlen, wenn er wieder zu Hause im Palast und der Tadc war.

»Ihr werden die Augen übergehen«, schwor er sich beim Entkleiden. »Allen werden noch die Augen übergehen.«

Für die Dauer des Aufenthalts von Aljascha Radka, Vasruca von Kostromo, ließ sich der Gouverneur nicht mehr in ihrer Nähe blicken, was der Frau nichts auszumachen schien. Sie unterhielt sich weiterhin mit allen anderen, als wäre in der besagten Nacht nichts Außergewöhnliches geschehen.

Tatsächlich hatte der Palast Wind vom nächtlichen Abenteuer, das wohl nicht zur beiderseitigen Zufriedenheit verlaufen war, bekommen, und jeder präsentierte eine andere Version des Vorfalls.

Diejenigen, die bis dahin noch nichts davon wussten, erfuhren es aus dem Munde der Durchlaucht persönlich, die natürlich noch ein paar Besorgungen in Granburg zu erledigen und jedem ihrer Bekannten andeutungsweise vom Versagen des Statthalters zu erzählen hatte.

Lodrik verbrachte viel Zeit in der Fechthalle und übte so hart, wie es Waljakov noch nie bei seinem Schützling gesehen hatte.

»Herr, die Wut ist ein schlechter Lehrmeister«, bemerkte er nach einem weiteren Fehler des jungen Gouverneurs.

»Und der Hass?« Ohne Ansatz stieß die Übungsklinge nach dem Herz des Leibwächters. Die mechanische Hand fing die stumpfe Waffe ab und entriss sie Lodrik.

»Beide sind miteinander verwandt, nur Hass hält sich länger.« Wortlos reichte er ihm den Säbel zurück.

Der Junge seufzte. »Ich weiß. Aber irgendwann werde ich es ihr heimzahlen.«

»Ich vermute, Ihr meint Eure Cousine.« Der Mann hob den Säbel und ging in Angriffsposition. »Was ich eben über die Wut gesagt habe, stimmt schon. Aber die Wut kann in einem Kampf auch von Vorteil sein. Nur bei Euch ist sie momentan eher hinderlich, weil sie Eure Konzentration auf Eure Schläge verjagt. Wenn Euch aber in einem Gefecht die Kräfte schwinden, dann erinnert Euch an den gestrigen Abend und hackt Eurem Gegner den Kopf von den Schultern. Setzt die Wut bewusst ein, aber lasst ihr nie die Oberhand. Wird sie zu stark, seid Ihr geliefert, weil sie Eure Sinne blockiert. Vertraut mir, ich weiß, wovon ich rede.«

Unwillkürlich schaute Lodrik auf die mechanische Hand.

»Genau, Herr. Das meine ich, und dabei hatte ich noch großes Glück.«

»Wie ist es passiert? Stoiko sagte etwas von einem Beil.«

»Wir trinken etwas, Herr, und ich erzähle es Euch.« Beide nahmen sich verdünnten Wein und setzten sich. »Es war während eines Kampfes in meinen wilden Jugendjahren. Meine Eltern waren Kaufleute und nahmen mich anfangs mit auf ihre Reisen quer durch Tarpol und die umliegenden Reiche. Ich wusste zu der Zeit allerdings schon lange, dass mich das Dasein als Händler nicht weiter interessieren würde und hatte zusammen mit ein paar Freunden heimlich mit dem Schwert geübt. Es kam, wie es kommen musste. Irgendwann wurde unser Wagen von einer Bande Räuber gestellt. Nachdem alle Wachen getötet worden waren, stand ich allein gegen acht der Halunken. Ich stürmte voller Hass und ohne Umsicht vorwärts, um wenigstens einen mit ins Grab zu nehmen, doch die Mühe machten sie sich erst gar nicht. Ihr Anführer schleuderte sein verfluchtes Wurfbeil und machte mich zum Krüppel.« Er nahm einen großen Zug aus dem Pokal. »Meine Eltern waren zu schwer verletzt, um Hilfe zu holen. Also band ich mir meinen Stumpf ab und schleppte mich die Straße entlang, bis ich die Stadt erreichte. Wir wurden gerettet, mein Vater gab die mechanische Hand in Auftrag, die von einem mächtigen Cêreler angebracht wurde.« Die metallenen Finger wackelten und bewegten sich wellenförmig. »Danach wurde ich Kämpfer und stellte mich, glaube ich, gar nicht so dumm an. Der unorthodoxe Kampfstil, den sich meine Freunde und ich selbst beigebracht hatten, erwies sich als schlagkräftig, und so kam ich zunächst in die Dienste Eures Vaters und dann in Eure.«

»Das ist sehr interessant«, staunte Lodrik. »Hat man die Räuber jemals erwischt?«

»Ich habe sie erwischt.« Der Leibwächter grinste wölfisch. »Alle auf einmal. Und ich habe herausgefunden, dass die Räuber von Ontarianern angeheuert worden waren, um die Konkurrenz aus dem Geschäft zu drängen. Dem Ontarier habe ich natürlich auch einen Besuch abstatten müssen, und er war nicht sehr erfreut.«

»Was hast du mit ihm gemacht?«

Waljakov blinzelte. »Herr. Fragt Ihr mich das allen Ernstes?«

»Schon gut. Ich will es nicht hören. Bis auf eines: Wie lautet dein Vorname?«

»Es ist schon so lange her, dass ich ihn gehört habe, deshalb wollen wir es bei Waljakov belassen, Herr«, antwortete der Mann und stand auf. »Und nun zur nächsten Runde. Ich will sehen, ob Ihr die Wut richtig einsetzen könnt. Und nehmt Euch die letzte Nacht nicht so zu Herzen. Ihr seid jung, da kann so etwas passieren.«

»Aber es ist doch gar nichts passiert!« Lodrik stützte sich auf den Säbel. »Sie hat sich ausgezogen und mich dann rausgeworfen.«

»Da habe ich, wie vermutlich ganz Granburg, inzwischen etwas ganz anderes gehört.«

»Alles Lügen. Aber ich denke, irgendwann bekomme ich meine Gelegenheit, ihr alles heimzuzahlen. Spätestens, wenn ich wieder im Palast bin.« Der Statthalter hob die Waffe. »Ich werde mir etwas Gemeines ausdenken, damit der ganze Kontinent über sie lacht.«

X.

»Indes war die Schlacht geschlagen, die Mehrzahl der barkidischen Truppen tot. Die Leichen türmten sich so hoch wie ein Haus, die Verwundeten erstickten entweder im Blutmorast oder unter den toten Leibern, wenn man sie nicht rechtzeitig zwischen den Gefallenen herauszog.

Ulldrael ging über das Schlachtfeld und weinte über die Toten, die für ihn gestorben waren, und sprach: ›Nie mehr darf so etwas geschehen. Keiner soll je wieder solches Unheil über meinen Kontinent bringen dürfen. Erschlagt alle, die Sinured und seinen falschen Lehren gefolgt sind. Verfolgt seine Kinder, die ihr an ihren weißen Haaren und der roten Blutsträhne erkennen sollt, und legt sie in Ketten oder vernichtet sie, wie es euch gefällt. Der Same des Kriegsherrn muss bis in das letzte Glied ausgerottet werden. Befriedet das barkidische Reich, denn die Menschen dort sind anfällig für falsche Lehren. Nennt es nach dem Mann, der die Bestie auf den Grund des Meeres geschickt hat.‹

Und mit einem Mal erstanden die alten Tempel wieder. Ulldraels Macht errichtete sie dort, wo sie am nötigsten gebraucht wurden, um den Menschen Trost und Zuversicht zu spenden.

Die Menschen im Königreich Barkis mussten all ihre Waffen abgeben, die Statuen von Tzulan und Sinured wurden zerstört, die Hauptstadt der Bestie wurde komplett niedergerissen, seine Festung bis auf den letzten Stein geschleift.

Aus dem Königreich Barkis wurde das Königreich Tûris, benannt nach dem tapferen rogogardischen Admiral, der Sinured für alle Zeiten vernichtet hatte.

Und die Lehren Ulldraels kamen zu neuen Ehren.«

Ulldartischer Geschichtsalmanach,
XXI. Band, Seite 1055

Provinzhauptstadt Granburg, Königreich Tarpol, Sommer 442 n. S.

Die wenigen warmen Monate in der Provinz Granburg standen ganz im Zeichen der Landwirtschaft. Die Kleinbauern und Tagelöhner schufteten auf den Feldern, um das spärliche Korn zu ernten und ausreichend Heureserven anzulegen. In den Scheunen wurde den ganzen Tag über gearbeitet, bis spät in den Abend schlugen die Knechte mit Dreschflegeln die Körner von den Halmen.

Der Gouverneur ritt zusammen mit Waljakov viel durch die Gegend, schaute den Menschen bei der Arbeit zu und legte, sehr zur Überraschung der Leibwache und der Bauern, auch selbst mit Hand an, um ein Gefühl für die Härte der Tätigkeit zu erhalten. Miklanowo hatte ihm diesen Rat gegeben.

»Ein Herrscher sollte am eigenen Leib erfahren, was seine Untertanen leisten, bevor er sich das Brot und den Braten schmecken lässt«, meinte der Brojak. »Diese Weisheit vergessen die anderen Großbauern und Adligen leider nur zu gerne. Deshalb fehlt ihnen auch der nötige Weitblick.«

Auch wenn der Gouverneur Blasen an den Fingern und Handflächen bekam und die Schufterei nicht besonders schätzte, fühlte er doch, dass ihn die Menschen dadurch mit anderen Augen betrachteten als Jukolenko, der sich in seiner Amtszeit darauf beschränkt hatte, Kornsäcke im günstigsten Fall zu zählen.

Die Zeit verging jetzt, wo Lodrik sich ernsthaft um sein Äußeres und um die Belange der Provinz kümmerte, wie im Flug. Sowohl Waljakov als auch der freundliche Großbauer Miklanowo waren hervorragende Lehrer, unter deren Anleitung der Junge schnelle Erfolge verzeichnete.

Stoiko staunte nicht schlecht über die täglichen Fortschritte seines Schützlings, der vor seinen Augen allmählich zu einem jungen Mann heranreifte und inzwischen einen blonden Bart trug. Der Stimmbruch ließ seine einst hohe Stimme dunkler werden, die Augen verloren die wässrige Trübung. Was auch immer Granburg mit ihm machte, es tat ihm gut.

Rund zwanzig Kilogramm nahm Lodrik ab, an Stelle von Fett sah man erste, kräftige Muskelansätze. Der Leibwächter hatte den Jungen rennen, springen und viel schwitzen lassen, unterzog ihn den anstrengendsten Übungen und harter Disziplin, doch letztendlich konnte Lodrik die Veränderungen am eigenen Leib sehen und spüren, was ihn zum Durchhalten und Weitermachen anspornte.

Er strengte sich im Umgang mit dem Säbel besonders an, und wenn er auch nicht unbedingt das war, was Waljakov unter einem Naturtalent verstand, so entwickelte er sich zu einem listenreichen Fechter, der den ungewöhnlichen Stil seines Lehrers sehr gut imitieren konnte.

Der Leibwächter ließ den Gouverneur auch gegen Mitglieder der Wache antreten, und seit kurzem verlor er die wenigsten Kämpfe.

Inzwischen verstand Lodrik die Papiere, die sich in der Kanzlei nicht mehr zu unüberschaubaren Bergen stapelten, sondern fein säuberlich geordnet in Regalen standen. Der Statthalter hob sehr zur Freude der Granburger vier schikanöse Erlasse Jukolenkos auf.

Nun durften sich die Menschen Windbruchholz ohne Entgelt als Feuerholz nehmen und ihre Schweine zur Mast in die Eichenwälder treiben. Die zusätzliche granburgische Kopfsteuer, die Jukolenko zur Deckung von »Verwaltungskosten« eingeführt hatte, fiel ebenso weg wie die erweiterte Getreideabgabe an den Gouverneur.

Die Bücher verrieten, dass der alte Statthalter die vielen Kornsäcke keineswegs zum Selbstbedarf, sondern zum Weiterverkauf genutzt hatte. Den belegten Amtsmissbrauch wollte Lodrik bei passender Gelegenheit nutzen, sollte es zum Prozess gegen seinen Vorgänger kommen.

Jukolenko hatte sich mit seiner Frau voller Wut auf seinen Landsitz zurückgezogen. Dort tagte er unentwegt zusammen mit den anderen Großbauern und Adligen, um eine Lösung für das Problem zu finden, das seit dem Erscheinen Lodriks immer größere Ausmaße annahm.

Waljakov ließ das Haus des ehemaligen Statthalters unter Beobachtung stellen und hatte ein kleines Netz von Spitzeln aufgebaut, das ihn ständig über die neuesten Absichten der konspirierenden Adligen und Brojaken unterrichtete.

Leider war der Erfolg nur mäßig, da die Männer ohne die Anwesenheit von Dienern berieten. Und ohne Diener blieben die Nachrichten reine Vermutungen, gezogen aus aufgeschnappten Bemerkungen oder unvorsichtigen Wortwechseln.

Bisher hatte es noch keiner gewagt, offen gegen den jungen Gouverneur vorzugehen, aber der Leibwächter schätzte, dass es nicht mehr lange dauern könnte, bis sich das drohende Unwetter entlud. Doch er war darauf vorbereitet.

Miklanowo brachte Lodrik viel über die granburgische Mentalität bei. Sagen und Märchen der Provinz zu lesen gehörte genauso zum Tagespensum wie mit Leuten zu reden, die ihm der Großbauer vorstellte.

Ging es um gerichtliche Streitfälle, bei denen die Sachlage nicht ganz klar erschien, entschied Lodrik meistens zu Gunsten des Schwächeren, was ihm mehr Ansehen beim einfachen Mann als bei den reichen Kaufleuten einbrachte. Letztendlich waren dem Gouverneur die Stimmen der Granburger lieber als die der Ontarianer und anderen betuchten Krämer. Und sein erster Fall, die Sache mit dem Schweinehändler und dem Landpächter, erlangte einen Berühmtheitsgrad, wie es sich manche Schreiber für ihre Bücher wünschten.

Trotzdem blieb das Volk auf der Straße dem Gouverneur gegenüber zurückhaltend und vorsichtig, die Audienzstunden wurden eher spärlich besucht. Das Fest, das er anlässlich seiner Einsetzung gegeben hatte, war wohl registriert worden, aber von einer berauschenden Teilnahme seitens der Granburger konnte man wirklich nicht sprechen.

Miklanowo war trotzdem der Ansicht, dass Lodrik bald auch ohne seine Hilfe auskommen würde, und kündigte zum Winter seinen Rückzug aus dem Palast an, um dem Gouverneur eine noch größere Selbstständigkeit in Verwaltungsfragen einzuräumen.

Lodrik, nachdem er sein grundlegendes Interesse an Frauen entdeckt hatte, auch wenn sich die Erfahrung mit seiner Cousine zunächst noch nachhaltig abschreckend auswirkte, übte sich im höflichen, beredten Umgang mit dem weiblichen Geschlecht.

Diesen durchaus interessanten, wenn auch kompliziertesten Unterricht, wie der Gouverneur fand, erhielt er von Stoiko, der ziemlich viel davon zu verstehen schien. Auch Waljakov steuerte seinen Teil dazu bei, obwohl er, das hatte Lodrik verstanden, zurückhaltender war, während sein Vertrauter die kurze, geistreiche Unterhaltung bevorzugte, um dann unmissverständlich zur Sache zu kommen.

Der junge Mann beschloss, in Zukunft eine gesunde Mischung aus beidem zu versuchen, wohl wissend, dass er nicht der begnadetste Redner unter den Sonnen war. Zwar unterhielt er sich inzwischen sehr selbstbewusst mit Dienstmägden, einfachen Frauen und Mädchen, aber die Feuertaufe, der er sich selbst unterziehen wollte, hieß Norina.

Die Faszination für die Tochter Miklanowos wich nicht, obwohl sie sich seit dem kurzen Treffen nicht mehr wieder gesehen hatten. Sie verstärkte sich vielmehr. Hatte Aljascha mit ihrer hinterhältigen Vorstellung eher seine Lust provoziert, glaubte er bei Norina daran, dass sie etwas Höheres, Besseres verband. Seine Unsicherheit blieb trotzdem sehr groß, zumal sie sich damals nicht gerade sehr freundlich verhalten hatte.

Nachricht aus der Hauptstadt Ulsar kam selten und brachte nichts Neues. Seinem Vater ging es gut, eine schwere Erkältung hatte der betagte Mann erfolgreich auskuriert. Sorgen machten sich die Tarpoler, und mit ihnen ganz Ulldart, lediglich um den scheinbar verschwundenen »TrasTadc«, aber der Kabcar hatte verbreiten lassen, dass man den Thronfolger wegen befürchteter Anschläge an einen geheimen Ort gebracht habe.

In der Provinz Worlac herrschten, wie fast immer, Unruhen wegen der angestrebten Unabhängigkeit von Tarpol, was Grengor Bardri¢ derzeit mit zahlreichen Versprechungen nach mehr Unabhängigkeit noch zu verhindern wusste.

Mehr und mehr gefiel Lodrik das Amt des Gouverneurs. Die Adligen und Brojaken verhielten sich still, die Leute begannen ihn zu respektieren, und mit ein bisschen Glück hatten sie vielleicht bis zum Ablauf des Jahres Vertrauen zu ihm gefasst.

Miklanowos Einsatz bei den Granburgern half seinem Ansehen ungemein, auch wenn den Thronfolger ab und zu die Befürchtung überkam, er wäre allein nicht in der Lage, die Provinz zu leiten.

Einladungen von einem der Landadligen, wie es üblich gewesen wäre, gingen im Palast nicht ein. Dafür erwarteten ihn die Granburger in ein paar Wochen bei der ältesten der Stadtscheunen, wo alljährlich das Kornfest stattfand.

Doch zuerst galt es, eine viel erfreulichere Sache in Angriff zu nehmen.

Miklanowo hatte einen Ausflug zu seinem Hof vorgeschlagen, damit sich der Gouverneur bei seinem einheimischen Berater umsehen konnte. Einladen wollte der Brojak außerdem weitere Kleinbauern, die dem Statthalter wohlgesonnen waren und das unmissverständlich mit einem spontanen Fest zum Ausdruck bringen wollten.

Wie immer hatte Waljakov das Gesicht verzogen, aber fast ohne Widerspruch und ohne längeres Genörgel die notwendigen Vorbereitungen getroffen. Ein Dutzend der besten Reiter begleiteten die mit Blattgold verzierte Kutsche des Gouverneurs, in der außer Lodrik noch Stoiko und Miklanowo saßen.

»Ich finde dieses Geprotze äußerst peinlich.« Der junge Mann langte durch das Fenster nach draußen, zupfte ein Stückchen des haardünn gewalzten Edelmetalls ab und ließ es durch die Luft flattern. »Ich kann es kaum glauben, wenn ich an die Unsummen kostbarer Waslec denke, die Jukolenko für solch ein unnützes Zeug ausgegeben hat.«

»Der Kabcar ist nicht viel sparsamer.« Der Brojak schaute über die Felder, auf denen die Bauern, Landpächter und Tagelöhner die Ähren ernteten. »Das ist ja gerade das Leid, dass die Adligen und Reichen des Landes die Kraft ihrer Untergebenen verschwenden.«

»Das klingt schon wieder nach Revolte«, drohte Lodrik scherzend. »Bei einem anderen Königlichen Beamten wärt Ihr einen Kopf kürzer, verehrter Miklanowo. Und was den Kabcar angeht, so kann ich Euch versichern, dass er in der Tat sparsamer ist.«

Stoiko räusperte sich. »Ich würde sagen, er verteilt das Steuereinkommen auf andere Dinge wie Euer Vorgänger, aber sparsamer ist er beileibe nicht. Alleine, wenn ich an die Sammlung von Pfeifen denke, die ich einmal bewundern durfte. Eines dieser kleinen Kunstwerke kostet bestimmt mehr als das Blattgold auf der Kutsche, die zudem völlig schlecht gefedert ist. Wir hätten unsere Reisekutsche nehmen sollen.«

»Oder reiten«, schlug der Statthalter vor und rückte die Kissen in seinem Rücken zurecht, während er gleichzeitig nach dem Trinkschlauch griff, der an der Seitenwand baumelte.

Auch wenn sich der Sommer dem Ende zuneigte, verstanden es die Strahlen der Sonnen noch recht hervorragend, Tarpol mit Wärme einzudecken, ein Umstand, den Lodrik in seinem Metallbrustpanzer sehr bedauerte. Aber für die reifen Felder, eine trockene Ernte, Stroh und Heu war die fast sengende Hitze ein Segen Ulldraels.

Hufschlag war direkt neben dem Fenster zu hören, dann erschien Waljakov auf seinem Lieblingspferd, einem blauschwarzen Hengst mit weißen Fesseln und einem Muskelbau, dass jeder Ackergaul vor Neid erblasste. Das robuste Streitross hörte auf den Namen Treskor und trug den Leibwächter seit mehr als fünf Jahren entweder sicher die Wege entlang oder in die Schlacht. Etliche Narben an den Schenkeln, in der Flanke und an der Brust zeugten von der Kampferfahrung des stolzen Tieres, das selbst im Sturm so ruhig blieb, als stünde es im warmen Stall.

Das alles hatte Lodrik nach und nach während der Reitstunden von seinem Leibwächter erfahren, als er eine spöttische Bemerkung über das breite Pferd machte und der Kämpfer ihm daraufhin die Geschichte des Tieres erzählte. Zu gern hätte der Statthalter das Streitross im Kampf gesehen.

»Wir leuchten mit diesem vermaledeiten Vehikel wie ein Signalturm in der Nacht, Exzellenz«, beschwerte sich Waljakov. »Es wird nur eine Frage der Zeit sein, wann sich die ersten Räuber für die Kutsche interessieren, die so schön nach Gold stinkt.«

»Kein Wegelagerer käme auf die Idee, erstens das Gefährt des Gouverneurs und zweitens einen Trupp schwer bewaffneter Soldaten anzugreifen«, entgegnete Lodrik ruhig.

»Wegelagerer nicht, aber vielleicht verzweifelte, arme Menschen«, raunte Stoiko von der Seite.

»Schwarzmaler«, schimpfte der Gouverneur.

»Was hat er gesagt?«, wollte der Leibwächter wissen.

»Nichts, nichts. Reite wieder an die Spitze und mach dir keine Sorgen. Es wird nichts geschehen«, wiegelte Lodrik schnell ab, bevor Stoiko die Äußerung wiederholen konnte und damit das Misstrauen des Leibwächters schürte. »Und du«, sagte er zu seinem Vertrauten und hob die Augenbrauen, »behalte das nächste Mal deine Vermutungen für dich. Wenn du Waljakov auf solche Gedanken bringst, werden wir vermutlich einfach wenden und in den Palast zurückfahren.«

»Ich habe es ja nur gut gemeint.«

Miklanowo schmunzelte. »Keine Angst, Exzellenz. Ihr seid hier sicher. Eine ruhigere Fahrt kann es nicht mehr geben.«

»Ich habe mit längeren Kutschfahrten so meine Erfahrungen gemacht, Miklanowo. Das letzte Mal, es war bei der Anreise, habe ich unterwegs eine angehende Mutter sterben sehen, weil Kolskoi seine Hunde machen ließ, was sie wollten.« Lodrik erinnerte sich mit Schaudern an die Schreie, die lautlosen Bestien und den blutroten Schnee.

Das Gefährt holperte über die Straße, die Sonnen hitzten den Innenraum weiter auf, sodass die Insassen bald in ein unerholsames Dösen verfielen.

In einem kleinen Bauerndorf, einer Ansammlung von fünf Gehöften und dreißig Hütten, hielt der Tross am späten Nachmittag, um die erschöpften Pferde zu tränken und einige Minuten ruhen zu lassen.

Kühles Quellwasser plätscherte aus der Erde und lief

über eine gemauerte Schräge in ein großes Auffangbecken von mehreren Metern Durchmesser, das als Kuhtränke gedacht war, wie die vielen uralten, vertrockneten Misthaufen bewiesen.

Erschöpft kletterten die drei Männer aus der Kutsche und setzten sich im Schutz einer großen Ulldraeleiche an den Brunnenrand.

Es dauerte nicht lange, dann tauchten die ersten Kinder bei der Reisegruppe auf. Mit offenen Mündern und großen Augen wurden aus sicherem Abstand die Pferde und die Kutsche bewundert, doch die offen getragenen Waffen der Soldaten schreckten die verdreckten Jungen und Mädchen davon ab, sich alles aus der Nähe zu betrachten.

Erwachsene ließen sich dagegen keine blicken.

Lodrik nahm einen Schluck aus der Quelle, goss sich ein wenig davon über Gesicht und Haare, dann ließ er den Blick über die Hütten wandern. Die meisten machten einen fast schon baufälligen Eindruck, dort fehlte die Eindeckung des Daches, woanders hingen die Steine über den Eingängen gefährlich locker. Das einzige Gebäude, das einen halbwegs gepflegten Eindruck machte, war der kleine Ulldraeltempel.

»Eine sehr trostlose Umgebung hier«, stellte der Gouverneur fest.

Miklanowo nickte. »Ich kenne das Dorf. Es hat durch eine Seuche das Vieh verloren. Die Felder in der Umgebung werfen zu wenig ab, als dass etwas für den Handel übrig bleiben würde.«

»Wie bezahlen sie ihre Abgaben an Euch?« Stoiko tauchte die Hände in das Nass und benetzte sich das Gesicht. »Es wird nicht viel dabei abfallen, oder?«

»Ich verlange keine Abgaben von den Menschen hier, weil ich sie sowieso nie bekommen würde«, erklärte der Brojak. »Versucht, einem nackten Mann etwas aus der Tasche zu stehlen, und so wäre es hier. Sie kämpfen um ihr tägliches Überleben, das ist schon genug. Ich helfe ihnen, wo ich nur kann, aber es scheint wie verhext.«

Der Vertraute erkannte, dass hinter Lodriks Stirn etwas vorging. »Habt Ihr eine Idee, Herr?«

Der Gouverneur strahlte mit einem Mal und stand auf. »Wartet es ab.«

Er ging, ohne dass Waljakov es zunächst bemerkte, auf die Gruppe von Kindern zu, die so lange stehen blieb, wie sich nur ein Mann ihnen näherte.

Als der hünenhafte Leibwächter sich aber ebenfalls in Bewegung setzte, um seinem Schutzbefohlenen zu folgen, verschwanden die Jungen und Mädchen in den Häusern.

»Dann eben anders«, murmelte der Statthalter. »Ich will mit den Dorfältesten sprechen«, rief er so laut, wie er konnte. »Ich bin Hara¢ Vasja, auf Geheiß des Kabcars Königlicher Beamter und Gouverneur der Provinz Granburg. Kommt heraus.«

»Was habt Ihr vor?« Waljakov spähte aufmerksam umher.

»Du hast dich vorhin beschwert, dass die Kutsche zu sehr leuchten würde, oder?«, fragte Lodrik. Der Kämpfer grunzte seine Zustimmung. »Also werde ich etwas dagegen tun.«

Zögerlich öffnete sich eine der Holztüren, und ein älterer Mann, in Lumpen gehüllt, trat in den Sonnenschein. Auf einen Stock gestützt, humpelte er auf die beiden zu, um ein paar Schritte vor ihnen auf die Knie zu fallen und das sonnenverbrannte Gesicht in den Dreck zu drücken.

»Habt Erbarmen, Exzellenz!«, wimmerte er. »Unser Dorf hat seine Abgaben nicht bezahlt, aber schont trotzdem unser Leben. Ein furchtbarer Fluch hat unser Vieh getötet, wir haben nichts mehr, was wir abliefern könnten.«

Lodrik nickte seinem Leibwächter zu, der den Alten

einhändig am Kragen packte und vorsichtig auf die Beine stellte wie eine Mutter ein hingefallenes Kleinkind.

»Bitte, Exzellenz, verschont wenigstens unsere Jüngsten mit der Strafe«, jammerte der Mann weiter.

Der Gouverneur sah die Verzweiflung in den fast blinden Augen des Dörflers, der erkennbar um sein Leben und das aller Einwohner bangte.

»Du verstehst mich falsch«, beruhigte er ihn. »Niemand soll bestraft werden.«

Erstaunen machte sich im Gesicht des Alten breit. »Aber die vielen Soldaten?«

»Die sind nur zu meinem Schutz hier, nicht, um irgendwem auch nur ein Haar zu krümmen, es sei denn, er wollte mich angreifen.« Lodrik lächelte. »Ich habe eben erst von eurem harten Schicksal gehört, Alter, und möchte euch helfen.« Er deutete auf die Kutsche und hob die Stimme. »Dieses Gefährt ist auf Befehl eures alten Gouverneurs Jukolenko mit der Hilfe eurer Abgaben mit Blattgold besetzt worden. Ich will diesen Protz und Prunk nicht mehr. Kommt her und reißt euch ab, so viel ihr davon haben möchtet. Jeder soll etwas davon haben, damit hier bald wieder Kühe um die Tränke stehen und die Hütten geflickt werden können.«

»Nicht gerade die üblichste Methode, sich von Gold zu befreien«, flüsterte Waljakov, »aber ein sehr guter Zug.«

»Exzellenz will, dass wir das Gold von der Kutsche bekommen?« Der alte Mann schaute ungläubig. »Alles?«

»Nur zu«, forderte der Gouverneur ihn gut gelaunt auf und trat aus dem Weg.

Langsam humpelte der Alte auf das Gefährt zu, vorbei an den schwer bewaffneten Wachen, die er vorsichtig im Auge behielt, als er sie passierte, dann hielt er an und kratzte einen großen Streifen von der Seitenwand herunter.

Ruckartig drehte er sich um, schaute abwartend in die Runde, aber als keiner der Soldaten ihn anging, schwenkte er den golden glänzenden Fetzen ausgelassen in der Luft.

Mehr Türen öffneten sich auf dieses Signal hin, die Dörfler wagten sich aus ihren Häusern.

»Nur Mut«, rief Lodrik. »Es ist genügend da.«

Die Ersten erreichten den jungen Mann, fielen auf die Knie und küssten seine Schuhe, die Beine, seine Hände und Ringe, um sich danach ihr Stückchen Gold von der Karosse zu klauben.

»Ist ja gut, ist ja gut«, wehrte der Gouverneur ab und half den Knienden auf. »Ich will nicht, dass ihr wegen mir in den Staub fallt. Ein Danke genügt mir voll und ganz.«

Er ging zurück zu Miklanowo und Stoiko, die das Schauspiel verfolgt hatten und sich verneigten, als der Statthalter vor ihnen stand.

»Wir ziehen unseren Hut vor so viel Großmut und Einfallsreichtum«, lobte der Vertraute stellvertretend, ohne dass diesmal der Schalk in seinen Augen blitzte. »Ihr habt schneller gelernt, als wir dachten.«

»Ich kann inzwischen raffiniert sein, wenn ich will. Aber ich habe ja auch sehr gute Lehrer«, gab Lodrik das Kompliment zurück.

Stumm beobachteten sie, wie die Männer, Frauen und Kinder voller Freude auch den letzten Krümel des Edelmetalls vom Holz sammelten und sich dabei immer wieder vor dem Gouverneur verbeugten.

»Ihr wisst, dass dasselbe nun auch dem Palast bevorsteht, oder?«, meinte Stoiko nach einer Weile im Scherz.

»Wieso eigentlich nicht? Bettler und Bedürftige gibt es genügend in Granburg.« Er schlug seinem Vertrauten auf die Schulter. »Ich hatte die Idee zwar auch schon, aber dein Vorschlag macht mich umso sicherer.«

»Dafür wird Euch das einfache Volk lieben«, prophezeite Stoiko und massierte sich die Stelle, wo ihn der Schlag getroffen hatte. »Waljakov sollte Euch mit dem Krafttraining etwas mehr schonen, sonst brecht Ihr mir eines schönen Tages noch alle Knochen, ohne es zu wollen, Herr.«

Mit einem Mal waren die vier von Kindern umringt, die etwas zu essen in der Hand hielten und es dem Gouverneur anboten.

Mit dem Gedanken daran, dass es vermutlich ihre letzten Vorräte waren, die sie ihm schenken wollten, lehnte Lodrik ab, trotz knurrenden Magens.

»Wir müssen weiter«, mahnte Waljakov. »Sonst erreichen wir unser Ziel erst bei Dunkelheit.«

Der Statthalter stemmte sich in die Höhe und stieg in die Kutsche. Kurz vor der Abfahrt streckte er den Kopf aus dem Fenster.

»Ich werde in einem Jahr wieder kommen, und dann möchte ich fette Kühe und nur gut genährte, glückliche Menschen hier sehen.« Die Bewohner jubelten ihm zu, die Kinder rannten noch lange hinter dem Gefährt her.

»Dieses war der erste Streich«, zitierte Stoiko einen alten Spruch. »Und der Zweite?«

»Folgt, sobald wir wieder in Granburg sind«, strahlte Lodrik. »Endlich scheint es so zu laufen, wie ich mir es vorstelle.«

Ein schlichtes Gehöft mit zahlreichen Stallungen und Nebenhäusern hob sich deutlich als Silhouette gegen den abendlichen Himmel ab, Fackeln beleuchteten den Weg von der breiten Straße hinauf zum Tor.

Die Gebäude bildeten in ihrer Anordnung ein geschlossenes Rechteck und formten sich auf diese Weise mit ihren stabilen Mauern zu einer kleinen Festung, sollte eine Räuberbande ein Auge auf das Vieh oder die Vorräte geworfen haben.

Ein paar Männer öffneten beim Nahen der Gruppe das Tor und ließen ihren Herrn samt seines Besuchs ein.

Die Kutsche rollte in den großen Innenhof und hielt vor dem Haupthaus an.

Miklanowo stieg als Erster aus und half dem Gouverneur aus dem Gefährt, ein symbolischer Akt des Willkommensgrußes.

»Seid mir herzlichst auf meinem Grund und Boden willkommen, Exzellenz.« Der Brojak verbeugte sich. »Haus und Hof stehen Euch zur Verfügung.« Mägde reichten Salz, Brot und Wein an die Neuankömmlinge. Waljakov erlaubte den Soldaten mit einem knappen Befehl das Absteigen, bevor er sich selbst von Treskors Rücken schwang.

»Ich bedanke mich für den freundlichen Empfang, selbst wenn er keine Überraschung ist, weil ich Euch dafür zu gut kenne«, erwiderte Lodrik und nahm sich von den Gaben.

»Kommt. Ich führe Euch ein wenig herum, danach ist das Abendessen vorbereitet.« Der Brojak steuerte die Stallungen zu seiner Linken an. »Das Fest wird erst morgen stattfinden. Bis dann wird auch meine Norina wieder hier sein.«

»Ach? Sie ist nicht da?« Zu spät bemerkte der Statthalter, dass er sein Interesse zu offenkundig mit seiner Frage preisgab, und versuchte seine Worte zu überspielen. »Ich meine, weil sie so eine nette Gesellschafterin ist.«

»Ihr seid der erste Mensch, der das von ihr behauptet«, sagte der Mann lachend und strich sich über den Bart. »Den meisten ist ihre Zunge zu scharf. Sie kann ihren Mund einfach nicht halten.«

»Ich weiß«, murmelte Lodrik und schob den Brustharnisch zurecht. Allmählich wurde es Zeit, dass er aus diesem verfluchten Eisenhemd herauskam und sich badete. Er fühlte sich verdreckt, verklebt, sein Schweißgeruch fiel ihm unangenehm auf.

Trotzdem hatte Miklanowo kein Erbarmen mit dem Gouverneur, sondern schleppte ihn voller Stolz durch alle Gebäude, angefangen bei den Ställen über die Gesindehäuser bis zur Waschküche und den Getreidespeicher. Nach einer schier unendlichen Dauer von Treppen, Stufen, Räumen und Fluren ließ es der Brojak genug sein und ging mit seinem Gast zum Haupthaus.

»Bitte verschont mich hier mit einer weiteren Führung«, bat Lodrik. »Ich sehe mir gerne bei Tageslicht alles an, wenn Ihr wollt auch noch einmal das komplette Gehöft, aber ich habe einfach nur Durst und schrecklichen Hunger. Wenn die kleinen Kinder aus dem Dorf mir jetzt wieder Essen schenken wollten, ich würde es ihnen wirklich aus der Hand reißen.«

»Wie nachlässig von mir, Exzellenz.« Sein granburgischer Mentor deutete auf die schwere Holztür, durch deren Ritzen sehr, sehr appetitliche Düfte hervorkrochen.

»Oh, ich rieche Schinken!« Der Statthalter stürmte durch den Eingang und blieb beim Anblick des Tisches stehen. »Nur Brot, Käse und Schinken? Ich dachte, Ihr seid Großbauer?« Mächtige Enttäuschung schwang in seiner Stimme mit. »Versteht mich nicht falsch, es ist gewiss alles sehr gut, aber ich hätte doch gerne nach der langen Fahrt einen Braten sehr begrüßt, zumal ich ihn mir wirklich verdient habe.«

»Verzeiht mir, Exzellenz, aber meine Vorratskammer muss erst aufgefüllt werden. Ich bin wirklich untröstlich. Ein heißer Eintopf soll Euren Hunger stillen.« Der Brojak schaute sehr unglücklich. »Norina ist mit den neuen Beständen hierher unterwegs.«

»Und wenn wir schnell noch einen Jagdtrupp ausschicken, der uns ein paar Köstlichkeiten schießt?«, schlug der Statthalter hoffnungsvoll vor, aber Waljakov schüttelte den kahlen Schädel.

»Es wird zu dunkel. Die Rehe wären uns weit überlegen und würden flüchten, bevor wir sie überhaupt sehen könnten.«

Der Eintopf wurde hereingetragen und von den Mägden in die schön gearbeiteten Porzellanschüsseln ausgeteilt.

»Irgendwie habe ich das alles schon mal mitgemacht«, seufzte der junge Mann. »Vermutlich kommt gleich ein abgehetzter Seiler herein, der seine Frau sucht.«

Etwas verwirrt schaute der Brojak zu Stoiko und dem Leibwächter, aber der Vertraute winkte nur ab.

»Also denn, zu Tisch, Exzellenz. Ich garantiere Euch, dass es schmecken wird. Meine Köchin ist die Beste.« Miklanowo schob dem Statthalter den Stuhl zurecht, bevor er sich sichtlich zerknirscht an die Tafel setzte und selbst den Löffel in den Eintopf tunkte.

Nach dem Essen, das sehr gut schmeckte, verschwand Lodrik gähnend in seinem Zimmer, das ihm der Brojak persönlich zeigte, Waljakov teilte die Wachen ein und Stoiko scherzte ein wenig mit einer der Küchenmägde.

»Oh, bevor ich es vergesse, Exzellenz«, sagte der Hausherr auf dem Weg zur Unterkunft. »Schließt alle Fensterläden heute Nacht und öffnet sie auf keinen Fall, ganz egal, welche Geräusche Ihr hören werdet.«

Miklanowo blieb stehen und stieß die Tür zu einem geräumigen Zimmer auf, das keinen Komfort vermissen ließ – wenn es sich auch nur um recht einfache Annehmlichkeiten im Vergleich zum Palast handelte. Aber Lodrik störte es nicht.

»Warum soll ich es nicht tun? Es wird mit Sicherheit sehr warm werden, die Nacht dagegen verschafft wenigstens ein bisschen Kühlung.« Mit ein paar Handgriffen löste er die Schnallen des Wehrgehänges, kurz darauf polterten Säbel und Brustharnisch zu Boden.

»Es sind, wie soll ich das sagen, nachts fliegende Tiere unterwegs, die sich unter Umständen in Euer Zimmer verirren und Euch beunruhigen könnten.« Der Brojak stellte den Leuchter auf den Tisch. Mit einem Span entzündete er nach und nach die aufgestellten Öllampen im Raum. »Sie sind sehr neugierig, mitunter lästig, aber nicht weiter gefährlich.«

»Ich habe keine Angst vor ein paar Fledermäusen, die mir um den Kopf flattern.«

»Sie sind menschengroß, Exzellenz«, stellte Miklanowo ungerührt richtig und blies das brennende Holzstück aus.

Langsam drehte sich Lodrik um. »Weiß Waljakov Bescheid?«

»Ich werde es ihm sofort sagen, damit er seine Wachen unterrichten kann. Wie gesagt, wenn man sie in Ruhe lässt, sind sie nicht weiter schlimm. Sie kommen nicht immer vorbei, höchstens ein paar Mal im Jahr oder wenn etwas Besonderes passiert ist. Da sie aber mit Sicherheit bemerkt haben, dass ich Besuch bekommen habe, werden sie versuchen, einen Blick auf Euch zu werfen.«

»Was sind das für Wesen? Sind es Ungeheuer?«

»Wir wissen es nicht genau, weil noch keiner mit ihnen geredet hat«, gestand der Brojak. »Sie setzen sich hin und wieder wie steinerne Wasserspeier mit ihren großen Schwingen auf die Giebel und Dächer, hocken dort und beobachten, was um sie herum geschieht, und verschwinden gegen Tagesanbruch. Ins Licht trauen sie sich nicht, soviel wissen wir.«

»Habt ihr nicht versucht, sie loszuwerden?«

»Wir haben keine Ahnung, wie viele es sind, also wäre es töricht, einen Kampf mit ihnen zu beginnen. So lange sie sich friedlich verhalten, lassen wir sie gewähren.« Miklanowo blinzelte dem Statthalter zu. »Wir sind hier auf dem Land, Exzellenz. Da laufen manche Dinge anders als in der Stadt. Angenehme Nachtruhe wünsche ich Euch.« Leise zog er die Tür ins Schloss.

»Ulldrael hilf.« Lodrik schüttelte den Kopf und packte aus seinen Truhen, die die Bediensteten hergebracht hatten, sein Nachtgewand aus.

Nach kurzem Zögern stellte er den Säbel neben das Bett, kramte ein Buch über tarpolische Rechtsprechung in Sonderfällen aus und begann, im Schein der Lampen zu lesen. Noch ein paar Seiten wollte er vor dem Einschlafen bewältigen.

Lodrik schreckte aus seinem leichten Schlummer hoch und griff nach dem Säbel. Er war tatsächlich über dem trockenen Inhalt des Werks ins Reich der Träume gedämmert.

Draußen war es mittlerweile stockdunkel, das Fenster stand immer noch sperrangelweit offen, sachte bewegten sich die Vorhänge im lauen Wind. Einige der Öllampen waren durch den Zug verloschen, die anderen brannten nur noch mit sehr kleiner Flamme, da offensichtlich der Brennstoff zur Neige ging.

Der Statthalter nahm das Buch von seiner Brust, stand auf und schloss, nachdem er sich mit einem Blick vergewissert hatte, dass er alleine war, die Fensterläden und die Fenster, löschte alle Lichtquellen bis auf die neben seinem Bett. Dann kehrte er in sein weiches Nachtlager zurück.

»Das Buch sollte ich mir merken, wenn ich einmal Schwierigkeiten mit der verdienten Ruhe habe«, murmelte der junge Mann und drehte sich auf die Seite. Ein kräftiger Atemstoß und die letzte Lampe erstarb mit einem dünnen Rauchfaden.

Doch der Schlaf blieb aus.

Zuerst war es nur ein ungutes Gefühl, das nach und nach zur Gewissheit wurde, ohne dass Lodrik die Augen öffnen musste. Jemand starrte ihn an.

Langsam setzte er sich auf, nahm den Säbel lautlos in die Hand und spähte in die Dunkelheit.

»Wer da?«, fragte er fordernd. »Und wie bist du hereingekommen?«

Als Antwort öffnete sich zuerst ein glühend purpurnes, stiergroßes Augenpaar direkt neben ihm, dann ein weiteres zu seinen Füßen. Aus einem Schrank leuchteten zwei Punkte in der gleichen Farbe und schließlich auf der anderen Seite des Bettes.

Er packte die Waffe fester. »Ich tue euch nichts, wenn ihr mir nichts tut, einverstanden? Ich habe euch aus Versehen eingesperrt, oder? Das tut mir sehr Leid.« Die Worte sprudelten hervor wie ein Wasserfall. »Aber ihr müsst nur die kleinen Haltehebel lösen, dann könnt ihr hinaus. Das ist ganz einfach. Es hält euch niemand auf, und ich werde nicht schreien oder um Hilfe rufen.« Er hielt kurz inne. »Wer, in Ulldraels Namen, seid ihr eigentlich?«

Die purpurnen Augenpaare rückten näher an die Schlafstätte heran.

Lodrik hörte leises, feines Trappeln, ähnlich wie bei Hunden, aber keine Atemgeräusche. Pergament schien aneinander zu reiben, dann standen sie so nah um ihn herum, dass er sie mit der Hand berühren konnte, wenn er gewollt hätte.

Dieses Verlangen spürte der junge Mann derzeit keineswegs. Am liebsten wäre er aus dem Zimmer geflüchtet, aber etwas sagte ihm in seinem Hinterkopf, dass er nicht weit kommen würde, hätten seine unheimlichen Besucher etwas dagegen. Er wusste nicht einmal, wie sie aussahen. Lodrik erkannte nur die unheimlichen Augenpaare, die etwa in der Höhe wie bei einem sehr großen Mann schwebten.

»Wir sind die Beobachter, Hoher Herr«, wisperte es direkt in seinem Kopf. »Wir schauen den Menschen bei ihren kurzen Leben zu und merken uns die Dinge, die unseren Gebieter interessieren. Nun, da du gekommen bist, Hoher Herr, wollen wir dir dienen, wie wir früher einem anderen gedient haben.«

»Ihr habt also für Jukolenko spioniert?«

Ein leises, vielstimmiges Lachen füllte seinen Schädel. »O nein, Hoher Herr. Er war nichts im Vergleich zu dir. Du bist der Eine, der die guten Zeiten wieder zurückbringt.«

»Ich gebe mir jedenfalls große Mühe, etwas zu verändern.« Lodrik blieb misstrauisch und hoffte auf den Wahrheitsgehalt von Miklanowos Worten, die Wesen würden nichts unternehmen, wenn man sie in Ruhe ließ.

»Das wissen wir«, raunte es. »All unsere Brüder und Schwestern warten auf den Tag, an denen du sie rufst, um ihr Können in Anspruch zu nehmen.«

Etwas Leichtes fiel auf die Bettdecke. Der Statthalter zuckte zusammen und hielt den Arm mit dem Säbel schlagbereit erhoben.

»Wenn du uns benötigst, Hoher Herr, und die Zeit reif ist, drehe den Stein drei Mal in der Fassung, und in wenigen Tagen werden wir zur Stelle sein.«

Zwei Augenpaare wandten sich um, die Haken an den Fenstern und Läden wurden gelöst, wie der junge Mann an den Geräuschen erkannte.

»Hoher Herr, wir empfehlen uns. Es wird uns eine Freude sein zu verkünden, dass die besseren Tage nicht mehr weit entfernt sind.«

Dürre Schatten mit riesigen, fledermausartigen, grauen Schwingen kletterten nacheinander auf das Sims und stießen sich ab. Lodrik sah im schwachen Mondlicht nackte, menschliche Körper, fast fleischlose Köpfe, in deren gewaltigen Augenhöhlen das Purpur leuchtete, krallenbewehrte Hände und klauenartige Füße.

»Wie viele seid ihr? Wer seid ihr?« Der Gouverneur ließ den Säbel sinken.

Das letzte der Wesen blieb auf dem Sims hocken, entfaltete mit einem Flattern, wie es der junge Mann von großen Fahnen her kannte, die breiten Flügel und schaute ihm genau in die Augen. Die Höhlen pulsierten tiefpurpurn.

»Wir sind die Beobachter, Hoher Herr. Und wir sind viele hundert.« Wieder hörte er das Flüstern in seinen Gedanken; das Wesen hatte seinen schmalen Mund mit den bleichen Lippen nicht geöffnet. Langsam senkte es den Kopf. »Wir warten, bis du uns rufst, Hoher Herr.« Kraftvoll stieß es sich ab, der Körper schoss ins Freie.

Lodrik sprang auf und rannte zum Fenster.

Vier menschliche Schatten mit beachtlichen lederhaften Schwingen glitten durch die Luft und entfernten sich sehr schnell vom Gehöft. Elegante Schläge ihrer Flügel trugen sie in den nachtschwarzen Himmel.

Der Statthalter verfolgte ihre Bahn, bis sie mit der Dunkelheit verschmolzen.

Äußerst nachdenklich kehrte er zu seiner Schlafstätte zurück und suchte den Gegenstand, den seine Besucher zurückgelassen hatten.

Zwischen ein paar Falten der Bettwäsche fand er ein handtellergroßes Amulett mit seltsamen Schnörkeleien, das aus einem schwarz schimmernden Metall gearbeitet worden war. In der Mitte saß ein matt schimmernder Stein von der Farbe einer dunklen Rose. Das Material fühlte sich nicht kalt an, vielmehr verfügte es über die gleiche Temperatur wie Lodriks Handfläche.

Bei Tag wollte er sich das Schmuckstück mit all seinen Einzelheiten in aller Ruhe ansehen, heimlich und ohne Aufsehen. Wieder sagte ihm ein Gefühl, dass er die Neuigkeit über das Geschenk und seine neuen, unheimlichen Diener für sich behalten sollte.

Den Rest der Nacht verbrachte er damit, sich Gedanken über diese fliegenden Wesen zu machen. Obwohl er mehr Märchen, Legenden und Sagen gelesen hatte als die meisten Tarpoler, erinnerte er sich beim besten Willen nicht daran, jemals auch nur eine Beschreibung seiner Besucher gefunden zu haben. Sobald er wieder in der Gouverneursresidenz war, wollte er sich so lange in die Bücher vergraben, bis er einen Hinweis auf sie fand.

Nach einem ausgedehnten Frühstück ließ der Großbauer die Pferde satteln, um dem Statthalter einen Überblick über Ländereien und Menschen zu verschaffen.

Lodrik schritt auf sein Pferd zu, das aber plötzlich die Ohren nach hinten legte und zur Seite tänzelte, als er die Hand nach den Zügeln ausstreckte.

Der Stallknecht beruhigte das unvermittelt nervöse Tier, aber auch der zweite Versuch, den Hengst besteigen zu wollen, scheiterte am Aufbäumen und Treten. Nur im letzten Moment konnte ein anderer Knecht zur Seite springen, sonst hätten die eisenbeschlagenen Hufe ihren Abdruck auf dessen Kopf hinterlassen.

»Ich verstehe das nicht«, murmelte der Gouverneur. »Als ob es vor einem Raubtier scheuen würde.«

»Es ist aber kein Raubtier in der Nähe.« Waljakov stieg ab und half, Lodriks Reittier zu beruhigen. »Das haben wir gleich.«

»Vielleicht hat es nur keine Lust, sich zu bewegen«, grinste Stoiko von seinem Pferd hinunter.

Erst nach den Bemühungen des Leibwächters ließ der Schimmel den jungen Mann näher an sich herankommen und erlaubte ihm, in den Sattel zu klettern. Die Ohren blieben aber angelegt, das Verhalten schien weiterhin ungewöhnlich. Lodrik musste unterwegs immer wieder all sein mühsam erworbenes Geschick aufwenden, um den Gang des Tieres in die Richtung zu lenken, wohin er wollte.

Auch wenn sich Miklanowo die allergrößte Mühe gab, während des Ritts für Unterhaltung und Abwechslung zu sorgen, war er nicht imstande, Lodrik aus seinen Grübeleien zu reißen. Die Schweigsamkeit und ständige geistige Abwesenheit fielen sowohl Stoiko als auch Waljakov auf.

»Was überlegt Ihr denn ständig, Herr?«, versuchte der Vertraute dem jungen Mann etwas zu entlocken. »Der arme Großbauer unternimmt eine Anstrengung nach der anderen, um Euch bei Laune zu halten, und Ihr reitet durch die Landschaft, als hättet Ihr Euren Kopf zu Hause vergessen. Was beschäftigt Euch denn so?« Er zwinkerte ihm zu. »Ist es Norina?«

»Was?«, schreckte Lodrik auf seinem Sattel hoch. »Oh, es tut mir Leid. Ich bin sehr müde, die Nacht war furchtbar. Lass uns zurückreiten. Ich brauche nur ein wenig Schlaf.«

Stoiko schaute den Statthalter forschend an, nickte knapp und gab die Änderung der Pläne an den Rest der Gruppe durch.

Der Brojak war sehr bekümmert darüber, dass sein Gast kein Interesse am Ausritt zu haben schien. Vergeblich versuchte Stoiko ihm klar zu machen, dass der Gouverneur lediglich müde sei und sich nach ein paar Stunden Ruhe sehnte. Der Gedanke daran, dass der junge Mann nicht gut in seinem Haus geschlafen hatte, wirkte aber keineswegs beruhigender auf den Großbauern.

»Ich hoffe, dass wenigstens Norina mit den Vorräten rechtzeitig da ist, damit unser kleines Festessen stattfinden kann«, sagte er zu Waljakov. »Ich würde einen schlechten Eindruck bei Exzellenz hinterlassen.«

Lodrik saß zwar auf dem Pferd und schaukelte mehr schlecht als recht durch die wirklich sehenswerte Landschaft, war aber in Gedanken völlig woanders.

Warm lag das Amulett, das er unter der Rüstung verborgen trug, auf seiner Haut und schien sich fast schon lebendig anzufühlen. Es ging eine beruhigende Wirkung von diesem rätselhaften Schmuckstück aus, die sich der Statthalter selbst nicht erklären konnte.

»Seht, Exzellenz. Dort drüben reitet Norina.« Stoiko wies in die Ebene, die vor ihnen lag. »Wenn wir uns beeilen, können wir sie einholen und den Rest des Weges zum Gehöft begleiten. Was haltet Ihr von dem Vorschlag?«

»Schön. Macht das.« Lodriks Augen waren auf einen Punkt in weiter Entfernung gerichtet. »Ich warte hier so lange.«

»Er hat nicht mal verstanden, was ich zu ihm gesagt habe«, beschwerte sich der Vertraute beim Leibwächter. »Ist das so eine Art Provinzdepression? Landverzweiflung? Oder ist ihm die viele saubere Luft in den Kopf gestiegen?«

Waljakov zuckte mit den Schultern. »Vielleicht hat er genug von deinem ständigen Geschwätz, dass er beschlossen hat, es in Zukunft nicht zu beachten.«

Langsam hob der Gouverneur den Kopf. »Aber natürlich. Es waren Modrak.« Sein Blick klärte sich, und er schien in die Gegenwart zurückzukehren. »Es waren Modrak!« Dann erst schien er den kleinen Tross vor sich zu bemerken. »Ist das da vorne nicht Norina? Weshalb reiten wir nicht dorthin und begleiten sie zum Anwesen?« Er stieß dem Pferd die Fersen in die Flanke und preschte los.

»Ich hätte schwören können, dass ich vor ein paar Lidschlägen das Gleiche gesagt habe, oder? So schlecht geschlafen kann kein Menschen haben, dass er am nächsten Morgen derart neben sich steht.« Der Vertraute legte die Hände ratlos auf den Sattel und blinzelte in die hellen Gestirne. »Dabei scheint die Sonne hier gar nicht mehr so stark. Es muss also wirklich die fehlende Nachtruhe sein, die ihn so abwesend macht. Und was, bei Ulldrael, sind Modrak?«

»Hinterher«, befahl der Leibwächter den Wachen lakonisch und sprengte den sanften Hügel hinab, Stoiko und der Brojak folgten etwas weniger schnell.

Norina sah die Reiterschar auf die kleine Wagenkolonne zugeritten kommen und ließ anhalten. Die bewaffneten Knechte stellten sich neben ihre Kutsche, die Waffen halb gezogen.

»Halt«, rief sie dem Statthalter entgegen. »Wer seid Ihr? Gebt Euch zu erkennen, bevor Ihr näher herankommt!«

Lodrik zügelte sein Pferd und stellte sich in den Sattel. »Erkennst du nicht das Wappen des Kabcar und das des Gouverneurs von Granburg? Ich bin Hara¢ Vasja, Königlicher Beamter und Gouverneur der Provinz. Außerdem hatten wir beide bereits das Vergnügen.«

»Das Wappen des Gouverneurs kann jeder Strauchdieb auf seine Kleidung malen.« Ihre Augen funkelten. »Und Hara¢ Vasja kenne ich. Der sieht aber nicht so aus wie Ihr.«

Im Hintergrund rollten Waljakov und die Wachen wie der leibhaftige Donner heran.

Lodrik grinste und musterte die junge Frau, die keinerlei Anzeichen von Furcht zeigte.

Sie trug ein leichtes, dunkelrotes Leinenkleid, ihre sehnige Hand lag drohend am Griff des beachtlich langen Dolches an ihrer Seite. Die Füße steckten in hohen Stiefeln. Norina hatte sich seit ihrer letzten Begegnung, was zumindest ihre weiblichen Rundungen anging, ein wenig weiterentwickelt, ihre schlanke Figur war ihr geblieben. Das lange, schwarze Haar trug sie offen, die kleine Narbe an der rechten Schläfe leuchtete ein bisschen.

Der Statthalter deutete eine Verbeugung an. »Du kannst sicher sein, ich bin der echte Gouverneur. Und wenn du mir keinen Glauben schenken willst, dann vielleicht deinem Vater.«

Die junge Frau bemerkte nun Miklanowo und Stoiko, die in aller Seelenruhe näher kamen, während sich Waljakov an die Seite seines Schutzbefohlenen gesellt hatte.

»Ich bitte um Verzeihung, Exzellenz.« Norinas Gesicht war eine einzige Überraschung, während sie einen

Knicks machte. »Ihr habt Euch so verändert, dass es unmöglich ist, Euch wieder zu erkennen.«

»Siehst du, Waljakov, deine Übungsstunden haben einen großartigen Erfolg zu verzeichnen. Kein Mensch am Hof meines ...«, der Leibwächter schüttelte als Warnung leicht den Kopf, »... Lehnsherrn wird mich am Tage meiner Rückkehr wahrnehmen. Die Soldaten werden mich vermutlich als einen Unbekannten festnehmen.«

»Kind, da bist du ja.« Der Brojak stieg vom Pferd, breitete seine Arme aus und kam auf seine Tochter zu, die ihren Vater liebevoll drückte. »Hast du alle Sachen bekommen, die ich dir aufgetragen habe?«

Norina nickte. »Unsere Vorratslager sind noch reichlich gefüllt, die Landpächter bringen schon die neue Ernte.« Sie deutete auf die Ochsen, die hinter dem letzten Karren angebunden waren. »Und einen guten Braten haben wir noch dazu.«

»Was ist denn das alles auf den Wagen?«, wollte Lodrik wissen und lenkte sein Pferd näher heran, um besser unter das Segeltuch schauen zu können, mit dem die Ladung abgedeckt war.

»Exzellenz, das soll eine Überraschung werden, habt Ihr das schon vergessen?« Miklanowo stellte sich in den Weg. »Wenn Euch schon der Ausritt nicht so gefallen hat, dann verderbt Euch und mir die Freude wenigstens nicht heute Abend. Aber das Essen wird besser sein als Eintopf, das verspreche ich Euch.«

»Noch besser? Also, gut. Ich nehme Euch beim Wort, Miklanowo.« Der Gouverneur lächelte Norina an und wendete sein Reittier in ihre Richtung. »Wir könnten doch eigentlich jetzt weiterfahren, oder?«

»Selbstverständlich, Exzellenz.« Sie kletterte auf den Kutschbock, ließ die Peitsche knallen, und der Karren rollte an. Der Statthalter ritt neben ihr her.

»Ich wollte dir vorhin keine Angst machen«, begann

er nach einer kleinen Pause. »Ich dachte wirklich, dass du mich gleich erkennst.«

»Ihr habt mir keine Angst gemacht, Exzellenz. Ich habe sehr gute Männer zu meinem Schutz dabei. Außerdem müsst Ihr zugeben, dass unser erstes Treffen in einem halbdunklen Zimmer stattfand und das zweite nur sehr kurz war.« Sie warf einen abschätzenden Blick auf seine Statur. »Der Bart steht Euch gut. Und Eure Leibesfülle ist deutlich weniger geworden. Wie habt Ihr das geschafft?«

Lodrik nickte in Richtung Waljakov. »Er hat mich über die Fechtbahn gehetzt, Steine schleppen lassen und sich noch mehr Foltermethoden ausgedacht, um mir Blut und Wasser aus den Poren zu treiben.«

»Bei ihm hat es funktioniert, bei Euch offensichtlich auch.« Sie korrigierte mit einem sanften Zug der rechten Hand den Weg des Pferdegespanns. »Ihr werdet Euch vor Frauen bald nicht mehr retten können, Exzellenz, wenn Ihr so weitermacht.«

»Danke, davon habe ich vorerst genug.«

Sie schaute ihn verblüfft an, die Augenbraue wanderte als Ausdruck ihres Erstaunens nach oben. »Ich glaube, Ihr seid der erste Mann, von dem ich das höre, abgesehen von meinem Vater.«

»Wie darf ich denn das verstehen?«

»Um es ein wenig diplomatisch auszudrücken, Exzellenz, die herkömmlichen Adligen haben neben dem Erhöhen der Steuern nur ein einziges Vergnügen: Frauen. Am besten jeden Tag eine andere, und wenn sie nicht will, wenn interessiert es schon?« Sie klang verächtlich und hasserfüllt. »Leibeigene haben keine Rechte.«

»Das ist ja interessant zu hören«, meinte Lodrik und rutschte im Sattel herum. »Und Euer Vater ist anders? Kein Wunder, schließlich ist sein Verhalten den Pächtern gegenüber geradezu revolutionär.«

»Er benimmt sich nur so, wie es ein vernünftiger

Mensch tun sollte«, gab Norina scharf zurück. »Schließlich fließt in den Adern der Adligen auch nur rotes Blut. Sie müssen sich ebenso erleichtern wie ein Bauer, essen, schlafen und trinken. Es müsste sich einiges ändern, wenn es nach mir ginge.«

»Ich dachte immer, dein Vater hätte gefährliche Ideen«, stöhnte der Statthalter. »Lass diese Worte niemals einen anderen Königlichen Beamten hören, sonst wärst du schneller im Kerker, als dir lieb ist. Habe ich mir denn nicht schon große Mühe gegeben, Gesetze zu ändern, damit die Granburger weniger Abgaben zahlen müssen? Ist das etwa nichts? Vermutlich wird mir der Kabcar eine Ohrfeige verpassen, wenn er davon erfährt.«

»Eine Ohrfeige?! Versteht mich nicht falsch.« Norina sah ihn an und zeigte ein schwaches Lächeln, »Eure Anordnungen, Exzellenz, sind sehr gut und haben Euch beim einfachen Volk beliebt gemacht. Aber das meine ich nicht. Ich meine einen generellen Wandel in Tarpol, weg vom Titel des Kabcar. Es ist nicht gerecht, dass ein einzelner Mann so viel Macht über andere hat.«

»Euer Vater fühlt sich aber in seiner Rolle als Großbauer ganz gut«, konterte Lodrik.

»Hat er Euch erzählt, was er immer mit den Abgaben machte?« Sie funkelte ihn an. »Er verteilte sie an die Pächter, die eine schlechte Ernte hatten oder ihre Abgaben an den Gouverneur nicht aufbrachten.«

Der Statthalter schüttelte den Kopf. »Das wusste ich nicht. Aber Tarpol wurde schon immer von einem Einzelnen regiert, auch die anderen Reiche haben Könige, die …«

»Und was ist mit Palestan oder Agarsien?« Die junge Frau ließ den Karren schneller rollen.

»Das sind Händlerstaaten«, meinte Lodrik geringschätzig.

»Die aber über mehr Macht und Geld verfügen als

die Königreiche Tarpol und Borasgotan zusammen. Sie haben einen großen Rat, der aus gewählten Frauen und Männern besteht, die gemeinsam entscheiden«, ergänzte Norina. »Und Rogogard hat einen Hetmann, der die Piraten im Krieg führt, ansonsten aber nicht viel Einfluss auf die Menschen hat.«

»Das sind doch Ausnahmefälle, die ...«

»In keinem anderen Land ist die Leibeigenschaft so streng geregelt wie in unserem Reich, abgesehen vom südlichen Tersion«, fiel ihm die Brojakentochter respektlos ins Wort, während sie die Tiere mit einem Peitschenknall antrieb. Das Pferd des Gouverneurs musste in einen leichten Galopp fallen, um auf der Höhe des Kutschbocks zu bleiben. Die Fässer und Behälter auf der Ladefläche rumpelten und hopsten gefährlich. »Schaut Euch Aldoreel an, Exzellenz, oder Ilfaris. Selbst Hustrabans Ständesystem ist gelockert. Dort sitzen Adlige zusammen mit Bauern und gewöhnlichen Handwerkern an einem Tisch, ohne dass der Untergebene ins Gefängnis geworfen wird.«

»Gibt es einen Grund, weshalb wir ein so schnelles Tempo vorlegen?«, fragte Waljakov, der auf der anderen Seite des Wagens auftauchte.

»Tarpol wurde und wird immer ein Königreich mit Ständesystem bleiben«, sagte Lodrik bestimmt, »und wenn du dich auf den Kopf stellst. Selbst wenn der Kabcar Reformen einleitete, die Adligen würden revoltieren und ihn stürzen. Ist das so schwer zu begreifen?«

»Was sind die Adligen gegen die Tarpoler, Exzellenz?« Norina grinste. Der Statthalter war ihr in die Falle gegangen. »Ihr habt doch jetzt die gleichen Schwierigkeiten, wie Ihr sie für den Kabcar annehmt, oder? Na und? Es läuft doch sehr gut für Euch.«

»Das bleibt noch abzuwarten«, dämpfte der Gouverneur. Er ärgerte sich darüber, dass ihn die junge Frau übertölpelt hatte. »Ich habe keine Lust mehr zu diskutieren.«

»Verzeihung, aber ist es wirklich notwendig, dass wir so rasen?«, versuchte es der Leibwächter zum zweiten Mal. »Die Strecke ist sehr holprig, und ich weiß nicht, ob das die Achsen auf Dauer aushalten.«

»Weil Euch die Argumente ausgehen, wollt Ihr nicht mehr diskutieren. So ist es doch, Exzellenz.«

»Nein.« Verzweifelt suchte Lodrik eine Ausrede. »Ich, äh, mag das Disputieren mit dir außerordentlich, nur nicht vom Sattel aus. Wir können sehr gerne heute Abend weiterreden, wenn du möchtest.«

Sie kniff die Augen zusammen und bremste das Gespann ein wenig. »Ich freue mich schon darauf, Exzellenz.«

Der abgeschmetterte Statthalter ließ sich zu Stoiko zurückfallen.

»Eine harte Nuss, Herr?« Der Vertraute wirkte belustigt.

»Die erste Runde ging an sie«, seufzte Lodrik, die Mundwinkel hingen bis zu den Steigbügeln. »Sie ist eine Gefahr für Tarpol mit dem, was sie sagt. Du hättest sie hören müssen.«

Stoiko lachte. »Ich habe sie gehört, und ich muss sagen, Ihr seid der jungen Dame ganz schön auf den Leim gegangen. Sie hat ein außerordentliches Talent für die Rhetorik.« Er senkte die Stimme zu einem verschwörerischen Flüstern. »Unter uns: Ihr solltet sie heiraten, wenn ihr Kabcar geworden seid.«

»Und mir meine eigene Revolution in den Palast holen, oder wie stellst du dir das vor?«, begehrte der Thronfolger auf. »Sie würde mit dem Geld, das sie zur Verfügung hat, ganz Tarpol gegen mich aufwiegeln.«

»Andererseits hättet Ihr sie dann einfacher unter Kontrolle, Herr. Und sie wäre immer in Eurer Nähe. Ihr habt doch Interesse an ihr, mehr als Ihr vor mir und anderen verbergen könnt, oder liege ich da völlig falsch?«

»Auch wenn sie die spitzeste Zunge hat, die ich jemals kennen gelernt habe, sie besitzt eine Tugend, die sie mir ungeheuer sympathisch macht.«

»Ja, das Gesicht hat etwas. Vor allem die kleine Narbe an der Schläfe lässt sie verwegen aussehen, wie eine Kämpferin«, schwärmte Stoiko. »Und als sie nach dem Dolch gegriffen hat, als sie Euch noch nicht erkannt hatte, sah sie sehr eindrucksvoll aus.«

»Ich meinte nicht ihre Schönheit«, knurrte der Gouverneur. »Sie ist ehrlich und sagt ihre Meinung geradeheraus, das schätze ich.«

»Tja, was nutzt alle Schönheit, wenn das Weib falsch wie eine Schlange ist«, bemerkte der Vertraute. »Und bei Eurer Cousine, mit Verlaub, täte man einer Schlange dazu noch Unrecht.«

»Ich hoffe, die erhält einen niederen Schreiber zum Mann«, wünschte sich Lodrik. »Ich hätte meinem Vater noch schnell eine Nachricht zukommen lassen können, damit er sie mit der Hochzeit so richtig demütigt.«

»Das hätte er aber nicht getan«, zweifelte Stoiko. »Die Hochzeit soll die Baronie im Guten an Tarpol binden und keinen Vorwand für eine Trennung liefern. Vermutlich wird Oberst Mansk der Glückliche sein.«

Der Statthalter prustete los. »Das würde mir auch recht sein. Für die Idee, mich nach Granburg zu schicken, hat er nichts anderes verdient.«

»Ihr wollt damit doch nicht andeuten, dass es Euch hier nicht gefällt, bei solch einer schönen Aussicht?« Der Vertraute schaute zu Norina. »Und gelernt habt Ihr mehr, als ich und die anderen Privatlehrer Euch in Ulsar beibringen konnten. Ganz zu schweigen von den vielen mehr oder weniger gefährlichen Abenteuern.«

»Das stimmt allerdings«, murmelte Lodrik und legte die Hand in Höhe des Amuletts auf die Rüstung.

Die Mauern des Gehöfts tauchten am Horizont auf, die Tiere verfielen von selbst in eine schnellere Gangart, weil sie den nahenden Stall vor Augen hatten.

Der Gouverneur ließ sich von Stoiko noch ein paar Ratschläge für die Fortsetzung des Disputs mit der Brojakentochter geben, dann rollte der Tross in den Innenhof.

Miklanowo bugsierte den jungen Mann sofort nach dem Absteigen in das große Gesellschaftszimmer und rang ihm das Versprechen ab, auf keinen Fall in die Küche zu kommen, um nach dem Essen und den Vorbereitungen für das Fest zu sehen.

Ein bisschen widerwillig stimmte der Statthalter zu und nutzte die Gelegenheit, sich zum Schein in die Büchersammlung des freundlichen Großbauern zu vertiefen. In Wirklichkeit betrachtete er hinter einem als Sichtschutz aufgeschlagenen Folianten das Schmuckstück, das ihm seine Besucher überlassen hatten.

Die ganze Oberfläche des Schmuckstücks war von einem dunkelorange braunen Belag überzogen, nur vereinzelt schimmerte das Metall schwarz auf, als ein sanfter Lichtstrahl auf das Amulett fiel. Die wenigen sauberen Ziselierungen glänzten silbrig.

Der düstere, augengroße Stein im Zentrum des Kleinods wurde in einem beruhigenden Rhythmus heller und dunkler, pulsierte wie ein langsam schlagendes Menschenherz.

Neugierig wendete Lodrik das Schmuckstück, wo sich ebenfalls verdreckte Ziselierungen fanden, die aber im Gegensatz zur Vorderseite ein eigenartiges Muster bildeten. Wenn es sich bei den Gravuren um eine Sprache handelte, konnte der junge Mann nichts damit anfangen. Vielleicht war es die Sprache der Modrak.

Die Modrak, so war ihm ausgerechnet während des Ausritts eingefallen, gehörten ins Reich der Legenden. Sie hatten nichts mit den Sumpfbestien gemein, sondern galten als rätselhafte Wesen, die die Nähe des Menschen suchten, ohne mit ihm Kontakt aufzunehmen, wenn er sich richtig an das Gelesene erinnerte.

Die Modrak waren nur bei einem Schreiber erwähnt

worden, deshalb hatte er sich erst so spät daran erinnert. Der Autor des Buches vertrat die Meinung, dass die Ungeheuer sich von den schlechten Gefühlen der Menschen ernährten. Bosheit, Zorn, Angst, Verzweiflung, Hass, Zank und Streitigkeiten wären die bevorzugte Nahrung der Wesen, weshalb man sie heute nicht mehr so oft sehen würde wie zu Sinureds Zeiten.

Vorsichtig legte Lodrik das Amulett auf den Tisch und betrachtete es nachdenklich.

Warum hatten es die Modrak ausgerechnet ihm gegeben? Was sollte er damit? Würde er in Granburg so viel Hass erzeugen, dass die Wesen zurückkehrten und das unter einer »besseren Zeit« verstanden? Und weshalb sollte er ihre Hilfe benötigen?

Fragen über Fragen, auf die der Thronfolger keine echte Antwort fand.

Er beschloss, sich davor in Acht zu nehmen, Feindseligkeit und Zwietracht zu säen, sondern mit seinen Reformen die Menschen in der Provinz glücklicher zu machen. Denn wo mehr Zufriedenheit herrschte, dort fanden die schrecklichen Wesen mit den glühenden Augen keine Nahrung und keine Bleibe. Er war sich nur noch nicht darüber im Klaren, ob er das Schmuckstück behalten sollte oder nicht.

»Bäche und Flüsse in Granburg«, las Waljakov den Einband des Folianten vor.

Lodrik zuckte erschrocken zusammen und versuchte, ein interessiertes Gesicht zu fabrizieren.

»Es ist wirklich erstaunlich, wie viele Wasserwege es in der Provinz gibt und jeder hat seine eigene Geschichte mit Geschichtchen«, redete der junge Mann drauf los. »Musst du dich immer so anschleichen?«

»Ich habe drei Mal geklopft, Herr. Aber jetzt verstehe ich, weshalb Ihr nicht geantwortet habt. Es ist bestimmt sehr schwierig, die ganzen Abhandlungen verkehrt herum zu lesen.«

Der Gouverneur blinzelte. »Bitte?«

»Euer Buch, Herr«, der Leibwächter legte die mechanische Hand auf die Oberseite des dicken Wälzers, »steht auf dem Kopf, falls Ihr es noch nicht bemerkt haben solltet.«

»Ich betrachte gerade eine Zeichnung, die falsch eingebunden wurde«, erklärte er kaltblütig und schnappte sich die Ränder des Folianten, um zu verhindern, dass Waljakov seinen Sichtschutz herumdrehte und damit das Amulett entdeckte.

»Sucht Ihr etwas über die Modrak? Stoiko erwähnte vorhin etwas, dass Ihr so einen Namen gerufen hättet.«

»Ja, ja. Genau, ich suche die Modrak«, sprang Lodrik auf die unvermittelt angebotene Hilfe an. »Ich habe im letzten Dorf ein paar Leute über einen Bach mit diesem Namen reden hören, und das ist mir unterwegs wieder eingefallen. Ich weiß inzwischen so viel über die Provinz, nur die Flüsse und Bäche sind mir noch völlig unbekannt. Das wollte ich ändern.«

»Das scheint Euch wirklich sehr am Herzen zu liegen.« Der Leibwächter schien auf die Lüge hereinzufallen, und der Statthalter atmete innerlich auf. »Was ich noch fragen wollte: Habt Ihr gestern Nacht gut geschlafen, Herr? Miklanowo hat mich über diese seltsamen Wesen unterrichtet, die angeblich hin und wieder vorbeikommen.«

»Mir hat er es auch gesagt, aber ich habe keines von ihnen gesehen. Vermutlich hatten sie zu viel Respekt vor deinen Wachen, alter Haudegen«, versuchte der junge Mann zu scherzen. »Ich hätte sie mir gern mal aus der Nähe angesehen.«

»Wie den Kullak damals, der Euch um ein Haar erwischt hätte?«

»Waljakov, ich bitte dich.« Lodrik winkte ab. »Ich bin seitdem viel besser mit dem Säbel geworden, das hast du selbst gesagt. Ich hätte mich schon zu verteidigen gewusst.«

»Wollt Ihr nicht umblättern? Ihr müsst die Zeichnung doch schon auswendig kennen?«

»Ich betrachte sie noch ein bisschen. Außerdem lese ich lieber, wenn ich alleine bin.«

»Ich habe verstanden, Herr. Wenn Ihr mir nicht zeigen wollt, was Ihr da hinter dem Buch versteckt, werde ich einfach wieder gehen.« Der Leibwächter drehte sich um und verschwand zur Tür hinaus.

Der Statthalter gab genau darauf Acht, dass der muskulöse Krieger auch wirklich das Gesellschaftszimmer verließ, dann steckte er das Amulett schnell wieder unter die Rüstung, klappte das Buch zu und stellte es zurück ins Regal.

»Er merkt aber auch wirklich alles«, wunderte sich Lodrik über die Auffassungsgabe des Mannes.

Ein tiefes Grummeln stieg aus seinen Gedärmen. Hoffentlich würde das Fest bald beginnen, denn sein Hunger wurde immer größer. »Ich würde sogar Eintopf essen«, sagte er zu sich selbst.

Nach fast eineinhalb Stunden wurde der Gouverneur von seinem granburgischen Gastgeber im Gesellschaftszimmer abgeholt und in seine Unterkunft gebracht, damit er sich noch ein wenig frisch machen konnte, bevor das Fest anfing.

Während Lodrik mit Wasser und Seife eine schnelle Waschung vornahm und sich in die offizielle graue Uniform der Königlichen Beamten zwängte, lauschte er nach draußen.

Mehrere Leute schienen sich zu unterhalten, Lachen drang zu ihm herauf, Musikinstrumente wurden gestimmt. Der junge Mann glaubte, Geigen und Gitarren zu erkennen, vereinzelt mischten sich die Töne einer Ziehharmonika dazu, deren Spieler Fingerübungen zu machen schien.

Plötzlich schwebte der Duft von gebratenem Fleisch

in den Raum, und Lodrik hatte die schmackhafte Vision eines saftig gegrillten Ochsens vor Augen.

In Windeseile legte er sich die Schärpe um, schlüpfte ins Wehrgehänge und zog die letzten Falten aus dem Stoff.

Vor der Tür warteten Stoiko und Waljakov, die sich ebenfalls ihre besten Monturen angelegt hatten.

Herausragend wie immer war die Gestalt des Leibwächters, ein Gebirge aus Muskeln und taudicken Sehnen, das kantige Gesicht zeigte den üblichen fast bösartigen Ausdruck. Nur die wenigsten ahnten, dass hinter der rauen Schale ein zwar nicht weicher, aber doch zumindest nicht ganz so harter Kern steckte.

Stoiko wusste, dass er gegen die eindrucksvolle Statur des Mannes wie ein halbes Hemd wirkte, deshalb versuchte er erst gar nicht bedrohlich zu wirken, sondern setzte sein amüsiertes Lächeln zielgerecht als Gegenpol zu dem Leibwächter ein.

»Exzellenz sieht aber sehr gut aus«, sprach der Vertraute sein Kompliment aus.

»Die Uniform sitzt ein wenig zu eng, aber ansonsten kein Vergleich zu dem Bild, das Ihr noch vor wenigen Wochen abgegeben habt.« Waljakov rückte den steifen Kragen zurecht.

»Wer redet hier denn von zu eng?« Stoiko drehte sich um und tippte auf die Oberarme, die den Stoff der Uniform zu sprengen drohten. »Du solltest dir eine Ecke suchen und ruhig stehen bleiben, damit dir dein Gewand nicht zerplatzt, wenn du den Arm hebst.«

»Ich unterbreche euch nur ungern«, meldete sich Lodrik und spazierte durch die Mitte. »Aber ich habe schrecklichen Hunger. Ich gehe jetzt dorthin, wo es was zu essen für den zweitwichtigsten Mann in Tarpol gibt.«

»Gibt es da auch was für Leute, die weniger wichtig sind?«, erkundigte sich der Vertraute grinsend und folgte dem Thronfolger, Waljakov schloss zu den beiden auf.

Miklanowo fing die kleine Gruppe an der Haupttür freudestrahlend ab. »Ah, Gouverneur. Ich wollte Euch gerade abholen kommen.«

»Nicht notwendig. Ich bin den feinen Gerüchen gefolgt, die meinen Magen langsam aber sicher zum Wahnsinn treiben.«

»Um so mehr freut es mich, dass unser kleines Fest zu Ehren des Königlichen Statthalters nun endlich beginnen kann.« Der Brojak öffnete schwungvoll die Tür. »Herrschaften, der Gouverneur von Tarpol, Hara¢ Vasja.«

Kaum erschien der junge Mann etwas unsicher lächelnd in der Tür, setzte die Musik ein.

Es war kein tarpolischer Militärmarsch, auch keine klassische Weise oder ein Volkslied, sondern etwas viel Schnelleres, Temperamentvolleres und Heißblütigeres als alles, was der Statthalter bisher zu hören bekommen hatte.

Die Geigenbögen schossen nur so über die Saiten, die Finger rasten über die Tasten der Ziehharmonika, und die Frau mit der Schellentrommel gab einen Takt vor, der unweigerlich in die Füße ging.

»Kommt, ich bringe Euch an Euren Platz, Exzellenz.« Der Brojak fasste ihn am Ellenbogen und führte Lodrik vorbei an der riesigen Tafel, an der sich alle Gäste erhoben hatten und sich vor ihm verneigten, sobald er vorüberging.

Ganz am Kopf des mindestens zehn Meter langen Tisches musste er sich niederlassen, links von ihm nahm Stoiko Platz, der Leibwächter stellte sich hinter den Stuhl seines Schützlings.

»Darf ich Euch meine Gäste vorstellen, Exzellenz?« Miklanowo stand zu seiner Rechten und ging die Sitzordnung der Reihe nach durch. Alle Namen konnte sich der Statthalter nicht merken, dennoch registrierte er sehr schnell, dass nur wenig hochrangiger Adel anwesend war. Die meisten Menschen an der Tafel waren Landpächter, mittelgroße Brojaken und ein paar mehr oder weniger reiche Brojaken.

Alle Genannten prosteten ihm zu und setzten sich dann auf ihren Stuhl, sobald die Erklärung zu ihrer Person abgeschlossen war.

Lodrik musterte ihre Gesichter sehr aufmerksam, konnte aber keinerlei Feindseligkeit entdecken. Vermutlich hatte er hier die besten Verbündeten in der Provinz sitzen, wenn es um Maßnahmen gegen die übrige Oberschicht ging.

In Gedanken kehrte er zum Streitgespräch mit Norina, die neben ihrem Vater saß, zurück. Mit Schaudern dachte er daran, welche Änderungen sie vorgeschlagen hatte. Was aber, wenn ihre Ideen gar nicht so verkehrt waren? Ein bisschen mehr Ausgleich, so fand er mehr und mehr, würde dem Reich vielleicht gar nicht mal so schlecht bekommen.

Nach schier endlosen Minuten kam die Vorstellung an ihr Ende. Nun wurde vom Gouverneur eine kleine Rede erwartet, wie ihm sein Gastgeber bedeutete.

Das kam für Lodrik nicht ganz unvorbereitet, seine Worte hatte er sich schon lange zurechtgelegt. Er erhob sich.

»Herrschaften, Ihr seht vor Euch einen jungen Mann, der sich in der recht ungewöhnlichen Lage befindet, in der Blüte seiner Jugend eine Provinz regieren zu müssen, die ihm nicht nur Wohlwollen entgegenbringt. Die meisten glauben vermutlich immer noch, dass ich den Posten nur bekommen habe, weil mein seliger Vater ein wichtiger Beamter am Hof des Kabcar war. Doch ich denke, ich habe einiges getan, um die Menschen in der Provinz Stück für Stück vom Gegenteil zu überzeugen. Mein Vorgänger hat Jahre damit zugebracht, sein ihm vom Kabcar verliehenes Amt zu missbrauchen, die einfachen Leute auszubeuten und den Pächtern unnötige Sonderabgaben abzuringen.« Er machte eine Pause und ließ den Blick über die Gäste wandern. Sie alle hingen mit großer Neugier an seinen Lippen und warteten voller Spannung auf die weiteren Worte. »Ich versuche seit meinem für alle überraschenden Amtsantritt, dieses Unrecht rückgängig zu machen, kämpfe aber gegen ein Dickicht von Intrigen, das ein Großteil der mit Jukolenko befreundeten Adligen spinnt. Aber ich werde nicht aufgeben, denn ich habe gute Freunde bei mir«, er schaute zu Stoiko und Waljakov, »aber auch neue gute Freunde in Granburg gefunden, ohne die ich verloren gewesen wäre.« Er deutete auf Miklanowo. »Dieser Mann hat sich um alle rechtschaffenen Menschen in Granburg verdient gemacht, und ich hoffe, dass er mir noch manchen guten Hinweis geben kann. Ich werde mit seiner Hilfe nicht eher ruhen, bis in der Provinz Gerechtigkeit herrscht, wie es das tarpolische Gesetz für alle Untertanen vorsieht.« Er hob seinen Becher. »Auf den Kabcar und das Königreich. Mögen beide noch lange bestehen.«

Die Gäste stimmten in den Trinkspruch mit ein, leerten ihre Gefäße und schlugen als Beifall damit auf das Holz.

»Und jetzt endlich her mit dem Essen«, rief einer. Die anderen lachten, die Musik setzte wieder ein, und die Speisen wurden aufgetragen.

Lodrik setzte sich und nahm einen weiteren Schluck aus seinem Becher, die Hand zitterte vor Aufregung.

»Ihr werdet immer besser, Herr«, gab Stoiko seine Meinung kund und griff nach der Schüssel mit Gemüse, das er sich auf den Teller häufte und an den Statthalter weiterreichte. »Ihr werdet bald vor einer richtig großen Menge reden können.«

»Ich würde vor Aufregung keinen Ton hervorbringen«, meinte der junge Mann und hielt sich mit beiden Händen an der Tischkante fest. »Und das Schlimmste ist, mein Hunger ist weg.«

»Na, na, Herr. Ihr wisst doch, der Appetit kommt beim Essen.« Der Vertraute legte ihm ein Stück Braten auf den Teller und stapelte andere Köstlichkeiten dazu. Es dauerte wirklich nicht lange, dann führte der Geruch den Statthalter in Versuchung.

Kurz darauf war kein Krümel mehr zu finden, satt lehnte sich Lodrik in den Stuhl zurück und rülpste.

»Hättet Ihr das im Wald von Euch gegeben, wärt Ihr aus Versehen als Wildschwein erschossen worden«, kommentierte Waljakov, der unbeweglich wie eine steinerne Kämpferstatue dastand.

»Ich würde bestimmt auch gut schmecken«, sagte der junge Mann und spülte die letzten Reste im Mund mit dem einfachen, aber doch guten Landwein hinunter.

Er beobachtete die Musikanten in der ihm unbekannten Tracht, wie sie die Finger mit einer unglaublichen Geschwindigkeit und noch größerem Geschick über Saiten, Trommeln, Tasten und Tonlöcher huschen ließen.

»Miklanowo, woher stammen eigentlich diese Leute? Ich habe weder die Musik noch die Tracht erkannt.«

»Oh, das sind gute Freunde aus Borasgotan, die immer zur Erntezeit herüber kommen und beim Einfahren der Ähren helfen. Tagelöhner, die glücklicherweise hervorragend ihre Instrumente spielen. Ich hoffe, es gefällt Euch?«

»Ja, sehr sogar.« Unter dem Tisch wippte der Statthalter seit geraumer Zeit mit den Füßen zum Takt. »Was tanzt man eigentlich dazu?«

»Norina, würdest du bitte Exzellenz die Schritte zeigen?«

Lodrik wurde knallrot. »Ich wollte doch nicht selbst tanzen. Ich kann das gar nicht.«

Mit einem leichten Schrecken stellte er fest, dass sich die hübsche junge Frau mit einem Lächeln erhoben hatte und sich vor ihm verbeugte. »Darf ich bitten, Exzellenz?«

Die Gäste lachten und suchten sich ebenfalls Tanzpartner.

»Du wirst es bereuen«, prophezeite der Statthalter leise. »Ich stehe dir die ganze Zeit über auf den Füßen. Ich bin nicht besonders geschickt.«

»Die Schritte sind so einfach, das versteht wirklich jeder, Exzellenz. Sogar Ihr. Gebt Acht.« Sie bewegte sich im Takt der Musik, während Lodrik auf ihre Füße schaute und versuchte, sich die Reihenfolge zu merken, was ihm glücklicherweise recht schnell gelang.

»Und wie geht es jetzt weiter?«

»Ihr legt Eure Hände auf meine Hüften, ich lege meine Hände auf Eure Schultern, und dann machen wir die Schritte gemeinsam«, erklärte sie.

Zögerlich umfasste er sie an der angegebenen Stelle, und bevor er noch irgendetwas fragen konnte, setzte sich Norina in Bewegung.

Zuerst stolperte Lodrik einfach nur mit, doch dann fand er zusehends in den anstachelnden, wilden Rhythmus. Immer schneller drehten sie sich und sprangen zu den Tönen, die die Tagelöhner auf ihren Instrumenten spielten. Hatte die Brojakentochter anfänglich geführt, übernahm der Gouverneur beim dritten Lied das Ruder und stellte sich ziemlich brauchbar an.

»Wollt Ihr nicht eine Pause machen, Exzellenz?«, fragte Norina irgendwann atemlos. Ihre leicht mandelförmigen Augen glänzten voller Freude im Schein der aufgestellten Fackeln und der entzündeten Feuer. Schweißperlen glitzerten auf ihrer Stirn.

»Wieso? Ich habe die schönste Frau von ganz Ulldart in meinem Arm, weshalb sollte ich dann mit dem Tanz aufhören«, rief Lodrik überschwänglich und legte sich gefährlich in die Kurve.

»Sagt so etwas nicht, ich könnte mir direkt noch etwas darauf einbilden«, lachte sie. Das schwarze Haar wirbelte durch die Luft und strich angenehm kitzelnd über die Wangen des Statthalters.

Die Musiker hatten sichtlich Spaß an den Bemühungen der Tänzer und erhöhten das Tempo, die Schellentrommel peitschte die Paare an, doch Lodrik und Norina hielten sich eisern.

Ein anderes Tanzpaar konnte nicht mehr rechtzeitig ausweichen und kollidierte.

Der junge Gouverneur schaffte es im letzten Augenblick, das Gleichgewicht zu halten, aber die Brojakentochter geriet aus dem Tritt, taumelte gegen ihn und hielt sich an seinen Hals geklammert, um nicht zu stürzen.

Er spürte ihren erhitzten Körper durch den Stoff seiner Uniform, blickte in ihre dunklen Augen und hörte das übermütige, fröhliche Lachen der jungen Frau.

Ohne dass er es wollte, beugte er sich vor und drückte ihr einen langen Kuss auf den Mund. Dann ließ er sie, erschrocken von seiner eigenen Courage, los und erwartete die schallende Ohrfeige, die er für die Frechheit verdient hätte.

Doch es kam keine.

Norina schaute ihn nur an, aber das Lächeln wich nicht. »Ihr habt Euch wirklich verändert, Exzellenz. Ihr könnt plötzlich Komplimente machen und wagt einen Kuss vor allen Gästen. Macht Ihr das bei allen Damen, mit denen Ihr tanzt?«

»Ich … nein. Nur bei dir. Nein, ich meine«, stotterte er los. Die Röte schoss ihm ins Gesicht, er verbeugte sich tief und murmelte eine Entschuldigung. »Ich bringe dich besser an deinen Platz zurück. Du wolltest doch eine Pause.«

»Vielen Dank, Exzellenz. Und wenn Ihr mich noch einmal küssen wollt, solltet Ihr mich in Zukunft besser, auch wenn Ihr der Königliche Stellvertreter seid, um mein Einverständnis fragen.«

Die übrige Gesellschaft schien nichts von dem Vorfall bemerkt zu haben. Die Tänzer drehten sich immer noch im Kreis, die anderen Gäste klatschen im Takt oder unterhielten sich etwas abseits in kleinen Gruppen über granburgische Politik und Alltag.

»Habt ihr schön getanzt?«, fragte Miklanowo, als Lodrik zusammen mit dessen Tochter an der Tafel erschien.

»Exzellenz hat mehr Talent, als er zuerst von sich gedacht hat, auch wenn er zum Schluss eine Unachtsamkeit begangen hat«, antwortete die junge Frau und nahm sich einen Becher Wein.

»Ihr habt einen ganz roten Kopf vom vielen Tanzen, Herr«, schmunzelte Stoiko. »Es muss sehr anstrengend sein.«

»Das ist es in der Tat, auch wenn es sehr viel Spaß gemacht hat«, erklärte Lodrik knapp und stürzte einen Schnaps hinunter. Dann füllte er sich sein Gefäß mit Wasser. »Die Unachtsamkeit tut mir sehr Leid, aber sie war in diesem Moment unvermeidbar.«

Ein tiefes Fauchen gefolgt von einer gewaltigen Feuerwolke erregte die Aufmerksamkeit der Festgesellschaft. Einer der Musiker hatte sein Instrument gegen eine Fackel und einen Trinkschlauch ausgetauscht, aus dem er sich gerade den Mund füllte.

»Ein Feuerspucker«, rief der Gouverneur überrascht. »Ich wusste nicht, dass Ihr auch Gaukler eingeladen habt.«

»Meine Tagelöhner sind sehr vielseitig. Feuerspucker, Jongleure, Geschichtenerzähler und Zukunftsleser, diese Leute haben wirklich viele Qualitäten.«

Erneut erhellte ein Flammenstrahl das Dunkel. Die wallende Hitze spürte Lodrik bis zu sich.

In aller Seelenruhe legte der Mann die brennende

Fackel auf die Zunge und schloss den Mund. Nach wenigen Lidschlägen stieß er dunkle Qualmwolken aus der Nase, nahm das erloschene Holz heraus und verbeugte sich vor seinen faszinierten Zuschauern.

»Wollt Ihr nicht wissen, wie Eure Zukunft aussieht?«, fragte einer der Gäste den Gouverneur. »Es wäre doch sehr hilfreich, wenn Ihr über die ein oder andere Überraschung, die Euch noch bevorsteht, Bescheid wüsstet.«

»Ich glaube nicht an diese Kunst«, lehnte Lodrik ab. »Es gibt niemanden, der das Schicksal anderer vorhersehen kann.«

»Da täuscht Ihr Euch aber gewaltig, Exzellenz.« Der Mann machte ein verschwörerisches Gesicht. »Ich kann Euch versichern, Fatja hat mir ein paar Sachen gesagt, die später wirklich eingetreten sind.«

»Vermutlich hat sie dafür gesorgt, dass sie eintraten. Es war bestimmt ein Diebstahl, den sie weissagte, oder?«, schaltete sich Waljakov ein. »Ich kenne diese Scharlatane. Ihre Fähigkeiten bestehen darin, anderen Leuten das Geld mit rätselhaften Andeutungen aus der Tasche zu ziehen. Die einzigen, die wirklich über eine göttliche Gabe verfügen, sind die Cerêler.«

»Jetzt tut Ihr aber meinen Tagelöhnern Unrecht«, verteidigte Miklanowo seine Freunde. »Ich habe schon einiges gehört, was später in Erfüllung gegangen ist.«

»Wie ich schon sagte, Diebstähle und Geldverluste.« Der Leibwächter ließ sich nicht beirren. »Beliebt sind auch immer Hochzeiten und tragische Todesfälle. Dinge, die ach so selten sind.«

»Du hast schon schlechte Erfahrungen mit Zukunftsdeutern gemacht, nehme ich an«, bemerkte Stoiko.

»Ich nicht, aber viele andere, die ich kenne.«

»Lasst es doch einmal darauf ankommen«, empfahl der Brojak. »Es wird Euch kein Geld kosten. Ihr müsst einfach nur zuhören, Exzellenz.«

»Ich gestehe, ich bin inzwischen schon ein bisschen

neugierig geworden.« Lodrik erhob sich. »Wo ist die Dame?«

»Hier entlang. Sie ist, glaube ich, drüben im Gesindehaus.« Der granburgische Gastgeber ging los, gefolgt vom Gouverneur, Stoiko, Waljakov und Norina.

Sie durchquerten den Gemeinschaftsraum und liefen in Richtung des großen Schlafsaales, wo der Brojak anhielt. »Ich sehe nach, ob sie Zeit hat, Exzellenz. Einen Moment.«

Er huschte hinein und erschien kurz darauf wieder. »Sie ist bereit.«

Die Gruppe trat ein und entdeckte lediglich ein Mädchen von höchstens zwölf Jahren am Fenster, das die aufgehenden Monde betrachtete.

Ihr Haar schimmerte silbern in den Strahlen, das Antlitz wirkte ernst und erwachsener, als man es für das Alter erwartet hätte. Sie trug ein einfaches Leinenkleid und Stoffschuhe, ein Ring blinkte an ihrem rechten Mittelfinger auf.

Als sie näher kamen, deutete sie eine Verbeugung an. »Es ist mir eine Ehre, den Gouverneur von Granburg kennen zu lernen.«

»Sehr erfreut«, erwiderte Lodrik. »Wir suchen vermutlich deine Mutter, Kind. Kannst du uns sagen, wo Fatja steckt?«

»Ich bin Fatja«, stellte sie sich vor. Miklanowo und Norina grinsten.

»Ich würde gerne etwas über meine Zukunft wissen«, begann Lodrik und überspielte seine Überraschung, aber der Leibwächter machte eine verächtliche Geste.

»Das wird ja immer schöner. Nun versuchen sich schon Kinder an der Betrügerei«, stellte er grollend fest. »Herr, ich weiß nicht, ob das eine gute Idee ist, sich von einem Mädchen aus der Hand oder sonst wo lesen zu lassen.«

»Ich lese normalerweise nicht aus der Hand, sondern

schaue den Menschen in die Augen.« Sie blickte auf und fixierte Waljakov. »Eure sind sehr interessant. Sie bergen viele Geheimnisse.«

»Du hörst auf der Stelle damit auf, sonst werde ich etwas dagegen unternehmen.« Die mechanische Hand ruckte an den Säbelgriff. »Niemand liest in meinen Gedanken, wenn ich es nicht will!«

»Was regst du dich denn so auf?«, fragte Stoiko erstaunt. »Ich dachte, es wäre alles nur Scharlatanerie und Humbug?«

»Sie macht mich nervös«, knurrte der Kämpfer als Entschuldigung.

»Ich bin dagegen sehr gespannt, was sie in meinen Augen lesen wird.« Der Gouverneur setzte sich ihr gegenüber.

»Ich sage Euch etwas, wenn wir alleine sind, Exzellenz. Niemand sollte seine Zukunft anderen im Voraus verraten.« Fatja schaute abwartend in die Runde. Als Erster bewegte sich zu aller Erstaunen Waljakov, danach der Rest.

»Wenn die Hexe etwas vorhaben sollte, ruft mich, Herr«, rief der Leibwächter von der Tür und zog schnell den Kopf ein, als das Mädchen zu ihm hinüber sah.

»Seit wann kannst du das Schicksal anderer vorhersehen?«, wollte Lodrik wissen.

»Seit ich sprechen kann, Exzellenz. Ich weiß nicht, warum es so ist, vielleicht eine Gabe Ulldraels.«

»Ist es Magie?«

Sie schüttelte den Kopf. »Es gibt keine Magie mehr auf Ulldart, außer den Fähigkeiten der Cerêler, das wisst Ihr doch.« Fatja sah ihm in die blauen Augen. »Und nun seid bitte still. Denkt an nichts. Ich will sehen, was Euch die Zukunft bringt.«

Er schaute ihr in die unergründlichen Pupillen und fühlte einen mächtigen Sog, der all seine Gedanken aus dem Kopf ziehen wollte. Irgendwann sah er nur noch das Schwarze ihrer Augen. Er dachte an nichts mehr. Eine innere Leere breitete sich aus, gegen die er sich nicht wehren wollte. Es war ein Zustand ungewöhnlicher Leichtigkeit. Er schwebte und schwebte, bis …

»Exzellenz? Exzellenz, könnt Ihr mich hören?« Das Mädchen rüttelte ihn sanft an der Schulter.

Lodrik benötigte einige Sekunden, bis er mit seinen Sinnen in die Welt zurückkehrte. Unsicher schaute er sich um.

»Ist das so üblich, wenn du ein Schicksal erkundest, dass sich derjenige so seltsam vorkommt? Als hätte ich Alkohol getrunken.« Er schloss die Augen und legte den Kopf ins Genick. »Ein wirklich erstaunliches Gefühl. Und wie sieht es mit meiner Zukunft aus?«

Fatja räusperte sich. »Ihr werdet der Nachfolger eines sehr großen, gefürchteten Herrschers werden und über viele Untertanen regieren. Ihr werdet viele Kinder haben. Eines von der Frau, die Euch liebt, drei von der Frau, die Euch verachtet und eines, vom dem Ihr nicht wissen werdet, dass es nicht von Euch ist.«

»Das ist ja interessant.« Lodrik schaute ihr ins Gesicht, seine Neugier war unübersehbar. »Was noch? Werde ich ein guter Herrscher sein, wie mein … Kabcar? Wie alt werde ich?«

»Das weiß ich nicht, Exzellenz«, gestand die erschöpfte Wahrsagerin. »Ich habe nicht viel erkennen können, etwas an Euch stört meine seherischen Fertigkeiten. Aber das soll Euch nicht betrüben, es gab auch Leute, bei denen habe ich nichts erkennen können.«

»Ist das wirklich alles, was du weißt? Ich muss sagen, ich bin schon ein bisschen enttäuscht.«

»Ihr werdet ein großer Herrscher sein, der sich gegen seine Nachbarn erfolgreich zur Wehr setzt und sie zurückschlägt.«, sagte Fatja nach einer Weile. Sie zögerte. »Ihr werdet unverhofften Beistand bekommen, der Euch bei Euren Plänen unterstützen wird. Ich sehe aber auch eine ständige Bedrohung, die Euch umgibt und die Euch an Euer Leben will, Exzellenz. Wenn sie es schaffen sollte, Euch zu töten, so ist all das, was ich Euch über Eure Kinder und die übrige Zukunft gesagt habe, hinfällig.« Sie griff nach seinem Arm. »Eines noch. Ein Mann in Eurer nächsten Umgebung ist nicht das, was er zu sein vorgibt, das sei Euch noch auf den Weg gegeben.«

»Ich danke dir, Fatja.« Der Gouverneur stand auf. »Wo erreiche ich dich, wenn ich nochmals deine Weissagung benötige?«

»Exzellenz, lasst es gut sein. Wenn die Zukunft nicht mehr verraten möchte, wird sie es auch nicht bei einem zweiten Versuch tun, vertraut mir.« Sie erhob sich ebenfalls und machte einen Knicks. »Es tut mir Leid, dass ich Euch nicht mehr sagen konnte.«

Lodrik ging hinaus zu seinen Freunden.

»Und? Seid Ihr zufrieden mit Eurer Zukunft?« Stoiko machte ein neugieriges Gesicht.

»Das weiß ich noch nicht«, sagte der Statthalter grübelnd und schritt an ihnen vorbei.

Waljakov und Miklanowo versuchten zwar, sich nichts anmerken zu lassen, aber insgeheim hoffte jeder, dass der Statthalter wenigstens ein paar Andeutungen über sein Schicksal machte – oder zumindest über das, was die kleine Fatja ihm gesagt hatte.

Doch der junge Mann schwieg hartnäckig und stürzte sich stattdessen in den Trubel der Festlichkeit, um sich den neugierigen Fragen zu entziehen.

Fatja behielt die Fassung, bis der Gouverneur von Granburg das Zimmer verlassen hatte, dann brach sie zusammen. Mit letzter Kraft ließ sie sich auf die Fensterbank fallen, lehnte sich an die kühle Mauer und hielt sich den Kopf.

Sie hatte Bilder gesehen, wie sie grausamer nicht hätten sein können und die ihren Verstand angriffen.

Ihre Visionen zeigten ihr große, alte und halb zerfallene Kampfschiffe, die durchs Meer pflügten, furchtbare, hasserfüllte Krieger, die plündernd und mordend durch einst blühende Ebenen zogen und alles niedermetzelten, was sich ihnen in den Weg stellte. Eine wunderschöne Frau mit den grausamsten Augen, die sich Fatja vorstellen konnte, befehligte die Truppen, ein hübscher junger Mann stand in einem Ring gleißender Energie und verbrannte mit seinem Purpuratem ein Dorf zu Asche. Mütter und Kinder wurden von einem missgestalteten, riesigen Krüppel in einer prächtigen Rüstung mit einer gewaltigen Keule lachend erschlagen, und über allen Geschehnissen glühten die riesigen Augen Tzulans. Was auch immer der Gouverneur mit dieser Zukunft zu tun hatte, sie würde Not und Elend über den gesamten Kontinent bringen.

Langsam fasste sie sich wieder, doch die Szenen hatten sich fest in ihr Gedächtnis eingebrannt.

»Was hast du gesehen, kleine Frau?«, flüsterte es in ihren Gedanken.

Erschrocken hob sie den Kopf und blickte auf ein dürres, menschliches Wesen mit blasser Haut und Fratzengesicht, das sich lautlos neben ihr auf dem Sims niedergelassen hatte. Auf dem Rücken trug es ein mächtiges Paar lederartiger Flügel, die Augenhöhlen glühten purpurn. Die gespannte Körperhaltung verriet Aufmerksamkeit und die Bereitschaft, sofort auf eine Bewegung des Mädchens zu reagieren.

»Was hast du gesehen, kleine Frau?«, wiederholte die Kreatur lauernd.

»Was willst du?« Eiskalte Angst machte sich bei Fatja breit. Vor ihr saß einer der Beobachter, denen das borasgotanische Volk schreckliche Mächte zuschrieb.

»Du hast das Schicksal unseres Hohen Herrn erkundet, oder?«, wisperte es drohend in ihrem Verstand. »Du wirst niemandem von deinen Entdeckungen berichten, oder wir finden und töten dich. Deine Seele werden wir rauben und sie verschlingen, deinen Körper werden wir schänden und deine Familie auslöschen, wenn du nur ein Sterbenswörtchen verrätst, kleine Frau.«

Der Beobachter streckte die klauenartige Hand nach ihrem Gesicht aus und streichelte sanft entlang der Schläfe über die Wange bis zu ihrem Hals. Der zentimeterlange Fingernagel ruhte mit sanftem Druck an ihrer Kehle. »Du bist nirgends vor uns sicher, kleine Frau, vergiss das niemals.« Mit der anderen Kralle riss er ihr ein Büschel Haare aus. »Damit finden wir dich überall.«

Fatja nickte hastig. »Ich werde mit niemandem reden, ich gebe euch mein Wort.«

»Du wirst noch heute Nacht vom Gehöft verschwinden, zurück nach Borasgotan oder wo immer du hin willst«, befahl der Beobachter mit seiner Gedankensprache und brachte sein schreckliches Gesicht ganz dicht vor ihres.

Die Augenhöhlen pulsierten in der Dunkelheit und lähmten jeden Widerstandswillen, den das Mädchen hätte aufbringen können. Der Geruch von faulendem Fleisch wehte ihr entgegen, dann zeigte die Kreatur die Doppelreihen messerscharfer Zähne, die wie tödliche, dreckig schwarze Gebirge aus dem stinkenden Maul ragten.

»Beeile dich, kleine Frau.« Die Flügel entfalteten sich und trugen das Wesen in die Nacht.

Hastig sprang Fatja von der Fensterbank, stopfte ein paar Habseligkeiten zusammen mit ihren Kleidern in ihren Leinenbeutel und nahm den Weg aus dem Fenster, um keinem der Gäste zu begegnen, der Fragen stellen könnte.

Sie wollte nur noch schnell weg von hier. Weg von diesen Kreaturen und weg von diesem Gouverneur, der mit Mächten im Bund stand, mit denen sie nichts zu tun haben wollte.

Fatja rannte in die Dunkelheit, während sie in ihrem Kopf immer noch das Wispern des Beobachters zu hören glaubte.

Am nächsten Morgen stand die Rückreise in die Gouverneursresidenz an. Lodrik und seine Begleiter packten in aller Frühe ihre Sachen, um vor der brütenden Mittagshitze so lange wie möglich sicher zu sein.

Überschwänglich bedankte sich der Statthalter bei Miklanowo für das Fest und den Ausflug aus der Provinzhauptstadt, der ihm eine ersehnte Abwechslung vom intrigenreichen Tagesgeschäft gebracht hatte.

Mit einer vorgeschobenen Entschuldigung setzte sich der junge Mann ab, um sich von Norina persönlich zu verabschieden. Er fand sie im Gesellschaftszimmer, vertieft in ein Buch.

Leise hüstelte Lodrik, um auf sich aufmerksam zu machen.

Die Brojakentochter blickte auf und runzelte wegen der Störung die Stirn.

»Womit kann ich Exzellenz helfen?« Sie klang unwirsch, abweisend. Sein Mut sank.

»Ich wollte mich von dir verabschieden, Norina«, sagte er und trat näher. »Der Abend gestern hat mir sehr gefallen. Vor allem unser Tanz.«

»Ihr habt Euch auch nicht ungeschickt angestellt, Exzellenz«, meinte sie etwas freundlicher. »Und jetzt kehrt Ihr zurück in Euren Palast und kümmert Euch um die Belange der Provinz. Vergesst meine Ratschläge nicht.«

»Ich werde sie nicht vergessen.« Er nahm all seine Beherztheit zusammen. »Ich werde auch dich nicht vergessen.« Er hatte plötzlich eine Idee. Schnell zog er das Amulett unter seinem Harnisch hervor. »Ich möchte, dass du mein Geschenk annimmst. Es soll dir Glück bringen und dich vor allen Gefahren schützen.«

Jetzt sah sie wirklich erstaunt aus. »Das ist aber nicht

notwendig, Exzellenz.« Sie nahm das Schmuckstück in die Hand und betrachtete es lange. »Ich freue mich sehr, danke, Exzellenz. Das Amulett ist sehr ungewöhnlich. Es ist bestimmt ein seltenes Stück.«

»Ich habe es auch unter geheimnisvollen Umständen erhalten.« Mehr wollte Lodrik nicht verraten, weil er fürchtete, Norina könnte die Gabe zurückweisen, wenn sie mehr erfahren würde. »Und ich möchte, dass du mich nicht immer Exzellenz nennst. Damals, im Schlafzimmer, hast du mich ja auch geduzt, warum sollte es jetzt anders sein?« Er beobachtete ihr Gesicht und die braunen Augen, die für ihn tief wie dunkle Seen wirkten. »Ich habe gründlich über das nachgedacht, worüber wir auf der Hinfahrt gesprochen haben, und ich glaube, du hast Recht.«

»Wie meint Ihr …«, sie stockte und verbesserte sich, »ich wollte sagen, wie meinst du das?«

»Tarpol hätte wirklich die ein oder andere Umwandlung nötig. Ich werde dem Kabcar entsprechende Vorschläge machen, wenn ich wieder am Hof bin. Vielleicht lässt er dich sogar zu sich bestellen, um deine Ideen mit dir durchzusprechen.«

Die junge Frau schenkte ihm ein hinreißendes Lächeln und hing sich das Amulett um den Hals. Sie strich ihr rotes Kleid glatt und sah Lodrik an. »Wie steht mir dein Geschenk, Exzellenz?«

Bezaubernd, fantastisch und gottgleich waren die ersten Worte, die dem Statthalter in den Sinn kamen, trotzdem wusste er nicht so recht, was er sagen sollte.

»Keiner Frau würde der Schmuck besser stehen als dir, Norina.« Er trat einen Schritt näher und legte die Kette unter den Kragen des Kleides.

In diesem Moment sah sie ihm in die Augen, und Lodrik glaubte voller Freude, Zuneigung erkennen zu können.

»Darf ich?«, fragte er heiser.

»Was?«, flüsterte sie zurück. Der Ausdruck in ihren Augen hatte sich nicht verändert.

»Dich küssen. Ich sollte doch das nächste Mal um Erlaubnis fragen«, erinnerte er sie. Siedend heiß überlief es ihn in seiner Uniform, sein Blut pochte in den Ohren, seine Hände waren schweißnass.

Von draußen drang die Stimme des Leibwächters herein, der lautstark nach dem Gouverneur suchte und sich dabei immer weiter dem Gesellschaftszimmer näherte.

Sie atmete schneller. »Du darfst.« Sie reckte den Kopf ein wenig nach vorne.

Aber Lodrik war so überrascht, dass er nichts machen konnte.

Waljakov polterte an die Tür des Zimmers. »Herr, wir müssen jetzt los.«

Wie zur Salzsäule erstarrt stand der junge Mann vor Norina, die mit geschlossenen Augen auf ihren Kuss wartete. Er kam sich so hilflos vor wie ein hypnotisiertes Kaninchen. Doch sie nahm ihm die Entscheidung ab.

Die Arme der Brojakentochter schnellten nach vorne, ihre Hände umfassten sein Gesicht und zogen seinen Mund auf ihre Lippen, dann drückte sie ihn sanft weg.

»Geh schon, sonst fahren sie ohne dich.«

Wie betrunken taumelte der Statthalter zur Tür und öffnete sie, als der Leibwächter im Begriff war hereinzukommen.

Misstrauisch warf Waljakov einen Blick in den Raum.

Norina saß wieder hinter dem Tisch, scheinbar ins Buch vertieft und sah nicht einmal auf, während Lodrik mit einem seligen Ausdruck im Gesicht an ihm vorbeiging. Der Leibwächter schüttelte den Kopf.

»Herr, ist das hier so üblich?«

»Was denn, bester Waljakov?« Der Statthalter sah tanzende Schmetterlinge um sich herum, Sterne und Freudenfeuer. Seine Knie waren wacklig, aber er fühlte sich großartig.

Der Kämpfer griente breit. »Die Bücher falsch herum zu lesen. Ich könnte schwören, Norina hielt ihres ebenfalls verkehrt.«

Der Gouverneur zog es vor, keine Antwort darauf zu geben, sondern durchquerte zügig die Halle und stieg einfach in die Kutsche, wo Stoiko bereits wartete.

»Miklanowo wird nachkommen«, erklärte er die Abwesenheit des Großbauern. »Er wollte sich noch mit dem ein oder anderen Landpächter unterhalten. In einer Woche wäre er wieder in Granburg.«

»Schon recht.« Lodrik schaute aus dem Fenster, in der Hoffnung, vielleicht einen letzten Blick auf Norina werfen zu können. Das Gefährt rollte aus dem Hof, ohne dass er sie noch einmal sah.

»Ihr seht ein bisschen enttäuscht aus«, bemerkte Stoiko. »Hat Euch etwas missfallen?«

»Oh, das ist nicht so wichtig«, wich der junge Mann aus. »Lass uns eine Partie Schach spielen.«

Spätestens jetzt wusste der Vertraute, dass etwas nicht stimmte. Normalerweise drückte sich der Statthalter vor dem Spiel, wo es nur ging. Er nahm sich vor, bei Gelegenheit Waljakov zu fragen, ob er eventuell etwas wusste.

»Gewiss, Herr, immer. Ich setzte einen Waslec, dass ich gewinne.«

»Ich auch«, sagte Lodrik und begann, die Figuren aufzustellen. »Mir kommt da gerade eine Idee. Wie wäre es, wenn wir auf der Rückfahrt durch das Gebiet von Hara¢ Kolskoi reisen?«

Stoiko überlegte kurz. »War das nicht dieser dürre Adlige mit den stechend grünen Auge und der Narbe auf der Wange, dem diese furchtbaren Kampfhunde gehören?«

»Genau. Ein kleiner Überraschungsbesuch kann

nicht schaden, oder? Vielleicht treffen wir die anderen Verschwörer bei ihm und können eine Teestunde abhalten.«

»Der Gedanke ist sehr belustigend«, grinste der Vertraute, lehnte sich aus dem Fenster und gab die geänderten Reisepläne dem Kutscher und Waljakov bekannt.

»Der Fahrer meinte, es würde unsere Ankunft in Granburg um mindestens eine Woche verzögern«, berichtete er dem Statthalter.

»Das ist noch vertretbar, würde ich sagen. Das Kornfest beginnt in zwei Wochen, also bleibt genügend Zeit für die Vorbereitungen, wenn wir nach Hause kommen.« Er zog eine Figur. »Du bist dran.« Der junge Mann betrachtete nachdenklich das gemusterte Brett mit den stilisierten Armeen. »Manchmal komme ich mir vor wie eine von denen. Mein Vater bestimmt, wie die Geschäfte laufen, und ich muss, wie alle anderen auf dem Feld, gehorchen.«

»Seht es doch andersherum, Herr. Das ist jetzt Granburg, und Ihr seid der Mann, der hier die Fäden zieht und die Figuren hin und her rückt.« Stoiko machte seinen Zug und deutete auf seinen schwarzen König. »Das ist Jukolenko. Den müsst Ihr schlagen, ohne zu viel von Euren Bauern, sagen wir, es wären die einfachen Granburger, zu verlieren. Dafür habt Ihr ein paar Verbündete, um ihn so in die Enge zu treiben, bis er aufgeben muss. Ich bin Euer Läufer, Waljakov würde sich als Turm gut machen, Miklanowo wäre der andere Läufer.«

»Und Norina wäre meine Dame.« Lodrik war an der Reihe und schob den Läufer nach vorne.

Stoiko tat so, als habe er die Bemerkung des Gouverneurs nicht gehört und startete einen ersten Angriff, indem er den Läufer bedrohte.

Das Spiel lief eine Zeit, ohne dass einer der beiden etwas sagte.

»Jukolenko hat aber einen entscheidenden Vorteil

Euch gegenüber. Er opfert seine Figuren, ohne dass er große Rücksicht nehmen muss, weil sein Ruf ohnehin schon ruiniert ist. Je mehr Bauern bei Euch sterben, desto mehr glauben die anderen Bauern, Ihr währt genauso wie der schwarze König«, bemerkte Stoiko irgendwann, dessen Armee sich bedrohlich gelichtet hatte.

Lodrik schlug einen vorgerückten schwarzen Bauern mit dem Läufer, übersah dabei, dass Stoiko inzwischen eine Deckung vorbereitet hatte.

Genüsslich nahm der Vertraute den weißen Läufer vom Feld und platzierte an dessen Stelle die schwarze Dame, die nun den weißen König bedrohte. »Außerdem ist Jukolenko vermutlich besser im Legen von Hinterhalten. Ihr habt gerade Miklanowo verloren, Herr.«

»Dafür habe ich ja meine Vertrauten«, konterte der Gouverneur und schlug mit dem Springer die gegnerische Figur, froh darüber, dass Stoiko einen Fehler begangen hatte.

»Darauf solltet Ihr Euch nicht immer verlassen, zumal Vertraute für Euch nicht so einfach zu finden sind.« Ein weiterer schwarzer Bauer räumte den Springer vom Feld, während durch den Vormarsch die Diagonale für den schwarzen Läufer, den Lodrik bisher sträflich vernachlässigt hatte, frei wurde und erneut den König bedrohte.

»Ich hasse dieses Spiel.«

»Aber es bereitet ganz gut auf das Leben als Herrscher vor. Es lehrt Euch, dass man stets auf der Hut sein muss und Absicherungen bereithalten sollte.«

Lodrik rochierte und ging mit seinem Turm in den Angriff. »Ungefähr so?«

Gelassen schlug Stoiko mit dem vormarschierten schwarzen Bauern einen weißen und bedrohte unter dem Schutz des Springers den König. »Fast, Herr.« Lodriks Figur war eingekeilt und konnte sich nicht mehr bewegen. »₵arije und tot.«

»Hoffen wir mal, dass Jukolenko ein schlechter Spieler ist«, seufzte der Gouverneur und positionierte seine Armee neu. »Diesmal mache ich es dir nicht so einfach.«

»Da setze ich glatt wieder einen Waslec dagegen«, meinte Stoiko lakonisch.

Nach der zehnten verlorenen Partie war sich der Gouverneur einmal mehr sicher, dass er als Herrscher zu nichts taugte. Glücklicherweise hielt die Kutsche endlich an, der Tross bereitete sich auf die einbrechende Nacht vor. An einem Gasthaus waren sie seit ihrem Aufbruch nicht vorbeigekommen, lediglich ein verlassenes Dorf hatten sie unterwegs passiert, wie Waljakov berichtete.

Es war dem Leibwächter sichtlich unangenehm, mitten im Freien übernachten zu müssen, aber in der Dunkelheit die unbekannte Straße entlangzufahren, hielt er für mehr als töricht, weil in diesem Abschnitt der Provinz wie so oft nichts vom angeordneten Straßenbauprogramm zu spüren war. Innerlich arbeitete Lodrik bereits an einer Abmahnung, die er dem Adligen dafür erteilen wollte.

Die Nacht verging ohne besondere Ereignisse, und so setzte die Gruppe am nächsten Morgen die Fahrt fort. Die nächsten drei Tage verliefen nach fast dem selben Schema: Schach spielen, schlafen und essen. Gegen Nachmittag des vierten Tages erreichten sie kornreiche Felder, auf denen Leibeigene bei der Arbeit waren.

Einer der Bauern, der sich vor Demutsbezeugungen beinahe nicht mehr aus dem Staub erhob, erklärte ihnen den Weg zu Kolskois Sitz, der in etwas drei Warst Entfernung lag.

»Da bin ich aber gespannt, mit welchen Ehren uns der Adlige empfangen wird«, rätselte Stoiko. »Vermutlich lässt er seine Hunde auf uns los. Er wird die Strafe, die Ihr damals gegen ihn verhängt hattet, nicht vergessen haben, Herr.«

»Ich hoffe, es war ihm eine Lehre.«

Stoiko räumte das Schachspiel weg. »Herr, Ihr habt dieses Totengerippe auf zwei Beinen ebenso aus der Nähe gesehen wie ich. Was glaubt Ihr, was dieser Mann aus der Verurteilung gelernt hat?«

Lodrik schaute aus dem Fenster. »Ich fürchte, du hast Recht. Das Einzige, was er gelernt hat, war vermutlich, in Zukunft keine Zeugen mehr in der Nähe seiner Hunde am Leben zu lassen.«

»Es war aus seiner Sicht eben nur Pech, dass ausgerechnet der zukünftige Provinzstatthalter vorbeifahren musste, als seine verfluchten borasgotanischen Kampfhunde die arme Frau töteten. Und Glück für uns, dass es nicht auf seinem Grund und Boden passiert ist, sonst hätten wir ihn gar nicht zur Rechenschaft ziehen können.«

Der junge Mann stieß geräuschvoll die Luft aus. »Was für eine Rechenschaft ist das, wenn ein Verbrecher lächelnd seine Waslec bezahlt und so weitermacht wie vorher? Je mehr ich hier erlebe, desto mehr neige ich dazu, Norinas Meinung zu teilen, was die Zustände in Tarpol angeht.«

»Verbrecher ist ein hartes Wort für das, was er getan beziehungsweise nicht getan hat. Im Grunde hat er nur nicht auf seine Hunde aufgepasst, wenn man es genau nach dem Sachverhalt nimmt«, überlegte der Vertraute laut, traf aber bei Lodrik mit der Äußerung genau den wunden Punkt.

»Was für ein Wort soll ich sonst für einen Menschen benutzen, dem die Leben anderer völlig gleich sind? Natürlich haben wir in Tarpol die Leibeigenschaft, aber trotzdem sind selbst die Untersten immer noch Wesen aus Fleisch und Blut mit einer menschlichen Seele.«

»Norina und Ihr habt nicht zufällig die Hirne getauscht?«, fragte Stoiko vorsichtig.

»Nein, keine Angst.« Er sah dem Mann ernst in die

Augen. »Aber sie hat meine Gedanken in Bewegung gebracht, um die Dinge kritischer zu sehen, die für fast alle anderen normal geworden sind. Ich denke, dass die Unzufriedenheit im Laufe der Jahre beim gemeinen Volk nicht besser wird, oder? Die Provinz Worlac kämpft seit Jahren um ihre Selbstständigkeit, und bestimmt stecken solche Adligen wie Jukolenko oder Kolskoi hinter manchem Elend. Ich wollte, ich könnte mehr verändern.«

»Es wird nicht einfach sein, Herr, aber ich denke, wenn Ihr erst Kabcar seid, dann ist vieles möglich, was bisher noch in weiter Ferne liegt«, sprach ihm sein Vertrauter Mut zu. »Außerdem sind längst nicht alle Adlige und Herrschaften im Reich wie diese hier in Granburg.«

Der Statthalter sah ihn entschlossen an. »Wir werden uns demnächst mit Miklanowo und Norina zusammensetzen und damit beginnen, Reformvorschläge auszuarbeiten, die ich meinem Vater unterbreiten werde, sobald wir zurückkehren. Es wäre doch gelacht, wenn wir nicht zu Lebzeiten meines verehrten Herrn Papa die ersten Änderungen angehen könnten.«

»Sicher, Herr. Und Waljakov ist der spaßigste, lustigste und ausgelassenste Mann in ganz Tarpol«, brachte Stoiko seine Zweifel zum Ausdruck. »Euer Vater ist ein Militärkopf, mit Verlaub. Bedenkt seine und Eure Abstammung und wie aufgeschlossen Eure Familie Neuerungen gegenüber war und ist. Dagegen wirkt ein Baumstamm noch leicht verbiegbar.«

»Trotzdem werden wir die Sache angehen«, entschied Lodrik. »Wir müssen ja nicht gleich mit der Pforte in den Palast fallen.«

Stoiko lachte los. »Das wird sich der Kabcar aber mächtig freuen. Er hat seinen Sohn losgeschickt, um aus ihm einen Herrscher machen zu lassen, und zurück kehrt ein junger Mann, der ihm sein Reich umkrempeln will. Ich fürchte, Oberst Mansk wird für seine Idee nachträglich den Kopf doch noch verlieren.«

Der Statthalter stimmte in das Gelächter mit ein. »Ja, das wird ihn wirklich sehr freuen.«

Den kurzen Rest der Fahrt verbrachten die beiden mit Dösen. Ab und zu erwachten sie, wenn die Kutsche zu unsanft durch ein Schlagloch rumpelte, ansonsten gaben sie sich einem Halbschlummer hin.

Am späten Nachmittag rollte das Gefährt in eine kleine Stadt mit zweihundert Häusern, Hütten und Scheunen. Schließlich hielt der Tross vor einem gewaltigen Gehöft an, das auf einem kleinen Hügel im Zentrum der Siedlung lag. Sie hatten ihr Ziel erreicht.

Schlaftrunken kletterte Lodrik aus der Kutsche und streckte sich.

Zwei Mägde, die gerade aus einer der Scheune kamen, verbeugten sich schnell und liefen tuschelnd in das große Fachwerkhaus.

Waljakov ließ die Wachen absitzen, stellte vier zur Bewachung der Kutsche ab und gab einer noch einen leisen Befehl, während der Rest den Gouverneur und Stoiko zum Haupthaus begleitete.

Einer der vier Soldaten rannte im Laufschritt zu den Ställen und kehrte gleich darauf zurück, um Waljakov Bericht zu erstatten.

»Es sind mehr Pferde da, als die Stallungen aufnehmen können«, salutierte er. »Drei davon sind noch schweißnass und werden gerade abgerieben.«

Der Leibwächter bedeutete ihm, zurück zur Kutsche zu gehen. »Herr, es scheint, als ob Ihr das richtige Gespür für Kolskoi und die anderen Verschwörer gehabt hättet.«

»Nicht so schnell«, warnte der Gouverneur. »Vielleicht nur eine Jagdgesellschaft.«

Bevor sie die Tür erreichten, trat ein Livrierter heraus und verneigte sich vor der Gruppe.

»Bring uns sofort zu Hara¢ Kolskoi und seinen Gästen«, befahl Lodrik. »Ich bin Hara¢ Vasja, Königlicher Statthalter der Provinz Granburg. Es reicht, wenn du uns den Weg zeigst, anmelden werden wir uns selbst.«

Der sichtlich nervöse Diener führte die drei Männer zusammen mit den acht Wachen durch eine marmorne Halle, in der kostbare Büsten und Skulpturen standen. An den Wänden hingen Porträts von den Ahnen des Adligen, kostbare Teppiche und Gobelins.

Zügig ging es quer durch einen Gang in einen großen Raum, der über und über mit Trophäen voll gestopft war. Fast alle gefährlichen Raubtiere Granburgs, von Schneeluchs über Wolf bis hin zu einem stattlichen Kullak, der böse Erinnerungen bei dem jungen Mann weckte, fanden sich in unterschiedlichen Posen und Haltungen, bestens präpariert und ohne ein Zeichen von Zerfall. Der Boden war bedeckt mit Bärenfellen, an den Wänden hingen Geweihe und Köpfe von einfachem Rotwild.

Stoiko wies auf eine mit einem Tuch verhüllte unbewegliche Gestalt, die mitten im Raum stand. »Ob das ein Dorfbewohner ist, den er versehentlich erlegt hat?«

»Das ist der Anlass, weshalb sich die Gäste versammelt haben, Exzellenz«, erklärte der Diener von der Tür aus, die nach draußen führte. »Hara¢ Kolskoi möchte nachher seine neueste Jagdbeute präsentieren. Die Gesellschaft ist für eine Vorführung im Garten versammelt, Exzellenz.« Der Diener zog sich zurück.

»Dann wollen wir mal«, murmelte Lodrik und schritt hinaus, seine Begleiter folgten ihm.

Rund zwanzig Männer hatten sich im gartenähnlich angelegten Hof versammelt. Sie alle standen mit dem Rücken zu den Neuankömmlingen und bemerkten den Gouverneur nicht.

Ihre Aufmerksamkeit konzentrierte sich voll und ganz auf einen Mann in einer dunkelbraunen, mit Eisenplättchen beschlagenen Lederrüstung. Er legte gerade einen Pfeil auf die Sehne des mannsgroßen Hornbogens und visierte ein Ziel an, das der Statthalter nicht erkennen konnte.

Der Schütze konzentrierte sich einen Moment, dann zog er den Strang mit einer schnellen Bewegung nach hinten, visierte etwas an und ließ den Pfeilschaft los. Nach wenigen Sekunden hörte man ein quietschendes Einschlaggeräusch, als würde ein dicker Nagel mit Wucht durch ein Blech getrieben.

Die Gäste stießen »Ohs« und »Ahs« aus, während sie applaudierten.

Der Mann in der seltsamen Rüstung setzte die Fernwaffe ab. Gewaltige Muskelstränge, die es mit Waljakovs aufnehmen konnten, an Ober- und Unterarmen bogen das Holz zurück, die Sehne wurde ausgehängt, um das Jagdgerät zu schonen.

Lodrik wartete, bis das Klatschen geendet hatte. Mit Elan schlug er daraufhin seine Handflächen zusammen. »Bravo!«, rief er laut. »Sicherlich ein meisterhafter Schuss, auch wenn ich nicht gesehen habe, wo er getroffen hat.«

Kolskoi zuckte herum, als würde sich unvermittelt hinter ihm ein Ungeheuer erheben.

»Verdammt, was … ist das für eine Ehre, Euch hier zu sehen, Exzellenz«, begrüßte ihn der Adlige, die Flügel der Hakennase blähten sich auf. »Und so unvermittelt, wie aus heiterem Himmel.«

»Die Sonne scheint ja auch recht angenehm«, gab der junge Statthalter zurück und stieg die Stufen hinab. »Da ist es ja nicht verwunderlich, oder? Ihr dagegen wirkt, als wärt Ihr aus allen Wolken gefallen. Freut Ihr Euch nicht, Euren Gouverneur zu sehen?«

Die Gäste verbeugten sich, als sie begriffen, wer vor ihnen stand.

»Es ist mir eine Ehre, Euch begrüßen zu dürfen«,

lächelte der dürre Mann, aber seine stechend grünen Augen verrieten ihn. Unverhohlener Hass schlug Lodrik daraus entgegen. »Ihr seid natürlich mehr als willkommen. Wenn ich Euch meine Freunde vorstellen darf.« Der Hara¢ nannte die Namen der zahlreichen Brojaken und Großlandpächter. »Und das ist Meister Hetrál, mein neuer Jagdaufseher. Ich habe ihn angestellt, um noch dazuzulernen.«

Der Schütze wandte sich mit einem mehr als erstaunten Gesichtsausdruck zu dem Adligen um, äußerte sich aber nicht.

Er hatte ein völlig nichts sagendes Gesicht, das von einem dichten Bart, der um Unterkiefer und Mund wuchs, geziert wurde. Die dunkelbraunen Haare trug er in der Art eines einfachen Topfschnittes, sein linkes Auge war durch eine mit Brokatfäden bestickte Klappe verborgen. Goldene Creolen, die in den Strahlen der untergehenden Sonnen aufblinkten, schmückten seine Ohrläppchen. Unter der Lederrüstung trug er ein einfaches Hemd und eine Lederhose mit den dazu passenden Stiefeln aus weichem Leder.

Er musterte Lodrik. Dann vollführte er eine sehr höfische Verbeugung mit Kratzfuß und passender Handbewegung, die so gar nicht zu seiner anspruchslosen Garderobe passen wollte.

»Exzellenz, Ihr dürft es meinem Jagdaufseher nicht übel nehmen, dass er Euch nicht mit Worten begrüßt, aber er kann nicht, selbst wenn er wollte. Er ist stumm«, erklärte der Adlige die lautlose Vorstellung. »Dafür beherrscht er Lesen und Schreiben.«

»Würden die Herrschaften ein wenig zur Seite treten, damit ich sehen kann, auf was Euer Meisterschütze geschossen hat«, bat der Statthalter die Männer, die gehorsam wenn auch zögerlich und irgendwie unruhig Platz machten.

Waljakov atmete laut aus, als er das Ziel des Pfeils sah.

Ein Brustharnisch war in hundert Schritt Abstand um einen Strohsack geschnallt. Genau auf der Höhe des Herzens hatte das Geschoss eingeschlagen, nur das hintere Ende mit den Federn schaute heraus.

Lodrik sah zuerst seine Vertrauten an, dann Kolskoi. »Eine sehr ungewöhnliche Zielscheibe.« Er setzte sich in Bewegung. »Das werde ich mir aus der Nähe betrachten.«

»Es war eine Wette, Exzellenz«, erklärte der Adlige mit versteinerter Miene. »Nur eine Wette.« Der komplette Pulk schloss zu ihnen auf.

Die Augen des Gouverneurs verengten sich, als er den Treffer aus der Nähe sah. Was er aus seiner vorherigen Position nicht erkannt hatte, waren die anderen beiden Rüstungen, die hinter dem ersten Harnisch aufgestellt worden waren. Aus dem Letzten ragte die Spitze des Pfeils immer noch eine Fingerkuppe lang heraus, so immens war die Gewalt des Einschlags gewesen.

»Bei Ulldrael«, entfuhr es dem Gouverneur entsetzt. »Was verschießt Euer Jagdaufseher und welchem Wild, bei allen guten Geistern, stellt Ihr nach, Kolskoi, dass Ihr solche Männer an Eurer Seite benötigt?«

Ein paar Diener eilten herbei und zogen die Brustpanzer auseinander, damit sich die Gesellschaft ein näheres Bild von der Wirkung des Schusses machen konnte.

Den ersten Panzer hatte der Pfeil komplett durchschlagen, im zweiten hatte sich die dreikantige, geschliffene und fast unterarmlange Eisenspitze vom Holzschaft, auf dem sie ursprünglich steckte, gelöst und war in den dritten eingedrungen, ohne jedoch auf der anderen Seite vollständig auszutreten.

»Was ist das für eine Waffe, die drei Harnische durchbohrt?«, wollte Lodrik wissen, der sich noch immer nicht von seiner Überraschung erholt hatte. »Und für welchen Zweck braucht Ihr sie? Ich frage zum letzten Mal, Kolskoi.«

»Würden Exzellenz und der Rest der Gäste mir folgen? Ich werde Euch meine Antwort zeigen.« Der Adlige lief voraus.

Auch Hetrál folgte, den entspannten Bogen locker über die Schulter gelegt. Die Augenklappe, die er offenbar nur trug, um besser zielen zu können, hatte er abgenommen.

Kolskoi ging in den Raum mit den Trophäen, wartete, bis auch der Letzte anwesend war, und zog mit einem Ruck das Tuch von der verhüllten Gestalt.

»Das ist der Grund, weshalb ich meinen neuen Jagdaufseher benötige, Exzellenz!«

Ein etwa menschengroßes Wesen stand in halb erhobener Position vor ihnen, zwei Fangarme mit jeweils drei spitzen Krallen befanden sich auf jeder Körperseite, dicke Schuppen bedeckten seinen Leib. Der massige Kopf wurde geschützt von einer undurchdringlichen Hornpanzerung, die Augen lagen flach am Schädel, die kurzen, aber kräftigen Kiefer mit den spitz zulaufenden Zähnen waren halb geöffnet.

Aus dem Maul hing eine gespaltene Zunge, deren gegabelte Enden gefährlich scharf aussahen. An Stelle einer Nase hatte es winzig kleine Löcher, am schuppenbewehrten Hals bemerkte Lodrik fingerbreite Schlitze, durch die es vermutlich die Luft einsog.

»Dieses Ding hat zusammen mit zwei seiner Artgenossen eines meiner Dörfer mit allen Männern, Frauen, Kindern und Tieren ausgelöscht«, erklärte Kolskoi, während die Gäste noch immer voller Abscheu auf das ausgestopfte Wesen starrten, das so lebendig aussah, als würde es jeden Moment auf die Männer losgehen und ihnen die Eingeweide aus dem Leib reißen wollen.

Der Adlige deutete auf die vielen, unterschiedlich tiefen Scharten in den Schuppen. »Das sind die Spuren von Mistgabeln, Schwertern und herkömmlichen Pfeilen. Ihr seht, dass man bei dieser Kreatur mit normalen

Mitteln nicht weiterkommt. Deshalb habe ich Meister Hetrál rufen lassen, der mir bei der Jagd zur Hand gehen soll. Er ist ein Turît und kennt sich mit den Sumpfbestien bestens aus.«

»Wie habt Ihr denn dieses Exemplar hier erlegen können?«, fragte Waljakov, in dessen Antlitz plötzlich eine gewisse Begeisterung zu sehen war.

»Es war ein Glücksfall«, gestand der dürre Adlige und tätschelte dem Wesen den Kopf. »Es hatte sich ein Bein gebrochen und in einem Seil verfangen. Einen meiner Knechte kostete es das Leben, als er das vermeintlich tote Ding untersuchen wollte.« Er tippte auf die Schlitze seitlich am Hals. »Wir haben fast eine halbe Stunde gebraucht, bis wir ihm endlich den verfluchten Schädel abschlagen konnten. Die Fangarme mit den Sporen reichen weit und sind tödlich. Und mit der Zunge schlitzt es die Kehlen seiner Opfer auf.«

»Weshalb habt Ihr nicht der Garnison Bescheid gegeben? Die hätten Euch bei der Jagd unterstützt?«, wunderte sich der junge Mann und trat näher, um sich die Bestie aus der Nähe zu betrachten.

Kolskoi schüttelte den Kopf, seine Augen wurden schmal. »Das ist eine Angelegenheit, die ich als Jäger persönlich zu Ende bringen möchte. Es ist vermutlich die größte Herausforderung, der ich je begegnet bin.«

»Und wann wollt Ihr Euch Eurem Gegner als Vorspeise anbieten?« Stoiko blickte argwöhnisch auf die Klauen der Kreatur. »Übernehmt Ihr Euch da vielleicht nicht ein wenig?«

»Meister Hetrál weiß, auf was es ankommt und wie wir die anderen beiden Kreaturen aufspüren können«, gab sich Kolskoi sicher. Ein Lächeln huschte über sein Gesicht, die Hakennase zuckte, als nähme sie eine Witterung auf. »Ihr könnt uns gerne begleiten, Exzellenz. Euer Leibwächter sieht aus, als wüsste er eine gute Jagd zu schätzen.«

»Ich werde darüber nachdenken«, bedankte sich Lodrik für die Einladung. »Und nun lasst uns etwas essen. Und richtet mir und meinem Gefolge Zimmer für die Nacht her. Ich werde vorerst hier bleiben. Es interessiert mich zu sehr, wie die Sache ausgeht.«

»Und vor allem, welches der Ungeheuer über welches siegt«, sagte sein Vertrauter leise.

Der Gouverneur wandte sich zu dem Stummen um. »Ich weiß, dass ihr Leute aus Tûris schwer mit den Sumpfbestien zu kämpfen habt. Wie viele hast du schon getötet?«

Hetrál hob den Bogen, anschließend zuerst fünf Finger, dann drei.

»Immerhin, schon acht Stück«, murmelte der junge Statthalter, aber der Jagdmeister schüttelte grinsend den Kopf und wiederholte seine Zeichen.

»Herr, ich glaube er meint dreiundfünfzig«, raunte Waljakov.

»Dreiundfünfzig?«, rief Lodrik. »Das ist wirklich sehr viel. Zeige mir deine Pfeile.«

Hetrál zog einen aus seinem Köcher und reichte ihn an Lodrik weiter.

Prüfend hielt der Statthalter die Spitze vor die Augen und tat so, als ob er etwas davon verstünde. »Das ist sehr gute Arbeit.« Er gab das Geschoss zurück. »Ich möchte, dass du, wenn die Bestien getötet sind, mit nach Granburg kommst. Ich werde dich als meinen Lehrer einstellen, weil ich mit Sicherheit mehr Übung und Unterricht benötige als Kolskoi.« Er drehte sich zu dem Adligen um. »Oder habt Ihr etwas dagegen?«

Der Mann gab keine Antwort, sondern zuckte lediglich mit den Schultern. Einmal mehr sagten die Augen mehr als Worte.

»Ihr wisst, dass Ihr Kolskois angeheuerten Mörder abgeworben habt?« Stoiko betrat das Zimmer Lodriks und

Waljakovs mit einem amüsierten Gesichtsausdruck. »Oder habt Ihr im Ernst die Geschichte von dieser Bestie geglaubt?«

»Die Sache mit der Kreatur kann schon wahr sein, aber natürlich wäre Hetrál in erster Linie auf der Pirsch nach mir gewesen«, bestätigte der Gouverneur die Vermutung seines Vertrauten. »Das wäre der erste Jäger, der seine Zielübung auf Harnische macht. Und nur zum Beweis der Durchschlagskraft des Bogens hätte es etwas anderes getan. Ich hätte ihn auf dieses ausgestopfte Ding schießen lassen, das wäre ein echter Beweis gewesen, dass er den Schuppenpanzer durchdringt. Ansonsten hatte ich eher das Gefühl, Kolskoi wollte seine Gäste zuversichtlich stimmen, dass die Tage des Gouverneurs gezählt sind.«

»Hoffen wir, dass er weiß, was Loyalität bedeutet, sobald er in Euren Diensten steht, Herr. Ich habe mir sein Arsenal an Pfeilen zeigen lassen«, bemerkte Waljakov, während er seiner mechanischen Hand ein paar Tropfen Öl spendierte. »Er hat wirklich für jede Rüstungsart die passende Spitze parat. Lange, dünne gegen Kettenhemden, dreikantig geschliffene gegen Harnische oder Schuppenpanzer. Die Metallstücke sind der Art schwerer Wurfspieße nachempfunden, lange Spitzen mit einem zusätzlichen Gewicht für den Durchschlag. Ich bin mir sicher, Herr, dieser Mann schießt jeden Kämpfer auf Ulldart, und sei er noch so gepanzert, aus dem Sattel.«

»Was ist das eigentlich für ein seltsamer Bogen, den er mit sich trägt. Ich war bisher immer der Meinung, dass eine Armbrust besser als alles andere sei?« Der Statthalter wartete auf eine befriedigende Antwort aus dem Mund seines Leibwächters.

»Normalerweise ist das auch so«, nickte der Krieger, »aber diese Waffe ist eine Besonderheit. Es sieht aus wie ein geschwungener Hornbogen, der aber in Wirklichkeit aus verschiedenen Komponenten zusammengebaut wurde. Unterschiedliche Hölzer, Knochenstücke und Lederstreifen wurden miteinander verleimt, wie er mir aufmalte. Das Horn dient lediglich als Fassung für die Materialien. Der Bogen ist genau auf ihn angepasst, und ich muss sagen, selbst ich hätte meine Schwierigkeiten, wenn ich die Sehne längere Zeit halten müsste.« Er bewegte jeden metallenen Finger einzeln und lauschte, ob ein Quietschen zu hören war. »Mit einem normalen Pfeil, der nicht so schwer ist wie die Spezialanfertigungen, schießt er fast siebenhundert Säbellängen weit.« Der glatzköpfige Leibwächter sah sie der Reihe nach an. »Er ist wohl der gefährlichste Bogenschütze, dem ich jemals begegnet bin. Wenn Ihr ihn nicht angeworben hättet, müssten wir ihn unter einem Vorwand verhaften. Oder ihn töten.«

Es klopfte, und ein Livrierter verkündete, dass die Jagdgesellschaft zum Aufbruch bereit sei.

»Mitten in der Nacht?«, zweifelte Lodrik.

»Meister Hetrál erklärte, dass die Bestien nur nachts auf die Jagd gehen und sich tagsüber ein dunkles Versteck suchten, Exzellenz«, berichtete der Diener. »Hara¢ Kolskoi und zehn Weitere möchten den Ungeheuern nachstellen und würden sich sehr freuen, wenn Exzellenz sie bei der Pirsch begleiten würde.«

»Das kann ich mir gut vorstellen. Ich persönlich hätte ja tagsüber das Versteck gesucht, es mit Öl voll laufen lassen und die Bestie einfach verbrannt«, gab Stoiko seinen Ratschlag zum Besten. »Eine Hatz in völliger Dunkelheit gegen Etwas, das bei den Lichtverhältnissen gewiss im Vorteil ist, halte ich für keinen sehr guten Einfall.«

»Und aus diesem Grund bleibe ich auch hier.« Der Gouverneur wandte sich dem Livrierten zu. »Richte Kolskoi aus, ich sei zu müde von der Reise und kein so geübter Jäger, wie er es ist, um im Dunkeln Kreaturen nachzustellen.« Der Diener verbeugte sich und verschwand.

»Ich wette um zehn Waslec, dass er mindestens vier Leute verliert«, grinste der Vertraute. »Obwohl es natürlich noch schöner wäre, wenn Meister Hetrál als einziger Überlebender zurückkehrte.«

»Gib dich keinen falschen Hoffnungen hin. Wenn sich die Bestie und Kolskoi erst mal beschnüffelt haben, werden sie gemeinsame Sache machen«, schätzte Lodrik belustigt. »Vermutlich verspricht unser Gastgeber der Kreatur vier Dörfer gegen mein Leben.«

»Vielleicht hätten wir doch besser mitreiten sollen«, grummelte Waljakov. »Ich werde die Wachen kontrollieren.«

Aus dem Hof drang das sich schnell entfernende Klappern von Hufschlägen auf Pflastersteinen ins Zimmer. Eine halbe Stunde später schliefen der Gouverneur und der Rest der Menschen in Kolskois Gehöft tief und fest.

Das Erste, was Stoiko beim Frühstück feststellte, war, dass er tatsächlich seine Wette verloren hatte. Zwar schafften es alle Männer, die nachts ausgeritten waren, lebendig zurückzukommen, aber der Gesundheitszustand der meisten, mit Ausnahme von Kolskoi und Meister Hetrál, sah mehr als bedenklich aus.

Sieben der Mutigen hatten tiefe Wunden abbekommen, einem musste das Bein, einem anderen der linke Unterarm amputiert werden. Nur durch eine schnelle, überstürzte Flucht hatten sich die Jäger ihre Leben bewahrt. Ob sie ihre Verletzungen überlebten, war zudem fraglich.

Entsprechend schlecht gelaunt präsentierte sich der Gastgeber, ein Verband zierte den rechten Oberarm.

»Es ist nicht so gelaufen, wie Ihr es Euch vorgestellt habt?« Lodrik konnte es sich nicht verkneifen zu fragen. »Habt Ihr es wenigstens zur Strecke gebracht?«

Zähne knirschend schüttelte Kolskoi den Kopf und

löffelte seine Brühe. »Es hat uns überrascht, als wir uns aufteilen wollten.«

»Ihr habt euch gegen ein solches Ungeheuer auf getrennte Wege begeben?«, fragte der Leibwächter. Meister Hetrál hob abwehrend die Hände als Zeichen dafür, dass er mit dieser unsinnigen Entscheidung nichts zu tun gehabt hatte.

»Wir werden später die Spur der Bestie suchen und sie in ihrem Versteck einfach mit Öl verbrennen«, gab der Adlige die weiteren Pläne bekannt. »Meine Trophäe habe ich ja bereits.«

»Woher kenne ich den Vorschlag bloß«, sagte Stoiko und schaute zu dem Diener von gestern Abend, der aber mit unbeteiligtem Gesicht ins Nichts schaute.

»Dann kann mich Meister Hetrál nach Granburg begleiten«, stellte der Statthalter fest. »Für eine solche Jagd werdet Ihr Euren Aufseher bestimmt nicht benötigen.«

»Er muss noch die Spuren der anderen Wesen finden, das kann noch eine Zeit dauern«, widersprach Kolskoi sanft. »Ich werde ihn Euch nachsenden, sobald ich meinen Boden von diesen Kreaturen gereinigt habe, Exzellenz.«

»Den Boden des Kabcar, meint Ihr. Da Ihr ohnehin nicht vorhabt, die Ungeheuer im Kampf zu besiegen, dürfte es ein gewöhnlicher Spurenleser doch auch tun«, gab der Gouverneur zurück. »Die Garnison hat fähige Männer, die so etwas beherrschen.«

»Einigen wir uns darauf, dass mir Meister Hetrál heute noch zur Hand geht und Euch dann folgt. Eine Kutsche hat ein Reiter in zwei Tagen leicht eingeholt, einverstanden, Exzellenz?« Die stechenden Augen fixierten den jungen Mann tückisch.

Etwas missfiel Lodrik an der Beharrlichkeit, mit der Kolskoi die sofortige Abreise des Jagdaufsehers verhindern wollte.

»Was soll's?«, winkte der junge Mann schließlich ab und lehnt sich in seinen Stuhl. »Ich habe noch genügend Zeit, mich im Umgang mit Pfeil und Bogen zu üben. Das Problem mit diesen Bestien ist dringender und sollte so schnell wie möglich gelöst werden.« Er wandte sich zum Turîten. »Wir reisen auf der Hauptstrecke direkt nach Granburg zurück, du wirst uns also leicht folgen können.« Dann drehte er sich zu Kolskoi. »Und wenn ich das nächste Mal zu Besuch komme, Hara¢, erwarte ich eine Straße, die in einem einwandfreien Zustand ist. Ihr habt das Bauprogramm sträflich vernachlässigt.«

»Ich werde umgehend Maßnahmen veranlassen, Exzellenz«, versprach der Adlige und lächelte, während er sich erhob. »Und nun entschuldigt mich und Meister Hetrál. Wir werden uns auf die Suche nach den Kreaturen machen.«

»Ein wirklich zäher Bursche.« Stoiko rührte seinen Tee um und wischte sich ein paar Krümel aus dem Schnauzbart. »Habt Ihr auch so ein ungutes Gefühl wie ich, Herr?«

Lodrik nickte, auch Waljakov bezeugte seine Zustimmung. Voller böser Vorahnungen trafen sie ihre Abreisevorbereitungen und stiegen eine Stunde später in die Kutsche, die sie zurück in Richtung Gouverneurspalast rollte.

Das Rad brach mitten in einem angenehm kühlen Wald. Entlang der Straße wuchsen dichte Büsche und undurchsichtiges Unterholz, sodass sich selbst ein Bär unentdeckt auf die Lauer legen konnte.

Waljakov ließ fluchend die Hälfte der Wachen absitzen und mit dem Wechsel des Rades beginnen. Stoiko und Lodrik standen daneben und beobachteten die Männer bei der Arbeit.

»Ich werde in Zukunft nur noch reiten«, schwor der

Gouverneur. »Es ist doch jedes Mal das Gleiche mit den Kutschen.«

Waljakov betrachtete sich das gebrochene Rad und den Boden genauer. Dann gab er Order, den Wechsel schneller auszuführen. Die Wachen, die in ihren Sätteln geblieben waren, machten ihre Armbrüste schussbereit.

»Herr, das Rad sollte genau an dieser Stelle brechen«, erstattete er dem Statthalter leise Bericht. »Die Speichen waren dicht an der Radnabe angesägt, der Boden zeigt frische Spuren. Jemand hat kräftig nachgeholfen, damit die Straße noch schlechter wird, als sie ohnehin schon ist. Es ist vielleicht besser, wenn Ihr zurück in die Kutsche geht.«

»Wie ich schon sagte, ich werde nur noch mit dem Pferd durch Granburg reisen«, wiederholte Lodrik und verzog viel sagend das Gesicht.

Etwas brach plötzlich aus dem Dickicht und stürzte sich auf das nächste Pferd.

Wiehernd ging das Tier zu Boden, begrub den Reiter unter sich, während sich das Blut aus tiefen Bauchwunden auf den Untergrund ergoss.

Der Leibwächter versetzte dem jungen Mann einen Stoß, sodass er kopfüber in die Kutsche taumelte. Aus den Augenwinkeln konnte der Gouverneur gerade noch erkennen, dass der Angreifer das gleiche Wesen war, wie es in Kolskois Trophäenraum stand. Nur erschreckend lebendiger und um das tausendfache tödlicher.

Drei eilig abgefeuerte Bolzen prallten wirkungslos von den Schuppen und an der Hornplatte der Kreatur ab. Dafür sprang sie mitten unter die Wachen, die eben noch am Gefährt gearbeitet hatten, und begann, ein blutiges Gemetzel unter den Soldaten anzurichten. Zwar hieben die Männer mit den Säbeln auf das Ungeheuer ein, trafen aber nur zu gut gepanzerte Stellen.

Die Pferde ohne Reiter waren schon lange durchgegangen, die Berittenen versuchten verzweifelt, ihre Tiere ruhig zu halten. Auch das Gespann bäumte sich auf und wollte flüchten, doch die Bremsen hielten die Kutsche noch.

Drei Soldaten lagen bereits tot am Boden, als Waljakov ein gewaltiger Schlag gegen einen der Fangarme gelang. Zuckend wand sich das abgetrennte Körperteil im Graben, das Wesen ließ einen gellenden Schrei ertönen und warf sich gegen den Leibwächter. Die restlichen drei Soldaten kamen ihrem Vorgesetzten zu Hilfe.

Schuppenspäne flogen durch die Luft, eine lila Flüssigkeit sickerte aus kleineren Wunden der Kreatur, doch zum großen Entsetzen aller hatte sich die klaffende Verletzung an der Stelle, wo einst der Fangarm saß, wieder geschlossen.

»Schlagt auf den Hals!«, schrie Waljakov. »Auf die seitlichen Öffnungen. Dort sind sie leichter verwundbar!«

Unterdessen schob Stoiko den Thronfolger weiter in die Kutsche und stellte sich vor den Verschlag, um den Thronfolger zu schützen.

Die Zunge der Bestie schoss nach vorn und schlitzte einer der Wachen die Kehle auf, die beiden linken Fangarm durchbohrten den Körper eines anderen Soldaten und nutzen den halb toten Menschen als Schutzschild gegen die Säbelhiebe. Wie eine Puppe wurde der schreiende Mann hin- und hergeschleudert.

Als sein Gebrüll endete, setzten die Wachen ihre Angriffe gegen die Kreatur fort und nahmen keine weitere Rücksicht auf die Überreste ihres toten Kameraden, dessen Leib mehr und mehr einem zerschlitzten Kartoffelsack glich, in den man Blut und Innereien gefüllt hatte und die nun überall heraushingen.

Lodrik raffte sich im Kutscheninnenraum in die Höhe und beobachtete den tobenden und bestialischsten Kampf, den er bisher in seinem Leben gesehen hatte. Es erschien ihm, der vor Angst gelähmt war, wie ein Wunder, dass sich die Männer draußen mit einer unmenschlichen Entschlossenheit gegen das Wesen zur Wehr setzten, anstatt schreiend davon zu laufen.

Waljakov fluchte, tobte und brüllte, seine Säbelhiebe hagelten auf den Angreifer ein, doch immer im letzten Moment gelang es dem Ungeheuer entweder die Leiche als Deckung nach oben zu ziehen oder abzutauchen.

Trotzdem erlahmten allmählich auch die vorher behänden Bewegungen des Wesens, es wurde zusehends müder. Insgesamt noch fünf Soldaten von einem Dutzend kämpften mit ihm und gewannen unmerklich, aber stetig die Oberhand.

Lodrik spürte einen warmen Lufthauch in seinem Genick, hörte ein leises Schnüffeln gefolgt von einem knisternden Geräusch.

Er ließ sich nach vorne fallen, drehte sich dabei auf den Rücken und hielt die Klinge am ausgestreckten Arm nach oben, um einen eventuellen Schlag parieren zu können.

Mit einem gewaltigen Satz sprang die letzte der drei Bestien durch das Fenster in das Kutscheninnere und schlug dem jungen Mann den Säbel aus der Hand. Keiner der Kämpfer draußen hatte etwas von dem Vorgang bemerkt, nicht einmal Stoiko.

Die Fangarme bogen sich zurück, um Schwung für den Stoß zu erhalten, der dem Statthalter das Ende bereiten sollte. Lodrik konnte nichts tun, außer das Wesen anzustarren und seinem Tod ins Auge zu sehen.

Die vielen kleinen Löcher im vorderen Kopfteil des Ungeheuers bewegten sich. Fast fragend neigte es sich zum Gouverneur hinab, bis das Antlitz vor seinem war. Wieder hörte er das Knistern, und insgeheim fragte er sich, ob das die Sprache der Wesen sein könnte. Es roch nach nichts, stellte der junge Mann erstaunt fest, überhaupt nicht abstoßend wie die Modrak.

Die grellweißen Pupillen der Kreatur verrieten Überraschung und Neugier, bevor es den Kopf ein wenig zurückzog und die Fangarme sinken ließ.

Lodrik verstand das Verhalten nicht, aber die Hoffnung keimte auf, dass er lebend aus dieser Kutsche steigen könnte.

Da erscholl ein weiterer Schrei der anderen Bestie, gefolgt vom triumphierenden Gebrüll Waljakovs.

Das Wesen vor dem Statthalter fuhr hoch, die muskulösen Schuppenarme spannten sich und richteten sich auf ihn, dann stimmte es in den Ruf seines sterbenden Artgenossen ein.

Die Soldaten, Waljakov sowie Stoiko drehten sich um und entdeckten jetzt erst den tödlichen Besucher, der sich Furcht erregend vor ihrem Schützling aufrichtete. Die Bestie sah den Gouverneur so vorwurfsvoll an, als habe sie einen Verräter vor sich.

Bevor aber nur irgendetwas geschehen konnte, trat das rechte Auge des Ungeheuers aus seiner Höhle, gefolgt von einer undefinierbaren galertartigen Masse. Aus der Wunde stand eine schlanke, dreikantige Eisenspitze hervor.

Die Kreatur gab einen seltsam kläglichen Laut von sich, während mit einem leisen Knirschen ein weiteres Geschoss von hinten in den Schädel eindrang, sich seinen Weg nach vorne suchte und in Höhe der Nase den Knochen ein zweites Mal zerbrach.

Langsam kippte das Wesen nach vorne.

Die Kutschentür wurde aufgerissen, kräftige Arme packten den jungen Mann unter den Achseln und zerrten ihn ins Freie. Kurz darauf krachte die tote Kreatur auf das Holz, die Sporne durchbrachen den Boden und hingen leicht pendelnd wenige Zentimeter über der Straße.

Ein hörbares Aufatmen ging durch die Reihen der Soldaten. Hinter ihnen lagen der leblose Körper der ersten Bestie, die Waljakov zuvor geköpft hatte, und etliche verwundete oder tote Mitglieder ihrer Einheit.

»Ich glaube, ich weiß, wem ich mein Leben zu verdanken habe«, schätzte der Gouverneur, dessen Knie sich reichlich weich anfühlten, als ihn der Leibwächter auf die Erde stellte. »Es gibt nur einen Mann, der solche Pfeile benutzt.«

Fast geräuschlos kam Hetrál um das Gefährt herum und verneigte sich vor Lodrik.

»Ihr hättet keine Minute später kommen dürfen, Meister Hetrál.« Der Gouverneur schüttelte ihm die Hand. »Ich schulde Euch einen sehr großen Gefallen.« Waljakov und Stoiko beglückwünschten den Schützen, dann kümmerten sie sich um die Verwundeten.

Hetrál machte eine beschwichtigende Geste und begann, die Pfeilspitzen aus dem Kopf der Bestie zu ziehen.

»Ihr begleitet mich nach Granburg?«, wollte der junge Mann wissen. Der Schütze nickte.

»Wunderbar! Habt Ihr nicht zufällig Kolskoi gesehen?« Hetrál verneinte mit einem kurzen Kopfschütteln und deutete die Straße hinunter. »Auf seinem Gehöft also. Ich dachte, Ihr wolltet die Bestien jagen? Hat er Angst bekommen?« Sein Lebensretter zuckte mit den Schultern, grinste aber von einem Ohr zum anderen.

»Legt die verwundeten Männer in die Kutsche, die Toten oben drauf«, befahl Lodrik. »Wir transportieren sie in die nächste Garnison, wo man die einen gesund pflegen und die anderen bestatten wird. Wir reiten direkt nach Granburg weiter, bevor jemand auf die Idee kommt, meinen Tod auszurufen.«

»Eine sehr gute Entscheidung«, stimmte Waljakov zu. »Normalerweise würde ich mich hier noch umsehen, um herauszufinden, wer sich den Radbruch ausgedacht hat.« Er schaute auf die Wunden seiner Männer. »Aber die Zeit drängt.«

»Müssen wir das erst herausfinden, oder wissen wir das nicht schon längst alle?«, fragte Stoiko, der sich gerade auf ein Pferd schwang. Der dezimierte Tross machte sich abreisebereit.

Nach zwei Tagen eines sehr bedrückenden Rittes gelangten sie zur Garnison, in der helle Aufregung herrschte, als plötzlich der Gouverneur mitten im Lager stand. Die Gruppe lud die Toten und Verwundeten ab, gönnte sich einen Mütze voll Schlaf und setzte den Weg in die Provinzhauptstadt fort.

»Wie ist es, nehmen wir einfach mal an, es war Kolskoi, der das Rad und die Straße beschädigen ließ. Wie ist es dem Adligen gelungen, unbemerkt an die Kutsche zu kommen und unseren Radbruch ausgerechnet dort geschehen zu lassen, wo die Sumpfbestien sich aufhalten oder zumindest vorbeikommen?«, grübelte Stoiko unterwegs vor sich hin.

»Wer sagt, dass der Hara¢ in der Nacht, als er so angeschlagen zurückkehrte, diese Biester nicht doch erwischte und sie irgendwo in der Nähe der Straße angebunden hat oder sie einsperrte?«, schlug der Leibwächter vor.

»Das macht aber Hetrál verdächtig«, warf Lodrik ein.

Der Leibwächter fasste die Zügel fester und kniff die Augen zusammen. »Es passte aber sehr gut in den Vorfall. Er als Turît weiß genau, wie man mit den Viechern umspringt, und er war an diesem Abend mit bei der Reitergruppe.«

»Warum taucht er dann heute als Lebensretter auf, wenn Kolskoi sich solche Mühe mit den Kreaturen gegeben hat?« Der Statthalter blieb hartnäckig bei der Verteidigung seines neuen Bogenlehrers.

»Das verstehe ich allerdings auch nicht«, stimmte Stoiko zu. »Vielleicht ist er wirklich nur ein anständiger Kerl, der ausgerechnet in Kolskois Dienste treten musste, ohne zu wissen, dass er Tzulans kleiner Bruder sein könnte.«

»Und da er wirklich Bestienjäger zu sein scheint, braucht er auch die besonderen Pfeile. In Tûris ist das ein sehr angesehener Beruf, vergesst das beide nicht«, schloss der Statthalter die Diskussion. »Ich denke, wir machen uns Sorgen um den falschen Mann. Und jetzt sollten wir das Tempo verschärfen. Ich möchte pünktlich zum Kornfest erscheinen, vorher aber noch in die Wanne steigen. Und zum Schneider. Ich habe vor lauter Aufregung mindestens zehn Kilo abgenommen.«

**Granburg, Provinzhauptstadt Granburg,
Spätsommer 442 n. S.**

»Das gefällt mir nicht.« Waljakov schaute in den Palasthof hinunter, wo die Leibwache sich versammelt hatte. Fünfzig bewaffnete Reiter waren als Eskorte zum lang erwarteten Kornfest vorgesehen, die Übrigen hatten den Befehl, sich in Bereitschaft zu halten. »Es sind zu viele Menschen unterwegs, die Straßen sind zu voll, um Euch vor einem Anschlag beschützen zu können.«

Lodrik trug die graue Uniform der Königlichen Beamten mit den silbernen und grünen Stickereien, an der Seite hing der schwere Säbel, die Füße steckten in auf Hochglanz polierten Reitstiefeln.

Prüfend begutachtete er im Spiegel den Sitz der Kleidung und zog mit einem schnellen Ruck die letzten Falten aus dem Stoff. »Wenn deine Spitzel nicht gelogen haben, bin ich einigermaßen beliebt bei den Granburgern, oder zumindest will mich keiner umbringen.« Er warf sich den Uniformrock über und rieb die Silberknöpfe mit einem Spitzentaschentuch ab. »Was Jukolenko angeht, so glaube ich nicht, dass er etwas in der Öffentlichkeit unternimmt. Sie werden den Fehlschlag mit den Sumpfbestien überwinden müssen und sich bedeckt halten.« Der Gouverneur drehte sich einmal um die eigene Achse und streckte die Arme weg. »Wie sehe ich aus?«

Waljakovs Miene verfinsterte sich. »Ihr seid mir ein bisschen sehr sorglos geworden, Herr. Es ist Euer erster öffentlicher Auftritt von größerem Ausmaß. Die Wachen an den Stadttoren haben mehr als tausend Gäste gezählt, und wenn nur die Hälfte der Städter kommt, sind fast viertausend Menschen auf dem Platz.«

Lodrik überlegte kurz. »Dann sind die fünfzig Wachen wohl nicht mehr als ein Tautropfen ins Wasserfass.« Der Leibwächter nickte unzufrieden. »Also lassen wir sie einfach weg«, Lodrik setzte den breitkrempigen Hut auf, »damit das Volk das Vertrauen des Gouverneurs sehen kann. Nur du und Stoiko werden mich begleiten.«

»Habt Ihr jetzt völlig …«, polterte Waljakov los, aber es klopfte glücklicherweise an der Tür und Stoiko trat ein, Miklanowo folgte.

»Seid Ihr bereit, Herr?« Der Vertraute deutete eine Verbeugung an. »Wir müssen bald los.«

»Er will meine Wachen nicht mitnehmen«, rief Waljakov aufgebracht und warf die Hände in die Luft. Miklanowo schmunzelte angesichts des ungewohnten Gefühlsausbruchs des muskulösen Mannes.

»Keine schlechte Idee«, stimmte der bärtige Brojak zu, was ihm einen wütenden Blick des Leibwächters einbrachte. »Es zeigt, dass der Statthalter keine Angst und keine Scheu vor den Menschen hat.«

»Ich glaube auch nicht, dass etwas passieren wird«, meinte Stoiko, »eine solche Geste wäre eine vertrauensbildende Maßnahme, ich bin aber nicht ganz überzeugt. Wir sollten uns auf eine Ehrenwache von zehn Berittenen beschränken. Immerhin müssen wir ja noch ein wenig repräsentieren.«

»Einverstanden.« Der junge Mann streifte die Handschuhe über, während er zur Tür ging.

»Ich sage meinen Männern Bescheid«, knurrte Waljakov und stürzte aus dem Zimmer.

»Ihr wart nicht sehr diplomatisch mit ihm, oder, Herr?« Stoiko entfernte den letzten Fussel von der Uniform des Gouverneurs.

»Hätte ich das sein sollen?«, gab Lodrik zurück. »Ihr alle habt euch Mühe gegeben, mir Selbstbewusstsein zu geben, jetzt seht zu, wie ihr damit fertig werdet. Wo ist Meister Hetrál?«

»Meister Hetrál ist dabei, einen neuen Pfeil für seinen Bogen zu entwerfen. Die Zeichnungen, die ich gesehen habe, erscheinen mir sehr interessant. Eine stumpfe Spitze mit einer Reihe von Widerhaken dahinter. Sehr schmerzhaft, kann ich mir vorstellen.« Der Vertraute strich sich über den Schnauzbart.

»Er ist ein zurückhaltender Mensch.« Lodrik nahm sich im Vorübergehen einen Pokal mit Wein und stürzte ihn hinunter. »Aber der beste Schütze des Kontinents, vermutlich. Und loyal, allem Anschein nach. Immerhin hat mich noch kein Pfeil getroffen.«

»Hoffen wir, dass es so bleibt«, wünschte sich Stoiko.

Etwas später ritten Lodrik, Stoiko und Waljakov zur Stadtscheune, jeweils fünf Soldaten begleiteten den Zug an der Spitze und am Ende. Miklanowo nahm einen anderen Weg, um vor dem Tross auf dem Marktplatz zu sein und auf der Tribüne zu warten.

Die Straßen der Provinzhauptstadt waren festlich geschmückt, überall flatterten bunte Wimpel und Fähnchen aus den Fenstern der Fachwerkhäuser, dicke Ährensträuße hingen an den Türen, und die beiden Sonnen strahlten zur Krönung des Festtages vom blauen Himmel.

Auf allen kleineren Plätzen sangen und tanzten Spielmannsgruppen, Wanderbühnen zeigten Schwänke, und in der Luft hing ein appetitlicher Geruch, der aus Dutzenden von Öfen in der ganzen Stadt stieg und von zahlreichen, frischen Backspezialitäten stammte.

Die feiernden Menschen machten der berittenen Gruppe Platz, hielten aber Abstand, sobald sie die graue Uniform des Gouverneurs erkannten.

»Der Ausdruck auf deinem Gesicht reicht, um Angreifer abzuschrecken«, sagte Lodrik zu Waljakov und lachte. »Entspanne dich. Es wird nichts geschehen. Unser Pensum an Aufregung in den letzten Tagen wurde mehr als erfüllt.«

»Das sage ich Euch hinterher, Herr«, brummelte der Mann und hielt die Straßen und Gassen argwöhnisch im Auge.

Die Gruppe erreichte den vollen Marktplatz vor der Scheune, auf dem eine große Tribüne aufgebaut worden war, die wie ein Berg aus den Menschenmassen herausragte.

Dort oben saßen bereits der Gildenrat sowie Jukolenko und Kolskoi mit anderen Adligen und Großbauern. Zwei Stühle in der Mitte der Konstruktion waren freigelassen worden.

Als sich die Männer näherten, standen die Gildenabgeordneten auf und verneigten sich. Der Statthalter und seine Begleiter stiegen ab und kletterten die Stufen hinauf.

»Ich bin entzückt«, begrüßte ihn der Meister des Gildenrates, »dass sich Exzellenz selbst die Ehre gibt und dem Fest beiwohnen möchte.«

Der junge Mann neigte huldvoll den Kopf und setzte sich auf den mittleren der freien Stühle.

»Ich freue mich ganz besonders, dass ich vom Gildenrat eingeladen worden bin. Ich verstehe das als eine große Ehre.« Waljakov hatte beschlossen, nicht darüber nachzudenken, welche Möglichkeiten sich einem Attentäter mit nur der halben Qualität von Hetrál boten.

Er platzierte sich halb vor dem Stuhl, Stoiko setzte sich rechts neben Lodrik. »Wann werden wir das Kornfest beginnen?«

»Der Spielmannszug wird sich noch aufstellen«, der Mann zeigte auf eine kleine Gasse, wo sich mehrere Musiker bereit machten, »dann geht es los. Sie werden vor die Tribüne marschieren und ein paar Lieder zum Besten geben, danach werdet Ihr das Fest offiziell eröffnen.«

Der Gouverneur bedeutete dem Leibwächter, zur Seite zu treten. »Ich sehe so nicht genug. Stell dich hinter mich, Waljakov.«

Der kräftige Mann verzog unzufrieden das Gesicht, befolgte aber die Anweisung.

»Wie geht es Eurem Arm, Hara¢ Kolskoi?« Der Statthalter beugte sich vor.

Der Adlige mit der Hakennase verneigte sich. »Danke der Nachfrage, Exzellenz. Die Wunde ist gut verheilt. Ihr hattet das Vergnügen, die anderen beiden Kreaturen zu töten, wie ich gehört habe?«

»Es waren Waljakov und Hetrál«, stellte er richtig. »Ich hatte nicht viel mit ihrem Ableben zu tun. Ulldrael selbst muss mir diesen Turîten geschickt haben, ohne den ich mit Sicherheit nicht mehr hier sitzen würde. Ein großer Dank an Euch, Kolskoi, dass Ihr ihn entbehren konntet.«

Der dürre Mann lächelte betont freundlich und wandte sich ab.

Lodrik feixte und schaute neugierig über die Menschenmenge, die sich zu seinen Füßen drängte, an den Holzbuden Waren begutachtete oder sich die vielen Köstlichkeiten schmecken ließ, die die Straßenhändler anboten.

Auf dem großen Marktplatz standen gleich drei Bühnen. Schauspieler, Akrobaten und Spaßmacher sorgten für Unterhaltung.

Hin und wieder blickten die Menschen zur Tribüne,

vermieden aber den direkten Augenkontakt mit dem Gouverneur, sondern nickten lieber den Gildenratsmitgliedern zu.

»Am liebsten wäre ich auch dort unten«, sagte der Statthalter leise zu Stoiko, »unerkannt, wie einer der normalen Granburger.«

»Verkleidungen sind immer eine sehr zweischneidige Sache, Herr«, antwortete der Vertraute und nahm den von einem Diener dargebotenen Silberpokal, in dem dunkler Wein schimmerte. »Wenn man ohne Wache unterwegs ist und man trotzdem erkannt wird, kann es zu unschönen Vorkommnissen kommen. In der Regel stößt man ausgerechnet dann auf Bürger, die den Gouverneur nicht leiden können.« Er nippte am Gefäß und grinste. »Einer der frühen Bardri¢s wurde bei einer solchen Gelegenheit grauenvoll verprügelt. Außerdem würde Waljakov niemals sein Einverständnis zu einem solchen Unternehmen geben.«

Der Leibwächter reichte Lodrik einen Becher mit Wein, den ein Untergebener vorgekostet hatte. »Da hat er Recht, Herr.«

»Schon gut.« Lodrik nahm einen tiefen Schluck von dem Getränk. »Es war auch nur eine Idee.«

Der Spielmannszugführer signalisierte, dass seine Musiker einsatzbereit waren, der Meister des Gildenrates hob die Hand, und die Fanfaren ertönten. Mit viel Tamtam marschierte der Spielmannszug über den Platz, die Leute klatschten und applaudierten begeistert.

Drei Runden zogen die Musiker, bis sie vor der Tribüne anhielten und abrupt ihre Melodien beendeten. Nach einer kurzen Pause schepperten die Fanfaren erneut, diesmal spielten sie den Bardri¢-Militärmarsch, die offizielle Ankündigung für den Gouverneur. Die Musik verstummte, es herrschte Ruhe auf dem Platz.

Lodrik wartete einige Lidschläge, bevor er sich erhob und an den Rand der Tribüne trat. Er spürte die Blicke der Granburger und fühlte die Spannung, die sich plötzlich aufgebaut hatte.

Ein gedankliches Stoßgebet ging an Ulldrael, dann räusperte er sich und erhob die Stimme.

»Granburger!« Laut hallten die Worte über die Köpfe der Leute. »Lasst uns den Göttern für die reiche Ernte danken, die wir in diesem Jahr einfahren durften. Speicher und Scheunen sind gefüllt, ausnahmsweise hat die Provinz mehr als genug. Der heutige Tag soll ein Festtag sein für die Götter, für unseren Beschützer Ulldrael und für alle die, die in den letzten Wochen auf den Feldern gearbeitet haben.« Er hob den Pokal hoch in die Luft. »Die Veränderungen, die ich seit meiner Einsetzung begonnen habe, werden weitergehen, das verspreche ich Euch. Ich lade Euch alle ein, mit mir auf mein gegebenes Wort zu trinken, der Wein geht auf meine persönliche Rechnung. Auf Granburg und auf die Götter. Lang leben der Kabcar und die Menschen Tarpols!«

Einen Moment war es still. Dann brachen die Hochrufe aus Tausenden von Kehlen hervor, mit freudiger Überraschung hörte Lodrik, dass die Menschen seinen Namen riefen.

Keiner der Adligen und Großbauern trank mit sonderlicher Begeisterung, Jukolenko und Kolskoi rührten ihre Becher überhaupt nicht an.

Der strahlende Gouverneur grüßte die Menge und setzte sich wieder auf seinen Platz.

»Hervorragend, Herr.« Stoiko lächelte. »Ihr habt das Eis gebrochen.«

»Wirklich hervorragend«, sagte auch Waljakov, der ein säuerliches Gesicht machte. »Jetzt haben die Brojaken und Adligen allen Grund, Euch abzusetzen. Ihr habt so viel Eis geschmolzen, dass wir aufpassen müssen, nicht im Tauwasser zu ertrinken.«

»Ach, was.« Lodrik fühlte sich überschwänglich gut gelaunt, fast euphorisch. Immer wieder hörte er seinen

Namen, die Menschen feierten ihn, als ob er der zukünftige Kabcar wäre. Was sogar stimmte, obwohl es keiner der Granburger wusste. Hier wollte der Tadc nicht mehr weg, ein Tag wie heute sollte niemals enden.

»Ich möchte nach unten, zu den Menschen«, entschied der Gouverneur und stand auf.

»Das ist nicht Euer Ernst, Herr.« Waljakov hatte eine Zornesfalte auf der Stirn. »Ich dachte, ich hätte Euch erklärt, weshalb es nicht möglich ist.«

»Bleibt besser hier oben, Herr«, versuchte auch Stoiko den jungen Mann mit flehendem Unterton in der Stimme zu überzeugen. »Wer weiß, wie die Granburger auf Eure Anwesenheit reagieren.«

Lodrik ignorierte die Proteste und stieg die Treppe hinab. Der Leibwächter setzte sich mit einem Fluch in Bewegung und folgte ihm.

Als die Menschen sahen, dass der Statthalter die Absicht hatte, sich zu ihnen zu gesellen, wurden die Hochrufe lauter, die Begeisterung noch stürmischer.

Der Gouverneur tauchte in die Menge ein, zahlreiche Hände klopften ihm auf die Schulter oder versuchten, seine Hände zu schütteln, Weinbecher wurden ihm entgegengehalten, man pries und lobte ihn.

»Sehr mutig«, kommentierte Jukolenko leise und hob seinen Pokal. »Oder sollte ich eher sagen töricht?«

»Er ist so, wie soll ich sagen, bürgernah.« Kolskoi schauderte. »Jetzt fehlt nur noch, dass er eine Bürgerliche heiratet, dann wäre es wirklich perfekt.«

Lodrik lief nicht mehr selbst, die Granburger schoben ihn vorwärts, als ob sie ihn an die Nachbarn weiterreichen wollten. Schon bald trieb er in der Mitte des Platzes, Waljakov war abgedrängt worden und versuchte mit Hilfe der zehn Wachen zu dem Gouverneur durchzukommen, was sich aber bei den Mengen von Menschen als fast unmöglich darstellte.

Lodrik erlebte alles wie in einem schönen Traum, das

Hochgefühl hielt an und wurde mit jedem Schluck Wein, den er versuchte, intensiver. Am liebsten hätte er alle Granburger umarmt und nie wieder losgelassen.

»Kommt zurück, Herr«, brüllte der Leibwächter und beförderte Granburger, die ihm im Weg standen, wie Spielzeug zur Seite.

In der Menge machte Waljakov plötzlich eine Bewegung aus. Jemand bahnte sich zielstrebig und ähnlich rücksichtslos wie er zum Gouverneur durch. Es war ein blonder Mann, der sich mit einem entschlossenen Gesichtsausdruck in gerader Linie auf Lodrik zubewegte.

Der Leibwächter bekam einen furchtbaren Verdacht und verdoppelte seine Anstrengungen.

Unglücklicherweise öffneten sich für den anderen auf seiner Seite kleinere Lücken zwischen den Granburgern, die er geschickt ausnutzte und somit schneller vorankam als Waljakov, der die Menschen alleine mit seiner Kraft zur Seite drückte.

Auch Stoiko hatte von der Tribüne aus den Mann entdeckt, der bei dieser Geschwindigkeit Lodrik vor Waljakov erreichen musste.

»Weg, Herr! Zurück zur Tribüne!«, schrie der Vertraute, doch die Menge war zu laut, als dass nur ein Wort der verzweifelten Warnung bei dem Gouverneur ankommen konnte.

Dafür hörten die Adligen und Brojaken den Ruf umso lauter.

»Hast du den Mann geschickt?«, fragte Jukolenko Kolskoi interessiert und richtete sich ein wenig im Stuhl auf, um das Geschehen besser verfolgen zu können. »Ist das der Ersatzplan für das Versagen der Bestien?«

»Die Sache mit den Ungeheuern musste ohne eine schnelle Planung gehen, deshalb schlug die Aktion fehl. Und ich habe keine Ahnung, was dort unten vorgeht«, gestand der Hara¢ mit einem ratlosen Gesicht. »Aber wenn wir Glück haben, erledigen sich unsere Schwierigkeiten mit dem Statthalter gerade von selbst.«

Der Leibwächter war nur noch wenige Meter vom Gouverneur entfernt, als der Unbekannte Lodrik erreichte und ihn bei den Uniformaufschlägen packte.

Der Gouverneur verlor das Gleichgewicht und stürzte. Der andere Mann fiel mit ihm, und beide verschwanden aus dem Blick Waljakovs, der inzwischen seinen Säbel gezogen hatte und mit der flachen Seite um sich schlug. Seine Männer waren zurückgegangen und hatten die Pferde bestiegen, mit denen sie sich durch die Leiber pflügten.

Endlich hatte Waljakov die Stelle erreicht, an der Lodrik und der Unbekannte zu Boden gegangen waren.

Mit einer schnellen Bewegung packte er den Mann, der auf dem Gouverneur lag, im Genick und zog ihn knurrend zurück. Der Handschutz des Säbelgriffs landete zwei Mal im Gesicht des Unbekannten, der daraufhin in seiner Hand erschlaffte.

Die Wachen drängten die Menschen mit den Reittieren zurück und schufen Raum um den gestürzten Statthalter herum, der leblos auf dem Kopfsteinpflaster lag. Blut sickerte vom Hinterkopf und färbte das Pflaster.

»Nein«, flüsterte Stoiko, »mächtiger Ulldrael, lass ihn nicht tot sein!«

Jukolenko lächelte kalt, prostete und nippte an seinem Wein, Kolskoi starrte gebannt auf den Marktplatz.

Es legte sich unheilvolle Stille über den Ort; die Granburger hatten den Ernst der Lage erfasst.

Waljakov schleuderte den Unbekannten und seine Waffe achtlos zur Seite und kniete neben Lodrik nieder. Ganz leicht hob und senkte sich die Brust des jungen Mannes.

»Er lebt! Ich brauche eine Bahre, schnell«, rief der Leibwächter. »Der Gouverneur muss sofort zurück in den Palast. Und holt einen Cerêler her.«

»Sehr schade«, raunte Kolskoi Jukolenko zu. »Der junge Bursche ist widerstandsfähiger, als ich gedacht habe.«

Mit einem bösen Funkeln in den Augen stellte der ehemalige Gouverneur den Pokal zurück. »Warten wir es ab. Vielleicht ist die Verletzung im Nachhinein tödlich. Ich kenne den Cerêler und seine Familie«, er betonte das Wort nachdrücklich, »gut. Sehr gut sogar.«

In Windeseile war die Bahre gefunden, Wachen trugen den bewusstlosen Statthalter durch die Straßen zum Palast. Dem Zug schlossen sich zahlreiche Menschen an, die dem Tross schweigend bis vor das große Gebäude folgten und im Hof warteten.

Still standen Waljakov, Stoiko und Miklanowo um das Bett Lodriks, während ihn der Cerêler untersuchte.

»Er hatte mehr Glück als Verstand.« Der kleinwüchsige Mensch von der Größe eines achtjährigen Kindes begutachtete die Platzwunde am Kopf des Gouverneurs. »Der Schädel ist nicht gebrochen, sein Genick scheint ebenfalls unversehrt zu sein.«

»Wann wird er wieder aufstehen können?« Stoiko schaute sehr besorgt auf seinen Schützling herab.

»Ich kann ein wenig nachhelfen, das wird sein Bewusstsein schneller zurückbringen«, meinte der Cerêler abschätzend. »Die Wunde an seinem Kopf würde auch ohne meine bescheidenen Künste heilen. Er ist nur ohnmächtig vom Aufprall auf die Steine.«

»Macht etwas, damit er sich den Leuten kurz zeigen kann. Ich möchte nicht, dass die besorgten Granburger den Palast stürmen, nur damit sie den Gouverneur mit eigenen Augen sehen können«, sagte Waljakov und legte die Hand an den schweren Säbel. »Wenn Ihr mit dem Gouverneur fertig seid, seht nach dem Attentäter. Er braucht ebenfalls Eure Hilfe.«

»Wie Ihr wünscht«. Der Heiler legte die Fingerspitzen an die Schläfen Lodriks und schloss die Augen.

Ein dunkelgrünes Leuchten glühte rund um die Wunde des Statthalters, die sich daraufhin schloss. Schorf bildete sich an der Stelle, der nach wenigen Lidschlägen abfiel und eine kleine weiße Narbe hinterließ.

Das Glühen floss einige Zeit rund um den ganzen Kopf, dann löste der Heiler seine Finger, das Grün verschwand.

Waljakov empfand das Schauspiel eher als unheimlich, auch wenn der Heiler Gutes tat. Cerêler waren die einzigen Lebewesen auf Ulldart, die ihre Magie nach dem Willen der Götter und zum Wohle der Menschen sowie der Tiere behalten durften. Der Preis für dieses Privileg war ihre Verunstaltung. Kein Cerêler erreichte die Risthöhe eines Kalbes, ihre Körper waren oft unproportioniert, die Köpfe wirkten meist zu groß.

Es gab nur wenige Cerêler auf Ulldart, die meisten zogen sich wegen des Spottes der anderen in einsame Gebiete zurück oder ließen sich die Dienste von Adligen und Herrschern hoch bezahlen. Das Volk erzählte sich, dass besonders mächtige Cerêler sogar Tote wiederbeleben könnten, was der Leibwächter eher für Märchen hielt.

Lodrik schlug die Augen auf. »Was ist passiert?«

»Ein Attentäter wollte Euch umbringen, Herr«, erklärte Stoiko. »Aber er hat es glücklicherweise nicht geschafft, wie Ihr sicher bemerkt habt.«

»War es ein Granburger?«, wollte der Gouverneur wissen und setzte sich vorsichtig auf. Sein Schädel brummte noch immer gewaltig, aber eigenartigerweise verspürte er keine Schmerzen. Es fühlte sich nur an, als ob in seinem Kopf ein Bienenschwarm seine Arbeit verrichtete. »Er scheint mir einen Schlag mit einem Knüppel versetzt zu haben.«

»Wir wissen leider noch gar nichts, Herr. Waljakov hat ihn ruhig gestellt, und die Waffe haben wir in dem Durcheinander auf dem Marktplatz nicht finden können«, berichtete der Vertraute.

»Ich gehe mit dem Heiler in den Kerker, um ihn zum Sprechen zu bringen«, entschuldigte sich der Leibwächter und verließ zusammen mit dem Cerêler das Zimmer.

»Mich würde es wundern, wenn der Mann überhaupt noch etwas sagen kann«, meinte Miklanowo. »Waljakov hat ihm vermutlich das Gesicht in sein Hirn gedrückt. Und Ihr werdet rasch auf den Balkon treten und Euch den Granburgern zeigen, damit sie sehen, dass Ihr am Leben seid.«

»Einverstanden.« Lodrik stand auf und machte ein paar unsichere Schritte zu dem großen Doppelfenster, doch das Laufen fiel leichter, als er geglaubt hätte.

Als er den Balkon betrat und winkte, jubelte die Menge auf.

»Der Attentäter hatte keinen Erfolg, wie ihr seht«, rief er und breitete die Arme aus. Der Freudenausbruch der Menschen tat ihm gut. »Keine Angst, Granburger, ich bleibe euch allen erhalten!«

»Wie schön«, sagte Jukolenko zu Kolskoi, die in der Vorhalle des Palastes standen und die Worte des jungen Mannes hörten. »Ich glaube, ich muss mit diesem verdammten Cerêler ein paar Takte reden.«

Die Menschen verschwanden nach und nach aus dem Hof und zogen zurück in die Stadt. Das Kornfest konnte nun umso glücklicher weitergehen.

»Wir treffen uns morgen in meinem Landhaus, sag den anderen Bescheid«, wies Jukolenko den Adligen an. »Wir werden unseren ursprünglichen Plan so schnell wie möglich in die Tat umsetzen. Es wird diesmal keine Pannen geben. Keine Bestien, keine Cerêler. Es wird gelingen. Ich lasse die Kämpfer heimlich anreisen.«

Die Männer verließen das Gebäude und trennten sich.

Lodrik stieg die Stufen zum Verlies hinab, das seit seinem Amtsantritt wesentlich leerer als zu Jukolenkos Zeiten war. Waljakov hatte ihn rufen lassen, da der Gefangene eine interessante Neuigkeit verkünden wollte.

Der Gouverneur betastete vorsichtig die Stelle, an der vor einer halben Stunde noch das Blut herausgequollen war. Jetzt juckte es nur noch leicht und tat nicht einmal mehr weh. Die Kräfte der Cerêler waren in der Tat göttlich.

»Herr, hier entlang.« Der Leibwächter kam ihm entgegen und führte ihn in einen Raum, in dem der Heiler und der Attentäter saßen.

So, wie das Hemd des blonden, bärtigen Mannes aussah, musste er ziemlich viel geblutet haben. Die Fertigkeiten des Cerêlers hatten zwar die schlimmsten Verletzungen im geschwollenen Gesicht schließen können, aber man sah an der immer noch deformierten Nase und den ausgeschlagenen Zähnen, dass sich Waljakov beim Ruhigstellen große Mühe gegeben hatte.

»Der Mann heißt, so behauptet er wenigstens, Torben Rudgass, ist Kapitän bei der Rogogardischen Flotte und kommt direkt aus Hublinka«, eröffnete der Leibwächter.

»Aus Hublinka? Und was macht denn ein rogogardischer Pirat so weit vom Land entfernt, mitten in Tarpol?« Lodrik kratzte sich am Bart und machte aus seiner Überraschung keinen Hehl. »Gibt es zu wenig Schiffe auf dem Meer?«

»Er wollte Euch vor einem Attentat warnen, Herr«, sagte Waljakov. »Ich glaube eigentlich nicht daran, denn seine Geschichte ist sehr zweifelhaft und mehr als merkwürdig.«

»Ich bin Freibeuter, kein Pirat. Außerdem wollte ich Euch auf dem Marktplatz doch nicht umbringen. Ich hatte nicht einmal eine Waffe dabei«, kam es von dem Gefangenen undeutlich, die fehlenden Zähne wirkten sich beim Sprechen aus. »Wirklich, Gouverneur Vasja, Ihr müsst mir glauben!«

»Erzählt mir die Geschichte bei einer Tasse Tee, sobald der Cerêler Euch weiterbehandelt hat.« Lodrik stand auf. »Ich werde dann entscheiden, ob ich Euch glaube oder nicht.«

»Kannst du Zähne wachsen lassen?«, fragte Torben hoffnungsvoll den Heiler, der aber nur bedauernd den Kopf schüttelte. Der Rogogarder seufzte verzweifelt. »Jetzt muss ich bis an mein Lebensende Suppe und Haferschleim essen. Meine Männer werden mich auslachen.«

Eine Stunde später saßen Lodrik, Stoiko, Miklanowo und Waljakov in der Kanzlei. Torben wurde gefesselt hereingeführt und auf einen Stuhl platziert. Sein Gesicht war immer noch etwas dick, aber die Wunden hatten sich dank der heilenden Magie geschlossen, auch die Schmerzen waren gestillt.

Ein Diener schenkte den Männern Tee ein, dann erzählte der Rogogarder alles von Anfang an, von seinen Erlebnissen an Bord der *Fröhlicher Gruß* und der *Selina* bis zu seinem Entschluss, den Gouverneur zu warnen und den Assassinen zur Strecke zu bringen.

»Verzeiht mir meine Offenheit, Gouverneur, aber Ihr seid für mich der beste Köder, den es geben kann.« Torben nahm einen Schluck Tee. »Ich bin mir sicher, dass der Mörder früher oder später auftauchen wird, dann werde ich vorbereitet sein. Und als ich Euch auf dem Marktplatz sah, wollte ich Euch nur warnen und in eine sichere Umgebung ziehen. Ihr wart dort eine sehr gute Zielscheibe für einen Mann mit einer Armbrust.« Lodrik vermied es, zu dem triumphierenden Gesicht seines Leibwächters zu sehen. »Dass ich um ein Haar die Aufgabe des Mörders erledigt hätte, tut mir sehr Leid, Exzellenz.« Er zeigte auf die Tasse. »Könnte ich bitte lieber etwas Rum haben?«

»Dieser Assassine scheint mehr als gefährlich zu sein, und er besitzt, sind Eure Erzählungen korrekt, ein ganzes

Arsenal an Möglichkeiten, den Gouverneur umzubringen.« Stoiko lief beunruhigt hin und her.

»Eines verstehe ich jedoch an dieser Geschichte nicht ganz, das alles, was der Rogogarder gesagt hat, in Frage stellt«, sagte Miklanowo skeptisch. »Die einzigen, die Interesse hätten, den Gouverneur umzubringen, sind die granburgischen Adligen und Brojaken. Der Mörder hat aber seinen Weg über die tarpolische Westküste gemacht. Wenn Jukolenko oder Kolskoi die Auftraggeber sein sollten, müssten sie den Attentäter, von dem wir nicht einmal wissen, woher er kommt, bereits vor vielen Monaten angeheuert haben, was allein zeitlich nicht möglich ist. Zumal Jukolenko seine Verbindungen in Granburg nützen würde. Also ist Eure Geschichte ebenso unwahrscheinlich wie gelogen, Herr Rudgass!«

»Ich lüge nicht!«, brauste der Pirat auf. »Der Cerêler hat mir vorhin gesagt, dass der Gouverneur aus Ulsar stammt und einen hohen Beamten am Hof des Kabcar zum Vater hatte. Was also, wenn ein Neider von dort einen Assassinen angeheuert hat? Das wäre doch möglich, oder etwa nicht?!«

Waljakov und Stoiko tauschten Blicke, Lodrik schloss kurz die Augen und nickte. »Es scheint, als ob sie mich doch gefunden hätten.«

»Kein Wort weiter, Herr«, zischte Stoiko und wirbelte herum, doch der Gouverneur schien sich zur Wahrheit entschlossen zu haben.

»Sie haben beide ein Recht darauf«, entgegnete Lodrik. »Miklanowo hat ohnehin mein volles Vertrauen, und Kapitän Rudgass erduldete wegen mir schon genug. Nimm dem Freibeuter die Fesseln ab, Waljakov.«

Grummelnd befreite der Leibwächter den Piraten und schickte die restlichen Diener und Wachen hinaus.

»Ich danke Euch, Exzellenz«, sagte Torben und rieb sich die vernarbten Handgelenke. »Aber was für eine

Wahrheit sollen wir erfahren?« Auch der Großbauer schaute neugierig.

»Ich bin in Wirklichkeit nicht der Sohn eines Hara¢«, begann Lodrik, »doch zuerst müsst ihr schwören, dass ihr das Geheimnis für euch behaltet.« Die beiden Männer nickten.

»Also, gut.« Er legte Miklanowo die Hand auf die Schulter. »Ihr habt den zukünftigen Kabcar auf den Weg zu einem guten Herrscher gebracht, dafür danke ich Euch.« Er blickte zu Torben. »Und Ihr habt den langen Marsch unternommen und Euer Leben aufs Spiel gesetzt, um Tarpol, Rogogard und ganz Ulldart vor der Rückkehr der Dunklen Zeit zu bewahren. Auch das ist mit allen Edelsteinen der Welt nicht aufzuwiegen. Dennoch soll Euch Stoiko eine Urkunde mitgeben, die Euch entweder das Geld für ein neues Schiff oder das Schiff selbst von der tarpolischen Regierung möglich machen wird.«

Torben und Miklanowo standen einen Moment still, dann sanken beide vor dem Tadc auf die Knie.

»Nein, nein. Das ist nicht notwendig. Hier in Granburg bin ich Gouverneur Vasja, und dabei soll es auch bleiben. Erhebt Euch.« Sie standen auf, doch die Fassungslosigkeit war nicht gewichen. »Kein Wort zu Hetrál. Er weiß noch nichts von meinem Geheimnis und soll vorerst nichts erfahren.«

»Bleibt das unangenehme Rätsel, wer Euren Aufenthaltsort verraten und wer Euch den Assassinen auf den Hals geschickt hat«, rief Waljakov in Erinnerung. »So lange wir das nicht wissen, sind wir nicht sicher.«

»Die Nachricht, dass der Gouverneur in Wirklichkeit der Tadc ist, scheint aber nicht weiter verbreitet worden zu sein«, warf Stoiko ein. »Offensichtlich hat der Auftraggeber auch kein großes Interesse daran, dass das Geheimnis bekannt wird.«

»Vermutlich aus Angst davor, erkannt werden zu können«, ergänzte Miklanowo. »Wer wusste alles von dem Täuschungsmanöver?«

»Mein Vater und Oberst Mansk«, sagte Lodrik.

»Der Kabcar scheidet bei unseren Überlegungen wohl aus, aber wie sieht es mit Mansk aus?«, fragte der Großbauer in die Runde.

»Der Oberst ist ein loyaler Kämpfer für das tarpolische Reich«, meinte Waljakov, »aber er trinkt sehr viel. Vielleicht hatten die Wände bei einem seiner Trinkgelage Ohren?«

»Es wird schwer sein, dahinter zu kommen.« Stoiko nahm das Herumlaufen wieder auf. »Deshalb sollten wir uns auf das vorerst Wesentliche konzentrieren.«

»Und das wäre?« Der Gouverneur wartete ab.

»Eure Sicherheit«, erklärte Waljakov, »und natürlich die Sicherheit Ulldarts.«

»Aber ohne dabei dem Assassinen einen Hinweis zu geben, dass wir von seinem Kommen wissen und ihn erwarten«, fügte Torben hinzu. »Wenn die Sicherheitsmaßnahmen auffällig verstärkt werden, wird er sich einen Weg suchen, den wir bei seinen Möglichkeiten niemals nachvollziehen können. Geben wir ihm aber Gelegenheiten, die wir kontrollieren, können wir ihn schnappen und vielleicht etwas über die Auftraggeber herausfinden.«

»Sehr gut«, lobte Stoiko und goss dem Piraten eigenhändig Rum bis an den Rand der Tasse ein. »Waljakov, das wird eine echte Herausforderung an dich.«

»Ich denke, es wird eine Herausforderung an alle, die an dem Theater beteiligt sind«, knurrte der Leibwächter. »Wer sagt euch eigentlich, dass er nicht schon längst in Granburg oder sogar verkleidet im Palast sitzt?«

»Das wirst du zusammen mit Kapitän Rudgass und deinen Spitzeln herausfinden«, sagte Lodrik. »Er weiß als Einziger, wie der Assassine aussieht, und kann ihn entdecken. Und seid bei euren Nachforschungen vorsichtig.« Er stellte seine Tasse ab. »Ich gehe jetzt in mein Bett. Ulldrael hat mich heute vor dem Tod bewahrt, da wird er es bestimmt nicht zulassen, dass der Mörder mich jetzt beseitigen kann. Gute Nacht.« Der Gouverneur ging hinaus, die Versammlung löste sich auf.

»Ich zeige Euch Euer Quartier«, sagte Stoiko zu Torben. »Ihr werdet im Gästeflügel mit Brojak Miklanowo untergebracht. Morgen lasse ich eine Verlautbarung verlesen, die das Missverständnis mit dem scheinbaren Attentäter aufklärt. Hättet Ihr etwas dagegen, wenn wir Euch als Betrunkenen deklarieren?«

»Wenn das so ist«, lachte der Pirat und griff sich im Vorbeigehen die Rumflasche, »möchte ich die Rolle wenigstens heute Nacht noch überzeugend spielen.«

Eine Woche lang suchten die Spitzel und Torben im Palast, standen sie an den Stadttoren und fragten sich durch alle Gasthäuser Granburgs, doch gerade während des Kornfestes war es ein Ding der Unmöglichkeit, alle Fremden, die in die Provinzhauptstadt gekommen waren, zu überprüfen.

Sicher war sich Torben nur, dass in der Residenz des Gouverneurs kein Assassine Zuflucht gefunden hatte, denn die Diener, Wachen und anderen Bediensteten kannten sich zu gut untereinander, als dass der Mörder sich hätte unbemerkt einschleichen können.

Eine Durchsuchung des Gebäudes ergab ebenfalls nichts. Mit Hetráls Hilfe wurden alle die Punkte verstärkt bewacht, von denen aus ein gezielter Schuss aus dem Hinterhalt möglich wäre.

Über den Palast und seine Bewohner legte sich eine fast spürbare Anspannung, alles wurde misstrauisch beäugt, und auch wenn sich Lodrik Mühe gab, seine Nervosität zu verbergen, konnten Stoiko, Miklanowo, Torben und Waljakov sie an kleinen Gesten und Entgleisungen erkennen.

Der Pirat trug die Uniform sowie Rüstung einer Leibwache, der geschlossene Helm sollte sein Gesicht einigermaßen vor dem Assassinen verbergen. Er war immer in der Nähe des Gouverneurs, um den Mörder identifizieren zu können, bevor er die Gelegenheit zu einer Tat bekam. Doch das Warten zehrte an den Nerven aller Beteiligter, wie Waljakov es vorausgesagt hatte. Die Gereiztheit stieg von Stunde zu Stunde.

Zu allem Überfluss hatte ein Bote einen Tag zuvor die Nachricht von einem Aufstand im Gebiet des Brojaken Kaschenko gebracht.

Der Großbauer bat um baldige Hilfe, da seine wenigen Bewaffneten die Lage alleine nicht mehr in der Gewalt hätten. Die Aufständischen, rund eintausend an der Zahl, würden alles, was sich ihnen in den Weg stellte, erbarmungslos niedermachen, bald erreichten sie die Grenzen seines Besitzes, und auch die anderen Brojaken müssten um Leben und Gut fürchten. Ihr Anführer wolle nur mit dem Gouverneur verhandeln.

Zuerst hatte Waljakov, wie Lodrik und alle anderen im Palast, an eine plump gelegte Falle gedacht, doch die Nachrichten aus dem Gebiet häuften sich, die übrigen Granburger wurden unruhig.

»Ich bin mir ziemlich sicher, dass Jukolenko seine Finger im Spiel hatte.« Stoiko sprach während des Tees aus, was alle in der Kanzlei Versammelten dachten. Das kleine Zimmer war zu ihrem liebsten Versammlungsort geworden, weil es absolut abhörsicher war.

»Ich verstehe das auch nicht.« Waljakov schaute finster in den brennenden Kamin. »Dabei waren die Menschen vor ein paar Tagen so begeistert von Euch, Herr.«

»Um so sicherer ist es, dass ein anderer hinter den Aufständischen steckt«, stimmte Miklanowo Stoikos Bedenken zu. »In der ganzen Stadt herrscht Unsicherheit über das Verhalten in Kaschenkos Gebiet. Wenn es einen Anlass zu einer Erhebung gegeben hätte, dann unter Jukolenko.«

»Vielleicht glauben die Menschen, dass der neue Gouverneur schwächer als der alte ist, und versuchen deshalb ihr Glück?«, schlug Torben vor, dessen Teetasse mit Grog gefüllt war.

»Nein, das ergäbe keinen Sinn«, beharrte der bärtige Brojak. »Es steckt mehr dahinter.«

»Ich empfehle Euch, schickt gleich morgen eine Garnison aus, die den Aufstand beendet«, sagte Waljakov.

Lodrik nickte. »Und ich werde an der Spitze des Zuges reiten.« Der Gouverneur streckte sich.

»Wieso nur wusste ich, dass er das will«, murmelte der Leibwächter und leerte seine Tasse, um anschließend laut Einspruch zu erheben. »Eigentlich müsste ich nichts mehr zu dieser Sache sagen, Herr, aber Ihr scheint in der Beziehung nicht sehr einsichtig zu sein. Ihr könnt nicht mit, weil Ihr Euer Leben und die Zukunft Ulldarts aufs Spiel setzt.«

»Und wenn ich nicht mitreite, verlieren viele hundert Soldaten und Bauern ihr Leben. Das gerade erworbene Vertrauen, dass die meisten Granburger in mich gewonnen haben, wäre dahin, und ich müsste die Provinz so regieren, wie sie Jukolenko regiert hat. Und das, Waljakov, will ich beim besten Willen nicht!« Lodrik wurde aufgebrachter und lauter. »Es wird in Zukunft, und merkt es Euch alle, keine langen Reden mehr geben, wenn ich etwas möchte. Ich fälle meine eigenen Entscheidungen. Ich bin der Gouverneur, der Tadc und der zukünftige Kabcar. Haben das alle hier drinnen verstanden?!«

Die Männer verneigten sich. »Ja, Herr, wir haben Euch verstanden«, antwortete Stoiko stellvertretend und wirkte dabei etwas steif. »Wir haben uns nur Sorgen um Euch gemacht. Aber es scheint wohl an der Zeit, dass Ihr das Ruder vollständig übernehmt. Von nun an werden wir uns nicht mehr in Regentenangelegenheiten einmischen.«

»Verdammt«, fluchte Lodrik und warf seine Tasse gegen den Kamin, der Tee spritzte nach allen Seiten davon, die Scherben verteilten sich klirrend im Raum. »Ich wollte Euch nicht beleidigen, aber ich will nicht mehr wie ein kleines Kind behandelt werden. Ich weiß, was auf dem Spiel steht, wenn ich sterbe, aber ich habe nicht die Absicht, in naher Zukunft in die Ewigkeit einzugehen. Und wenn es doch geschieht, dann war es Ulldraels Wille.« Der junge Mann beruhigte sich allmählich wieder. »Ihr seid meine besten Freunde, und deshalb bitte ich Euch, unterstützt mich von heute an nur noch, aber lasst das Bevormunden sein. Ich muss das Regieren lernen, und dazu gehört auch, dass man sich Gefahren stellt.« Lodrik wandte sich ab und starrte in die Flammen. »Und jetzt lasst mich alleine. Ich muss nachdenken.«

Einer nach dem anderen verließ die Kanzlei, bis der Gouverneur alleine war.

»Ich finde, er kommt sehr nach seinem Vater, je älter er wird«, sagte Stoiko auf dem Gang zu Waljakov, der zustimmend den Kopf neigte. »Ein Choleriker, wie er im Buche steht. Begleitest du mich in die Bibliothek? Ich fordere dich zu einer Partie Schach heraus.«

»Kein schlechter Vorschlag. Wahrscheinlich werden wir das taktische Denken in nächster Zeit benötigen«, meinte der Leibwächter und folgte dem Vertrauten. Hetrál, der auf dem Weg zum Gouverneur war, wurde von den beiden mitgenommen.

»Meister Hetrál«, Stoiko deutete auf einen Sessel, »setzt Euch. Spielt Ihr Schach?«

Der Stumme nickte und wackelte mit der ausgestreckten Hand.

»Leidlich, also. Dann seid Ihr besser als ich«, meinte Waljakov. »Ich sehe euch zu und versuche zu lernen.«

Nach zwanzig Zügen war die Partie für Stoiko vorüber. Der Leibwächter schüttelte sich vor Lachen, und ein reichlich zufriedener Turît lehnte sich in die Polster zurück.

»Wer hat Euch das beigebracht?« Der Vertraute starrte fassungslos auf das Brett.

Hetrál stand auf, nahm einen Atlas von Ulldart zur Hand und schlug das Königreich Aldoreel auf. Mit dem kleinen Finger zeigte er auf die Hauptstadt.

»König Tarm hat Euch das Schachspiel beigebracht?« Unglaube schwang in Stoikos Stimme mit. Doch der Schütze nickte.

»Daher also die höfischen Umgangsformen«, schloss Waljakov, aber der stumme Mann deutete nun auf Tersion. Den anderen beiden standen die Münder offen.

»Und wo wart Ihr noch?«, wollte Stoiko wissen.

Als Antwort legte Hetrál die Hand auf den Kontinent und strich mit dem Zeigefinger lediglich Kensutria und Palestan durch.

»Und was habt Ihr dort gemacht? Woher habt Ihr all das Geld, um so reisen zu können?« Der Leibwächter kratzte sich ratlos an der Glatze.

Der Turît stellte pantomimisch einen Bogenschuss dar, dann Applaus und das Zählen von Geldstücken.

»Verstehe«, sagte Stoiko. »Mit Euren Darbietungen reist Ihr kreuz und quer durch die Welt und verdient Euch bei den Fürsten Euer Geld. Da erlebt man mit Sicherheit einiges.«

Hetrál grinste breit, bedeutete ihnen zu warten und verschwand für einige Minuten aus der Bibliothek. Dann kehrte er mit einer kleinen Truhe zurück und präsentierte den beiden Männern die unterschiedlichsten Andenken von seinen Reisen, angefangen bei Dankurkunden von Grafen und anderen Adligen für die Beseitigung von Sumpfbestien bis zu einfachen Bastelarbeiten, Wimpeln und einer blonden Haarsträhne.

»Könnt Ihr noch mehr, als mit dem Bogen umzugehen?« Waljakov besah sich eine Urkunde aus Tersion.

Hetrál drückte dem Leibwächter einen Waslec in die mechanische Hand und wies ihm mit Zeichen an, sich auf die andere Seite der Bibliothek zu stellen, die Münze ausgestreckt dicht an der Wand zu halten. Stoiko blinzelte ihm aufmunternd zu. Der Stumme zog inzwischen etwas aus dem Ärmel.

Als Waljakov seine Position eingenommen hatte, schleuderte der Turît in kurzer Reihenfolge lange, dünne Gegenstände nach dem Geldstück und durchbohrte es mit den geschliffenen Metallstiften senkrecht in einer Linie.

»Äußerst beeindruckend.« Der Leibwächter ließ die Münze los, die festgenagelt an der Holzvertäfelung hing. Hetrál verbeugte sich, machte einen Kratzfuß und setzte sich wieder.

»Schön, dass Ihr nun in Granburg seid«, meinte Stoiko. »Ihr solltet dem Gouverneur bei Gelegenheit ebenfalls Eure Kunst beweisen.«

Torben bezog vor der Tür zur Kanzlei Posten und unterhielt sich leise mit einer anderen Wache, Miklanowo verschwand in seine Gemächer.

Die Zeit verrann.

»Er ist jetzt schon zwei Stunden da drin«, sagte Torben zu seinem Gegenüber. »Er wird doch nicht eingeschlafen sein?« Vorsichtig streckte er den Kopf zur Tür hinein, nur um ihn hastig wieder einzuziehen. »Er brütet über irgendwelchen Büchern.«

Der andere Soldat gähnte herzhaft.

»Die Luft ist ziemlich trocken, oder? Bleib du hier, ich gehe und hole uns etwas zu trinken«, meinte der Rogogarder. »Im Gegensatz zu dir darf ich meinen Posten verlassen.«

»Was für ein Glück. Ich komme allmählich um vor Durst«, sagte der andere dankbar. »Aber beeil dich lieber.«

Der Pirat winkte ab. »Um die Zeit kommt keiner der Offiziere mehr vorbei, höchstens Waljakov, und der weiß ja, dass ich der zweite Mann vor der Tür bin. Du hast also überhaupt nichts zu befürchten.«

»Ganz wohl ist mir trotzdem nicht dabei«, murmelte der Soldat, während Torben pfeifend den halbdunklen Gang entlang zur Küche lief.

Er bog auf dem Rückweg gerade mit einem vollbeladenen Tablett um die Ecke, als er mehrere Stimmen an der Eingangstür hörte, und so schnell es ihm seine Fracht erlaubte, lief er in die Halle, um sich die Sache anzusehen.

Die beiden Diener verneigten sich in diesem Moment vor einer Frauengestalt, die in einen roten Umhang gehüllt war.

»Was geht hier denn vor?« Torben drückte einem der Diener das Tablett in die Hand und versuchte unter die Kapuze der Frau zu sehen.

»Das ist Norina Miklanowo, die Tochter von Brojak Miklanowo«, antwortete der zweite Diener. »Sie muss ihren Vater sprechen.«

Norina nieste, hielt sich ein Taschentuch vor das Gesicht und hustete. »Verzeiht meinen späten Besuch, aber es ist sehr wichtig. Ein Teil unserer Leibeigenen hat sich den Aufständischen angeschlossen, und nun brauche ich unbedingt den Rat meines Vaters«, sagte sie verschnupft und mit krächzender Stimme. »Wo finde ich ihn? Jede Minute ist kostbar.«

»Folgt mir«, meinte Torben und nahm das Tablett wieder an sich. »Das sind ja fürchterliche Neuigkeiten. Hier entlang.« Er nickte in Richtung des Ganges, Norina setzte sich in Bewegung.

»Wie geht es dem Gouverneur«, wollte sie wissen. »Ich habe gehört, ein Betrunkener habe ihn schwer verletzt?«

Der Rogogarder lachte. »Das war halb so wild. Inzwischen ist er wieder auf den Beinen. Aber Ihr klingt sehr erkältet, und das im Sommer?«

»Ich vertrage das Reisen in Kutschen nicht besonders«,

erklärte sie in einer Mischung aus Husten und Krächzen, »und beim kleinsten Zug bekomme ich eine Grippe. Aber in dem Fall musste ich es wohl auf mich nehmen.« Norina schniefte und presste den Stoff an die Nase, um sich kräftig zu schnäuzen. »Man sagt, der Gouverneur habe sich sehr verändert? Kann ich ihn anschließend sprechen?«

»Er ist derzeit in der Kanzlei und will nicht gestört werden«, gab Torben Auskunft. »Ich würde Euch nicht empfehlen, ihn zu …« Der Pirat stockte, als ihn eine Wolke von Norinas süßlichem Parfüm einhüllte. Der Geruch kam ihm irgendwie bekannt vor, aber das Innenleder des Helms verfälschte das Odeur.

Die Frau hatte sein Zögern bemerkt. »Was ist? Warum erzählst du nicht weiter, Soldat?« Sie musterte ihn aufmerksam hinter dem Taschentuch hervor.

»Es ist Euer Parfüm, Herrin. Es kommt mir bekannt vor.«

»Vermutlich hat mein Vater seinen Glücksschal bei sich. Er ist mit meinem Parfüm getränkt, und ich gebe ihn immer als Talisman mit, wenn mein Vater und ich getrennt sind«, erklärte Norina. »Kommst du, oder soll unser Land wegen deiner Langsamkeit in die Hände von aufständischem Bauernpack fallen?«

Allmählich wurde Torben stutzig. Er war zwar noch nicht lange hier, aber an der Art, wie Miklanowo von seinen Landpächtern sprach, erkannte er einen gewissen Respekt für die Menschen, die seine Tochter offensichtlich nicht teilte. Hatte der Brojak nicht immer erzählt, seine Tochter denke genauso wie er?

Er blieb kurz stehen, um vorsichtig seine Fracht auf einer Hand auszubalancieren, und öffnete mit der anderen das Visier, damit er das Duftwasser genauer riechen konnte.

Wieder sog er das schwere, süße Aroma ein, dann fiel es ihm wie Schuppen von den Augen.

In diesem Moment drehte sich Norina vor ihm um, sah in sein Gesicht und fuhr zurück.

»Du bist es, du verdammter Mörder!«, rief Torben. »Ich habe geahnt, dass es das Parfüm ist, das in deinem Seesack war!«

»Du wirst keine Gelegenheit bekommen, es jemanden zu erzählen, Kapitän Rudgass«, knurrte die vermeintliche Norina mit bekannter Stimme und schleuderte mit einer blitzartigen Bewegung einen Gegenstand nach dem Hals des Piraten.

Geistesgegenwärtig riss der Rogogarder das Tablett hoch, die beiden Krüge, das Brot und der Käse fielen zu Boden, Bier ergoss sich schäumend über den Boden.

Ein dumpfer Laut ertönte, dann bohrte sich die Spitze des vergifteten Wurfmessers eine Fingerlänge durch das Holz und blieb stecken.

»So leicht geht das bei mir nicht«, lachte Torben und warf seine Deckung weg, um seinen Säbel zu ziehen, doch wie eine Katze flog der Assassine durch die Luft und sprang dem Piraten an die Brust, in der rechten Hand hielt er den nächsten Dolch.

Beide Männer wälzten sich keuchend am Boden, verzweifelt versuchte der Rogogarder die Klinge von seinem Gesicht wegzudrücken, doch die Kräfte seines Gegners waren größer, als er damals auf Grund der kleinen Statur angenommen hatte. Die Anstrengung raubte ihm seine ganze Atemluft, sodass er nicht einmal um Hilfe rufen konnte.

Der Assassine ließ mit einem Mal nach. Torben schoss überrascht halb in die Höhe und erhielt einen schmerzhaften Tritt zwischen die Beine. Sein Magen zog sich zusammen, und er sank stöhnend nach hinten um.

Groß erschien eine Schuhsohle vor seinen Augen, und erst im letzten Moment rollte er sich zur Seite. Wirkungslos knallte der Absatz auf den Stein.

Der Pirat wurde hochgezogen und blickte in die Augen

des grinsenden Mörders, dessen Antlitz mit Schminke bedeckt war, dann beförderte ihn der Angreifer mit Wucht gegen die Mauer, an der er sich den Kopf schlug. Zwar fing der Helm einiges ab, dennoch gab ihm der Aufprall den Rest. Halb ohnmächtig rutschte er zu Boden.

»Gute Nacht, Kapitän Rudgass.« Der Assassine trat ihm ins Gesicht, dass es krachte. »Man sollte niemals etwas versprechen, was man nicht halten kann. Ich dagegen stehe zu meinem Wort, das ich Euch auf der *Selina* gegeben habe.«

Wieder kam der Absatz auf ihn zu.

Leise klopfte es an die Tür der Kanzlei, doch Lodrik ignorierte den Laut.

Das nächste Pochen war bereits etwas aufdringlicher, der Gouverneur erhob sich fluchend von seinen Büchern und schritt zum Eingang.

Mit einem Ruck öffnete er die Tür und schaute auf die Wache, neben der eine Frau in einem roten Umhang stand, die gerade in ihr Taschentuch nieste.

»Was gibt's?«, bellte er den Soldaten an. »Und wo ist Torben?«

»Exzellenz, Rudgass ist etwas zu trinken holen.« Der Mann zeigte auf die Frauengestalt. »Norina Miklanowo möchte mit Euch reden.«

»Norina? Das ist aber eine freudige Überraschung.« Lodrik trat zurück und machte eine einladende Geste, die Frau neigte den Kopf, schnäuzte sich und betrat das kleine Zimmer, der Gouverneur warf die Tür mit Schwung ins Schloss.

»Was verschafft mir die Ehre deines Besuches? Ich habe nicht mit dir gerechnet.« Innerlich hätte sich Lodrik für diesen Satz ohrfeigen können. Er wollte sie ganz vornehm empfangen, aber derzeit klang er, als weise er einen aufdringlichen Bittsteller ab. Ob er trotzdem einen Begrüßungskuss wagen sollte?

»Entschuldigt, Exzellenz, dass meine Stimme wie ein knarrendes Rad klingt, aber ich fürchte, ich habe mich auf dem Weg hierher erkältet«, krächzte sie und nieste erneut. »Unsere Leibeigenen haben sich teilweise auf die Seite der Aufständischen geschlagen, und ich wollte den Rat meines Vaters einholen oder ihn zur Rückkehr bewegen.«

»Dieser Aufruhr macht größere Schwierigkeiten, als ich angenommen habe.« Lodrik schenkte Norina Tee ein. »Wie viele sind es?« Vorsichtig versuchte er einen Blick auf ihr Gesicht zu werfen, aber immer waren die Kapuze oder das Taschentuch im Weg. Irgendwie hatte er sie größer in Erinnerung gehabt. Und warum redete sie mit ihm wie mit einem fast Unbekannten?

»Um die hundert Männer«, antwortete Norina und drehte sich zum Kamin um, der Statthalter trat an ihre Seite. »Ihr habt Euch sehr verändert, und wenn ich nicht genau wüsste, dass Ihr es seid, hätte ich Euch kaum wiedererkannt.«

»Waljakov hat sich viel Mühe gegeben, mir Ausdauer beizubringen.« Er nippte an seiner Tasse. »Es war eine harte Zeit, aber ich fürchte, das, was vor mir liegt, wird noch härter werden.« Er hielt es nicht länger aus. »Norina, weshalb benimmst du dich, als hätten wir uns nie geküsst? Habe ich etwas falsch gemacht? Und wo ist das Amulett, das ich dir geschenkt habe?« Er streckte seine Hand aus, um ihre Wange zu berühren.

Sie zog den Kopf zurück. »Ich habe es noch. Es ist nur so lange her, und da dachte ich, du hättest es dir vielleicht mit uns beiden anders überlegt«, hustete sie, der Silberlöffel hüpfte dabei vom Unterteller und fiel zu Boden. »Wie ungeschickt von mir.«

»Das macht doch nichts«, schwächte Lodrik ab und bückte sich eilig, um das Besteckstück aufzuheben.

Als er in die Vertiefung des polierten Silbers blickte, sah er einen Schatten in rasender Geschwindigkeit auf seinen Rücken zukommen. Instinktiv warf er sich zur Seite.

Die Dolchklinge bohrte sich zwischen die Segmente der Metallpanzerung tief in die rechte Schulter und zog eine blutige Bahn über das Gelenk. Sofort breitete sich ein unangenehmes Brennen aus.

»Norina, bist du verrückt geworden?«, keuchte Lodrik und hielt sich die Wunde. Erst jetzt erkannte er, dass es nicht die Tochter seines Freundes war, die ihm mit einem bösartig aussehenden, blutigen Dolch gegenüberstand.

Die Kapuze hing nun auf der Schulter, und der Gouverneur sah in die Gesichtszüge eines stark geschminkten Mannes, der sich zum Sprung bereit machte.

»Wache!«, schrie Lodrik und hechtete zum Tisch, auf dem er seinen Säbel abgelegt hatte.

Die Tür schwang auf, der Soldat stürmte in den Raum und sah sich um.

Die wenigen Sekunden, die der Mann zur Orientierung benötigte, genügten dem pfeilschnellen Assassinen, um die Klinge von hinten in die Kehle der Wache zu rammen, ein Blutstrahl ergoss sich in hohem Bogen in den Raum, und der Mann brach gurgelnd zusammen.

Lodrik hatte den Säbel gezogen und drang auf den Mörder ein, der geschickt unter den Hieben wegtauchte und sich die Waffe des Toten griff, mit der anderen Hand zog er einen weiteren Dolch.

Ein heftiges Gefecht entbrannte, bei dem der junge Mann schnell erkannte, dass er der Unterlegene sein würde.

Die Art der Schläge seines Gegners ähnelten zum Erstaunen des Statthalters sehr der Technik Waljakovs, mit der er glücklicherweise vertraut war, denn ansonsten wäre der Kampf schon längst beendet gewesen.

Lodriks Kräfte erlahmten, sein rechter Arm fühlte sich fast taub an und kribbelte unangenehm.

Er ging auf Distanz und warf alles nach dem Assassinen, was er finden konnte. Kassenbücher und Tintenfass flogen ebenso durch die Luft wie Kerzenhalter und Teekanne. Auf dem Gang hörte man entferntes Rufen und die ersten Schritte.

»Zur Seite, Herr«, rief Waljakov plötzlich von der Tür. Lodrik ließ sich fallen und hörte kurz darauf das Geräusch einer abgeschossenen Armbrust.

Der Mörder schrie auf, dann prallte in rasanter Abfolge Metall auf Metall.

Der Gouverneur erhob sich schwankend und sah, wie sich der Leibwächter ein atemberaubendes Duell mit dem Assassinen lieferte, in dessen linkem Arm ein Bolzen steckte.

Beide Männer kämpften verbissen, die Schläge prasselten nieder, und immer wieder schafften es die Gegner, die Hiebe des anderen zu parieren.

Plötzlich zuckte der Dolch des Mörders vor, Waljakov wehrte ihn mit der mechanischen Hand ab und packte den Assassinen bei der Kehle. Der Leibwächter stieß einen gewaltigen Schrei aus, riss den Mann am ausgestreckten Arm in die Höhe und schleuderte ihn kopfüber zu Boden.

Scheinbar benommen blieb der Mörder liegen, Blut sickerte aus dem Mund.

Waljakov drehte sich, um nach Lodrik zu sehen, als der Assassine unvermittelt aufsprang, mit der Klinge auf den Nacken des Leibwächters zielte und etwas rief, während er zustieß.

Waljakov erahnte die Attacke und unterlief sie, antwortete lachend in einer unverständlichen Sprache und schlug dem Assassinen aus der Drehung den Unterarm durch.

Dolch und Armstück flogen durch die Luft, eine Blutfontäne spritzte aus dem Stumpf, dann brach der Mörder zusammen, während das Rot in Strömen aus der Wunde lief.

Der Leibwächter kam mit einem fast dämonischen Lächeln und voller Blut auf Lodrik zu, auch Stoiko und Hetrál eilten zu dem verletzten Gouverneur, der die Augen verdrehte und zu Boden stürzte.

Ulsar, Hauptstadt des Königreichs Tarpol, Spätsommer 442 n. S.

Matuc kam sich inmitten des ganzen Prunks fehl am Platze vor. Auch wenn aus ihm nach dem Ableben von Tradja vor vier Jahren der Vorsteher des kleinen Mönchgehöfts bei Tscherkass geworden war, hatte er trotzdem keinen Hang zu Pomp entwickelt. Offenbar ganz im Gegensatz zu den Oberen des Ordens.

Der Einzige, der eine einfache Robe trug, war Matuc. Alle anderen, die geschäftig und sehr wichtig an ihm vorbeischritten, trugen derart kostbare Gewänder, dass sich der Vorsteher fragte, ob er nicht aus Versehen in einem Adelshaus gelandet war.

Der Geheime Rat Ulldraels hatte ihn nach Tarpol bestellt, ohne einen Grund anzugeben. Der Bote bestand damals nur auf allerhöchste Eile und redete von unendlicher Dringlichkeit, dabei war Matuc gerade mit dem Füttern der Hühner beschäftigt. Diese Aufgabe ließ er sich selbst als Vorsteher nicht nehmen, gehörte sie doch seit seinem Eintritt in den Orden zu seinen Pflichten.

Nun stand der Mönch ziemlich verstaubt in der Halle des größten Ulldrael-Tempels in Tarpol und wartete mit einer gewissen, ungewohnten Ungeduld auf das weitere Geschehen. Die zahlreichen Gemälde in den goldnen Rahmen, die unterschiedliche Mitglieder des Geheimen Rates porträtierten, kannte er inzwischen zur Genüge.

»Wenn ihr Glaube so stark ist wie bei manchen die

Figur, dann hat Ulldrael der Gerechte nie wieder Schwierigkeiten mit dem Vertrauen seiner Getreuen in ihn«, murmelte der Mönch einem besonders feisten Bruder Kopf schüttelnd hinterher. »Ob das Leben hier den Blick für die einfachen, schönen Dinge des Lebens trübt?«

Versuchshalber kratzte er an einer dunkelgelb schimmernden Säule und hatte ein Stückchen Goldpapier unterm Fingernagel.

»Bruder Matuc?«, sagte eine Stimme in seinem Rücken. Der Vorsteher fuhr herum und drehte unwillkürlich die Hand mit dem Blattgoldfetzen nach hinten. Vor ihm stand ein Mönch, der ihn mit kritischem Blick musterte. »Ich soll dich zum Geheimen Rat bringen. Bist du bereit?«

Matuc nickte. »Geh voraus, ich folge dir, Bruder.«

Die beiden Männer stiegen etliche Treppen hinauf, durchquerten Korridore und Zimmer. Der Vorsteher war sich sicher, dass die Räume im Palast des Kabcar nicht weniger kostspielig ausgestattet sein konnten.

Schließlich endete der Marsch, bei dem sein Führer hartnäckig geschwiegen hatte, vor einer mächtigen Tür.

»Wir sind da, Bruder. Der Geheime Rat erwartet dich.« Der Mönch streckte die Hand aus. »Gib mir das Blattgold. Ich lasse es wieder an seinem Platz anbringen.«

Matuc wurde rot und legte den Krümel in die Handfläche des anderen. »Ich dachte, es sei Farbe. Ich hatte ja keine Ahnung, dass wir ein so reicher Orden sind.«

»Wir sind nicht reich, wir loben Ulldrael mit dem Glanz.« Sein Begleiter öffnete die Tür und machte eine einladende Geste. »Geh hinein, Bruder.«

Der Vorsteher ging ein paar Schritte hinein, der Eingang wurde hinter ihm geschlossen.

Dicke Brokatvorhänge schluckten den Großteil des Tageslichts, das nur sporadisch zwischen kleinen Ritzen in das abgedunkelte Zimmer fiel. Es roch intensiv nach Räucherwerk, dicke Schwaden zogen umher und wurden in den Lichtstrahlen als bizarre, nebelhafte Muster sichtbar.

In der Mitte des Raumes stand ein großer, langer Tisch, hinter dem neun betagte Männer in dunkelgelben Roben saßen, die den Besucher schweigend ansahen. Ein niedriger Hocker war vor dem Tisch platziert.

Matuc brauchte ein wenig Zeit, um sich an das Zwielicht zu gewöhnen. Der Rauch brannte in der Nase, ein leichter Schwindel erfasste ihn.

»Ulldrael dem Gerechten gebührt alle Ehre«, sagte der Mann in der Mitte.

»Und die Achtung aller Lebewesen«, vervollständigte der Vorsteher gewohnheitsgemäß den Gruß und formte mit den Händen die Kugel, als Symbol für die allumfassende Macht des Gottes.

»Wir haben uns lange nicht mehr gesehen, Bruder Matuc.« Der Sprecher erhob sich.

»Das letzte Mal vor vier Jahren, als ich zum Vorsteher des kleinen Hofes ernannt wurde, Oberer.« Matuc neigte leicht den Kopf. »Um so erfreuter bin ich, dass ich einmal mehr in den Genuss komme, einen Fuß in den Großtempel setzen zu können. Es ist immer wieder ein unwahrscheinliches Erlebnis für einen Gläubigen, der nur die Abgeschiedenheit kennt. Das viele Gold blendet einen, aber das Beten gelingt mit geschlossenen Augen ohnehin besser.«

Der Obere lachte leise. »Noch immer die scharfe Zunge, Bruder? Wir wollen nur Ulldrael den weisen Gerechten gebührend preisen und loben, wie es einer Gottheit zusteht.« Er deutete auf den Hocker vor dem Tisch. »Setz dich. Wir müssen dir ein paar Fragen stellen.«

Matuc kam der Aufforderung nach.

»Es geht um eine Angelegenheit, die viele Jahre zurückliegt«, begann der Obere. »Sie trug sich damals noch unter Tradja zu. Ich vermute, du ahnst, um was es geht?«

»Vermutlich um den Visionär Caradc, der uns die Warnung Ulldraels des Gerechten übermittelte«, schätzte der Vorsteher. »Tradja hat damals den Kabcar gewarnt und den Geheimen Rat von der Begebenheit in Kenntnis gesetzt.«

Der Obere nickte. »In Kenntnis gesetzt schon, nicht aber über den exakten Wortlaut der Botschaft. Er wollte ihn uns zukommen lassen, hat es aber die Jahre über versäumt. Unser Bibliothekar bemerkte das Fehlen.« Der Mann nahm wieder Platz. »Tradja hat damals gesagt, du warst derjenige, der die Worte des Visionärs gehört hat?«

»Ich bin der Einzige, der die Botschaft Ulldraels vernommen hat«, bestätigte Matuc.

»Wiederhole sie«, sagte der Mönch am linken Ende des Tisches herrisch.

»Bitte?« Der Vorsteher war verwirrt. Warum sollte er eine Botschaft wiederholen, die doch allgemein bekannt war?

»Wiederhole sie, bitte«, befahl der Obere sanfter, stützte die Ellenbogen auf die Platte und lehnte sich vor.

»Ulldrael will, dass der Tadc vor Anschlägen ...«, fing Matuc an, doch der Mönch an der rechten Seite unterbrach ihn.

»Nicht das, was du zusammengefasst hast, sondern das, was der Visionär wörtlich zu dir gesagt hat, Bruder.«

»Es ist seitdem viel Zeit vergangen, und ich weiß nicht genau, ob ich alle Worte in der richtigen Reihenfolge zusammenbringe, aber ich werde es versuchen«, antwortete der Vorsteher.

Im Geist kehrte er zu diesem schrecklichen Ereignis zurück und sah, wie Caradc in der Blutlache lag, während er um sein Leben kämpfte, damit er die wichtigen Worte Ulldraels weitergeben konnte.

»Er sagte: Der Tadc, Vorsicht, töten. Tadc, töten, Dunkle Zeit. Tadc, Gefahr, jemand, töten. Dunkle Zeit kehrt zurück.« Matucs Stimme zitterte, Tränen liefen ihm bei der Erinnerung an den grausamen Tod seines Freundes die Wangen hinunter. »Das hat er gesagt, Geheimer Rat. Es ist alles lebendiger geblieben, als ich es angenommen hatte.«

Das Gremium des Ulldrael-Ordens schwieg.

Sanft bewegten sich die Vorhänge, der Qualm wirbelte durcheinander und ein Windspiel ließ leise, klingende Töne durch den Raum schweben.

»Wie ihr seht, Brüder, hatte ich mit meinen Anordnungen nicht voreilig gehandelt«, sprach der Obere nach einer Zeit. »Es ist nur schade, dass sie, wie ich erfahren musste, nicht von Erfolg gekrönt waren. Es wird nun schwieriger sein.« Die Männer in den goldgelben Roben nickten. »Bruder Matuc, was geschah dann, nachdem die Warnung überbracht wurde?«

»Es kehrte bald wieder die gewohnte Ruhe auf dem Gut ein«, erzählte der Vorsteher, der sich auf die rätselhafte Erklärung des Oberen an die anderen keinen Reim machen konnte.

»Du bist dir ganz sicher, dass nichts Ungewöhnliches passierte?«

»Na, ja, es ist vielleicht nicht der Rede wert«, meinte er nach einer Weile des Nachdenkens, »aber einer der Mitbrüder floh vom Hof, wenige Tage nachdem Caradc gestorben war. Er war noch nicht lange im Orden, und keiner konnte ihm die Flucht verübeln. Vermutlich war sein Glaube noch nicht so gefestigt wie bei uns anderen. Und drei Hühner sind gestorben.«

Der Geheime Rat steckte die Köpfe zusammen und flüsterte untereinander, sodass Matuc nichts von dem verstand, was sie sagten.

Ein neuerlicher Schwindelanfall überkam ihn, schnell klammerte er sich an dem kleinen Hocker fest, um nicht zur Seite zu kippen. Die Stimmen der Männer wurden undeutlich und hallten sehr in seinem Kopf, die Augen brannten schmerzhaft. Aber er fühlte sich leicht, und am liebsten hätte er die ganze Zeit erzählt und erzählt.

»Wie sind sie gestorben?«, fragte der Obere. »Irgendetwas, was dir seltsam vorkam?«

Matuc sah dem Qualm nach, der lustige Figuren formte. »Ungewöhnlich war, dass sie in Krämpfen starben und Eier voller Blut legten. Wir haben es als Zeichen Ulldraels verstanden, dass er ebenso um Caradc trauerte wie wir.«

»Wo sind die Hühner gestorben?«, hakte der Obere nach.

»Ich weiß nicht, warum die Tiere so sehr von Interesse sind.« Dem Vorsteher kam das Schwindelgefühl inzwischen merkwürdig vor, und er wurde den Verdacht nicht los, dass es unter Umständen an dem Räucherwerk lag, das erstaunlicherweise nur in seine Richtung qualmte. »Sie lagen tot in der Kammer von Aspirant Benjawitsch und Bruder Caradc. Aspirant Benjawitsch war derjenige, der heimlich den Hof verlassen hat.«

»Beide bewohnten die gleiche Kammer?«

Matuc nickte. »O ja. Er sollte den Neuling in die Betgewohnheiten eines Mönchs einweihen und ihn unterrichten.« Er erhob sich und kam torkelnd auf die Beine. »Geheimer Rat, dürfte ich bitte an die frische Luft? Mir ist etwas übel.«

Der Obere winkte wohlwollend. »Geh nur. Wir müssen uns ohnehin beraten. Ruh dich von der Reise aus, iss, schlaf und bete im Tempel für Caradc. Danach werden wir dich rufen.«

Matuc neigte den Kopf, wobei er um ein Haar vornübergekippt wäre, und taumelte zur Tür.

Draußen erwartete ihn der Mönch, der ihn hergeführt hatte.

»Bruder, ich bringe dich in deine Kammer. Du scheinst sehr erschöpft von deiner Reise zu sein.«

»Das wird es wohl sein«, murmelte Matuc und stolperte wie ein Schlafwandler hinter seinem Führer her.

Das Letzte, woran er sich erinnerte, war ein gemütliches, weiches Bett, in dem er zufrieden versank.

Am nächsten Tag begann Matuc den Morgen entgegen seiner Gewohnheit mit einem ausgedehnten Frühstück, das ihm die Brüder des Ulldrael-Tempels an sein Bett gestellt hatten. Danach begab er sich unverzüglich in die Beträume und verbrachte mehrere Stunden mit dem leisen Sprechen von Litaneien, um innere Ruhe zu finden.

Anschließend wanderte er in den weitläufigen Grünanlagen umher, ohne überhaupt zu wissen, wo er hin wollte, doch weder der Spaziergang noch das Gebet konnten seine Gedanken von der gestrigen Unterredung mit dem Geheimen Rat ablenken.

Auch wenn er sich nicht mehr richtig an alle Einzelheiten erinnerte, so wusste er noch, dass das Gremium den genauen Wortlaut von Caradcs Vision hatte hören wollen. Und das war ein Umstand, der ihn immer noch verwunderte.

Achtlos ging er an den unzähligen, duftenden Blumen vorüber, die Arme hinter dem Rücken verschränkt, und grübelte.

»Ach, hier bist du«, rief ein Mönch aus der Entfernung. »Der Geheime Rat möchte dich sofort sehen, Bruder. Man hat gefürchtet, du seist schon abgereist.«

»Ohne zu wissen, um was es geht?«, murmelte Matuc, und fügte laut hinzu: »Nein, nein. Ich brenne voller Ungeduld, die weisen Führer unseres Ordens noch einmal zu treffen.«

»Dann komm. Es ist dringend.«

»Es scheint immer dringend zu sein.« Der Vorsteher folgte dem Mönch, der einen anderen Weg zum Besprechungszimmer zu nehmen schien wie der gestrige Führer.

Zu Matucs Überraschung erwartete ihn nur der Obere im Raum. Das Räucherwerk brannte diesmal nicht, nur die Vorhänge waren zugezogen.

Der Mann in der goldgelben Robe erhob sich beim Eintreten des Vorstehers. »Wir dachten schon, du seist abgereist.«

»Ich habe mir die Beine im Garten vertreten. Es ist eine sehr schöne Anlage, die der Tempel hat«, erklärte er.

»Wir sind auch sehr stolz darauf. Die Blumensamen kommen aus ganz Ulldart, aus Kalisskon und Angor.«

»Wieder eine sehr teure Angelegenheit. Wir züchten Kartoffeln und Rüben auf unserem Hof. Ulldrael scheint damit auch sehr zufrieden zu sein.«

»Du kannst es einfach nicht lassen, nicht wahr, Bruder Matuc«, lachte der Obere. »Ich verzeihe dir, so wie dir Ulldrael der weise Gerechte verzeiht.« Er bedeutete dem Vorsteher, sich zu setzen. »Ich wollte eigentlich nicht mit dir über die Blumen reden.«

»Das dachte ich mir, Oberer«, antwortete Matuc und sah sich demonstrativ um. »Wo sind die anderen Mitglieder des Geheimen Rates?«

»Wir haben gestern noch unsere Entscheidung gefällt und müssen daher nicht mehr alle versammelt sein, um dir deinen Auftrag zu erteilen. Alle Mitglieder erfüllen weitere, wichtige Pflichten, die nicht vernachlässigt werden dürfen.«

»Auch ich habe, bei allem Respekt, Oberer, ebenfalls meine Pflichten in Tscharkass. Ich wäre dir dankbar, wenn ich so schnell wie möglich zurückkehren könnte, um nach dem Rechten zu sehen«, warf der Vorsteher ein.

»Nun, gut. Wie du dir denken kannst, geht es um die Vision Caradcs. Ich habe sie bereits damals mit Tradja besprochen, aber er erinnerte sich nicht richtig. Sie kam mir jedoch früher schon zweideutig vor. Wir haben sie deshalb gestern eingehend studiert und sind zu dem Ergebnis gekommen, dass man sie durchaus anders verstehen kann, als du es getan hast, Bruder«, sagte der Obere kühl. »Es wäre denkbar, dass Ulldrael der Gerechte wollte, dass der Tadc nicht vor dem Tode bewahrt wird. Ganz im Gegenteil.«

Matuc öffnete fassungslos den Mund. »Du meinst, Ulldrael will, dass wir einen …«

Der Obere hob die Hände. »Kein solches Wort in diesem Tempel, auch wenn es der Wille des Gottes ist. Der Geheime Rat hat beschlossen, dass du der Sache nachgehen wirst.«

»Was meint der Geheime Rat mit ›nachgehen‹?«

»Du weißt sehr wohl, was von dir erwartet wird«, bemerkte der Obere kalt. »Hättest du die Botschaft Ulldraels im genauen Wortlaut wiedergegeben, wäre das Problem schon lange ohne Aufhebens aus der Welt geschafft worden. Somit bist du genau der richtige dafür, denn wegen deiner Nachlässigkeit kann es bereits zu spät sein. Erinnere dich: Die Botschaft Ulldraels kam vor fünf Jahren. Wenn damals der Zeitpunkt des Handelns gewesen wäre, dann Gnade uns und allen Völkern auf Ulldart! Nun ist es schwieriger als je zuvor, einen Mann in die Nähe des Tadc zu bekommen.« Er lehnte sich vor. »Aber einem harmlosen Mönch wird es wohl gelingen.« Er machte eine kleine Pause. »Bruder Matuc, ich verstehe, dass du dir Sorgen wegen deines Auftrags machst, aber es ist die einzige Möglichkeit, wie wir den Kontinent vor Schaden bewahren können. Vermutlich hätten viele die Vision so verstanden wie du, aber es war ein Fehler, dass du den Geheimen Rat nicht sofort über den Wortlaut in Kenntnis gesetzt hast. Ob der Fehler wiedergutzumachen ist, werden wir sehen.«

»Und du bist dir sicher, dass Ulldrael es so und nicht anders gemeint hat?«, fragte Matuc zögerlich.

»Der Geheime Rat ist sicher, Bruder Matuc. Bruder Kilinin wird in Tscherkass an deine Stelle treten, während du den Tadc besuchst. Jedes Opfer ist notwendig, damit dein Ziel erreicht wird, Bruder, zum Wohle aller Ulldarter.«

»Wohin muss ich?«

»Er lebt als Gouverneur Vasja in Granburg, wie meine

Quellen berichteten«, erzählte der Obere. »Wir geben dir alles Wichtige für die Reise mit, auch eine Zeichnung des Gouverneurs, wie er jetzt aussieht. Und nun geh. Je eher du ein Ziel erreicht und die Aufgabe des Gottes erfüllt hast, desto besser für Ulldart. Wir schließen dich in unsere Gebete ein.«

»Hat der Geheime Rat schon einmal jemanden geschickt, der der Sache … nachgegangen … ist?«, wollte Matuc wissen. »Du hast gestern so etwas erwähnt, glaube ich.«

»Du hast ein gutes Gedächtnis, Bruder.« Der Obere verstaute die Hände in den weiten Robenärmeln. »Vielleicht hat er, vielleicht auch nicht. Warum ist das so wichtig? Du wirst die Sache beenden. Ulldrael der Gerechte will es.«

»Bevor ich gehe, hätte ich noch eine Frage, Oberer.« Der Vorsteher schaute zu dem Mann hinüber. »Was weiß der Geheime Rat über Aspirant Benjawitsch?«

»Genaues war leider von unseren vielfältigen Quellen nicht in Erfahrung zu bringen, aber wir vermuten, dass er als Spitzel für die Anhänger des Gebrannten Gottes diente. Seit seinem Verschwinden halten sich, was wir erfahren haben, die Anhänger Tzulans in Bereitschaft. Wer weiß, vielleicht hat Caradc ihm als Kammergenosse zuerst von seiner Vision erzählt, und er vergiftete ihn dafür sogar, damit der verstorbene Bruder die Warnung vor der Dunklen Zeit nicht weitergeben sollte? Vielleicht kennt er die ganze Prophezeiung Ulldraels.«

»Es klingt, so wie du es sagst, sehr einleuchtend. Ich hatte nie verstanden, weshalb Ulldrael der Gerechte einen seiner Diener mit einer so wichtigen Botschaft umbringt«, gestand Matuc. »Ich werde mich sofort auf den Weg machen.«

»Du musst aber bei deiner Mission unauffällig bleiben«, wies ihn der Obere eindringlich an. »Keiner der Ulldarter soll wissen, was wir vorhaben, denn ich rechne nicht mit der Zusammenarbeit des Kabcar in dieser Sache. Der Tadc ist der einzige Erbe, den der Regent hat, und den möchte er gewiss nicht verlieren, auch wenn er nicht seinen Vorstellungen entspricht. Nach deiner Tat werden wir die Wahrheit verkünden und beschwören.«

Der Vorsteher neigte den Kopf und verließ das Zimmer.

Kaum war Matuc draußen, als der Obere ein Stück Pergament aus der Schublade des Tisches zog und eine Mitteilung an den Palast zu schreiben begann:

»*Verehrtester Kabcar*

Zu meinem tiefsten Bedauern muss ich Euch mitteilen, dass einer meiner Vorsteher Eurem Sohn nach dem Leben trachtet.

Ich vermute, dass er einer geheimnisvollen Geistesverwirrung anheim gefallen ist, und sich in dem Wahn befindet, er führe den Willen Ulldraels aus. Dabei war es Tzulan, der ihm diese irre Idee in den Verstand setzte.

Hütet Euer Kind wohl, damit die Dunkle Zeit nicht noch einmal über Ulldart hereinbricht und der Thron Tarpols verwaist. Der Geheime Rat wurde bereits von der Ungeheuerlichkeit unterrichtet und hat Maßnahmen eingeleitet.

Bruder Matuc ist durchschnittlich groß, hat lange, dunkelblonde Haare und trägt die dunkelgrüne Robe. Da er verwirrt ist, wird er aus seinem Namen keinen Hehl machen, wenn man danach fragt, so fest ist er in seinem Irrglauben.

Seid wachsam, Hoheit.

Ulldrael der Gerechte möge Euch und die Eurigen beschützen.«

Danach setzte er Unterschrift und Siegel darunter und verstaute das Dokument nach kurzem Zögern wieder in der Schublade.

»Ulldrael, du weißt, es ist nur zu unserem Schutz«, sagte er leise. »Sobald meine Quellen berichten, dass Matuc in Granburg ist, werde ich das Schreiben zum Palast bringen lassen, um den Orden von jedem Verdacht reinzuhalten. Es muss so geschehen.«

Das Windspiel klingelte leise in einem plötzlichen Luftzug.

»Ich danke dir, Ulldrael.« Der Obere erhob sich und verließ den Raum.

XI.

»Doch es gab eine Prophezeiung in den Tempeln, dass die Dunkle Zeit zurückkommen würde, wenn die Menschen auf Ulldart nicht Acht gäben. ›Immer dann, wenn drei Zahlen in der Reihenfolge der Jahreszählung gleich sind, ist die Gefahr, dass das Unheil wieder nach Ulldart kommt, am größten‹, lautete die Warnung.

Und die Mönche zählten die Zeit, und wenn sich die besonderen Jahre näherten, beteten die Geistlichen ohne Pause, die stählernen Gongs und Bethölzer kamen weder am Tag noch in der Nacht zur Ruhe.

So vergingen das Jahr 111 n. S., das Jahr 222 n. S. und das Jahr 333 n. S., und jedes Mal wurde das Böse von der Rückkehr abgehalten, ohne dass die Menschen etwas davon erfuhren. Während die Mönche stets an Ulldrael den Gerechten glaubten und treu seinen Lehren folgten, gingen die Völker bald wieder ihren alten Gewohnheiten nach und zettelten Kriege untereinander an. Königreiche kamen und gingen, Kaiserreiche entstanden und endeten im Staub. Trotz der vielfachen Gewalt erhielt das Böse niemals die Gelegenheit, die es benötigte.

Schließlich kehrte eine große Zeit des Friedens ein, und die Menschen wurden halbherzig in ihrem Glauben an Ulldrael den Gerechten. Sie beteten nur noch aus Gewohnheit, nicht aus Dankbarkeit und ohne die gebührende Inbrunst.

Ulldrael bemerkte das schlechte Verhalten seiner Kinder und spürte auch, dass sich das Böse wieder bereit machte, um auf Ulldart Fuß zu fassen. Und er sandte 436 n. S. eine Botschaft an den Visionär in Tscharkass. Doch ein Anhänger Tzulans ermordete den Visionär und verstümmelte die Botschaft ...«

Ulldartischer Geschichtsalmanach,
XXI. Band, Seite 1056

Provinzhauptstadt Granburg, Königreich Tarpol, Spätsommer 442 n. S.

Wieder einmal hatte Lodrik alles Glück Tarpols. Der Cerêler war nur mit äußerster Anstrengung in der Lage gewesen, das Gift, mit dem der Assassine seine Waffe behandelt hatte, unwirksam zu machen.

Dennoch musste der Gouverneur eine Woche lang das Bett hüten, was angesichts der immer weiter vordringenden Aufständischen eine sehr lange Zeit war.

Die Götter waren offensichtlich auch mit Torben Rudgass, dessen Schädel den Stiefeltritt des Assassinen mit einem leichten Knacks überstanden hatte. Der Rogogarder verbrachte wie der Gouverneur die nächste Woche auf seinem Lager.

Inzwischen hatten sich die aufständischen Bauern Waffen aus den umliegenden kleineren Lagern der Milizen gestohlen, womit sie für die Brojaken umso gefährlicher wurden.

Waljakov bekniete den Statthalter, endlich eine Garnison gegen die Aufrührer zu schicken, um dem Spuk ein Ende zu bereiten, aber Lodrik weigerte sich, seine Unterschrift unter den Befehl zu setzen. Noch immer wollte er persönlich mit dem Anführer verhandeln.

Sobald der junge Mann in der Lage war, sich einigermaßen gerade auf einem Pferderücken zu halten, brachen ein Tross aus hundert berittenen Soldaten zusammen mit ihm, Waljakov und Stoiko zu Kaschenkos Ländereien auf.

Sicherheitshalber ließ der Gouverneur die Garnison in Alarmbereitschaft versetzen, um für alles gewappnet zu sein, falls die Verhandlungen doch fehlschlagen sollten.

Torben machte sich für die Abreise zur Küste und die anschließende Überfahrt nach Rogogard bereit. Hetrál erhielt die Anweisung, in Granburg zu bleiben und die Augen offen zu halten.

Bei der ersten Rast stellte Lodrik mit Einbruch der Dämmerung in seinem Zelt fest, dass die Abende empfindlich kühl wurden, obwohl die beiden Sonnen tagsüber noch einigermaßen für Wärme sorgten.

Eine merkwürdige Unruhe überkam ihn, seine Gedanken kreisten um die Verhandlungen und einen eventuell bevorstehenden Kampf. Die Warterei hielt er nicht länger aus, die weißen Leinwände seiner Unterkunft schienen immer näher zu rücken. Er wollte an die frische Luft.

Der Gouverneur nahm sich einen Becher Tee aus dem Samowar, verließ sein Zelt und schlenderte zwischen den Lagerfeuern entlang.

Die Sterne funkelten wie Diamanten in der klaren Luft, formten Sternbilder und sorgten für ein mattes, silbriges Licht am Himmel.

Die vier Monde standen in einem leichten Bogen hintereinander. Arkas und Tulm, das Sternenpaar, das nach der Legende von der Erschaffung der Welt die gefährlich rot glühenden Augen Tzulans sein sollte, schwebte über den Wipfeln des Wäldchens, hinter dem das Lager aufgeschlagen worden war.

»Der Gebrannte Gott beobachtet uns eifersüchtig«, sagte eine bekannte, tiefe Stimme hinter ihm. »Er beneidet uns um unser Dasein.«

Lodrik nickte. »Sein Geist wartet nur darauf, wieder nach Ulldart zu kommen. Gibt es nicht irgendeine Prophezeiung, die so etwas vorhersagt, Waljakov?«

Der Leibwächter tauchte lautlos an seiner Seite auf. »Ich kenne mich nicht besonders gut mit Vorhersagen aus, Herr. Ich bin ein Krieger und kein Mönch. Ich weiß nur, dass Taralea den Gebrannten Gott im Zweikampf besiegt hat und ihn zerriss. Die Augen heftete sie als Zeichen ihres Triumphs und den Tzulan-Anhängern zur Warnung an den Himmel.« Er legte den Kopf in den Nacken. »Ich persönlich hätte sie verbrannt. Zu viele Fanatiker schöpfen, entgegen der Absicht der Göttin, daraus ihre Hoffnung, der Gebrannte Gott könnte eines Tages zurückkehren.«

Beide standen still und lauschten den Geräuschen der Nacht. Leise raschelte es im Unterholz, ein Käuzchen schrie.

»Was glaubst du? Werden die Aufständischen mit mir verhandeln und zu einer Einigung kommen?«, fragte Lodrik, ohne den Blick von den Sternen abzuwenden.

»Ihr habt viel Gutes für die Menschen in Granburg getan, Herr. Ich denke, dass sie Euch anhören werden«, meinte Waljakov. »Herr, ich muss mich bei Euch entschuldigen.«

»Für was?« Der Gouverneur klang sichtlich erstaunt und drehte sich zu dem Leibwächter.

»Damals, als wir in dem Gasthof waren, hat mich der Wirt gefragt, ob Ihr in der Lage wärt, etwas zu ändern«, erklärte der Mann.

»Und du hast Nein gesagt, vermute ich«, riet Lodrik.

»So ist es, Herr«, gestand der Leibwächter. »Ich musste aber inzwischen erkennen, dass Ihr mehr Durchhaltevermögen und Mut in Euch tragt, als ich angenommen hatte.«

Der Gouverneur legte die Hand auf die Schulter des Kämpfers. »Ich denke, ich habe jeden überrascht, der mich von früher kannte, einschließlich mich. Ich habe Oberst Mansk anfangs verflucht, aber ich glaube, dass ich ihm zu großem Dank verpflichtet bin, weil er meinem Vater diesen Rat gegeben hat. Also, mach dir deshalb keine Vorwürfe, schließlich bist du für meine gute Entwicklung mitverantwortlich.« Er lachte. »Und ich hoffe, dass sie noch nicht abgeschlossen ist.«

Waljakov wirkte erleichtert, dennoch glaubte Lodrik immer noch so etwas wie ein schlechtes Gewissen in den Augen des Leibwächters zu erkennen. »Herr, ich habe Euch noch nicht für den Kampf gegen den Assassinen gratuliert. Ihr habt länger durchgehalten, als mancher erfahrene Soldat es getan hätte.«

»Ich habe nicht gegen ihn gewonnen, Waljakov«, erinnerte ihn der junge Mann. »Du hast ihn besiegt, nicht ich.« Er schaute wieder zu den funkelnden Sternen am Himmel. »Ich habe Stoiko gefragt, ob er etwas von dem verstanden hat, was der Assassine gerufen hat. Die Sprache war ihm allerdings unbekannt. Du hingegen hast ihm geantwortet. Weißt du, was Fatja damals zu mir gesagt hat? Ein Mann in meiner unmittelbaren Umgebung sei nicht das, was er zu sein vorgibt.«

»Das hat sie gesagt? Sie scheint doch kein Scharlatan gewesen zu sein.« Der Leibwächter setzte sich auf einen umgestürzten Baumstamm und zog Lodrik mit. »Was ich Euch nun zeige, ist ein großes Geheimnis. Aber Ihr müsst es erfahren.«

»Wird das der Abend der Geständnisse?«, versuchte der Gouverneur zu scherzen, und sah mit einer gewissen Verwunderung zu, wie Waljakov mehrere Bolzen an seiner mechanischen Hand löste. »Oh, mir ist nicht nach Kriegsverletzungen. Ich möchte auch nie welche sehen.«

Es klickte ein paar Mal, dann entfernte der Krieger die Prothese mit einem schnellen Ruck. Doch anstatt des erwarteten Armstumpfes blickte Lodrik auf eine verkrüppelte Hand, deren Sehnen und Muskeln kräftiger als die einer normalen waren. Alle Finger wiesen die gleiche Länge auf, der Daumen fehlte jedoch vollständig.

»Was hat das zu bedeuten?«, keuchte der junge Mann fassungslos. »Ich dachte, sie wäre …«

Waljakovs Gesicht war sehr ernst. »Ich bin das, was die Ulldarter einen K'Tar Tur nennen. Ein Nachfahre Sinureds.«

»Aber, wie …«

»Lasst es mich Euch erklären, Herr«, bat der Leibwächter. Lodrik nickte mit großen Augen.

»Ich wurde vor dreiundvierzig Jahren als Sohn von Bruder und Schwester geboren. Beide gehörten dem Dunklen Volk an, den K'Tar Tur. Ich wurde erzogen nach allen Regeln des Dunklen Volkes, lernte die Sprache und ihre Art zu kämpfen. Doch ich war es bald leid, mich immer nur verstecken zu müssen, denn ich hatte den Menschen nichts Schlimmes getan, auch wenn mein Vorfahr Unheil über Ulldart gebracht hatte. Ich bemerkte recht bald, dass die übrigen Ulldarter nicht so dachten wie ich. Oft musste ich mein Leben durch einen waghalsigen Sprung aus dem Fenster oder ins Wasser retten, aber ich blieb hartnäckig. Als Erstes rasierte ich mir die Haare vom Kopf ab, um nicht ständig durch die Blutsträhne erkannt zu werden, danach ließ ich die Prothese anfertigen. So trat ich bei Oberst Mansk in den Dienst der tarpolischen Armee und sicherte mir einen Platz bei den Scharmützeleinheiten Eures Vaters. Nach langen Jahren in Gefechten und Kämpfen bekam ich den Posten als Euer Leibwächter. Das ist meine Geschichte, und nun entscheidet, was Ihr tun wollt, Herr. Ich war niemals der Sohn eines Händlers.«

Lodrik schwieg. Diese Nachricht kam so überraschend, dass er nicht wusste, was er überhaupt hätte sagen sollen. Auch Waljakov war ruhig und schaute zu den Sternen.

»Jemand in meiner unmittelbaren Nähe ist nicht das, was er zu sein scheint«, zitierte er nach einer Weile noch einmal die Worte Fatjas. »Das Mädchen hatte Recht, und ich vergaß die Weissagung völlig. Bis vorhin. Du hast mir mein Leben mehr als einmal gerettet, warum sollte ich dir nicht mehr trauen, nur weil ich jetzt weiß, dass du ein K'Tar Tur bist? Es beweist mir, dass nicht alle K'Tar Tur schlecht sein müssen, nur weil man es über sie sagt. Vermutlich lässt man den meisten von euch keine andere Gelegenheit, das Gegenteil zu beweisen?«

»Bei vielen wird es so sein«, stimmte Waljakov befreit zu. »Ob es allerdings bei dem Assassinen genauso war, weiß ich nicht, Herr.«

»Deshalb hast du ihn verstanden«, begriff Lodrik. »Er sprach K'Tar Tur!«

Der Leibwächter zog die Prothese wieder über die verkrüppelte Hand. »Ich habe ihn anschließend noch untersucht. Seine Haare waren gefärbt. Leider konnte er nichts mehr über seinen Auftraggeber sagen.«

»Wie lautet dein richtiger Name.« Der junge Mann roch an dem Tee. »Deine Eltern werden dich kaum Waljakov genannt haben?!«

»Nein, das haben sie wirklich nicht«, grinste Waljakov. »Den Namen in meiner Sprache auszudrücken würde Euch zu schwer fallen. Übersetzt heißt er etwa so viel wie ›Mutiger Kämpfer‹. Die meisten unseres Volkes tragen solche Namen. Waljakov habe ich mir selbst ausgedacht, als ich der Armee beitrat, denn dort fragt keiner nach dem Vornamen.«

»Interessant.« Lodrik kehrte in Gedanken zum Abend des Anschlags zurück. »Was hat er damals eigentlich gerufen? Der Assassine, meine ich.«

»Nichts von Bedeutung, nur ein alter Kampfschrei des Dunklen Volkes, um sich selbst Mut zu machen, wenn man gegen einen harten Gegner antritt«, erklärte der Kämpfer. »In seiner Tasche habe ich übrigens ein Amulett gefunden, wie es von Tzulan-Gläubigen getragen wird.«

»Und das sagst du jetzt erst?«, warf der Gouverneur ein. »Jetzt wissen wir doch, warum er es getan hat.« Nach einer kleinen Pause fügte er stirnrunzelnd hinzu: »Oder zumindest sollte es so aussehen, als ob es Tzulan-Gläubige gewesen wären?!«

»Genau das ist der entscheidende Punkt an der ganzen Sache. Es sollte so aussehen als ob, in Wirklichkeit war es aber nicht so.« Er nahm das Amulett aus seinem Mantel. »Seht, Herr. Es gibt genügend in meinem Volk, die sich an Tzulan halten, weil sie sich denken, lieber für etwas sterben, für das man ohnehin verfolgt wird. Und diese tragen wirklich Schutzamulette bei sich. Das hier ist dagegen eine sehr gute Fälschung. Ein normaler Tarpoler hätte den Unterschied nie bemerkt, aber ich weiß von früher, wie die echten aussehen.«

»Wenn der Assassine also ein Tzulan-Gläubiger gewesen wäre, hätte er auch ein echtes Amulett bei sich gehabt«, folgerte Lodrik. »Demnach hatten wir es mit einem sehr guten, käuflichen K'Tar-Tur-Mörder zu tun, der den Auftrag hatte, mich umzubringen und es den Tzulani in die Schuhe zu schieben. Nur aus welchem Grund?«

»Es hat wohl noch jemand einen Anlass, Euch aus dem Weg zu räumen«, murmelte Waljakov. »Wer könnte noch Interesse daran haben, dass die Dunkle Zeit zurückkehrt? Ich wüsste niemanden, der solche Ziele verfolgt, einmal abgesehen von den Tzulan-Gläubigen.«

»Ich bin damit gleich von drei Seiten gefährdet«, sagte der Gouverneur mit einem Hauch von Verzweiflung in seiner Stimme, »die ansässigen Adligen Granburgs, die Tzulani und dazu noch der große Unbekannte, der wohl der Gefährlichste zu sein scheint. Und in drei Tagen stehe ich einem kleinen Heer von Bauern gegenüber, die ihre Mistgabeln in mich versenken möchten, obwohl ich keinen Schimmer habe, weshalb. Ulldrael ist nicht unbedingt eine große Hilfe. Das Einfachste wäre, ich wechsle zu Tzulan und läute die Dunkle Zeit selbst ein, oder?!«

Ein langes, tiefes Heulen war plötzlich zu hören, das den beiden Männern durch Mark und Bein ging.

Die Nackenhaare des Gouverneurs stellten sich auf, und ein eiskalter Schauer lief ihm den Rücken hinab, Waljakovs Hand flog an den Säbelgriff.

Sie hatten den Eindruck, dass die Sterne Arkas und Tulm, die Augen Tzulans, mit einem Mal hell aufleuchteten und in einem rubinroten Feuer loderten.

Nach diesem Furcht erregenden Ton war es totenstill. Nichts rührte sich, selbst der Wind schien fort zu sein. Aus dem Lager hörte man aufgeregtes Rufen.

»Herr«, flüsterte der Leibwächter, »sagt so etwas nie wieder. Das ist das erste Mal, dass ich nach langer Zeit wieder Angst verspüre, und das ist gewiss kein gutes Zeichen.«

»Einverstanden«, antwortete Lodrik schnell, »und jetzt nichts wie zurück. Mein Tee ist kalt.«

Sie trafen am dritten Tag der zweiten Woche auf das Heer der Aufständischen, das sich in einem Tal niedergelassen hatte und die Vorräte ergänzte, was zumindest die Späher Waljakovs berichteten.

Offenbar wussten die Bauern nichts vom Kommen des Statthalters, der mit seinem Zug hinter dem Hügel geblieben war und sich die Lage von oben betrachtete.

»Es sind einfache Bauern, Herr.« Der Leibwächter stellte sich im Sattel Treskors auf und ließ den Blick schweifen. »Nicht geschult im Umgang mit Schwertern und Speeren. Ich würde sie mit den hundert Mann in wenigen Lidschlägen zur Besinnung bringen, wenn Ihr es wollt.«

»Sie sind verzweifelt, das ist viel gefährlicher«, gab Stoiko zu bedenken, dessen Pferd links von Waljakovs stand. »Es gibt nichts Schlimmeres als einen Menschen, der nichts mehr zu verlieren hat, Waljakov.«

Lodrik schaute sich um. »So, wie sie aussehen, haben sie seit Tagen nicht mehr richtig gegessen oder geschlafen.«

»Fast wie ich«, murmelte Stoiko und kraulte dem Pferd die Ohren.

»Leichte Beute, Herr, wirklich«, beteuerte der Krieger noch einmal, aber der Statthalter winkte ab.

»Ich habe versprochen, mit ihnen zu verhandeln, also werde ich das auch tun. Keine unnötigen Verluste auf beiden Seiten.« Er setzte sein Pferd mit einem leichten Stoß in die Flanken in Bewegung. »Ich werde mein Glück versuchen.«

»Ihr wartet hier«, befahl Waljakov den Soldaten und trabte Lodrik hinterher, Stoiko folgte.

Die Bauern wurden recht schnell auf die drei Reiter aufmerksam, erhoben sich und reckten drohend die Waffen. In Windeseile waren die Männer eingekreist.

»Ich bin Gouverneur Vasja«, rief Lodrik, »wo ist euer Anführer?«

Die Menge teilte sich und machte einem besser gekleideten Bauern Platz, der ein Schwert an der Seite trug. »Ich bin ihr Befehlshaber.« Waljakov verzog verächtlich den Mund, als er den selbstgewählten Titel hörte. »Mein Name ist Vulju. Folgt mir, wir werden in dieser Scheune dort drüben beraten.«

In dem Holzgebäude warteten schon drei Dutzend Aufständische, die Bänke und Tische aufstellten, notdürftig gezimmert aus Brettern, Fässern und Stangen.

»Nicht wie in deinen Audienzsälen, Herr.« Vulju griente und spuckte aus, während die drei Männer aus den Sätteln stiegen.

»Für dich heißt es ›Exzellenz‹ oder ›Gouverneur‹, Bursche«, knurrte der Leibwächter, die eisgrauen Augen blitzten drohend.

»Lass es gut sein, Waljakov. Ich will verhandeln, keine Höflichkeiten austauschen«, beruhigte Lodrik und setzte sich auf die rasch herbei getragene Bank. »Für Gefasel ist zu Hause Zeit, wenn es um unwichtige Dinge geht. Aber wie Vulju schon sagte, wir sind hier nicht im Audienzzimmer, und die Angelegenheit ist ebenso dringend wie wichtig.«

Der Anführer der Aufständischen neigte anerkennend den Kopf. »Es scheint dir wirklich ernst zu sein, und wenn es stimmt, was ich über dich gehört habe, wirst du ein Einsehen haben, Gouverneur.« Die plötzlich geänderte Anrede erschien wie ein kleines Kompliment.

»Ich bin ganz Ohr für deine Vorschläge«, erwiderte der Statthalter, »aber zunächst nenne mir den Grund für diese Erhebung.«

»Du fragst allen Ernstes nach dem Grund?« Seine Männer lachten rau. »Wenn du die Steuern nicht angehoben hättest, wären wir alle zufrieden gewesen, aber fünfzig Teile der Ernte an den Gouverneur, erschien uns allen zu hoch. Unsere Familien können mit dem traurigen Rest nicht überleben, ganz zu Schweigen davon, dass nicht genügend für die Aussaat da ist.«

Lodrik glaubte sich verhört zu haben. »Ich soll die Steuern angehoben haben? Fünfzig Teile der Ernte? An mich?«

»Spiel nicht den Unschuldigen!« Vulju schlug erbost mit der Faust auf den Tisch. »Der Steuereintreiber erschien mit seinen Männern und verlangte die neuen Abgaben im ganzen Gebiet. Und er sagte, er könne nichts dafür. Wenn sich einer weigere, würde er sterben. Achtzehn Bauern sind wegen der Steuern hingerichtet worden, bis wir uns endlich erhoben haben!«

Stoiko warf dem Gouverneur einen mehr als überraschten Blick zu, Waljakovs Miene hatte sich verfinstert. Die Lage spitzte sich zu, und nur zu dritt waren sie gegen die Bauern auf verlorenem Posten.

»Ich schwöre bei Ulldrael dem Gerechten, dass ich niemals eine solche Anordnung erlassen habe«, sagte Lodrik schließlich. »Schafft mir den Steuereintreiber her, damit er mir diese Lüge, die er in meinem Namen verbreitet, ins Gesicht sagt. Dann werde ich ihn hängen lassen.«

»Das sagst du nur, um deine Haut zu retten«, rief einer der Bauern und hob den Speer. Waljakovs Hand ging an den Säbelgriff.

»Schluss jetzt!«, befahl Vulju. »Hier ist etwas sehr merkwürdig. Wo ist der Steuereintreiber?«

»Sein Sitz ist auf dem Gehöft von Kaschenko«, sagte ein Aufständischer. »Vermutlich finden wir ihn dort.«

»Ich mache euch den Vorschlag, dass ich hier mit euch warte, während mein Vertrauter Stoiko zu Kaschenko reitet und den Eintreiber herbringt, wenn nötig mit Gewalt. Welchen Sinn würde es machen, wenn ich vier Steuerabgaben aus Jukolenkos Zeit abschaffe und sie dann durch eine noch härtere ersetze?«

Nun war es an Vulju, ein verdutztes Gesicht zu machen. »Du hast Steuern abgeschafft? Wir haben hier nichts davon mitbekommen.«

»Allmählich verstehe ich das«, murmelte Lodrik. »Kaschenko hat sich mit den anderen Adligen und Brojaken zusammen diese Sache ausgedacht. Vulju, du musst mir glauben, wenn ich dir und deinen Männern sage, dass ich keine Ahnung von den Spielchen hatte, die euer Großbauer mit euch veranstaltet! Wäre ich sonst so seelenruhig zu euch gekommen und hätte mich in die Scheune gesetzt?«

Der Anführer der Aufständischen kratzte sich am Kopf. »Die Dinge liegen scheinbar nicht ganz so einfach, wie sie zunächst ausgesehen haben.«

»Ganz genau«, stimmte der Statthalter zu. »Und deshalb werde ich …«

»Verrat!«, schrie draußen jemand, dann wurden die Tore der Scheune aufgestoßen, und ein Bauer stürmte herein. »Sie greifen uns an! Zweihundert Reiter und noch mehr Bewaffnete kommen das Tal hinauf!«

»Das sind nicht unsere Leute«, flüsterte Stoiko.

»Ja, das wird die hier aber nicht interessieren«, grollte Waljakov und zog den Gouverneur hinter sich, während er den Säbel zog. »Schnell, hinauf auf den Heuboden!«

»Ich wusste es«, rief der Bauer mit dem Speer und stieß nach dem Leibwächter, der die Spitze zur Seite schlug und dem Angreifer die flache Klinge ins Gesicht klatschte. Der Mann drehte sich einmal um die eigene Achse und fiel wie ein gefällter Baum zu Boden.

Dann brach ein unbeschreibliches Durcheinander in dem Holzgebäude los. Jeder wollte den Gouverneur töten, doch die drei Männer setzten sich tapfer zur Wehr.

Vulju schrie und tobte, doch seine Leute hörten nicht auf ihn. Rund um die Scheune war das Sirren von Pfeilschauern zu hören, erste vielfache Todesschreie gellten auf.

Mittlerweile hatten sich Lodrik, Waljakov und Stoiko nach oben zurückgezogen und die Leiter hochgezogen.

Trotzdem versuchten die Bauern in ihrer Wut, mit allen Mitteln zu den drei Männern zu gelangen. Stoiko blutete aus einer kleinen Wunde am Oberarm.

»Wie lange können wir uns halten?«, fragte der Gouverneur und beförderte einen Aufständischen mit einem Tritt zurück. Schreiend fiel er nach unten in seine Kameraden.

»Wir müssen uns verteidigen, bis unsere Männer vom Hügel aus einen Ausfall machen und uns befreien«, antwortete der Leibwächter und rammte einem Angreifer, der sich mit einem Seil auf den Heuboden geschwungen hatte, den Säbel in den Unterleib. »Aber es wird nicht sehr einfach werden, Herr. Die meisten Sorgen machen mir eigentlich die anderen, vermutlich Kaschenkos oder Jukolenkos Untergebene. Die werden mehr Kampferfahrung mitbringen als die Burschen hier.«

»Zu unserer Unterstützung werden sie wohl kaum gekommen sein«, mutmaßte Stoiko, der sich den verletzten Arm hielt. »Ich hoffe, wir überleben das Gemetzel.«

»Wenn Ulldrael hilft wie immer, dann wohl kaum«, sagte Lodrik leise und drang auf einen übermütigen Aufständischen ein, der sich an einem Stützbalken empor hangelte.

Vulju hatte sich endlich durchgesetzt und beorderte seine Männer nach draußen, um in den tobenden Kampf einzugreifen. Eine Hand voll sollte unten Wache stehen und eine Flucht des Gouverneurs verhindern.

Waljakov riss ein Stück der Bretter der Außenwand weg, um sich die Schlacht, die im Tal tobte, anzusehen.

»Das sieht nicht gut für die Bauern aus.« Er nickte in Richtung Feld. »Die Aufständischen stellen sich so schön für die Reiterei in Position, dass die mit einem Stoß gleich fünf aufspießen. Es wird, wenn sie ihre Taktik nicht ändern, bald vorüber sein, und dann sind wir an der Reihe, Herr.«

Lodrik schaute ebenfalls hinaus und blickte auf eine unbeschreibliche Metzelei.

Es war, wie der Leibwächter es vorhergesagt hatte. Die gepanzerten Reiter senkten ihre Lanzen und pflügten durch die Menge, dass das Blut der Aufständischen nur so spritzte.

Wenn die Schäfte unter der großen Last zerbrachen, schlugen die Soldaten auf die Köpfe der Gegner ein, die in einem wilden Haufen umherrannten und nur durch einen Glücksfall einen der Angreifer aus dem Sattel stießen oder ein Pferd zu Fall brachten.

Als sich die erste Reiterwelle zurückzog, jubelten die Bauern und nahmen die Verfolgung der scheinbar Flüchtenden auf.

»Was macht ihr denn? Was macht ihr denn?«, rief Waljakov. »Sammelt euch!«

»Du hältst zu den Aufständischen?«, fragte Stoiko erstaunt.

»Im Moment schon.« Dem Leibwächter kochte allmählich die Kampflust in den Adern. »Wenn sie länger durchhalten, erwischen sie vielleicht mehr von den anderen.«

In dem Moment donnerte die zweite Reiterwelle aus einem Wäldchen heran und walzte die rechte Flanke der Aufständischen nieder. Die übrige Reiterei kehrte um und ging in den Nahkampf.

Jetzt rannten auch die fremden Fußsoldaten schreiend heran und stürzten sich in das ungleiche Gefecht.

Der angsterfüllte Bauernpulk begann sich aufzulösen. Die kampfunerprobten Männer versuchten, den Schwerthieben zu entkommen, aber die fremden Streiter gaben den Aufständischen keine Gelegenheit zur Flucht. Einer nach dem anderen fiel.

»Es sind Söldner.« Waljakov drehte sich um und ging zur Kante des Heubodens. »Wir müssen weg hier. Die Sache wurde von Jukolenko bereits schon länger geplant. In kurzer Zeit kann er nicht eine solche Menge von Kämpfern angeworben haben.« Er legte die Leiter wieder an und beugte sich vor. »He, ihr da unten. Eure Leute werden den Kampf verlieren, also schaut, dass ihr weg kommt.« Er kletterte die Sprossen hinab, die anderen beiden folgten.

»Aber es sind doch eure Soldaten?« Die Wachen hielten die Speere mit beiden Händen umklammert. »Bitte, lasst das Gemetzel aufhören, Herr.«

»Es sind eben nicht unsere Soldaten, und genau deshalb werden wir jetzt los reiten, wenn wir euch beide dafür auch töten müssten«, erklärte Lodrik.

Die Bauern warfen die Waffen weg und rannten.

Kurz darauf saßen die drei Männer in den Sätteln.

»Wir sprengen in direkter Linie zum Hügel hinauf, damit die Unsrigen uns sehen und unterstützen. Danach geht's zur Garnison, und dann schlagen wir den Söldnern die Köpfe vom Hals. Vorwärts!« Waljakov stieß die Sporen tief in die Flanken Treskors und preschte aus der Scheune, um eine Schneise zu schaffen. Dicht dahinter kamen Stoiko und Lodrik.

Als die Männer aus dem Holzgebäude jagten, ritten die granburgischen Soldaten mit eingelegten Lanzen und in vollem Galopp den Hügel hinunter, um von oben eine Bresche für den Gouverneur zu schlagen.

Zahlreiche Söldner wurden von dem Angriff überrascht und aus den Sätteln geworfen, doch auch einige Bauern mussten ihr Leben lassen.

Fünfzig der fremden Kämpfer formierten sich neu und nahmen die Verfolgung auf, während der Rest weiterhin ein blutiges Schlachtfest unter den Aufständischen in dem kleinen Tal veranstaltete.

»Ich habe einen Boten an die Garnison geschickt«, berichtete der Hauptmann, »aber so schnell werden sie nicht hier sein können.«

»Ihr werdet mit dreißig Mann, dem Gouverneur und Stoiko zur Garnison reiten. Ich übernehme die Übrigen und versuche, die Söldner aufzuhalten, so lange es geht«, befahl Waljakov. »Und diesmal keine Widerrede, Herr. Nur dieses eine Mal nicht. Die Lage ist zu gefährlich.«

Lodrik nickte und verschärfte das Tempo, während der Leibwächter zurückfiel und Anordnungen brüllte.

»Ich hoffe, wir sehen ihn wieder«, meinte Stoiko. »Ich habe mich schon irgendwie an ihn gewöhnt. Seine Schreierei würde mir sehr fehlen.«

»Ich bin mir sicher, dass er es schafft«, beruhigte der Statthalter. »Es sind ja nur fünfzig. Mit denen müsste er spielend fertig werden.«

Nach ein paar Warst war sich die Gruppe fast sicher, dass sie die Verfolger dank Waljakov abgeschüttelt hatten.

»Es ist noch eine knappe Stunde bis zur Garnison, Herr«, sagte der Offizier. »Ihr dürftet bald in Sicherheit sein.«

Einer der Soldaten rief plötzlich eine Warnung, aber auch Lodrik hatte die Reiter auf dem Hügelkamm einen Warst nördlich bemerkt.

»Sie müssen Waljakov umgangen haben.« Stoiko machte ein unglückliches Gesicht. »Anders kann ich es mir nicht erklären.«

»Da habt ihr Recht, Herr«, stimmte der Offizier zu. »Wenn sie sich auf einen Kampf eingelassen hätten, wären sie noch nicht hier. Es sind aber nur ein paar, keine Sorge.«

»Ich mache mir aber Sorgen.« Der Vertraute blieb standhaft, er klang entnervt. »So viel gekämpft wie in den letzten paar Stunden habe ich mein ganzes Leben lang nicht.«

»Und so wie es aussieht, bist du für heute noch nicht damit fertig«, fügte Lodrik hinzu. »Hauptmann, bereitet Euch für einen Angriff vor. Ich werde den Söldnern zuvorkommen. Alles lasse ich mir von denen in meiner Provinz nicht bieten.«

In zwei Reihen jagte die Leibwache auf die Gegner zu, die sich in ein kleines Wäldchen zurückzogen, um die Geschwindigkeit des Vorstoßes abzuschwächen.

Unter mächtigen Ulldraeleichen kam es zum Kampf. Zwanzig schwer gerüstete Söldner standen dreißig granburgischen Wachen gegenüber.

Lodrik zog den Säbel und galoppierte, die Waffe zum Stoß vom Körper nach vorne weggestreckt, auf den ersten Gegner los, den er entdecken konnte.

Der Söldner parierte den Angriff und schlug aus der Drehung mit seinem Kurzschwert zu, das der Gouverneur wenige Zentimeter vor seinem Gesicht abblockte. Lodrik täuschte einen hohen Hieb an, um im letzten Moment auf den Körper zu zielen.

Der Söldner fiel auf die Finte herein und sank getroffen aus dem Sattel. Die Schneide des Säbels färbte sich vom Blut des Gegners rot.

Mit einer gewissen Faszination starrte der junge Mann auf die Flüssigkeit, die an der Klinge entlang lief und zu Boden tropfte. Er hatte gerade seinen ersten Menschen getötet, und es war ihm leichter gefallen, als er dachte. Eine tiefe Befriedigung überkam ihn, ein böses Lächeln umspielte seine Lippen.

»Aufpassen, Herr!«, kam die Warnung aus dem Kampfgetümmel, rechtzeitig genug, um den Kopf einzuziehen.

Der Schlag, den der nächste Angreifer gegen Lodrik führte, hätte ihm sonst den Schädel vom Rumpf getrennt, so traf er aber den Helm und beförderte den Gouverneur nur durch die Wucht vom Pferderücken.

Hart schlug Lodrik auf den Boden, alle Luft wich aus der Lunge, und bunte Kringel drehten sich vor seinen Augen. Dann sah er den Söldner, der eine gefährlich aussehende Hellebarde gegen ihn schwang.

Zwar wehrte er den Hieb ab, doch sein Arm zitterte gewaltig. In schneller Reihenfolge prasselten die Schläge auf den Gouverneur ein, der den Säbel nun mit beiden Händen hielt, um überhaupt noch den wütenden, aber geschickten Angriffen standzuhalten.

»Ulldrael, hilf mir«, flüsterte Lodrik, aber der Söldner lachte nur.

»Jetzt wird dir keiner mehr beistehen können, Gouverneur. Das wird dein letzter Tag auf Ulldart! Und ich kassiere die Belohnung von Jukolenko.«

Wenn Ulldrael der Gerechte nicht will, vielleicht steht mir Tzulan bei, dachte der Statthalter verzweifelt. »Tzulan!«, schrie er aus vollem Hals.

Ein langes, unmenschliches Heulen ertönte aus den Tiefen des Waldes, das Lodrik schon einmal gehört hatte.

Für einen kurzen Moment stockte der Kampf. Alle Männer lauschten erstarrt dem grausamen Ton.

Doch diesmal empfand der junge Mann nicht den Schauder und das Grauen wie in jener Nacht vor zehn Tagen, vielmehr hatte es etwas Vertrautes, Bekanntes für ihn.

Sein Gegner stand regungslos über ihm, und das nutzte Lodrik.

»Danke, Tzulan«, flüsterte er, dann stieß er den Säbel tief in den Bauch des Mannes und schlitzte ihn bis zum Brustkorb auf. »Der ist für dich, Gebrannter Gott.« Wieder erklang das Heulen, und der Gouverneur lachte auf.

Mit einem schnellen Schritt war er beim nächsten vor Angst gelähmten Söldner und schlug ihm den Kopf ab, dessen Blut Lodrik bespritzte. »Und der ist auch für dich, Tzulan! Sie sollen alle dir gehören!«

Die Tarpoler erwachten als Erste aus der Starre und nahmen den Kampf wieder auf, doch der Wille der Söldner schien gebrochen. Vierzehn starben, der Rest ergab sich.

Lodrik schien in eine Art Blutrausch verfallen zu sein, denn er schlug auf alles ein, was in seine Nähe kam, und nur Stoiko verdankten die granburgischen Leibwachen, dass der Gouverneur nicht auch den Säbel gegen sie erhob.

»Herr, habt Ihr die Besinnung verloren? Kommt wieder zu Euch, die Schlacht ist gewonnen«, rief der Vertraute beschwörend.

Mit einem etwas verwirrten Gesichtsausdruck senkte der junge Mann die Waffe.

»Es ist also vorbei?«, keuchte er. Der Schweiß rann ihm von der heißen Stirn.

»Ja, Herr. Ihr habt tapfer gekämpft. Waljakov wird stolz auf Euch sein, wenn er davon erfährt«, sagte Stoiko. »Verstaut den Säbel und wascht Euch das Blut aus dem Gesicht, der Geruch macht Euch offensichtlich zu stürmisch.«

Lodrik ließ sich auf den Boden plumpsen und schaute auf die schartige, blutige Klinge. »Das ist also das Gefühl, wenn man Menschen tötet, Stoiko. Es ist gefährlich. Es gibt dir den Eindruck, unendliche Macht über das Leben anderer zu haben.« Er schloss die Augen. »Ich darf mich nicht daran gewöhnen. Es ist nicht gut.«

Die Leibwache versorgte die eigenen Verwundeten notdürftig, während sich der Hauptmann Stoiko und dem Gouverneur vorsichtig näherte. »Exzellenz, wir sollten weiter zur Garnison. Vielleicht sind noch mehr von denen unterwegs.«

»Lasst sie kommen«, rief Lodrik und erhob sich. Ein unheimliches Feuer brannte in seinen Augen. »Ich fürchte keinen Gegner, schließlich sind sie alle sterblich.«

»Wie Ihr und ich, Herr«, erinnerte der Vertraute sanft. »Deshalb lasst uns zur Garnison reiten. Ihr seid, wie Eure Wachen, erschöpft.«

»Nun, von mir aus.« Der Gouverneur steckte den Säbel in die Scheide und schwang sich auf sein Pferd. »Nehmt die Gefangenen mit, wir brauchen sie noch für ein Verhör.«

»Und die verwundeten Gegner?«, wollte der Hauptmann wissen.

»Sollen sie liegen bleiben«, ordnete Lodrik mit kalter Stimme an. »Von mir aus können sie verrecken.«

Der Tross setzte sich in Bewegung und ritt in Richtung Garnison, doch es lag ein unheilvolles Schweigen über dem Zug. Jeder hatte die Worte des Gouverneurs während des Kampfes gehört.

XII.

»Und die Prophezeiung wurde all die Jahre über gehört und verstanden, der Knabe des Kabcar behütet und beschützt, auf dass ihm kein Leid zustoße und Ulldart der Dunklen Zeit anheim falle. Der Herrscher von Tarpol ersann eine List, um seinen Sohn weg von der Gefahr zu bringen und gleichzeitig zu einem würdigen Kabcar ausbilden zu lassen.

Der vom Schicksal ausersehene Knabe ging unter falschem Namen in die tarpolische Provinz Granburg, um als Gouverneur das Herrscherhandwerk zu erlernen. Er wuchs und entwickelte sich zu einem weisen, gerechten Statthalter, der sich gegen die Adligen und Brojaken durchsetzte.

Aber böse Kräfte entdeckten ihn und schickten einen Assassinen, um den jungen Mann zu töten, damit endlich die Dunkle Zeit wieder anbräche. Doch der Anschlag misslang.«

Ulldartischer Geschichtsalmanach,
XXI. Band, Seite 1057

Dorenaia, Provinz Ker,
Spätsommer 442 n. S.

Matuc wanderte am grünen Ufer des Repol entlang und fluchte, wie er es noch nie in seinem Leben als Mönch getan hatte. Der Auftrag des Geheimen Rates, auch wenn er von Ulldrael persönlich kam, stellte ihn vor eine Reihe von Problemen. Wie sollte er den Tadc beseitigen? Er war kein Kämpfer, er konnte schwer lügen, und Intrigen hasste er zutiefst.

Einen Menschen zu töten, um den ganzen Kontinent vor Schaden zu bewahren, ließ sich mit seinem Gewissen zwar vereinbaren, wenn er sich seiner Sache sicher gewesen wäre – aber der Mönch war sich nicht sicher.

Es lagen zwei Deutungen der Vision vor, und die eine war für ihn ebenso wahrscheinlich wie die andere. Insgeheim hoffte er inständig auf ein Zeichen Ulldraels, aber auch der Gott hielt sich mit Hinweisen sehr zurück.

Er näherte sich mit dem Schlepper *Wjierck*, den er sich für seine Reise ausgesucht hatte, mehr und mehr den Ausläufern der Provinz Granburg. Einen echten Plan hatte er aber immer noch nicht entwickelt.

Matuc blieb im Schatten einer Ulldraeleiche stehen und schaute zum Kahn hinüber, bei dem die Ladung gelöscht wurde.

Der Flussschiffer machte sehr zu seinem Leidwesen an jeder kleinen Station Halt, um Passagiere aufzunehmen oder an Land gehen zu lassen und nach Fracht zu sehen. Und die *Wjierck* nahm alles mit, was man auf dem betagten Kahn transportieren konnte, Holz, Getreide, Erz, Kohlen, Vieh und Menschen.

Obwohl es deshalb Verzögerung gab, war der Repol immer noch der schnellste Weg zu reisen. Der Mönch würde noch früh genug auf einen Esel umsteigen müssen, denn leider floss der mächtige Strom nicht durch Granburg.

Eine Gestalt, die gerade schwer bepackt auf den Schlepper zuging, erregte seine Aufmerksamkeit.

Vom Schnitt ähnelte die lehmbraune, knöchellange Robe der seinen, doch die bestickte Leinenstola, die der Unbekannte zusätzlich um die Schulter trug, passte weder zu Ulldrael- noch zu Kalisstra-Gläubigen. So sehr er sich bemühte, es fielen ihm keine Gottheiten ein, die diese Farben und Symbole nutzten.

Interessiert steuerte er auf die Gestalt zu, deren Gesicht unter der Kapuze verborgen war, bis er direkt in ihrem Rücken stand.

»Ulldrael mit Euch«, grüßte er und wartete voller Spannung auf eine Reaktion.

Die Gestalt drehte sich um, und Matuc blickte in die ergründenden, goldenen Augen einer Frau. Ihre Haut schimmerte in einem sandfarbenen Braunton, dunkelgrün leuchtende Haare waren unter der Kapuze zu erkennen und erinnerten den Mönch an Schattengras.

»Lakastra, der Gott des Südwindes und des Wissens, möge Eure Wege in die richtige Richtung lenken«, antwortete sie nach einem musternden Blick.

Fasziniert sah Matuc auf die Haare und die Haut, bis er merkte, dass er sie ziemlich offensichtlich anstarrte.

»Verzeiht einem Diener Ulldraels seine Sprachlosigkeit und seine Unhöflichkeit«, entschuldigte er sich und wurde rot. »Mein Name ist Bruder Matuc vom Orden Ulldraels.«

»Ich weiß, welchem Glauben Ihr anhängt. Man sieht es an Eurer Tracht.« Sie lächelte, und der Mönch bemerkte die spitzen Eckzähne. »Wir in Kensustria kennen uns mit den verschiedenen Göttern, die ihr Ulldarter habt, einigermaßen gut aus.« Sie schlug die Kapuze zurück, legte die rechte Hand auf Herzhöhe auf die Brust und reichte dem immer noch überraschten Matuc die linke. »Ich heiße Belkala, Priesterin von Lakastra, dem Gott des Südwindes und des Wissens. Ich bin aus Kensustria und komme in Frieden.«

Matuc, der sich allmählich wieder fing, schüttelte die dargebotene Hand. »Deshalb das für Tarpol ungewöhnliche Äußere. Was macht Ihr so weit von Eurer Heimat entfernt?«

»Ich bin unterwegs, um die Lehre Lakastras zu verbreiten.« Die Frau stellte ihre Sachen auf den Steg, bereit für einen längeren Wortwechsel, den sie mit ihren Worten herausforderte.

Der Ausdruck im Gesicht des Mönchs veränderte sich von Neugier zu latenter Feindschaft. »Ihr wollt was?«

»Ich möchte den Repol weiter hinauf fahren und mit der Verbreitung meines Glaubens beginnen«, wiederholte sie freundlich. »Habt Ihr etwas dagegen?«

Natürlich hatte er etwas dagegen, aber auf ein religiöses Streitgespräch am Steg wollte er sich nicht einlassen. Jedenfalls nicht, bevor er mehr über ihren Götzen wusste.

»O nein. Ganz im Gegenteil, Ihr müsst mir unbedingt mehr von …

»Lakastra«, half Belkala zuvorkommend.

»… Lakastra erzählen. Eine Priesterin aus dem fernen Kensustria habe ich noch nie gesehen, und ich schätze, eine solche Gelegenheit bietet sich nicht jeden Tag.«

Der Schiffer kam aus der kleinen Station und stapfte auf die beiden zu.

»Meine Passagiere haben sich bereits kennen gelernt, dann kann ich mir die Mühe der Vorstellung sparen. Aber ich muss Euch leider mitteilen, dass sich unser Aufenthalt etwas verzögert. Wenn der Rumpf nicht demnächst ausgebessert wird, säuft uns der Kahn auf halber Strecke ab.« Er warf Belkala einen neugierigen Blick zu.

»Das bedeutet was?«, seufzte Matuc, der nur darauf

wartete, dass der Mann nach den Haaren der Priesterin griff, um zu sehen, ob sie echt waren.

»Dass ich Teer und ein paar neue Planken aufstöbern muss«, erklärte der Schiffer und spuckte ins Wasser. »Bis heute Abend ist aber alles vorhanden, damit wir morgen in aller Frühe weiterschippern können.« Er schnappte sich hilfsbereit das Gepäck der Priesterin und brachte es an Bord.

»Dann schlage ich vor, wir essen gemeinsam in der Handelsstation, und ich erzähle Euch etwas über meinen Gott«, sagte die Priesterin. Matuc willigte ein.

Die Frau war, und das musste der Mönch im Verlauf des einfachen Essens eingestehen, eine begnadete Rednerin, die nicht nur hervorragend schildern, sondern ebenso gut argumentieren konnte. Ein gefährliche Mischung, wie Matuc fand.

Kensustria, das die meisten der tarpolischen Bauern immer noch für eine Legende hielten, weil sich zahlreiche Märchen an es und seine Bewohner knüpften, war ein nach Kasten geordnetes Land, an deren Spitze nach einem Umsturz vor ein paar Jahren die Krieger standen. Dann folgten die Gelehrten und Handwerker, danach die Bauern und Priester, am Schluss kamen die Unfreien. Jede Kaste unterschied sich durch ihre Rechte und durch ihr äußeres Erscheinungsbild, oftmals schon durch die Statur der Kastenangehörigen.

All das wusste Matuc bereits, denn die Mönche hatten im Laufe der Jahrhunderte einiges über die geheimnisumwitterten und seltsam anmutenden Kensustrianer in Erfahrung gebracht. Also lenkte er das Gespräch gegen Abend auf die Religion.

»Ulldrael hat uns befohlen, sein Andenken zu bewahren und allen Menschen zu helfen, soweit es in unserer Macht liegt«, begann er. Er spürte die Röte seiner Wangen, die vom Wein stammte.

Belkala nickte. »Ihr habt Armenhäuser eingerichtet, wie ich gehört habe, und versorgt die Kranken und Schwachen. In der Landwirtschaft, im Wissen und im Gebet verehrt Ihr Euren Gott, richtig?!«

»Ja. Und was tut Ihr, um Euren Gott zufrieden zu stellen?« Matuc winkte mit seinem leeren Weinbecher in der Hoffnung, dass der Wirt sein Zeichen bemerken und ihm mehr bringen würde. Am besten diskutieren konnte er, wenn er sich ein gewisses Pensum Mut angetrunken hatte, und obwohl er fühlte, dass er dieses Maß bereits erreicht hatte, wollte er sicherheitshalber ein wenig nachfüllen.

»Da beginnt bereits der erste Fehler, den Ihr macht«, lächelte die Priesterin, die nicht einen Tropfen Alkohol zu sich nahm. »Wir haben nicht nur einen Gott oder sieben, wie ihr, wir haben viele. Es sind mehr als hundert Wesen, die wir in Kensustria kennen, aber nicht alle werden von uns verehrt. Jeder sucht sich das göttliche Wesen heraus, mit dem er am meisten einverstanden ist.«

»Ja, aber dann wäre Eure Priesterkaste immens groß«, staunte der Mönch, der in Gedanken Horden von kensustrianischen Bekehrern in Tarpol einfallen sah. Der Wirt brachte einen Krug Wein und entfernte sich wieder.

»O nein. Manche Götter sind sehr beliebt, andere dagegen treten kaum in Erscheinung. Lakastra beispielsweise ist bei den Gelehrten und beim einfachen Volk sehr angesehen, weil er ihm Fortschritt bringt, gerade in der Landwirtschaft. Wir haben dank der Erleuchtung durch den Gott Vorrichtungen entwickelt, wie man die Körner schneller und weniger aufwändig aus den Ähren drischt«, erzählte sie. »Erreicht der Zulauf an Gläubigen ein gewisses Ausmaß, wird ein Tempel errichtet und Priester aus den Reihen der Anhänger gewählt.«

»Also kann es passieren, dass ein Gott mehrere Jahrzehnte nicht wichtig war, aber plötzlich wieder sehr bekannt wird, weil er aus irgendeinem Grund Zulauf bekommt?«, fragte Matuc etwas verwirrt und nippte am Wein. Vielleicht trank er mehr, als es gut war.

»So ist es.« Belkala schenkte ihm erneut ein Lächeln. »Aber im Allgemeinen verfügt Kensustria über einen etablierten Götterreigen von zwanzig Wesen. Lakastra gehört seit mehr als fünftausend Jahren dazu.« Ein bisschen Stolz schwang in ihrer Stimme mit.

»Aha«, machte der Mönch und schielte auf ihre Oberweite. »Haltet Ihr es nicht für sehr gefährlich, alleine umherzuziehen und in einem fremden Land eine Gottheit anzupreisen, die niemand kennt? Wenn Euch nun aufgebrachte Bauern aufknüpfen wollen, was Ulldrael der Gerechte verhindern möge, weil Ihr unbedachterweise gegen ihren Schutzpatron gesprochen habt? Was denn? Hilft Euch Euer Lakastra, oder sterbt Ihr für Euren Glauben?« Er lehnte sich vor. »Manche sehr einfachen Menschen würden Euch sogar eher für einen Blutsauger halten, wenn sie Eure Zähne sähen, und Euch an Ort und Stelle enthaupten und verbrennen.«

»Mir ist die tarpolische Sagenwelt leider nicht sehr vertraut, deshalb bedanke ich mich bei Euch für die Warnung, Bruder Matuc.« Sie neigte leicht den Kopf, ihre goldenen Augen leuchteten auf und erzeugten einen wunderschönen Kontrast zu den dunkelgrünen Haaren. »Außerdem, das versichere ich Euch, ich weiß mich zu wehren.«

»Ihr habt meine Frage nicht beantwortet«, sagte Matuc. Er hatte vor, sie in eine Falle zu manövrieren. Ihre ablenkende Antwort wertete er als erste Unsicherheit.

»Nun, ich denke, dass mein Gott mir beistehen würde. Vielleicht käme er selbst. Tut das Ulldrael auch?«

»Natürlich«, versicherte der Mann, obwohl er sich tief in seinem Herzen dessen nicht ganz sicher war.

»Ihr lügt, Bruder.« Die Priesterin schmunzelte und langte nach ihrem Wasser. »Habt Ihr Ulldrael schon einmal gesehen?«

Matuc zögerte. Das Gespräch nahm eine Wendung, die ihm nicht schmeckte.

»Nein, habe ich nicht. Es gibt nur sehr wenige Menschen auf Tarpol, denen diese Ehre zuteil wurde. Meistens übermittelt er Botschaften durch spezielle Männer unseres Ordens. Wir nennen sie Visionäre.« Mit Mühe unterdrückte er ein Rülpsen, das sich gurgelnd einen Weg durch die Eingeweide nach oben gebahnt hatte und auszubrechen drohte.

»Seht Ihr, ich bin meinem Gott schon begegnet und deshalb fest in meinem Glauben. Ich könnte es sogar Wissen nennen an Stelle von Glauben. Ihr auch? Und woher wisst Ihr, dass Ulldrael die Botschaften schickt? Könnte es nicht ein anderer Gott sein? Vielleicht sogar ein kensustrianischer?«

Der Mönch fühlte sich, als ob ihm jemand den Boden unter den Füßen wegzog, sein Kopf glühte vor Wärme. »Die Männer, die Visionen hatten, sagten aber …«

»Die Männer haben etwas gesehen, aber beweisen lässt es sich nicht, oder?!« Ihr unentwegtes Lächeln empfand er diesmal als überheblich und provokant.

»Ihr wagt es, die Botschaften Ulldraels anzuzweifeln?« Matuc sprang auf, das Gesicht tiefrot vor Zorn und Alkohol. »Das ist eine unglaubliche Lästerung!«

Die wenigen Gäste, die sich in der Station aufhielten, wandten sich erstaunt um und beobachteten den erbosten Mönch. Eine solche Verhaltensweise war man von Ordensmitgliedern nicht gewohnt.

»Beruhigt Euch, Bruder«, beschwichtigte Belkala. »Ich wollte weder Euren Gott noch Euren Glauben beleidigen. Und beweisen können wir auch nichts, wenn es Euch beruhigt. Ich wollte doch nur …«

»Ihr habt es aber getan, Priesterin! Ihr habt den Glauben und den Gott beleidigt! Das ist eine Ungeheuerlichkeit!« Der erregte, angetrunkene Mönch packte den Krug und schlug zornig nach Belkala.

Die Frau zog den Oberkörper zurück, umfasste das Handgelenk Matucs und lenkte den schlecht gezielten Hieb ab.

Die Wucht seines eigenen Angriffs brachte den nicht mehr ganz nüchternen Mönch aus dem Gleichgewicht. Der Länge nach landete er auf dem Holztisch, der unter seinem Gewicht zu Bruch ging.

Verdutzt wälzte er sich auf den Rücken und starrte die Frau an.

Belkala legte wieder die Rechte auf Herzhöhe und hielt Matuc die Linke hin, um ihm beim Aufstehen zu helfen.

»Ich entschuldige mich erneut, Bruder. Ich wollte Euch nicht beleidigen«

Die Männer in der Schänke hatten sich erhoben und drohend um die Kensustrianerin positioniert.

»Ergreift sie«, befahl Matuc und stemmte sich umständlich in die Höhe. »Sie hat Ulldrael gelästert.«

Kräftige Hände packten die Priesterin, zwangen ihre Arme auf den Rücken und banden sie mit groben Seilen fest zusammen.

»Was sollen wir tun, Bruder?«, fragte der Wirt, dem die Mordlust in den Augen brannte.

»Hängt sie auf.« Der Mönch funkelte sie feindselig aus geröteten Augen an. »Ihre beleidigenden Reden dürfen nicht weiter an die Ohren ehrbarer Tarpoler gelangen.« Er beugte sich vor. »Jetzt wollen wir sehen, ob Euer Götze Euch aus dieser Situation heraushilft.«

»Ihr seid betrunken, Matuc«, rief sie verzweifelt. »Ihr begeht einen großen Fehler!«

Die lachenden Männer schoben die Priesterin nach draußen zu den Ulldraeleichen, warfen einen Strick über einen besonders dicken Ast und legten der tobenden Belkala eine Schlinge um den Hals. Einem unvorsichtigen Helfer biss sie so fest in die Hand, dass das Blut hervorsprudelte. Die spitzen Eckzähne hatten sogar eine Sehne durchtrennt, heulend ließ der Mann von seinem Tun ab. Ein anderer schlug ihr mit dem Griff der Fackel ins Gesicht. »Elender Blutsauger!«

Matuc hielt sich die schmerzenden Rippen, die er sich bei seinem Sturz vorhin verletzt haben musste. »Zieht sie hoch.«

Das Seil straffte sich, die Füße der Frau verloren den Kontakt zum Boden.

Belkala würgte und rang keuchend nach Luft, während um sie herum Gejohle und lautes Rufen einsetzte.

Die Männer erfreuten sich an dem qualvollen Todeskampf der Kensustrianerin. Sie waren dabei so fasziniert, dass sie den Neuankömmling überhaupt nicht bemerkten, bis er auf sich aufmerksam machte.

»Halt!«, rief eine herrische Stimme.

Ein Reiter in einer schimmernden Vollrüstung lenkte sein Pferd in den Schein der Fackeln.

Silbern reflektierte das polierte Metall das Licht und warf es auf die erschrockenen Gesichter der Versammelten. Der eindrucksvolle Helm, der das Gesicht verdeckte, mit dem Schweif aus schwarzem Rosshaar war über und über mit Gravuren bedeckt, der Schild an seiner Seite zeigte zwei gekreuzte Schwerter und darunter sein persönliches Wappen. Am Sattel seines gepanzerten Reittieres hing eine stattliche Auswahl der unterschiedlichsten Waffen. In seiner Hand ruhte eine doppelläufige, schwere Armbrust.

»Was geht hier vor?«

Wie gelähmt starrten die Männer auf den Reiter, die Hände lösten sich vom Seil, und die Priesterin fiel zu Boden, wo sie hustend liegen blieb.

Matuc erkannte das Wappen sofort und fluchte insgeheim. Vor ihm stand ein Mitglied der Hohen Schwerter, einer der drei Kriegerorden, die den in Tarpol seltenen Gott Angor verehrten.

Das Donnern von vielfachem Hufschlag näherte sich, dann tauchten mehrere Bewaffnete auf, die neben dem Ritter anhielten und ihre Armbrüste bereit machten. Die Helfer des Mönchs wichen zurück.

»Ich fragte, was hier vorgeht?«, polterte der Ritter und schwenkte seine Waffe auf den Wirt.

»Herr, o Herr, es ist nicht meine Schuld«, stammelte der Mann, sein Unternehmungsgeist war wie weggeblasen. »Der Mönch hat uns befohlen, die Frau aufzuknüpfen, weil sie Ulldrael gelästert habe. Verzeiht uns, Herr.«

Die Armbrust zielte nun auf Matuc. »Du hast auf meinem Grund und Boden eine Hinrichtung angeordnet? Wie lautet dein Name?«

»Ich bin Vorsteher Matuc vom Orden Ulldraels und verteidige die Ehre meines Gottes, dem Erschaffer und Beschützer des Kontinents Ulldart«, antwortete er mit erhobener Stimme, während er sich darauf konzentrierte, nicht allzu sehr zu schwanken. »Wer seid Ihr, dass Ihr einen Mönch bedrohen dürft?«

»Ich bin Nerestro von Kuraschka, Mitglied im Orden der Hohen Schwerter, der alleine zu Ehren des Gottes Angor lebt, kämpft und stirbt. Mir gehört das Land, auf dem du stehst, Mönch, also bestimme nur ich, wer getötet wird und wer am Leben bleiben darf.«

»Aber sie ist aus Kensustria und hat einen falschen Götzen, dessen Lehre sie verbreiten will«, warf Matuc ein.

»Ich diene Angor, nicht Ulldrael«, unterbrach ihn der Ritter hart. »Für mich ist sie ebenso gut wie du. Ich dulde kein Unrecht, wie du es eben so voreilig in die Tat umsetzen wolltest. Außerdem bist du selbst nicht von hier, denn im Umkreis von vierzig Warst ist kein Kloster, in dem du Vorsteher sein könnest. Du bist nur Gast,

Mönch.« Er nickte einem seiner Untergebenen zu, der absaß, zu Belkala hinüberging und sie von ihren Fesseln befreite. »Ein äußerst betrunkener Gast, wie ich feststellen muss.«

»Ihr wollt eine Frevlerin freilassen?«, rief der Ulldrael-Anhänger empört und machte einen Schritt vorwärts, wobei er gefährlich in Schräglage geriet.

»Sie hat nicht meinen Gott gelästert, sondern deinen, vergiss das nicht.« Nerestro wandte sich den anderen Männern zu. »Und Ihr müsst für eure Tat bestraft werden, weil ihr leichtfertig gehandelt habt.« Er schoss dem Wirt den Bolzen genau über der Kniescheibe in den Oberschenkel, woraufhin der Mann schreiend zu Boden ging. »Danke mir nicht für meine Milde.«

Matuc schritt wutentbrannt auf die Priesterin zu, seine Absichten waren mehr als deutlich.

»Du vergisst dich, Mönch«, warnte der Ritter. »Noch einen Schritt weiter auf die Frau zu, und du wirst die nächsten Wochen in meinem Verlies verbringen.«

»Wenn Ihr sie nicht strafen wollt, dann muss ich es eben tun.« Unbeirrt und mit dem Mut des Weines ausgestattet setzte er seinen Weg fort. Ein Bewaffneter trat ihm in den Weg.

»Mir scheint, dir wurde noch nie verdeutlicht, was es heißt, Gast zu sein und sich entsprechend zu benehmen. Das sollte ich nachholen.«

Nerestro deutete auf den Mönch, der vom Gefolge des Ordensritters sofort gepackt und verschnürt wurde.

»Ihr seid ebenfalls eingeladen, mich auf meine Burg zu begleiten. Ich denke nicht, dass Ihr eine Nacht in der Gemeinschaft von diesem Gesindel verbringen möchtet. Euer Gepäck lasse ich nachbringen«, sagte er zu der blassen Belkala, die sich daraufhin verbeugte. Ein dicker roter Striemen, den das Seil hinterlassen hatte, verlief um ihren Hals.

»Wirt, wenn du mir noch einmal auffallen solltest,

wird der nächste Bolzen dein linkes Auge treffen«, verabschiedete sich Nerestro und wendete sein Streitross. »Das gilt für euch alle.«

Der Tross setzte sich in Bewegung. Die Priesterin und der Mönch liefen am Ende, umgeben vom Gefolge des Ritters.

»Es scheint, als habe mir Lakastra geholfen. Was ist mit Euch? Seid Ihr bei Ulldrael in Ungnade gefallen?«, krächzte Belkala und wischte sich ihr Blut aus dem Mundwinkel.

Matuc schnaubte nur, antwortete nicht. Aber tief in seinem betrunkenen Innersten stellte er sich genau diese Frage.

Burg Angoraja, Provinz Ker, 220 Warst vor Granburg, Spätsommer 442 n. S.

Matuc erwachte nicht, weil ihn ein Lichtschimmer oder ein Laut weckte, sondern weil sein Kopf geradewegs zu zerspringen drohte. Einen solchen Brummschädel hatte er noch niemals zuvor gehabt, und der Geschmack in seinem Mund war mehr als übelkeitserregend. Mit einem Grummeln richtete er sich auf und hielt sich das Haupt.

Der Geruch um ihn herum war allerdings nicht viel besser als der aus seinem Hals, auch der Anblick seiner Umgebung ließ schwer zu wünschen übrig.

Er saß, wie er langsam feststellte, auf einem feuchten Bündel Stroh inmitten einer kleinen, kargen und äußerst unfreundlichen Zelle, an deren Wänden Moos wuchs und Wassertröpfchen hinunterliefen. Ansonsten fehlte jegliches Mobiliar.

Vor ihm stand ein Krug mit Wasser, Licht spendete

eine fast herabgebrannte Kerze, die jeden Moment zu verlöschen drohte.

Verzweifelt versuchte er sich an die Begebenheiten des letzten Abends zu erinnern, aber er wusste lediglich noch, dass er sehr wütend auf Belkala gewesen war. Er hatte sie doch nicht etwa in seiner Volltrunkenheit umgebracht und saß deshalb im Kerker?

Ganz vorsichtig und langsam stellte er sich auf die Beine und ging zur eisenbeschlagenen Tür.

»Hallo«, rief er schwach. Das an den Steinwänden widerhallende Wort verursachte ihm heftigste Kopfschmerzen. »Ich bin wach. Hört mich jemand? Wo bin ich?«

Nichts rührte sich. Dann wurde es mit einem Schlag dunkel, die Kerze versagte ihren Dienst.

Der Mönch tastete sich zurück zum Strohbündel, lehnte den pochenden Kopf an den kühlen Stein und ließ sich das Wasser über die Stirn rinnen. Es blieb ihm nichts anderes übrig, als zu warten, dass man sich irgendwann um ihn kümmerte.

Mit jedem kleinen Platsch eines Wassertropfens, der auf den harten Boden schlug, kehrte die Erinnerung an die Ereignisse zurück. Er hatte die Priesterin zu schlagen versucht und die Leute aufgehetzt, die Frau zu hängen.

Leise stöhnte er auf und begann, einen Gebetszyklus an Ulldrael zu richten, damit ihm der Gott sein Vergehen vergab, denn das Letzte, was er jetzt benötigte, war die Wut seines göttlichen Herrn.

Endlich drehte sich der Schlüssel im Schloss der Tür, schwere Riegel wurden zurückgeschoben, dann fiel der blendende Schein einer Fackel in Matucs Gefängnis.

»Hast du ausgeschlafen, Mönch?«, fragte eine belustigte Stimme. Schwere Stiefel näherten sich ihm, Metallplättchen und -ringe rieben aneinander, die ein aufdringliches Geräusch erzeugten. Dann fasste ihn eine kräftige Hand unter die Achsel und zog ihn hoch. »Mein Herr will dich sehen.«

Mehrere Männer in Kettenhemden bugsierten ihn mehr oder weniger sanft die unendlich vielen Stufen nach oben hinauf. Sie überquerten einen äußerst sauberen Burghof, auf dem Kampfübungen abgehalten wurden, dann ging es eine weitere, steile Treppe hinauf, durch zwei große Räume, bis sie vor einer breiten Eichentür anhielten und nach kurzem Klopfen eintraten.

Ohne Zweifel befand sich Matuc im Waffensaal der Burg.

Die Wände hingen voller Schwerter, Morgensterne, Äxte, Beile und anderer, mitunter exotischer Utensilien, die ein Krieger benötigte, um einen Gegner zu töten. Dazwischen befanden sich verschiedene Schilde mit den unterschiedlichsten Wappen und in den unterschiedlichsten Zuständen. Die einen glänzten ganz neu, andere wirkten leicht ramponiert, während zwei oder drei davon nur noch von Eisenbeschlägen zusammengehalten wurden.

Als am Atemberaubendsten jedoch empfand der Mönch das Sammelsurium an Flaggen, Standarten und Fahnen, die von einer Balustrade herabhingen. Auch wenn er so einiges Wissen in Heraldik aufweisen konnte, unter diesen Exemplaren befanden sich höchstens vier, die er erkannte. Wo auch immer sie herstammten, sie waren nicht von Ulldart.

Inmitten des Raumes stand ein fast schwarzer Tisch mit neun Stühlen.

Am Kopfende saß ein schwergerüsteter Mann in Plattenpanzer, den Matuc auf Mitte Dreißig schätzte. Die rechte Hand ruhte am juwelenbesetzten Griff einer höchst seltenen aldoreelischen Klinge, die linke hielt einen silbernen Pokal. Sein dunkelbraunes Haar war auf dem Schädel nur eine Fingerkuppe lang, ansonsten gänzlich abrasiert. Umso mehr fiel der lange, gewachste und blond gefärbte Kinnbart auf, der fast bis auf die Brust reichte.

Neben ihm hatte sich Belkala niedergelassen, die keinen Hehl aus dem roten Streifen um ihren Hals machte. Offenbar waren sie gerade in eine Unterhaltung vertieft gewesen, denn sie drehten sich zu den Männern sehr unwirsch herum.

Der Ritter reckte den Kopf. »Du bist nüchtern, hoffe ich.«

»Nüchtern genug, um in aller Demut bei Euch und Belkala um Verzeihung zu bitten«, antwortete Matuc und senkte den Blick. »Ich habe zu viel getrunken, was mein Verhalten allerdings nicht entschuldigt.«

»Ich fand unsere Unterhaltung anfangs eigentlich recht interessant«, krächzte die Priesterin, das Sprechen bereitete ihr noch Mühe. Mit einer schnellen Bewegung strich die Kensustrianerin das schulterlange, dunkelgrüne Haar zurück. »Aber es nahm dann eine sehr unschöne Wendung.«

»Falls du meinen Namen vergessen haben solltest, was ich beinahe glaube, er lautet Nerestro von Kuraschka, Ritter im Orden der Hohen Schwerter und Gläubiger des Gottes Angor. Mir gehören das Land und die Menschen im Umkreis von vierzig Warst, ich spreche Recht und Gesetz als ordnungsgemäßer Grundherr.« Er erhob sich und deutete auf den Stuhl neben sich. »Setz dich zu uns, damit wir uns über deine angemessene Bestrafung beratschlagen.«

Der Mönch ging langsam an den ihm zugewiesenen Platz und überlegte, wie er aus der Situation herauskommen sollte.

Bei jedem herkömmlichen Adligen Tarpols hätte er mit einem milden Denkzettel rechnen können, aber ausgerechnet auf dem Boden eines verbohrten Ritters von einem Orden, der wenig auf Ulldrael gab, musste er sich einen Rausch antrinken und über die Stränge schlagen.

»Dir wird vorgeworfen, das Volk aufgehetzt und die Hand gegen diese Frau erhoben zu haben, ohne dass ein triftiger Grund vorlag.« Die braunen Augen ruhten forschend auf dem Gesicht des Mönchs. »Was hast du dazu zu sagen, und was wäre ein befriedigendes Strafmaß?«

»Was mich angeht«, meldete sich Belkala, »ich wäre mit einer aufrichtigen Entschuldigung zufrieden. Er hat nicht gewusst, was er tut. Dazu war er zu betrunken in der Nacht.«

Dankbar lächelte Matuc. »Ich entschuldige mich, Ulldrael sei mein Zeuge, mit aller Inbrunst und aller Ehrlichkeit, die ein Mönch haben kann. Ich verspreche Euch hiermit feierlich, dass ich nie wieder einen Tropfen Wein, Bier oder Schnaps anrühren werde.« Die Priesterin nickte.

»Na, schön. Dein Lakastra muss ein sehr verzeihender Gott sein, wenn er sich so leicht zufrieden gibt.« Nerestro stieß mit der Schwertscheide auf den Boden, »Angor dagegen ist es nicht, und die Gesetze Tarpols sind es ebenfalls nicht. In Anbetracht, dass du ein Mönch, vermutlich sogar ein Vorsteher eines Klosters bist, werde ich nicht allzu hart mit dir sein, und weil ich auch denke, dass der Wein eine große Schuld an deinem Fehlverhalten trägt.« Das harte Gesicht des Ritters wandte sich Matuc zu. »Deshalb wirst du nur ein Jahr im Kerker verbringen, anstatt lebenslänglich. Danke mir nicht für meine Milde.«

Belkala schaute mindestens so überrascht wie der Mönch.

»Herr, nicht, dass Ihr glaubt, ich würde für meine Tat nicht einstehen wollen, aber ich habe einen dringenden, wichtigen Auftrag für meinen Orden zu erfüllen«, begann Matuc vorsichtig, wobei er genauestens auf die Reaktion des Ritters achtete.

»Darauf hättest du früher bedacht sein müssen«, entgegnete Nerestro und schwenkte den Pokal. »Ich habe das bestehende Gesetz schon genug gebeugt. Wenn ich dir noch mehr entgegenkomme, wird mir Angor gewiss sehr böse sein.«

»Aber andernfalls könntet Ihr den Zorn Ulldraels auf Euch ziehen, Herr«, versuchte der Mönch eine neuen Anlauf. Er durfte auf keinen Fall ein Jahr lang in den Mauern der Burg sitzen. Er musste so schnell wie möglich weiter, damit er seine Mission zur Rettung des Kontinents rechtzeitig ausführen konnte, bevor es zu spät war. »Meine Aufgabe ist sehr wichtig.«

»Gib Acht, Mönch«, knurrte der Mann, »du bewegst dich im Moment auf sehr dünnem Eis.«

»Versteht Ihr nicht, Herr«, flehte Matuc. »Ihr müsst mir einen Aufschub gewähren. Lasst mich meine Aufgabe zu Ende bringen, und ich kehre freiwillig in Euren Kerker zurück, aber, bitte, setzt mich nicht jetzt fest. Bitte.«

»Wer garantiert mir, dass du zurückkommst? Ulldrael?«, schnaubte Nerestro. »Einen Eid auf deinen Gott brauchst du bei mir nicht zu leisten, und ein Schwur auf Angor steht dir nicht zu. Nicht in diesem Fall.«

Belkala beobachtete den völlig aufgelösten Mönch nachdenklich. Ihre goldenen Augen schimmerten im Licht der allmählich versinkenden Sonnen und strahlten wie geschliffener Bernstein. Sie fühlte, dass hinter dem Sträuben und dem oft erwähnten Auftrag mehr steckte als Matuc zugeben wollte. Welches Geheimnis bewahrte der verzweifelte Mann für sich?

Ähnliches musste auch dem Ordensritter durch den Kopf gegangen sein. »Was für eine unaufschiebbare Aufgabe ist es denn, die du zu verrichten hast? Vielleicht verstehe ich es und gewähre den Aufschub.«

Matuc presste die Lippen zusammen. »Darüber darf ich nicht sprechen, Herr, verzeiht.«

»Dann sieh dir noch einmal die untergehenden Sonnen an.« Nerestro deutete mit dem Pokal auf das schmale Fenster, durch das die Strahlen fielen. »Du wirst sie lange nicht mehr genießen dürfen.« Der Mann ging zur Tür und rief die Wachen. »Ich wünsche dir einen angenehmen Aufenthalt im Kerker. Meine Gefangenen werden, nur zu deiner Beruhigung, sehr gut behandelt.«

Die Wachen nahmen den Mönch, der einen mehr als niedergeschlagenen Eindruck machte, in die Mitte und verließen den Waffensaal.

»Was Euch angeht, Ihr dürft so lange mein Gast sein, wie Ihr wollt.« Der Ritter drehte sich zu Belkala.

»Ihr seid sehr großzügig zu einer Unbekannten«, bedankte sich die Priesterin.

»Das ist selbstverständlich, schließlich habe ich mehr als genug.« Nerestro sah nachdenklich zu den Fahnen. »Habt Ihr eine Ahnung, was der Mönch unbedingt für sich behalten will? Ich verstehe sein Verhalten nicht, um ganz offen zu sein.«

Die Kensustrianerin knetete nachdenklich ihre Unterlippe. »Würdet Ihr denn freiwillig etwas über eine Ordensangelegenheit erzählen?« Der Mann schüttelte den Kopf. »Dann habt Ihr Euch eben selbst die Antwort gegeben.«

»Lasst uns von etwas anderem reden.« Nerestro schien die Angelegenheit allmählich langweilig zu werden. »Erzählt mir lieber etwas über Euer Land, das mir ein wenig legendär vorkommt.«

»Ich vermute, Euch interessieren mehr die militärischen Dinge als Kultur und Wissen«, lächelte die hübsche Frau. »Da kann ich Euch leider nicht sehr viel weiter helfen. Ich bin Priesterin, wie Ihr wisst.«

»Man berichtet die wunderlichsten Geschichten über Eure Krieger und deren Waffen. Könnt Ihr mir vielleicht mehr über Euer Kriegsgerät erzählen? Wenn Lakastra der Gott des Wissen ist, müsstet Ihr mir schon mehr als nur eine Ausrede liefern können«, versuchte es der Ritter.

»Ihr wollt nicht zufällig das Geheimnis des Unlöschbaren Feuers wissen?«, fragte die Priesterin verschmitzt.

»Wenn Ihr es zufällig parat hättet, wäre ich nicht abgeneigt. Ich habe gehört, es vermag sogar Steine zu verbrennen.«

»Das ist eine Legende«, lachte sie, »die wir gerne schüren, um unsere Feinde in Angst und Schrecken zu versetzen. Aber das Geheimnis wird strengstens von der Kriegerkaste gehütet. Für die unzähligen Kriegsapparate und -maschinen haben sie eigene Ingenieure, die wenig mit Lakastra zu tun haben. Mein Wissen ist anderer Natur. Ich kann Euren Bauern sagen, wie sie mehr Ertrag aus den Feldern ziehen.«

»Das ist zwar auch etwas wert, aber nicht unbedingt etwas für die Militärbibliothek des Orden der Hohen Schwerter«, meinte Nerestro enttäuscht.

Belkala trat neben ihn. »Was sind das für Fahnen und Banner? Ihr hab doch vermutlich nur ein Familienwappen, oder?«

»Das sind Beutestücke, erobert von meinen Ahnen in jahrhundertelanger Arbeit.« Der Mann deutete stolz auf die Schilde. »Für jeden geschlagenen Feind im Turnier. Ich konnte bisher siebenundneunzig zusteuern.«

»Wie oft seid Ihr dabei aus dem Sattel gestoßen worden?«

»Nur acht Mal. Zwei Mal wurde ich schwer verwundet, die anderen Verletzungen waren Fleischwunden oder harmlose Brüche«, berichtete Nerestro stolz. »Die Anhänger Angors sind hart im Nehmen.«

»Und wenn Ihr nun gestorben wärt?« Belkala wirkte interessiert.

»Dann wäre ich in Angors Gefolge aufgenommen worden und hätte ihn mit meinem Tod gebührend geehrt.«

»Stimmt es, dass Euer Orden nur in den seltensten Fällen zur Waffe greift? Ich kann es eigentlich nicht glauben, wenn ich die Sammlung von Schwertern sehe.«

»Das stimmt nur zum Teil.« Er schob ihr den Stuhl hin. »Setzt Euch, ich erkläre es Euch in aller Ruhe.« Der Ritter nahm ebenfalls Platz. »Wir, die Angor verehren, zeigen unserem Gott unsere Hochachtung durch das meisterliche Beherrschen unserer Waffen. Wir kämpfen in Turnieren zu Ehren Angors, dabei ist das Können der Teilnehmer von großer Bedeutung, egal ob Schwert, Morgenstern, Keule, Lanze oder Spieß. Normalerweise endet ein solches Duell, wenn einer der beiden aufgibt oder er das Bewusstsein verliert. Stirbt ein Kontrahent während des Duells, geht er in das Gefolge des Gottes ein, die höchste Ehre, die einem Ordensmitglied zuteil werden kann.«

»Was aber, wenn Ihr in einen Hinterhalt gelockt werdet oder Euch Räuber überfallen?«

»Wir leben, um Angor zu dienen, nicht, um uns mit gewöhnlichem Gesindel herumzuschlagen. Dafür haben wir unsere Begleiter. Oder Fernwaffen. Erst im äußersten Notfall würde ich selbst zum Schwert oder zu meiner Axt greifen. Aber dann kämpfe ich, um zu überleben, denn nur der Duelltod ist ehrenhaft.« Er beugte sich. »Versteht mich nicht falsch, wenn ich eine Herausforderung entdecke, werde ich sie annehmen, wenn ich sie für würdig oder interessant genug halte. Aber ich werde nicht dabei sterben.«

»Die Rüstung ist mehr als ungewöhnlich.« Belkalas Blick wanderte die Metallteile entlang. »Die meisten Wachen in Tarpol schützen sich mit einfachen Brustpanzern.«

»Wenn wir vor unseren Gott treten, dann wollen wir das in aller Pracht tun. In Leinen und Jute stirbt jeder Bettler«, meinte Nerestro verächtlich und strich sich über den gewachsten Bart. »Es ist eine Frage der Ehre, nichts weiter.«

»Nichts weiter? Ich merke schon, Ihr habt so manche Gemeinsamkeit mit unseren Kämpfern«, sagte die Priesterin.

»Was haltet Ihr vom Kampf?«

»Ich würde sagen, das Verhältnis unserer Priester zu den Kriegern ist ungefähr so gut wie Eures zum Ulldraelorden«, antwortete sie diplomatisch. »Wir kennen uns, achten uns ein wenig, aber vermeiden jeden größeren Kontakt.«

»Was habt Ihr als Nächstes vor?« Der Ritter fixierte ihre goldenen Augen, schweifte ab und wanderte mit seinem plötzlich sehr anzüglichen Blick an ihrer Robe entlang.

»Ich werde die Nacht in Eurer Burg verbringen, danach möchte ich so schnell wie möglich weiter nach Norden, um Lakastras Wissen und Glauben zu verbreiten.«

»Dann seid Ihr noch eine sehr lange Zeit unterwegs. Allein.« Ein verführerisches Lächeln legte sich auf das markante Gesicht. »Ihr seid Priesterin des Wissens. Wollt Ihr etwas dazu lernen, so lange Ihr noch auf meiner Burg seid?«

Belkala war angesichts solcher Offenheit und Direktheit mehr als überrascht.

»Wie kommt Ihr auf den Gedanken, dass Ihr mir noch etwas beibringen könntet?«, gab sie schlagfertig zurück und richtete ihren Oberkörper auf. »Außerdem bin ich Priesterin.«

»Was hat das damit zu tun? Ich bin in einem Kriegerorden, trotzdem bevorzuge ich eine Frau auf meinem Nachtlager«, entgegnete der Ritter grinsend.

»Ich werde darüber nachdenken«, versprach sie, obwohl sie insgeheim einem kurzen Abenteuer nicht abgeneigt war. Trotzdem empfand sie den Mann als ein bisschen zu sehr von sich überzeugt. Das musste wohl mit dem Orden und den Kriegern zusammenhängen. »Gute Nacht.«

»Oh, das hängt ganz von Euch ab«, verabschiedete er die Kensustrianerin, während sie zur Tür hinausging und den Waffensaal verließ.

Bevor sie sich ein wenig Abwechslung gönnen wollte, musste sie zuerst eine Sache unbedingt klären. Ihr Weg führte sie in den Kerker der Burg.

Sie fand Matuc hockend im Gebet vertieft. Die Handflächen zusammengelegt, die Augen geschlossen, murmelte er leise Verse vor sich hin. Erst als der Wächter die schweren Riegel geräuschvoll zurückschob, drehte der Mönch den Kopf und schaute zum Eingang.

»Kommt Ihr Euren Triumph feiern?« Er ließ den Kopf sinken. »Mir scheint, ich bin mehr als in Ungnade gefallen, dass Ulldrael mich im Kerker schmoren lässt.«

»Seht es als eine Prüfung.« Die Priesterin ging ebenfalls in die Knie. »Aber vielleicht kann ich Euch helfen, aus diesem Loch herauszukommen, wenn Ihr mir sagt, was es mit Eurer Mission auf sich hat.«

Der Mönch blickte wie gebannt in das Bernstein ihrer Augen. Tiefer und tiefer drang etwas in seine Gedanken, schmeichelte sich sanft in seinen Kopf und streichelte seine Seele mit freundlicher Wärme. Es war ein Gefühl, das er als Kind gehabt hatte, als seine Mutter ihm liebevoll über die Haare gefahren war oder ihn umarmt und getröstet hatte. Geborgenheit und Vertrauen machten sich breit.

»Ich soll den Kontinent vor einer großen Bedrohung retten«, sagte er leise.

»Eine sehr schwere Aufgabe für einen einzelnen Menschen.« Belkalas Stimme war sanft, einfühlsam. »Vertraue dich mir an, Matuc. Was sollst du tun?«

»Ich soll den Tadc töten, um die Rückkehr der Dunklen Zeit zu verhindern.« Endlich konnte er mit jemandem darüber reden. »Der Obere und der Geheime Rat sind der Ansicht, dass die Prophezeiung in dieser Weise ausgelegt werden kann.« Der Mönch war unendlich erleichtert.

Belkala stieß die Luft aus. »Und du bist dir deiner Aufgabe wirklich sicher?«

Matuc zögerte. »Ich bin mir fast sicher.«

»Wir haben von der Prophezeiung auch gehört, aber sie bisher immer im entgegengesetzten Sinne interpretiert. Wie kommt das?«

»Wir haben herausgefunden, dass im Kloster ein Tzulani-Spitzel war, der den Visionär vermutlich deshalb tötete, damit nur er alleine den Wortlaut der Botschaft wusste und niemand sonst vom Verhängnis, das mit dem Tadc hereinbrechen wird, erfahren sollte«, erklärte Matuc und begann, Belkala alles zu erzählen, was er wusste und was sich seitdem zugetragen hatte.

Über eine Stunde berichtete er.

Die Kensustrianerin lauschte, ohne ihn auch nur einmal zu unterbrechen. Ihr Gesicht wurde mit jedem Satz nachdenklicher und nachdenklicher.

Nachdem der Mönch seine Ausführungen beendet hatte, legte sie ihm beruhigend ihre Hand auf die Schulter.

»Ich werde dir helfen, Matuc. Ich bitte Lakastra um Hilfe, damit wir mit seiner Unterstützung einen Weg aus deinem Gefängnis finden und wir die Rückkehr der Dunklen Zeit gemeinsam verhindern. Wenn deine Geschichte wahr ist, so, wie du sie mir erzählt hast, wird mein Gott seinen Beistand nicht verweigern.«

»Aber warum hilft mir Ulldrael nicht?« Matuc senkte verzweifelt den Blick, eine Träne rann ihm über die Wange. »Warum?«

Die Kensustrianerin erhob sich. »Diese Frage kann ich dir nicht beantworten. Bete weiter, vielleicht gibt dir dein Gott ein Zeichen.« Sie verließ die Zelle.

Matuc beobachtete teilnahmslos, wie sein Augenwasser als Tropfen auf den Steinboden fiel und zwischen den Platten verlief.

Mehr und mehr schwand sein Vertrauen in seinen Schutzpatron, der sich offenbar nicht viel um die Belange seines Kontinents zu kümmern schien.

Provinzhauptstadt Granburg, Königreich Tarpol, Spätsommer 442 n. S.

Der warme Wind jagte die gelblich schwarzen, regenschweren Wolken hoch über dem großen Festplatz am Himmel entlang.

Düster türmten sie sich auf, verwirbelten ineinander und verdunkelten die beiden Sonnen, sodass man glauben konnte, es sei später Abend und nicht kurz nach Mittag. Das gewaltige Gewitter hing spürbar in der Luft, doch es entlud sich nicht.

Das blassgelbe Zwielicht wirkte unheimlich, eine vollkommene Stille senkte sich auf die Stadt herab. Selbst die Tiere in den Ställen gaben keinen Laut von sich. Nur das Pfeifen des Windes war zu hören, der durch Fensterläden, über Dächer und um Häuserecken strich.

Wasilji Jukolenko ließ den Blick über den Platz schweifen, auf dem sich mindestens tausend Menschen seinetwegen versammelt hatten.

Bürger der Stadt, Bauern der Umgebung, Händler und einige Adlige, die sich vor kurzem noch um seine Gunst gestritten hatten, erkannte er zu seinen Füßen. Er bedachte sie mit einem herablassenden Lächeln.

Die Fesseln, die seine Arme auf dem Rücken hielten, schnitten unangenehm ins Fleisch, die linke Gesichtshälfte brannte wie Feuer, nachdem die Wachen ihn mindestens ein Dutzend Mal geschlagen hatten.

Überhaupt ließ die Behandlung eines Adligen und ehemaligen Gouverneurs seiner Meinung nach sehr zu wünschen übrig. Bei seiner Verhaftung vor ein paar Tagen war ihm so ziemlich jedes teure Kleidungsstück abgenommen worden, das er besaß. Daraufhin musste er in Unterwäsche in einem stinkenden, feuchten Kellerloch liegen, bis ihn ein paar schadenfrohe, betrunkene Soldaten verprügelten und ihn auf den Schafottwagen luden. Quer durch die Stadt holperte das Vehikel, vorbei an schweigenden Menschen, die ihn hasserfüllt ansahen. Die Zeit seiner Herrschaft war vorbei.

Jetzt stand er auf der kleinen Plattform, drei Meter über den Köpfen der Zuschauer, neben ihm warteten vier Wachen auf das Eintreffen des jungen Gouverneurs.

Weitere Wagen rollten heran und brachten den maskierten Scharfrichter mit seinen Gesellen sowie Kaschenko zusammen mit zehn weiteren Adligen und Großbauern, die an der Verschwörung gegen den Gouverneur nachweislich beteiligt waren.

Nach und nach wurden die Gefangenen von den Henkersknechten die schmale Leiter hinaufgezerrt und neben den Mann hingestellt.

Jukolenko zeigte keinerlei Regung, schaute einfach nur in die Wolken. Innerlich hoffte er, dass der Scharfrichter später nicht allzu betrunken war, damit das Enthaupten im ersten Anlauf gelang. Er verabscheute Schmerzen über alles.

Hufschlag klapperte über das Kopfsteinpflaster, dann erschien die muskulöse Gestalt Waljakovs an der Spitze einer gerüsteten Reiterabteilung. In der Mitte ritt der Gouverneur, die Haltung aufrecht, eine Hand locker auf dem rechten Bein liegend.

Wenn vor eineinhalb Jahren Jukolenko jemand gesagt hätte, dass dieser halbe Knabe schuld an seinem Tod sein würde, hätte er denjenigen vermutlich ausgelacht. Überhaupt bestand keinerlei Ähnlichkeit mehr zwischen dem dicken, weinerlichen Kind, das damals hier angekommen war, und dem jungen Mann, der von sich selbst überzeugt im Sattel des Rappen saß. In den letzten Monaten hatte sich Vasja in einen Gegner verwandelt, den man leicht unterschätzen konnte. Den er unterschätzt hatte.

Die Truppe ritt bis an den Fuß des Aufgangs, saß auf einen gebrüllten Befehl Waljakovs hin ab und postierte sich spalierartig in Richtung Schafott.

Langsam bewegte sich Vasja die Planke hinauf, dicht gefolgt von seinem massigen Leibwächter, zog, oben auf der Plattform angekommen, ein Pergament aus dem Ärmelaufschlag und wandte sich den Menschen zu.

»Die Adligen Kaschenko, Mekuce, Paole, Dobric und Jukolenko sowie die Brojaken Kilic, Dujorev, Lusckoje, Regoc, Cobradin, Woijec und Iguckin sind für schuldig befunden, eine Verschwörung gegen mich, den rechtmäßigen Königlichen Gouverneur Vasja, und damit gegen den Kabcar angezettelt zu haben. All ihre Besitztümer, Hab und Gut fallen an den Kabcar. Die Verschwörer selbst werden zum Tod durch langsames Erwürgen verurteilt.« Ein erstes Raunen ging durch die Menge. Eine solche Bestrafung erging normalerweise nur gegen gewöhnliche Mörder. »Ich gewähre dem ehemaligen Gouverneur Jukolenko das Privileg, durch das Schwert zu sterben. Die Vollstreckung der Urteile erfolgt stehenden Fußes.«

Der Gouverneur nickte dem Scharfrichter zu, der seinen Gesellen den Befehl zur Hinrichtung der ersten elf Gefangenen erteilte.

Der Tod der Männer dauerte qualvolle Minuten. Immer wieder wurden die Lederschnüre gelockert, erlaubten den Adligen ein verzweifeltes Atmen, nur um kurz darauf die Kehle erneut zuzuschnüren.

Endlich stampfte der Scharfrichter vernehmbar mit dem Fuß auf die Holzbohlen, das Zeichen für den letzten Akt des grausamen Schauspiels, das von den Granburgern schweigend beobachtet wurde.

Auch diesmal dauerte es sehr lange, bis das letzte Keuchen verebbte. Die elf Männer waren tot.

Ein donnerndes Grollen rollte über den Platz, das Gewitter kündigte sein Kommen an. Ein Blitz zuckte über den Himmel und ließ einige der Menschen erschrocken zusammenfahren.

»Granburger!«, hallte die Stimme des Gouverneurs über die Köpfe hinweg. »Dieser unfassbare Verrat und die jahrelange Ausbeutung der Provinz auf Kosten der Unschuldigen haben ab heute wirklich ein Ende. Mit dem Tod des letzten Verschwörers wird die neue Ära der Gerechtigkeit, die ich seit langem eingeläutet habe, gefestigt.« Die ersten Regentropfen fielen aus den Wolken, klatschten zu Boden, der Wind wurde stärker und zerzauste die blonden, schulterlangen Haare des jungen Mannes, in dessen Augen ein leidenschaftliches Feuer brannte.

Als der Scharfrichter mit dem Schwert auf Jukolenko zuging, trat ihm der Gouverneur in den Weg und streckte die Hand aus.

»Zur Bekräftigung, dass eine solch unverhohlene Tyrannei und Aufwiegelung nie wieder hingenommen wird, werde ich die Hinrichtung selbst vornehmen.« Lodrik spürte den Blick der Menge deutlicher als je zuvor auf sich.

Der Scharfrichter überreichte ihm zögerlich das Henkersschwert.

Entschlossen umfasste der Gouverneur den Griff mit beiden Händen und wandte sich dem Adligen zu, dessen Gesicht große Fassungslosigkeit widerspiegelte.

»Ich hoffe, Euer Fechtunterricht war gut genug, dass Ihr meinen Hals beim ersten Schlag durchtrennen könnt«, sagte Jukolenko leise.

»Wer sagt Euch, dass ich das möchte?« Der junge Mann genoss die plötzlich aufkeimende Angst seines Gegenübers. »Selbst wenn ich mehrere Versuche benötigen würde, betrachtet es als nachträgliches Vergnügen meinerseits.«

Er hob die Klinge in eine waagerechte Position, hielt sie kurz an den Nacken des stehenden Jukolenko, um Maß zu nehmen, und drehte den Oberkörper weit zurück, damit der Schwung genügen würde, Haut, Muskeln und Knochen zu durchtrennen. Lodriks Augen fixierten die anvisierte Stelle, dann beschleunigte er den Stahl durch eine ruckartige Bewegung.

Der Schlag kam präzise. Die Schneide glitt wie Butter durch die Wirbel und trat, gefolgt von einem gewaltigen Blutschwall, dicht unterhalb des Kinns wieder aus.

Jukolenkos Kopf flog in hohem Bogen durch die Luft und landete mit einem Poltern auf den regennassen Holzplanken. Der Torso brach zuckend in die Knie und kippte nach vorne um, eine Blutfontäne schoss aus dem Halsrest, tränkte die graue Uniform Lodriks tiefrot. Dunkle Streifen liefen ihm übers Gesicht.

Noch immer wagte die Menge nicht zu jubeln oder zu rufen.

Wortlos hob der Gouverneur das Schwert gegen den Himmel und zeigte mit der anderen Hand auf den sich immer noch leicht bewegenden Körper des Adligen.

Gleißend fuhr ein orangeroter Blitz aus den pech schwarzen Wolken herab. Krachend und knisternd schlug er in die Spitze der emporgereckten Waffe ein.

Ein glühendes Geflecht aus rötlichem Licht leckte am Arm entlang, breitete sich sternförmig weiter aus und umhüllte den jungen Mann sekundenlang,. In Mund, Nase und Ohren schien es einzudringen, die Augen funkelten mit einem Mal wie die hellsten Sterne. Dann erloschen die lebendig wirkenden Strahlen.

Lodrik fiel ohne einen Laut neben dem Toten auf die

Plattform und rührte sich nicht. Der Regen, der auf ihn herabprasselte, verdampfte zischend, seine Kleidung rauchte leicht.

Nicht einmal Waljakov, der das Schauspiel entsetzt verfolgt hatte, bewegte sich. Alle Granburger starrten gelähmt auf den vom Blitz niedergestreckten Gouverneur.

Der Donner war noch nicht ganz verklungen, als die Finger der Hand, die das Schwert hielten, zitterten und den Griff wieder fest packten. Ganz langsam stützte sich Lodrik mit Hilfe der Waffe auf die Knie und erhob sich unsicher.

Noch immer verwandelte sich der Regen in heißen Wasserdampf, der sofort von dem starken Wind weggetragen wurde, kam er mit dem Körper des schwankenden Gouverneurs in Berührung.

Die Menschen, die in der ersten Reihen der Hinrichtungsstätte gestanden hatten, fielen auf die Knie. Worte wie »Wunder« und »Beistand Ulldraels« wurden gemurmelt.

Lodrik ließ das Schwert fallen und betrachtete, vor Aufregung zitternd, seine Hand, auf der sich keine Spur einer Verbrennung abzeichnete.

Vorsichtig tastete er seinen Körper ab, doch empfand er dabei keinerlei Schmerzen. Lediglich ein leichtes Kribbeln machte sich in seinem Kopf bemerkbar, und ein nebliger Schleier behinderte seine Sicht.

Nach ein paar weiteren Sekunden klärte sich sein Blick. Er sah alle Menschen um sich herum auf den Knien.

Allmählich ordneten sich seine Gedanken, und er verstand, dass er soeben ein unbegreifliches Wunder erlebt hatte.

»Tzulan, der Gebrannte Gott, wollte mich mit seinen Blitzen vernichten«, schrie Lodrik berauscht. Er spürte plötzlich eine ungeheure Macht durch seine Adern fließen. Sein Blut schien zu kochen, alles an und in ihm war heiß wie Feuer, doch es schadete ihm nicht. »Aber Ulldrael hat seine schützende Hand über mich gehalten.« Er hob die unversehrten Hände hoch in die Luft. »Seht her! Die Macht des Bösen konnte mir nichts anhaben. Ulldrael sei Dank!«

Die Granburger standen zögerlich auf. Dann begannen die Hochrufe, die Menschen nannten immer wieder seinen Namen, wie sie es damals beim Kornfest getan hatten.

Aber diesmal wollte der junge Mann nicht hinunter zu ihnen. Er war sich sicher, dass er höher als sie alle stand. Sie gehörten nach unten, zu seinen Füßen. Es war ein herrliches, beherrschendes Gefühl.

»Herr, Ihr solltet Euch ausruhen, auch wenn der Blitz Euch offensichtlich nichts anhaben konnte«, raunte ihm Waljakov ins Ohr. »Sicherheitshalber werde ich einen Cerêler kommen lassen, damit er Euch untersucht.«

Lodrik nahm das blutige Henkersschwert auf und hob die Arme.

Der Jubel wurde stärker, sodass er sogar den Donner übertönte. Mit einem Mal schienen Regen, Sturm und Gewitter den Granburgern nichts mehr auszumachen, zu begeistert waren sie von ihrem Gouverneur, der von Ulldrael persönlich beschützt wurde.

»Alles, was in den Wirtshäusern ausgeschenkt wird, geht auf meine Kosten«, rief er. »Der Tod Jukolenkos soll gebührend gefeiert werden.« Er winkte noch einmal, dann drehte er sich um und ging zusammen mit seinem Leibwächter die Planke vom Schafott hinunter.

Nachdem er im Sattel saß, reckte er das Schwert trotzig gegen die schwarzen Wolken und ritt so in einem Triumphzug vom Festplatz.

Das Gewitter entlud sich in voller Stärke, als Lodrik mit seinen Wachen im Palast angekommen war. Regenschauer gingen auf die Provinzhauptstadt nieder, spülten Dreck und Unrat in den Rinnen davon und wuschen den Staub von den Dächern.

Der Gouverneur begab sich ohne eine Erklärung in das Audienzzimmer, riss die mannsgroßen Fenster auf und starrte voller Faszination auf die Blitze, die unentwegt aus dem Himmel auf die Erde stießen. Eine solche Gewalt, die Bäume spaltete, Häuser in Brand setzte und Steine zerschlug, hatte er unbeschadet überstanden.

Der Wind brachte die Wandbehänge und Gardinen zum Flattern, doch der junge Mann interessierte sich nicht für das, was um ihn herum geschah. Er hatte nur Augen für die gleißenden Energien, die in unregelmäßigen, schnellen Abständen die Dunkelheit durchbrachen. Bei jeder Entladung spürte er das anhaltende Kribbeln in seinem Kopf ein wenig stärker, als ob es eine Verbindung zu den Blitzen gäbe.

Irgendetwas hatte sich in ihm allerdings verändert. Er nahm Gerüche viel besser wahr als sonst, leise Geräusche vernahm er beinahe so deutlich, als stünde er direkt neben ihrer Quelle.

»Herr«, kam es fragend von der Tür her.

Waljakov und Stoiko standen wartend am Eingang und traten nach einer kleinen Weile hinter den Thronfolger Tarpols.

»Herr, der Cerêler wartet in Eurem Ankleidezimmer, um Euch näher zu untersuchen«, sagte sein Vertrauter. »Wir möchten alle ganz sicher sein, dass es Euch wirklich gut geht.«

»Mir geht es gut«, entgegnete Lodrik gedankenverloren. »Gebt ihm Geld für den Weg in den Palast und schickt ihn wieder nach Hause, wenn der Sturm sich gelegt hat.«

»Ich bestehe aber darauf, dass …«, begann Stoiko, als der Gouverneur herumwirbelte.

»Ich habe einen Befehl erteilt, erinnerst du dich? Ihr stellt meine Entscheidungen nicht infrage, und ihr sollt mir nicht mehr befehlen!« Er machte einen Schritt auf seinen Vertrauten zu. »Also, lass die Bevormundung endlich sein, sonst vergesse ich mich eines Tages noch!« Im Halbdunkel des Audienzzimmers sahen beide Männer, wie die Augen ihres Schützlings in tiefem Blau zu glühen begannen und dabei immer greller leuchteten.

Zum ersten Mal in seinem Leben wich Waljakov zurück. Instinktiv schloss sich die mechanische Hand um den Säbelgriff. Auch Stoiko duckte sich unwillkürlich und verbeugte sich.

»Jetzt raus hier.« Lodrik zeigte mit dem blutverschmierten Hinrichtungsschwert auf den Ausgang. »Gebt dem Scharfrichter ein paar Waslec für seine Waffe. Ich werde sie behalten, weil sie mir heute gute Dienste erwiesen hat.« Die Männer verschwanden.

Der junge Statthalter wandte sich erneut den Blitzen zu und fragte sich, woher auf einmal das Ziehen in seinen Fingerspitzen kam. Es fühlte sich an, als wollte mit aller Macht etwas daraus hervorbrechen, sich entladen und Dinge zerstören. Nur mit Mühe hatte er den Drang eben unter Kontrolle halten können. Es würde vermutlich noch lange dauern, bis er die Nachwirkungen der gewaltigen Energie überwunden hatte.

Ganz langsam beruhigte er sich nach dem Gefühlsausbruch, der ihm inzwischen schon wieder Leid tat.

»Ich habe dir Unrecht getan, Ulldrael, als ich an dir zweifelte und meine Freunde angeschrien habe. Sie machen sich nur Sorgen um mich«, murmelte er. »Verzeih mir und hilf, aus mir einen guten Herrscher Tarpols zu formen.«

Vorsichtig schloss er die Fenster, ordnete die Wandbehänge und Gardinen, danach verließ er das Audienzzimmer, um Waljakov und Stoiko zu suchen, bei denen er sich von ganzem Herzen entschuldigen wollte. Auch die völlig mit Blut befleckte Uniform musste er unbedingt ablegen, denn der metallische Geruch verursachte ihm Übelkeit.

Burg Angoraja, Provinz Ker, 220 Warst vor Granburg, Spätsommer 442 n. S.

Nerestro stand inmitten seines Schlafgemachs und machte sich bereit, die Rüstung abzulegen. Ein ausgeklügeltes System an Lederschnüren, Ösen und Haken ermöglichten es, dass der Ritter seinen aus verschiedenen Teilen bestehenden Metallpanzer im Notfall alleine öffnen und Stück für Stück ausziehen konnte – ein großer Vorteil, wenn man während eines Kampfes in einen Fluss stürzen sollte.

Es hatte einiges an Jahren und noch mehr an wertvollen Leben seiner Ordensbrüder gekostet, bis diese Neuerung endlich bei den Rüstungsschmieden bekannt geworden und umgesetzt worden war. Ein herkömmlicher Tarpoler müsste ein Leben lang arbeiten, um sich eine solche Rüstung leisten zu können, wenn ihm das Privileg dazu überhaupt gewährt würde.

Nach einigen Lidschlägen hatte er die schweren Metallteile abgenommen, die sein Lebendgewicht von rund einhundertzehn Kilogramm um dreißig weitere erhöhten. Normale Wachen wären nicht in der Lage gewesen, in einer solchen Montur einen halbwegs guten Kampf abzuliefern, geschweige denn durchzuhalten, aber für ein Mitglied des Ordens der Hohen Schwerter gehörte es zur alltäglichen Übung.

Griffbereit wurden die Rüstungsstücke und das Kettenhemd auf einen Ständer gehängt, die Waffen in den

Holzgestellen verwahrt, dann begab sich der Ritter, bekleidet mit dem weichen, doppelt verwebten Rock, der den Druck des Metalls milderte, vor den Schrein, in dem er die aldoreelische Klinge aufbewahrte.

Ein solches Schwert hatten nicht einmal die meisten der Könige und Herrscher auf Ulldart, weshalb er die Waffe wie sein Leben hütete.

Sagenumwobene Kostbarkeiten waren diese Schwerter, von denen nur einundzwanzig auf dem Kontinent zu finden waren, vierzehn davon alleine in den Händen von Angor-Jüngern. Ihre Schneiden aus reinem Iurdum, gemischt mit anderen Metallen, die inzwischen nicht mehr in den unterirdischen Stollen und Gruben aufzufinden waren, zerschlugen Marmor, Basalt und jedes noch so harte Eisen, ohne auch nur eine Scharte davonzutragen. Ein menschlicher Hals oder ein Oberschenkel stellten ebenfalls kein großes Hindernis dar, selbst wenn eine Rüstung den Träger schützen sollte.

Die letzten zwei der aldoreelischen Klingen, geschmiedet gegen Sinured das Tier und die mächtigsten von allen, so hieß es in den Überlieferungen der Ordens-Chronik, sollten irgendwo auf Ulldart versteckt sein. Eine davon zu finden war das höchste irdische Glück, das sich Nerestro vorstellen konnte.

Vorsichtig nahm er das Schwert heraus, hielt es mit beiden Händen an der Schneide gepackt und küsste die Blutrinne. Minuten verharrte er in dieser Position, bevor er die Waffe behutsam in den Schrein zurückstellte.

Ein heller Lichtstrahl schoss durch das Fenster, ließ das Glas zerbersten und blendete den völlig überrumpelten Nerestro, der schützend die Hand vor die Augen legte.

Die Gestalt eines mächtigen, riesenhaften Kriegers in voller Rüstung schwebte in den Raum, die Luft war erfüllt von lauter Musik, wirbelnde Trommeln mischten sich mit Fanfarenklängen und Chorgesängen.

Breitbeinig stellte sich der strahlende Kämpfer, der mit seinem Helm fast an die Decke stieß, vor den Ritter, streckte die Hand aus und deutete auf den Schrein. Das Schwert glühte auf, löste sich aus seiner Halterung und flog langsam auf den Unbekannten zu.

»Ich bin Angor, Gott des Krieges und Kampfes, der Jagd, der Ehrenhaftigkeit und der Anständigkeit«, dröhnte die Stimme wie eine mächtige Brandungswelle auf Nerestro herab, der daraufhin den Kopf hob und die lichtumspielte Gestalt mit entrücktem Gesicht anstarrte. »Ich bin hier, um dir eine Aufgabe zu erteilen, Nerestro von Kuraschka, an deren Ende Ruhm, Ehre und die mächtigste der aldoreelischen Klingen steht, wenn du alles zu meiner Zufriedenheit erfüllst.«

»Befiehl, Herrscher des Kampfes. Ich lebe, um dir zu dienen.«

»Der Mönch, der in deinem Verlies sitzt, ist zum Wohle des Kontinents und im Auftrag Ulldraels unterwegs. Aber er braucht eine starke Hand, die ihn bei seiner schweren Prüfung unterstützt, deshalb wirst du ihn begleiten und dafür sorgen, dass ihm kein Leid geschieht.«

Ein Schimmern legte sich über das Schwert. »Ich habe deine Waffe gesegnet, damit sie dich mit göttlicher Kraft gegen alle Gefahren verteidigt, denen du dich stellen musst, um dem Mönch beizustehen. Gelingt alles zu meiner Zufriedenheit, werde ich dir, Nerestro von Kuraschka, die mächtigste der aldoreelischen Klingen als Dank und Anerkennung geben.« Die Waffe legte sich in die ausgestreckte Hand des Mannes. »Brich auf, sobald es geht.«

Der Lichtstrahl wurde stärker, sodass der Ordensritter die Augen schließen und sich abwenden musste. Als er sie wieder öffnete, war Angor verschwunden.

»Ich werde alles tun, um dich nicht zu enttäuschen, Herrscher des Kampfes«, flüsterte Nerestro ehrfürchtig.

Keiner auf der Burg hatte ansonsten etwas von dem Erscheinen des Gottes mitbekommen, was Nerestro am nächsten Tag auf den Umstand zurückführte, dass nur er alleine auserwählt war, mit dem Göttlichen in Verbindung zu treten.

Belkala erschien nicht zum Frühstück und auch nicht zum Mittagessen, weil sie sich unpässlich fühle, so die Begründung, die sie durch einen Bediensteten hatte übermitteln lassen.

Dafür saß Matuc am Tisch und schaufelte das Essen in sich hinein. Völlig überraschend hatten ihn die Wachen aus seiner Zelle geholt und ihn in das Waffenzimmer des Burgherrn gebracht, um mit dem Ordensritter zu speisen. Nach zwei Tagen bei Wasser und Brot kam ihm die Abwechslung gerade recht, auch wenn er noch nicht so genau wusste, welches Spiel sein Richter mit ihm trieb.

»Ich vermute, dein Gott hat dich in Kenntnis gesetzt«, sagte der Kämpfer nach einer Weile. »Wir werden morgen früh abreisen. So lange brauche ich, bis mein Gefolge zusammengestellt und der Tross für unsere Reise vorbereitet ist.«

Matuc hielt inne. »Über was in Kenntnis gesetzt?«

»Du bist von deinem Gott gesegnet und weißt es noch nicht einmal?«, wunderte sich Nerestro. »Das nenne ich fürwahr eine echte Prüfung.«

Der Mönch wurde stutzig, wischte sich die Hände an seiner Robe ab und lehnte sich vor. »Von was redet Ihr? Und was für eine Reise ist das, die Ihr machen wollt?«

»Nicht ›Ihr‹, sondern wir«, stellte sein Gegenüber richtig. »Heute Nacht ist mir Angor erschienen und hat mich beauftragt, dich bei deiner geheimnisvollen Mission zu unterstützen. Da ich nichts Genaueres weiß, solltest du mir bei Gelegenheit sagen, wohin unsere Reise eigentlich gehen wird.«

»Angor ist Euch erschienen? Ihr sollt mich schützen?« Matuc ließ sich gegen die Stuhllehne sinken. »Das würde ich als göttliche Zusammenarbeit bezeichnen.«

»Offenbar, auch wenn es mir anfangs ein wenig seltsam erschien, wenn ich ehrlich bin«, gestand Nerestro. »Aber wenn der Kontinent auf dem Spiel steht, werde ich keine Sekunde zögern.«

»Was wisst Ihr über meinen Auftrag?«, wollte der Mönch wissen.

»Nichts«, antwortete der Mann und umfasste den Knauf seines Schwertes. »Es interessiert mich auch nicht. Ich und mein Gefolge werden dafür sorgen, dass du wohlbehalten dort ankommst, um deine Mission zu vollenden. Wo auch immer ›dort‹ sein möge.«

»Wir werden weiter in Richtung Granburg reisen, zur Provinzhauptstadt. Alles Weitere sehen wir unterwegs«, atmete Matuc auf. Angor schien ähnliche Bedenken wie er gehabt zu haben, dass er dem Ritter den wahren Grund der Fahrt, den Mord am Tadc, verschwiegen hatte.

»Das wird keinerlei Probleme bereiten. Ich werde ein Schiff bereitstellen lassen, damit wir schneller vorankommen. Kannst du reiten?«

»Ich kann reiten, so lange wir nicht versuchen, aus vollem Galopp über Hindernisse zu springen, oder andere Kunststückchen machen«, sagte der Mönch.

»Das nenne ich ›im Sattel bleiben‹, aber mit reiten hat es eher wenig zu tun.« Nerestro fixierte den Geistlichen. »Eines sollte dir aber klar sein: Um deine Strafe wirst du am Ende nicht herumkommen. Wenn du deinen Auftrag erledigt hast, wirst du mit mir auf die Burg zurückkehren und deine Haft absitzen, Bruder.«

»Ich habe auch mit nichts anderem gerechnet«, erwiderte Matuc ein wenig enttäuscht, da er insgeheim auf eine Begnadigung von Angor gehofft hatte. Immerhin, auch wenn Ulldrael kein Zeichen an ihn schickte, so gewährte er doch über Umwege Hilfe in Form des Ritters.

Zwar kam ihm die Zusammenarbeit zwischen dem Gott des Wissens und des Krieges ebenfalls ein wenig ungewöhnlich vor, aber er sah darin die Bestätigung für die Dringlichkeit seiner Aufgabe.

»Wie viele Männer werden uns begleiten?«

»Ich werde zwanzig meiner besten Kämpfer und Knappen mitnehmen«, erklärte Nerestro. »Das ist klein genug, um schnell vorwärts zu kommen, und groß genug, um mit allen Wegelagerern fertig zu werden. Wer sich uns entgegenstellt, wird keine sehr große Freude und noch weniger Erfolg dabei haben.«

Matucs Laune war mehr als gut. Jetzt würde ihn so schnell nichts mehr aufhalten. »Und wie schnell werden wir sein?«

Der Ordensritter überlegte kurz. »Meine Pferde sind ausdauernd, insofern rechne ich nicht mit mehr als drei Wochen, wenn uns das Wetter keinen Strich durch die Rechnung macht. Und natürlich wenn du das ständige Reiten auf Dauer aushältst.«

»Ich muss. Es geht nicht anders.« Der Mönch begann, mit dem Essen fortzufahren.

»Eines sage ich dir gleich, um jedes Missverständnis vorn vornherein auszuschließen.« Nerestro nahm sich Fleisch und Gemüse auf den Teller. »Ich werde keinerlei Befehle von dir entgegennehmen, ich bringe dir nicht dein Essen, und ich bin nicht dein Diener. Ich sorge für deinen Schutz, wie ich es für richtig halte, nicht mehr und nicht weniger.«

»Ich hatte auch nichts dergleichen vor«, entgegnete Matuc beleidigt.

»Das ist auch gut so für dich.« Der Ordensritter machte aus seiner Abneigung nicht den geringsten Hehl.

»Ich weiß, was Ihr denkt«, begann der Mönch nach einer Weile. »Ihr denkt, ich sei ein dummer Geistlicher, der nicht nur den falschen Gott hat, sondern auch noch die Hilfe Angors bekommt, obwohl er eigentlich in den Kerker gehört.«

»Treffend beobachtet.« Nerestro prostete ihm zu. »Du bist mir sogar ein bisschen zuwider, was mich aber nicht davon abhält, dich mit allem zu verteidigen, was ich besitze.«

»Wie beruhigend. Könnten wir nicht so etwas wie Burgfrieden schließen?«

»Ich habe bereits Burgfrieden mit dir geschlossen.« Der Ordensritter wischte sich das Fett, das aus dem Fleisch troff, aus dem Bart. »Ansonsten würde ich mit dir zusammen keine Reise unternehmen, bevor du nicht deine rechtmäßige Strafe abgesessen hättest.«

Die Tür öffnete sich, und eine sichtlich angeschlagene Belkala trat ein. Ihre beige Haut erschien stumpf und glanzlos, die grünen Haare hingen zerzaust auf die Schultern. »Guten Morgen.«

»Es ist bereits weit über Mittag«, sagte Matuc freundlich. »Hattet Ihr eine unruhige Nacht?«

»Nicht, dass ich wüsste«, murmelte der Krieger. »Ich war nicht bei ihr.«

»Ich konnte in der Tat nicht schlafen.« Die Frau setzte sich vorsichtig, als bestünde ihr Körper aus dünnstem Porzellan, auf den Stuhl an der Mitte der Tafel und lud sich fünf dicke Scheiben Fleisch auf ihren Teller. Das Gemüse bedachte sie mit keinem Blick.

»Brauchen Kensustrianer so viel Fleisch?«, erkundigte sich der Mönch. Nerestro schaute etwas befremdet auf den Haufen. Zielsicher hatte sich die Priesterin das Fleisch herausgeholt, das im Inneren fast noch roh und blutig war.

»Ja, wenn sie Hunger haben«, antwortete Belkala knapp und schob sich ein großes Stück in den Mund. Für Sekundenbruchteile hatte Matuc die Vision einer Kensustrianerin, die sich geifernd über rohes Fleisch hermachte und es mit ihren spitzen Eckzähnen in Fetzen zerriss.

Nach dem dritten Stück wurden ihre Essbewegungen langsamer, trotzdem legte sie noch mal drei Scheiben nach, für die sie sich allerdings mehr Zeit ließ.

»Ich habe gesehen, dass im Hof Vorbereitungen für eine Reise getroffen werden«, sagte sie. »Verlegt Ihr Euren Gefangenen, oder weshalb darf Bruder Rotwein hier sitzen?«

»Den Namen werde ich mir merken«, lachte Nerestro und strich den langen, blond gefärbten Bart spitz, was wegen des Fetts keine großen Schwierigkeiten bereitete. »Bruder Rotwein und ich sind nach dem Willen der Götter Weggefährten. Ich werde ihn auf seiner Reise nach Granburg begleiten.«

»Ich höre wohl nicht recht«, empörte sich Belkala. »Er versucht, mich umzubringen, und Ihr helft ihm auch noch, damit ihm nichts passiert?« Sie hustete passenderweise und griff sich an den Hals, wo noch immer der Striemen des Seils zu sehen war, während sie Matuc verschwörerisch zublinzelte. Es dauerte ein bisschen, bis er verstand, dass sie dem Ordensritter gerade eine kleine Komödie vorspielte.

Der Krieger reagierte, die Augen des Mannes wurden schmal. »Ich habe den Auftrag von Angor persönlich. Wenn er mit seiner Mission fertig ist, wird er ein Jahr lang in meinem Gefängnis sitzen, egal, welche Heldentaten er vollbringt.«

»Dann komme ich mit«, entschied die Kensustrianerin. »Ich muss, wie ich schon gesagt habe, ohnehin in diese Richtung, und so kann ich sicher sein, dass Ihr ihn nicht zu gut behandelt.«

»Ich gestehe, ich bin ein wenig überrascht von Eurer harten Haltung, weil Ihr es wart, die es zuerst bei einer Entschuldigung belassen wollte.« Nerestro schaute sie durchdringend an. »Was hat Eure Ansicht verändert?«

»Ich hatte mich an den Gedanken gewöhnt, dass er eine harte, aber angemessene Strafe erhält«, verteidigte sich die Frau, deren Haut auf seltsam schnelle Weise ihre wunderschöne Färbung zurückerhielt. »Verzeiht meinen Ausbruch.«

Der Ordensritter winkte ab. »Es ist nicht weiter schlimm. Ich habe mich eben nur gewundert.« Er sah auf ihren leeren Teller. »Ihr seid satt, oder soll ich neues Fleisch holen lassen? Die Kuh scheint Euch geschmeckt zu haben.«

»Eine Eigenart unseres Volkes«, lächelte Belkala entschuldigend. »Wenn wir uns nicht gut fühlen, essen wir viel Fleisch, das gibt die Kraft zurück.«

»Da unterscheidet Ihr euch nicht besonders von den anderen Menschen auf Ulldart.« Nerestro stand auf. »Entschuldigt mich bitte. Ich muss noch ein paar Vorbereitungen treffen, damit meine Burg sich nicht in einen verwahrlosten Haufen Steine verwandelt, sobald ich außerhalb der Sichtweite bin.« Schwungvoll verließ er den Waffensaal.

»Ihr habt ihm ein hübsches Theaterstück vorgemacht«, sagte Matuc nach einer Weile und deutete Applaus an.

»War ich zu offensichtlich? Ich hoffe doch nicht.« Die Kensustrianerin grinste von einem Ohr zum anderen. »Wenn ich nicht ein wenig Widerspruch eingelegt hätte, wäre es noch schlimmer gewesen, findet Ihr nicht auch?!«

»Ihr habt nicht zufällig auch mit Angor gesprochen?«

»Ich? Wie könnte ich? Ich habe dazu wirklich den falschen Glauben. Aber ich habe Lakastra um Beistand gebeten, und der scheint Ulldrael und Angor zu kennen, sonst hätte er kein gutes Wort für Euch einlegen können. Es scheint also doch Berührungspunkte zwischen den Himmeln zu geben, oder was meint Ihr?«

»Es scheint wirklich so, wenn es sich so verhält, wie Ihr es sagt«, antwortete der Mönch vorsichtig. »Ich bin auf alle Fälle in Eurer Schuld, denn derzeit muss ich davon ausgehen, dass ich meine vorläufige Rettung aus dem Kerker Eurer Fürsprache verdanke.«

»Ich bitte Euch«, wehrte die Priesterin ab. »Schließlich liegt Kensustria genauso auf Ulldart wie Tarpol. Wir werden das Unheil gemeinsam abwenden.«

»Daran habe ich jetzt keine Zweifel mehr.« Matuc lächelte.

»Ich glaube, das sehe ich heute zum ersten Mal bei Euch.« Sie zeigte auf seine nach oben gezogenen Mundwinkel. »Es steht Euch. Das solltet Ihr öfter machen.«

»Ich hatte leider nicht sehr viel Gelegenheit dazu, aber ich verspreche Euch, ich werde es üben«, lachte der Mönch. »Was ein Glück, dass die Männer Euch damals nicht gehängt haben.«

»Vielen Dank.« Belkala nahm sich das letzte Stück Fleisch von der Platte und aß es.

XIII.

»Indes häuften sich die Hinweise, dass Tzulans Geist alle seine Kräfte zusammenzog, um im Jahre 444 n. S. einen neuerlichen Versuch zu wagen. Wieder klangen die Tempelgongs und Bethölzer in den Ulldraeltempeln Tag und Nacht, um Ulldrael den Gerechten zu loben und seinen Beistand zu erbitten. Die Mönche sahen die Zeichen mit großer Sorge, während sich die Anhänger des Gebrannten Gottes bereit machten, loszuschlagen.

Unheil lag in der Luft, das auch die Menschen in Tarpol und in ganz Ulldart spürten.«

ULLDARTISCHER GESCHICHTSALMANACH,
XXI. Band, Seite 1058

Nordwestküste Tarpols, 24 Warst vor Ludvosnik, Königreich Tarpol, Spätherbst 442 n. S.

»Es sieht aus wie eine tarpolische Kriegskogge.« Janko, einer der rund zwanzig Fischer, die sich an der Kaimauer versammelt hatten, ließ die Hand sinken, mit der er die Augen vor den Sonnen abgeschirmt hatte, und wandte sich an einen Jungen, der mit großen Augen das immer näher kommende Schiff betrachtete. »Geh und hol den Richter her. Da sind bestimmt hoheitliche Offiziere an Bord.«

Schweigend standen die Männer auf der Mauer und beobachteten, wie das schnelle Schiff sich durch die Fluten wühlte. Größer und größer wurde der Bug, die vielen Segel des Zweimasters blähten sich im Wind gewaltig auf und trugen ihn dem Fischerdorf entgegen.

Der alte Richter keuchte heran. Umständlich hatte er sich die Schärpe umgelegt, die ihn als offiziellen Rechtssprecher auswies, der Junge musste ihm beim Anlegen des grauen Mantels helfen.

»Wie viele Männer hat so ein Schoner an Bord?«, wollte der Junge wissen.

»Soldaten? Zwischen fünfzig und hundert«, schätzte Janko und spuckte ins Wasser.

»Und was wollen die hier?«

»Hat einer von euch geschmuggelt?«, unterbrach der Richter und sah böse in die Runde der unschuldigen Gesichter.

»Was sollen wir denn schmuggeln, Richter? Es gibt doch nichts«, antwortete Janko grinsend.

»Ja, ja. Und was will der mächtige Kahn dann hier?«

»Vielleicht wollte er nach Ludvosnik, hat sich aber in der Karte und der Navigation geirrt«, scherzte der Fischer. Die Männer lachten.

»Euch wird das Lachen vergehen, wenn die Soldaten

erst mal einen Fuß in das Dorf setzen und die Häuser durchsuchen«, prophezeite der Richter und zerrte an seiner Perücke, die er aus der Manteltasche gekramt und auf das schüttere Haar gesetzt hatte.

Mittlerweile war der Schoner nahe genug heran, die Segel wurden gerefft, das Schiff manövrierte sich in den provisorischen Hafen und ließ den Anker. Vier lange Beiboote mit mehr als zwanzig Männern und jeder Menge Ladung nahmen Kurs auf den Steg, wo sie kurz darauf anlegten.

Alle Ankömmlinge trugen leichte Lederrüstungen, darunter weite, warme Wolljacken in den unterschiedlichsten Farben. Der Anführer, ein von der Sonne gebräunter Mann mit kurzgeschorenen blonden Haaren und einem langen, geflochtenen Bart, kam den wackligen Steg hinauf, gefolgt von fünf Bewaffneten. Über seiner Rüstung trug er einen langen palestanischen Offiziersmantel, der reichlich zerschlissen wirkte.

»Die sehen aber nicht wie Königliche Offiziere aus«, flüsterte Janko dem Richter ins Ohr, der beim Anblick der palestanischen Uniform reichlich blass wurde. Weithin sichtbar lagen immer noch die Reste des fast vor einem Jahr gekenterten palestanischen Handelsschiffes draußen auf dem Riff. Wie sollte er das dem Palestaner und seinen Männern erklären?

Die Fischer in seinem Rücken drängten sich mehr zusammen, jeder suchte nach einem passenden Gegenstand, mit dem man sich notfalls gegen die verhassten Händler wehren konnte.

Der Anführer baute sich vor dem Richter auf, stemmte die Hände in die Seiten und sah ihn abwartend an. Dann hob er die Linke und gab der Kriegskogge ein Zeichen. Am Hauptmast schoss die rogogardische Flagge in die Höhe und flatterte stolz im kräftigen Wind. Ein erleichtertes Raunen ging durch die Reihen der Fischer.

»Ich kenne Euch doch von irgendwoher?«, begann der Richter vorsichtig.

»Ich suche Laja«, antwortete der Unbekannte. »Ich möchte mein Versprechen einlösen, das ich vor fast einem Jahr gegeben habe. Ich hoffe sehr, es geht ihr gut?«

»Natürlich!« Der Richter schlug sich an die Stirn und beförderte die Perücke in den Nacken, wo sie wie ein totes Tier baumelte. »Ihr seid der rogogardische Pirat, den sie gepflegt hat.«

»Freibeuter«, verbesserte Torben grinsend und zeigte die verbliebenen Zähne. »Wir Rogogarder sind Freibeuter.« Er winkte die anderen Männer mit den Kisten heran, die sorgfältig auf dem nahen Dorfplatz gestapelt wurden. Einer seiner Leute gab ihm ein kleines Kästchen.

»Ihr habt mich damals aufgenommen und versorgt. Jetzt bin ich zurück und bringe euch allen etwas mit.« Die Kisten wurden geöffnet. »Feinste palestanische Ware. Seidenstoffe, Wolle, Geschirr, Öl, Schmuck und vieles anderes, was etliche Palestaner jetzt nicht mehr benötigen. Es gehört euch.«

Während die Fischer in Jubel ausbrachen und ihre Familien herbeiriefen, ging Torben die Straße entlang zu Lajas Haus, in dem er eine scheinbar so unendlich lange Zeit verbracht hatte, bis seine Wunden geheilt waren.

Er zog den Uniformmantel aus und wickelte das Kästchen darin ein, als er vor ihrer Tür stand. Schon nach dem ersten Klopfen wurde der Riegel zurückgeschoben und der Eingang geöffnet.

»Wer bist du, und was gibt es denn? Und was soll das Geschrei unten am Hafen? Haben die Männer einen Wal erlegt?« Sie kniff die braunen Augen zusammen. »Ich kenne dich doch.« Plötzlich strahlte die alte Dame, schlug die Hände zusammen und drückte den Freibeuter lachend an sich. »Bei Ulldrael, du bist tatsächlich zurückgekommen, Torben!«

Der Rogogarder hob Laja vorsichtig hoch. »Ja, da bin ich wieder. Und ich habe dir ein Geschenk mitgebracht.« Sanft stellte er sie zu Boden.

»Das packe ich drinnen aus. Du musst mir alles erzählen.« Sie zerrte den Mann ins Haus und setzte Tee auf.

»Jetzt weiß ich auch, was im Hafen los ist«, sagte sie, während sie die Blätter aufbrühte. »Du hast wirklich an den Palestaner gedacht, wie ich sehe.« Sie tippte auf den zerschlissenen Uniformrock. »Einer weniger von den Brüdern.«

»Es waren ein paar mehr, bis ich den Mantel hatte«, grinste Torben und nahm die Teetasse in beide Hände. »Sieh nach, was ich dir mitgebracht habe.« Er beobachtete das freundliche, wettergegerbte Gesicht, das mit einem Mal einen jugendlichen, mädchenhaften Glanz erhalten hatte.

Sie wickelte das Kistchen aus und öffnete die beiden Schlösser. Behutsam nahm sie den Inhalt heraus und hielt ihn gegen das Licht. Es war das gleiche Kleid mit grünen und dunkelgelben Stickarbeiten wie sie es trug, nur in bester Qualität und aus feinsten Stoffen. Auf dem Boden des Kistchens fand sie passende Broschen, Ringe und Ketten dazu.

Sie lächelte still. »Das ist mehr als ich verdient habe, Torben.« Sie fuhr mit den Händen liebevoll über den Stoff.

»Ich hoffe, es passt dir. Die Schneiderin konnte nur nach meinen Angaben nähen.« Er ging nicht näher auf ihre Dankesworte ein, nahm sich einen Schluck Tee und freute sich insgeheim über die Rührung seiner Lebensretterin.

»Und jetzt erzähle mir alles, was du seither erlebt hast«, verlangte sie und goss ihm eine stark nach Alkohol riechende Flüssigkeit in das heiße Getränke.

Der Nachmittag verging über die Geschichten und

Geschichtchen, die der Rogogarder Laja zu berichten hatte. Von der geheimen Identität des Gouverneurs gab er jedoch nichts preis. Zwischendurch schickte er seine Männer zurück auf die *Grazie*, wie sein neues Schiff hieß, und gab ihnen den Tag frei.

Gebannt lauschte Laja, den Kopf auf den Stock gestützt, den Worten des Freibeuters, ohne ihn zu unterbrechen. Gegen Abend erhob sie sich, um die Kerzen anzuzünden, denn die Tage wurden, je weiter es auf den Winter zu ging, sehr schnell kürzer und dunkler.

»Du hast wirklich sehr viel erlebt«, meinte sie zum Schluss. »Aber wann hast du deine Zähne verloren? Du klingst wie eine uralte Frau.«

»Das verdanke ich dem Leibwächter des Gouverneurs.« Torben hatte die unangenehme Einzelheit zunächst verschweigen wollen, aber da es seiner Lebensretterin ohnehin aufgefallen war, konnte er es ruhig erklären. Er deutete auf die verbliebenen sieben Schneide- und Eckzähne. »Ich schätze mal, das macht mich in der rogogardischen Damenwelt nicht gerade anziehender.«

Laja lachte. »Es fällt kaum auf, wenn du den Mund hältst«, riet sie ihm. »Ich mache uns noch ein gutes Abendessen. Wann willst du weiter und was hast du vor, zahnloser Freibeuter?«

»Zahnlos vielleicht, aber nicht ohne Biss. Ich weiß noch nicht«, gestand er. »Das Meer ist weiter südlich voller Palestaner, dort wird mir der ein oder andere schon in die Quere kommen. Verkaufen möchte ich die Sachen weiter oben in Rundopâl. Dort sind palestanische Waren sehr beliebt, gerade wenn sie zu rogogardischen Preisen verhandelt werden. Vielleicht mache ich gemeinsame Sache mit den mutigen agarsienischen Händlern, die sich in das Gebiet gewagt haben. Als Geleitschutz, sozusagen.«

»Ich wünsche dir auf alle Fälle viel Glück«, meinte

Laja sehr aufrichtig und schaufelte ihm eine Kelle Fleischbrühe mit dicken Brocken in den Teller.

»Den Geruch kenne ich sehr gut. Damit hast du mich wieder auf die Beine gebracht, nicht wahr?« Torben schnupperte geräuschvoll, schob sich einen Löffel in den Mund und schluckte ihn mit sichtlicher Begeisterung.

»Und man muss nicht sonderlich kauen, weil das Fleisch butterzart ist«, fügte sie listig lächelnd hinzu.

Provinzhauptstadt Granburg, Königreich Tarpol, Winteranfang 442 n. S.

In der nächtlichen Bibliothek des Palastes war es still, nur der Wind säuselte im Kamin und drückte die Flammen nieder.

»Die Männer machen sich immer noch Sorgen, Stoiko.« Waljakov zog den Springer und nahm den Turm vom Feld. »Sie haben nicht vergessen, was der Gouverneur im Kampf gegen die Männer von Jukolenko gerufen hat. Und sie haben das Geheul gehört.«

Der Vertraute nickte. »Dieser Ton damals ging durch jede Faser meines Körpers, und der einzige, dem es nichts ausmachte, war Lodrik. Glaub mir, ich bestehe ebenfalls nur noch aus Sorgen.« Er schlürfte an seinem Gewürzwein. »Er hat Tzulan um Hilfe angerufen und sie bekommen. Und das inmitten von Ulldraeleichen.« Stoiko setzte seine Dame um und schlug den Springer Waljakovs.

»Ich habe den Männern erklärt, dass es eine Sumpfbestie war, die in der Nacht und während des Kampfes geheult hat«, meinte der Leibwächter missmutig. »Und wir sollten auch besser daran glauben. Schließlich stand ihm Ulldrael später bei der Hinrichtung bei.« Er sah auf das karierte Brett. »Ich habe keine Lust mehr, du gewinnst ständig.«

»Aber du bist besser geworden, seit du Hetrál beim Spielen zusiehst«, lobte der Vertraute und lehnte sich in den Sessel zurück, während er den Flammen im Kamin zusah. »Bist du dir sicher, dass es Ulldrael war, der ihn vor dem Blitz bewahrt hat?«

»Wir sollten, wie ich schon zuvor sagte, nichts anderes annehmen. Welchen Sinn würde diese vage Botschaft des Visionärs sonst machen.«

Sie schwiegen beide, ohne einander in die Augen zu sehen, aus Angst, etwas wie Zweifel beim Gegenüber zu entdecken.

»Ich habe natürlich mit Lodrik gesprochen, und er schämt sich ziemlich für die Geschehnisse in dem Wäldchen. Er hat keine Erklärung für den Blutrausch, der ihn überkommen hat. Das Geheul will er nicht gehört haben, und an seine Worte während des Kampfes kann er sich angeblich nicht mehr erinnern«, sagte Stoiko nach einer Weile.

»Das klingt sehr einfach.« Waljakov legte die mechanische Hand in den Schoß und stützte die andere auf die Lehne. »Ich finde gefährlicher, dass er Gefallen am Töten hat, wie man unschwer auch bei der Hinrichtung erkennen konnte. Er hat seine Vorliebe entdeckt, und ich hoffe, dass er sie beherrscht, bevor sie *ihn* beherrscht.«

»Du solltest die Unterrichtsstunden anders gestalten. Vielleicht mehr für die Ausdauer als für den Kampf?« Der Vertraute machte ein fragendes Gesicht.

»Du meinst also, meine Fechtstunden wären schuld daran?« Der Leibwächter schüttelte den Kopf. »Wenn es so ist, kann ich etwas daran ändern. Aber warum haben seine Augen nach der Hinrichtung blau geleuchtet, als er sich so über uns aufregte?«

»Eine Folge des Blitzschlags, würde ich meinen.«

»Würdest du meinen? Ich hoffe inständig, dass Ulldrael weiterhin seine schützende Hand über ihn hält und dass endlich Ruhe in diese verfluchte Provinz einkehrt.«

»Es sind friedliche Zeiten in Tarpol«, erwiderte Stoiko, der den erstaunten Blick des Kämpfers bemerkte. »Na schön. Nicht unbedingt in Granburg, aber in Tarpol an sich. Auf jeden Fall rüstet keiner der Nachbarn zum Krieg«, fügte er hinzu.

»Da habe ich aber ganz andere Sachen gehört«, widersprach Waljakov. »Die Provinz Worlac will nach wie vor ihre Unabhängigkeit und erhält angeblich von Borasgotan Waffenlieferungen. Borasgotan wird etwas für seine Bemühungen verlangen, und ich fürchte, dessen Herrscher steht einem ausgewachsenen Gefecht nicht ablehnend gegenüber. Und außerdem hat unser verehrter Nachbar Hustraban noch ein Auge auf die Baronie Kostromo geworfen, wenn ich dich an die Worte der Vasruca erinnern darf. Es klingt für mich keineswegs nach Frieden. Wenn sich die beiden Reiche zusammentun, was Ulldrael der Weise oder welcher Gott auch immer verhindern möge, sieht Tarpol sehr schlecht aus.«

»Ein echter Krieg also«, sagte Lodrik, der sich unbemerkt in die Tür gestellt und dem letzten Teil der Unterhaltung gelauscht hatte.

Die Männer tauschten schnelle Blicke aus.

»Ja, leider, Herr. Bis jetzt sind es aber nur Gerüchte, und der tarpolische Geheimdienst wird mit Sicherheit mehr darüber wissen als ich. Unvorbereitet wird es den Kabcar nicht treffen, falls eines der Nachbarreiche etwas planen sollte«, erzählte der Leibwächter nach kurzem Zögern.

»Wir tragen unsere Streitigkeiten seit Jahrzehnten mit Zweikämpfen oder Scharmützeleinheiten aus.« Der Gouverneur trat näher. »Es würde das Abkommen des

Tausendjährigen Friedens verletzen, das die Reiche geschlossen haben.«

»Die Situation in Borasgotan ist nicht die beste«, erinnerte Waljakov. »Meine Quellen sind die einfachen Leute Granburgs, Tagelöhner und die Händler, die in der Nähe die Grenze passieren. Zwar steht es um die meisten Bürger gut, aber nach allem, was ich gehört habe, geht dem dortigen Herrscher die Geduld mit der Baronie Jarzewo aus. Angeblich sucht die borasgotanische Rekrutierungskammer derzeit junge, kräftige Männer für Scharmützelkommandos. Aber einer der ontarianischen Kaufleute hat ein Lager mit über tausend Freiwilligen gesehen. Das sieht mir nicht nach einem Scharmützelkommando aus.« Er rieb sich die Glatze. »Außerdem sind ständig Wagen zu den Erzminen im Norden des Landes unterwegs. Und aus Erz stellt man bekanntlich auch Waffen her.«

»Die anderen Reiche würden uns doch unterstützen?« Lodrik setzte sich an den Kamin.

»Wenn sie das Abkommen einhalten, ja.« Stoiko pustete über den Gewürzwein, um ihn abzukühlen. »Aber die diplomatischen Beziehungen sind in den letzten Jahren etwas eingeschlafen. Euer Vater nimmt sich selten für so etwas die Zeit, wisst Ihr.«

»Wenigstens haben wir in Granburg unsere Angelegenheiten im Griff«, wechselte Waljakov das Thema. »Die Männer, die Euch im Wäldchen attackiert haben, waren in Wirklichkeit Jukolenkos eigene Leute und keine Söldner, wie wir zuerst angenommen hatten. Und sie haben gegen ihn ausgesagt. Ein großer Triumph, würde ich sagen.«

»Das kommt davon, wenn man Landsknechten nicht traut«, lachte Lodrik. »Wenn sie mich gestellt hätten, wäre ich mit Sicherheit tot. Wie gut, dass Ulldrael mir beistand.«

»Ja. Wie gut, dass der Gerechte und Weise mit seiner

schützenden Hand zur Stelle war«, sagte der Vertraute leise.

»Ich fand es übertrieben, dass er gleich zwei fremde Scharmützeleinheiten angeheuert hat, nur um mich aus dem Weg zu räumen«, wunderte sich der Statthalter.

»Obwohl sein Plan ziemlich gewieft war«, ergänzte der Leibwächter. »Mit den angeblichen Steuererhöhungen wiegelte er die Bauern auf, die nur mit Euch verhandeln wollten, nachdem seine Leute das den Aufständischen ins Ohr gesetzt hatten. Während der Verhandlungen griffen die Söldner an, und Jukolenko hoffte, dass die Bauern Euch töten.«

Stoiko nippte am Wein. »Was ja auch um ein Haar funktioniert hätte, wenn ihr euch erinnert. Sicherheitshalber postierte er eigene Leute in der Nähe, die Eurem Tod nachhelfen sollten, falls die Bauern nicht gewollt hätten. Und mit der Niederschlagung des Aufstands wäre Jukolenko der Held am tarpolischen Hof gewesen. Es ist nur schade, dass so viele Unschuldige sterben mussten.«

»Die eigenen Leute zu schicken war eben ein großer Fehler«, sagte Lodrik, »und wir können froh sein, dass er ihn gemacht hat. Stellt euch vor, er hätte alle Beweise rechtzeitig vernichten können, dann wäre lediglich Kaschenko der Dumme gewesen. Jetzt sind wir ihn, Kaschenko und zehn weitere Adlige für immer los. Konspiration gegen einen Königlichen Beamten wird immer noch mit dem Tode bestraft.« Die Männer lachten.

»Habt Ihr gesehen, wie die Granburger gejubelt haben?« Stoiko grinste. »Ich hätte niemals gedacht, dass Jukolenko so verhasst bei den Menschen war.«

»Die Menschen jubelten wohl in erster Linie wegen des lebenden Gouverneurs. Und bis sich die übrigen Adligen und Brojaken von dem Schrecken erholt haben, wird noch einige Zeit vergehen«, mutmaßte Waljakov.

»Kolskoi konnten wir leider nichts nachweisen. Das Totengerippe wird eine ziemlich Gefahr bleiben. Die Frau Jukolenkos trug es mit Fassung, dass sie von nun an bettelarm ist. Hat Norina sich über die neuen Besitztümer gefreut?«

»Ich weiß es nicht«, antwortete Lodrik. »Ich werde sie erst in drei Wochen sehen, wenn sie ihren Vater abholt.«

»Sie ist ein sehr hübsches Mädchen«, lächelte Stoiko verschmitzt, »und ich glaube, sie hat Euer Herz erobert.«

»Das weiß ich nicht genau«, gab der Statthalter zu und wurde rot. »Ich habe sie erst ein paar Mal gesehen, aber …«

»Ihr vermisst sie doch nicht etwa nach den kurzen Begegnungen? Oder sollte da in der Bibliothek ein bisschen mehr stattgefunden haben als Bücher lesen?«, fragte der Leibwächter ungläubig.

Stoiko sah sehr erstaunt aus. »Davon weiß ich noch gar nichts. Ihr seid doch nicht etwa unter die Herzensbrecher gegangen? Also hat sie Eindruck gemacht.«

»Ich glaube schon, obwohl ich es manchmal selbst nicht ganz verstehe, zumal sie mich beim ersten Mal ›dick‹ genannt hat.«

»Womit sie unbestreitbar nicht log«, schmunzelte der Vertraute.

Lodrik überhörte den Einwurf, seine Augen nahmen einen verzückten Glanz an, während er weiter von Norina schwärmte. »Sie hat duftendes, schwarzes Haar, ihre Augen sind tiefbraun und so seltsam faszinierend geschwungen. Ich könnte mich in ihnen verlieren.«

»Ihr meint wohl ›in sie verlieben‹, Herr«, griente der Leibwächter. »Sie ist doch ein gutes Stückchen größer als Ihr, oder? Da müsst Ihr Euch beim Küssen auf einen Schemel stellen, sonst wird da nichts draus.« Er lachte herzhaft über seinen eigenen Witz.

»Nein, musste ich nicht«, entschlüpfte es dem jungen

Mann, und er genoss die fassungslosen Blicke der beiden Männer. »Was macht Torben, unser rogogardischer Freibeuter, eigentlich?«

»Gut, dass Ihr mich erinnert, Herr. Heute Morgen kam eine Nachricht von ihm an Euch aus Tularky«, sagte der immer noch verdutzte Stoiko und reichte einen Umschlag über das Brett. »Ihr habt sie wirklich geküsst?«

Der Gouverneur überhörte die Frage gnädig, erbrach das Siegel und las die Zeilen. »Er lässt euch alle schön grüßen«, fasste er den Inhalt zusammen. »Er wird mit dem neuen Schiff sofort wieder Palestaner kapern.«

»Ich wünsche ihm viel Glück. Immerhin haben wir dem Piraten einiges zu verdanken, auch wenn er mehr tarpolische Gesetze übertreten hat als Jukolenko und seine Kumpane zusammen.« Stoiko leerte den Becher mit dem Gewürzwein. »Wenigstens erhalten die Tarpoler auf diese Weise billige Ware.«

»Wie er wohl ohne Zähne kauen kann?«, fragte sich Lodrik und schaute abwartend zu Waljakov.

»Ich habe mich bei ihm entschuldigt«, verteidigte sich der Kämpfer, der die Anspielung sofort verstanden hatte. »Mehrmals sogar. Ich konnte damals ja nicht wissen, dass er kein Attentäter ist. Ich habe ihm einen Hammer geschenkt, mit dem er sich sein Essen zerkleinern kann.«

Hetrál betrat die Bibliothek und verbeugte sich sehr gekonnt.

»Ah, unser Meisterschütze aus Tûris«, begrüßte ihn Stoiko, der sich dann sofort zu Lodrik hinüberlehnte. »Er kann auch noch unsagbar gut mit irgendwelchen Wurfwaffen umgehen, wusstet Ihr das, Herr?«

»Nein. Wie wäre es mit einer Kostprobe?«, forderte der Statthalter.

Waljakov sah alarmiert auf, als der Stumme Lodrik eine Münze in die Hand drückte und ihm bedeutete, zur anderen Seite des Raumes zu gehen.

»Ich weiß nicht, ob das eine gute Idee ist, Herr«, sagte er vorsichtig.

»Ich habe Vertrauen zu ihm«, beschwichtigte Lodrik und hielt das Geldstück in die Luft.

Aber Hetrál schüttelte den Kopf und zeigte auf den Mund. Gehorsam klemmte sich der junge Mann den Waslec waagrecht zwischen die Lippen.

Der Leibwächter legte die mechanische Hand an den Säbelgriff.

Mit einem Mal war die gute Stimmung aus der Bibliothek gewichen und hatte einer seltsamen, greifbaren Spannung Platz gemacht.

»Und wenn er doch noch auf Kolskois Gehaltsliste steht?«, flüsterte Waljakov Stoiko zu, der mit schmalen Augen die Szenerie verfolgte.

Langsam hob Hetrál den Arm und visierte konzentriert sein Ziel an. Auch das Misstrauen des Vertrauten war nun geweckt.

Mit einer kaum nachvollziehbaren Bewegung schickte der Schütze das geschliffene Metallstück auf die Reise. Leise zischend durchquerte es den Raum, Lodrik schrie auf und zog den Kopf zurück.

Mit einem Satz war der Leibwächter bei dem Turîten und packte ihn an der Kehle, der Säbel flog in die mechanische Hand.

»Lass ihn, Waljakov«, befahl der Gouverneur. »Es ist nichts passiert, ich bin nur erschrocken.«

Die Münze war der Länge nach durchbohrt und steckte aufgespießt in der Holzvertäfelung.

Hetrál lief bereits rot an und tippte immer wieder auf den Arm zum Zeichen, dass der hünenhafte Kämpfer ihn loslassen sollte. Mit einem Knurren stellte der Leibwächter ihn auf den Boden. Der Schütze hustete ein wenig.

»Es tut mir Leid«, entschuldigte sich Waljakov brummend. »Ich dachte, Ihr wolltet dem Gouverneur ans

Leder, weil Ihr doch für Kolskoi gearbeitet habt, und als er eben geschrien hat, dachte ich ...«

Hetrál machte eine beschwichtigende Geste, stapfte zum Tisch und goss sich einen Wein ein, den er herunterstürzte. Dann zeigte er dem Leibwächter den Vogel, während er in den Sessel plumpste.

»Ein meisterhafter Wurf, Hetrál«, lobte Lodrik die Leistung des Turîten in die Stille hinein. »Kannst du mir so etwas auch beibringen?«

Der Schütze suchte ein Blatt Papier, tauchte die Feder in das Tintenfass und schrieb etwas auf, das er Stoiko mit einem Grinsen reichte.

»Mit ihm als Zielscheibe schon«, las er die Antwort vor.

Der Leibwächter lachte daraufhin dröhnend los. »Es freut mich, dass Ihr meine Entschuldigung annehmt.«

Das stürmische Klopfen an der Bibliothekstür hörten sie zunächst, dank Waljakovs lauter Belustigung, nicht.

Ein abgehetzter Bote, flankiert von zwei Wachen, trat daraufhin ungefragt in den Raum und stellte sich neben Stoiko.

»Verzeiht, hohe Herren und Exzellenz, aber ich habe eine sehr wichtige Nachricht für Stoiko Gijuschka.« Er übergab dem Vertrauten eine lederne, versiegelte Tasche, an der Unmengen von Schmutz und Staub hafteten. »Sie kommt aus Ulsar.«

Der Vertraute bedeutete dem Boten, sich zu entfernen, danach öffnete er die Tasche und las das Schreiben aufmerksam durch.

Ganz langsam ließ er das Papier nach einer Weile sinken, schaute abwechselnd zu Waljakov und Lodrik.

»Was ist los?«, wollte der Gouverneur wissen. »Soll ich an den Hof zurückkommen?«

»Anders, als Ihr denkt, Herr.« Stoiko sank auf die Knie und beugte das Haupt vor dem jungen Mann. »Der Kabcar ist tot. Lang lebe der Kabcar.«

Der Orden der Schwerter

PIPER

PROLOG

Ulldart, Königreich Ilfaris, Herzogtum Turandei, Königspalais, Winter 442/443 n. S.

Das Besteckgeklapper im Speisezimmer hatte aufgehört. Abgenagte Entenknochen lagen akkurat geordnet auf dem Abfallteller, die Schüsseln und Töpfe, die vor einer Stunde noch bis an den Rand gefüllt waren und den kleinen Tisch mit ihrer Last beinahe in die Knie gezwungen hatten, waren leer geräumt. Nur eine einsame Kartoffel befand sich als einzige Überlebende des Abendessens auf der Silberplatte, immer noch jungfräulich unangetastet, mit Butter, Salz und Kräutern appetitlich bestreut.

König Perdór, ein gemütlicher Mensch in bestem Mannesalter mit langen, grau gelockten Haaren, buschigen Augenbrauen und einem lockigen Vollbart, ließ die Nachricht sinken, die ihm vor wenigen Minuten überbracht worden war.

»Er wird es sehr schwer haben, der junge Kabcar.« Behutsam legte er das Papier zur Seite, die Stirn zog sich in Falten. Scheinbar gedankenverloren nahm er die Serviette ab, die seinen teuren, bunten Brokatrock vor Flecken schützen sollte.

»Man muss kein Prophet sein, um das vorherzusagen.« Der dünne Hofnarr an seiner Seite wiegte übertrieben den Kopf, und seine Schellen an der farbenfrohen Kappe klingelten in unterschiedlichsten Tönen. »Ich setze mein Monatsgehalt darauf, dass ihn der Rat der Brojaken innerhalb eines Monats absägt und sie einen ihrer Hara¢s als Platzhalter einsetzen.«

»Mein guter Fiorell, diese Wette verlierst du.« Der Herrscher von Ilfaris lächelte. »Du vergisst, dass die Bardri¢-Dynastie immer einen gewaltigen Vorteil gegenüber den Großbauern hatte, und der nennt sich ›Garnisonen‹. Das Militär war bisher stets auf der Seite der Kabcare, ebenso wie das Volk. Von daher sehe ich keine allzu große Gefahr, dass die Machthungrigen in Tarpol wirklich an die Macht gelangen.«

Fiorell, wie immer in ein farbiges, rautenverziertes Trikot gekleidet, setzte eben zu einer Erwiderung an, doch Perdór wandte sich zur Seite und zog an der Klingelschnur neben sich.

Sekunden darauf erschienen drei Bedienstete und brachten den Nachtisch.

»Ah«, sagte der König gedehnt und rieb sich die Finger. »Kirschgrießpudding mit einer Sauce aus Beerenkompott. Kandiertes Obst mit Schokoladencreme und«, sein Blick blieb an einem mit einer Haube verdeckten Teller hängen, »was ist das?«

»Ein neues Werk von unserem Pralinenkreateur, Hoheit«, antwortete einer der Diener und verbeugte sich. »Er nennt sie ›Wärmende Wintersonne‹.« Theatralisch zog er den Sichtschutz weg und gab den Blick auf einen kleinen Berg Konfekt aus dunkler Schokolade frei.

Perdór fischte sich mit leuchtenden Augen eine der Süßigkeiten aus dem Stapel, steckte sie in den Mund und schloss erwartungsvoll die Augen.

Der Hofnarr kannte die Zeremonie zur Genüge. Es würde Minuten dauern, bis der König wieder gewillt war, etwas zu sagen. Also wartete Fiorell geduldig, bis die Sinne seines Herrn wieder zurück in die Gegenwart kamen.

»Köstlich«, seufzte der König nach einer Weile und öffnete langsam die Augen. »Ganz köstlich. Halbbitterschokolade mit süßem Orangenlikör, einem Stück Orange und Marzipan. Das zergeht auf der Zunge und gibt nach und nach sein Aroma frei. Diesen Meister, nein, diesen begnadeten Künstler, diese Ausgeburt an höchster Kreativität in meine Dienste zu nehmen war die beste Idee seit langem.« Er nahm sich eine weitere vom Tablett. »Solch ein Genuss wäre mir fast einen Krieg wert.«

»Dann sind wir ja bei der richtigen Materie angelangt«, unterbrach der Hofnarr die schwärmerischen Ausführungen, während er sich ebenfalls eine Praline griff, sie in die linke Backentasche beförderte und höchst ungenießerisch zerkaute. »Mh, wirklich nicht schlecht.«

Missmutig sah Perdór zu seinem Spaßmacher hinüber. »Du ehrst das Können des Pralinenmeisters keinesfalls angemessen, Bursche. Du zelebrierst nicht, du stopfst.«

»Eure Gäste ehren meine Künste auch eher selten, Hoheit«, gab der Hofnarr zurück. »Wie soll ich demnach das für andere aufbringen, was mir vorenthalten wird? Ich fühle mich nicht sehr geschmeichelt, wenn man mir eine Katze zuwirft, während ich jongliere, nur um zu sehen, ob ich das Tier zusammen mit den Bällen in der Luft halten kann.«

Der Herrscher schmunzelte. »Du hast es aber geschafft.«

»Vielen Dank. Die Biss- und Kratzspuren verheilen auch allmählich«, grummelte Fiorell. »Ich wollte aber auf den Krieg zurückkommen.«

Perdór entließ die Diener, stand auf und ging zu seinem massiven Arbeitspult hinüber.

Er öffnete eine Schublade mithilfe eines kleinen, filigranen Schlüssels, den er an einer Kette um den Hals trug, und drückte den verborgenen Knopf im Inneren.

Ächzend schwenkte ein Teil der schweren Wandvertäfelung an der langen Seite des Saales zurück. Meterhoch stapelten sich dahinter Bücher, Schriften, Ordner und andere Papiere, fein säuberlich nach Königreichen und Anfangsbuchstaben in Regalen geordnet.

Aus einer Nische zog der König eine Trittleiter und bedeutete Fiorell, nach oben zum Buchstaben ›B‹ zu klettern. »›Borasgotan‹, wenn ich bitten darf. Hopp, hopp!«

Gehorsam hüpfte der Hofnarr die Sprossen hinauf, schnappte sich den Einband und machte einen eleganten Sprung zurück auf den Boden.

»Hier, Majestät.« Er schlug das Buch auf. »Und das sind die neuesten Nachrichten aus dem Reich, heute Morgen per Eiltaube eingetroffen. Sie wäre fast erfroren bei den Temperaturen. Ein Eisvogel, sozusagen.«

Ohne auf die Bemerkung einzugehen, las Perdór den Bericht eines Spions, der unerkannt in den Reihen der borasgotanischen Verwaltung saß und immer, wenn sich etwas Wichtiges ergab, Ilfaris sofort in Kenntnis setzte.

Solche wachsamen Menschen hockten zu Hunderten in allen Ländern Ulldarts, in Verwaltungen, Gilden, lebten unerkannt als Handwerker, Bauern oder Adlige.

Es hatte Ilfaris Zeit und noch mehr Geld gekostet, um aus den vielen Fäden und Stricken ein dichtes Netzwerk zu flechten, aber die Mühe lohnte sich. Oft erreichte die Nachricht über ein wichtiges Ereignis den ilfaritischen König schneller als den Herrscher des betreffenden Reichs. Und dieses Wissen wurde gegen viel Geld an andere weiterverkauft – wenn es im Interesse Perdórs lag.

Das riesige Speisezimmer war das geheime Schatzkästlein des Königs und nur eines von vielen Archiven. Die anderen waren im übrigen Palais verstreut, wurden von vertrauenswürdigen, ausgesuchten Männern verwaltet, die jede noch so scheinbar winzige und belanglose Mitteilung sammelten. Von Wirtschaft und Zöllen über Steuern und Garnisonen, Schlagkraft von Scharmützeleinheiten bis zu Gerüchten, es fand sich alles.

Ein schwarzes Loch blieb aber auf der Landkarte: Kensustria. Dort war es Perdór und all seinen Vorgängern nicht gelungen, auch nur eine einzige Nachrichtenquelle langfristig zu verankern. Sie versiegten unvermittelt nach ihrer Entsendung, nie wieder hörte man etwas von den ausgesandten Männern und Frauen.

»Das sieht alles sehr nach einem drohenden Unheil aus«, sagte Perdór nach einer kurzen Pause, legte den linken Arm auf den Rücken und begann, im Saal auf und ab zu schreiten. Dabei überflog er immer wieder die Nachricht. »Wieso erhalte ich die Neuigkeiten erst jetzt?«

»Ihr wart mit dem Frühstück beschäftigt. Da seid Ihr zu nichts zu gebrauchen.« Fiorell zwinkerte, machte einen Handstand und erklomm kopfüber die Stufen der Trittleiter, als ob es nichts Einfacheres auf der Welt gäbe.

Oben angekommen, sprang er in die Hocke, balancierte sich auf einem Bein auf der Spitze der Leiter aus und jonglierte mit drei Pralinen. Dann warf er sie hoch in die Luft, und eine nach der anderen verschwanden sie in seinem Mund.

»Wir könnten sie doch dem jungen Kabcar zukommen lassen«, schlug er vor und schluckte geräuschvoll. »Er wäre gewarnt und könnte Borasgotans Absichten zunichte machen, indem er …«

»Ilfaris hat noch nie Wissen verschenkt, und ich gedenke nicht, eine Ausnahme zu machen«, fiel ihm der König ins Wort. »Es muss nicht ein Krieg gegen Tarpol sein, auch wenn sich die innenpolitische Lage vielleicht gerade anböte. Alle Länder haben den Tausendjährigen Friedensvertrag unterschrieben.«

»Was sollen aber dann die vielen Erzlieferungen, die verstärkte Eisenproduktion, die Rodungen und die Aushebungen von ›Freiwilligen‹ unter dem Vorwand, man würde Scharmützelkommandos heranziehen?« Der Hofnarr machte eine Pirouette, drückte sich ab und kehrte Glöckchen klingelnd auf den Marmorfußboden zurück. »Sicherlich, man könnte aus dem Material auch Zahnstocher mit Eisenspitzen herstellen.«

»Vielleicht wollen sie ihre Flotte verstärken?«, schlug Perdór wenig überzeugt vor.

»Und Agarsien und Palestan den Zahnstocherhandelskrieg erklären, Hoheit? Ich bitte Euch, ich bin von uns beiden der Narr, vergesst das nicht.« Schelmisch blitzten die dunklen Augen auf. Solche Worte durfte er sich nur erlauben, wenn die beiden Männer alleine waren. Und diese Gelegenheiten nutzte er sehr gerne.

»Wohl wahr. Und deshalb kann ich dich köpfen lassen und nicht du mich, vergiss das nicht. Hier steht etwas von Waffenlieferungen an die Provinz Worlac«, lenkte der Herrscher ab. »Worlac wurde erst vor kurzem von Grengor Bardri¢ befriedet, und der geheimnisvolle, fast überall unbekannte Gouverneur Pujur Vasja hat in Granburg für Ruhe gesorgt. Er scheint ein sehr junges Talent zu sein, was man so hört, der sich gegen den alten, korrupten Fuchs Jukolenko durchgesetzt hat. Warum sollte es in nächster Zeit also zu Unruhen kommen? Es sah friedlich aus.«

»Ihr wisst doch, was passiert, wenn man einer betagten Dame das Mieder abnimmt?« Fiorell zog den Bauch ein und ließ ihn dann hervorschnellen. »Solange das Mieder da ist, hat sie eine tadellose Figur. Nimmt man es ab, dehnt der Körper sich aus. Und genauso wirkt vielleicht das Ableben des Kabcar auf die Provinzen. Bardri¢ hat sie zusammengehalten, in seine Form gepresst und gestaltet. Es wird sich zeigen, ob der Tras-Tadc eine gleichwertige Korsage wie sein Vater sein wird oder ob seine Schnüre und Miederstangen reißen. Worlac hat außerdem in den letzten Jahren mit Borasgotan geliebäugelt.«

»Wie immer bist du ein weiser Narr, lieber Fiorell«, sagte Perdór. »Ich hatte gerade den gleichen Gedanken. Ich vermute, dass Borasgotan die Vorbereitungen vielmehr als Druckmittel einsetzt, um bei anstehenden Verhandlungen einen Vorteil zu haben. Säbelrasseln gehört zum Geschäft. Und dazu kommt der Dauerzwist mit Hustraban um die Baronie Kostromo. Auch dieses Reich will nun testen, ob der neue Kabcar widerstandsfähig genug ist. Es braust gewaltig im Norden, wie mir scheint. Da wird sich bald viel Geld mit Informationen verdienen lassen.«

»Wenn der kalte Wind im Norden bleibt und nicht uns um die Nase weht, soll es mir recht sein«, meinte der Hofnarr nachdenklich.

»Wie sollte er das anstellen?« Eine weitere Praline verschwand im Innern des Königs.

»Den Wind sollte man niemals unterschätzen, Hoheit. Er bläst plötzlich von allen Seiten, und ohne dass man weiß wieso, steht man überrascht im Sturm.«

»Bisher sieht es nach einem Sturm im Wasserglas aus, bester Fiorell. Du klingst derzeit kein bisschen nach Narr, eher nach düsterem Prophet, wenn ich es mir so überlege. Solltest du nicht für eine lustige Unterhaltung sorgen, anstatt das Unheil an die Wand zu malen?« Er klopfte mit der Hand auf den Tisch. »Trotzdem, du hast im Grunde Recht. Wir werden den Spionen sagen, sie sollen doppelt nach Auffälligkeiten Ausschau halten.«

»Was wird nun mit dem jungen TrasTadc, der bald zum TrasKabcar wird? Wollen wir ihn in sein Unheil laufen lassen?« Der Hofnarr kniff die Augen zusammen. »Es wäre nicht sehr geschickt von uns, die Hände in den Schoß zu legen. Ich denke da an die Zukunft des Kontinents, wenn Ihr wisst, was ich meine.« Er senkte die Stimme. »Die Prophezeiung, Majestät.«

Sinnierend nahm Perdór eine Praline zwischen Daumen und Zeigefinger und beobachtete, wie sich die

Schokolade langsam verflüssigte. »Arrulskhán der Sechste von Borasgotan ist zwar ein bisschen barbarisch, wenn ich an seine Essgewohnheiten denke«, der Mann schüttelte sich angewidert, »aber nicht dämlich. Er würde, vorausgesetzt unsere schlimmsten Befürchtungen würden wahr, dem Kabcar kein Haar krümmen. Ich gehe außerdem davon aus, dass auch Tarpol über einen Geheimdienst und Spione verfügt, die von den umfangreichen Vorbereitungen in Borasgotan gehört haben.« Er lächelte. »Aber wir werden dem Kabcar vielleicht zu seiner Krönung, die wohl bald stattfinden wird, ein Geschenk machen, eine gute Geste von Herrscherhaus zu Herrscherhaus. Deshalb möchte ich genaueste Auskünfte und Berichte. Aktiviere alle unsere Männer und Frauen, die wir in Borasgotan haben. Jede noch so kleine Bewegung soll gemeldet werden. Falls der verehrte Arrulskhán eine Invasion plant, will ich vor ihm wissen, wann und wo sie stattfindet.«

»Ich hetze die nächsten Tauben sofort auf den Weg, Hoheit.« Fiorell verbeugte sich. »Hoffen wir, dass sie ankommen, ohne sich in einen gefiederten Eiszapfen verwandelt zu haben.«

»Ach, einen Moment«, rief ihn der König zurück. »Was ist eigentlich aus dem Gerücht geworden, der Tadc würde sich in einer Provinz der Tzulani verstecken? Haben unsere Leute schon herausgefunden, wo das sein könnte?«

Der Hofnarr schüttelte den Kopf und macht ein Gesicht wie sieben Tage Regenwetter. »Ich bin untröstlich, Majestät. Sicher ist, dass er die Hauptstadt Ulsar verlassen hat und gegen Norden zog.«

Perdór kam ein äußerst interessanter Gedanke. »Und wenn er der neue Gouverneur wäre? Du weißt, der junge Mann, der in Granburg so furchtbar unter dem Adel gewütet hat?«

»Bei diesem voreiligen Schluss bin ich ebenfalls angelangt, aber die äußeren Umstände sprechen dagegen«, sagte Fiorell und lehnte sich an die Tür. »Es ist ein junger, tatkräftiger, engagierter und schlanker Jüngling, der in Granburg zu Werke geht. Kampferfahrung scheint er ebenso zu haben, immerhin hat er mehrere Anschläge überlebt, die auf Jukolenkos Geheiß geschahen. Und das sind alles Eigenschaften, die nicht auf den dicken TrasTadc zutreffen, wenn ich mich richtig entsinne. Einzig und allein das blonde Haar passt bei beiden. Vasja ist der Sohn irgendeines unbedeutenden Verwaltungsbeamten, der kürzlich durch einen Reitunfall starb, wie man mir sagte, also keine falschen Annahmen, Majestät. Ich lasse es aber bereits überprüfen. Den genauen Aufenthaltsort kennt nur noch Oberst Mansk und vielleicht der Tadc selbst, wenn er ab und zu zwischen den Essen aufsteht und aus dem Fenster sieht.«

»Es wäre auch zu einfach gewesen, nicht wahr, lieber Fiorell?«, seufzte der Herrscher. »Und es wäre das einzige Mal, dass ich eine Neuigkeit für mich behalten hätte. Im Interesse des Kontinents.« Er nahm die letzte Praline vom Teller. »Und jetzt geh. Veranlasse alles, wie besprochen.«

Der Hofnarr imitierte weit übertrieben einen militärischen Gruß, schlug dabei die Hacken der Schnabelschuhe zusammen, dass die Glöckchen an der Kappe hüpften, und lief klingelnd wie ein Schellenbaum hinaus.

»So, meine Wintersonne. Du bist die Letzte deiner Art und wirst mich nun innen mit mildem Feuer wärmen«, sagte Perdór leise zu dem Konfekt und steckte es in den Mund.

Langsam zerfloss die Schokolade und ließ den Likör entweichen, der sich wie warmer Honig auf der Zunge verteilte. Ganz vorsichtig lutschte er auf dem Orangenstück herum, dann kaute er andächtig den fingerkuppengroßen Brocken Marzipan zusammen mit den Resten des Likörs, des Obsts und der Schokolade.

»Ach, wie inspirierend. Die Sinne veranstalten Freudenfeste bei so viel Wonne in meinem Gaumen. Wer nicht genießen kann, ist ein Nichts«, sinnierte er halblaut mit geschlossenen Augen, während er sanft durch die Nase ausatmete. »Nicht einer meiner besten Aussprüche, aber er gefällt. Und nun, Perdór, an die Arbeit. Hustraban und die Geschäfte rufen.«

Ohne Zögern schlug er das dicke Buch über das Königreich auf und begann, die Einträge, Nachrichten und Gerüchte des letzten Jahres zu lesen.

I.

»Taralea, die Allmächtige Göttin, die schon von Anbeginn der Zeit existiert, schuf in ihrer Gnade unsere Welt aus den Elementen Feuer, Wasser, Luft und Erde.

Sie formte einen Fladen Landmasse aus der Erde, schob und drückte ihn, damit die Oberfläche nicht so langweilig sei, versah in mit Tiefen und Höhen. Aber sie hatte noch ein wenig von dem Fladen übrig. Sie zerteilte ihn in kleine Stücke, formte sie ebenfalls zu runden Fladen und legte sie zur Seite. So entstanden die fünf Monde.

Dann goss Taralea große Mengen Wasser über ihr Werk. Das Wasser sammelte sich in den Vertiefungen und Rillen. So entstanden das Meer und die Kontinente mit ihren Flüssen und Seen.«

Die Legende von der Erschaffung der Welt,
Kapitel 1

Ulldart, Königreich Tarpol, Provinz Granburg, Winter 442/443 n. S.

Lodrik zog den schweren Exekutionssäbel langsam aus der Scheide. Mit einem ganz leisen, schleifenden Geräusch kam die Waffe millimeterweise aus ihrer Hülle zum Vorschein, zeigte Stück für Stück ihrer Gravuren und aufgeschmiedeten Bannsprüche.

Wie die meisten Hinrichtungswerkzeuge war auch sie bedeckt mit einer Unzahl von Motiven, Formeln und Zeichen, die zur Abschreckung böser Geister dienen und für eine ruhige Hand bei dem blutigen Geschäft sorgen sollten.

Die Menschen erzählten sich Geschichten über die Waffen berühmter Henker, deren Schwerter, Beile oder Äxte Zauberfähigkeiten besaßen. Manche fraßen die Seelen der Gerichteten, um zu verhindern, dass sie als Spuk zurückkehrten, andere versetzten die Opfer in einen ruhigen Zustand, damit sie beim Schlag des Scharfrichters den Kopf nicht bewegten.

Prüfend hielt der junge Mann, Tadc und zukünftiger Kabcar Tarpols, die Klinge vor seine Augen. *Sollte es wirklich so sein, dass der Säbel mehr vermochte, als es den Anschein hatte?*

Die untergehende Sonne warf einen rötlichen Lichtschein durch die breite Fensterfront des Fechtsaales und erzeugte auf der Schneide die Illusion von zäh fließendem Blut.

Einen Moment lang flackerte die Erinnerung an Jukolenkos Hinrichtung auf: das erstaunte Gesicht des ehemaligen Gouverneurs und die Menge, die Lodrik nach dem Tod des Adligen zugejubelt hatte.

Sanft fuhr er über die Klinge und berührte eine der Gravuren.

Ein heißer Schauer rann ihm den Körper hinab. Die

Fingerspitzen kribbelten, als würde eine Horde Ameisen durch sein Fleisch wandern, ein stechender Schmerz brannte plötzlich hinter seinen blauen Augen. Keuchend ließ Lodrik den Säbel fallen und schlug die Hände vors Gesicht.

Das Stechen ließ nach einer Weile nach, es blieb ein dumpfes Pochen im Hinterkopf.

Der Gouverneur atmete tief ein und ließ die Hände sinken, ging in die Hocke und fasste die Waffe am Griff, um sie wieder in der Scheide zu verstauen.

»Welches Geheimnis verbirgst du vor mir?«, fragte er den Säbel leise, der harmlos an seiner Seite baumelte und keinerlei Anstalten machte, einen Hinweis zu geben.

»Herr, was macht Ihr hier?«, dröhnte Waljakovs Stimme durch den Saal. »Ihr solltet Euch mit Miklanowo treffen, um den neuen Gouverneur zu bestimmen, anstatt jetzt an Kampfübungen zu denken.«

»Ich weiß, Waljakov, ich weiß«, seufzte Lodrik, fuhr sich mit den Fingern durch die blonden Haare und wandte sich seinem hünenhaften Leibwächter zu. »Ich bin einfach ... Ich weiß nicht, was ich bin.«

»Durcheinander?«, half der Mann. Die eisgrauen Augen ruhten auf dem Gouverneur. »Verwirrt? Soll ich einen Cerêler holen lassen?«

»Ich glaube nicht, dass er mir helfen könnte«, lehnte der Tadc ab. »Es ist etwas im Gange mit mir.«

»Herr, Ihr werdet zum Kabcar von Tarpol gekrönt, das ist im Gange und sonst nichts.« Waljakov kam näher. »Und die Krönung sollte bald geschehen, meint Stoiko. Sonst würden sich alle möglichen Gerüchte über den Nachfolger verbreiten, die die Menschen im Reich nur unnötig in Aufregung versetzen.« Er stellte sich neben seinen Schützling. Lodrik nahm den schwachen Geruch von Öl wahr, mit dem der Leibwächter seinen Brustharnisch regelmäßig behandelte. »Da kann ich ihm nur zustimmen. Es wird ohnehin eine lange Reise, bis wir in Ulsar angekommen sind. Hoffentlich behalten die Minister und Räte einen kühlen Kopf, bis Ihr in Amt und Würden seid. Eine überschnelle Reaktion auf eine Drohung Borasgotans wäre verheerend.«

Lodrik lehnt sich an die Wand und schaute auf seine Stiefelspitzen.

»Und wie soll ich auf eine Drohung Borasgotans reagieren? Eine Provinz zu regieren ist eines. Aber ein ganzes Königreich? Ich wäre manchmal wirklich lieber jemand anderes. Ein Bauer. Oder doch lieber ein Adliger.«

»Ihr seid der Tadc und der zukünftige Kabcar, Herr«, sagte Stoiko von der Tür. »Euer Wort hat mehr Gewicht als das aller Adligen zusammen.« Der Vertraute durchschritt den Saal, die braunen Haare wehten hinter ihm her. »Du wirst nachlässig, Waljakov. Ich hätte ein Attentäter sein können.«

Der Leibwächter grinste böse. »Dann hätten deine Schritte anders geklungen, als du vor der Tür auf und ab gegangen bist.«

»Du hast uns belauscht?« Lodrik funkelte den Mann mit dem gewaltigen Schnauzer an.

Stoiko hob abwehrend die Hand. »Nicht wirklich belauscht. Nur mitgehört.«

»Und bist dabei hin und her gelaufen«, ergänzte Waljakov, der die mechanische Hand an den Säbelgriff legte und fröhlich vor sich hin feixte. »Ich kenne deine Schritte sehr gut.«

»Wollt ihr mich dafür vor ein Tribunal stellen? Ich habe mir nur Sorgen gemacht, und Miklanowo sucht Euch ebenfalls, Herr«, verteidigte sich der Vertraute. »Wir müssen nach Ulsar, die Feierlichkeiten durchführen und Tarpol jetzt so schnell wie möglich einen Kabcar geben, damit Borasgotan nicht glaubt, es habe leichtes Spiel mit einem führungslosen Land. Der ganze Hof sucht vermutlich nach dem verschwundenen Nachfolger. Und das Letzte, was wir brauchen können, sind Gerüchte vom Ableben des Tadc. Hoffentlich macht Oberst Mansk alle Zweifel im Ansatz zunichte.«

Lodrik gab sich einen Ruck und richtete sich auf. »Also schön. Wollen wir das Unvermeidliche nicht länger hinauszögern und einen Gouverneur einsetzen. Sind die Gäste alle erschienen?«

Stoiko nickte. »Friedlich wie Lämmer sitzen sie im Audienzzimmer und harren der Dinge. Und wie mir die Diener versichert haben, sind alle überrascht, weshalb die Provinzversammlung einberufen wurde. Apropos überrascht: Wo ist eigentlich unser guter Hetrál abgeblieben?«

»Er hat mich um Urlaub gebeten«, erklärte Lodrik die Abwesenheit des turîtischen Meisterschützen. »Er muss noch etwas in seiner Heimat regeln. Was genau, darüber wollte er mir keine Auskunft geben. Er meinte nur, er sei im Frühjahr am Hof in Ulsar.«

»Der Mann ist der beste Schachspieler, den ich kenne. Treffsicher mit Pfeilen und mit Schachzügen. Schade, gerade jetzt im Winter hätte ich gerne die ein oder andere Partie mit ihm geschlagen«, bedauerte der Vertraute.

»Er ist von angenehmer Ruhe«, lobte Waljakov.

»Natürlich ist er ruhig«, lachte Stoiko. »Er ist stumm.«

»Was manch anderem hin und wieder auch nicht so schlecht bekommen würde«, murmelte der Leibwächter. »Wir sollten gehen.«

Die drei Männer verließen den Fechtsaal und gingen über den Paradeplatz zum Gouverneurspalast, der, seines Blattgoldes vollständig entledigt, weit weniger spektakulär aussah: ein großer, grauer Kasten mit einem mächtigen Balkon und martialischen Marmorfiguren rundherum, die an die kriegerischen Zeiten des Königreichs erinnerten.

Lodrik hoffte beim Anblick der steinernen Zweikampfnachbildungen, nie wieder in solcher Art Auseinandersetzungen verwickelt zu werden. Weder persönlich noch als Herrscher von Tarpol. Ein eiskalter Wind pfiff ihnen auf dem Weg zum Eingang um die Ohren.

»Es wird ohne Zweifel Miklanowo sein, der Euch in Granburg vertreten wird, oder?«, schätzte Stoiko beim Betreten der Eingangshalle. Hart knallten ihre Absätze auf den Marmorfußboden.

»Um ehrlich zu sein, ich hatte einen Moment lang an Norina gedacht«, gestand der Gouverneur.

»Was? Das meint Ihr doch nicht ernst, Herr«, brach es aus Waljakov hervor.

»Keine Angst«, wehrte der junge Mann grinsend ab. »Da ich mir diese Wirkung sehr gut bei den anderen Brojaken und bei der Bevölkerung vorstellen konnte, wenn eine junge Frau an die Stelle eines Gouverneurs tritt, habe ich diesen Gedanken ganz schnell wieder fallen lassen.«

Der Leibwächter atmete hörbar aus, rückte seinen Säbel zurecht und schloss für eine Sekunde dankbar die Augen.

Stoiko lachte laut auf. »Du magst ein guter Leibwächter sein, Waljakov, aber Diplomat wärst du niemals geworden.«

»Nein, wäre ich niemals«, sagte er. »Ich kann schlecht lügen.«

»Soll das heißen, dass alle Diplomaten Lügner sind?«, hakte der Vertraute nach, seine Augen leuchteten amüsiert.

»Nun, die meisten von ihnen jedenfalls«, wich der Kämpfer aus. »Von Amts wegen. Und nun lassen wir das. Das Streitgespräch ist beendet.«

Stoiko lächelte den Gouverneur an. »Was wären wir nur ohne die Stimme der Vernunft, Herr, nicht wahr?

Der gute Waljakov, immer bereit für einen ehrlichen Meinungsaustausch.«

Der Leibwächter brummte etwas, was sich entfernt wie eine Verwünschung anhörte.

»Lass es gut sein, Stoiko«, griff Lodrik ein und schüttelte den Kopf. »Keinen Streit. Nicht jetzt.« Er überprüfte den Sitz der grauen Gouverneursuniform mit den aufwendigen grünen Stickereien und den silbernen Kordeln, Bändern und Ketten. »Später, wenn ihr möchtet, aber nicht jetzt. Geht es so?«

»Tadellos«, lobte Stoiko das Erscheinungsbild. Waljakov nickte.

Sie erklommen die Stufen und betraten das Audienzzimmer, in dem sich die letzten beiden Adligen und acht Brojaken Granburgs versammelt hatten. Das Feld der Mächtigen in der Provinz hatte sich nach der aufgedeckten Verschwörung gegen den Gouverneur und dank der Exekutionen beträchtlich gelichtet.

Zur linken Seite des Kopfendes saß Ijuscha Miklanowo, der einzige Brojak, der den unerfahrenen Gouverneur von Anfang an unterstützt hatte.

Aus der Unterstützung war so etwas wie Freundschaft geworden. Der vollbärtige Mann hatte Lodrik beigebracht, die Mentalität der Menschen in der Provinz zu verstehen und sich dem Volk zu nähern, Ängste und Sorgen der einfachen Leute zu sehen. Ohne die Hilfe des freundlichen Großbauern wäre es für den Tadc wesentlich schwieriger gewesen, etwas zu bewegen. Und, was für Lodrik nicht weniger wichtig geworden war, Miklanowo hatte die hübscheste Tochter auf dem ganzen Kontinent.

Aber nicht nur freundliche Gesichter sah der Gouverneur. Unter den Gästen entdeckte Lodrik auch die markante Raubvogelnase von Tarek Kolskoi.

Der Hara¢ wirkte zwischen all den gut genährten Männern wie eine dürre Vogelscheuche, die viel zu weite und teure Kleider trug. Trotzdem zweifelte der Gouverneur nicht eine Sekunde daran, dass sich keine einzige Krähe auf dem Feld niederlassen würde, auf dem Kolskoi stand. Die stechenden braunen Augen des Adligen gingen durch Mark und Bein.

Er war der einzige, von dem jeder wusste, dass er an der Verschwörung beteiligt gewesen war, aber der sichere Nachweis seiner Schuld fehlte. Und ausgerechnet er war als ranghöchster Adliger der Sprecher der Provinzversammlung. Ein Gremium, das bisher noch nie einberufen worden war, weder zu Jukolenkos Zeiten noch unter Lodriks Führung.

Kolskois Kopf zuckte herum. Einen Moment lang lag blanker, unverhohlener Hass in seinen Augen, der innerhalb eines Wimpernschlags einer falschen Freundlichkeit wich.

»Werte Herren, steht auf«, rief er und erhob sich. »Der Gouverneur von Granburg, Hara¢ Vasja, gibt sich die Ehre.«

Die Adligen und Brojaken sprangen fast in die Höhe, nur um sich dann tief vor dem Stellvertreter des Kabcar zu verneigen.

Lodrik schritt den Tisch entlang und begab sich an das Kopfende, dicht neben ihm ging ein aufmerksamer Waljakov. Stoiko, nachdem er den Bediensteten an der Tür Anweisungen gegeben hatte, folgte mit ein wenig Abstand.

Der Gouverneur blieb für einen Moment an seinem Platz stehen, musterte die Runde und setzte sich. Erst jetzt ließen sich die Gäste nieder, wie es die Etikette vorsah.

»Schön, Euch zu sehen, Ijuscha«, begrüßte Lodrik seinen Freund leise. »Seid Ihr bereit für den großen Auftritt?«

Der Brojak schmunzelte. »Ich bin auf die Gesichter hier gespannt.«

»Ich muss schnell noch etwas nachlesen, dann können wir anfangen. Habt Ihr das Buch dabei, um das ich Euch gebeten habe?« Miklanowo reichte es ihm herüber.

Diener brachten Becher und Krüge mit Bier, während Lodrik einen dicken Band mit Akten wälzte und sich scheinbar in Paragrafen vertiefte, als interessierten ihn die Männer um ihn herum nicht.

Nach einiger Zeit hob er den Kopf, klappte das Buch zu und stützte die Ellbogen auf die Tischplatte.

»Es freut mich außerordentlich, dass so viele meiner Einladung gefolgt sind. Ich habe mehrere Sachen zu verkünden, über die sich die meisten von Euch, werte Herren, sehr freuen werden.«

»Der Gouverneur beliebt zu scherzen, vermute ich.« Kolskoi machte ein misstrauisches Gesicht. »Etwa noch mehr Vergünstigungen für die Bauern? Ich weiß inzwischen nicht mehr, wie ich meinen Haushalt bestreiten soll, so wenig liefern sie mir ab.«

Lodrik sah ihn mit seinen blauen Augen ruhig an. »Nein, das hatte ich nicht vor, Hara¢. Ich werde die Provinz verlassen müssen.« Gemurmel setzte ein. »Zumindest für eine Weile. Der neue Kabcar will mich sehen.«

»Und wer leitet die Geschäfte in Eurer Abwesenheit?«, wollte einer der Brojaken vorsichtig wissen.

»Das Amt übernimmt normalerweise der höchste Adlige der Provinz, wie es sich gehört«, antwortete Kolskoi, in seiner Stimme schwang gehässige Freude mit. »Also ich, wenn ich den Sachverhalt richtig betrachte, oder, Gouverneur? Oder habt Ihr bei Eurer Säuberung jemanden übersehen?«

»Darüber reden wir gleich. Zunächst aber liefere ich die Erklärung, weshalb ich die Provinzversammlung wieder ins Leben gerufen habe.« Er legte die rechte Hand auf den Bucheinband. »Sinn und Zweck des Gremiums ist es, ein regelmäßiges Treffen all derer zu ermöglichen, die in der Provinz das Sagen haben. Man tauscht sich aus, redet über Schwierigkeiten und versucht, eine für alle zufriedenstellende Lösung zu finden.«

Keiner der Männer am Tisch machte ein begeistertes Gesicht.

»Welche Art von Schwierigkeiten meint Ihr damit, Gouverneur?«, fragte einer der Großbauern.

»Nun, wenn es Probleme mit den Bauern geben sollte oder Unsicherheiten aufkommen, wie etwas zu regeln sei«, meinte Lodrik vage. »So konkret kann ich das nicht sagen, es wird sich schon etwas ergeben, das man in einem größeren Kreis bereden kann.«

»Wir regeln unsere Schwierigkeiten ganz gut alleine, wie ich finde«, begann Kolskoi nach einer Weile des Schweigens. »Wenn wir uns treffen wollen, tun wir das. Aber eine Provinzversammlung? Ich weiß nicht, Gouverneur, ganz überzeugt bin ich von Eurer Idee nicht. Ich sehe keinen …«

»Vorteil?«, fiel ihm Lodrik ins Wort. »Ich weiß, wie sehr Ihr auf Euren Vorteil bedacht seid, Hara¢. Aber in diesem Fall läge der Vorteil bei allen, nicht bei einem Einzelnen. Es wird keine Diskussionen über die Provinzversammlung geben, sie wird einmal im Monat stattfinden, und zwar immer am Ersten. Wer nicht persönlich erscheinen kann, sendet einen Beauftragten und hundert Waslec als Strafe. Ich bin mir sicher, werte Herren, Ihr alle werdet das Gremium bald zu schätzen wissen.«

Kolskoi lehnte sich demonstrativ auf seinem Stuhl zurück und schaute auf seinen Becher, die Unterkiefer mahlten.

»Und nun habe ich ein anderes, außerordentliches Vergnügen. Wie die werten Herren sehen können, ist ein Stuhl an der Tafel frei geblieben. Das ist durchaus keine Unachtsamkeit der Diener, sondern so von mir vorgesehen.« Der Gouverneur nickte den Bediensteten an der Tür zu, die den Eingang öffneten. Neugierig wandten sich die Brojaken und Adligen um.

Auf der Schwelle stand Norina.

Sie trug ein bodenlanges, dunkelrotes Kleid mit goldenen Stickereien, dazu passende schwarze Stiefel. Das lange, schwarze Haar floss um ihre Schultern und umrahmte ihr hübsches Gesicht. Das Amulett mit dem schwarzen Stein, das ihr Lodrik geschenkt hatte, lag auf ihrer Brust. Ihre leicht mandelförmigen, braunen Augen schauten kühn in die Männerrunde, ihr Kopf war leicht empor gereckt und verriet ihre Entschlossenheit, keinen Fuß breit zurückzuweichen.

Wenn man der jungen, hoch gewachsenen Frau die Aufregung auch nicht ansah, so bemerkte der Gouverneur doch, dass die kleine Narbe an ihrer rechten Schläfe deutlicher zu erkennen war. Ihr Herz schlug also schneller als gewöhnlich.

»Werte Herren, Ihr kennt Norina, die Tochter des Brojaken Miklanowo«, sagte Lodrik und stand auf. Er ging zu der jungen Frau hinüber und führte sie an den freien Platz, auf dem sie sich niederließ.

»Was«, zischte Kolskoi, »soll das bedeuten? Eine Frau? Hier?«

»Hervorragend beobachtet, Hara¢«, lobte Stoiko und strich sich mit todernstem Gesicht über den Schnauzbart.

Ein paar der Brojaken grinsten, andere husteten krampfartig.

»Norina Miklanowo ist, wie alle in diesem Raum wissen, die Verwalterin der Gebiete, die einst den Verschwörern zugehörig waren«, erklärte ein amüsierter Lodrik. »Und als solche hat sie einen Anspruch darauf, in diesem Gremium zu sein. Ich werde sie in den Stand eines Brojaken erheben.«

»Mit Verlaub, jetzt geht Ihr entschieden zu weit, Gouverneur!« Kolskoi sprang von seinem Stuhl auf, stützte die Hände auf den Tisch und lehnte sich nach vorne. Die stechenden Augen schienen Lodrik durchbohren zu wollen. Waljakovs Hand lag am Säbel. »Ihr habt schon oft … Ideenreichtum bewiesen, aber das hier werde ich nicht hinnehmen. Eine Frau als Brojak ist unvorstellbar und ohne Beispiel in der Geschichte Tarpols. Es gibt nicht einmal eine ordentliche Bezeichnung für eine solche Position.«

»Brojakin«, sagte Norina freundlich und lächelte den aufgebrachten Adligen an.

»Sagt Eurer Tochter, sie soll den Mund halten, wenn Erwachsene reden«, fauchte Kolskoi Ijuscha an.

»Sagt es Ihr selbst, Hara¢«, antwortete der bärtige Mann gelassen. »Ihr seid alt genug.«

Langsam drehte sich Kolskoi zu der jungen Frau um. »Ihr solltet ganz schnell wieder zurück zum Gut Eures Vaters reisen und die Hühner füttern, wie es sich für Euch gehört. Was Ihr hier tut, verstößt gegen alle Gesetze.«

»Da irrt Ihr Euch«, meldete sich Lodrik und schlug auf das Buch. »In keinem der Statuten Tarpols steht, dass eine Frau diese Stellung nicht einnehmen darf. Es ist zwar nur von Männern die Rede, aber ein Verbot gegen Frauen ist nicht zu finden.«

»Das kann nicht sein«, widersprach der Adlige.

»Wollt Ihr etwa damit sagen, ich, Gouverneur und Königlicher Beamter, Stellvertreter des Kabcar, wäre ein Lügner?« Die Augen blitzten auf. »Oder habe ich Euch falsch verstanden?«

»Ich wollte damit sagen, dass Ihr bestimmt nicht genau gesucht habt.« Die Flügel der Raubvogelnase blähten sich. »Oder etwas übersehen habt, Gouverneur. Ihr wollt so große Ländereien allen Ernstes auf immer einem unerfahrenen Mädchen in die Hand geben? Die Bauern werden ihr auf der Nase herumtanzen.«

»Ich verwalte bereits seit langem große Teile des Besitzes meines Vaters«, sagte Norina. Wieder lächelte sie nett, eine Hand auf das Amulett gelegt. »Ich weiß, auf was es zu achten gilt.«

»Gar nichts wisst Ihr«, bemerkte Kolskoi abfällig.

»Haltet Euch im Zaum, Hara¢«, sagte Miklanowo. »Ihr redet mit meiner Tochter, nicht mit Euren Leibeigenen.«

»Und Ihr seid ein Brojak, kein Adliger, also denkt daran, mit wem Ihr redet, Miklanowo. Ihr habt das Glück, einflussreiche Freunde zu haben, sonst würdet Ihr es gar nicht wagen, einen solchen Ton mir gegenüber anzuschlagen.«

»Und Euer Einfluss ist seit einer Exekution, die noch nicht allzu lange her ist, im wahrsten Sinne des Wortes gestorben«, erwiderte der Brojak.

»Meine Herren«, Lodrik hob die Arme, »mäßigt Euch. Lasst uns das weniger laut bereden.«

»Ich habe nur eine Frage an Euch, Gouverneur«, sagte Kolskoi, die Augen wurden schmal. »Ihr wollt das Mädchen wirklich in unsere Reihen einordnen?«

Der Gouverneur hielt dem Blick stand und nickte. »Das habe ich gerade eben. Trotz Eures Protestes.«

»Das wird Konsequenzen haben, die Euch das Amt kosten«, versprach der Hara¢ leise und setzte sich. Mit einem Mal wirkte er völlig ruhig und gelassen, als habe der Streit eben gar nicht stattgefunden.

Lodrik war irritiert, Stoikos Gesicht verriet Überraschung und Sorge.

Im Raum war es still. Keiner der Männer wagte es, sich zu bewegen, zu trinken oder einen Ton zu sagen.

»Gut.« Der junge Mann fasste sich wieder. »Kommen wir zu einer weiteren Überraschung. Wie ich bereits gesagt habe, werde ich die Provinz verlassen, um mich mit dem angehenden Kabcar zu treffen, der einen ausführlichen Bericht über die Aufstände und die Verschwörung wünscht. Und damit die Provinz nicht ohne Aufsicht bleibt, setze ich einen Vertreter ein.«

Kolskoi legte die Fingerspitzen zusammen, beugte sich zu seinem Nachbarn hinüber und begann eine leise Unterhaltung.

»Ich werde einen fähigen Mann an meiner statt die Geschäfte verwalten lassen, der mir viel geholfen hat.« Lodrik stand auf und legte seine Hand auf die Schulter Miklanowos. »Ijuscha wird stellvertretender Gouverneur Granburgs für die Dauer meiner Abwesenheit sein.«

Wortlos und als habe er nur darauf gewartet, stand Kolskoi auf, löste einen Beutel von seinem Gürtel und warf ihn auf den Tisch. Dann drehte er sich auf dem Absatz herum und verließ das Audienzzimmer. Der andere Adlige stellte ebenfalls einen Beutel auf dem polierten Holz ab und folgte dem Hara¢.

»Das hat nichts Gutes zu bedeuten«, murmelte Stoiko und sah den beiden Männern hinterher.

»Immerhin wissen wir nun, wie klar die Fronten sind.« Lodrik wechselte einen schnellen Blick mit Norina und hob seinen Becher. »Auf den neuen Stellvertreter und den neuen Kabcar. Möge Ulldrael ihnen ein langes Leben geben!«

Die Brojaken stießen an und leerten die Gefäße, während der Vertraute Kolskois Säckel öffnete und umstülpte. Waslecmünzen verteilten sich klingelnd auf dem Tisch.

»Hundert Stück, vermute ich?«, fragte Lodrik und wischte sich den Mund ab.

Stoiko nickte.

Ulldart, Königreich Tarpol, Provinz Granburg, dreißig Warst vor der Stadt Granburg, Winter 442/443 n. S.

Der Tross näherte sich Warst für Warst seinem Ziel.

An der Spitze ritt eine breite Gestalt auf einem mächtigen Apfelschimmel, Kopf und Körper waren mit dicken, kostbaren Pelzen behangen. Dahinter folgten fünf weitere Männer, die sich in ähnlicher Weise gegen die beißende Kälte schützten. Auch ihre Körper wirkten von ihren Ausmaßen her fast mehr als doppelt so kräftig wie die durchschnittlicher Menschen.

In kurzem Abstand dahinter rauschten zwei Schlitten, in dem einen saßen zwei weitere Reisende, der andere schien Proviant und Ausrüstung unter dem Segeltuch zu transportieren. Den Schluss bildeten fünfzehn weitere Reiter. Wimpel, Fahnen oder Ähnliches suchte man vergebens, ein zufälliger Beobachter erhielt keinerlei Hinweise, mit wem er es zu tun hatte. Eines war jedoch sicher: Die Reisenden gehörten nicht zu den Armen des Landes.

Auf einen knappen Befehl hin verschärfte die Spitze das Tempo, und die Schlitten legten an Geschwindigkeit zu. Hoch flog der Schnee unter den Hufen empor, die Kufen zischten über das Weiß. Der Himmel färbte sich dunkelgrau, die Nacht senkte sich allmählich auf das Land nieder.

Matuc zog den Schal weiter in sein Gesicht, dann rückte er die Fellkapuze zurecht, bis nur noch die braunen Augen zu sehen waren. Die Mühe war vergeblich. Die tarpolische Kälte schien sich immer irgendwo einen Weg durch die Kleidung zu suchen. Selbst die vier Lagen Decken und Pelze, in die er sich eingewickelt hatte, brachten nur bedingt eine Verbesserung der Lage. Der schon etwas ältere, ehemalige Vorsteher eines Ulldrael-

Klosters presste die Zähne aufeinander und fragte sich, ob die Pferde das Tempo lange mitmachen würden.

Sie lagen weit hinter ihrem Zeitplan zurück, aber es war auf der Reise auch wirklich alles danebengegangen, was hätte danebengehen können.

Hatte Matuc zuerst tapfer versucht, die Strecke von Kuraschka bis nach Granburg auf dem Rücken eines Pferdes hinter sich zu bringen, fiel er am dritten Tag aus dem Sattel und brach sich bei seinem Sturz den Arm. Eine Woche war er ohne Besinnung gewesen.

Als er wieder imstande war, sich auf den Weg zu machen, kam der Tross in den tarpolischen Herbst mit den reichhaltigen Regengüssen, die alle Straßen in Schlammstrecken verwandelten. Verdorbenes Futter ließ vier Pferde elend zugrunde gehen. Belkala, die junge Priesterin des Gottes Lakastra aus Kensustria, wurde aufgrund des ungewohnt kalten Klimas krank und litt mehrere Wochen an einer furchtbaren Erkältung. Während dieser Zeit wich der Mönch nicht von ihrer Seite.

Der einzige, der allem Unbill wie ein Fels trotzte, war Nerestro von Kuraschka, Mitglied des Ordens der Hohen Schwerter. Der muskulöse Krieger in der schwersten Rüstung, die Matuc jemals in seinem Leben gesehen hatte, schien eine unerschütterliche Natur zu haben. Ohne sein Durchhaltevermögen und die eiserne Disziplin seiner Leute wäre die ganze Reise schon lange zum Erliegen gekommen.

Dank der vielen Unterbrechungen würden sie Granburg spät erreichen. Viel zu spät, wie Matuc fand.

Der Tross absolvierte einen abrupten Schwenk und steuerte ein einzelnes Gehöft an. Durch den Richtungswechsel erwachte Belkala aus ihrem leichten Schlaf.

»Was ist denn?«, fragte sie leise. »Warum haben wir den Hauptweg verlassen?«

Matuc versuchte mit den Schultern zu zucken, was

ihm aber wegen der vielen Pelze nicht gelang. »Ich habe keine Ahnung, aber vermutlich wird es dem Ritter zu dunkel.«

Die Reiter und Schlitten kamen näher und verlangsamten ihre Geschwindigkeit. Aufmerksame Hunde bellten und warnten die Bewohner des Hauses vor den Ankömmlingen.

Ein besorgter Bauer trat aus dem Haus, hinter sich mehrere junge Männer versammelt, die Stöcke in den Händen hielten und den Besuchern feindselig entgegenblickten.

Nerestro hielt an und schlug die Kapuze zurück.

»Ich grüße dich, Bauer. Ich bin Nerestro von Kuraschka, Ritter des Ordens der Hohen Schwerter des Gottes Angor. Wir brauchen eine Unterkunft für die Nacht. Also stell uns deine Behausung zur Verfügung, und du sollst eine Belohnung für deine Freundlichkeit erhalten.«

Der Mönch seufzte leise. Wie immer klang der Ritter herrisch und selbstverständlich, wenn er etwas sagte, als akzeptiere er eine Weigerung nicht.

»Irgendwann wird er lernen, dass er nicht der Kabcar von Tarpol ist«, raunte Belkala Matuc zu, die seine Gedanken erraten hatte.

Der Bauer kniff die Augen zusammen. »Und wenn ich nun keinen Platz hätte, Herr?«

Nerestro stellte sich in die Steigbügel. Das Schwert an seiner Seite war nun deutlich zu sehen. »Dann würden wir uns eben welchen schaffen, Bauer. Ich bin weit geritten, meine Männer und die Tiere sind erschöpft. Ich habe keine Lust, mich mit dir auf ein langes Wortgefecht einzulassen.«

Diesen Hinweis konnte man nun verstehen wie man wollte, fand der Mönch.

Die jungen Männer fassten die Knüppel fester, aber der Bauer nickte. »Wir wären Euch ohnehin unterlegen, wenn Ihr uns übel wolltet. Tretet also ein. Bringt die Pferde in die Scheune.«

»Danke. Deine Mühe und deine Weisheit sollen am Tag unserer Abreise belohnt werden«, versprach der Ritter und schwang sich aus dem Sattel.

Jetzt erst stiegen auch die anderen fünf Begleiter ab, leichtes, metallisches Klappern war bei ihren Bewegungen zu hören. Belkala und Matuc standen mit steifen, durchgefrorenen Gliedern auf und stakten aus dem Schlitten.

Der Innenraum des Gehöfts füllte sich mit Menschen.

Ein paar Scheite Holz wurden auf das Feuer gelegt, die große Wohn- und Schlafstube erwärmte sich zusehends und ließ die Müdigkeit der Reisenden stärker werden.

In einer Mischung aus Neugier und Misstrauen beobachteten die Bauernsöhne die Fremden, die sich in ihrem Zuhause breit machten, Kälte und Schnee von draußen mit herein brachten und sich selbst das Gastrecht erteilt hatten.

Die Pelze der Neuankömmlinge fielen zu Boden, und zum Vorschein kamen sechs sorgfältig gearbeitete Metallrüstungen mit aufwändigen Gravuren. Für eine einzige dieser Rüstungen könnte man zehn solcher Bauernhäuser mit Vieh und Bediensteten kaufen.

»Was hast du zu essen, Bauer? Wir sind hungrig. Eine heiße Suppe sollte uns völlig genügen, um die Wärme in den Körper zurückzubringen«, sagte Nerestro, der sich zu Belkala und Matuc vor den Kamin gestellt hatte und die Hände gegen das Feuer hielt, um die Finger auf eine normale Temperatur zu bringen.

»Ich werde sehen, was ich tun kann, Herr«, antwortete der Mann. »Eine Suppe müsste zu beschaffen sein, trotz unserer geringen Vorräte.«

Die Tür öffnete sich, und einige Knappen kamen in den Raum, die auf einen Wink des Ritters begannen, die

Kämpfer von ihrem Metallpanzer zu befreien. Schnallen und Riemen wurden geöffnet, Bänder durch Ösen gezogen und Nieten entfernt. Die Prozedur nahm eine gewisse Zeit in Anspruch. Die Bauernsöhne verfolgten die Bewegungen und Vorgänge mit wachsendem Erstaunen.

Schließlich stand Nerestro, nur noch mit einem wattierten Waffenrock bekleidet, vor den Flammen. Leicht bewegte er die mächtigen Schultern, ließ den kurz geschorenen Kopf kreisen und dehnte die muskelbepackten Arme.

Belkala hatte sich in der Zwischenzeit einen Stuhl an den Kamin gestellt und sich ganz nahe an die Wärme gesetzt. Ihre dunkelgrünen Haare erregten das Interesse der Bauernsöhne, die tuschelnd in einer Ecke verharrten. Matuc lehnte mit dem Kopf an der Wand und schien im Stehen zu schlafen.

»Wir werden morgen in Granburg sein«, versprach der Ritter der Frau und strich sich über den langen, blonden Bart, der wie ein dünnes Goldseil von seinem Kinn auf die Brust baumelte. »Dann wird Bruder Rotwein seine Mission zu Ende führen können.«

»Um anschließend in Eurer Burg ein Jahr Haft abzusitzen«, fügte die Kensustrianerin hinzu. »Keine sehr schönen Aussichten für ihn.«

»Die hat er sich selbst zuzuschreiben, würde ich meinen. Und ich denke nicht im Traum daran, dem Mönch auch nur einen einzigen Tag Erlass zu gewähren.« Er sah sie an, die Flammen des Kamins spiegelten sich in seinen Augen. »Überlegt Euch, Ihr wärt wegen seiner Sauferei gestorben. Nicht auszudenken. Welche Verschwendung an Schönheit.«

»Vielen Dank.« Sie neigte leicht den Kopf.

»Und so hat mir Angor befohlen, Bruder Rotwein zu begleiten, und wenn mein Gott diese Pflicht verlangt, dann werde ich sie ausführen.« Er versetzte Matuc einen leichten Tritt, dass der Ulldraelmönch erschrocken hochfuhr. »Und? Wann erzählst du uns von deiner wichtigen Aufgabe, die so bedeutend ist, dass Angor persönlich dir einen seiner besten Kämpfer an die Seite stellt?«

Der einstige Klostervorsteher rieb sich die Augen, nahm am Tisch Platz und seufzte tief. »Ich habe es Euch schon mehrmals gesagt, und ich tue es nun wieder: Wenn wir in Granburg sind, werdet Ihr es erfahren.« Er sah auf den Holzteller, den ihm die Bäuerin hingestellt hatte. »Und benehmt Euch mir gegenüber etwas anständiger, wie es sich für einen Ritter gehört.«

Nerestro lachte laut. »Ich benehme mich, wie es sich für ein Mitglied des Ordens der Hohen Schwerter gebührt, wenn er einem verurteilten Gefangenen gegenüber steht.« Seine Stimme troff vor Hohn und Abscheu. »Angor hat mir nicht befohlen, dich zu mögen, sondern dich dorthin zu bringen, wohin du möchtest, Bruder Rotwein. Ich werde diese Aufgabe erfüllen, nicht mehr.«

Die Kensustrianerin legte ein Scheit Holz ins Feuer. Seit sie unterwegs waren, kamen diese Reibereien der beiden Männer ständig vor. Insgeheim bewunderte sie die Ruhe und Gelassenheit, mit der Matuc die ständigen Anfeindungen des Kriegers ertrug. Er schien es als Teil seiner Strafe zu sehen.

Nerestro machte keinen Hehl aus seiner Abneigung, die zuweilen an die Grenzen der Feindschaft stieß. Ganz im Gegensatz dazu stand sein zuvorkommendes Verhalten, wenn er sich mit ihr beschäftigte. Kein lautes Wort, keine Zurechtweisungen und keine doppeldeutigen Anspielungen auf ihren Gott Lakastra.

Sie hoffte nur, dass Matuc irgendwann nicht der Geduldsfaden riss und er dem Ritter die Meinung sagen würde. Geschähe das, würde der Mönch vermutlich in einzelnen Stücken nach Granburg gebracht werden müssen.

Bevor es zum nächsten giftigen Wortwechsel kommen konnte, brachten die Töchter des Bauern einen dampfenden Kessel in die Stube und verteilten den Inhalt in die bereitgestellten Teller. Nachdem die Herrschaften sich wortlos gestärkt hatten, wurde der bauchige Behälter in die Scheune getragen, wo sich die Knappen über ihren Anteil des Essens hermachten.

»Ulldrael, der Weise und Gerechte, möge dir für deine Großzügigkeit danken und dich für deine Mühe entlohnen«, bedankte sich Matuc. »Der Segen Ulldraels sei mit dir.«

Die ältere Frau lächelte schüchtern.

»Lakastra, der Gott des Südwindes und des Wissens, sei mit dir und deinem Haus. Er gebe dir eine reiche Ernte«, sagte Belkala freundlich, legte die rechte Hand aufs Herz und reichte ihr die andere.

Etwas verwirrt schaute die Bäuerin nun zu der Kensustrianerin, nahm aber die Hand und schüttelte sie vorsichtig, ohne die Fremde aus den Augen zu lassen. Offenbar fürchtete sie einen Angriff.

»Angor, der Gott des Krieges und Kampfes, der Jagd, der Ehrenhaftigkeit und der Anständigkeit, hat dein Haus auserwählt, um dich mit der bloßen Anwesenheit eines seiner Diener zu beglücken. Fühle dich geehrt.« Nerestro nickte huldvoll mit dem Kopf, während er sich über die Bartsträhne strich und die Füße unter den Tisch streckte.

Die Bäuerin verneigte sich und verschwand in der Küche nebenan.

»Genau das ist der Unterschied zwischen unseren Göttern«, sagte der Mönch unvermittelt in Richtung des Ritters. »Ihr glaubt, über alles und jeden bestimmen zu können, nur weil Ihr Angor auf Eurer Seite wisst. Das macht Euch überheblich und nicht gerne gesehen beim einfachen Volk.«

»Hast du wieder getrunken, Bruder Rotwein?«, meinte der Kämpfer spöttisch. »Meine Landpächter sind sehr zufrieden mit der Art, wie ich mit ihnen umgehe.«

»Die vielleicht schon. Aber was ist mit den Leuten hier?« Matuc schaute sich in der verrauchten Stube um. »Wir haben uns einquartiert, weil wir sie dazu gezwungen haben, nicht weil wir eingeladen wurden. Ihr habt der Familie sogar gedroht. Was hättet Ihr gemacht, wenn sie uns die Scheune verweigert hätten?«

Belkala stützte den Kopf auf die Hände und wartete die Antwort des Ritters ab.

Nerestro umfasste den Schwertknauf. »Sie hätten uns aber nicht das Nachtlager verwehrt.«

»Das war nicht die Frage, Nerestro von Kuraschka«, schaltete sich die Priesterin ein. »Was wäre geschehen, wenn der Bauer den Mut besessen und sich geweigert hätte?«

»Ich bin ein Ordenskrieger und höheren Zielen verpflichtet.« Das Gesicht des Mannes verfinsterte sich. »Wenn ich dich in der Kälte erfrieren ließe, hätte ich versagt und meinen Gott enttäuscht, der mir persönlich diese Aufgabe übertragen hat. Und das käme niemals in Frage.« Das Ende der Schwertscheide wurde auf den Boden geschlagen. »Wir wären heute Nacht in diesem Haus untergekommen, auf die eine oder andere Weise. Mehr sage ich nicht dazu. So, wie es sich entwickelt hat, ist es aber für alle besser.«

»Ihr seid anmaßend«, spie Matuc aus. »Ihr hättet ihnen tatsächlich Leid angetan.«

Nerestro lächelte böse. »Und du bist der Grund, weshalb wir hier sind. Müsste ich jemanden töten, hättest du Mitschuld, vergiss das nicht, Mönch. Dein Gott und der meinige scheinen sich, aus welchem Grund auch immer, abgesprochen zu haben. Ich hoffe, ich erfahre es irgendwann.« Er stand auf, kehrte den beiden den Rücken zu und stellte sich vor den Kamin.

»Es tut mir leid«, sagte Belkala leise.

Matuc wandte ihr erstaunt das Gesicht zu. »Was tut Euch leid?«

»Wie er Euch behandelt. Es ist so herabwürdigend.« Sie brach sich ein Stück Brot ab und kaute langsam darauf herum. Sanft ruhten ihre Augen auf dem Mönch.

»Ich bin sein Gefangener und habe mich eines üblen, widerlichen Verbrechens schuldig gemacht«, sagte er nach einer Weile. »Ich verstehe ihn schon und mich immer noch nicht, wie mir das damals passieren konnte. Ich denke, ich habe seine Behandlung verdient.«

»Verdient habt Ihr, dass man Euch nicht zu gut behandelt. Aber ein freundlicherer Umgangston würde die Stimmung auf der Reise wesentlich verbessern. Es ist ohnehin schon so viel schiefgegangen, dass auch ich allmählich Bedenken bekomme. Entweder, Ulldrael, Lakastra oder Angor sehen es nicht ein, uns auch nur einen Hauch Unterstützung zu gewähren, oder etwas sehr Mächtiges legt uns auf die ein oder andere Weise Steine in den Weg.«

Die Augen des Mönchs wurden schmal. »Was könnte mächtiger sein als Ulldrael? Oder drei Götter zusammen?« Er fuhr sich mit den Händen durchs Gesicht. »So etwas gibt es nicht.«

»Ich weiß nicht«, entgegnete die Priesterin vorsichtig. »Nachdem, was ich von Euch gehört habe, ist diese Bedrohung, die den ganzen Kontinent ins Verderben stürzen wird, auf dem Weg, oder? Wenn es nun Vorboten sind? Wenn, was auch immer dabei ist, seine Kraft zu sammeln, uns zu bremsen versucht?« Sie umfasste die Hände des erstaunten Matuc. »Wir müssen uns beeilen. Und wir dürfen uns durch nichts aufhalten lassen.«

»Ihr meint also wirklich, unsere ganzen Schwierigkeiten, die Krankheiten, der Sturz vom Pferd, die über alle Maßen schlammigen Wege, das soll das Werk einer bösen Macht gewesen sein?« Noch immer klang er nicht überzeugt. Ihre Berührung verwirrte ihn zusätzlich. Wie kühler Samt fühlte sich ihre Haut an, das Bernstein ihrer Augen drang tief in sein Bewusstsein, wie damals im Kerker der Burg. Sein Herz schlug schneller.

»Ich weiß es nicht.« Sie ließ ihn los. »Wenn es so ist, dann müssen wir verhindern, dass es noch stärker wird.«

»Ich muss mich hinlegen, ich bin müde«, stammelte der Mönch und ging zur Tür. »Gute Nacht.«

Belkala hob grüßend die Hand, Nerestro starrte weiter in die Flammen.

Die beiden waren nun die Einzigen im Raum. Eine seltsam unruhige Stille breitete sich aus. Leise knackte das Holz im Feuer, aus den Stallungen klangen das Gemurmel der Männer und die Laute des aufgeweckten Viehs.

Die Kensustrianerin beobachtete den Ritter. »Ich wünschte, Ihr wärt ein wenig netter zu Matuc.«

»Und ich wünschte, mein Gott hätte mir diesen Auftrag nicht erteilt«, entgegnete Nerestro, ohne sich umzudrehen. »Ich ziehe mit wehenden Fahnen in den Kampf, ich stürze mich kopfüber ins Gefecht, aber den Lebensretter für den zu spielen, der eigentlich in den Kerker gehört, das ist mir zuwider. Der Mönch hat sogar darauf bestanden, dass wir ohne Standarten durch das Land ziehen. Wie arme Bettler. Wenn ich einem meiner Ordensbrüder begegnen sollte, wird er mich auslachen.«

»Vielleicht hat sich Angor deshalb diese Prüfung für Euch ausgedacht?«, meinte sie freundlich. »Eine Aufgabe, die nicht jeder Eures Ordens besteht.«

Der Ritter wandte sich nun doch um. »Sehr geschickt von Euch, Belkala. Und nun sagt mir, was Ihr über die geheimnisvolle Sache von Bruder Rotwein wisst. Ich denke, er hat Euch eingeweiht.« Er kreuzte die Arme vor der breiten Brust. Als er versuchte, sie zu fixieren, wich sie seinem forschenden Blick aus.

»Er hat mir nichts Konkretes gesagt«, antwortete sie zögerlich. »Er sucht wohl jemanden in Granburg.«

Triumph zeigte sich in dem kantigen Gesicht des Kämpfers. »Ich wusste es!« Seine Hände wanderten an den breiten Gürtel und umfassten die silberne Schnalle. Wie ein Berg stand er vor der zierlich wirkenden Kensustrianerin und schaute auf sie herab. Dann lächelte er. »Er sucht also jemanden. Um was zu tun?«

Sie zuckte langsam mit den Achseln. »Das wollte er mir nicht sagen. Er hält sich sehr zurück.«

Nerestro machte einen Schritt nach vorne und ging in die Hocke, um sich auf die gleiche Augenhöhe mit Belkala zu bringen. »Sagt Ihr mir auch bestimmt die Wahrheit, Priesterin aus einem märchenhaften Land? Ich werde das Gefühl nicht los, dass Ihr mir etwas verheimlicht.«

Sie schaffte es, einen verwunderten Ausdruck in ihr Gesicht zu zaubern. »Das würde ich niemals wagen. Dazu habe ich viel zu viel Angst vor Eurer … großen Milde, sollte mein Schwindel entdeckt werden.«

»Ich Euch bestrafen? Wie kommt Ihr denn darauf?« Er fuhr mit einer Hand über ihre Wange. »Das könnte ich niemals tun. Dafür seid Ihr mir zu sehr ans Herz gewachsen. Ich wünschte, ich müsste Euch anstelle seiner beschützen.« Er stand auf, setzte sich an den Tisch und zog die aldoreelische Klinge.

Die Schneide schimmerte im Schein des Feuers, die Edelsteine funkelten und glänzten überirdisch. Vorsichtig führte Nerestro die flache Seite an den Mund, küsste die Blutrinne und sprach ein leises Gebet. Bedächtig verstaute er die Waffe wieder.

Belkala hatte den Mann bei seinem Tun nicht aus den Augen gelassen. Sie studierte das religiöse Verhalten ganz exakt, um einen Eindruck von den Gewohnheiten anderer Glaubensangehöriger zu bekommen.

Seit ihrer Abreise wiederholte der Ordensritter dieses

Ritual vor dem Schlafengehen. Die Worte waren stets die gleichen, auch der Tonfall änderte sich nie. Theoretisch hätte sie mit ihm beten können, so gut kannte sie inzwischen den Ablauf.

Matuc dagegen, als Anhänger von Ulldrael, sprach über den Tag verteilt zu seinem Gott, bedankte sich bei ihm für dieses und jenes, erteilte Tarpolern den Segen oder versprach den Beistand seines göttlichen Schutzherrn.

Die Kensustrianerin beschränkte sich auf die Übermittlung der guten Wünsche Lakastras, was schon ausreichte, um in Tarpol Verwunderung auszulösen.

Die meisten Menschen hielten das Land am südlichen Ende von Ulldart immer noch für eine Märchenerzählung großspuriger Händler und Aufschneider, die angeben wollten. Dass nun aber plötzlich eine Unbekannte vor ihnen stand, die dazu noch den Segen eines unbekannten Gottes erteilen wollte, war manchen mehr als unheimlich. Sie wusste nicht genau, ob Übergriffe von Dörflern nur deshalb ausblieben, weil sie eine Frau oder in Begleitung eines waffenstarrenden Trosses war.

»In Gedanken seid Ihr wohl zu Hause?«, sagte Nerestro hinter ihr. »Ich könnte das verstehen. Man sagt, Kensustria sei ein mildes, warmes und sehr schönes Land.«

»Wer sagt das?« Die Priesterin wandte sich um, lächelte und zeigte ihre spitzen Eckzähne. »Ich kann mich nicht erinnern, dort viele Fremde gesehen zu haben.«

»Euer Land war auch in der Vergangenheit nicht das freundlichste, wenn Ihr Euch zurückbesinnt.« Der Ritter hatte in ihrem Rücken Platz genommen und schenkte dampfenden Tee in ihre Becher. »Die Kriegerkaste hatte die Grenzen vollkommen abgeriegelt, Fremde vertrieben oder getötet, wenn es stimmt, was man sich in Tarpol erzählt hat.«

Sie nahm den Becher und nippte daran. »Ja. Das war eine sehr schlimme Zeit für Kensustria. Ihre Kaste ist zwar immer noch an der Spitze, aber sie haben sich beruhigt. Kensustria darf wieder von anderen betreten werden. Wir haben sogar schon Handwerker aus Aldoreel angesiedelt.«

»Und trotzdem bleibt Euer Land geheimnisumwittert bei den Völkern von Ulldart. Ihr wisst, was man sich in Tarpol über die Kensustrianer erzählt?« Er lehnte sich etwas vor. »Deshalb wundert es mich eigentlich, dass Ihr hier allein unterwegs seid.«

Ihre Augenbrauen zogen sich zusammen. »Matuc hat einmal etwas angedeutet, aber richtig erfahren habe ich es nie.«

»Oh, dann haltet Euch fest. Die Menschen in den nördlichen Gebieten stehen den Kensustrianern normalerweise misstrauisch, wenn nicht sogar feindselig gegenüber. Habt Ihr das nicht auf Eurem Weg bemerkt?«

»Doch, schon. Aber ich dachte, es hinge mit der Gottheit zusammen.« Sie strich sich durch ihre dunkelgrünen Haare und blies über die heiße Flüssigkeit.

»Nein, da habt Ihr Euch getäuscht. Ihre Legende vom Aufstieg der Kensustrianer besagt, dass sie frühe Mischungen aus Vampiren und Menschen sind. Ihr großes Wissen hätten sie von den Opfern aus anderen Kontinenten, die sie ausgesaugt und vernichtet haben. Deshalb ist Kensustria fortschrittlicher als alle anderen.«

»Wie abscheulich!« Belkala schüttelte sich. »Das erklärt die Blicke der Bäuerin. Lakastra hat mich vermutlich öfter beschützt als ich annahm.«

»Es scheint so, ja. Und wenn ich Eure spitzen Eckzähne in Eurem bezaubernden Mund sehe, könnte das mit den Vampiren vielleicht nicht so ganz abwegig sein, oder? Aber Märchen interessieren mich nicht. Ihr versteht, dass ich mich mehr für das Kriegshandwerk interessiere. Ich habe schon viel über Eure Kämpfer und ihre merkwürdigen Waffen gehört.« Er nahm einen Schluck, die andere Hand legte er auf den Tisch. »Wie kämpft man bei Euch? Ich würde mich gerne mit einem der Euren messen.«

Sie lachte freundlich. »Das kann ich mir sehr gut vorstellen, Nerestro von Kuraschka. Ihr würdet einen hervorragenden Zweikampf erleben. Aber im Allgemeinen habe ich die Nähe zu den Kriegern vermieden. Sie sind eine seltsame Gruppe, voller Überheblichkeit und Arroganz gegenüber allen anderen.« Die Kensustrianerin sah den Ritter an.

»So wie ich, wollt Ihr mir sagen, oder?« Nerestro grinste. »Ihr werdet wenig Glück haben, wenn Ihr auf eine Diskussion gehofft habt. Ich bin nicht Matuc.«

»Ich weiß«, seufzte sie, »ich weiß es nur zu gut.«

»Er könnte Euch auch nicht so beschützen, wie ich es tue.« Er legte seine Hand auf ihre. »Ich glaube, Ihr wärt der einzige Grund, weshalb ich noch in den Tod gehen würde, außer für Angor.«

Belkala zog ihre Hand vorsichtig zurück. »Ich hoffe für uns alle, dass Angor das nicht gehört hat.«

»Vielleicht hat er sich gerade mit Lakastra unterhalten und nichts von unserem Gespräch mitbekommen? Und wenn sich die Götter schon so gut verstehen, dann sollten sich die beiden Gläubigen auch näherkommen, finde ich«, meinte der Ritter und griff erneut nach ihrer Hand. »Wir sollten die Gelegenheit nutzen.«

»Ihr meintet, *Ihr* wollt die Gelegenheit nutzen«, verbesserte sie. »Matuc hatte Recht: Ihr seid anmaßend.« Ihre bernsteinfarbenen Augen glühten empört. Sie sprang auf und verließ den Raum.

»Nehmt einen Mantel mit. Draußen ist es kalt«, rief Nerestro hinterher. Er stützte beide Hände auf den Schwertknauf und richtete den Oberkörper auf. »Ich werde sie schon noch zähmen«, versprach er sich leise. »Früher oder später gehört sie mir.«

In aller Frühe brach der Tross nach einem kurzen Frühstück auf. Der Ordensritter überließ dem Bauer einen Beutel mit fünfzig Waslec als Bezahlung für die erzwungene Unterkunft.

Natürlich spendeten Matuc und Belkala den Segen ihrer Gottheit, während Nerestro wie üblich die große Güte Angors für denjenigen unterstrich, der einen seiner Krieger hier übernachten ließ. Dann ging es mit verschärftem Tempo in Richtung der Provinzhauptstadt.

Der Himmel war eisblau, die klirrende Kälte ließ den Atem fast gefrieren. Ohne Wolkendecke sanken die Temperaturen noch tiefer als das bisher der Fall gewesen war. Unwillkürlich rückten die Priesterin und der Mönch enger im Schlitten zusammen, um so viel gegenseitige Wärme wie möglich voneinander zu erhalten.

Matuc war die ungewohnte Nähe sichtlich unangenehm.

»Ich mache das nur, damit wir nicht erfrieren«, sagte er nach einer Weile. »Nicht, dass Ihr das falsch versteht.«

»Habe ich mich etwa darüber beschwert?«, fragte sie sanft. »Ich bin für jede Wärme dankbar.« Die Frau rückte noch näher heran. »Versteht das nicht falsch. Ich mache das nur, damit wir nicht erfrieren.«

Ihr dunkelgrünes Haar, das unter der Kapuze durch den Fahrtwind herauswehte, kitzelte an Matucs Nasenspitze. Mit großer Überwindung schaffte er es, seinen rechten Arm um sie zu legen.

Insgeheim überlegte er, ob die Priesterin ein Teil seiner Prüfung war, die ihm Ulldrael aus irgendeinem Grund auferlegt hatte. Vom Alter her könnte er der Vater der Kensustrianerin sein, trotzdem fühlte er sich auf seltsame Weise zu ihr hingezogen. Er schob es auf die Dankbarkeit, weil sie ihn aus dem Kerker des Ritters befreit hatte, indem sie ihren Gott um Beistand bat. Sollte es allerdings mehr sein als Dankbarkeit, wusste er nicht, wie er damit umzugehen hatte.

Matuc spürte, wie sein Kopf rot wurde. Schnell zog er den Schal weiter ins Gesicht und die Fellkappe tiefer. Seine Verlegenheit ging niemanden etwas an. Und er fürchtete den beißenden Spott des Ordenskriegers.

Das Gefährt verlangsamte seine Geschwindigkeit. Vor ihnen tauchte ein breiter Fluss auf, der nur zur Hälfte zugefroren war. Glitzernd schoss das Wasser auf einer Breite von zehn Pferdelängen in der Mitte entlang, rechts und links davon wuchs immer dicker werdendes Eis. In ein paar Wochen würde der Fluss ohne Gefahr selbst für schwere Schlitten überquerbar sein. Jetzt stellte er ein Hindernis dar.

An beiden Ufern waren Stege vorhanden, ein armdickes Tau spannte sich mittels Pfosten über das Wasser. An diesem breiten Seil lief normalerweise ein Fährfloß entlang, das nun aber vereist am anderen Ufer lag und von hier aus nicht loszubekommen war. Der Ritter ließ absitzen und stapfte zum Schlitten.

»Es hat keinen Sinn, einen anderen Übergang zu suchen, wir kennen uns zu wenig in der Gegend aus«, berichtete er. »Ich werde Knappen am Tau entlang hangeln und das Floß losschlagen lassen. Danach brechen wir uns eine Fahrrinne und setzen über. Eine zeitaufwändige Vorgehensweise, aber es geht nicht anders.«

Matuc versuchte, seinen Arm so unauffällig wie möglich von der Schulter der Priesterin zu entfernen, was ihm aber nicht gelang. Belkala hatte seinen Arm eingeklemmt.

»Störe ich vielleicht bei etwas?«, erkundigte sich Nerestro, der die Bemühungen sehr wohl mitbekommen hatte. »Bruder Rotwein hat in seinen alten Tagen wieder Leben im Schritt, was?« Er klopfte dem Mönch an den Kopf. »Pass auch, dass dir bei so viel Frau in deinen Armen dein Herz vor Aufregung nicht stehen bleibt. Dagegen könnte ich nichts tun, und Angor wäre sehr böse mit mir.« Er wandte sich um und erteilte Befehle. Mehrere Knappen machten sich auf den Weg.

Böse schaute Matuc die Priesterin an. Die schenkte ihm wiederum einen unschuldsvollen Blick ihrer faszinierenden Augen.

»Das habt Ihr mit Absicht getan«, sagte er und befreite sich mit Schwung.

»Was habe ich mit Absicht getan?«, wollte sie wissen, ihre Stimme klang zuckersüß.

»Meinen Arm einzuklemmen war nicht sehr nett. Habt Ihr gesehen, wie Nerestro mich angesehen hat?« Der Mönch rutschte demonstrativ ein wenig zur Seite.

»Ja, habe ich. Und ich muss sagen, ich fand es äußerst aufschlussreich.« Sie rückte nach. »Mir wird kalt, Matuc.«

Er wich wieder ein Stück aus. »Was sollte das eben? Wollt Ihr, dass er mich erschlägt?«

»Das würde er nie tun. Ihr steht unter dem Schutz von drei Göttern. Ich wollte ihm nur zeigen, dass er nicht alles bekommt, was er will.« Sie folgte ihm. »Jedenfalls so nicht.«

Wieder versuchte er, Distanz zu schaffen, was aber an der Wand des Schlittens scheiterte. »Ihr macht ihn auf meine Kosten eifersüchtig?«

»Wo möchtet Ihr denn hin, Matuc? Wollt Ihr aus dem Schlitten fallen?« Belkala rückte die Pelze zurecht und sah nach vorne, wo Nerestro mit gleichgültiger Miene die Bemühungen seiner Knappen verfolgte. Sie war sich sicher, dass er sie aus den Augenwinkeln beobachtete. »Ich will ihn nicht eifersüchtig machen, sondern ihm nur eine Lehre erteilen«, fügte sie leiser hinzu. »Er denkt, er kann sich mehr erlauben, als ihm zusteht.«

Matuc begriff. »Er hat Euch belästigt? Wann?«

»Nein, nein. Beruhigt Euch. Na, sagen wir, er hat versucht, Wirkung auf mich auszuüben«, untertrieb sie, um zu verhindern, dass sich der Mönch heldenhaft auf den Kämpfer stürzte, um ihn zur Rede zu stellen. »Und nun mache ich ihm deutlich, dass ich nichts von ihm will.« Sie bemerkte den fragenden Ausdruck. »Oh, keine Angst. Von Euch möchte ich auch nichts, lieber Bruder Matuc.« Sie stieg aus, um sich den Fluss anzusehen.

Der Mann seufzte. »Ich dachte mir, dass du nichts von einem alten Mann wissen willst«, murmelte er. Dann kletterte er umständlich aus dem Gefährt und folgte ihr.

Die Knappen waren inzwischen auf der anderen Seite angekommen und schlugen vom Floß aus mit Äxten auf das Eis ein. Das gefrorene Wasser gab die Fähre Stück für Stück frei.

»Sie arbeiten schnell«, sagte Nerestro zufrieden. »Wir werden in einer Stunde auf der anderen Seite sein.« Er wandte sich zu Matuc. »Wäre es nicht langsam an der Zeit, mir zu sagen, was uns genau in Granburg erwartet? Was hast du dort zu tun?«

Der Ulldraelmönch kniff die Lippen zusammen. »Ich kann nicht. Es ist besser, wenn nur ich von der Aufgabe weiß, die mir mein Gott gestellt hat. Bitte, fragt nicht weiter.«

»Ist meine und deine Aufgabe mit der Ankunft in Granburg beendet? Was erwartest du von mir, dass ich tue? Und was wirst du tun, Bruder Rotwein? Beten? Singen? Einen Mord begehen?«

Matuc zuckte unwillkürlich zusammen, hatte sich aber nach einem kurzen Blick zu Belkala wieder im Griff. Er hoffte, dass der Ritter nichts von seinem Schreck bemerkte.

»Bringt mich sicher nach Granburg, das ist alles. Von mir aus könnt Ihr dann zurück zu Eurer Burg gehen. Ich folge Euch, sobald ich das mir Aufgetragene erledigt habe.«

»Das würde dir passen.« Der Ordenskrieger spuckte aus. »Ich werde dich nicht aus den Augen lassen. Woran erkenne ich, dass du deine Aufgabe vollendet hast?«

Der Mönch überlegte einen Augenblick. »Wenn ich zu Euch sage ›Angor sei Dank für die Unterstützung‹ wisst Ihr, dass Ihr Eurer Aufgabe entbunden seid, egal was hinterher geschieht.«

»Der Wortlaut gefällt mir nicht«, sagte Nerestro misstrauisch. »Was soll das heißen ›Egal was hinterher geschieht‹? Rede, Mönch!«

»Herr, es kommen Reiter«, schrie einer der Knappen von der anderen Seite, um das reißende Wasser zu übertönen.

»Ist das wirklich eine gute Idee?«, erkundigte sich Lodrik bei seinem Vertrauten. »Wenn wir den Weg nehmen, machen wir aber einen Umweg.« Der Schlitten zischte über den knirschenden Schnee und transportierte die beiden Insassen quer durch die weiße, granburgische Provinz. An der Spitze des sich rasch vorwärts bewegenden Zuges ritt wie immer Waljakov mit acht der Leibwachen, der Rest der zwanzig Mann starken Truppe hatte sich um den Schlitten verteilt.

Stoiko legte zwei Kohlestückchen in den Kessel des Reisesamowar, ließ sich dann den aufgekochten Tee und das heiße Wasser in die Tasse laufen. Dann gab er eine Prise Zucker hinein und rührte um.

»Ich denke, dass Waljakov mit seinen Bedenken Recht hat«, antwortete er ruhig. »Kolskoi hat nach seinem Auftritt in der Provinzversammlung einen zu gelassenen Eindruck gemacht. Und da ich ihn nicht unbedingt für einen guten Verlierer halte, wird er sich etwas ausgedacht haben. Seine Spione sitzen nach wie vor überall. Also wird es ein Leichtes gewesen sein, unsere Reiseroute herauszufinden. Sicher ist sicher. Und ohne die Standarten und Insignien erregt unser gerüsteter Haufen etwas weniger Aufmerksamkeit als mit dem üblichen Tamtam. Wenn wir schnell genug sind, kann uns nichts passieren.« Er reichte Lodrik die Tasse. »Vorsicht, er ist heiß. Wer auch immer sich diese praktische Teemaschine ausgedacht hat, er sollte einen Orden erhalten.«

Dankbar nahm der junge Mann das dampfende Getränk. »Glaubst du, dass er es versuchen wird?«

»Euch umzubringen?« Stoiko schenkte sich selbst ein. »Um ehrlich zu sein, ich halte den Adligen für unberechenbar. Er ist gewieft, hinterhältig und so schlüpfrig wie ein Aal.«

Der Tadc nickte. »Ja, und genau das macht ihn umso gefährlicher für Miklanowo.«

»Ihr meintet ›für Norina‹, oder, Herr?«, sagte der Vertraute. »Keine Sorge, die beiden werden ihre Sache sehr gut meistern. Die größere Sympathie haben sie auch auf ihrer Seite. Und inzwischen auch das meiste Geld, nach dem Ende ihrer Gegner.«

Lodrik lachte. »Wenn Kolskoi und sein Freund Hurusca jedes Mal in der Versammlung fehlen, werden sie von selbst arm, und wir sind alle unsere Sorgen los.« Er schlürfte an seinem Tee und blickte über die weißen Ebenen, die sich scheinbar endlos bis zum Horizont erstreckten. »So viel Land. So viele Menschen. Ich bin in wenigen Tagen der Kabcar, Stoiko. Glaubst du, ich schaffe es, die Verantwortung auf mich zu nehmen? Ich bin anders als mein seliger Vater.«

»Ulldrael sei Dank«, entwich es dem Mann. »Oh, ich meine, Ihr seid nicht dieser starrsinnige Militärkopf. Aber man soll nichts Schlechtes über Tote sagen, und ich habe viel zu großen Respekt vor Eurem Vater. Er hat einiges mit seiner starken Hand zusammengehalten, ganz nach dem Vorbild der Linie Bardri¢. Ihr hingegen werdet die Sachen anders angehen. Es wird aber eine schwere Zeit werden, bis Ihr Euch etabliert habt und die Mächtigen des Landes verstanden haben, dass Ihr nicht mehr der hilflose TrasTadc von einst seid.«

»Keksprinz«, flüsterte Lodrik. »Das Wort habe ich schon lange nicht mehr gehört.«

»Und Ihr werdet es auch nicht mehr hören, glaubt mir. Schaut Euch an: von oben bis unten ein kräftiger junger Mann, voller Tatendrang und den Kopf voller guter Ideen.« Stoiko stieß mit ihm an. »Auf den Kabcar und die blühende Zukunft von Tarpol.«

»Möge die Dunkle Zeit niemals zurückkehren«, setzte der junge Mann hinzu und nahm einen Schluck. Dann schaute er wieder in die Landschaft.

»Werdet Ihr sie sehr vermissen? Ihr denkt doch gerade an Norina, oder?«, fragte der Vertraute, als er den verträumten Ausdruck des zukünftigen Kabcar sah. »Ihr seid euch nähergekommen, oder? Trotz der wachsamen Augen Waljakovs?«

Lodrik stützte den Kopf in die Hand. »Du hast Recht. Wir sind uns tatsächlich nähergekommen.« Die rechte Augenbraue des Vertrauten wanderte in die Höhe. »Nein, nicht so. Auf geistiger Ebene. Wir verstehen uns sehr gut.«

»So gut, dass Ihr der jungen Frau ein Geschenk gemacht habt? Das Amulett um ihren Hals ist doch von Euch, nicht wahr?« Stoiko blinzelte verschmitzt.

»Du bist ein Fuchs«, sagte der Gouverneur. »Kann sein, dass ich es ihr geschenkt habe, ja«

»Vielleicht ein Liebespfand?«, setzte Stoiko in einem harmlosen Tonfall hinzu und gab beiläufig etwas Teegewürz in sein Getränk.

»Bin ich hier vor Gericht?«, sagte der junge Mann. »Seit wann bist du so neugierig?«

»Ich war schon immer neugierig, Herr, aber früher habt Ihr mir alles freiwillig erzählt, das war der Unterschied«, erklärte der Vertraute listig.

»Sagen wir einfach, Norina und ich, wir mögen uns.« Er sah Stoiko ins Gesicht. »Und wenn ich eines Tages deinem Rat nachkommen sollte, dann wundere dich nicht zu sehr.«

Der Vertraute runzelte die Stirn. »Ich weiß im Moment nicht, was Ihr meint, Herr.«

»Du hast mir geraten, sie zu heiraten, erinnerst du dich nicht mehr? Ich denke, dass sie eine sehr gute, kluge, schöne Ehefrau und Kabcara wäre. Mit ihr und dir würde mir die Regentschaft über Tarpol gewiss leichter fallen. Ich habe in den vergangenen Monaten viel gelernt, trotzdem würde ich gerne vertraute Menschen um mich herum haben und nicht nur die verlogenen Hofschranzen, die immer um meinen Vater herumscharwenzelten. Und soweit ich weiß, hat er sich auch nie viel um deren Ratschläge geschert.«

»Der Hof wird mit Sicherheit eine Umstellung für Euch bedeuten«, stimmte Stoiko zu. »Viele Günstlinge, die sich in der Aufmerksamkeit des Kabcar sonnen wollen und auf Privilegien hoffen. Dass Ihr nicht allzu alt seid und damit als unerfahren gelten werdet, macht die Sache in ihren Augen noch einfacher. Aber gut für uns, wir wissen es besser.«

Die blauen Augen Lodriks blickten entschlossen. »Ja, wir wissen es besser.« Seine rechte Hand lag kurz am Griff des Hinrichtungssäbels.

Der ältere Mann hatte die Geste bemerkt, ignorierte sie aber absichtlich. Stattdessen fuhr er sich über den Schnauzer und rieb sich das Kinn. »Da werden einige Leute am Hof ganz schön Augen machen, wenn sie Euch wieder sehen. Vom dicken Jammerlappen zum jungen Mann, mit Verlaub, Herr. Kampferprobt und gerissen, doch ehrlich und Ungerechtigkeit hassend. Glaubt mir. Ihr habt alle Anlagen zu einem guten Herrscher. Mit der entsprechenden Diplomatie machen wir das Ganze perfekt und Euch zum beliebtesten Regenten auf Ulldart«, schwärmte Stoiko.

»Als Erstes stehen die Beerdigungsfeierlichkeiten, dann die Krönungszeremonie an, danach kümmere ich mich um den säbelrasselnden Nachbar Borasgotan und erkläre Hustraban, dass es sich seine Ansprüche auf die Baronie Kostromo und das Iurdum an den Hut stecken kann. Auch wenn ich froh wäre, meine verehrte Cousine los zu sein, politisch darf ich es nicht zulassen. Danach werde ich Norina heiraten und mit ihrer Hilfe einiges an der Regierungsart von Tarpol ändern.« Er lächelte. »Du siehst, ich weiß ziemlich genau, was ich möchte.«

»Donnerwetter, ich bin beeindruckt«, gestand der Vertraute und schlug sich auf den Oberschenkel. »So lobe ich mir das. Und weiß Norina Miklanowo schon von ihrem Glück?«

»Nein«, gestand Lodrik und schaute in die Tasse, die fast leer war. »Sie weiß ja nicht einmal, dass ich der Kabcar bin … werde. Sie denkt immer noch, ich sei der Sohn eines Hofbeamten. Ich will sie, sobald alles wieder in normalen Bahnen verläuft, in den Palast einladen und bitten, mich zu besuchen. Dann werde ich sie als Kabcar von Tarpol überraschen.«

»Na, diese Überraschung wird Euch sicherlich gelingen, Herr«, schätzte Stoiko. »Ich bin überzeugt, Ihr werdet überhaupt ziemlich viele Leute überraschen. Dass Ihr mir bei allem Tatendrang bloß nicht die Prophezeiung vergesst.«

»Wir werden das Jahr 444 nach Sinured überstehen, ohne dass nur ein Anzeichen von der Dunklen Zeit zu spüren sein wird«, versprach Lodrik ernst. »Ulldrael wird uns beistehen und die Menschen des Kontinents vor der Gefahr schützen. Ich lasse nicht zu, dass wegen mir Unheil geschieht.« Er hielt seinem Schlittengenossen die leere Tasse hin. »Nachfüllen, bitte.«

»Wenn Ihr nicht schon der Kabcar werden würdet«, meinte Stoiko, »ich würde Euch sofort für das Amt vorschlagen. Ihr versteht es, überzeugend zu klingen.« Heißer Tee plätscherte in das Gefäß.

»Ich klinge deshalb überzeugend, weil ich mir sicher bin«, erklärte der junge Mann. »Vergiss den Zucker nicht.« Zufrieden lehnte er sich in die Pelze.

In einiger Entfernung wurden der Fluss und die Stelle erkennbar, an der sie mit der Fähre auf die andere Seite übersetzen wollten.

Nur noch ein oder zwei Warst, dann würden sie die Reise auf der anderen Seite fortsetzen und so schnell wie möglich Abstand zwischen sich und das Einflussgebiet Kolskois bringen.

Eine Gruppe von zwanzig bewaffneten Reitern und ein Schlitten tauchten am oberen Rand der Böschung gegenüber auf. Sie trugen keine Wappen, keine Wimpel oder Fahnen, nur ihre durchaus teure Ausstattung ließ erahnen, dass es sich um vermögende Leute handeln musste, die wohl mit den gleichen Absichten an den Fluss gekommen waren wie Matuc, Belkala und Nerestro mit seinen Männern.

Die Knappen hatten aufgehört zu arbeiten und warteten darauf, dass die Unbekannten etwas sagten. Drei Reiter lösten sich aus dem Verband und ritten zur Fähre. Es folgte eine kurze Unterhaltung.

»Herr, sie wollen vor uns übersetzen!«, brüllte der Knappe hinüber. »Sie wären in Eile.«

»Auf keinen Fall!«, schrie der Ordenskrieger zurück. »Wir waren zuerst hier, wir haben uns die Mühe gemacht, also haben wir Anspruch, das Floß als erste nutzen zu dürfen. Und in Eile sind wir auch.«

»Lasst sie doch herüberfahren«, sagte der Mönch beruhigend. »Wir kommen noch früh genug auf die andere Uferseite. Oder wir wechseln uns ab.«

»Ich weiß nicht, ob das Tau die dauernde Belastung aushält«, gab Nerestro leiser zurück. »Von mir aus können die absaufen, aber wir nicht.« Er bedeutete seinen Knappen, mit der Arbeit fortzufahren. »Wir sind zuerst an der Reihe, danach könnt ihr so oft über den Fluss fahren wie ihr wollt!«, rief er hinüber.

Argwöhnisch sah Lodrik auf die andere Flussseite hinüber. Die Schar bestand aus ebenfalls zwanzig Mann, mindestens die Hälfte sah nach erfahrenen Kämpfern aus, und der Rest konnte mit Sicherheit eine Armbrust bedienen.

»Glaubst du, Kolskoi hat sie geschickt?«, fragte er Waljakov, der nicht weniger nachdenklich aussah.

»Nein. Am Ufer stehen eine junge Frau und ein älterer Mann, die nicht unbedingt aussehen, als würden sie mit einer Waffe umgehen können. Unter den Pelzen glaube ich so etwas wie Roben, eine grüne und eine braune, ausmachen zu können. Die sechs um sie herum dagegen tragen Rüstungen. Sehr starke Rüstungen, wie es von hier aus den Anschein hat. Solche Rüstungen kosten viel Geld und werden nur noch von ganz wenigen Kriegern getragen. Sie sind unpraktisch.« Seine Augen huschten von einem zum anderen. »Ich schätze, sie gehören einem der drei Angor-Orden an. Und wenn Kolskoi Mörder ausgeschickt hätte, würden sie nicht so offensichtlich in der Gegend herumstehen und Schwierigkeiten machen. Im Gegenteil, ich vermute, sie hätten uns zuerst übersetzen lassen, um uns dann bequem in die Zange zu nehmen …«

»Tatsache ist, dass der unhöfliche Mensch uns nicht hinüberlassen möchte.« Stoiko sah verdrossen aus. »Wir haben den langen Umweg nicht gemacht, damit wir uns mit diesen Leuten in die Haare bekommen. Was glaubt der, mit wem er es zu tun hat?«

»Vermutlich denkt er, er hat es mit einem Adligen zu tun«, meinte der zukünftige Kabcar. »Die Gouverneursinsignien und die Uniform trage ich ja im Moment nicht. Woher soll er es also wissen?« Er nickte seinem Leibwächter zu. »Ich denke, ein wenig Autorität ist gefragt. Waljakov, reite hinunter und erkläre den Männern, wer ich bin. Unsere Zeit ist zu kostbar.«

Ein gewaltiger Mann mit einem Brustpanzer trabte auf einem schwarzen, breiten Schlachtross die Böschung hinab. Vom Pferderücken herunter verhandelte er mit Nerestros Untergebenen.

»Er sagt, sein Herr wäre der Gouverneur von Granburg und wir hätten zu gehorchen.« Der Knappe klang etwas unsicher.

»Macht weiter, bringt die Fähre rüber, und dann komme ich persönlich ans andere Ufer, damit er mir das selbst sagen kann«, ordnete der Ordenskrieger an. »Ohne legitime Standarten, wie es sich gehört, glaube ich gar nichts.«

Matuc durchfuhr ein Schauer. Wenn das auf der anderen Seite wirklich der Gouverneur und somit der Tadc sein sollte, dann war er seinem Ziel schneller näher gekommen, als ihm lieb war.

Auch die Priesterin sah alarmiert aus. Glücklicherweise beschäftigte sich der Ritter so mit den anderen, dass er ihre Reaktionen nicht bemerkt hatte.

Der Mönch fühlte sich wie gelähmt. Er wusste nicht, was er tun sollte. Er trug keine Waffe, er hatte keine Vorstellung, wie er sich dem Tadc nähern, geschweige denn an den zwanzig Wachen vorbeikommen sollte. Er starrte einfach nur auf den Schlitten am anderen Ufer, die Gedanken überschlugen sich.

In seiner Hand lag es, die Dunkle Zeit abzuwenden. Dort drüben, nur einen kräftigen Steinwurf entfernt, wartete das Verderben für den Kontinent in Form eines jungen Mannes, und nur er und Belkala wussten davon. Wenn er doch nur den Ordensritter eingeweiht hätte. Mit der kleinen Streitmacht an der Seite wäre der Weg schnell frei geworden.

Die Kensustrianerin berührte ihn sachte an der Schulter und schob ihm etwas Hartes, Schlankes in die Manteltasche. Matuc spürte einen schmalen, zierlichen Dolch.

»Nehmt ihn. Ein einziger Kratzer, und Euer Gegner stirbt«, raunte sie. »Die Waffe ist vergiftet.«

Der Mönch wurde blass, die Umgebung begann sich vor seinen Augen zu drehen, und er spürte eine drohende Ohnmacht. Zu groß war die Aufregung und die Verantwortung, die auf ihm lastete. Schwer plumpste er in den Schnee.

»He, Bruder Rotwein! Hast du wieder einen Schluck zu viel?« Nerestro lachte, dann wandte er seine ganze Aufmerksamkeit wieder den Unbekannten zu. »Ich wette, dass es ein aufgeblasener Adliger ist, der sich wichtig machen will.«

Besorgt kniete Belkala neben Matuc und rieb sein Gesicht mit Schnee ab. Die Kälte verscheuchte die drohende Bewusstlosigkeit. »Reißt Euch zusammen«, flüsterte sie leise.

»Ich weiß nicht, was ich tun soll«, stammelte er.

»Denkt an den Kontinent, an die vielen Menschen. Er wird hier vorbeikommen, Ihr werdet ihm den Segen Ulldraels erteilen und dabei zustoßen.«

»Dann wird es zu einem Kampf kommen.« Er wischte sich das Weiß aus den Augen. »Und Ihr könntet dabei verletzt werden, Belkala.«

»Das ist egal. Denkt an die Zukunft.« Die Kensustrianerin zog ihn am Ellbogen in die Höhe.

»Ich erkläre es euch jetzt ein letztes Mal. Das da oben ist der Gouverneur von Granburg, Exzellenz Vasja und sein Berater. Ich bin sein Leibwächter. Und kraft seines Amtes erklärt er hiermit seinen Vorrang vor eurem Herrn. Habt ihr das verstanden?« Die eisgrauen Augen Waljakovs ruhten bedrohlich auf dem vordersten der Knappen. »Er ist der Stellvertreter des Kabcar. Sich ihm in den Weg zu stellen bedeutet, sich dem Herrscher von Tarpol in den Weg zu stellen. Und was das wiederum bedeutet, muss ich euch Wichten wohl nicht erklären.«

»Und Ihr habt unseren Herrn sehr wohl vernommen«, gab der andere trotzig zurück und klammerte sich an der Axt fest. »Und …«

»Euer Herr mag ein Ordensritter sein, aber er unterliegt den Gesetzen des Kabcar, Angor hin oder her«, fiel ihm der Hüne hart ins Wort. »Wenn ihr nicht auf der Stelle das Floß freigebt, erobere ich es mir.« Die Finger der mechanischen Hand schlossen sich klackend um den Säbelgriff. Das massige Pferd schnaubte und tänzelte auf sie zu.

Der Mann rückte mit dem schwarzen Schlachtross vor und drängte die Knappen weiter auf dem Floß zurück. Nur noch wenig Holz trennte sie von den eiskalten Fluten, die mit Sicherheit den Erfrierungstod bedeuteten. Erst in letzter Sekunde verstauten sie die Äxte auf dem Rücken, ergriffen einer nach dem anderen das Tau und kehrten zurück.

Nerestro tobte, als er sah, dass die andere Gruppe sich die Fähre gesichert hatte. »Wäre ich doch bloß dort. Ich hätte ihn in Stücke gehauen!«

Matuc umklammerte den Griff des Dolches und wartete zitternd, was passieren würde. Hoffentlich würde er keinen Fehler machen. Ein gedankliches Stoßgebet folgte auf das nächste. Die verscheuchten Knappen sprangen an Land.

Die ersten Reiter machten sich bereit, um auf das Floß zu gehen.

Die Augen des Ordenskriegers verengten sich. »So nicht«, murmelte er. »Dann kommt eben keiner von uns auf die andere Seite.«

»Was habt Ihr nun wieder …«, begann Belkala aufgebracht, aber Nerestro handelte bereits.

Mit einer fließenden Bewegung zog er die aldoreelische Klinge, drehte sich einmal um die eigene Achse und durchschlug den Pfosten von der Dicke eines mittleren Baumstammes so leicht, als glitte die Waffe durch Butter.

Das abgetrennte Holz und das Tau schossen sirrend durch die Luft und landeten mit einem hörbaren Klatschen in der Mitte des Flusses, wo sie von der Strömung weggetragen wurden.

Die Fähre neigte sich leicht zur Seite und begann, ihrer Führung beraubt, abzutreiben. In letzter Sekunde retteten sich die acht Reiter von dem in der Strömung tanzenden und hüpfenden Floß.

Lautes Fluchen tönte von der anderen Seite herüber, Fäuste wurden geschüttelt und Drohungen ausgestoßen.

Der Ritter lachte lauthals und freute sich sichtlich; seine Männer stimmten in das Jubeln mit ein, als hätten sie einen Krieg gewonnen.

Er warf die Pelze ab und zeigte die schimmernde Rüstung. »Ich bin Nerestro von Kuraschka, Ritter des Ordens der Hohen Schwerter, Gläubiger des Gottes Angor«, rief er über das Wasser. »Niemand erlaubt sich, mir ungestraft meine Rechte zu nehmen.«

Aus dem Schlitten oberhalb der Böschung erhob sich ein junger Mann.

»Und ich bin Gouverneur Pujur Vasja, Königlicher Beamter und Stellvertreter des Kabcar, Herrscher von Tarpol. Sollten wir uns eines Tages wieder sehen, werde ich mich an Euch zu erinnern wissen, Herr Ritter, das sei Euch gesagt.«

Der Junge setzte sich wieder, und der Tross rückte ab.

»Eine Ungeheuerlichkeit«, erregte sich Stoiko unentwegt, »so ein unglaublich anmaßender Kerl ist mir noch nie unter die Augen gekommen. Da hatten ja Jukolenko und Kolskoi mehr Anstand. Uns das Tau zu kappen, uns und Euch, dem Gouverneur! Ha, ich habe mir seinen Namen aufgeschrieben, Herr. Wenn Ihr möchtet, dann könnt Ihr …«

Lodrik hob die Hand. »Lass es gut sein. Was geschehen ist, kann man nicht mehr rückgängig machen. Aber du hast Recht, ich werde mich um ihn kümmern, sobald ich meinen Titel angenommen habe.«

»Aber noch vor der Hochzeit, Herr.« Der Schnauzer des Vertrauten zitterte immer noch.

»Es gibt wichtigere Dinge als einen Ritter, dessen Orden bekannt für die nicht gerade tolerante Haltung anderen gegenüber ist, abzustrafen für etwas, was dann mehrere Wochen zurückliegt. Vielleicht lasse ich es auch ganz bleiben.« Er warf einen Blick nach hinten, konnte die andere Gruppe aber nicht mehr sehen. »Das Schicksal meines Landes hat Vorrang.«

Waljakov ließ sich etwas zurückfallen, um sich in das Gespräch einzumischen. »Ich werde ihn zu einem Zweikampf herausfordern, Herr. Angor-Ritter lieben Herausforderungen, und ich werde eine sein, der er nicht gewachsen ist.«

»Siehst du, Stoiko, so kommen alle zu ihrem Vergnügen.« Der Gouverneur und angehende Kabcar lehnte sich in die Pelze. »Und nun ab nach Ulsar. Die Beerdigung sollte nicht länger hinausgezögert werden.«

»In spätestens drei Wochen sind wir in der Hauptstadt.« Der Leibwächter setzte sich wieder an die Spitze und verschärfte das Tempo.

»Ihr und Euer verdammter Stolz«, zischte Belkala Nerestro an.

Nerestro steckte das Schwert in die Scheide. »Ich habe nur getan, was recht und billig war. Und wenn es sich wirklich um den Gouverneur handelte, hätte er sich zu erkennen geben müssen. Behaupten kann so etwas jeder. Aufsitzen und einsteigen. Wir werden uns einen anderen Übergang suchen. Das wird ja wohl nicht die einzige Fähre in Granburg gewesen sein.«

Ohne auf die beiden anderen zu achten, legte er seinen Pelz an und schwang sich in den Sattel.

Matuc blieb fassungslos. Noch immer stand er an der Stelle, wo er sich mühsam aus dem Schnee erhoben hatte, und schaute der Gruppe des Gouverneurs hinterher, die den Fluss in westlicher Richtung entlangfuhr.

Sein Zittern ließ allmählich nach, die Spannung fiel von ihm. Einerseits fühlte er Erleichterung, andererseits blieb der schale Beigeschmack, ganz knapp eine unwiederbringliche Gelegenheit verpasst zu haben.

»Was, wenn wir ihn nun nie mehr sehen?« Seine Lippen bewegten sich kaum, seine Stimme klang brüchig, verzweifelt. »Wenn es kein weiteres Mal mehr gibt?«

»Kommt, wir müssen in den Schlitten«, sagte die Priesterin beruhigend und zog den Mönch zum Gefährt, das in der Zwischenzeit gewendet hatte. »Und sprecht leiser.« Sie schob ihn in den Schlitten und deckte ihn zu.

»Ich hätte versagt.« Unter der Decke reichte er ihr den Dolch zurück.

Sie drückte ihn ihm wieder in die Hand. »Behaltet ihn. Wir werden dem Gouverneur mit Sicherheit erneut begegnen. Wir haben den Beistand von drei Göttern, vergesst das nicht.«

»Ich vergesse es nicht.« Er sank in den Pelzen und Decken zusammen. »Aber vielleicht haben die Götter uns vergessen. Soll Ulldart untergehen? Ist das die Ab sicht der Götter?«

»Sch, sch, sch«, machte Belkala beruhigend. »Wenn die Götter das wollten, könnten sie es einfacher haben. Wir sehen ihn wieder. Ich bin mir sicher. Und gemeinsam werden wir die Gefahr abwenden. Nun schlaft, bis wir in Granburg sind.«

Augenblicklich versank Matuc in angenehme, entspannende Dunkelheit, während die Reisegruppe ihren Weg fortsetzte.

II.

»Doch die großen Erhebungen wollten nicht richtig in Form bleiben, deshalb nahm die Allmächtige Göttin vom flüssigen Feuer und trocknete die herausstehenden Spitzen, bis sie hart und massiv waren. So entstanden die Gebirge.

Ein paar Tropfen Feuer allerdings gingen der Allmächtigen Göttin dabei verloren, sickerten durch ihre Hände und blieben rot glühend an den Bergen hängen. Manche Feuertropfen erkalteten sofort, andere brannten sich ihren Weg durch den Berg und brodelten in der Tiefe weiter, wieder andere brennen noch heute und für die Ewigkeit. So entstanden die Vulkane.

Doch Taralea war noch nicht zufrieden.

Sie nahm aus ihren unendlichen Vorräten Samen von Bäumen, Gräsern und Pflanzen aller Art. Dann entfachte sie enorme Winde, wie sie heute noch auf unserer Welt vorkommen, gab ihnen die Samen mit und überließ ihnen die Verteilung der Pflanzen.«

Die Legende von der Erschaffung der Welt,
Kapitel 2

Ulldart, Gallohâr, südliche Küste des Königreichs Kensustria, Winter 442/443 n. S.

»Die Wintermonate sind die besten, wenn es um die Astronomie geht. Die Nächte sind klarer, heller, denke ich.« Farron, ein junger, glatt rasierter Gelehrter mit dunkelgrünem Haar, raffte die zusammengerollten Pergamente zusammen, balancierte die Schreibtafel mit dem Papier, Tinte sowie der Feder auf seinem Kopf aus und ging vorsichtig zur Tür, hinter der sich der Aufgang in die Observationskammer befand.

Einhundertachtundneunzig Stufen musste er gleich mit seiner Last erklimmen, bevor er sich an seinem Ziel befand. Da er das aber täglich und seit mehreren Jahren praktizierte, kam er selten dabei ins Schwitzen.

»Mh, ich stimme dir zu, Farron.« Am Tisch saß Ollkas, sein etwas älterer Gelehrtenkollege, der um einige Grade weiter in der Ausbildung fortgeschritten war. Im Gegensatz zu seinem Freund hatte er eine Glatze, die er unter einer wärmenden Haube verbarg. Die Kappe war reich bestickt, die Zeichen für einen Meister der Astronomie glänzten kurz im Licht der Kerzen auf. »Es liegt mit Sicherheit an der Kälte.« Er blätterte die Unterlagen der letzten Observation durch, die aber keine neuen Erkenntnisse gebracht hatte. Dabei wünschte er sich wie alle Astronomen so sehr, einen neuen Stern am Himmel zu entdecken. »Sie macht die Luftschichten durchsichtiger.«

»Wie kalt muss es wohl im Norden des Kontinents sein?« Farron öffnete die Tür. »Wenn wir schon unter den Temperaturen zu leiden haben, was machen die Menschen in Rundopâl oder Borasgotan?«

»Vermutlich erfrieren«, schätzte Ollkas. Gähnend streckte er sich. »Ich bin unserem Gott dankbar, dass unsere Ahnen sich den Süden ausgesucht haben, als sie an Land gingen.« Er stand auf und bewegte sich auf sein karges Bett zu. »Ich werde mich ein wenig hinlegen. Die Sterne haben mich ganz müde gemacht.« Er warf sich auf die Strohmatratze, verschränkte die Hände hinter dem Kopf und schloss die Augen. »Und vergiss nicht, die Bahn der Planeten Betos zwölf und Ketos eins-sechs-drei neu zu berechnen. Wir hatten eine Abweichung in der letzten Konstellation von mindestens einem achtel Grad«, wies er seinen Mitarbeiter an. »Wenn es deine Schlamperei gewesen sein sollte, verbessere dich. Sonst wirst du es nie zum Meister der Astronomie bringen.«

»Ja, Ollkas. Ich werde mich bessern.« Der Junggelehrte wandte sich um und stieg die Stufen hinauf.

Höher und höher schraubte sich die Wendeltreppe, alle paar Meter hingen Öllämpchen an der Wand und beleuchteten die Granitstiegen, die alle in der Mitte leicht ausgetreten waren.

Mechanisch hoben und senkten sich die Füße, während er in Gedanken bei der Entdeckung eines neuen Sterns war, das großartigste Erlebnis für jeden Observator überhaupt.

Aber der Himmel über Ulldart war perfekt katalogisiert, in Bereiche, Wendekreise und Zyklen eingeteilt, dass nichts, aber wirklich nichts verborgen blieb. Und das seit einundfünfzig Jahren.

Oben angekommen, legte er die Rollen auf den großen Kartographietisch, stellte die Schreibtafel sowie die übrigen Utensilien ab und durchquerte den Raum. Die Steinwände schmückten unzählige Karten über Sterne und deren Wanderungen im Laufe eines Jahres, übriges Dekor suchte man vergebens.

Zielstrebig lief Farron zum kompliziert anmutenden Flaschenzug, bewegte in einer bestimmten Reihenfolge Ketten, Hebel und Winden, bis sich das große, hölzerne Kuppeldach über ihm vollständig geöffnet hatte und den Blick für das gewaltige, acht Manneslängen große Fernrohr in der Mitte der Kammer freigab.

Der Gelehrte legte sich Papier, Tinte und Feder zurecht, zwängte sich in den Sessel am Fernrohr und schaute durch die Linse. Insgesamt sorgten zweiundvierzig verschieden geschliffene Gläser, die in drei rotierbaren Karussellen angebracht waren, für unterschiedliche Ansichten, von ganz nah bis zur Totalansicht. Justieren und schwenken ließ sich das immense Fernrohr über eine Drehlafette und ein ausgeklügeltes System von Gewichten und Gegengewichten, die der Observator über Fußrasten bediente.

Farron suchte in der Totalen zunächst nach groben Auffälligkeiten wie Kometen oder Sternschnuppen. Dann begann er wie üblich, die einzelnen Bereiche abzusuchen, kontrollierte den Stand der größten Planeten und Sonnen anhand der Karten im Raum und überprüfte die berechneten Bahnen auf ihre Stimmigkeit.

Nach drei Stunden brannten seine Augen vom ständigen Schauen und Vergleichen, aber es war alles in Ordnung. Das Firmament folgte seinem gewohnten Winterzyklus.

Will denn kein einziger neuer Stern für mich erscheinen?, seufzte er in Gedanken, während er das Fernrohr über die Fußrasten langsam hin und her schwenkte.

Er passierte gerade den Wendekreis eines langweiligen Planeten, als ihm etwas auffiel. Es war mehr eine Ahnung als Wissen. Seiner Empfindung nach hatte sich in kürzester Zeit etwas am Himmel verändert.

Sein Interesse erwachte. *Das wollen wir doch mal genauer ansehen. Lakastra, verleihe mir besondere Aufmerksamkeit.* Sorgfältig stellte er eine andere Linsenkombination ein und suchte erneut, auch wenn er nicht genau wusste, was.

Dann bemerkte er es.

Das kann nicht sein. Ich bin vielleicht zu müde. Farron

rieb sich die Augen, schüttete sich eiskaltes Wasser ins Gesicht und heftete seinen Blick auf die Entdeckung.

Doch er sah das Gleiche wie vor wenigen Lidschlägen.

Das, das muss ein Trugbild sein, eine fehlerhafte Linseneinstellung. Aufgeregt kontrollierte er alles, doch er konnte keinen Fehler an der Mechanik ausmachen.

»Das kann nicht sein«, sagte er halblaut zu sich selbst. »Unmöglich! Das widerspricht allen Gesetzen der Astronomie!«

Er sank in dem Sessel zurück. Geistesabwesend starrte der Gelehrte ins Nirgendwo, bis er plötzlich aufsprang und die Stufen hinunter eilte, um Ollkas zu wecken.

»Was ist los?«, murmelte der Gelehrte verschlafen. »Ich hoffe, es ist mehr als wichtig. Wenn nicht, wirst du alle Linsen putzen. Mit deiner Zunge, ungestümer Freund.«

»Komm und sieh selbst, was ich nicht glauben kann und will.« Farron zerrte den Meister aus dem Bett. »Es widerspricht allem, was ich gelernt habe.«

Jetzt war Ollkas beunruhigt. Sein junger Kollege mochte nicht der beste Rechner sein, aber die Grundzüge der Sternenkunde beherrschte er einwandfrei.

Keuchend hastete er Farron hinterher und klemmte sich atemlos in den Sessel.

Nach dem ersten Blick zog er den Kopf ruckartig zurück, blinzelte mehrmals, rieb sich ungläubig die Augen und kippte sich das restliche Nass, das Farron im Glas gelassen hatte, über.

»Siehst du, Ollkas, was ich gesehen habe?« Nur mit Mühe unterdrückte er den triumphierenden Unterton in der Stimme. Endlich hatte er etwas entdeckt, was noch keiner vor ihm gesehen hatte. »Es ist doch ... ausgeschlossen!«

Ohne den Blick von der Linse zu nehmen, deutete der Glatzköpfige zur Tür. »Lauf los und besorge mir von irgendwoher ein Buch der ulldartischen Mythologie. Rasch!«

»Sofort«, rief Farron und rannte davon. Nach einer halben Stunde war er wieder da, in der Hand *Die Legende von der Erschaffung der Welt*. Der Einband zeigte dicke Abdrücke.

Noch immer starrte Ollkas bewegungslos durch das Fernrohr, der Mund stand weit offen. Erst als sich der Zurückgekehrte räusperte, zuckte der Observator herum.

»Warum hat das so lange gedauert?« Missmutig sah er den jungen Mann an. »Und wie sieht das Buch überhaupt aus?«

»Ich habe es als Stütze für den Kartenschrank benutzt«, gestand Farron ohne große Reue, dafür war er zu aufgewühlt. »Und? Hat sich etwas getan?«

Ohne auf die Frage einzugehen, riss ihm Ollkas das Buch aus der Hand und überflog Seite für Seite, bis er auf eine Stelle schlug.

»Da! Da steht es! O Lakastra, hilf uns, damit wir es verstehen.« Sein Auge kehrte zurück an das Okular. Der andere Gelehrte las den Abschnitt.

»Taralea, die Allmächtige Göttin, suchte ihren Sohn Tzulan, kämpfte mit ihm und zerriss ihn in kleine Stücke, die sich über alle Kontinente verteilten. Seine glühenden Augen heftete sie zu den Sternen an das Himmelsgewölbe und nannte sie Arkas und Tulm, die einzigen Sterne, die sich nicht drehen und für alle Zeiten am Firmament stehen.«

Langsam hob er den Kopf und schaute in das Meer von stecknadelkopfgroßen Lichtern. Arkas und Tulm, die Augen Tzulans, waren leicht zu entdecken.

»Die sich nicht drehen und für alle Zeiten am Firmament stehen«, wiederholte Farron flüsternd den Wortlaut der Legende. »Aber … aber sie bewegen sich nun.« Lauter an seinen Mentor gewandt, sagte er: »Sie haben ihre Position verändert, Ollkas, nicht wahr? Ich habe mich nicht getäuscht.«

Der Observator sah ihn nachdenklich an. »Ja. Aber nicht nur das. Sie werden größer, ich habe es eben nachgerechnet.«

»O Lakastra, was hat das zu bedeuten?«, fragte der junge Gelehrte und setzte sich auf den Tisch, ungeachtet der wertvollen Karten, die er mit seinem Gewicht niederdrückte und knickte.

»Ich weiß es nicht«, antwortete der blasse Ollkas voller Ratlosigkeit, »ich weiß es nicht. Aber ich denke, es ist nichts, worüber wir uns freuen sollten. Ich werde unsere Geschichtswissenschaftler sofort unterrichten.«

Ulldart, Königreich Tarpol, Provinz Granburg, elf Warst vor der Stadt Granburg, Winter 442/443 n. S.

»Ich weiß nicht, ob wir sie einholen werden. Mein Gewährsmann hat mir zuerst eine falsche Route genannt.« Der bärtige Mann stellte sich in die Steigbügel, damit ihn jeder seiner Leute sehen und hören konnte. »Passt auf, wir werden jetzt den anderen Weg nehmen. Der Gouverneur hat einen großen Vorsprung, den wir aufholen müssen, und wenn uns dabei die Pferde krepieren. Denkt an die Bezahlung: fünfzig Waslec für jeden von euch, wenn der Gouverneur die Provinz nicht lebend verlässt.« Die fünfzig gerüsteten Söldner nickten knapp. »Also, los!«

Der Trupp preschte den verschneiten Weg entlang und den Hügel hinauf. Dort oben hielten sie auf einen Wink ihres Anführers, Ruidin, ein bulliger Kämpfer mit Vollbart und einigen Jahren Kampferfahrung, an.

Die etwas mehr als vier Dutzend Söldner stammten aus dem Kontingent, das ursprünglich von Jukolenko angeheuert worden war. Auf Bitten seiner Witwe hatten sie sich nach einem halben Jahr wieder auf Schleichwegen in Granburg eingefunden, um einen weiteren Auftrag anzunehmen. Dieses Mal sollte der junge Gouverneur sterben. Endgültig.

Die Tat selbst bereitete Ruidin weniger Kopfzerbrechen als der Umstand, dass der junge Mann über exzellenten Schutz verfügte. Den sorgsam gelegten Hinterhalt mussten sie aufgeben, da ihr Informant sich mit der Reiseroute vertan hatte.

Nun versuchte Ruidin, die Gruppe des Statthalters von hinten zu überraschen. Es würde mit Sicherheit schwere Verluste geben, aber die Bezahlung hatte er für fünfzig Leute ausgehandelt. Sollten einige sterben, bekämen die anderen, und vor allem er, mehr.

Ruidin wollte eben das Signal zum Weiterreiten geben, als er in geschätzten fünf Warst Entfernung eine Reisegruppe entdeckte.

»Ho! Das Schicksal ist uns gnädig. Schlitten und zwanzig Reiter«, zählte er. »Das müssen sie sein. Aber warum kehren sie um?«

»Das kann uns doch egal sein«, meinte sein Stellvertreter Tyzka zufrieden. »Vielleicht haben sie etwas Wichtiges vergessen. Wenn man zum Kabcar reist, sollte man alle sieben Sachen beisammen haben.«

»Es erleichtert uns die Sache auf alle Fälle ungemein. Und die Pferde werden geschont.« Ruidin bedeutete seinen Söldnern umzudrehen. »Du bleibst hier als Posten und meldest, wann sie in etwa hier sind«, befahl er dem Mann an seiner Seite. »Ich reite mit den Männern zurück und bereite in dem kleinen Waldstück einen Empfang vor. Es gibt von hier aus nur diesen Weg nach Granburg.«

»Hinterhalte sind eine sehr feine Angelegenheit«,

sagte der andere. »Sie erleichtern einiges. Und ersparen unnötige Verluste.«

»Verluste sind immer unnötig. Stoße zu uns, sobald sie am Fuß des Hügels sind.« Ruidin wendete sein Pferd. »Ich werde mir in der Zwischenzeit etwas für den Milchbart ausdenken.«

Nerestro trabte neben dem Schlitten her, in dem Belkala und der schlafende Matuc saßen. Noch immer trug er den gut gelaunten Ausdruck, der sich seit der Begebenheit an der Fähre nicht verändert hatte, im Gesicht.

Die Kensustrianerin hatte den Kopf des Mönchs an ihre Schulter gelegt und mit ihrem Muff weicher gebettet. Ihre bernsteinfarbenen Augen wanderten hinüber zum Ordensritter.

»Ihr seid doch nicht etwa immer noch stolz, weil Ihr einen Pfosten zerteilt habt?«, erkundigte sie sich etwas spöttisch. »Oder bildet Ihr Euch ein, Eure kindische Handlung am Fluss wäre besonders edel gewesen?«

Der Mann grinste unverhohlen. »Sie war nicht edel, aber sie hat mir in der Seele gut getan. Und Ihr müsst schon zugeben, Priesterin, dass es ein ziemlich gewaltiger Pfosten war, den meine Klinge durchschlug. Hätte das einer Eurer Kämpfer auch fertig gebracht?«

Belkala schnaubte. »Ich wusste doch, dass Ihr Euch etwas darauf einbildet.«

»Nein, ich habe mich nur königlich über die Gesichter dieser Leute amüsiert, die sich ihrer Sache so ungebührlich sicher waren«, stellte Nerestro richtig. »Wir hatten das Recht, zuerst überzusetzen. Wer anderer Meinung ist, musste mit meinem Missfallen und Unmut rechnen.«

»Durch den wir aber einen Umweg von mehreren Stunden in Kauf genommen haben«, fügte die Frau mit den dunkelgrünen Haaren hinzu. »Ich bin völlig durchgefroren, Herr Ritter. In meinem Land ist es warm.

Selbst im Winter. Wir könnten seit Stunden in Granburg sein und heiße Gewürzmilch trinken.«

»Soll ich Euch wärmen kommen?«, bot er an, die Augen blitzten erwartungsvoll auf. »Der alte Mann an Eurer Schulter scheint dazu nicht in der Lage zu sein. Wie kann man überhaupt in den Armen einer so bezaubernden Dame an Schlaf denken?«

»Ich weiß, woran Ihr denkt, das genügt mir vollkommen«, winkte die Priesterin dankend ab. »Ihr verderbt Euch alle Aussichten mit Eurer arroganten, überheblichen Art von selbst.«

»Oho!«, rief der Ordensritter. »Soll das heißen, ich hätte durchaus mit Eurer Zuneigung rechnen dürfen?«

»Schlagt es Euch aus dem Kopf«, erstickte sie jeglichen Hoffnungsschimmer. »Ihr habt es Euch selbst zunichte gemacht. Ich fand Euch anfangs in der Tat interessant.«

»Alles kehrt wieder. Vielleicht auch eine Gelegenheit für mich«, gab sich Nerestro betont gleichgültig. Doch die Augen verrieten seine Enttäuschung. Die gute Laune war verflogen. »Dafür ist Bruder Rotwein in Eurer Gunst gestiegen, was?«

Belkala antwortete nicht, sondern schaute geradeaus.

»Pah!« Der Kämpfer machte eine verächtliche Geste und gab seinem Pferd die Sporen, um an die Spitze zu gelangen.

»Ihr wart wirklich an ihm interessiert?«, fragte Matuc ungläubig und schlug die Augen auf.

Belkalas Kopf wurde eine Spur bronzefarbener. »Ihr habt zugehört?«

Der Mönch richtete sich auf. »Ihr habt euch laut unterhalten. Ich konnte nicht anders.«

»Er machte einen guten Eindruck auf mich. Vergesst nicht, er hat mir das Leben gerettet«, erinnerte sie ihn. »Vielleicht habe ich die Dankbarkeit falsch gedeutet.«

»Ein Glück für Euch«, meinte Matuc, »dass Ihr es

noch rechtzeitig bemerkt habt.« Er zog sich den Pelz zurecht. »Wartet eigentlich jemand in Kensustria auf Euch?«

Belkalas Augen verengten sich, ein Lächeln huschte über ihr ansprechendes Gesicht. Dann zeigte sie dem Mann die spitzen Eckzähne. »Bruder Matuc! Ihr stellt sehr persönliche Fragen, wisst Ihr das? Nein, es wartet niemand zu Hause auf mich.« Nach kurzem Zögern fügte sie hinzu: »Und ich beabsichtige auch nicht, jemanden mit nach Hause zu nehmen. Höchstens Besucher.«

Der Mönch verstand den Hinweis. »Ja. Verzeiht, wie töricht von mir.«

Sie schaute ihn an. »Versteht es nicht falsch. Ich schätze Euch sehr, ich mag Euch, Matuc, aber mehr wird es niemals werden. Ich möchte Euch keine falschen Hoffnungen machen. Wenn ich Euch unbewusst glauben ließ, ich verspürte mehr als freundschaftliche Zuneigung, dann tut es mir leid.« Sie gab ihm einen Kuss auf die Wange. »Ich danke Euch für die Sorge um mich, als ich krank war. Nehmt meine Freundschaft, wenn Ihr möchtet. Die ehrliche Freundschaft einer Priesterin und Kensustrianerin.« Sie legte die rechte Hand auf ihr Herz und streckte ihm die Linke hin. »Ihr dürft mich gerne in mein Land begleiten, wenn wir alles geschafft haben. Ich werde Euch führen und Euch alles zeigen, was Ihr sehen wollt.«

Matuc nahm die Hand, umfasste sie mit seinen beiden Händen und drückte sie an seine Brust. »Ich verspreche Euch, ich werde immer für Euch da sein.« Sie neigte den Kopf. »Und gemeinsam werden wir unser Ziel erreichen. Wohin fahren wir eigentlich?«

»Ihr macht mir Spaß. Immer noch in Richtung Granburg«, antwortete sie. »Ich dachte, wir sollten uns etwas ausruhen, bevor wir uns an die Verfolgung des Gouverneurs machen.«

Der Mönch sank zurück und grübelte eine Weile. »Ja, es ist besser so. In der Zeit können wir uns auch eine Ausrede für unseren Ritter Aufbraus überlegen, wenn wir unverrichteter Dinge aus der Stadt abziehen und weiterreisen. Wohin mag der Gouverneur gereist sein?«

»Wir werden es in Granburg erfahren.« Belkala schaute in die Gegend. »Es sieht hübsch aus, mit dem vielen Schnee auf den Bäumen und dem Land. Wie ein kalter Zuckerguss.«

»Oder ein weißes Leichentuch«, meinte der Ulldraelmönch lakonisch.

»Was für ein böser Vergleich.« Die hübsche Kensustrianerin schüttelte den Kopf. »Ich finde es sehr bezaubernd. In Kensustria haben wir nie Schnee.«

»Wer in den Wintern Tarpols nicht vorgesorgt hat, stirbt. Es trifft oft unvorsichtige Wanderer oder arme Bauern, die die kalten Monate nicht überstehen. Deshalb der Vergleich mit dem Leichentuch«, erklärte er ihr. »Die Unglücklichen werden erst wieder im Frühling gefunden, wenn sie nicht vorher von Tieren oder Ungeheuern gefressen werden.«

Die Pferde kämpften sich einen kleinen Hügel hinauf, der Schlitten wurde etwas langsamer, bis sie auf der Kuppe angekommen waren.

In weiter Entfernung sah man nun die Provinzhauptstadt, umgeben von einer starken Mauer, die allen Angriffen trotzen konnte, sollten Sumpfbestien einen Aufstand wagen, wie einst vor vielen Hundert Jahren. Bindfadendicke Rauchsäulen stiegen aus den Kaminen der klein wirkenden Häuser, und inmitten des Gewirrs aus Gassen, Sträßchen und Wegen erhob sich ein klobiges, kastenförmiges Gebäude, das alle anderen überragte.

»Das muss der Gouverneurspalast sein«, schätzte Matuc.

»Und wir werden schon bald in einem der Gasthäuser sitzen und uns die kalten Knochen wärmen«, sagte die Frau und warf sich die Kapuze über den Kopf. Tief zog sie den Stoff ins Gesicht, um sich vor dem Wind zu schützen, der auf dem Hügel besonders frisch wehte.

Der Tross trabte die Anhöhe hinunter und näherte sich einem kleinen Wäldchen, durch das der Weg verlief. Der Mönch wunderte sich, dass die Strecke noch so häufig genutzt wurde, zeigten sich doch Hufspuren etlicher Pferde im aufgewühlten Weiß.

Sie befanden sich bereits einige Meter zwischen den schneebedeckten Nadelbäumen, als Nerestro den Zug anhalten ließ.

Vor ihnen liefen drei herrenlose Pferde auf dem Weg, am Boden lagen die dazugehörigen Reiter, gespickt mit mehreren Pfeilen. Um sie herum färbte sich die schmale Straße rot.

Der Ordensritter packte seinen Schild fester und bedeutete dreien seiner Kämpfer, nach den Männern zu sehen. Vorsichtig und nach allen Seiten Ausschau haltend, ritten sie nach vorne und umringten die Toten. Im Wald war es absolut still, nur der Wind rauschte durch die Wipfel.

»Was hat das zu bedeuten?«, flüsterte Belkala dem Mönch zu. »Räuber?«

Matuc zuckte mit den Schultern. »Es könnten Sumpfbestien gewesen sein. Der Winter wird sie aus den Sümpfen jagen, wenn sie Hunger haben und Ausschau nach Essen halten.« Ihm kam die Sache sehr mysteriös vor. Auch der Ritter wirkte mehr als angespannt.

»Einer von ihnen lebt, Herr.« Der erste der drei stieg ab und kniete sich neben dem schwer Verwundeten hin, auch die anderen beiden saßen nun ab. Der Unbekannte versuchte zu sprechen und griff zitternd nach dem Aufschlag des Pelzmantels.

Etwas zischte durch die Luft und bohrte sich in den Nacken des zuletzt reitenden Knappen, der nach dem

Treffer ohne einen Laut nach vorne aus dem Sattel stürzte. Dann folgte ein Schauer von Armbrustbolzen, der weitere fünf Männer das Leben kostete.

Nerestro brüllte einen Befehl und galoppierte zum Schlitten, während der Rest seiner Leute ihre Waffen zogen. Plötzlich brachen dreißig Angreifer aus dem Wald und attackierten den Schluss des Trosses, wo die leichter Gerüsteten saßen.

Matuc zog den Dolch und kauerte sich zusammen mit Belkala auf den Boden des Schlittens, damit sie nicht von umherfliegenden Bolzen getroffen wurden.

Um sie herum begann ein blutiger Kampf.

Ruidin lag auf dem Weg und tat weiterhin, als wäre er verletzt. Nach dem Angriff seiner Leute aus dem Hinterhalt kümmerten sich die drei schwer gepanzerten Männer nicht mehr um die vermeintlich Verwundeten und wollten in die Sättel steigen, um einzugreifen. Schafften sie das, würden sie mit ihrer überlegenen Ausrüstung durch den Kampf reiten, wie Steine durch ein Feld rollen, und alles zermalmen, was ihnen im Weg stand. Es wurde Zeit, dass er eingriff.

»Jetzt!«, zischte er, und die beiden anderen an seiner Seite sprangen mit ihm auf.

Zielsicher stießen seine Begleiter mit ihren Dolchen von hinten in die Gelenkteile der Rüstungen, die Schwachstelle der metallenen Schützung.

Ruidin jagte seinem Gegner die schmale Klinge unterhalb des Ohres bis um Heft in den Hals, drehte die Schneide etwas und zog sich sofort zurück, um sich aus der Reichweite des Schwertes zu bringen, sollte der Mann die Attacke überlebt haben.

Doch er hatte gut gezielt. Nach einem Lidschlag brach der Mann scheppernd zusammen und lag zuckend im Schnee.

Der Anführer der Söldner wandte sich um, um zu

sehen, wie der Kampf der anderen beiden stand, und musste feststellen, dass nur einem der heimtückische Angriff geglückt war. Der stand dem offensichtlich nur verletzten dritten Ritter gegenüber, der zuerst den zweiten Mann getötet hatte und ihn mit Hieben immer weiter zurückdrängte.

Der überraschte Söldner verlor den Stand, rutschte weg und konnte dem nächsten Schlag nicht mehr ausweichen. Tief fraß sich der Stahl durch die leichte Panzerung und trennte den Arm zur Hälfte aus dem Gelenk.

Schreiend fiel der Getroffene hin, während sich der Ritter Ruidin zuwandte.

Der Söldnerführer unterlief den kommenden Schlag und stach zwei Mal mit dem Dolch in die weniger gepanzerte Stelle unter der rechten Achsel. Sofort schoss Blut in Sturzbächen aus der Wunde.

Ruidin grinste böse und rannte zum Schlitten. Er müsste sich nicht mehr um den Mann kümmern, er würde innerhalb kurzer Zeit verbluten.

Im Laufen zog er sein Jagdhorn und gab das Signal für den zweiten Trupp.

Die Leibwache des Gouverneurs verteidigte sich wie ein wütender Kullak, und trotz der anfänglich beigebrachten Verluste hatten sich die Reihen der Verteidiger nicht wesentlich gelichtet. Ganz im Gegensatz zu seinen Männern. Von der ersten Welle standen nur noch zehn Angreifer.

Aber die Verstärkung donnerte bereits von vorne heran und stürzte sich auf die Wachen, die um den Schlitten standen und alles mit den Schilden abwehrten, was in ihre Richtung kam.

Ruidin sah, dass er auf direktem Weg nicht zum Gefährt des Gouverneurs gelangte. Also nahm er Anlauf, warf sich in den Schnee und rutschte unter den nervösen Pferden durch, um unter dem Kutschbock zu landen. Zwei schnelle Griffe, ein Ruck und er befand sich neben dem überraschten Kutscher, den er mit einem gezielten Stich ins Auge tötete.

Noch hatte ihn keiner bemerkt, die Wachen standen mit dem Rücken zu ihm und wehrten seine Söldner ab, die immer weniger wurden. Wer auch immer diese Kämpfer ausgebildet hatte, sie waren zu gut.

Mit einem kurzen Sprung beförderte er sich in den offenen Schlitten und zerrte die ihm nächste Gestalt auf die Beine, den Dolch hielt er stoßbereit in der Hand.

Vor ihm stand ein älterer Mann, der mit einem kleinen Messer äußerst unsicher nach ihm stach.

Elegant wich Ruidin zur Seite aus und rammte dem Mann den Ellbogen ins Gesicht. Klirrend fiel dessen Waffe auf den Holzboden.

»Lass mich zum Gouverneur!«, schrie er ihn an, packte ihn am Kragen und setzte ihm den Dolch an den Hals.

Hinter dem vor Schreck erstarrten Mann tauchte eine junge Frau mit dunkelgrünen Haaren auf und schlug ihm so schnell ihre Faust auf die Nase, dass er nichts mehr tun konnte.

Ruidin schossen die Tränen in die Augen, er taumelte einen Schritt zurück. Aus den Augenwinkeln bemerkte er, dass es einem weiteren seiner Söldner gelungen war, sich einen Weg in den offenen Schlitten zu erkämpfen. Er stand im Rücken der Frau.

»Nerestro! Hilfe!«, schrie sie. »Sie sind auf dem Schlitten!«

Der eindrucksvollste der Ritter wirbelte mit seinem Pferd herum und nahm brüllend Kurs auf das Gefährt, in seiner Hand glänzte eine blutverschmierte aldoreelische Klinge.

Vor Ruidin erhob sich wieder der ältere Mann und fuchtelte mit dem Messer. »Zurück! Hier gibt es keinen Gouverneur. Wir sind …«

»Los!«, befahl er seinem Untergebenen und sprang vor, auf die Kehle des Gegenübers zielend.

Nerestro hörte Belkalas verzweifelte Stimme durch den dröhnenden Kampflärm und wendete das Pferd auf der Hinterhand.

Zwei der Angreifer hatten es irgendwie geschafft, den Verteidigungswall aus Leibern und Schilden zu überwinden. Die Kensustrianerin bemerkte den Mann hinter sich anscheinend nicht, sondern machte sich bereit, dem Mönch beizustehen, der seinem Gegner wie ein kleines Kind gegenüberstand und hilflos mit einem Dolch fuchtelte.

Brüllend stieß der Ritter seinem Tier die Sporen in die Flanken und setzte zu einem kurzen Galopp an, um der Attacke zuvorzukommen.

Voller Entsetzen sah er, wie sich der Angreifer hinter der Priesterin ebenfalls bereit machte.

Schlagartig wurde ihm bewusst, dass er beiden gleichzeitig nicht helfen konnte.

»Angor!«, schrie er verzweifelt und holte zu einem gewaltigen Schlag aus.

Groß und übermächtig erschien der Ritter seitlich des Schlittens, das Schwert durchschnitt pfeifend die Luft und traf den Mann vor Matuc in der Vorwärtsbewegung.

Wieder glitt die aldoreelische Klinge durch Sehnen, Muskeln und Knochen, als bestünde ein Mensch aus Papier. Selbst die Rüstung hielt die Schneide nicht auf, gehärtetes Leder, Schnallen und Riemen boten kein Hindernis und wurden ebenso zerteilt wie der Oberkörper des bärtigen Angreifers, den sie schützen sollten.

Dann hörte Matuc hinter sich den qualvollen Schrei Belkalas.

Sofort wirbelte er herum und fing die stürzende Kensustrianerin auf. Mit dem Gesicht nach vorne fiel sie gegen ihn und warf ihn um. Dadurch ging der zweite Stoß des anderen Feindes knapp an der Schulter des Mönchs vorbei.

Zu einer weiteren Attacke kam der Mann nicht mehr, ein Armbrustbolzen in die Brust machte seinem Leben ein Ende. Stöhnend sank er nach hinten.

»Belkala«, keuchte Matuc entsetzt. »Ist alles in Ordnung?«

Die Priesterin stützte sich ein wenig auf und lächelte schwach. »Ich glaube nicht.«

Ein dünner Blutfaden sickerte aus ihrem Mundwinkel, gefolgt von einem gewaltigen Schwall Rot, der sich auf seine Brust ergoss.

»Ulldrael der Gerechte, nein!« Panisch legte er den Kopf der Frau in seinen Schoß und fuhr ihr beruhigend über das Haar. »Halte durch, Belkala. Es wird dir gleich jemand helfen.« Seine andere Hand, mit der er sie auf dem Rücken berührt hatte, war voller dunklem Blut. Herzblut.

Matuc sah sich gehetzt um, erblickte aber nur schreiende, fluchende Männer, die um ihr eigenes Leben kämpften. Selbst Nerestro musste sich wieder gegen Angreifer zur Wehr setzen.

Keiner von seinen Begleitern war in der Lage, dem Mönch und der Verletzten behilflich zu sein.

Matuc spürte diese völlige Machtlosigkeit, die er damals beim sterbenden Visionär Karadc empfunden hatte. Erinnerungen und neue Verzweiflung mischten sich, Tränen liefen ihm die Wangen hinab und tropften auf das Gesicht der Frau, in dem sich ihre Schmerzen widerspiegelten.

»Ulldrael, nicht schon wieder!«, rief er. »Ich will nicht noch einmal jemanden in meinen Armen sterben lassen.«

Die Priesterin fuhr ihm über die Wange. »Ich werde

es nicht schaffen, Matuc. Denkt an die Aufgabe, die auf Euch wartet.«

»Ich gebe einen Dreck auf meine Aufgabe«, rief der Mönch wütend und schaute in den Himmel. »Ulldrael, tu etwas! Tu etwas, wenn dir etwas am Schicksal des Kontinents liegt.«

Belkala schloss für einen Moment die Augen und sammelte ihre letzten Kräfte. Matuc glaubte zunächst, sie sei tot. Dann blickte sie ihn wieder an.

»Ich möchte, dass du mich hier beerdigst. Merke dir: ein drei Fuß tiefes Grab, eine Lage Steine oben drauf.« Sie drückte ihm einen Gegenstand in die Hand. »Dieses Amulett zerbrichst du und legst die Teile auf das Kopfende. Es wird Lakastra zeigen, wo eine seiner Gläubigen liegt. Er wird kommen und sich meiner annehmen.« Ihre bernsteinfarbenen Augen schienen kurz aufzuglühen. »Versprich es mir, Matuc.«

Der Mann kämpfte gegen einen Weinkrampf an. »Ich … ich will nicht, dass du stirbst. Wir brauchen dich, um unsere Aufgabe zu erfüllen.« Er drückte ihre Hand. »Ich brauche dich. Ich lasse nicht zu, dass ….

Das Leuchten ihrer Augen wurde intensiver. »Versprich es mir. Ich flehe dich an!«

Matuc nickte zögerlich.

Das Bernstein ihrer Augen flackerte, wurde schwächer und schwächer, bis es schließlich ganz erlosch. Langsam entspannte sich der Körper der Kensustrianerin.

»Belkala?« Vorsichtig tastete der Mönch an ihrem Hals nach der Lebensader. Er spürte nichts. Schnell legte er den Kopf an ihre Brust, aber auch das Herz schwieg. Kein Klopfen, keine Atmung.

»Nein«, flüsterte er, »nein.« Matuc drückte die leblose Frau an sich. »Ich wärme dich, bis die anderen Zeit haben, nach dir zu sehen. Du wirst sehen, es ist nur eine kleine Verletzung.« Langsam wiegte er die Priesterin hin und her. »Nur eine kleine Verletzung, Belkala. Du hast schon Schlimmeres überstanden. Die Erkältung war viel gefährlicher als der Kratzer.«

Leise summte er ein Lied und bemerkte nicht, dass der Kampflärm um ihn herum immer leiser wurde. Die Angreifer waren besiegt oder in die Flucht geschlagen.

»Sie ist tot«, sagte die belegte Stimme des Ritters in seinem Rücken.

»Nein, ist sie nicht. Wir müssen sofort einen Cerêler finden. Sie ruht sich nur aus. Und seid gefälligst etwas leiser, sonst weckt Ihr sie auf«, antwortete Matuc sanft und legte sie auf die Polster des Schlittens. Behutsam deckte er sie zu.

»Mönch, sie ist tot«, wiederholte Nerestro, diesmal energischer.

Wütend drehte sich der Ulldrael-Gläubige um. »Nein!«, schrie er ihn an. »Ist sie nicht!« Unbewusst hob er die Fäuste.

»Du siehst das Blut auf dem Boden?« Der Kämpfer deutete mit dem Schwert auf die Lache und das Rot, das nun von der Bank auf das Holz tropfte. »Sie ist tot. Sie atmet nicht mehr.«

»Und du bist schuld!« Matuc holte aus und schlug nach dem Ritter. »Du hast sie nicht beschützt, obwohl du konntest! Ich habe es genau gesehen!« Voller Hass, der ihn blind für die Überlegenheit seines Gegners machte, stürzte er sich auf Nerestro.

Der Ritter wich einen Schritt zur Seite und schlug dem Mönch die geballte Faust mitten ins Gesicht.

Halb besinnungslos stürzte der Mann in den Schnee und sah auf die Spitze der aldoreelischen Klinge, die auf seine Kehle zielte und nur eine Handbreit entfernt war.

»Du, Bruder Rotwein, hast sie getötet.« Breitbeinig stand Nerestro über dem Liegenden. »Du und dein verdammter Auftrag. Sie wäre noch am Leben, wenn ich dich nicht hätte beschützen müssen, wie es mir aufgetragen wurde.« Er zog das Schwert auf die Seite und beugte sich hinunter, bis der Mönch seinen Atem spüren konnte. »Ich würde dich am liebsten töten, Mönch. Jetzt und hier.« Voller Abscheu und Feindseligkeit verzog sich das Gesicht des Ritters zu einer Fratze. Er packte Matuc bei den Aufschlägen und riss ihn in die Höhe. »Aber ich darf nicht.« Abrupt ließ er ihn los und drehte sich um. »Nicht eher, bis du deinen Auftrag erfüllt hast.«

Matuc schluckte. Langsam kehrten seine klaren Gedanken zurück.

Mit beiden Händen fuhr er sich durch das Gesicht und bemerkte erst danach, dass noch immer das dunkle Blut Belkalas an den Fingern haftete.

Hass stieg in ihm hoch, während er seine Handflächen betrachtete. Hass gegen den Ritter, Hass gegen seinen Auftrag, gegen den Gouverneur und nicht zuletzt gegen seinen Gott, der das alles von ihm verlangte.

Und gegen sich selbst. Der Ritter hatte Recht mit dem, was er eben gesagt hatte. *Ohne mich würde Belkala noch leben.* Er fasste einen Entschluss.

»Nerestro«, sagte er halblaut. Der Ritter blieb stehen und sah über die Schulter. »Wenn ich alles erledigt habe, möchte ich, dass Ihr mich tatsächlich umbringt.«

Der Ordenskrieger nickte. »Ich nehme dich beim Wort. Verlass dich darauf.« Schweigend ging er zum Schlitten und küsste die Stirn der Toten.

Eine Stunde später legten Nerestro und Matuc die Kensustrianerin in ihr Grab.

Genau nach der Anleitung der Frau hatten sie die Grube ausgehoben, die gefrorene Erde zuerst mit einem großen Feuer aufgetaut und den noch feuchten, heißen Sand mit bloßen Händen zur Seite geworfen.

Stumm standen die Männer um die Ruhestätte und

sahen auf die hübsche Frau, die sie bis jetzt auf ihrem Zug durch Tarpol begleitet hatte.

Matuc hoffte bis zuletzt auf ein Wunder. Es war ihm dabei gleichgültig, welcher Gott die Priesterin zurück ins Leben rief, egal ob Lakastra, Ulldrael oder Angor. Doch keiner der drei schien willens zu sein, das Geschehene ungeschehen zu machen.

Der Mönch zuckte zusammen, als Nerestro begann, die Erde über der Toten aufzuhäufen.

»Nein, nicht. Vielleicht …«, begann er, verstummte aber, als er den Blick des Ritters sah. »Verzeiht. Ich wollte nur …« Ein tiefer Seufzer drang aus seiner Brust, dann half er Nerestro bei der Arbeit.

Bald war ihr Körper vollständig von Erde bedeckt. Die Knappen türmten die in der Zwischenzeit gesammelten Steine auf das Grab.

Als sie fertig waren, schritt Matuc zum Kopfende und zerbrach fast andächtig das augengroße Amulett, das aus einer unbekannten, porösen Legierung bestand. Es zeigte merkwürdige Symbole und vermutlich kensustrianische Schriftzeichen, die er nicht verstand. Er hoffte inständig, dass Lakastra seine Dienerin finden würde.

Vorsichtig platzierte er die Hälften. *Ich weiß nichts über ihr Leben nach dem Tod,* kam es ihm. *Ich weiß gar nichts.*

Nerestro kniete am anderen Ende, die Schwertspitze in den Boden gerammt, die Augen geschlossen. Seine Lippen bewegten sich in lautlosem Gebet.

Danach stand er auf, schickte Matuc einen anklagenden Blick hinüber und wandte sich den Ruhestätten seiner gefallenen Ritter zu. Auch dort betete er, diesmal laut und weithin hörbar. Es war ein Lobrede auf ihre Tapferkeit, ihren Mut und ihre Entschlossenheit.

»Angor, auch wenn sie nicht in einem ehrenvollen Kampf starben«, endete er, »so starben sie in deinem

Namen und auf dein Geheiß. Nimm sie gnädig in die Reihen der Ehrenwerten auf und gewähre ihnen all das, was auch dem tapfersten Turnierkrieger gebührt. Wir werden sie niemals vergessen. Niemals.« Der Tross machte sich abreisefertig, Nerestro schwang sich in den Sattel.

Zärtlich fuhr Matuc über die Amulettstücke. Schnell wischte er sich eine Träne weg, küsste seine Fingerspitzen und legte sie auf das Metall.

»Ich bringe die Sache das nächste Mal zu einem endgültigen Abschluss. Das verspreche ich dir, hörst du? Der Tadc wird sterben.« Nachdenklich betrachtete er die Symbole. »Und danach sterbe ich.«

»Komm«, rief der Ordenskrieger. »Wir haben genug Zeit verloren.«

»Ja, sofort.« Der Mönch nickte und ging langsam zum Schlitten. Die Reisegruppe setzte sich in Bewegung und galoppierte in Richtung Provinzhauptstadt.

Zurück blieben neun Gräber, auf die sich frischer Schnee, der in dicken, grauen Flocken aus dem Himmel fiel, senkte.

Wie ein weißes Leichentuch. Matuc erinnerte sich an seinen Vergleich noch vor wenigen Stunden.

**Ulldart, Königreich Tarpol, Provinz Ulsar,
Hauptstadt Ulsar, Winter 442/443 n. S.**

Die Reise von Lodrik, Stoiko und Waljakov war ohne weitere Schwierigkeiten verlaufen. Die restlichen Warst hatten sie dank eines schnellen Schiffs auf dem breiten Strom Repol zurückgelegt, dessen Ufer sich für einen unbedarften Betrachter mehr und mehr in brüchiges Milchglas verwandelten. Nur in ganz besonders harten, grimmigen Wintern geschah es, dass der Repol vollständig zufror, ansonsten war er zu breit, als dass die üblichen kalten Temperaturen sein Wasser erstarren ließen.

Unterwegs nutzte Lodrik die Zeit an Bord, um sich wieder mit dem Hofzeremoniell vertraut zu machen, und bewies, jedenfalls nach Ansicht seiner beiden Vertrauten, nun eine Anmut in den Bewegungen, die er vorher nicht an den Tag gelegt hatte.

Lodrik übte Verbeugungen, Handzeichen mit und ohne Taschentuch, kleine und große Gesten, Huldvolles und Abwertendes, bis ihm der Rücken wehtat und die Taschentücher zum Wedeln ausgingen. Es dauerte eine Weile, bis er sich an das ständige Tragen der leidigen Perücke gewöhnt hatte, danach funktionierte es wieder sehr gut. Er zog sie nicht mit herunter, wenn er den Hut lüpfte.

Umso mehr genoss er als Ausgleich die täglichen Fechtstunden mit seinem kahlen Lehrer, der zum Leidwesen des jungen Mannes immer wieder neue Fehler in Angriff und Verteidigung fand, auf die er gnadenlos hinwies, und den Tadc nicht eher ruhen ließ, bis es sich gebessert hatte. »Feinschliff« pflegte Waljakov das zu nennen.

Noch immer reisten sie unerkannt durch das Königreich. Weder als Gouverneur Vasja noch als Tadc und zukünftiger Kabcar gab sich der Thronfolger seinen Untertanen, die unterwegs dem Tross begegneten, zu erkennen. Sie alle empfanden es als besser, wenn die Rückkehr erst dann bekannt wurde, wenn ausreichend Sicherheitsvorkehrungen zum Schutz Lodriks getroffen waren. Auf der Reise trugen sie weiterhin teure, aber nicht sehr aufwändig gearbeitete Kleider, die sie als besser Situierte auswiesen. Die Gouverneursuniform lag zusammengefaltet in einem der unzähligen Koffer.

Mehr und mehr änderte sich die Landschaft. Es

tauchten vor allem größere Dörfer auf, unberührte Weiten oder stille Wälder kamen nicht mehr vor. Die Abgeschiedenheit und Einsamkeit, wie sie Lodrik aus Granburg kannte, verflog innerhalb der letzten Reisewoche gänzlich. Spätestens beim Anblick der mächtigen Mauern von Ulsar, der Königsstadt, wusste der Tadc, dass die Stunde der Verantwortung unmittelbar bevorstand.

»Das große Problem, das ich sehe, wird sein, glaubhaft zu zeigen, dass wir den Tarpolern wirklich ihren TrasTadc zurückbringen«, meinte Stoiko nachdenklich, während der Schlitten auf des Haupttor zuhielt. »Man könnte glauben, es sei ein anderer Mensch, der da aus den Tiefen Granburgs zurückkehrt.«

»Ach was. Äußerlich mag ich mich zwar sehr zu meinem Vorteil verändert haben, aber im Großen und Ganzen bin ich der gleiche geblieben. Nur etwas erfahrener«, widersprach der Thronfolger und winkte ab.

Stoiko ordnete seinen Schnauzer und musterte seinen Schützling, der sich im letzten Jahr ganz erstaunlich entwickelt hatte. Die blauen Augen wirkten nun jederzeit hellwach, mit Verschwinden der Leibesfülle bekam auch das Gesicht eine neue Kontur, zusätzlich hervorgehoben durch den gleichmäßig wachsenden, blonden Bart, den er kurz getrimmt trug. An Stelle von Fett saßen nun Muskeln an seinem Körper, nur noch wenig von den breiten Fettwülsten um Hüfte und Bauch war übrig geblieben, was ein guter Schneider, eine Bauchbinde und ein aufrechter Gang mit Leichtigkeit vergessen ließen.

Schneider! zuckte es dem Vertrauten siedend heiß durch den Kopf. »Bei Ulldrael!«, entfuhr es ihm erschrocken. »Ich habe völlig vergessen, dass Euch nicht ein einziges Kleidungsstück mehr passen wird!«

Auch Lodrik machte ein verblüfftes Gesicht. »Daran habe ich auch nicht mehr gedacht. Na, bis zu den Zeremonien ist es noch ein wenig hin, die Beerdigung meines Vaters werde ich übermorgen notfalls in einer Rüstung abhalten, wenn es nicht anders geht. Ich will die Dinge so schnell wie möglich regeln.«

Mit Unbehagen dachte er an die alarmierenden Meldungen aus Hustraban und Borasgotan, die vor seiner Abreise in Granburg bekannt wurden und sich seitdem nicht verändert hatten, wie er vermutete.

Borasgotan sammelte nach wie vor Männer, um sie angeblich zu »Scharmützeleinheiten« ausbilden zu lassen, Hustraban dagegen wiederholte schriftlich seine Forderung nach der Beteiligung am Abbau des kostbaren Iurdums in der befreundeten Baronie Kostromo. Wenn dieser unverschämte Wisch nicht bald in der passenden Weise beantwortet würde, könnte sich das andere Königreich obenauf fühlen.

Überhaupt fürchtete Lodrik, dass nach dem Ableben seines Vaters einige unter Steinen hervorgekrochen kämen, die besser von den Brocken erschlagen worden wären. Und die sichere Geheimhaltung des Todes des Herrschers von Tarpol war ein Ding der Unmöglichkeit. Entweder sorgten gesprächige Diener oder Spione dafür, dass die Nachricht schnell die Runde machte.

Außerdem wäre die zu lange Abwesenheit des Kabcar bei Audienzen und Festen aufgefallen. Die Unterrichtung über den geschätzten Zeitpunkt der Totenfeier seines Vaters hatte der junge Mann deshalb noch von Granburg aus mit Brieftauben an die weiterleitenden Stellen in Ulsar geschickt. Von dort aus ergingen die Einladungen an die benachbarten Reiche und Baronien. Der Zeitplan stimmte, der Tross kam rechtzeitig in der Hauptstadt an, die Vorbereitungen müssten bereits begonnen haben.

Tatsächlich wehte am Stadttor das Banner Tarpols und die persönliche Standarte der Bardri¢s auf Halbmast. Ohne weitere Kontrollen wurde die Reisegruppe eingelassen, Reiter und Schlitten steuerten den Festungspalast inmitten Ulsars an.

Weite Straßen, besser gekleidete Menschen, hohe Häuser mit breiten Dächern und eine rege Geschäftigkeit, das war das Ulsar, wie es Lodrik in Erinnerung hatte. Doch im Moment glaubte sich der Thronfolger in einem größeren Granburg zu befinden, wie er es am Tag seiner Ankunft vor mehr als einem Jahr erlebt hatte. Die schlechte Stimmung war förmlich greifbar.

Vorbei ging es am großen Ulldrael-Tempel, an mehr oder weniger teuren Adelsbehausungen, Läden und Geschäftshäusern, die entlang der Prachtstraße lagen, bis endlich der burgähnlich befestigte Palast erschien. Diesmal mussten sie an der Einfahrt anhalten.

»Wir sind Gäste der Totenfeier«, log Lodrik und reichte dem Hauptmann das selbst geschriebene Dokument, das auf den Gouverneur von Granburg ausgestellt war. »Wohin müssen wir uns wenden?«

Der Soldat salutierte, nachdem er das Papier gelesen hatte, und deutete die schneebedeckte Allee hinunter. »Bis zum Palast, Exzellenz. Danach reitet Ihr links am Eingang vorbei und haltet am Westportal. Dort werden Bedienstete warten, die Euch in Eure Unterkünfte geleiten.«

»Wer ist schon alles angekommen, Hauptmann?«, wollte der vermeintliche Statthalter wissen. »Hoher Besuch?«

»Ich weiß nur, Exzellenz, dass die Botschafter von Tûris und Rundopâl angekommen sind sowie die Vertreter von einzelnen Baronien«, zählte der Mann auf. »Der aldoreelische Botschafter und seine Amtsgenossen aus Hustraban und Borasgotan werden morgen erwartet, soweit ich gehört habe, Exzellenz.«

»Und wo ist der Tadc?«, hakte Stoiko nach. Den bösen Blick seines Schützlings ignorierte er absichtlich. »Ich habe gehört, er wäre verschwunden.«

»Nein, Herr, da seid Ihr falsch informiert. Es stimmt auch nicht, dass der Tadc gestorben ist«, erklärte der

Hauptmann, der bei den Worten aussah, als habe er sie schon sehr oft sagen müssen. »Der Thronfolger ist auf dem Weg nach Ulsar und wird rechtzeitig zur Totenfeier in der Hauptstadt sein.«

»Gestorben? Ich?«, wiederholte Lodrik fassungslos und wechselte mit seinem Vertrauten einen schnellen Blick.

»Nein, nicht Exzellenz«, widersprach der Soldat am Tor. »Der Tadc, angeblich. Ontarianische Kaufleute haben das Gerücht in der Stadt verbreitet, Exzellenz. Und die Bevölkerung ist entsprechend beunruhigt. Aber schert Euch nicht um das Gerede. Wir wissen aus zuverlässiger Quelle, dass er lebt.« Er trat vom Schlitten zurück und salutierte erneut.

Der Tross legte die letzten Meter seiner anstrengenden Reise zurück.

»Ihr solltet den Hauptmann etwas mehr in seiner Auskunftsfreudigkeit bremsen«, meinte Waljakov kurz vor dem Westportal. »Er redet meinem Geschmack nach zu viel über Sachen, mit denen man Gäste beunruhigt.«

»Ich fand es sehr aufschlussreich«, hielt Stoiko dagegen. »Nun seid Ihr auch schon tot, Herr. Was haltet Ihr davon? Wissen die Ontarianer mehr als wir?«

»Gib einem Ontarianer Geld, und er erzählt dir, was du möchtest«, knurrte der Leibwächter. »Ich vermute, einer Eurer Nachbarn setzt sie ein, um an Eurer Macht zu rütteln.«

Der Vertraute nickte. »Und das auch noch frecherweise, bevor Ihr der offizielle Kabcar seid. Das nenne ich fix bei der Sache sein, Herr.«

Die Gruppe hielt am Westportal, stieg aus und schritt die breiten Stufen zum Eingang hinauf. Bedienstete begannen, das Gepäck abzuladen und in das Innere des Palastes zu tragen, wo es in die Gästezimmer verteilt wurde.

Zielsicher schritt Lodrik mit seinen zwanzig Begleitern durch die Marmorgänge, vorbei an Säulen, Statuen und Gemälden, die für den opulenten Schmuck des riesigen Gebäudes sorgten. Es war wie immer, der Reichtum und die Macht der Linie Bardri¢ präsentierten sich in unverhohlenem Glanz. Stuckarbeiten an den Decken, Blattgold an den übermannsgroßen Türrahmen, Kristallleuchter und Öllampen mit graviertem Glas, es roch überall leicht nach Parfüm und Blumen.

Alle paar Meter standen Diener bereit, deren Verwunderung über die gerüstete Gruppe nun unschwer zu erkennen war. Selten marschierten Truppen durch die Korridore, noch seltener Einheiten, die der Kleidung nach nicht der Palastwache angehörten.

Der Tadc kümmerte sich nicht sehr um die staunenden Bediensteten, sondern setzte seinen Weg zum Teezimmer fort. Mit Schwung stieß er die Tür auf, stemmte die Hände in die Hüften und sah sich um.

Oberst Soltoi Mansk stellte die Tasse ab und blickte überrascht von seiner Lektüre auf, eine lose Blattsammlung, deren übrige Papiere auf dem Beistelltisch lagen. Der Kommandant der Königlichen Palastwache musterte zunächst Lodrik, ohne ihn zu erkennen.

Erst als er Stoiko und Waljakov sah, klärte sich seine Miene. Rasch sprang er auf und begrüßte die beiden Männer. Dem Tadc nickte er freundlich-neugierig zu, während er den anderen Sitze zuwies und Tee einschenken ließ.

Die beiden Vertrauten gaben nicht einen Hinweis darauf, dass sie den Thronfolger in ihrer Mitte hatten. Lodrik beschloss abzuwarten und spielte das Spiel mit.

»Mein Gott, was bin ich froh, euch beide wieder zu sehen«, sagte Mansk erleichtert und nahm seine Tasse wieder auf. Noch immer trug er seinen dunkelbraunen Backenbart, die langen Haare waren zu einem Zopf zusammengebunden. Die dunkelgraue Uniform lag eng am kräftigen Körper an. »Seit der Kabcar tot ist, gehen die Dinge hier drunter und drüber. Wo ist der Tadc?«

»Die Nachricht vom Tod des Herrschers geheim zu halten war nicht einfach?«, erkundigte sich Stoiko und nahm sich einen Keks.

Der Oberst schüttelte den Kopf. »Um ehrlich zu sein, es war unmöglich. Die Kunde hatte sich schneller verbreitet als ein Lauffeuer. Und dann kamen vor wenigen Tagen ontarianische Händler in Ulsar an und erzählten, sie hätten vom Ableben des TrasTadc gehört. Ulldrael möge sie verwünschen.«

Lodrik grinste breit, langte nach einem Gebäckstück und schob es sich auf einen Schlag in den Mund. »Keine Sorge, der Tadc ist in Sicherheit. So sicher, als säße er direkt neben Euch.«

Mansk kniff die Augen zusammen. »Verzeiht, kenne ich Euch nicht von irgendwo her? Gewiss seid Ihr aus Granburg, aber irgendwie ...« Hilfe suchend sah er den Vertrauten an. »Das Kauen des jungen Mannes kommt mir ... bekannt vor.« Er sah dem Tadc ins Gesicht und überlegte.

»Was lest Ihr da, Oberst?«, wollte Stoiko wissen. Waljakov schaute ausdruckslos an die Wand und konzentrierte sich auf ein Bild, um nicht in Gelächter auszubrechen.

»Das sind ein paar Notizen, die der Kabcar hinterlassen hat. Das Testament, sozusagen, mir diktiert und zur Ausführung beauftragt«, gab er zur Antwort. »Ihr habt also Besuch aus der Provinz mitgebracht, wie ich sehe. Ein lautstarker Auftritt, den Ihr da vorhin geliefert habt. Mit wem habe ich das Vergnügen?«

Stoikos Schnurrbart zitterte verdächtig. »Oh, wie unhöflich von mir. Was bin ich doch für ein miserabler Mensch. Wie konnte ich nur vergessen, Euch den mächtigsten Mann Granburgs vorzustellen.« Der Vertraute verging in gespieltem Schuldbewusstsein und schüttelte in Selbsttadel den Kopf. »Ich präsentiere Euch, Oberst Mansk, den Königlichen Statthalter, Gouverneur Pujur Vasja.«

Lodrik neigte huldvoll den Kopf und streckte dem Soldaten die Hand hin. »Es freut mich, Eure Bekanntschaft zu machen.«

»Ganz meinerseits, Exzellenz«, gab der Kommandant zurück und stutzte. »Moment mal, Gijuschka. Wollt Ihr mich an der Nase herumführen? Ich dachte, der Tadc sollte ...«

Stoiko lehnte sich vor. »Ganz recht, Oberst. Der Tadc sollte ...«, imitierte er den Soldaten.

»Aber dann wäre doch er«, Mansk deutete langsam auf den jungen Mann, »der Thronfolger?« Alle drei anderen nickten.

Der Kommandant schluckte. »O weh, verdammt«, fluchte er leise, stellte die Tasse ab und sprang salutierend auf.

Jetzt gab es kein Halten mehr, die anderen drei lachten laut los. Es dauerte eine ganze Weile, bis sie sich wieder beruhigt und von ihrer Heiterkeit erholt hatten.

Mansk stand derweil stocksteif im Raum, die Hand zum Gruß am Kopf, und regte sich nicht, bis Lodrik ihm immer noch lachend bedeutete, Platz zu nehmen.

»Nehmt es mir nicht übel, Oberst«, entschuldigte sich der Tadc. »Aber es war einfach zu verlockend. Dass Ihr mich nicht erkannt habt, wundert mich schon.«

»Es tut mir Leid, Hoheit hat sich so zu seinem Vorteil verändert, dass es für alle, die Ihn lange nicht mehr gesehen haben, schwer sein wird, den Lodrik zu erkennen, der den Hof verließ.« Der Kommandant kratzte sich am Bart. »Mir scheint, Granburg hat Hoheit gut getan.«

»Ich stehe wirklich in Eurer Schuld«, nickte Lodrik. »Ohne den Rat, den Ihr damals meinem Vater gegeben habt, wäre ich heute immer noch der Keksprinz. Zugegeben, ich bin immer noch nicht das erfahrene Oberhaupt, wie es der verstorbene Kabcar war, aber ich arbeite hart daran. Diese Provinz war eine gute Schule.«

»Wir haben alle von den Machenschaften der Adligen dort gehört. Und von dem Aufstand, den Hoheit niedergeschlagen hat.« Mansk wirkte noch immer wie vom Donner gerührt. »Wer hätte das gedacht. Verzeiht, Hoheit, aber ich kann die Veränderung immer noch nicht fassen. Hoheit sieht kräftig aus. Und die Augen leuchten so blau wie das Meer.«

»Ich mische mich nur ungern ein«, unterbrach Stoiko und tippte auf die Blätter. »Wäre es nicht an der Zeit, das Testament des Kabcar zu verlesen? Oder soll ich es machen?«

Das Gesicht des Soldaten schien bei diesem Angebot erleichtert. »Danke, ein sehr guter Vorschlag, Gijuschka.« Schnell reichte er ihm die Dokumente und lehnte sich zurück.

»Könnt Ihr nicht lesen, oder gibt es einen anderen Grund, weshalb Ihr nicht vortragen wollt, was der Regent Euch diktiert hat?« Misstrauisch hielt der Vertraute die Papiere vor dem Körper. »Etwa unschöne Verfügungen? War er schon umnachtet, als er es geschrieben hat?«

»Nein, nein«, wehrte der Oberst ab. »Lest selbst. Ich hoffe, Hoheit hat noch keine Frau für's Leben in der Provinz gefunden?«

Stoiko kam ein schrecklicher Gedanke. *Sollte Miklanowo mit seiner Äußerung damals beim Empfang Recht behalten?*

Lodrik dagegen ahnte nichts, sondern legte nur die Stirn in Falten.

»Ich lese es einfach mal vor«, eröffnete Stoiko, strich sich über den Schnauzer und begann. »Hiermit erlasse ich, blablabla«, übersprang er die offiziellen Formeln, »im Vollbesitz meiner geistigen Kräfte, blablabla …

Aha, hier kommt das Wichtige. Also: Die Regentschaft geht in der Linie der Bardri¢s weiter voran. Hiermit übertrage ich alle Regierungsgeschäfte und die Obhut über meine Untertanen in die Hand meines Sohnes Lodrik. Er wird mit Zeitpunkt der Krönung und der Salbung durch einen Oberen des Ordens von Ulldrael der einzig offizielle Nachfolger auf dem Thron Tarpols sein.«

Stoiko überflog die nächste Seite, während Waljakov seinem jungen Schützling einen aufmunternden Blick schenkte.

»Na, das klingt doch sehr gut«, freute sich Lodrik. »Ich sehe, mein Vater hat gewusst, dass ich als besserer Herrscher zurückkehre.«

»Moment, Herr, es geht noch weiter«, warf der Vertraute ein. »Und das hier wird Euch nicht gefallen. Hier steht: Außerdem verfüge ich, Grengor Bardri¢, Kabcar von Tarpol, dass mein Sohn Lodrik zum Schutz der durch die Entwicklung der Geschichte mehr als befreundeten Baronie Kostromo einen wichtigen Schritt in der Beziehung beider Herrschaftsreiche zu tun hat.« Er hielt kurz inne. »Wird mein Sohn tatsächlich der neue Herrscher Tarpols, wird er zur Festigung des Verhältnisses und als Zeichen für die nach Iurdum lechzenden, gierigen Nachbarreiche meine Nichte, die jetzige Vasruca Aljascha Radka Bardri¢, innerhalb eines halben Jahres nach der Inthronisation ehelichen. Ein männlicher Sprössling ist so schnell wie möglich Pflicht.«

»Niemals!«, rief Lodrik. Die blauen Augen schienen aufzuglühen. »Was hat er sich dabei gedacht? Diese Schreckschraube, diese Ausgeburt an Hinterhältigkeit, dieses Ungeheuer von Weib will ich nicht mehr sehen, geschweige denn heiraten.«

»Gemach, Herr, gemach«, beruhigte ihn der Leibwächter. »Ihr seid demnächst Kabcar, wer will Euch dann noch Vorschriften machen? Der Tote etwa?«

»Rede nicht so vom Kabcar von Tarpol, Soldat«, wies ihn Mansk scharf zurecht. »Es ist eine Anweisung des Herrschers, die ausgeführt werden muss.«

»Lieber verzichte ich auf den Thron«, entfuhr es dem jungen Mann. Die Hand, die die Teetasse umklammerte, zitterte, die Knöchel waren weiß. »Sie hat mich gedemütigt. Vor allen Granburgern.«

»Natürlich verzichtet Ihr nicht auf den Thron.« Stoiko wedelte mit den Blättern. »Es geht nämlich noch weiter. Es heißt: Weigert sich mein Sohn, meinen Anweisungen Folge zu leisten, verfüge ich, dass Oberst Mansk ihn im Kerker des Palastes einschließt bis zu seinem Tode. Der neue Kabcar soll vom Rat der Brojaken und Adligen gewählt werden.«

Mit lautem Krachen zersprang das Gefäß in der Hand des Tadc, Porzellansplitter flogen umher, der heiße Aufguss lief über den Unterarm. Doch Lodrik kümmerte sich nicht darum. Finster starrte er den Oberst an, sein Kopf senkte sich leicht.

»Ihr gedenkt doch nicht allen Ernstes, diese lächerliche Anordnung in die Tat umzusetzen?«, fragte er leise. Seine Stimme klang tiefer, gefährlicher als sonst.

Waljakov schaute ungläubig auf den Kerzenleuchter, der neben seinem Herrn stand. Für einen kurzen Augenblick dachte er, die Flammen hätten blau gebrannt.

Der Kommandant der Palastwache wand sich in seinem Sessel und versuchte, den meeresfarbenen Augen auszuweichen. Er hatte plötzlich das beängstigende Gefühl, das ihm etwas ganz langsam das Gehirn nach vorne presste und aus der Nase zu drücken versuchte. Schwindel erfasste ihn.

»Ich muss, Hoheit«, krächzte er. Kalter Schweiß lief ihm den Körper hinab.

»Das werden wir sehen.« Lodriks Hand wanderte zum Exekutionssäbel. Seine Fingerspitzen kribbelten unangenehm, und als er das Metall des Griffs berührte, bekam er einen leichten Schlag wie von einem kleinen Zitteraal. Erschrocken zuckte er zurück und sah auf die Waffe.

Das Gefühl in Mansks Kopf ließ augenblicklich nach.

»Wenn wir alle Stillschweigen bewahren, wird von dieser Verfügung niemand erfahren«, schlug Stoiko vor.

Der Oberst tupfte sich die Hautausdünstung von der Stirn. »Es ist ziemlich warm hier drinnen«, sagte er. »Man sollte ein Fenster öffnen, damit …«

»Was haltet Ihr von der Idee, Oberst?« Lodrik betrachtete die Fingerkuppen, an denen nichts Außergewöhnliches zu entdecken war. Vorsichtig schüttelte er sie aus und wartete auf die Antwort des Kommandanten.

»Ach, Hoheit, ich wünschte es wäre so einfach. Hoheit muss mir glauben, dass ich liebend gerne darüber hinwegsehen möchte. Aber der Kabcar hat so etwas vermutet«, seufzte er. »Er hat seine Nichte hereingerufen und sich mit ihr über eine Stunde lang unterhalten. Und nach dem Gesichtsausdruck zu schließen, den sie beim Verlassen des Zimmers hatte, schätze ich, sie weiß, dass sie die zukünftige Frau an der Seite des Kabcar sein wird. Sie trug außerdem eine Pergamentrolle unter dem Arm. Sie wird einen ähnlichen Erlass vom Vater der Hoheit erhalten haben.« Mansk goss sich einen Schnaps ein und stürzte ihn hinunter. Wortlos hielt Stoiko seine Tasse hin, die der Oberst füllte.

»Ich hätte in Granburg bleiben sollen«, murmelte Lodrik, stand auf und ging zum Fenster. In der gleichen Pose, wie sein Vater zu stehen pflegte, blickte er durch das Fenster über die Stadt.

Hat er mich so gehasst, dass er mich zu diesem Schritt zwingen wollte? Noch über den Tod hinaus raubt er mir meine Entscheidungsfreiheit. Eisige Wut stieg in dem jungen Mann auf. *Aber du hast mir zum letzten Mal gesagt, was ich zu tun und lassen habe. Die Adligen und Brojaken werden die Geschicke des Landes nicht lenken. Ich werde Kabcar sein.*

»Oberst Mansk, veranlasst, dass die Trauerfeier und die Beerdigung morgen stattfinden werden.«

»Morgen schon, Hoheit?« Der Kommandant stand auf. »Da werden die Gäste noch nicht alle da sein.«

Der Tadc drehte sich um und lächelte kalt. »Dann werden sie eben Gäste meiner Thronbesteigung werden. Ich werde sie in einer Woche durchführen. Arrangiert alles Notwendige und sagt dem Ulldart-Tempel Bescheid. Sie sollen einen ihrer Oberen für die Salbung schicken.«

Mansk sah die beiden anderen Männer an, die sich aber nicht zu einer Äußerung hinreißen ließen. Lodrik musste wissen, was er tat. Nur zu gut waren ihnen die Ausbrüche in Erinnerung geblieben, wenn man sich in Granburg seinen Weisungen widersetzt hatte.

»Aber, Hoheit. Die anderen Königshäuser Ulldarts müssten eingeladen werden, oder zumindest die Botschafter, die Anreisewege sind langwierig, und die Boten …« Der Oberst war verzweifelt, die Überrumplung deutlich zu sehen.

»Das ist mir, gelinde ausgedrückt, gleichgültig, Oberst. Mein Vater hat mir meine Aufgaben gestellt, ich werde sie so schnell wie möglich erledigen. Und dazu muss er auf den Scheiterhaufen. Ich will kein großes Zeremoniell. Eine kleine Ehrenwache, die üblichen Hofschranzen, ein paar Musikanten, die trauriges Zeug aufspielen, das genügt.« Er verschränkte die Arme auf dem Rücken. »Aber das Feuer des Scheiterhaufens soll in ganz Ulsar zu sehen sein. Ich will ein großes Feuer.«

»Der Vater von Hoheit war ein großer Staatsmann, der einen aufwendigen, festlichen Akt verdient hätte«, gab der Kommandant zu bedenken und bewegte sich zur Tür. »Ich empfehle …«

»Dann bauen wir ihm nachträglich eine Statue, ein Denkmal oder etwas anderes«, schmetterte Lodrik den Einwand barsch ab. »Er muss zum Wohle des Landes weg. Morgen. Und vergesst das Holz nicht. Tränkt es meinetwegen mit Petroleum.«

Mansk salutierte und verschwand.

»Die schnelle Beerdigung ist ein deutliches Signal an die anderen Reiche, dass der neue Kabcar es durchaus ernst mit seinem Vermächtnis meint«, lobte Stoiko. »Ihr wollt die Ouvertüre also mit einem Paukenschlag beginnen, Herr?«

»Ich gedenke, das ganze Stück mit Paukenschlägen zu durchsetzen«, verriet der junge Mann und beobachtete, wie der Tee in den Teppich einzog, wo er braune Spuren hinterließ. »Alles andere als Härte kann von den Nachbarn nur als Schwäche ausgelegt werden, und das möchte ich verhindern. Ich brauche Norina so schnell wie möglich am Hof. Sie soll alles mitbringen, was sie an Verbesserungsvorschlägen zu irgendeiner Zeit notiert hat. Ich werde Tarpol in ein neues Zeitalter führen.«

Waljakov legte die mechanische Hand in der gewohnten Geste an den Säbelgriff. »Dann werden wir uns auf einiges gefasst machen müssen. Ihr werdet Euch in Ulsar mit Euren Veränderungen genauso viele Freunde machen wie in Granburg.«

»Ich habe den besten Leibwächter und einen ehrlichen Vertrauten«, gab sich Lodrik optimistisch und zeigte ein strahlendes Lächeln. »Und mit Norina an meiner Seite …«

»Ihr meint, mit Norina in Eurem Schatten. Oder hinter Euch«, verbesserte Stoiko bedächtig. »An Eurer Seite wird leider Eure Cousine zu finden sein, Herr. Jedenfalls offiziell.«

»Ja, ja.« Der Tadc zertrat eine Scherbe. »Meinen Dank für den Hinweis, Stoiko.«

»Ihr solltet so schnell wie möglich mit Eurer Cousine reden. Vor der Beerdigung«, riet der Vertraute. »Macht ihr klar, was sie von Euch zu erwarten hat.«

»Meinetwegen. Ich werde sie nach dem Abendessen besuchen. Aber zuerst möchte ich mein altes Zimmer beziehen. Es wird Zeit, dass ich mich eingewöhne. Und die Perücke juckt höllisch.« Er ging zur Tür. »Dann packen wir mal unsere Koffer aus. Anscheinend wird der Gouverneur Vasja nicht mehr gebraucht. Und bevor ich es vergesse: Stoiko, schicke einen Boten nach Granburg. Ich werde Miklanowo als richtigen Gouverneur einsetzen und Norina, wie vorhin besprochen, herbeiordern. Schreib, dass der Kabcar von ihren Plänen gehört hätte und mit ihr darüber reden möchte.«

Der Vertraute deutete eine Verbeugung an und machte sich auf den Weg zur Kanzlei.

Lodrik und Waljakov schritten durch den Palast in Richtung königliche Gemächer. Noch immer kannte sich der Thronfolger bestens aus. Das Jahr der Abwesenheit hatte sein Erinnerungsvermögen nicht getrübt.

Sie passierten gerade den Durchgang zum Westflügel und standen vor Lodriks altem Zimmer, als der Leibwächter stehen blieb und wortlos auf die Tür deutete. Aus dem schmalen Spalt drangen leises Stöhnen und das Rascheln von Kleidern.

Lodrik grinste breit. »Da scheinen mir gerade zwei ziemlich beschäftigt zu sein. Ist das denn zu fassen? Der Palast hat Dutzende von Räumen, und ausgerechnet mein Zimmer suchen sie sich aus.« Er nickte dem Hünen zu. »Waljakov, störe sie. Laut, wenn ich bitten darf.«

Der Leibwächter trat gegen Holz, dass die Tür zurückschwang und innen mit einem lauten Knall gegen die Vertäfelung stieß. Dann machte er einen Schritt in den Raum, Lodrik blieb im Rahmen stehen und warf einen Blick auf die Szenerie.

Auf seinem Bett lagen, eng umschlungen und halb entkleidet, zwei Menschen. Der eine war einer der Diener, die sein Gepäck hinauf tragen sollten.

Zwischen den zerknüllten Laken leuchtete langes,

dunkelrotes Haar, dann erschien das äußerst hübsche, aber arrogante Gesicht einer Frau, deren hellgrüne Augen voller empörter Missbilligung auf die beiden Eindringlinge schauten. Mit einem schnellen Griff verhüllte sie ihre verführerische Figur, indem sie das Oberteil ihres dunkelgrünen, mit glitzernden Steinen besetzten Kleides in die Höhe zog.

Der Diener fiel aus dem Bett, nestelte sich die Hose zu und setzte die Perücke auf. »Euer Gepäck steht hier, Exzellenz«, stammelte er, verbeugte sich schnell und rannte hinaus.

Aljascha Radka Bardri¢, Vasruca von Kostromo, stieg langsam aus der zerwühlten Schlafstätte und baute sich vor ihrem Cousin auf. Das Grün blitzte wütend.

»Ach, nein! Sieh an, Exzellenz Vasja. Der Gouverneur von Granburg hier in Ulsar? Mir scheint, Ihr habt Euch im Zimmer geirrt. Wie könnt Ihr es wagen, ungefragt hereinzuplatzen?«

»Müsste ich denn fragen?«, gab Lodrik zuckersüß zurück. »Der Tadc hat mir dieses Zimmer als Unterkunft zugeteilt, und da kann ich ja wohl annehmen, dass es unbewohnt ist. Offenbar lag da ein Missverständnis vor, nicht wahr, Waljakov?« Der Leibwächter verzog den Mund.

»Ach?« Interesse spiegelte sich im Gesicht Aljaschas. »Der Tadc ist im Palast? Seit wann?«

»Ich schätze mal«, der junge Mann wiegte den Kopf hin und her, »seit knapp einer Stunde. Waljakov hat ihn gesehen.«

Der Kämpfer nickte knapp. »Er hat sich ziemlich verändert, wie ich finde.«

»So, so, findest du.« Die Vasruca kam näher. »Inwiefern?«

»Schlanker. Kräftiger. Mehr Mann als je zuvor.« Die Antworten waren lakonisch wie immer. »Warum wollt Ihr das wissen, Durchlaucht?«

»Und was macht Ihr eigentlich hier?«, fügte Lodrik hinzu. »Wolltet Ihr nicht ans Meer, um Euch zu langweilen?«

Seine Cousine sah ihn gespielt vorwurfsvoll an. »Wie keck Ihr seid, Exzellenz. Der Kabcar ließ mich zu sich kommen, um mir vor seinem Tod eine wichtige Nachricht mitzuteilen.«

»Er ist … war Euer Onkel, wenn ich richtig informiert bin. Und was genau beinhaltete diese Nachricht? Werdet Ihr etwa die neue Herrscherin Tarpols?«

»Das werdet Ihr noch früh genug sehen, Exzellenz. Und wenn es so wäre, Erfahrung mit dem Regieren habe ich. Im Gegensatz zu Euch jungem Spund.« Sie lächelte spöttisch.

»Gewiss mehr als genug, bei Eurem Alter«, retournierte der Tadc. »Ihr seid doch schon über Dreißig, oder? Wollte Euch kein Mann? Wart Ihr vielleicht zu abschreckend, Durchlaucht?«

»Ihr seid unverschämt, Exzellenz«, zischte die Frau, ihre Augen sprühten Gift. Sie warf die langen Haare nach hinten. »Aber ich werde das nicht vergessen. Wenn ich meine Position eingenommen habe …«

»Eure … Position haben wir eben gesehen, Durchlaucht«, lachte ihr Cousin.

»Und Ihr habt immer noch keine Frau berührt, nicht wahr? Seid Ihr vielleicht eher zu abschreckend? Aber wie ungewohnt schlagfertig Ihr geworden seid«, lobte sie und applaudierte leise. »Wenn Ihr wollt, können wir unseren kleinen Disput einmal in der Öffentlichkeit austragen. Wenn Ihr Euch traut.« Sie ging zur Tür. »Nun werde ich meinen zukünftigen Gemahl aufsuchen, um ihm meine Aufwartung zu machen.«

»Ich wünsche Euch Glück, und noch mehr dem Gemahl, wer immer es ist. Vorher solltet Ihr Eure Garderobe etwas richten«, empfahl Lodrik. »Sie sieht etwas derangiert aus. Fast ordinär.«

»Der Tadc ist noch mehr Kind, als Ihr es seid, Exzellenz.« Sie zuckte mit den Schultern. »Ich werde ihn einfach mit einer Schüssel Kekse bestechen und ihm schöne Augen machen.«

»Ach, Ihr sucht den Tadc?« Der Thronfolger rieb sich nachdenklich den Bart. »Waljakov, wo hast du ihn das letzte Mal gesehen?«

»Eben«, kam es kurz angebunden aus dem Mund des Leibwächters.

»Und wo war das?«, hakte die Vasruca unwirsch nach. »Rede, Mann!«

»Nun, um ehrlich zu sein, ich sehe ihn immer noch.« Waljakov zeigte mit seiner mechanischen Hand auf einen Spiegel. Die Frau blickte hinein und sah Lodrik hinter sich stehen. »Da.«

»Wenn das ein Scherz sein sollte, ich habe ihn nicht verstanden. Ich sehe nur den Gouverneur.« Sie stutzte einen Moment.

»Exakt, Durchlaucht.« Der Leibwächter nickte.

»Wie alt seid Ihr, Exzellenz?«, fragte sie lauernd und kam näher.

»Geschätzte sechzehn Jahre, Durchlaucht«, lächelte der Thronfolger. So, wie es aussah, dämmerte es seiner Cousine gerade.

»Also so alt wie der Tadc, richtig?« Aljascha ging mit einem strahlenden Lächeln auf den jungen Mann zu. »Ich kann es kaum glauben, aber ich denke, Ihr seid der Tadc! Ihr?« Sie legte den Kopf etwas schief. »Selbstverständlich, wie konnte ich die Zeichen übersehen? Ein junger Gouverneur, der aus dem Nichts auftaucht und eine Zeit lang nicht eine einzige Angelegenheit in seinem Gebiet zu regeln weiß, von einem Fettnapf in den nächsten tritt und sich nicht ein bisschen mit Frauen auskennt. Wenn ich alles zusammenzähle, kann das nur zu dem berüchtigten Lodrik passen. Ihr habt mir eine schöne Vorstellung geliefert, damals in Granburg.«

»Ich habe die Eure auch keine Sekunde vergessen können, Cousine.« Sein Blick wurde hart. »Das Vermächtnis meines Vaters ist Euch bekannt?« Sie nickte zufrieden, und Lodrik hätte ihr am liebsten die Faust ins arrogante Gesicht geschlagen. »Nun, dann wisst Ihr, dass Euch die Ehe mit einem … wie nanntet Ihr mich eben noch … ›Jungspund‹ bevorsteht.« Lodrik ging auf sie zu und stellte sich ganz dicht vor sie. »Für das, was Ihr mir in Granburg angetan habt, die Demütigung und den heimlichen Spott, werdet Ihr bezahlen, Cousine.«

Sie machte einen tiefen Knicks. Das rote Haar fiel auf ihr alabasterfarbenes Dekolleté, die Brüste hoben und senkten sich langsam. »Wie Hoheit befiehlt.« Sie hob den Kopf und sah ihn leicht verächtlich an. »Oder soll ich sagen ›Gemahl‹?«

»Noch ist es nicht so weit, weder mit dem einen noch mit dem anderen«, wies der junge Mann sie ab, konnte aber nicht den Blick von den offensichtlichen Reizen seiner Cousine wenden. Etwas war an dieser Frau, das ihn anzog und das er sich bei allen Gefühlen zu Norina nicht erklären konnte. »Erwartet nicht zu viel von mir als Gatte. Ich liebe Euch nicht. Um offen zu sprechen, ich bringe Euch nicht einmal Wohlwollen entgegen.«

»So ergeht es mir ebenfalls. Ein kleiner Junge, der König spielen wird, mehr seid Ihr in meinen Augen nicht. Aber Ihr habt etwas, was Euch ungemein anziehend wirken lässt.« Ihre Augen zeigten Gier und grenzenlosen Ehrgeiz. »Macht. Dafür würde ich Euch sogar in mein Bett lassen. Dann wäre mir Euer Wohlwollen sicher. Und zusammen …«

»Ich werde das Land regieren, nicht Ihr«, erinnerte Lodrik sie mit einer Stimme, die wie ein Peitschenknall auf seine zukünftige Gemahlin wirkte. »Damit es nicht zu Unstimmigkeiten kommt, merkt es Euch lieber von Anfang an. Ich mag nur halb so alt sein wie Ihr, Durchlaucht, aber ich werde der Kabcar sein, der nur deswegen heiratet, weil es politisch eine kluge Entscheidung ist. Außerdem bleibt mir ein halbes Jahr Frist, der Forderung meines verstorbenen Vaters nachzukommen. Ein Zeitraum, den ich durchaus auszukosten gedenke.«

»Oh, wie schade.« Das Bedauern war wieder einmal nicht echt. »Ich habe mich schon so auf die Zeremonie gefreut. Und auf die Hochzeitsnacht. Vielleicht werdet Ihr mich dann näher als nur von weitem bestaunen können.« Sie lächelte boshaft. »Es hat Euch damals sehr gut gefallen, wenn ich Eure … Signale in der Hose richtig gedeutet habe.«

Die Erinnerung an Granburg schoss wie eine heiße Nadel durch sein Gehirn. Wut kochte in ihm hoch, ähnlich wie die auf seinen toten Erzeuger. »Ihr werdet Stillschweigen über die Ehelichung bewahren, bis ich den Thron bestiegen habe«, befahl ihr Cousin. »Ich will nicht, dass die Nachbarreiche zu früh von diesem Schritt erfahren. Es soll eine Überraschung werden.«

»Wie Ihr wünscht, Exzellenz.« Sie knickste formvollendet vor ihm, die demütige Ehegattin spielend.

»Morgen Abend wird die Bestattungszeremonie für Euren Onkel stattfinden. Seid pünktlich auf dem Platz und zieht Euch etwas Passendes an. Ich will nicht, dass Ihr Euch wegen Eures offenherzigen Dekolletés eine Erkältung einfangt.«

»Ihr seid sehr fürsorglich.« Wieder verbeugte sie sich und verschwand.

Nachdenklich sah Waljakov ihr hinterher.

»Herr, Ihr werdet mit der Frau noch viele Schwierigkeiten bekommen«, meinte er nach einer Weile. »Ihr solltet sie nicht unterschätzen, sie ist ein durchtriebenes Biest, mit Verlaub.«

»Erzähle mir bitte etwas Neues«, seufzte Lodrik und ließ sich auf sein Bett fallen. Angenehm stieg im das Parfüm seiner Cousine in die Nase. »Du bist kein sehr spektakulärer Prophet.«

»Dafür werde ich Recht behalten.« Waljakov fuhr sich über die Glatze. »So Leid es mir auch tut.«

Es schneite dicke Flocken, als die Zeremonie zur Bestattung des Kabcar in den Abendstunden des folgenden Tags begann.

Der Ulldraelpriester stand vor dem zwei Meter hohen, dreieckig aufgestapelten Scheiterhaufen, betete die üblichen und passenden Worte, bat um die Gnade des Gottes und dass der Tote im Jenseits ewige Ruhe finden möge. Der Wind jagte den wenigen Trauergästen den Schnee um die Ohren, bereits nach wenigen Metern war nichts mehr von der Umgebung zu sehen.

Es wird ein kalter Winter werden, den viele Tarpoler nicht überleben werden, dachte Lodrik, der sich wie alle anderen Menschen in mehrere dicken Lagen Stoff und Pelz gekleidet hatte, um der Witterung zu trotzen. Er erinnerte sich an das Dorf in Granburg, dessen Bewohnern er das Blattgold seiner Kutsche vermacht hatte. *Hoffentlich überstehen sie im Norden des Reichs dank des kleinen Reichtums die eisigen Monate.*

Auf dem Platz hatten sich die Ehrenwache von rund fünfzig Reitern, eine Musikgruppe sowie die Botschafter und Gesandten der Königreiche Tûris, Rundopâl, Hustraban und Borasgotan versammelt. Es fehlten Repräsentanten von Aldoreel und den Baronien, doch das war dem Thronfolger ziemlich gleichgültig.

Seiner Meinung nach benötigte der Priester viel zu lange für das Gebet. *Er soll endlich weg,* hämmerte es in Lodriks Kopf. Es konnte ihm nun nicht mehr schnell genug gehen, nachdem der Leichnam seines Vaters in einem feierlichen Akt obenauf positioniert worden war.

Der Tote trug die kaiserliche Uniform, besetzt mit allen Orden und behangen mit allen Schärpen, die sich im Laufe der Jahre angesammelt hatten. Eine ungewöhnliche Anordnung des Tadc, denn normalerweise wurden die Auszeichnungen aufbewahrt, wenn nicht sogar weitervererbt. Nur den Bardri¢-Stern, ein großer, schwerer Silberorden mit Edelsteinen besetzt und versehen mit dem Zeichen der Familie, hatte Lodrik zurückbehalten lassen.

Ein Windstoß trug ihm den Geruch von Petroleum zu, mit dem das Holz auf seine Anweisung hin getränkt worden war. Es hätte regnen anstatt schneien können, dieser Scheiterhaufen würde brennen, komme was da wolle.

Lodrik versuchte, einen Blick auf die Gesichter der Trauergäste zu werfen, aber wegen der Kapuzen war nur in den seltensten Fällen etwas zu sehen. Beim Botschafter aus Borasgotan war er sich aber sicher, eine Art Zufriedenheit entdecken zu können. Verständlich, wenn man bedachte, welchen Ruf der Tadc hatte, der dem Thronfolger auch noch immer anhaftete. Er musste glauben, bei den anstehenden diplomatischen Verhandlungen leichtes Spiel zu haben.

Die Gesandten der Königreiche sahen den Sohn Grengor Bardri¢s zum ersten Mal. Wenn sie neugierig waren, ließen sie es sich jedenfalls nicht anmerken. Seine Cousine schaute gelangweilt ins Nirgendwo.

Der einzige, in dessen Gesicht der junge Mann tatsächlich emotionale Regung las, war Stoiko. Sein Vertrauter hatte dem Toten mehr als zwanzig Jahre treu gedient, in seinem Auftrag gehandelt und sich um dessen Sohn gekümmert.

Lodrik berührte Stoiko leicht an der Schulter und nickte verständnisvoll. *Wenigstens einer, der um meinen Vater wirklich trauert. Ich will und kann es nicht. Nicht jetzt, wo ich nur Hass auf ihn verspüre.*

Der Ulldraelpriester trat zurück und stellte sich etwas weiter vom Holzstapel weg. Nun folgte Lodriks Pflicht.

Mit langsamen Schritten, während die Musik einen

traurigen Marsch spielte, ging der Tadc zu dem Kohlenbecken, in dem ein Eisenstab an einem Ende rot glühend erhitzt worden war.

Bedächtig nahm der junge Mann das heiße Metall heraus, schwenkte es in alle vier Himmelsrichtungen und drückte es danach gegen den untersten Balken.

Mit einem leisen Geräusch fing das getränkte Holz Feuer, und in Windeseile stand der ganze Scheiterhaufen in Flammen.

Dunkle Qualmwolken stiegen in den Himmel. Der Körper des toten Herrschers von Tarpol wurde von dem Brand erfasst und von dem zuckenden, fauchenden Orangerot gänzlich eingehüllt.

Erst jetzt machte Lodrik ein paar Schritte rückwärts, um der Hitze auszuweichen, als ob er zuvor sicher sein wollte, dass das Feuer seinen Vater auch wirklich nicht verschonen würde.

Dann hob er den Arm, um zum letzen Mal zu salutieren.

Doch mitten in der Bewegung hielt er inne. Er wollte dem Kabcar diese Ehre nicht erweisen.

Nicht, nachdem du mir das angetan hast, Vater. Er schloss kurz die Augen, machte auf dem Absatz kehrt und stellte sich zurück an seinen Platz zwischen Stoiko und Waljakov.

Immer höher loderte das Feuer, polternd brachen ein paar der Balken und sandten einen Funkenregen in die Nacht. Der Leichnam verschwand in dem Inferno, als würde er in einem glühenden See versinken. Still lächelte der Thronfolger.

Er beugte sich hinüber zu Stoiko. »Ich möchte, dass die Asche in ein Gefäß kommt und zu mir gebracht wird«, raunte er ihm ins Ohr. »Lass noch mehr Petroleum kommen, wenn nicht alles verbrannt ist. In die Gruft stellen wir ein anderes Gefäß, in dem herkömmliche Asche sein wird.« Der Vertraute sah ihn mit Erstaunen an. »Frage nicht, Stoiko. Tu, was ich dir sage, aber halte es geheim.«

Noch mehr Holz des Scheiterhaufens stürzte zusammen, die dreieckige Form geriet durcheinander. Vom Körper Grengor Bardri¢s war nichts mehr zu sehen.

»Und das hier sind mit Sicherheit die genauen Zahlen über die borasgotanischen Freiwilligen?« Ungläubig senkte Lodrik das Papier.

Oberst Mansk nickte. »Wir haben sie von einem unserer Männer, den ich als durchaus vertrauenswürdig einstufe. Mehr als das. Er ist dem Hause Bardri¢ völlig ergeben.«

»Das beunruhigt mich alles sehr.« Stoiko lehnte sich in den gemütlichen Ohrensessel und machte ein ernstes Gesicht. »Wir könnten in kurzer Zeit nicht die gleiche Menge an Truppen ausheben wie Arrulskhán. Ganz zu schweigen von der Ausbildung der Leute, oder, Oberst?«

Der Offizier ließ die Schultern hängen. »Ihr habt Recht. Sollte Borasgotan wirklich ...«

Lodrik erhob sich, verschränkte die Arme auf dem Rücken und begann, im Teezimmer auf und ab zu marschieren. »Wir sind zu voreilig, werte Herren«, sagte er. »Es gibt den Vertrag, den alle Reiche Ulldarts unterschrieben haben ...«

»Außer Kensustria«, warf Waljakov ein.

»Außer Kensustria, ja. Aber um die mache ich mir am wenigsten Sorgen.« Der Thronfolger blieb kurz stehen. »Einen Vertragsbruch würde sich Borasgotan nicht leisten können. Alle anderen Länder müssten reagieren. Und das *kann* sich Arrulskhán nicht leisten. Er kann höchstens drohen, aber unternehmen wird er nichts. Und die Drohungen gedenke ich zu ignorieren.«

»Ihr seid vielleicht ein bisschen zu sicher«, widersprach Stoiko. »Was erwartet Ihr von einem Mann, dessen Vater schwachsinnig war und dessen Lieblingsbeschäftigung darin besteht, seine Untertanen in Wildkostümen durch die Wälder zu hetzen? Als Jagd im edelsten Sinne kann man das schwerlich bezeichnen. Und diesem Mann würde ich persönlich alles zutrauen.« Er strich sich den Schnauzer glatt und langte nach dem Branntwein. »Würde sich die Provinz Worlac diesem Irren anschließen oder unter seinem Schutz von Tarpol lossagen, wäre das Chaos perfekt.«

»So geisteskrank kann er nicht sein«, hielt der Tadc dagegen. »Größere Bedenken habe ich bei den Hustrabanern, die frecherweise die Hälfte des Iurdum verlangen. Selbst die Hochzeit wird an dieser Forderung nichts ändern. Die Fronten werden sich verhärten.«

»Wen kümmert's?«, grummelte der Leibwächter und legte einen Scheit ins Feuer. »Da wird viel Lärm gemacht und um Beute gerangelt, wo keine ist. Wenn Ihr Euch erst als Herrscher erwiesen habt, werden die Schreier schnell verstummen, Herr.«

»Dein Wort in Ulldraels Ohr«, meinte Lodrik und nahm seine Runde wieder auf. »Ich hätte noch ein anderes unliebsames Thema: meine Hochzeit.« Stoiko musste lachen, was ihm den bösen Blick seines Herrn einbrachte. »Mach dich nur lustig über mich, Schnurrbart. Ich habe nicht die Absicht, bald zu heiraten, sondern möchte die Frist des halben Jahres gänzlich nutzen. Erst dann werde ich mich an dieses furchtbare Weib ketten lassen. Außerdem zögert das die unvermeidlichen diplomatischen Wirrungen mit Hustraban hinaus.« Er trat gegen den Kamin. »Verflucht, warum muss das alles so kompliziert sein?«

»Herr, seid zuversichtlich. Ulldrael der Gerechte hat Euch nicht bei all Euren bestandenen Abenteuern beschützt, damit Ihr nun scheitert«, half der Vertraute und spendete Beistand. »Versucht wenigstens, Euch ein bisschen auf die Krönung zu freuen.«

»Da fällt mir gerade ein, wie haben die Menschen auf die schnelle Bestattung meines Vaters reagiert?«, wollte Lodrik wissen.

Mansk räusperte sich. »Die Leute haben es mit gemischten Gefühlen aufgenommen. Für die meisten ist der Tadc und zukünftige Kabcar immer noch ein Phantom, das noch keiner gesehen hat. Inzwischen habt Ihr in der Meinung des Volkes die unterschiedlichsten Formen angenommen. Mal seid Ihr gertenschlank, dann so fett, dass man Euch nur noch in einer Sänfte mit zehn Trägern von einem Ort zum anderen bewegen könnte. Mit großer Spannung erwartet man jedenfalls die Krönungsfeierlichkeiten, das kann ich Euch versichern.«

»Und daher nehme ich nicht an, dass Ihr die Zeremonie im Palast stattfinden lassen möchtet?«, fragte Stoiko, der innerlich bereits ahnte, dass sich sein Schützling wieder etwas hatte einfallen lassen.

Tatsächlich schüttelte Lodrik den Kopf. »Nein. Ich gedenke, die Weihe und die Krönung in der großen Ulldrael-Kathedrale durchzuführen. Den Tempel mag ich nicht besonders.«

Meisterhaft beherrschte sich Waljakov. Wortlos kippte er Branntwein in seinen Tee und stürzte ihn hinab. »Wenigstens habe ich genügend Männer in Ulsar, um alles unter Kontrolle zu haben«, grummelte er resigniert.

»Oho«, sagte der Vertraute und hob die Augenbrauen in die Höhe. »Der gute Waljakov wird allmählich ruhiger? Wer hätte das gedacht?«

»Ich werde nicht ruhiger. Man muss wissen, wann man einen Kampf verloren hat, und das Beste daraus machen«, gab der Leibwächter zur Antwort. »Meine immer wieder vorgetragenen Bedenken sind hinlänglich bekannt, denke ich. Warum dann unnötig aufbegehren, wenn ich nichts an den Absichten ändern kann?«

»Ach, Waljakov. Du bist und bleibst für mich der liebenswürdigste Griesgram, den ich kenne«, sagte Lodrik. »Werden die Vorbereitungen rechtzeitig abgeschlossen sein?«

Oberst Mansk reckte sich ein wenig. »Ich habe alle entsprechenden Stellen mit den Aufgaben und der Organisation betraut. Es herrscht zwar ein wenig Aufruhr wegen des Zeitdrucks, und vermutlich wird der ein oder andere tot umfallen, aber der Krönung wird in einer Woche nichts im Wege stehen. Der Geheime Rat des Ulldraelordens hat signalisiert, dass sie einen ihrer Oberen senden werden.«

»Na, seht ihr?«, freute sich der Tadc. »Es läuft. Nachher werde ich die Botschafter zum Essen einladen. Der Leichenschmaus für einen der größten Kabcare, die Tarpol je gesehen hat.«

Stoiko deutete auf die dunkelgraue Uniform des jungen Mannes. »Ihr solltet vorher aber die Garderobe wechseln. Nach der Verbrennung sieht die Tradition eine ...«

Lodrik zuckte mit den Schultern. »Und wieder ist mir eine tarpolische Tradition gleichgültig. Ich werde mir seinen Stern an die Brust heften und als Zeichen der Trauer eine schwarze Perücke tragen, aber meine Kleidung werde ich nicht ändern. In Granburg wurde mir sehr deutlich, was mein Vater von mir hielt. Und ich mache den Untertanen nun deutlich, was ich von meinem Vater halte. Seine Verdienste als Staatsmann mögen groß gewesen sein. Aber er war ein lausiger Mensch, wenn es um die Erziehung und Behandlung seines einzigen Sohnes ging.«

Stoiko nickte langsam. »Hoffen wir, dass die Untertanen Eure Verhaltensweise verstehen.«

»Ich erkläre es gerne jedem in diesem Reich persönlich, wenn es sein muss«, sagte der Tadc energisch. »In einer Woche wird ein anderer dieses Reich regieren. Und einige werden sich ganz schön umsehen, wenn ihnen der Wind Hagel ins Gesicht anstatt Zucker in den Hintern bläst.«

»Ihr spielt damit vermutlich auf die Neuerungen an, die Ihr umsetzen möchtet«, vermutete der Vertraute, der amüsiert den zusammengesunkenen Oberst beobachtete.

»Ich beginne gleich zwei Wochen nach der Krönung mit einer Brojaken- und Adelsversammlung. Ich werden den Großbauern, Hara¢s, Skagucje und Vasrucje klar machen, wer die Geschicke Tarpols bestimmt«, verkündete der Thronfolger.

»Ihr solltet am Anfang nicht zu viele erschrecken«, riet der Offizier mit verdrossenem Gesicht. »Ich gestehe, ich höre die Absichten mit gemischten Gefühlen. Unter den Adligen sind einige, die früher in den Regimentern Eures Vaters dienten und sich getroffen fühlen könnten, sollten sie Privilegien einbüßen. Die Beziehungen dieser Leute sind nicht zu unterschätzen.«

»Danke für diesen wichtigen Hinweis«, nickte Lodrik und lächelte hintergründig. »Wir sollten uns die Namen der alten Recken gleich notieren, damit wir wissen, mit wem wir rechnen können und mit wem nicht.«

»Herr, was der Oberst sagen wollte, ist, dass man sich auf dem Weg zur Spitze des Berges zunächst über den Zustand der Straße informieren sollte, damit man nicht ungewollt in den Abgrund stürzt«, sagte Stoiko. »Fangt nicht bei den falschen Leuten an, bevor Ihr sicher auf dem Thron sitzt.«

»Ich bin die Spitze des Berges«, gab der Tadc in bockigem Tonfall zurück. »Ich muss nirgends hinauf, ich bin bereits oben. Dein Vergleich hinkt da ein wenig, Stoiko. Aber ich gestehe ein, dass ich mich da etwas zurückhalten muss.«

Mansk atmete auf. »Versteht das nicht falsch, Hoheit. Neuerungen sind gewiss angebracht, aber geht langsam an die Sache heran.«

Der junge Mann lächelte in die Runde. »Wie besorgt alle um mich und das Reich sind. Ich danke Euch allen für die große Fürsorge. Und nun trennen wir uns und sehen uns später beim Mahl wieder.«

Die drei Männer verließen nach einer kurzen Verbeugung oder einem militärischen Gruß das Teezimmer. Stille kehrte in den Raum ein, ab und zu unterbrochen durch das Knacken des Feuerholzes.

Nachdenklich setzte sich Lodrik in den Sessel, auf dem sein Vater zu ruhen gepflegt hatte, nahm den Stern der Bardri¢s von seiner Uniform und betrachtete ihn. Funkelnd reflektierten die blauen Diamanten, mit denen das Schmuckstück besetzt war, das Licht der Kerzen.

Wäre Norina doch nur hier, wünschte sich der Thronfolger und seufzte. Die Trennung von seiner Angebeteten fiel im schwerer, als er gedacht hatte. Und anstatt sie zur mächtigsten Frau Tarpols zu machen, musste er die verhasste Cousine an seine Seite nehmen. Wenigstens würde die Brojakentochter bald hier sein. Ihre Nähe bedeutete ihm viel.

Hoffentlich stirbt Aljuscha schnell. Sie ist ja viel älter als ich, dachte er flüchtig.

Doch der kurze Gedankenblitz hatte eingeschlagen. Seine Augen wurden schmal, ein Lächeln umspielte seine Lippen.

Natürlich. Das wäre die Lösung. Er strich über die Edelsteine, polierte die glatte Fläche und heftete sich den Orden wieder an. Dann stockte er.

Wenn ich auf diese Idee gekommen bin, wird sie es auch tun. Vermutlich noch schneller als ich. Wahrscheinlich hat sie sogar schon einen Plan, schoss es ihm durch den Kopf. *Also werde ich vorsichtig sein müssen.*

Die Flammen wurden durch einen heftigen Luftstoß nach unten gedrückt und loderten aus dem Kamin hervor. Deutlich spürte der Thronfolger die Hitze und fuhr zurück. Als seien seine Gedanken verbrannt worden, schüttelte er den Kopf.

»Wie komme ich nur auf solche furchtbare Absichten?«, murmelte er und massierte die Nasenwurzel. *Trotzdem werde ich vorsichtig sein. Sie würde vor einem Mord nicht zurückschrecken, wenn sie auf den Thron kommt. Auch die Prophezeiung würde sie nicht davon abhalten. Oder sie setzt mich in meinem eigenen Verlies fest. Aber das werde ich zu verhindern wissen.*

Für einen Moment hatte er die Vision von wütenden Adligen, aufgebrachten Brojaken und zornigen Offizieren, die mit gezogenen Waffen die Flure des Palastes stürmten und ihn jagten, angestachelt durch seine Cousine, die allen Geld und Macht versprach, wenn sie ihn fingen.

Schnell stellte er die Teetasse ab und verließ fluchtartig den Raum.

»Wohin so eilig, Herr?«, fragte Waljakov, mit dem er vor der Tür beinahe zusammengestoßen wäre.

»Ich wollte mich nur sputen, damit ich noch genügend Zeit bis zum Leichenschmaus habe«, stotterte Lodrik und fuhr sich mit der Hand über das Gesicht.

»Ist alles in Ordnung, Herr?«, erkundigte sich der Hüne vorsichtig.

»Nein, nichts ist in Ordnung. Alles und jeder macht mir Schwierigkeiten«, seufzte der Thronfolger und setzte sich in Bewegung.

Auf dem Weg zu seinem Zimmer schaute er immer wieder hinter sich, ob nicht unvermutet Adlige auftauchen würden, um ihn zu töten. Doch zu seiner Beruhigung ereignete sich nichts dergleichen.

III.

»Doch es war zu kalt, das Grün gedieh nicht. Taralea erkannte den Fehler und schuf zwei Sonnen, die unsere Welt wärmen sollten.

Danach schuf sie die Regenwolken, damit die Landstellen, welche nicht genügend Flüsse und Seen hatten, mit genügend Wasser versorgt wurden. Und siehe, mit einem Mal grünte und blühte es überall auf.

Die Allmächtige Göttin war zufrieden.

Über unsere Welt stülpte Taralea das Himmelsgewölbe, an das sie nachts die Sterne, tagsüber die Sonnen hängte. Und damit es der Allmächtigen Göttin nicht zu langweilig wurde, veränderte sie den Lauf der Sonnen, machte ihn einmal länger, einmal kürzer, und veränderte auch die Sterne, ließ sie sich drehen und unterschiedlich hell funkeln.«

Die Legende von der Erschaffung der Welt,
Kapitel 3

Ulldart, zwanzig Meilen vor der südwestlichen Küste des Königreichs Tersion, Winter 442/443 n. S.

»Diesmal werde ich nicht zulassen, dass sie uns zum Narren halten«, sagte Commodore Gial Scalida, ein bewährter Kriegskaufmann von schlanker Statur, mittlerem Alter und mit adrett getrimmten Kinnbart, und bedeutete dem Steuermann, das Ruder ein Grad mehr nach Backbord einzuschlagen. »Der Nebel ist mir ausnahmsweise dabei willkommen.« Er wandte sich zu seinem Adjutanten. »Signalisiert der restlichen Flotte, sie soll sich nach uns richten.«

Prüfend ließ er den Blick über das palestanische Kriegsschiff schweifen. Back und Achterdeck waren aufgeräumt, keine Taustapel, Fässer oder andere Hindernisse lagen im Weg.

Im bevorstehenden Gefecht sollte nichts den reibungslosen Ablauf der Manöver stören. Die Mannschaft hing erwartungsvoll in den Wanten, die Soldaten warteten auf ihren Einsatz.

Seine *Soituga* war das dreimastige Flaggschiff des Unternehmens. Endlich und nach langem Drängen hatte der Palestanische Kaufmannsrat beschlossen, auf das ständige Unterlaufen des Seehandelsmonopols durch die Schiffe Tersions zu reagieren. Commodore Scalida sollte zusammen mit sechs weiteren Schiffen und insgesamt neunhundert Mann, natürlich als rogogardische Piraten getarnt, die gut geschützte Goldflotte des Königreichs abfangen, aufbringen und danach alle gegnerischen Wasserfahrzeuge versenken.

Auch wenn das reiche Tersion den Verlust von vier kostbaren Ladungen des zweitseltensten Metalls Ulldarts sicherlich verkraften konnte, die Warnung an Königin Alana die Zweite war unübersehbar. Danach würde der Rat Verhandlungen mit dem Reich über eine Neustrukturierung des Seehandels beginnen.

Dass sich Tersion sein Monopol, die eigenen Bodenschätze selbst transportieren und verkaufen zu dürfen, einst völlig legitim in einem Scharmützelkampf gesichert hatte, störte die Händler nicht wirklich. Und dabei noch in den Besitz des Goldes zu kommen, war eine lohnenswerte Zugabe.

Beim ersten Mal jedoch hatte die Strategie des Commodore versagt. Die Schiffe nahmen eine andere Route als die übliche und waren unbemerkt an den Palestanern vorbeigesegelt.

Nach langem Kartenstudium hatte der Offizier eine neue Stelle berechnet, an der die Goldschiffe vorbeikommen mussten. Hier war die einzige sichere Fahrtrinne in Richtung Süden. Im Umkreis von mehreren Meilen wimmelte es nur so von Strömungen und Riffen, die einen Segler innerhalb weniger Lidschläge auf Grund setzten. Zwar war ein Umweg möglich, aber der bedurfte kostbarer Zeit. Zeit, die eine so wichtige Ladung nicht hatte.

»Sieben gegen vier.« Adjutant Parai Baraldino grinste. Der junge, bartlose Mann stand ihm seit zwei Jahren zur Seite und würde sich später als guter Commodore erweisen, da war sich Scalida sicher. »Das nenne ich ein gutes Kräfteverhältnis. Dieses Unternehmen war schon lange überfällig.«

Sein Vorgesetzter schaute den Unteroffizier an. Vorwurfsvoll spitzte er den Mund, dann schnalzte er mit der Zunge. »Ihr seid etwas leichtfertig, Baraldino. Mit wem steht Tersion in sehr gutem Kontakt, wenn ich daran erinnern darf?«

»Mit dem Reich Angor«, antwortete der Adjutant schnell und war sich seines Fehlers bewusst.

»Und wir beide wissen, dass mit den Angorjanern nicht gut Kirschen essen ist, nicht wahr?« Der Offizier richtete sein Augenmerk auf die offene See. In etwa drei Meilen Entfernung hatte sich eine Nebelbank zusammengezogen, bedingt durch das herrschende feuchtheiße Wetter, das jede kleinste Bewegung zu schwerster Anstrengung werden ließ.

Im südlichen Meer herrschten für Seeleute tückische Bedingungen. Wirbelstürme entstanden, Flauten ließen Segel tagelang schlaff an den Rahen hängen, Hitze und Luftfeuchtigkeit drückten auf die Gesundheit der Männer.

»Glücklicherweise stehen die Zeichen nicht auf Sturm. Es hätte mich sehr geärgert, wenn uns diese Gelegenheit durch hohe Wellen zunichte gemacht worden wäre«, sagte er. »Nach dem Stand der Dinge werden sie mit ihren Schiffen langsam aus dem Nebel manövrieren. Wenn sie uns sehen, wird es zu spät sein, um Vollzeug zu setzen und eventuell zu flüchten.«

»Und wenn sie wenden, um in den Nebel zurückzugelangen?«, fragte Baraldino vorsichtig.

Eine leichte Brise strich über das Schiff und brachte die Federn auf den Dreispitzen der Männer zum Wehen.

Triumphierend lächelte sein Vorgesetzter. »Es wird mit ein wenig Glück nicht mehr genügend Nebel da sein. Der Wind frischt auf, und wir haben die schnelleren Schiffe. Es riecht nach fetter Beute, würde ich meinen. Wenn sie keinen Geleitschutz haben, ist es eine sichere Sache.« Mit einer schnellen Bewegung zog er das Fernrohr auseinander. »Sollten doch wider Erwarten angorjanische Schiffe dabei sein, haben wir ein gutes Stück Arbeit vor uns. Sind die Vorbereitungen abgeschlossen?«

Baraldino nahm das Schreibbrett, auf dem eine Liste aller Schiffe und Maßnahmen festgeklemmt war. »Die *Eleganz, Pfeil* und *Silberstern* haben vor einigen Minuten bereits Vollzug gemeldet, danach signalisierten *Vuli, Namal* und soeben die *Krata,* dass sie gefechtsklar sind.«

»Sie sollen mit langsamer Fahrt näher an die Nebelbank heranrücken«, befahl Scalida und schob das Vergrößerungsglas zusammen. »Das Feuer mit den Enterkatapulten hat zu beginnen, sobald das erste Schiff aus dem Sichtschutz ist. Mit den Seilwinden dürfte es kein Problem sein, auch den störrischsten Tersioner heranzuziehen.«

»Sollten wir uns nicht allmählich umziehen, Commodore?« Baraldino nahm seinen Dreispitz von der Perücke und zupfte an dem imposanten Federschmuck. »Wir und unsere Männer sind die einzigen, die noch die palestanische Uniform tragen.«

»Ich werde sie nicht ablegen«, verkündete der Offizier. »Ich bin der Befehlshaber der Seestreitkräfte. Ihr könnt meinetwegen Eure ebenfalls anbehalten. Diese Vorsichtsmaßnahme ist mir, ehrlich gesagt, mehr als zuwider.« Er schnaubte verächtlich. »So weit kommt es noch, dass ich mir die Sachen eines Rogogarders überstreife. Es reicht, wenn ich die anderen Männer in diesen ... Kleidern sehe.« Er schüttelte sich voller Abscheu.

Die übrigen sechs Schiffe glitten an der *Soituga* mit nur mehreren Mannslängen Abstand vorüber. In den Wanten kletterten Matrosen mit erstaunlicher Sicherheit umher, Segel wurden gerefft und gesetzt, mit Windströmungen manövriert und dabei so wenig Leinwand wie möglich benutzt.

Scalida salutierte und wünschte den Kriegsschiffen per Flaggensignal »Gute Jagd«.

»Segel voraus!«, tönte es in diesem Augenblick aus dem Ausguck. »Tersionsegler direkt vor uns!«

Ganz vorsichtig kroch das erste der vier Schiffe Tersions aus dem schützenden Nebel, den Kiel tief im Wasser, den Bauch voll mit Gold.

»Keine Minute zu früh«, murmelte Scalida. »Und kein Geleitschutz. Wie erfreulich. Zwei von unseren sollen sich je eins von den anderen Schiffen vornehmen.«

»Und das Letzte nehmen wir?«, vermutete Baraldino, dessen Augen glänzten.

»Ganz recht. Der Tersioner wird denken, man hätte ihn übersehen und er könnte in die Fahrtrinne flüchten. Aber wir werden ihm ins Kielwasser kreuzen.« Der Offizier erteilte dem Steuermann die entsprechenden Befehle.

Es kam tatsächlich so, wie es der Palestaner vorhergesagt hatte. Der Nebel wurde durch den Wind nach hinten gedrückt und lichtete sich dank der Brise zu schnell, als dass die vier Schiffe ihn als Schutz nutzen konnten.

Die Katapulte der Händler feuerten eine Salve nach der anderen, deckten die Planken mit Pfeil- und Speerhageln ein, sodass die überraschten Gegner kaum Schutzmöglichkeiten hatten.

Während die Entermannschaften an Bord gingen und das blutige Kämpfen von Mann zu Mann begann, suchte der letzte der vier Zweimaster sein Heil in der Flucht. Und zwar genau dorthin, wo Scalida vorhergesagt hatte. Das tödliche Wettrennen zwischen Tersion und Palestan begann. »Hisst die palestanische Flagge. Sie sollen sehen, mit wem sie es zu tun haben«, befahl der Offizier.

Schnell wurde deutlich, wessen Schiff besser im Wasser lag. Während der Kiel der *Soituga* regelrecht über die leichten Wellen glitt, wühlte und stampfte sich die *Chusbad*, wie nun der Name des Schiffes zu lesen war, mit roher Gewalt durch das salzige Nass, ohne dabei ähnlich rasch wie ihr Verfolger vorwärts zu kommen.

»Katapultmeister aufs Back«, orderte Scalida. »Deckt ihr Achterdeck kräftig mit Pfeilen ein. Seht zu, dass es den Steuermann erwischt, noch bevor das Schiff in der Fahrtrinne ist.«

Die beinlangen Pfeile schossen durch die Luft und überbrückten die wenigen Meter Abstand mit Leichtigkeit. Nach der dritten Salve war das gegnerische Achterdeck leergefegt, die notdürftig errichteten Holzwände hatten fast nichts abhalten können. Zu groß war die Wucht der Geschosse.

Die *Chusbad* begann zu schlingern und absolvierte eine harte Wende um neunzig Grad nach Steuerbord. Hart krängte das Schiff zur Seite und berührte mit der linken Bordwand fast die Wasseroberfläche. Einige der Rahen rissen ab, Großsegel und Großmarssegel fielen aufs Deck und begruben etliche Matrosen unter sich.

»Verdammt, sie kippt«, fluchte Baraldino. Scalida machte eine beschwichtigende Geste.

Auf dem anderen Schiff brach der Vormast mit einem lauten Krach in der Mitte durch, dann richtete sich der Rumpf schwerfällig wieder auf. Die *Chusbad* hatte inzwischen weitere neunzig Grad gedreht und stand mit dem Bug voraus in Richtung der heranfliegenden *Soituga*.

»Wollen die uns etwa rammen?« Der Adjutant schüttelte verwirrt den Kopf.

»Schwerlich, fast ganz ohne Segel, oder?« Der palestanische Offizier ließ einen neuen Kurs setzen, der sein Schiff in leichtem Bogen an den Gegner heranführte.

Auf der *Chusbad* hatten die Vorbereitungen begonnen, dem drohenden Angriff zu begegnen. Scalida sah leicht gepanzerte Männer mit Schwertern, die hinter der Bordwand vor weiteren Pfeilen in Deckung gegangen waren.

»Eine Breitseite des Batteriedecks klarmachen«, brüllte er.

Die metallbeschlagene Seitenwand der *Soituga* klappte nach unten und bot den schweren Stahlkatapulten freie Schusslinie. Die massiven Eisenspeere, die diese Fernwaffen benutzten, durchschlugen ganze Schiffsrümpfe, wenn keine größeren Hindernisse auftauchten. Ein leicht gepanzerter Mensch war nun beim besten Willen kein »Hindernis«.

Das hatten auch die tersionischen Kämpfer verstanden, die durch die Luke nach unten sprangen und vermutlich zwischen der Goldladung Schutz suchten.

»Schießt«, befahl Scalida genießerisch. Zischend gingen die Speere auf die Reise und töteten die wenigen, die nicht rechtzeitig vom Hauptdeck geflüchtet waren. »Klarmachen zum Entern.«

Knarrend rieben die *Chusbad* und die *Soituga* ihre Bordwände aneinander, Dutzende von Wurfhaken mit Seilen banden die Schiffe zusammen und verhinderten jeden weiteren Fluchtversuch des schwer beschädigten Tersionseglers.

Angesichts der geringen Bedrohung gingen Scalida und Baraldino zusammen mit der Entermannschaft an Bord und erstickten jeden winzigen Rest von Heldenmut der Feinde. Im letzten Moment konnten sie verhindern, dass die Überlebenden im Rumpf ein Leck schlugen, um das Schiff zu versenken und die Ladung wenigstens nicht in die Hände der Palestaner fallen zu lassen.

Scalida stand im Laderaum zwischen den Barren reinen Goldes und nickte wortlos. Sein Adjutant nahm eines der rechteckig gegossenen Metallstücke auf.

»Ich hatte so etwas noch nie in der Hand«, sagte er fast andächtig. »Allein dieser Barren würde mich zu einem reichen Mann machen.«

»Habt Ihr eine ungefähre Vorstellung von dem Wert, der hier lagert?«, fragte sein Vorgesetzter und klopfte auf einen ganzen Stapel der Beute. »Damit und mit der Ladung der anderen drei Schiffe können wir uns eine ganze Flotte, eine Armada bauen lassen. Wir werden unsere agarsienischen Freunde endlich vom Meer fegen können.«

Die Wachen brachten einen schwer verletzten Tersioner zu den beiden Männern. Anhand der Abzeichen erkannte der Offizier, dass es sich dabei wohl um den Kapitän des Schiffes handeln musste.

»Oho! Seht Euch den an. Gekämpft bis zum Schluss, was? Nun gut, im Namen des Kaufmannsrates von Palestan bedanke ich mich für die mehr als wertvolle Spende Ihrer Hoheit Alana der Zweiten. Wir werden das Gold gut anlegen, seid gewiss.« Scalida verbeugte sich lächelnd.

»Es wird mehr als nur ein Scharmützel geben, wenn die Königin von diesem Überfall hört«, hustete der Mann. »Tersion wird Palestan den Krieg erklären und euch Krämer zerquetschen. Wir haben mächtige Verbündete, das hättet Ihr …«

»Commodore Scalida!«, schrie einer der Soldaten in den Laderaum. »Kommt schnell! Es gibt Ärger, sagt der Ausguck!«

»Hoppla!« Der tersionische Kapitän lachte. »Ihr habt Euch wohl zu früh gefreut.«

Wütend zog der Befehlshaber der Palestaner sein Rapier und stach dem wehrlosen Mann in den Bauch. »Hoppla. Ihr Euch aber auch, mein Freund.«

Er stieg über den Sterbenden und kletterte zusammen mit Baraldino an Deck, um sich nach der Lage zu erkundigen.

»Was gibt's?«, herrschte er den Nächstbesten der Entermannschaft an.

»Der Ausguck hat gesagt, er hätte etwas im Nebel gesehen«, antwortete der hastig.

Schnell zog der Offizier das Fernrohr aus und suchte in den immer dünner werdenden Schwaden nach einem Hinweis auf die Entdeckung des Mannes im Krähennest. ›Sollten sie doch eine Eskorte dabeigehabt haben?‹

»Die anderen Schiffe sind dabei, die Fracht der tersionischen Segler zu übernehmen«, berichtete sein Adjutant. »Wir waren erfolgreich. Vielleicht hat sich der Mann getäuscht?«

Ein leises Geräusch drang aus dem immer lichter werdenden Nebel.

»Ruhe!«, brüllte Scalida übers Deck, und schlagartig verstummten seine Leute.

»Als ob Trommeln geschlagen würden«, meinte Baraldino und lauschte aufmerksamer.

Das Löschen der Ladung war nun auch auf den anderen palestanischen Schiffen zum Erliegen gekommen. Der Großteil der Männer starrte in den Nebel.

»Bei allen Ungeheuern! Es ist die Schwarze Flotte!«, fluchte der Offizier plötzlich und lief zu seinem Signalmann. »Die Seestreitkräfte sollen sich sofort von der Nebelbank zurückziehen.«

Hektisch begann der Matrose mit den Wimpeln zu wedeln, aber die Antworten kamen nur spärlich zurück. Die meisten der anderen Kapitäne wollten wissen, wozu.

»Ich werde sie vor den Kaufmannsrat bringen!«, tobte Scalida. »Signalisiert das! Wenn nur einer wagt, das Feuer zu eröffnen, versenke ich ihn persönlich. Keiner nimmt die Schiffe unter Beschuss.«

»Welche Schiffe, Commodore?«, wollte Baraldino irritiert wissen. »Ich sehe keine …«

Ein riesiger Bug schob sich aus dem milchigen Weiß, fast vierfach so groß wie die Zweimaster aus Tersion und Palestan. Vorne prangte ein gefährlich aussehender Rammsporn, der unmittelbar auf die *Silberstern* zielte.

Das Dröhnen der Trommeln wurde lauter. Nach und nach wurden die Umrisse weiterer Schiffe sichtbar, die keine Anstalten machten, die Fahrt zu verringern oder auch nur den Kurs zu wechseln.

Stur segelten sie unter Vollzeug auf die miteinander vertäuten Hindernisse zu. Ihre langen Ruder stachen ins Wasser und verliehen den schwarz gestrichenen Schiffen mit den schwarzen Segeln zusätzliche Geschwindigkeit.

Scalida zählte zehn der Gefährte, die in Pfeilformation durchs Meer zogen. Hinter dem schwimmenden

Wall folgten fünf weitere, nicht ganz so große und dunkelblau bemalte Schiffe.

Dem Commodore der *Vuli* schien die jäh aufgetauchte Bedrohung zu gefährlich, die Angriffsabsicht zu eindeutig. Seine Katapulte schleuderten eine Breitseite gegen das erste der Schiffe, ohne dabei großen Schaden anzurichten.

»Dämlicher Hundsfott!«, schrie Scalida, dass es laut übers Wasser schallte. »Verflucht, darauf werden sie reagieren.«

Der Takt der Trommeln hatte sich plötzlich erhöht, Rauchfahnen stiegen auf den Decks der Schwarzen Flotte auf.

Gelähmt musste der palestanische Befehlshaber mitansehen, wie die unvermittelt aufgetauchten Angreifer ihre tödlichste Waffe einsetzten, deren Ruf auf Ulldart legendär war.

Von Bord der *Soituga* sah es aus, als stiegen kleine Sonnen in die Höhe, die nach einem elegant beschriebenen Halbbogen auf die Schiffe stürzten und explodierten. Brennende Flüssigkeit verteilte sich auf den Planken, setzte Segel, Wanten und Maste in Brand. Zahlreiche Matrosen, die in Berührung damit kamen, vergingen schreiend in den Flammen.

Nichts konnte die Flüssigkeit löschen, selbst das Meer um die Schiffe herum brannte.

Dicke, schwarze Qualmwolken mischten sich mit dem Nebel. Der Gestank, der zu den beiden Männer herüberwehte, war ekelerregend.

Ochsengroße Steine regneten auf die Schiffe herab, durchschlugen Deck und Rumpf und versetzten den Beschädigten die letzten Todesstöße. Noch bevor ein einziger Rammsporn der Schwarzen Flotte in Berührung mit palestanischem Holz kam, sanken die meisten der Schiffe.

Die Geschwindigkeit der Trommeln wurde langsamer. Die schwarzen Schiffe glitten majestätisch und seltsam gleichgültig durch ein wirres Sammelsurium von brennenden, rauchenden Wracks, verstümmelten Leichen und um Hilfe rufenden Menschen.

Die schwer lädierten, aber noch schwimmenden *Pfeil* und *Krata* wurden wie Spielzeug zusammengeschoben, durch die Wucht des Aufpralls in der Mitte zerrissen und brachen vollständig auseinander.

Längst hatte Scalida seine Befehle geschrien. Hektisch durchschlug die Entermannschaft die Seile, mit der die *Soituga* und die *Chusbad* verbunden waren. Die Matrosen an Bord des Dreimasters setzten jeden Fetzen Leinwand, der an den Masten und Rahen des Kriegsschiffes zu finden war.

»Ich bin kein Feigling, Baraldino, das wisst Ihr, aber diesem Gegner haben wir nichts entgegenzusetzen«, sagte er zu seinem Adjutanten, als sie sich auf dem Oberdeck beim Steuer befanden. »Verdammt, ich hätte daran denken müssen.«

»Alle hätten daran denken müssen, Commodore«, meinte der Mann neben ihm und beobachtete, wie die Schwarze Flotte ihre Formation änderte. Offensichtlich wollten die Schiffe in die Fahrtrinne.

»Ich habe bisher nur etwas von den geheimnisvollen kensustrianischen Nachschublieferungen gehört. Gesehen habe ich sie noch nie. Ich wünschte, es wäre dabei geblieben.« Fassungslos schaute er zu den überdimensional großen Gefährten. »Wie kann man so etwas bauen, das dazu noch schwimmt?«

»Es sind fünfzehn Schiffe, Commodore«, sagte Baraldino. »Es müssten aber doch eigentlich nur zehn sein. Jedenfalls hieß es immer, es seien zehn.«

»Es könnten von mir aus auch nur acht sein oder drei. Sie sind mir jedenfalls zu stark.« Scalida ließ einen Kurs setzen, der sie schnellstmöglich auf Distanz zu den Kensustrianern bringen sollte. »Mein Gott, ich habe alle

Berichte immer für übertrieben gehalten. Aber jetzt weiß ich es besser.«

In etlicher Entfernung ging seine Flotte zusammen mit der tersionischen Goldlieferung unter. Ein unschätzbares Vermögen sank auf den Meeresgrund, für immer verloren. Die Verluste waren nun für Tersion *und* Palestan mehr als schmerzlich.

Nur fünf Mal im Jahr nutzen sie diese Strecke und ausgerechnet heute muss einer der Tage sein, grübelte der Offizier, der sich Sorgen machte, wie er das Debakel dem Kaufmannsrat erklären konnte. *Ich werde es auf einen Kartenfehler zurückführen lassen. Oder noch besser, ich mache Baraldino vor dem Rat für einen Navigationsfehler verantwortlich.*

»Es sieht gut aus«, meldete sein Adjutant. »Die Kensustrianer kümmern sich nicht um uns.«

In diesem Moment drehte eines der riesigen schwarzen Schlachtschiffe in ihre Richtung. Das Tempo, mit dem die Ruder bewegt wurden, brachte das Wasser zum Schäumen.

»Hättet Ihr lieber den Mund gehalten, Baraldino«, zischte der Commodore. »Werft alles über Bord, was im Laderaum ist. Proviant, Wasser, Gewichte, alles. Hauptsache, wir kommen von diesem verfluchten Schiff weg.«

Es waren jedoch vergebliche Mühen. Trotz aller Anstrengung schaffte es die *Soituga* nicht, dem Verfolger zu entkommen. Als die beiden Schiffe etwa eine Viertelmeile voneinander entfernt waren, wurde eine breite Klappe oberhalb des Rammsporns geöffnet. Qualm stieg aus der gewaltigen Luke.

Dann flogen im Abstand von nur einem Lidschlag ein Dutzend vasengroße Behälter in gerader Linie auf das palestanische Kriegsschiff zu. Am hinteren Ende der Geschosse hingen brennende Stofffetzen. Die erste Reihe schlug kaum auf, da folgte bereits die nächste Welle.

Acht Mal feuerten die für die Palestaner unsichtbaren Katapulte, dann schloss sich die Öffnung.

Trafen die aus Ton gearbeiteten Behälter auf, zerbarsten sie und gaben eine streng riechende, flüssige Substanz frei, die sich träge verteilte und sofort entzündete.

Panisch rannten die sonst so erfahrenen Seeleute über das Deck und versuchten, sich mit einem Sprung über die Reling ins Wasser zur retten. Aber wie bei den anderen vorher überzog das kensustrianische Mittel selbst das Unbrennbare mit loderndem Feuer. Ein Pfeilschauer vom Angreifer brachte den letzten Überlebenden einen gnädigen Tod, bevor sie durch die Hitze bei lebendigem Leib verbrennen konnten.

Das schwarze Schiff schlug einen neuen Kurs ein und folgte dem Rest der Flotte, die gemächlich in die Fahrtrinne einbog. Hinter ihm versank das Flaggschiff des palestanischen Kommandounternehmens langsam im Meer.

Ulldart, Königreich Tarpol, Provinz Ulsar,
Hauptstadt Ulsar, Winter 442/443 n. S.

»Wir sind hier zusammengekommen, um einen der größten Herrscher zu ehren, den das Königreich Tarpol jemals gesehen hat«, begrüßte Lodrik die Anwesenden. »Und vermutlich auch einen der größten Herrscher, den Ulldart jemals gesehen hat. Ich trinke auf das Vermächtnis des einmaligen Grengor Bardri¢, einstiger Kabcar des Königreichs Tarpol, das er mehr als dreißig Jahre geführt hat. Wir werden seine Verdienste immer in Erinnerung behalten.« Der Tadc hob den schweren Silberpokal und verbeugte sich dann vor der Urne mit der Asche seines Vaters, die auf einem kleinen Podest erhöht auf der Mitte der meterlangen Tafel stand.

Nacheinander erhoben sich die Botschafter und Gesandten der Königreiche Tûris, Rundopâl, Hustraban und Borasgotan sowie Repräsentanten aus Aldoreel und den Baronien. Danach folgten die restlichen Gäste.

»Das tarpolische Reich wird unter meiner Regierung nicht an Glanz verlieren, das gelobe ich hiermit, vor aller Augen und Ohren. Es wird stark und geschlossen bleiben, so, wie es mein Vater gewünscht hat.« Er leerte den Kelch in einem Zug, danach nahm er Platz. Die Männer taten es ihm nach.

Der Kleine Festsaal, in dem der Leichenschmaus stattfand, beherbergte rund hundert Männer und Frauen. Ein Raum, so hoch wie eine Eiche, Blattgold an allen Säulen, kristallene Kronleuchter, riesige Gemälde und andere teure Gegenstände ließen die Bezeichnung »klein« wie Hohn erscheinen.

Gekommen waren die Adelsfamilien aus Ulsar und etliche Diplomaten der Nachbarländer. Sie alle trieb weniger die Trauer als die Neugier in den Palast. Viel war in der Hauptstadt über den zurückgekehrten Thronfolger erzählt worden, die unterschiedlichsten Gerüchte kursierten auf den Straßen.

Nun saß ein junger Mann am Ende der Tafel, der so gar nicht auf die Beschreibungen des einstigen »Tras-Tadc« passte. In der königlichen Uniform, den Stern der Bardri¢s an der Brust, machte er eine recht passable Figur, und von Übergewicht fehlte jede Spur.

Ab und zu wechselte er ein paar Worte mit seinem Vertrauten, während der eindrucksvolle Leibwächter mit der mechanischen Hand unverrückbar wie ein Berg hinter dem Stuhl des zukünftigen Kabcar stand. Ständig wanderten seine eisgrauen Augen umher, wachsam und aufmerksam musterte er die Besucher und Diener, die in die Nähe des Thronfolgers kamen.

Gang für Gang wurde aufgetragen, vor jeder neuen kulinarischen Köstlichkeit ein Trinkspruch auf den Verstorbenen verkündet. Das Zeremoniell sah keine Unterhaltung mit dem Tadc vor, bis nicht das letzte Dessert verzehrt und die Urne beigesetzt worden war, es galt absolutes Schweigen. Endlich, nach vier Stunden, hob Lodrik Bardri¢ die Tafel auf.

»Wir haben dem Verstorbenen Ehre erwiesen, wie es der Brauch vorsieht. Nun kann er in Frieden ruhen«, schloss Lodrik und nahm die Urne vom Podest. In einer feierlichen Prozession folgten die Gäste dem jungen Mann in die Gewölbe des Palastes, wo die toten Herrscher des Reiches beigesetzt lagen.

Lodrik setzte das Behältnis in eine Grabnische, deutete eine Verbeugung an und stieg die Stufen wieder hinauf in den Kleinen Festsaal. Niemand außer Stoiko wusste, dass in der Urne lediglich verbranntes Holz war. Die wirklichen sterblichen Überreste, sicher verwahrt in einem verschlossenen Metallkistchen, standen auf dem Kaminsims des Teezimmers.

Oben angekommen, nahm sich Lodrik einen neuen Kelch mit Wein und suchte sich eine Position, von der er eine gute Sicht über den ganzen Saal hatte. Er wollte sehen, wer sich mit wem unterhielt.

Der Erste, der auf den Thronfolger zusteuerte, war der Botschafter Borasgotans, ein kräftiger Mann mit durchschnittlichem Äußeren und etwas watschelndem Gang. Kostbare, seltene Pelze hingen an seinem Körper und ließen die schlichte Uniform des Tadc fast schäbig erscheinen.

»Ich wette mit Euch, er wird ausloten wollen, wie es um Euer geistiges Niveau bestellt ist«, raunte Stoiko. »Lasst Euch auf nichts ein. Er wird Euch provozieren wollen.«

Ein tüchtige Weinfahne schlug dem Tadc entgegen, als der Mann näher kam und sich verbeugte. »Hoheit, ich bin Botschafter Sarduijelec, Gesandter seiner Majestät Arrulskhán des Sechsten, Herrscher über Borasgotan.« Lodrik lächelte ihn mit großen Augen an, was den Abgesandten äußerst verunsicherte. »Ihr wisst, Hoheit, das Reich rechts neben Eurem. Auf der Landkarte.«

»Ach jaaa«, sagte der junge Mann gedehnt und bemühte sich, ein angestrengtes Gesicht aufzusetzen. »Genau. Danke, dass Ihr es mir so erklärt habt. Ich war in Kartenkunde nie besonders gut. Da scheine ich eine Gemeinsamkeit mit Arrulskhán zu haben.«

Nun wurden Sarduijelecs Augen groß. »Wie meint Ihr das, Hoheit?«

»Na, offensichtlich denkt Euer Herrscher, dass meine Provinz Worlac ihm gehört. Jedenfalls liefert er doch Waffen dorthin. Wenn einer Waffen dorthin liefert, dann sollte ich das sein, oder?« Lodrik lachte und tippte dem Mann mit dem Zeigefinger mitten auf die Brust. »Wie komisch, nicht wahr. Ihr solltet Eurem Herrn ganz schnell Bescheid sagen, damit er seinen Irrtum bemerkt und er sofort damit aufhört. Wenn er glaubt, ich bezahle ihm die Lieferungen, hat er sich nämlich getäuscht.« Er grinste. »Aber es beruhigt mich, dass ich nicht der Einzige bin, der keine Karten lesen kann.«

Der Botschafter machte ein säuerliches Gesicht, verbeugte sich tief und nahm Kurs auf die Weinkanne auf der Mitte des Tisches.

Stoiko schüttelte vorwurfsvoll den Kopf. »So habe ich das aber nicht gemeint, Herr. Hoffen wir, dass er naiv genug ist zu glauben, Ihr wärt so dumm, wie Ihr Euch eben gegeben habt.«

Lodrik lachte leise. »Entschuldige, bitte, Stoiko, aber es war zu verlockend. Ich habe ihn so aus dem Konzept gebracht, er hat nicht einmal das Beileid des Herrschers ausgesprochen. Was für ein Affront. Ich werde mich bei Arrulskhán über ihn beschweren müssen.«

»Der wird ihn dann in ein Wildschweinkostüm zwängen und die Jagd eröffnen lassen«, vermutete Stoiko lächelnd.

»Für wie dämlich hält man mich denn auf Ulldart, dass ein Botschafter mir erklären möchte, wo vermutlich Tarpols künftiger Gegenspieler liegt?«, wunderte sich der Thronfolger.

Sein Vertrauter wackelte mit dem Schnurrbart. »Das wollt Ihr nicht wirklich wissen. Die einzigen, die eine ungefähre Vorstellung von Eurem Grips haben, sind Eure Cousine und die Adligen Granburgs. Der Rest, nun ja, hält Euch eben immer noch für den Keksprinzen.« Stoiko nickte in Richtung eines schlanken Mannes, der in einer ähnlichen Uniform wie der Thronfolger steckte. Nur die Stickereien waren um etliches aufwendiger, die Brust mit mehr Orden behaftet und die Schärpen teurer. »Und da kommt der nächste. Sieht mir schwer nach Hustraban aus.«

»Hustraban? Wo liegt denn das auf der Landkarte? Oben oder unten neben meinem Land?«, fragte Lodrik und kratzte sich ratlos unter der schwarzen Perücke. Die Rolle des tumben Tadc schien im sichtlich zu gefallen. »Ach, so viele Länder. Ich sollte sie am besten alle erobern, dann gehörten sie alle mir und ich müsste mir keine Gedanken mehr darüber machen.«

»Herr, bitte!«, rief ihn Stoiko entsetzt zur Ordnung. »Wenn das einer der Botschafter hören würde.«

Der hustrabanische Gesandte war herangekommen und verbeugte sich. »Mein Name ist Fusuríl, Botschafter seiner Majestät Kumstratt, König von Hustraban. Im Namen meines Herrn spreche ich das tiefste Mitgefühl aus. Der Tod Eures Vaters war mit Sicherheit ein schwerer Verlust. Es ist bestimmt nicht leicht, einen solch verdienstvollen Mann zu verlieren, der nicht nur wegen seiner Entschlussfreude geschätzt wurde.«

Lodrik hob die Augenbrauen und schwenkte den

Pokal huldvoll durch die Luft. »Ach? Exzellenz kannte meinen Vater?«

»Äh, nein. Aber er war bekannt dafür, dass er …«, wollte der Mann erklären, doch der Tadc schnitt ihm das Wort ab.

»Exzellenz hat meinen Vater nicht gekannt, aber mir etwas über die großartigen Leistungen des Königs erzählen wollen, wie? Ich denke, Ihr geht da ein wenig zu weit. Und was Eure Forderungen über das Iurdum angehen, darüber reden wir später. Ich weiß im Moment nichts darüber, ich muss mich erst einarbeiten. Rechnet mit meiner Entscheidung aber nicht so bald. Zahlenspielereien machen mich immer so müde, und dann schlafe ich darüber ein.« Er nippte am Wein. »Danke, Botschafter. Nun geht und vergnügt Euch. Der Kabcar würde es gewiss so wollen.«

Fusuríl knickte in der Mitte ab, der Oberkörper klappte nach vorne und schnellte wieder in die Höhe. Dann wandte auch er sich der Weinkanne zu, die in den Händen von Sarduijelec immer leerer geworden war und der erst nach mehrfacher Aufforderung seinem Amtskollegen den Becher füllte. Bald waren sie in ein leises Gespräch vertieft.

»Seid Ihr noch ganz bei Euch, Herr?«, fragte Stoiko ehrlich besorgt. »Es klingt so, als stünde der alte Lodrik neben mir und verscheuche die Gäste in der Art, für die er traurige Berühmtheit in allen Reichen geerntet hat.«

Der Thronfolger schüttelte den Kopf. »Keine Angst. Ich will meine ernsthaften Absichten erst nach meiner Krönung offen zeigen. Im Moment ist es mir ganz recht, wenn sie glauben, ich sei zwar schlank geworden, aber reichlich dämlich geblieben.« Er nahm sich ein Stück Gebäck und schob es sich ganz in den Mund, gerade in dem Moment, als ein weiterer Besucher in schlichtem Ornat sich aus der murmelnden Menge löste und sich dem Trio näherte.

»Aldoreel, vermute ich«, sagte Lodrik undeutlich und spülte die Krümel mit Wein hinab. Mit Mühe unterdrückte er ein Rülpsen. »Mal sehen, was die Kornkammer des Kontinents möchte.«

»Ich bin Mero Tafur, Abgesandter des Reiches Aldoreel. Mein tiefstes Mitgefühl, Hoheit. Das aldoreelische Reich trauert um einen großen Mann.« Der Mann verneigte sich. »Jedes weitere Wort wäre fehl am Platz.«

»Wieso groß?« Irritiert wandte sich der Tadc zu Stoiko um. »Ich habe meinen Vater gar nicht mal so groß in Erinnerung. Eigentlich bin ich inzwischen mindestens genauso groß wie er, oder?«

Sein Vertrauter atmete hörbar aus. »Ja, Hoheit. Das seid Ihr.« Leise fügte er hinzu: »Und hört endlich auf, den Deppen zu markieren. Ihr übertreibt schamlos, Herr.«

»Ihr werdet es nicht leicht haben, Hoheit«, sagte der Diplomat freundlich. »Ich bin mir sicher, dass Euer Berater sein Bestes versuchen wird. Das Königreich Aldoreel steht Euch gerne zur Seite, wenn Ihr es brauchen solltet.« Tafur lächelte. »Ihr habt mein Angebot vernommen.« Er zog sich wieder in die Mitte des Raumes zurück, ohne jedoch zu den anderen Diplomaten aufzuschließen.

»Der war aber nett«, sagte Lodrik laut. Sarduijelec verschluckte sich am Wein und hustete den guten Tropfen durch die Gegend, Fusuríl klopfte ihm auf die Schulter, bis er wieder Atem bekam, hilfreiche Hände reichten Taschentücher, um den Wein von der Uniform zu wischen.

Stoiko verdrehte die Augen, während bereits der Nächste auf die drei ungleichen Männer zukam. Nacheinander gaben sich die Adligen Ulsars die Ehre, ein paar Brojaken machten ihre Aufwartung, selbst ein Ulldraelpriester, Bruder Kojalac, ließ es sich nicht nehmen, sich vorzustellen, um den Trost des Gottes zu verkünden.

»Aber eine Sache beunruhigt den Geheimen Rat, Hoheit«, fügte er hinzu und wandte sich ein wenig zur Seite. »Ihr wollt die Krönung wirklich in der Kathedrale stattfinden lassen? Seid Ihr Euch sicher, Hochwohlgeboren? Alle anderen Würdenträger, inklusive Eures Vaters, empfingen den Segen unseres Schutzpatrons im Haupttempel.«

»Warum sollte ich mir nicht sicher sein?« Diesmal war die Verwunderung nicht gespielt. »Ich möchte, dass möglichst viel Volk meine Krönung sieht und daran teilnimmt. Den Schutz übernehmen Waljakov und rund fünfhundert Soldaten der Leibwache. Wo liegt also die Schwierigkeit, Bruder Kojalac?« Die blauen Augen fixierten das Gesicht des Geistlichen.

»Nun, sie liegt in der Vergangenheit«, druckste der Mann herum. »Ich weiß nicht, wie sehr Ihr Euch mit der Geschichte auskennt, aber es gibt da eine Begebenheit …«

»Tarpol ist voller Begebenheiten«, unterbrach ihn der Tadc. »Was meint Ihr, Bruder?«

»Es hat etwas mit Sinured zu tun, Hoheit«, gestand der Mönch und verzog die Mundwinkel. Er wirkte unglücklich. »Nun, wie soll ich sagen. Er hat in der Kathedrale damals Menschen hinrichten lassen. Opfern wäre der bessere Ausdruck.«

»Soweit ich weiß, hat er in ganz Ulldart Menschen hinrichten lassen«, sagte Lodrik und zuckte mit den Schultern. »Wenn wir alle Plätze mieden, an denen er tätig war, müssten die Menschen vom Kontinent wegziehen.« Er schwieg einen Moment. »Gab es dazu einen besonderen Anlass? Für die Hinrichtungen, meine ich?«

Kojalac nickte langsam. »Es waren die ersten Menschenopfer, die Sinured Tzulan in Tarpol gemacht hat, sagt man. Dort, wo sich jetzt die Statue Ulldrael des Gerechten befindet, standen einst der Altar und das Götzenbild des Gebrannten Gottes. Und zu der damaligen Zeit muss der Boden knöchelhoch mit Blut bedeckt gewesen sein.« Der Mann seufzte. »Der Geheime Rat befürchtet doch nur, dass sich vielleicht manche Tzulani der Geschichte bewusst sind. Und vielleicht den Ort wählen, um einen Anschlag auf den Tadc auszuführen.«

»Kannte einer von euch diese Episode der tarpolischen Geschichte?«, erkundigte sich Lodrik bei seinen beiden Freunden, die aber nicht weniger erstaunt die Köpfe schüttelten.

»Sie konnten es nicht wissen, die Aufzeichnungen über das Ereignis wurden unseres Wissens nach vernichtet«, erklärte Kojalac sanft. »Hoffen wir zumindest. Der Geheime Rat wollte nicht, dass sich die Leute immer wieder und wieder daran erinnern. Immerhin ist es seit vielen hundert Jahren ein beliebtes Heiligtum Ulldraels. Wir wollten Euch nur darauf hinweisen, Hoheit, dass es eben unter dem Eindruck der Prophezeiung besser wäre, wenn Ihr einen weniger vorbelasteten Ort wähltet.«

»Ich werde darüber nachdenken«, meinte der Tadc grübelnd. Der Mönch entfernte sich.

»Schöner Mist«, brummte Waljakov.

»Es geht so über die Bühne, wie ich es vorgesehen habe. Die plötzliche Verlegung würde jetzt erst recht Aufsehen erregen. Du wirst eben besonders gut auf mich achten müssen, Waljakov.«

»Das werde ich, Herr«, versprach der Leibwächter. »Entsprechende Vorsichtsmaßnahmen sind bereits angeordnet worden. Der Eintritt mit Waffen wird den Gästen verboten sein. Oder sie haben die Erlaubnis dazu.«

»Da alles so wunderbar geregelt scheint, werde ich dem Mönch also sagen, dass wir in der Kathedrale krönen«, schloss Lodrik die Überlegungen und winkte den Geistlichen herbei, der die Entscheidung gefasst aufnahm. Danach klatschte er in die Hände, sodass sich alle Gäste zu dem Thronfolger umdrehten.

»Werte Trauergäste«, begann Lodrik den Rauswurf. »Ich wollte nur noch einmal an meine Krönung erinnern. In nur wenigen Tagen werde ich zum rechtmäßigen Herrscher des Landes gemacht, und da wäre es mir eine Freude, Euch alle begrüßen zu dürfen. Wer noch keine Einladung bekommen hat, sollte sich beim Schreiber melden, der am Ausgang sitzt. Und denkt an die Geschenke. Und nun habt vielen Dank für die Anteilnahme. Es ist schon spät.«

Die Gäste verneigten sich vor dem jungen Mann und marschierten mehr oder weniger schnell zum Ausgang. Sarduijelec füllte sich zügig den Pokal ein letztes Mal und stürzte ihn hinunter, zwei Stück Gebäck nahm er sich mit und aß sie auf dem Weg nach draußen.

»Der Mann ist eine echte Zierde für das diplomatische Korps des Reiches Borasgotan«, murmelte Stoiko und schaute dem Abgesandten hinterher. »Vermutlich ist es seine Schuld, dass Arrulskhán dermaßen in Verruf geraten ist.«

Als der Letzte gegangen war, ließ sich Lodrik auf einen Stuhl plumpsen und nahm die Perücke vom Kopf. Nachdenklich sah er in das Kaminfeuer. »Ich kann es eigentlich immer noch nicht wirklich fassen. Ich werde ein Königreich regieren. Ein ganzes Königreich. Und alle halten mich für einen Trottel.«

»Das ist eigentlich ein großer Vorteil«, sagte Waljakov. »Wenn einen der Gegner unterschätzt, zeigt er oft aus Hochmut sein wahres Gesicht. Es wird sich bald erweisen, wer Euer Gegner ist, Herr.«

»Bin ich hier in Granburg? Wollen mich hier auch alle absetzen?«, fragte der Tadc ein wenig besorgt.

»Abwarten, Herr«, empfahl Stoiko und ließ sich neben seinem Schützling nieder. »Ich glaube, es weiß einfach noch niemand, wie er Euch einzuschätzen hat.«

»Das wird sich bei meiner Krönung ändern«, lächelte Lodrik. »Ich werde das Rätsel um mein einjähriges Verschwinden lüften. Spätestens dann werden einige aufwachen und wissen, dass ich sehr wohl in der Lage bin, meine Angelegenheiten zu regeln.«

»So gefallt Ihr mir, Herr«, sagte der Vertraute und strich sich über den Schnauzer. »Die Boten nach Granburg sind übrigens auf dem Weg.«

»Ich mache mir immer noch Sorgen um Miklanowo. Und um Norina.« Seufzend streckte der Tadc die Beine aus und wippte mit den Füßen. »Ich hoffe inständig, dass Kolskoi nichts Neues geplant hat, was meinen armen Brojakenfreund in die Zwickmühle bringt.« Mit einer Hand öffnete er den obersten Knopf der Uniform. »Haben wir Nachricht von meinen anderen Freunden?«

»Oh, wenn Ihr Torben Rudgass meint, den zahnlosen Piraten …«

»Freibeuter«, verbesserte Lodrik feixend.

»… den zahnlosen Freibeuter meint, dem geht es sehr gut, was ich so gehört habe. Er macht sich mit unserem Geschenk derzeit einen Namen als Verteidiger der agarsienischen Händler, die im Norden unterwegs sind. Palestan hat inzwischen ein Kopfgeld auf ihn ausgesetzt, soweit ich gehört habe. Eine beachtliche Summe von hundert Heller.«

»Tarpolische Kriegskoggen waren schon immer gute Schiffe«, kommentierte der Leibwächter.

»Und Hetrál?«, wollte Lodrik wissen. »Seit er vor uns aus Granburg aufgebrochen ist, habe ich nichts mehr von ihm gehört.«

»Ich auch nicht«, bedauerte Stoiko. Waljakov zuckte mit den breiten Schultern.

»Also schön.« Der Tadc erhob sich. »Legen wir uns für heute zur Ruhe. Morgen werden wir im Teezimmer an der Rede arbeiten, die ich anlässlich meiner Inthronisation zu halten gedenke. Es soll eine Breitseite werden, die den letzten Zweifler versenkt.«

Waljakov und Lodrik verließen den Kleinen Festsaal. Stoiko schlenderte zur Tafel und sah über die leeren Platten. Als er die Weinkanne nahm, um sich noch einen Becher einzufüllen, stellte er zu seinem Bedauern fest, dass der borasgotanische Diplomat ganze Arbeit geleistet hatte. Der Behälter war so trocken wie ein leerer Brunnen.

»Ja, ja. Wenn es nichts kostet, dann gerne«, sagte der Vertraute des künftigen Kabcar leise und ging zur Tür.

Draußen wurde er zu seiner Überraschung erwartet. Der hustrabanische Botschafter nestelte an seinem Mantel, als würde er mit den Schnallen kämpfen.

»Ich vermute, Ihr wollt mit mir sprechen, Exzellenz.« Stoiko sah dem Gesandten bei der Arbeit zu. »Soll ich Euch einen Diener rufen, damit er Euch ein wenig zur Hand geht?«

»Oh, das werde ich schon in den Griff bekommen.« Fusuríl musterte sein Gegenüber. »Ihr seid der Berater des Tadc und sein engster Vertrauter, wie man unschwer erkennen konnte und wie man mir gesagt hat.«

»Wenn man das Euch gesagt hat und Eure Beobachtungsgabe Euch nicht im Stich gelassen hat, dann mag dem wohl so sein«, entgegnete Stoiko vorsichtig, obwohl er bereits ahnte, was der Diplomat von ihm wollte.

»Ihr versteht, in der Angelegenheit mit dem Iurdum bin ich für jede Hilfe dankbar. Ich bin unter anderem hier, um mit dem Kabcar darüber zu verhandeln. Er hat mir zwar zu verstehen gegeben, dass er etwas Zeit benötigt, aber ich denke, Ihr könntet ihm bei der Entscheidung etwas zur Hand gehen. Es soll Euer Schaden nicht sein.«

»Hustraban möchte die Hälfte der Fördermenge aus

Kostromo, bin ich da richtig über den Sachverhalt in Kenntnis gesetzt worden?« Der Botschafter nickte. »Und mit welcher Begründung wollt Ihr das durchsetzen?«

»Wir haben die Geschichte auf unserer Seite«, meinte Fusuríl gelassen. »Und die besagt, dass die Baronie einst zu unserem Königreich gehörte. Daher sehen wir uns durchaus zu solch einer Forderung berechtigt. Schließlich haben wir den losgelösten Teil unseres Reiches niemals offiziell als selbstständig anerkannt. Unsere Rechtsexperten prüfen die Sachlage noch. Dass wir nicht einmarschieren und uns das zurückholen, was uns gehört, verhindert lediglich der Tausendjährige Vertrag.«

»Und das Abkommen der Baronie mit Tarpol, Exzellenz, nicht wahr?« Stoiko lächelte. »Ihr wisst, welchen Weg Ihr beschreiten müsstet, um Eure fadenscheinig begründete Forderung durchzusetzen?«

»Ein Scharmützel, ja, gewiss, das ist die übliche Vorgehensweise. Und Kostromo würde sich dann einen Kämpfer aus Tarpol nehmen.« Der Gesandte entfernte mit spitzen Fingern ein Staubkorn von seinem Mantel. »Aber wenn man den Kabcar überzeugen könnte, auf die Baronin beruhigend einzuwirken und uns die Hälfte des Iurdums abzutreten, wäre viel Zeit und viel Geld gespart.«

»Habt Ihr schon mit der Vasruca über Eure Forderungen gesprochen?«

»Ich nicht, aber zahlreiche Delegationen unseres Reiches. Leider ist sie uneinsichtig«, bedauerte Fusuríl. »Uns wäre es lieb und einiges wert, wenn der Kabcar uns entgegenkommen würde. Ohne die Unterstützung Tarpols würde die Vasruca nachgeben müssen. Und wenn Ihr es schafft, den Herrscher entsprechend einzustimmen, könntet Ihr mit einer erheblichen Zuwendung rechnen.«

»Wie viel?«, fragte Stoiko, um eine ungefähre Vorstellung von dem zu haben, was Hustraban zu zahlen bereit wäre.

»Das Reich dachte an, sagen wir, ein Prozent der jährlichen Fördermenge, die an Hustraban fließt.« Abwartend beobachtete der Diplomat den Vertrauten.

»Einen angenehmen Abend wünsche ich Euch, Botschafter.« Er setzte sich in Bewegung.

»Drei Prozent«, erhöhte Fusuríl das Angebot. »Mehr sind wir nicht bereit zu geben.«

Stoiko blieb stehen und lächelte. »Wir kommen der Sache näher. Ich werde mich erkundigen, was die Mine abwirft, danach reden wir weiter.«

Der Gesandte hatte plötzlich keinerlei Mühe mit den Schnallen und Spangen seines Mantels, legte den warmen Stoff um die Schultern und verbeugte sich in seiner ruckartigen Art. »Ich bin gespannt. Eine angenehme Nachtruhe. Möge das tarpolische Reich einen weisen Kabcar und einen noch weiseren Berater haben.« Fusuríl ging.

»Na, wer hätte das gedacht?«, grinste Stoiko. »Das geht aber früh los, mit den Intrigen und Bestechungen.« Fröhlich pfeifend schritt er in Richtung seines Zimmers. *Jetzt bin ich nur noch neugierig, wann sein borasgotanischer Kollege bei mir vorspricht. Ich könnte noch reich auf meine alten Tage werden. Aber ich bin einfach zu gutmütig.*

Ulldart, Königreich Tarpol, Provinz Ulsar,
Hauptstadt Ulsar, Winter 442/443 n. S.

Ich sehe, wir haben eine der besten Unterkünfte, die es in Tarpol gibt. Abgesehen von meiner Burg«, sagte Nerestro und blickte sich in der prunkvoll eingerichteten Schankstube des »Goldener Repol« um.

Große Bilder von tarpolischen Persönlichkeiten und riesengroße Wandteppiche schmückten den Raum, die Decke war holzgetäfelt und die einzelnen Platten aufwändig mit Schnitzereien versehen.

Im Raum verteilt saßen Männer in teuren Kleidern und Pelzen, die keinen Hehl aus ihrem Reichtum machten und vor Schmuck nur so blitzten. Lange und äußerst gepflegte Vollbärte wiesen sie als Brojaken aus.

Der Ordensritter saß inmitten der Gäste in seinem Kettenhemd, darüber trug er seinen Waffenrock mit den gekreuzten Schwertern und den Hausfarben Gelb-Blau. Auf der langen, von ihm und seinen drei verbliebenen Rittern besetzten Tafel türmten sich die Speisen, die er und sein Gefolge geordert hatten. Sie genossen sichtlich, endlich wieder etwas Luxus nach der langen und bisher erfolglosen Reise um sich zu haben. Seine Knappen wurden in der angrenzenden Gesindekammer mit weniger teurem Essen versorgt.

»Bruder Rotwein wollte im Großtempel Ulldraels vorbeischauen und anschließend Bericht erstatten«, erklärte er seinen Männern und langte nach der Platte mit dem gebratenen Fleisch. »Lassen wir es uns also in aller Ruhe schmecken und warten ab, was das Mönchlein als nächstes mit uns vorhat.«

»Wie lange wollen wir diesem Mann noch folgen?«, fragte Herodin, sein bester Unterfeldführer, vorsichtig. »Wir wissen immer noch nicht, was er eigentlich will.«

Nerestro sah in die Runde. »Ich weiß, dass Angor viel von uns verlangt. Drei unserer besten Freunde sind für eine uns unbekannte Sache in den Tod gegangen. Aber Angor ist mir erschienen und hat mir befohlen. Deshalb werde ich zusammen mit euch diesem Ulldraelmönch so lange Beistand gewähren, bis die Aufgabe erfüllt ist. Glaubt mir, es bereitet auch mir kein Vergnügen für eine Sache zu reiten, die mir unbekannt ist. Aber eines weiß ich: Er sucht jemanden. Und anscheinend sind wir in Ulsar ganz dicht an dem, den er zu finden hofft, dran.«

Die Ritter luden sich die Teller voll, dann erhoben sie sich und sprachen ein halblautes Dankgebet für die Gaben, die sie vor sich hatten.

Ungnädig sah der ein oder andere Brojak zu den gerüsteten, schwer bewaffneten Männern hinüber, wagte aber nicht, etwas zu sagen. Die Anhänger des Gottes Angor waren dafür bekannt, nicht allzu viel Humor zu haben, wenn es um ihren Glauben ging. Schneller als einem lieb war, hatte man für ein unbedachtes Wort die Faust samt Eisenhandschuh im Gesicht.

Schweigend machten sich die Kämpfer über die Gerichte her, bis sie satt waren. Die Bediensteten hatten alle Hände voll zu tun, den Hunger zu stillen. Danach winkte ein äußerst zufrieden aussehender Nerestro den Wirt zu sich.

»Hör zu, Wirt.« Der Mann mit der gelockten Silberhaarperücke verzog bei der Anrede das Gesicht.

»Verzeiht, aber mein Titel ist ›Schankmeister‹«, wies er betont freundlich darauf hin.

»Wie auch immer«, Nerestro zuckte mit den breiten Schultern und fuhr über den langen, geflochtenen Bartstrang, der wie ein dicker Goldfaden vom Kinn bis auf die Brust baumelte. »Weshalb sind so viele Brojaken in Ulsar? Ist das hier so üblich? Haben die werten Herren nichts Besseres zu tun, als sich die ohnehin schon dicken Bäuche vollzuschlagen?«

»Ihr seht zwar aus wie ein Ritter, aber Ihr benehmt Euch wie ein niederer Bauer«, rügte der Schankmeister tadelnd mit scharrender Stimme. »Und Bauern haben normalerweise keinen Zutritt.«

»Ich benehme mich dir gegenüber wie ich will, Wirt. Ich habe gutes Geld, das du haben möchtest und das dir ein niederer Bauer bestimmt nicht geben wird«, entgegnete der Ordensritter kalt. Achtlos warf er eine Hand voll Waslec auf den Tisch. Die Gier blitzte in den Augen des Wirtes auf. »Siehst du, ich wusste es.«

»In drei Tagen wird der neue Kabcar gekrönt«, erzählte der Schankmeister, während er die Münzen nonchalant einstrich und sie wie nebensächlich in die Taschen seines bestickten Rocks klimpern ließ. »Man sagt, er sei fetter als je zuvor geworden, in der Zeit, als ihn sein Vater versteckt hielt.«

»Versteckt?« Nerestro überlegte. »Richtig, die Prophezeiung. War es nicht so, dass die Dunkle Zeit wieder anbrechen wird, sollte dem Tadc etwas passieren?« Der Wirt nickte und setzte zum Rückzug an. »Die Krönungsfeierlichkeiten werden in der großen Kathedrale mit dem Volk zusammen stattfinden.«

»Na, was sagen wir denn dazu? Der neue Regent scheint ein sehr mutiger junger Mann zu sein, oder?«, meinte Herodin anerkennend. »Er scheut zumindest nicht davor zurück, ein Wagnis einzugehen.«

»Ich denke nicht, dass eine große Gefahr besteht.« Nerestro schüttelte den geschorenen Kopf. »Die Tzulani werden keine Gelegenheit bekommen, vermute ich. Die Leibwache des Kabcar gehört mit zu den besten Kämpfern, auch wenn sie uns nicht das Wasser reichen kann.« Er prostete seinen Männern zu. »Auf die besten Kämpfer Tarpols!« Die Gläser wurden lachend erhoben.

»Oh, seht, wer da hereingeweht kommt«, rief Herodin und deutete auf Matuc. »Bruder Rotwein ist wieder da.«

Der Ulldraelmönch kam zu ihnen an den Tisch und setzte sich.

»Täusche ich mich, oder hast du eine andere Kutte erhalten?«, wollte der Anführer der Ordensritter wissen, bevor Matuc nur ein Wort sagen konnte.

Zögerlich nickte der betagte Mann. »Ich bin vom Geheimen Rat in die nächste Stufe berufen worden.«

»Wegen der großen Verdienste, eine Lakastra-Priesterin auf dem Gewissen zu haben, bevor sie in Tarpol Unheil stiften konnte?«, vermutete Nerestro verächtlich.

»Spottet nur, Ritter Aufbraus«, gab sich Matuc gelassen. »Ich soll als Weihehelfer der Krönung des Kabcar beiwohnen. Ihr werdet mit Euren Leuten ebenfalls in der großen Kathedrale sein. Mit etwas Glück bringe ich meine Aufgabe bald zu Ende.«

Der große Ordensritter kniff die Augen zusammen. »Nanu? So plötzlich?«

»Gefällt es Euch nicht, mich endlich los zu sein? Ich dachte, Ihr freut Euch, meinen Kopf von den Schultern zu trennen?«

»Selbstverständlich bin ich voller freudiger Erwartung, aber es kommt etwas unverhofft. Wir reisen quer durch das Königreich aus uns unbekannten Gründen, und mit einem Schlag sagst du uns, wir hätten es bald geschafft?« Nerestro schaute an die Holzdecke. »Belkala hat mir gesagt, du würdest jemanden suchen.« Matuc zuckte zusammen. »Anscheinend hatte sie Recht«, kommentierte der Ritter die Reaktion. »Aber wen? Vermutlich ist er in Ulsar, und ich vermute außerdem, es hängt mit deiner Beförderung zusammen.«

Der Ulldraelmönch wand sich und rutschte auf dem Stuhl hin und her. »Ich kann es Euch nicht sagen. Ich darf es nicht. Und ich werde es auch nicht.«

»Mir soll es egal sein. Solange wir hier bleiben und eine warme Unterkunft haben, werde ich mich nach den Strapazen der letzten Wochen nicht darüber beschweren.« Nerestro lutschte sich ein Stück Fleisch aus den Zähnen. »Dann hast du also in drei Tagen bereits deinen großen Auftritt, Bruder Rotwein. Was sollen wir bei dieser Krönung tun?«

»Seid einfach nur in meiner Nähe«, sagte Matuc und nahm sich ein Stück Brot. »Passt auf, dass mir bis zur Weihe nichts geschieht.«

»Das wird vermutlich sehr einfach sein«, meinte

Herodin. »Es wird in der Kathedrale nur so von Wachen wimmeln. Es ist der sicherste Ort in ganz Tarpol, nehme ich an.« Er streckte sich ein wenig und sah den Mönch neugierig an. »Und? Hast du den Tadc schon gesehen? Ist er wirklich fetter als je zuvor?«

»Nein, ich habe ihn nicht gesehen«, seufzte der Ulldrael-Gläubige. »Aber Ihr werdet ihn bei der Zeremonie daran erkennen, dass es der einzige Junge mit einer Krone sein wird.«

Nerestro lachte. »Wo wirst du schlafen?«

»Ich werde mich umgehend in den Tempel begeben, um mich auf die Zeremonie vorzubereiten. Einen Tadc zum Kabcar zu machen, erlebt man nicht jeden Tag. Ulldrael soll zufrieden mit mir sein, wenn ich so eine wichtige Aufgabe übernehme.« Er erhob sich. »Ich werde Euch in drei Tagen in der Kathedrale erwarten. Kommt nicht zu spät, damit Ihr einen Platz vorne bekommt.« Matuc ging ohne einen Gruß.

Nachdenklich sah ihm der Ritter hinterher. »Etwas gefällt mir an der Sache nicht, Herodin«, sagte er leise. »Ich will, dass ihr alle bei der Weihe besonders gut aufpasst. Ich bin mir sicher, dass etwas geschehen wird und dass unser Mönchlein mehr weiß, als er preisgibt.«

»Ich schätze, es hat etwas mit dem Gouverneur von Granburg zu tun«, meinte Herodin bedächtig.

Nerestros Augen verengten sich. »Wieso?«

»Erst wollte er auf direktem Weg zur Provinzhauptstadt, danach kehrten wir um, als er hörte, dass der Gouverneur nicht in Granburg ist, stattdessen reisen wir nach Ulsar, wohin alle Gouverneure und Brojaken geladen sind, um an der Weihe des Tadc zum Kabcar teilzunehmen.«

»Erinnere dich: Wir haben den Gouverneur doch unterwegs getroffen«, warf Nerestro ein. »Am Flussufer.«

»Wir haben ihn aber nicht persönlich gesprochen, weil Ihr das Tau für die Fähre gekappt habt«, hielt Herodin dagegen. »Vielleicht soll er etwas mit dem Gouverneur für den Ulldraelorden klären. Außerdem scheint der Gouverneur nicht unbedingt ein beliebter Mensch zu sein. Der Überfall kurz vor Granburg galt eigentlich dem Statthalter. Ich habe gehört, wie einer der Angreifer Matuc nach dem Gouverneur gefragt hat.«

Der Ritter winkte ab. »Das ist zwar alles sehr interessant, aber es bleiben nur wüste Spekulationen. Im Grunde ahnen wir nur, dass in der Kathedrale etwas passieren wird. Und darauf werden wir uns einstellen.«

Der Unterfeldführer lehnte sich vor. »Wollt Ihr ihn wirklich töten, wenn wir unseren göttlichen Auftrag erfüllt haben?«

Ein böses Lächeln huschte über Nerestros Gesicht. »Er will es, und ich habe nichts dagegen.«

Mit einer schnellen Bewegung stürzte er seinen Wein hinab. »Gute Nacht.« Schwerfällig erhob er sich, der benebelnde Alkohol und die massige Rüstung taten ihre Wirkung.

Müde schleppte er sich auf das Zimmer, entledigte sich allen Metalls, das er am Leib trug, und verrichtete sein allabendliches Gebet zu Angor, die aldoreelische Klinge in Händen haltend.

Danach schritt er zum Fenster und sah hinaus auf die grauen, Schnee bedeckten Gassen, auf denen sich immer noch Menschen bewegten. Männer in dicken Mänteln, mal aus Pelz, mal aus schwerem Stoff, Frauen in weiten Umhängen, die nicht weniger kostbar als die Kleidung ihrer Männer schienen. Reiche Bürger nutzten ihre Kutschen, um durch das dunkle Ulsar zu reisen und gefahrlos von einem Ort zum anderen zu gelangen.

Auch wenn Nerestro den Luxus der Herberge schätzte, die Welt in der Hauptstadt Tarpols war nicht die seine. Überall Häuser, die so hoch und so eng aneinander gebaut waren, dass selbst im Sommer nur spärliches Licht auf das Kopfsteinpflaster fiel.

Die Luft war durchsetzt mit den unterschiedlichsten Gerüchen, manchmal stank es widerlich nach Kot und Urin. Bestimmte Teile der Stadt wurden von Banden regiert, so erzählte man sich, die nur darauf warteten, dass sich Unkundige hierher verliefen, um leichte Beute zu sein.

Im Grunde seines Herzens hasste der Ritter den Zustand des Landes. Vom Einfluss der Bojaken und Adligen regiert, zählten echte Krieger, wie seine Brüder des Angor-Ordens der Hohen Schwerter, schon lange nicht mehr in diesem Königreich zu denen, die etwas zu sagen hatten. Die Tage, in denen ihrem Wort bei den Regenten Gewicht gegeben wurde, waren lange vorbei.

Das Unrecht gegen die Kleinen schien an der Tagesordnung, das vom alten Herrscher deshalb toleriert wurde, weil die Großbauern über mehr Geld verfügten als er – und wegen der Schulden, die der Kabcar bei ihnen hatte.

Mit diesem dicken Burschen, der in drei Tagen den Thron besteigen sollte, in den er vermutlich nicht einmal hineinpasste, würde es gewiss nicht besser werden. Im Gegenteil, er fürchtete, dass das Land nun endgültig in die Hand der Fürsten und Großbauern fallen würde.

Und als ob das nicht alles schon schlimm genug wäre, hatte er die Frau verloren, die er trotz aller Unterschiede, vom Glauben bis zum Äußeren, gerne an seiner Seite gehabt hätte.

Nerestro hob den Blick und sah zum Sternenhimmel, der sich wie ein schmales, schwarzes Seidenband zwischen den Häuserschluchten zeigte. Vereinzelt funkelten Gestirne wie Diamanten auf und sandten ihr kühles Licht auf die Erde.

»Belkala«, sagte er leise, schloss die Augen und rief sich die schönen Momente der Reise zurück.

Sicherlich, ihr Herz hätte er wahrscheinlich niemals

für sich erobern können, aber immerhin wäre sie in seiner Nähe gewesen. Nun lag die schöne Priesterin zusammen mit seinen toten Männern leblos unter einem Haufen Steine vor den Toren Ulsars.

»Ich hoffe, dein Gott Lakastra hat dich gefunden«, murmelte er und ging zu Bett.

In dieser Nacht hatte der Ritter einen furchtbaren Albtraum.

Er sah die verschneiten, steinernen Grabhügel abseits des Weges. Dann begannen die Brocken von Belkalas Grab sich zu bewegen, einer nach dem anderen rollte herab, bis die Priesterin vollständig im Freien lag. Fahlblau war ihr gefrorener Körper, ansonsten wirkte sie schlafend.

Immer näher ging er im Traum an sie heran.

Als er ihr Gesicht in voller Größe vor sich hatte, schlug sie plötzlich die Augen weit auf, klirrend splitterten die zu Eis erstarrten Lider. Statt in angenehm warmen Bernstein zu leuchten, glühte die Iris bedrohlich Giftgelb.

Belkala schoss in die Höhe, riss den Mund auf und fletschte die spitzen Eckzähne, die auf das Doppelte angewachsen waren. Die gefrorenen Lippen bekamen Sprünge und barsten, das komplette Gesicht wurde mit einem Mal von einem wilden Muster aus Rissen überzogen. Das Fleisch platzte von den Knochen, bis nur noch fasrige Muskelreste, vereinzelte Hautfetzen und die dunkelgrünen Haare am Kopf hingen.

Der Ritter wich in seinem Traum zurück, doch das Wesen setzte nach, holte ihn ein und nahm seinen Kopf sanft zwischen die kalten Hände. Bleiche Fingerknochen schauten aus der aufgesprungenen Haut hervor.

Langsam nährte sich Belkalas halb zersetzter Mund Nerestros und drückte ihm einen eisigen Kuss auf die Lippen.

»Wir werden uns wieder sehen, Geliebter«, versprach

die Traumgestalt mit glühenden Augen. »Schon bald. Wir alle werden uns wieder sehen.«

Die Steine auf den Gräbern seiner Männer bewegten sich nun ebenfalls und gaben die Toten preis. Umständlich erhoben sich die Gestorbenen und kamen stumm auf die beiden zu.

Gelähmt schaute Nerestro auf die gefallenen Männer, die sich durch unheimliche Kräfte wieder wie Lebende bewegten. Was auch immer hier geschah, es war nicht der Wille Angors, da war er sich sicher. Er griff nach seinem Schwert, fand es aber nicht.

Belkala gab ihm einen wilden Kuss auf den Hals, ihre Hände gruben sich in seinen Nacken und kratzten in seine Haut.

»Ich kann es kaum erwarten, Geliebter«, flüsterte sie. »Aber zuerst muss ich mich stärken.«

Abrupt wandte sie sich um und riss einen der auferstandenen Männer nieder. Mit seinem eigenen Dolch brach sie dem hilflos Strampelnden ein großes Stück Fleisch aus dem Bauch und machte sich gierig darüber her.

Nerestro erwachte zitternd aus dem Traum und griff in einem Reflex nach seinem Schwert. Die blanke Klinge in der Hand, saß er in seinem Bett und starrte in die Dunkelheit, vor seinem geistigen Auge spiegelten sich immer noch die Eindrücke der letzten Sekunden.

Nach und nach wich die Anspannung.

Der Ritter stieg aus dem Bett, kniete nieder und verbrachte den Rest der Nacht in stillem Gebet zu Angor. Vielleicht würde er ihm einen Hinweis geben, was sein Traum zu bedeuten hatte.

Völlig versunken in Litanei und Andacht, bemerkte er die Gestalt, die vor seinem Fenster hockte, nicht. Purpurfarben leuchtende Augen beobachteten ihn aufmerksam bis zum Morgengrauen, dann verschwand das Wesen.

»Ihr seht blass aus. Habt Ihr schlecht geschlafen?«, erkundigte sich Herodin beim Frühstück bei seinem übernächtigten und müden Herrn. »Unsere Betten waren sehr gut.«

»An den Betten hat es nicht gelegen«, meinte Nerestro knapp und nahm einen Schluck von dem dampfenden Tee. Das heiße Getränk verbrannte seine Zunge, schnell stellte er die Tasse wieder ab. »Ich hatte einen seltsamen Albtraum letzte Nacht. Und ich weiß nicht, ob es ein Zeichen von Angor war oder nicht.«

»Ein Zeichen? Welcher Art?«

Der Ritter sah den Mann an. »Der unangenehmen Art. Sehr unangenehm. Wenn Granburg nicht so weit entfernt und die Krönung nicht übermorgen wäre, würde ich sofort dahin aufbrechen und nachsehen.«

Der Unterfeldführer verstand gar nichts mehr. »Nachsehen? Was denn nachsehen?«

Nerestro winkte ab. »Vergesst es. Ich habe bestimmt nur zu viel Wein getrunken und mir deshalb wirre Gedanken gemacht.« Er machte sich ohne ein weiteres Wort über das Frühstück her und verschlang Unmengen an Brot, Wurst und Käse. Dann lehnte er sich auf dem Stuhl zurück und sah an die Holzvertäfelung der Decke.

»Wir werden nachher einen Rundgang machen und uns die Kathedrale ansehen. Vielleicht finden wir unterwegs die ein oder andere Schmiede, die exquisite Stücke zum Verkauf bietet. Eure Schwerter bräuchten zumindest mal eine Ausbesserung, und wenn wir schon in der Hauptstadt sind, sollten wir das nutzen.« Seine Begleiter nickten zustimmend.

Als sie sich erhoben, um Vorbereitungen für den Ausflug zu treffen, hielt Herodin inne und starrte auf Nerestros Nacken.

»Herr, Ihr habt da so etwas wie eine böse Kratzwunde.« Er kam näher und schaute sie sich mit prüfender

Miene an. »Mh, das sieht aus wie von einem Dornengestrüpp oder einem Tier. Hat Euch vielleicht heute Nacht eine große Katze im Bett heimgesucht und Euch so die Albträume beschert?« Der Unterfeldführer lachte. »Das arme Tier, keine Wunder. Es hat sich bestimmt mit Zähnen und Klauen gewehrt. Es liegt mit Sicherheit erdrückt irgendwo zwischen den Matratzen.«

Der Ritter tastete vorsichtig im Genick und entdeckte die Rillen. Fünf Stück zählte er. Tiefe Furchen, die erstaunlicherweise unangenehm zu brennen begannen, nachdem er sie entdeckt hatte. »Ja, ich habe mich wohl im Traum irgendwie verletzt«, log er.

Das lange Kettenhemd verbarg seine zitternden Knie, und dafür war er äußerst dankbar. Sollte Belkala mehr als Einbildung gewesen sein? Wie konnte das möglich sein, dass eine Traumgestalt Wunden hinterließ? Ein schneller Gedanke rief die entstellte Kensustrianerin vor sein geistiges Auge, und Schauer durchliefen ihn.

»Ist Euch wirklich gut, Herr«, fragte Herodin erneut. »Oder hat Euch eine Erkältung im Griff?«

»Es geht schon.« Nerestro straffte sich und ging auf sein Zimmer, um Rüstung und Pelze anzulegen, damit die Kälte das Metall nicht am Körper festfrieren ließ.

Der Tross aus schwer gerüsteten Ordenskriegern des Gottes Angor und fast nicht weniger ausstaffierten Knappen, der wenig später durch die Straßen Ulsars ritt, machte Eindruck.

Sie waren nun offiziell unterwegs, und Nerestro hatte daher befohlen, Flagge zu zeigen. Wimpel flatterten im eisigen Wind, das große Banner Angors wehte weithin sichtbar in der Mitte des Zuges. Das Stück Stoff war sowohl Warnung als auch stolzes Zeichen zugleich. Jeder, der den stilisierten Panther, der eine Axt und ein Schwert in den Pranken hielt, sah, wusste, dass er um diese Ritter besser einen weiten Bogen machen sollte, wenn er sich Unbequemlichkeiten ersparen wollte.

In Ulsar schien man dies zu wissen. Einfaches Volk wich schnellstens zur Seite aus, Adlige und besser Gestellte schauten ihnen hinterher und die Stadtwache, die in unregelmäßigen Abständen patrouillierte, warf den Kämpfern missbilligende Blicke zu. Die offen getragenen Waffen wurden nicht gerne gesehen, aber die Orden genossen in der Beziehung die gleichen Privilegien wie Adlige.

Einem Krieger das Schwert zu verbieten kam einem Ehrbruch gleich, und darauf reagierten sie mit Mord und Totschlag. In diesem Fall bestand aber wenig Gefahr, dass die Männer Anlass für Händel sein könnten. Turniere standen in nächster Zeit nicht an, die einzig schlagkräftigen Männer waren die Angehörigen der Wache.

Vor einem Waffenladen hielt Nerestro an und stieg ab, seine drei Ritter folgten ihm in das Innere des Gebäudes.

Das geräumige Zimmer starrte vor Schwertern, Rüstungsteilen und Schilden, die entweder sorgsam in Vitrinen standen oder in Halterungen an der Wand aufbewahrt wurden.

Der Anführer der Ritter des Ordens der Hohen Schwerter nahm einen Rundschild vom Haken, legte ihn sich an und vollführte ein paar spielerisch anmutende Abwehrbewegungen, als sei das Gewicht an seinem Arm so leicht wie ein Schleier.

»Der Schild besteht aus zehn Schichten verleimten Holzes, vier unterschiedlich dicken Ledereinlagen und einer dünn getriebenen Decke aus Metall«, kam es zwischen den Regalen hervor. »Wenn Ihr nicht mindestens vierzig Waslec in der Tasche habt, dann lasst ihn besser hängen.«

Nerestro blickte amüsiert in die Runde seiner Männer

und knallte den Schild auf den Tresen, dass es Ohren betäubend krachte.

»Was macht Ihr da?« Ein Mann um die dreißig Jahre in modischsten Gewändern mit Lederschürze und gepflegtem Äußeren erschien mit sehr abweisendem Gesicht. Er war ziemlich groß und hatte für die kalte Gegend im Norden des Kontinents äußerst braune Haut. Nerestro erkannte auf den ersten Blick, wen er vor sich hatte.

Es musste ein Angehöriger der ontarianischen Handelsgilde sein. Die Kaufleute kontrollierten den Warenaustausch zwischen den Königreichen und Baronien, waren ausgestattet mit Privilegien und Sonderrechten, die sie in ihrer Monopolstellung immer weiter stärkten – sehr zum Ärger der Reiche und der kleinen Händler, denen damit die Möglichkeit auf großen Reichtum durch Fernhandel genommen wurde. Die verliehenen Vorzüge verteidigten die Ontarianer mit allem Engagement, inklusive der Nutzung von Söldnern, sollten sich Räuberbanden oder kaufmännische Rivalen zu sehr für ihre Routen interessieren.

»Wenn Ihr einen Kratzer in die Metallschicht gemacht habt, müsst Ihr den Schild bezahlen. Und zwar den vollen Preis.« Als fiele es ihm jetzt erst auf, richtete der Ontarianer den Blick auf die Ordensinsignien, die sichtbar auf den Rüstungen der vier Männer prangten. Die Farbe wich etwas aus dem Antlitz, der Adamsapfel hüpfte hektisch. »Oh, ich entschuldige mich bei Euch, edle Herrschaften. Mein Name ist Secho. Ich wusste nicht, dass …«

»Und ich wusste nicht, dass von diesem kleinen Schubser deine Schilde kaputt gehen«, fiel ihm Nerestro ins Wort. Er glaubte dem Kaufmann kein Wort, die schauspielerischen Fähigkeiten der Gilde waren hinreichend bekannt. Also musste man den Spieß umdrehen. »In einem Kampf müssen sie viel mehr aushalten.« Er nickte Herodin zu, der in einer fließenden Bewegung sein Schwert zog und einen gewaltigen Schlag gegen den Schild ausführte.

Wie Papier faltete sich die Deckung in der Mitte um die Klinge, das Holz zerbrach, wurde jedoch von dem Metall zusammengehalten. »Wie soll ein Krieger mit deiner Ware einen Kampf überleben?« Geringschätzig warf er fünf Waslec auf den Schrott. »Mehr war er nicht wert. Danke mir nicht für meine Großzügigkeit.«

»Oh«, der Mann kratzte sich am Kopf. »Ich verstehe das nicht.« Etwas fassungslos hob er den zertrümmerten Schild hoch. »Aber wir haben noch ganz andere Ware im Angebot. Das hier war minderwertiges Zeug aus … Borasgotan. Die wissen gar nicht, welches Leder das Beste ist.« Secho wieselte um die Theke, schnappte nach einem Dreieckschild und hielt ihn vor sich. Sanft klopfte er dagegen. »Na, Herrschaften? Das ist ein Klang. So hört sich nur Qualität an.«

Nerestro hob die Faust, die im Eisenhandschuh steckte, und hämmerte drauflos.

Der überraschte Händler taumelte samt Schutzwaffe mehrere Meter nach hinten, polternd verschwand er in einem Regal mit Schwertern.

Schützend hob er den Schild über den Kopf und machte sich darunter so klein wie möglich, während eine Klinge nach der anderen auf ihn herab regnete und mit dumpfen Geräuschen von dem Schutz abprallte.

Nerestros Männer lachten, während der Ritter lächelnd die Faust ausschüttelte, zu dem Handwerker ging und ihm bei Aufstehen half. Das Eisen des Panzerhandschuhs hatte Dellen im Metall hinterlassen, die Schwerter Kratzer gezogen.

»Den werde ich nie mehr jemandem verkaufen können«, jammerte Secho leise und zog seine Lederschürze zurecht.

»Keine Angst, ich kaufe ihn«, beruhigte ihn der Ordensritter. »Hier hast du zwanzig Waslec. Genügt das?«

»Für so einen guten Schild? Herr, ich bitte Euch! Bei der Kraft, die Ihr habt, und nur ein paar kleine Vertiefungen, das müsste Euch mindestens das Doppelte wert sein.« Listig grinste der Händler. »Er ist mit Iurdum beschichtet.«

Nerestro schaute einen Moment verblüfft, dann stimmte er in das Gelächter seiner Ritter mit ein. »Du bist mir ein Held. Nun gut, ich gebe dir fünfzig Waslec. Aber dafür werden wir deine Schmiede und dein Erz benutzen, um die Klingen meiner Kampfgefährten auszubessern.«

»Wir haben die beste Schmiede und die heißeste Esse in ganz Ulsar«, verbeugte sich Secho. »Sie werden aussehen wie neu.« Die Ritter schnallten ihre Waffen ab und legten sie auf den Tresen.

Aufmerksam betrachtete sie der Ontarianer. »Das letzte Mal, dass ich die Hohen Schwerter in Ulsar gesehen habe, ist mindestens vier Jahre her«, sagte er nach einer Weile. »Ihr seid gewiss wegen der Krönung des Tadc hier, nicht wahr? Oder sollte ein Turnier anstehen?«

Nerestro lächelte. »In der Tat, wir sind hier, um dem neuen Kabcar unsere Aufwartung zu machen. Gibt es über ihn etwas, das man wissen sollte?«

»Schenkt ihm keine Lebkuchen mit Mandeln«, riet der Händler. »Er neigte einst dazu, das Essen fast ungekaut zu schlucken, und eine Mandel hätte ihn beinahe schon einmal das Leben gekostet.«

»Das meinte ich nicht, Krämer.« Der Ritter warf dem Mann zuerst einen bösen Blick, danach eine weitere Hand voll Waslec auf den Tisch.

Etwas pikiert sah Secho auf die Münzen. »Ihr haltet mich wohl für eine Nachrichtensäule?«

»Eure Art ist dafür bekannt, eine Nachrichtensäule zu sein«, meinte Herodin in viel sagendem Tonfall.

Der Mann neigte den Kopf etwas zur Seite und blickte Nerestro in die Augen. Die Pupille des Ontarianers weitete sich und drängte das Grün der Iris bis auf einen schmalen Ring zurück.

Jetzt liest er seine Gedanken. Herodin musste an das denken, was das einfache Volk über die Händler sagte. Angeblich waren die meisten Ontarianer deshalb so erfolgreich bei Verhandlungen, weil sie die Ideen und Geheimnisse der Geschäftspartner sehen konnten.

Etliche tarpolische Kaufleute trugen ominöse Amulette gegen diese nachgesagte Fähigkeit der Ontarianer, die in keinem der Länder Ulldarts heimisch waren. Zwar saßen sie in allen Reichen des Kontinents, aber einen eigenen Staat hatten sie niemals errichtet. Sie integrierten sich in das jeweils Vorhandene und erarbeiteten sich dank des Fernhandelmonopols schnell Vorzüge.

Ein Ruck ging durch Sechos Körper, die Pupillen zogen sich zur ursprünglichen Größe zusammen. »Aha. Was genau möchtet Ihr wissen?«

Nerestro sah den Mann an. »Wenn dein Volk wirklich Gedanken lesen kann, weißt du es jetzt. Ansonsten möchte ich alle Gerüchte hören, die sich um die Krönungszeremonie ranken.«

Secho lachte laut los. »Nein, Herr, ich kann keine Gedanken lesen. Ich wollte es auch nicht. Es würde mich bestimmt in unangenehme Situationen bringen, schätze ich?« Er nahm die Schwerter der drei Ritter beiläufig vom Tisch. »Aber an Gerüchten seid Ihr interessiert. Mh, lasst mich einen Moment überlegen.« Der Ontarianer stützte sein Kinn auf die Hand. »Es gibt das Gerücht, dass der Tadc seinen Vater deshalb so schnell verbrennen ließ, weil er dessen Tod arrangiert hat und Beweise vernichten wollte. Und in die Welt gesetzt wurde diese Neuigkeit vom borasgotanischen Botschafter. Die Zeremonie selbst soll groß angelegt sein, mit Beteiligung des Volkes. Der Tadc möchte zeigen, dass er sich keineswegs vor irgendetwas fürchtet. Der genaue Ablauf der Krönung ist am Portal der Kathedrale angeschlagen, wenn Ihr es selbst nachlesen möchtet.«

Ein Bediensteter erschien, nahm die Schwerter und verschwand damit. Die Ritter und Knappen folgten ihm in die Schmiede.

In vier Becken glühten die Holzkohlen dunkelrot; mit jedem Stoß aus den riesigen Blasebälgen, die seitlich montiert waren, wechselten sie ihre Farbe in gleißendes Weiß. Die Wände hingen voll mit Werkzeugen, Zangen, unterschiedlich schweren Hämmern, Feilen und vielem mehr an Handwerksgerät.

Die Ritter zogen ihre schwersten Rüstungsteile aus und machten sich ans Werk. Die Schwerter wurden erhitzt, neues Erz sorgsam eingeschmiedet und so lange bearbeitet, bis nichts mehr von Scharten zu sehen war.

Mehrere Stunden lang standen die Ordenskämpfer an den Kohlenbecken und verbesserten ihre Waffen mit meisterlicher Hand. Genauestens wurden sie zum einen von Nerestro beobachtet, zum anderen ließ sich Secho immer wieder mal in dem Raum sehen, um einen Blick auf die Ritter zu werfen.

Herodin, inzwischen Schweiß gebadet, winkte den Mann zu sich heran, beugte sich herab und flüsterte ihm etwas ins Ohr. Der Händler wechselte daraufhin leicht die Farbe. Der Ritter grinste böse und kühlte die Klinge in einem Bottich Wasser ab. Zischend schoss weißer Dampf in die Höhe.

»Was habt Ihr zu ihm gesagt?«, erkundigte sich Nerestro und reichte ihm einen Krug.

»Ich habe ihm gesagt, dass wir, wenn wir nur den Hauch von Minderwertigkeit an seinem Erz entdecken, ihn auf den Amboss legen und ihn mit einem glühenden Hammer schmieden werden.« Er nahm einen Schluck und legte die andere Hand an den Gürtel. »Ich fühle mich nackt ohne mein Schwert. Nur der Langdolch erscheint mir etwas wenig. Aber es wird noch dauern, bis wir die Waffen nehmen können.«

»Was wollt Ihr denn mit Eurem Schwert? Wollt Ihr in Ulsar Ungeheuer erschlagen?«, zog in der Anführer freundschaftlich auf. »Stellt Euch vor, wir würden einem besonders bösartigen Exemplar begegnen, und Ihr, Herodin der Mächtige, könnte es nicht mit dem Schwert niederstrecken, sondern müsste es gar erwürgen.«

»Sehr komisch, Herr, sehr komisch.« Herodin wischte sich den Schweiß von der Stirn und legte die Rüstung und die Pelze wieder an.

»Kommt, wir machen einen Stadtbummel, während die Klingen vollends abkühlen. Der ein oder andere von Euch könnte ein Bad nehmen, wenn ich Euch so betrachte.« Die Ritter gingen durch den Verkaufsraum nach draußen und schwangen sich in die Sättel.

»Ich weiß, wie Ihr Euch fühlt.« Nerestro lenkte sein Pferd in Richtung der gewaltigen, weithin sichtbaren Ulldrael-Kathedrale. »Aber hier werdet Ihr die Klinge nicht brauchen. Die Stadtwache macht einen tüchtigen Eindruck. Zur Not habt Ihr noch mich.«

»Und wenn ich zum Duell gefordert werde?« Der Ritter machte wirklich einen sehr unglücklichen Eindruck.

»Dann nehmen die Knappen die Armbrust und erschießen ihn.« Die anderen beiden Kämpfer schmunzelten, der Burgherr beschleunigte das Tempo.

Groß, wuchtig und wie ein Berg inmitten von Hügeln hob sich die Ulldrael-Kathedrale von den umliegenden Gebäuden ab. Die Architekten hatten ein kleines Wunder vollbracht. Seit mehr als achthundert Jahren stand das Gotteshaus, das damit älter als der eigentliche Tempel war und sich vom Anblick gänzlich von allem anderen in der Umgebung unterschied. Schmale, spitze Türme, die sich in Schwindel erregende Höhen stemmten, riesige bunte Glasfenster und goldene Kuppeldächer fielen sofort ins Auge.

Der auffällige Tross machte auf dem Vorplatz Halt. Die Ordenskrieger saßen ab und gingen auf das Portal zu, vor dem vier Ulldraelpriester standen und Opferschalen in den Händen hielten.

Ohne sie eines Blickes zu würdigen, setzten die Kämpfer ihren Weg fort. Aus den Augenwinkeln bemerkte Herodin, dass ein jüngerer der Männer wohl den Mund geöffnet hatte, um etwas zu sagen, aber von seinem älteren Mitbruder durch ein schnelles Kopfschütteln an jeder Bemerkung gehindert wurde.

Die Kathedrale schien unendlich lang zu sein. Am anderen Ende, scheinbar ganz klein, stand das Ulldrael-Heiligtum. Nerestro bezweifelte, dass der Bolzen einer Armbrust von hier bis auf die andere Seite fliegen würde. Säulen, die mehrere Meter dick waren, trugen die Dachkonstruktion, an die fünfzig Mann aufeinander gestellt nicht hinreichen würden. Querbalken und -verstrebungen, errichtet, um den immensen Druck abzuleiten, bildeten ein seltsames Muster. Nerestro zählte dreißig verschiedene Gongs, die unterhalb der Decke mit dicken Ketten verankert waren und scheinbar frei in der Luft schwebten. Die größte der Metallscheiben hatte mit Sicherheit den Durchmesser des Rades einer Windmühle. Zu jeder führten kleine Stiegen, die bei einem Podest endeten, auf dem ein Mann stehen konnte. Die bunten Glasfenster schufen ein seltsam unwirkliches Licht im Inneren, dicke Qualmwolken vom Räucherwerk formten schwebende, sich ständig verändernde Figuren.

An den Wänden hingen Reliefs, gigantische Gemälde mit Darstellungen aus der Mythologie Ulldarts und von der Erschaffung der Welt. Im Raum standen Statuengruppen, die solche Kämpfe plastisch machten. Fast alle Götter waren zu finden. Ulldrael selbst erschien in seiner ganzen Güte, ein betagter Mann in schlichter Kleidung und mit leuchtend gelben Haaren wie das reife

Korn. Eine Abbildung von Tzulan jedoch suchte man vergebens.

Steile Wendeltreppen, die sich um Säulen wanden, führten nach oben auf eine anscheinend nachträglich eingezogene Promenade, die wiederum zu Logen führte. Hier saßen bei Feierlichkeiten die Mitglieder des Geheimen Rates, die Oberen des Ulldraelordens, und wachten über die Abläufe.

Mobiliar fehlte im Bereich der Ritter vollständig. Erst weiter vorne, in Richtung Heiligtum, fanden sich schwere Holzsessel für die Reichen und Mächtigen Ulsars. Das einfache Volk betete im Stehen oder kniete sich auf den polierten Steinboden. Die kalte Luft war erfüllt vom Murmeln der Betenden.

»Eindrucksvoll«, flüsterte Herodin, obwohl er eigentlich seine Stimme nicht senken wollte.

»Zumindest für den, der sich davon beeindrucken lässt«, erteilte ihm Nerestro indirekt eine Rüge. Weithin hörbar hallten seine Worte durch die Kathedrale. »Wir alle werden den Ablauf der Zeremonie auswendig lernen, danach werden wir das Innere abgehen. Ich möchte, dass wir uns, sollte es notwendig sein, blind hier bewegen können. Einer der Knappen wird einen Plan anfertigen.«

Die Männer nickten und verteilten sich. Der ein oder andere Einheimische beobachtete die Ritter bei ihrem Treiben und konnte sich ihr Tun nicht recht erklären.

Von hinten nach vorne durchschritten sie die Kathedrale, bis sie am Heiligtum angekommen waren. Zehn Mal so groß wie ein Mensch erhob sich die Statue von Ulldrael, mit lächelndem Gesicht, in einer Hand ein Buch, in der anderen eine Hand voll Getreide. Zu seinen Füßen scharten sich einfache Menschen und begaben sich unter seinen Schutz. Zerbrochen vor ihm lagen ein Schwert und eine Lanze.

»Pah«, murmelte Nerestro verächtlich, als er die Symbole seines Standes zum Zeichen der Friedfertigkeit und des Gewaltverzichts zerbrochen sah. »Es wird die Zeit kommen, da werden sie froh sein, wenn eine starke Klinge und eine sichere Lanze für Ordnung sorgen.«

»Da seid Ihr Euch sicher?«, erklang es plötzlich neben ihm.

Betont langsam wandte sich der Ordenskämpfer um und schaute den Priester in der schlichten, dunkelgrünen Robe an, der sich unbemerkt neben ihn gestellt hatte. Er war mehr als einen Kopf kleiner.

»Da bin ich mir sicher.« Nerestro reckte sich. Am Ausdruck im Gesicht des Mannes erkannte er, dass der gerade bereute, den Ritter angesprochen zu haben. »Ich werde mich aber nicht auf einen Disput mit dir einlassen, Mönch. Ich bin hier, um dem Kabcar in zwei Tagen meine Aufwartung zu machen. Und dazu gehört es auch, die Zeremonie zu besuchen, die ihn in sein Amt einführen wird.«

»Das wird den Thronfolger mit Sicherheit freuen«, sagte der Mönch lächelnd. »Aber habt Ihr eine Einladung? Jede Person, die hier mit Waffen eintreten möchte, benötigt ein Schreiben des Palastes, das ihn dazu berechtigt. Ihr versteht diese Maßnahme, nicht wahr?«

»Ich bin Nerestro von Kuraschka vom Orden der Hohen Schwerter, Kämpfer für Angor. Und ich habe keinerlei Erlaubnis nötig, um dieses Schwert an meiner Seite tragen zu dürfen. Nicht deine, nicht die des Palastes oder sonst eines Menschen. Wer sollte mich daran hindern?«

»Es ist nicht meine Entscheidung«, sagte der Mann mit geneigtem Kopf. »Es wurde die Anweisung gegeben, Besucher darauf hinzuweisen.« Er sah zu den Rittern, die in der Kathedrale standen. »Und Eure Männer werden ebenfalls eine Einladung benötigen. Ich werde Euch im Moment nicht daran hindern können, aber bei der Zeremonie werden genügend Wachen hier sein, mit denen Ihr Eure Ansicht besprechen könnt.«

»Dann machen wir dem zukünftigen Herrscher Tarpols eben keine Aufwartung«, sagte Nerestro kühl. Er wandte sich auf dem Absatz um, winkte seinen Begleitern zu und stapfte aus dem riesigen Gebäude.

Als sie vor das Portal traten, begann es zu schneien. Dicke, weiße Flocken fielen aus dem grauen Himmel und bedeckten schnell Dächer, Straßenpflaster und alles, was im Freien stand, mit einer dünnen, kalten Schicht.

Die Ritter saßen auf. »Wir werden uns einen anderen Weg in die Kathedrale suchen müssen als durch das Hauptportal«, sagte Nerestro zu Herodin und nickte zu einer schmalen Pforte, die undeutlich zwischen all den Pfeilern zu sehen war. »Ich denke, das ist der richtige Eingang für uns.« Seine Leute grinsten. »Und nun gönnen wir uns die Freuden eines Badehauses. Ich habe schon lange keine Massage mehr genossen.«

Die kleine Streitmacht setzt sich in Bewegung. Und je weiter sich die Männer entfernten, desto erleichterter wirkten die vier Ulldraelmönche am Eingang der Kathedrale.

Ulldart, Königreich Palestan, Hauptstadt Tuillé, Winter 442/443 n. S.

»Meiner Ansicht nach war es der Fehler von Commodore Gial Scalida. Ich habe ihn noch gewarnt, sich nicht an dieser Stelle auf die Lauer zu legen. Aber er wusste es besser. Er meinte, ich wäre zu unerfahren, das beurteilen zu können. Werte Kaufherren, wir haben nichts gegen diese Schiffe ausrichten können. Sie wollten uns absichtlich vernichten, und wir waren ihnen so unterlegen wie die Iurd-Krone dem Rogogard-Heller.« Adjutant Parai Baraldino sank in sich zusammen und schaute in die gespannten Gesichter der zwanzig Männer. »Wenn Ihr nur gesehen hättet, was ich gesehen habe. Schiffe, so hoch wie ein ganzer Palast. Feuer, das nicht durch Wasser gelöscht wird, und Katapulte, die Speere verschießen, für die das dickste Holz kein Hindernis darstellt. Steine hat es geregnet, ochsengroß!« Der angehende Offizier schloss die Augen. »Die Männer sind verbrannt, bei lebendigem Leib. Um mich herum stand das Meer in Flammen, Tote trieben an mir vorüber, und irgendwelche Wasserwesen fraßen die Leichen. Die Kensustrianer sind einfach weitergesegelt.« Er wedelte mit der Hand. »Sie haben uns weggewischt, wie man einen ungültigen Wechsel vom Tisch fegt. Man sieht nicht danach, man zertritt und zerstampft ihn. Ich …« Er verstummte und blickte ins Leere.

»Und das Gold?«, fragte einer der Kaufmannsräte, Phrons Seloni, in die Stille. »Was passierte mit den Barren?«

»Es liegt vermutlich auf dem Grund. Zwischen den Wracks. Verloren für immer«, antwortete Baraldino leise. »Vier Schiffe voller Gold, als Zier des Ozeans.«

»Besteht eine Möglichkeit, das Metall zu bergen?«, wollte Seloni wissen.

»Nein, Herr Rat. Unsere Karten haben die Tiefe mit sechsundsechzig Faden eingezeichnet. Nichts gelangt dorthin. Nicht einmal das Licht.« Der Offizier seufzte. »Ein unvorstellbarer Schatz.«

»Zusammenfassung«, knurrte Ratsmitglied Ricar Heruso und meinte mit der Anweisung den Schreiber, der an einem Pult am Ende des Versammlungsraumes saß.

»Werte Herren Räte. Palestan hat seine komplette Sondereinsatzflotte verloren: sechs Zweimaster, ein

Dreimaster, rund neunhundert Mann, dazu die Katapulte und die übrige Ausrüstung eines jeden Schiffs«, trug der Schreiber vor. »Summa summarum ein Verlust von mindestens 115 000 Hellern, ohne Einrechnung der vielen kostbaren Zeit für die Vorbereitungen.« Ein Ächzen ging durch die Reihen der Kaufleute. »Hinzu kommen die verlorenen Einnahmen durch den Untergang der tersionischen Flotte, geschätzte eine Million Heller nach dem derzeitigen Marktwert des Goldes. Summa summarum belaufen sich damit die Verluste Palestans auf 1,175 Millionen Heller. Abgerundet.« Der Schreiber setzte sich wieder.

»Welch ein Debakel«, flüsterte jemand.

Schor Josici, der Sprecher des Kaufmannrates, rückte seinen hohen, schwarzen Hut zurecht und verzog das Gesicht. »Ich gedenke nicht, dem Staatsschatz diese Summe anzulasten. Palestan wird sich das Geld von irgendjemand anderem besorgen. Und ich schlage daher vor, wir erheben formal eine Anklage, gekoppelt an einen Kriegsbeschluss, gegen Kensustria. Die Begründung: weil sie unsere Flotte während eines Gefechtes mit Piraten vernichteten. Wohlgemerkt, nachdem die Piraten zuerst das Feuer eröffnet hatten. Dass es unsere Schiffe waren, die sich als Rogogarder getarnt haben, muss keinen interessieren.«

Fassungsloses Schweigen herrschte im Raum. Baraldino glaubte, sich verhört zu haben.

»Der Gedanke gefällt mir«, sagte Seloni nach einer Weile. »Aber warum gleich den Krieg ausrufen?«

»Weil Kensustria sich nicht an dem Abkommen über die Scharmützelregelung beteiligt hat. Alle Reiche auf Ulldart haben sich bereit erklärt, Zwistigkeiten auf diese Art zu regeln, nur dieses Land nicht. Also können wir auch den Kriegsbeschluss gegen sie verhängen, ohne das allgemeine Reglement gebrochen zu haben«, erklärte Josici lächelnd.

»Vorsicht«, erhob Heruso seine Stimme. »Wir lösen damit vielleicht etwas aus, was wir unter Umständen nicht mehr kontrollieren können. Ich bitte zu berücksichtigen, dass Kensustria zwar das kleinere, aber vermutlich das stärkere Land ist, wenn es um die Schlagkraft von Soldaten geht. Man hört ja die tollsten Sachen, was die Kriegskunst angeht. Und die Schilderungen des bedauernswerten Baraldino hier tragen nicht unbedingt dazu bei, dass ich mich sicher fühle. Wenn sie mit diesen Schiffen die Jagd auf unsere Händler eröffnen, sind wir schneller ruiniert, als wir es bedauern können.« Zustimmendes Gemurmel setzte ein.

»Wir sollten zuerst die anderen Königreiche von dem Geschehen informieren«, riet ein anderes Mitglied des Gremiums. »Und zwar so, dass wir die bedauernswerten Opfer sind. Und was ist, wenn noch andere, zum Beispiel Seeleute aus Tersion, den Angriff überlebt haben? Dann wird unsere Argumentation wie ein Kartenhaus zusammenbrechen.«

Alle schauten wie auf einen lautlosen Befehl Baraldino an.

»Oh, ich weiß nicht, ob es außer mir noch jemand schaffen konnte«, beeilte er sich zu sagen. »Dass ich überlebt habe, verdanke ich zunächst einer halb vollen Proviantkiste, in der ich ausharrte. Wie Ihr wisst, werte Kaufherren, hat mich ein anderer Palestaner aus dem Wasser gefischt. Und nach Aussagen des Commodore haben sie sonst niemanden mehr gefunden. Das tersionische Suchkommando, das ausgesandt wurde, um nach der Lieferung zu sehen, ist uns erst danach begegnet, und auch sie haben nur noch Wrackteile gefunden. Wenn es Überlebende gab, sind sie inzwischen von irgendwelchen Ungeheuern verschlungen worden.«

Erleichterung machte sich in den Gesichtern der Kaufmannsräte breit. Der Offizier hatte ihre Bedenken zerstreut, die Aussicht auf einen Gewinn hatte gesiegt.

»Was denkt Ihr, Baraldino? Wird der Plan funktionieren?«, wollte Josici wissen.

»Ich habe da eher Zweifel«, meinte der Mann. »Aber ich hätte einen anderen Vorschlag. Palestan sollte sich zuerst mit Tersion absprechen.«

»Wie meint Ihr das?«, hakte Seloni nach.

»Nun, um die Geschichte perfekt zu machen, dachte ich an folgende Version. Die Goldflotte wurde von rogogardischen Piraten angegriffen. Unser Schiff, deutlich zu erkennen an den drei Segeln und der gehissten palestanischen Flagge, kam den Tersionern zu Hilfe und wollte Geleitschutz geben, als einer der Rogogarder das Feuer eröffnete. Die Kensustrianer hatten kein Recht, alle Schiffe zu versenken, und so können sowohl wir als auch Tersion Schadenersatz verlangen.« Baraldino verbeugte sich tief. »Die andere Version finde ich zu gefährlich. Zu gefährlich für uns, falls doch jemand überlebt haben sollte.«

Josici grinste über beide Ohren. »Sehr gut, Baraldino, sehr gut. Wir werden mit Tersion einen Anteil des Wertes vom verloren gegangenen Gold aushandeln, weil wir die Beweise erbringen, dass Kensustria am Verlust schuld ist und Entschädigung bezahlen muss. So werden wir mindestens eine halbe Million Heller aus der Sache schlagen können.« Der Sprecher des Kaufmannsrates nickte dem Offizier zu. »Seid Ihr sicher, dass Ihr kein Diplomat werden wollt? Ihr habt dazu mehr Talent als andere in diesen Diensten.«

»Gebt mir ein Schiff, das ist alles, was ich möchte«, sagte der Mann und verbeugte sich.

»Gut, Ihr sollt Euer Patent bekommen. Noch heute. Und dann werdet Ihr nach Tersion segeln, Euch mit Königin Alana der Zweiten treffen und sie vom ›wahren‹ Ablauf der Geschehnisse unterrichten. Niemand könnte das überzeugender als Ihr, der Betroffene und Überlebende des grausamen Schauspiels, das Kensustria allein zu verantworten hat. Ihr habt somit die Aufgabe, als Unterhändler Palestans zu fungieren.« Josici sah in die Runde. »Abstimmung, werte Herren Räte.« Alle Arme schossen in die Höhe. »Einstimmig. Meinen Glückwunsch, Commodore Baraldino. Von heute an seid Ihr Diplomat und Offizier. Macht Eure Sache mehr als gut. Der Rat erwartet von Euch, dass Ihr gegenüber Kensustria die Angelegenheit gut verhandelt. Nach Absprache mit der Königin werden beide Länder den Krieg erklären, zumal Tersion ein sehr guter Freund des Herrschers von Angor ist. Und Angors Ruf als schlagkräftiger Gegner ist bekannt. Kensustria wird sich die Sache von daher überlegen. Wenn sie bereit sind, die Forderungen zu zahlen, brauchen wir den Kriegsbeschluss nicht einmal zu fassen. Ansonsten …«

Baraldino verbeugte sich zum dritten Mal. »Ich danke dem Rat für sein großes Vertrauen. Ich werde Palestan nicht enttäuschen.« Der Offizier ging hinaus, wo er bereits von einem Schreiber erwartet wurde, der mehrere Urkunden in der Hand hielt.

»Einen Moment noch. Diese hier ist noch nicht ganz getrocknet.« Der Mann blies über das Papier, rollte es zusammen und lächelte Pflicht bewusst. »Bitte, da ist Euer Patent, Commodore Baraldino, das sind die Akkredition als diplomatischer Gesandter mit fast allen Vollmachten, und das ist das Befehlsdokument für die *Morgenröte*. Sie wird gerade zum Auslaufen bereit gemacht und dürfte morgen so weit sein.« Der Schreiber überreichte die Papiere und winkte nach hinten. Eine bewaffnete Gruppe näherte sich. »Das wird von heute an die Leibwache sein, die dem Diplomat Baraldino zusteht. Der palestanische König, der Kaufmannsrat und das Volk von Palestan wünschen Euch viel Glück, Commodore.« Der Schreiber machte einen Kratzfuß und verschwand.

Baraldino balancierte die Unmengen an Schriftstücken

irgendwie auf seinen Armen aus, während die Garde sich um ihn herum positionierte und scheinbar auf den Abmarsch wartete.

»Gut«, sagte der Commodore. »Dann wollen wir mal. Zum Hafen.« Er setzte sich in Bewegung. *Wenn mir das einer vorher gesagt hätte, ich hätte ihn ausgelacht,* dachte er. Vom Adjutant zum Schiffbrüchigen und innerhalb weniger Wochen zum Commodore und Diplomaten.

Nur ob er sich darüber richtig freuen sollte, das wusste er noch nicht so genau.

IV.

»Dann litt die Allmächtige Göttin große Langeweile, denn sie hatte niemanden, mit dem sie sich unterhalten konnte.

Sie nahm sich eine Prise Sternenstaub, einen Tropfen Wasser aus jedem Weltenmeer und modellierte drei Frauen und drei Männer.

Auch sie trocknete Taralea mit flüssigem Feuer, wobei eine der Figuren durch ihre Unachtsamkeit fast verbrannt wäre, eine weitere zu wenig Hitze erhielt und bleich blieb.

Danach gab sie ihnen Leben, Wissen und Namen: Tzulan, Angor, Ulldrael, Senera, Kalisska und Vintera.

Die Ersten Götter waren geschaffen, einer großartiger als der andere, eine schöner als die andere.

Nur Tzulan war pechschwarz, seine Augen brannten rot vom flüssigen Feuer, und auch sein Temperament war glühend, zischend, heiß. Kalisska dagegen blieb blass, kühl und fast ohne jegliches Gefühl.

Die Allmächtige Göttin freute sich sehr über die neue Schöpfung, denn sie war nun nicht mehr ganz alleine.«

Die Legende von der Erschaffung
der Ersten Götter

Ulldart, Königreich Tarpol, Provinz Ulsar, Hauptstadt Ulsar, Winter 442/443 n. S.

Fünfhundert Bauern, Tagelöhner und anderes einfaches Volk der Umgebung hatten eine Woche lang geschuftet, um Fahnen, Wimpel und Girlanden entlang der großen Straßen der Reichshauptstadt aufzuhängen. Weitere hundert sorgten dafür, dass sich die Nebengassen und Seitenstraßen in bestem Zustand befanden. Jedes kleinste Anzeichen von Schmutz und Unrat wurde beseitigt, Ulsar sollte sich der riesigen Prozession aus adligen und hoch gestellten Persönlichkeiten von der besten Seite zeigen, wenn sie zur Kathedrale zog.

Ein Erlass verbot zudem das ansonsten übliche Ausschütten der Bettpfannen und Dreckkübel aus dem Fenster bis nach den Feierlichkeiten; keine üblen Gerüche durften die empfindlichen Nasen stören, kein Spritzer auf die Karossen gelangen.

Das Kopfsteinpflaster wurde in Windeseile von einem weiteren Trupp Steinmetze ausgebessert, Löcher und wacklige Steine verschwanden. Ständig rollten Lebensmittellieferungen zum Palast, Tag für Tag reisten neue Gäste an, die sich das Schauspiel ansehen wollten.

Die ganze Hauptstadt bereitete sich nach außen hin eifrig auf das große Fest vor.

Im Volk saß jedoch eine gewissen Unsicherheit.

Noch war der Tadc kaum gesehen worden. Die wenigen Palastangestellten, die das riesige Anwesen abends verließen, erzählten kaum etwas oder Widersprüchliches. Klarheit würde erst die Krönung bringen, wenn sich der Sohn des allseits beliebten Grengor Bardri¢ zum neuen Herrscher Tarpols weihen ließ. Die Kathedrale, da war man sich im Volk sicher, würde die Menschen kaum fassen können, die hinein wollten.

Endlich war es so weit. Der Tag der Zeremonie stand

bevor, und da das Gebäude niemals seine Pforten verschloss, übernachteten einige Vorsichtige kurzerhand in der Kathedrale, um sich ihren Platz zu sichern. Am Morgen wurden sie jedoch von den Wachen wieder hinausgeworfen, sodass das Rennen um die besten Plätze von vorne begann.

Bereits in den Morgenstunden drängten die Ulsarer und andere angereiste Tarpoler in das Innere, das sich mehr und mehr füllte, bis nicht einmal die kleinste Maus durch den hinteren Innenraum hätte huschen können. Jeder Gast wurde auf Waffen untersucht.

Draußen drängten sich die zu spät gekommenen Menschen in eisiger Kälte auf dem Platz, um so vielleicht wenigstens einen kurzen Blick auf den neuen Herrscher werfen zu können. Fassaden wurden bestiegen, zu fünft und mehr hingen die Ulsarer an den Fenstern der benachbarten Häuser und beobachteten das Treiben. Selbst auf die verschneiten Dächer waren einige Wagemutige geklettert.

Dreihundert Wachen sorgten in der Kathedrale für Ruhe und Ordnung, weitere zweihundert drängten die Massen davor wenigstens so weit von den Stufen zurück, damit die Kutschen heranfahren konnten. Ulldraelmönche verteilten unter den Wartenden etwas zu trinken, während allmählich die ersten Persönlichkeiten eintrafen.

Nach und nach erschienen die wichtigsten Brojaken und Adligen des Landes. Die blendend schöne Cousine des Tadc eilte zu ihrem Stuhl, danach hielten die Diplomaten feierlichen Einzug und wurden wegen ihrer vornehmen, mitunter völlig andersartigen Kleidung von den Menschen gehörig bestaunt.

Die Abgesandten genossen ihren Auftritt, schritten fast majestätisch bis nach vorne, darauf bedacht, dass man sie von allen Seiten gut betrachten konnte.

Nachdem die Gäste wohl vollzählig versammelt waren, hielt der Geheime Rat des Ulldrael Einzug und begab sich auf die Empore hoch über den Köpfen der Menschen, die kaum einen Blick auf die Gestalten in den goldgelben Roben werfen konnten.

Nun wurden die Kohlenbecken in der ganzen Kathedrale entzündet, Mönche warfen gleich mehrere Hände voll Weihrauch auf die glühenden Stücke, und sofort verbreitete sich ein angenehmer, süß- milder Duft in der Kathedrale. Die Menschen wurden leiser, ruhiger.

Rings um das Heiligtum verteilten sich zweihundert Mönche, die einen Choral zu Ehren Ulldraels des Gerechten anstimmten. Kaum war der letzte Ton verhallt, wurden die Doppelflügel des gewaltigen Portals geöffnet.

Die Standartenträger trugen die Landes- und Provinzfahnen voraus und bildeten im vorderen Teil ein Spalier, durch das der Tadc auf dem Weg zum Heiligtum laufen sollte. Zunächst marschierte jedoch die Militärkapelle ein und spielte dabei den traditionellen Marsch der Bardri¢s, dahinter folgten zwanzig Mann der Leibwache, die gemächlichen Schrittes durch den Eingang kamen. Die Hälse der Umstehenden wurden immer länger, denn die Ankunft des Thronfolgers musste unmittelbar bevorstehen.

Dann kam er, Lodrik Bardri¢, der »TrasTadc« von Tarpol. Aber er sah keineswegs so aus, wie er jahrelang im Volk bekannt war.

Die Kathedrale betrat ein junger Mann mit blondem Bart, offen getragenen, dünnen blonden Haaren, deren Spitzen die Schultern berührten. Seine Figur wirkte in der dunkelgrauen, silberbestickten Uniform tadellos. Einen Akzent an der im Vergleich zu manch anderen Adligen schon auffällig einfachen Kleidung setzte der Stern der Bardri¢s, der wie von einem Feuer erhellt funkelte und das Licht zurückwarf. Die Hände steckten in weißen Handschuhen, der kostbare Pelzumhang aus weißen Hermelinen mit Samt- und Seidenbesatz war das Zeichen für die Souveränität des Tadc. An der Seite trug er einen schweren, ungewöhnlichen Säbel in einer schwarzen Scheide mit Silberauflagen. Aufmerksam musterten die blauen Augen die neugierige Menge, dann lächelte der Thronfolger und nickte vereinzelten Menschen zu, die nicht so recht wussten, was sie mit dieser Ehre anzufangen hatten.

Direkt hinter ihm liefen Stoiko und Waljakov, im Schlepptau eine Unzahl von persönlich ausgewählten Dienern und weitere dreißig Leibwachen.

Verstohlen schaute der Kämpfer nach oben. In luftiger Höhe, hoch über den Köpfen der Leute, hatte er dreißig seiner besten Armbrustschützen postiert. Sie hatten den Befehl, sofort nach eigenem Ermessen zu feuern, wenn sie einen Attentäter entdecken sollten.

Waljakov verstieß damit gegen den Willen des Tadc, der eine solche Maßnahme, die Unschuldige das Leben kosten konnte, ablehnte. Aber entschuldigen konnte sich der Leibwächter immer noch dafür. Wichtig war, dass sein Schützling am Leben blieb, alles andere trat für den gewissenhaften Waljakov in den Hintergrund. Dennoch war im unwohl, als er die Vielzahl an Menschen sah. Schätzungsweise fünftausend Tarpoler quetschten sich hier zwischen den Mauern gegenseitig ein.

»Wenigstens hat ein Attentäter nicht den Hauch einer Gelegenheit«, raunte ihm Stoiko zu. »Es sei denn, er kann fliegen.«

»Dagegen habe ich meine Jäger da oben sitzen«, brummte Waljakov. »Ich fürchte im Moment weniger eine Person als den Druck der Masse. Wenn es zu einem Aufruhr kommen sollte, haben wir wenig Aussichten, den Kabcar lebendig herauszubekommen.«

»Kannst du nicht einmal positiv denken?«, seufzte der Vertraute. »Ulldrael beschützt ihn.«

»Ich weiß«, nickte der Kämpfer. »Aber ich verlasse mich nicht auf einen Gott. Nicht in diesen unsicheren Zeiten.«

»Und wir wollen zu dem Eingang dort?«, fragte Herodin ungläubig und lehnte sich in seinem Sattel nach vorne. »Wir hätten früher aufstehen sollen.«

»Ja, das hätten wir«, sagte Nerestro lakonisch und drückte seinem gepanzerten Streitross die Fersen in die Seite, das sich daraufhin gehorsam einen Weg durch die Wartenden auf dem Platz vor der Kathedrale bahnte. Seine Männer folgten ihm.

Die Ritter ernteten böse Blicke, einige riefen ihnen Verwünschungen nach, die aber sofort verstummten, wenn ein Knappe sich in die Richtung des Sprechers wandte. Während die letzten Männer der Leibwache durchs Hauptportal gingen, kamen die Ritter am abgelegenen Nebeneingang der Kathedrale an.

Die Tür wurde von fünf Hellebardenträgern bewacht, die die Bewaffneten argwöhnisch begutachteten. Ihr Anführer trat an Nerestros Pferd heran.

»Herr, Ihr habt Euch geirrt. Der Eingang ist da vorne. Ich muss Euch bitten, zusammen mit Eurem Gefolge zurückzureiten. Wenn Ihr keine Einladung vorweisen könnt, habt Ihr die Waffen am Eingang abzugeben.«

Nerestro gab das Zeichen zum Absitzen. Nacheinander stiegen die Kämpfer und Knappen aus den Sätteln und kamen nach vorne.

»Herr, habt Ihr nicht …«, versuchte der Mann zu protestierten.

»Wir sind leider etwas zu spät, Soldat«, unterbrach ihn der Ordensritter. »Und bevor wir uns durch die Menschen quälen müssen, dachten wir daran, uns hier schnelleren Einlass zu verschaffen.« Die Knappen verteilten sich als Sichtschutz halbkreisförmig um das Geschehen an der Pforte.

Der Befehlshaber der kleinen Wachmannschaft schüttelte tapfer den Kopf, auch wenn er und seine Leute von Sekunde zu Sekunde mehr umstellt wurden.

»Herr, wenn Ihr bitte gehen wollt. Ich fürchte, Ihr habt keine Einladung, die Euch zum Tragen der Waffen während der Zeremonie berechtigt, oder? Auch wenn Ihr dem Angor-Orden angehört, verleiht Euch das nicht das Zutrittsrecht.« Verzweifelt versuchte er an Nerestro vorbeizusehen, doch die breite Statur des Kriegers verhinderte das. »Ich werde um Verstärkung rufen müssen, wenn Ihr nicht auf der Stelle geht.«

»Gut. Gehen wir.« Die gepanzerte Faust des Ritters schoss nach vorne und traf den Befehlshaber mitten auf die Stirn. »Danke mir nicht für meine Milde.«

Den anderen Hellebardenträgern erging es ähnlich. Nach kurzem, aber zwecklosem Widerstand sanken sie scheppernd zu Boden.

»Ich sagte doch, wir gehen«, lächelte Nerestro und nahm dem Mann den Schlüssel für die Pforte ab. Ein kurzes Klicken, dann war das Schloss geöffnet und der Durchgang frei.

Schnell verschwanden sie, überwältigten die restlichen fünf Wachen, die auf der anderen Seite aufgepasst hatten, einigermaßen unblutig und zogen die Tür hinter sich zu. Die Wachmannschaft draußen hatten sie so an die Wand gelehnt, als würden sie schlafen.

Anstatt sich im Inneren der Kathedrale wiederzufinden, standen die Krieger in einem Gewölbegang, von dem mehrere Türen abgingen.

»Verflucht!«, zischte Herodin und sah zu den niedergeschlagenen Soldaten. »Was jetzt? Wir hätten sie nicht alle bewusstlos prügeln sollen.«

Warnend hob sein Herr die Hand und lauschte. Aus der vordersten Tür drang Gemurmel, als würde jemand beten. »Da sind wir richtig.«

Sie setzten sich in Bewegung und waren fast an ihrem

Ziel angelangt, als das Murmeln verstummte. Schritte näherten sich dem Ausgang, der wenige Lidschläge darauf geöffnet wurde.

Nerestro schaute in die überraschten Augen von Matuc, der sich zusammen mit zehn weiteren Mönchen auf den Weg machen wollte.

»Was tut Ihr denn hier?«, fragte der Geistliche überrascht.

»Du hast gesagt, wir sollen in deiner Nähe sein. Wir sind hier«, meinte der Ritter leise. »Keine Angst, wir sind eine Abordnung des Ordens der Hohen Schwerter«, sagte er etwas lauter zu den erschrockenen Mitbrüdern Matucs. »Uns wurde gesagt, dass sich alle Mitglieder von Orden im hinteren Teil der Kathedrale sammeln, um gemeinsam der Zeremonie beizuwohnen.«

»Die Hohen Schwerter? Bei der Zeremonie mit dabei?«, fragte einer der Mönche. »Bei allem Respekt vor Angor, aber das muss sich doch um einen Scherz handeln. Bruder Matuc, kennst du diese Leute etwa?«

»Wir, äh, sind uns unterwegs begegnet, ja. Sie werden natürlich nicht an der Weihe beteiligt sein«, sagte Matuc schnell. »Sie haben mir berichtet, dass sie einfach nur anwesend sein sollen, als Zeichen, dass auch Angor dem neuen Kabcar seinen Segen gibt. Nicht wahr, Herr Ritter?«

Nerestro lächelte ohne echte Freude. »Du hast es recht in Erinnerung behalten. Wir sind hier, um das Wohlwollen des Gottes der Aufrichtigkeit zu überbringen. Und nun sollten wir besser gehen. Nicht, dass der Tadc wegen uns auf seine Krone warten muss.«

»Lasst mich vorgehen«, sagte der einstige Klostervorsteher. »Ich möchte nicht, dass die Wachen des Kabcar denken, sie hätten es mit Attentätern zu tun. Aber nur die Ritter werden mit in die Kathedrale kommen. Alles andere wartet hier.«

»Es wären die reichsten Attentäter, die Ulldart jemals gesehen hat«, lachte Herodin und pochte sich auf die Rüstung. »Die lautesten und die dümmsten noch dazu. Schon alleine das macht eine hinterlistige Absicht völlig unmöglich.«

»Hinterlist hat viele Verkleidungen«, meinte Matuc nur und setzte sich in Bewegung.

Die elf Mönche und vier Ritter durchquerten den Gang und traten im Schutz einer Säule in die Kathedrale. Die Melodie des Bardri¢marsches dröhnte mit vielfachem Echo, und im Gegensatz zu dem Besuch vor ein paar Tagen war das Gotteshaus angenehm warm.

Von hier aus sah man die riesige Ulldraelstatue, um die rund zweihundert Mönche standen, und hatte das Geschehen im hinteren Teil vollständig im Blick.

»Ihr wartet hinter dem Pfeiler, bis Ihr seht, dass ich unter Umständen Eure Hilfe brauche«, wies Matuc Nerestro an und machte eine scheinbar sinnlose Handbewegung. »Ihr erinnert Euch an die Worte, die Euch aus der Pflicht gegenüber Eurem Gott befreien?«

»Angor sei Dank für die Unterstützung«, wiederholte der Ordenskrieger den erlösenden Satz, den ihm der Mönch am Flussufer genannt hatte. »Wie könnte ich das vergessen haben? Aber mit was rechnest du? Und was soll geschehen?«

»Ich weiß es nicht. Das ist nun auch uninteressant. Die Zeremonie wartet auf mich«, wich Matuc aus und ging zusammen mit den zehn anderen Geistlichen weiter. Sie formierten sich vor dem Heiligtum und warteten.

»Herr, das müsst Ihr Euch ansehen«, flüsterte Herodin, der an der Säule vorbeigeschaut hatte. »Alles ist voller Menschen. Das muss halb Tarpol sein, was sich hier versammelt hat.«

»Schaut Euch lieber um, ob Ihr etwas Auffälliges entdeckt.« Er hob den Kopf und verstand, wem die Geste des Mönchs vorhin gegolten hatte. »Ich sehe beispielsweise gleich fünf Armbrustschützen dort oben auf der Empore. Sie haben uns bereits entdeckt und ins Visier genommen. Dass sie nicht schießen, verdanken wir wohl Bruder Rotwein.« Der Weihrauch stieg ihm angenehm in die Nase und bewirkte fast augenblicklich, dass die Anspannung der letzten Minuten von ihm abfiel.

Herodin packte ihn plötzlich am Arm und schüttelte ihn. »Seht! Seht! Tarpol krönt einen Hochstapler!«

»Seid Ihr wahnsinnig geworden?« Der Ordenskrieger schaute in die angegebene Richtung und stockte. »Bei allen Ungeheuern! Das ist doch der Junge, dem wir die Überfahrt so herrlich verdorben haben. Ich erkenne ihn wieder. Und dieser breite Bursche hat versucht, meine Männer ins kalte Wasser zu jagen.«

»Was geht hier vor, Herr?« Herodin zog den Kopf zurück. »Sie machen den Gouverneur von Granburg zu ihrem Kabcar? Und wo ist der echte Tadc, der doch so unendlich fett sein soll? Der Junge sieht nicht fett aus.«

»Ich verstehe es nicht«, gab Nerestro knurrend zu. »Aber es scheint niemanden außer uns zu stören. Weder die Wachen noch das Volk unternimmt etwas. Vielleicht wollen sie jemand anderes auf den Thron setzen. Haltet Euch aber auf alle Fälle bereit.«

Der angebliche Tadc hatte am Fuß der Treppe, die zur Statue führte, angehalten und wartete. Die Kapelle verstummte, die Mönche begannen nach kurzer Pause wieder mit einem Choral, zu dessen Klängen ein Mitglied des Geheimen Rates mit dem Abstieg über eine steile Treppe nach unten begann.

Wenn ich einen Schritt nach vorne mache, stehe ich neben ihm. Und könnte zustoßen, ohne dass ich gehindert werde, dachte Matuc und starrte den Thronfolger an, der seinerseits die Statue des Gottes betrachtete und wenig Aufmerksamkeit für seine Umgebung hatte. Der Junge wirkte etwas gelangweilt.

Der Geistliche spürte den Dolch, den er sich mit einem Stück Lederband an seinen Unterarm gebunden hatte und der von der langen Robe verdeckt wurde. Es war der zierliche, vergiftete Dolch, den ihm Belkala damals gegeben hatte. Nun bekam er seine zweite Gelegenheit, den Thronfolger zu töten und den Kontinent vor der Rückkehr der Dunklen Zeit zu bewahren.

Ganz so einfach war es immer noch nicht für den Geistlichen. Zweifel nagten in ihm, noch immer war er von der Richtigkeit der Deutung, die ihm damals der Obere eröffnet hatte, nicht überzeugt. *Wenn ich den ahnungslosen Tadc nun umbringe und damit erst die Prophezeiung erfülle, liegt auf mir die Schuld für alles Unglück, was Ulldart bevorsteht,* ging es ihm durch den Kopf.

Das Mitglied des Geheimen Rats war inzwischen unten angelangt und stellte sich vor Matuc und seine zehn Mitbrüder. Der Gesang verstummte.

Der Gong vom Durchmesser eines Windmühlenrades wurde angeschlagen und erzeugte einen tiefen Ton, der durch Mark und Bein fuhr, ein leichtes Vibrieren durchlief die Körper der Menschen. Eine Metallscheibe nach der anderen ertönte, bis der ganze Innenraum der Kathedrale mit einem orgiastischen Klangteppich geflutet war. In dieser Zeit verteilten sich weitere hundert Mönche auf der Empore.

In die verebbende Tonwelle stimmte ein einzelner Sänger einen neuen Choral an, in den nach und nach weitere Stimmen einfielen. Es entspann sich ein Wechselgesang mit den Brüdern, die sich in dreißig Metern Höhe aufgestellt hatten, und es schien, als würden sich Erde und Himmel unterhalten.

Nach einer schier unendlich langen Zeit endete der wundervolle Gesang. Es war so still in der Halle, dass man den leisen Wind hören konnte, der um die Türme pfiff.

Der hohe Geistliche bedeutete dem Tadc, die Stufen hinaufzukommen.

Fast trotzig kam der Junge nach vorne, immer näher in die Reichweite von Matuc. Streckte er nun den Arm aus, würde er die Schulter des Schicksalsmenschen berühren.

»Ulldrael der Gerechte wacht über uns. Und wie er seine schützende Hand, seine schützende Macht auf das Haupt des Grengor Bardri¢ gelegt hat, so wird er seine schützende Hand auch auf seinen Sohn und Tadc Lodrik legen«, sagte der Kleriker getragen. »Mögen die Zweifler eines Besseren belehrt werden, und mögen die Lügner Lügen gestraft werden. Ulldraels der Gerechte wird die, die Falsches verbreiten, mit ihren eigenen Waffen schlagen und sie mit ihren eigenen Sätzen zum Schweigen bringen.« Ein niederer Bruder brachte die Krone, ein unermesslich kostbares Werk aus Iurdum, geflochtenem Gold und Silber, gespickt mit Edelsteinen und Karfunkeln. Matuc nahm sie entgegen und hielt sie vorsichtig in den Händen.

»Werdet Ihr, Lodrik Bardri¢, Sohn des Grengor Bardri¢ und Tadc von Tarpol, schwören, das Beste für Land und Leute zu tun, die Gesetze zu achten und die Weisungen Ulldraels des Gerechten immer zu befolgen?«

Der Tadc schwieg eine Weile, bevor er laut und deutlich antwortete. »Ich schwöre, das Beste für Land und Leute zu tun, die Gesetze zu achten und andere Menschen zurück zu den Gesetzen zu führen.« Nur die Augen des Oberen, der auf der Empore saß, verrieten, dass etwas im Gange war, was vom üblichen Protokoll abwich. Zornig funkelten sie den Tadc an, der ungerührt weitersprach. »Ich schwöre, dass mehr Gerechtigkeit in Tarpol Einzug halten wird und ich die Armen schützen werde vor aller Willkür, die sich ihnen entgegenstellt. Ich schwöre, dass mit mir eine neue Zeit in Tarpol anbrechen wird, die allen Untertanen Besseres beschert. Dazu bitte ich um den Beistand Ulldraels des Gerechten, auf dessen Weisungen ich hoffe.«

Er hat den Eid abgeändert, schoss es Matuc durch den Kopf. *Dieser Junge hat es gewagt, vor aller Augen und Ohren den uralten Amtseid der Bardri¢s umzuformen.* Er sah genau, dass der hohe Geistliche an seiner Seite kurz zu dem Balkon hinauf geschielt hatte. Der Obere nickte kaum merklich als Zeichen dafür, dass die Zeremonie fortgeführt werden sollte.

»So bitte ich im Namen aller Menschen in Tarpol um die Gunst und Gnade Ulldraels des Gerechten, damit er Euch immer zur Seite steht, in guten und schlechten Zeiten«, sprach der Kleriker. »Kniet nieder, Lodrik Bardri¢, und empfangt die Krone des Königreichs aus meiner Hand, stellvertretend für Ulldrael den Gerechten, der mit Liebe und großer Barmherzigkeit auf die Bestimmung seines Kontinents achtet. Wir alle sind seine Kinder und seine Schöpfung. Bedenkt dies, wenn Ihr das Land regiert.«

Lodrik ließ sich ganz langsam auf das linke Knie hinab und sah den Geistlichen herausfordernd an. Wieder war es eine Abwandlung der Krönungszeremonie, die den Tadc normalerweise als Zeichen der Demut gegenüber dem Orden des Ulldrael auf beide Knie zwang.

Und wieder vergewisserte sich der Kleriker mit inzwischen hochrotem Kopf durch einen schnellen Blick nach oben, dass der Obere trotzdem seine Zustimmung gab. Mit einer ruckartigen Bewegung nahm sich der Geistliche danach die Krone von Matuc und hielt sie über den Kopf des Thronfolgers.

»Wenn Ihr Euch gleich erhebt, Lodrik Bardri¢, seid Ihr nicht mehr Tadc, sondern Kabcar des Königreichs Tarpol. Mögt Ihr ein Geschick beweisen, wie es die vielen ruhmreichen Männer vor Euch gezeigt haben. Nehmt den Segen ...«

»Danke.« Lodrik erhob sich, bevor der Kleriker die Formel zu Ende gesprochen hatte.

Zwar erkannte Matuc eine kurze Ausweichbewegung, doch der junge Mann war zu schnell aufgestanden, als dass der Kleriker die Krone hätte zur Seite nehmen können. Passgenau saß das Schmuckstück nun auf dem Haar, als ob es nur für Lodrik angefertigt worden sei.

Der einstige Vorsteher dachte für einen Moment, der hohe Geistliche würde dem gekrönten Kabcar den Schmuck wieder vom Haupt reißen, so wütend sah der Mann aus. Doch die energische Geste von der Empore verhinderte den Affront.

Lodrik wandte sich mit triumphierendem Gesichtsausdruck der Menge zu, dann setzten sämtliche Gongs mit ihren dröhnenden Klängen ein, um den neuen Herrscher Tarpols zu begrüßen, während die Masse in lautes Jubeln ausbrach.

»Ich bewundere den Mut des neuen Kabcar«, sagte Nerestro amüsiert. »Selbst wenn er ein Hochstapler ist, mit der offensichtlichen Nichtachtung der üblichen Zeremonie hätte er sich die Krone bereits redlich verdient.«

»Nur wissen die wenigsten Leute hier, wie die Krönung hätte ablaufen müssen«, bedauerte Herodin. »Schade. Aber der Ulldraelpfaffe platzt gleich aus seiner gelben Kutte.« Der Mann steckte sich demonstrativ die Finger in die Ohren. »Diese Metallscheiben machen einen Lärm, dass selbst Tote zurück ins Leben kommen. Und der stinkende Qualm beißt mir in die Nase. Ich fühle mich, als sei ich warme Butter.«

»Ihr habt eben nicht den wahren Glauben, sonst würdet Ihr den Klang zu schätzen wissen«, grinste der Ordenskrieger. »Und einen gewissen Zweifel scheint auch der Kabcar zu hegen.«

Ein leises Geräusch mitten im Dröhnen, als würde eine Nadel auf eine Steinplatte fallen, ließ Nerestro schlagartig ernst werden, auch wenn es ihm immer schwerer fiel, seine Aufmerksamkeit aufrecht zu erhalten. Der Weihrauch schien wirklich die Sinne zu lähmen.

»Habt Ihr das auch gehört?«, erkundigte er sich bei seinen Leuten, die aber alle die Köpfe schüttelten.

Aufmerksam ließ Nerestro seinen Blick über die jubelnde Menschenmenge wandern, aber es zeigte sich nichts Ungewöhnliches. Der Kabcar ließ sich feiern und sonnte sich in dem Triumph, dem Ulldraelorden erfolgreich die Stirn geboten zu haben.

»Lang lebe Tarpol!«, rief der junge Mann und hob die Arme in die Höhe.

In diesem Moment vernahm der Ritter das Klingen wieder. Das helle Klirren herabfallender Steinchen oder Kiesel. Neben dem Fuß der Statue entdeckte er ein kleines Stückchen Marmor. Dann hörte er ein lautes, hohes Knistern, und mit einem Schlag war das steinerne Abbild Ulldraels überzogen mit haarfeinen Rissen.

Als würde eine unsichtbare Faust von oben mit immenser Wucht auf die Statue schlagen, zerbarst das Standbild nach allen Seiten. Kleine und große Steinbrocken schossen wie Bolzenspitzen durch die Luft und trafen einige Menschen, die wie gelähmt auf das furchtbare Schauspiel starrten.

Die rechte Hand der Statue mit dem Buch der Weisheit in der Hand brach ab und begrub das Mitglied des Geheimen Rates unter sich, das Blut des zerquetschten Mannes spritzte weit durch die Kathedrale.

Der Kabcar hatte sich wieder umgedreht und bewegte sich inmitten des Gesteinhagels nicht einen Fuß weit.

»Los, Freunde. Wenn der Hochstapler jetzt stirbt,

werden wir nie erfahren, was vor sich gegangen ist. Ihr müsst den Herrscher Tarpols retten!«, rief Nerestro und rannte los. *Und ich muss das wehrlose Leben des alten Säufers bewahren.*

Matuc hörte das Splittern der Statue und bemerkte die allgemeine Verwirrung um sich herum.

Er legte das Ereignis als Zeichen Ulldraels aus und handelte.

Er packte den Dolch, riss ihn aus der Scheide und stützte sich auf den abgelenkten Kabcar, der wie durch ein Wunder keine einzige Schramme aufwies, während die Menschen um ihn herum von den Steinsplittern getroffen und verwundet wurden.

Ein Schatten fiel in seiner Vorwärtsbewegung über ihn, dann traf ihn etwas furchtbar Hartes ins Kreuz. Durch den Aufprall verlor er den Dolch, mit Wucht schob es ihn nach vorne und warf ihn gegen den Thronfolger, der daraufhin zur Seite taumelte. Anstatt den jungen Mann mit der Waffe zu verletzen, hatte er ihn lediglich fortgestoßen. Fast gleichzeitig bohrte sich etwas durch seinen Unterarm. Ungläubig sah er, dass ein Armbrustbolzen im Knochen steckte.

Matucs Beine wurden nach unten gedrückt, und ein stechender Schmerz von der Hüfte abwärts ließ ihn gellend aufschreien.

Dann sprangen drei scheppernde, blitzende Gestalten an ihm vorbei und über ihn, um den Kabcar in die Mitte zu nehmen und ihn wegzubringen.

»Tötet ihn«, rief Matuc schwach und musste wegen des Steinstaubes husten. »Tötet den Kabcar oder wir werden alle sterben. Er bringt uns die Dunkle Zeit zurück.« *So nah am Ziel, so nah. Versagt, Belkala. Ich habe versagt.*

Undeutlich nahm er eine vierte schimmernde Gestalt wahr, die sein vor Schmerzen getrübtes Bewusstein als Nerestro erkannte.

»Die Worte, alter Mann«, schrie er ihn an. »Bin ich nun von meiner Pflicht entbunden?«

Schwerfällig schüttelte der Mönch den Kopf.

»Verdammt!«, stieß der Ritter hervor und zog die aldoreelische Klinge. »Ich muss es tun, sonst bist du verloren. Sei tapfer, Bruder Rotwein.«

Dann schlug er zu, und Matuc wurde schwarz vor Augen.

Lodrik fand sich plötzlich von stählernen Körpern umgeben. Drei Männer, die er noch nie in seinem Leben gesehen hatte, nahmen ihn in die Mitte, drängten ihn hinter einen der gewaltigen Pfeiler in Deckung und drehten sich auf einen kurzen Befehl mit den Rücken zueinander.

Dann hörte er die polternde Stimme Waljakovs, Schwerter wurden gezogen, aber die Rüstungen um ihn herum, die ihn wie ein Gefängnis umgaben, wichen nicht auseinander.

»Ich bin der Kabcar von Tarpol, und ich verlange auf der Stelle, dass man mich freilässt!«, rief Lodrik.

Gehorsam fächerten die unbekannten Krieger auseinander und gaben dem Herrscher Tarpols Gelegenheit, aus dem Kreis zu treten. Erst jetzt erkannte er die Rüstungen mit dem Abzeichen der Hohen Schwerter.

Den Rittern gegenüber standen dreißig Bewaffnete unter der Führung Waljakovs.

»Eins zu zehn«, knurrte einer der Gepanzerten, lächelte grimmig und umfasste den Griff seines Schwertes fester. »Das ist machbar. Wenn ihr euch blutige Nasen holen wollt, kommt her.«

»Halt! Nicht kämpfen! Hört auf mit dem Unsinn und wartet hier!«, befahl Lodrik und rannte zurück, die Stufen hinauf, wo sich das Heiligtum befunden hatte.

Zerstört lag das Abbild Ulldraels auf dem Boden. Zwei große Blutlachen hatten sich gebildet, deren Rot einen deutlichen Akzent zum Weiß des Marmors setzte. Die eine Pfütze gehörte zum toten Geistlichen, die andere konnte Lodrik nicht einordnen. Vielleicht hatte es noch einen der Sänger erwischt. Auf alle Fälle führte eine breite, blutige Spur zum Nebenausgang. Die Tür dort stand offen.

Die riesige, wabernde Staubwolke legte sich allmählich und gab den Blick auf die übrige Kathedrale frei.

Dem jungen Mann stockte der Atem. Jedes einzelne der Götterstandbilder war genauso wie das Ulldraels geborsten, alles Glas der einst prächtigen, bunten Fenster zersplittert.

Die meisten der Gäste hatten kleinere Schrammen abbekommen, einige andere lagen blutend und wimmernd am Boden. Doch es hatte sich kein Durcheinander unter den fünftausend Menschen breit gemacht, das Entsetzen lähmte sie noch.

Und ebenso regungslos starrte Lodrik auf das furchtbare Bild. *Warum, Ulldrael? Warum strafst du nicht mich anstatt all die Menschen, wenn ich deinen Zorn erregt habe?*

»Ulldrael der Gerechte hat uns ein mächtiges Zeichen gegeben!«, tönte eine kräftige Stimme von der Empore herab. Der Obere erhob sich. »Fürchtet euch nicht, Gläubige.« Er steigerte die Lautstärke seiner Worte und wurde eindringlich, fordernd. »Wir haben seinen Zorn und den Zorn aller Götter erregt, weil wir ihnen zu wenig Aufmerksamkeit widmen. Ulldrael der Gerechte will, dass wir alle mehr beten, mehr glauben und mehr Achtung vor den Göttern haben. Er will, dass wir die Kathedrale zu seinen Ehren neu schmücken, mit preziöseren Standbildern, glanzvolleren Fensterbildern und einer noch gewaltigeren Statue als Zeichen der Sühne. Lasst uns dem Gott zeigen, dass mit der neuen Zeit für Tarpol auch eine neue Zeit des Glaubens angebrochen ist. Nicht Verzweiflung soll die Wirkung seines Zeichens sein, sondern Freude. Freude darüber, dass

Ulldrael sich trotz unserer Verfehlung nicht von uns abgewandt hat.« Alle starrten in die Höhe und hingen mit den Augen an den Lippen des Mannes, der in seiner goldenen Robe zwischen all den Rauchschwaden und dem einfallenden Licht wie ein überirdisches Wesen erschien.

Der Oberste des Ordens zeigte auf die Verwundeten. »Die, die Ulldrael liebt, die prüft er besonders. Schätzt euch glücklich, dass Ulldrael euch vor allen anderen ausgesucht hat. Und lasset uns besonders Bruder Toschko gedenken, den Ulldrael der Gerechte durch seine große Gnade in sein Reich geholt hat.« Er nahm den Schlägel und schlug einen der Gongs an. »Ehre sei Ulldrael dem Gerechten, der uns unsere Vergehen vergibt.« Noch einmal landete das Holz auf der bereits klingenden Metallscheibe. »Bemühe dich, Tarpol. Bemühe dich täglich aufs Neue, dem Gott zu gefallen.« Wieder schmetterte er den Schlägel gegen den Gong. »Ein jeder von uns bemühe sich!«

Die Menge sank schweigend auf die Knie. Vom Bauer bis zum Adligen, vom Händler bis zum Diplomat, alle beugten sie das Haupt vor der zerborstenen Statue. Aber Lodrik hatte einmal mehr das Gefühl, dass sich die Menschen vor ihm verneigten, dem Kabcar von Tarpol.

Ein Lächeln umspielte seine Lippen. Er genoss dieses Gefühl von Macht immer mehr.

»Ich verspreche, dass das Reich mit mir einen Herrscher erhält, der seine Untertanen zurück zum wahren Glauben bringen wird«, rief er laut und drehte sich um. »Das schwöre ich bei meinem Leben.« Dann kniete er sich in den weißen Steinstaub. Das rechte Bein landete jedoch im Blut des Toten, der weiße Stoff sog sich in Windeseile voll. Doch das störte den Kabcar nicht.

»Einen Cerêler!«, rief jemand in die Stille. Laut scheppernd erschien ein weiterer Krieger in einer schweren

Plattenrüstung am Nebenausgang, das Metall über und über mit Blut benetzt. »Der Mönch stirbt sonst. Der Lebenssaft dringt schnell durch die Verbände.«

Lodrik wandte den Kopf und besah sich den Eindringling, den er ebenfalls als Angor-Ritter erkannte.

Sofort eilten mehrere Mönche zur Tür und drückten sich an dem Mann vorbei. Der kam ein paar Meter auf den Kabcar zu, wurde aber sofort von heraneilenden Wachen aufgehalten. Waljakov erschien mit seinen Leuten schützend an der Seite Lodriks.

»Wir sollten die Sache an einem anderen Ort bereden«, murmelte Stoiko. »Hier in aller Öffentlichkeit muss das nicht unbedingt sein, Herr. Wenn ich mich nicht sehr irre, kennen wir diesen Menschen doch, oder?«

Der Ritter reckte sich zu seiner vollen Größe auf, seine drei Männer stellten sich um ihn herum. Die Waffen waren inzwischen wieder verstaut, dennoch erkannte jeder, wie aufmerksam die Angorkrieger die Umgebung im Auge behielten.

»Ich bin Nerestro von Kuraschka, Ritter des Ordens der Hohen Schwerter, Gläubiger des Gottes Angor. Und ich will hier und jetzt, vor aller Welt und dem versammelten Volk Tarpols wissen, und im Namen meines Gottes wissen, wer du bist, Junge«, rief der Kämpfer und zeigte mit dem Finger auf Lodrik. »Derjenige, der hier steht, ist der Gouverneur von Granburg, nicht der einstige Tadc.« Ein Raunen ging durch die Menge, die sich inzwischen wieder erhoben hatte und dem Schauspiel interessiert folgte. »Dich haben wir auf dem Weg nach Ulsar getroffen, und du hast dich als Gouverneur vorgestellt. Ein Gouverneur ohne Standarte, ohne königliche Abzeichen und ohne ein einziges Rangabzeichen. Vielleicht bist du nicht einmal das? Soll Tarpol einen Hochstapler als Herrscher erhalten? Wer immer du bist, bekenne und beweise deine Herkunft.«

»Das ist der Flegel, der uns an der Fähre die Überfahrt streitig gemacht hat«, entfuhr es Stoiko. »Natürlich! Gut, dass er hier ist, dann kann ich ihn maßregeln. Nur der Zeitpunkt des Treffens ist wahrlich schlecht gewählt.«

Kommentarlos erklomm Lodrik das abgebrochene Buch der Statue und stellte ein Bein in Eroberermanier nach vorne. »Sieh her, Volk von Tarpol! Ich bin Lodrik, der TrasTadc, der fette, verspottete und belächelte Thronfolger von einst, der in Granburg die Kunst des Regierens erlernte. Dort lebte ich als Statthalter meines Vaters, als unbekannter Sohn eines Adligen am Hofe von Ulsar, damit mich nichts und niemand schont.« Er stemmte die Arme in die Seiten. »Und, bei Ulldrael dem Gerechten, nichts und niemand hat mich in der Provinz geschont. Ich überstand Attentate, Verschwörungen und Überfälle, ich habe den Menschen dort das Leben leichter gemacht, und ich sorgte für mehr Gerechtigkeit.« Er neigte sich ein wenig vor. »Ich weiß, dass diese Gerechtigkeit im gesamten Reich ebenso möglich ist. Ich weiß, dass auch das restliche Tarpol ein Recht auf Verbesserungen hat. Und wie ich bereits schwor, werde ich die Armen schützen und für Gerechtigkeit sorgen, wo Unrecht gegen meine Untertanen herrscht, für die ich die Verantwortung von meinem Vater übernommen habe. Diesem Erbe bin ich mir bewusst. Ich werde Tarpol in eine bessere Zukunft führen. Und jeder, der nun daran zweifelt, soll hervortreten und es mir ins Gesicht sagen, dass ich nicht der Kabcar bin.« Seine blauen Augen wanderten blitzend über die Menge, bis sie schließlich auf Nerestro ruhten. »Wenn ich ein Hochstapler wäre, hätte mich Ulldrael dann diesen Steinregen unversehrt überstehen lassen? Keinen einzigen Kratzer zeigt meine Haut, obwohl ich unmittelbar daneben stand, als das Standbild zerbarst. Und da verlangt Ihr noch einen Beweis? Euch kenne ich gut, Herr Ritter. Über Eure Verfehlungen möchte ich hinweg sehen, Euren Mut und Eure Sorge um Tarpol schätze ich. Ich bitte Euch aufrichtig: Seid mein Gast am königlichen Hof, solange Ihr wollt. Vorausgesetzt, Ihr seht nun ein, dass ich der rechtmäßige Thronfolger bin.«

»Eure Worte erscheinen mir ehrlich und ergeben Sinn.« Nerestro kniete nieder, seine Männer folgten seinem Beispiel. »Hoheit, vergebt mir meinen Zweifel. Und wenn Ihr nicht der Kabcar von Tarpol sein solltet und es Euch gelungen ist, das Herz und den Verstand eines einfachen Kriegers zu täuschen, wird Euch die Strafe Angors treffen.«

»Ich fürchte keine Strafe vom Gott des Krieges und Kampfes, der Jagd, der Ehrenhaftigkeit und der Anständigkeit«, entgegnete Lodrik huldvoll, »denn ich bin der rechtmäßige Erbe des Throns. Also legt Eure Bedenken ab und freut Euch mit mir über die Epoche des Wohlstands für ganz Tarpol, in die ich es zu führen gedenke. Nicht die Dunkle Zeit wird zurückkehren, sondern eine glänzende Zeit wird Einzug halten, nicht nur für Tarpol, sondern auch mit der Hilfe aller Menschen auf ganz Ulldart! Nach mir soll kein bedeutsamerer Kabcar mehr kommen, und ich will von der Nachwelt gemessen werden an meinen Diensten, die ich euch, meine Untertanen, geleistet habe. Das verspreche ich.«

Die Menschen in der Kathedrale begannen zu johlen und zu rufen. Wie eine Welle schwappte der Freudenausbruch nach draußen und verscheuchte bei den Unwissenden auf dem Platz vor dem riesigen Gebäude die entstandene Unsicherheit und Angst.

Gemessenen Schrittes ging Lodrik in Richtung des großen Portals, vorweg Dutzende der Bannerträger und zwanzig Leibwachen, direkt neben ihm Waljakov und Stoiko, gefolgt von weiteren dreißig Bewaffneten.

Auf den von den Sonnen beschienenen Stufen der Kathedrale blieb der neue Kabcar stehen und lächelte den Tausenden von Menschen zu.

»Ich gehöre dir, mein Tarpol«, rief er. »Ich bin dein Schlüssel zu einem anderen Zeitalter!«

Die Masse klatschte, pfiff und johlte, schwenkte Fahnen, Tücher und Mützen.

Lodrik küsste demonstrativ die Landesfahne. Auf sein Handzeichen hin wurden an den Buden auf dem Platz die Fässer mit Bier angestochen, riesige Humpen an die Leute ausgeteilt. Der Jubel wurde noch lauter. »Feiert mich, Tarpoler! Feiert euch!« Winkend verschwand er mit Stoiko und Waljakov in der Kutsche.

Kaum ließ er sich auf die gepolsterte Bank fallen, wich ein Teil seiner Fröhlichkeit. »Wir werden uns lange mit diesem Ritter unterhalten. Aber erst nach dem Bankett, in aller Stille.«

»Wir können dankbar sein, dass es in der Kathedrale so gut für uns gelaufen ist«, seufzte Stoiko. »Ich meine, diese Krönung wird niemand mehr in seinem Leben vergessen, und die Geschichte wird Eure Einsetzung in alle Ewigkeit festhalten. So etwas hat es in Tarpol noch nie gegeben. Ulldrael der Gerechte selbst gab ein Zeichen. Vor dem Volk. Das muss man sich einmal vorstellen.« Der Vertraute glättete seinen Schnauzbart. »Und der Oberste steht, trotz aller Provokation bei der Krönung, auf der Seite des Kabcar. Erst seine Deutung der Ereignisse hat sozusagen das Schlimmste verhindert. Wie gut, dass Ulldrael ihm sofort eine Vision geschickt hat. Hätte der Orden erst lange über die Bedeutung des Zeichens nachdenken müssen, wären vermutlich viele böse Gerüchte aufgekommen.«

»Die werden ohnehin kommen«, meinte der Leibwächter. »Und diesen Angor-Ritter nehme ich mir auch noch vor. Das Duell, das ich mir damals am Flussufer versprochen habe, werde ich auch noch bekommen.«

Lodrik schüttelte den Kopf. »Erst, wenn ich dir die Erlaubnis dazu gebe. Und erst, nachdem wir mehr über ihn herausgefunden haben. Er ist uns ja wohl offensichtlich nach Ulsar gefolgt, oder? Ich glaube nicht an Zufall. Jedenfalls im Moment nicht.«

»Mir scheint, ich verliere allmählich meine Gedankenschärfe«, wunderte sich Stoiko. »Ich klinge in der Tat ein wenig unbedarft. Nun ja, Herr, ich muss Euch loben. Die Worte in und vor der Kathedrale waren gut gewählt. Nur ... Eure Versprechungen ...«, zögerte der Mann. »Ich fand sie ein wenig vollmundig. Wisst Ihr überhaupt, welche Tragweite solche Zusagen haben werden? Ihr habt für ganz Ulldart, den ganzen Kontinent Dinge versprochen.«

»Und ich gedenke, sie zu halten. Aber jetzt wird erstmal gefeiert.«

Der Obere stand noch immer unbeweglich auf der Empore und sah schweigend hinunter. Die Verletzten waren inzwischen an einem Ort innerhalb der Kathedrale gesammelt worden, wo sie von den Brüdern versorgt wurden. Die meisten hatten nur ein paar kleinere, oberflächliche Schrammen oder Platzwunden. Lediglich fünf von fünftausend Menschen schienen das göttliche Zeichen nicht überstanden zu haben. Blut sammelte sich und versickerte zwischen den Steinplatten im Boden des Gotteshauses.

Auch die Mitglieder des Geheimen Rates bewegten sich nicht. Ihre Gesichter sprachen Bände, sie verstanden sich, ohne ein Wort zu wechseln. Was auch immer in diesem Gebäude geschehen war, es war nicht das Werk Ulldraels des Gerechten.

»Ich hoffe, der Geheime Rat unterstützt nachträglich meine Entscheidung, die Ereignisse in diesem Sinne dem Volk zu deuten?«, fragte der Obere leise und wandte sich dem Gremium zu. »Das Letzte, was wir hier drinnen gebraucht hätten, wäre eine verängstigte Menge gewesen.«

»Wir verstehen und billigen deine Vorgehensweise«, sagte einer der Räte und neigte den Kopf. »Was wird nun geschehen?«

»Wenn die Menschen weg sind, betrachten wir uns alles aus der Nähe.«

Die Kathedrale leerte sich allmählich, die Gäste drängten nach draußen auf den Platz, um zu feiern. Die Verletzten wurden ebenfalls weggebracht.

Langsam gingen auch die Mitglieder des Geheimen Rates die Stufen hinab, um sich im Areal des Heiligtums genauer umzusehen. Unter dem Sockel der einstigen Statue hatte sich ein dunkles Loch aufgetan, in welches das Blut Toschkos tropfte. Der Obere meinte, von unten eine Art zischen zu hören, als träfe Kaltes auf Heißes.

»Das dachte ich mir«, murmelte er. »Das Böse hat die Kathedrale trotz unserer Bemühungen nicht vollständig verlassen.«

»Sollen alle Bannsprüche und Gebete umsonst gewesen sein?«, wollte einer der Räte wissen.

»Nicht umsonst. Sie haben das Böse aufgehalten.« Wieder zischte es aus der Dunkelheit. »Aber nicht vernichtet.« Nachdenklich starrte er nach unten, entdeckte aber nichts. »Wenn der Rat damit einverstanden ist, werden wir die Kathedrale einreißen. Wir lassen es nach einem Unfall aussehen, der bei den Umbauarbeiten passiert ist. Anschließend deuten wir es als Zeichen Ulldraels, dass er ein noch schöneres Gotteshaus haben wollte, und errichten auf dem ganzen Schutt etwas völlig Neues. Diese ganze Fläche hier soll bedeckt werden mit Steinen, zehn Meter hoch.« Er beförderte mit dem Fuß ein Stückchen Marmor in das Loch. Lange Zeit war nichts zu hören, dann schlug Stein auf etwas Metallisches. »Und das werden wir mit den Überresten der

Standbilder auffüllen.« Der Geheime Rat nickte. »Gut. Dann lassen wir die Arbeiten doch sogleich beginnen.«

»Ich bin gleich wieder zurück.« Der Obere folgte der Blutspur, die zum Nebeneingang führte und gelangte in ein kleines Zimmer.

Auf dem Holztisch lag Matuc, mit dem Bauch nach unten, die Augen geschlossen und ohne Bewusstsein. Um ihn herum hantierten zwei Mönche an seiner Rückenwunde, zwischen all dem blutigen Fleisch war ein Stück heller Knochen zu sehen. Vorsichtig nähte einer der Männer die offene Stelle zu. Zwei weitere waren damit beschäftigt, breite Lappen auf den Stumpf des linken Oberschenkels drücken, aus dem immer noch Blut troff. Ein Fünfter kam aus der Nebentür, ein langes, breites Stück Eisen in beiden Händen haltend, dessen Ende rot glühte.

Die Lappen wurden weg genommen, sodass der Obere den glatten, sauberen Schnitt sehen konnte, mit dem das Bein abgeschlagen worden war. Nur eine sehr scharfe, schwere Klinge war in der Lage, solches zu vollbringen.

Mit einer schnellen Bewegung presste der Geistliche das heiße Metall auf die Wunde, sofort breitete sich der Gestank von verbranntem Fleisch in der kleinen Kammer aus. Matuc riss die Augen auf und stieß einen unmenschlichen Schrei aus, bevor er wieder zurück in die Ohnmacht fiel.

Ungerührt verfolgten die vier Ritter des Angor-Ordens das Geschehen. Der Obere winkte hinüber und deutete auf die Tür.

»Wenn du etwas von mir möchtest, dann komme zu mir«, sagte der prächtig gerüstete Mann, der sich in der Kathedrale als Nerestro von Kuraschka vorgestellt hatte. Das Rot auf seiner Panzerung färbte sich allmählich dunkler und gerann.

»Jetzt ist nicht die Zeit, Streitereien zwischen den Orden auszutragen«, sagte der Obere barsch. »Wärt Ihr wohl so freundlich?« Er verließ den Raum, der Ritter folgte widerwillig.

»War es notwendig, dem Mann das Bein zu amputieren?«, fragte der Obere.

»Es war zerquetscht und hing unter dem Stück Marmor fest. Hätte ich es nicht getan, hätte ihn der nächste Brocken zermalmt, Goldrobe. So wie es den anderen Pfaffen erwischt hat. Ulldrael ist nicht sehr gut auf euch zu sprechen, wie mir scheint.« Die Augen Nerestros sprühten vor Schadenfreude. »Habt ihr vor lauter Freude den falschen Gong angeschlagen und seinen Zorn erregt, oder was ging in der Kathedrale vor?«

Der Obere bemühte sich um Haltung. »Wenn Ihr schon so voller Verachtung uns gegenüber seid, warum habt Ihr Matuc dann das Leben gerettet?«

»Eine Abmachung«, sagte der Ritter knapp. »Oder vielleicht hatte ich einfach nur Lust dazu. Es ist gut, der Lebensretter des Lebensretters des Kabcar zu sein.«

»Der Lebensretter des Kabcar?« Der Obere hob die Augenbraue. »Eure Männer haben den Jungen doch aus dem Steinhagel geholt.«

Nerestro lächelte bösartig und fuhr mit der linken Hand über den langen, dünnen Kinnbart, dessen Spitzen sich ebenfalls rot vom Blut des Mönchs gefärbt hatten. »Ich weiß nicht, ob du es gesehen hast. Bruder Rotwein, wie ich ihn nenne, hatte einen Armbrustbolzen im Unterarm stecken. Rechnet man den Zeitpunkt des Einschlags zu dem Zeitpunkt des Stoßes, den er dem Kabcar gegeben hat, hätte es den jungen Herrscher ungefähr hier«, er legte dem Oberen den Zeigefinger auf das Herz, »getroffen. Du hast einen wahren Helden in deinem Orden. Er hat Ulldart vor einem schrecklichen Schicksal bewahrt.«

»Ein Attentäter? In der Kathedrale? Wie sollte das möglich sein?« Der Mann in der goldenen Robe machte ein fragendes Gesicht. »Die einzigen Menschen mit einer derartigen Bewaffnung waren die Wachen des Kabcar.«

»Eben«, nicke Nerestro. »Ich werde das dem Herrscher sagen müssen. Wenn er einen Verräter in den eigenen Reihen hat, wird er mit seinen Ambitionen nicht weit kommen. Aber dank Matuc wurde das Schlimmste abgewehrt.«

»Er wird sich freuen, das zu hören«, sagte der Obere in einem Ton, den der Ritter nicht einordnen konnte. Es klang fast ironisch. »Immerhin hat er seinen Einsatz teuer bezahlt.« Ein seltsam kleiner Mann in kostspieligen Gewändern ging an ihnen vorbei und betrat das Zimmer, in dem Matuc lag.

»Er wird die Kräfte des Cerêlers dringend notwendig haben«, schätzte der Ordenskrieger. »Ein Mensch würde diese Verletzungen ohne Magie wahrscheinlich nicht überstehen. Und er ist nicht mehr der Jüngste.«

»Wir beten zu Ulldrael um seine Genesung. Der Gerechte wird seinen Diener nicht im Stich lassen.« Der Obere deutete eine Verbeugung an. »Und nun nehmt Eure Männer und Knappen und verlasst das Gotteshaus. Ihr seid mit Euren Waffen und vor allem Eurem Verhalten fehl am Platz.«

Nerestro grinste und rief die Namen seiner Ritter, die in wenigen Lidschlägen aus dem Raum gestürzt kamen. »Wir gehen, Freunde. Direkt zum Palast des Kabcar. Ich denke, da wird uns heute ein Platz an der Krönungstafel gewiss sein.« Er wandte sich auf dem Absatz um und ging den Korridor entlang zu der Pforte, durch die sie hereingekommen waren. Rasselnd und scheppernd folgten seine Ritter, aus einem Nebenraum stießen die Knappen dazu.

Nachdenklich sah ihnen der Obere nach, dann kehrte er zum Geheimen Rat zurück, der noch immer im Innenraum der Kathedrale stand und sich leise beriet.

Der Obere schritt auf einen der Männer zu und streckte die Hände aus. »Gib sie mir.«

Gehorsam warf das Ratsmitglied seine Robe zurück und hängte die kleine Reiterarmbrust aus der Halterung, die es ermöglicht hatte, die Waffe unbemerkt unter der weiten, fließenden Kleidung zu tragen.

»Es wäre ein präziser Schuss gewesen, wenn der Junge nicht zur Seite geschoben worden wäre«, lobte der Obere den Mann. »Nun müssen wir alle Spuren der Tat beseitigen.« Er schritt zum Rand des Loches und warf die Armbrust hinein. Klappernd schlug sie tief unten in der Dunkelheit auf. »Niemand darf jemals davon erfahren. Das müsst ihr alle nun bei Ulldrael dem Weisen und Gerechten schwören.« Langsam wandte sich der Obere um. »Sollte diese Tat jemals bekannt werden, fügte sie dem Orden mächtigen Schaden zu. Das Ansehen im Volk und bei den Mächtigen des Landes wäre schwer geschädigt.« Der Geheime Rat tätigte den Schwur wie aus einem Mund.

»Was wird aber aus dem Ritter, diesem lästerlichen Angorverehrer?«, fragte einer. »Er ist gefährlich.«

»Es darf nun nicht zu schnell gehandelt werden, Bruder Rat. Ich fürchte, Gewalt in der Stadt, zu diesem Zeitpunkt, wo es von Wachen nur so wimmelt, und dazu gegen einen solch wehrfähigen Mann und sein Gefolge, wäre eine schlechte Idee. Es würde zu noch mehr Aufsehen führen und uns im Grunde nichts nützen. Wir haben derzeit keine Leute hier, die es mit diesen Kriegern aufnehmen könnten«, bedauerte der Obere. »Aber so lange dieser Angormensch denkt, der Verräter sei in den Reihen des Kabcar zu finden, soll es mir recht sein. Wenn er seine Ansichten dem Kabcar mitteilt, umso besser. Das wird die Aufmerksamkeit des Leibwächters nur auf die falschen Ziele lenken, und wir können uns mit der weiteren Planung beschäftigen. Noch ist es nicht zu spät.«

»Sind wir uns denn nach wie vor so sicher, dass wir die richtige Auslegung der Vision vertreten, Oberer?«, wollte ein anderer vorsichtig wissen. »Der Junge wurde so oft gerettet, dass es unmöglich ohne göttlichen Beistand zugegangen sein kann.«

Der Mann in der Goldrobe sah dem Zweifler fest in die Augen. »Der göttliche Beistand ist unübersehbar. Aber es war gewiss nicht der Beistand Ulldraels. Wir folgen der richtigen Auslegung. Die Frage jedoch ist: Haben wir den richtigen Zeitpunkt bereits überschritten, um das Schlimmste für den Kontinent und alle Menschen auf Ulldart zu verhindern?« Er ließ den Blick über die Männer in den goldenen Roben schweifen. »Wir werden uns zunächst ruhig verhalten. Die Krönung hat für genug Turbulenzen gesorgt, der Einsturz der Kathedrale wird für neue sorgen. In zwei Monaten, zu Beginn des neuen Jahres, werden wir ein neues Unternehmen starten. Und nun lasst uns in den Tempel gehen und beten.«

Wie beiläufig bückte sich der Obere und hob etwas auf, das zwischen all den Marmorstücken seine Aufmerksamkeit erregt hatte. Vorsichtig rieb er den Schmutz von dem langen, zierlichen Gegenstand, den er daraufhin einsteckte.

Wie der Einsatz einer Kesselpauke in das Spiel von Geigen dröhnt, so brachen die vier Ritter vom Orden der Hohen Schwerter in den Großen Festsaal des Palastes. Die vielen hundert Edlen des Landes waren vertieft in Essen, Tanz oder Unterhaltungen, als das gerüstete Quartett ganz selbstverständlich eintrat. Sofort stockte jede Tätigkeit.

Die mehr als ungewöhnlichen, gravierten Rüstungen schienen in Windeseile auf Hochglanz poliert worden zu sein, das schimmernde Metall warf die Reflexionen der Kerzen zurück. Inmitten von Pelzen, kostbaren

Stoffen und dem mitunter anmutigen Gehüpfe auf der Tanzfläche wirkten die breiten Männer in den scheppernden Panzern wie Hummer auf einem Fest der Schmetterlinge.

Doch die beeindruckende Wirkung der Neuankömmlinge ließ sich nicht bestreiten. Kühl, mit einem leichten arroganten Lächeln im Gesicht, ließ Nerestro von Kuraschka seinen Blick über die Gäste schweifen und fuhr sich mit der Hand über die dünn geflochtene, blonde Bartsträhne. Einen Schritt hinter ihm standen seine drei Ritter, die sich in ähnlicher Weise umsahen.

Da ihr Anführer den Herrscher Tarpols nirgends entdecken konnte, deutete er kurz auf das imposante Büfett, auf dem sich die Leckereien und Spezialitäten des gesamten Reiches stapelten, kunstvoll verziert und angerichtet. Dann setzte sich der Tross mit eindeutigem Ziel in Bewegung. Bereitwillig machte man den Kämpfern Platz.

Die Bediensteten hinter dem mehrere Meter langen Tisch häuften auf Anweisung der Ordenskrieger die Teller voll, andere Livrierte brachten das Ausgesuchte an einen freien Tisch, der offensichtlich nur für die Kämpfer bereit gestellt worden war. Etwa ein Drittel des Saales verfolgte die Ritter bei jeder ihrer Bewegungen.

»Auf den Kabcar!«, rief Nerestro grinsend und hob seinen mit Wein gefüllten Pokal. Er wusste, was er damit auslöste, weil nun jeder gezwungen war, ebenfalls seinen Becher auf den Herrscher Tarpols zu erheben. Wer es nicht tat, sank in der Gunst und im Ansehen normalerweise um einiges. Die hektische Suche nach Gläsern begann, während der Krieger mit seinen Männern anstieß und sein Gefäß in einem Zug leerte. Danach machten sie sich über ihr Essen her.

Um sie herum begann das höfische Treiben, nur vereinzelte Damen schauten voller Neugier zu den muskulösen Kämpfern mit den fast kahlen Köpfen. Dass Freie ihren Haarschmuck freiwillig aufgaben, war in Tarpol selten. Bärte und lange Haare waren die Standeszeichen der Besseren, und da die Angorgläubigen ohne Zweifel zu den Vermögenden gehörten, war es fast schon eine Frechheit, dass sie sich wie einfaches Volk den Kopf schoren. Oder sich benahmen wie einfaches Volk.

Eine Gasse bildete sich in der Menge; Lodrik mit seinem kleinen Gefolge aus Leibwächter, Vertrautem und drei Soldaten der Wache näherte sich dem Tisch.

Nerestro wischte sich den Mund ab, schluckte und riss erneut seinen Pokal in die Höhe. »Lang lebe der Kabcar!« Wieder begann die Suche nach einem Becher im Saal, nur einige wenige hatten damit gerechnet und vorsorglich ihr altes Glas in der Hand behalten.

Lodrik lächelte. »Es macht Euch Spaß, ständig aufzufallen, nicht wahr, Herr Ritter?«

Nerestro deutete eine Verbeugung an. »Ich mache in erster Linie, was mir gefällt, Hoheit. Ich bin ein Teil Eures Reiches, der sich nicht den Gepflogenheiten des Althergebrachten unterwirft. Dafür gibt es uns schon zu lange. Wir dienen Angor, und der ist, wie Ihr wisst, nicht der zuständige Gott für Ulldart. Dennoch respektiere ich das Land und seine Gesetze. Ich sorge sogar auf meinem Grund und Boden dafür, dass die Erlasse des Kabcar befolgt werden. Und wenn Gefahr droht, sind ich und meine Männer zur Stelle, wie Ihr bemerkt habt, Hoheit.«

Der junge Mann nickte. »In der Tat, das habe ich. Und Ihr habt dafür meinen ewigen Dank, Nerestro von Kuraschka. Ihr dürft so lange in meinem Palast leben, wie Ihr wollt. Unterkunft und Essen sollen Euch nichts kosten, Euren Anliegen werde ich immer ein offenes Ohr entgegenbringen. Und all Eure Verfehlungen gegen mich und den Gouverneur von Granburg sind vergeben und vergessen. Wir werden später weiter reden, Herr Ritter. Ihr seht, ich habe noch andere Gäste bei meiner Krönungsfeier.«

»Hoheit, wir müssen jetzt reden«, wandte der Ritter ein

»Ich sagte, ›später‹«, betonte Lodrik. Die Züge Waljakovs verhärteten sich, Stoiko verdrehte die Augen.

»Nein, Hoheit.« Nerestro ließ sich nicht beirren. Die Umstehenden, die das Gespräch verfolgten, hielten den Atem an angesichts solcher Anmaßung. »›Später‹ könnte zu spät sein. Es geht um Eure Sicherheit.«

Die Augenbrauen des Kabcar zogen sich zusammen, dann zeigte er auf eine Tür, die aus dem Saal hinausführte. »Folgt mir.«

Sie betraten den Kleinen Festsaal, in dem die Garderobe für die Gäste eingerichtet worden war. Waljakov räumte einen Tisch frei, die drei Ritter besorgten die Stühle, die verdächtig unter dem Gewicht der Rüstungsträger knirschten.

»Also?«, wollte Lodrik wissen. Eine Spur Ungehaltenheit lag in der Stimme, und die klaren blauen Augen blitzten.

»Ihr habt Verräter in Eurer Wache«, sagte Nerestro.

»Das ist unmöglich«, widersprach der kahle Leibwächter böse. »Ich habe sie selbst ausgesucht.«

»Dann hast du falsch ausgesucht«, meinte Herodin.

»Dein Herr schuldet mir noch einen Säbeltanz, danach bist du an der Reihe«, knurrte ihn Waljakov an. Klackend schloss sich die mechanische Hand.

»Bevor hier jemand durchbohrt zu Boden sinkt …«, warf Stoiko ein und machte eine beschwichtigende Geste. »Bei allem Respekt, aber wie kommt Ihr zu der Annahme, Herr Ritter?«

»Der Vorfall in der Kathedrale ist noch nicht so lange her, dass du es schon vergessen haben könntest«, begann Nerestro.

»Ich weiß, dass Ihr und Eure Männer mein Leben gerettet habt«, unterbrach ihn Lodrik, aber der Ritter hob die Hand.

»Meine Freunde haben Euch vor den Steinen beschützt, Hoheit. Ohne den Mönch, Matuc, der verletzt im Tempel des Ulldrael liegt, hätte Euch aber ein Armbrustbolzen genau ins Herz getroffen.«

»Das kann nicht sein«, fiel im Waljakov ins Wort. »Die Wachen haben alle Menschen durchsucht. Niemand hätte eine Armbrust in das Gebäude schmuggeln können.«

»Außer denen, die ganz offiziell eine dabei hatten, nicht wahr?«, setzte Herodin listig hinzu.

Nerestro erzählte nun, wie er die Geschehnisse erlebt hatte, wie Matuc plötzlich herumgewirbelt war und dem Kabcar einen Stoß versetzt hatte, der den jungen Mann aus der Schussbahn geworfen hatte, und wie seine Männer den Thronfolger vollständig in Sicherheit gebracht hatten. »Dafür hat ein Marmorbrocken das Bein des Geistlichen zerquetscht. Ich musste es ihm abschlagen, sonst wäre er von einem anderen Stück erschlagen worden«, schloss der Ritter.

»Also hat dieser Mönch, Matuc, den Attentäter gesehen, oder?«, fragte Stoiko nachdenklich.

»Schon möglich«, zuckte Herodin mit den Schultern. »Aber er hätte den Kabcar auch genauso gut vor dem herabfallenden Stück Marmor bewahren wollen, das stattdessen ihn erwischte.«

»Der arme Mann bekam zu allem Überfluss auch noch den Bolzen in den Arm.« Lodrik schüttelte den Kopf. »Ich muss ihn unbedingt besuchen, sobald die Festivitäten vorüber sind.«

»Das Geschoss kann nur von schräg oben, von der Balustrade, abgeschossen worden sein«, überlegte Waljakov halblaut. »Es kommen wirklich nicht viele Menschen in Frage. Nur die Überprüfung würde sehr schwierig werden. Wenn es eine der Wachen war, hat sie ihre Spuren bereits verwischt. Trotzdem werde ich Nachforschungen anstellen lassen.«

»Dass aber in der Kathedrale auch alles so durcheinander gehen musste«, sagte Stoiko.

»Ein paar haben wir in den Überlegungen vergessen«, meinte Nerestro ruhig. »Die Goldroben.«

»Der Geheime Rat?«, platzte Stoiko heraus und stieß einen Laut aus, der all seine Ungläubigkeit verriet. »Der Geheime Rat des Ulldraelordens? Das wären die Letzten, die sich den Tod des Kabcar, bei allem Respekt, wünschen könnten. Wo doch Ulldrael selbst gewarnt hat.«

Lodrik hatte keine Miene verzogen, als der Ritter seine ungeheuerliche Theorie ausgesprochen hatte. Abwesend sah er ins Nirgendwo, seine Gedanken überschlugen sich. »Und wenn Nerestro Recht hat? Wenn einer im Rat ein falsches Spiel treibt?«

»Das kann nicht sein«, widersprach Stoiko. »Die anderen hätten es sehen müssen, wenn einer …« Langsam verstummte er.

»Richtig«, lächelte der Ordenskrieger böse. »Alle anderen hätten es sehen müssen. Entweder meine Ansicht ist völlig falsch oder furchtbar wahr. Beweisen können wir allerdings nichts.«

»Das ergibt doch keinen Sinn«, sagte der Vertraute und schüttelte den Kopf.

Der Kabcar erhob sich. »Wer auch immer es war, der Vorfall hat mich gelehrt, niemandem zu vertrauen. Nerestro von Kuraschka, Ihr und Eure Leute steht in meiner Gunst, wie es derzeit nur wenige vermögen.« Die Krieger deuteten eine Verbeugung an. »Ich bitte Euch um eine ehrliche Antwort: Ihr seid mir zusammen mit diesem Matuc quer durchs ganze Reich gefolgt, von Granburg bis Ulsar.« Er lehnte sich vor und sah dem Gerüsteten forschend in die Augen. »Weshalb?«

Der Ritter hob die Schultern. »Ich weiß es nicht. Ich bekam in einer Vision den Auftrag von meinem Gott, den Ulldraelgeistlichen vor allem Unglück zu bewahren, das ihm auf dem Weg begegnen sollte. Also habe ich ihn verteidigt, als wir in einen Hinterhalt gerieten, der Euch gegolten hatte, Hoheit. Aber welchen Auftrag Matuc hat, das wollte er mir bisher nicht sagen. Ich weiß nur, dass er jemanden gesucht hat. Euch vermutlich. Und dass sein Auftrag noch nicht erfüllt ist.«

»Dann ist er der Schlüssel zu diesem Geheimnis«, sagte Lodrik. »Euer Kabcar verlangt von Euch, Nerestro, dass Ihr Eurer Aufgabe auch weiterhin nachkommt und den Geistlichen beschützt«, fuhr der junge Mann fort. »Ich vermute, dass er mit seinem Wissen bei anderen Leuten nicht gerne gesehen ist. Gehen wir vom Besten für uns aus und denken, er hat den Attentäter gesehen. Dann wird der wiederum vermutlich versuchen, Matuc zu töten. Es wäre mir sehr lieb, wenn Ihr Euch umgehend zu diesem Mann begeben könntet und weiterhin, wie Ihr es geschworen habt, für sein Wohlergehen sorgtet.«

Nerestro hatte längst begriffen und stand ebenfalls auf, seine Ritter folgten ihm. »Wir werden nichts und niemanden in seine Nähe lassen. Notfalls versorgen wir ihn selbst«, versprach der Ritter. »Ich vermute, Ihr wollt selbst mit ihm sprechen.«

»So ist es«, bestätigte der Herrscher und ging zur Tür. »Ich schicke regelmäßig einen Boten, der sich nach dem Befinden erkundigt. Sollte Matuc in der Lage sein zu sprechen, werde ich da sein.« Er nahm einen Ring vom Finger, auf dem das königliche Wappen eingraviert war. »Nehmt ihn und zeigt ihn vor, wenn es Schwierigkeiten geben sollte. Ihr handelt von nun an auch auf Geheiß des Kabcar, und dem müssen sich selbst die Ulldraelpriester beugen.«

Zusammen mit Stoiko und Waljakov verließ er das

Zimmer und kehrte zu seiner Feier zurück, während sich die Ritter auf Umwegen zum Stall begaben.

»Was haltet Ihr von dem jungen Kabcar?«, wollte Herodin von seinem Mentor wissen.

»Er macht einen guten Eindruck. Er geht die Dinge an«, sagte er. »Und allmählich bin ich mehr als gespannt, aus welchem Grund Matuc so beharrlich geschwiegen hat. Große Dinge sind im Anmarsch, wenn ich mich nicht sehr irre.«

Sie saßen auf und ritten durch das winterliche Ulsar in Richtung des Tempels.

V.

»Tzulan, Angor, Ulldrael, Senera, Kalisska und Vintera betrachteten unsere Welt, die ihre Mutter geschaffen hatte, und veranstalteten Taralea zu Ehren einen Wettbewerb. Jeder sollte Kreaturen schaffen, welche die verschiedenen Kontinente unserer Welt bevölkerten. Der Gewinner sollte der sein, der die schönsten und ausgefallensten Geschöpfe vorweisen konnte.

Angor entwarf den Kontinent Angor nach seinen Ideen und Vorstellungen, Ulldrael kümmerte sich um Ulldart, Kalisska machte sich in Kalisstron an die Arbeit, während sich Senera und Tzulan ein Landstück teilen mussten.

Für Vintera blieb aber kein Kontinent mehr übrig, die anderen Götter wollten sie auch nicht mitarbeiten lassen. So wählte die Göttin die zahlreichen Inseln aus, die sie nach ihrer Vorstellungskraft mit Geschöpfen versah.

Lange Zeit waren die Götter in ihre Tätigkeit versunken, schufen aus Erde, Wasser, Feuer und Luft unzählige verschiedene Tiere und Menschen, die in Frieden und Eintracht miteinander lebten.«

Die Erschaffung der Menschen und Kreaturen,
Kapitel 1

Ulldart, Königreich Tarpol, Provinz Granburg, das Gut Miklanowo, Winter 442/443 n. S.

Norina legte das Pergament, das am unteren Ende mit dem Siegel des Kabcar versehen worden war, auf den Stapel mit den Rechnungsfolianten und schaute über die vielen Bücherrücken, die sich vor ihr über vier Regale hoch in der nächtlichen Bibliothek des Gutes türmten. Zahlreiche Kerzen sorgten dafür, dass es in dem Raum zumindest rund um den Schreibtisch einigermaßen hell blieb, während draußen die Sonnen schon lange verschwunden waren. Tiefste Dunkelheit hatte sich über Granburg gelegt.

»Wer hätte das gedacht?«, murmelte sie, immer noch erstaunt über den Inhalt des Schreibens, das ihr ein Bote des Herrschers vor wenigen Stunden überbracht hatte, und blickte in die zuckende Flamme einer der Leuchten. Der Kabcar forderte sie auf, umgehend an den Hof von Ulsar zu kommen, denn der ehemalige Gouverneur von Granburg hätte ihm viel von ihren Gedanken und Einfällen vorgeschwärmt, die angeblich für ein gerechteres Reich sorgen sollten. Lodrik hatte das Statthalteramt aufgegeben und bekam dafür die Stellung seines Vaters am Hof.

»Daher bitte ich Euch, Norina Miklanowo, so schnell wie möglich in die Hauptstadt zu kommen, um mir umgehend zu berichten«, hieß es im letzten Satz. ›So schnell als möglich‹ verstand sie als ›sofort‹, und daher wollte sie morgen in aller Frühe aufbrechen.

»Ulsar«, sagte Norina leise und lauschte dem Klang des Wortes. Der Mittelpunkt des Reiches, riesige Häuser, unendlich viele Straßen, der Tempel von Ulldrael und natürlich der Palast, den sie nun von innen sehen sollte.

Noch nie in ihrem Leben war sie weiter als bis zur

Provinzhauptstadt gereist, das Herz Tarpols kannte sie allenfalls aus den Erzählungen von Händlern und von Pujur. Auch ihr Vater war, so weit sie sich erinnern konnte, niemals dort gewesen. Den Weg würde sie finden, denn der Bote hatte den Auftrag, für eine sichere Reise zu sorgen. Ein Geleitbrief gestattete ihm, fünf Mann aus der nahe gelegenen Garnison als Eskorte abzuziehen. Aber wie benahm man sich am Hof? Das Schöntuerische war ihr fremd, die verlangte Etikette kannte sie nicht. Welchen Wert legte der neue Kabcar auf solche Dinge?

Es klopfte ganz leise an der Bibliothekstür. »Herein«, rief die junge Frau. Ihr Vater trat vorsichtig ein. Der Luftzug sorgte dafür, dass die Kerzen unruhig brannten, die Schatten an den Wänden hin und her hüpften.

»Na, hat der Kabcar Sehnsucht nach dir?«, grinste der bärtige Brojak seine hübsche, hoch gewachsene Tochter an.

Norina lächelte und strich sich die langen, schwarzen Haare aus dem Gesicht. Die graue Uniform des königlichen Beamten, die er seit kurzem als neuer Gouverneur von Granburg trug, empfand sie immer noch als äußerst ungewohnt. Trotzdem freute sie sich für ihn über die Ehre und das Vertrauen, das ihm vom Hof entgegengebracht wurde. »Pujur muss ihm so viel erzählt haben, dass ich meine Ansichten persönlich erklären soll.« Sie stand auf, lief zu dem Mann hin und umarmte ihn. »Stell dir das vor, Väterchen, der Kabcar will mich sehen. Wenn ich ihn von nur ein paar Neuerungen überzeugen kann, würde es Tarpol schon wesentlich besser gehen.«

Miklanowo lächelte nachsichtig. »Erwarte bloß nicht zu viel von der Einladung. Hat er dir geschrieben, dass er deine Gedankengänge gut findet?«

Sie stutzte. »Nein. Jedenfalls nicht ausdrücklich.«

»Also«, sagte er, »da haben wir's.«

Die junge Frau lief zurück zum Tisch, kramte ein paar Blätter aus der Schublade und begann, mit fliegender Feder zu schreiben. »Ich werde mir Mühe geben, ihn für einen Wandel im Land zu gewinnen. Wenn ich diese Gelegenheit schon mal habe, die vermutlich noch niemand vor mir hatte, darf ich nichts vergessen.« Immer wieder tauchte sie den Kiel in das Tintenfass, die Spitze kratzte über das Papier. »Ich muss mir unbedingt die wichtigsten Punkte notieren, die ich ihm dann übergeben kann.«

»Dann lasse ich dich mal in Ruhe arbeiten. Ich werde mich wieder um meine Angelegenheiten als Gouverneur kümmern. Ich wünsche dir eine gute Nacht, und bestell Pujur schöne Grüße von mir, wenn wir uns nicht mehr sehen sollten«, sagte der Brojak und verließ den Raum.

Norina war in Gedanken voll und ganz bei den Verbesserungen, die sie dem Kabcar unterbreiten wollte. *Was aber, wenn er mich nach Ulsar lockt, um mir den Mund zu verbieten? Wenn er mich für gefährlich hält? Wenn das Ganze nur eine Falle ist?*

Sie wurde immer langsamer beim Schreiben. *Pujur hätte mich bestimmt gewarnt.*

Ohne nachzudenken, legte sie die linke Hand auf die Stelle, an der unter der Kleidung das Amulett lag. Angenehm warm ruhte das Geschenk ihres Liebsten dort, das Metall kühlte nie wirklich aus, auch wenn sie das Kleinod nachts ablegte. Am nächsten Morgen schien es immer noch die gleiche Temperatur wie ihr Körper zu haben.

Als sie die Hand wieder auf den Tisch stützte, zuckte sie kurz zusammen. Die Verstauchung, die sie sich beim Sturz vom Pferd zugezogen hatte, verheilte nur langsam. Dabei war ihr der Unfall wie ein Rätsel vorgekommen. Ihr eigenes Tier, Pulkin, das sie von klein auf ritt, das sie seit mehr als sieben Jahren eigenhändig in den

Stall führte, abrieb und fütterte, hatte sie kurz nach der Abreise von Pujur aus dem Sattel geworfen, kaum dass sie oben saß. Seitdem scheute das Pferd vor ihr und versuchte, seiner Herrin zu entkommen. Auf einen weiteren Versuch wollte es Norina nicht ankommen lassen, zuerst sollte sich ein Pferdekundiger das Tier ansehen. Sie jedenfalls konnte sich das Verhalten nicht erklären.

Aber nicht nur Pulkin führte sich merkwürdig auf, auch die anderen Tiere auf dem Gut waren von einer seltsamen Unruhe befallen. Die Arbeiter vermuteten, dass sich Sumpfbestien in der Gegend herumtrieben, und teilten vorsichtshalber nächtliche Wachen ein. Wenn der Winter weiterhin so kalt bleiben würde, könnten die Bestien versuchen, auf dem Hof Nahrung zu finden. Vielleicht strichen sie schon um die Mauern und wurden dabei vom Vieh gewittert.

Die Gedanken der jungen Frau kehrten zu Pujur zurück, mit einer Hand zog sie dabei das Amulett hervor. Die ganze Oberfläche des Schmuckstücks war von einem braunen Belag überzogen, nur vereinzelt schimmerte das rätselhafte Metall schwarz auf. Die wenigen sauberen Ziselierungen glänzten silbrig, der düstere, augengroße Stein im Zentrum des Schmuckstücks, so bildete sie sich zumindest ein, wurde in einem beruhigenden Rhythmus heller und dunkler, pulsierte wie ein langsam schlagendes Menschenherz.

Immer wieder hatte sie sich die Gravuren angeschaut, die auf der Rückseite des Amuletts ein eigenartiges Muster bildeten. Wenn es sich bei den Zeichen um eine Schrift handelte, konnte sie nichts damit anfangen.

Pujur hatte ein großes Geheimnis um die Herkunft seines Präsents gemacht. Norina schätzte, dass es sich um ein altes Familienerbstück handelte.

Vorsichtig, sanft fuhr sie über den dunklen Stein und entdeckte einen leichten Fleck an der Seite. Ärgerlich nahm sie einen Zipfel ihres Kleides und rieb darüber, um die Verunreinigung zu entfernen. Doch die blinde Stelle hielt sich hartnäckig. Also erhöhte sie den Druck, bis sich der Edelstein plötzlich mit einem leisen Knirschen in der Fassung drehte.

Überrascht hielt die junge Frau in ihrem Tun inne. Ganz nah brachte sie das Amulett vor ihre Augen und versuchte, den Stein zurückzudrehen, aber er widerstand ihren Anstrengungen.

Dafür ließ er sich mühelos in die andere Richtung bewegen, wie sie nach einigen Versuchen herausfand. Nachdem sie ihn einmal um die eigene Achse gedreht hatte, verstärkte sich das Pulsieren im Inneren des Edelsteins.

Misstrauisch legte sie das Amulett auf den Tisch und wartete ab. Was immer Pujur ihr als Liebesbeweis geschenkte hatte, es wurde immer merkwürdiger.

Der Rhythmus veränderte sich nicht weiter.

Ein weiteres Mal bewegte sie den Stein um 360 Grad, und aus dem Pulsieren wurde ein hektisches, schnelles Flackern. Mit dem Federkiel tippte sie an das Amulett, aber es passierte nichts.

Als sie ihre Versuche fortsetzen wollte, klopfte es wieder an der Tür. Schnell hängte Norina sich den Schmuck wieder um den Hals und ließ ihn unter das Kleid rutschen.

»Ja, bitte?«

Der Bote des Kabcar mit Namen Tratov trat ein, verbeugte sich und kam näher. »Verzeiht, aber ich wollte mich erkundigen, wann Ihr aufzubrechen gedenkt. Ihr wisst, ich muss die Garnison noch um Begleitung bitten, und daher wollte ich meine Vorbereitungen rechtzeitig treffen.«

Norina nickte knapp. »Ich wollte bei Morgenanbruch los. Wäre das möglich?«

»Das ist ausgezeichnet, Brojakin Miklanowo. Das Wetter scheint in den nächsten Tagen einigermaßen zu halten, wir werden mit dem Schlitten bestens vorwärts kommen.«

»Ich gedenke nicht, einen Schlitten zu benutzen«, widersprach sie. »Ich kann reiten, und das wird bis zum Fluss wohl das schnellste Mittel sein, oder?«

Tratov machte für einen Lidschlag ein verwundertes Gesicht. »Umso besser, Brojakin. Wenn alles gut für uns verläuft, können wir die Hauptstadt in wenigen Wochen erreicht haben.« Er ging in Richtung der Tür. »Ich informiere die Garnison, die uns etwas Proviant zur Verfügung stellen soll.« Er verbeugte sich und verließ das Zimmer.

Norina rollte das Schreiben des Kabcar sowie ihre Notizen zusammen und klemmte sich die Papiere unter den Arm. Sie löschte die Kerzen und machte sich auf den Weg in ihr Zimmer, wo sie mit Hilfe eines Bediensteten ihre Reisevorbereitungen treffen wollte.

Ganz still war es im dunklen Haupthaus. Die Dochte der Öllampen glühten noch leicht, sie waren wohl eben gelöscht worden, ein schwacher Geruch von Petroleum lag in der Luft. Die junge Frau ging an diesem Abend anscheinend als Letzte zu Bett. Die Müdigkeit, die von der Begeisterung in den Hintergrund gedrängt worden war, hatte sie nun voll im Griff. Das Packen würde sie auf morgen verschieben.

Norina hörte das vertraute Knacken der Holzdielen, fernes Windheulen und die unverständliche Unterhaltung draußen auf dem Hof zwischen dem Boten und einem der Knechte. Dann ertönte leiser Hufschlag. Tratov hatte sich tatsächlich noch auf den Weg gemacht, um die Wachen für die morgige Reise zu organisieren.

In ihrem Zimmer angekommen, öffnete sie das Fenster, um kühle, frische Luft hineinströmen zu lassen. Nach einem kurzen Blick zum sternenklaren Himmel und den Monden entkleidete sie sich in aller Eile und schlüpfte in ihre wärmende Nachtwäsche.

Beim Abstreifen des Untergewandes fiel ihr das Amulett zu Boden, das sie verärgert aufhob und durch eine schnelle Bewegung mit der Hand von möglichem Schmutz befreite. Dabei drehte sie den Stein ein drittes Mal um die eigene Achse, es zischte leise, das Flackern erlosch.

Dann, nach wenigen Herzschlägen, ging ein silbriges Flimmern über die Gravuren und das düstere Glimmen begann erneut, diesmal ein wenig heller, anhaltender und ohne das bekannte Pulsieren. Wie ein Stück Kohle glühte der Edelstein im Dunkel.

Ein seltsames Geschenk, dachte sie und legte sich den Schmuck wieder um. *Wie das der Juwelier wohl hinbekommen hat?*

Leicht fröstelnd schloss sie die Tür ihres Schranks, als es mit einem Mal dunkler im Raum wurde. Es schien, als habe sich eine große Wolke vor die Monde geschoben.

Norina wandte sich abrupt zum Fenster um und erstarrte. Auf dem Sims saß eine menschengroße, dürre Gestalt, die lederhaften, dünnen Schwingen waren weit ausgebreitet und schluckten einen Großteils des Lichts. Zwei purpurfarbene Augen glühten.

Ein Beobachter, durchzuckte es die junge Frau. Aus dieser Nähe hatte sie noch keines der Wesen gesehen, die in Tarpol bekannt waren und aus abergläubischen Gründen gefürchtet wurden. Dabei taten sie den Menschen nichts, sondern saßen nachts auf Hausdächern, Bäumen oder anderen Erhöhungen und sahen sich um. Wie Raben auf der Suche nach Aas.

Der Kopf der Kreatur bewegte sich leicht nach vorne. Zögerlich schien sie die Luft einzusaugen, dann neigten sich die leuchtenden Augen zur Seite und wurden schmaler. Die Haltung erinnerte Norina tatsächlich an einen Vogel, der sich eine Sache betrachtete, bevor er etwas unternahm. Sie beschloss zu handeln.

»Was willst du?«, fragte sie fest und machte einen Schritt nach vorne.

Der Beobachter schreckte zurück. *Du bist zwar nicht der Hohe Herr,* wisperte es in ihren Gedanken, *aber du gehörst zu ihm. Also behalte es. Jedoch gib es ihm wieder, wenn du ihn siehst.* Das Wesen stieß sich vom Sims nach hinten ab und verschwand. *Es für immer zu behalten, steht dir nicht zu.*

Die Brojakin hörte das Rauschen und Knistern der Flügel, aber entdecken konnte sie ihren unheimlichen Besucher zuerst nicht mehr.

Als sie den Blick über den Himmel schweifen ließ, lief ihr ein eiskalter Schauer über den Rücken. Dort oben kreisten mindestens ein Dutzend Beobachter, und immer weitere schienen aus allen Richtungen hinzuzukommen. Nach einiger Zeit waren es fast drei Dutzend.

Ein einzelnes Exemplar, vermutlich ihr Besucher von eben, löste sich aus dem Schatten der Scheune und stieß zu den anderen. Fast glaubte Norina, die Kreaturen unterhielten sich, so wie sie dicht an dicht flogen. Dann löste sich der Pulk auf. So schnell wie sie gekommen waren, so schnell verteilten sie sich wieder, bis sie nicht mehr zu sehen waren.

Die junge Frau ließ sich aufs Bett plumpsen. Der Beobachter hatte direkt mit ihrem Verstand gesprochen, Worte hatte sie keine vernehmen können.

Aber von was sprach das Wesen? fragte sie sich. *Was darf ich behalten, und wem soll ich was geben? Wer ist der Hohe Herr?* Seufzend berührte sie den Talisman auf ihrer Brust, dann schloss sie die Läden und das Fenster. Einen solchen Gast wollte sie nicht noch einmal haben. *Ich muss unbedingt mit Pujur über die Sache reden.* Das sollte die erste Angelegenheit sein, der sie sich in Ulsar widmen wollte. Alles andere konnte warten.

Sie überlegte einen Moment lang, dann zog sie das Amulett wieder aus und verwahrte es in der Schublade.

Sie wusste nicht genau, weshalb, aber sie wollte es erst wieder tragen, wenn sie genau in Erfahrung gebracht hatte, was es mit dem Schmuckstück auf sich hatte.

Tratov hatte Recht behalten, die Sonne schien am nächsten Tag und bescherte Granburg einen frostigen, aber schönen Wintertag. Der Gouverneur war schon lange in Richtung Provinzhauptstadt unterwegs und hatte seiner Tochter einen Abschiedsbrief mit ein paar persönlichen Worten hinterlassen.

Der königliche Bote kehrte in aller Frühe mit vier Soldaten der Garnison zurück; ein Packpferd mit Proviant sorgte dafür, dass die kleine Gruppe mit dem Nötigsten versorgt war, sollte kein Gasthaus zu finden sein. Die in aller Eile gepackte Truhe mit den Kleidern, Schmuck, Büchern und anderen Gegenständen der jungen Frau lud man auf ein zweites Tier, das daraufhin sehr aufgeregt hin und her tänzelte. Die Soldaten nahmen an, dass die Sattelriemen nicht richtig saßen, und begannen, die Gurte zu prüfen.

Dick in Pelze eingepackt, stapfte Norina derweil in den Stall und wollte sich ein Reitpferd aussuchen. An der Box von Pulkin blieb sie stehen und rief zum Abschied seinen Namen.

Zu ihrem Erstaunen kam der Hengst vertraulich wie früher näher und ließ sich von ihr die Nüstern kraulen. Aus Neugier legte die Brojakin den Sattel auf, doch das ehemals so nervöse Tier ließ es mit sich geschehen, als habe es niemals vor seiner Herrin gescheut.

Vorsichtig und auf einen plötzlichen, wilden Ritt gefasst, drehte sie ein paar Runden mit dem Hengst auf dem Hof, doch er verhielt sich wie sonst. Mit Hilfe von ein paar derben Schlägen hatten die Soldaten in der Zwischenzeit das zweite Packpferd zur Raison gebracht, die Reise konnte beginnen.

Vorbei ging es in lockerem Trab an der verschneiten

Welt. Wie mit Zuckerwatte bedeckte Felder und mit glitzerndem Marmorstaub bestreute Wälder säumten den Weg der Gruppe, die recht schnell vorwärts kam.

Um die Augen gegen das grelle Weiß zu schützen, trugen Ross und Reiter aus Holz gefertigte Sehblenden, die nur durch einen dünnen Schlitz Licht ließen. Vor diesen Spalt war dunkles Tuch geklebt, um die Helligkeit zu dämpfen. Ohne diese Vorrichtung wäre ein Ritt an einem sonnigen Tag unmöglich gewesen. Etliche Unwissende hatten so auf Dauer ihr Augenlicht eingebüßt.

In weitem Bogen ritten sie am zweiten Tag, nachdem sie in einer Scheune übernachtet hatten, an der Stadt Granburg vorüber, und wenn ihr Vater sie auch nicht sehen konnte, winkte Norina dennoch in Richtung des Palastes.

Der Bote lächelte. »Wie klein die Stadt aussieht.«

»Klein?« Die junge Frau schüttelte den Kopf. »Granburg soll klein sein?«

»Wartet es ab, Brojakin. Wenn Ihr Ulsar seht, bleibt Euch das Herz stehen«, versprach Tratov.

»Auch wenn das sehr schade wäre«, grinste einer der Soldaten und erntete leises, zustimmendes Gelächter von seinen Kameraden.

Norina musste ebenfalls lachen. »Wie sprachgewandt du bist. Lass mich raten, du bist der Schwarm aller Frauen?« Nun hatte sie die Lacher auf ihrer Seite, einer klopfte dem Kämpfer scherzhaft an den Helm.

Die gute Laune sollte nicht mehr lange anhalten. Nach wenigen Warst gelangten sie an eine Stelle, die keinem recht geheuer erschien.

Die Sonnen versanken bereits hinter dem Waldstück, das sie fast vollständig durchquert hatten, als Tratov die neun Gräber am Wegesrand entdeckte.

Das mittlere, das sich von der Anlage eindeutig von den anderen unterschied, wirkte zerstört. Die Steine, die zum Schutz gegen Tiere oder Bestien aufgehäuft worden waren, lagen unordentlich verstreut umher, aber als seien sie von innen weggedrückt worden. Bei den Nachbargräbern fehlten Teile der Erde, sodass zwischen den gefrorenen Schollen Menschenknochen herausragten.

Die Soldaten hatten aus einem unbestimmten Gefühl der Bedrohung heraus ihre Waffen gezogen, einer der Männer ritt näher an die einfachen Ruhestätten heran.

»Scheinen Soldaten gewesen zu sein«, meldete er der Gruppe. »Aber keine von der königlichen Garnison. Die hier trugen Kettenhemden. Und sie sind erst nachträglich so zugerichtet worden, wie es aussieht.« Er sah etwas genauer hin. »Als habe man ihnen mit einem Messer Fleisch herausgeschnitten. Das waren bestimmt Sumpfbestien.«

»Oder Totendörfler«, fügte ein anderer hinzu. »Die sollen ja auch alles essen, wie man sich erzählt.«

Norina lief ein Schauder über den Rücken. Sie nahm eine der Fackeln aus den Satteltaschen und entzündete sie mit Hilfe eines Funkensteins. Da die Sonnen nun endgültig verschwunden waren, war es in dem Waldstück beinahe stockdunkel. Eine bedrohliche Düsternis machte sich zwischen den Bäumen breit.

»Hört Ihr das?«, erkundigte sie sich leise bei Tratov.

»Was meint Ihr? Ich höre nichts«, gab er ebenfalls mit gesenkter Stimme zurück.

»Eben«, meinte Norina und sah sich um. »Ich höre auch nichts. Wir sind in diesem Wald die einzigen, die Geräusche machen. Keine Vögel, nichts. Nicht einmal ein Windhauch.«

Ohne ein weiteres Wort nahm der Bote ebenfalls eine Fackel heraus, die Soldaten folgten seinem Beispiel.

»Wir sollten weiter«, rief Tratov unruhig zu dem Mann, der die Gräber untersuchte und scheinbar als einziger nicht von der Beklemmung betroffen war, die sich verstärkte, je länger sie auf dem Weg standen. Wie ein rettendes Licht schimmerte die Schneefläche am Ende der Passage und versprach den Reisenden eine weite, gut überschaubare Ebene.

»Einen Moment noch«, entgegnete der Reiter und stieg ab. Er ging hinüber zum Grab in der Mitte und kniete sich hinein. »Das hier sieht sehr seltsam aus. Bei Ulldrael dem Gerechten!« Der Soldat hielt etwas in die Höhe. »Fast wie gefrorenes Pergament.« Er stieß einen entsetzten Schrei aus und ließ seinen Fund fallen. Ruckartig sprang er aus der flachen Grube.

Die Pferde scheuten, erschrocken von der hastigen Bewegung, und Tratov stürzte aus dem Sattel. Sein Tier jagte den Weg zurück, ein Soldat machte sich fluchend an die Verfolgung.

Immer kleiner wurde der Lichtpunkt seiner Fackel.

Verwünschungen ausstoßend erhob sich der Bote. Die anderen Kämpfer und Norina hatte derweil noch alle Hände voll zu tun, um ihre Vierbeiner wieder zu beruhigen.

»Gut gemacht, Narr!«, schimpfte die Brojakin. »Du bist nicht nur redegewandt, du bist auch noch klug dazu. Komm sofort zurück.«

Gehorsam befolgte der Soldat den Befehl, sein Gesicht war aschgrau.

»Es war ein Stück Haut.« Er schüttelte sich vor Abscheu und wischte mit dem Handschuh durch den Schnee. »Ich hatte einen Fetzen mit einem Stück Nase gefunden.« Er zeigte die andere Hand. »Und das hier.«

Er hielt zwei Teile eines augengroßen Amuletts, die wohl einmal zusammengehört hatten, aber zerbrochen worden waren. Es sah nach einer porösen Legierung aus und zeigte merkwürdige Symbole, Schriftzeichen, die keiner aus der Gruppe zu lesen verstand. Eine Ähnlichkeit mit den Gravuren des eigenen Anhängers entdeckte Norina nicht.

»Bring es zurück«, sagte der Bote. »Man soll den Toten nichts nehmen, was sie zu Lebzeiten freiwillig hätten geben können.«

»Vielleicht ist es was wert. Oder ich behalte es.« Trotzig stieg der Soldat in den Sattel. »Als Glücksbringer.«

Schweigend warteten sie auf die Rückkehr des fehlenden Kämpfers, dessen Fackel niemand mehr sehen konnte.

Ab und zu zischte eine der Leuchten, die Pferde schnaubten aufgeregt.

Keiner der Menschen wagte, etwas zu sagen. Die beklemmende Stimmung, die sich herabgesenkt hatte, wurde stärker.

So sehr Norina und die Männer in die Dunkelheit starrten, einen Lichtschein konnten sie nicht ausmachen. Die Bedrohung, die in der Luft lag, spürten sie mittlerweile fast körperlich.

»Wir«, krächzte die junge Frau heiser und musste sich erst räuspern, »wir können genauso gut vor dem Wald auf ihn warten. Er wird uns schon finden.«

Tratov rammte eilig seine Fackel in den Schnee. »Ein guter Einfall. Das lassen wir ihm als Orientierung zurück.« Er schwang sich bei einem der Begleiter auf den Pferderücken.

Erleichtert machte man sich auf die letzten Meter, die den Tross von der erlösenden Ebene trennten. Es wurde weder nach rechts oder links, geschweige denn nach hinten geschaut. Diese unerklärliche Angst vor etwas Unsichtbarem saß allen im Nacken. Noch immer wirkte der Wald tot und feindselig.

Schritt für Schritt bewegten sie sich vorwärts, mit aller Macht beherrschte Norina sich, ihr Pferd nicht in Trab fallen zu lassen.

Ein Aufatmen ging durch die Reihe der Reisenden, als sie den Baumbereich verließen und die glitzernde, abendliche Schneefläche vor sich sahen.

»Gut«, sagte Norina befreit, die Soldaten verstauten ihre Waffen. »Warten wir also.«

Erst jetzt drehten sie sich um und sahen zurück. In einiger Entfernung brannte die Fackel und markierte dem Fehlenden den Weg.

Doch er erschien nicht.

Eine geraume Zeit verstrich. Seine Kameraden unterhielten sich leise, aber den Versuch, den Verschollenen zu suchen, unternahmen sie nicht, und weder Norina noch Tratov ermunterten sie dazu.

»Da!«, rief der Bote und deutete die schmale Straße hinunter. »Ich habe eben eine Gestalt neben der Fackel gesehen.« Alles spähte in die gewiesene Richtung. Die weit entfernte Lichtquelle brannte unruhig, flackerte auf, dann verlosch sie.

»Was war das?«, wunderte sich einer der Soldaten. »Das kann unmöglich sein. Die Fackeln brennen normalerweise mehrere Stunden.«

»Dann hat sie jemand gelöscht«, meinte Tratov. »Ich sagte doch, ich sah jemanden.«

»Wenn sie jemand ausgemacht hat, dann droht unserem Begleiter vermutlich Gefahr«, äußerte sich Norina besorgt und bemerkte die Gänsehaut, die sich an ihrem Körper bildete. »Wir sollten ihm helfen.«

Niemand bewegte sich. Keiner wollte in diese unheilige Schwärze zurück, der sie unbeschadet entronnen waren.

»Da war eben Hufschlag«, flüsterte einer der Kämpfer. »Ich glaube, er kommt.«

»Dann reiten wir ihm wenigstens entgegen, damit er Licht sieht«, schlug sein Kamerad mutig vor und setzte sein Pferd in Bewegung. Norina schloss zu ihm auf, danach folgte der Rest.

Wieder tauchten sie in die schrecklich stumme Finsternis ein.

»Ich höre nichts«, murmelte Tratov, als sie auf der

Höhe der erloschenen Leuchte angekommen waren. »Du musst dich getäuscht haben. Und seine Fackel sehe ich auch nicht.«

»Seid leise«, zischte die Brojakin.

Ganz weit entfernt war das gedämpfte Getrappel von Pferdehufen zu vernehmen.

»Seht euch das an«, sagte der Vordermann des Boten zur Gruppe. »Unsere Markierungsfackel ist voller Schnee.«

»Der wird vom Baum gefallen sein«, meinte ein anderer.

»Auf dem Baum hier liegt aber kein Schnee«, widersprach er dem Einwand.

Der Hufschlag kam näher. Zwei Pferde, so klang es zumindest, flogen in gestrecktem Galopp auf die Wartenden zu.

»Der hat es aber verdammt eilig«, staunte der Bote. »Dem gefällt es ebenso wenig wie uns.«

»Draufgängerisch ist er schon«, meinte Norina anerkennend, und ihre Nackenhaare stellten sich auf. »Ich würde ohne Licht nicht so schnell reiten.«

Immer schneller rasten die Tiere heran.

»Wenn wir hier so stehen bleiben, sprengt er uns glatt über den Haufen.« Tratov hatte die Stirn in Falten gelegt. »Er müsste uns doch sehen.« Er wedelte mit der Fackel hin und her. »Holla! Mal langsamer! Wir stehen ...«

Wie ein Sturm schoss eines der Pferde heran, die Augen waren weit aufgerissen, die Zunge hing ihm aus dem Maul, und der Schweiß floss an den Flanken hinab. Dann war es auch schon wie eine Spukgestalt mitten durch die Gruppe galoppiert und in wilder Flucht auf und davon.

Keiner im Tross zögerte nur eine Sekunde. Jeder stieß dem eigenen Reittier die Sporen in die Seiten und hetzte hinterher. Das unvorstellbarste Grauen, so vermeinten alle zu spüren, war ihnen auf den Fersen und griff nach ihnen.

Ganz hinten folgte das doppelt beladene Pferd mit Tratov und dem Soldaten, doch es hielt das Tempo seiner leichter bepackten Artgenossen durch.

Der Bote hörte, wie sich Hufschlag von hinten näherte und hoffte, den vermissten Kämpfer auszumachen. Aber nur eine geisterhafte Silhouette war erkennbar.

»Weg!«, brüllte es aus der Dunkelheit. »Nur weg! Bei Ulldrael, nein! NEIN!« Dann erscholl eine Reihe Mark erschütternder Schreie, die sich mit Knirschen, Splittern und Krachen vermischten, bis etwas Schweres in den Schnee plumpste. Das schmerzerfüllte Gebrüll des Soldaten ging in ersticktes Gurgeln über, wurde leiser und blieb in der Nacht zurück.

»Los!«, schrie der Bote dem Reiter voller Entsetzen ins Ohr. »Schneller! Bloß schneller!«

Das letzte Pferd schnellte aus der Finsternis hervor. Wie vom Katapult abgefeuert, stob der Hengst des Fehlenden vorüber, reihte sich, beherrscht vom Herdentrieb, in die schützenden Leiber ein und passte sich der Geschwindigkeit seiner Artgenossen an.

Tratov wurde schlecht. Das Fell des Schimmels troff vor Blut. Es sah aus, als habe man einen Eimer roter Farbe über den Sattel gegossen, von wo sie in Sturzbächen herablief.

Endlich war die Gruppe außerhalb des Waldes, hielt aber nicht an. Weiter und immer weiter ging die kopflose Jagd über die verschneite Ebene, bis das erste der Pferde ohne Reiter im Tiefschnee stolperte und zusammenbrach. Erst jetzt gönnten sich die Reisenden eine Pause, alles atmete schnell und hektisch.

»Bei Ulldrael, seht euch das an«, keuchte Norina entsetzt, die das blutverschmierte Pferd nun entdeckte. »Es ist verletzt.«

»Nein«, das blanke Grauen lag in der Stimme des antwortenden Soldaten. »Das ist kein Tierblut.«

Alle Augen richteten sich auf den Wald, der wie ein

Stück hingeworfene Schwärze mitten im Schnee lag. Irgendwo dort drin trieb etwas Furchtbares sein Unwesen.

»Nur weg von hier«, befahl Tratov in die Stille und wechselte auf sein Pferd. »Ich will nicht wissen, was das war. Es reicht mir, wenn hundert Warst zwischen mir und der Kreatur liegen.«

Sie brachen wieder auf und ritten die Nacht über durch. Selbst die Pferde hatten das Bedürfnis, so schnell wie möglich von diesem Ort wegzukommen.

**Ulldart, Königreich Tarpol, Provinz Ulsar,
Hauptstadt Ulsar, Winter 442/443 n. S.**

Matuc sah aus dem Fenster und beobachtete die glitzernden Lichtreflexionen der Eiszapfen, die vor der Scheibe seiner Unterkunft wuchsen. In vielen Farben funkelten die Strahlen der Sonnen und warfen immer wieder neue helle Punkte an die Wände seines Zimmers, in dem er seit zwei Wochen lag und von seinen schweren Verwundungen genas.

Der Kabcar selbst hatte ihm einen Cerêler geschickt, der dafür sorgte, dass sein Beinstumpf ohne Schwierigkeiten verheilte. Die hölzerne Prothese mit dem geschickt gefertigten Knickgelenk, das ihm später ein Laufen ohne Krücken ermöglichen sollte, lehnte neben seinem Bett und wartete nur darauf, zum Einsatz zu kommen. Ebenfalls auf hoheitliche Anordnung war der Geistliche aus dem Ulldraeltempel in ein kleines Jagdhaus des Kabcar verlegt worden. Nerestro, dessen Gefolge und zehn Wachen sorgten für die Sicherheit Matucs, der sich das plötzliche Aufhebens um seine Person gar nicht erklären konnte.

Der Verlust seines Beines traf ihn zutiefst, und noch immer konnte er es nicht glauben, wenn er an sich herabblickte und auf der rechten Seite ein gutes Stück von ihm fehlte.

Eine Lethargie hatte ihn seither befallen, eine dermaßen große Gleichgültigkeit, dass er sich nicht einmal mehr Gedanken über seinen Auftrag und das Schicksal Ulldarts machte.

Es war ihm egal, ob er versagt hatte oder nicht. Er hatte genug durchlitten, sich für den Gott und den Geheimen Rat durch halb Tarpol geschleppt, Strapazen erduldet und nun auch noch sein Bein verloren. Dank erntete er dafür keinen, weder vom Oberen noch von seinem Gott. Wenn sich niemand um ihn scherte, wollte er sich auch nicht mehr um andere kümmern. Seinetwegen konnte die Dunkle Zeit anbrechen.

Die Tür wurde geöffnet, und herein traten Nerestro zusammen mit Herodin, dem Kabcar und weiteren zwei Männern, an die sich Matuc noch sehr gut aus Granburg und von der Krönung her erinnern konnte.

»Es ist mir eine Ehre, hoheitlicher Kabcar, dass Ihr mich besucht«, sagte der Mönch leise und richtete sich in seiner Lagerstätte ein wenig auf.

»Aber, aber«, wehrte Lodrik ab und legte den Hermelinmantel zur Seite. Darunter trug er die graue Uniform des Hauses Bardri¢, geschmückt mit wenigen Stickereien und dem sternförmigen Orden mit dem blauen Diamanten. »Ich stehe in deiner Schuld, Matuc, weil du mir das Leben gerettet hast. Zweifach, wie ich inzwischen erfahren durfte.«

Matuc seufzte kraftlos. »Dankt mir nicht, dankt Ulldrael dem Gerechten, der Euch beschützt, Hoheit. Ihr habt in ihm einen starken Verbündeten. Im Gegensatz zu mir.«

Der junge Kabcar setzte sich zu dem betagten Mann aufs Bett, während seine Begleiter etwas im Hintergrund blieben und sich aufs Zusehen und -hören beschränkten. »Ich werde dir nun ein paar Fragen stellen, Matuc. Und ich, dein Kabcar, verlange, dass du mir die Wahrheit sagst, bevor es für einen von uns beiden zu spät ist.« Lodrik sah ihm in die Augen. »Hast du den Attentäter gesehen?«

»Welchen Attentäter?«, fragte der Verletzte erstaunt.

»Von selbst hast du dir den Bolzen nicht in den Unterarm gerammt, Matuc. Er hätte mich getroffen, wenn du mich nicht zur Seite geschoben hättet. Mich würde nun interessieren, wer versucht hat, mich zu beseitigen.«

»Ich habe niemanden direkt gesehen, hoheitlicher Kabcar«, antwortete Matuc und schloss müde die Augen. »Ich bemerkte einen Schatten, eine undeutliche Bewegung und handelte.«

Der Herrscher Tarpols verzog den Mund. »Das ist sehr schade. Aber ich bräuchte eine weitere Auskunft. Du bist mir gefolgt, quer durch Tarpol, nicht wahr? Zusammen mit Nerestro und einer Frau, die ich nicht mehr kennenlernen durfte. Gesehen haben wir uns in Granburg, am Fluss, danach wieder hier. Weshalb, Matuc?«

Der Geistliche kniff die Lippen zusammen und schüttelte den Kopf.

»Du musst es mir sagen, Matuc. Ich bin dein Kabcar, ich kann es dir notfalls befehlen. Noch appelliere ich an dich. Du musst einen wichtigen Grund haben, wenn du solche Anstrengungen auf dich nimmst. Und wenn Nerestro sogar sein Gott erschienen ist, um ihm den Auftrag zu erteilen, dich zu beschützen, muss es etwas wirklich Bedeutendes sein.« Lodrik berührte den Verletzten sanft an der Schulter. »Ich bitte dich darum. Lass mich nicht im Unklaren. Geht es vielleicht um die Prophezeiung? Geht es um meine Zukunft?«

Matuc öffnete die Augen, schluckte schwer und nickte zögerlich. Er hatte keine Lust mehr, alles für sich zu behalten. »Ich kann es nicht länger verschweigen, hoheitlicher Kabcar. Ich war damals derjenige, dem der sterbende Visionär die Botschaft Ulldraels anvertraute. Jahrelang dachte ich, sie bedeutet, dass man Euch vor dem Tod beschützen muss, um die Rückkehr der Dunklen Zeit zu verhindern.« Innerlich arbeitete sein Hirn auf Hochtouren. Er musste wenigstens Schaden vom Orden abwenden, soweit es möglich war. Er beschloss, alle Verantwortlichkeit auf sich zu ziehen. Ruhig schaute er den Kabcar an.

»Nun bin ich mir schon lange nicht mehr sicher, ob die Prophezeiung auch nicht anders zu verstehen gewesen wäre. Ich wollte Euch in der Kathedrale eigentlich umbringen, hoheitlicher Kabcar, nicht beschützen. Den Dolch, den ich in der Hand hatte, hat der Schutt vermutlich unter sich begraben.«

Gemurmel erhob sich im Raum. Instinktiv näherte sich der große Leibwächter seinem Herrn, als wollte er ihn nachträglich vor diesem hinfälligen und gescheiterten Attentäter beschützen. Der Herrscher hob die Hand, um Waljakov zu beruhigen. Er wirkte weniger geschockt als neugierig und atmete tief ein. »Wie kommst du auf diese Idee? Wieso sollte Ulldrael der Meinung sein, dass ich schuld am Ausbruch der Dunklen Zeit bin?«

»Ich war mir sicher, das Richtige zu tun, das kann man nicht erklären.«, sagte der Mönch und hob den bandagierten Arm. »Doch inzwischen weiß ich es besser. Ulldrael selbst hat Euch vor mir und dem unbekannten Attentäter beschützt. Und den habe ich, um ehrlich zu sein, nicht einmal gesehen, sonst wäre ich ihm nicht in die Schussbahn gelaufen. Ulldrael hat mich dazu benutzt, Euch das Leben zu retten, wobei er mich dazu noch für meinen Irrtum bestrafte, das sehe ich nun ganz deutlich. Ich kann Euch, hoheitlicher Kabcar, nur um Verzeihung bitten für das, was mir beinahe gelungen wäre. Und meinen Gott, weil ich an seiner Nachricht zweifelte.« Er wandte den Kopf in Richtung Nerestro. »Angor sei Dank für die Unterstützung.« Damit war der Ritter von seiner Pflicht entbunden.

Doch der Kämpfer in der gewaltigen Rüstung machte nicht den Eindruck, besonders glücklich darüber zu sein. Er grübelte über etwas nach.

»Wie sollte ich die Dunkle Zeit zurückbringen?«, fragte sich Lodrik leise. Der erschreckende Gedanke ließ ihn nicht los, nachdem er einmal ausgesprochen war.

»Das weiß ich nicht, hoheitlicher Kabcar«, sagte Matuc. »Jetzt kommt mir mein Einfall auch sehr verworren vor. Ich habe mich geirrt mit meiner Vermutung.«

Der Kabcar stand auf und blickte nachdenklich aus dem Fenster. »Ich weiß nicht, ob du dich geirrt hast. Immerhin hat Angor unserem Freund Nerestro persönlich seine Aufgabe gestellt. Und ein Gott sollte sich wohl nicht irren, oder?«

»Bei allem Respekt, Hoheit, genau das verstehe ich an seiner Geschichte auch nicht«, stimmte der Ordenskrieger zu.

»Belkala hat ihn hereingelegt«, lächelte der Geistliche.

»Was?«, brauste der Ritter auf. Mit wenigen Schritten stand er neben dem Bett und packte den Verletzten an den Gewandaufschlägen. »Das erklärst du sofort!«

»Lass ihn los!«, befahl Lodrik. Die blauen Augen blitzten zornig, und etwas wie eine Welle traf den Ritter am ganzen Körper. Überrascht zog er seine Hände weg, wich etwas zurück und sah den jungen Kabcar irritiert an, der sich nicht einen Millimeter wegbewegt hatte.

»Belkala hat ihm etwas in den Wein getan, was die Müdigkeit erhöht, aber die Einbildungskraft steigert. Irgendeine kensustrianische Droge«, log Matuc. »Und danach schlich sie zu ihm ins Zimmer und flüsterte ihm seine Vision ein. Sie hat es mir selbst erzählt.«

»Welches Interesse kann eine Kensustrianerin daran haben, dass jemand den Thronfolger tötet?«, wollte Stoiko wissen.

»Ich habe sie darum gebeten, mir zu helfen«, fuhr Matuc mit seiner teils erfundenen, teils wahren Geschichte fort. »Immerhin liegt Kensustria auch auf Ulldart und wäre von der Dunklen Zeit ebenso betroffen gewesen. Als sie mich im Kerker besuchte, habe ich sie von meiner Auslegung der Prophezeiung überzeugt, und dass wir einen erfahrenen Krieger brauchen, um unser Ziel zu erreichen. Die Gelegenheit war günstig.«

»Benutzt und hereingelegt«, wisperte Nerestro. Hass und Abscheu zeigten sich auf dem markanten Gesicht. »Und Angor gelästert. Wenn sie nicht schon tot wäre, müsste ich sie jetzt umbringen. Und dich dazu, Kerl.«

»Niemand wird hier irgendjemanden umbringen«, sagte Lodrik, der aufmerksam zugehört hatte. »Nicht, bevor ich zu einem Entschluss gekommen bin.«

»Er wollte aber sterben«, widersprach Nerestro aufgebracht. »Damals, als diese furchtbare Lästerin gestorben ist, verlangte er danach. Vermutlich weil er sich schuldig an ihrem Tod fühlte. Zu Recht. Jetzt muss ich froh sein, dass sie ihre Strafe bekam.« Er besann sich einen Moment. »Ich werde mir die Hände aber nicht an dem alten Mann schmutzig machen. Jetzt nicht mehr, jetzt, nachdem ich weiß, dass sie es nicht wert ist. Soll er als Krüppel weiterleben. Angor wird ihn bestrafen. Und deine Strafe in meinem Kerker sei dir erlassen.« Der Ritter spie dem Verletzten ins Gesicht. »Danke mir nicht für meine Milde.« Zusammen mit Herodin verließ er polternd den Raum.

»Es freut mich, dass sich alles aufgeklärt hat«, sagte Lodrik nach einer Weile. »Ich schätze deine Ehrlichkeit,

Matuc, und ich werde sie gebührend honorieren. Vorerst jedoch«, der Kabcar wandte sich zum Ausgang, »wirst du mein Gast bleiben, bis ich sich die Dinge etwas beruhigt haben. Möchtest du vielleicht ein paar Zeilen an den Geheimen Rat richten, in denen du auch ihm die Wahrheit schilderst? Ich wäre nur ungern der Überbringer in solch einer delikaten Nachricht.«

»Ich setze umgehend etwas auf, Hoheit.«

Der Herrscher Tarpols lächelte. »Ich wünsche dir alles Gute, Matuc. Auch wenn du einen falschen Weg verfolgt hast, letztendlich rettete mir das mein Leben. Und das zählt für mich. Und für das Schicksal Ulldarts.« Kurz darauf war der Geistliche alleine im Zimmer.

Noch immer haftete der Speichel des Ordenskriegers in seinem Antlitz. Er machte keine Anstalten, die Flüssigkeit wegzuwischen, sondern ließ die Lider sinken.

Endlich bin ich diese Last los, dachte er. Er sah seine Auslegung der Vision zum Wohle des Kabcar bestätigt. Sollte der Geheime Rat die Dinge immer noch anders betrachten, musste das Gremium einen anderen Freiwilligen finden. Matuc fand, dass er genug für den Orden geopfert hatte.

Wenn Ulldrael und Angor tatsächlich wollen, dass ich den Kabcar töte, sollen sie es mir selbst sagen. Ist es so wichtig für den Kontinent, werden sie sich mir zeigen, mit Pauken und Trompeten.

Bis dahin wollte er sich ausruhen. Im Frühjahr wartete nun an Stelle des Kerkers das kleine Gut in Tscherkass auf ihn, wo er wieder als Vorsteher seinen bescheidenen Dienst verrichten wollte.

Kurz bevor er einschlief, musste er an die aufgeregten Hühner auf dem Hof denken, wie sie Flügel schlagend um das Futter kämpften, das er verteilte. Was gäbe er darum, dieses Leben so rasch wie möglich führen zu können, weit weg von Ulsar, weit weg vom Oberen und weit weg von den Geschehnissen der Vergangenheit.

Norina stand im Kleinen Festsaal, die Ledertasche mit ihren Notizen in der Rechten, und staunte mit offenem Mund. So viel Glanz und Luxus hätte sie nicht erwartet. Im Palast des Kabcar war alles größer, teurer und aufwändiger als zu Hause. Die Residenz des Gouverneurs wirkte hiergegen wie ein billiger Abklatsch.

Vor wenigen Stunden war die kleine Reisegruppe in der Hauptstadt des tarpolischen Reiches angelangt. Nach der erschreckenden, grauenvollen Begebenheit in dem Waldstück hatten keinerlei Schwierigkeiten mehr auf sie gewartet, ohne Verzögerungen waren sie vorwärts gekommen und heil in Ulsar eingeritten. Sie fand die Stadt viel zu groß und zu verwirrend. Ohne die Hilfe von Tratov hätte sie sich hoffnungslos verirrt.

Nachdem ihr Bote und Begleiter sie abgeliefert hatte, bekam Norina die Gelegenheit, sich ein wenig frisch zu machen und andere Kleidung anzulegen, denn der Herrscher Tarpols wollte mit ihr beim Abendessen über die Veränderungen in seinem Reich sprechen.

Also hatte sie sich die beste ihrer granburgischen Trachten angelegt, ein geschnürtes, helles Kleid mit viel Brokat, Nähereien und Stickereien. Die langen, schwarzen Haare trug sie offen, aber streng nach hinten gekämmt. Norina legte Wert darauf, sich nicht zu weiblich darzustellen. Der Kabcar sollte sich für ihre Argumente und nicht für ihr Äußeres interessieren.

Nun musste sie zu ihrer Enttäuschung warten. Der Herrscher hatte sich etwas verspätet, wie ihr ausgerichtet wurde. Sie nutzte die Zeit, um durch den Kleinen Festsaal, in den sie gebracht worden war, zu streifen.

Von den hohen Säulen, dem Blattgold, den Stuckarbeiten und dem anderen Prunk war die Brojakin anfangs beeindruckt gewesen, mehr und mehr wuchs jedoch der Zorn über so viel Verschwendung. Die vielen tausend Waslec, die hier ihrer Meinung nach sinnlos verbaut waren, hätten Gutes tun können.

Ein Livrierter steckte den Kopf zur Tür herein. »Brojakin Miklanowo, folgt mir bitte. Der Kabcar erwartet Euch in seinem Teezimmer.« Gehorsam schloss sie sich dem Mann an, der sie durch endlose Korridore, über zahllose Stufen und durch Räume führte, bis er endlich vor einem Zimmer anhielt und Norina hineinließ.

Dicke, dunkelblaue Teppiche, versehen mit zahlreichen goldenen Ornamenten, bedeckten die Wände und dämpften alle Geräusche ab. Im Kamin prasselte ein Feuer, auf dem kleinen Beistelltisch davor standen zwei Teetassen, in denen die heiße Flüssigkeit dampfte. Der Geruch von altem, aromatisiertem Pfeifentabak hing in der Luft.

Die Brojakin wusste nicht so genau, was sie tun sollte. Offensichtlich musste der Herrscher jeden Moment erscheinen, sonst wären die Getränke nicht ausgeschenkt worden. Sie beschloss, im kleineren der Sessel Platz zu nehmen, nahm ihre Notizen aus der Ledertasche und überflog die Blätter zum wiederholten Male.

Kurz verspürte sie einen Windhauch, der von einer Bewegung hinter ihr herrührte, dann legten sich ihr sanft zwei Hände über die Augen. Sie hatte niemanden hereinkommen hören.

Wie erstarrt saß sie auf dem Polster.

»Wer bin ich?«, fragte der Mann. Die Brojakin schoss in die Höhe, als sie die bekannte Stimme hörte, und schlug mit der Tasche nach dem ehemaligen Gouverneur der Provinz Granburg.

»Wie kannst du mich so erschrecken?«, sagte sie verärgert. »Ich dachte, der Kabcar wäre es.«

»Wäre dir der Kabcar lieber als ich?«, lächelte er und nahm ihre Hände. »Und wie redest du mit deinem Gouverneur?«

»Du bist nicht mehr Gouverneur. Vater ist es, seit du die Stelle am Hof bekommen hast.« Sie schüttelte den Kopf und ging einen Schritt auf ihn zu, bis sie nur wenige Zentimeter von ihm entfernt stand. »Es ist schön, dich wieder zu sehen, Pujur.«

Behutsam zog er sie an sich heran, dann schloss er sie in die Arme. Befreit atmete er auf, als sie seine Zärtlichkeit erwiderte. »Ich habe dich vermisst, Norina. Und ich brauche dich hier am Hof.« Er hielt sie fest und wollte sie nie wieder loslassen. Die Berührung gab ihm neue Kraft, als habe ein inneres Feuer neue Nahrung bekommen, um heller zu brennen. Er zog den Kopf ein wenig zurück, um sie betrachten zu können. »Darf ich?«

Die Brojakin musste lachen und küsste ihn als Antwort. Sanft pressten sich ihre Lippen auf die seinen. »Ich glaube, das Fragen kannst du dir in Zukunft sparen«, sagte sie. »Und nun solltest du gehen. Der Kabcar wollte mit mir über die Veränderungen in Tarpol sprechen. Es macht wohl nicht den besten Eindruck, wenn er uns in seinem Teezimmer eng umschlungen findet. Oder hat er dich hinzugebeten?«

»Nein, hat er nicht. Aber ich sah Licht und wollte Hoheit noch schnell ein paar Sachen fragen. Ich war gerade auf dem Weg in die Kanzlei meines Vaters, um nach dem Rechten zu sehen.« Der junge Mann setzte sich in den großen Sessel, nahm sich die Teetasse und rührte etwas Zucker hinein. »Er hatte einen Posten als Verwalter für die herrschaftlichen Gelder. Hattest du eine angenehme Reise?«

Norina blickte ihn fassungslos an. »Du sitzt auf dem Platz des Kabcar, Pujur. Und du benutzt seine Tasse.«

Der Herrscher nickte. »Ich weiß. Aber er ist ja im Moment nicht hier. Wenn ich die Tasse hinterher wieder mit neuem Tee fülle, wird es ihm nicht auffallen, schätze ich.«

»Aber wenn er nun hereinkommt?« Die junge Frau stellte sich vor ihn und packte ihn an der Uniform. »Du wirst sofort aufstehen, hörst du? Was glaubst du, was er sagen wird, wenn er dich so sieht?«

»Vermutlich ›guten Abend‹?«, sagte er, leerte das Getränk in einem Zug und goss nach.

»Du bringst alle meine Pläne in Gefahr. Der Kabcar wird über so viel Anmaßung erbost sein, dich bestrafen und mich bestimmt rauswerfen, ohne sich meine Ideen angehört zu haben«, begehrte sie auf. »Pujur, ich bitte dich, steh auf. Denk an Tarpol und die vielen Verbesserungen, die wir vielleicht erreichen können.«

»Ich sitze hier aber recht bequem«, widersprach er lächelnd.

Die Augen der jungen Brojakin verengten sich gefährlich. »Ich werde dich notfalls aus dem Sessel treten, wenn es sein muss, Liebster.« Das Kosewort klang mehr nach Drohung.

Es klopfte.

»Bei Ulldrael und Taralea, steh endlich auf!« Norina riss ihn in die Höhe, und mit einem leisen Geräusch löste sich eine der angenähten Silberkordeln von der Uniform. Er seufzte.

»Das tut mir Leid«, entschuldigte sie sich und drückte ihm die Verzierung in die Hand, »aber du hattest selbst Schuld daran.« Schnell tauschte sie ihre unberührte Teetasse gegen seine aus, dann schob sie den jungen Mann zum Ausgang, der sich im gleichen Moment öffnete.

Ein Livrierter balancierte ein Tablett mit Essen auf einer Hand und machte eine tiefe Verbeugung, als er das Duo vor sich sah.

»Der Gouverneur wollte gerade gehen«, sagte Norina schnell. »Ich meine, der Hofbeamte Vasja wollte gerade gehen. Seine Uniform muss noch zum Schneider.«

Der junge Herrscher grinste und machte keine Anstalten, sich von der Stelle zu bewegen.

Die Brojakin bedeutete ihm mit energischen Gesten, endlich den Raum zu verlassen. Die Augen des Dieners wurden immer größer.

»Möchte der hoheitliche Kabcar, dass ich die Dame entfernen lasse?«, erkundigte sich der Mann nach einer Weile. »Sie weiß sich offenbar nicht zu benehmen.«

»Nein, lass sie.« Er nahm das Tablett ab und brachte es hinüber zum Kamintischchen. »Sie ist mein Gast.«

»Ich bringe das restliche Essen sofort, Hoheit.« Der Livrierte verschwand.

Die Brojakin blinzelte verwundert. »›Kabcar‹? Hat er dich eben ›Kabcar‹ genannt?«

»Wir wollten uns doch beim Essen über die Veränderungen in meinem Reich unterhalten, Norina«, sagte Lodrik und machte eine einladende Bewegung. »Schauen wir mal, was die Küche alles für uns zubereitet hat.«

Die junge Frau fixierte ihren Geliebten. »Das Ganze ist doch eine Komödie, oder? Der Kabcar möchte sehen, ob ich Sinn für Humor habe, nicht wahr?« Sie ging auf Lodrik zu. »Du bist nicht wirklich der Herrscher von Tarpol?«

Lodrik wirbelte mit der losen Silberkordel in der Luft herum. »Es sieht doch fast danach aus. Obwohl mir niemand so recht Glauben schenken will, habe ich den Eindruck.«

»Das kann ich mir nicht vorstellen.« Irritiert ließ sich die Brojakin in den Sessel plumpsen, nur um kurz darauf wieder aufzuspringen und einen Knicks vor Lodrik zu machen, der furchtbar misslang. »Ich weiß nicht, was ich tun soll. Pujur? Hoheitlicher Kabcar?«

»Für dich bin ich Lodrik. Die Titel sind nur in der Öffentlichkeit von Belang. Jetzt, wo wir beide alleine sind, können wir auf den ganzen Pomp verzichten. Setz dich doch, bitte.« Er belud ihren Teller mit den köstlichen Speisen. »Und bevor wir weiter reden, möchte ich dir erklären, weshalb ich unter falschem Namen die Rolle des Gouverneurs übernahm …«

Stunden vergingen, bis Lodrik auch die kleinste Kleinigkeit seines Leidensweges als »TrasTadc« geschildert hatte und weshalb ihn sein Vater in die Provinz schickte.

»Mein Vater wusste Bescheid?«, wunderte sich Norina, die den Erzählungen des jungen Mannes mit Verwunderung lauschte.

»Ich habe ihn erst zum Schluss eingeweiht.« Er ergriff ihre Hand. »Und später habe ich mich nicht getraut, dir die Wahrheit zu sagen, weil ich Angst vor deiner Reaktion hatte.« Etwas wie Niedergeschlagenheit lag in seiner Stimme und auf seinem Gesicht. »Ich hatte alles so schön geplant, ich wollte ein Fest bei deiner Ankunft geben, aber die Dinge haben sich anders entwickelt, als ich vorhersehen konnte. Also bat ich dich schneller an den Hof, damit du mir hilfst, maßvolle Neuerungen auszuarbeiten.«

Die junge Brojakin lehnte sich zurück. »Das hätte ich mir im Traum nicht vorgestellt. Ich, am Hof, als Beraterin des Kabcar.«

»Ich hoffe, ich kann auf dich zählen?« Lodrik lächelte liebevoll. »Aber du bist für mich mehr als nur eine Beraterin, das weißt du.«

Sie sprang auf, umarmte ihn und küsste ihn, bis er nach Luft rang.

»Das nehme ich als Zustimmung«, strahlte er, dann wurde er feierlich. »Norina, ich muss dir noch etwas sagen.« Fest sah er in ihre Augen. »Ursprünglich wollte ich um deine Hand anhalten.« Sie atmete hörbar ein. »Aber … es hat sich einiges geändert. Mein Vater verfügte in seinem letzten Willen, dass ich meine Cousine heiraten soll. Tue ich es nicht, darf ich den Thron nicht besteigen.« Er kniete sich auf den Teppich vor ihr. »Mein Herz gehört aber nur dir, deshalb möchte ich dich immer in meiner Nähe haben. Ich trage das Gefühl schon lange in mir. Du gibst mir Kraft, das spüre ich deutlich, und davon benötige ich nächster Zeit jede Menge.« Lodrik fuhr ihr sanft übers Gesicht. »Du könntest offiziell nur meine Geliebte sein. Ist es dir möglich, in diesem Verhältnis zu leben? Möchtest du überhaupt an meiner Seite sein?«

Sie zögerte nicht einen Lidschlag. »Ja, ich kann. Ich will.« Wieder küsste sie ihn und kniete sich zu ihm. »Gemeinsam schaffen wir es, das Volk von Tarpol gerechteren Zeiten entgegenzuführen. Wer sonst könnte dir dabei helfen als ich?«

Lodrik drückte sie, bis ihr die Luft wegblieb. »Sehr gut! Und nun sollten wir uns ernsthaft Gedanken machen. In wenigen Tagen will ich den Rat der Brojaken einberufen, um erste Neuerungen zu besprechen.«

»Fangen wir an«, lächelte Norina und breitete die Blätter aus.

Verstohlen beobachtete der Herrscher die junge Frau bei ihrer Arbeit, sein Blick glitt an ihrem schwarzen Haar und das geschnürte Kleid hinab. Wie von selbst bewegten sich seine Arme, mit einer schnellen Bewegung strich er eine Haarsträhne zur Seite und küsste sie von hinten auf den Hals.

Sie erschauderte, wandte sich zu ihm um und schluckte, die kleine rote Narbe an ihrer Schläfe glühte. »Das hatte ich eigentlich nicht mit ›anfangen‹ gemeint.« Die Blätter fielen ihr aus der Hand.

»Ich war noch nie mit einer Frau zusammen, Norina«, gestand er leise. »Lach mich bitte nicht aus, wenn ich etwas falsch machen sollte.«

Norina lächelte fast verlegen und öffnete die Knöpfe seiner Uniform. »Ich war noch nie mit einem Mann zusammen, Lodrik. Wir werden beide lernen müssen.«

Er lockerte die Schnüre des Mieders und zog sie aus den Ösen. Schnell hob und senkte sich ihre Brust, auch er atmete nicht gerade langsam. Für einen winzigen Augenblick war er in Gedanken bei der furchtbaren Nacht in Granburg, als ihn seine Cousine gedemütigt hatte, und seine Finger hielten inne.

Fragend sah er in das Antlitz seiner Geliebten, die mit ihren Augen ihr stilles Einverständnis gab, damit er fortfuhr.

Nacheinander legten sie sich gegenseitig die Kleidungsstücke ab. Als Lodrik ihren vom warmen Licht des Kamins beleuchteten Körper betrachtete, war er überwältigt. Sie war seiner Meinung nach die schönste Frau des Kontinents, und ihm hatte sie ihr Herz geschenkt. Heute Nacht sollte ihr Bund endlich besiegelt werden.

Haut traf auf Haut, vorsichtig tastende Hände suchten sich ihren Weg. Norinas duftende Haare kitzelten ihn, er streichelte sie und spürte ihre Liebkosungen, bis irgendwann für den jungen Mann das Kaminzimmer in einem Wirbel aus intensiven Gefühlen versank, wie er sie noch nie zuvor erlebt hatte.

Nerestro saß alleine in einer Kneipe, deren Namen er noch nicht einmal kannte, und leerte seit einer Stunde Humpen um Humpen des tarpolischen Bieres, um seine Gefühle und Sorgen zu ertränken.

Die Worte, die er von Matuc zu hören bekam, hatten ihn zutiefst verärgert. Und je mehr Alkohol er trank, desto mehr stieg der Hass in ihm auf, anstatt betäubt zu werden. Er wollte diesen Menschen nicht mehr in seiner Nähe haben, deshalb hatte er ihm seine Kerkerhaft erlassen.

Immer wieder bedauerte der Ordenskrieger, dass der Mönch unter seiner Standeswürde war, um von ihm Genugtuung zu verlangen. Sicher, er hätte den Krüppel mit einem einzigen Schlag umbringen können, aber das widerstrebte ihm inzwischen. Es gefiel ihm, dass der betagte Mann sein Bein verloren hatte, aber dennoch verlangte sein Innerstes nach einem Kampf.

Vielleicht war es einfach nur der Wunsch, die angestaute Wut in Handeln umzusetzen, jemanden zu zerschlagen, das Schwert in etwas zu versenken und dabei alles herauszuschreien.

»He, Wirt!«, brüllte er durch den Schankraum, in dem er mittlerweile der einzige Gast war, und schlug mit dem Becher auf den Tisch. »Noch ein Bier!«

Eilig kam der Gerufene mit einem weiteren Humpen und stellte ihn vor dem Ritter ab. »Herr, ich muss schließen. Wenn die Wachen kommen und ich immer noch geöffnet habe, dann muss ich eine Strafe zahlen.«

»Das ist mir egal«, grunzte Nerestro, spielte an seinem Bart und leerte das Gefäß auf einen Zug. »Noch einen.« Der Wirt stand unschlüssig neben ihm. »Sofort!«, schrie ihn der Ritter an und versetzte ihm einen Tritt. Danach griff er neben sich, hielt die Armbrust mit einer Hand und spannte die Sehne mit Hilfe eines Hebels.

Er visierte einen Schild an, der als Zier über dem Kamin hing, und löste aus. Dicht beieinander schlugen die Bolzen ein, das Holz hielt der Wucht nicht stand und splitterte.

»Ho!«, grölte Nerestro. »Treffer! Den habe ich erledigt.« Behäbig begann er, die Waffe erneut zu laden, was ihm nur mit äußerster Konzentration gelang. Nebenbei leerte er den Becher, den ihm der Wirt zitternd gebracht hatte, dann erhob er sich schwankend.

Mit einer abfälligen Geste warf er eine Hand voll Münzen auf den Boden. »Danke mir nicht für meine Großzügigkeit.« Rülpsend warf er sich in seine Pelze, die er über der Rüstung trug, und stapfte nach draußen.

Nach kurzem Suchen fand er den Weg zum Stall, band seinen Hengst Bolkor los und stemmte sich mit einiger Mühe in den Sattel. Halbwegs aufrecht sitzend, ritt er durch die nächtlichen Straßen Ulsars. In welcher Richtung der Palast lag, wusste er nicht. Die nächste Wache würde ihm mit Sicherheit den Weg weisen, wenn sie sahen, wen sie vor sich hatten.

»Ich bin nämlich der Lebensretter des Lebensretters

des Kabcar«, sagte er halblaut. »Die Stadt liegt mir zu Füßen.« Er unterdrückte einen Schluckauf. »Jawohl, ich bin Nerestro von Kuraschka«, rief er, »und ihr seid mir alle gleichgültig!«

Ein Fenster wurde geöffnet, stinkende Brühe ergoss sich über seinen kostbaren Nerz, gefolgt von einer Verwünschung.

Der Ritter zügelte sein Pferd und fiel dabei von dessen Rücken. Die Wirkung des Biers war zu groß geworden, sein Gleichgewichtssinn versagte den Dienst.

Fluchend erhob er sich nach mehrmaligen Versuchen, nahm die Fernwaffe auf und torkelte so lange die Wand entlang, bis er sich in einer Seitengasse befand. Treu folgte ihm Bolkor, der von seinem Herrn auf dieses Verhalten abgerichtet worden war. Plötzlich blieb das Tier stehen und schnaubte aufgeregt.

Trotz aller benebelter Sinne reagierte der Ordenskrieger in gewohnter Manier. Die schwere Armbrust ruckte nach oben, ihr Lauf zeigte nach vorne. Wackelnd stand Nerestro im Dunkel und lauschte. Das einzige Geräusch, das er hörte, war sein lautes Atmen, und zu allem Überfluss hatte er das Bedürfnis, sich übergeben zu müssen.

Eine schmale Silhouette trat in die Seitengasse und kam langsam auf ihn zu.

»Halt«, befahl er. »Gib dich zu erkennen oder du bekommst Holz und Stahl zwischen die Rippen.«

Der Unbekannte setzte seinen Weg fort. Bolkor klappte die Ohren nach hinten, scheute und stieg auf die Hinterhand. Nerestro wurde die Sache unheimlich.

»Bleib stehen! Ich warne dich. Heute ist nicht mein bester Tag!« Ungerührt kam die Gestalt weiter auf ihn zu.

»Nun gut. Dann eben so.« Der Ordenskrieger betätigte den Abzug und schickte die beiden Bolzen sirrend auf die Reise. Doch zu seinem Entsetzen hatte er den Unbekannten anscheinend verfehlt.

Ungeschickt fischte er nach dem Schwertgriff, und bevor er die aldoreelische Klinge ziehen konnte, stand der Fremde vor ihm.

»Ich grüße dich, Nerestro von Kuraschka. Lakastra, der Gott des Südwindes und des Wissens, sei mit dir auf deinen Wegen.«

Ein schwacher Strahl der Monde fiel auf das Gesicht der Gestalt, und keuchend fuhr Nerestro zurück. Schon bei der Begrüßung hatte er es befürchtet, nun war es Gewissheit. Das fahle Licht beleuchtete das Antlitz der Frau, die er vor wenigen Wochen in Granburg unter einem Berg Steine zurückgelassen hatte.

Doch der Bronzeton ihrer Haut war verschwunden, die Augen, die einst wie Bernstein wirkten, machten einen stumpfen, glanzlosen Eindruck. Das grüne Haar, so fand er, sah noch dunkler aus als früher. Ihre Kleidung war eine andere, eine verschlissene tarpolische Bauerntracht bedeckte ihren Körper.

»Belkala«, flüsterte er erschrocken. Sie lächelte, und er wartete darauf, dass ihre Haut dabei springen und platzen würde, wie er es in diesem schrecklichen Albtraum gesehen hatte. Doch nichts von dem geschah. »Ich dachte, du seist …«

»Tot?«, half sie freundlich. »Nein. Doch. Ich war es. Aber Lakastra hat mich zurückgeschickt, um euch zu helfen.«

»Um uns zu helfen?« Nerestro überwand den ersten Schrecken. »Du kannst aufhören mit der Komödie, Matuc hat alles gestanden.« Er zog sein Schwert. »Ich müsste dich für diese Tat gleich wieder zurück zu den Toten schicken, Lästerin.«

Die Priesterin zog die Augenbrauen zusammen. »Ich verstehe nicht. Ihr seid sehr unhöflich geworden. Wo ist Euer Respekt geblieben?«

»Wundert dich das?« Nerestro setzte ihr die Klingenspitze auf die Kehle, wo die rote Narbe des Strickes zu sehen war. »Dann helfe ich dir auf die Sprünge Du hast mich mit kensustrianischen Gifttränken bezaubert und mir vorgegaukelt, mein Gott Angor hätte zu mir gesprochen. Du hast mit dem Ulldraelmönchlein gemeinsame Sache gemacht und mich absichtlich getäuscht.« Er verstärkte den Druck. »Diese Lästerei kann ich nicht verzeihen.«

»So, so.« Sie lächelte fast höhnisch und zeigte ihre spitzen Eckzähne, die Nerestro größer vorkamen als früher. »Ich mache mich also auf den weiten Weg, damit Ihr mich im Namen Angors richtet? Und Ihr denkt, Lakastra sieht dabei tatenlos zu?« Sie schlug ihren groben Mantel ein wenig zur Seite. Die beiden Armbrustbolzen steckten fast komplett in ihrem Brustkorb. Nacheinander zog sie die Geschosse aus ihrem Oberkörper, zerbrach sie und warf sie dem entgeisterten Nerestro vor die Füße. »Mein Gott beschützt mich, weil ich eine Aufgabe zu erfüllen habe.«

»Ungeheuer! Du bist nicht Belkala!« Der Ritter stieß zu. Beinahe widerstandslos fuhr die aldoreelische Klinge durch den Hals und trat auf der anderen Seite ein kleines Stück weit aus.

Das Lächeln wich nicht aus Belkalas Gesicht.

Blitzschnell umfasst sie den Nacken des Angorgläubigen und zog ihn zu sich heran, um ihre kalten Lippen auf seine zu pressen. Dass sie dabei die Waffe immer tiefer in sich hineintrieb, störte sie nicht. Bis zum Heft steckte das Schwert nun in ihrer Kehle; knackend durchtrennte das Metall die Wirbel. Dann schob sie ihn lachend von sich, wobei er die Waffe aus ihrem Körper zog. Kein Blut ergoss sich aus der Wunde, die sich sogar zu schließen schien.

Schwer stürzte Nerestro in den schmutzigen Schnee, wischte sich angeekelt über den Mund und reckte die Klinge in Richtung der Frau.

»Das ist … wider alles. Gegen das Gesetz der Götter«, stammelte er. »Was lebt, muss sterben.«

Die Priesterin schüttelte den Kopf, die grünen Haare wippten leicht. »Nicht, wenn ein Gott auf deiner Seite ist.« Sie hielt ihm die Hand hin, um ihm beim Aufstehen zu helfen. »Fühlte sich der Kuss so tot an? Wolltet Ihr das nicht immer?«

Der Ritter zog sich an der Wand hoch, wobei er die Kensustrianerin nicht aus den Augen ließ. »Ich wollte die alte Belkala an meiner Seite. Ich weiß nicht, was du bist, aber du bist nichts Gutes.«

»Unsinn«, fuhr sie ihm heftig ins Wort. Sie trat näher und berührte ihn. »Fasst mich an. Ich bin die, die Ihr vor dem Strang gerettet habt. Und wir müssen unseren Auftrag fortsetzen. Matuc hat gelogen, als er Euch das erzählt hat.«

»Wir sollen also den Kabcar töten, um die Dunkle Zeit aufzuhalten?«

Sie sah ihn überrascht an. »Ihr kennt die Wahrheit? Umso besser.«

»Verschwinde, Ungeheuer!«, rief er. Tatsächlich bewegte sie sich rückwärts.

»Ich gebe Euch Zeit, die Sache zu überdenken«, sagte sie leise. »Ich werde Lakastra bitten, mit Angor zu sprechen. Wenn er Euch wieder erscheint und ich nicht in Eurer Nähe bin, werdet Ihr Eurem Gott wohl glauben müssen.« Sie wandte sich um und ging. »Und ich werde mit Matuc reden.«

Erst als sie am Ende der Gasse verschwunden war, senkte er die Klinge. Zitternd verstaute er sie in der Scheide, hing die Armbrust an den Sattel und kletterte auf Bolkors Rücken, der sich wieder beruhigt hatte. Die fünf tiefen Kratzer in seinem Nacken, die er für verheilt gehalten hatte, brannten wie Feuer.

Grübelnd ritt er durch Ulsar, bis er mit der Hilfe einer Wache zum Palast fand und dort auf seiner Lagerstätte in einen unruhigen Schlaf fiel.

Matuc öffnete die Augen und sah in das Gesicht der kensustrianischen Priesterin.

»Belkala?« Mit einem Schlag war er hellwach und richtete sich auf. Milchig-trüb schienen die Monde in seine Behausung. »Ein Traum?«

»Nein, lieber Freund.« Die Frau stand neben seinem Bett und lächelte. »Ich bin wieder hier, Matuc. Lakastra hat mich zurückgeschickt, damit wir unser Vorhaben gemeinsam in die Tat umsetzen.«

»Aber wie bringt Lakastra so etwas fertig? Du warst tot. Du bist in meinen Armen gestorben.« Der Mönch streckte vorsichtig die Hand aus und berührte sie. »Aber es scheint, dein Gott ist sehr mächtig.«

»Er hat mich aber nur gefunden und wieder zu den Lebenden geschickt, weil du alle meine Anweisungen befolgt hast, und dafür bin ich dir ewig dankbar.« Sie küsste ihn auf die Stirn. »Ohne dich wäre ich immer noch unter den Steinen begraben.« Sie sah an ihm herab. »Armer Matuc. Wer hat dir das angetan?«

Der Mann lachte böse. »Nerestro hat mir das Leben gerettet.«

»Diese Art von Hilfe passt zu ihm.« Sie setzte sich zu ihm aufs Bett. »Ich habe mit ihm auch schon gesprochen. Was hast du ihm erzählt? Warum hast du ihn belogen?«

»Er hat dich am Leben gelassen? Dann scheint seine Wut verraucht zu sein.« Er rutschte ein wenig nach oben und lehnte den Kopf an die Wand. »Ich war mir noch nie sicher, ob wir den Kabcar wirklich töten müssen, um die Dunkle Zeit zu verhindern. Der Geheime Rat klingt zwar sehr überzeugt, aber ich hegte meine Zweifel. Umbringen oder beschützen, es ist beides möglich. Immer noch.« Sein verletztes Bein zuckte. »Und überlege selbst. Wir haben so viel erlebt, immer wieder wurden wir bei unserer Fahrt gebremst, es geschah irgendetwas, und der jetzige Kabcar kam stets mit dem Leben davon. Selbst bei der Katastrophe während der Krönungsfeierlichkeiten.« Belkala machte ein fragendes Gesicht, und Matuc schilderte ihr die Geschehnisse, die mittlerweile zwei Wochen zurücklagen. »So viel Glück kann kein Mensch haben. Ulldrael muss mit ihm sein, anders kann ich mir das nicht erklären.«

Die Kensustrianerin legte die Hände in den Schoß. »Kann es denn nicht auch Tzulan sein, der ihm beisteht?«

»Tzulan wurde von Taralea zerrissen.« Matuc schüttelte den Kopf. »Es ist, wie ich geahnt habe. Wir hätten beinahe selbst dafür gesorgt, dass die Dunkle Zeit zurückkehrt.«

»Und deshalb hast du Nerestro angelogen?«

»Wie sonst sollte ich ihm das erklären? Sollte ich ihm sagen, dass Angor meinem Irrtum aufgesessen ist? Das hätte er mir bestimmt nicht geglaubt.« Er nahm ihre Hand. »Verzeih mir. Ich konnte nicht ahnen, dass du lebst. Aber es war der einfachste Weg für mich, um ihn von seinen Pflichten zu entbinden. Und der Kabcar weiß inzwischen alles.«

Die Priesterin umfasste Matucs Hand. »Ich war bei Lakastra, und er hat zu mir gesprochen. Er hat mir aber nicht gesagt, dass unser Auftrag falsch ist.«

»Aber meine Zweifel sind so groß«, seufzte Matuc. »Zu groß.«

»Dennoch«, wischte sie seinen Einwand zur Seite, »kann der Geheime Rat immer noch im Recht sein. Du bist also der Lebensretter des Kabcar?«

»Welch ein Glück für uns alle.« Der Geistliche nickte. »Ich schätze, der Obere hatte den Armbrustschützen angeheuert, falls ich versagen sollte.«

»Welch eine Ironie, dass du seine Tat auch noch verhindert hast«, sagte Belkala und musste lächeln. »Aber dein Verdienst eröffnet uns eine neue Gelegenheit. Nur für den Fall, dass wir den Kabcar doch töten müssten, sollten wir immer in seiner Nähe sein.«

»Nerestro hat, soweit ich weiß, das Aufenthaltsrecht im Palast. Aber er wird nicht mehr bei unserem Plan mitmachen. Das ist wohl meine Schuld.«

»Wir brauchen einen Vorwand, damit auch wir immer um den Herrscher herum sein können. Stellen wir fest, dass sich die Dinge schlecht für den Kontinent entwickeln, schlagen wir zu. Bis dahin erwecken wir den Anschein, als sorgten wir uns um ihn.« Ihre Augen schimmerten in dem bekannten Bernsteinton. »Der Kabcar schuldet dir einen Gefallen, also wirst du ihn bitten …«

»Ich werde gar nichts mehr«, widersprach er energisch und sah aus dem Fenster. »Wenn Ulldrael möchte, dass ich jemanden töte, soll er mir das selbst sagen. Vorher mache ich nichts mehr. Ich habe genug Opfer gebracht. Sobald ich mit diesem Holzbein laufen kann, kehre ich nach Tscherkass zurück. Unser edler Ritter hat mir meine Strafe erlassen.«

Belkala erhob sich. »Ich werde noch einmal mit Nerestro sprechen. Vielleicht lässt er sich überzeugen.« Sie ging zur Tür. »Aber vergiss nicht: Du hast die Vision als einziger gehört. Du trägst die Verantwortung, wenn Ulldart zu Grunde gehen sollte.«

Am nächsten Morgen gab es zwei alles beherrschende Gesprächsthemen in Ulsar.

Das eine war der rätselhafte Mord an zwei Tagelöhnern, die man mit zerrissenen Kehlen in einer Seitengasse gefunden hatte. Große Brocken Fleisch fehlten aus ihren Körpern, der Schnee um sie herum jedoch war bis auf einige Blutspritzer ohne jegliches Rot. Die Wache vermutete, dass sie an einem anderen Ort umgebracht und nachträglich an diese Stelle gelegt worden waren.

Warum jemand eine solch grausame Tat begehen sollte, darüber herrschten die unterschiedlichsten Meinungen auf den Marktplätzen. Manche verdächtigten Sumpfbestien, die heimlich in die Hauptstadt eingedrungen waren, andere glaubten, Tzulani steckten dahinter, und eine weitere Möglichkeit war ein Bandenkrieg. Die Stadtwache verstärkte die Rundgänge.

Noch viel wichtiger und bedeutsamer für die Ulsarer war die erschreckende Nachricht vom Einsturz der altehrwürdigen Kathedrale. Etliche hatten das Rumpeln und Poltern in den frühen Morgenstunden gehört, mit dem das Gebäude in sich zusammengebrochen war. Nur noch ein Trümmerhaufen blieb an dem Ort zurück, wo fast achthundert Jahre lang Ulldrael der Gerechte verehrt wurde.

Der Geheime Rat hatte eine Untersuchung der Angelegenheit angeordnet und noch am gleichen Tag das Ergebnis verkündet: Ein Steinmetz hatte das Unglück verschuldet, indem er bei den Umbauarbeiten aus Unachtsamkeit drei tragende Säulen einreißen ließ. Ohne die notwendige Stabilität und Stützkraft hielt das Kuppeldach auf Dauer nicht stand, brach ein und riss die Kathedrale wie ein Kartenhaus in sich zusammen.

Der Geheime Rat deutete es gleichzeitig als Zeichen Ulldrael des Gerechten, der damit deutlich machte, dass ihm zu Ehren ein schöneres Gebäude errichtet werden sollte.

Einen Tag später sorgten Heerscharen von Freiwilligen dafür, dass sich der Schutt gleichmäßig verteilte und ein mehrere Meter hohes Plateau als Sockel für das neue Gotteshaus bildete. Zahlreiche Architekten des Ordens machten sich an die Planung.

Im Palast erzählte man sich lediglich vom Einsturz, die Kunde über die barbarischen Morde drang nicht bis hinter die Mauern.

Lodrik und Norina hatten eine Liebesnacht miteinander verbracht, die bei beiden Lust nach mehr weckte. Doch zunächst hatte die Ausarbeitung der sanften Neuordnungen Vorrang. Vier Tage waren äußert knapp als

Vorbereitungszeit, dann sollte der Rat der Brojaken über die Pläne informiert werden.

Auch Stoiko und Oberst Mansk steuerten ihren Teil zu den Vorschlägen bei, wobei der Offizier sich mehr auf das Beschwichtigen verlegte. Waljakov stand ruhig bei den Diskussionen dabei und schüttelte nur hin und wieder den kahlen Kopf.

Von Lodriks Cousine sah man vorerst sehr wenig, was allen sehr recht war. Sie vertrieb sich die Zeit in ihren Zimmer mit willigen Männern, und davon gab es in Ulsar reichlich.

Bevorzugt entschwand sie mit Offizieren der Palastwache, auch der ein oder andere Großbauer sollte ihr Gast gewesen sein. Zwischendurch kaufte sie Kleidung und Schmuck ein.

Zwei Mal war sie im Teezimmer erschienen, um sich gelangweilt die Änderungsvorschläge durchzulesen, ein ungläubiges Lachen von sich zu geben und sich über die Ideen lustig zu machen. Bemerkte sie, dass Norina sich im Stillen darüber aufregte, steigerte sie ihren beißenden Spott bis an die Grenze der Beleidigung, um die Brojakin herauszufordern.

Doch die junge Frau beherrschte sich, die Hände zu Fäusten geballt, die Nägel ins Fleisch gegraben. Ihre Blicke sprachen Bände, aber Aljascha war eine Vasruca, und im Moment durfte sie sich nichts erlauben, was die Adlige kränken könnte. Norina wusste genau, dass Lodriks Cousine nur auf eine Gelegenheit wartete, um ihre bessere gesellschaftliche Position gegenüber ihrer Nebenbuhlerin ausspielen zu können.

Endlich war es so weit. Der Kabcar machte sich zusammen mit einer Leibwache von zehn Soldaten auf den Weg ins große Ratsgebäude, das auf dem Marktplatz gegenüber der einstigen Ulldraelkathedrale stand. Norina befand sich bereits dort, sie gehörte als Brojakin in die

Reihen der Großbauern, nicht in das Gefährt des Herrschers. Ihren Rang der Geliebten wollten die beiden jungen Menschen noch nicht allzu öffentlich machen.

Nervös stieg Lodrik aus der Kutsche und erklomm die zahlreichen Stufen, sein Gefolge im Schlepptau, durchschritt die große, in dunklem Holz gehaltene Eingangshalle und stand bald darauf vor dem schweren Doppelportal. Lautes Stimmenwirrwarr drang hervor, und der junge Kabcar ließ die Türen öffnen.

Rechts und links im zwanzig Meter hohen Raum befanden sich jeweils einhundertfünfzig Sessel, kostbar geschnitzt und mit Verzierungen versehen. Die Sitzreihenfolge im Rat wurde bestimmt von der Größe der Ländereien, ganz vorne platzierten sich normalerweise die Reichsten, die weniger vermögenden Großbauern folgten in strenger Abstufung danach. Auch Adlige fanden sich in der Versammlung, wenn sie entsprechend viel Ländereien ihr Eigen nennen konnten.

Durch diese Anordnung entstand eine freie, rechteckige Fläche in der Mitte. Hier mussten Bittsteller ihre Anträge vorbringen, sich zu setzen war Gästen nicht gestattet. Am Ende des Saales stand der thronartige Lehnstuhl für den Herrscher, darüber prangte das Wappen der Bardri¢s.

Als Lodrik eintrat, standen acht Brojaken gestikulierend um Norina, die ruhig auf einem der vorderen Sessel saß und sich nicht um das Geschrei der bärtigen, kostspielig gekleideten Männer kümmerte. Die übrigen Großbauern hatten bereits Platz genommen und unterhielten sich, immer wieder flogen Blicke zu der jungen Frau.

Der Kabcar musste grinsen. Durch das eigene Land und die Übernahme der Ländereien des hingerichteten Verräters Jukolenko wurde seine Geliebte tatsächlich zu einer sehr mächtigen Brojakin. Kein Wunder, dass das den Alteingesessenen nicht schmeckte.

Der Ausrufer an der Tür verkündete den Einzug des Herrschers von Tarpol, die Menschen im Ratssaal erhoben und verbeugten sich. Schlagartig verstummte das Gemurmel. Lodrik musterte auf dem Weg zu seinem prächtigen Lehnstuhl die Gesichter der Großbauern und wusste, dass er einen mehr als schweren Stand in dieser Runde haben würde. Norinas Einzug in das Gremium war ein Affront, noch bevor die Reformpläne bekannt gegeben waren.

Er ließ sich nieder, Stoiko und Waljakov positionierten sich wie immer rechts und links von ihm.

»Hiermit erkläre ich die erste Sitzung des Rates der tarpolischen Brojaken unter dem neuen Regenten für eröffnet«, erhob der Herrscher seine Stimme. »Möchten Vorschläge zur Beratung gemacht werden?«

»Wir möchten den Sprecher des Rates neu wählen, hoheitlicher Kabcar«, sagte einer der Großbauern. »Ich will das Amt nicht mehr wahrnehmen. Ich schlage als meinen Nachfolger Hara¢ Tarek Kolskoi vor.«

»Weshalb ausgerechnet ihn?«, wollte Lodrik wissen, dem einen Augenblick die Farbe aus dem Gesicht gewichen war. Erst jetzt entdeckte er den granburgischen Adligen unter den Männern und verfluchte ihn insgeheim. Sein Feind saß zudem noch sehr weit vorne. »Meines Wissens ist er nicht einmal Großbauer.«

»Hoheitlicher Kabcar, wer hätte gedacht, dass wir uns auf diese überraschende Weise wieder sehen?«, ergriff Kolskoi das Wort. In seiner Linken hielt er einen Stapel Papiere. »Nun, es freut mich, Euch zu sehen. Euer Aufstieg vom Gouverneur zum Herrscher verlief sehr rasant. Aber auch ich bin dabei, aufzusteigen. Was das notwendige Land angeht: Die Brojaken Granburgs, mit Ausnahme von einer gewissen Norina Miklanowo und ihrem Vater, haben mir ihre Besitztümer überlassen.« Sein Raubvogelgesicht zeigte bösartige Freude, als er die Dokumente schwenkte. »Das sind die Überschreibungsbelege. Ihr könnt sie gerne prüfen lassen, wenn Ihr Zweifel hegt, hoheitlicher Kabcar. Ich bin somit durchaus berechtigt, sowohl einen Platz als auch das Amt des Sprechers einzunehmen.«

»Dann schlage ich die Brojakin Norina Miklanowo vor«, konterte Lodrik. »Wer für Hara¢ Tarek Kolskoi ist, der hebe die Hand.« Fast geschlossen fuhren die Arme in die Höhe. »Wer ist für die Brojakin Norina Miklanowo?« Norina selbst und der Kabcar hoben die Hand, der Rest des Rates enthielt sich. »Ich beglückwünsche Euch zu Eurer neuen Position, Hara¢ Kolskoi«, sagte der junge Mann grimmig. Bereits jetzt sah er die erste Schlacht im Rat verloren.

»Meinen Dank, hoheitlicher Kabcar.« Der dürre Adlige verneigte sich. »Ich danke auch dem Rat für sein überaus großes Vertrauen.« Nachdem er seine Dokumente zur Seite gelegt hatte, nahm er ein anderes Blatt auf. »Nun habe ich noch ein paar Kleinigkeiten vorzubringen.«

Stoiko beugte sich zu Lodrik hinab. »Das ist das erste Mal, dass ich mir wünsche, Ihr wärt bei den Todesurteilen in Granburg etwas willkürlicher zur Sache gegangen, Herr.«

Waljakov neigte sich ebenfalls an das Ohr des Herrschers. »Wir könnten das immer noch nachholen.«

Aber der junge Mann zuckte mit den Schultern. »Nicht so.«

»Hoheitlicher Kabcar, Ihr habt uns mit der Berufung einer Brojakin erheblich überrascht«, begann Kolskoi. »Mich einmal mehr, wenn ich mich an Granburg erinnere. Der Rat fühlt sich dabei übergangen und sieht darin einen gewaltigen Bruch mit den tarpolischen Gepflogenheiten. Auch wenn rechtlich nichts dagegen unternommen werden kann, bittet der Rat den Kabcar, diesen Schritt wieder rückgängig zu machen. Bei allem Respekt, ein Weib, zudem noch ein so junges Weib, hat in diesem Gremium nichts verloren. Ihr würdet Eure Achtung vor dem Rat damit wieder in das rechte Licht rücken.«

Der Granburger sah Lodrik mit seinen stechenden braunen Augen an, die seine Neugier verrieten, wie sich der Herrscher aus der Affäre ziehen wollte.

»Verehrter Rat, ich gestehe, dass ich das Gremium überrumpelt habe«, antwortete Lodrik. »Aber sie ist eine Brojakin und darf demzufolge teilhaben. Ich halte mich dabei an das bestehende Gesetz. Seht es als eine Ankündigung, dass sich im Reich einiges ändern wird. Natürlich sanft, behutsam und Schritt für Schritt.« Die Brojaken flüsterten untereinander.

»Also keine Rücknahme? Wie schade. Da wären wir bei der nächsten Angelegenheit«, fuhr Kolskoi fort. »Dem Rat sind die Neuerungen des hoheitlichen Kabcar in Granburg zu Ohren gekommen. Da es keinen guten Einfluss auf die Bewohner der anderen Provinzen haben wird, so die Befürchtung des Gremiums, bittet der Rat, die Veränderungen teilweise wieder rückgängig zu machen. Ich nenne Euch: freies Sammeln von Bruchholz und das Weiden der Schweine im Wald.«

»Aber ganz im Gegenteil, Hara¢ Kolskoi«, unterbrach ihn der junge Mann. »Ich gedenke, diese Veränderungen in allen Provinzen durchführen zu lassen. Die Befehle an die Gouverneure sind bereits unterschrieben.« Nun wurde das Flüstern im Raum zu offen geführten Gesprächen.

Lodrik ärgerte das anmaßende Gehabe. Immerhin hatte der Rat nur beratende Funktion, was also erlaubten sich die eingebildeten Großbauern? In seiner Erregung tat er einen weiteren Schritt.

»Außerdem wird die Leibeigenschaft, wie sie die Brojaken auf ihren Gebieten ausführen, auf den Prüfstand gestellt. Es wird Zeit, den Untertanen einiges an unnötiger Fronarbeit abzunehmen. Für ihre Dienste könntet ihr alle genauso gut bezahlen.« Er lehnte sich in seinem Sessel zurück, legte die Fingerspitzen zusammen und schaute in die Runde. Die warnenden Blicke Stoikos ignorierte er. »Als Erstes, was am besten noch im Winter in die Tat umgesetzt werden sollte, werde ich die erzwungene Beihilfe am Gebäudebau abschaffen. Plant einer von euch hohen, vermögenden Herren zukünftig, eine Scheune, ein Haus oder sonstiges zu errichten, wird er die Handwerker für ihre Arbeit bezahlen. Das gilt auch für die Hilfe, die niedere Tarpoler leisten müssen.« Er stand auf. »Die Gouverneure bekommen außerdem die Anweisung, auf die Beschwerden meiner Untertanen Rücksicht zu nehmen. Es wird in jeder Provinz, in jeder Garnison eine Kanzlei eingerichtet werden, bei der sich das Volk über die Brojaken beschweren kann. Und gnade euch Ulldrael, wenn diese Beschwerden zu groß werden.«

Nun brach ein Tumult im Ratssaal los. Norina machte ein besorgtes Gesicht. Vorsichtshalber stellten sich die Wachen vor den Kabcar, Waljakov war hochaufmerksam.

»Beruhigt euch, Freunde«, rief der Ratssprecher die Großbauern zur Ordnung, die seiner Aufforderung tatsächlich nachkamen. »Werdet Ihr Euch diese Anordnung noch einmal überlegen, Hoheit?«, fragte Kolskoi lauernd.

»Ihr habt meine Worte vernommen, warum sollte ich sie wieder ändern?« Lodrik setzte sich wieder. »Das einfache Volk von Tarpol muss entlastet werden. Es hat schon viel zu lange unter dem ein oder anderen von euch gelitten. Und die Ausrufer, die die frohe Nachricht verbreiten, sind bereits auf dem Weg.« Triumphierend reckte er den Kopf. »Wollt Ihr mir nun wieder hundert Waslec auf den Tisch werfen und gehen, Kolskoi?«

Der Hara¢ deutete eine Verbeugung an. »Nein, hoheitlicher Kabcar. Diesmal nicht. Diesmal werdet *Ihr* Geld auf den Tisch werfen müssen.«

Die Augen des jungen Herrschers verengten sich argwöhnisch. »Wie meint Ihr das?«

»Das Gremium hat sich die Freiheit genommen, einmal alle Schulden, die Euer Vater in den Jahren seiner Amtszeit angehäuft hat, zusammenzurechnen.« Er bückte sich, tauchte nach etwas und hob ein mitteldickes Buch in die Höhe. »Wozu er diese Gelder alle gebraucht hat, müsst Ihr in Euren Belegen nachsehen, hoheitlicher Kabcar. Nun«, er brachte die Aufzeichnungen nach vorne und legte sie Lodrik zu Füßen, »wollen wir nicht so vermessen sein und die Summen zurückzufordern. Aber Ihr werdet erkennen, dass die Zinsen fällig sind, auf die wir lange genug verzichtet haben. Damit müsstet Ihr Anfang des Jahres eine Summe von 220.100 Waslec auszahlen. Auch die Brojaken haben ihre Ausgaben. Und da nun nach Eurer Anweisung die Leibeigenen für Dienste bezahlt werden sollen, benötigen wir das Geld pünktlich.«

Lodrik hatte das Spiel längst begriffen. »Und wenn ich diese Anordnungen rückgängig mache, wird mir großzügigerweise ein Aufschub gewährt, nicht wahr?«

»So etwas in der Art, ja, hoheitlicher Kabcar«, nickte der Granburger. Lächelnd zog er ein weiteres Papier hervor, das er in einem Ärmelaufschlag verstaut hatte. »Beinahe hätte ich das vergessen. Die ontarianische Handelsgilde hat ebenfalls noch Auslagen, die Euer verstorbener Vater nicht mehr rechtzeitig begleichen konnte. Ein paar Wechsel, wenn ich den Ontarianer richtig verstanden habe.«

Wütend schritt Lodrik zu Kolskoi, riss ihm den Wisch aus der Hand und überflog ihn. »Wieder fünfzigtausend Waslec.« Er starrte den Adligen an. »Da habt Ihr auch Eure Finger drin.«

»Der Brojakenrat könnte durchaus dämpfend auf die Handelsgilde wirken.«

»Was Ihr betreibt, ist Erpressung«, rief Lodrik aufgebracht und streckte den Arm aus, um mit dem Papier zu wedeln. »Ihr sabotiert mich und meine Bemühungen. Ich bin der Kabcar, der Herrscher von Tarpol, und ich werde mich nicht ein paar großspurigen Brojaken unterwerfen. Die Anordnungen bleiben bestehen.«

»Bis zur nächsten Sitzung des Rates solltet Ihr Euch Eure Einstellung noch einmal überlegen, hoheitlicher Kabcar«, riet ihm Kolskoi. »Ihr wisst, das sind nur die Zinsen, die wir ganz legitim zurückfordern. Noch sind die laufenden Zahlungen an den Hof nicht angesprochen worden. Ganz zu schweigen von der Tilgung der Schulden. Oder etwa die Rückzahlung der vollständigen Summe.«

»Das ist eine unverschämte Drohung!«, brüllte Lodrik. Die blauen Augen glühten für einen Lidschlag auf. Völlig unvermittelt riss etwas Kolskoi die Beine unter dem Leib weg, stellte ihn beinahe auf den Kopf und knallte ihn hart auf den Marmorboden des Ratssaales. Stoikos Augenbrauen fuhren nach oben, und er starrte seinen Herrn verständnislos an. Die anderen Anwesenden zuckten beinahe kollektiv zusammen.

Schwindel erfasste den jungen Herrscher, und er wankte. Schnell stützte ihn Waljakov, Stoiko wischte ihm das Blut ab, das aus seiner Nase tropfte.

Der granburgische Adlige stemmte sich umständlich in die Höhe und wich zurück.

»Ihr seid gestürzt«, sagte der Leibwächter nachdrücklich zu dem Mann. »Der Boden kann sehr glatt sein. Ihr solltet vorsichtiger sein, Hara¢.«

»Das werde ich mit Sicherheit sein«, entgegnete er und setzte sich auf seinen Platz. »Nicht nur wegen des Marmors.« Mit verzerrtem Gesicht massierte er seine Schulter, die er sich bei seinem Sturz geprellt hatte.

»Ich sage es noch einmal«, meldete sich Lodrik wieder zu Wort, der spürte, wie das Kribbeln in seinen Fingerspitzen einsetzte. »Die Neuerungen bleiben bestehen.«

»Und wir sind immer noch dagegen«, betonte Kolskoi. »Und wir sprechen uns mit Bestimmtheit gegen die Änderungen aus, hoheitlicher Kabcar. Sie werden das Reich, das Euer Vater so großartig geführt hat, nicht zuletzt wegen der Hilfe und Unterstützung der Brojaken, in ein unüberschaubares Durcheinander verwandeln. Das lehnen wir ab.«

»Die Sitzung ist geschlossen«, flüsterte Lodrik hasserfüllt. Er stapfte zu seinem Lehnstuhl und ließ sich hineinfallen. Eine Hand legte er über die Augen. »Und nun raus.«

Sein Puls rauschte nicht mehr ganz so laut in den Ohren, langsam gewann er die Fassung zurück. Der Saal leerte sich.

Norina zog behutsam seine Hand weg und umfasste sein Gesicht. »Du hast dich sehr gut geschlagen. Du hast ihnen gezeigt, dass sie es nicht mit einem Schwächling, einer Marionette zu tun haben, die springt, wenn sie an den Fäden ziehen, wie sie vielleicht gehofft haben.« Sie küsste ihn.

»Behauptet haben wir uns schon«, sagte Stoiko aus dem Hintergrund. »Aber dass ausgerechnet unser Freund Kolskoi, diese elend dürre Vogelscheuche, auftauchen muss, das hat mich mehr als überrascht. Und ausnahmsweise stimme ich Waljakov voll und ganz zu.« Er formte einen imaginären Strick. »Die Probleme hätten wir uns in der Provinz vom Hals schaffen sollen.« Nachdenklich verschränkte er die Arme vor der Brust. »Sie waren einfach zu gut vorbereitet. Als ob sie jemand über unsere Absichten in Kenntnis gesetzt hätte. Und Ihr habt Euch ein wenig zu sehr hinreißen lassen, Herr.«

»Unsere Aufgabe wird sein, herauszufinden, ob mein Vater tatsächlich all diese Schulden angehäuft hat«, gab Lodrik die weitere Vorgehensweise bekannt. »Ich werde alle Ausgaben, jeden einzelnen Waslec auf den Verbleib hin überprüfen. Wo hat der alte Narr das Geld gelassen?« Er sah seinen Vertrauten an. »Können wir etwas verkaufen, um an …« Mitten im Satz hielt er inne und schlug sich an die Stirn. »Aber natürlich! Meine Cousine!«

»Keine schlechte Idee, Herr«, stimmte Waljakov zu. »Wenn wir sie verkaufen, zum Beispiel an Tersion, bekämen wir einen guten Preis. Unter Umständen …«

»Nein, ich will doch nicht sie verkaufen«, schnitt ihm der Kabcar das Wort ab, Norina und Stoiko mussten lachen. »Ich werde die Heirat vorziehen.« Die Heiterkeit der Brojakin erstarb auf der Stelle.

»Raffiniert«, der Vertraute fuhr sich über den Schnauzer. »Und mit dem Iurdum der Baronie Kostromo könnten wir die Schulden bezahlen.«

Lodrik umarmte Norina, die einen mehr als unglücklichen Eindruck machte. »Es tut mir Leid, aber es geht nicht anders. Wenn wir die Veränderungen für Tarpol umsetzen wollen, ist das der beste Weg.«

Ihre Mundwinkel wirkten verkniffen. »Ich weiß es doch auch, Lodrik. Aber …« Sie seufzte. »So bald schon. Ich hasse deine Cousine.«

Waljakov kratzte sich an der Glatze. »Da seid Ihr nicht die einzige Person.«

Der Herrscher strich seiner Geliebten durchs Haar. »Nichts wird sich zwischen uns stellen können, Norina. Sie wird nur auf dem Papier und nach dem Gesetz meine Gemahlin sein. Du bist meine wahre Frau.« Sie küssten sich innig.

»Ach, wie rührend«, meinte Stoiko hingerissen und rempelte dem Leibwächter in die Seite. Hart stieß sein Ellenbogen gegen den Harnisch. »Verdammt.«

»Das kommt von deiner Gefühlsduselei. Sie macht blind für die Gefahren.« Waljakov wandte sich zum Ausgang. »Wir sollten uns den Büchern zuwenden, Herr.«

Lodrik ließ Norina widerstrebend los und folgte seinen Freunden langsam.

In Gedanken war er bei der Hochzeit mit Aljascha und der Zeit danach. Düstere Einfälle kehrten zurück, die er schon einmal verworfen hatte. Insgeheim hoffte er nämlich, dass Hetrál bald wieder in Ulsar sein konnte. Und dass der Meisterschütze seine Kunst nach wie vor so gut beherrschte.

VI.

»Doch es kam zum Streit zwischen Tzulan und Senera, die Grenzen auf dem Kontinent waren ungenau. Jeder beschuldigte den anderen, mehr Land zur Verfügung zu haben als der andere. Vintera versuchte zu schlichten, doch Tzulans heißes Blut verhinderte eine friedliche Einigung.

Mit seinen gewaltigen Kräften wollte der Gebrannte Gott den Kontinent entzwei reißen, doch im letzten Moment verhindert Senera die vollständige Teilung.

Tzulan war erbost über das Verhalten seiner Götterschwester, zumal sie jetzt wegen des ungleichen Risses den größeren Teil besaß, und er erhob Anspruch auf das Land, das heute Sena heißt. Doch seine Geschwister hielten zu Senera und verweigerten dem Gebrannten Gott das größere Stück.

Tzulan gab sich zunächst einsichtig, aber in seiner Seele fühlte er sich verraten.

Nach vielen Jahrhunderten waren die Götter fertig und präsentierten der Allmächtigen Göttin Taralea ihre Kontinente. Alle waren sehr schön gearbeitet, Tzulan, Angor, Ulldrael, Senera, Kalisska und Vintera hatten sich sehr viel Mühe gegeben.

So konnte die Allmächtige Göttin auch kein abschließendes Urteil abgeben und erklärte alle zum Sieger.«

DIE ERSCHAFFUNG DER MENSCHEN UND KREATUREN,
Kapitel 2

**Ulldart, Königreich Tersion, Hauptstadt Baiuga,
Winter 442/443 n. S.**

Mit einem leisen Gefühl des Unbehagens ließ Commodore Parai Baraldino den Blick über das bedrohliche Quartett von Schiffen schweifen, das im Hafen vor Anker gegangen war, während seine *Morgenröte* in das riesige Becken einlief.

Vier Kriegsgaleeren des Kaiserreichs Angor lagen geschickt verteilt an unterschiedlichen Kais, sodass die Schiffe jederzeit und mit wenigen Ruderschlägen die Einfahrt versperren konnten. Der palestanische Offizier erkannte die hohen Aufbauten, von denen aus Bogenschützen ihre Pfeile versandten, sah die Katapulte an Deck und die langen Rammsporne am Bug der Kähne.

»Fernrohr«, befahl er knapp und hielt die Hand ausgestreckt nach hinten. Wortlos reichte es ihm sein Adjutant, Fraffito Tezza, und Baraldino besah sich die Galeeren mit Hilfe der geschliffenen Gläser genauer.

Drei Ruderbänke lagen übereinander, zwei kleine Segel am Bug sorgten für zusätzlichen Vortrieb und machten diese angorjanischen Schiffe zu sehr gefährlichen Gegnern. Entervorrichtungen, abklappbare Metallplanken mit Eisendornen am unteren Ende zeigten deutlich, dass sich die Soldaten des anderen Kontinents auf das Erobern verstanden. Entfernt erinnerten sie den Palestaner an die Schwarze Flotte, wenn auch nicht alle Details stimmten. Und vor allem die Größenunterschiede waren enorm. Die kensustrianischen Schiffe überboten an Geschwindigkeit und Feuerkraft alles, was er jemals gesehen hatte.

Dennoch lachten die angorjanischen Kapitäne wahrscheinlich in diesem Moment über das Handelsschiff, das mit seiner gedrungenen Form plump wie ein fetter Karpfen zwischen schlanken Hechten wirkte.

Den künstlich angelegte Hafen, in den die *Morgenröte* einlief, schätzte der Offizier auf eineinhalb Meilen Breite und eine halbe Meile Tiefe. Rund drei Dutzend Schiffe lagen hier, in erster Linie tersionische, aber auch die ungeliebte Konkurrenz, Agarsiener, war präsent.

Hinter der Anlage erhoben sich mächtige Mauern, die den Blick auf die Hauptstadt Baiuga verwehrten. Backbord schloss sich eine natürliche Bucht an, in der weitere Kriegsschiffe dümpelten. Offenbar war die Regentin Tersions, Alana die Zweite, sehr auf ihre Sicherheit bedacht. Oder ihr Gemahl, Lubshá Nars'anamm, der dritte Sohn von Ibassi Che Nars'anamm, Kaiser von Angor.

In der Tat gestaltete sich die Prozedur, die das palestanische Schiff vor dem Einlaufen über sich ergehen lassen musste, sehr aufwändig. Dem Ankerplatz vorgebaut waren zwei kleine Inseln, auf denen Wachtürme standen.

Schon von weitem wurde die *Morgenröte* mit Hilfe von Blendspiegeln nach ihrem Begehren gefragt. Erst nachdem ein Tersioner an Bord gekommen war und sich die Dokumente des Handelsrates angesehen hatte, um sich von der Echtheit der Siegel und der diplomatischen Mission zu überzeugen, durfte das Schiff weiter. Die Eisenkette, die knapp unter der Wasseroberfläche vor der Einfahrt gespannt hing, wurde gesenkt. Auf den Befestigungsanlagen vermutete Baraldino große, stationäre Katapulte, von denen ein Treffer ausreichte, um ihn auf den Grund des Meeres zu schicken.

»Ich sehe unsere Signalflagge, Commodore«, sagte sein Adjutant und deutete auf einen Kai, an dem die palestanische Fahne wehte. »Da sollen wir hin, hat der Tersioner gesagt.«

»Schlagt den Kurs an und lasst die Männer antreten«, orderte Baraldino und reichte das Fernrohr zurück. »Wir wollen ja einen guten Eindruck machen.« Er blinzelte in die Sonnen, die so weit im Süden Ulldarts kräftig schienen.

Bei all dem dicken Brokat am Leib, den bestickten Westen, der verzierten Jacke und der Perücke samt Dreispitz lief ihm allmählich der Schweiß aus allen Poren. »Gute Güte, wie ist das hier erst im Sommer?«, stöhnte er. Mit einem Spitzentuch tupfte er sich die Feuchtigkeit von der Stirn.

Sicher dirigierte der Steuermann das Schiff durch das Gewirr von Rümpfen, bis sie an ihrem Ziel angelangten und die *Morgenröte* vertäuten.

Sie wurden bereits erwartet. Eine Gruppe von zwanzig Schwerbewaffneten stand an der Hafenmauer in Habachtstellung, ihr Anführer war ein breiter Mann in einer leichten, weißen Lederrüstung, die sehr kunstvoll gearbeitet wirkte. Seine ebenfalls weißen, langen Haare, die er als Zopf trug, und die handbreite, dunkelrote Blutsträhne wiesen ihn als K'Tar Tur aus. Ein breiter, gekrümmter Säbel hing auf seinem Rücken. Die Nachfahren Sinureds hatten den Ruf, sehr gute Kämpfer und fähige Kommandeure zu sein, und daher nahm sie Tersion in seinen Dienst, was in anderen Reichen ein Ding der Unmöglichkeit gewesen wäre.

Acht weitere, schlicht gekleidete Männer ohne Waffen, aber mit eisernen Halsringen versehen, standen etwas abseits, den Blick geneigt.

Neugierig ging der Offizier von Bord, gefolgt von seinem Adjutanten, und blieb vor dem von den Sonnen gebräunten Hünen stehen.

»Ich bin Commodore Parai Baraldino, diplomatischer Gesandter des Reiches Palestan. Die Regentin von Tersion, Königin Alana die Zweite, in dringender Angelegenheit zu sprechen, ist mein Begehr.« Er machte einen formvollendeten Kratzfuß, schwenkte den Dreispitz durch die Luft und wartete auf eine Reaktion. Er spürte, wie eine Schweißperle unter der Perücke hervorkroch.

»Fein«, sagte der Mann amüsiert mit sonorer Stimme. »Ich bin Lom T'Sharr, Kommandant der Stadtwache und der Leibgarde. Ich habe die Ehre, Euch und Euer Gepäck in die Residenz der Regentin zu bringen. Euer Kommen wurde uns bereits per Bote vom Kaufmannsrat angekündigt.«

Leicht wehte der weiße Umhang des K'Tar Tur in einer jähen Brise, über die Baraldino vor Freude in die Hände geklatscht hätte. Je mehr er von der Umgebung sah, desto mehr fiel ihm auf, dass die Menschen hier leichte oder zumindest helle Kleidung trugen. Er dagegen kam sich vor wie in einem Schwitzkasten.

Auf einen Wink des durchtrainierten Kämpfers hin nahmen die acht Sklaven, wie der Palestaner annahm, das inzwischen entladene Gepäck auf, und der kleine Zug setzte sich in Bewegung.

Durch zwei gewaltige Stadttore ging es ins Innere von Baiuga. Eine breite Prachtstraße führte in gerader Linie auf die Residenz der Regentin zu. Ihr Bezirk erhob sich deutlich aus der Menge der weiß getünchten Häuser, anscheinend ruhte das Ganze auf einem kleinen Hügel. Von weitem machte es den Eindruck einer massiven Festungsmauer, zum Schutz gegen mögliche Feinde.

Um die Gruppe herum herrschte geschäftiges Treiben, Menschen gingen ihren Geschäften nach, einmal kreuzte eine Sklavenkarawane ihren Weg.

Nach wenigen Metern Marsches schwitzte Baraldino wie ein Schwein, und nach der Hälfte des Weges fühlten sich seine Kleider durchgeweicht an. Auch sein Adjutant Tezza sah sehr unglücklich aus.

»Verzeiht, Kommandant, aber wäre es möglich, uns von irgendwoher ein Gefährt zu organisieren?«, sprach er den K'Tar Tur an. »Ihr mögt vielleicht gut zu Fuß sein, aber ich bin ein Diplomat, der sich nur selten auf diese Weise über längere Strecken fortbewegt.«

»Das war der Grund, weshalb ich dachte, Ihr würdet Euch über ein wenig Bewegung freuen«, entschuldigte sich T'Sharr und schenkte dem Händler einen Blick, der keinen Zweifel daran ließ, dass er ihn für einen Schwächling hielt. »Wir warten im Schatten des Standes dort, ich lasse umgehend eine Sänfte kommen.« Eine knappe Bewegung mit der Hand, und einer der Sklaven lief los, um im Menschengewühl zu verschwinden. »Es wird nicht lange dauern.«

Baraldino nutzte die Pause, um sich den Schweiß von der Stirn zu wischen und sich auf ein Gepäckstück zu setzen. »Baiuga ist sehr groß, nicht wahr?«

»Wir haben rund einunddreißigtausend Einwohner, Gesandter. Und noch einmal fünftausend Sklaven, die niedere Arbeiten verrichten.« Der Kommandant ließ sich zwei Becher mit einer violetten Flüssigkeit bringen, die an einem benachbarten Stand angeboten wurde. Ein Gefäß reichte er dem Palestaner. »Versucht unseren Pasacka-Saft. So etwas werdet Ihr noch nie gekostet haben.«

Einen Moment lang überlegte der Offizier, ob er nicht lieber Tezza trinken lassen sollte, doch der Durst war zu groß, und er nahm einen vorsichtigen Schluck.

Süß und schwer lag das Aroma in seinem Mund, ein Kribbeln machte sich auf der Zunge breit, und schnell schluckte er. Der Nachgeschmack war sehr angenehm.

»Beinahe hätte ich gesagt, ich kaufe vier Fässer davon«, gab Baraldino sein Urteil und indirektes Lob. »Aber ich bin als Diplomat unterwegs.« Er leerte den Becher restlos.

»Es wäre keine sehr gute Investition. Leider ist der Saft nicht sehr haltbar. Er gärt innerhalb weniger Stunden. Auch im Magen, wie Ihr noch feststellen werdet. Es ist aber harmlos, wenn Ihr vorher etwas gegessen habt.« T'Sharr grinste. »Willkommen in Tersion, Gesandter.«

Ein Brennen begann in Baraldinos Eingeweiden. Natürlich hatte er seit mehreren Stunden nichts zu sich genommen. »Und was passiert im schlimmsten Fall?«

»Furchtbare Blähungen. Wenn Ihr Pech habt, Durchfall. Aber das geschieht nur selten, Gesandter.« Eine Sänfte bahnte sich ihren Weg durch die Menge, leicht gekrümmt stieg der Palestaner ein und verwünschte den K'Tar Tur. Wenn alle Angehörigen des Dunklen Volkes diese Art von Humor hatten, wusste er, weshalb man sie verfolgte und totschlug.

Tezza grinste schadenfroh, und Baraldino fegte ihm mit dem Dreispitz die Perücke vom Kopf. »Das nächste Getränk werdet Ihr versuchen.«

Nun ging es wesentlich angenehmer durch die Hauptstadt, und der Diplomat hatte Gelegenheit, immer wieder rechts und links aus dem Fenster zu schauen, welche Überraschungen auf ihn warteten.

Eines war gewiss: Baiuga machte aus seinem Reichtum, den sich das Reich durch den Abbau und Handel mit Eisenerz und anderen Bodenschätzen erworben hatte, keinen Hehl. Eine solche Verschwendung war aus kaufmännischer Sicht sträflich und völlig ineffektiv, aber es machte mächtig Eindruck.

Vorbei ging es an riesigen, mit Marmorsteinen gepflasterten Plätzen, säulengetragenen, hohen Gebäuden, eindrucksvollen Statuen, und der berüchtigten Arena, in der Gladiatoren des ganzen Kontinents ihr Glück im Zweikampf versuchten. Immer wieder passierten sie Geschäfte, in denen Schmuck angeboten wurde, vom Edelsteincollier bis zu den raffiniertesten Schmiedearbeiten.

Es ärgerte Baraldino maßlos, dass Tersion in grauer Vorzeit ein eigenes Handelsrecht gegen Palestan durchgesetzt hatte, selbst für den Seehandel, was keinem anderen Reich gelungen war. Der Kauffahrerstaat zahlte seitdem immense Summen für die Lizenzen an Regentin Alana die Zweite, aber wenigstens waren auch die Agarsiener und Ontarianer davon betroffen, sodass ein bisschen Gerechtigkeit herrschte. Dennoch war der mögliche Gewinn, der den Kaufleuten in diesem Reich durch die Lappen ging, beträchtlich. Und dazu kam noch die Schlappe mit der gesunkenen Goldflotte. Wenigstens an diesem Punkt konnte er etwas ändern.

Mit einem leisen Geräusch suchte sich eine Blähung den Weg aus Baraldinos Körper. Unangenehmer Geruch verbreitete sich im Inneren der Sänfte, angewidert verzog der Mann das Gesicht, und Tezza stöhnte auf.

Es ging eine Steigung hinauf, wie er in seinem Beförderungsmittel anhand der Neigung spürte, dann folgte eine kurze Pause. Ein schneller Blick hinaus zeigte dem Händler, dass sie vor der Mauer des Residenzbezirks angekommen waren. Kurz darauf setzte sich der Tross wieder in Bewegung.

Baraldino blieb die Luft weg, als er das Gebäude sah, von dem aus Alana die Zweite offensichtlich das Reich regierte.

Reinster weißer Marmor, versehen mit Gold- und Silberornamenten, erstrahlte im Licht der Sonnen und blendete den Kaufmann. Die verspielte, aufwändige Architektur mit kleinen Türmen, filigranen Kuppeldächern und bunten Glasfronten musste ein Vermögen gekostet haben. Springbrunnen und weitläufige Gartenanlagen rundeten das Bild der eindrucksvollsten Verschwendung, die der Offizier jemals gesehen hatte, ab. Ihm unbekannte Vögel badeten in dem ein oder anderen Becken, die alle mit farbenfrohen Kacheln versehen waren, ein vielschichtiger Blumengeruch lag in der Luft.

Verblüfft entfuhr ihm ein weiterer unheilvoller Furz.

»Commodore, Ihr stinkt zum Stein erweichen«, beschwerte sich Tezza, zückte ein parfümgetränktes Taschentuch und hielt es sich vor die Nase. »Ihr solltet

Euch etwas in die Hose schieben, damit der Geruch nicht mehr so stark ist. Wenn Ihr damit die Regentin belästigt, werden wir unseren Kopf verlieren.«

»Das ist dieser verfluchte Pasacka-Saft. Hütet Euch vor dem K'Tar Tur, er ist bösartig.« Der Offizier warf die Hände voller Verzweiflung in die Luft und verwedelte den Gestank in der Sänfte, die in dem Moment anhielt. Fluchtartig verließen die beiden Männer den Tragsessel. Dumpfes Grollen entstieg dem Darm Baraldinos.

»Wir werden ohne Umwege zur Regentin gehen. Es gibt eine interessante Neuigkeit, wie ich eben erfahren habe.« T'Sharr wandte sich um und lief voran.

»Das ist zwar sehr schön, aber ich müsste mich zuerst ein wenig frisch machen und mich dringend erleichtern, Kommandant«, hakte der Palestaner ein. »Ich kann ihrer Hoheit doch unmöglich in diesem verschwitzten Zustand unter die Augen treten. Das wäre gegen alle Etikette. Und eine solche Missachtung kann ich unmöglich verantworten.«

»Ihr habt die Wahl. Entweder Ihr missachtet die Anweisung der Regentin, sofort zu erscheinen, oder Ihr erscheint, aber dafür weniger herausgeputzt als Ihr es ohnehin schon seid, Gesandter.« Der K'Tar Tur blieb stehen, kreuzte die Arme vor der breiten Brust und wartete die Entscheidung ab. »Sie ist eine sehr ungeduldige Frau.«

»Parfüm«, sagte Baraldino unwirsch. Tezza tauchte in einem der Koffer nach einem Flakon und besprühte seinen Vorgesetzten rundherum. Wieder entwich ihm etwas von der übel riechenden Luft aus seinen Innereien. Der Druck wurde stärker. »Ich wäre dann so weit.« Der Adjutant klemmte sich eine kleine Schatulle unter den Arm.

T'Sharr führte die Diplomaten in das kühle Innere des Prachtbaus, in dem Dienerinnen in leichten Gewändern immer irgendwo putzten und schrubbten. Es roch sehr sauber, wie nach einem reinigendem Sommerregen. Bunte Sonnenstrahlen zauberten wunderschöne Bilder an die Marmorwände, doch dafür hatte der Diplomat kein Auge.

Gedanklich ging er seine Rede noch einmal durch, die er inzwischen im Schlaf beherrschte. Nur die Umstände waren nicht so, wie er sich das erhofft hatte. Er fühlte sich dreckig, und das machte ihn unsicher. Verstärkt wurde das Gefühl durch die kichernden Dienstbotinnen in seinem Rücken.

»Sitzt meine Perücke richtig?«, erkundigte er sich bei seinem Adjutanten.

»Perfekt, Commodore.«

»Und die Weste, ist sie gerade?« Er spürte, wie Tezza das Kleidungsstück zurechtzog.

»Jetzt schon. Ihr seht tadellos aus, Commodore.« Schnell tupfte er seinem Vorgesetzten den Schweißfilm von der Stirn und trug etwas Puder auf. »Damit es nicht so sehr glänzt.«

Der Kommandant öffnete eine breite Tür, die so hoch wie drei Männer war, trat ein und winkte die beiden Männer herein.

»Regentin, das sind Commodore Parai Baraldino und sein Adjutant Fraffito Tezza, die diplomatischen Gesandten des Reiches Palestan«, stellte T'Sharr sie vor, während die Händler sich in Positur brachten.

Ein Bein leicht nach vorne, in der Hüfte sanft abgeknickt, die Rechte an die Seite gestützt, die linke Hand am Dreispitz, der sehr elegant und gekonnt gewirbelt wurde. Formvollendet folgte die tiefe, demütige Verbeugung, sodass die Nasenspitzen fast den Marmor berührten. Dann schnellte der Oberkörper in die Höhe, der erste Akt der palestanischen Vorstellung war beendet.

Baraldino hob den Blick und schaute Alana die Zweite, die auf einem Berg voller Teppiche lag und die Neuankömmlinge interessiert musterte, an.

Er schätzte das Alter der Regentin auf knappe dreißig Jahre. Sie trug einen Hauch von Nichts, halbtransparente Seidengewänder umgaben ihren ansehnlichen, braunen Körper. Dünne Gold- und Silberbänder lagen an den richtigen Stellen, um nicht alles von der Frau zu zeigen. Haare trug sie keine, auf dem kahlen Kopf saß eine mit Edelsteinen besetzte Kappe, die strahlte und funkelte. In die Seide eingewobene, polierte Iurdumfäden glitzerten hin und wieder auf, als sie sich anmutig aufsetzte und den Männern bedeutete, näher zu treten.

Für diese Aufmachung wäre sie in Palestan wegen Beleidigung der Sittlichkeit auf der Stelle verhaftet und mit ordentlichen Strafen belegt worden, aber es gefiel Baraldino, was er zu sehen bekam.

Den Kopf ein wenig nach unten geneigt, stolzierte er gemessenen Schrittes auf die Regentin zu.

Ihre geschwungenen Augenbrauen wanderten in die Höhe. Das Dutzend Dienerinnen um sie herum hielt den Atem an.

Wie der Blitz war T'Sharr an seiner Seite. »Auf die Knie, Gesandter«, kam die gezischte Anweisung. »Wie es sich gehört, wenn man der Regentin gegenübersteht.«

»Ich höre ja wohl nicht ...«, begann der Offizier empört, da bekam er auch schon einen Tritt in die Kniekehle, dass er gezwungenermaßen zu Boden sank. Am Gerumpel neben sich erkannte er, dass es Tezza nicht viel besser ergangen war. Wütend rückte er seine falschen Haare zurecht, dann stand er vorsichtig wieder auf.

Alana die Zweite lächelte huldvoll. »Mit ein bisschen Hilfe weiß jeder, was sich gehört, nicht wahr, palestanischer Gesandter?«

»Allerhochwohlgeborenste Regentin, nehmt meinen Dank für den sanften Hinweis«, sagte Baraldino und machte einen weiteren tiefen Kratzfuß. »Ich entbiete

Euch den Gruß des palestanischen Königs und des Kaufmannsrates.« Auf eine kurze Geste hin reichte ihm Tezza die Schatulle. Gebeugt und den Kopf gesenkt ging er auf die Frau zu und hielt ihr das Präsent entgegen. »Nur eine kleine Aufmerksamkeit, Hoheit.«

Eine Dienerin nahm das Kästchen, öffnete es und hielt es ihrer Herrin hin.

»Oh, ilfaritisches Konfekt«, schwärmte Alana und griff anmutig wie eine Tänzerin nach einer Praline. Ihre Fingernägel sahen bedrohlich lang und scharf aus. »Ich mache mir nichts aus Süßigkeiten. Sie sind schlecht für die Figur.« Fast angewidert ließ sie das Stück in die Kassette zurückfallen. »Weitere Geschenke, palestanischer Gesandter?«

Siedend heiß durchlief es den Offizier. Das Konfekt und das Eis für die Lagerung hatten ein Vermögen gekostet, an weitere Gaben wurde da nicht gedacht.

»Hochwohlgeborene Regentin, ich bin untröstlich, dass unsere Aufmerksamkeit nicht Euer Gefallen gefunden hat. Natürlich befinden sich die übrigen Präsente noch an Bord unseres Schiffes. Sie werden später nachgebracht.« Fieberhaft überlegte Baraldino, was er von seinen eigenen Sachen entbehren konnte und die vielleicht dieser verwöhnten Frau zusagten.

Er warf einen kurzen Blick auf seinen Adjutanten. Dann lächelte er. »Weiterhin freut es den palestanischen König, Euch einen seiner Untertanen als Douceur auf ein Jahr und einen Tag zu überlassen. Fraffito Tezza ist vielfältig gebildet, hat eine hervorragende Schulung genossen und wird alles tun, um die von Euch zugeteilte Aufgabe zu erfüllen.«

»Commodore!«, entfuhr es seinem Adjutanten entsetzt.

»Schweigt still«, wisperte Baraldino energisch, »es ist zum Wohle des Staates. Oder wollt Ihr, dass alle unsere Pläne sich in Rauch auflösen?«

»Das nenne ich einmal eine ausgefallene Idee«, lobte die Regentin und neigte ihren Kopf. Lichtstrahlen brachten die Edelsteine zum Funkeln. »T'Sharr, zu welchem Zweck könnten wir den palestanischen Recken einsetzen?«

Der K'Tar Tur grinste böse. »Regentin, ich glaube gehört zu haben, dass die Arena noch dringend Leute für die Katakomben sucht.«

»Das gefällt mir. Veranlasst das Notwendige, Kommandant.«

»Was bedeutet das, ›für die Katakomben‹?«, wollte Tezza erschrocken wissen.

»Das werdet Ihr sehen«, griente der Kämpfer und befahl zwei Wachen, den Palestaner wegzubringen. Der Blick, den der Adjutant seinem Vorgesetzten zuwarf, hätte einen ganzen Marktplatz voller Leute töten können. Baraldino wedelte unbeteiligt mit dem Taschentuch.

»Und nun«, sagte die Regentin, nachdem die Tür sich geschlossen hatte, »lasst uns über die Angelegenheit sprechen, die unsere Reiche verbindet. Ihr wart Zeuge, wie unsere Goldflotte von rogogardischen Piraten angegriffen wurde?«

»So ist es«, sagte der Mann. »Ich war als zweiter Offizier an Bord der *Soituga,* mit der wir auf der Jagd nach dem seeräuberischen Pack waren. Glücklicherweise kamen wir Euren Schiffen zu Hilfe und befreiten sogar eines von der Brut.« Er tupfte sich mit einer schnellen Bewegung den Schweiß von der Stirn und konzentrierte sich, der gewaltigen Blähung nicht freien Lauf zu lassen. »Aber leider, leider waren unsere Bemühungen umsonst. Wie Ihr wisst, hochwohlgeborene Regentin, erschien wie aus dem Nichts die unglückselige Schwarze Flotte der Kensustrianer. Wir haben sofort signalisiert, sie sollten uns zur Seite stehen. Aber es geschah nichts dergleichen, viel eher das Gegenteil war der

Fall.« Baraldino zauberte einen Ausdruck tiefer Betroffenheit auf sein Gesicht. »Ein Rogogarder eröffnete das Feuer auf das vorderste der kensustrianischen Schiffe. Daraufhin schlug die Flotte auf alles, was um sie herum schwamm. Sie machte keinen Unterschied zwischen Rogogard, Tersion und Palestan, das müsst Ihr Euch vorstellen, hochwohlgeborene Regentin. Innerhalb weniger Lidschläge sanken Freund und Feind mit Mann und Maus.« Baraldino machte eine Kunstpause. »Euer Gold miteingeschlossen. Das kostbare Metall als Schmuck in der tiefen See.«

»Palestanischer Gesandter, Ihr schwört, dass es sich so und nicht anders verhalten hat?«, fragte Alana lauernd. »Mit Eurem Leben?«

Baraldino breitete theatralisch die Arme aus und warf sich auf die Knie. »Ich schwöre bei meiner Ehre, meinem Leben und bei dem Leben meiner Männer, dass die Kensustrianer Eure Flotte versenkten, ohne dass ein Grund dafür vorgelegen hätte.«

»Gut.« Sie lehnte sich in die Teppiche zurück. »Ich glaube Euch kein Wort, aber Ihr seid für meinen Geschmack ein überzeugender Schauspieler, palestanischer Gesandter. Wenn wir also unsere Forderungen wegen Schadenersatz an Kensustria stellen, brauchen wir Euer Talent. Ich bin mir sicher, Palestan hat sich bereits seine Gedanken über einen Ausgleich gemacht, nicht wahr?«

»Wir sind Kaufleute, hochwohlgeborene Regentin«, sagte Baraldino, der sich nach einem kurzen Schreck wieder erholt hatte.

»Sagen wir, Palestan erhält ein Zehntel der Entschädigung?« Eine Dienerin reichte der Frau ein Stück frisches Obst.

»Die Hälfte der Summe«, kam es augenblicklich aus dem Mund des Mannes. »Hochwohlgeborene Regentin, ohne meine Aussagen, Eide und Gelöbnisse sind Eure

Ansprüche nicht zu halten. Das sollte es Tersion schon wert sein. Wie hoch wird die Forderung sein, die das Reich zu stellen gedenkt?«, fügte er wie beiläufig hinzu.

»Vermutlich decken sich Eure und unsere Berechnungen, was den Verlust des Goldes angeht«, sagte die Regentin. »Etwas mehr als eine Million Talente.«

»In der Tat, das deckt sich mit unseren Überlegungen«, bestätigte der palestanische Offizier. »Eine knappe Million Heller. Oder fünfhunderttausend Tria.«

»Ich bin ehrlich zu Euch.« Sie nahm ein weiteres Stück von einer dunkelfarbigen Frucht. »Ich denke, dass Euer Reich sogar irgendwie an dieser Sache beteiligt war, vielleicht sogar einen Überfall auf unsere Flotte geplant hat. Aber warum sollte ich mich auf eine aussichtslose Sache gegen den Händlerstaat einlassen, wenn wir unserem Nachbarland mehr aus den Rippen schneiden können? Selbst wenn Palestan schuld an den Vorgängen ist, sollten wir das Beste daraus machen, wie ich finde.«

»Wie kommt Ihr darauf, dass wir andere als gute Absichten hatten?« Das Erstaunen in der Stimme des Offiziers klang sehr echt.

»Nun, weil Kensustria etwas gefunden hat, was Eure Version der Geschichte sehr in Gefahr bringt. Doch bevor ich Euch zeige, was ich meine: Wir sind uns einig?«

»Wenn Ihr, hochwohlgeborene Regentin, die Hälfte als Angebot akzeptiert und bereit seid, den Vertrag«, Baraldino griff in seinen Ärmel und nahm das vorgefertigte Schriftstück hervor, »zu unterschreiben, steht einer Wiedergutmachung nichts mehr im Wege.«

»Ihr seid gerüstet, wie ich sehe. Nun gut, Ihr erhaltet fünfunddreißig Prozent, das muss genügen. Palestan ist ein Reich voller Krämerseelen und Halsabschneider.« Das Dokument wurde von Alana verändert und signiert. »Aber besser so, als dass wir kein bisschen Geld sehen, nicht wahr?«

»Ich bin bereit, das Angebot der hochwohlgeborenen Regentin anzunehmen. So kommen beide Reiche etwa auf ihre Kosten. Mein Schiff, das versenkt wurde, war sehr teuer, hochwohlgeborene Regentin.« Sorgsam verstaute Baraldino den Vertrag wieder. »Und was meintet Ihr vorhin mit dem Fund, den Kensustria gemacht hat?«

»Möge das Theater beginnen«, sagte die Regentin geheimnisvoll. »Ihr werdet der Hauptdarsteller sein, palestanischer Gesandter. Und ich rate Euch, spielt Eure Rolle gut. Ich werde meinen Teil beisteuern.«

Die Tür öffnete sich, und ein Mann in einer etwas mitgenommenen Commodore-Uniform wurde hereingeleitet.

Baraldino erkannte Gial Scalida auf Anhieb. Zwei hoch gewachsene Kensustrianer mit langen, dunkelgrünen Haaren flankierten ihn. Sie trugen seltsam anmutende, vielgelenkige Rüstungen aus schimmerndem Metall, Holz- und Lederstücken, die sehr leicht und dünn wirkten. Auf ihren Rücken hingen jeweils zwei Schwerter. An den Stellen ihrer Körper, die nicht von der Rüstung bedeckt wurden, schaute fließender, weißer Stoff hervor. Ihr Stolz war ihnen in die Gesichter gemeißelt, die Augen sahen selbst auf Alana die Zweite mit einer gewissen Arroganz herab. Auf der Höhe von Baraldino hielt das Trio an.

»Ich begrüße die kensustrianischen Botschafter, Moolpár den Älteren und Vyvú ail Ra'az«, stellte die Regentin sie mit einem leichten Kopfnicken und einer eleganten Armbewegung vor. »Sie sind seit wenigen Stunden meine Gäste, um auf meine Einladung hin ihr Reich in der Angelegenheit der tersionischen Goldflotte zu vertreten.«

Die beiden Kensustrianer, die Baraldino auf fast zwei Meter schätzte, entboten ihren Gruß, indem sie ihre leeren Handflächen offen zeigten und sich wenige Millimeter verbeugten.

Nach der Ansicht des palestanischen Diplomaten hätte man es auch als ein Schwanken auslegen können. Ihm, und da war er ziemlich sicher, wäre das als grober Verstoß gegen die Etikette ausgelegt worden. Dafür zog er alle Register der Höflichkeit, vollführte einen tiefen Bückling und ratterte seinen Namen und Titel herab. Leise entwich ihm eine Blähung. Inständig hoffte er, dass der Geruch nicht allzu schlimm sein würde.

Jetzt wusste er, was die Regentin mit »Theater« gemeint hatte. Vorsichtshalber bedachte er seinen ehemaligen Vorgesetzten mit keinem Blick. Mit einem Mal brach der Schweiß wieder aus allen Poren.

»Würdet Ihr nun, palestanischer Gesandter, Eure Erzählung wiederholen? Und bitte genauso wie eben?«, forderte die Regentin von Tersion Baraldino auf, der in das Repetieren der Geschichte sogar noch eine Spur mehr Überzeugungskraft hineinlegte als vorhin. Schweigend lauschten die Kensustrianer, dann erhob Moolpár die Stimme.

»Dieser Mann, der sich selbst Gial Scalida und Commodore der palestanischen Flotte nennt, hat sich nach dem Angriff auf unser Schiff geschlichen. Wir haben ihn verhört. Und er erzählte uns eine ganz andere Geschichte wie dieser Mensch. Wiederhole sie«, verlangte er von Scalida, woraufhin der zu Baraldinos innerem Entsetzen die ganze schreckliche Wahrheit von sich gab.

Alana lauschte den Worten mit gespielter, stets zunehmender Empörung. »Nun, was hat Palestan zu den Aussagen anzumerken? Kennt Ihr diesen Mann etwa? Verhält es sich so, wie er sagt?«

Der Diplomat stolzierte einmal um den kensustrianischen Gefangenen herum, musterte ihn von oben bis unten. Dann wandte er sich den beiden Botschaftern zu.

»Ja, ich gestehe, ich kenne diesen Mann. Wir haben uns bereits mehrmals auf See gegenübergestanden und die Säbel gekreuzt. Aber ich würde seinen Worten keinen Glauben schenken. Ihr, werte Herren, habt den berüchtigten Seeräuber Pitre Horn aus Rogogard aufgegriffen, den das palestanische Reich schon seit vielen Monaten jagt. Auch ich hatte den Auftrag, und ich hätte ihn diesmal fast erfüllt, wenn Eure Schwarze Flotte mir nicht dazwischengekommen wäre.«

»Seid Ihr von Sinnen, Baraldino?«, schrie Scalida. »Ich bin Offizier von Palestan wie Ihr!«

»Lügen. Alles freche, waghalsige und abenteuerliche Lügen«, sagte Baraldino und wedelte herablassend mit dem Spitzentuch. »Der Verbrecher lügt, wenn er nur den Mund öffnet. Er weiß, dass es um seinen Kragen geht. Und weil er wusste, dass er als Rogogarder keine Gnade zu erwarten hatte, stahl er sich eine Uniform meines armen Commodore, der nun auf dem Grund des Meeres ruht. Ich selbst sah, wie er starb, meine Herren Botschafter.«

Sein improvisierter Plan schien aufzugehen. Jetzt musste er Scalida nur noch aus den Händen der Kensustrianer befreien, und er wusste auch schon, wie. »Ich verbürge mich mit meinem Leben dafür, dass Ihr einen von mir gesuchten Schurken ergriffen habt. Daher stelle ich hiermit die Forderung, ihn mir sofort auszuhändigen, um ihn der palestanischen Rechtsprechung zu übergeben.«

Moolpár der Ältere und Vyvú ail Ra'az verständigten sich mit Blicken. »Nun, Ihr habt Euer Ehrenwort gegeben, und das zählt viel bei uns in Kensustria, auch wenn Ihr kein Krieger seid. Aber Ihr seid Offizier, daher müssen wir Euch glauben, Gesandter«, sagte Moolpár nach einer Weile. »Da er aber unsere Schiffe angegriffen hat und damit diese bedauernswerte Tragödie auslöste, haben wir das neuere Recht auf sein Leben. Wir werden ihn mit Erlaubnis der Regentin von Tersion später richten.«

»Baraldino!«, brüllte Scalida und streckte die Arme

aus. »Tut etwas! Befreit mich aus den Klauen dieser grünhaarigen Bestien!« Vyvú vollführte eine kaum nachvollziehbare Bewegung mit dem rechten Arm. Stöhnend sank der Palestaner auf die Knie und hielt sich den Bauch.

»Auch gut. Ha, hört wie der Wicht jammert«, lachte sein ehemaliger Adjutant. »Ein erbärmlicher Rogogarder, der sich für keine Niedertracht zu gering ist. Nimm das!« Er trat nach Scalida. »Nun steht aber eine andere Sache noch ungeklärt im Raum. Ganz offensichtlich haben sich die Befehlshaber der Schwarzen Flotte nicht ganz korrekt verhalten, indem sie alles vernichten ließen, was um sie herum schwamm. Eine Reparation ist daher gegenüber Palestan mehr als angebracht, wie ich meine.«

Die Regentin nickte. »Und wie gedenkt Kensustria außerdem, mir das wertvolle Gold zu ersetzen, das für immer verloren ist?«

Moolpárs Augen wurden etwas schmaler. »Der Vorfall tut dem kensustrianischen Reich sehr leid, und es entschuldigt sich durch uns offiziell bei den Unbeteiligten und schuldlosen Opfern. Dennoch sehen wir keinen Grund, warum wir jemandem Ersatz geben sollten. Unsere Flotte wurde angegriffen, und da für unsere Besatzung eine Trennung der Ziele nicht möglich war, haben sie sich verteidigt.«

»Wir haben aber«, fiel ihm Baraldino mit gedehnter Stimme ins Wort, »den Verlust eines sehr guten Schiffes und zahlreicher guter Männer zu beklagen, ganz gleich, welche Schwierigkeiten Eure Mannschaft hatte. Palestan, werte kensustrianische Botschafter, besteht deshalb nach wie vor auf einer Entschädigung. Fünfzigtausend Tria sollten genügen.«

Moolpár und Vyvú lächelten mitleidig auf den Offizier herab.

»Das Königreich Tersion und«, die Regentin hielt einen Moment inne, »das Kaiserreich Angor sind beide zutiefst betroffen von dem Vorfall. Um jeglichen weiteren diplomatischen Verwicklungen vorzubeugen, die unter Umständen in Auseinandersetzungen mündeten, sollte sich Kensustria unsere Forderung in Höhe von sechshunderttausend Tria sehr gut durch den Kopf gehen lassen. Andernfalls …«

»… sollten wir uns auf einen Krieg vorbereiten, Regentin? Ist es das, was Ihr meintet?«, vollendete Moolpár ihre angedeutete Drohung. Zum ersten Mal sah der Palestaner die spitzen Eckzähne des Botschafters. »Gegen Tersion und Angor?« Er wandte sich an Baraldino. »Oder gedenkt Palestan dabei miteinzusteigen?«

»Unsere Mittel sind andere, Botschafter. Aber eine Handelsblockade wäre denkbar. Zu Wasser und zu Lande, selbstverständlich«, sagte der Offizier kühl. »Wir verstehen uns sehr gut mit der ontarianischen Handelsgilde. Wie schade, dass Euer Reich damals nicht den Vertrag über den Tausendjährigen Frieden unterschrieben hat.«

»Ich verstehe«, sagte der Ältere der beiden Kensustrianer. »Vor einiger Zeit hätte Kensustria vermutlich noch bezahlt und hätte sich dieser Schmach ergeben. Aber die Mönche und Priester haben nicht länger das Sagen. Wir, die Krieger als Führer des Volkes, werden keine einzige Tria zahlen, weder an Tersion noch an Palestan. Wenn die beiden Reiche denken, durch Sanktionen Druck ausüben zu können, seien sie gewarnt. Wir hegen keinerlei Groll gegen die Staaten und achten ihre Grenzen. Noch.« Moolpár zeigte wieder seine leeren Handflächen. »Das ist anscheinend das letzte Mal, dass wir in friedlicher Absicht nach Tersion kamen. Wir werden keinerlei Kampfhandlungen beginnen, aber wenn wir angegriffen werden, verteidigen wir uns. Gegen alles, was uns im Weg steht. Es wäre aber schade, wenn die Jahrhunderte langen Beziehungen so aufs Spiel gesetzt würden. Ich appelliere in aller Form, von den Forderungen zurückzutreten.«

Baraldino geriet ins Wanken. Die Drohung mit den Ontarianern war ein Täuschungsmanöver seinerseits, aber mit etwas Geld konnte man die Händler nachträglich auf ihre Seite ziehen. Ein offener Schlagabtausch mit dem mächtigen Kensustria würde, wenn er zu lange dauerte, eine teure Angelegenheit für den Kaufmannsstaat. Andererseits würden Tersion und Angor die Drecksarbeit erledigen. Und vielleicht würde die Blockade schnell Wirkung zeigen.

»Palestan hat nicht vor, von seinen Forderungen zurückzutreten«, entschied er. »Gleichzeitig unterstützen wir das rechtmäßige Anliegen des Königreichs Tersion.«

»Meinen Dank, palestanischer Botschafter, für Euren Beistand.« Alana erhob sich mit Anmut von ihren Teppichen. »Und auch Tersion gedenkt nicht, einen Schritt zurückzugehen. Wer unberechtigterweise Schaden anrichtet, soll ihn wieder gutmachen. Und so lange das von der Seite Kensustrias nicht geschehen ist, werden wir jeden weiteren Kontakt zu Eurem Reich abbrechen. Innerhalb von vierzig Tagen erwarten wir eine weitere Nachricht von Euch, ob Ihr dann bereit seid, die Zahlungen zu tätigen. Andernfalls werden wir Maßnahmen einleiten.«

»Wir haben die Worte gehört und nehmen sie mit nach Hause«, sagte Vyvú bedächtig und zog Scalida auf die Beine. »Wir kehren umgehend zurück.« Beide Krieger zeigten zum Abschied ihre leeren Handflächen und verschwanden hinaus. Den Gefangenen hatten sie wieder in ihrer Mitte.

»Ich bewundere Eure Niederträchtigkeit und Euren Einfallsreichtum. Ihr habt brillant gehandelt. Es war doch Euer einstiger Commodore, oder?«, erkundigte sich die Frau und sah Baraldino abschätzend an. »Es macht Euch nichts aus, ihn sterben zu lassen?«

»Ich bitte Euch. Wir alle müssen Opfer bringen, hochwohlgeborene Regentin«, sagte er und verneigte sich tief vor ihr.

In diesem Moment entlud sich die gestaute Blähung mit allem, was sich in seinem Darm gesammelt hatte, und seine Beinkleider füllten sich.

Moolpár sah vor der Tür auf Scalida herab, der sich immer noch den schmerzenden Bauch hielt. »Eine Entschuldigung wäre angebracht, Vyvú. Dein Schlag mit dem Ellbogen war zu hart.«

»Es geht schon, danke«, wehrte der ehemalige palestanische Offizier ab und biss die Zähne zusammen.

Der andere Kensustrianer nickte anerkennend. »Ihr haltet etwas aus. Für einen Händler. Ich habe immer noch gedacht, Ihr tragt Eure Rüstung, aber Ihr wart ja als unser Gefangener dabei.«

»Und wo wollt Ihr mich nun hinrichten?«, wollte Scalida wissen und lächelte. »Hier? Mitten in der Residenz? Das Blut könnte den Marmor verschandeln.« Alle drei lachten daraufhin leise und gingen den Weg in die Gemächer der Botschafter zurück.

»Ihr hattet Recht mit Eurer Annahme«, sagte Moolpár unterwegs. »Euer Reich opfert Euch und die Wahrheit.«

»Und die Regentin macht gemeinsame Sache mit dem palestanischen Ungeziefer«, fügte Vyvú angewidert hinzu. »Nichts für ungut, Scalida.«

Der Offizier zuckte mit den Schultern. »Ihr habt es selbst gehört, ich bin in Wirklichkeit ja Pitre Horn, der berüchtigte rogogardische Pirat.«

»Die Probe, die wir mit Tersion und Palestan gemacht haben, ist schlecht für die Reiche verlaufen«, meinte der Ältere. »Sie scheinen beide nicht die erforderliche Gesinnung zu haben, wie bedauerlich. Nun ja, vielleicht haben wir bei anderen Herrscherhäusern mehr Glück.

Aber wir müssen uns beeilen, denn sonst wird die Zeit zu knapp. Die Astrologen und Geschichtswissenschaftler warnten uns hoffentlich rechtzeitig genug vor der Veränderung, die dem Kontinent bevorsteht.«

»Wir werden auf alle Fälle vorbereitet sein.« Vyvú öffnete die Tür zur Unterkunft und ließ Scalida hinein.

»Hoffentlich stehen wir dann nicht als Einzige gewappnet da«, grübelte der Palestaner. »Warum warnt Ihr nicht einfach ganz Ulldart?«

»Es ist nicht die Art von Kensustria, sich großartig in den Lauf der Dinge einzumischen«, erklärte Moolpár. »Die Priester hätten die anderen Reiche vielleicht in Kenntnis gesetzt. Wir nicht. Da uns aber die Sternendeuter so eindringlich warnten, suchen wir uns mögliche Verbündete, sollte das Schrecklichste eintreten. Und wir wollen nur Verbündete, die etwas taugen.«

»Tersion und Palestan gehören nicht dazu«, unterstrich sein Begleiter und begann, seine Habseligkeiten in die Kisten zu packen. »Eure Voraussagen trafen bisher genau ein, Scalida.«

Der Offizier grinste müde. »Ich kenne meine Leute sehr gut. Als ich von Euch hörte, dass ein Commodore Baraldino den Untergang überlebt hatte und er in diplomatischer Mission unterwegs war, war mir klar, dass Palestan nun eine Möglichkeit suchte, auf seine Kosten zu kommen. Nur hätte ich nicht gedacht, dass er mich als ›Piraten‹ titulieren und ans Messer liefern würde. Dämlicher Hundsfott.«

»Ihr habt uns mit der kleinen Inszenierung geholfen, das wahre Gesicht der beiden Reiche zu erkennen. Damit ist Eure Schuld beglichen und nun seid Ihr wirklich frei. Geht, wohin Ihr wollt.« Der Ältere der Kämpfer wartete eine Reaktion ab.

»Eine neue Karriere in Palestan kann ich getrost in den Wind schreiben. Wertlos wie ein geplatzter Wechsel«, seufzte der Mann und hockte sich auf eine Truhe.

»Wenn Eure Astrologen sich nicht getäuscht haben, dann ist wohl der sicherste Ort auf Ulldart Euer Reich, schätze ich.« Entschlossen erhob er sich. »Braucht Kensustria vielleicht noch einen guten Seemann?«

Vyvú und Moolpár tauschten schnelle Blicke aus. »Wir nehmen Euch gerne mit nach Hause. Dort wird über Euer weiteres Schicksal entschieden werden. Versprechen kann ich Euch nichts, Scalida. Aber eine Stelle in der Hafenverwaltung wird notfalls zu finden sein«, sagte der Ältere und zeigte seine spitzen Eckzähne.

Ulldart, Königreich Tarpol, Provinz Ulsar,
Hauptstadt Ulsar, Winter 442/443 n. S.

Norina fand Lodrik im Teezimmer. Er saß im Sessel, den er zum Kamin herumgedreht hatte, die Fingerspitzen zusammengelegt und die Augen geschlossen. Um ihn herum stapelten sich Dutzende von Büchern, die Hälfte von ihnen war aufgeschlagen, lose Blätter mit Rechnungen lagen verteilt im Raum.

»Diese Bücher haben die Kanzlisten auf den obersten Regalen der Finanzhaltung gefunden«, sagte er, ohne sich zu bewegen. »Das sind die Aufzeichnungen über die Schulden, die der Hof hat. Schulden bei den Brojaken des Reiches.« Er öffnete seufzend die Augen und winkte sie zu sich heran. Hilfe suchend griff er nach ihrer Hand.

»Es stimmt alles, was Kolskoi gesagt hat. Mein Vater hat, wenn ich die Zahlen richtig verstanden habe, das ganze Geld in den Unterhalt der Kasernen und des Palastes gesteckt. Nirgendwo ist etwas angelegt, alles ist weg. Verbraucht.« Er erhob sich und nahm eines der Bücher auf. »Alleine für seinen Tabak und seinen

Branntwein hat er Unsummen gelassen, dieser Verschwender!« Wütend schleuderte er die gebundenen Seiten in die Flammen, die sich gierig über die neue Nahrung hermachten. »Sonderzahlungen an Offiziere, für nichts und wieder nichts!«

»Nicht.« Norina umfasste einen Arm, als er nach dem nächsten Buch greifen wollte. »Damit holst du das Geld nicht wieder zurück.«

Sein Zorn verflog fast augenblicklich, als er in ihre sanften braunen Augen sah. Er zog seine Geliebte an sich. »Granburg war ein Tanz gegen das, was mir hier bevorsteht. Immer stelle ich mir die Fragen: Mache ich das Richtige? Sind meine Veränderungspläne ausreichend? Soll ich schneller damit voranschreiten? Ich brauche deinen Rat und deine Nähe mehr als je zuvor, Norina.«

»Ich weiß«, lächelte die junge Frau und umarmte ihn. »Lass uns das Durcheinander aufräumen, und dann muss ich dich etwas fragen.«

Der Kabcar runzelte die Stirn. »Das klingt aber sehr ernst.« Er begann, die Wälzer auf einen Haufen zu türmen. »Um was geht es denn?«

Doch die Brojakin verriet nichts, bis wieder Ordnung im Teezimmer herrschte. Sie setzten sich gegenüber, dann nahm Norina das Amulett aus ihrer Tasche.

»Woher hast du das Amulett, Lodrik?« Vorsichtig legte sie den Schmuck auf den kleinen Tisch in der Mitte. »Ich zweifle daran, dass es ein altes Erbstück ist.«

»Wieso?«, fragte der junge Mann. An seiner Stimme erkannte Norina, dass es mit dem Geschenk mehr auf sich hatte, als er ihr damals gesagt hatte. »Wie kommst du darauf?«

»Fällt dir etwas daran auf?« Er schüttelte den Kopf. Sie tippte auf den augengroßen, glühenden Stein im Mittelpunkt des Amuletts. »Zunächst pulsierte es langsam, dann schnell, und nun, nachdem das ganze unheimliche Ding aufblitzte, hört es nicht mehr auf, wie ein Stück heiße Kohle zu glimmen.«

»Hast du den Stein etwa dreimal gedreht?«, entfuhr es dem Kabcar, der sich im gleichen Augenblick hätte ohrfeigen können.

»Du wusstest davon?« Sie schnappte das Amulett und hielt es ihm unter die Nase. »Du schenkst mir Schmuck, der Besonderheiten hat, ohne mir davon zu erzählen? Ich hatte einen Beobachter nachts in meinem Zimmer, der mir etwas von einem ›Hohen Herrn‹ sagte und dass ich es ihm wieder zurückgeben soll, wenn ich ihn träfe.« Sie knallte es auf die Tischplatte. »Ich erwarte eine Erklärung, Liebster. Woher stammt es?«

»Ich weiß es nicht«, log er sie an und starrte auf den Talisman. »Ich habe es in Granburg von einem Händler gekauft, und der sagte, es sei ein altes Erbstück, das er günstig bekommen hatte.«

»Und weiter?«, bohrte die Brojakin, ihre Augen funkelten erbost.

»Das Pulsieren hat mir gut gefallen, und er meinte, dass daraus ein Leuchten würde, wenn man den Stein dreimal dreht. Irgendeine alchemistische Sache, da kenne ich mich nicht besonders gut aus.« Er breitete die Arme aus. »Bitte, ich hatte keine Ahnung, dass das Ding gefährlich ist und Beobachter anlockt. Hat er dir etwas getan?«

»Diese Frage kommt reichlich spät«, meinte sie kühl und warf die langen, schwarzen Haare zurück. »Nein, er hat mir nichts getan. Hat dein Händler auch etwas über den ›Hohen Herrn‹ gesagt, dem ich das Amulett geben soll?«

Lodrik stand auf, kam zu ihr herüber und sank vor ihr auf die Knie. »Ich wüsste nicht, wen er gemeint haben könnte. Verzeih mir, Norina.«

Die junge Frau beugte sich zu ihm hinab, bis sich ihre Nasenspitzen berührten. Dann musste sie lachen. »Ich werde von dir keinen Schmuck mehr annehmen, Liebster. Das ist mir zu heikel.« Bevor der Kabcar etwas tun konnte, schnappte sie die Kette und beförderte den Talisman ins Feuer, wo er in einem knisternden Funkenregen verschwand. »Dort ist er besser aufgehoben. Hoffentlich schmilzt er.«

Lodrik unterdrückte den Drang, in die Flammen langen und den Schmuck vor der vernichtenden Hitze bewahren zu wollen. Wieder schoss kochende Wut ihn ihm hoch, die er aber ebenso im Zaum hielt. Um ein Haar hätte er sie geschlagen.

»Hast du das eben gesehen?«, fragte Norina, die sein verzerrtes Gesicht nicht beachtet hatte, weil sie auf den Kamin starrte. »Das Feuer brannte in einem tiefen Blau.« Sie wandte sich wieder ihm zu und betrachtete forschend sein Antlitz. »So blau wie deine Augen.«

Tief atmete er ein, dann legte er all seine aufgebrachten Gefühle in den innigen Kuss, den er Norina auf die Lippen presste Sie wurde durch den Ansturm in die Polster gedrückt.

»Mein Kabcar möchte mich wohl umbringen mit seinen Zärtlichkeiten?«, meinte sie atemlos. »Nicht ganz so stürmisch, Herrscher von Tarpol.«

»Aber wenn wir schon mal alleine hier sind ...«, grinste Lodrik und nestelte bereits an ihrem Mieder. »Wir könnten da weitermachen, wo wir das letzte Mal aufgehört haben.« Innerlich beruhigte er sich, die Wut verwandelte sich in Leidenschaft.

»Einen Moment noch.« Sie drückte ihn von sich weg. »Ich wollte dir noch etwas erzählen.«

»Hat das nicht ein wenig Zeit?« Wieder attackierte er die Schnüre und entfernte sie aus den Haken. Sie sprang auf, entwand sich seinem Griff und suchte hinter ihrem Sessel Deckung.

»Du wirst dich noch etwas gedulden müssen. Ich hole etwas, warte hier.« Abrupt wandte sie sich um und verschwand aus dem Zimmer.

Das ist die Gelegenheit, dachte er, nahm sich den Schürhaken des Kaminbestecks und fischte in dem teilweise heruntergebrannten Flammen nach dem Amulett. Aber er fand es nicht.

»Verdammt!«, brüllte er. Das Feuer duckte sich augenblicklich wie unter einem heftigen Windstoß und erlosch.

Überrascht besah sich Lodrik die rauchenden Holzstücke, dann stocherte er weiter, bis er endlich ein leises Klirren hörte. Er war auf die Kette gestoßen und angelte das Schmuckstück vollständig aus der Asche.

Ohne nachzudenken nahm er es auf, um es gleich darauf wieder fallen zu lassen. Sein Verstand hatte ihm befohlen, das Amulett loszulassen, weil es eigentlich heiß sein musste. Aber der Kabcar verspürte keine Schmerzen in der Hand.

Mit dem kleinen Finger berührte er das Metall des Talismans. Doch es war so angenehm warm wie immer. Nur die Kette strahlte etwas Hitze ab. Verwundert packte er die Gabe des Beobachters in die kleine Schublade des Tischchens, damit Norina nicht sah, dass er das von ihr gehasste Stück geborgen hatte.

Irgendwann werde ich mit jemandem über diese seltsamen Ereignisse in meiner Umgebung reden müssen, ging es ihm durch den Kopf. Das gelegentliche Aufglühen seiner Augen, das Prickeln in den Fingern, das Nasenbluten oder die immer häufiger auftauchenden Wutanfälle beunruhigten ihn mehr und mehr. *Was geht mit mir vor? Oder ist es das Henkersschwert, in das der Blitz einschlug? Soll diese unbändige Kraft auf mich übergehen?* Mit Hilfe einer Kerze entfachte er die Flammen im Kamin von Neuem.

Gerade rechtzeitig genug, denn wie ein Wirbelwind kam die aufgeregte Brojakin wieder ins Zimmer gestürmt.

»Hier.« Sie hielt Lodrik, der bei ihrem Eintreten gerade wieder Platz genommen hatte, etwas hin, was nach dünnen, grünen Zwirnen aussah. »Was könnte das sein?« Der Kabcar vermutete gefärbte Seidenfäden.

Norina erzählte daraufhin das furchtbare Erlebnis, das sie in dem Wald bei Granburg hatte. Lodrik verspürte ein leichtes Gruseln.

»Erschreckend, wie diese Sumpfbestien die Gegend unsicher machen.« Er schüttelte den Kopf und legte ein Scheit Holz ins Feuer. »Ich werde die Garnisonen, die mein Vater ja so trefflich mit Geld vollgestopft hat, anweisen, diese Ungeheuer verstärkt zu bejagen. Sie werden eine Gefahr für die Reisenden. Nicht auszudenken, wenn dir etwas passiert wäre. Aber was haben diese Seidenfäden damit zu tun?«

»Die fanden wir, als wir das Pferd des armen Soldaten von dessen Blut befreiten«, erklärte sie. »Sie hingen an einer Schnalle des Steigbügels.«

»Seltsam ist das schon«, äußerte der junge Mann. »Trug denn der Soldat etwas aus grünem Stoff?« Seine Geliebte verneinte. »Dann wird wohl die Sumpfbestie irgendwann einen Adligen angegriffen und dem sein Wams oder Ähnliches gestohlen haben. Wirf es ins Feuer.«

Geräuschvoll verbrannten die Fäden, der Geruch von schmorendem Horn verbreitete sich im Raum.

»Es waren wohl Haare«, sagte Norina und verzog das Gesicht. »Auf alle Fälle riecht es danach.«

»Was kümmert's uns«, hauchte er ihr ins Ohr und küsste ihren Hals. »Wo waren wir stehengeblieben?«

Die junge Frau schenkte ihm einen Augenaufschlag und zeigte auf eine Schnur an ihrem Mieder, die noch nicht geöffnet war. »Ungefähr hier, Hoheit. Und da sollten wir nun zügig weitermachen.«

Der Angor-Ritter stand auf dem großen Balkon des Palastes und sah auf das nächtliche Ulsar, das sich wie ein unregelmäßig gewobener Teppich aus Glühwürmchen in der Dunkelheit ausbreitete.

In der Linken hielt er einen Pokal mit Rotwein, die Rechte hatte sich um den Griff der aldoreelischen Klinge geschlossen. Er trug der Bequemlichkeit halber seinen wattierten Waffenrock, darüber das Kettenhemd, das bei jeder seiner Bewegungen leicht klirrte, wenn die Metallringe aneinanderrieben. Die Kälte, die seinen Atem zu dicken, weißen Wolken werden ließ, machte ihm nichts aus.

Seine Männer waren in der Stadt, um kräftig in der tarpolischen Hauptstadt zu feiern und vielleicht zwischen all den dicken Brojaken doch noch eine lohnende Herausforderung zum Kampf zu finden.

Nerestro verspürte keine Lust auf laute Menschen, Gegröle und falschen Gesang. Er wollte so schnell wie möglich zurück auf die Burg und dem üblichen Tagesgeschäft eines Ordenskriegers der Hohen Schwerter nachgehen. Dem Kabcar hatte er jedoch versprochen, über den Jahreswechsel hinaus noch bis zur geplanten Hochzeit in drei Wochen zu bleiben, aber danach kam für ihn kein weiterer Aufschub mehr in Frage.

Heimlich ertappte er sich dabei, wie er auf das Erscheinen seines Gottes wartete. Er betete nicht ausdrücklich darum, aber seit Belkala – oder was immer dieses Wesen in der Seitengasse vor wenigen Tagen gewesen war – diese Andeutungen gemacht hatte, lauschte und achtete er auf jedes Zeichen, das das Nahen Angors ankündigen könnte. Bisher aber blieb es still um den Ritter.

Völlig in Gedanken versunken, registrierte er die Gestalt hinter sich erst sehr spät.

Der Pokal fiel in den Schnee, während Nerestro mit einer fließenden Bewegung die Klinge zog und aus der Drehung zuschlug. Im letzten Moment fing er die Schneide ab, bevor eines der schärfsten Schwerter

Ulldarts durch den makellosen Frauenhals fahren konnte.

»Ihr seid sehr nervös«, stellte Aljascha trocken fest, die sich dem Ritter genähert hatte und wie angewurzelt stehen blieb. »Wen erwartet Ihr Gefährliches auf dem Balkon des hoheitlichen Palastes?« Die Frau hatte sich ein weißes, gefüttertes Cape übergeworfen, das ihre restliche Kleidung verhüllte. »Habt Ihr Euch Feinde in Ulsar gemacht?«

Sofort verstaute Nerestro die Waffe und verneigte sich vor der Cousine Lodriks. »Verzeiht mir, Vasruca. Ich war mit meinen Gedanken woanders.«

»Schon vergessen, mein lieber Nerestro«, gurrte sie und hakte sich bei dem Mann ein. »Ich darf Euch doch Nerestro nennen, wo Ihr doch meinem zukünftigen Ehegatten das Leben gerettet habt? Zu anderen bin ich übrigens nicht so nachsichtig.« Sie schüttelte sich ein wenig. »Wie kalt doch so ein Kettenhemd ist. Ihr müsst frieren. Lasst uns wieder hineingehen.« Aljascha zog ihn mit sich in den kleinen Tanzsaal und schloss die großen Fenster. Sie schritt vor den Kamin und ließ ihren Umhang langsam von den Schultern gleiten.

Dunkelrot ergoss sich ihre Haarpracht über ihre weiße Haut, von der das ausgeschnittene, silberfarbene Kleid einiges zeigte. »Kommt doch her zu mir, Herr Ritter.«

Der Ordenskrieger folgte ihrer Aufforderung. Sie schenkte ihm einen langen, tiefen Blick aus ihren grünen Augen. »Gefällt Euch die baldige Herrscherin von Tarpol? Meint Ihr, ich mache auf dem Thron eine gute Figur?« Sie nahm seine Hand und legte sie auf ihren Bauch. »Oder bin ich etwa zu dick?«

Nerestro lächelte. Er wusste, dass sie es in ihrer Langeweile und unersättlichen Mannstollheit nun auf ihn abgesehen hatte. Aber nach einem Abenteuer mit einem solch liederlichen Weib stand ihm nicht der Sinn.

»Ich habe noch keine Figur gesehen, die besser als die Eure ist, Vasruca. Und ich denke, es gibt einige Männer im Palast, die dazu noch mehr sagen könnten als ich.«

Ihre Augen wurden schmal. »Was meint Ihr damit?« Energisch stieß sie seine Hand weg.

»Ich will damit sagen, Vasruca, dass Ihr ohne Zweifel die fleißigste Frau seid, die ich kenne. Ihr habt mittlerweile Bekanntschaft mit dem gesamten Offizierskorps geschlossen, wie ich hörte.« Er verneigte sich. »Wenn Ihr, wie manch andere Weiber, Geld dafür nehmen würdet, wärt Ihr bestimmt schon zu einem kleinen Vermögen gekommen.«

Die schallende Ohrfeige, die er von der Adligen erhielt, war die erste, die er je von einer Frau bekommen hatte, und wohl die heftigste, die er jemals bekommen würde. Sein Kopf drehte sich etwas zur Seite, die blonde Bartsträhne wirbelte beinahe einmal um die eigene Achse. Das Klatschen hallte in dem hohen Raum noch ein wenig nach.

Sein Bart wurde gepackt, und etwas Funkelndes zischte knapp unter seinem Kinn entlang. Nerestro spürte den Luftzug des Gegenstandes an seiner Kehle.

Triumphierend hob Aljascha die abgetrennten Haare in die Höhe und warf sie genießerisch in den brennenden Kamin. Dann verstaute sie das zierliche Messer in aller Ruhe wieder in einer Falte ihres Kleides.

»Nicht nur, dass Ihr mich zurückweist, Ihr beschimpft mich als Dirne. In meiner Baronie wärt Ihr für eine solche Beleidigung gehängt worden«, fauchte sie, das hübsche, arrogante Gesicht spiegelte ihre Entrüstung. »Diese Unverschämtheit vergesse ich Euch niemals.«

Bestürzt tastete der Kämpfer nach seinem Bart, aber nur ein paar Stoppeln waren Zeugen von der Strähne, die bis vor wenigen Sandkörnern dort noch gebaumelt hatte.

»Ihr habt mich entmannt«, stammelte er fassungslos. »Ihr habt meine Würde als Mann, als Krieger angetastet.«

»Das ging aber sehr einfach«, lachte Aljascha böse. »Es wird das Einzige sein, was ich jemals an Euch antaste. Aber glaubt mir, es bereitete große Freude.« Ganz nah ging sie an Nerestro heran. »Und nun? Müsst Ihr nun einen Sack über dem Kopf tragen, bis Euch ein neuer Bart gewachsen ist?«, meinte sie schnippisch und wandte sich auf dem Absatz um. »Flechtet Euch doch einen Ersatz aus Rosshaar und klebt ihn mit etwas Harz an. Der Unterschied wird kaum auffallen.« Laut fiel die Tür ins Schloss.

»Ich bringe sie um«, flüsterte der Ritter und schaute zuerst in die Flammen, wo die letzten Reste seines jahrelang gepflegten Bartes verschmorten, danach zum Ausgang, durch den die Vasruca eben verschwunden war. »Ich schlage ihr das arrogante Gesicht ein, bis ihr die Nase aus dem Hinterkopf kommt. Diese Hure!«, schrie er und trat mit voller Wucht gegen einen Sessel, der in seine Einzelteile zerbarst.

Gleißende Helligkeit schoss durch das Fenster in den Tanzsaal, die Glastüren zum Balkon flogen auf. Nerestro wirbelte herum, völlig überrumpelt. Angor, Gott des Krieges und Kampfes, der Jagd, der Ehrenhaftigkeit und der Anständigkeit, schwebte als ein mächtiger, riesenhafter Krieger in Vollrüstung in den Raum. Wie beim ersten Erscheinen war die Luft erfüllt von lauter Musik, wirbelnde Trommeln mischten sich zu Fanfarenklängen und Chorgesängen. Er kam! Sein Gott kam!

»Ich bin Angor, dein Gott, Nerestro von Kuraschka«, dröhnte die Stimme der Lichtgestalt. »Ich habe dir die mächtigste der aldoreelischen Klingen versprochen, wenn du alles zu meiner Zufriedenheit erfüllst. Aber du wurdest zum Zweifler und ließest dich täuschen.«

Der Ordenskrieger fiel überwältigt auf die Knie.

»Strecke mich mit deinem Zorn nieder, Angor. Ich bin deiner nicht würdig.«

»Erhebe dich, Nerestro, mein Krieger. Der schwache Ulldraelmönch, der dich mit seiner Lüge blendete, hat aufgegeben und seine Bestimmung nicht zu Ende geführt. Da der Mönch nun durch sein Versagen bei Ulldrael in Ungnade gefallen ist, ist es dir und Belkala bestimmt, Gefahr vom Kontinent abzuwehren.«

»Ich soll mit diesem Wesen gemeinsame Sache machen?«, fragte Nerestro ungläubig.

»Ich verstehe deine Bedenken, Nerestro. Aber ich versichere dir, dass die Frau bald wieder die Alte sein wird. Der Wiedererweckungsvorgang ist keine einfache Angelegenheit, wie mir Lakastra berichtete. Es wird dauern, bis sie sich von dieser Tortur erholt hat. Auch ihr Körper muss sich an seine neuen Fähigkeiten gewöhnen.« Angor sah dem Mann in die Augen. »Doch ich spüre, dass dich etwas bedrückt.«

»Angor, ich hege Zweifel an der Gefährlichkeit des Jungen«, wagte Nerestro zu sagen. »Ich kenne ihn inzwischen sehr gut und muss sagen, dass er alles versucht, um seinen Untertanen eine bessere Zeit zu bringen. Wenn wir ihn töten, machen wir alles schlimmer, fürchte ich.«

»Du wagst es, die Prophezeiung eines Gottes anzuzweifeln?« Der Gott des Krieges baute sich breit vor dem Ritter auf.

»Es ist die Prophezeiung Ulldraels, nicht die deine«, begründete Nerestro. »Nur dein Wort ist Gesetz für mich, Angor.«

Der Gott lachte dröhnend. »Das gefällt mir. Nun, da sich Ulldrael mir gegenüber nicht weiter zu seiner Warnung geäußert hat, gebe ich dir folgende Weisung: Du wirst von nun an immer in der Nähe des Kabcar bleiben und ihn beobachten. Stellst du fest, dass er innerhalb des kommenden Jahres eine Gefahr für den Kontinent wird, dann töte ihn. Belkala wird dich dabei unterstützen. Ist der Junge dagegen ein Segen, dann hat er in dir einen sehr guten, weiteren Aufpasser.« Mit einem silbrigen Flimmern manifestierte sich ein Ring vor dem Ritter, den ein grüner Stein schmückte. »Nimm ihn. Er gewährt seinem Träger einmaligen Schutz in einer lebensbedrohlicher Lage. Dazu musst du den Edelstein zerschlagen. Aber bedenke genau, wann du mein Geschenk einsetzt.«

»Ich habe deine Worte vernommen, Gott des Krieges, und ich werde gehorchen.« Der Kämpfer zog sein Schwert, hielt es mit beiden Händen und küsste die Blutrinne. »Nicht noch einmal wird mich eine Lüge von meinem göttlichen Auftrag abhalten, das schwöre ich bei der aldoreelischen Klinge.«

»In einem Jahr sehen wir uns wieder«, verkündete Angor. »Dann werde ich dir die versprochene Waffe bringen, hast du alles zu meiner Zufriedenheit erfüllt. Und sei nachsichtig mit der Priesterin.«

Die Helligkeit steigerte sich bis zu einem Grad, bei dem Nerestro die Augen schließen musste. Dann wurde es schlagartig dunkel, die Musik war verstummt und sein Gott verschwunden.

Ehrfürchtig nahm er den Ring auf und streifte ihn über den rechten Mittelfinger. Diesmal war er sich sicher, dass sein Geist keiner Illusion oder einer Droge zum Opfer gefallen war. Angor selbst erschien ihm zum zweiten Mal, vergab ihm seine Nachlässigkeit und übertrug ihm erneut große Verantwortung. Eine Verantwortung für alle Menschen Ulldarts.

Langsam erhob er sich, küsste das Schwert und verstaute es in der Scheide. Innerlich fühlte er sich stark wie noch nie.

»Hoffen wir, junger Kabcar, dass du weiterhin nur Gutes für uns alle bringst. Oder ich werde dich töten müssen. Und ich versage nicht wie Matuc.«

Gleich morgen wollte er seinen Männern verkünden, dass er bleiben würde. Eine Begründung für den Herrscher würde sich auch schnell finden lassen, schließlich war der im Moment für jeden Verbündeten dankbar, den er bekommen konnte. Und dann galt es noch, sich mit der Kensustrianerin zu einigen.

»Wenn sie wirklich wieder wird wie früher«, murmelte Nerestro, »dann bekomme ich vielleicht dieses Mal eine Gelegenheit, ihr Herz zu erobern.«

Glücklich ging er zu den großen Glastüren und drückte sie ins Schloss. Seine Mutlosigkeit, die Bitterkeit und seine Wut der letzten Tage und Wochen waren verflogen.

VII.

»Wieder war es Tzulan, der mit der Entscheidung nicht zufrieden war. Er nörgelte an den Werken seiner Geschwister herum, kritisierte dieses Tier und diese Menschenrasse, machte sich über vieles lustig und geringschätzte deren Schöpfungen. Sein Land, Tzulandrien, sei das einzig wirklich durchdachte.

Er spottete so lange, bis seinen Geschwistern und sogar Taralea die Geduld schwand und sie ihn seinerseits aufzogen. Und ihre Zungen waren spitz und scharf.

In seinem glühenden Zorn versprach Tzulan, dass er etwas schaffen werde, was keiner, nicht einmal die Allmächtige Göttin, nachahmen könne.

Er zog sich in die dunkelsten Winkel von Tzulandrien zurück, um seine Pläne vor den Augen der anderen zu verbergen.

Der Gebrannte Gott nahm eine Hand voll Sternenstaub, einen Tropfen Wasser aus jedem der Weltenmeere, Erde und Luft, vermengte die Komponenten in der Weise, wie es Taralea einst vermeintlich getan hatte.

Doch in seiner Wut achtete er nicht auf die Mischungsverhältnisse, nahm statt einer Prise eine ganze Hand voller Sternenstaub, und formte Ungeheuer, widerliche Kreaturen und andere Götter namens Jebarro, Paktaï, Hemeròc, Ischozar, Nedror und Kantrill, die in ihrem Wesen ebenso finster und furchtbar waren, wie es Tzulan geworden war.«

Die Entstehung der Zweiten Götter und der Untiere

Ulldart, Königreich Tarpol, Provinz Ulsar, Hauptstadt Ulsar, Winter 442/443 n. S.

Die Kunde über die neuen Morde, die nun bekannt wurden, drang jetzt auch bis in den Palast des Kabcar vor. In den letzten fünf Nächten starben insgesamt vierzehn Menschen.

Die Opfer, die jeweils im Morgengrauen von der Stadtwache gefunden wurden, schienen willkürlich von den Tätern ausgesucht worden zu sein. Reiche, Arme, ein Kaufmann und sogar einer der Soldaten, die Norina nach Ulsar begleitet hatten, waren darunter. Sie alle wiesen eine Gemeinsamkeit auf: Das Blut fehlte ihnen, große Stücke Fleisch waren aus ihren Körpern geschnitten und die Kehlen zerfetzt worden.

Die Einwohner waren so beunruhigt, dass sie nachts nur noch in Gruppen durch die Straßen gingen, wenn es sich nicht irgendwie vermeiden ließ, überhaupt nach Sonnenuntergang nach draußen zu müssen.

Auf Anordnung des Kabcar patrouillierten nun auch Einheiten der Palastgarde zur Unterstützung der Stadtwache und ließen dabei nicht die kleinste Nebenstraße auf ihrem Weg aus.

Lodrik war es deshalb ganz recht, als Nerestro verkündete, doch länger mit seinem Gefolge zu bleiben und sich an der Jagd auf den oder die seltsamen Mörder zu beteiligen. Das Leben am Hof würde zudem ein nette Abwechslung zu dem auf seiner Burg sein.

Eine Idee, die den Beifall des Herrscher fand, war ein Turnier der Hohen Schwerter in der tarpolischen Hauptstadt, das im Frühjahr abgehalten werden sollte. Der junge Mann hatte sofort begeistert zugestimmt. Vierzig oder fünfzig der schwergerüsteten Ritter samt Gefolge würden mit Sicherheit ein seltener und stattlicher Anblick sein.

Abgesehen von dem wahnsinnigen Verbrecher, der sein Unwesen trieb, war es in Lodriks Reich alles in allem ruhig. Die Untertanen, so berichteten die Boten und Gouverneure, freuten sich über die angekündigten Neuerungen, während der Großteil der Brojaken und Adligen murrend zu Tisch saßen und sich insgeheim ärgerten.

Noch hatte der Kabcar seine Ankündigungen nicht zurückgenommen, die dezente Drohung mit der Einstellung der Zahlungen an den Hof oder die Rückforderung der Schulden schien wenig zu fruchten. Zumal die Großbauern den Zorn der Bevölkerung zu spüren bekämen, würde der Herrscher mit Hinweis auf sie die begonnene Erneuerung der Verhältnisse wieder einstellen.

Immer wieder, als kleine Spitzen zwischendurch, sandte Kolskoi mahnende Briefe an Lodrik, in denen auf die säumigen Zahlungen aufmerksam gemacht wurde. Besonders hob der Adlige dabei auf die fünfzigtausend Waslec ab, die der Hof der ontarianischen Handelsgilde schuldete. Es gärte im Topf der Mächtigen, dennoch verhielten sie sich friedlich.

Doch der Herrscher Tarpols hatte seine Erfahrungen in Granburg gesammelt und glaubte nicht an die falsche Eintracht. Erst mit der Überweisung des Geldes würde er sie langfristig ruhig stellen, da er ihnen damit den Wind aus den Segeln nahm. Daher war die zügige Ehelichung seiner Cousine weiterhin von Nöten.

Zu Lodriks Erstaunen und großem Behagen kehrte auch beim letzten eigenen Sorgenkind, der Provinz Worlac, Ruhe ein. Der Gouverneur berichtete per Schreiben, dass die Anführer der Unabhängigkeitsbewegung ausgemacht und verhaftet wurden, die Anhänger keine Unterstützung mehr in der Bevölkerung fanden. Die Waffenlieferungen aus Borasgotan hatte er sicher stellen können.

Der Kabcar sandte seinerseits die ersten Einladungen anlässlich seiner Hochzeit an die Herrscherhäuser. Den Brief an Hustraban, das nach wie vor die Hälfte des Iurdums der Baronie Kostromo forderte, formulierte er mit der Hilfe eines sehr amüsierten Stoikos besonders blumig. Waljakov murmelte etwas von »Grund für eine Kriegserklärung«, als er das Dokument las, auch Norina fand sichtlich Spaß daran.

Lodrik und die hübsche Brojakin verbrachten sehr viel Zeit miteinander und nutzten jede Gelegenheit, sich zu sehen und ihre Leidenschaft von Neuem anzufachen.

Norina ging Aljascha so gut es möglich war aus dem Weg, ließ sich auf kein Wortgefecht in der Öffentlichkeit mit der Vasruca ein und verhielt sich äußerst diplomatisch, auch wenn sie der Cousine ihres Geliebten am liebsten die grünen, boshaften Augen ausgekratzt hätte.

Als sie sich einmal alleine in einem Zimmer trafen, hatten sie sich gegenseitig verkündet, was die eine von der anderen hielt. Die Feindschaft zwischen den beiden Frauen war seitdem unwiderruflich, was auch Lodrik und Stoiko nicht entgangen war.

Je näher der Hochzeitstermin rückte, desto mehr verschlechterte sich die Laune Norinas. Aber das Umfeld erbrachte dafür mehr als Verständnis, manches böse Wort wurde ihr verziehen, und der Kabcar ließ sie deutlich spüren, dass nur sie für ihn zählte. Seine Cousine brauchte er lediglich, um an das Iurdum und damit endgültig an den Thron zu kommen. Die Ehe mit der Adligen würde für ihn nichts bedeuten, schwor er der Brojakin.

Nach einer weiteren Woche endeten die Morde scheinbar so plötzlich, wie sie begonnen hatten, ohne dass der oder die Täter ausfindig gemacht wurden. Dafür wartete Nerestro, der seine prächtige Vollrüstung angelegt hatte, eines Tages im Teezimmer mit einer Überraschung auf.

»Hoheitlicher Kabcar, ich möchte Euch jemanden vorstellen. Wir dachten alle, sie sei gestorben, aber ein gnädiges Schicksal und ihr gnädiger Gott haben sie davor bewahrt, diese Welt zu verlassen«, eröffnete er. »Sie steht draußen und möchte sich dafür entschuldigen, dass sie mit dem Mönch Matuc beinahe dafür sorgte, dass die Dunkle Zeit hereinbrach.«

Lodrik verstand gleich, wen der Ritter meinte. Nur zu gut erinnerte er sich an das Gespräch, das er mit dem Ulldrael-Gläubigen geführt hatte. »Ist es diese Kensustrianerin? Sie hat ihre Verletzungen überlebt?«

»Lasst sie am besten selbst erzählen, hoheitlicher Kabcar«, empfahl Nerestro. »Soll ich sie hereinbitten?«

Neugierig geworden nickte der junge Mann, auch die Gesichter der anderen, Stoiko, Waljakov und Norina, verrieten Wissbegier. Der Vertraute des Kabcar schenkte eilig eine zusätzliche Tasse Tee aus, während der Krieger die Tür öffnete und der Unbekannten Platz machte, die eintrat. Wie immer hatte der Leibwächter die Hand am Säbel.

Eine Frau, gekleidet in eine knöchellange, braune Robe aus feinstem Stoff, kam etwas zögernd herein. Ihre Haut schimmerte in einem Bronzeton, dunkelgrün leuchteten ihre schulterlangen Haare. Nichts erinnerte an den schlechten Zustand, in dem sie dem Ritter begegnet war.

Nach einem kurzen Blick in den Raum ruhten die bernsteinfarbenen Augen sanft auf Lodrik. Langsam ging sie auf ihn zu, bis sich Waljakov in all seiner Breite vor den Herrscher schob.

»Das ist nahe genug«, sagte er knapp. »Stell dich vor.«

»Ich heiße Belkala und bin Priesterin von Lakastra, des Gottes des Südwindes und des Wissens«, begann sie freundlich. Sie legte die rechte Hand in Herzhöhe auf die Brust und hielt dem Leibwächter die linke hin. »Ich bin aus Kensustria und komme in Frieden.«

»Aha.« Etwas unschlüssig sah der Hüne auf die dargebotene Hand. »Glauben wir das?«, erkundigte er sich nach hinten, ohne Belkala aus den Augen zu lassen.

»Wir glauben das«, antwortete Lodrik heiter, schob den Leibwächter etwas zur Seite und reichte ihr die Hand. »So sieht also eine Kensustrianerin aus.«

Sie lächelte und zeigte die spitzen Eckzähne ein wenig. Waljakovs Augenbrauen wanderten in die Höhe, seine Miene verfinsterte sich, aber er blieb ruhig. Norina atmete laut aus und wich unwillkürlich einen Schritt zurück.

»Hoheitlicher Kabcar, es ist mir eine Ehre, Euch kennenzulernen«, sagte die Frau. »Gleichzeitig muss ich mich bei Euch für das, was durch meine Mithilfe unter Umständen geglückt wäre, entschuldigen. Aber die Worte Matucs klangen einst sehr überzeugt. Nun scheint er zur Einsicht gekommen zu sein, dass Ihr das Beste seid, was Tarpol passieren konnte.«

»So viele Lorbeeren habe ich mir noch nicht verdient«, wehrte der Kabcar ab. »Aber ich gestehe, ich gebe mir alle Mühe, die Armen zu unterstützen und die Reichen gegen mich aufzubringen. Vielleicht nicht die klügste Idee, aber immerhin eine gerechte Sache.« Er musterte die Priesterin. »Ihr habt einen weiten Weg hinter Euch und noch mehr erlebt, wie ich bereits von Nerestro hörte. Ihr habt also Eure Verletzungen überlebt?«

Er bedeutete ihr mit einer Geste, Platz zu nehmen, bevor er sich selbst eine angenehme Sitzposition in seinem gepolsterten Lehnstuhl suchte. Beflissen reichte Stoiko ihr die Tasse mit dem dampfenden Getränk, was ihm ein dankbares Lächeln der Kensustrianerin einbrachte.

»Nach dem Überfall, der Euch gegolten hat, wie wir inzwischen wissen, fiel ich in einen Heilschlaf, hoheitlicher Kabcar. Wir, die Priester des Lakastra, sind in der Lage, unseren Herzschlag zu verlangsamen und die Temperatur unserer Körper herabzusetzen, um uns zu schonen und dem Körper bei der Heilung der Wunden zu helfen«, erklärte sie. Die Wahrheit über ihre Wiedererweckung wollte sie nicht preisgeben. »Nerestro und Matuc hielten mich für tot und begruben mich am Wegesrand, wo ich nach zwei Tagen aus meiner Starre erwachte und mich mit Mühe aus meinem Grab befreite.« Sie nippte am Tee und lächelte den jungen Mann an. »Um ein Haar wäre ich erfroren. Ein paar Reisende fanden mich, Lakastra sei Dank, und brachten mich zu einem Gehöft, wo ich von den Bauern versorgt wurde. Der Rest ist einfach erzählt. Ich suchte mir eine Mitreisegelegenheit und gelangte nach Ulsar. Hier erinnerte ich mich, dass Matuc in den Tempel wollte. Nachdem ich ein paar Tage sehr verwirrt durch die Straßen gelaufen bin, fand mich Nerestro und brachte mich hierher. Er hat mir meine Tat verziehen.«

»Eine seltsame Geschichte«, murmelte Waljakov, der Norina sehr genau beobachtete. Die junge Brojakin starrte die Kensustrianerin unentwegt an.

»Ihr hattet Glück, dass Ihr nicht unserem verrückten Mörder in die Hände gefallen seid«, meinte Stoiko. »Habt Ihr denn nichts von den Morden gehört?«

Belkala überlegte einen Moment. »Ich glaube doch. Die Menschen auf dem Markt sprachen davon. Aber Lakastra ist mit mir, so wie es aussieht. Ich kann meinem Gott nicht genug danken.«

»Wisst Ihr, dass meine ... Beraterin, Norina Miklanowo, auf dem Weg ...«, begann Lodrik und wollte das Erlebnis seiner Geliebten in dem granburgischen Wald erzählen, doch ein leichter Tritt gegen den Sessel ließ ihn verstummen. Irritiert warf er ihr einen Blick zu, aber sie schüttelte fast unmerklich den Kopf. »... dass meine Beraterin großes Verdienst an den geplanten Veränderungen in Tarpol hat?«

»Nein«, sagte die Kensustrianerin, »aber das Gespür einer Frau ist bei so etwas mit Sicherheit von großem Nutzen.«

»Ganz recht«, stimmte Nerestro von der Tür aus zu. »Hoheitlicher Kabcar, ich wollte Euch fragen, ob Belkala als mein Gast im Palast leben darf. Sie ist einiges in Tarpol noch nicht gewohnt, und ich würde ihr gerne die Eigenheiten des Landes nach und nach näher bringen.«

»Ich habe nichts dagegen«, willigte Lodrik ein. »Es würde mich sogar sehr freuen, Belkala, wenn Ihr an meiner Hochzeit teilnehmen würdet. Ihr wärt somit die offizielle Vertreterin von Kensustria. Was haltet Ihr davon?«

»Das ist zu viel der Ehre, hoheitlicher Kabcar«, versuchte sie abzulehnen, aber Lodrik wischte ihren Einwand mit einer Armbewegung zur Seite.

»Ich dulde in dieser Sache keinen Widerspruch. Ihr sollt sehen, dass ich in keinster Weise nachtragend bin. Denn eigentlich kann man Euch für Euer Engagement, mich beseitigen zu wollen, keinen Vorwurf machen. Hätte der Mönch tatsächlich mit seiner falschen Auslegung Recht behalten, stünde ganz Ulldart in Eurer Schuld. Wenn es Euch gelungen wäre. Da dem aber in beiden Fällen nicht so ist und Ihr rechtzeitig Euren Irrtum eingesehen habt, soll es vergeben und vergessen sein.«

»Was habt Ihr eigentlich nach der Hochzeit vor?«, fragte Stoiko interessiert. »Es muss doch einen Grund gegeben haben, weshalb Ihr unser schönes Reich besucht. An der guten Luft und an den warmen Temperaturen wird es ja wohl kaum liegen, nicht wahr?«

Belkala lachte. »Da habt Ihr ganz Recht. Ich möchte den Glauben meines Gottes verbreiten.«

»Na, dann viel Erfolg«, entfuhr es Waljakov. Alles schaute ihn an. »Ich meine, es wird nicht einfach sein, in Tarpol die Lehren eines kensustrianischen Gottes zu verbreiten. Ihr seht zudem für die einfachen Bauern zu, mit Verlaub, seltsam aus.«

»Unser Waljakov, immer wieder ein Beispiel an Geradlinigkeit«, feixte der Vertraute und hob seine Tasse. »Nehmt es ihm nicht übel, Belkala, er sagt immer, was er denkt.«

»Ich wurde bereits von Nerestro gewarnt, dass es nicht einfach sein wird«, erwiderte sie. »Aber Sendboten, die Unbekanntes bringen, haben es überall schwer.«

»Das trifft sogar auf mich zu«, nickte Lodrik. »Ich weiß, was es heißt, Unbekanntes und dazu noch Unliebsames zu verkünden. Aber ich habe den Vorteil, dass ich der Kabcar bin. Ihr dürft Euch nun zurückziehen, wir müssen noch einige Dinge wegen der Hochzeit regeln.« Für einen Moment stutzte er. »Wo ist eigentlich Euer Bart geblieben, Nerestro?«

Der Mann wurde zuerst rot, dann weiß im Gesicht. »Ein bedauerlicher Unfall. Ich rede nicht gerne darüber, hoheitlicher Kabcar.«

Belkala erhob sich, verneigte sich und verließ zusammen mit dem Ritter das Teezimmer.

»Ich habe da so allmählich eine Ahnung, dass Matuc nicht der Einzige war, der die Vision auch anders deutete«, eröffnete Stoiko. »Der erste Attentäter, der in Granburg auftauchte, ihr erinnert euch? Die dortigen Adligen konnten ihn nicht angeheuert haben, weil der zeitliche Ablauf nicht stimmte.«

»Und ein Tzulani war er ebenfalls nicht«, steuerte der Leibwächter zu den Überlegungen bei.

»Und daraus ergibt sich, dass der Assassine vermutlich von Dritten geschickt wurde, die ebenfalls an die andere Auslegungsweise der Vision glauben«, schloss Lodrik nachdenklich. Ein ungeheuerlicher Verdacht breitete sich lautlos bei den Anwesenden aus.

»Nur reiche Menschen können sich einen solchen Mörder leisten«, grübelte Norina.

»Der Ulldraelorden ist reich«, sprach Waljakov aus, was alle dachten. »Der Obere oder zumindest der Geheime Rat kannte den Wortlaut ebenso gut wie Matuc, nehme ich an.«

»Wir haben da einen ganz unheiligen Gedanken, liebe Freunde«, sagte Stoiko unangenehm berührt. »Das kann nicht sein.«

»Ich fasse es nicht«, rief der Kabcar und schlug mit der Faust auf die Lehne. »Diese Heuchler! In der Kathedrale machen sie mich zum Herrscher Tarpols, aber in Granburg hetzen sie mir einen Assassinen auf den Hals. Wenn wir Beweise hätten …«

»Nicht nur in Granburg, Herr«, unterbrach ihn der Hüne. »Der Armbrustschuss bei der Krönung, der den Mönch in den Arm traf, geht ebenso auf das Konto des Ordens, wenn Ihr mich fragt. Für die Wachen verbürge ich mich. Für die ganzen Robenträger, die dort oben waren, nicht.«

»Also hatte Nerestro beim Bankett mit seiner Vermutung Recht«, flüsterte Lodrik. »Nun macht das Verhalten des Geheimen Rates auch einen Sinn, wenn er denkt, ich sei lebend eine Gefahr für den Kontinent.« Er sprang auf und wanderte aufgeregt im Raum umher. »Ich muss sie durch Taten vom Gegenteil überzeugen. Und ich werde dem Oberen sofort einen Brief schreiben, der sich gewaschen hat.«

»Hoffen wir, dass es funktioniert«, murmelte Waljakov. »Ich rate ab, sich vorerst mit den Mönchen in einen Raum zu begeben.«

Der junge Mann blieb vor Norina stehen und umarmte sie. »Ich wünschte, ich wäre wieder Gouverneur in Granburg.« Sie schlang die Arme um ihn und drückte ihn ganz fest. »Warum hast du vorhin eigentlich gegen den Sessel getreten? Ich wollte Belkala doch nur erzählen, dass du an ihrem leeren Grab vorüberkamst.«

Seine Geliebte lächelte schwach. »Es war mir aber nicht recht. Ich fand es etwas unpassend, das war alles.«

»Wirklich, Herrin?«, fragte Waljakov. Seine grauen Augen forschten nach einem Hinweis auf Unwahrheit in ihrem Gesicht. Er hatte ihre Beklemmung bei der Anwesenheit der Kensustrianerin nicht vergessen. »Wenn Ihr noch mehr sagen wollt, tut es.«

»Nein, wirklich, es ist nichts.« Sie schüttelte den Kopf. »Nur ... es waren bestimmt ihre spitzen Eckzähne, die mich etwas befremdeten. Und ihre Haare. Sie haben mich an irgendetwas erinnert. Es ist aber nicht so wichtig.«

»Schön«, sagte Stoiko und klatschte in die Hände. »Lasst uns dann den Brief an den Oberen verfassen und weiter in der Planung für die Hochzeit fortfahren. Wir haben ja nun einen Gast mehr an der Tafel. Wir sind das erste Land, dass einen Menschen aus Kensustria bei einer offiziellen Feier am Tisch hat, wisst ihr das? Da platzen einige Herrscher vor Neid.«

»Hoffentlich beginnt Arrulskhán damit als Erster, dann wären wir die Sorgen mit Borasgotan los«, knurrte der Leibwächter, und alle mussten lachen.

Nur Norinas Gelächter klang nicht ganz echt. Sie wusste sehr gut, wo sie die grünen Haare der Priesterin schon einmal gesehen hatte, und das gefiel ihr überhaupt nicht. Und auch die Morde in Ulsar erschienen für sie mit ein wenig Phantasie in einem völlig neuen Licht.

»Das ist doch sehr gut für uns verlaufen«, meinte Nerestro und zeigte Belkala ihre Unterkunft. »Von nun an sind wir beide immer in der Nähe des Kabcar.« Leicht berührte er sie an der Schulter, damit sie sich zu ihm umdrehte. »Nun ist es an mir, um Verzeihung zu bitten.«

»Dafür, dass Ihr mir Euer Schwert durch den Hals gerammt habt?«, fragte sie kühl. »Oder dass Ihr mich mit Euren Armbrustbolzen gespickt habt, edler Ritter? Ihr redet nun wieder ganz vornehm zu mir.« Sie ging ein paar Schritte in den Raum hinein und drehte sich einmal um die eigene Achse. Leicht schwang der Stoff der Robe nach, als sie stehen blieb. »Als ich Euch vor zwei Tagen wieder aufsuchte, habt Ihr mir diese Kleidung geschenkt. Das war sehr nett, aber nicht notwendig.«

»Die tarpolische Tracht stand Euch nicht«, erklärte der Ritter etwas verlegen. »Belkala, ich bitte Euch, ich war verwirrt damals in der Seitengasse. Ich nahm an, Ihr wäret tot und ein Spuk hielte mich zum Narren. Ihr benahmt Euch auch irgendwie seltsam. Umso mehr freut es mich, dass ihr lebendig vor mir steht. So schön wie eh und je.«

Sie atmete langsam aus und kam auf ihn zu. Das Bernstein ihrer Augen leuchtete auf. Trotzdem hatte Nerestro das Gefühl, dass es eine Spur zu grell und zu gelb schimmerte.

»Ihr könnt Euch vorerst Eure Schmeicheleien sparen. Ich vergebe Euch Euer Verhalten. Aber vergessen werde ich es noch nicht. Wenn Lakastra nicht seine schützende Hand über mich gehalten hätte, wäre ich dank Eurer aldoreelischen Klinge zurück ins Grab gefahren, Nerestro.« Sie deutete zur Tür. »Und nun geht und versucht, den Mörder zu fangen, bevor er die ganze Stadt ausrottet. Ich wünsche Euch viel Glück.«

»Ich …«, setzte er an, doch die Kensustrianerin

wandte sich ab. Der Ritter verbeugte sich unsicher und verließ ihre Unterkunft.

»So leicht bekommst du mich nicht«, sagte die Priesterin leise, als sie hörte, dass die Tür sich schloss. »Du wirst erst noch ein wenig zappeln müssen, mein lieber Krieger. Dafür wird der Lohn umso süßer sein.«

Ulldart, Königreich Ilfaris, Herzogtum Turandei, Königspalais, Winter 442/443 n. S.

»Ja, was haben wir denn da?«, sagte König Perdór in freundlichstem Tonfall und beugte sich etwas herab, um besser unter den Kartentisch sehen zu können. »Das ist ja eine einsame Praline. Wo kommst du denn her?« Mit Daumen und Zeigefinger fasste er sie an und hob sie vor die Augen. »Du siehst aus wie neu, meine Kleine.«

Genüsslich schob das Staatsoberhaupt von Ilfaris seinen Fund in den Mund. Etwas abwartend hielt er die Süßigkeit auf der Zunge, bevor er sie ganz langsam zerbiss und auf den sich einstellenden Geschmack wartete. Intensives Orangenaroma verteilte sich in seinem Rachen. »Mh, eine ›wärmende Wintersonne‹. Und sie schmeckt immer noch vorzüglich. Das nenne ich Qualität.«

»Majestät, esst Ihr etwa immer noch gefundene Pralinen?«, rügte ihn Fiorell und ließ die Schellen seiner Narrenkappe laut klingeln.

»Es wäre eine Schande, einen solchen Genuss verkommen oder im Magen eines Hundes enden zu lassen«, rechtfertigte sich der betagte Mann und stand auf, um nach seinem Hofnarr zu sehen. »Kannst du mir sagen, wie es dir gelingt, trotz Glöckchen lautlos in den

Raum zu kommen? Ich hätte mich zu Tode erschrecken können.«

»Keine Angst, Majestät«, sagte der drahtige Hofnarr und hüpfte mit ein paar Sprüngen die lange Leiter hinauf, die am obersten Regal des Bücherschranks angelehnt war. »Euer Herz lässt sich durch nichts aus der Ruhe bringen. Wer solche Mengen an Pralinen, Konfekt, Kuchen und anderem Süßen übersteht, der stirbt so leicht nicht.«

»Du wirst einen Grund haben, mich in meinem Arbeitszimmer aufzusuchen, nehme ich an?« Er deutete auf die Karte. »Haben wir neue Kunde über die borasgotanischen Freiwilligen? Wo haben sie ihre Lager aufgeschlagen?«

»Majestät, der Bote hat sich sehr beeilt, um Euch Neues berichten zu können.« Mit einem Satz kam Fiorell zurück auf den Boden, machte eine Rolle vorwärts und stand genau neben seinem König, dem er eine Lederrolle in die Hand drückte. »Bitte sehr.« Dann ließ er sich auf alle Viere nieder und schnüffelte laut. »Wollt Ihr Euch nicht zu mir gesellen? Wir könnten gemeinsam auf die Suche gehen. Wenn ich noch eine Praline gefunden habe, Majestät, belle ich nach Euch.«

Perdór schnalzte missmutig mit der Zunge. »In den vielen Jahren, in denen ich mich über deine Späße freue, habe ich dich nicht einmal züchtigen lassen, wenn du über die Stränge schlugst. Ich denke, ich sollte das einmal ändern.« Die grauen Locken seines Bartes wippten leicht. »Du bist mir ein Kerl.« Er öffnete die Pergamenttasche und entrollte das Dokument.

Wie eine Sprungfeder war Fiorell in die Höhe und neben ihn geschnellt. Er imitierte den ernsten Ausdruck im Gesicht des Königs und rümpfte etwas die Nase, wie es der König zu tun pflegte, wenn ihm etwas missfiel. »Wer hätte denn das gedacht?«, sagte der Herrscher leise.

Der König von Ilfaris kraulte sich den lockigen Bart, dann ließ er die Nachricht sinken und stellte eine Reihe von kleinen bunten Holzmännchen auf die große Karte vor sich. »Arrulskhán scheint ja einiges vorzuhaben, wenn ich mir das so ansehe. Die Ansammlung von inzwischen fünftausend Freiwilligen ist schon eine stattliche Armee. Jedenfalls für die Verhältnisse auf Ulldart, oder?«

Der Spaßmacher nickte, dass die Glöckchen klangen. »Gut verteilt an der Grenze zur Provinz Granburg. Das ist etwas sehr auffällig, wie ich finde. Offensichtlicher kann man nicht mehr drohen.«

»Arrulskhán war noch nie sehr feinfühlig«, erinnerte ihn Perdór. »Es scheint, als interessiere ihn die Rückgliederung der unabhängigen Baronie Jarzewo nicht mehr sonderlich. Aber wenn er Tarpol wirklich angreifen wollte, warum macht er es dann nicht entlang der gesamten Grenzlinie?« Er tippte auf die eingezeichnete Provinz Worlac. »Warum, wenn er einen Krieg beginnen möchte, spart er sie aus?«

»Überlegen wir mal, welche Gründe das haben könnte«, regte Fiorell an. »Wer weiß denn heute noch, wie ein echter Feldzug geführt wird? Überlegt einmal, Majestät. Seit mehr als einhundert Jahren gab es keine Schlachten mehr. Scharmützeleinheiten sind gut und schön, aber es sind kleine Gruppen. Und in den Garnisonen sitzen Soldaten, die sich hin und wieder mit Räubern oder Sumpfbestien herumschlagen müssen. Es wäre schön, wenn Ulldart verlernt hätte, Kriege zu führen.«

»Glaubst du daran, mein lieber Fiorell?« Skeptisch wiegte der König sein graues Haupt. »Es gibt genügend Handbücher und Abhandlungen, die Anleitung geben.«

»Zumindest in der Theorie«, warf der Hofnarr ein. »Und der Herrscher von Borasgotan mag vieles sein, aber gewiss kein belesener Mann. Von seinen Beratern hört man Ähnliches.«

»Also ist die Ansammlung entlang Granburgs lediglich auf die Unerfahrenheit zurückzuführen? Ich glaube aber nicht wirklich daran.« Nachdenklich standen sie in gleicher Pose vor der Karte. »Wir dürfen nicht den Fehler machen, ihn zu unterschätzen. Wissen wir etwas über die Unabhängigkeitsbewegung in Worlac?«

»Sicher doch.« Der Narr eilte mit ein paar Sprüngen zu einer Blattsammlung, die er seinem Herrn überreichte. »Alle geschnappt und eingesackt, meldete der Gouverneur dem neuen Kabcar. Wenn das mal nicht ein Erfolg ist.«

»Auch so eine Sache, die ich anzweifele. Ich brauche aber zunächst etwas Inspiration.« Perdór zog die Klingelschnur und orderte ein Dutzend Pralinen, etwas Kleingebäck sowie eine Kanne besten Shabb. Shabb war eine agarsienische Ware, direkt aus Übersee. Man brühte ein dunkles Pulver mit heißem Wasser auf und erhielt eine stark riechende, bittere Flüssigkeit, die aber den Verstand hellwach machte.

Genussvoll machte er sich über vier Stück Konfekt her, knusperte etwas von den Keksen und schlürfte eine Tasse des anregenden Getränks.

Fiorell jonglierte derweil mit fast allem, was er im Arbeitszimmer des Königs fand. Nichts war vor seinen Künsten sicher, selbst die zerbrechlichsten Sachen hielt er in der Luft, ohne sie fallen zu lassen. Ab und zu stibitzte er ein Plätzchen, was ihm einen bösen Blick Perdórs einbrachte.

»Nun ist es genug«, verkündete das Oberhaupt von Ilfaris. »Ich spüre, wie mich neue Kraft durchströmt.«

»Es könnte natürlich auch der viele Zucker sein, der in Euren Adern knirscht«, meinte der Spaßmacher und machte einen Handstand, wobei er nur einen Arm benutzte. »Ein wenig Bewegung würde Euch nicht schaden.«

»Du bewegst dich für mich mit, das reicht aus«, sagte Perdór huldvoll. »Wenn ich Bewegung bräuchte, würde mir das mein Körper sagen. Und ich höre nichts. Zurück zu den wichtigen Dingen.« Er schnalzte wieder mit der Zunge. »Übrigens war es eine bodenlose Schlamperei, dass wir von der Charade, die der Tadc so erfolgreich in Granburg vollführte, nichts erfuhren. Wir müssen blind gewesen sein, das kleine Schauspiel nicht zu durchschauen, nicht wahr? Wir werden in Zukunft all unsere Gedanken zusammennehmen, wenn uns etwas seltsam erscheint, Fiorell. Gerade jetzt, wo die Situation so interessant wird. Das Volk in Tarpol mag den neuen Kabcar zumindest.«

»Die Adligen und Brojaken mögen ihn auch. Aber am liebsten unter der Erde«, fasste der Narr zusammen und kam wieder an die Seite seines Königs. »Es weht ein Frühlingslüftchen in Tarpol, und das mitten im Winter.«

»Das Lüftchen wird aber von Hustraban und Borasgotan als Schwäche ausgelegt, wenn ich die Lage richtig einschätze«, ergänzte Perdór. »So lange der Kabcar sich nicht endgültig gegen seine Gegner mit einem Machtwort durchgesetzt hat, werden die Reiche den jungen Mann nicht ernst nehmen. Aber wir nehmen ihn ernst, immerhin strengt er sich an, sein Volk glücklich zu machen. Nach Dunkler Zeit sieht mir das im Moment nicht aus.«

»Man sollte Arrulskhán beseitigen«, meinte Fiorell bedächtig. »Er ist im Moment die größte Gefahr für den Kontinent, wie ich finde. Und die anderen beiden, die Zitronenfresserin und die Halsabschneider.«

»Ich vermute, du meinst unsere geschätzte Nachbarin Alana die Zweite und die ehrenwerten Händler Palestans?«, sagte der König amüsiert. »Sie erhoffen sich eine schnelle Münze von ihrer Drohung gegen die Kensustrianer. Aber da werden sie sich die Zähne ausbeißen. Es erstaunt mich, dass Alana dabei mitmacht.«

»Das Gold hat sie geblendet, vermute ich einfach.« Der Hofnarr versuchte eine Erklärung zu finden. »Niemand, der einigermaßen bei Verstand ist, bedroht die Langzähne. Alanas Gatte mag ja einen mächtigen Vater haben, aber die beiden Reiche werden sehr bald merken, dass sie sich gewaltig überhoben haben. Was mir nicht gefällt, wenn ich die Karte so betrachte: Wenn tatsächlich ein Krieg ausbricht, liegen wir mitten zwischen Tersion und Kensustria.«

»Ich gebe zu, das beunruhigt mich ebenfalls etwas«, stimmte Perdór zu. »Wir werden die Diplomatie in Person sein. Aber in einem Punkt werde ich hart bleiben und Alana das Durchmarschrecht nicht gestatten, denn das wird das Erste sein, um was mich Tersion bittet. Sollen sie sich ihre Schiffe gegenseitig versenken, durch mein Reich läuft mir kein Bewaffneter.«

»Was schenken wir eigentlich dem jungen Paar?« Fiorell kehrte gedanklich nach Tarpol zurück. »Die Hochzeitseinladung ist eingegangen, wir sollten uns also ein schönes Präsent ausdenken.«

»Ich wüsste schon etwas.« Der ilfaritische König lächelte plötzlich. »Lass Abschriften der borasgotanischen Aufstellungen und der Orte machen, an denen sich die Freiwilligen aufhalten. Ich werde dem Paar eine Torte backen, die es im wahrsten Sinne des Wortes in sich hat.« Er verschränkte die Arme vor der Brust. »Und hetze alle Spitzel los, die wir in der Provinz Worlac haben. Sie sollen kontrollieren, ob in letzter Zeit viele Menschen aus Borasgotan eingewandert sind. Ich fürchte beinahe, Arrulskhán ist nicht ganz so dämlich, wie wir alle lange Zeit gedacht haben. Diesen Erfolgsmeldungen des worlacischen Gouverneurs an den

Kabcar traue ich so weit, wie ich eine von meinen Pralinen werfen würde.«

»Ihr könntet doch niemals ein Stück Eures Konfekts von Euch schleudern«, sagte der Narr erstaunt.

»Eben«, murmelte Perdór listig, »eben.«

Es klopfte, und ein Diener trat ein, auf einem Tablett drei winzig klein zusammengefaltete Papierstreifen. »Majestät, neuste Kunde von unseren Spionen aus dem Norden. Und eine aus der Nachbarschaft.«

»Das ist ja wie bestellt.« Fiorell klatschte in die Hände, nahm die hauchdünnen Zettel und reichte sie dem König, der sie eilig, aber vorsichtig entfaltete.

»Wir sollten unseren Nachrichtendienst endlich auf Adler umstellen«, kommentierte der Hofnarr die Bemühungen Perdórs. »Die Vögel könnten mehr schleppen als die schwächlichen Brieftauben.«

»Brieftauben haben aber den Vorteil, dass man sie besser zubereiten kann, nachdem sie ihren Flug hierher geschafft haben«, widersprach der König.

Endlich lagen die Papiere offen, hieroglyphenhafte Zeichen wurden sichtbar, die der Herrscher aber mit Leichtigkeit übersetzen konnte. Alle wichtigen Botschaften wurden auf diese Weise verschlüsselt, damit kein anderer als ein Mitglied des Geheimdienstes den Inhalt entziffern konnte.

»Das ist aber interessant«, sagte Perdór nach einer Weile. »Die borasgotanischen Freiwilligen haben sich auf ein Drittel reduziert. Aber wo sind sie abgeblieben?«

»In Worlac?«, schlug Fiorell vor. »So, wie Ihr es vermutet?«

»Das sollten wir schleunigst herausfinden. Ich will, dass mein Geschenk an den Kabcar so eindrucksvoll wird wie möglich«, befahl der Herrscher, bevor er den zweiten Zettel zur Hand nahm und ihn überflog. »Sieh an. Es sind kensustrianische Diplomaten in Ulldart unterwegs. Es wurden Gesandtschaften nach Hustraban, Serusien, Aldoreel und Agarsien ausgeschickt. Eine weitere ist auf dem Weg hierher.«

»Suchen sich die Langzähne etwa Verbündete gegen Tersion und Palestan?«, wunderte sich der Hofnarr. »Sollten wir die Kampfkraft ihrer Krieger unterschätzt haben?«

»Ich weiß es nicht. Es gelingt mir nicht, auch nur einen einzigen Spitzel länger als einen Monat in ihrem Reich einzuschleusen, der erfolgreiche Arbeit leisten würde«, sagte der König. »Wir können aber gespannt sein, was die Botschafter von uns wollen. Sie müssten wissen, dass wir die Friedlichsten von allen Reichen sind.« Er las auch die letzte Mitteilung, die aus Tarpol stammte. »Von wegen zufälliger Einsturz«, lachte er ungläubig auf, »diese Ulldrael-Oberen haben die Kathedrale absichtlich eingerissen.«

»Welchen Hintergrund mag das wohl haben?«, grübelte sein Spaßmacher. »Zwar ging bei der Krönungszeremonie einiges durcheinander, und über göttliche Zeichen konnte man sich wahrlich nicht beschweren, aber weshalb verwandeln sie eines der schönsten Gebäude des Kontinents in einen Haufen Schutt?«

»Auch das werden wir herausfinden.« Der Herrscher nahm sich die letzte Praline und schloss genießerisch die Augen. »Suchen wir doch mal ein wenig in der Legende. Vielleicht entdecken wir in der Ordenschronik einen Hinweis. Welch ein Glücksfall, dass wir in den Besitz einer Abschrift gelangen konnten, nicht wahr? Wo das Buch doch so streng geheim ist.«

Er goss sich eine Tasse Shabb ein, biss ein Stückchen eines Kekses ab und setzte sich an sein schweres Arbeitspult. »Es gibt mir im Moment eindeutig zu viel Geheimniskrämerei auf diesem Fleck Erde. Und wir beide werden versuchen, einige von den Vorgängen einleuchtender zu machen.« Perdór deutete auf die kostbare Porzellankanne. »Nimm dir einen Becher, lieber Fiorell. Den Schlaf kannst du heute getrost vergessen. Und lass das Abendessen hierher bringen, wir haben zu tun.«

Nachdenklich ging er zu dem langen Regal, stieg ein paar Sprossen der Leiter hinauf und nahm sich eine Sammlung von vergilbten Blättern herunter. »Die müssen wir unbedingt neu abschreiben lassen«, sagte der König und verzog das Gesicht. »Sonst zerbröckelt mir das Wissen in den Händen.«

»Was ist denn das?«, wollte der Hofnarr wissen und kam neugierig näher. »Ach? Aufzeichnungen über Verträge und Abkommen zwischen den Reichen?«

»Genau, mein Bester. Und da werde ich mal eben nachsehen, auf wen sich Tarpol im Notfall verlassen könnte.« Perdór summte eine Melodie vor sich hin, während seine Augen suchend über die Zeilen huschten. »Da haben wir es ja. Tarpol hat vor dreizehn Jahren einen Militärpakt mit Tûris geschlossen. Ältere Verträge bestehen mit den Baronien Kostromo und Bijolomorsk. Es scheint, als wäre der alte Bardri¢ vorsichtiger gewesen, als ich annahm.«

»Den Nichtangriffspakt mit Borasgotan kann der junge Kabcar getrost in der Pfeife rauchen«, lachte Fiorell, der eine Zeile weitergelesen hatte. »Oder in einem Keks essen, wenn ihm das lieber ist.«

»Das ergibt aber ein völlig neues Bild.« Das Oberhaupt von Ilfaris knetete seine Unterlippe. »Wenn Arrulskhán wirklich einen Krieg beginnen würde, wovon ich inzwischen fast ausgehe, macht er sich eines doppelten Vertragsbruchs schuldig. Keine gute Ausgangslage für eine spätere Entschuldigung oder eine fadenscheinige Begründung, wie ich finde.«

Der Hofnarr nahm eine übertriebene Denkerpose ein. »Habe ich schon einmal erwähnt, dass Arrulskhán wahnsinnig ist? Könnte es nicht sein, dass es ihm in diesem Fall völlig gleichgültig wäre?« Er machte einen eleganten Hüpfer auf die unterste Sprosse der Leiter, senkte seine Stimme zu einem dumpfen Grollen, symbolisierte einen Schnurrbart mit Hilfe zweier Lakritzstangen und zog die Augenbrauen zusammen. »Wir gehen heute auf Wildschweinjagd«, ahmte er den polternden Tonfall des borasgotanischen Herrschers nach. »Und wenn wir keine Keiler finden, dann stecken wir eben ein paar Dörfler in Schweinehäute und erlegen die.« Sorgsam legte er die Süßigkeiten wieder zurück. »Majestät, diesem Mann traue ich alles zu. Er hat einen kompletten See ablaufen lassen, nur um zu sehen, wo denn sein Ring geblieben ist, der ihm bei einer Bootsfahrt über Bord ging, erinnert Euch. Dass er damit drei Dörfer trockengelegt hat, störte ihn wenig, ganz zu schweigen von der Wasserflut, die sich in fruchtbare Ebenen ergoss.«

»Je mehr ich darüber nachdenke, desto sicherer werde ich, dass wir ihm, wenn überhaupt, die Rückkehr der Dunklen Zeit verdanken werden«, grummelte Perdór beunruhigt. »All diese Überlegungen machen unser Geschenk noch wichtiger für den Kabcar.«

»Es wird ein großer Erfolg werden, Majestät.«

Ulldart, Königreich Tûris,
Winter 442/443 n. S.

Das Gasthaus der ontarianischen Handelsgilde, in dem sich Hetrál der Meisterschütze eine Unterkunft gesucht hatte, war eine der Herbergen, in denen sich neben Reisenden auch solche Männer trafen, die von der Kopfprämie, die das Reich auf die Sumpfbestien ausgesetzt hatte, lebten. Meistens schlossen sie sich in

Gruppen zwischen fünf bis sieben Kämpfern zusammen, um gemeinsam auf die Ungeheuer aus den Mooren Jagd zu machen. Es war eine gefährliche Tätigkeit, und nicht wenige verloren dabei ihr Leben.

Hetrál war vor vielen Jahren in Tûris wegen der Erfolge und Abschüsse, die er erreichte, eine Legende gewesen. Nachdem er aber quer durch Ulldart zog, geriet sein Gesicht schnell in Vergessenheit. Jüngere Helden hatten seine Aufgabe übernommen und waren berühmt geworden, den Meisterschützen hingegen kannten nur noch wenige Leute im Königreich, das vor vielen Jahrhunderten Sinurestan geheißen hatte und die Heimat von Sinured dem Tier gewesen war.

Der von Tzulan zum Bösen verführte Kämpfer hatte die Dunkle Zeit auf Ulldart eingeleitet und viele Jahre lang eine Schreckensherrschaft geführt, bis das Geeinte Heer ihn mit Hilfe Ulldrael des Gerechten vernichtete. Durch einen tapferen rogogardischen Admiral wurde das Flaggschiff von Sinured auf der Flucht versenkt, der grausame und abartige Herrscher mit Pfeilen im Leib auf den Grund des Meeres geschickt. Seit dieser Zeit hieß das Reich nicht mehr Barkis, wie vor Sinureds Zeit, sondern Tûris, benannt nach dem Rogogarder.

Die Turîten erhielten sich ihre scheinbar angeborene Kampfeslust, nicht zuletzt wegen der ständigen Bedrohung durch die Sumpfbestien, gegen die man sich immer wieder zur Wehr setzen musste. Aus den kleineren und größeren Moorflächen heraus, in denen die Kreaturen lebten, starteten die Bestien ihre Überfälle, beeinträchtigten den Handelsverkehr und machten selbst die ertragreiche Feldarbeit zu einer gefährlichen Angelegenheit.

Infolgedessen war es in Tûris jedem Mann gestattet, ein Kurzschwert zu führen, um sich verteidigen zu können. Selbst Frauen und Kinder wussten, wie man aus einer Hacke, einer Sense oder einer Sichel ein tödliches Instrument machte. Scheinbar hatte Ulldrael das Reich als Buße für seine Vergangenheit mit den vielen Sümpfen und Bestien versehen, um die Menschen für die Gefolgschaft zu Sinured dem Tier zu strafen.

Hetrál, der seine Lederrüstung vorsorglich zum besseren Schutz mit kleinen Metallplättchen versehen hatte, befand sich auf dem Rückweg von seinem Heimatdorf nach Tarpol.

Seine Schwester hatte ihm eine Botschaft zukommen lassen, in der sie um seine Hilfe als Bestienjäger bat. Eine besonders wilde Horde der Geschöpfe bedrohte die Bewohner der Siedlung, alle angeheuerten Männer hatten versagt oder wurden selbst Opfer der Wesen.

Dem Meisterschützen gelang es mit viel Wissen über Fallen und ein paar guten Schüssen, die Sumpfbestien zu vernichten. Etwas gewundert hatte er sich über die ungewohnte Hartnäckigkeit der Kreaturen, die zu seinem Erstaunen bis zum letzten Atemzug ihrer schrecklichen Körper kämpften, anstatt wie sonst üblich die Flucht zu ergreifen. Eine Erklärung für das veränderte Verhalten hatte er nicht.

Nach einem rauschenden Fest ihm zu Ehren machte sich der stumme Turît per Pferd auf den Weg zurück an den tarpolischen Hof, um dem jungen Kabcar beizustehen. Nun rastete er in der Nähe der ehemaligen Hauptstadt Sinureds, die mittlerweile die »Verbotene Stadt« genannt wurde, weil niemand ihre Ruinen betreten durfte.

Der jahrhundertealte Erlass, um zu verhindern, dass sich Tzulani in den Resten eine neue Bleibe einrichteten, musste nicht erneuert werden, denn kein Mensch wagte sich in diese Gegend.

Auf seltsame Art und Weise waren rund um die Reste der einst eindrucksvollen Gebäude, Statuen und Paläste große Sümpfe entstanden, deren giftige Gase einen Mann innerhalb von wenigen Lidschlägen zu töten vermochten. In den dichten Wäldern, deren Bäume sich bis in die Ruinen erstreckten, trieben Bestien und besonders üble K'Tar Tur ihr Unwesen.

Daher glich das Gasthaus auch mehr einer kleinen Festung als einer Herberge. Massive Steinquader sorgten dafür, dass die Mauern des Hauses einem Ansturm standhielten, Palisaden und ein Dutzend Wachen boten zusätzliche Sicherheit. Die ontarianischen Kaufleute, die den Landhandel in Tûris fast vollständig in ihrer Hand hielten, hatten ihre Pferdewechselstation gut ausgebaut und gerüstet. Dafür verlangten sie von Reisenden einige Batzen, wenn man hier Zuflucht erhalten wollte. Da sich der Meisterschütze nicht in Geldnöten befand, gönnte er sich den Luxus.

Zufrieden und satt saß er in der Schankstube, legte die Füße am Kamin hoch und hielt die Augen geschlossen, während er auf die Gespräche seiner Umgebung lauschte. Die acht noch sehr jungen Männer neben ihm schienen sich auf eine nächtliche Jagd vorzubereiten. Und sie wollten ganz in die Nähe der »Verbotenen Stadt«.

»Die Wachen der Handelsstation haben gesagt, dass sich dort wieder mehr von dem Bestienpack herumtreiben würden. Nachts lagerten sie mit ihrem Rudel in der Nähe der Stadt. Wir können sie uns in aller Ruhe vornehmen«, versuchte der Anführer sie seit einer ganzen Weile zu überzeugen. »So nahe an der Stadt rechnen sie nicht damit, dass sie von Jägern gestellt werden.«

»Ich bin doch nicht wahnsinnig«, verwarf ein Zweiter den Vorschlag. »Diese Biester sehen trotz Dunkelheit viel besser als wir.«

»Aber sie wissen nicht, dass wir kommen«, unterbrach ihn der erste Sprecher. »Wir haben die Überraschung auf unserer Seite. Was ist? Wollt ihr unsere Gelegenheit verschlafen wie der alte Mann da neben uns?«

Jetzt öffnete Hetrál die braunen Augen und sah den Sprecher an.

»Was ist, du Schlafmütze?«, sagte der Mann sofort und versuchte, in seinem kurzen Kettenhemd eindrucksvoll und einigermaßen einschüchternd zu wirken. »Hast du gehört, über was wir reden, und willst mitkommen?«

Der Meisterschütze schüttelte den Kopf, leise klingend schlugen die vielen Goldkreolen aneinander, und er machte eine abfällige Geste, um zu zeigen, was er von dem Vorhaben hielt.

»Wer nicht will, der hat schon«, meinte der Anführer und zuckte mit den Schultern. »Du wirst uns beneiden, wenn wir mit einem Dutzend Köpfe wieder erscheinen. Oder hast du Angst?«

»Lasst ihn in Ruhe«, meldete sich der Wirt zu Wort. »Der Mann ist stumm.«

»Ein Krüppel also«, lachte der Mann rau. »Ich weiß, wie das passiert ist. Du hast eine Bestie gesehen und vor lauter Schreck die Zunge verschluckt.« Seine Begleiter wieherten los. »Oder hast du sie sogar abgebissen?«

Hetrál war sich zu schade, um auf die Provokation einzugehen, und blieb ruhig an seinem Platz. Er bewegte nicht einmal die Füße.

Der andere erhob sich etwas enttäuscht, rückte sein Wehrgehänge zurecht und schlug auf den Tisch. »Los, wir gehen. Ich verspreche euch, noch heute Nacht werden Köpfe rollen.«

Ein Lächeln huschte über das Gesicht des Stummen. Diesmal war er mit dem Aufschneider einer Meinung.

Als die Gruppe den Gastraum verließ, machte sich Hetrál mit ein wenig Abstand an die Verfolgung. Er war neugierig, wie die Sache für die Jäger enden würde. Und einen Blick in die ehemalige Hauptstadt Sinureds zu werfen, was er als Jäger früher im Auftrag des

Königs öfter getan hatte, konnte nichts schaden. Vielleicht bekam er eine Erklärung für die Hartnäckigkeit der Bestien.

Pashtak verstaute das kleine, tote Kaninchen, dass er nach zäher Suche und langer Warterei vor dem Bau erlegt hatte, in dem groben Leinensack und hängte ihn an seinen Gürtel. Langsam erhob er sich. Gerade eben hatte er einen Geruch wahrgenommen, der ihn alarmierte. Er witterte das Scheußlichste, was einem begegnen konnte: Menschen.

Zuerst wollte er seiner Nase nicht glauben, denn dass sich die ängstlichen Wesen in die Nähe der Ruinen wagten, schien ihm unmöglich. Und dennoch trug ihm ein sanfter Wind erneut die Ausdünstungen eines Menschen zu, der sich seit langer Zeit nicht mehr gewaschen und Wein getrunken hatte. Er war nicht allein, andere waren bei ihm.

Er durfte die Männer keinesfalls auf das Lager aufmerksam machen, das ganz in der Nähe war. Dort hatten sich zahlreiche Frauen und Kinder versammelt, die den mit Sicherheit waffenstarrenden Menschen eine willkommene, einfache Beute wären. Unter ihnen befanden sich auch seine Gefährtin, Shui, und die drei Kinder. Vor rund einem Jahr war er aus einem unerklärlichen Drang hierher gekommen und hatte festgestellt, dass er nicht der Einzige seiner Art war, dem es so erging.

In Scharen versammelten sich seine Artgenossen aus allen möglichen Reichen in den Trümmern, um sich zu paaren, Gemeinschaften zu schließen oder Rangkämpfe auszutragen.

Keiner verspürte den Wunsch, die Ruinen wieder zu verlassen. Und es wurden immer mehr, sodass die Tiere in der Umgebung allmählich knapp wurden.

Pashtak fand sein Glück direkt nach seiner Ankunft

bei Shui und zeugte drei Kinder mit ihr, die sie gemeinsam erzogen. Nun schien es, als sei er bei seiner Suche nach Nahrung unvorsichtig geworden.

Er schlenderte über eine kleine Lichtung und hielt die gelben Augen offen, deren Pupillen rubinrot im Licht der Monde funkelten. Jeder Muskel seines behaarten, kräftigen Körpers war gespannt, die Sinne arbeiteten aufmerksam wie noch nie. Sein Herz schlug wesentlich schneller als sonst.

Ein leises Knirschen verriet ihm, dass einer der Menschen die Sehne seines Bogen spannte und sich zum Schuss bereit machte.

Pashtak warf sich zur Seite, damit ihn der Pfeil verfehlte, und sprintete vorwärts. Mit einem Satz verschwand er in dem dichten Unterholz, die schweren Schritte der Jäger hörte er dicht hinter sich. Auch wenn er wesentlich besser sah als seine Verfolger, auf einen Kampf gegen diese Übermacht wollte er sich nicht einlassen.

»Hier herüber!«, brüllte einer der Menschen. »Da läuft die Bestie!«

Ein stechender Schmerz zuckte durch Pashtaks Knöchel, als er wieder auf dem Boden auftraf. Eine Wurzel brachte ihn zum Stolpern. Zwar konnte er sich auf den Beinen halten, aber das Rennen wurde zu einer schmerzhaften Angelegenheit. Die Jäger schlossen auf.

Knapp sirrte ein Armbrustbolzen an seinem knochigen, flachen Kopf vorbei und bohrte sich stattdessen in einen Ast. Pashtak knurrte böse. Gleich würde er sich den Menschen stellen müssen. Aber selbst wenn er starb, er hatte die Gruppe weit genug von dem Lager weggeführt.

Überrascht nahm er eine neue Witterung auf, die ihm allerdings wesentlich vertrauter war.

Mit einem kurzen, warnenden Geheul bog er nach

links ab und hielt auf die Quelle des Geruchs zu. Zufrieden hörte er, dass die Menschen nur wenige Schritte hinter ihm waren.

Pashtak humpelte über eine weitere Lichtung, auf der mehrere zerbrochene, von Ranken überwucherte Säulen lagen. Diesmal traf ihn ein Pfeil in den Oberschenkel, und er stürzte schwer. Der Sack mit den erlegten Kaninchen rutschte aus dem Gürtel und flog neben seine krallenbewehrte Hand.

Viele Schritte näherten sich, er hörte das Gerassel von Rüstungen und Waffen, einige der Männer atmeten heftig.

»War das so schwer?«, sagte einer von ihnen, während Pashtak sich auf den Rücken rollte und versuchte, den Pfeil aus seinem Bein zu ziehen. Dafür erhielt er von dem Sprecher einen Tritt ins Gesicht, und er sank benommen zurück. Ein jämmerliches Heulen drang aus seiner Kehle.

»Wir haben ihn bei der Futtersuche für eine ganze Kompanie überrascht. Das heißt, es gibt mit Sicherheit noch mehr von seiner Sorte hier in der Gegend«, meinte ein Zweiter und zog sein Schwert. »Bringen wir ihn zum Sprechen. Er sieht so aus, als ob er es könnte.«

Wie aus dem Nichts wurde der Jäger plötzlich angesprungen und zu Boden gerissen. Dutzende kindgroße Schatten hüpften kreischend hinter den Säulen hervor und machten sich über die völlig überraschte Gruppe her.

Mit Knüppeln, Steinen und sogar mit den eigenen Waffen wurden die Jäger innerhalb weniger Minuten von der Flut der Angreifer getötet, die wie Kletten an ihnen hingen. Die Verteilung von Rüstungen, Schwertern und Frischfleisch begann übergangslos.

Pashtak schüttelte brummend seinen Schädel, zog den Pfeil aus der Wunde und verband die offene Stelle notdürftig mit einem Stück seines Ärmels. Um ihn herum schmatzte und rülpste es laut, das Festmahl war in vollem Gange. Es roch nach warmem Blut.

Als er vorhin die Ausdünstung der Nymnis wahrnahm, wusste er, dass er gerettet war. Die Nymnis, kleine nackte Wesen, die hauptsächlich aus Kiefern und Zähnen zu bestehen schienen, galten selbst in der großen Familie seiner Artgenossen als schlimme Menschenfresser. Und da sie ebenso unter dem Hunger litten wie alle anderen und sie nicht sehr wählerisch waren, konnte er sich ihres Eingreifens sicher sein.

Eines der Nymnis, denen er die willkommene Mahlzeit zugespielt hatte, riss einen Unterarm ab und hielt ihn Pashtak fragend hin.

Er lehnte die Gabe aber mit einem Fauchen ab. Er war kein Menschenfresser und wollte auch nicht auf den Geschmack kommen.

Humpelnd, aber einigermaßen zufrieden über den glücklichen Ausgang seines Abenteuers, verließ er die kleine Lichtung und seine Lebensretter, den Sack mit den Kaninchen warf er sich über die Schulter.

Hetrál hatte die Szene aus sicherer Entfernung beobachtet. Auf der Seite der Jäger einzugreifen hielt er für ein aussichtsloses Unterfangen, also ließ er es sein. Inmitten eines wimmelnden Haufens der wilden Kreaturen für unbekannte und dazu noch äußerst unhöfliche und dämliche Männer zu sterben, lag nicht in seiner Absicht. Das Wesen mit dem Sack voller Kaninchen zu verfolgen, erschien im wesentlich sinnvoller. Auf alle Fälle hatten die Wachen in der Handelsstation Recht, wenn sie sagten, es gäbe mehr Bestien als sonst in der Umgebung. So viele Nymnis hatte Hetrál noch nie auf einem Haufen gesehen.

Großräumig umging er das blutige Gelage zwischen den Säulen und setzte der Bestie nach.

Der Meisterschütze musste all sein Können aufbringen, um von der vorsichtigen Kreatur nicht entdeckt zu werden, die sich alle paar Schritte umdrehte oder schnüffelnd den flachen Kopf hob, um die Luft zu prüfen. Das breite Maul, so erkannte er im fahlen Mondenlicht, war gespickt mit langen, spitzen Zähnen, die zwischen den breiten Lippen hervorstanden.

Die verwundete Bestie benötigte einiges an Zeit und legte eine recht große Strecke zurück. Nach Hetráls Schätzungen würden sie bald ganz in der Nähe des einstigen Prunkplatzes sein, der vor der riesigen Festung lag. Nun hörte er vielstimmiges Brummen, Gekreisch, Singen und Lachen, das von irgendwoher undeutlich zu ihm herüber schallte.

Die Kreatur bog nach links ab und folgte der alten Straße, die zu den Überresten der Befestigung führte. Heller Feuerschein wurde zwischen den Bäumen sichtbar, deren Bestand zusehend lichter wurde.

Der stumme Mann blieb stehen und wartete, bis das Wesen verschwunden war, dann schlug er sich links von der Straße durch das Dickicht und näherte sich dem Platz an. Noch immer nahm er die vielen Laute wahr, doch die Ruine eines alten Tempels, wie es schien, versperrte ihm die Sicht.

Er hing sich den Bogen um und machte sich vorsichtig an den Aufstieg, darauf bedacht, keine losen Steine in die Tiefe zu stürzen, die ihn mit diesem Geräusch verraten konnten.

Höher und höher stieg der Meisterschütze an der hinteren Fassade hinauf, bis er auf einem breiten Sims angekommen war. Er schätzte seine Position gut und gerne auf achtzehn Säbellängen über dem Boden. Flach legte er sich auf den Bauch und sah sich um.

Unter ihm breitete sich der riesige gepflasterte Platz aus, dessen schwarze Marmorsteine von giftgrünem Pflanzenbewuchs entweder verdeckt oder mitunter zerbrochen worden waren.

Überall brannten Feuerstellen, um die die unterschiedlichsten Bestien in allen möglichen Größen saßen. Zelte waren aufgeschlagen oder Ruinenteile in die stellenweise sehr abenteuerlichen Stoffkonstruktionen miteingebunden worden. Gerade eben traf eine neue Gruppe der Kreaturen ein, schwer bepackt mit Säcken, Ledertaschen und Jurtengestänge, die sich nach einem kurzen Blick über die Ansammlung einen Platz am Rand der Fläche suchte.

Das kehlige Lachen, das unmenschliche Singen und die groben Unterhaltungen der Wesen in unverständlichen Dialekten drangen nun ungedämpft zu seinem luftigen Aussichtspunkt. Der Schein der Feuer warf die noch bizarreren Schatten der Bestien auf die stehengebliebenen Wände. Unheilvoll leuchteten die Sterne Arkas und Tulm, die Augen Tzulans, auf den Anblick nieder.

Hetrál rieb sich die Augen, damit er sicher sein konnte, nicht einem Trugbild aufzusitzen.

Niemals hatte er eine solche Menge und Vielfalt an Sumpfbestien gesehen. Er schätzte ihre Zahl vorsichtig auf vier- bis fünfhundert, die sich anscheinend friedlich zusammengefunden hatten und warteten.

Aber auf was? fragte sich der Meisterschütze. Er musste den König warnen, damit er wusste, was in der Verbotenen Stadt vorging. Es mussten Soldaten gefunden werden, die das Gebiet vollständig umschließen konnten.

Schon einmal hatten sich die Sumpfbestien auf einen Schlag in allen Königreichen erhoben und Tod und Verderben gebracht. Entweder durch ihre Morde oder durch die ihnen nachfolgenden Krankheiten, die sie aus den Sümpfen und Mooren ins Land schleppten. Das durfte sich nicht wiederholen. Und es war Hetral gleichgültig, ob ihn der König, Mennebar IV., wegen seines Verstoßes gegen den Erlass bestrafte oder nicht.

Bedächtig kletterte er zurück und machte sich auf den Weg zur ontarianischen Handelsstation. In seinen Gedanken wirkten die Palisaden nun auf einmal klein und lächerlich angesichts der Flut von Kreaturen, die jederzeit losmarschieren konnten.

Tûris benötigte seine Hilfe im anstehenden Kampf gegen diese Wesen mehr als je zuvor, und solange musste der Kabcar im fernen Ulsar warten.

VIII.

»Als seine Geschwister der Gefahr gewahr wurden, war es fast zu spät. Es entbrannte ein großer Krieg zwischen den Ersten Göttern und den Zweiten Göttern, die Tzulan geschaffen hatte.

Sowohl Ulldrael als auch Angor wurden schwer verletzt. Und während Götter gegen Götter antraten und keiner auf den Gebrannten Gott achtete, verbreitete Tzulan die Ungeheuer und Bestien heimlich auf der ganzen Welt.

Die Kämpfe zwischen den Göttern waren so mächtig, dass unsere Welt durch das Zittern und Beben näher an die Sonnen gerückt wurde.

Die brennenden Scheiben verteilten ihre Strahlen nun aber unregelmäßig über unsere Welt, an einigen Stellen wurde es für immer kälter, an anderen immer glühend heiß. Mächtige, zerstörerische Winde brausten über die Kontinente, die fünf Jahreszeiten entstanden.

Die Menschen begannen sich zu fürchten, als die großen Veränderungen auftraten, und riefen ihre Erschaffer um Hilfe an.

Doch Angor, Ulldrael, Senera, Kalisska und Vintera schlugen Schlachten, um die Welt und sich selbst zu verteidigen, hörten vor lauter Kampfeslärm die verzweifelten Schreie ihrer Kreaturen nicht.

Nur einer war zur Stelle: Tzulan.

Er versprach Unterstützung, blendete sie mit falschen Worten und sicherte sich die Anhängerschaft zahlreicher Länder auf allen Kontinenten.«

Der Krieg der Götter und die Gabe der Magie,
Kapitel 1

Ulldart, Königreich Tarpol, Provinz Ulsar, Hauptstadt Ulsar, Winter 442/443 n. S.

Zumindest die engere Umgebung des Kabcar wusste, dass es sich bei der Heirat mit seiner Cousine, Aljascha Radka, Vasruca von Kostromo, um eine Zweckehe handelte, der jedes tiefe Gefühl fehlte. Die Hochzeitsgäste bemerkten es spätestens dann, als die Zeremonie sehr schnell, sehr kühl und sehr sachlich durchgeführt wurde.

Da die zerstörte Kathedrale als Ort unmöglich infrage kam und Lodrik den Tempel des Ulldraelordens nicht betreten wollte, solange die Lage sich zwischen ihm und dem Geheimen Rat nicht entspannt hatte, setzte der Herrscher Tarpols kurzerhand fest, dass die Trauung im Palast stattfinden sollte. Eine Lösung, mit der vor allem Waljakov äußerst zufrieden war.

Die Beteiligung des Volkes empfand der Kabcar bei dieser Heirat als nicht erforderlich. Anders wäre das gewesen, wenn er Norina zur Gattin genommen hätte, die er gerne präsentierte, zumal sie in Wirklichkeit die Frau an seiner Seite war.

Dennoch wollte Lodrik die Form einigermaßen wahren, auch wenn die »Form« mit aller Sparsamkeit in die Tat umgesetzt wurde. Nur eine kleine Ausgabe wurde dem »Jubeletat«, wie Stoiko die Bezahlung für Musiker, zusätzliche Köche, Blumen und mehr nannte, bewilligt. Eine Spende seiner Zukünftigen hatte der junge Mann abgelehnt.

Der Ulldraelorden zeigte seine Verärgerung über das Verhalten des Kabcar bei der Krönung nachträglich, indem er kein Mitglied des Geheimen Rates zum Vollzug der Trauung schickte, sondern einen der etwas besseren Betmönche auftauchen ließ, der angesichts der vielen weltlichen Würdenträger um ihn herum sichtlich nervös wurde.

Entsprechend gestaltete sich die Zeremonie, geprägt vom Gestotter und Gestammel des Geistlichen, der eiskalten Miene der Vasruca und einem äußerst gleichgültigen Lodrik, der gelangweilt auf den erlösenden Segensspruch des Mönch wartete.

Danach schritt man zügig zur festlichen Tafel, die im Großen Festsaal hufeisenförmig arrangiert worden war, damit alle das »glückliche Paar« sehen konnten.

Endlich saßen alle fünfhundert Gäste zu Tisch. Fast sämtliche Herrscherhäuser, mit Ausnahme von Serusien und Rogogard, hatten Abordnungen geschickt, die nach dem Essen die Präsente überreichten. Auch einige Verwandte seiner Cousine waren unter den Geladenen, die aber weit weg saßen.

Überall wieselten Livrierte herum, reichten Getränke, rückten Stühle zurecht oder begannen damit, die ersten Vorspeisen aufzutragen. Die Luft hing voller verschiedener Parfüms, manche Perücke, die sich je nach Mode voneinander in Form und Farbe unterschieden, gab kleine Puderwölkchen von sich, wenn ihr Träger sich zu schnell bewegte. Leise Töne drangen von der Balustrade herunter, wo ein Dutzend Musiker für zusätzliche Unterhaltung sorgten.

Lodrik hatte sich den Spaß erlaubt und den Ulldraelgeistlichen direkt gegenüber der Kensustrianerin platziert, die natürlich alle Aufmerksamkeit auf sich zog.

Gegen das Ungewohnte ihres Anblicks verblasste die prunkvolle Aufmachung der vier Angor-Ritter ein wenig. Nerestro saß direkt neben Belkala und machte keinen Hehl daraus, dass er sie gut kannte. Herodin hatte sich zur Linken der Lakastra-Priesterin gesetzt, die anderen beiden Krieger flankierten den unglücklich wirkenden Mönch, der sich inmitten der blitzenden und blinkenden Rüstungsgebirge nicht mehr zu rühren wagte. Etwas betreten sah er auf seinen Teller und traute sich nur selten, den Kopf zu heben und sich an Gesprächen zu beteiligen.

Die Adligen und Brojaken unterhielten sich leise, auch der ein oder andere Botschafter, der mitunter dank ausgeprägter Staffage prächtig anzusehen war, tauschte ein schnelles Wort mit einem Amtsgenossen aus.

Ab und zu warf Fusuríl, der Gesandte aus Hustraban, Stoiko einen viel sagenden Blick zu, was auch Norina, die neben ihm auf einem Stuhl ruhte, sah, aber nicht zu deuten wusste. Noch immer hatte sich der Vertraute zu seinem Angebot, was die Beteiligung am Iurdumabbau und die dafür notwendige Einflussnahme auf den Kabcar anging, nicht geäußert.

»Warum schaut der Mann die ganze Zeit zu Euch herüber?«, erkundigte sich die Brojakin zwischendurch. »Kennt Ihr euch?«

Der Vertraute grinste und fuhr sich über den Schnauzer. »Sagen wir, er hat versucht, mich zu bestechen, und hofft, dass ich annehme. Das Angebot war wirklich sehr gut. Aber ich habe natürlich nicht einen Herzschlag lang daran gedacht«, beeilte er sich zu sagen, als er die forschenden Blicke von Norina und Waljakov auf sich sah. »So weit käme es noch. Seht euch seine Garderobe an. Er hat nicht einmal Stil.«

Die restliche Gesellschaft wartete gespannt auf die Rede des Herrschers, die unweigerlich kommen musste.

Endlich erhob sich der junge Mann, der die übliche Uniform mit dem blauen Stern der Bardri¢s trug, und schaute in die Runde. Sofort erstarben die Gespräche, die Musik brach ab.

»Liebe Hochzeitsgäste, geehrte Gesandte und Botschafter, Brojaken und Adlige, Tarpoler«, begann Lodrik. »Es freut mich, dass innerhalb von so kurzer Zeit wieder so viele zusammengekommen sind, um mit mir zu feiern. Zuerst die etwas turbulente Krönung zum Kabcar, nun die dafür ruhigere Ehelichung meiner bezaubernden Cousine, Aljascha Radka, Vasruca von Kostromo. Damit wachsen die beiden Länder, die ohnehin schon gute und verwandtschaftliche Beziehungen verbanden, nun endgültig zusammen. Kostromo und Tarpol werden in Zukunft in einem Atemzug genannt werden müssen.« Er sah hinüber zu Fusuríl. »Mir ist bekannt, welche Forderungen Hustraban gegenüber der Baronie erhebt. Da ich nun nicht nur als Kabcar sprechen kann, den ein Vertrag zum Beistand verpflichtet, sondern auch als Ehemann, der seine Frau zu unterstützen gedenkt, soll gesagt sein, dass Hustrabans Ansinnen eine Zurückweisung vom tarpolischen Hof erhält. Wir sind beide nicht gewillt, diesem völlig überzogenen und ungerechtfertigten Verlangen nachzugeben. Die Habgier, die Hustraban damit unmissverständlich zum Ausdruck bringt, macht das Niedere der Motive klar ersichtlich. Seit 212 ist die Baronie eigenständig, der hustrabanische König hat die Eigenständigkeit damals zugesichert. Wir denken, dass das Wort eines Herrschers gelten sollte.« Fusuríl lächelte unverbindlich bei den Ausführungen des Kabcar. »Und da schon Vertreter aller ulldartischen Reiche zusammengekommen sind, nutze ich die Gelegenheit, um auf die Neuerungen in Tarpol zu sprechen zu kommen.« Er reckte sich ein wenig. »Die Veränderungen sind mit Sicherheit nicht der Beweis von Instabilität meiner Führung, sondern ein Hinweis auf das Neue, das ich einleiten möchte. Im Gegensatz zu vielen anderen Ländern des Kontinents hatte Tarpol noch eine strenge Leibeigenschaft, die ich nach und nach zu lockern gedenke. Erste Schritte sind bereits in die Wege geleitet, und es wird so weitergehen. Tarpol ist auf dem Weg, zu einem glücklicheren Reich zu werden. Sind die einfachen Menschen zufrieden, ist der Frieden gewahrt, und den sah ich nach Rücksprache mit meinen Beratern in Gefahr. Ich rufe alle Brojaken des Landes auf, mich zu unterstützen. Es wird letztendlich nur zu ihrem eigenen Vorteil sein, wenn die Untertanen ohne zu murren ihren Verpflichtungen nachkommen.«

»Wenn sie überhaupt noch welche haben werden«, sagte Kolskoi halblaut und erntete an seinem Teil der Tafel leises Gelächter.

Lodrik hob seinen Pokal. »Und nun trinken wir auf die nächsten Jahre des Friedens. Das Jahr 444 ist nicht mehr allzu weit entfernt, und ein drohender Schatten der Dunklen Zeit ist nicht über Ulldart gefallen. Ganz im Gegenteil, in Tarpol zumindest hellt es sich auf.«

»Lang leben der Kabcar Lodrik und die Kabcara Aljascha«, rief Stoiko. Alle Gäste erhoben ihre Gefäße und wiederholten den Trinkspruch, danach wurden die Pokale in einem Zug geleert.

In die Stille hinein ertönte das einzelne Klatschen des Botschafters aus Ilfaris, in den nach und nach die anderen Diplomaten mit Ausnahme von Fusuríl und Sarduijelec, Gesandter seiner Majestät Arrulskhán, einstimmten. Kolskois Hände bewegten sich so langsam, als würde das Zusammentreffen der Flächen Schmerzen bereiten. Der ein oder andere Brojak musste sich die Zustimmung ebenfalls abringen, aber die Mehrheit der Gäste war von der Rede begeistert.

Der Kabcar strahlte. »Ich danke allen für diese mehr als freundliche Geste. Und nun greifen wir zu. Das Essen soll nicht kalt werden.«

Die Musik setzte wieder ein, Besteckgeklapper mischte sich zu den Tönen, die gedämpften Tischgespräche wurden fortgesetzt.

Norina warf Lodrik einen langen, liebevollen Blick zu und prostete ihm zu, was der Kabcar erwiderte und sich danach glücklich zurücklehnte. Die Aufregung ließ nach.

»Sehr gut, liebster Gatte«, sagte Aljascha kühl. »Hustraban weiß nun, wie die Dinge um das Iurdum stehen. Ich hätte es nicht besser machen können.« Sehr bedächtig führte sie die Gabel zum Mund und nahm einen vornehmen Bissen. »Du hast etwas gelernt, wie ich feststelle.«

»Stoiko und Waljakov haben hervorragende Arbeit geleistet. Oh, da wir schon gerade dabei sind.« Der junge Mann griff das Thema auf und steckte sich übermütig ein kleines Stück Gemüse mit den Fingern in den Mund. »Wir müssen uns dringend über eine nicht geringe Summe unterhalten, die ich aus den Minen zu ziehen gedenke.«

Seine Cousine ließ das Besteck sinken. »Erstens nehmen wir Messer und Gabel, teurer Ehemann, wenn wir etwas essen, schließlich werden wir von den Mächtigen Ulldarts beobachtet. Zweitens«, ihre Stimme war eiskalt, »bin ich nach wie vor die Vasruca von Kostromo. Mir alleine steht die Entscheidung zu, wem ich wie viel von dem kostbaren Metall überlasse. Und Entscheidungen überdenke ich normalerweise sehr gründlich.«

»Also gut, spielen wir Spielchen«, sagte Lodrik. »Ich brauche schnellstens Waslec, um die Schulden meines Vaters zu bezahlen. Sonst proben die Brojaken den Aufstand und meine Änderungspläne im Reich kann ich ins Feuer werfen.«

»Wie schade, nicht wahr?«, lächelte Aljascha gleichgültig. »Da hätte mein lieber Onkel wohl mehr auf seine Finanzen achten müssen.«

Der Kabcar spürte eine heiße Welle, die durch seinen Körper rollte. »Soll das heißen, liebe Gattin, dass du nicht bereit bist, mir die entsprechenden Iurdumlieferungen zukommen zu lassen?«

Ungerührt bedeutete seine Cousine einem Bediensteten, dass sie noch Wein wünschte, dann lächelte sie einem der Offiziere zu, bevor sie sich wieder ihrem Teller widmete.

»Ich rede mit dir«, knurrte Lodrik, fasste ihre Hand und presste zu. Doch sie zog ihre Finger weg, bevor es schmerzhaft wurde.

»Nun, ich werde es mir überlegen«, ließ sie sich nach einer ganzen Weile herab zu antworten. »Wie viel ist es denn, was du bezahlen musst?«

»220.100 Waslec gehen als Zinsen von der geliehenen Summe an die Großbauern, fünfzigtausend Waslec benötige ich, um die Wechsel der ontarianischen Handelsgilde auszulösen.«

Aljascha lachte so glockenhell auf, dass sich einige der Gäste erstaunt zu ihr wandten, und wollte sich von ihrer Heiterkeit fast nicht mehr erholen. Die Zornesröte schoss dem jungen Mann ins Gesicht.

Behutsam richtete sie ihre roten Haare wieder und lächelte Lodrik mitleidig an. »Träum weiter, kleiner Junge. Träum deinen Traum von einem neuen Tarpol. Ich hoffe, dass du sanft erwachst. Von mir erhältst du vorerst nicht einen einzigen Waslec. Die Investition in dich erscheint mir im Moment nicht sehr sinnvoll.«

Lodriks Muskeln spannten sich, da spürte er glücklicherweise eine Hand auf seiner Schulter, die ihn von allem weiteren zurückhielt. »Herr«, raunte ihm Waljakov zu, »Ihr müsst unbedingt das Fleisch versuchen. Kauen beruhigt die Nerven. Kaut lange und gründlich.«

Der Kabcar stach mit der Gabel in das Bratenstück, als wollte er das Tier noch einmal töten, aus dem der Leckerbissen stammte. Mit hastigen Bewegungen zerschnitt er es. »Über die Sache mit der Mine reden wir noch einmal«, kündigte er an. »Wenn wir allein sind.« Dann hielt er inne, legte das Besteck klirrend zur Seite, fischte sich ein Stück mit den Fingern und kaute mit offenem Mund seine Cousine an.

»Du bist kindisch«, kommentierte sie, ohne ihn anzusehen, und lächelte wieder dem Offizier zu.

»Na und?«, entgegnete er. »Ich kann machen, was ich will.« Er beugte sich zu ihr rüber und rülpste ihr ins Ohr. Das Gesicht seiner Cousine entgleiste gefährlich. Dann nahm er wieder sittsam das Besteck auf und beendete sein Mahl, als sei nichts geschehen.

Nach drei Stunden waren alle Gänge des Essens beendet. Nun war es an den Gästen, die Geschenke zu überreichen. Artig wurden die Präsente vor das Brautpaar auf den Tisch gelegt, angefangen von Kunstgegenständen bis zu prachtvollem Schmuck.

Als sich Fusuríl, der nur eine kleine Pergamentrolle in der Hand hielt, auf den Platz des Herrscherpaars zu bewegte, begannen bei Stoiko die bösen Vorahnungen.

Der hustrabanische Gesandte war heran und verbeugte sich. »Mein Name ist dem hoheitlichen Kabcar bekannt. Ich verkünde als Botschafter seiner Majestät Kumstratt, König von Hustraban, das großzügige Geschenk, das gemacht werden soll.« Etwas theatralisch entrollte er das Dokument. »Der Baronie, und somit auch Tarpol, wird angeboten, sich mit Hustraban gütlich zu einigen. Daher unterbreitet Majestät Kumstratt Folgendes: Kostromo liefert nur ein Drittel anstatt der bisher geforderten Hälfte seiner Iurdumerträge an unser Reich ab. Dafür anerkennen wir die vollständige Unabhängigkeit vom Mutterland Hustraban, von dem sich die Baronie unrechtmäßigerweise 212 nach Sinured getrennt hat. Zur Begründung: Die heutige Baronie ging aus einem nicht gerechtfertigen, damals sogar schärfstens verfolgten Aufstand hervor. Daher war die Gründung eines eigenständigen Gebietes niemals möglich. Aufständische, und das sollte dem Kabcar mehr als geläufig sein, haben keine Befugnisse. Und die offizielle Anerkennung der Baronie Kostromo seitens Hustraban fehlt bis dato. Das heutige Angebot soll endgültig Frieden schaffen und den Streit beilegen.« Fusuríl knickte in der Mitte ab, der Oberkörper klappte nach vorne und schnellte wieder in die Höhe.

»Wir danken Hustraban für das großzügige Angebot, aber wir lehnen ab«, antwortete Aljascha, noch bevor Lodrik etwas sagen konnte. »Ich befinde mich dabei mit meinem Gatten auf einer Linie. Nehmt Euer Geschenk und verschwindet, Fusuríl.« Sie winkte mit der Hand, doch der Gesandte bewegte sich nicht.

»Dann bin ich gezwungen, einen Schritt weiterzugehen.« Der Hustrabaner zückte eine zweite Rolle und las vor. »Hiermit erklärt das Königreich, an seiner Spitze König Kumstratt von Hustraban, dass die Geduld mit dem abtrünnigen hustrabanischen Land endgültig erschöpft ist. Da die selbst ernannte Baronie niemals offiziell von seinem Mutterland anerkannt wurde, fühlt sich Hustraban in diesem Fall nicht an die Verpflichtungen des Tausendjährigen Vertrages gebunden.« Fusuríl legte das Blatt auf den Tisch zu den anderen Geschenken. »Somit überreiche ich der Vasruca anlässlich ihrer Vermählung mit dem Kabcar von Tarpol den königlichen Beschluss über die Rückführung hustrabanischen Bodens. Mit sofortiger Wirkung werden hustrabanische Offizielle die Geschäfte übernehmen.« Der Diplomat verbeugte sich. »Wir hoffen auf einen friedlichen Ablauf der Angelegenheit.«

»Da könnt ihr lange warten«, giftete Lodriks Cousine. »Wir haben ein Bündnis mit Tarpol, das mit Sicherheit einen Teil seiner Garnisonen zu unserer Hilfe schicken wird.«

Fusuríl hob abwehrend die Hände. »Wir hegen keinen Groll gegen den Kabcar und halten uns sehr wohl an die sonstigen Bestimmungen des Vertrages. Wir führen keinen Krieg, wir nehmen uns zurück, was schon immer uns gehörte. Sollte der Kabcar dagegen eingreifen wollen, würde er gegen das Abkommen verstoßen.«

Im Großen Festsaal war es totenstill geworden. Selbst die Musik hatte aufgehört zu spielen. Was sich da anbahnte, erschien so ungeheuerlich, dass es keiner der Männer und Frauen zu denken wagte.

»Ich werde die Lage von meinen Beratern prüfen lassen«, sagte Lodrik bedächtig. »Trotzdem ist Euch klar, dass Tarpol auch ohne Verträge an die Baronie gebunden ist. Der Zeitpunkt, eine solche Übernahme zu beginnen, ist denkbar schlecht gewählt.«

»Wir haben unser Angebot unterbreitet und damit unseren Willen bewiesen, Frieden und sogar Unabhängigkeit zuzulassen«, entgegnete der Hustrabaner. »Es wurde von Euch abgelehnt.«

»Und es wird immer wieder abgelehnt werden«, warf Aljascha eisig ein. »Einen Kampf wird es so oder so geben.« Sie sah kurz zu ihrem Gatten. »Mit oder ohne die Unterstützung Tarpols. Aber da ich Mitherrscherin bin, wird sich Tarpol sehr wohl einmischen.«

»Alles, was an Gewalt passiert, liegt in Eurer Verantwortung.« Fusuríl verbeugte sich und kehrte zurück an seinen Platz.

»Ich hasse Hochzeiten«, murmelte Waljakov. Stoiko musste trotz allem grinsen.

Sarduijelec, Gesandter seiner Majestät Arrulskhán, erhob sich als Nächster und trat an die Tafel heran. Er trug ein kleines Kästchen und hatte ebenfalls ein Pergament in der Hand.

»Ich entbiete Euch den Gruß und die besten Wünsche seiner Majestät Arrulskhán, Herrscher von Borasgotan.« Er öffnete den Behälter und stellte ein kunstvoll geschnitztes Holzpferdchen auf den Tisch. »Symbolisch stellt das die Gabe meines Herrn dar. Es lässt der neuen Kabcara und dem Kabcar von Tarpol jeweils fünf der besten borasgotanischen Hengste und Stuten zukommen, direkt aus der Zucht des königlichen Hofes.«

»Das war alles?«, fragte Lodrik misstrauisch.

»Ihr wisst, dass die borasgotanischen Pferde die besten ...«, erklärte Sarduijelec, aber der junge Mann schnitt ihm das Wort ab.

»Stellt Euch nicht dumm, Gesandter. Ihr habt da noch ein Pergament in Eurer Hand. Ist das nun eine Kriegserklärung Borasgotans an mich?«

»Oh, das.« Der Diplomat täuschte Vergesslichkeit vor. »Nein, das ist eine Gefälligkeit, um die mich der ehemalige Gouverneur von Worlac gebeten hat. Ich soll, da er im Moment nicht aus der Freien Baronie herauskommt, Euch seine Botschaft überbringen.« Knisternd entfaltete er das Papier, während Lodriks Augen schmal wurden. »Nach reiflicher Überlegung ist die ehemalige tarpolische Provinz Worlac zu der Überzeugung gekommen, dass sie ihre Freiheit haben möchte«, zitierte Sarduijelec. »Der Veränderungen gegenüber offen eingestellte Kabcar möge zur Kenntnis nehmen, dass das Land und seine Bewohner so glücklicher sind und auf das Verständnis des Herrschers hoffen, der die Unabhängigkeit aus diesem Grund anerkennen wird. Notfalls wird Worlac seine Freiheit verteidigen und mit Borasgotan ein Abkommen schließen.« Der Gesandte legte das Pergament neben das hustrabanische. »Übrigens hat die Großbaronie Ucholowo seinen freien Nachbarn anerkannt.«

»Das ist kein Wunder, schließlich ist der derzeitige Baron mit der Nichte der borasgotanischen Königin verlobt, nicht wahr?«, sagte Lodrik, der sich am Tisch festklammerte, um nicht über das Holz zu springen und den Mann mit dem Exekutionsschwert in zwei Teile zu spalten. »Nun, ich denke, dass meine Offiziere die Provinz«, der Kabcar machte eine Pause, um das Wort wirken zu lassen, »Worlac sehr schnell überzeugt haben werden, wieder ihre angestammte Rolle in Tarpol zu spielen. Ich danke Euch, dass Ihr mir die Nachricht des Gouverneurs überbracht habt. Ansonsten scheint mir rechtlich der umgekehrte Fall dessen vorzuliegen, was der hustrabanische Botschafter schilderte. Nennen wir also alle weiteren Aktionen, die stattfinden werden, ›Rückführung‹.«

»Nun, auch Arrulskhán hat die Freie Baronie inzwischen anerkannt«, sagte Sarduijelec fast ängstlich. »Mein Herr ist der Meinung, dass Ihr die Entscheidung annehmen solltet, denn es geschähe nur zum Wohl der Menschen, und die lägen Euch doch so sehr am Herzen.«

»Warum bin ich nicht selbst darauf gekommen?«, sagte Lodrik und stand auf. Die blauen Augen sahen streng auf den kräftigen Mann herab. »Ich löse Tarpol am besten heute noch auf. Ich gebe jeder Provinz die Freiheit und lasse die Großbauern tun und lassen, was sie wollen.« Er schlug mit der Faust auf den Tisch, und fast augenblicklich brannte jede Kerze, jede Lampe und jede andere Lichtquelle mit blauen Flammen. Ein Raunen ging durch den Saal. »Ich mag jung und noch ein wenig unerfahren sein, aber alles lasse ich mir nicht bieten. Wenn Arrulskhán, Kumstratt und alle Brojaken Tarpols denken, sie könnten mir auf der Nase herumtanzen, dann muss ich mir Anderes einfallen lassen. Ich biete allen zum Wohl meiner Untertanen die Stirn, und es glaube keiner in diesem Saal, dass die Menschen in der Provinz Worlac auch nur einen Hauch Freiheit zu spüren bekämen. Sie werden sich Borasgotan anschließen müssen, und das ist ja wohl schlimmer als hundert Jahre tarpolische Herrschaft zusammen.« Er senkte den Kopf. »Ich bringe die Provinz an den Platz zurück, an den sie gehört. Und der ist in Tarpol, nicht in Borasgotan, das schwöre ich bei Ulldrael dem Gerechten und allen Götter.«

Sarduijelec verbeugte sich und setzte sich wieder. Das letzte Geschenk kam von Ilfaris: eine riesige Torte in Form von Tarpol und durch eine stilisierte Brücke mit Kostromo verbunden, obenauf war der Palast aus Marzipan und Lebkuchen nachgebaut worden. Der Botschafter riet Lodrik leise, den Palast anzuschneiden, wenn er allein sei. Wie immer stecke so ein Gebäude voller Überraschungen.

»Dann werde ich nun das machen, was andere scheinbar schon viel früher planten«, verkündete der Kabcar bitter und ließ sich ein langes Messer bringen. »Ich teile Tarpol auf. Hier, ein Stück Worlac für den Gesandten Sarduijelec. Und da, ein Stück Kostromo für Fusuríl.« Mit energischen Schnitten verkleinerte er den Kuchen nach und nach. »Der Rest des Reiches geht dann wohl an die Brojaken und Adligen. Oder will vielleicht noch jemand ein Stück meines Landes? Fresst, fresst, bis ihr platzt oder Euch Tarpol im Hals stecken bleibt!« Er nahm den Marzipanpalast in beide Hände. »Aber noch ist es nicht so weit. Ich gebe mich nicht geschlagen. Zum Wohl der Untertanen.«

Lodrik setzte sich, Schweiß glitzerte auf seiner Stirn, so sehr hatte er sich in Rage geredet. Die Flammen der Kerzen brannten wieder in ihrer üblichen Farbe.

Norina machte ein besorgtes Gesicht und versuchte, ihren Geliebten mit Blicken zu beruhigen. Doch die Wut war zu groß. Schwer atmend saß der junge Kabcar im Sessel, die Fäuste geballt, die Wangenmuskeln zuckten. Aljascha wirkte nicht weniger zornig.

Scheppernd stand Nerestro von Kuraschka auf und begab sich vor den Herrscher. »Wer auch immer sich gegen den Kabcar von Tarpol stellt, ich, Nerestro von Kuraschka, Ritter vom Orden der Hohen Schwerter des Gottes Angor, werfe ihm den Fehdehandschuh hin.«

Klappernd schlug sein gepanzerter Handschuh auf den polierten Marmorboden. Nach einer kurzen Verbeugung in Richtung des überraschten Lodrik setzte er sich wieder. Der Gesandte von Tûris sagte ebenfalls, wenn auch etwas weniger spektakulär, die Unterstützung seines Reiches an Tarpol zu.

Stoiko bedeutete den Musikanten, wieder zu spielen, aber die Töne klangen sehr zittrig und unsicher. Erst nach einigen Minuten wurde das Spiel wieder so fehlerfrei wie vorher. Die Unterhaltungen begannen erneut. Gesprächsstoff hatte man genug.

Nach zwei weiteren Stunden hatte sich auch der letzte Gast zurückgezogen. Die Stimmung auf dem Fest war einfach zu schlecht, als dass man länger als notwendig bleiben wollte. Auch Aljascha war verschwunden. Der Panzerhandschuh lag unangerührt inmitten des Raumes.

Norina umarmte Lodrik und streichelte ihn. »Mein armer Kabcar. Du musst viel aushalten.«

Der junge Mann seufzte tief und vergrub sein Gesicht in ihren schwarzen Haaren. »So lange du in meiner Nähe bist.«

»Ich werde immer in deiner Nähe sein«, versprach sie und küsste ihn sanft. »Lass uns zu Bett gehen. Du musst dich ausruhen. Hast du übrigens bemerkt, dass wieder diese seltsame Sache mit den Flammen passiert ist?«

»Das habe ich veranlasst«, meldete sich Stoiko schnell. »Ich dachte, es wäre ein ganz hübscher Effekt. Das ist irgendso ein alchemistischer Kram, den man in die Kerzen miteinstreut. Erreicht der Docht das Pulver, dann wechselt die Flamme die Farbe. Ein paar Diener haben unbemerkt beim Feuer geholfen. Und ich habe das Zeug natürlich vorher reichlich getestet. So kann es sein, dass irgendwo Rückstände geblieben sind.«

»Eine sehr nette Idee«, stimmte Lodrik der Lüge zu. »Nur leider erhielt sie nicht die notwendige Beachtung, wie ich finde. Stoiko, setze für morgen eine Sitzung mit den Offizieren an. Wir werden uns mit den neuen Gegebenheiten auseinander setzen müssen.«

»Dann können wir auch gleich ins Zimmer Eurer Gemahlin gehen«, meinte der Leibwächter abfällig. »Dort werdet Ihr alle finden, die Ihr braucht, Herr.«

»Das war zwar respektlos, aber durchaus treffend.« Der Kabcar musste lachen. »Wenn ihr uns nun entschuldigt, wir ziehen uns zurück. Und schau bitte nach, was der ilfaritische Botschafter vorhin mit dem Marzipanpalast andeutete.«

Der Vertraute und der Leibwächter sahen den Verliebten nach, wie sie den Saal verließen.

»Es ist eine Schande«, meinte Stoiko nach einer Weile. »Warum ist Norina nicht die Vasruca von Kostromo?«

»Es ist besser so«, sagte Waljakov. »Kostromo wird demnächst nichts mehr zu lachen haben, wenn Hustraban seine Drohung in die Tat umsetzt. Eher gönne ich der rothaarigen Dämonin eine Niederlage als der Brojakin.«

Der Vertraute schnitt das essbare Miniaturgebäude vorsichtig auseinander und hielt eine Lederrolle in der Hand. Behutsam öffnete er sie und nahm das Dokument heraus. Nach einer Weile pfiff er durch die Zähne.

»Das wird den Kabcar aber mächtig freuen. Seine Majestät, Perdór von Ilfaris, hat uns soeben die kompletten Aufstellungspläne, die genauen Orte und die Zahlen der borasgotanischen Freiwilligen gemeldet, die von uns unbemerkt in Worlac eingesickert sind. Wieder etwas, das von langer Hand geplant worden war.« Stoiko brach ein Stück Marzipan ab und kaute es genießerisch. »Ich habe allmählich den Eindruck, dass unsere verehrten Nachbarreiche nur darauf gewartet hatten, dass der alte Bardri¢ stirbt, um auf einen Schlag loszulegen.«

»Was erwartest du? Das Jahr 444 kommt näher.« Der kahle Hüne zuckte mit den Achseln, während er sich mit der mechanischen Hand ebenfalls etwas von der süßen Fassade nahm. »Nicht schlecht. Ich schätze, Perdór ist so rund wie ein Fass.«

Die beiden Männer verließen den Saal und begannen, die notwendigen Karten herauszusuchen, die für die morgige Besprechung notwendig sein würden.

»Ich bin gleich wieder bei dir, Norina. Ich muss unbedingt die Angelegenheit mit dem Iurdum regeln, sonst kann ich heute Nacht nicht schlafen.« Lodrik entschuldigte sich bei seiner Geliebten, als er aus dem Gemach huschte. »Es wird nicht lange dauern.«

»Ich warte ungeduldig auf dich«, sagte die junge Frau, zog ihr Nachthemd über und rutschte unter die weichen Federdecken.

Zügig durchquerte der Kabcar einige Korridore des Palastes, bis er vor der Tür seiner Cousine stand. An den Geräuschen, die herausdrangen, erkannte er, dass die Hochzeitsnacht bereits in vollem Gange war. Nur offensichtlich nicht mit ihm, dem rechtmäßigen Ehemann.

Schwungvoll öffnete er die Tür und sah im Schein einer einsamen Kerze gerade noch, wie ein Mann sich mit einem Sprung hinter das Bett warf. Lodrik beschloss so zu tun, als habe er es nicht bemerkt. Vorerst.

»Teuerste Gattin.« Er breitete die Arme aus. »Ich bin bereit für unsere Hochzeitsnacht. Ich würde gerne das nachholen, was du mir damals in Granburg versprochen hast. Du weißt, das Land will bald einen Thronfolger sehen. Es ist sogar ein Teil des Vermächtnisses meines Vaters.«

Aljascha zog die Decke hoch, ihr Gesicht wirkte leicht errötet vom Liebesspiel mit dem Fremden. »Wag es, einen Finger an mich zu legen, und ich breche dir die Hand«, zischte sie.

»Du siehst aber aus, als hättest du mich schon sehnsüchtig erwartet. Aber keine Angst, ich wollte mit dir über das Iurdum reden. Hast du dir die Sache noch einmal gründlich überlegt? Ich brauche die Waslec, um die Brojaken ruhig zu stellen. Ich kann mich nicht auf die Verteidigung deiner Baronie konzentrieren, wenn mir die Großbauern in Tarpol wegen der Schulden meines Vaters ein Bein stellen. Das siehst du doch ein. Oder dein Titel ›Vasruca von Kostromo‹ gehört bald der Vergangenheit an.«

Sie musterte ihn mit ihren katzenhaft grünen Augen. Verführerisch zeichnete sich ihre Figur unter dem Laken ab, ihr Parfüm und ihr Körpergeruch stiegen dem jungen Mann angenehm in die Nase.

»Nun gut«, willigte sie ein. »Ich sehe, dass mir keine andere Möglichkeit bleibt.«

»Das freut mich.« Er berührte sie an der Schulter und fuhr über ihre weiße Haut. »Und wann begehen wir unsere Hochzeitsnacht?«

»Mit einem kleinen Jungen? Ich?« Wieder lachte sie laut auf. »Geh zurück zu deinem Mädchen, dieser Brojakentochter, und vergnüge dich mit ihr. Ich bevorzuge Männer.«

Der Kabcar erhob sich. »Eines sage ich dir. Du bist von heute an die Kabcara, die Frau an der Seite des mächtigsten Mannes von Tarpol. Als Vasruca konntest du mit jedem ins Bett steigen, der dir begegnet ist. Aber nun«, er beugte sich zu ihr hinunter und umfasste ihr Kinn, »werde ich ein solches Verhalten nicht mehr dulden.« Ohne dass er es wirklich wollte, presste er seine Lippen hart auf ihren Mund. »Wenn ich jemals wieder einen anderen Mann in deinem Bett finden sollte, lasse ich ihn umbringen. Und für dich denke ich mir etwas aus. Öffentliche Untreue gehört nicht zu den Vergehen in Tarpol, die belohnt werden.«

»Da greif dir selbst an deine eigene Nase«, giftete sie.

»Ich halte mich wenigstens im Beisein anderer zurück und habe nur eine Frau in meinem Herzen. Ich liebe Norina. Du dagegen liebst nur dich.« Er wandte sich zum Gehen.

»Einen Nachfolger wird Tarpol von mir niemals bekommen«, rief sie ihm nach.

Er blickte über die Schulter, die blauen Augen leuchteten intensiv in dem halbdunklen Raum auf. »Das, liebe Cousine, werden wir noch sehen.«

Erschrocken fuhr sie zurück. Lodrik verließ das Zimmer.

»Du willst mir also meinen Spaß verbieten, kleiner Junge. Du liebst dieses Mädchen tatsächlich?«, murmelte Aljascha. »Wir werden sehen, wie lange du sie halten kannst, lieber Gatte.« Sie zerrte ihren Besucher hinter dem Bett hervor.

»Komm her, du Held. Wir müssen ein wenig Theater spielen. Nun gut, er hat mir andere Männer nur in diesem Zimmer verboten. Aber der Palast ist glücklicherweise groß.«

Norina erwachte aus dem Dämmerschlaf, in den sie gefallen war. Lodrik war noch nicht zurückgekehrt, die Stelle neben ihr im Bett war unberührt und kalt.

Sie hörte leises Stöhnen aus dem Zimmer nebenan. Vorsichtig schlug sie die Decke zurück und stieg von der Matratze. An der Tür angekommen, öffnete sie den Eingang einen Spalt und spähte nach draußen, sah aber nur die Silhouetten zweier Menschen, die sich im Nebenraum intensivem Liebesspiel hingaben. Die Brojakin musste lächeln.

»O Lodrik«, hauchte die Frau, und Norina erkannte voller Entsetzen die Stimme Aljaschas.

Fassungslos fuhr sie von der Tür zurück, heiß und kalt durchfuhr es sie. Immer wieder vernahm sie den leise genannten Namen ihres Geliebten und heiße Liebesschwüre.

Zuerst wollte sie die Tür aufreißen und die beiden

stören, schon lag die Hand auf der Klinke, aber etwas hielt sie zurück. Vielleicht war es die Angst vor einer zusätzlichen Demütigung durch die Vasruca. Oder die große Enttäuschung, die sie innerlich spürte.

Sie hatte schon immer befürchtet, dass Lodrik den Reizen und dem betörenden Wesen seiner Cousine auf Dauer nicht standhalten konnte – und auch nicht durfte, denn das Land verlangte früher oder später einen Tadc. Aber dass er ausgerechnet vor ihrem Zimmer zugange war, verletzte sie tief.

Langsam ging sie zurück ins Bett, eine Träne der Enttäuschung rollte ihre Wange hinab.

Sie wusste nicht, wie lange sie ohne zu denken auf den Baldachin gestarrt hatte, aber irgendwann erschien das sorgenvolle Gesicht des Kabcar vor ihren Augen. Sie drehte sich zur Seite und wich ihm aus.

»Wenn du unbedingt deinen Pflichten als Ehemann nachkommen musstest, dann tu es nicht direkt vor unserem Schlafzimmer«, sagte sie leise. »Und sage diesem Weib nicht, dass du sie liebst! Oder hast du mich mit all deinen Schwüren und Beteuerungen belogen?«

Lodrik sah Norina überrascht an. »Was ist mit dir, Liebste? Ich war nur noch schnell etwas Wein holen«, zum Beweis hob er die Gläser und die Flasche, »nachdem ich mit meiner Cousine geredet habe. Stell dir vor, sie hatte einen Mann bei sich.«

»Das habe ich gehört und gesehen«, fauchte sie, stand auf und warf sich einen Morgenmantel über.

»Was ist denn passiert?« Ratlos lief der Kabcar ein paar Schritte neben ihr her.

»Bleib, wo du bist.« Ihre braunen Mandelaugen sprühten vor Wut. »Fandest du es passend, ausgerechnet vor dieser Tür mit Aljascha zu schlafen? Und warum heute schon? Hätte das nicht noch Zeit gehabt, bevor du für einen Thronfolger sorgst?« Sie strich sich über ihre schwarzen Haare. »Du hast mich tief verletzt, Lodrik.«

Sie lief zum Ausgang. »Ich übernachte heute in meiner eigenen Unterkunft.«

Dröhnend fiel die Tür ins Schloss, und einen Lidschlag lang glaubte der verblüffte junge Mann, das glockenhelle Lachen seiner Cousine zu hören.

Nach der Besprechung mit den Offizieren, die sich mehr als besorgt und mit einer gewissen Verlegenheit über die Lage äußerten, rief Lodrik den Brojakenrat zusammen, um den Sachverhalt zu erläutern. Es wunderte niemanden, dass die Sitze der Großbauern, die aus Worlac stammten, heute leer blieben.

Anhand der aufgehängten Karte erklärte Oberst Mansk dem Gremium die Aufstellung der borasgotanischen Truppen, die sich sowohl entlang der Grenze Granburgs als auch innerhalb von Worlac in Position gebracht hatten. Auch in Ucholowo, so lauteten zumindest die ilfaritischen Zahlen, hatte Arrulskhán seine »Freiwilligen« platziert, um notfalls von der Flanke aus Beistand leisten zu können.

Alles in allem mussten die Militärs von rund sechstausendfünfhundert Bewaffneten ausgehen, die ihnen im schlimmsten Falle gegenüberstanden. Und eine solche Menge tarpolische Soldaten konnte innerhalb der kurzen Zeit nicht aus den Garnisonen an die Nordgrenzen geschafft werden. Höchstens achthundert reguläre tarpolische Waffenträger und zwei Scharmützeleinheiten mit jeweils fünfzig Mann konnten gegen die Angreifer auf die Schnelle mobil gemacht werden.

Hinzu kam der traurige Umstand, dass die von Hustraban gleichzeitig bedrohte Baronie Kostromo keine Hilfe zu erwarten hatte, dafür war die Rückeroberung der abtrünnigen Provinz zu wichtig.

Somit fiel aber etwas weg, das Lodrik dringend gebraucht hätte: Die Iurdumlieferungen aus Kostromo würden unter diesen Umständen niemals bis nach Tarpol geschweige denn Ulsar gelangen. Und nach dem zufriedenen Gesicht Kolskois zu urteilen, das der Kabcar sehr genau beobachtete, wusste das der Adlige und Großgrundbesitzer sehr genau. Somit war der junge Mann noch größerem Druck ausgesetzt.

Lodrik erhob sich, nachdem der Oberst seine Ausführungen beendete hatte, und legte eine Hand auf die Rechnungsbücher seines Vaters. »Wir haben den Grund für die Schulden gefunden. Es wurde in Garnisonen und Offiziere investiert, die offensichtlich jetzt nicht in der Lage sind, mein Reich und Euer Land zu verteidigen oder gar zurückzuerobern. Die wichtigen Iurdumlieferungen, mit denen ich Euch alle auf einen Schlag ausbezahlt hätte, können wegen der angespannten Lage nicht hierher gebracht werden. Ich bitte Euch, dem Wohl Tarpols zuliebe, verzichtet auf Eure Forderungen.« Er trat in die Mitte des riesigen Raumes, wo normalerweise die Bittsteller ihre Anliegen vortrugen. »Wenn Ihr es wünscht, dann flehe ich die Brojaken um einen Aufschub der Zahlungen an.« Langsam senkte er sich auf ein Knie herab.

Waljakovs Zähne mahlten bei dieser Szene hörbar aufeinander, Stoikos Mund war verkniffen. Die Mächtigen des Reiches erfuhren einen großen Triumph, denn eine solche Geste hatte es in der ganzen Zeit, in der die Linie der Bardri¢s auf dem Thron saß, niemals gegeben.

Das Gremium tuschelte untereinander, schnelle Blicke wurden getauscht. Es dauerte eine Weile, bis sich der neue Sprecher des Rates erhob. Der granburgische Adlige blähte die Nasenflügel. »Hochwohlgeborener Kabcar, erhebt Euch. Die Brojaken Tarpols sind zu einer Einigung gekommen, die nicht einfach herbeizuführen war.« Kolskoi nickte in die Runde, während Lodrik mit aller Würde aufstand. »Angesichts der großen Schwierigkeiten, in der sich das Reich befindet, haben wir uns dazu entschlossen, Euch die Zinszahlungen zu erlassen. Dafür werden keinerlei weitere Zahlungen mehr an den Hof erfolgen, bis die erlassenen Veränderungen von Euch, Hoheit, zurückgenommen worden sind.«

Lodrik schloss für einen Moment die Augen. Ohne die Einnahmen war es auf lange Sicht nicht möglich, den Haushalt aufrecht zu erhalten, die Staatskasse würde innerhalb eines Mondumlaufes leer sein. »Das ist nicht rechtens, Kolskoi. Ihr seid verpflichtet …«

»Hoheitlicher Kabcar, auch Ihr seid uns gegenüber verpflichtet«, unterbrach ihn der dürre Adlige scharf. »Wir haben unseren guten Willen bewiesen, nun ist es an Euch. Wir erwarten Eure Entscheidung mit Neugier.«

»Wenn ich die Reformen zurücknehme, werden es Borasgotan und Hustraban als Schwäche auslegen«, versuchte es Lodrik. »Und das stärkt ihre Absichten zusätzlich. Versteht das doch!«

»Es hat Euch niemand gezwungen, die Neuerungen einzuführen, hoheitlicher Kabcar«, sagte Kolskoi mit Herablassung in der Stimme. »Auch wenn da vielleicht Einflüsse auf anderer Ebene am Werk waren.« Er sah zu Norina hinüber, die seinem Blick wütend standhielt.

Der junge Mann legte die Stirn in Falten. »Ich werde diese Entscheidung nicht hier, nicht heute fällen. Ich habe für den späten Nachmittag die Diplomaten zusammenrufen lassen und versuche, an deren Verantwortung zu appellieren. Vielleicht können sie beruhigend auf unsere Nachbarn einwirken und Auseinandersetzungen verhindern. Es dürfte wohl keiner daran interessiert sein, dass ein echter Krieg auf Ulldart ausbricht. Diese Verhandlungen möchte ich abwarten, danach tagen wir wieder. Die Versammlung ist geschlossen.« Lodrik kehrte zu seinem Stuhl zurück.

»Das hättet Ihr ihnen nicht gönnen dürfen«, sagte

Waljakov bitter. Klackend legten sich die mechanischen Finger um den Säbelgriff.

»Ich werde alles versuchen, um diesen Konflikt friedlich zu lösen«, widersprach Lodrik, wenn auch sehr müde. »Wie soll ich meine Untertanen in eine bessere Zeit führen, wenn ich mich auf einen Krieg einlasse? Und um ehrlich zu sein: Ich sehe keinen guten Grund, weshalb wir ihn gewinnen sollten, dafür sind wir im Moment nicht stark genug. Auch wenn ich die Soldaten im Eiltempo aus allen Provinzen habe anrücken lassen, es wird Wochen dauern, bis sie an der Grenze angekommen sind. Und bis dahin hat uns Borasgotan zur Hälfte erobert, wenn es möchte.«

»Ihr habt Recht, Herr«, stimmte Stoiko zu. »Arrulskhán wird sich nur zurückhalten, wenn alle anderen Reiche ihr Missfallen ausdrücken. Und darauf setze ich all unsere Hoffnungen. Selbst wenn wir ihn mit seinen Plänen nur hinhalten, bringt uns das kostbare Zeit, unsere Truppen zu sammeln.« Oberst Mansk nickte zustimmend.

Der Leibwächter fuhr sich über die Glatze. »Arrulskhán ist wahnsinnig, wenn mich einer fragt. Und da Borasgotan zu weit im Norden und dazwischen noch Hustraban liegt, muss er im Grunde niemanden fürchten, der ihm Einhalt bieten könnte.«

»Es ist zum aus der Haut fahren. Wartet im Audienzsaal auf mich. Ich muss etwas klären.« Der junge Herrscher sprang unvermittelt auf und lief Norina nach, die langsam in Richtung Ausgang wanderte. Der Rest der Großbauern war bereits verschwunden.

»Warte einen Moment«, rief er. Sie blieb stehen, ohne sich umzudrehen. »Kannst du mir erklären, was du gestern Nacht gemeint hast? Ich verstehe es nicht.«

Die Brojakin seufzte. »Den Dummen zu spielen wird nicht funktionieren, Lodrik.«

Er ging um sie herum und umfasste ihre Schultern.

Tief blickte er seiner Geliebten in die braunen Augen. »Ich schwöre dir, dass ich noch immer so ratlos wie gestern Abend bin.«

Norina schilderte ihm mit einem zornigen Funkeln in den Augen, was sich vor ihrer Tür abgespielt hatte. Lodrik war sofort klar, dass sich Aljascha auf diese Weise für seine Drohung revanchiert hatte.

Eindringlich redete er auf sie ein, erzählte, was sich im Zimmer der Vasruca ereignet hatte, und von der Ankündigung, die Eskapaden seiner rechtmäßigen Gattin nicht weiter hinnehmen zu wollen. Dass er tatsächlich so etwas wie Verlangen verspürte, verschwieg er und würde es vor ihr auf keinen Fall zugeben. Er konnte es sich selbst kaum erklären, woher das immer wieder aufflackernde Gefühl kam.

»Es war nicht ich, den du gesehen hast, sondern vermutlich der Mann, mit dem sie davor im Bett war«, beendete er seine Ausführungen. »Sie möchte uns auseinander bringen, siehst du das nicht? Sie hat eine bösartige Freude daran, uns ins Unglück stürzen zu wollen. Wieso sollte ich dich, meinen stärksten Halt, so leichtfertig aufs Spiel setzen?«

Norina zögerte. Je mehr sie darüber nachdachte, desto mehr Sinn ergaben die Worte Lodriks. Aber in der Nacht hatte sie sich zu sehr von ihren Ängsten blenden lassen und das für sie Schlimmste angenommen.

»Verzeih mir«, sagte sie leise und umarmte ihn. »Ich muss blind und unendlich töricht gewesen sein, etwas anderes anzunehmen.«

Der junge Mann drückte sie fest an sich und fühlte, wie eine immense Anspannung abfiel.

Stoiko wollte Waljakov wieder in die Seite rempeln, erinnerte sich aber im letzten Moment an die schmerzliche Erfahrung, die sein Ellbogen mit dem Brustpanzer gemachte hatte, und versetzte dem Leibwächter dafür einen leichten Schlag auf den Rücken. »Das sieht doch ganz gut aus, nicht wahr?«, fragte er den kahlen Hünen.

»Ja«, grinste Waljakov lakonisch.

»Komm, wir sollten zu den Botschaftern und Abgesandten gehen.« Zusammen mit dem Leibwächter rollte Mansk die Karte zusammen und nahm sie mit aus dem Sitzungssaal des Ratsgebäudes.

Lodrik verabschiedete sich mit einem langen Kuss von einer erleichterten Norina und folgte ihnen zur wartenden Kutsche samt Garde.

Wenig später erreichte das Trio den Audienzsaal, in dem sich wirklich die Diplomaten, die vor kurzem noch auf der Hochzeit auf das Wohl des Kabcar getrunken hatten, versammelt hatten. Aljascha, die am Eingang auf ihn wartete, begrüßte ihren Gatten mit einem tiefen Knicks, hakte sich bei ihm unter und geleitete ihn an den Kopf des Tisches.

»Dein Plan, Norina und mich auseinander zu bringen, wird nicht aufgehen«, flüsterte er. »Wir haben deine widerliche Theatervorstellung von gestern durchschaut.«

»Welche Vorstellung denn?« Seine Cousine spielte die Unschuldige und rückte eine Perlenverzierung am silbernen, stark auf Taille geschnittenen Kleid zurecht. »Ich war die ganze Zeit auf meinem Zimmer. Habt ihr beiden euch gestritten?« Sie lächelte ihn an. »Etwa wegen mir? Nein, wie niedlich. Das junge Glück, bei aller Liebe doch so zerbrechlich und angreifbar.«

»Hör damit auf«, zischte Lodrik ihr ins Ohr, während er ihr den Stuhl zurechtrückte.

»Aber ich habe noch nicht einmal richtig angefangen, lieber Gemahl«, sagte sie arrogant und sah aus den Augenwinkeln zu ihm hinüber. »Und darauf kannst du dich schon mal freuen. Wenn du meinst, du kannst mir in meine Art zu leben hineinreden, dann mach dich auf etwas gefasst.« Mit dem Ruck ihres Handgelenks entfaltete sie einen Fächer als Zeichen, dass das Gespräch für sie beendet war.

Die Bediensteten waren damit beschäftigt, die Karte auf dem Tisch auszubreiten. Als sie damit fertig waren, erläuterte Oberst Mansk den Diplomaten, wie sich die militärische Lage gestaltete, ohne mit einem Wort zu verraten, woher die Auskünfte stammten. Der borasgotanische Botschafter verlor die Farbe aus dem Gesicht und schenkte sich aus der Weinkaraffe ein, um den Pokal auf einen Zug zu leeren.

»Wir ziehen die Garnisonen aus den Provinzen Restyr und Sora an den Grenzen zu Worlac zusammen, Granburgs Soldaten sichern die Übergänge nach Borasgotan, während die restlichen Garnisonen aus Ker, Berfor und Ulsar als Verstärkung aufbrechen.« Mansk deutete mit Hilfe eines Zeigestabs die Wege der Truppen an. »Da wir den Fluss Repol nutzen können, rechnen wir mit einem zügigen Aufmarsch.« Seine letzte Bemerkung war eine Finte, aber sie sollte den Eindruck eines durchaus schlagkräftigen, durchorganisierten tarpolischen Reiches untermauern. »Somit sind wir in der Lage, in die Provinz Worlac notfalls von drei Seiten einzumarschieren.«

»Ich möchte, dass allen Versammelten klar ist, was sich hier anbahnt, verehrte Botschafter«, betonte der Kabcar. »Arrulskhán droht dem tarpolischen Reich einen Krieg an, und das trotz eines geschlossenen Nichtangriffspaktes, von dem Tausendjährigen Vertrag einmal ganz abgesehen. Wenn Euer Herrscher mich tatsächlich angreifen möchte, macht er sich doppelt schuldig«, sagte Lodrik in Richtung des Gesandten Sarduijelec. »Und das, so denke ich, wird kein anderes Land akzeptieren.«

»Offen gesprochen, hoheitlicher Kabcar, unser Land befindet sich derzeit in einer ähnlich schwierigen Lage«, begann der Abgesandte von Tersion. »Und wir verhalten uns, so lange die Streitigkeiten mit Kensustria nicht geklärt sind, neutral. Es gibt für uns keine andere Möglichkeit.« In die gleiche Kerbe mit der gleichen Begründung schlug der Botschafter Palestans.

Alle anderen Reiche äußerten sich zu Lodriks Entsetzen merkwürdig zurückhaltend, gaben als Grund die verworrene rechtliche Lage des Streits an und hielten sich mit einer Zu- oder Absage zurück. Lediglich Tûris unterstrich seine notfalls auch militärische Unterstützung des Nachbarn.

Das anfängliche bleiche Gesicht des Borasgotaners gewann an Farbe zurück, je länger die Besprechung dauerte. Es wurde ziemlich deutlich, dass Tarpol auf sich allein gestellt blieb.

Der Kabcar vertagte die für ihn enttäuschende Versammlung und setzte zusammen mit Stoiko und Norina einen Brief an den Oberen des Ulldraelordens auf. Schweren Herzens bat er ihn darum, sich umgehend in die Verhandlungen einzuschalten und beschwichtigend darauf einzuwirken.

Tags darauf erhielt Lodrik eine Einladung in den Tempel, um beim Geheimen Rat vorzusprechen. Mit einem starken Kontingent an Gardisten, Waljakov, Stoiko und Nerestro samt Rittern marschierte der junge Mann in das große, prächtig gestaltete Gebäude und sprach bei dem geistigen Oberhaupt des Ordens vor.

»Bevor wir über meine Rolle als Vermittler sprechen«, fing der Mann in der goldenen Robe an, »möchte ich mich für Euren offenen Brief, den Ihr mir vor ein paar Wochen gesandt habt, bedanken. Ich schwöre Euch, bei Ulldrael dem Gerechten, dass der Orden niemals die Absicht hegte, Euch umzubringen. Das widerspräche allem, was uns unser Gott vorgegeben hat.« Er formte mit den Händen eine Kugel, das Symbol für das Allumfassende Ulldraels. »Nicht ausschließen möchte ich dagegen, dass es einzelne Verblendete gibt, die eine andere Auslegung der Vision von Karadc bevorzugen. Aber diese Zahl ist mit Sicherheit verschwindend gering. Sollte es aus deren Reihen in der Vergangenheit zu irgendwelchen Taten gegen Euch gekommen sein, dann solltet Ihr nicht den gesamten Orden dafür verantwortlich machen, hoheitlicher Kabcar. Übrigens hatten wir tatsächlich einen solchen Wahnsinnigen unter uns, der während der Krönung ein Attentat ausüben wollte. Aber wir haben ihn zur Rechenschaft gezogen. Ich kann Euch versichern, hoheitlicher Kabcar, dass wir Euch in Eurer Politik der Erneuerung unterstützen.«

Waljakov schnaubte, und Nerestro schüttelte den Kopf angesichts der Dreistigkeit, die der Obere an den Tag legte.

»Das ist ein Umstand, über den ich mich sehr freue, denn die Hilfe Ulldraels des Gerechten ist notwendiger denn je«, meinte Lodrik erleichtert. »Und die Hilfe des Ordens. Um genau zu sein, brauche ich Eure Unterstützung bei den Verhandlungen mit den Diplomaten und Gesandten. Euer Wort hat mit Sicherheit mehr Gewicht als das meine. Ich bitte Euch inständig, versucht alles, um einen Krieg zu verhindern.«

Der Obere verschränkte die Arme hinter dem Rücken und sah auf die grauen Schwaden, die aus dem Kohlebecken stiegen. Der Geruch des Räucherwerks hing im gesamten Tempel in der Luft und wirkte entspannend. Stoiko ertappte sich dabei, wie er den Rauch tief einatmete.

»Ich werde die Verhandlungen für Euch führen. Aber wir sollten die Gespräche jeweils unter vier Augen führen, damit das ein oder andere offene Wort mit mir geredet werden kann, ohne dass es die anderen Vertreter der Reiche erfahren. Als neutralen Ort schlage ich daher auch den Tempel vor. Wenn es etwas gibt, was alle Länder und Regenten Ulldarts verbindet, dann ist es der gemeinsame Glaube an Ulldrael den Gerechten. Stimmt Ihr mir zu?« Der Obere lächelte unter seiner Kapuze hervor. »Oder vertraut Ihr mir immer noch nicht?«

»Ich muss wohl, Oberer«, gab der Kabcar zurück. »Ihr seid meiner Ansicht nach der Einzige, der etwas bewirken kann. Wenn Ulldraels Stimme nichts mehr zählt, wer könnte mir dann noch beistehen?«

»Ja, wer sonst?« Ein Schatten huschte kurz über das größtenteils verdeckte Gesicht des Oberen. »Wir sollten keine Zeit mit weiteren Plaudereien vergeuden, hoheitlicher Kabcar. Ich lasse sofort Einladungen an die Diplomaten und die Großbauern von Worlac schicken. Ich unterrichte Euch sofort über die Ergebnisse der Verhandlungen. Nun entschuldigt mich, ich werde mich ein wenig vorbereiten müssen. Und lasst mir ein paar Notizen darüber hier, was Ihr unter Umständen abzugeben bereit seid. Etwas Entgegenkommen könnte beruhigend wirken.« Der Mann in der goldenen Robe verließ den Saal.

Lodrik diktierte einem Mönch seine eventuellen Zugeständnisse, die er allerdings nur der Form halber machte. Es waren lediglich minimale Abänderungen, denn die Provinz Worlac musste unter allen Umständen wieder an Tarpol angeschlossen werden, daran führte für den jungen Herrscher kein Weg vorbei. Lediglich in der Frage der Baronie Kostromo würde er etwas Entgegenkommen zeigen, da überhaupt keine Möglichkeit der militärischen Präsenz möglich war.

Bereits wenige Stunden später fanden die ersten Unterredungen im Tempel statt, es herrschte ein ständiges Kommen und Gehen. Selbst die aus dem Brojakenrat verschwundenen Großgrundbesitzer Worlacs ließen sich blicken und vertraten im Namen des ehemaligen Gouverneurs und jetzigen Barons die Interessen der neuen Baronie.

Doch anscheinend fruchteten die Worte des Oberen wenig. Am folgenden Tag verkündete Sarduijelec, dass sein Reich nicht tatenlos beim Angriff auf die Baronie Worlac zusehen würde, mit der inzwischen ein offizielles Bündnis eingegangen worden war. Serusien schloss sich plötzlich Hustraban an, versprach militärischen Beistand und verlangte dafür Anteile am Iurdum. Hustraban wiederum wollte sein Angebot, das bei der Hochzeit gemacht worden war, nicht mehr erneuern, und die Brojaken Worlacs pochten, ermuntert durch Borasgotan, auf die Selbstständigkeit der einstigen Provinz. Der enttäuschte und aufgelöst wirkende Obere bedauerte immer wieder, dass seine Reden keine Auswirkungen auf die störrischen Köpfe der Diplomaten hatten.

Stoiko erschien es merkwürdig, dass niemand einer solch wichtigen und angesehenen Person zuhören wollte, und seine Bedenken äußerte er offen gegenüber Lodrik.

Aber auch der junge Mann hatte längst den Eindruck gewonnen, dass der Ulldraelorden nicht den Einsatz in den Verhandlungen brachte, wie es sich angesichts der Situation gehört hätte. Fast schien es, als würden sich die Fronten seit dem Eingreifen des Oberen noch verhärten.

Was keiner von ihnen wusste, war, dass das Haupt des Ordens alles tat, um die Parteien immer weiter voneinander zu entzweien, indem er falsche oder fehlerhafte Botschaften weitergab. Die Mönche in den Schreibstuben leisteten ganze Arbeit, um Unterschriften zu fälschen und Siegel perfekt zu imitieren.

Der Obere wollte diese Auseinandersetzung mit Borasgotan und Hustraban herbeiführen, denn er hoffte, dass der Kabcar im Laufe der Kampfhandlungen ums Leben kam oder sich wenigstens eine bessere Gelegenheit bot, ein weiteres, unauffälliges Attentat durchzuführen. Die Schuld konnte man dann viel besser auf eine der Kriegsparteien schieben.

Nach wie vor war der Geheime Rat davon überzeugt, dass nur der Tod Lodriks die Rückkehr der Dunklen Zeit verhindern könnte. Und das Gremium fand sich daher bereit, zum Segen des Kontinents ein paar Hundert Menschenleben zu opfern. Für den Orden bestand nur die Frage der Abwägung, und die hatte sich bereits vor Monaten in einer geheimen Sitzung aller Oberen der Ulldraelorden geklärt.

Mit Borasgotan war deshalb ein geheimes Abkommen geschlossen worden. Sollte es Arrulskhán gelingen, den jungen Kabcar gefangen zu nehmen und zu töten, würde der Orden den Anspruch Borasgotans auf den tarpolischen Thron mit gefälschten, historischen Zeugnissen untermauern, damit die anderen Reiche gezwungenermaßen zustimmten.

Außerdem versprach der Obere, dass man endlich die rechtmäßige Interpretation der Prophezeiung verkünden wollte – wenn Arrulskhán seine Bedingungen erfüllt hatte.

Auf Anraten der Offiziere zögerte Lodrik den Einmarsch in Worlac noch hinaus, um auf die Unterstützungskontingente aus den anderen Provinzen zu warten.

Währenddessen übernahm Hustraban die Baronie Kostromo, schlug den ein oder anderen zaghaften Versuch eines bewaffneten Widerstandes nieder und begann mit der schnellen Ausbeutung der Iurdum-Minen.

Aljascha schäumte und tobte, als sie die Berichte aus ihrem Land lesen musste, beschimpfte und schmähte Lodrik aufs Ärgste und machte ihm fortan das Leben im Palast zur Hölle. Sie demütigte ihn vor aller Augen, indem sie ihre Liaisons in aller Öffentlichkeit vorführte, Theater und Bälle mit fremden Männern besuchte oder bei aller Kriegsangst und dem Schuldendruck, der auf der Staatskasse lastete, rauschende Feste feierte, wie sie noch kein Mensch zuvor in Tarpol gesehen hatte. Griff sie scheinbar nur auf ihre eigenen Reserven zurück, bediente sie sich doch im Verborgenen und dank der Hilfe einiger Schatzmeister aus den Kassen ihres Gatten.

Lodrik hatte keine Kraft und keine Zeit, sich gegen seine aufständische Gemahlin zu stemmen, zu sehr beschäftigten ihn die Vorbereitungen auf den Krieg.

Nach zwei Wochen waren die Verhandlungen endgültig gescheitert. So brachen er, Waljakov, Stoiko und Nerestro sowie die Kensustrianerin nach Norden auf, um sich selbst an den Kriegsschauplatz zu begeben. Er hoffte, dass sein Auftreten den wenigen Soldaten mehr Mut und Entschlossenheit gab.

Norina bestand zunächst darauf, ihren Geliebten begleiten zu wollen, aber eine seltsame schwindlige Übelkeit erfasste sie im Laufe der Verhandlungen. Sie konnte sich ihren Zustand nicht erklären, aber Lodrik bestand darauf, dass sie im sicheren Schutz des Palastes blieb.

Arrulskhán schien sich wegen die Zähigkeit der Entwicklung zu langweilen und bewies sozusagen zu seinem persönlichen Zeitvertreib in der Zwischenzeit die Schlagkraft seiner Truppen, indem er die Baronie Jarzewo, die seit mehr als vierhundert Jahren von seinem Reich unabhängig war, praktisch im Handstreich einnehmen ließ. Der benachbarten Baronie Kasan stellte der rücksichtslose Herrscher ein Ultimatum, da auch sie in der Geschichte Teile Borasgotans einverleibt hatte, die er sich nun zurückzuholen gedachte.

Der Rest Ulldarts sah dem Treiben Arrulskháns mit gemischten Gefühlen zu.

Lodriks Verlassen der Hauptstadt öffnete seiner Cousine Tür und Tor. Als Kabcara hatte sie in Abwesenheit des Herrschers von Tarpol alle Rechte, und diese nutzte sie leidlich aus. Das luxuriöse Leben, das sie aus Kostromo gewohnt war, setzte sie ohne Rücksicht auf die Finanzen fort. Und während ihr Gemahl sich immer weiter in Richtung Norden durchschlug, schrumpfte der Staatsetat mehr und mehr. Norinas warnende Worte wurden absichtlich überhört oder verlacht.

Die Offiziere der tarpolischen Armee versuchten im Eiltempo, ihren Männern die Theorie der Kriegskunst zu vermitteln, aber da sie selbst so gut wie keine Erfahrung mit größeren Schlachten hatten, die ihnen nun unweigerlich bevorstehen sollten, blieb es bei spielerisch anmutenden Trockenübungen auf freiem Feld, die die Unsicherheit der Kämpfer vollends ans Tageslicht brachten. Einen Haufen Bestien zu vertreiben oder eine Straßenbande zu stellen war eine Sache, einer gerüsteten Armee gegenüberzustehen eine andere. Voller böser Vorahnungen gab Lodrik, sobald er in der Provinzhauptstadt Sora angekommen war, den Angriffsbefehl auf Worlac.

Kaum betraten die tarpolischen Einheiten den Boden der Abtrünnigen, preschten die borasgotanischen Soldaten über die granburgische Grenze, und die »Freiwilligen« in Worlac leisteten nicht nur erbitterten Widerstand, sondern begannen, die tarpolischen Kontingente regelrecht aufzurollen.

Arrulskhán hatte seine Männer besser ausbilden lassen, als es die Offiziere des Kabcar vermutet hatten, und so wurde aus der versuchten Rückeroberung eine Verteidigungsschlacht. Bis zum Frühjahr des Jahres 443 waren die tarpolischen Regimenter in den Provinzen Granburg, Sora und Restyr auf dem Rückzug.

Die borasgotanischen Einheiten stießen auch aus Ucholowo vor, sodass sich die Truppen Arrulskháns wie eine gewaltige Walze vorwärtsbewegten. Nur selten ließen sich die Angreifer lange aufhalten. Die Ucholowesen ihrerseits annektierten den kleinen Nachbar Bijolomorsk, der kurz vor dem Anschluss an Tarpol gestanden hatte. Die Lage auf der Landkarte wurde allmählich mehr als bedrohlich.

Daran sollte sich zunächst nichts ändern. Der Nachschub an Lebensmitteln aus dem tarpolischen Hinterland rollte schon lange nicht mehr, denn die ontarianische Handelsgilde hatte ihre Niederlassungen angewiesen, jegliche Transporte für den Hof einzustellen, bis die fünfzigtausend Waslec Schulden bezahlt würden. Als Aljascha die neuerliche Forderung las, zerriss sie das Schreiben der Gilde und befahl, die Beförderungen in die Hände der Brojaken zu legen. Die Großbauern schafften es jedoch nicht, eine Planung in die Tat umzusetzen. Bisher musste man sich niemals mit solchen unnötigen Aufgaben auseinander setzen, nun rächte sich die Abhängigkeit von den Ontarianern. Dementsprechend überfordert fühlten sich die Brojaken, und nur mit unendlich viel Aufwand gelang es Norina, nach zwei Monaten geregelten Nachschub an die breite Front zu karren.

Hilfreich waren die Bemühungen des Königreichs Tûris, auch wenn Mennebar IV. mitteilen ließ, dass er unmöglich so viele Soldaten wie versprochen schicken konnte. Er benötigte seine eigenen Männer, um die »Verbotene Stadt« abriegeln zu lassen, denn mehr und mehr Sumpfbestien versammelten sich in den Ruinen. Der König befürchtete einen baldigen Angriff der Kreaturen und wollte gerüstet sein, um die eigenen Untertanen schützen zu können. Dafür sandte er wenigstens Proviant nach Tarpol.

Auch König Tarm von Aldoreel unterstützte das immer schwächer werdende tarpolische Heer mit Korn, Mehl und dringend notwendigem Verbandsmaterial.

Der junge Kabcar wurde angesichts der ständigen Rückschläge immer verbitterter. Seine Wutausbrüche erlangten bei seinen Leuten legendären Ruf, mehr als einmal mussten ihn Waljakov und Stoiko zügeln, wenn Lodrik seinen angestauten Hass und die Hilflosigkeit an Untergebenen auslassen wollte.

Als würde von einem Lidschlag auf den anderen ein ausgewechselter Mensch vor ihnen stehen, entschuldigte sich der Kabcar bei den zu Unrecht Misshandelten und gelobte Besserung.

Sonderbar waren die Geschehnisse in der Umgebung des wütenden Lodrik. Gefäße zersprangen, Menschen wurden von unsichtbaren Kräften zu Boden oder in die Luft gerissen, Feuer und Flamme wandelten ihre Farbe von Rot zu Dunkelblau. Stoiko gingen allmählich die an den Haaren herbeigezogenen Erklärungen aus, und bald haftete dem Kabcar ein leicht abergläubisch gefärbter Ruf an.

Mit dem Einsetzen des Frühlings und des Tauwetters kam der borasgotanische Vormarsch zum Halten, Matsch und Regen behinderten die Truppen zu sehr. Tarpol erhielt eine Atempause, Lodrik und seine Freunde kehrten erschöpft nach Ulsar zurück.

Norina empfing einen Geliebten, der sich verändert hatte. Auch wenn er sich selbst bisher an keiner Schlacht beteiligt hatte, das Gesehene und die Ereignisse hatten seine Züge hart werden lassen. Selbst die liebevolle Umarmung der Brojakin schien sein Innerstes nicht erreichen zu können. Erst am zweiten Tag nach seiner Ankunft kehrte das alte, freundliche Wesen zurück.

Die junge Frau spürte die tiefe Verzweiflung, die in ihm steckte, als sie sich am dritten Tag ins Teezimmer des Palastes zurückgezogen hatten. Ohne etwas zu sagen, sank er vor ihr auf die Knie und klammerte sich wie ein kleines Kind an ihren Leib. Zärtlich fuhr sie über seine blonden, langen Haare. Dann setzte sie sich und zog ihn neben sich auf die Liege.

»Was ist nur aus all unseren Plänen für ein besseres Tarpol geworden?«, fragte er leise und starrte in die Flammen. »Ich wollte nichts Schlimmes, im Gegenteil. Meine Untertanen sollten mehr Freiheiten bekommen, als sie jemals vorher hatten. Und nun gehört ein Drittel meines Reiches dem wahnsinnigen Arrulskhán. Warum lässt Ulldrael das zu?« Er sah Norina in die Augen, als ob dort die Antwort auf seine Frage liegen würde. »Wenn er doch der Gerechte sein will, warum tut er nichts? Ist denn das gerecht, was mir und Tarpol im Moment widerfährt?«

»Nein, das ist es nicht«, sagte sie in beruhigendem Ton. »Und deshalb wird Ulldrael dich unterstützen.«

»Wann?«, rief er verzweifelt und sprang auf. »Wann lässt sich der Gerechte«, er spie das Wort fast aus, »dazu herab, etwas zu tun? Ich warte und bete, aber nichts geschieht. Stattdessen vernichten die Borasgotaner meine Männer, plündern die Dörfer und misshandeln meine Untertanen. Und der feine Rest dieses Kontinents schaut zu, faselt etwas von ›unklarer Rechtslage‹. Die Könige lehnen sich in ihrem Thron zurück. Es ist zum Erbrechen!« Voller Wut schlug er gegen den Kaminsims, dann lehnte er die Stirn an den kühlenden Stein. »Ich stand auf einem Hügel und blickte auf das Schlachtfeld zu meinen Füßen. Meine Männer wurden niedergemacht, ganz gleich, ob sie die Waffen streckten oder nicht. Ich habe es ihnen nicht einmal verdenken können, als sie aufgeben wollten. Aber anstatt Schonung zu gewähren, wurden sie an Ort und Stelle hingerichtet.«

Lodrik wandte sich um, seine Schultern bebten. »Knapp hundert Männer. Einfach geköpft.« Langsam ließ er sich auf den Boden rutschen, der letzte Rest von Fassung war dahin. Schnell war Norina an seiner Seite und nahm ihn in die Arme. Hemmungslos weinte der Kabcar von Tarpol. »Ich will nicht mehr, Norina. Wenn mir Ulldrael nicht bald Beistand gewährt, dann ist es vorbei.«

»Du darfst den Glauben nicht verlieren.« Die Brojakin wiegte ihn hin und her. »Es hat so gut begonnen, deshalb darf es so nicht enden. Das Wetter ist auf unserer Seite, und das Glück wird sich zu unseren Gunsten wenden. Ich habe den Nachschub inzwischen organisieren können, und es haben sich viele Freiwillige gemeldet, die bei der Verteidigung des Landes helfen wollen.«

»Sie werden genauso vernichtet werden wie meine Soldaten. So darf es nicht weitergehen.« Lodrik schüttelte den Kopf. Dann wischte er sich die Tränen aus den Augen. »Ich habe dich so vermisst, Norina. Zwei Monate ohne dich waren kaum auszuhalten.« Er küsste sie. »Ich habe mir überlegt, Arrulskhán ein Angebot zu unterbreiten. Ich will endlich Frieden machen. Ich bin die sinnlose Kämpferei so satt. Soll Worlac meinetwegen seine Unabhängigkeit bekommen, sie werden sich bald wünschen, sie hätten es nicht getan. Aber bevor ich mit Botschafter Sarduijelec rede, muss ich meine Gemahlin aufsuchen. Hast du eine Vorstellung, was sie alles an Waslec durchgebracht hat?« Die Verzweiflung war von einem Lidschlag auf den anderen dem puren Hass gewichen. »Ich habe mir die Rechnungsbücher bringen lassen. Sie hat nicht einmal den Versuch unternommen, ihre Prasserei zu vertuschen. Aber nun ist eine Lektion fällig.«

Voller Sorge betrachtete Norina den jungen Mann. »Was hast du vor?«

Lodrik stand auf, zog die Uniform straff, ordnete das Wehrgehänge und schritt zur Tür. »Ich werde ein paar Takte mit ihr reden. Das wird ein Tanz, den sie nicht vergisst.« Er sah seine Geliebte forschend an. »Hat sie dich so schlecht behandelt, wie ich es vermute, oder war es sogar noch schlimmer?«

»Nein, nein«, schwächte die Brojakin ab. »Wir sind uns aus dem Weg gegangen. Sie hat mir die notwendigen Unterschriften erteilt, um den Nachschub zu organisieren.«

»Immerhin. Ich bin gleich wieder bei dir.« Lodrik stapfte hinaus.

Nachdenklich schaute die junge Frau auf den Eingang. Die Entwicklung, die Lodrik vollzog, gefiel ihr gar nicht.

Seufzend legte sie eine Hand auf ihren Unterleib, in dem sich neues Leben entwickelte. Diese Neuigkeit, von der nur sie wusste, hatte sie ihm noch gar nicht erzählen können. Sie spürte aber, dass der Zeitpunkt nicht der richtige gewesen wäre.

Vorsichtig nippte sie am heißen Tee und wartete auf die Rückkehr ihres Geliebten.

Je näher der Kabcar an das Zimmer seiner Gattin kam, umso wütender wurde er.

Gedanken schossen ihm durch den Kopf, die seine Laune nicht gerade verbesserten. Die Situation gestaltete sich für ihn und jeden anständigen Tarpoler als ungeheuerlich.

Während sich seine Geliebte um die Staatsgeschäfte kümmerte, verschleuderte seine rechtmäßige Gemahlin den Staatsetat, als gäbe es irgendwo unter dem Palast eine geheime Schatzkammer, in der unendlich viel Gold oder Iurdum lagerte. Und sie wälzte sich mit anderen Männern im Bett wie eine billige Straßenhure. Nerestro gab ihm durch die Blume zu verstehen, dass sie es auch bei ihm versucht hatte. Er dagegen durfte sie noch kein einziges Mal berühren, obgleich es ihm als Einziger zustand. Es brodelte in ihm wie in einem Vulkan.

Als er die Tür zu ihrem Gemach aufriss und das über die Störung erboste Gesicht eines halbbekleideten

Mannes vor sich sah, das provozierende, glockenhelle Gelächter seiner Cousine, die sich im Bett räkelte, klingen hörte, schwappten die Gefühle über.

Mit einem unmenschlichen Schrei zog er das wuchtige Henkersschwert, das ihm schon mehrfach gute Dienste geleistet hatte.

Wieder zur Besinnung gekommen, stand er etwas benommen über einem völlig verstümmelten, verbrannten und noch leicht qualmenden Toten. Blut troff von der Schneide des Henkersschwertes, das er in der rechten Hand hielt, sein Atem ging schwer, Schweiß und Blut des Mannes rannen ihm über das Gesicht. Die Fingerspitzen des Handschuhs an seiner Linken wirkten wie weggebrannt.

Aljascha kauerte hinter dem Bett, die Decke an sich gezogen, und starrte ihn an. Das blanke Entsetzen lag in ihrem hübschen Gesicht.

Lodrik ging wortlos zu ihr hinüber, um das Blut der Leiche an ihrem Laken abzuwischen.

»Ich habe dir gesagt, dass ich das nicht länger dulden werde.« Er überspielte mit vorgetäuschter Kaltblütigkeit seine eigene tiefe Bestürzung über seine Tat, deren Hergang er nicht nachvollziehen konnte. »Über alles andere, was du dir in meiner Abwesenheit geleistet hast, sprechen wir nach dem Essen. Und ich möchte eine gute Entschuldigung hören.«

Der Kabcar warf einen Blick auf den Toten. Dessen Körper schien von einer gewaltigen Energie verbrannt worden zu sein. Der Geruch von verschmortem Fleisch hing übelkeitserregend in der Luft.

Schnell verließ er den Raum, damit seine Cousine die Unsicherheit nicht bemerkte. Dass Norina im Teezimmer auf ihn wartete, hatte er völlig vergessen, und gedankenversunken wandelte er durch die Korridore des Palastes.

So sehr er sich bemühte, es erschien ihm nicht möglich, sich an die Geschehnisse zu erinnern. Er wusste nur noch, dass er seine Waffe gezogen hatte.

Er hob den teilweise verbrannten linken Handschuh vor die Augen. Sollte das das Kribbeln in den Fingerspitzen gewesen sein? Aber wie konnte das möglich sein? Was war das für eine Macht, die ihn so etwas tun lassen konnte?

Ohne eine Antwort zu finden, begab er sich in Richtung des eigenen Schlafzimmers. Etwas fiel ihm allerdings auf: Er fühlte sich so entspannt wie seit Beginn des Krieges nicht mehr, sein Kopf war freier als je zuvor.

Beinahe in euphorischer Laune wechselte er die Kleidung, betrachtete sich zufrieden im Spiegel und begab sich zum Abendessen.

Die Stimmung am Tisch war merkwürdig. So ziemlich zum ersten Mal, seit Aljascha im Palast wohnte, sagte sie keinen einzigen Ton. Lodrik hatte sich dagegen wortreich bei Norina entschuldigt, sein ganzes Wesen strahlte gute Laune aus. Die Brojakin freute sich über den Sinneswandel ihres Geliebten und schob es auf ihr Wiedersehen, das ihm neue Kraft, neuen Mut und Hoffnung gegeben hatte.

Waljakov fing während des Essens einen recht aufgeregten Diener ab, den er nach kurzen Anweisungen wieder davon schickte. Nerestro und Belkala unterhielten sich leise.

Stoiko berichtete derweil, dass die Botschafter und Gesandten erneut für morgen früh in den Audienzsaal bestellt worden waren. Die Entwicklung des Krieges war der Gesprächsgegenstand im gesamten tarpolischen Reich.

»Und ich erzähle Euch gewiss nichts Neues, Herr, wenn ich Euch sage, dass das einfache Volk nach wie vor hinter Euch steht«, schloss der Vertraute. »Die Menschen wissen sehr wohl, was sie an ihrem jungen Kabcar haben.«

»Was ihnen aber nichts nützen wird, wenn es so weitergeht«, grummelte der Leibwächter. »Wir haben gesehen, wie der Feind kämpft. Die einzigen, die einigermaßen Stand halten, sind die Scharmützeleinheiten.«

»Hoheitlicher Kabcar, ich habe eine kleine Überraschung für Euch.« Der Ritter erhob sich. Sein Bart hatte sich von der Attacke der Kabcara erholt, und eine kleine gefärbte und sorgsam gefettete Strähne baumelte bereits wieder am Kinn herab. »Ihr erinnert Euch doch an den Vorschlag, im Frühjahr ein Turnier in Ulsar abzuhalten?«

»Etwas unpassend derzeit, findet Ihr nicht?«, meinte Stoiko vorsichtig und legte das Besteck zur Seite.

»Eben. Aber ich hatte die Einladungen nicht aufgehoben. Und ich kann Euch nun voller Stolz verkünden, dass sich der Orden der Hohen Schwerter auf Eurer Seite in den Krieg stürzen wird.« Nerestro verneigte sich leicht. »Meine Waffenbrüder sind der gleichen Meinung wie ich. Etwas Besseres als Euch hätte Tarpol niemals passieren können, daher werden wir alles tun, um Euch zum Sieg zu verhelfen.«

»Wie viele?«, fragte der Leibwächter neugierig.

»Es sind inzwischen rund fünfzig Ritter hier. Dazu kommen jeweils zwischen fünf bis zehn Kämpfer und Gefolge. Ihr hättet somit mehr als dreihundert zusätzliche und erfahrene Männer«, erklärte Nerestro mit einem gewissen Befriedigung.

»Donnerwetter!«, entfuhr es dem Vertrauten. Lodrik strahlte über das ganze Gesicht und fasste nach Norinas Hand.

»Meinen Dank, Nerestro von Kuraschka. Dafür habt Ihr erneut das Wohlwollen des Kabcar geerntet. Wenn diese Angelegenheit mit Borasgotan erledigt ist, müssen wir unbedingt über Euren Ländereibesitz sprechen.« Der junge Mann hob sein Glas. »Vielen Dank. Auf die Hohen Schwerter, auch wenn ich nicht gedenke, das großzügige Angebot wahrzunehmen.«

»Herr!«, kam es sofort von einem fassungslosen Waljakov, aber Lodrik lächelte.

»Es soll schnell wieder Frieden herrschen, und auch wenn ich mir sicher bin, dass ich mit der Kampfkraft Eures Ordens früher oder später einen Sieg herbeiführen könnte, möchte ich die Kämpfe beenden. Es sind mir schon zu viele Menschen umgekommen.« Er nickte dem Ritter zu. »Aber wenn Eure Ordensbrüder schon mal hier sind, dann sollten wir zur Feier des Friedens, den ich morgen zu schließen gedenke, eben doch ein Turnier veranstalten.«

»Sollten die Verhandlungen nicht so verlaufen, wie Ihr hofft, wir sind bereit, Euch wieder an die Front zu begleiten«, beendete der Krieger seine Rede und nahm Platz.

Belkala stand auf. »Auch ich möchte Euch helfen, hoheitlicher Kabcar. Zwar ist Kensustria weit weg, und es ist normalerweise auch nicht die Art meines Volkes, sich in die Angelegenheiten anderer einzumischen, aber ich möchte eine Ausnahme machen.« Sie sah in die Runde, strich sich die grünen Haare zurück und zeigte ihre spitzen Eckzähne. Norina drückte Lodriks Finger unwillkürlich, sodass er sie für einen Moment fragend ansah. Doch sie schüttelte den Kopf. »Wie Ihr wisst, ist mein Gott der des Wissens. Ich würde für Euch Männer unterrichten, wie man aus einem Boden mehr Ertrag mit einer Ernte herausholt. Diese könnten dann in die Dörfer reisen und das Wissen weitergeben. Ich denke, die Tarpoler werden froh darüber sein, wenn sie in den anstehenden Zeiten wenigstens halbwegs gefüllte Kornkammern haben. Es ist ganz einfach, wenn man weiß, wie es geht.«

»Hätte ich gewusst, dass nur gute Botschaften hier

auf mich warten, ich wäre schon viel früher zurückgekehrt«, sagte der Kabcar.

»Wenn wir schon bei Neuigkeiten sind«, fiel ihm seine Cousine beiläufig ins Wort, »hast du deinen Freunden schon von deiner glorreichen Tat in meinem Schlafzimmer berichtet?« Sie nahm ihr Messer und hielt es wie eine Waffe. »Stellt euch vor, er hat einen unbewaffneten Mann in kleine Stücke zerhackt. Und aus seinen Fingern sprühten orangene Blitze. Es war nichts von dem armen Mann übrig als ein rauchendes Bündel verkohlten Fleisches.«

»Sicher. Und das macht er ständig. Überall, wo er geht und steht«, fügte Stoiko todernst hinzu. »Mit den Blitzen steckt er normalerweise die Fackeln an.« Dann lachte er los, Waljakov fiel nach etwas Zögern ein, und bald bog sich die ganze Gesellschaft vor Heiterkeit, außer Norina. Aljascha funkelte sie alle an.

»Ihr denkt wohl, ich erzähle Unsinn, nicht wahr? Aber ich habe es gesehen!«, empörte sie sich.

»Gar nichts hast du, werte Gemahlin«, sagte Lodrik amüsiert. »Ich habe dich besucht, um dich auf deine Geldverschwendung anzusprechen, und ich fand dich äußerst betrunken in deinem Bett. Als ich dich wecken wollte, fiel mir die Kerze zu Boden, und die Flammen musste ich löschen. Vielleicht hast du den Brandfleck damit verwechselt.«

Die Kabcara verzog missmutig die Mundwinkel. »Natürlich kannst du es vor deinen Freunden nicht zugeben, ich weiß. Aber ich werde nicht vergessen, was du angerichtet hast.« Sie warf ihr Besteck klirrend auf den Teller und ging.

»Hoheitlicher Kabcar, einen Sinn für Übertreibungen hat Euer Weib schon, oder?«, erkundigte sich Nerestro und wischte sich die Tränen aus den Augenwinkeln. »Blitze aus den Fingern, das gefällt mir.«

Zum Beweis hielt der junge Mann seine makellosen

Hände in die Höhe. »Sieht hier irgendjemand eine Spur von Ruß oder ähnlichem?«

»Nur ein bisschen Dreck«, meinte Stoiko und fachte das allgemeine Lachen von Neuem an.

Damit war die Geschichte von Aljascha erledigt, keiner ging mehr näher darauf ein oder hakte nach. Bald verschwanden alle in ihre Gemächer. Stoiko und Waljakov widmeten sich ihrem abendlichen Schachspiel.

Nach dem vierten Zug hielt es der Vertraute nicht länger aus. »Was wollte der Diener vorhin?«

Der Leibwächter starrte geistesabwesend auf das Brett. »Du kannst es dir denken, vermute ich.«

»Dann hat Aljascha nicht gelogen?« Beunruhigt strich sich Stoiko den Schnauzer glatt.

»Ich weiß nicht, was passiert ist.« Waljakov setzte den Vertrauten matt. »Aber der Mann wollte wissen, was man mit der Leiche machen sollte. Ich befahl eine schnelle, unauffällige Entsorgung. Ich wusste nicht, ob die Kabcara oder Lodrik Schuld hatte, es war mir auch egal. Jedenfalls muss es niemand erfahren.«

»Mir schwant Übles, wenn es mit ihm so weitergeht«, murmelte sein Gegenüber nachdenklich. »Was geschieht mit ihm? Dem halben Regiment ist die Veränderung aufgefallen. Bei jedem Wutanfall ereignen sich die seltsamsten Dinge um ihn herum.« Er sah dem Leibwächter ins Gesicht. »Wenn ich es nicht besser wüsste, würde ich sagen, es ist Magie.«

»Unsinn.« Waljakov wischte die Vermutung mit der mechanischen Hand zur Seite. »Es waren nur Zufälle. Es gibt keine Magie.«

»Ach ja? Und rein zufällig wechselt das Feuer seine Farbe?«

»Es wird Blütenstaub gewesen sein.« Der muskulöse Kämpfer zuckte mit den Schultern. »Kennst du Bärlappsamen? Das Zeug brennt wie Zunder. Vielleicht hat so eine Staubwolke die Flammen verändert?«

»Das habe ich den Männern erzählt, ich weiß«, winkte Stoiko ab. »Aber wir beide wissen es besser.«

»Was sollen wir deiner Meinung nach tun?« Ruhig fixierten die eisgrauen Augen Waljakovs die von Stoiko. »Wir können nichts tun. Außer dafür zu sorgen, dass mit ihm alles gut geht. Nichts deutet auf die Dunkle Zeit hin, und wenn doch, dann wegen Arrulskhán, nicht wegen Lodrik. Wir bleiben in seiner Nähe und passen auf ihn auf. Erst wenn er stirbt, kehrt der Schrecken nach Ulldart zurück. Vielleicht sammelt Ulldrael seinen Segen in ihm? Der Blitz, damals in Granburg, konnte ihm auch nichts anhaben.« Sorgsam ordnete er die Figuren neu an. »Mach dir weniger Gedanken. Morgen ist der Krieg hoffentlich vorbei, und wir alle haben keinen Grund mehr, uns über irgendetwas aufzuregen.«

»Hoffen wir es mal«, seufzte der Vertraute und beugte sich vor, um die Eröffnung zu machen.

Als Norina die Bibliothek betrat und die Kensustrianerin inmitten von Büchern sitzen sah, wollte sie direkt wieder den Rückzug antreten. Doch die Priesterin hatte ihr Eintreten bemerkt und sich umgewandt.

»Ich grüße Euch, Norina Miklanowo.« Sie verneigte sich. »Auch Ihr sucht den niedergeschriebenen Rat der Gelehrten?«

»Ja. Ich suche etwas darüber, wie man Übelkeit bekämpft.« Die junge Frau nahm all ihren Mut zusammen und trat in den Raum, wobei sie allerdings einen großen Bogen machte, damit sie am anderen Ende des Tisches anlangte und Belkala genau im Blick hatte.

»Da kann ich Euch vielleicht weiterhelfen, wenn Ihr möchtet.« Sie nahm sich ein Stück Papier von dem Stapel unbeschriebener Blätter vor sich, tunkte den Federkiel in das Tintenfass und schrieb mit kräftigem Schwung einige Zutaten auf. Dann hielt sie Norina ihre

Aufzeichnung entgegen. »Ihr müsst die Kräuter einfach nur in heißem Wasser ziehen lassen. Trinkt jeden Morgen ein Tasse davon, und Ihr werdet den restlichen Tag nicht ein einziges Mal ein laues Gefühl im Magen haben.« Sie lächelte, ihre Reißzähne schimmerten ein wenig. »Ich musste am Anfang selbst etliche Tassen davon trinken, weil mir die fette tarpolische Küche so gar nicht bekam. Aber inzwischen habe ich mich daran gewöhnt.«

Zögernd kam die Brojakin näher und nahm vorsichtig die Rezeptur entgegen. »Danke vielmals. Ich werde es ausprobieren.« Als würde sie etwas am Regal an der anderen Seite des Zimmers suchen, schlenderte sie aus der Reichtweite der Kensustrianerin. Sie zog ein zufällig ausgewähltes Buch aus der Reihe und blätterte darin.

»Ihr habt übrigens hervorragende Arbeit geleistet«, lobte Belkala plötzlich.

»Bitte?« Sie drehte sich um.

»Die Organisation des Nachschubs«, erklärte die Priesterin. »Nicht viele junge Frauen wären in der Lage gewesen, auf die Schnelle eine solche Transportkette auf die Beine zu stellen.«

Norina erwiderte das Lächeln. »Sie läuft zwar noch nicht ganz so reibungslos, wie ich mir das erhofft hatte, aber bis die Kämpfe wieder beginnen, müsste alles soweit in die Wege geleitet sein. Die Großbauern sind zäh.«

»Die Großbauern sind ängstlich, weil sie ihre Macht verloren sehen, wenn der junge Kabcar auf dem Thron bleibt. So sehe ich es zumindest.« Belkala stützte die Unterarme auf die Tischplatte. »Wenn es dem Herrscher gelingt, Arrulskháns Truppen zurückzuschlagen, werden die Brojaken ihre Zusammenarbeit sehr schnell wieder einstellen, befürchte ich.«

Norina klappte das Buch zu und setzte sich neugierig. »Ihr macht Euch also ebenso Gedanken um Tarpol wie Lodrik und ich? Das freut mich sehr. Wenn Ihr einen Rat habt, dann …«

Die Priesterin hob abwehrend ihre Linke. »Nein, ich werde mich nicht weiter einmischen, als ich es bereits getan habe. Euren Bauern Hilfestellungen zu geben, wie man den Ertrag eines Feldes steigert, war schon sehr viel für kensustrianische Verhältnisse. In Politikfragen kenne ich mich nicht gut genug aus, um mitsprechen zu können. Aber in kleineren Angelegenheit gebe ich gerne meine Meinung dazu ab.«

»Seid Ihr deshalb immer in der Nähe des Kabcar?«, fragte die junge Frau und warf die langen, schwarzen Haare zurück. »Der Ritter und Ihr, einer von Euch beiden ist ständig um ihn herum.«

»Ja, auch«, antwortete Belkala nach einer Weile. »Nerestro und ich wissen um die Prophezeiung. Wir folgten beide zunächst der falschen Auslegung eines Ulldraelmönchs, der für seine Deutung von seinem Gott selbst bestraft wurde, wie Ihr wisst. Wir haben es uns nun zur Aufgabe gemacht, zu verhindern, dass dem hoheitlichen Kabcar ein Leid geschieht. Zum einen wegen seiner Bemühungen um Tarpol. Zum anderen wäre sein Tod das Schlimmste, was unserem Kontinent zustoßen könnte. Feinde hat er sich inzwischen mehr als genug gemacht, wie Ihr zugeben müsst, nicht wahr?« Ihre goldenen Augen glommen schwach und zogen den Blick Norinas beinahe magisch an. »Ich freue mich übrigens sehr, dass wir beide in aller Ruhe ein paar Worte wechseln können.«

Die Brojakin, eben noch von einem Gefühl anfänglichen Vertrauens beherrscht, wurde mit einem Schlag aufmerksam. »Wie meint Ihr das?« Unauffällig legte sie eine Hand auf den Rücken, um sie in der Nähe des Dolches an ihrem Gürtel zu haben.

Die Kensustrianerin versuchte, den Kontakt der Augen aufrechtzuhalten. »Mir ist nicht entgangen, dass Ihr bei unserem ersten Zusammentreffen im Teezimmer des Kabcar bei meinem Erscheinen verstört wirktet. Gibt es dafür einen Grund? Habe ich etwas an mir, was Euch in irgendeiner Weise abstößt?« Wieder zauberte sie das freundliche Lächeln ins Gesicht, das Wärme und Offenheit vermittelte. »Sind es etwa die spitzen Zähne? Ich kenne die Sagen mittlerweile, die sich um unsere Abstammung ranken, und ich gestehe, ich finde sie sehr amüsant. Seid beruhigt, es stimmt nichts davon. Was wollt Ihr über mich wissen?«

»Ihr könntet mir etwas über Euren Gott erzählen«, schlug Norina vor. »Oder davon, wie man bei Euch in Kensustria lebt.«

»Aber gerne. Fangen wir mit Lakastra an.« Sie zog eine Kette unter ihrer dunkelbraunen Robe hervor und präsentierte Norina ein Schmuckstück, an das sich die junge Frau noch sehr genau erinnerte.

Es war das augengroße Amulett, das der Soldat im Wald vor Granburg aus dem Grab genommen hatte. Sie erkannte die poröse Metalloberfläche und die merkwürdigen Symbole, die sie nun für kensustrianische Schriftzeichen hielt.

In der Mitte des Talismans war ein haarfeiner Riss zu erkennen, an dem er offensichtlich zusammengesetzt worden war.

Belkala fixierte das Braun von Norinas Augen, ihre Iris glühte grellgelb auf. »Was macht Euch Angst, Norina Miklanowo?«

»Ihr macht mir Angst.« Etwas zwang die junge Frau, wie angewurzelt auf ihrem Stuhl zu sitzen. Liebend gerne wäre sie aufgesprungen und aus dem Zimmer gerannt. Gebannt starrte sie stattdessen in die Augen der Kensustrianerin, und ihre geheimsten Gedanken wanderten an die Geistesoberfläche, ohne dass sie es wollte. »Ich glaube, ich habe Euch schon einmal gesehen. Ihr wart das Wesen, das in Granburg einen Soldaten getötet hat. Und …« Sie stockte.

Beruhigend und zärtlich legte die Priesterin ihre kühle Hand auf die Rechte der jungen Frau. »Ihr müsst Euch nicht fürchten. Nicht vor mir. Und nun sprecht weiter.«

»Und … ich denke, dass Ihr die Morde in Ulsar begangen habt«, sagte Norina widerstrebend. »Die Opfer starben auf bestialische Weise, und nach allem, was ich damals in diesem Granburger Wald gesehen und gehört habe, bleibt nur diese Möglichkeit. Einer unserer Begleiter starb später hier. Er hatte sich damals das Amulett, das Ihr nun um den Hals tragt, als Glücksbringer mitgenommen.«

»Dann hätte er wohl ziemlich versagt, oder? Aber nein, da täuscht Ihr euch, Norina Miklanowo. Ihr seid den Märchen, die man sich in Tarpol über Kensustria erzählt, aufgesessen. Und den Anhänger trage ich schon sehr lange. Habt Ihr über Eure lustige Annahme mit irgendjemandem gesprochen?«

Die junge Frau schüttelte den Kopf. »Nein. Ich wollte, aber …«

»Nein, lasst es«, befahl die Priesterin. »Es ist gut so. Wir wollen niemanden damit unnötig beunruhigen.« Sie rückte näher an die Brojakin heran. »Ihr werdet zu keinem Menschen über diese Angelegenheit reden, versprecht Ihr mir das?« Das goldene Glühen ihrer Augen verstärkte sich und brannte sich in den Verstand der jungen Frau. Gehorsam nickte Norina. Belkala bleckte die Zähne. »Damit könnte ich durchaus einem Wesen die Kehle zerreißen, wenn ich wollte, vergesst das nicht.« Sie löste ihre Hand von Norinas und widmete sich völlig entspannt ihrem Buch. »Ich bedanke mich für Eure Verschwiegenheit.«

Als würde ihr Eiswasser ins Gesicht geschüttet, kehrte die Brojakin aus der dumpfen Betäubung, die sich in ihrem Geist breit gemacht hatte, zurück. Schnell erhob sie sich und wandte sich fluchtartig zum Ausgang.

»Norina Miklanowo, einen Moment noch«, traf sie die Aufforderung in den Rücken.

Zitternd blieb sie stehen, während sich leise Schritte von hinten näherten. Ihre Hand ruckte an den Dolch, dann wurde ihr das Blatt mit der Rezeptur vor die Nase gehalten. Beinahe hätte sie aufgeschrien.

»Das hättet Ihr um ein Haar vergessen«, raunte ihr Belkala freundlich ins Ohr. Warm streifte ihr Atem die rechte Gesichtshälfte der jungen Frau, die mit Schaudern daran denken musste, wie wenig entfernt die Reißzähne von ihrer Halsschlagader waren.

»Danke«, presste sie knapp hervor und stürzte zur Tür, hinaus in den sicheren Gang. Jetzt war sie sich sicher, dass diese Priesterin mehr als nur gefährlich war. Nur welche Rolle sie in dem Gewirr von Figuren rund um Lodriks Schicksal spielte, wusste sie nicht.

Die Gesandten Sarduijelec und Fusuríl wirkten am folgenden Tag wie die Sieger im Audienzsaal, als Lodrik und Aljascha eintraten.

Ohne weiteren Kommentar begab er sich an den Kopf des Tisches und schaute auf den Frontverlauf, wie er sich seit dem Stillstand präsentierte. Seine Cousine blieb etwas abseits stehen. Worlac sowie jeweils zwei Drittel der Provinzen Granburg und Restyr hatte das tarpolische Reich eingebüßt. Borasgotan stand, wenn der Regen nachließ, unmittelbar davor, die Ostgrenze der Provinz Sora komplett in seine Gewalt zu bekommen. Er musste feststellen, dass die verlorenen tarpolischen Gebiete bereits in den Farben Borasgotans eingefärbt waren.

»Ich war so frei, hoheitlicher Kabcar«, beeilte sich Sarduijelec zu erklären, »die Kennzeichnung vorzunehmen, damit die Versammlung besser sieht, was wem gehört.«

»Sehr liebenswürdig«, sagte der junge Mann knapp. »Aber leider etwas zu voreilig. Ich habe die Versammlung einberufen lassen, um Frieden zu schließen. Ich werde Worlac seine Unabhängigkeit lassen, wenn es wünscht.« Er nahm einen Zeigestock und befestigte blaue Kreide an der Spitze. Damit übermalte er die roten Striche von Sarduijelec, nur die ehemalige Provinz sparte er aus. »Aus dem restlichen Tarpol wird sich Arrulskhán wieder zurückziehen.« Der Stock schwenkte auf Kostromo. »Hustraban erhält achtzig Prozent des Iurdums, zieht sich dafür aus der Baronie zurück und erkennt sie als unabhängig an. Und Ucholowo rückt auf der Stelle Bijolomorsk heraus.«

»Darf ich?«, fragte der Botschafter Borasgotans und nahm das lange Holz entgegen, friemelte rote Kreide an die Spitze und zeichnete demonstrativ den Frontverlauf nach. »Das möchte mein Herr, Arrulskhán, aber behalten. Und er sieht auch keinen Grund, warum er es hergeben sollte. Die tarpolischen Soldaten scheinen etwas zu eingerostet zu sein, um ein ernsthafter Gegner zu sein. Borasgotan möchte einen Sicherheitsgürtel als Schutz für die neue Baronie errichten, um eine schnelle Übernahme durch Euch, hoheitlicher Kabcar, zu verhindern.« Er reichte den Stock an Fusuríl weiter, der Kostromo sofort rot umrandete.

»Was Hustraban gehört, wird Hustraban behalten«, meinte er nur und verbeugte sich zackig.

Lodrik verschränkte die Arme, dann spielte er an seinem blonden Bart. »Ich mache Euch das Angebot zum Frieden, und Ihr schlagt es wissentlich aus?«

»Um genau zu sein«, Sarduijelec wuchtete seinen kleinen, aber massigen Körper über die Landkarte, um mit dem Stock weiter über die Karte zu kommen, »möchte Borasgotan den Sicherheitsgürtel sogar breiter wissen, um Worlac in den ersten Jahren seines Bestehens absolute Gewähr geben zu können.« Mit einem hässlichen Quietschten fuhr die Kreidespitze über das Pergament und malte einen dicken roten Strich von oben nach unten. Die Hälfte des Reiches war damit abgetrennt. »Und Ihr könnt Euch glücklich schätzen, dass mein Herr Arrulskhán nicht mehr fordert.«

Ungläubig besah sich der junge Mann die Linie. »Seid Ihr betrunken, Sarduijelec? Was Ihr da betreibt, ist die sichere Fortführung des Krieges. Wollt Ihr das?«

Der Botschafter lächelte nur, und Lodrik verstand.

»Gut. Da die Verhandlungen nicht mehr fruchten, greife ich zur einfachen Erpressung.« Der Kabcar zog ruckartig einen Dolch aus seinem Gürtel. Sarduijelec machte einen erschrockenen Satz rückwärts, die Diplomaten tuschelten aufgeregt.

»Wenn Ihr mich tötet, erreicht Ihr gar nichts, hoheitlicher Kabcar«, jammerte der Dicke vorsichtshalber und zog sich immer weiter zurück.

»Wer will das denn? An Euch mache ich mir die Finger nicht schmutzig.« Anstatt auf den borasgotanischen Gesandten loszugehen, setzte er sich die Klinge selbst an die Kehle. Ein kleiner Blutstropfen quoll an der Stelle, wo die Spitze ruhte, hervor, lief den Hals hinab und färbte die graue Uniform dunkel.

Waljakov wollte nach vorne gehen, aber Stoiko hielt ihn zurück. »Lass ihn. Er weiß, was er tut.«

»Was ich nun sage, meine ich äußerst ernst«, verkündete Lodrik und drehte sich dabei, damit ihn alle sehen konnten. »Ich werde das Verhalten von Borasgotan und Hustraban nicht hinnehmen. Da kein anderes der Reiche, abgesehen von ein paar rühmlichen Ausnahmen, etwas gegen die Brüche des Tausendjährigen Vertrages unternimmt, muss ich eine Drohung ausstoßen, wie sie schlimmer nicht sein kann.« Ein dünner Blutfaden sickerte aus der Wunde. »Wenn ich nicht die Versicherung erhalte, dass sich Eure Truppen sofort dahin zurückziehen, wo sie hergekommen sind, dann bringe ich mich um, Sarduijelec. Und wenn ich sterbe, dann geht der Kontinent unter. Alle hier kennen die Prophezeiung.« Sein Adamsapfel hüpfte, wieder kam etwas Lebenssaft zum Vorschein. »Von mir aus kann die ganze Welt versinken, wenn ich tot bin. Für mein Volk macht es keinen Unterschied, ob die Dunkle Zeit zurückkehrt oder ob es von dem wahnsinnigen Arrulskhán beherrscht wird, das ist eins. Nur die anderen Königreiche werden Borasgotan und Hustraban wegen ihrer Habsucht und sich selbst wegen ihrer Untätigkeit verfluchen.«

»Beruhigt Euch doch, hoheitlicher Kabcar«, versuchte Sarduijelec zu beschwichtigen. »Lasst uns in aller Ruhe darüber reden. Ich …«

»Erhalten Eure Truppen den Befehl oder nicht?« Lodriks Muskeln spannten sich unter der Uniform, mit beiden Händen hielt er den Griff umklammert. Aljaschas grüne Katzenaugen glitzerten erwartungsvoll.

Stöhnend sank der Borasgotaner etwas in sich zusammen. »Nein.«

»Ich habe mich hoffentlich soeben verhört«, sagte Lodrik schneidend. »Und wenn nicht, dann sagt Eurem geliebten Borasgotan schon einmal auf Wiedersehen.«

Fusuríl räusperte sich. »Wir schreiben das Jahr 443, hoheitlicher Kabcar, nicht 444. Die Gefahr, dass die Dunkle Zeit nun zurückkehrt, ist nicht gegeben. Wir haben noch fast ein Jahr, um uns auf alles vorzubereiten, was kommt.« Der Hustrabaner legte den Kopf etwas schief. »Und es muss ja nicht jeder an die Prophezeiung glauben, nicht wahr? Es könnte doch ein raffinierter Trick sein. Wenn ich als Kabcar wüsste, dass ich einen Sohn hinterlasse, der als Herrscher nicht unbedingt die beste Wahl ist, würde ich mir vielleicht auch so eine ›göttliche Botschaft‹ ausdenken, damit keiner auf den Gedanken kommt, den Sohn anzugreifen.« Einige Botschafter machten nun verunsicherte

Gesichter. »Wenn Ihr Euch unbedingt töten wollt, nur zu. Hustraban hat keine Angst.«

Aljascha stellte sich an die Seite ihres Gemahl. Die reine Gier nach Macht lag in ihrem Gesicht, als ihre schlanke, ringgeschmückte Hand sich um den Knauf des Dolches legte. »Ich helfe dir, wenn du möchtest, mein tapferer Mann«, flüsterte sie.

Die Arme Lodriks begannen zu zittern. Sanft erhöhte sie den Druck auf das Endstück, schmerzhaft bohrte sich die Spitze tiefer ins Fleisch.

»Ich zähle bis drei«, sagte sie laut. »Kommt zu einer Entscheidung, werte Botschafter und Abgesandte.«

Fusurîl schaute zuerst nach rechts, dann nach links. »Wir Ihr seht, hoheitliche Kabcara, hat hier niemand Angst vor einer Drohung. Nur zu.«

Aljascha atmete schnell. Nur noch ein paar Zentimeter trennten sie davon, die Herrscherin über Tarpol zu sein. Alles Weitere, von Gebietsfragen bis Iurdum, ließe sich nach dem selbstlosen Tod ihres Gatten regeln.

»Eins.«

»Aldoreel fordert die beiden Reiche Borasgotan und Hustraban auf, die Forderungen des Kabcar zu erfüllen«, sagte Tafur eindringlich. »Bedenkt, werte Herren, dass hier unter Umständen Millionen von Leben auf dem Spiel stehen. Es geht um mehr als nur die Eroberung von ein bisschen tarpolischem Land.«

»Abgelehnt«, kam es fast gleichzeitig aus den Mündern der Botschafter.

»Zwei«, zählte Aljascha weiter. Ihre Stimme war lauter geworden.

»Das Königreich Tûris verlangt den sofortigen Rückzug oder ich bin ermächtigt, den Kriegsbeschluss gegen Borasgotan, Hustraban sowie gegen alle ihre Verbündeten zu verhängen«, schaltete sich der turîtische Botschafter, Betaios, besorgt ein.

»Recht so, recht so«, lachte Fusurîl meckernd. »Jetzt

treten ja beinahe alle den Vertrag mit Füßen. Aber ich glaube nicht, dass ich als Gesandter meines Herrschers Kumstratt Euer Reich als ernsthafte Bedrohung ansehen muss. So klein und so weit weg.«

»Exakt«, nickte Sarduijelec überheblich. »Und wenn wir Tarpol eingenommen haben, dann seid ihr an der Reihe.« Damit waren alle Pläne verraten. Sarduijelec hatte seinen Versprecher nicht einmal bemerkt, sondern legte die Hand vor die Augen. »Und nun stoßt zu, Kabcara. Aber verzeiht, ich kann kein Blut sehen.«

»Ich fürchte, dieses Weib weiß ebenfalls genau, was es tut«, flüsterte Stoiko Waljakov zu und ließ als Zeichen für den Einsatz dessen Arm los.

»Dr ...«

Der Leibwächter schoss heran, umschloss den Dolch mit der mechanischen Hand und fing den Stoß, den Aljascha der Waffe gegeben hatte, im letzten Moment ab. Etwas weniger als fingerkuppentief drang das geschliffene Metall in den Hals ein, Blut floss nun stärker hervor.

Doch die Kabcara gab nicht auf, zu nahe hatte sie sich dem Thron gesehen.

Wütend legte Lodriks Cousine all ihr Gewicht auf den Knauf des Dolches, Waljakovs Oberarmmuskel schwoll an, dann stieß er die Frau nach hinten, dass sie gegen den Kartentisch fiel. Sanft entwand er dem Herrscher Tarpols den Dolch und zerbrach die Klinge zwischen seinen stählernen Fingern. Scheppernd landeten die Stücke auf der Karte des Kontinents.

»Du verdammter Hund wagst es, Hand an deine Kabcara zu legen?« Aljascha machte zwei schnelle Schritte nach vorne und versetzte Waljakov eine Reihe von brutalen Ohrfeigen, die der Hüne ohne Regung hinnahm. Einer ihrer Ringe hinterließ eine blutige Schramme am Unterkiefer, der weiße Bart wurde rot. »Dafür wirst du noch mehr büßen, das schwöre ich dir.« Ein verächtlicher Blick traf ihren Gemahl.

Lodriks Knie gaben nach, Stoiko schob ihm vorsorglich einen Stuhl unter, auf den er sich dankbar niederließ. Mit seinem Taschentuch versuchte er, das Blut aus seiner kleinen Wunde zu stillen. Er fühlte sich hundeelend.

»So viel also zum Mut des Kabcar«, sagte der Hustrabaner höhnisch. Sein borasgotanischer Amtsgenosse wirkte erleichtert.

»Werdet Ihr, hoheitlicher Kabcar, nun die Hälfte des Reiches auf unbestimmte Zeit abtreten, oder sollen wir es uns nehmen?«, erkundigte sich Sarduijelec grinsend.

»Sagt Eurem Herrn, Tarpol wird sich gegen seine Eroberung stemmen«, sagte Lodrik leise. »Ihr habt vorhin Euer wahres Vorhaben verraten. Wenn Arrulskhán schon das ganze Land haben möchte, dann soll er es sich teuer erkaufen. Für mein Volk werde ich diesem Wahnsinnigen so lange Widerstand wie möglich entgegenbringen.«

»Wie schade«, meinte der Borasgotaner mit falschem Bedauern in der Stimme. »Dann werden sich unsere Truppen wohl bald wieder auf den Weg machen müssen. Ich verabschiede mich und lade Euch aber bereits jetzt schon ein, beim Einzug Arrulskháns in Ulsar dabei zu sein. Gehabt Euch wohl.« Ohne Verbeugung verließ er den Saal, gefolgt von Fusuríl und den anderen Diplomaten. Nur Tafur und Betaios waren geblieben.

»Mennebar lässt sein tiefes Bedauern ausrichten, aber wir werden höchstens die vierhundert Kämpfer unserer Scharmützeleinheiten senden können«, sagte der Turît unglücklich.

»Aldoreel empfindet es als erschreckend, wie ein so junger, hoffnungsvoller Herrscher behandelt wird.« Tafur verneigte sich. »Ganz gleich, ob diese Prophezeiung nun wahr ist oder nicht, Ihr habt Euch den Beistand mehr als verdient. Natürlich werden wir weiterhin Vorräte schicken, hoheitlicher Kabcar. Bis zum Letzten unterstützt König Tarm seinen Nachbarn, bei dem so viel versprechende Veränderungen stattgefunden haben. Mit Ulldraels Hilfe werdet Ihr es schaffen.«

»Tarpol bedankt sich für die Großzügigkeit und wird den Einsatz der Reiche niemals vergessen.« Stoiko bedeutete den beiden Männern, dass sie besser gingen. »Der Kabcar muss sich nun ausruhen.«

Kaum waren die Botschafter verschwunden, folgte der Auftritt Aljaschas.

»Du bist ein jämmerlicher Versager! Siehst du, was du aus dem Reich deines Vaters gemacht hast?« Sie hielt die Karte hoch. »Siehst du das? Noch nicht einmal ein halbes Jahr an der Macht, und die Hälfte Tarpols ist dahin. Bravo, kleiner Junge, bravo. Und selbst deiner Selbstmorddrohung wollte keiner Glauben schenken.« Sie lachte ihm ins Gesicht. »Oh, ich glaube fast, ich sehe den Keksprinzen aus Granburg vor mir. Nicht mehr fett, aber immer noch unfähig.« Sie warf ihm die Karte verächtlich vor die Füße. »Wenn du ein bisschen mehr Mut gehabt hättest, säße ich auf dem Thron. Und unter meiner Herrschaft würden die Dinge besser für das Land laufen.«

Lodrik sah ins Nirgendwo und reagierte nicht, während seine Cousine weiterhin keifend Kreise um ihn zog, bis sie sich heiser geschrien hatte und ebenfalls ging.

Langsam schloss der junge Mann die Augen, eine Träne rollte die Wange hinab. Alles, was er im Moment spürte, war Hilflosigkeit.

Mit einer Handbewegung schickte er auch seine beiden Freunde hinaus, dann erhob er sich und zog das Henkersschwert.

Langsam legte er die Karte auf den Tisch, dann schlug er mit voller Wucht auf das eingezeichnete Borasgotan ein, dass die Holzspäne der Platte darunter umherflogen. Danach richtete er Hustraban. Tief rammte er die Spitze zum Schluss in die Baronie Kostromo.

Alle sollten vor ihm kriechen, auch die selbstherrlichen Brojaken Tarpols. Doch davon befand er sich weit entfernt. In einigen Monaten war er entweder tot oder irgendwo Gast an einem Hof in einem Nachbarreich. Das Ende der Bardri¢linie hatte sich sein Vater bestimmt nicht so vorgestellt.

Der junge Mann fuhr mit dem Zeigefingern über die Gravuren der Klinge. Danach schritt er zum Fenster, stieß die beiden Flügel auf und lief ins Freie. Ein sanfter Nieselregen benetzte sein Gesicht und vermischte sich mit den Tränen, die er geweint hatte.

Wieder schlugen seine Gefühle von einem Moment auf den nächsten um. Die plötzliche aufkommende Wut ließ er an einigen Büschen und Bäumen aus, in die das Schwert breite Kerben fraß. Insgeheim stellte er sich dabei Sarduijelec, Fusuríl und seine Gattin vor. Das Kribbeln und Ziehen kehrte in die Finger zurück.

Immer schneller und stärker schlug er zu, ein dumpfes Grollen stieg aus seiner Kehle, bis er sich mit einem gewaltigen Hieb und einem dröhnenden Schrei Luft machte. »Tzulan! Gebrannter Gott, hilf mir!«

Ein orangener Blitz zuckte aus seiner linken Hand und spaltete mit Ohren betäubendem Krachen die große Ulldraeleiche im Garten.

Und die Energie ließ sich nicht mehr aufhalten. Von einer Pflanze zur nächsten sprang der knisternde, zuckende Strahl. Lodrik spürte die zerstörerische Macht, die ihn heiß durchströmte und von ihm ausging, wusste jedoch nicht, wie er sie kontrollieren sollte.

Als er die Hand senkte, frästen die Strahlen tiefe Furchen in die Erde, und als er sich voller Angst zur Seite drehte, leckte die Energie die Fensterfront des Audienzsaales entlang. Das teure Glas zerbarst knallend in einer glitzernden Scherbenkaskade. Lodrik schrie voller Entsetzen auf.

So plötzlich, wie es begonnen hatte, endete es. Wieder waren die Handschuhe an den Fingerspitzen weggebrannt, und der junge Mann hatte eine ungefähre Ahnung von dem, was gestern im Gemach seiner Cousine geschehen war.

»Herr, seid Ihr verletzt?«, hörte er die Stimme seines Leibwächters, der kurz darauf mit gezogener Waffe durch die kokelnden Trümmer der Tür gesprungen kam. »Allmächtige Taralea, was ist denn hier geschehen?«

Der Kabcar verstaute sein Schwert an seiner Seite und zog die Handschuhe aus. »Ich weiß es auch nicht genau, aber ich brenne darauf, das an meinen Gegnern auszuprobieren«, antwortete er nach einer Weile. »Sagen wir einfach, es war ein göttliches Zeichen.«

»Das Ulldraeleichen zerlegt?« Waljakov kratzte sich an der Glatze. »Das sieht nicht gut aus.«

Lodrik ignorierte seinen Leibwächter und schritt über das knirschende Glas zurück in den Palast, wo er Stoiko begegnete, ein Dutzend Wachen im Schlepptau. »Es ist nichts passiert«, beruhigte der Herrscher sie von weitem. »Schickt nur ein paar Diener, die die Unordnung beseitigen sollen.«

»Und ein paar Gärtner«, kam es ergänzend von draußen.

»Wie Ihr befehlt.« Der Befehlshaber der Wache salutierte.

Stoiko gesellte sich zu Waljakov und besah sich schweigend die Bescherung. Flämmchen loderten stellenweise, kleinere Brände an den Fensterrahmen wurden von Lakaien eilig gelöscht, und ein völlig aufgelöster Gartenmeister schlug die Hände über dem Kopf zusammen, als er sah, was aus seinen Blumen geworden war.

»Sag nichts«, würgte der Vertraute den Leibwächter ab, als der den Mund öffnen wollte. »Ich denke mir lieber meinen Teil.«

Waljakov legte den Kopf in den Nacken und schaute hinauf zu den Sternen. »Täusche ich mich, oder erscheinen Arkas und Tulm größer als sonst?«

»Ich bete zu Ulldrael dem Gerechten, dass du dich täuschst«, murmelte Stoiko.

IX.

»In der Zwischenzeit besiegten Angor, Ulldrael, Senera, Kalisska und Vintera zusammen mit Taralea die Geschöpfe des Gebrannten Gottes.

Doch als sie sich nach unserer Welt umsahen, entdeckten sie, dass die Menschen und Kontinente untereinander Krieg führten. Die einen im Namen Tzulans, die anderen im Namen Angors, Ulldraels, Seneras, Kalisskas oder Vinteras.

Das betrübte sie sehr, wussten sie doch, dass die wundervolle, sorgenfreie Zeit für unsere Welt vorüber war. Ihr Schmerz war so groß, dass sie sich voller Entsetzen abwandten und sich zurückzogen.

Tzulan sah, wie seine Geschwister die Flucht ergriffen, und lachte voller Freude über seinen Sieg.

Doch die Allmächtige Göttin bot ihrem Sohn die Stirn und verlieh einigen Menschen, die nicht dem Gebrannten Gott vertrauten, magische Fertigkeiten.

Bevor Tzulan sich versah, wurden seine Anhänger bis auf wenige Ausnahmen ausgelöscht. Die Menschen dankten der Allmächtigen Göttin, die sie nicht im Stich gelassen und sie mit dem Geschenk der Magie gesegnet hatte.

Taralea suchte ihren Sohn, kämpfte mit ihm und zerriss ihn in kleine Stücke, die sich über alle Kontinente verteilten. Seine glühenden Augen heftete sie zu den Sternen an das Himmelsgewölbe und nannte sie Arkas und Tulm, die einzigen Sterne, die sich nicht drehen und für alle Zeiten am Firmament stehen.«

DER KRIEG DER GÖTTER UND DIE GABE DER MAGIE,
Kapitel 2

Fünf Meilen vor der turîtischen Küste, nahe der Insel Faios, Frühjahr 443

Das kleine Fischerboot dümpelte in den sanften, eisigen Wellen und wurde von der Strömung langsam vorwärts in Richtung offenes Meer gezogen.

Die beiden Fischer, Jarrel und Varno, warfen mit kalten und klammen Händen in gleichmäßigem Rhythmus ihre Netze aus, wie sie das täglich taten. Seit Jahren gingen sie hier auf Fang, denn die Fische sammelten sich gerne in dem bewegten Wasser. So waren ihre Fahrten normalerweise immer von Erfolg gekrönt, nur heute schien etwas die Meeresbewohner vertrieben zu haben. Obwohl sie seit den frühen Morgenstunden auf See kreuzten, hatte sich noch kein einziger Fisch in den Maschen verheddert.

Ratlos schob sich Jarrel, der Ältere der beiden, die Mütze ins Genick und kramte ein Stück Kautabak aus der Hosentasche. Genüsslich versenkte er das Stück aus gepressten Fasern im Mund.

Varno holte das Netz erneut ein und hob die leeren, miteinander verflochtenen Seile in die Höhe. »Nichts.« Enttäuscht legte er die Maschen auf die Planken. »Das ist das erste Mal seit zwei Jahren, dass sich nicht einmal ein Stück Treibholz verfängt. Ist heute ein besonderer Tag?«

»Lass es gut sein«, meinte sein Freund und reichte ihm den Tabak. »Ich wette, dass ein großer Raubfisch vor uns seine Kreise gezogen hat. Entweder sind die lieben Fische deshalb geflüchtet, oder er hat sie gefressen. Wir werden morgen mehr Glück haben.« Die kalte Luft verwandelte seinen Atem in weiße Wolken.

»Ich dachte, der Frühling kommt.« Varno schüttelte sich und hielt die Hände gegen den kleinen, bauchigen Kohleofen, den sie zum Aufwärmen immer an Bord hatten. »Ich spüre nicht viel davon.«

»Vielleicht sind die Fischlein eingefroren«, lachte Jarrel gutmütig, und musste sich plötzlich an der Bordwand fest halten, als eine größere Welle gegen das Boot rollte. »Nanu?«

Varno hatte sich erhoben und spähte aufs Meer. Die Wellen wurden unvermittelt stärker, ein seltsam warmer Wind jagte gelblich schwarze Wolken am Himmel entlang. »Da draußen scheint sich etwas zusammenzubrauen. Besser, wir kehren um, bevor uns ein Sturm überrascht.« Er balancierte in Richtung Bug, um an den Mast zu kommen und das kleine Segel zu setzen. »Dann essen wir heute eben mal nur Brot.«

»Mit dem richtigen Schluck Bier dazu wird es ausreichen«, sagte sein Freund und nahm das Ruder in die Hand, um einen Kurs zurück in den heimischen Hafen einzuschlagen.

Bedrohlich türmten sich die Wolken auf, verwirbelten ineinander und verdunkelten die beiden Sonnen. Das blassgelbe Licht wirkte unheimlich und bizarr. Dann wandelte es sich in düsteres Orange.

»Was, bei Ulldrael dem Gerechten, passiert hier?«, rief Jarrel nach vorne. »Das ist das seltsamste Unwetter, das ich jemals gesehen habe.«

Gleißend entlud sich ein erster blassroter Blitz aus den Wolken und schoss eine halbe Meile vom Boot entfernt zischend ins Meer. Eine Wasserfontäne spritzte in die Höhe und sandte salzige Gischtschauer zu den beiden Männern. Aber anstatt zu erlöschen, dauerte der Blitz an und brachte das Meer rundherum zum Kochen. Eine zweite und dritte Energiebahn zuckte herab, bald bildete sich ein ganzes glühendes Geflecht. Wie brennende, knisternde Seile verbanden sie scheinbar Himmel und Meer. Varno und Jarrel hielten sich die Ohren zu, solchen Lärm veranstaltete das Spektakel. Heißer Nebel bildete sich, es roch intensiv nach Salz.

Das Meer begann von tief unten zu leuchten, und ein

enormer Schemen hob sich der Oberfläche entgegen. Zuerst dachten die Fischer, es sei ein Wal, aber dann erkannten sie, dass es sich dabei um ein Schiff handelte. Ein sehr großes Schiff.

Als der Mast das Wasser durchbrach, schlugen weitere, kurze Entladungen ein. Eine unsichtbare Kraft hob eine Galeere immer weiter aus den Fluten, die Strahlen wollten nicht enden und wühlten die See auf. Das Fischerboot kam bedrohlich ins Wanken.

Zwischen den Planken und aus größeren Löchern im Rumpf des Kampfschiffes quoll das Wasser heraus, danach schlossen sich die offenen Stellen wie von Zauberhand.

Endlich war das komplette Schiff aus der Tiefe gehoben. Die Blitze endeten, nur noch ein schwaches, orangenes Leuchten umgab die unheimliche Galeere, die mit Moos, Algen und anderen Ablagerungen überzogen war.

Varno nahm vorsichtig die Hände von den Ohren und sah genauer hin. An Deck liefen tatsächlich einige Gestalten umher, und die ersten Ruder begannen sich zu bewegen. Dumpfe Trommelschläge gaben den Takt an. Das mächtige Gefährt nahm Kurs in Richtung Norden.

»Das ist doch nicht möglich«, stammelte Jarrel, die Augen weit aufgerissen und wie gebannt auf das Geschehen gerichtet. »Ulldrael der Gerechte möge uns vor dem Bösen beschützen!«

»Was für ein Schiff mag das sein?«, wunderte sich sein kreidebleicher Freund.

»Das fragst du noch? Sieh es dir an und erinnere dich an die alten Geschichten.« Jarrel spuckte aufgeregt seinen Kautabak über Bord. »Es gibt nur eine Galeere, die hier gesunken ist.« Ein toter Fisch trieb vorbei, und als der Mann danach greifen wollte, zog er seine Hand schnell wieder zurück. Das Meer war kochend heiß.

Der warme Wind legte sich, die Wolken rissen auf. Varno deutete auf die offene See, wo sich die Wellen allmählich beruhigten.

Zahlreiche weiße Punkte hoben sich gegen den Horizont ab. Jarrel zählte mehr, als er Daumen und Finger hatte. Jeder einzelne Punkt war ein Segel, und noch nie hatte er eine solch große Flotte gesehen, selbst die Palestaner und Agarsiener waren niemals in solchen Verbänden unterwegs. Scheinbar schlugen sie die gleiche Route wie die Galeere ein.

»Ob sie das Ding verfolgen?«, fragte der jüngere der Fischer.

»Woher soll ich das wissen? Nichts wie weg von hier«, ordnete Jarrel an, »bevor noch andere Sachen auftauchen. Diese Neuigkeit macht uns zu wichtigen Leuten. Dafür bekommen wir bestimmt einige Biere umsonst.« Die Angst der Männer wich einer gehörigen Portion Aufgeregtheit.

»Wenn uns jemand glaubt«, warf Varno skeptisch ein. »Ich glaube es ja selbst kaum, was wir gesehen haben. Nur, was hat es zu bedeuten?«

»Darüber sollen sich andere den Kopf zerbrechen.« Sein Freund scheuchte ihn zum Mast. »Los, setz die Leinwand, damit wir schnell zurück sind. Ich will die Gesichter im Dorf sehen, wenn sie unsere Geschichte hören.«

**Ulldart, Königreich Ilfaris, Herzogtum Turandei,
Königspalais, Frühjahr 443 n. S.**

»Die Delegation aus Kensustria wäre nun bereit«, sagte der Diener in Richtung König Perdór, stellte das Tablett mit den Pralinen, Keksen und Baumkuchenspitzen auf den gewaltigen Arbeitstisch und wartete auf weitere Anweisungen.

Der Herrscher von Ilfaris nickte mehrmals, wobei er darauf achtete, dass eine Perücke nicht verrutschte. So etwas Peinliches war ihm schon einmal passiert, und ausgerechnet vor den Kensustrianern sollte es sich nicht wiederholen. »Sollen reinkommen. Wenn ich Hilfe bräuchte, ist mein tapferer Hofnarr Fiorell ja an meiner Seite.«

Der Spaßmacher machte ein tiefe Verbeugung, dass die langen Zipfel seiner Narrenkappe den Boden berührten und die Glöckchen doppelt so laut schellten. Dann sprang er mit einem Satz auf die Tischplatte, verschränkte die Arme und grinste.

Der Livrierte rollte mit den Augen und rief die Abordnung des Nachbarreiches herein.

Zwei im Vergleich zu ihm große Kensustrianer mit den typischen langen, dunkelgrünen Haaren traten ein. Seltsam anmutende Rüstungen aus Metall, Leder und Holz schützten ihre Körper, darunter trugen sie offensichtlich weite, weiße Kleider. Jeder trug zwei Schwerter auf dem Rücken.

»Ich entbiete den kensustrianischen Botschaftern, Moolpár dem Älteren und Vyvú ail Ra'az, meinen Gruß«, begrüßte sie Perdór lächelnd und machte eine einladende Geste, die auf die beiden Stühle vor seinem Tisch zielte. »Kommt näher, liebe Nachbarn, und bedient Euch. Tee oder Shabb? Mein Weinkeller hätte auch einen hervorragenden Tropfen aus dem Jahre 401 zu bieten.«

»Wir bedanken uns, dass wir so freundlich empfangen werden«, sagte Moolpár. Die beiden Krieger deuteten eine Verbeugung nur an und nahmen dann Platz. »Wasser für uns, wenn es recht ist.« Der Diener verschwand.

Vyvú warf Fiorell, der auf dem Schreibtisch stand, einen langen Blick zu.

»Ihr habt wohl keine Hofnarren, was?«, fragte der König amüsiert.

»Nein, das haben wir nicht«, antwortete der Ältere bedächtig. »Was genau ist die Aufgabe eines solchen Mannes?«

»Ich sorge dafür, dass es am Hof nicht allzu ernst hergeht. Ich mache Späße und bin für die Unterhaltung bei Tisch zuständig.« Fiorell jonglierte augenblicklich mit ein paar Pralinen.

»Nicht schon wieder, bitte«, unterbrach sein Herr die Vorstellung. »Ich mag keine Fingerabdrücke auf meinen Kostbarkeiten, du Narr.« Gehorsam hörte der Spaßmacher auf und imitierte die Regungslosigkeit einer Marmorstatue.

»Ist ein Hofnarr teuer?«, wollte Vyvú wissen. »Er leistet nichts Besonderes.«

»Nein, nein. Der hier war ganz billig«, winkte Perdór ab und amüsierte sich passenderweise königlich. »Essen und Unterkunft, mehr benötigt er nicht. Aber abgesehen davon: Was führt Euch her, liebe Nachbarn?«

»Ihr wisst es schon, wie ich vermute. Wir befinden uns im Krieg mit Tersion und Palestan sowie dem Kaiserreich Angor wegen einer unserer Meinung nach falsch geklärten Rechtssache.« Moolpárs lange Eckzähne schimmerten kurz auf. »Nachdem die Frist von vierzig Tagen unverrichteter Dinge verstrich, wurde uns der endgültige Beschluss der Reiche mitgeteilt. Nur bisher hat keines der Länder es gewagt, Truppen gegen uns zu schicken. Wir hegen die Befürchtung, Majestät, dass Tersion Euer Land als Durchmarschgebiet nutzen möchte. So etwas könnten wir nicht dulden. Wir müssten die Angreifer vor unserer Grenze abfangen, was wiederum Kämpfe auf ilfaritischem Gebiet bedeuten würde. Es würde nicht ohne Verwüstung abgehen, und das wollen wir im Vorfeld verhindern.«

»Ihr habt also Sorge um Euer Land?« Fiorell gab das

Dasein als Statue auf, hockte sich auf den Tisch und ließ die Beine baumeln.

»Nein«, widersprach Vyvú freundlich, »wir tragen Sorge um Euer Land. Die Beziehungen zu Ilfaris waren seit alter Zeit gut, es steht sogar unter dem Schutz unseres Reiches. Eure Vorfahren haben unseren Vorfahren die Erde verkauft, die wir zum Siedeln benötigten.«

»Wenn wir mögliche Angreifer zurückschlagen müssten, würden wir das mit allem tun, was wir zur Verfügung haben«, ergänzte der ältere Kensustrianer.

»Und da sollen die Krieger ja einiges auf Lager haben, was man sich so erzählt«, fiel ihm der Hofnarr schnell ins Wort. Doch der Gesandte nahm ihm seinen Einwurf nicht übel.

»Ich hätte es vielleicht anders formuliert, aber Ihr habt Recht.« Moolpár lächelte. »Es würde einiges Feuer fangen.«

»Ich gedenke nicht, Alana der Zweiten zu erlauben, mein Reich mit ihren Truppen zu durchqueren, das habe ich ihr bereits mehrfach geschrieben.« Der Herrscher von Ilfaris angelte sich eine Praline von dem Berg. »Und einen Einmarsch kann sie sich wegen des Tausendjährigen Vertrages nicht leisten. Im Gegensatz zu Euch hat Ilfaris den nämlich unterzeichnet.«

»Glückliches Ilfaris«, sagte Vyvú. »Aber soweit wir wissen, hat ein anderer dieses Dokument nicht unterschrieben.«

»O Unheil«, entfuhr es Perdór, und prompt verschluckte er sich an dem Konfektstück. Hilfreich trommelte der Hofnarr auf dem Rücken seines Herrn herum, bis die Erstickungsgefahr gebannt war. Gleichzeitig mit den Worten des Kensustrianers hatte ihn die Eingebung getroffen.

»Ich sehe, Ihr seid soeben auf den gleichen Gedanken gekommen wie wir«, vermutete der Ältere. »Der Gemahl der Regentin, Lubshá Nars'anamm, hat nirgends seinen Namenszug hinterlassen, ganz zu schweigen von seinem Vater, Ibassi Che Nars'anamm, Kaiser von Angor. Würde Euch Alana bitten, ihren Mann mit seinen Truppen durchziehen zu lassen, befändet Ihr Euch in einer gewaltigen Zwickmühle, Majestät. Vermutlich müsstet Ihr ein solches Unternehmen zum Schutz Eures Landes sogar zulassen.«

»Unsere Küsten sind so gut gesichert, dass es den drei Reichen nicht möglich sein wird, einen Erfolg auf diesem Weg zu erlangen. Daher rechnen wir fast damit, dass ein Angriff über Land erfolgt. Unser Besuch soll Euch gleichzeitig Warnung sein«, fuhr Vyvú fort.

»Fiorell, warum bist du nicht eher auf diese durchaus wichtige Idee gekommen?« Der König kraulte sich den grauen, vollen Lockenbart. »Ich werde Alana aber keinesfalls darauf hinweisen, dass wir auch ihren Gemahl stillschweigend in den Vertrag miteinbeziehen. Sonst wecken wir am Ende noch schlafende Hunde. Habt Ihr einen Vorschlag, liebe Nachbarn?« Er hielt den Kensustrianern das Tablett mit den Pralinen hin.

Moolpár nahm eine davon, biss die Hälfte davon ab und kaute sie vorsichtig. »Sehr süß«, fasste er seinen ersten Eindruck zusammen. Dann steckte er den anderen Teil in den Mund. »Aber man kann sich daran gewöhnen. Nun, wir dachten daran, dass uns die Spione Eures Landes einen Dienst erweisen könnten.«

»Ich und Spione?« Perdór wandte sich an seinen Spaßmacher. »Fiorell, haben wir etwa Spione?« Dann schaute er zu dem Kensustrianer. »Natürlich haben wir Spione. Und zwar die Besten, die es auf diesem Kontinent gibt. Sie sitzen überall.«

»Mit Ausnahme von Kensustria«, warf Vyvú ein, und der König verzog etwas das Gesicht. »Das Angebot lautet, dass Ihr unser Land in Kenntnis setzt, sobald sich das Kaiserreich zu einem Durchmarsch bereit macht. Ihr haltet sie ein wenig hin, bis sie fast die Geduld verlieren, dann sorgen unsere Truppen dafür, dass kein einziger angorjanischer Kämpfer einen Fuß auf Ilfaris setzen wird.«

»Ach?« Neugierig geworden, rutschte der König in seinem Sessel nach vorne. »Und wie wollt Ihr das anstellen?«

Vyvú schüttelte den Kopf. »Nein, Majestät, dazu werden wir nichts sagen. Aber um Euch einen weiteren Anreiz zu geben, erhöhen wir unser Angebot. Erinnert Ihr Euch zufällig, wie viele Spione Ihr nach Kensustria entsandt habt?«

Perdór machte ein unschuldiges Gesicht. »Ich?«

»Es müssten fünfzehn Männer und Frauen gewesen sein«, antwortete Fiorell stattdessen ehrlich.

»Nun, Ihr werdet sie alle wieder zurückerhalten.« Moolpár weidete sich an dem verblüfften Gesicht des Herrschers. »Mehr oder weniger wohlbehalten, das muss ich noch hinzufügen. Aber mit dem Wissen, das sie sich angeeignet haben, bevor wir sie in Gefangenschaft steckten.«

»Nun, da muss ich nicht länger überlegen, zumal es ohnehin in meinem eigenen Interesse ist.« Der König ging auf den Handel ein. »Abgemacht.« Er hielt Moolpár die Hand hin. Der Kensustrianer zögerte etwas. »Ihr werdet wohl kaum annehmen, dass ich solche Absprachen zu Papier bringe, oder? Mein Wort als Herrscher muss Euch genügen.«

»Wir haben mit Herrschern zwar erst kürzlich ein paar unangenehme Erfahrungen gemacht«, sagte der Ältere der beiden nach einer Weile. »Aber Euch, Majestät, wird Kensustria vertrauen.« Die Hände wurden geschüttelt, beide Männer sahen sehr erleichtert aus.

»Wohin wird Euch der Weg als nächstes führen?«, erkundigte sich der Hofnarr, der die Hände von Vyvú ordentlich auf und ab gerüttelt hatte. »Es sind ja einige aus Eurem Volk auf Ulldart unterwegs, was man so hört. Sogar in Tarpol, im Schlepptau des jungen Kabcar.«

Die beiden Kensustrianer wechselten einen schnellen Blick. »Wer genau sollte denn das sein? Die diplomatischen Delegationen waren nur im südlichen Teil des Kontinents unterwegs«, sagte Moolpár nach kurzem Schweigen.

»Sie ist eine … Moment einmal.« Perdór lief zur großen Bücherwand und zog ein dünnes Werk hervor, das er eigens für den neuen Kabcar angelegt hatte und in dem er alles festhielt, was in dessen Umgebung geschah. »Da steht es ja. Ich werde ganz schön vergesslich. Eine junge Frau, eine Priesterin namens Belkala, kam an den Hof nach Ulsar, zusammen mit einem Ritter vom Orden der Hohen Schwerter, der …«

»Wiederholt den Namen!«, unterbrach Vyvú hart und unhöflich.

»Belkala. Und sie ist Priesterin des Gottes Lakastra, des Wesens des Wissens und des Südwindes. Aber wem sage ich das? Ihr seid ja aus Kensustria.« Kichernd stellte er das Büchlein ins Regal zurück. »Ist denn etwas Besonderes damit?« Listig beobachtete der König die markanten Gesichter seiner Besucher. »Oder hat sie dort oben nichts verloren?«

»Ich weiß es nicht.« Moolpár versuchte gleichgültig zu wirken. »Sie ist Priesterin und damit nicht meine Kaste, Majestät. Um genau zu sein, steht sie unter mir. Was kümmert den Adler, was die Krähe macht? Nun entschuldigt uns, wir müssen zurück und den Erfolg der Verhandlungen mitteilen. Wir tauschen uns per Brieftauben aus?«

»Aber sicher«, sagte der Herrscher. »Es ist nach wie vor das schnellste Mittel.«

»Wir haben vorerst rund drei Dutzend mitgebracht. Schickt uns ab der fünften Taube immer den Hinweis, dass Ihr bald neue benötigt. Mein Land dankt Euch.«

Die Kensustrianer erhoben sich, verbeugten sich und verließen das Arbeitszimmer, nicht ohne dass der Ältere sich noch eine Praline genommen hatte.

Perdór lehnte sich grübelnd in den Sessel zurück, legte die Füße hoch und stellte sich das Tablett mit den Süßigkeiten auf den rundlichen Bauch. Fiorell nahm das dünne Heft wieder aus der Reihe und positionierte es auf dem Tisch.

»Unsere grünhaarigen Langzähne haben doch tatsächlich ein kleines Geheimnis vor uns«, begann der König nach einer Weile. »Nicht, dass das etwas Neues für mich wäre, aber diesmal wissen wir, wo wir ungefähr ansetzen müssen.«

»Ich habe bereits einen Vermerk an ihrem Namen gemacht.« Der Hofnarr kritzelte mit der Feder auf der Seite herum. »Unsere Spione sollen sich die Dame etwas näher anschauen, oder, Majestät?«

»Es scheint, als sei sie einen gelegentlichen Blick wert«, stimmte Perdór zu und nagte an einer Baumkuchenspitze. »Aber Tersion und die Südländer haben Vorrang. Veranlasse das Notwendige. Hopp, hopp.«

»Und die Bestienbewegungen, die aus Tûris gemeldet wurden?« Fiorell spitzte den Mund. »Interessant oder weniger interessant?«

»Da sie nichts tun, außer sich mehr oder weniger friedlich in der verbotenen Stadt zu sammeln, würde ich sagen, dass wir sie im Auge behalten«, entschied sein Herr. »Vor allem sollten wir das auf alle Sumpfgebiete ausdehnen. Auf der Karte werden wir die Wanderbewegungen, wenn es welche gibt, genauestens festhalten. Ich glaube nämlich nicht daran, dass nur die Viecher in Tûris verrückt geworden sind. Wenn es etwas mit dem Jahr 444 zu tun hat und das die Vorboten auf etwas Größeres sind, müssen wir genau über die Entwicklung Bescheid wissen. Notfalls erteile ich in diesem Fall kostenlose Hinweise an die Reiche.«

»Wie edel. Ich huldige Eurer wahrlich königlichen Gesinnung, Majestät.« Der Hofnarr warf sich vor dem Tisch flach auf den Bauch. »Lang lebe Perdór der übermenschlich Gute.«

»Schon gut. Steh auf, Possenreißer.« Ein Keks verschwand im Mund des Herrschers. Dann seufzte er. »Wie schade, dass ich anscheinend nun der einzige König bin, der Süßigkeiten zu schätzen weiß. Seit aus dem Tadc der Kabcar geworden ist, hat er die Leckereien zur Seite gelegt.«

»Ich an seiner Stelle würde aus lauter Verzweiflung fressen«, kommentierte Fiorell vom Boden aus und hob das Gesicht. »Aber bei seinem Vater wird er wohl eher dem Suff verfallen.«

Perdór hob drohend den Zeigefinger. »Na, na, na. Sag so etwas nicht über einen mächtigen Mann. Und wer weiß, vielleicht lebt er bald bei uns im schönen Ilfaris im Exil, während sich Arrulskhán sein Land unter den Nagel gerissen hat.«

Der Spaßmacher sprang auf und legte sich quer über den Tisch. »Unser Hochzeitsgeschenk kam zwar an, aber gebracht hat es dem jungen Mann leider gar nichts. Und nun?«

»Warte ich ab.« Der König deutete zur Tür. »Und du wirst die Anweisungen für die Spione in Tersion und Beobachter in den Sumpfgegenden auf den Weg schicken. Hopp, hopp!«

Missmutig und übertrieben schlurfend wandelte Fiorell zum Ausgang.

»Wenn Ihr noch einmal ›Hopp, hopp‹ sagt, Majestät, dann werde ich in Zukunft jede einzelne Praline ablecken, bevor Ihr sie esst. Oder noch besser, ich lecke nur eine an und sage nicht, welche es war.«

Ulldart, Königreich Tarpol, Provinz Ulsar, Hauptstadt Ulsar, Frühjahr 443

Lodrik saß in dem verwaisten Audienzsaal, der neue Scheiben bekommen hatte, und brütete in der Dämmerung über der Landkarte, auf der die Bewegungen der verschiedenen Truppen eingezeichnet waren. Es sah so aus, als würden sich in wenigen Wochen zwei große Kontingente der verfeindeten Parteien in Dujulev, zweihundert Warst östlich von Ulsar, gegenüberstehen.

Der Ausgang der Schlacht würde über das Schicksal von Tarpol entscheiden, da waren sich seine Offiziere und er sicher. Gelang es seinen Soldaten, die Borasgotaner vernichtend zu schlagen, war das Reich gerettet. Alles andere bedeutete den Untergang. Ein Sieg musste unter allen Umständen her, die Vorbereitungen liefen auf Hochtouren.

Um seine Männer bis aufs Äußerste anzuspornen, würde er mitreiten und sich diesmal an der Schlacht beteiligen.

Der Kabcar vertrat gegenüber Stoiko und Waljakov die Annahme, dass es wegen der Prophezeiung keiner der Gegner wagte, ihn anzugreifen, geschweige denn zu töten. So sehr sich die Botschafter gleichgültig gegeben hatten, Lodrik glaubte fest daran, dass die einfachen borasgotanischen Kämpfer vorsichtig waren und das Schwert nicht gegen ihn richteten. Damit wollte er Vorteile für seine Armee erzielen.

Noch regnete es in Strömen im Kampfgebiet, aus dem sich die restlichen tarpolischen Truppen zurückzogen, um sich in Dujulev zu sammeln. Von den achthundert Männern waren knappe zweihundert geblieben, die Zahl der Feinde hatte sich dagegen nicht wesentlich verringert. Immer noch galt es, fünftausend Kämpfer zu besiegen.

Alles in allem, mit dem Nachschub aus den Garnisonen, den Freiwilligen und den Einheiten aus Tûris konnte Lodrik dreitausend Bewaffnete dagegenstellen. Hinzu kamen die fünfzig Ritter der Hohen Schwerter und ihr Gefolge, von denen sich die tarpolischen Offiziere aber nicht viel versprachen. Die Kampfesweise der Ordenskrieger sei überholt, zu schwerfällig und wenig tauglich.

Seufzend stützte der junge Herrscher seinen Kopf in die Hände und blies die farbigen Hölzchen, die borasgotanische Truppen symbolisierten, um.

Nachdenklich kratzte er sich am Bart. Eine rettende Kriegslist wollte ihm einfach nicht einfallen. So musste er auf den Beistand eines Gottes hoffen, ganz egal, wer ihm die helfende Hand reichen wollte. Und Tzulan schien ihm bereits einen Vorgeschmack gegeben zu haben.

»Ich empfehle dem Hohen Herrn, die Bauern ganz offiziell zu den Waffen zu rufen. Schließlich habt Ihr ihnen große Zugeständnisse gemacht. Nun wäre es an ihnen, sich erkenntlich zu zeigen«, sagte eine angenehme, sanfte Männerstimme irgendwo aus dem Zimmer. »Es wäre die einfachste Lösung.«

Lodriks Nackenhaare stellten sich auf. Niemand, den er kannte, klang so. Er sprang auf, zog den Exekutionssäbel und spähte im halbdunklen Raum umher. »Zeig dich! Was willst du?«

»Ihr müsst Euch nicht vor mir fürchten, hoher Herr«, sagte die Stimme leise. Noch immer konnte der Kabcar nicht herausfinden, in welcher Ecke des Raumes der Sprecher stand. »Ich bin hier, um Euch beizustehen. Ein Freund, den Ihr um Beistand gebeten habt, schickt mich.« Eine Silhouette trat aus dem Schatten einer Säule hervor und kam auf Lodrik zu. »Ich bin Mortva Nesreca, Hoher Herr, und Euch mit Leib und Leben zu Diensten.«

Insgeheim hatte der Herrscher mit einem Attentäter, einer Bestie oder einer anderen Spukgestalt gerechnet, aber seine Fantasie wurde vom Anblick des Unbekannten eher enttäuscht.

Ein Mann um die dreißig Jahre von durchschnittlicher Statur stand vor ihm. Auffällig waren seine glatten, grausilbernen Haare, die er offen trug und die bis unterhalb der Schulterblätter hingen. Sein Körper steckte in der üblichen tarpolischen Uniform, jedoch fehlten die Rangabzeichen. Waffen führte er keine mit sich, jedenfalls keine sichtbaren.

Ein grünes und ein graues Auge ruhten neugierig auf Lodrik, das bartlose Gesicht des Unbekannten wirkte freundlich, als er dem Kabcar die obligatorische Verbeugung entbot. »Lang lebe der Kabcar von Tarpol.«

Lodrik musterte den Fremden auf der anderen Seite des Kartentisches von oben bis unten, senkte den Säbel, behielt ihn aber vorsichtshalber in der Hand. »So, so. Ein Freund, den ich um Hilfe angerufen habe.« Er dachte nicht weiter darüber nach, wen sein Gegenüber gemeint hatte, sondern beschloss, den Strohhalm zu ergreifen, der sich ihm und seinem Land bot. »Und was genau ist nun Eure Aufgabe?«

»Nennt mich Mortva, Hoher Herr«, schlug der Unbekannte vor. »Ich werde immer in Eurer Nähe sein, um mit Rat und Tat zur Seite zu stehen. Als Konsultant.«

»Das wird allmählich sehr eng. Ich habe schon sehr gute Vertraute, die …«, wollte der junge Mann erklären, aber Nesreca ergänzte den Satz ungefragt.

»… Euch in der momentanen Lage nicht weiterhelfen können, Hoher Herr. Ich dagegen garantiere Euch, dass, wenn Ihr auf meine Ratschläge hört, wir den Borasgotanern und all Euren Feinden im eigenen Land eine gehörige Lektion erteilen werden. Durch mich werdet Ihr zu einem angesehenen Herrscher, vor dem Ulldart Respekt haben wird. Und ich biete Euch an, Euch zu schulen.«

»Schulen?« Lodrik blinzelte verwundert, die blauen Augen spiegelten echte Verblüffung. »In was denn? Ich finde, Stoiko und Waljakov leisten sehr gute Arbeit.«

Mortva kam um den Tisch herum und streckte die Hand aus. »Zieht Eure Handschuhe aus, spreizt Eure Finger und hebt die Rechte etwas an«, bat er. Zögerlich kam der Herrscher der Aufforderung nach.

Ein fadendicker, orangener Strahl sprang aus der Handfläche des Mannes und schlug in den Zeigefinger Lodriks ein.

Ein warmes Gefühl durchströmte ihn, das vertraute Kribbeln setzte ein. »O nein. Nicht schon wieder«, murmelte er und dachte voller Schrecken an die zerstörten Glasscheiben. Rund um sein Handgelenk entstand ein Glühen, aus den Fingerspitzen flog ein astdicker Strahl geradewegs auf die Fenster zu.

»Wir wollen nicht, dass etwas zu Bruch geht, nicht wahr?« Lächelnd hielt Mortva die andere Hand in die ausgetretene Energie. Seine Haut schien die strahlende Kraft restlos zu absorbieren, grell schimmerten die silbernen Haare in dem Widerschein auf. Dann erlosch das Rot.

Lässig schüttelte der mysteriöse Konsultant die Finger aus. »Ihr seid stark, Hoher Herr. Und mit meinem Unterricht werdet Ihr bald in der Lage sein, diese Macht gezielt einsetzen zu können.«

Fassungslos starrte der Kabcar seinen neuen Berater an. »Wie habt Ihr das gemacht? Und was ist das?«

»Magie.« Mortva lächelte. »Ihr seid wichtig für das Schicksal eines ganzen Kontinents und von einem Gott auserwählt, genau wie ich oder die Cerêler. Bei Euch ist es noch reinste, purste und ungestaltete Magie, die einiges an Schliff bedarf, bis sie Euch gehorcht, wie Ihr wollt. Sie ist sehr frisch, jung, ungestüm. Und sie möchte nach draußen. Habt Ihr das nicht bemerkt, Hoher Herr?«

Lodrik ging ein Licht auf. Die ganzen unerklärlichen Vorkommnisse um ihn herum, das alles hatte er selbst ausgelöst, weil er die Kraft in sich noch nicht beherrschte. »Ich glaube, ich habe sie unbewusst angewendet«, gestand er. »Ich habe damit versehentlich einen Menschen getötet, fürchte ich.«

Der Mann nickte. »Dann wird es höchste Zeit, dass wir mit der Ausbildung beginnen. Ihr müsst schnell lernen, Eure Gabe noch geheim zu halten. In Zukunft werdet Ihr dann nur noch absichtlich töten.«

»Ich will aber nicht töten«, widersprach der junge Kabcar. »Was kann man damit noch alles machen?«

»Alles, was Ihr wollt, Hoher Herr. Wenn Ihr Euch Mühe gebt und lernt.« Mortva sah auf die umgestürzten Holzmännchen. »Man kann damit auch Winde erschaffen, die Armeen durch die Luft wirbeln. Oder lautlos ein Zimmer betreten. Aber so weit seid Ihr noch lange nicht. Daher müssen wir uns zunächst mit herkömmlichen Mitteln behelfen.« Er bedeutete Lodrik, näher an den Tisch zu treten. »Wenn wir aus den Gebieten rund um Dujulev alle Männer und Kinder heranziehen, denen wir eine Mistgabel oder einen angespitzten Stock in die Hand drücken können, müssten wir doppelt so viele Bewaffnete wie bisher zusammenbekommen.«

»Kinder?«, wiederholte der junge Mann. »Ist das ein Scherz?«

Der Konsultant zog die Wangen zusammen, missbilligend schaute er auf die Karte. »Hoher Herr, wollt Ihr Tarpol behalten oder nicht?«

Lodrik wand sich wie ein Wurm um die Antwort herum. »Ja, ich will.«

Mortvas Gesicht wurde sofort wieder freundlicher. »Die Kinder werden mit Freuden an der Seite ihrer Väter stehen. Gut, nennen wir sie nicht Kinder, nennen wir sie ›junge Männer‹. Alles ab zwölf Jahre sollte herangezogen werden, notfalls könnte man sie zum Schanzen einsetzen. Was meint Ihr, Hoher Herr?«

»Ich werde es mir durch den Kopf gehen lassen«, sagte der Herrscher.

»Ich sehe schon, Ihr werdet eine gewisse Zeit benötigen, bis Ihr mir vertraut, nicht wahr?« Der geheimnisvolle Konsultant überlegte kurz. »Ich schlage Euch eine Abmachung vor. Ich sorge dafür, dass Kolskoi und der Rat der Brojaken entgegenkommender sind, und wenn ich das erreicht habe, werdet Ihr dafür meine Ratschläge befolgen. Würde Euch das überzeugen, Hoher Herr?«

Lodrik knetete seine Unterlippe. »Gut. Es wäre ein viel versprechender Anfang. Wie Ihr selbst sagtet, ich muss schon zu der Überzeugung gelangen, dass Eure Empfehlung etwas taugt.«

»So soll es sein.« Mortva verneigte sich tief vor dem Kabcar. »Bei Gelegenheit solltet Ihr mir ein Zimmer im Palast zur Verfügung stellen und mich den anderen vorstellen, Hoher Herr. Sagt ihnen, ich sei ein lang vermisster Verwandter, der in der Stunde der Not zurückkehrte, um seinem Vetter vierten Grades zu helfen. Ansonsten überlasst die Erklärungen beruhigt mir.«

»Wie Ihr wollt, Mortva.« Der junge Mann deutete auf seine Uniform. »Wo habt Ihr die eigentlich her? Und wo ist der Säbel dazu?«

»Oh, die habe ich noch aus meiner Zeit bei der tarpolischen Armee. Das ist schon lange her, und ich habe sie ehrenhaft verlassen, nachdem ich mich für das Studium entschieden habe. Ich finde sie sehr kleidsam. Waffen mag ich nicht besonders, sie sind nicht sonderlich elegant, zu roh und blutig. Magie ist viel poetischer in der Anwendung. Und fürs Grobe habe ich zwei exzellente Begleiter, Hoher Herr.« Zu Lodriks Überraschung traten bei diesen Worten ein Mann und eine Frau hinter Säulen hervor. Sie trugen dunkle, nietenverstärkte Lederrüstungen, kombiniert mit Eisenplatten und Kettenelementen sowie jeweils ein Schwert an der Seite. Im Gegensatz zu Mortva machten sie keinen Vertrauen erweckenden Eindruck auf den Herrscher von Tarpol. Ihre Gesichter hatten in dem Halbdunkel des Audienzzimmers etwas Brutales. Nähere Details konnte er in diesem schummrigen Licht nicht erkennen. »Ihr seht, ich bin durchaus gut geschützt.«

»Dann wünsche ich Euch viel Erfolg bei Kolskoi«, sagte der Herrscher. »Ich werde mich nun verabschieden. Wie Ihr aus dem Palast kommt, ist Eure Sache, Mortva. Ich bin gespannt …«

Es klopfte an der Tür, und Lodrik drehte sich um. »Herein.« Nichts geschah, auch nach wiederholter Aufforderung.

»Da ist wohl jemand schwerhörig«, meinte Lodrik ungehalten, als er sich wieder zu seinem rätselhaften Konsultanten wandte. Mortva war jedoch ebenso verschwunden wie seine lautlose Begleitung. Auch vor der Tür stand niemand.

Tarek Kolskoi rammte seinem Pferd die Sporen in die Flanken und hetzte es durch das dichte Unterholz, ohne Rücksicht auf sich oder das Tier. Rechts und links neben ihm rannten seine beiden borasgotanischen Kampfhunde Arkas und Tulm, die die Fährte der verwundeten Beute aufgenommen hatten. Die Jagdgesellschaft, mit der er aufgebrochen war, ritt irgendwo weit abgeschlagen hinter ihm.

Der dürre Adlige machte sich ganz flach und klebte förmlich am Hals seines Pferdes, dem die Äste und Zweige ins Gesicht peitschten. Den flüchtenden Hirsch vor sich verlor der Mann nicht einen Moment aus den Augen. Ein eilig abgefeuerter Pfeil hatte das Wild nur verwundet, nun galt es, der edlen Beute so schnell wie möglich den Garaus zu machen. Am Ende würde das kostbare Fleisch noch in den Mägen von hungrigen Bauern landen, und das wollte Kolskoi auf keinen Fall.

Mit einem anfeuernden Ruf rammte er das Metall an seinen Stiefelenden erneut tief in die weiche Seite des Pferdes, Blut troff von Flanken herab. Der Hirsch rückte näher.

Endlich war er neben dem geschwächten Tier, zog seinen Säbel und schlug ins Genick des verletzten Wildes. Mit einem dumpfen Röhren brach der Hirsch zusammen, überschlug sich mehrfach und lag zuckend im Matsch. Hart riss Kolskoi die Zügel zurück und brachte seinen Hengst zum Stehen. Ein kurzer Befehl, und seine beiden Hunde setzen sich.

Eilig sprang er aus dem Sattel, lief zu seiner Beute und durchstach mit einem Dolch das schnell klopfende Herz. Dann wischte er sich den Schweiß von der Stirn, nahm den Trinkschlauch vom Sattel und gönnte sich einen großen Schluck Branntwein.

»Halali«, prostete er dem toten Hirsch zu, dann schlug er seinem Pferd auf die Nüstern, das wiehernd zurückwich. »Lahmer Gaul. Dich werde ich noch härter rannehmen müssen.«

»Ich denke nicht, dass der Hengst Schuld trägt«, sagte eine Männerstimme hinter ihm. »Ein mittelmäßiger Reiter macht ein gutes Pferd nicht schneller.«

Kolskoi spuckte erschrocken den Alkohol aus und drehte sich um. In seinem Rücken hatte sich, unbemerkt von ihm und den normalerweise wachsamen Rüden, ein Mann mit langen, silbernen Haaren in einer Jagdkluft zwanglos an einem Baumstamm positioniert. »Du wagst es, einen Harač zu beleidigen? Sag, wer du bist, bevor dich meine Hunde zerreißen.« Auf seinen Wink hin stellten sich die kalbgroßen Rüden knurrend an seine Seite.

»Oh, wir werden uns von nun an öfter sehen, schätze ich. Ich bin Mortva Nesreca, Cousin vierten Grades des

Kabcar. Und Ihr könnt nur Tarek Kolskoi sein, der Sprecher des Brojakenrates.« Der Mann verbeugte sich. »Ich habe schon einiges von Euch gehört.«

»Ich von Euch nicht.« Zufrieden bemerkte der Adlige, dass der Unbekannte waffenlos war. »Seid Ihr auch auf der Jagd?«

»Nach Euch«, entgegnete Mortva lächelnd. »Ich habe Euch gesucht.«

»Ach? Sollte ich darüber erfreut sein oder mir Sorgen machen?« Aus weiter Entfernung waren die Signalhörner der Gesellschaft zu hören. Kolskoi nahm sein Rufhorn vom Gürtel und blies hinein, um zu antworten. Kein Laut ertönte aus dem Horninstrument.

»Nanu? Sollte es dem guten Stück den Ton verschlagen haben?« Der angebliche Verwandte des Herrschers hob amüsiert die Augenbrauen. »Los, versucht es noch einmal. Sonst werden sie Euch in diesem Dickicht nie wieder finden.«

Der dürre Mann warf das Horn achtlos zur Seite. »Was wollt Ihr von mir, Nesreca?«

»Ich bitte Euch in aller Freundschaft, legt meinem Cousin im Rat keinerlei Steine mehr in den Weg. Er hat es so schon schwer genug, Hara¢.«

Kolskoi lachte laut los, dass ihm die Tränen von den Wangen liefen. »Darauf habe ich nur eine Antwort: Es war schön, Euch kennen gelernt zu haben, Nesreca.« Die Heiterkeit wich. »Arkas, Tulm! Fasst ihn!«

Die beiden borasgotanischen Kampfhunde rührten sich nicht.

Mortva ließ sich in die Hocke nieder und streckte die linke Hand aus. »Na, kommt her, ihr zwei Braven.«

Schwanz wedelnd liefen sie auf den Mann zu, leckten ihm die Finger und rollten sich zu Kolskois Entsetzen auf den Rücken, um sich von dem Fremden den Bauch kraulen zu lassen.

»Da habt Ihr aber zwei prächtige Exemplare, Kolskoi.

Die Namen passen.« Der Verwandte des Herrschers umfasste die Schnauze eines Rüden und zog die Kiefer auseinander, damit er sich die Reißzähne betrachten konnte. »Stattliches Gebiss, würde ich sagen. Einem Erwachsenen würde der Junge glatt den Oberschenkel durchbeißen.«

Prüfend fuhr er über eine Zahnreihe, dann tätschelte er dem Hund den großen Kopf und schmuste mit ihm, während der schmale Granburger fassungslos auf die Szenerie starrte. Wenn er nicht selbst schon gesehen hätte, wie Arkas und Tulm mit Leichtigkeit einen Menschen getötet hatten, würde er meinen, es wären zwei völlig andere Rüden, die sich dort wie Schoßhündchen zu den Füßen des Mannes rollten, wie blöde vor Freude jappsten und hechelten.

Wütend machte Kolskoi einen Schritt nach vorne. »Seid ihr beiden Köter toll geworden?«, schrie er die Tiere an. »Ihr sollt ihn fassen!«

Zahm wie Welpen drückten sich seine Hunde an Mortva und genossen die Streicheleinheiten.

»Aufgepasst!« Der Mann mit den silbernen Haaren hob den Zeigefinger, und sofort setzten sich die beiden Rüden aufmerksam hin, die Ohren stellten sich auf. Mortva deutete auf Kolskoi, und sofort begannen die Kampfhunde zu knurren, die kurzen Nackenhaare stiegen in die Höhe.

Gemächlich erhob sich der Cousin des Kabcar. »Wenn Ihr den Befehl von vorhin wiederholen möchtet, Kolskoi, tut Euch keinen Zwang an. Aber ich fürchte, die Hunde würden anders reagieren als Ihr denkt.«

Der Hara¢ wurde bleich und schaute auf die gebleckten Reißzähne, die sich zum ersten Mal gegen ihn richteten.

»Um auf unser Gespräch von vorhin zurückzukommen«, begann Mortva genüsslich und schwang sich in den Sattel von Kolskois Hengst, »Ihr werdet Lodrik

Bardri¢ keine Schwierigkeiten mehr bereiten. Eure Hunde könnten sonst nachts plötzlich an Eurem Bett stehen und sehr hungrig sein.« Der granburgische Adlige ballte die Fäuste, die Flügel der Hakennase blähten sich. Nur mühsam kontrollierte er die Wut. »Wir sehen uns bestimmt wieder in Ulsar. Ein Fußmarsch kann Euch nichts schaden.« Der Mann klopfte dem Pferd beruhigend auf den Hals, und ruhig setzte sich das Tier in Bewegung. »Vergesst Eure Trophäe nicht, Hara¢. Es wäre schade um den Hirsch.«

Der Reiter verschwand im Gebüsch, und Kolskoi stand seinen beiden Kampfhunden gegenüber, die ihr Knurren verstärkt hatten. Der nächste Baum war nur ein paar Schritte entfernt. Unendlich weit, wenn man gegen zwei solche Bestien im Wettlauf antreten musste.

Der Adlige gab sich einen Ruck und sprintete schreiend zu der Eiche, sprang an dem unteren Ast hinauf und zog sich empor. Dann sah er nach unten, wo Arkas und Tulm saßen und ihn aufmerksam beobachteten.

»Sitz, verdammt!«, brüllte Kolskoi, und artig senkten die Tiere ihre Hintern. »Blöde Köter«, fluchte der dürre Mann und schaute nach links, um vielleicht noch etwas von dem anderen Mann zu sehen, der sein Pferd gestohlen hatte. Doch er entdeckte niemanden.

»Also schön. Dann räumen wir den neuen Mitspieler eben zuerst aus dem Weg«, murmelte er und sprang zurück auf den Boden. »Kommt her, ihr Verräter«, rief er die Hunde. »Ich habe den passenden Lohn für euch.« Während er auf die Rüden zuging, zog er den Jagddolch.

Ulldart, Königreich Tarpol, Provinz Ker, dreiundzwanzig Warst vor Tscherkass, Frühjahr 443

Matuc klopfte dem Esel vor seinem Karren mit dem Stock auf den Rücken, um den Vierbeiner anzutreiben. Noch vor Einbruch der Nacht wollte der Geistliche wenigstens in die Nähe seines angestammten Ulldraelklosters kommen, damit er Morgen in aller Frühe seinen geliebten Posten als Vorsteher wieder aufnehmen konnte. Die entsprechende Pergamentrolle mit der Anweisung des Oberen verwahrte er sicher zwischen dem Gepäck, den Kisten und Tonnen, die hinter ihm auf der Ladefläche lagerten.

Der Kabcar hatte Matuc seine Dankbarkeit bewiesen, indem er ihm Tier und Gefährt schenkte, zudem alles an Vorräten, was der Mann gewünscht hatte. So reiste er nun fast einen halben Monat in gemütlichem Tempo durch die Provinz, um all seine Erlebnisse hinter sich zu lassen und die vermisste Ruhe in Tscherkass zu finden.

Immer wieder begegneten dem Mönch nun kleinere Flüchtlingsgruppen, die sich vor den borasgotanischen Truppen nach Westen absetzten. Seit einer Woche war er der einzige, der sich in diese Himmelsrichtung bewegte. Matuc hatte keine Angst vor den feindlichen Soldaten, sie würden den Häusern Ulldraels nichts tun, dafür war ihr Glaube an den Gott zu stark. Sorgen machte er sich nur um das Wohl der vielen Tarpoler, die bereits von den Borasgotanern unterjocht wurden. Sie mussten mit weniger Rücksicht rechnen.

Ein Gehöft erschien am Horizont, und der Geistliche beschloss, eine kurze Rast einzulegen, um dem Esel einen Schluck Wasser zu gönnen und sich selbst ein wenig zu strecken. Die lange Sitzerei auf dem Karren machte ihn steif und unbeweglich.

Nach einer knappen halben Stunde hielt er vor dem Haus an, kletterte ungeschickt von seinem Karren und band die Zügel des Esels an einem Eisenring fest. Bei jedem Schritt, den er mit dem rechten Bein machte, ertönte ein leises Klacken, wenn das künstliche Gelenk seines Holzbeines arretierte und dem Mönch einen einigermaßen sicheren Gang ermöglichte. Dennoch war sein Humpeln unübersehbar.

Laut klopfte er an die einfache Holztür, um auf sich aufmerksam zu machen.

Ein Mann, ungefähr in Matucs Alter, öffnete. Die einfache, gebraucht wirkende Kleidung und die kurzen Haare ließen erahnen, dass es sich um einen Landpächter handelte.

»Was gibt es? Ich habe nichts zu essen.« Sein abweisendes Gesicht wandelte sich innerhalb eines Lidschlags, als er an der dunkelgrünen Robe erkannte, dass er es mit einem Ulldraelmönch zu tun hatte. »Oh, verzeih mir. Ich dachte, es sei wieder einer der Flüchtlinge, der bettelt.« Er öffnete die Tür und bat den Geistlichen mit einer Geste, einzutreten. »Der Segen Ulldraels ist mir willkommen. Ich bin Daromir. Willst du etwas essen?«

»Danke für deine Einladung, Daromir«, sagte Matuc und hinkte in den großen, rußgeschwärzten Raum. »Aber du solltest allen Menschen etwas geben, nicht nur denen, die sich gut mit dem Gott verstehen. Auch das sieht Ulldrael der Gerechte gerne.« Er ließ sich auf einen groben Stuhl fallen und hievte sein Holzbein in eine angenehme Position, damit die Prothese nicht zu sehr auf den Stumpf drückte. Ab und zu hatte er das Gefühl, sein echtes Bein noch zu spüren. Aber es war nur die Erinnerung seines Körpers, die ihm das vorgaukelte. »In den Zeiten der Not sollten die Tarpoler zusammenhalten.«

Wortlos stellte der Pächter eine Holzplatte mit Brot,

Schinken und Käse vor den Mann. Danach schenkte er ihm einen Becher Milch ein. »Anfangs habe ich das auch noch getan«, sagte er schließlich. »Aber es sind zu viele, die hier vorüberziehen. Ich wäre selbst arm, wenn ich allen etwas geben würde.« Er sah aus dem Fenster, als der Esel laut schrie, um sich bemerkbar zu machen. »Ich werde dein Grautier ausspannen und tränken. Wasser habe ich wenigstens mehr als genug.«

Während Daromir nach draußen ging, kaute Matuc nachdenklich auf den Gaben herum. Auf seinen Orden würde viel Arbeit warten, um den Menschen den notwendigen Halt zu geben. An eine solche Lage konnte sich niemand mehr auf Ulldart erinnern, der letzte Krieg lag mehr als hundert Jahre zurück. Eine derartige Not war neu für die einfachen Leute.

Der Landpächter kehrte zurück. »Es schmeckt dir?«

»Es ist sehr gut«, bedankte sich der Mönch und spendete den Segen seines Gottes. Zwar sprach er die Worte und Formeln wie immer, aber es spürte, dass die echte Überzeugung darin fehlte. Doch Daromir, der sich sogar niedergekniet hatte, schien nichts zu merken. »Wo sind deine Frau und deine Kinder?«

»Ich habe sie weggeschickt zu meinem Bruder«, antwortete der Mann und entzündete die Feuerstelle inmitten des Raumes. »Es ist mir zu gefährlich hier für sie. Nachdem die Borasgotaner so schnell vorrücken, ist nichts und niemand mehr sicher. Ich habe ihnen das Vieh und die Vorräte mitgegeben. Eine Kuh und wenig Proviant genügen mir vorerst.«

»Was machst du noch hier?«, erkundigte sich der Mönch weiter.

»Ich beschütze das Haus vor Plünderern. Und wenn die Soldaten kommen, laufe ich davon. Ich bin kein Krieger.« Zwei Scheite Holz wanderten in die Flammen. »Ich wollte mich zuerst freiwillig melden, um für den Kabcar zu kämpfen, aber ich traue mich nicht. Vielleicht tut der Herrscher auch nicht genug. Als wir noch von seinem Vater regiert wurden, hätte es keiner gewagt, in Tarpol einzumarschieren.«

»Das stimmt nicht«, widersprach Matuc. »Der Kabcar gibt sich alle Mühe, den Vormarsch aufzuhalten. So, wie er sich Mühe gibt, dem einfachen Volk hilfreich unter die Arme zu greifen. Er hat doch schon einiges getan, oder? Und unter seinem Vater hatten die Bauern weniger zu lachen. Erinnere dich, so lange ist es nicht her.«

»Sicher, das hat er.« Daromir brachte noch ein Stück Wurst und setzte sich zu Matuc. »Ich hoffe, Ulldrael der Gerechte steht ihm bei, damit wir die Borasgotaner verjagen.«

Der Mönch seufzte und fuhr sich über die Bartstoppeln an der Wange. »Das hoffe ich auch. Meine Gebete begleiten ihn bei allem, was er tut.«

Der Esel schrie aufgeregt, dann hörten die Männer eine leise Kinderstimme, die scheinbar beruhigend auf das Tier einsprach. Der Landpächter ging zur Tür, Matuc folgte ihm humpelnd. Um ein Haar wäre er auf dem unebenen Boden gestürzt.

»Ha, du Dieb! Schon wieder hier? Dir prügele ich Verstand ein«, hörte er den Mann böse von draußen rufen, während er noch mit dem Gleichgewicht kämpfte.

Es knallte, dann weinte ein Mädchen leise. Eilig hüpfte der Mönch zum Ausgang.

»Daromir, hör auf!«, sagte er laut und sah, wie der Landpächter erbost ein Kind am Arm packte und die Hand zu einer weiteren Ohrfeige erhoben hatte. Mit einem Blick sah er, dass eine seiner Proviantkisten geöffnet war.

Daromir schüttelte die Diebin ordentlich, woraufhin Zwieback aus den Taschen ihres einfachen Leinenkleids auf die Erde fiel. »Da haben wir's!«

»Lass mich los«, forderte das Mädchen, das Matuc anhand der Gestalt auf dreizehn Jahre schätzte. Ihr Gesicht wirkte jedoch erwachsener, ernster als das der Kinder ihres Alters. Sie trug kurze, schwarze Haare; braune Augen funkelten ihren Peiniger an. »Ich hatte Hunger.« Ihr Akzent klang etwas polternd.

»Dieb ist Dieb. Und der Ring an deinem Finger gehört sicher auch nicht dir.« Der Landpächter packte sie im Genick und schüttelte sie wie ein Ungeziefer. Ein Schmerzenslaut, gefolgt von einer derben Verwünschung, entfuhren dem Mädchen. »Was machen wir mit ihr, Bruder Matuc?«

»Warum hast du nicht gefragt, ob du etwas haben kannst?«, wollte der Mönch von ihr wissen und humpelte zu den beiden hin. »Ich hätte dir gerne etwas abgegeben. Daromir bestimmt auch.«

»Hätte er nicht«, widersprach das Kind trotzig. »Ich habe ihn schon mal besucht.«

»Und mir eine Wurst gestohlen«, ergänzte der Landpächter. »So leicht kommst du diesmal nicht davon.«

»Bring sie ins Haus«, entschied der betagte Mann. »Wir besprechen das in aller Ruhe. Es wird ohnehin dunkel, da wird sie froh sein, wenn sie ein Dach über dem Kopf hat.«

»Ich soll der Diebin …?«, begehrte Daromir auf, dann erinnerte er sich an die Ratschläge von vorhin. »Du hast Glück, dass du in Bruder Matuc einen so guten Fürsprecher hast«, zischte er ihr ins Ohr. Sie trat ihm ans Schienbein. »Au, verfluchte Göre!«

»Benimm dich«, warnte Matuc. »Du wirst heute Gast sein, wie ich, und Dankbarkeit zeigen.«

Sie gingen wieder ins Innere zurück, wo der Landpächter eine Talgkerze entzündete. Grummelnd stellte er dem Mädchen ein Stück Brot vor die Nase. Als er den mahnenden Blick des Mönchs sah, kramte er umständlich nach Schinken und einem kleinen Stück Trockenfleisch. »Da. Iss.«

Das Kind sah abwechselnd zwischen den Männern

hin und her. Dann nahm es zögernd ein angebissenes Stück Wurst heraus und reichte es dem völlig verwunderten Daromir. »Da hast du deine Wurst wieder.«

Matuc lächelte und fuhr dem Mädchen über die struppigen Haare. »Siehst du, Daromir. So kommen wir alle weiter. Das war sehr nett von dir. Wie ist dein Name, Kind?«

Hungrig schlug sie ihre Zähne in das Brot. »Fatja«, antwortete sie mit vollem Mund und grinste, dass die Krümel regneten.

»Und wohin wolltest du?«, setzte der Geistliche das freundliche Verhör fort. Zwischen Trockenfleisch, Brot und Schinken erzählte sie mehr undeutlich als deutlich, dass sie auf dem Weg nach Rundopâl war, um sich mit ihrer Verwandtschaft zu treffen, die sie unterwegs verloren hatte.

So recht überzeugend fand Matuc ihre Geschichte nicht. Er konnte sich nicht vorstellen, dass Eltern eines ihrer Kinder in dieser Lage zurücklassen würden, damit es von selbst nachkommen sollte. Er vermutete, dass es sich schlicht um eine kleine Streunerin handelte, die auf der Suche nach dem großen Abenteuer war. Nur fürchtete er, dass sie Menschen in die Hände fallen könnte, die wenig Gutes mit ihr anstellen würden.

»Wie wäre es, wenn du mich auf das Ulldraelkloster in Tscherkass begleitest?«, schlug er ihr vor. »Ich könnte Hilfe unterwegs sehr gut gebrauchen.« Er klopfte auf sein Holzbein.

»Ja. Du bist auch nicht mehr der Jüngste«, sagte Fatja ohne Bosheit in den braunen Augen. »Ich werde mit dir kommen.« Sie schaute auf die Prothese. »Wie ist das denn passiert?«

Ein Schatten legte sich auf Matucs Gesicht. »Jemand hat mir das Leben gerettet, indem er mir das eingeklemmte Bein abschlug und mich davor bewahrte, von einem anderen Stein erschlagen zu werden.«

»Du hattest großes Glück«, sagte das Kind und schob sich ein Stück Schinken in den Mund. »Du kannst weiterleben. Andere Menschen werden in den nächsten Tagen nicht so viel Gnade von den Göttern erfahren.«

Daromir deutete auf die leeren Schlafkojen an der Wand. »Sucht euch eine aus, wenn ihr müde seid. Ich bringe den Esel in den Stall und lege mich hin, der Tag war heute sehr lang.« Gähnend verzog er sich nach draußen.

»Du bist nicht zufällig aus Borasgotan?«, fragte Matuc plötzlich.

Fatja hob erschrocken den Kopf und musterte sein Antlitz. »Warum?«

»Dein Akzent hat es mir verraten«, erklärte er seinen bestätigten Verdacht. »Das wird dich in Tarpol im Moment nicht gerade beliebter machen.«

Fatjas Mundwinkel sanken. »Deshalb will ich ja auch nach Rundopâl.«

»Und Verwandtschaft hast du vermutlich keine dort?«

»Nein. Keine echte. Nur Bekannte«, gestand sie zögerlich. »Meine Leute sitzen in Granburg, vermutlich mitten zwischen den Soldaten des wahnsinnigen Arrulskhán, und spielen zum Tanz auf.«

»Ach?« Der Geistliche rieb sich die müden Augen. »Und warum bist du nicht bei ihnen?«

»Ich musste schnell weg«, druckste sie herum und fischte zielsicher eine Laus aus den Haaren, die sie routiniert zwischen den Fingernägeln knackte. »Jemand hatte etwas gegen mich. Nachdem ich die ganze Zeit durch die Gegend gewandert bin, begann dieser Krieg. Und ich mache mich daher lieber aus dem Staub, bevor mich die Tarpoler noch für einen Spion halten.«

»Umso wichtiger, dass du an meiner Seite bleibst.« Matuc erhob sich umständlich und humpelte zur untersten Koje, auf deren Rand er sich setzte. Mit ein paar

Handgriffen schnallte er das Kunstbein ab und stellte es neben das Bett. Interessiert sah Fatja dabei zu.

»So etwas habe ich noch nie gesehen«, sagte sie nach einer Weile und deutete auf die Mechanik. »Wer macht denn das?«

»Das war ein gelehrter Mensch in Ulsar«, erzählte der Mönch. »Dort ist das möglich.«

»In Ulsar?«, staunte das Mädchen und hob die Augenbrauen. »In der Hauptstadt? Ist es schön dort?«

»Nein, Kind«, entgegnete Matuc, dem die Fragerei zu viel wurde. »Und nun möge Ulldrael der Gerechte dir einen gesegneten Schlaf geben.«

»Ich finde das sehr nett, dass du mich mitnimmst«, redete Fatja unbeirrt weiter und war mit wenigen Schritten an der Koje des Geistlichen. »Dafür lese ich dir völlig kostenlos die Zukunft. Ich kann das sehr gut. Für manche sogar zu gut.«

»Nein, lass das«, versuchte der betagte Mann zu protestieren, während das Mädchen seine Hand schnappte und die Innenlinien nachfuhr. »Mich interessiert meine Zukunft nicht. Sie liegt nicht in meiner, sondern in Ulldraels Hand, und da gehört sie auch hin.«

»Oh, das sieht aber bemerkenswert aus«, machte sie übertrieben geheimnisvoll, und man spürte deutlich, dass es für sie nur ein Spaß war. »Du wirst sehr alt werden und zufrieden sterben.«

»Wie beruhigend«, stöhnte Matuc, der eigentlich ins Reich der Träume sinken wollte. »Das sagst du vermutlich allen.« Er setzte sich auf und schaute in ihre braunen Augen. »Lass den Unsinn und leg dich …« Mit einem Mal fühlte er einen mächtigen Sog, der von ihren Pupillen ausging und all seine Gedanken aus dem Geist zu ziehen schien. Eine innere Leere breitete sich aus, und er fühlte einen Zustand ungewöhnlicher Leichtigkeit.

»Bruder Matuc, du hast noch einige Aufgaben vor

dir, wie ich es sehe.« Er hörte die Stimme Fatjas wie durch dichten Nebel, diesmal ernster als vorher. »Von dir wird das Schicksal eines Kindes abhängen. Ein wichtiges Schicksal, das Licht in die drohende Nacht bringen kann. Aber es wird dauern, bis dieser Tag gekommen ist. Und nur mit deinem Wirken wird sich die Dunkle Zeit vertreiben lassen, wenn sie kommt.« Das Mädchen schwieg. »Ich sehe noch etwas. Ein Mann in einer goldenen Robe will, dass du stirbst. Er hat Attentäter gesandt, die auf dem Weg nach Tscherkass sind, um dort auf dich zu warten und dich umzubringen. Ein Geheimnis soll geschützt werden.« Fatja atmete schwer. »Es geht um den Ulldraelorden. Dein Tod soll verhindern, dass jemals irgendjemand dem Oberen auf die Spur kommen kann. Niemand soll beweisen können, dass er dich gesandt hatte, den Kabcar zu töten.«

Matuc schüttelte diese Leichtigkeit in seinem Kopf ab und starrte das Kind an. »Niemand weiß etwas davon. Woher ...«

Fatja plumpste zu Boden. »Ich habe dir gesagt, ich bin zu gut«, murmelte sie müde. »Ich bringe mich damit nur in Schwierigkeiten. Aber du musst mir glauben! Komm mit mir nach Rundopâl, ich bitte dich.« Inständig blickte sie ihn an. »Nur du kannst eines Tages verhindern, dass die Dunkle Zeit für immer auf Ulldart Einzug hält. Und sich auf andere Kontinente ausdehnt.«

»Auf andere Kontinente?« Der Geistliche legte sich hin und sah an die schwarze Decke. »Und warum soll ich nach Rundopâl?«

»Ich weiß es nicht«, sagte Fatja leise. »Ich weiß ja auch nicht, wann dieser besondere Tag sein wird.«

Matuc senkte die Lider. »Ich werde darüber schlafen müssen.«

Aber sein Entschluss, den er vor dem Eindämmern fand, stand fest. Er würde nach Tscherkass reisen. Wenn es Attentäter geben würde, sollte Ulldrael ihn retten.

Einen besseren Beweis für die Visionen Fatjas als ein Wunder zu seinen Gunsten konnte es nicht geben.

Ein Lichtstrahl kitzelte Matucs Nase, und verschlafen öffnete er die Augen. Die Sonnen sandten ihre Wärme und Helligkeit durch eine undichte Stelle im Dach der Hütte, genau in sein Gesicht. Grummelnd richtete er sich auf und hielt nach Fatja Ausschau.

»Guten Morgen!« Das Mädchen saß am Tisch und strahlte ihn an. »Taralea hat uns einen wunderschönen Tag geschenkt. Da werden wir schnell vorwärts kommen. Und der Esel ist auch ausgeruht.«

»Guten Morgen«, erwiderte er ihren Gruß. »Wo ist denn Daromir?« Umständlich setzte sich der Mönch zurecht und schnallte sich sein Holzbein an. Erst nach einigen Anläufen gelang es ihm, sich zu erheben. Dann war auch schon das Kind an seiner Seite und half ihm. Dankbar ließ er sie gewähren, als sie seine Hand zur Stütze auf ihren Kopf legte.

»Er ist auf die Weide, um der Kuh etwas Gras zu mähen«, erklärte sie. »Hast du dir überlegt, was du tust?«

Matuc nickte. »Ich werde nach Tscherkass reisen. Und du solltest mit mir kommen.«

Fatja schob ihm den Stuhl zurecht. »Aber dort wird dich der Tod ereilen. Glaub mir. Meine Visionen haben mich noch nie getrogen.«

»Weißt du, Kleine, ich habe in den letzten Monaten so viel erlebt, dass ich an fast nichts mehr glauben möchte.« Er nahm sich Brot und einen Becher von der Milch. »Wenn ich so wichtig bin, dann wird mich Ulldrael retten. Sterbe ich, war es sein Wille.«

Sie musterte ihn vorwurfsvoll. »Du machst es dir sehr einfach, nicht wahr?«

»Ich habe nur keine Lust mehr, mich in die Hände anderer zu begeben und auf deren Ratschläge, Visionen oder Empfehlungen zu hören«, erklärte er. »Das hat mir den Verlust meines Beins eingebracht. Sonst nichts.« Er stand auf und wehrte die Hilfe Fatjas mit einer Handbewegung ab. »Nein, lass mich. Ich gehe in den Stall und sehe nach dem Esel.«

Der Mönch humpelte nach draußen, blinzelte einen Moment in die Sonnen und ging in den Schuppen, wo der Landpächter das Grautier für die Nacht neben der Kuh einquartiert hatte.

»Na, mein Guter?« Er kraulte das Tier zwischen den Ohren. »Jetzt sind wir bald zu Hause.«

Mehrfacher Hufschlag näherte sich dem kleinen Hof, dann hielten Pferde schnaubend an. Matuc hörte das leise Klingeln von Kettenhemden, als die Reiter abstiegen.

Zu hastig wandte er sich zum Ausgang, strauchelte und stürzte. Verzweifelt versuchte er, sich an einem Strick fest zu halten, der von der Holzdecke hing, aber das Seil gab nach.

Quietschend öffnete sich eine Holzluke über ihm, und loses Stroh fiel bergeweise auf den Mönch hinab. Der Esel schrie, und der Mann fand, dass es irgendwie schadenfroh klang.

Er hörte, wie Stiefel sich dem Schuppen näherten, dann trat jemand ein. Ein Schwert wurde gezogen.

Von draußen drangen wütende Stimmen an das Ohr des Geistlichen, dazwischen vernahm er von dem wohl zurückgekehrten Daromir die Beteuerungen, dass niemand hier vorbeigekommen sei. Fatja jammerte Herz zerreißend und bat die Fremden immer wieder, ihrem »Vater« nichts anzutun.

Die Klinge fuhr wenige Zentimeter vor der Nase des Mönchs ins Stroh und bohrte sich tiefer hinein. Dann begannen wuchtige Hiebe, seine Deckung büschelweise abzutragen.

Matuc stieg der Strohstaub in die Nase, ein trockenes

Gefühl im Hals brachte ihn beinahe zum Husten. Meisterhaft beherrschte er sich und konzentrierte sich auf den Dritten Lobgesang zu Ehren Ulldraels.

Viele Schritte kamen zu dem kleinen Stall, lautstark wurde auf Daromir eingeredet, den die Unbekannten mitschleppten und auf den Strohhaufen warfen. Ein Schmerzenslaut entfuhr Matuc beim Aufprall, den er nur mit Mühe unterdrückte.

»Das hier sind nicht dein Esel und dein Karren«, wurde der Landpächter angeschrien. »Woher hast du sie? Rede, Bursche, oder ich schneide dir die Haut vom Leib!«

»Ich habe sie von einem alten Mann mit einem Holzbein«, gestand Daromir jammernd. »Er kam gestern hier an. Ich weiß nicht, wo er hin ist. Er wollte nach Tscherkass, das habe ich gehört, als er sich mit … meiner Tochter unterhielt.«

»Vater, warum sagst du den Männern nicht, dass er unser Pferd gestohlen hat und weggeritten ist?«, log Fatja unverfroren. »Ich glaube nicht, dass das ein Mönch war.«

»Ganz recht, Kleine«, stimmte einer der Fremden zu. »Wir suchen ihn, weil er uns nämlich den Esel und den Karren gestohlen hat. Mit allen Vorräten. Die nehmen wir natürlich mit.«

»Natürlich«, sagte der Landpächter schnell.

»Los, ihr geht ins Haus«, befahl ein anderer. Das Schwert wurde wieder eingesteckt. »Lomov, du hilfst mir, den Esel anzuspannen.« Wieder hörte Matuc Fußgetrappel, die Last von seinem Körper wich. Daromir kehrte zurück in seine Hütte. Regungslos verharrte der Mönch.

»Wenn er mit einem Pferd unterwegs ist, kann er schon in Tscherkass sein«, sagte einer der Fremden. »Der Karren macht uns nur langsam.«

»Und wenn schon? Dann steigen wir nachts ins Kloster ein und entführen ihn. Sobald wir weit genug weg sind, bringen wir ihn um und verscharren ihn irgendwo«, antwortete ein Zweiter. Metall rieb über Leder, das Zaumzeug wurde dem Esel angelegt. »Es wäre eine ziemliche Schande, wenn uns ein Krüppel entkommen würde.« Die Männer lachten rau.

Matuc spürte das warnende Kribbeln in seinem rechten Nasenflügel, doch da war es schon zu spät. Laut nieste er, dass das Stroh hüpfte. Durch die Erschütterung rutschte ein Teil der Deckung weg, sodass der Mönch geradewegs auf die Stiefelspitzen der Männer vor sich sehen konnte.

»Ich wollte den Proviant nur ungern zurücklassen«, sagte der erste Sprecher ungerührt. »Wenn er schon uns gehört.«

Ein neuerliches Niesen, gefolgt von einem krächzenden Husten, entfuhr dem Geistlichen. Doch die beiden Unbekannten hörten es anscheinend nicht und unterhielten sich weiter.

Vorsichtig stand Matuc auf und stellte sich direkt neben das bewaffnete Duo, das noch immer keine Notiz von ihm nahm.

Ein letzter Rest der getrockneten Halme rutschte aus der Luke und fiel zu Boden.

Sofort fuhr einer der beiden herum, zog sein Schwert und ging zu der Öffnung. »Hast du da oben schon nachgesehen, Lomov? Ich traue dem Mädchen nicht unbedingt.«

»Nein«, gestand der andere, stellte sich unter das dunkle Loch und formte eine Räuberleiter für seinen Begleiter. Matuc sah dem Treiben fassungslos zu. Sie ignorierten ihn. Ihn, den sie doch offensichtlich töten sollten.

Über sich hörte er die Schritte des Mannes, der nach wenigen Lidschlägen aus der Luke herabsprang. »Nein, da ist er auch nicht. Er scheint wirklich unterwegs zu sein.«

»Dann sollten wir uns auch wieder auf den Weg machen«, meinte Lomov und lief nur eine Handbreit von Matuc entfernt vorüber, sodass der Geistliche den knoblauchgeschwängerten Atem riechen konnte.

Die beiden verließen zusammen den Schuppen, das angeschirrte Grautier führten sie mit sich. Ein kurzer Pfiff, und die restlichen zwei Männer der Gruppe kamen aus dem Haus und schwangen sich in die Sättel ihrer Pferde.

Der Mönch trat verwundert in die Stalltür. Spätestens jetzt mussten alle ihn bemerken. Doch selbst Fatja und Daromir sahen durch ihn durch, als bestünde er aus Glas.

»Danke für deine Hilfe«, nickte der Anführer dem Landpächter vom Karren aus zu. »Wir haben dir ein Fass hier gelassen, weil du uns die Wahrheit gesagt hast.« Der Tross setzte sich schnell in Bewegung und rollte in Richtung des Klosters.

»Matuc!«, rief das Mädchen plötzlich. »Da bist du ja!«

»Ich stand die ganze Zeit hier«, sagte der Mann etwas verwirrt. »Du hättest mich bemerken müssen.«

»Wir haben dich nicht gesehen.« Fatja umarmte ihn. »Du hattest großes Glück. Wo hast du dich versteckt? Die Männer haben alles abgesucht.«

»Ich verstehe das nicht. Sie haben mich ebenso übersehen und überhört wie ihr«, betonte der Mönch. »Und du hast auf mir gelegen, Daromir. Vorhin, auf dem Strohstapel. Das hättest du spüren müssen.«

Der Landpächter schüttelte den Kopf. »Ich habe nichts bemerkt. Ulldrael der Gerechte hat seine schützende Hand über dich gehalten.«

Ein Wunder, zuckte es durch Matucs Kopf. »Gut, ich werde dich nach Rundopâl begleiten. Da du dich mit den Attentätern nicht getäuscht hast, vermute ich, dass auch deine andere Vorhersage eines Tages in Erfüllung gehen wird.«

»Wir sollten uns aber beeilen«, drängte Fatja und lief zu dem Proviantfass, aus dem sie Händeweise Zwieback hervorholte. »Die Männer werden bald merken, dass du nicht im Kloster angekommen bist. Vielleicht kommen sie zurück.« Sie sahen den Landpächter an.

»Oh, ich werde mich verstecken, sobald ich Hufschlag höre«, versprach er. »Sie werden nichts aus mir herausholen können.«

»Der Segen Ulldraels des Gerechten sei mit dir«, sagte Matuc feierlich zu Daromir, der mit gesenktem Haupt die Worte vernahm. Seit langer Zeit spürte der Geistliche wieder Zuversicht und eine Überzeugung in dem, was er sagte. Ulldrael hatte ihn letztendlich nicht vergessen.

Ulldart, Königreich Tarpol, Provinz Ulsar,
Hauptstadt Ulsar, Frühjahr 443 n. S.

Tarek Kolskoi erwachte mitten in der Nacht, geweckt von einem drohenden Knurren unmittelbar neben seinem Ohr.

Stocksteif, aber mit wachen Sinnen lag der dürre Adlige in seinem Bett und wagte nicht, sich zu bewegen. Diese Laute kannte er nur zu gut. Arkas und Tulm, seine beiden Kampfhunde, gaben sie von sich, kurz bevor sie ihre Beute anfielen.

Langsam kroch seine linke Hand unter das Kopfkissen, wo er einen Dolch aufbewahrte. Dann zog er die Waffe aus der Scheide und umfasste den Griff fest. Das tiefe Grollen verstärkte sich. »Das ist ein Traum, Tarek«, sagte der Granburger und zog die Beine an den Körper. »Das kann nur ein Albtraum sein.«

In diesem Moment spürte er die Zähne eines Hundes

am linken Unterschenkel, die starken Kiefer schlossen sich, und knirschend zerbrach der Knochen.

Kolskoi schrie auf und stach nach dem Hund, als sein Arm vom zweiten Rüden abgefangen wurde. Das Handgelenk splitterte unter den Kräften, die der Hund beim Zupacken aufbrachte, dann begannen die Tiere, an ihrem Opfer zu reißen. Der Sprecher des Brojakenrates brüllte aus Leibeskräften, während die Rüden seinen schmalen Körper in unterschiedliche Richtungen zerrten.

Einer der beiden, der seinen Unterschenkel zwischen den Zähnen hatte, riss ihn aus seinem Bett. Hart schlug der Adlige auf dem Boden auf und hielt die Arme als Schutz vor seine Kehle. Doch der Rüde zwängte seinen breiten Kopf durch die Deckung. Stinkender Atem blies Kolskoi ins Gesicht, Speichel troff ihm auf Mund und Nase. Im nächsten Moment legte sich ein klingenbesetzter Schraubstock um seinen Hals und drückte zu, so schien es ihm. Warme Flüssigkeit quoll aus seiner Kehle, während der Hund seine Attacken fortführte. Das zweite Tier machte sich über seine Bauchdecke her.

Der Granburger hörte, wie die Zimmertür aufgestoßen wurde. Der Lichtschein vieler Lampen näherte sich ihm, dann sah er die beunruhigten Gesichter seiner Diener vor sich, die ihn vorsichtig aufhoben und zurück auf seine Schlafstätte legten.

»Herr, kommt zu Euch!«, sagte einer der Bediensteten und rüttelte ihn an der Schulter. »Ihr hattet einen bösen Traum.«

»Die Hunde«, stammelte Kolskoi unentwegt, »die Hunde haben mich angegriffen. Holt einen Cerêler! Ich sterbe, schnell!«

»Herr, Ihr habt Euch mit Eurem Dolch verletzt«, beruhigte ihn ein Zweiter, der ihm ein Tuch auf den Hals drückte. »Es ist nur ein kleiner Kratzer, er blutet nur recht stark.«

Ruckartig richtete sich der Granburger auf, legte die Hand an seine Kehle und betrachtete das Rot, das schwach durch den notdürftigen Verband sickerte. »Die Hunde, wo sind sie? Wo stecken die Bastarde?«

Als er den irritierten Ausdruck auf den Gesichtern seiner Diener und den ansonsten leeren Raum sah, fiel es ihm wieder ein. Er hatte die Tiere gestern eigenhändig im Wald aufgeschlitzt.

Als er seinen Kopf hob, dachte er für einen Moment, einen lächelnden Mortva Nesreca in der Tür stehen zu sehen.

»Schnell, ich brauche Feder und Tinte«, befahl er seinen Dienern. Blass sank er zurück in die Kissen.

»Einen Vetter vierten Grades gibt es nicht«, sagte Stoiko langsam und stellte sich neben den Sessel des Kabcar. »Zufälligerweise kenne ich mich ziemlich genau aus, was den Stammbaum der Bardri¢s angeht, und ein solcher Name ist mir noch nie begegnet. Wer auch immer dieser Mensch ist, er ist nicht mit Euch verwandt.« Norina schenkte ihm Tee ein und reichte die Tasse hinüber.

»Ihr beherbergt also einen Fremden in Eurem Palast.« Waljakov runzelte die Stirn. »Ich werde sofort eine Wache an seiner Tür positionieren lassen, bis wir das alles aufgeklärt haben.«

Lodrik rutschte unruhig hin und her. »Ich habe eine bessere Idee. Ruft ihn herein, er wird Euch alles erklären, wie er es mir erklärt hat. Und mich hat er jedenfalls damit überzeugt. Wir können doch über jede Hilfe froh sein, nicht wahr?«

Sein Vertrauter strich sich über den braunen Schnauzbart. »Ich bin gespannt, was er uns für ein Märchen auftischt. Ich habe ihn jedenfalls noch nicht gesehen, seid er hier eingezogen ist. Nur die Diener berichten von dem Mann mit den langen, silbernen Haaren.« Er schickte einen Livrierten los, den seltsamen Verwandten ins Teezimmer zu bringen.

Wenige Minuten darauf klopfte es, und Mortva Nesreca trat ein. Wie immer war er tadellos gekleidet, die Uniform saß perfekt an seinem Körper. Freundlich sah er in die Runde und absolvierte eine Verbeugung. »Es freut mich, dass wir uns nun offiziell vorgestellt werden«, begrüßte er die Anwesenden.

»Wer immer Ihr auch seid, erklärt auf der Stelle, was Ihr wollt«, entgegnete Stoiko wenig freundlich. Der Leibwächter richtete sich zu seiner vollen Größe auf, die eisgrauen Augen lagen aufmerksam auf dem Neuankömmling.

»Was ich hier will? Nun, ich unterstütze meinen lieben Vetter im Kampf gegen seine inneren und äußeren Feinde. Wobei die inneren die Gefährlicheren sind.« Mortvas ansprechendes Gesicht zeigte ein warmes Lächeln. »Natürlich hätte ich viel früher am Hof sein müssen, aber der Weg aus der Provinz Berfor hierher gestaltete sich lang und beschwerlich. Aber kein Weg war mir zu weit, nachdem ich gehört habe, wie sehr sich mein lieber Vetter um sein Volk bemüht.«

»Habt Ihr einen Beweis für Eure Abstammung?«, fragte Stoiko barsch. »Da könnte ein jeder hierher kommen und behaupten, er sei mit dem Kabcar verwandt.«

Lodrik sah zu Norina, die den Fremden aufmerksam betrachtete, und wusste nicht, was er sagen sollte. Letztendlich verließ er sich darauf, dass sein Konsultant sich selbst aus der misslichen Lage manövrieren konnte. Daher nahm er die Haltung des Beobachters ein.

»Aber sicher«, entgegnete sein angeblicher Vetter höflich. »Habt Ihr ein Stammbaumverzeichnis hier? Ich bin sicher, mein Zweig ist darin enthalten.«

Der Vertraute deutete auf ein dickes Buch auf dem Teetisch. »Wir haben einen Blick hinein geworfen, aber Euren Namen nicht finden können.«

»Dann habt Ihr mich übersehen. Mein Name wurde bestimmt nicht in großen Lettern geschrieben. Gebt mir einen winzigen Augenblick.« Der Konsultant nahm das Werk auf, blätterte suchend hin und her, bis er triumphierend eine Seite aufschlug und sie Stoiko hinhielt. »Bitte sehr, hier steht es.«

Verblüfft schnappte sich der Vertraute den Folianten und schaute auf den Eintrag. »Mortva Nesreca«, las er halblaut, »laut Stammlinie tatsächlich Vetter vierten Grades, Letzter des Geschlechts der Podrows.« Immer noch misstrauisch sah er den Mann mit den silbernen Haaren an. »Könnt Ihr das beweisen?«

Wortlos streckte Mortva die rechte Hand aus und zeigte den Siegelring mit dem verkleinerten, etwas variierten Familienzeichen der Bardri¢s. Nacheinander zog er Urkunden aus dem Ärmelaufschlag seiner Uniform, die seine Herkunft einwandfrei belegten.

»Habt Ihr noch weitere Fragen, die ich Euch beantworten soll?«, erkundigte er sich, auch wenn der Tonfall nun eine Spur härter geworden war.

»Ich lasse das prüfen, hoheitlicher Kabcar«, sagte Stoiko zu dem jungen Herrscher und sammelte die Papiere ein. »Wenn es Fälschungen sein sollten, werden unsere Gelehrten es herausfinden.« Er wandte sich Mortva zu. »Verzeiht mir das große Misstrauen, Nesreca. Aber in diesen Zeiten ...«

Der Mann nickte verständnisvoll. »Ich fühle mich keinesfalls durch Eure Fragen beleidigt, wenn es das ist, was Ihr damit sagen wollt. Ich bin sogar froh, dass mein Vetter einen solchen aufmerksamen Vertrauten hat.« Er reichte Stoiko die Hand. »Zu zweit werden wir dem Hohen Herrn noch mehr als bisher helfen können.« Der Vertraute schüttelte sie, wenn auch mit wenig Begeisterung.

Norinas Mandelaugen wurden schmal. Genau diese Anrede hatte sie damals von den Modrak gehört, als es um den Besitzer des verfluchten Amuletts ging, das glücklicherweise in den Flammen verbrannt war.

»Na, also, da haben wir doch alles zu einem guten Anfang gebracht«, freute sich Lodrik und ließ eine Flasche Wein öffnen. »Darauf stoßen wir nun alle an.« Gehorsam füllte ein Diener die Gläser, die erhoben wurden. »Möge Arrulskhán bei Dujulev sein blaues Wunder erleben. Und mit deinen Ratschlägen können wir es schaffen, nicht wahr, Vetter?«

»Ratschläge?«, fragte Stoiko neugierig. »Seid Ihr Experte in Sachen Militär? Ihr habt studiert, nehme ich an? Und wo genau war das?«

Jetzt wurden die Augen Mortvas hart, während um seinen Mund weiterhin ein unverbindliches Lächeln lag. »Ihr habt ganz Recht, Gijuschka. Ich bildete mich an der Universität von Berfor in Sprachen und Geschichte, vor allem Militärgeschichte. Eine Zeit lang unterrichtete ich selbst einige Studenten. Und nun bin ich hier, um die Theorie in die Wirklichkeit umzusetzen. Was damals funktionierte, wird auch bei Dujulev seine Wirkung nicht verfehlen.«

»Und das wäre?«, hakte der Vertraute nach und schwenkte das Glas Wein. Lodrik kam sich immer mehr vor wie ein Zuschauer in einer Theateraufführung, bei der sich zwei Rivalen auf der Bühne ein Rededuell lieferten. So ganz war er sich dabei nicht sicher, zu wem er halten sollte.

»Es wäre eine gute Idee, wenn man die Bauern der Umgebung zu den Waffen ruft. Sie werden ihre Freiheit gerne mit allem verteidigen, was sie haben. Einschließlich ihres Lebens.« Mortva stellte sein Glas auf den Tisch. »Man müsste aber alle Wehrfähigen heranziehen.«

»Wann beginnt bei Euch die Wehrfähigkeit?« Der Vertraute ordnete seinen Schnauzbart, bevor er sich ein Stück Gebäck von der Silberschale nahm.

»Bei zwölf Jahren«, antwortete der Konsultant ruhig.

Stoiko und Waljakov wechselten einen viel sagenden Blick. »Ihr meint nicht, dass es ein wenig zu jung wäre? Es sind Kinder.«

»Kinder, die zusammen mit ihren Familien unter die Regierung von Arrulskhán fallen würden«, ergänzte der andere lächelnd. »Ich weiß, dass es hart klingt, aber es wird uns keine andere Wahl bleiben. Mit der momentanen zahlenmäßigen Unterlegenheit können sich unsere Truppen auch gleich an Ort und Stelle selbst das Schwert in die Brust rammen. Dann sparten sie sich wenigstens die Warterei.« Mortva schenkte sich Wein nach. »Wir müssen die Kinder nicht in die erste Reihe stellen. Es genügt, wenn wir sie als Reserve positionieren. Nur für den Notfall. Und es würde den Anschein machen, als hätte das tarpolische Reich mehr Truppen zur Verfügung, als die Borasgotaner glauben. Diese Taktik wurde übrigens mehrfach in der Geschichte Ulldarts angewandt. Wir erfinden damit nichts Neues.«

»Bei allem Respekt«, wandte Stoiko ein, »aber ich denke nicht, dass es ein guter Vorschlag ist, Nesreca. Wir sollten mehr Bauern dazunehmen, das sehe ich ein. Aber Zwölfjährige? Sie würden einem Ansturm nicht standhalten.«

»Der Gedanke ist reiner Unsinn, Herr«, sagte der Leibwächter zu Lodrik. »Da könnt Ihr gleich die Weiber noch dazustellen.«

»Das wäre eine weitere Möglichkeit«, kommentierte Mortva. »Obwohl mir das ein wenig zu weit geht. Frauen sind im Kampfrausch kreischende Furien und wirklich kein schöner Anblick.« Nun sahen ihn alle drei Männer an. Der Konsultant lachte. »Ein Scherz. Nichts weiter als ein Scherz.«

»Wir werden sehen«, begann der Kabcar. »Ich werde alle Bauern zu den Waffen rufen lassen. Das bringt uns mehr als nur die Freiwilligen, die wir bisher haben. Da hat mein Vetter Recht. Alles andere entscheide ich zu einem späteren Zeitpunkt.«

»Wenn ich noch etwas hinzufügen dürfte«, erhob Mortva seine angenehme Stimme. »Vetter, Ihr solltet einige der Offiziere bereits nun schon nach Dujulev senden. Noch ist der Boden nicht gut genug, um eine Schlacht einzuleiten, aber ein paar Bauern könnten unter deren Anleitung durch nächtliche Überraschungsangriffe auf die Borasgotaner dem Gegner Verluste zufügen.«

»Sie würden dafür abgeschlachtet werden«, warf Waljakov ein. »Es würde sich kaum lohnen.«

»Aber die Borasgotaner würden kein Auge mehr zumachen«, hielt der Konsultant dagegen. »Wer nicht ausgeruht ist, kämpft schlecht.« Der Mann mit den silbernen Haaren trank etwas von dem rot schimmernden Alkohol. »Es würde die Feinde zermürben, Hoher Herr.«

»Auch darüber werde ich demnächst entscheiden.« Lodrik versuchte jede weitere Auseinandersetzung zu unterbinden. »Wir sollten uns nun alle zur Ruhe begeben. Morgen wollen viele Entscheidungen getroffen sein.«

»Bevor ich es vergesse.« Der Vetter drehte sich an der Tür noch einmal um. Ein weiteres Papier wurde aus dem Uniformärmel gezogen. »Der Rat der Brojaken hat beschlossen, unter diesen Umständen die Zahlungen an den Hof wieder aufzunehmen. Die Verhandlungen mit den Ontarianern laufen noch. Es sieht aber recht gut aus.«

»Wie habt Ihr denn das zustande gebracht?« Lodrik studierte die Erklärung der Großbauern freudig überrascht, die von Tarek Kolskoi persönlich unterzeichnet worden war.

»Ich habe mich ein wenig mit ihm unterhalten. Er kann einsichtig sein, wenn man die richtigen Argumente findet, die er versteht, Hoher Herr.« Mortva ging nach einem Gruß in die Runde, danach folgten der Kabcar und eine nachdenklich wirkende Norina.

»Was hältst du von unserem neuen Berater?«, wollte Stoiko nach einer Weile von dem Leibwächter wissen. »Er scheint Wunder vollbringen zu können.«

»Er schickt andere ohne Bedenken in den Tod.« Der Hüne streckte sich. »Sinured hat ähnlich gekämpft. Und gewonnen. Aber beliebt war er nicht.«

Der Vertraute machte ein verwundertes Gesicht. »Das heißt, du unterstützt seine Vorschläge?«

»Nein.« Waljakov leerte sein Glas in einem Zug. »Seine Art gefällt mir nicht. Er ist zu freundlich, zu glatt. Und ich denke, er will an deine Stelle treten. Pass auf dich auf.«

Stoiko schauderte. »Seine Augen machen mich wahnsinnig. Es ist schwer, seinen Blick zu deuten, die verschiedenen Farben verunsichern mich.« Er hob die Papiere auf, die die Verwandtschaft Nesrecas mit Lodrik beweisen sollten. »Und dass er ein Vetter sein soll, davon bin ich auch noch nicht überzeugt.«

»Ich schon, denn er und die Kabcara sind vermutlich aus einem Holz geschnitzt. Irgendwo im Stammbaum der Bardri¢s muss sich etwas eingeschlichen haben, was die Triebe recht eigenwillig und verkorkst wachsen ließ.« Der Leibwächter legte seine echte Hand auf die Schulter seines Freundes. »Ich meinte das mit der Warnung vorhin ernst, Stoiko. Ich kann nicht überall sein, und der Palast ist groß.«

»Was soll er mir schon großartig antun? Mich mit seinen langen, silbernen Haaren erwürgen?« Er lachte und klopfte dem Kämpfer auf den Brustpanzer. »Pass du auf den Kabcar auf, ich achte auf mich selbst. Und jetzt sollten wir allmählich unsere Siebensachen zusammensuchen. Es wird bald nach Dujulev gehen.«

»Oh, Ihr seid demnach der Vetter, von dem ich niemals erzählt bekam«, hörte Mortva eine Frauenstimme in seinem Rücken neugierig sagen, als er unterwegs zu seinem Zimmer war. »Es gibt nicht viele Männer im Palast, die solch schöne Haare haben.«

»Vielen Dank.« Der Konsultant wandte sich lächelnd um und betrachtete seine Verwandte. Die Kabcara trug ein großzügig geschnittenes, grünes Kleid mit viel Spitzen, das ihre Figur wie immer hervorragend betonte. Dunkelrot rahmte ihre Lockenpracht das hübsche Gesicht ein. »Die meisten Männer in meinem Alter wünschen sich, sie hätten noch keine grauen Haare. Ich dagegen finde, sie stehen mir sehr gut.«

»In der Tat. Und nun erzählt mir, verehrter Nesreca, wie es kommt, dass niemand in unserer Familie je Euren Namen hörte.« Ihre grünen Augen wanderten unverhohlen an seinem Körper hinab. »Jetzt erscheint Ihr wie ein Retter in der Not. Ich habe gehört, Ihr habt es geschafft, Kolskoi und den Rat zur Weiterzahlung zu bewegen?«

Mortva kam näher und verbeugte sich vor der Frau. »Was sollte man sich in der Linie der Bardri¢s über einen Menschen erzählen, der rein gar nichts mit dem üblichen Militärgehabe zu schaffen hat? Ich bin kein echter Soldat, sondern ein Gelehrter, was wohl der Grund war, mich zu verschweigen, wie ich annehme. Doch nun möchte ich mein Wissen meinem Cousin und Euch zur Verfügung stellen.« Er nahm ihre Hand und drückte einen gehauchten Kuss auf. »Und ich war ein guter Kartenspieler. Daher verstehe ich es, mit hohen Einsätzen umzugehen. Kolskoi war mir nicht gewachsen. Seid Ihr es? Ich habe gehört, Ihr mögt es, Euch zu amüsieren. Wollt Ihr ein Spiel mit mir wagen?« Seine verschiedenfarbigen Augen strahlten sie an. »Um Eure Seele vielleicht?«

Sie schlug den Fächer auf und lächelte. »Ihr seid ein echter Draufgänger, Nesreca.«

»Nein, meine Kabcara. Ich bin ein Dieb«, flüsterte er, ließ ihre Hand los und wanderte langsam um sie herum, dass seine Haare die nackten Schulter Aljaschas berührten. »Möglicherweise bin ich gekommen, um Euch das Herz zu stehlen. Oder Euch den Verstand zu rauben.« Dann stand er plötzlich vor ihr, immer dichter kam sein Gesicht an das der Frau. »Oder Euch noch Schlimmeres anzutun.«

Die Kabcara machte einen Schritt rückwärts. »Das sind kühne Worte, verehrter Vetter.« War sie zunächst überzeugt, dass sie auch diesen Mann um den Finger wickeln konnte, nun wich ihre Zuversicht. Etwas völlig Neues ging von ihrem Verwandten aus, das sie bei keinem anderen bemerkt hatte.

»Und unter Umständen werden bald Taten folgen. Wir beide werden ein paar Sachen bereden müssen, was Eure Zukunft als Herrscherin angeht«, meinte er ruhig. »Aber lasst zuerst die wichtige Schlacht geschlagen sein, danach sehen wir weiter. Ich vermute, Ihr werdet die Regierungsgeschäfte so lange in Ulsar leiten, während Euer Mann in den Kampf zieht?« Sie nickte. »Gut. Kolskoi dürfte Euch keine weiteren Schwierigkeiten machen. Ich schätze, ich habe ihn mehr als nur überzeugt.«

»Wie habt Ihr das eigentlich bewerkstelligt?«, wollte sie wissen. Heftig wedelte sie mit dem Fächer.

»Ich kann Menschen sehr gut umstimmen. Ich habe geheimnisvolle Fähigkeiten und bin dazu mindestens so charmant wie Ihr, wenn es sein muss, meine Kabcara.« Er wandte sich zum Gehen. »Auch wenn ich nicht das blendende Äußere habe.«

»Aber Ihr seid sehr bezaubernd«, rief sie amüsiert hinterher.

»Wie Recht Ihr habt, liebe Cousine, wie Recht Ihr habt«, sagte Mortva, ohne sich umzudrehen, und verschwand im Gang.

Sinnierend blickte Aljascha den Korridor hinunter und überlegte, was Besonderes an diesem Mann war, und landete immer wieder bei dem gleichen Resultat.

Er schafft es, mich mit seinen Worten und seinem Blick völlig durcheinander zu bringen. Ein Schreck durchfuhr sie. *Bin ich etwa gerade dabei, mich zu verlieben? Das darf nicht sein. Liebe ist etwas für Schwächlinge, die sich an etwas klammern müssen.* Sie schalt sich selbst eine schwärmerische Närrin. Ihr Herz wollte sie an keinen Mann vergeben. Gespannt war sie jedoch, was er mit ihr besprechen wollte. *Die Zukunft als Herrscherin,* wiederholte sie innerlich. *Das klingt doch sehr spannend.*

X.

»Die Boshaftigkeit des Gebrannten Gottes war jedoch noch in seinem Tod so groß, dass sich selbst die Erde dort, wo ein Körperteil niederfiel, veränderte, schwarz wurde und abstarb. So entstanden die Sümpfe und alle anderen unfruchtbaren, giftigen Gebiete.

Die Ungeheuer und Bestien spürten die Ausstrahlung Tzulans und wanderten in diese Regionen, um dort zu bleiben. Die wenigen überlebenden Menschen, die dem Gebrannten Gott gefolgt waren, suchten ebenfalls diese Stellen auf und schlossen Abkommen mit den Bestien und Ungeheuern.

Doch der Gebrannte Gott war nicht wirklich tot.

Sein Geist hatte überlebt und führte alle die in Versuchung, die von ihrer Art her ähnlich schlecht veranlagt waren. Und er versprach ihnen große Reichtümer und Macht, wenn sie in seinem Namen töten würden.«

Der Krieg der Götter und die Gabe der Magie,
Kapitel 3

Ulldart, Königreich Tarpol, Provinz Sora,
die Ebene von Dujulev,
Frühsommer 443 n. S.

Im Abstand von einem Warst lagen sich die verfeindeten Truppen gegenüber.

Die borasgotanischen Soldaten verteilten sich auf drei große Haufen, die diszipliniert ihre Zelte aufgeschlagen und das Gelände drumherum jeweils mit einem tiefen Graben und Palisadenzäunen befestigt hatten. Zweitausend Mann beherbergte ein Heerlager, und damit stellte Borasgotan eine Kampfkraft auf die Beine, wie sie Ulldart schon lange nicht mehr gesehen hatte. Das erste Feldlager des Gegners lag am Rand eines Sumpfes und war somit vor Überraschungsangriffen geschützt, das Dritte schmiegte sich an ein Waldstück an, das die Borasgotaner kontrollierten, und das Zweite befand sich genau in der Mitte der beiden auf offenem Feld.

In einem Warst Entfernung erhob sich ein kleiner Hügel von knapp zwölf Metern Höhe, vor dem die Tarpoler ihre viertausend Kämpfer zusammengezogen hatten. Auch dieses Lager erschien einigermaßen gesichert.

Seit zwei Wochen waren Lodrik und sein Gefolge anwesend und sprachen den Soldaten sowie den Freiwilligen Mut für die bevorstehende Schlacht zu, die in einer Woche stattfinden sollte.

Es gab niemanden in der Armee, der keine Angst verspürte. Aber alle wussten, dass nichts an dieser Auseinandersetzung vorbeiführte, wollte man nicht eine Entscheidung über die Zukunft des Reiches herbeiführen.

Lodrik hatte, nachdem der Brojakenrat auf so wunderliche Weise nachgegeben hatte, den Ratschlag seines

Vetters Mortva Nesreca befolgt und Bauern in nächtlichen Aktionen gegen die Lager der Borasgotaner ausgesandt. Die Verluste auf der Seite des Gegner waren verschwindend gering, während insgesamt mehr als zweihundert Landpächter ihre Leben lassen mussten, fünfzig weitere lagen verletzt in den Zelten. Doch die ständigen Angriffe bewirkten zumindest, dass der Feind wirklich wenig Schlaf bekam. Auf inständiges Bitten des Konsultanten ließ der Kabcar seit einer Woche die Überfälle sogar noch verstärken. Auch die Kinder waren eingezogen worden: Sie hatten die Befestigungen des Lagers errichtet, damit sich die Kämpfer ausruhen konnten.

In jeder freien Minute, in der er und sein Vetter unbeobachtet waren, lehrte der Mann mit den silbernen Haaren Lodrik, wie der junge Herrscher die Magie in sich kontrolliert einsetzen konnte.

Es war schwer, sehr schwer, die gewaltigen, frischen und ungestümen Kräfte zu beherrschen.

Verstanden hatte der Kabcar, dass er mit seiner Magie etwas Größeres anstieß, das sich wie eine Welle fortpflanzte und aufbaute, um dann mit aller Stärke loszubrechen. Das Ganze verlief lautlos, zumindest die Einleitung des Vorgangs.

Körperbeherrschung gehörte dazu, exakte Gesten und minuziös genaue Bewegungen wurden zusammen mit immenser geistiger Konzentration verlangt.

Was beispielsweise einmal im Palastgarten mit einem goldenen, harmlosen Glitzern zwischen seinen Fingern begann, wurde plötzlich zu einer feurigen Halbkugel, die ihn einschloss und sich abrupt mit einem lauten Fauchen nach allen Seiten gleichmäßig ausdehnte. In einem Durchmesser von beinahe fünf Metern, mit ihm als Mittelpunkt, wurde alles weggebrannt, was im Weg stand, bevor es ihm gelang, die Energie zu stoppen.

Mortva war beeindruckt gewesen, der Gartenmeister

hatte beim Anblick der schon wieder zerstörten Pflanzen wortlos seine Schürze ausgezogen und gekündigt.

Auch wenn diese Erscheinung mehr Unfall als Absicht gewesen war, ein nennenswerter Erfolg von Lodriks Bemühungen war zumindest, dass sich bei spontanen Wutanfällen nichts mehr in seiner Umgebung rührte, zerbarst oder Feuer seine Farben wechselte. Seine Soldaten fürchteten sich nun weniger, auch wenn er nach wie vor mit einer gewissen abergläubischen Angst betrachtet wurde. Mortva beruhigte ihn, indem er sagte, dass ein gewisser Respekt nur von Vorteil sei, wenn man Menschen führen müsste.

Vor zwei Tagen hatte sich ein Aufsehen erregender Zwischenfall im tarpolischen Lager ereignet. Lautes Toben und wütende Wortwechsel waren aus dem Besprechungszelt gedrungen, und ein äußerst aufgeregter Nerestro von Kuraschka stürmte kurz darauf heraus.

Belkala folgte ihm und redete beschwichtigend auf ihn ein. Ihre Bemühungen sollten nicht von Erfolg gekrönt sein.

Eine Stunde später rückten die fünfzig Ordenskrieger der Hohen Schwerter in ihren prächtigen, blinkenden Rüstungen und ihre dreihundert Mann Gefolge aus dem tarpolischen Feldlager ab, sehr zur Freude der johlenden Borasgotaner auf der anderen Seite der Ebene, die den Auszug lautstark begrüßten.

Gerüchten zufolge musste Oberst Mansk versucht haben, dem stolzen Ritter Anweisungen für die bevorstehende Schlacht zu geben, was der strikt von sich gewiesen hatte. Nachdem es zu keiner Einigung gekommen war, verlor der Kabcar diesen strategisch wichtigen Teil seiner Truppen. Entsprechende Bestürzung herrschte bei den Tarpolern, die nur mit Mühe und der ganzen Wortgewandtheit von Lodrik, Stoiko und Mortva sowie großzügigen Zusagen seitens der Offiziere zum Bleiben bewegt werden konnten.

Und ein seltsames Gerücht sorgte für Unruhe in den Zelten. Im Schein der Kerzen und Petroleumlampen kam eines Nachts das Märchen auf, eine zweite borasgotanische Armee würde sich von Westen her annähern und Tarpol von See her aufrollen. Arrulskhán, so erzählte man hinter vorgehaltener Hand, hatte eine Flotte bauen lassen, mit der er vor einem Mondumlauf weitere zweitausend Kämpfer an der ungeschützten Küste abgesetzt hätte, die sich inzwischen kurz vor Ulsar befänden.

Sofort ließ Lodrik Brieftauben aufsteigen, um sich zu erkundigen, jedoch hatte er bisher keine Antwort erhalten, was nicht unbedingt zur Verbesserung der Lage beitrug.

Nach fast drei Wochen kam der Zeitpunkt der Entscheidung. An einem diesigen Morgen, die Sonnen drangen nur mit Mühe durch die Nebelschwaden, die sich über dem Gras gebildet hatten, begannen die Borasgotaner mit dem Aufstellen ihrer Schlachtordnung.

Die erste Reihe bestand aus Bogenschützen und Fußtruppen, etwas versetzt nach rechts und links folgten zwei Kavalleriepulks, hinter denen sich das Gros der restlichen Kämpfer scharte.

»Das sieht aber interessant aus«, kommentierte Oberst Mansk die Bewegungen der Gegner. »Eine solche Formation habe ich noch nie gesehen.« Er sah in die Runde seiner Offiziere. »Vorschläge, meine Herren?«

Einer der höher gestellten Soldaten baute mit den Holzfiguren eine Gegenformation auf, die nach und nach kritisiert, umgestaffelt und verschoben wurde, bis sich alle auf eine Variante geeinigt hatten: in der Mitte die Fußtruppen, die an den Flanken von den Bogenschützen gedeckt wurden, dahinter stand die geballte Kavallerie.

Mortva schüttelte den Kopf und riet dringend davon ab, weil die Fernkämpfer seitlich ungeschützt stünden, doch die Offiziere setzten sich beim Kabcar gegen die Meinung des Konsultanten durch.

Waljakov nickte dem Mann mit den silbernen Haaren anerkennend zu. Der Leibwächter hätte ebenfalls eine andere Formation gewählt. Doch die Entscheidung war gefallen, die Offiziere und niedrigen Dienstgrade brüllten Befehle, um die Truppen in Position zu bringen. Belkala hatte beschlossen, bei den Kindern und Verwundeten im Lager zu bleiben.

Gegen Mittag waren die Vorbereitungen auf beiden Seiten abgeschlossen. Schweigend stand man sich in einem Abstand von etwas mehr als einem halben Warst gegenüber.

Lodrik,Waljakov, Stoiko, Mortva und Mansk saßen auf ihren Pferden, zwischen der Reiterei und dem Pulk des Fußvolks.

»Es war ein Fehler«, raunte der Konsultant dem Leibwächter zu, der grimmig die Gegenseite im Auge behielt. Kameradschaftlich klopfte Waljakov seinem massigen Streitross, Treskor, auf den Hals, das im Gegensatz zu vielen anderen Pferden kein Zeichen von Aufregung zeigte.

»Ich weiß«, antwortete er. »Die Offiziere haben die borasgotanische Reiterei völlig falsch eingeschätzt. Ihre Pferde sind den unsrigen bei weitem überlegen. Mansk und seine Leute werden für viele Tote verantwortlich sein.«

»Wie beruhigend, dass wenigstens einer meiner Meinung ist«, sagte Mortva, der ebenfalls Helm und Brustpanzer angelegt hatte und damit ein sehr ungewohntes Bild abgab.

»Aber bringen wird es nichts«, gab der Hüne zurück und zog seinen Säbel. »Sie kommen.«

Die gegnerische Armee setzte sich langsam in Bewegung und rückte singend näher. Im Takt klopften die Soldaten auf ihre Schilde, und steigerten dabei allmählich das Tempo.

Lodrik sah sich um und blickte auf so viele Gesichter, in denen er Angst erkennen konnte.

Er zog sein Henkersschwert, drängte sich nach vorne und ritt an der Front seiner Fußtruppen entlang.

»Ihr kämpft heute nicht für mich, Männer!«, rief er. »Ihr kämpft nicht für den Kabcar, nicht für den Herrscher von Tarpol. Wenn wir gleich ins Gefecht stürzen, dann wird ein jeder von euch um sein Leben kämpfen. Denkt immer daran: Wir schlagen uns mit den Borasgotanern, weil sie uns angegriffen haben. Sie haben unsere Städte und Dörfer angezündet, unsere Freunde erschlagen und Frauen geschändet. So wird es weitergehen, wenn wir sie hier und heute nicht aufhalten.« Er stellt sich in die Steigbügel. »Wir werden sie in ihr verdammtes Land zurückschicken. Lasst uns Arrulskhán zeigen, dass mit Tarpol nicht zu spaßen ist. Wir schlagen die Eindringlinge und erhalten unsere Freiheit! Ulldrael der Gerechte ist auf unserer Seite!«

Die Männer jubelten ihm zu, während ein leises Sirren die ersten Pfeilschauer ankündigte. Ein paar Bauern gingen zu Boden, aber die meisten hatten ihre Schilde zur Abwehr rechtzeitig über sich gehalten. Der Kabcar ritt zu seinen Freunden zurück.

Die eigenen Schützen erwiderten das Feuer, und so lieferten sich die beiden Heere einen lang anhaltenden Schusswechsel, bis die tarpolischen Offiziere ungeduldig den Befehl zum Angriff gaben und das Fußvolk gegen die feindlichen Reihen der Bogenträger und Schwertkämpfer schickten. Die Absicht war es, den Schutz vor der gegnerischen Reiterei zu beseitigen, um sie besser attackieren zu können.

Mortva schüttelte nur den Kopf. Eine Geste, die man seit der Ankunft sehr häufig bei ihm sah.

Kurz bevor die Tarpoler die Feinde erreichten, wichen diese nach rechts und links aus, durch die Lücke preschte eine Kavallerieeinheit und pflügte durch das

Fußvolk. Auf ein Trompetensignal hin setzten sich nun auch die beiden großen Reitereiflügel in Bewegung und unternahmen Angriffe auf die Flanken der tarpolischen Bogenschützen, die sich angesichts der anstürmenden Pferdeleiber fluchtartig in alle Winde zerstreuten und leichte Beute zu werden drohten.

So musste Lodriks Kavallerie, die dazu gedacht war, den Fußtruppen zur Unterstützung zu eilen, die Fernkämpfer verteidigen.

Auf der anderen Seite des Schlachtfelds standen die Bauern auf verlorenem Posten, denn nun waren auch die unberittenen Feinde heran und nahmen die kampfunerprobten Männer in die Zange.

Lodrik, Stoiko und Waljakov kämpften Seite an Seite und schickten manchen borasgotanischen Reiter zu Boden. Pferdeleiber drängten sich dicht an dicht, das Klingen der Säbel war ohrenbetäubend laut, zwischendurch hallten wütende Rufe oder die Schmerzensschreie von Getroffenen.

Mit dem Mut der Verzweiflung hielten die Tarpoler den Feinden stand, die Borasgotaner griffen mit dem Ansporn des nahenden Triumphes immer wieder hartnäckig an. Freund und Feind vermischten sich, Gestürzte gerieten unter die metallbeschlagenen Hufe, Geschosse zischten durch die Luft und trafen zufällige Ziele.

Mortva schaffte es immer irgendwie, gerade dort zu sein, wo kein Gegner an ihn herankam, er hatte nicht einmal seinen Säbel gezogen, um sich im Notfall verteidigen zu können. Der Konsultant verfolgte in diesem Wirrwarr ein ganz anderes Ziel, und als er einen Pfeil geflogen kommen sah, nutzte er die Gelegenheit. Er fixierte die Spitze mit seinen Augen.

Abrupt änderte das Geschoss seinen Kurs und schlug von hinten in die Panzerung Stoikos ein. Mit einem Keuchen richtete sich der Vertraute auf, da traf ihn bereits der nächste Pfeil, knapp unterhalb des ersten.

Auch ein dritter Schuss saß, Stoiko rutschte unbemerkt von Waljakov und Lodrik aus dem Sattel und verschwand zwischen den schnaubenden und wiehernden Pferden.

»Wir sollten einen Dreck auf die Meinung der Offiziere geben und uns sofort sammeln«, rief der Leibwächter dem Kabcar zu. »Sonst verlieren wir auch den Rest der Bauern.«

Lodrik erteilte einem Trompeter den entsprechenden Befehl, und Schritt für Schritt formierte sich die tarpolische Reiterei neu, bis sie wieder zu einem geschlossenen Körper wurde und sich vom Gegner befreien konnte. Ein Teil blieb zum Schutz der Bogenschützen zurück, dann ritten sie in die tobende Schlacht auf der anderen Seite der Ebene, um den Bauern zu Hilfe zu kommen.

Dort hatten sich die Reihen bedrohlich gelichtet, nur die Hälfte der Landpächter stand noch und war inzwischen komplett eingeschlossen.

Etwas Grelles blendete Lodrik auf dem Weg zum zweiten Kampfschauplatz, als würde ihn jemand mit einem Spiegel in die Augen leuchten. Schützend hielt er die Hand vor sich, um durch einen schmalen Spalt zwischen den Fingern nachzusehen, was da so glänzte.

Über all dem Lärm glaubte er, so etwas wie ein Rufhorn zu hören, dann schien die Erde zu erzittern.

»Da kommt unsere Rettung«, deutete Mortva nach Westen. Auch die Borasgotaner waren teilweise auf das Geräusch in ihrem Rücken aufmerksam geworden und wandten sich der neuen Gefahr zu.

Eine lebende Wand aus blinkendem Stahl walzte die Ebene hinauf, schwer gepanzerte Ritter und Pferdeleiber rollten in einer Linie auf das deckungslose borasgotanische Fußvolk zu. Dahinter stand eine Zweite, die sich aber noch nicht in Bewegung gesetzt hatte. Lodrik schätzte, dass eine Phalanx aus hundert Rittern und Knappen bestand.

»Das sind die Hohen Schwerter«, brüllte der Kabcar voller Freude und drückte seinem Tier die Sporen in die Seite. »Jetzt gibt es für den Feind ein blutiges Erwachen.«

Die erste Welle Ordenskrieger brach mit gesenkten Lanzen in den Pulk der Feinde. Die Wirkung des Aufpralls war erschreckend und faszinierend zugleich. Der Druck des Aufschlags pflanzte sich nach hinten fort und presste diejenigen, die nicht von den Speerspitzen durchbohrt worden waren, wie Stoffpuppen zusammen. Die leichten Metall- und Lederrüstungen hielten nicht stand.

Danach gingen die Ritter mit ihren langen Schwertern in den Nahkampf und droschen vom Rücken ihrer Pferde auf die verängstigten Gegner ein.

Ein weiteres Hornsignal ertönte, und die zweite Phalanx rollte heran, die das Fußvolk an einer anderen Stelle mit dem gleichem Erfolg wie der erste Angriff niedermähte. Die Borasgotaner hatten den gepanzerten Kämpfern nichts entgegenzusetzen, zu groß war zudem immer noch der Schock über den vernichtenden Angriff. Mit dem dritten Signal rannten die bewaffneten Knechte der Hohen Schwerter schreiend in den Kampf und unterstützten ihre Herren.

Die Disziplin und Präzision, mit der diese dreihundert Kämpfer unaufhaltsam Linie für Linie aus dem Weg räumten, waren dem Feind zu viel. Die Borasgotaner bliesen zum schnellen Rückzug, zumal nun auch die tarpolische Reiterei heran war und sich ins Getümmel stürzte. Der Tagessieg ging damit an den Kabcar, der von seinen Männern mit lautem Jubel gefeiert wurde.

Die letzten Reste des tarpolischen Bauernkontingents zogen sich zum Lager zurück, während die Hohen Schwerter den geordneten Abzug deckten, falls die Gegner einen plötzlichen Ausfall wagen sollten.

Nerestro, von Kopf bis Fuß eingehüllt in eine nun arg ramponierte, blutbespritzte Vollrüstung und nur an seinem Wappen erkennbar, ritt heran.

»Überholt, zu schwerfällig und wenig tauglich, was?«, rief er schon von weitem und wiederholte damit die Einschätzung, welche die tarpolischen Offiziere über die Hohen Schwertern geäußert hatten. »Da haben sich wohl einige geirrt, nicht wahr?«

»Es freut mich, dass Ihr es Euch doch anders überlegt habt, Nerestro von Kuraschka«, begrüßte ihn Lodrik strahlend. »Ohne Eure Ordensbrüder hätte der Gegner vermutlich gewonnen.«

»Verzeiht mir meine Komödie, die wir Euch vorspielen mussten. Aber so war die Überraschung für den Feind größer.« Der Ritter klappte das Visier seines Helms hoch, sein schweißnasses Gesicht war nun zu sehen. Das Feuer des Kampfes loderte in seinen Augen.

»Komödie?« Lodrik verstaute das Henkersschwert. Sein Arm schmerzte von dem ständigen Hauen und Abwehren. Länger hätte auch er nicht mehr durchgehalten. »Was meint Ihr damit?«

»Mortva und ich hatten abgemacht, dass die Hohen Schwerter sich scheinbar im Zorn vom Kabcar trennen«, erklärte der Ritter. »Borasgotan sollte nicht damit rechnen, dass wir in das Gefecht eingreifen. Falls Spione in unseren Reihen sein sollten, mussten sie getäuscht werden, daher war es unmöglich, andere einzuweihen.«

»Ein sehr gutes Täuschungsmanöver«, lobte Waljakov den Konsultanten, dessen Panzerung aussah, als habe er sie eben aus der Waffenkammer geholt.

»Dennoch war der Sieg teuer«, wies Nerestro mit einem Kopfnicken zurück auf die Ebene.

Auf der einst grünen Wiese lagen die Toten nebeneinander. Verwundete stöhnten und jammerten, verletzte Pferde wieherten qualvoll oder versuchten, sich trotz ihrer Verletzungen aufzurichten. Die ersten Krähen kamen herbei und hüpften zwischen den Gefallenen hin und her, um sich ein Stück Fleisch zu sichern.

Das Grauen packte Lodrik, als er die vielen, oftmals schrecklich verstümmelten Leichen erblickte. In erster Linie hatte es die tarpolischen Bauern getroffen, da sie am schlechtesten von allen gerüstet waren.

»Wir werden die Toten vom Feld schaffen müssen«, sagte Mortva. »Lasst die Arbeit die Kinder machen, unsere Kämpfer müssen sich ausruhen.« Niemand widersprach ihm diesmal. Der Anblick, der dem Kontinent seit vielen Jahrzehnten erspart geblieben war, fesselte alle und belegte sie mit einem traurigen Entsetzen.

»Wo ist eigentlich Stoiko?«, erkundigte sich Nerestro in das betroffene Schweigen hinein.

»Bei Ulldrael dem Gerechten«, stieß der junge Herrscher hervor und trabte zurück auf das Feld, um nach seinem Vertrauten zu suchen. Die anderen Männer folgten ihm beunruhigt. Inständig betete er, dass sein Freund nicht zwischen den Toten lag.

Es war Waljakov, der Stoiko fand. Mit seltsam verdrehten Gliedmaßen lag der Vertraute halb unter einem verendeten Pferd, drei Pfeile steckten in seinem Rücken. Zu Mortvas großer Enttäuschung lebte er allerdings noch, wenn auch seine Atmung mehr schlecht als recht funktionierte. Das Herz schlug viel zu schnell.

Eilig ließ Lodrik einen der vier Cerêler kommen, die er mitgebracht hatte, um den schwer Verletzten an Ort und Stelle behandeln zu können. Das tote Tier hatte dem Mann durch seine Last die Beine gebrochen, deutlich zeigten sich die Abdrücke von Hufeisen auf der Rückenpanzerung.

Mehr Sorge bereiteten dem Heiler jedoch die Geschosse. Die Borasgotaner verwendeten die üblichen Kriegspfeile mit den aufgesteckten Spitzen. Zog man den Schaft aus der Wunde, blieb das Eisen im Körper.

Ein Durchstoßen war wegen der Lage der Treffer nicht möglich.

Also schnitt der Cerêler das Holz bis auf wenige Zentimeter ab, danach ließ er Stoiko den Harnisch abnehmen. Auf dem Bauch liegend, wurde der Vertraute ins Lager gebracht, wo die weitere Behandlung erfolgen sollte. Um eine Entzündung der Wunde zu verhindern, mussten die Spitzen so schnell wie möglich entfernt werden. Und dieser Eingriff würde viel Blut, von dem er ohnehin schon einiges verloren hatte, kosten.

Lodrik war am Boden zerstört, als er seinen Freund regungslos auf dem Bett liegen sah. Mehr als je zuvor wünschte er sich Norina in seiner Nähe.

Beruhigend legte Mortva seine Hand auf die Schulter des niedergeschlagenen Herrschers. »Wir werden einen Weg finden, ihn zu retten. Habt keine Angst, Hoher Herr.«

Mit ernstem Gesicht trat Oberst Mansk in das Zelt. »Wir haben nur noch knapp fünfhundert Bauern, die wir morgen aufstellen können, hoheitlicher Kabcar. Die Borasgotaner haben furchtbar gewütet. Dazu kommen rund zweihundert Mann aus den Scharmützeleinheiten und die dreihundert Kämpfer der Hohen Schwerter.«

»Und die dreihundert Wehrfähigen«, ergänzte der Konsultant. »Wenn ich das richtig gesehen habe, sind die Gegner, dank des Eingreifens der Ritter, mit immensen Verlusten bei ihren Fußtruppen vom Feld. Ich schätze, dass wir sie auf unter tausend Mann gedrückt haben.«

»Ihre Kavallerie ist das Gefährliche für uns«, sagte Waljakov. »Aber ohne den Schutz der Unberittenen haben sie nichts, wohin sie sich zurückziehen können.«

Seufzend hockte sich Lodrik neben Stoiko. »Also tausend Soldaten gegen rund dreitausend Feinde. Das wird nichts, oder?«

Mortva zog den Helm ab. Das Haar glitt wie dünne

Fäden aus Quecksilber hervor und schmiegte sich glatt an den Rücken an. »Wir haben noch eine andere Möglichkeit, Hoher Herr. Aber es werden alle dabei helfen müssen, damit bis zum Morgengrauen alles vorbereitet ist. Auch die Kämpfer und Ritter.«

Neugierig drängten sich die Männer um den Konsultanten, der seinen Plan erläuterte.

Nerestro stand auf der Spitze des kleinen Hügels, wo die Wachen sich postiert hatten, lehnte seine schwere Doppelarmbrust gegen den Oberschenkel und ließ den Blick über die nächtliche Ebene schweifen. Kleine leuchtende Punkte auf dem Schlachtfeld verrieten, wo die Totensammler unterwegs waren.

Fünfzig der Kinder hatten sie mit Karren losgeschickt, um die gefallenen Väter zu bergen. Die Habseligkeiten wurden gesammelt und sollten später unter den Angehörigen verteilt werden. Dreißig weitere Jungen waren damit beschäftigt, tiefe Gruben auszuheben, in welchen die Leichen begraben werden sollten, nachdem sie den Segen Ulldraels empfangen hatten. Ähnliche Unternehmungen betrieb man auf borasgotanischer Seite, die beiden Parteien ließen sich bei ihrer traurigen Tätigkeit in Frieden.

Zu seinen Füßen herrschte geschäftiges Treiben. Die Zelte waren bis auf wenige Ausnahmen abgebrochen worden, aus den Gestängen machte man Palisaden, die in den eilig aufgetürmten Erdwall rund um den Hügel gerammt wurden, und Unterstände gegen Geschosse. Aus der kleinen Erhöhung baute man Stück für Stück eine provisorische Festung mit drei Palisadenwällen. Unwillkürlich musste der Ritter bei dem Anblick an einen Igel denken.

Die tarpolische Armee bereitete sich auf eine Verteidigungsschlacht vor, um bei einer günstigen Gelegenheit einen Ausfall gegen die Borasgotaner zu machen und sie überraschend zu schlagen. Das war die Aufgabe von Nerestro und seinen Männern. Alle anderen mussten den Hügel gegen die Angriffe halten und ausharren.

Wieder war es der Einfall des Konsultanten gewesen, sich auf eine aussichtsreichere Verteidigung zu verlegen, als die Männer in den sicheren Untergang zu führen. Dabei hatte der Vetter des Kabcar keinen Hehl daraus gemacht, dass er nicht aus Menschenfreundlichkeit handelte, sondern weil ihm diese Vorgehensweise strategisch sinnvoller erschien.

Und noch etwas hatte der Gelehrte angeregt. Aus dem nicht benötigten Gestänge und den Schnüren wurden notdürftige Bögen gebaut, um die Zahl der Fernkämpfer aufzustocken. Bei der Masse an Gegnern kam es nicht auf die Zielgenauigkeit eines Einzelnen an, sondern auf die Menge von Pfeilen.

Der Ritter mochte den so geheimnisvoll schnell aufgetauchten Mann mit den silbernen Haaren nicht besonders, aber er musste zugeben, dass er taktisch klüger handelte als das komplette tarpolische Offizierskorps, das einen reichlich schlechten Eindruck hinterlassen hatte. Die Soldaten waren nicht mehr gewillt, den Vorgesetzten zu folgen, sondern hörten nur noch auf die Befehle des Kabcar oder Waljakovs und der Ritter. Die Offiziere hatten den Vertrauensverlust akzeptiert und sich sogar in die restlichen Einheiten eingegliedert, wo sie nun genauso schufteten wie die Landpächter und Scharmützelkämpfer. Die einzigen, die weniger hart herangenommen wurden, waren die Hohen Schwerter, weil auf ihnen die Hauptlast in der Schlacht liegen würde.

Nerestro hatte seinem Gott Angor bereits mehrfach in Gebeten für den glorreichen Sieg gedankt und hoffte nun weiterhin auf den Beistand seines Beschützers.

Er musste grinsen, als er an die Unterhaltung mit dem Ulldraelmönch in der Kathedrale in Ulsar zurückdachte. Er hatte dem Mann damals gesagt, dass die Zeit kommen würde, in der Lanze und Schwert wieder geschätzt würden. Zufrieden kreuzte er die Arme vor der metallgeschützten Brust.

Da entdeckte er zufällig eine Gestalt, die sich ohne Fackel zwischen den halb errichteten Palisaden hindurchzwängte und in Richtung des Schlachtfelds lief.

Nerestro runzelte die Stirn, nahm seine Fernwaffe auf und machte sich an die Verfolgung.

Wenn es ein borasgotanischer Spion sein sollte, würde er ihn abfangen. Allein. Diesen Spaß gönnte er sich.

Auch wenn die fünf Monde einigermaßen hell auf die Ebene schienen, Wolken sorgten immer wieder dafür, dass es vorübergehend stockdunkel wurde.

Das schien der Gestalt nichts auszumachen, die sich ohne Zögern in der Finsternis weiter bewegte und nicht ein einziges Mal ins Straucheln geriet. Der Gestank nach beginnender Verwesung und Fäulnis, der bereits leicht über der Wiese hing, stieg in Nerestros Nase.

Der Ritter bemerkte unterwegs, dass der Unbekannte den Fackelträgern auswich und sich in einen Abschnitt des Feldes begab, wo nur noch borasgotanische Tote lagen. Dann kniete er sich hin.

So leise es in seinem wattierten Waffenrock und dem Kettenhemd ging, schlich er sich an, die Armbrust hielt er schussbereit vor sich.

Voller Abscheu erkannte er, was der Unbekannte vor ihm tat. Eine Klinge funkelte im Mondenschein auf, eine schmale Hand trennte mit geübten Schnitten das Fleisch von einem entblößten Unterschenkel. Dann verschwand das Stück hörbar Bissen für Bissen im Mund.

»Steh auf, Mann, und erkläre dein Treiben«, herrschte Nerestro ihn an.

Die Gestalt schaute ruckartig über die Schulter, ein Stück Fleisch noch in den Wangentaschen, die Augen leuchteten grellgelb in der Dunkelheit. Die Erkenntnis traf den Ritter wie ein Schlag in den Magen. Das, was er sah, vermischte sich dem grauenvollen Albtraum, den er einst von Belkala geträumt hatte. Die Kensustrianerin war wirklich eine Menschenfresserin. Er spürte das Brennen der Narben in seinem Genick.

Langsam stand die Priesterin auf, schluckte den Rest hinunter und lächelte den Mann unsicher an. »Denkt nichts Falsches, Nerestro. Ich kann Euch alles erklären, wenn Ihr mir nur zuhören möchtet.« Sie verstaute ihr Messer an ihrem Gürtel. »Bitte.«

»Ich habe es seit langem befürchtet.« Der Ordenskämpfer hielt seine Waffe weiterhin auf die Frau gerichtet. »Ich hatte einen seltsamen Traum, in dem ich Euch bei dem gesehen habe, was Ihr gerade tatet. Ihr werdet verstehen, dass ich eine Erklärung für dieses Verhalten verlange.«

»Lakastra ist ein sehr mächtiger Gott. Aber seine mächtigsten Wunder haben Nachteile.« Belkalas Augen verloren das Glühen allmählich. »Er hat mich zu den Lebenden zurückgeholt. Aber nur durch das Fleisch der Lebenden bleibe ich bestehen. Es ist Segen und Fluch zugleich.«

Nerestro schüttelte sich. Das Entsetzen und die Vorstellung, dass die Kensustrianerin Menschen mordete, um sie zu essen, waren zu groß. »Das heißt, Ihr müsst, so lange Ihr noch leben werdet, diese … Nahrung haben? Es gibt keinen anderen Ausweg?«

Belkala stellte sich direkt vor die Mündung der Armbrust. »Nein, es gibt keinen anderen Ausweg. Jede Woche muss ich diese ›Nahrung‹, wie Ihr es nanntet, einmal zu mir nehmen, um weiterhin zu leben. Je mehr ich mich anstrenge, umso mehr brauche ich davon. Das ist der Preis, den ich bereit zu zahlen war, um Ulldart und damit Kensustria vor Unheil zu bewahren.« Sie lächelte traurig. »Vergleichsweise gering, wenn man bedenkt, dass Ihr mich schon für tot hieltet, nicht wahr? Und dass keine Waffe mir etwas anhaben kann.«

»Wer weiß noch von Eurem Geheimnis?«

»Ich denke, dass Norina etwas ahnt. Als sie und ihre Begleiter von Granburg nach Ulsar ritten, kamen sie durch den Wald, in dem Ihr mich zur Ruhe gebettet hattet. Ich war hungrig und kaum aus der Welt der Toten zurückgekehrt und brauchte dringend Stärkung. Einer ihrer Begleiter war unachtsam. Ich habe ihn mir geholt, und dabei muss sie mich gesehen haben«, erklärte sie. »Ich habe sie eingeschüchtert. Ich denke nicht, dass sie jemandem etwas erzählt. Außerdem klingt eine solche Erklärung zu abstrus, als dass man ihr Glauben schenken würde.«

Langsam senkte sich die schwere Armbrust. »Angor hat mir gesagt, dass Ihr Euch verändert. Er sprach aber auch davon, dass Ihr wieder ganz wie früher sein werdet.«

»Solange ich dem Verlangen nach«, sie stockte, ›Nahrung‹ nachkomme, bleibe ich die Belkala, die Ihr kennt und …« Sie machte eine weitere Pause. »Vielleicht geliebt habt?«

Nerestro legte die Waffe auf den Boden. »Die ich immer noch liebe. Im Grunde stärker als jemals zuvor. Als Ihr gestorben wart, hätte ich Matuc am liebsten umgebracht, weil er schuld war, dass ich Euch nicht retten konnte. Und nun seid Ihr etwas, das lebt, aber ein furchtbares Schicksal hat.« Zögernd machte er einen Schritt auf sie zu. »Und dann diese ganze Lügerei des Mönches über falsche Visionen und Gift, das Ihr mir angeblich verabreicht hättet. All das hat sich aber als Unwahrheit herausgestellt. Wenn Ihr mich immer noch als Gefährte wollt, dann …«

Die Kensustrianerin blickte auf die Erde. »Wenn Ihr nur nicht so eingebildet wärt, Nerestro von Kuraschka, dann hätte ich Euch schon lange mein Herz geschenkt. Damals schon.« Sie sah ihn unvermittelt an, aus dem Gelb ihrer Augen war wieder das Bernstein geworden.

»Aber Ihr habt eine unnachahmliche Art, für die ich Euch schon lange verprügelt hätte, wenn ich ein Mann wäre. Alleine Euer herablassender Spruch ›Dankt mir nicht für meine Milde‹ ist eine Anmaßung.« Sie fuhr ihm zärtlich über die Wange. »Und dennoch.«

»Und dennoch was, Belkala?«, drängte er sie und nahm ihre Hand.

»Und dennoch kann ich nicht anderes«, sagte sie leise und küsste ihn sanft auf den Mund.

Langsam beugte sich der Mann etwas herab und umfasste die Priesterin mit seinen starken Armen.

Eng umschlungen standen die beiden auf dem totenstillen Schlachtfeld, beschienen vom gedämpften Licht der wolkenverhangenen Monde.

Der folgende Tag begann mit Nebel und dem vielfachen Gekrächze der Raben und Krähen, das unbestimmbar von allen Seiten zu hören war. Grau und undurchdringlich hingen die Schwaden über der Ebene von Dujulev und erlaubten keiner der Kriegsparteien, den Feind zu sehen.

Die unermüdlichen Arbeiten an den Befestigungen wurden im Schutz des Dunstes abgeschlossen. Mortva war mit dem Resultat sehr zufrieden. Etwa die Hälfte der Toten lag mittlerweile in tiefen Gruben, die Zeit hatte jedoch gefehlt, um weitere Leichen zu bergen.

Das Warten auf den Ansturm der Borasgotaner begann.

Lodrik saß zusammen mit Waljakov und seinem Cousin in einem Unterstand auf der Spitze des Hügels, um den besten Überblick zu haben und Anweisungen geben zu können. Nerestro stand zwischen seinen Ordensbrüdern, die sich hinter dem zweiten Palisadenwall in Position gebracht hatten. Der Erste sollte von den restlichen Bauern gehalten werden, fast ganz oben saßen die Bogenschützen, um die heranstürmenden

Feinde besser treffen zu können. Die zahlreichen Verwundeten hatte man in kleinen Nischen, die in aller Eile in das Erdreich getrieben worden waren, abgelegt, wo sie unablässig von Cerêlern und Belkala versorgt wurden.

Gedämpfte Geräusche aus dem feuchten Grauschleier verrieten den Tarpolern, dass der Gegner sich aufstellte. Gegen Mittag zerriss der Nebel und gab den Blick auf die Schlachtordnung frei.

In breiter Front rückten die Fußtruppen vor, nur wenige Meter dahinter folgte die Reiterei, flankiert von den Bogenschützenkontingenten. Die erste Reihe trug dicke, scheinbar auf die Schnelle zusammengezimmerte Holzschützungen vor sich her, um den Geschossen der feindlichen Fernkämpfer nicht hilflos ausgeliefert zu sein.

Dann fächerte die Formation auseinander, nachdem die Befehlshaber entdeckten, dass die Gegner sich auf das Verteidigen verlegt hatten, verteilte sich in kleinere Gruppen und begann, den Hügel einzukreisen.

Danach verhielt man sich still. Offenbar mussten sich die Borasgotaner erst darüber klar werden, wie die neue Lage anzugehen sei.

Der Anblick von der Spitze herab auf die Masse der Feinde wirkte nicht ermutigend auf den jungen Kabcar. Er war froh, dass keiner seiner Männer diese Aussicht hatte, sonst würden sie sich seiner Meinung nach sofort alle ergeben.

Die Borasgotaner versuchten eine Belagerung. In aller Ruhe wurden ihre drei Lager hierher verlegt und rings um die Erhebung Zelte aufgeschlagen. Der erwartete Angriff blieb aus, die Nacht senkte sich herab, ohne dass ein einziger Schuss gefallen oder ein Säbelhieb geführt worden war. Mortva passte diese Entwicklung keineswegs.

»Wir werden das nicht lange durchhalten, Hoher

Herr«, sagte der Konsultant mit nachdenklicher Miene. »Unsere Vorräte halten im besten Fall drei Tage, das Wasser geht noch schneller zur Neige. Wir sollten den Verwundeten daher die Rationen streichen. Ich weiß, es ist beinahe unmenschlich. Aber sie nutzen uns im Kampf nichts. Die Soldaten dagegen werden all ihre Stärke benötigen.«

»Nein«, entgegnete Lodrik bestimmt. »Wir versorgen sie mit. Sie haben sich mit ihrem Leben für Tarpol eingesetzt, und das soll ihnen wenigstens so gedankt sein.« Er sah sich um. »Ich weiß, dass wir es nicht lange aushalten werden, Mortva, deshalb werden wir einen Ausfall machen. Jeder soll heute Nacht noch einmal richtig zu Kräften kommen, lasst von mir aus den ganzen Proviant verteilen. Dann werden wir im Morgengrauen losstürmen und das Ende, wie auch immer es aussehen wird, nicht länger hinauszögern. Ich werde Nerestro und die Hohen Schwerter darüber in Kenntnis setzen.« Er verließ den Unterstand, ging grüßend durch die Reihen seiner Männer, verteilte aufmunternde und anspornende Worte, bis er bei dem Ordenskrieger angelangt war.

Nachdem er ihm seinen Plan erläutert hatte, nickte Nerestro zustimmend.

»Besser ein glorreicher Abschluss, Mann gegen Mann, als durch einen heimtückischen Pfeil zu sterben.« Ernst sah er dem jungen Mann in die Augen. »Aber wenn Ihr sterbt, hoheitlicher Kabcar, was wird dann aus Ulldart?«

»Vermutlich wird die Dunkle Zeit hereinbrechen.« Lodrik zuckte mit den Schultern und versuchte, gleichgültig zu wirken. »Ich habe bei den Verhandlungen gebettelt, aber keiner hat mir zur Seite gestanden. Um Aldoreel und Tûris tut es mir Leid, aber ändern kann ich es nicht. Schuld tragen Borasgotan und Hustraban. Sie wollten den Krieg, sie bekamen den Krieg. Letztendlich haben sie den Kontinent ins Verderben geführt.« Er lehnte sich an das grobe Holz der Palisade. »Oder seht Ihr das anders?«

»Wenn unser Orden das anders sehen würde, wären wir nicht hier«, gab der Ritter zurück. »Und seit langen, langen Jahren spielen wir wieder eine wichtige Rolle in der Geschichte. Das wird Angor sehr freuen, denn wir kämpfen für die gute Seite. Alle, die morgen fallen, werden von ihm aufgenommen. Und das ist ein sehr großer Ansporn für uns. Seid gewiss, die Hohen Schwerter sind Euch treu bis zum letzten Atemzug.«

»Ich habe Ulldrael angefleht, mir zu helfen«, sagte Lodrik leise. »Aber der Gerechte scheint sich schwer zu tun. Ich wäre bereit, jede Hilfe anzunehmen, um mein Volk vor den Borasgotanern zu schützen.«

»Ihr werdet bestimmt Unterstützung erfahren«, sagte Mortva plötzlich im Rücken der beiden.

Unbemerkt war er näher gekommen und hatte sich hinter ihnen auf einem großen Stein im Schneidersitz niedergelassen. Helm und Brustpanzer glänzten unbeschädigt, frei von Kratzen, Dellen oder Blutspritzern. »Ich bin mir sicher, dass Euch jemand beistehen wird. Erinnert Euch, Ihr habt darum gebeten. Und es wurde, soweit ich weiß, nicht vergessen. Manchmal dauert es, bis der Boden für die richtige Saat bereitet ist, das ist alles.«

»Von was redet Ihr, Nesreca?«, wollte Nerestro wissen, dem die Ankündigung etwas merkwürdig vorkam. »Wer wollte uns zu Hilfe kommen? Tûris hat seine eigenen Probleme.«

»Erinnert Ihr Euch an die Gerüchte über die angebliche borasgotanische Armee, die Tarpol von See her überfallen hätte?« Mortva legte den stählernen Kopfschutz zur Seite. »Ich glaube nicht, dass Arrulskhán ein solches Vorhaben koordinieren könnte. Bleibt die Frage: Wer ist sonst noch auf dem Weg?«

»Kensustria?«, schlug Lodrik mit aufkeimender Hoffnung vor. »Natürlich! Belkala war so etwas wie die Vorhut und hat ihr Reich über die Geschehnisse informiert. Und sie sind unterwegs, um mir beizustehen.«

»Das wäre eine Möglichkeit«, sagte der Konsultant und lächelte freundlich.

»Wenn auch eine sehr unwahrscheinliche«, schwächte der Ordenskrieger vorsichtig ab. »An Gerüchten muss nichts dran sein, hoheitlicher Kabcar.«

»Exakt«, stimmte Mortva zu. »Aber den Truppen würde das Märchen von der anrückenden Unterstützung die gleiche Zuversicht geben, wie sie Euch eben durchströmt hat, Hoher Herr. Also sollten wir das Gerücht unter den Leuten verbreiten.« Er erhob sich. »Ich werde am besten gleich damit anfangen.« Er verneigte sich und kletterte über die Leiter zurück hinter den dritten Palisadenwall.

»Ein seltsamer Mensch«, meinte Nerestro in Gedanken versunken und bemerkte zu spät, dass der Kabcar noch immer neben ihm stand. »Ich meine, das geht nicht direkt gegen Euren Verwandten, hoheitlicher Kabcar. Aber sein Auftauchen ist immer noch ein kleines Wunder. Sein Beistand ist viel wert.«

»Ich weiß«, bestätigte Lodrik. »Auch wenn er nach der Ansicht vieler ›nur‹ Gelehrter ist, er hat sich in der Schlacht als tauglicher Berater erwiesen. Wenn wir gleich auf seine Meinung gehört hätten, würden viele Tarpoler noch leben.«

»Trotzdem würde mich brennend interessieren, wie viel an diesem Gerücht dran ist.« Der Ritter winkte Herodin bei, um ihn in die Pläne für den folgenden Tag einzuweihen. »Kam noch keine Nachricht aus Ulsar bis hierher durch?«

Etwas niedergeschlagen und mit verkniffenem Mund schüttelte der junge Herrscher den blonden Kopf. »Vermutlich werden die Brieftauben von irgendjemandem abgefangen. Aber darum müssen wir uns vermutlich sowieso bald keine Sorgen mehr machen.« Er legte dem Ordenskrieger dankbar eine Hand auf die gepanzerte Schulter. »Danke für alles, was Ihr für mich getan habt, Nerestro von Kuraschka. Einen Lohn für Eure Mühe werde ich Euch unter Umständen nicht mehr geben können.«

»Hoheitlicher Kabcar«, Nerestro deutete eine Verbeugung an, »ich bin geehrt, für einen solchen Herrscher, dem das Wohl seiner Untertanen so am Herzen liegt, in den Kampf ziehen zu dürfen. Und weil auch Ulldrael Euch zu schätzen weiß, werden wir siegen.«

Mortvas Weg, auf dem er die Nachricht von der vermeintlichen Unterstützung verbeitete, führte auf Umwegen zu den Nischen, wo die Verwundeten lagen.

An Stoikos Bett blieb der Mann mit den silbernen Haaren stehen und sah auf den schwer Verletzten, dem bereits zwei der Spitzen aus dem Rücken entfernt worden waren. Danach hatte der Cerêler die Wunden magisch gereinigt, auch die, in der das letzte Eisen steckte, und verordnete eine Pause, damit sich der Körper des Vertrauten erholte. Der Blutverlust machte dem Mann schwer zu schaffen. Ohne die gebündelten Fertigkeiten aller vier Heiler wäre Stoiko, den sie in einen magischen Heilschlaf versetzt hatten, gestorben.

Der Konsultant blickte auf die weißen Rückenverbände des Mannes. »So viel kostbarer Lebenssaft, der einfach im Dreck verrinnt«, murmelte er mit gespieltem Mitleid. Sofort bildeten sich rote Flecken auf den Bandagen. Die Wunden waren unversehens aufgebrochen. »Und kein Cerêler weit und breit. Armer Gijuschka.«

»Was«, dröhnte Waljakovs polternde Stimme, »tut Ihr da, Nesreca?« Mit ein paar Schritten war er an der Seite des überrumpelten Mannes und stieß ihn zur Seite.

Sofort sah er das austretende Blut. »Warum habt Ihr nicht nach dem Heiler gerufen?«

»Ich war gerade im Begriff, es zu tun«, erklärte Mortva, der sich bereits gefangen hatte. »Aber es hat niemand auf mein Rufen geantwortet.«

Der Leibwächter schenkte dem Konsultanten einen vielsagenden Blick seiner eisgrauen Augen, die Wangenmuskeln arbeiteten, als müsste der Hüne Holzstämme kauen. Die mechanische Hand presste er auf die Verbände, dann schrie er nach den Cerêlern, die innerhalb weniger Lidschläge angelaufen kamen und sich sofort um die Verletzungen kümmerten.

Immer noch wütend auf den Verwandten Lodriks, beobachtete Waljakov, wie die kleinwüchsigen Menschen ihre grün schimmernde Magie zum Einsatz brachten und sich dabei leise unterhielten. Wenn er die dünnen Stimmchen richtig verstand, hätten sich die Wundränder unter keinen Umständen öffnen können.

»Wenn Ihr dabei die Finger im Spiel hattet«, wandte er sich drohend zu Mortva um, doch der Mann war verschwunden.

Das anfängliche Misstrauen, das sich etwas gelegt hatte, erwachte zu voller Stärke. Nun war sich der Leibwächter vollends sicher, dass der Konsultant seinem Freund nach dem Leben trachtete. Ein zweites Mal wollte er dem Fremden eine solche Gelegenheit nicht mehr bieten. Nur was der Vetter des Kabcar mit all dem bezwecken wollte, war ihm schleierhaft.

Der Ausfall der Hohen Schwerter in den frühen Morgenstunden verlief mit einem Erfolg, den sich keiner erträumt hätte. Die noch verschlafenen borasgotanischen Soldaten direkt vor der Stelle, an der die Ritter hinauspreschten, wurden von den gepanzerten Reitern samt ihrer Zelte niedergeritten, die Überlebenden suchten ihr Heil in der vorläufigen Flucht.

Doch bald war der Widerstand organisiert und die Bogenschützen zur Stelle, die den Ordenskriegern schwere Verlust unter dem Fußvolk zufügten.

Nach dem Rückzug begannen die Borasgotaner, an unterschiedlichen Stellen heftige Angriffswellen gegen die ersten Palisadenreihe zu werfen. Gegen Mittag hatten sie unter großen Verlusten eine Bresche in die Holzpflöcke gerissen und versuchten nun, sich am zweiten Ring gegen die Hohen Schwerter durchzusetzen. Die fünfhundert tarpolischen Bauern waren zuvor vollständig aufgerieben worden.

Immer wieder unternahmen die Ritter präzise Ausfälle, die dem Gegner massenweise Tote bescherten. Aber die Borasgotaner sahen den Sieg näher als jemals zuvor. Ganz oben auf der Spitze des Hügels saß ihr Faustpfand in Form des jungen Kabcar, das sie gegen das noch unbesetzte Tarpol einsetzen konnten, und das wollten sie unter allen Umständen in ihre Hände bekommen.

Am späten Nachmittag, als die feindlichen Truppen einen Sturm von allen Seiten gleichzeitig auf die Befestigungen durchführten, zogen sich dunkle Wolken am Himmel zusammen. Erste Tropfen kündigten einen gewaltigen Regenschauer an. Blitze zuckten am Horizont entlang, das Licht der Sonnen färbte sich schmutzig orange.

Ein warmer Wind kam auf, der den Geruch von Schwefel, Verwesung und Fäulnis mit sich führte. Lodrik glaubte sogar, einen schwachen Hauch von Seewasser zu riechen.

»Hoher Herr.« Mortva verneigte sich vor dem Kabcar, das silberne Haare wehte in dem stinkenden Wind. »Die Zeit ist gekommen. Da, seht. Ihr wurdet nicht vergessen.«

Etwas Langes, Gewaltiges senkte sich aus den Wolken herab. Gleißende Energiebahnen umspielten den

Rumpf einer gewaltigen Galeere, die dem Boden immer näher kam und knirschend auf der aufgewühlten Erde des gestrigen Schlachtfeldes aufsetzte.

Mit einem Ächzen senkte sich das Schiff nach Backbord, stützte sich auf die zahlreichen Ruder und lag still.

Die Kämpfe auf dem Hügel hatten schon lange aufgehört, Freund und Feind starrten auf die Galeere, die wie durch ein Wunder durch die Luft geflogen war.

Planken, so breit wie drei Männer, wurden von unsichtbaren Kräften als Rampen ausgelegt. Dann schritten seltsam anzuschauende Krieger das dunkle Holz hinab. An ihren alten, verrosteten Rüstungen hing mitunter vermoderter Seetang, die Gesichter wirkten bleich und leblos, die Augen blickten stumpf geradeaus. Als Bewaffnung trugen sie lange Schilde und Speere, mit denen sie sich, sobald sie am Boden angelangt waren, zu einem wandelnden, mit Spitzen besetzten Wall formierten.

Die ersten Borasgotaner begannen, die Sturmleitern hinabzuklettern und sich zurückzuziehen.

Auch die Tarpoler wussten nicht so genau, was sie davon halten sollten. Als jemand ein halblautes Gebet an Ulldrael murmelte, fielen nach und nach alle Kämpfer mit ein.

Auf dem Deck des Schiffes erhob sich eine riesige Gestalt, drei Mal so groß wie ein ausgewachsener Mann. Schlohweiß leuchteten die langen Haare jedes Mal auf, wenn ein Blitz aus dem Orange des Himmel krachte, eine mächtige Rüstung lag über dem breiten Körper. In der einen Hand hielt das Wesen eine eisenbeschlagene Deichsel als Keule, in der anderen einen Schild so groß wie ein Mühlstein.

Bedächtig kam die Figur, die jedem Kind auf Ulldart aus den alten Legenden bekannt war, die Rampe hinab und marschierte an der Spitze der unheimlichen Truppen auf den Hügel zu. Über die Toten der Schlacht marschierte er achtlos hinweg, krachend zerbarsten Knochen unter seinem Gewicht.

»Herr, wen habt Ihr um Hilfe gebeten?«, flüsterte Waljakov, der so bleich wie eine Leinwand war. »Wen, um alles in der Welt, habt Ihr aus der Vergangenheit heraufbeschworen?«

Lodrik war gebannt von dem Schauspiel und von seinem Verbündeten. Aber je näher das gigantische Wesen kam, desto mehr schwand die Überzeugung, dass es gut gewesen war, Tzulan als Ausweg aus seiner Lage zu benutzen. Dass er sich Mortva bis Anfang des Jahres 444 vom Hals schaffen konnte, daran zweifelte er nicht. Aber wie er dieses Ungeheuer vorher beseitigen sollte, dazu fehlte ihm jede Vorstellungskraft. *Ulldrael der Gerechte, ich bitte dich inständig um Verzeihung. Gib mir die Kraft, mich rechtzeitig gegen diese Macht stemmen zu können. Aber ohne sie wäre Tarpol verloren gewesen.*

Er kletterte aus dem Unterstand, um besser sehen zu können. »Ohne ihn wäre Tarpol verloren gewesen«, sagte er, diesmal laut. In Waljakovs Ohren klang es mehr nach verzweifelter Entschuldigung als nach einer Erklärung.

Als schiebe das Wesen eine unsichtbare Barriere vor sich her, wichen die Borasgotaner zur Seite, um Platz zu machen. Nicht ein einziger der Kämpfer erhob seine Waffe, der Anblick wirkte lähmend und entzog allen den Mut.

Nur Nerestro brüllte Befehle gegen den Wind. Die Hohen Schwerter erklommen die Palisaden und bereiteten sich auf den Empfang vor.

»Nein, nicht«, schrie ihnen der Kabcar zu. »Sie kommen, um uns zu helfen!«

Der Ritter drehte sich voller Überraschung um. »Was glaubt Ihr, wer da unterwegs ist? Und ausgerechnet er soll uns unterstützen?« Seine Augen wurden mit einem

Mal groß. »Ihr habt ihn gerufen, nicht wahr? Seid Ihr noch bei Sinnen? Wollt Ihr uns alle in den Untergang führen?«

»Das muss ich Euch allerdings auch fragen«, sagte der Leibwächter. »Ich werde Euch immer treu dienen, aber mit diesem Schritt habt ihr dem Land keinen großen Gefallen getan, Herr.«

»Keine Angst.« Mortva lächelte den kahlen Hünen von der Seite an. »Er kommt als Freund Tarpols.«

»Und bis 444 wird er wieder verschwunden sein«, knurrte Waljakov. »Und wenn ich ihn persönlich umbringen muss.«

»Das«, warf der Konsultant freundlich ein, »wäre dann ja wohl Verwandtenmord, wenn ich mich nicht sehr täusche. Und ich täusche mich selten.«

Das Wesen mit der schwarzen, verbrannt wirkenden Haut stand nun am Fuß des Hügels. Die übermenschlichen Kräfte seiner Muskelpakete wischten die Palisaden so mühelos zur Seite, wie ein Kind Holzklötze vom Tisch fegt. Deutlich waren die Löcher in der Panzerung sichtbar, in der vor 443 Jahren die Pfeile des rogogardischen Admirals eingeschlagen waren.

Doch das Fleisch darunter war nun unversehrt. Selbst dem beherztesten Ritter sank der Mut angesichts dieser Überlegenheit. Auch sie gaben den Weg frei, Schilde und Schwerter zur Abwehr erhoben.

Schritt für Schritt stapfte der riesige Mann die Anhöhe hinauf, bis er vor dem Unterstand ankam und mit seinen rot glühenden Augen auf den winzig wirkenden Kabcar herabsah.

Schwungvoll riss er die Keule in die Luft und rammte die eisenbesetzte Spitze in den Hügel, dass die Erde erbebte.

»Ich, Sinured, bin erschienen, um Euch gegen Eure Feinde beizustehen.« Die dunkle Stimme des Kriegsfürsten grollte wie Donner in das Schweigen.

Dann sank er auf die Knie und beugte den schlohweißen Schopf vor dem jungen Herrscher. »Lang lebe der Kabcar von Tarpol.«

Das Rennen und Flüchten, das von einem Moment auf den anderen auf der Anhöhe einsetzte, verband Borasgotaner und Tarpoler gleichermaßen. Männer, die sich eben noch die Schädel spalten wollten, rannten nebeneinander her, um so weit wie möglich von dem personifizierten Grauen wegzukommen. Die Wälle auf dem Hügel leerten sich, nur die Tapfersten der Hohen Schwerter wichen nicht, sondern hielten sich bereit.

Lodrik hörte den Eid, den der einst verhassteste Mensch des Kontinents soeben auf ihn geleistet hatte, konnte die Worte aber nicht fassen. Er brachte nicht einen Ton über die trockenen Lippen, seine Kehle war wie zugeschnürt, während der monströse Kriegsfürst immer noch kniend seine Demut bezeugte. Tzulan hatte sein Versprechen gehalten.

»Schwörst du, meinen Befehlen immer zu gehorchen, bei allem, was dir heilig ist?«, verlangte der junge Mann heiser. »Schwörst du, all meinen Befehlen zu folgen, die ich dir und deinen Truppen erteile? Schwörst du, das tarpolische Reich und das tarpolische Volk gegen alle seine Feinde zu beschützen und die Menschen, Sitten und Gebräuche zu achten?«

Sinured hob den Kopf. »Ich schwöre, hoheitlicher Kabcar, dass ich alles tun werde, was Ihr von mir verlangt.« Voller Bosheit funkelten die rot glühenden Augen den Kabcar an.

So mussten die Augen Tzulans geleuchtet haben, dachte der Herrscher einen Moment.

»Herr, es ist nicht rechtens, das Gute mit allen Mitteln des Schlechten zu wollen«, warnte Waljakov leise. »Schickt ihn zurück auf den Grund des Meeres, von wo er gekommen ist. Die Borasgotaner sind geflüchtet. Unsere Leute übrigens auch.«

»Sie kommen wieder«, beruhigte Mortva. »Sie haben den Eid gehört.«

»Ich werde Sinured aus meinen Diensten entlassen, wenn ich mir sicher bin, dass Borasgotan es nie wieder wagen wird, mein Reich anzugreifen«, sagte Lodrik zu seinem besorgten Leibwächter. »Es ist eine Gelegenheit, die sich kein zweites Mal mehr bieten wird. Ich muss sie wahrnehmen, verstehst du, ich muss einfach.« Er wandte sich zu dem Kriegsfürsten. »Ich erteile dir hiermit den Auftrag, die borasgotanischen Truppen zu verjagen und alle verlorenen tarpolischen Gebiete so schnell wie möglich für mich zurückzuerobern.«

»Ich habe Euren Wunsch vernommen.« Sinured erhob sich zu seiner beinahe turmhohen Größe. »Und Euer Wunsch, Hoher Herr, ist mein Befehl.«

Er rief in einer unbekannten Sprache Anweisungen zu seinen wartenden Truppen, die aus ihrer Trance zu erwachen schienen und sich an die Verfolgung der Gegner machten. Währenddessen sammelten sich die tarpolischen Einheiten wieder zögerlich.

»Reichen die Leute überhaupt aus, die du mitgebracht hast?«, fragte Lodrik nach.

»Hoher Herr, zerbrecht Euch nicht Euren Kopf«, sagte Sinured dröhnend, nahm eine Hornmuschel von seinem Gürtel und blies hinein. Ein Mark erschütternder Ton drang aus dem von der Natur geschaffenen Instrument.

Brüllend tauchten auf der anderen Seite der Ebene Tausende von Kriegern auf, die sich den Flüchtenden entgegenstellten und in einen rücksichtslosen Angriff übergingen.

»Meine Freunde sind ebenso begierig wie ich, Euch beizustehen«, erklärte der monströse Mann. »Sie haben sich von der anderen Seite Tarpols bis hierher durchgeschlagen, um die Borasgotaner für Euch zu verjagen, Hoher Herr.« Ein Sprung aus dem Stand brachte ihn zum Fuß des Hügels. Wieder schien der Boden zu erzittern. »Und nun verzeiht. Ich muss einen ersten Sieg für Euch erringen.«

Der Kabcar und die restlichen tarpolischen Soldaten beobachteten schweigend von ihrem Hügel aus, wie Sinured und seine Männer unter den Feinden wüteten. In dem orangefarbenen, trüben Licht und den grellen Blitzen wirkte das widerliche, abscheuliche Gemetzel bizarr und unwirklich.

Nichts war der eisenbeschlagenen Keule Sinureds gewachsen. Geführt mit der Stärke von zehn Männern, zerschmetterte die Waffe alles, was sie traf und zerquetschte es. Die ungebändigte Wildheit seiner Leute vernichtete jeden Versuch der Borasgotaner, sich zu ordnen. Wie wilde Wespen stießen die Männer Sinureds in Pulks zu, zogen sich wieder zurück, trieben sich gegenseitig die Flüchtenden zu, um sie unter Gegröle abzuschlachten.

Nerestro stellte sich neben den Herrscher. »Wir werden dieses Ungeheuer spätestens in einem halben Jahr verjagen. Oder noch besser, wir müssen es töten. Versprecht mir das, hoheitlicher Kabcar«, forderte der Ritter eindringlich. »Schwört es bei Eurem Leben.« Lodrik nickte abwesend.

»Ulldrael der Gerechte und alle anderen Götter seien uns gnädig«, sagte Waljakov mit ernstem Gesicht, als er sich irgendwann von dem Anblick auf der Ebene abwandte. Er hatte genug gesehen.

Ulldart, Königreich Ilfaris, Herzogtum Turandei, Königspalais, Sommer 443 n. S.

»Schau an, wer hätte das gedacht«, sagte Perdór gut gelaunt und wedelte mit den Blättern, auf denen die neuesten Nachrichten zu finden waren. »Nicht nur, dass der junge Kabcar die borasgotanische Hauptarmee vernichtet hat, er wirft auch die Besatzungstruppen Kontingent für Kontingent hinaus.« Er überflog die Zeilen. »Es scheint aber nicht so einfach zu sein. Die Soldaten klammern sich an ihr neu gewonnenes Land. Und dann wird der Herrscher noch die Aufgabe haben, sowohl Kostromo als auch Bijolomorsk zu befreien.«

Fiorell, der auf dem Schreibtisch seines Herrn hockte, zog seine Narrenkappe ab, hauchte auf eines der Glöckchen und polierte das Kupfer. »Nach diesem großen militärischen Erfolg dürfte das kein Problem sein, oder, Majestät? König Kumstratt von Hustraban macht sich vermutlich jetzt schon die Hosen voll, wenn er hört, dass die Tarpoler nicht einen einzigen Gefangenen gemacht haben.« Er setzte seine Kopfbedeckung wieder auf. »Ich würde mir die Hosen an seiner Stelle jedenfalls mächtig voll machen.«

»Diese Härte bringt mich, gelinde gesagt, zum Staunen«, gestand der König von Ilfaris. »Es wurde nicht mal der Versuch unternommen, hohe Offiziere zu fangen und Lösegeld zu erpressen.«

»Ich denke, der junge Kabcar wollte, bei allem Respekt vor Euren Amtskollegen, den hochwohlgeborenen Hasenfüßen, die seinem drohenden Untergang zugesehen haben, mal so richtig zeigen, wie Tarpoler kämpfen können.« Der Hofnarr machte ein überlegenes Gesicht. »Gut, nicht wahr?«

»Vermutlich hast du sogar Recht.« Die Tür öffnete sich, und ein Diener brachte eine Schale, in der klares

Eis zusammen mit einem Schuss Rum, etwas Zucker, Sahne und frischen Erdbeeren püriert worden war. Dazu reichte er lockeres Gebäck. »Das ist doch genau das Richtige an einem solch heißen Sommertag, nicht wahr?«, seufzte Perdór mit einem seligen Lächeln, nachdem er an dem Getränk genippt hatte.

»Wenn Euch der Alkohol nur nicht zu sehr zu Kopf steigt«, warnte Fiorell. »Wir müssen noch ein wenig nachdenken, Majestät.«

Missmutig setzte der König das Glas ab. »Schön, du Narr. Was noch?«

»Nun, ich erinnere da an die Erzählung eines wahnsinnigen Borasgotaners, der, bevor die Schlacht bei Dujulev geschlagen war, flüchtete und erschrockenen Tarpolern etwas von einem fliegendem Schiff erzählte, das mitten in einem Gewitter gelandet sei. Dummerweise starb der Mann, bevor einer unserer Spione ihn näher befragen konnte. Man fand ihn morgens erhängt ihn einer Scheune.«

»Sehr dumm«, bedauerte Perdór. »Aber Wahnsinnige gibt es überall. Da kannst du sehen, was der Krieg mit dem Geist eines Menschen anstellen kann.«

»Das Besondere an dieser Sache ist«, mahnte ihn der Hofnarr mit einer listigen Miene und wühlte in den Unterlagen nach einer weiteren Meldung, die schon vor längerer Zeit eingegangen war, »dass der Wahnsinn sehr weite Entfernungen überbrückt hätte.«

Der Herrscher von Ilfaris nutzte das Herumkramen seines Spaßmachers, um einen weiteren Schluck von dem köstlich frischen Getränk zu sich zu nehmen. Die Sahne färbte seinen Oberlippenbart weiß, ohne dass er es merkte.

Fiorell blinzelte. »Sehr schick, Majestät.« Er hob seinen Fund hoch. »Ich meinte vorhin die Erzählung von zwei turîtischen Fischern, die allen, die es hören wollten oder auch nicht, berichteten, dass sich in einem tobenden Gewitter eine Galeere an der Stelle aus dem Wasser gehoben hätte, wo das Flaggschiff Sinureds vor 443 Jahren versenkt wurde.«

Jetzt war Perdór aufmerksamer geworden. »Dann kann sehr wohl etwas an beiden Geschichten dran sein? Das wäre sehr schlecht.« Schnell sprang er auf und kramte in einem anderen Stapel herum. »Da ist es. Späher in Tarpol berichteten von einundzwanzig Schiffen, die von der Westküste her den Repol hinauffuhren und dass deren Soldaten die restlichen Warst bis Dujulev in einem Gewaltmarsch zurücklegten, nachdem es auf dem Fluss nicht mehr weiterging. Wohlgemerkt, Schiffe unbekannter Bauart und mit völlig unbekannten Fahnen. Das müssten die Truppen sein, die dem Kabcar zum Sieg verhalfen. Aber woher kamen sie?«

»Nicht von Ulldart«, steuerte der Mann in dem Narrenkostüm den Überlegungen bei. »Und nach der Art zu schließen, wie sie sich bei der Schlacht benommen haben, müssen es ziemlich üble Zeitgenossen sein. Das Kaiserreich Angor scheidet bei den Überlegungen aus. Ihre Wassergefährte sind bekannt. Zudem hätten sie wenig Grund, in Tarpol einzugreifen, wo sie ohnehin erfroren wären.«

»Gehen wir vom Schlimmsten aus und nehmen an, es war die Galeere Sinureds, die aus welchen Gründen auch immer aus den Fluten auftauchte«, grübelte Perdór und drehte die grauen Locken seines Bartes zwischen den Fingern. »Wer würde diesem Ungeheuer helfen? Und warum sollte es in die Schlacht eingreifen? Das gefällt mir alles gar nicht, lieber Fiorell.«

»Tzulandrien«, sagte der Hofnarr ohne Vorwarnung und schlug die Beine übereinander. »Nur Menschen von diesem Kontinent würden Sinured helfen.«

»Verwünscht«, fluchte sein Herr und nahm noch einen Zug aus der Schale. »Das gäbe alles sogar noch einen Sinn. Bis auf den Umstand, dass Sinured, wenn er denn dabei war, für den jungen Kabcar Partei ergreift. Nur dessen Tod würde doch die Dunkle Zeit zurückbringen.« Nach dem nächsten Ansetzen war das Gefäß leer. »Ich will wissen, ob dieses Ungeheuer aufgetaucht ist oder nicht. Ein fliegendes Schiff erregt Aufmerksamkeit. Einer unserer Spione wird es hoffentlich ausmachen. Und sie sollen sich an diese Truppen hängen, die im Namen das Kabcar das tarpolische Reich von den Borasgotanern säubern.«

Eifrig notierte Fiorell die Anweisungen des Herrschers, der eine weitere Schale des Getränks und ein Stück Torte orderte. Vorwurfsvoll verzog der Hofnarr das Gesicht. »Ihr könntet so alt werden, aber nein, Ihr bringt Euch mit diesem süßen Zeug noch um. Freiwillig. Oder zwingt Euch jemand, das Gesöff zu trinken?«

Mit majestätischer Gelassenheit überhörte Perdór den Hinweis und hielt das Dossier über Lodrik in die Höhe. »Wir haben es mit einem neuen Mitspieler in Ulsar zu tun. Dieser Mann, Mortva Nesreca, ist ebenso geheimnisvoll wie die Erzählung von dem Schiff. Angeblich hat er seine Abstammung in den entsprechenden Büchern nachweisen können. Aber in unseren Aufzeichnungen über die Herrscherhäuser des Kontinents taucht er nicht auf.« Klatschend landete das Heft auf der Schreibtischoberfläche. »Wir wissen, wie viele uneheliche Söhne Kumstratt hat oder dass der König Serusiens sich in seinen alten Jahren zu Knaben hingezogen fühlt. Sogar, dass die Regentin von Tersion bereits zwei Töchter hat, von denen ihr Mann keine Ahnung hat.« Fiorell verdrehte die Augen und schaute an die Decke. Er hatte es gleich geahnt, der Alkohol tat seine Wirkung: Perdór redete sich in Rage. »Wie um alles in der Welt schafft es dann ein offizieller Verwandter des Kabcar, ein Vetter vierten Grades, wie er selbst behauptet, über dreißig Jahre unbemerkt zu bleiben? Dreißig Jahre, man stelle sich das vor! Habe ich nur Schlafmützen, die für mich arbeiten?«

»Nicht nur«, sagte der Hofnarr grinsend. »Aber was kann man bei dem Vorbild auch erwarten?«

»Kopf ab«, knurrte der Mann in seine Richtung und beruhigte sich allmählich wieder. »Was machen die Bestien in der Verbotenen Stadt? Haben sie schon einen Ausfall gewagt?«

»Mitnichten und mit Neffen«, versuchte Fiorell einen Scherz. »Sie zeigen aber ein äußerst seltsames Verhalten für Ungeheuer. Sie machen nämlich nichts kaputt. Sie putzen.«

»Bitte?«, glotzte ihn der König von Ilfaris an.

»Ihr habt schon richtig gehört«, nickte der Mann in dem rautengeschmückten Trikot und schichtete aus Büchern kleine Häuschen. »Sie legen die Ruinen der Verbotenen Stadt frei. Ziemlich akribisch, wie unser Informant bei der turîtischen Armee gemeldet hat. Der Anführer der Einheit, die das Gebiet absperrt, ist ein Meisterschütze und ein guter Freund von Euch.«

»Hetrál?«, fragte Perdór erfreut. »Das ist aber schön, dass er wieder zu Ehren kommt. Niemand kennt sich mit diesen Viechern besser aus als dieser Mann. Was haben wir ein Glück, dass wir über keine Sümpfe verfügen. Und sie bauen die Stadt wieder auf, hast du gesagt?«

»Nein, ich habe gesagt, sie legen vorerst die Ruinen frei«, wiederholte Fiorell und schnalzte missbilligend mit der Zunge. »Hört doch auf zu saufen, Majestät. Wir bereden wirklich wichtige Dinge.« Wortlos schnappte er sich das Glas und süffelte daran. »Mh, sehr lecker. Ich behalte das besser bei mir.«

»Vielleicht wollen sie die Gebäude später aufrichten? Aber ohne Anleitung von Architekten und Ingenieuren wäre das vergebliche Liebesmüh.«

Sein Spaßmacher lachte. »Die werden vielleicht nachkommen, Majestät.«

»Wäre möglich. Die Ungeheuer werden das Putzen nicht aus einer Laune heraus tun.« Der Herrscher kratzte sich unter seiner Perücke und rückte seinen leichten Brokatrock zurecht. »Die Galeere Sinureds, Männer aus Tzulandrien, Bestien, die die Verbotene Stadt aufräumen, und was kommt als Nächstes?«

»Wenn ich die Uhr richtig gelesen habe, die Abordnung aus Tersion«, schlug Fiorell vor. »Ihr erinnert Euch, dass Alana die Zweite eine Delegation anmelden ließ?«

»Ich muss nicht einmal überlegen, was sie wollen«, seufzte Perdór und schielte nach dem Getränk, das in den Händen seines Hofnarren rapide weniger wurde. »Sie werden nach dem Durchmarschrecht fragen.«

Es klopfte, und ein Livrierter bat nach einem Handzeichen des Herrschers die tersionischen Diplomaten herein.

Wie alle Tersioner waren sie mit stark gebräunter Haut versehen, trugen kurzes Haar und leichte Seidengewänder in hellen Farben sowie offene Riemenschuhe, das beste Mittel, um in der herrschenden Hitze nicht vor Schweiß zu zerfließen.

»Ich entbiete Euch den Gruß von Alana der Zweiten, Regentin von Tersion«, begann der vorderste Diplomat und verbeugte sich vor Perdór. »Mein Name ist Parlass Nirwel.«

»Nun, mein lieber Nirwel, dann bin ich einmal ganz Ohr, was denn unser geschätzter Nachbar von uns möchte«, sagte der König.

»Wie Ilfaris sicherlich weiß, befinden wir uns derzeit im Krieg mit den Kensustrianern«, holte der Gesandte aus, wurde aber direkt von Fiorell gut gelaunt unterbrochen.

»Was ein äußerst ungeschickter Zug war, nicht?«

»Es steht mir nicht zu, die Politik der Regentin zu kommentieren.« Nirwel ließ sich nicht aufs Glatteis führen. »Tatsache ist, dass Palestan und Tersion den geforderten Schadenersatz nicht erhielten. Daher ist es nur unser Recht, auf Ausgleich zu beharren.«

»Wenn diese Rechnung nur aufgeht«, unkte der Hofnarr und stellte das leere Glas zur Seite.

»Natürlich haben wir alle von der Kriegserklärung gehört«, schaltete sich Perdór ein. »Es ist sehr traurig, dass der Kontinent gleich an zwei Plätzen von Schlachtenlärm erschreckt wird. Und Tersion scheint sich auf einen gewaltigen Schlag vorzubereiten, wie man unschwer an den vielen angorjanischen Schiffen erkennen kann, die sich dort sammeln. Die Regentin hat sich einiges an Unterstützung von ihrem Schwiegervater geholt, nicht wahr?«

»Kaiser Ibassi Che Nars'anamm unterstützt das Anliegen voll und ganz«, bestätigte Nirwel. »Wir sind nicht an einem ewig andauernden Konflikt mit Kensustria interessiert, sondern möchten innerhalb kürzester Zeit eine Entscheidung zu unseren Gunsten herbeiführen.« Allmählich näherte sich der Gesandte seinem eigentlichen Anliegen. »Auf dem Seeweg wird es aber nur schwer zu erreichen sein.«

»Das dachte ich mir schon. In einem ersten kleinen Gefecht sind, soweit ich gehört habe, nur Eure Schiffe versenkt worden.« Perdór nahm ein Gebäckstück und kratzte seine beinahe leere Schale aus, um die Reste des Getränks nicht verkommen zu lassen. »Und?«

»Und nun sind wir hier, um das Königreich Ilfaris zu bitten, unseren Truppen das Durchmarschrecht zu gewähren.« Der tersionische Diplomat wartete die Reaktion des Königs ab.

»Einfach so?«, erkundigte sich Fiorell und lachte, dass die Glöckchen seiner Kappe klingelten. »Ihr kommt an den Hof und bittet darum, dass wir heuschreckengleiche Scharen durch unser schönes Land ziehen lassen? Mitten zur Erntezeit? Majestät, da stehen die neuen Bewerber für die Ämter weiterer Narren.«

»Mein Spaßmacher ist zwar ein wenig vorlaut«, entschuldigte sich Perdór, »aber er trifft den Nagel auf den

Kopf. Wir werden uns in diesen Krieg, Konflikt, Auseinandersetzung oder wie immer Ihr es nennen wollt, nicht einmischen, weder direkt, noch indirekt.« Seine Stimme wurde härter. »Alana die Zweite hätte sich vorher überlegen müssen, was sie bereit ist zu tun. Ilfaris hat das Tausendjährige Abkommen unterzeichnet, um den Frieden zu wahren. Dass Kensustria das Dokument nicht unterschrieben hat, sollte kein Grund sein, das Reich unter irgendwelchen fadenscheinigen Vorwänden anzugreifen. Die Palestaner müssen Eurer Regentin große Gewinne versprochen haben, anders kann ich mir nicht erklären, dass sie ihren Verstand verloren hat.«

»Wenn ihr unseren Männern wegen des Vertrags das Durchqueren nicht gewähren wollt«, versuchte es der Diplomat, »dann vielleicht den angorjanischen Einheiten? Ilfaris befände sich nicht in der Zwickmühle, auch nur annähernd gegen das Abkommen zu verstoßen.«

Perdór seufzte. »Ihr habt mich nicht verstanden, geschätzter Nirwel. Ich werde freiwillig weder Kensustria noch Tersion noch Palestan noch Kaiser Ibassi Che Nars'anamm persönlich genehmigen, nur einen einzigen Kämpfer in mein Land zu schicken. Ilfaris mag an sich unbedeutend sein, aber wir sitzen auf dem gleichen Kontinent und haben die gleichen Rechte wie Tersion.«

»Wenn die Regentin nun aber bereit wäre, für das Recht zu zahlen?« Nirwel ließ nicht locker und klang sehr eindringlich. »Majestät, Tersion würde pro Kämpfer einen Heller bezahlen.«

»Zuerst Bitten, dann Bestechung«, meinte Fiorell bedächtig. »Was kommt als Nächstes? Eine Drohung?«

Der Abgesandte wand sich. »Nein, keine Drohung.« Er machte ein ausdrucksloses Gesicht und gab sich Mühe, gelassen zu wirken. »Aber Ibassi Che Nars'anamm möchte darauf hinweisen, dass es ein Leichtes sei, auch ohne eine offizielle ...«

Perdór, üblicherweise ein gemütlicher Mensch, sprang

bei dieser Unverfrorenheit wutentbrannt auf und warf das Glas nach dem Mann, der sich schleunigst unter dem Geschoss wegduckte. Er hatte wohl mit einer solchen Reaktion gerechnet. Wirkungslos zersplitterte die Schale an der Wand.

»Das«, bebte der König, und die Locken seines Bartes wippten, »ist eine Unverschämtheit! Wenn es das Kaiserreich Angor wagen sollte, auch nur die Nase in mein Ilfaris zu stecken, werden wir es mit allem bewerfen, was unsere Speisekammern hergeben.«

»Und ein geräucherter Schinken kann verdammt wehtun, wenn er an der richtigen Stelle trifft«, fügte der Hofnarr grinsend hinzu.

»Ich bitte Majestät, sich das Angebot in aller Ruhe zu überlegen«, beschwichtigte Nirwel und rieb an den Flecken herum, welche die Reste des Getränks auf seinem Seidengewand hinterlassen hatten.

»Gebt euch keine Mühe. Da kommen noch welche hinzu«, knurrte der Herrscher, nahm mit einer Flinkheit, die man dem beleibten Mann nicht zugetraut hätte, das Tortenstück und beförderte es mit Schwung in Richtung des Botschafters. Klatschend landete der Kuchen im Gesicht des Tersioners, der Teller zerschellte am Kopf.

»Der saß«, kommentierte der Hofnarr trocken. Er hielt seinem Herrn das Tablett mit Pralinen hin. »Falls Ihr noch mehr benötigt.«

»Nicht meine kostbaren Pralinen«, wehrte Perdór ab. »Und Ihr, Nirwel, geht in Euer Gästezimmer, überlegt Euch, ob es eine gute Idee war, Drohungen anderer Leute zu überbringen.«

»Wie Ihr möchtet, Majestät«, antwortete Nirwel undeutlich, Teile der Torte verstopften Mund und Nase. Der Mann verbeugte sich und ging etwas unsicher hinaus. Unterwegs fielen kleine Stückchen des Teigs ab.

Grummelnd setzte sich der Herrscher von Ilfaris wieder. »Er hat mich tatsächlich dazu gebracht, meinen Kuchen nach ihm zu werfen. Das schöne Stück.«

»Und nachdem die Wut von Majestät verraucht ist, werdet Ihr den armen Nirwel ein zweites Mal herbestellen, den völlig Zerknirschten spielen und einem kleinen Kontingent den Durchmarsch erlauben«, schlug der Spaßmacher vor. »Damit können uns weder Tersion noch Angor böse sein.«

»Ich weiß, was du sagen möchtest, aber ich hatte den gleichen Gedanken. Also halten wir uns an die Abmachung mit Kensustria.« Perdór atmete tief ein. »Wir schreiben Alana und ihren angorjanischen Verbündeten einen Ort vor, an dem der Übergang stattfinden soll. Dann halten wir sie ein bisschen hin, gleichzeitig setzen wir Kensustria über die Stelle in Kenntnis, und dann bin ich gespannt, wie sie verhindern wollen, dass ein einziger Soldat in mein Land gelangt.«

»Darauf ein Pralinchen. Aber nur eins, Majestät«, empfahl Fiorell und reichte dem König das Tablett. »Hoffen wir, dass alles gut geht.«

EPILOG

Ulldart, Königreich Tarpol, Provinz Ulsar, Hauptstadt Ulsar, Sommer 443 n. S.

Als die restlichen tarpolischen Truppen und die Hohen Schwerter mit Lodrik an der Spitze in Ulsar einritten, stand das Volk zu Tausenden an den Straßen und jubelte den siegreichen Kämpfern zu. Blumen regneten von den Hausdächern, Hochrufe wünschten dem jungen Herrscher, dem niemand eine solche militärische Leistung zugetraut hatte, ein langes Leben.

Immer wieder durchbrachen Menschen die Reihen der Stadtwachen, um den Kabcar oder wenigstens einen Teil seiner Kleidung zu berühren. Andere wollten ihm Geschenke überreichen, doch sie wurden wieder zurückgedrängt. Nur stockend kam der Zug der achthundert Männer und Kinder vorwärts, der sich in Richtung Hauptmarktplatz bewegte.

Dort war von Norina alles für eine große Feier vorbereitet worden, der Sieg über die Borasgotaner sollte entsprechend gewürdigt werden. Da interessierte es keinen, wie genau dieser Triumph zustande gekommen war. Dass Sinured zurückgekehrt war, wussten nur die Soldaten, die an der Schlacht beteiligt gewesen waren, und denen war vorerst verboten worden, über das Erscheinen des legendären Kriegsfürsten zu sprechen. Die Menschen Tarpols waren der festen Meinung, dass sich turîtische Verbündete überraschend in den Kampf geworfen hatten.

Musikanten spielten auf dem Platz vor der eingestürzten Kathedrale zum ausgelassenen Tanz für die Menschen auf, Essen und Getränke waren auf Drängen Kolskois von den Brojaken bezahlt worden. Niemand sollte an diesem Tag nur einen Waslec auf den Tisch legen müssen. Fahnen knatterten im Wind, bunte Wimpel wehten an Fenstern der Straßen, und die Sonnen sorgten für bestes Wetter.

Strahlend saß Lodrik im Sattel, aufrecht, selbstbewusst, durch und durch das Abbild eines echten Bardri¢. Die blauen Augen leuchteten voller Freude, immer wieder winkte er den Menschen zu, fing Blumen auf und warf sie, nachdem er sie geküsst hatte, mit einer eleganten Bewegung zurück ins Volk.

Er fühlte sich großartig und beinahe unbesiegbar, das Huldigen der Menschen gefiel ihm einmal mehr. Seinetwegen könnten es hundert Mal mehr sein, die ihm zujubelten. So gebührte es auch einem Kabcar, der sein Volk vor einer Bedrohung gerettet hatte. Es war, wenn er es sich genau überlegte, nur rechtens, dass sie ihn so empfingen.

Auf dem Markplatz angekommen, erklomm er zusammen mit Waljakov, Mortva, der seit Stoikos Verwundung immer an der Seite des Herrschers zu finden war, und einem prachtvoll gerüsteten Nerestro die Tribüne, damit ihn seine Untertanen besser sehen konnten, und hob die Arme. Sofort erstarb der Lärm der Menge.

»Der Feind«, rief er glücklich, »ist besiegt und wird nun Stück für Stück aus unserem Land vertrieben. Tarpoler, für euch bin ich in den Krieg gezogen, und für euch habe ich ihn gewonnen. Jetzt, nachdem die Bedrohung nicht mehr vorhanden ist, werde ich mich wieder persönlich um die inneren Angelegenheiten von Tarpol kümmern. Und ich verspreche Euch, es wird sich einiges verändern. Nichts wird mehr sein, wie es vorher war. Die Macht der Brojaken wird geschmälert, und jeder, der sich mir dabei in den Weg stellt, wird den Zorn des Kabcar zu spüren bekommen!« Mortva reichte ihm einen Pokal mit Wein. »Lang lebe Tarpol. Es möge glücklich sein, wachsen und gedeihen!« Er leerte das Gefäß in einem Zug. »Dafür werde ich sorgen!«

Die Menschen brachen erneut in Jubelgeschrei aus, klatschten und johlten. Der Freudentaumel wirkte auf alle Gäste gleichermaßen ansteckend, man lag sich in den Armen, schlug sich auf die Schultern und ließ den Herrscher hochleben.

Lodrik zog sich aus der allgemeinen Aufmerksamkeit zurück und suchte nach Norina. Doch er konnte die junge Frau zwischen all den vielen Leuten auf der Tribüne nicht entdecken.

Dafür näherte sich seine Cousine, die mit ihrem freizügig geschnittenen Sommerkleid die Verführung in Person war. Tief verbeugte sie sich vor ihrem Gemahl.

»Jetzt fehlen dir wahrscheinlich die Worte, nicht wahr?«, meinte der Kabcar. »Oder hast du damit gerechnet, mich wieder zu sehen?«

»Aber, mein verehrter Ehegatte«, sagte sie mit gespielter Empörung. »Wie kannst du nur derart an deiner treuen Frau zweifeln? Ich kam schier um vor Sorge. Und nun, da du wohlbehalten ...«

»... und siegreich ...«, ergänzte Lodrik böse lächelnd.

»... zu mir zurückgekehrt bist, freue ich mich umso mehr«, fuhr Aljascha ungerührt fort.

»Schön. Und wo ist Norina?«, wollte er wissen.

»Wer? Ach, deine Gespielin.« Beleidigt zog sie die Schultern hoch. »Ich bin enttäuscht. Da sehen wir uns nach so langer Zeit wieder, und du interessierst dich nur für sie.«

»Sie bedeutet mir auch wesentlich mehr«, erklärte Lodrik knapp und sah sich dabei immer wieder um. »Also, wo steckt sie?«

»Such sie doch selbst«, fauchte seine Cousine ihn an und rauschte an ihm vorbei.

»Dort drüben«, wies ihm sein Konsultant die Richtung. Zielstrebig ging er, die beiden Männer im Schlepptau, zu der Brojakin und schloss sie in die Arme. Norina errötete, aber die Freude, Lodrik wieder bei sich zu haben, stand ihr unübersehbar ins Gesicht geschrieben.

»Lodrik«, versuchte sie halbherzig, ihn abzuwehren, »nicht vor allen Menschen! Was glaubst, was deine Untertanen sagen werden?«

Er zerrte sie hinter einen Vorhang und küsste sie leidenschaftlich. Sie erwiderte seine stürmische Zärtlichkeit, dann standen sie eng beieinander und lauschten dem pochenden Herzschlag des anderen, den man durch die Kleidung spürte.

»Ich habe dich so sehr vermisst«, seufzte der junge Herrscher glücklich und roch an ihren schwarzen Haaren. »Auf diesen Augenblick musste ich scheinbar eine Ewigkeit warten.«

Ihre Mandelaugen blickten ihn voller Wärme an. »Tapferer Junge. Ich bin froh, dich unversehrt zurückzuhaben. Ich habe einiges von der furchtbaren Schlacht gehört.«

Er senkte den Kopf. »Ich habe so etwas noch nie erlebt. Und ich möchte es auch nicht noch einmal erleben. Es sei denn, jemand zwingt mich dazu.«

Sie küsste ihn auf die Stirn. »Vergiss es, so gut es geht. Heute wird gefeiert, über alles andere machen wir uns morgen Gedanken. Und dann habe ich auch noch eine Überraschung für dich.«

»Eine Überraschung? Für mich?« Lodrik kniff die Augen zusammen und grinste. »Was ist es? Los, spann mich nicht zu sehr auf die Folter.«

Norina lachte und hob den Zeigefinger. »Nein, nein, mein Kabcar. Du musst dich gedulden.« Sie nahm ihn an den Schultern und drehte ihn um 180 Grad. »Und nun wirst wieder schön zurück auf die Tribüne gehen, um dich deinen Untertanen zu präsentieren. Du bist der Held von Tarpol. Das ist dein Tag.«

»Aber den Abend reserviere ich nur für dich«, versprach er. »Und die ganze Nacht.«

»Das sehen wir dann«, lächelte sie und schob ihn durch den Vorhang. Fröhlich sah sie hinter ihm her. Am nächsten Tag wollte sie ihm sagen, dass er Vater werden würde. Sie hoffte, dass er sich genauso darüber freuen würde, wie sie es bereits seit Wochen tat.

Wie aus dem Nichts trat der Mann mit den silbernen Haaren in ihr Blickfeld und versperrte ihre Sicht. Freundlich lächelnd drängte er die überraschte Brojakin etwas zurück.

»Mein Kompliment, Norina Miklanowo«, begann er. »Ihr seid nicht nur eine schöne, sondern auch eine kluge Frau. Euer Einsatz in Ulsar um die Versorgung der Truppen an der Front war bemerkenswert. Wir beide wissen, nein, eigentlich die ganze Hauptstadt weiß, wer hinter den weitsichtigen Anordnungen der Kabcara steckt.«

»Was wollt Ihr von mir, Nesreca?« Fest hielt sie dem Blick des Konsultanten stand.

»Was seid Ihr bereit zu tun, um als wahre Herrscherin von Tarpol neben Eurem Geliebten zu sitzen?« Der Mann stellte diese Frage, die nahe an den Hochverrat herankam, in einer Weise, wie sich ein Wirt nach der Bestellung des Gastes erkundigte. Er nahm ihre Linke und drückte einen Kuss darauf. »Ihr seid übrigens eine sehr begehrenswerte Frau.«

»Ich habe das zu Eurem eigenen Besten nicht gehört, weder das eine noch das andere«, sagte Norina scharf. »Und nun geht. Ich möchte nichts mit Euch zu schaffen haben, auch wenn Ihr ein Verwandter des Kabcar seid. Um genau zu sein, ich mag bisher niemanden besonders, der mit Lodrik verwandt ist.«

Mortva reckte sich. »Ich habe Euch verstanden, Brojakin. Wenn ich Euch das nächste Mal ein Angebot unterbreite, solltet Ihr es nicht ausschlagen. Eine Absage könnte sich schlecht auswirken.« Der Konsultant besaß sogar noch die Frechheit, ihr ein Zwinkern zuzuwerfen, bevor er Lodrik folgte, der sich im Gespräch mit ein paar Zunftmeistern befand.

Es passte der jungen Frau keineswegs, dass ihr Geliebter sich auf die Ratschläge des unverfrorenen Mannes verließ.

Stunden später feierte Ulsar immer noch. Die Adligen, Brojaken und geladenen Gäste zechten und speisten im Palast, das Volk machte die Straßen unsicher und leerte die Fässer der Gasthäuser.

Der junge Kabcar begab sich, nachdem er sich von der angemessenen Unterbringung Stoikos und dessen Fortschritten selbst überzeugt hatte, zurück zur Festgesellschaft, wo im Kleinen Festsaal bis in die frühen Morgenstunden ausgelassene Stimmung herrschte. Lodrik und Norina waren später so müde, dass sie zusammen einschliefen, kaum dass ihre Köpfe das Kissen berührten.

So mancher Gast war an der Tafel versackt, hatte sich auf eine Bank oder unter einen Tisch gelegt, um den Rausch auszuschlafen.

Inmitten des Durcheinanders aus Tischen, Stühlen, Bänken, Tellern, Tabletts, Torten, Fleisch- und Gemüseköstlichkeiten, Schläfern und Betrunkenen ruhte Mortva im Sessel des Kabcar, die Füße achtlos auf den Tisch gelegt. Grübelnd stützte er das Kinn auf die Fingerspitzen der zusammengefalteten Hände und sah in die Ferne. Er schmiedete Pläne für die Zukunft des Landes, das dank seines Zutuns auf dem richtigen Weg war.

Kleinere Steine mussten jedoch noch von dieser Route entfernt werden. Sie könnten den Karren Tarpol, den er zu steuern gedachte, aus der ruhigen Fahrt bringen. Oder sogar den Esel scheu machen, der momentan vom gnädigen Schicksal vor den Karren gespannt stand und ihm immer mehr aus der Hand fraß.

Den alten Vertrauten hatte er mit mäßigem Erfolg aus dem Verkehr gezogen, da würde er bei Gelegenheit nachsetzen müssen. Die Cerêler waren gerade dabei, den Mann wieder vollständig herzustellen, die letzte der drei Pfeilspitzen war entfernt worden. Nun kam es nur auf die Genesung an, für die sie ihn weiterhin in einem magischen Heilschlaf versetzt hielten.

Und immer noch waren Mortva zu viel warnende Stimmen um den Kabcar herum, die sich gegen den Konsultanten aussprachen.

»Waljakov und Norina, der Ordensritter und die Kensustrianerin«, zählte er flüsternd diejenigen auf, die er aus dem Kreis des jungen Herrschers zu entfernen gedachte. Die Zahl der aufsässigen tarpolischen Brojaken gedachte er ebenfalls zu stutzen. »Viel Arbeit für einen einfachen Mann wie mich.«

Wenn er die Sache richtig beobachtet hatte, waren dieser eingebildete Krieger und die Priesterin ein Paar. Daraus konnte er einen Vorteil ziehen und zwei Fliegen mit einer Klappe schlagen. Es dauerte auch nicht lange, dann kam ihm ein glorreicher Einfall.

Ruckartig erhob sich der Konsultant, durchschritt zielstrebig den Raum und wechselte in den Großen Festsaal, wo noch immer unberührt der Panzerhandschuh des Ritters auf dem Marmorboden lag, den er damals in die Runde geworfen hatte, um seine Unterstützung zu symbolisieren. Niemand hatte es gewagt, den stählernen Fingerschutz aufzuheben.

»Und die Ehre eines Kämpfers zählt so viel.« Mortva grinste, bückte sich und nahm das schwere Rüstungsteil auf. Abschätzend wog er es in der Hand. »O weh. Jetzt habe ich wohl eine Forderung angenommen. Warum hat mich denn niemand davor gewarnt? Ich bin doch nur ein schwacher Gelehrter.«

»Hemeròc, ich habe einen Auftrag für dich«, sagte er laut in die Dunkelheit des Audienzzimmers.

Einer seiner geheimnisvollen Begleiter, die bisher nur Lodrik erschienen waren, tauchte völlig lautlos aus der schwärzesten Ecke des Raumes auf, ließ sich auf ein Knie herab und beugte sein Haupt.

»Ich glaube, mir ist da ein kleines Malheur passiert.« Der Konsultant hob zur Erklärung, was er meinte, den Handschuh. »Hiermit benenne ich dich als meinen Recken im Kampf um meine Ehre. Verteidige sie wohl, denn ich lege großen Wert auf sie. Schmutzige Tricks seien dir erlaubt, aber keine Magie, wenn ich bitten darf. Ich rufe dich, wenn es so weit ist. In der Zwischenzeit, bereite dich auf einen starken Gegner vor und hüte dich vor seinem Schwert.« Er betrachtete die kunstvoll gefertigten Fingergelenke des Handschutzes. »Es ist eine aldoreelische Klinge. Sie hat unter Umständen die Macht, selbst dich zu vernichten. Darauf wollte ich dich rechtzeitig hinweisen. Ich würde dich nur ungern verlieren.«

Hemeròc nickte, erhob sich und verschwand wieder im Schatten.

Mortva schlenderte zufrieden hinaus und stattete dem Zimmer der Kabcara einen Besuch ab, um einen weiteren Teil seines Plans in die Tat umzusetzen.

Eigentlich versperrte Türen öffneten sich gehorsam und gaben dem Mann mit den silbernen Haaren den Weg frei. Ohne einen verräterischen Ton zu erzeugen, durchforstete er die Räume des Palasttraktes. Dass die Frau sich darin befand und schlief, störte ihn nicht. Sie würde ihn nicht hören.

Sein Blick fiel auf ein kleines Schränkchen neben dem Schminktisch, in dem die schlafende Herrscherin ihre Duftwässerchen, Puder und Cremes aufbewahrte.

Er klappte die Türen auf, untersuchte die aufgereihten Flakons flüchtig, bis ein Lächeln über sein Gesicht huschte. Der Konsultant war fündig geworden. Er hatte das Verhütungsmittel, dass ein Cerêler heimlich für die

Kabcara herstellte, aufgespürt. Die Magie der kleinen Menschen strahlte für ihn sichtbar ab und hüllte das Fläschchen in grünes Schimmern.

Vorsichtig nahm er den kleinen, unbeschrifteten Behälter hervor. Er schloss die Augen und konzentrierte sich.

Ein blassrotes Flimmern legte sich um die Flasche, trat durch die dünne Glaswand ein und schien das Grün zu bekämpfen. Die Flüssigkeit kochte wenige Sekunden, dann endete der Vorgang.

Zufrieden positionierte Mortva das Gefäß an seinem alten Platz und verließ den Raum so lautlos, wie er ihn betreten hatte. Mit dieser winzig kleinen Veränderung der Rezeptur waren alle Vorbereitungen getroffen, dass der vorgesehene Thronfolger in einigen Monaten eintraf. Mit seiner Überredungskunst würde er dem jungen Herrscher die dringend notwendige, längst überfällige Liebesnacht mit seiner Cousine schmackhaft machen.

»Natürlich«, entfuhr es ihm freudig überrascht. Eben war ihm eingefallen, was er gegen die Kensustrianerin unternehmen konnte.

Danach würde er sich um Norina kümmern. Hier musste er aber wesentlich gewiefter vorgehen. »Noch stehst du hoch in der Herzensgunst unseres Kabcar. Aber mit der Hilfe der entzückenden Aljascha werde ich das schon bald ändern.«

Vor einem übergroßen Porträt Lodriks, das in einem Gang an der Wand hing, blieb er stehen.

»Und Ihr, Hoher Herr, werdet noch innerhalb dieses Jahres der mächtigste Herrscher Ulldarts sein. Sinured und ich sorgen dafür. Ob Ihr nun wollt oder nicht.«

Äußerst zufrieden setzte er den Weg durch den dunklen Korridor in seine Gemächer fort.

Von Markus Heitz liegen bei Piper vor:
Schatten über Ulldart. Ulldart – Die Dunkle Zeit 1
Der Orden der Schwerter. Ulldart – Die Dunkle Zeit 2
Das Zeichen des Dunklen Gottes. Ulldart – Die Dunkle Zeit 3
Unter den Augen Tzulans. Ulldart – Die Dunkle Zeit 4
Die Magie des Herrschers. Ulldart – Die Dunkle Zeit 5
Die Quellen des Bösen. Ulldart – Die Dunkle Zeit 6
Trügerischer Friede. Ulldart – Zeit des Neuen 1
Brennende Kontinente. Ulldart – Zeit des Neuen 2
Fatales Vermächtnis. Ulldart – Zeit des Neuen 3

Ulldart I (Doppelband)
Ulldart II (Doppelband)
Ulldart III (Doppelband)
Ulldart IV (Dreifachband)

Die Zwerge
Der Krieg der Zwerge
Die Rache der Zwerge
Das Schicksal der Zwerge

Die Legenden der Albae. Gerechter Zorn
Die Legenden der Albae. Vernichtender Hass

Die Mächte des Feuers
Drachenkaiser
Vampire! Vampire!